考試分數大躍進
累積實力
百萬考生見證
應考秘訣

據日本國際交流基金考試相關概要

新制日檢
絕對合格

金牌作者群：
吉松由美・田中陽子
西村惠子・小池直子

「N1 N2 N3 N4 N5 必背單字大全」

內附
MP3

山田社
Shan Tian She

前言

preface

逆轉勝，搶分高手！
您一直想要的日檢單字書，
「精修版」N1,N2,N3,N4,N5 必背單字大集合，隆重登場了！

以絕對合格為目標，我們精修、精修再精修！
從初階～高階，從不懂～精通，都在這 1 本！
如果一生只選一本，那就選這本吧！

★ 日籍金牌教師編著，百萬考生推薦，應考秘訣一本達陣！
★ 榮獲多位國內知名大學日語系教授一致好評、熱烈推薦！
★ 被國內多所學校列為日檢指定教材！
★ N1 ～ N5 單字最齊全，例句最到位！
★ 說明簡單易懂！馬上查、馬上會！伴隨你受用一輩子的單字寶典！
★ 自學、教學，人手一本，超好用！
★ 初階、中階、高階，各種程度皆適用！

內容包括：

1. 單字王─高出題率單字全面強化記憶：根據新制規格，由日籍金牌教師群所精選高出題率單字。每個單字所包含的詞性、意義、解釋、類・對義詞、中譯、用法、語源、補充資料等等，讓您精確瞭解單字各層面的字義，活用的領域更加廣泛，也能全面強化記憶，幫助學習。

2. 例句王─活用單字的勝者學習法：活用單字才是勝者的學習法，怎麼活用呢？書中每個單字下面帶出一個例句，例句精選該單字常接續的詞彙、常使用的場合、常見的表現、配合同級所有文法，還有科學、地理、時事、職場、生活等內容貼近所需程度等等。從例句來記單字，加深了對單字的理解，對根據上下文選擇適切語彙的題型，更是大有幫助，同時也紮實了文法及聽說讀寫的超強實力。

3. 得分王─貼近新制考試題型學習最完整：新制單字考題中的「替換類義詞」題型，是測驗考生在發現自己「詞不達意」時，是否具備以不同的表達方式說出相同概念的「換句話說」能力，以及對字義的瞭解程度。這一題型除了須明白考題的字義外，更需要知道其他替換的語彙及説法。為此，書中精闢點出該單字的類義詞，對應新制內容最紮實。

4. 聽力王—合格最短距離：新制日檢考試，把聽力的分數提高了，合格最短距離就是提升聽力實力，方法是：「多聽、廣聽、反覆聽」。為此，書中還附贈光碟，幫助您熟悉日籍教師的標準發音、語調高低及各種連音，讓聲音跟文字建立正確的連結，以累積您聽力的實力。

本書根據日本國際交流基金（JAPAN FOUNDATION）、日本國際教育協會編寫的《日本語能力測試出題基準》、新制「新日本語能力試驗相關概要」、近十年考古題及 2010 年起最新日檢考試內容等，經由多年編寫日語教材經驗豐富的日籍金牌教師群，精心編制而成的 N1,N2,N3,N4,N5 必考、必背共 9181 個單字，內容超級完整，無論是累積應考實力，或是考前迅速總複習，都是您高分合格最佳利器！

除了考試之外，日常隨身攜帶也是一本貼身好用的必備辭典。只要有這一本，就可以從初階用到進階，無論是初學者、高中、大學、博碩士及日語教師，都是人手一本，終生受用的日語達人寶典！

目錄 contents

詞性說明

呈現	詞性	定義	例（日文／中譯）
名	名詞	表示人事物、地點等名稱的詞。有活用。	門／大門
形	形容詞	詞尾是い。說明客觀事物的性質、狀態或主觀感情、感覺的詞。有活用。	細い／細小的
形動	形容動詞	詞尾是だ。具有形容詞和動詞的雙重性質。有活用。	静かだ／安靜的
動	動詞	表示人或事物的存在、動作、行為和作用的詞。	言う／說
自	自動詞	表示的動作不直接涉及其他事物。只說明主語本身的動作、作用或狀態。	花が咲く／花開。
他	他動詞	表示的動作直接涉及其他事物。從動作的主體出發。	母が窓を開ける／母親打開窗戶。
五	五段活用	詞尾在ウ段或詞尾由「ア段＋る」組成的動詞。活用詞尾在「ア、イ、ウ、エ、オ」這五段上變化。	持つ／拿
上一	上一段活用	「イ段＋る」或詞尾由「イ段＋る」組成的動詞。活用詞尾在イ段上變化。	見る／看 起きる／起床
下一	下一段活用	「エ段＋る」或詞尾由「エ段＋る」組成的動詞。活用詞尾在エ段上變化。	寝る／睡覺 見せる／讓…看
變	變格活用	動詞的不規則變化。一般指カ行「来る」、サ行「する」兩種。	来る／到來 する／做
カ變	カ行變格活用	只有「来る」。活用時只在カ行上變化。	来る／到來
サ變	サ行變格活用	只有「する」。活用時只在サ行上變化。	する／做
連體	連體詞	限定或修飾體言的詞。沒活用，無法當主詞。	どの／哪個
副	副詞	修飾用言的狀態和程度的詞。沒活用，無法當主詞。	余り／不太…
副助	副助詞	接在體言或部分副詞、用言等之後，增添各種意義的助詞。	〜も／也…
終助	終助詞	接在句尾，表示說話者的感嘆、疑問、希望、主張等語氣。	か／嗎

呈現	詞性	定義	例（日文 ／中譯）
接助	接續助詞	連接兩項陳述內容，表示前後兩項存在某種句法關係的詞。	ながら ／邊…邊…
接續	接續詞	在段落、句子或詞彙之間，起承先啟後的作用。沒活用，無法當主詞。	しかし ／然而
接頭	接頭詞	詞的構成要素，不能單獨使用，只能接在其他詞的前面。	御(お)～ ／貴（表尊敬及美化）
接尾	接尾詞	詞的構成要素，不能單獨使用，只能接在其他詞的後面。	～枚(まい) ／…張（平面物品數量）
造語	造語成份（新創詞語）	構成復合詞的詞彙。	一昨年(いっさくねん) ／前年
漢造	漢語造語成份（和製漢語）	日本自創的詞彙，或跟中文意義有別的漢語詞彙。	風呂(ふろ) ／澡盆
連語	連語	由兩個以上的詞彙連在一起所構成，意思可以直接從字面上看出來。	赤(あか)い傘(かさ) ／紅色雨傘 足(あし)を洗(あら)う ／洗腳
慣	慣用語	由兩個以上的詞彙因習慣用法而構成，意思無法直接從字面上看出來。常用來比喻。	足(あし)を洗(あら)う ／脫離黑社會
感	感嘆詞	用於表達各種感情的詞。沒活用，無法當主詞。	ああ ／啊（表驚訝等）
寒暄	寒暄語	一般生活上常用的應對短句、問候語。	お願(ねが)いします ／麻煩…

其他略語

呈現	詞性	呈現	詞性
對	對義詞	比	比較
類	類義詞	補	補充説明
近	文法部分的相近文法補充	敬	敬語

詞性	活用變化舉例				
	語幹	語尾		變化	
形容詞	やさし（容易）	い		現在肯定	やさし + い 語幹 形容詞詞尾
			です		やさしい + です 基本形 敬體
		く	ない（です）	現在否定	やさしく —+ない（です） （い→く） 否定 敬體
			ありません		—+ありません 否定
		かっ	た（です）	過去肯定	やさしかっ +た（です） （い→かっ） 過去 敬體
		く	ありませんでした	過去否定	やさしくありません+でした 否定 過去
形容動詞	きれい（美麗）	だ		現在肯定	きれい + だ 語幹 形容動詞詞尾
		で	す		きれい + です 基本形 「だ」的敬體
		で	はありません	現在否定	きれいで +は+ありません （だ→で） 否定
		で	した	過去肯定	きれい でし た （だ→でし） 過去
		で	はありませんでした	過去否定	きれいではありません+でした 否定 過去
動詞	か（書寫）	く		基本形	か + く 語幹
		き	ます	現在肯定	か き +ます （く→き）
		き	ません	現在否定	か き +ません （く→き） 否定
		き	ました	過去肯定	か き +ました （く→き） 過去
		き	ませんでした	過去否定	かきません+でした 否定 過去

動詞基本形		
相對於「動詞ます形」，動詞基本形說法比較隨便，一般用在關係跟自己比較親近的人之間。因為辭典上的單字用的都是基本形，所以又叫辭書形。 基本形怎麼來的呢？請看下面的表格。		
五段動詞	拿掉動詞「ます形」的「ます」之後，最後將「イ段」音節轉為「ウ段」音節。	かきます→かき→かく ka-ki-ma-su → ka-ki → ka-ku
一段動詞	拿掉動詞「ます形」的「ます」之後，直接加上「る」。	たべます→たべ→たべる ta-be-ma-su → ta-be → ta-be-ru
不規則動詞		します→する shi-ma-su → su-ru きます→くる ki-ma-su → ku-ru

自動詞與他動詞比較與舉例		
自動詞	動詞沒有目的語 形式：「…が…ます」 沒有人為的意圖而發生的動作	火　が　消えました。（火熄了） 主語　助詞　沒有人為意圖的動作 ↑ 由於「熄了」，不是人為的，是風吹的自然因素，所以用自動詞「消えました」（熄了）。
他動詞	有動作的涉及對象 形式：「…を…ます」 抱著某個目的有意圖地作某一動作	私は　火　を　消しました。（我把火弄熄了） 主語　目的語　有意圖地做某動作 ↑ 火是因為人為的動作而被熄了，所以用他動詞「消しました」（弄熄了）。

符號說明

1 品詞略語

呈現	詞性	呈現	詞性
名	名詞	副助	副助詞
形	形容詞	終助	終助詞
形動	形容動詞	接助	接續助詞
連體	連體詞	接續	接續詞
自	自動詞	接頭	接頭詞
他	他動詞	接尾	接尾語
五	五段活用	造語	造語成分（新創詞語）
上一	上一段活用	漢造	漢語造語成分（和製漢語）
下一	下一段活用	連語	連語
カ・サ變	カ・サ行變格活用	感	感動詞
變	變格活用	慣	慣用語
副	副詞	寒暄	寒暄用語

2 其他略語

呈現	詞性	呈現	詞性
反	反義詞	比	比較
類	類義詞	補	補充說明
近	文法部分的相近文法補充	敬	敬語

JLPT N5 單字

あア

N5-001

ああ (感)(表驚訝等) 啊，唉呀；(表肯定) 哦；嗯 (類) あっ(啊！) △ ああ、白いセーターの人ですか。／啊！是穿白色毛衣的人嗎？

あう【会う】 (自五) 見面，會面；偶遇，碰見 (對) 別れる (離別) △ 大山さんと駅で会いました。／我在車站與大山先生碰了面。

あおい【青い】 (形) 藍的，綠的，青的 ；不成熟 (類) ブルー (blue・藍色)；若い (不成熟) △そこの海は青くてきれいです。／那裡的海洋既蔚藍又美麗。

あかい【赤い】 (形) 紅的 (類) レッド (red・紅色) △ 赤いトマトがおいしいですよ。／紅色的蕃茄很好吃喔。

あかるい【明るい】 (形) 明亮；光明，明朗 ；鮮豔 (類) 元気 (朝氣) (對) 暗い (暗) △ 明るい色が好きです。／我喜歡亮的顏色。

あき【秋】 (名) 秋天，秋季 (類) フォール (fall・秋天)；季節 (季節) (對) 春 (春天) △秋は涼しくて食べ物もおいしいです。／秋天十分涼爽，食物也很好吃。

あく【開く】 (自五) 開，打開；開始，開業 (類) 開く (打開) (對) 閉まる (關閉) △ 日曜日、食堂は開いています。／星期日餐廳有營業。

あける【開ける】 (他下一) 打開，開(著)；開業 (類) 開く(打開) (對) 閉める(關閉) △ ドアを開けてください。／請把門打開。

あげる【上げる】 (他下一) 舉起；抬起 (對) 下げる(降下) △ 分かった人は手を上げてください。／知道的人請舉手。

あさ【朝】 (名) 早上，早晨；早上，午前 (類) 昼(白天) (對) 晩(晚上) △ 朝、公園を散歩しました。／早上我去公園散了步。

あさごはん【朝ご飯】 (名) 早餐，早飯 (類) 朝食(早飯) (對) 晩ご飯(晚餐) △朝ご飯を食べましたか。／吃過早餐了嗎？

あさって【明後日】 (名) 後天 (類) 明後日(後天) (對) 一昨日(前天) △あさってもいい天気ですね。／後天也是好天氣呢！

あし【足】 (名) 腳；(器物的) 腿 (類) 体(身體) (對) 手(手) △ 私の犬は足が白い。／我的狗狗腳是白色的。

あした【明日】 (名) 明天 (類) 明日(明天) (對) 昨日(昨天) △ 村田さんは明日病院へ行きます。／村田先生明天要去醫院。

あそこ (代) 那邊，那裡 (類) あちら(那裡) △ あそこまで走りましょう。／一起跑到那邊吧。

あそぶ【遊ぶ】 自五 遊玩；閒著；旅行；沒工作 類 暇（空閒）對 働く（工作）△ここで遊ばないでください。／請不要在這裡玩耍。

あたたかい【暖かい】 形 溫暖的；溫和的 類 優しい（有同情心的）；親切（親切）對 涼しい（涼爽）；温い（不涼不熱）△この部屋は暖かいです。／這個房間好暖和。

あたま【頭】 名 頭；頭髮；（物體的上部）頂端 類 首（頭部）對 尻（屁股）△私は風邪で頭が痛いです。／我因為感冒所以頭很痛。

あたらしい【新しい】 形 新的；新鮮的；時髦的 類 若い（年輕）對 古い（舊）△この食堂は新しいですね。／這間餐廳很新耶！

あちら 代 那兒，那裡；那個；那位 類 あそこ（那裡）△プールはあちらにあります。／游泳池在那邊。

あつい【厚い】 形 厚；（感情，友情）深厚，優厚 類 広い（寬闊）對 薄い（薄）△冬は厚いコートがほしいです。／冬天我想要一件厚大衣。

あつい【暑い】 形（天氣）熱，炎熱 對 寒い（寒冷的）△私の国の夏は、とても暑いです。／我國夏天是非常炎熱。

あと【後】 名（地點）後面；（時間）以後；（順序）之後；（將來的事）以後 類 後ろ（背後）對 先（前面）△顔を洗った後で、歯を磨きます。／洗完臉後刷牙。

あなた【貴方・貴女】 代（對長輩或平輩尊稱）你，您；（妻子稱呼先生）老公 類 君（妳，你）對 私（我）△あなたのお住まいはどちらですか。／你府上哪裡呢？

N5-002

あに【兄】 名 哥哥，家兄；姐夫 類 姉（姊姊）對 弟（弟弟）△兄は料理をしています。／哥哥正在做料理。

あね【姉】 名 姊姊，家姊；嫂子 類 兄（家兄）對 妹（妹妹）△私の姉は今年から銀行に勤めています。／我姊姊今年開始在銀行服務。

あの 連體（表第三人稱，離說話雙方都距離遠的）那，那裡，那個 對 この（這，這個）△あの眼鏡の方は山田さんです。／那位戴眼鏡的是山田先生。

あのう 感 那個，請問，喂；啊，嗯（招呼人時，說話躊躇或不能馬上說出下文時）類 あの（喂，那個…）；あのね（喂，那個…）△あのう、本が落ちましたよ。／喂！你書掉了唷！

アパート【apartment house之略】 名 公寓 類 マンション（mansion・公寓大廈）；家（房子）△あのアパートはきれいで安いです。／那間公寓既乾淨又便宜。

あびる【浴びる】 他上一 淋，浴，澆；照，曬 類 洗う（洗）△シャワーを浴びた後で朝ご飯を食べました。／沖完澡後吃了早餐。

あぶない【危ない】 形 危險，不安全；令人擔心；(形勢，病情等)危急 類 危険(危險) 對 安全(安全) △ あ、危ない！車が来ますよ。／啊！危險！有車子來囉！

あまい【甘い】 形 甜的；甜蜜的 類 美味しい(好吃) 對 辛い(辣) △ このケーキはとても甘いです。／這塊蛋糕非常甜。

あまり【余り】 副(後接否定)不太…，不怎麼…；過分，非常 類 あんまり(不大…)；とても(非常) △ 今日はあまり忙しくありません。／今天不怎麼忙。

あめ【雨】 名 雨，下雨，雨天 類 雪(雪) 對 晴れ(晴天) △昨日は雨が降ったり風が吹いたりしました。／昨天又下雨又颳風。

あらう【洗う】 他五 沖洗，清洗；洗滌 類 洗濯(洗滌) 對 汚す(弄髒) △昨日洋服を洗いました。／我昨天洗了衣服。

ある【在る】 自五 在，存在 類 いる(在) 對 無い(沒有) △ トイレはあちらにあります。／廁所在那邊。

ある【有る】 自五 有，持有，具有 類 いる(有)；持つ(持有) 對 無い(沒有) △ 春休みはどのぐらいありますか。／春假有多久呢？

あるく【歩く】 自五 走路，步行 類 散歩(散步)；走る(奔跑) 對 止まる(停止) △ 歌を歌いながら歩きましょう。／一邊唱歌一邊走吧！

あれ 代 那，那個；那時；那裡 類 あちら(那個) 對 これ(這個) △ これは日本語の辞書で、あれは英語の辞書です。／這是日文辭典，那是英文辭典。

い イ

いい・よい【良い】 形 好，佳，良好；可以 類 結構(非常好) 對 悪い(不好) △ ここは静かでいい公園ですね。／這裡很安靜，真是座好公園啊！

いいえ 感(用於否定)不是，不對，沒有 類 いや(不) 對 はい、ええ、うん(是) △「コーヒー、もういっぱいいかがですか。」「いいえ、結構です。」／「要不要再來一杯咖啡呢？」「不了，謝謝。」

いう【言う】 自・他五 說，講；說話，講話 類 話す(說) △ 山田さんは「家内といっしょに行きました。」と言いました。／山田先生說「我跟太太一起去了」。

いえ【家】 名 房子，房屋；(自己的)家；家庭 類 家(自家；房屋)；お宅(家；府上)；住まい(住處) △毎朝何時に家を出ますか。／每天早上幾點離開家呢？

いかが【如何】 副・形動 如何，怎麼樣

類 どう（怎麼樣）△ご飯をもういっぱいいかがですか。／再來一碗飯如何呢？

N5-003

いく・ゆく【行く】 自五 去，往；離去；經過，走過 類 出かける（出門）對 来る（來）△大山さんはアメリカに行きました。／大山先生去了美國。

いくつ【幾つ】 名（不確定的個數，年齡）幾個，多少；幾歲 類 何個（多少個）；いくら（多少）△りんごは幾つありますか。／有幾顆蘋果呢？

いくら【幾ら】 名 多少（錢，價格，數量等）類 どのくらい（多少）△この本はいくらですか。／這本書多少錢？

いけ【池】 名 池塘；（庭院中的）水池 類 湖（湖泊）△池の中に魚がいます。／池子裡有魚。

いしゃ【医者】 名 醫生，大夫 類 先生（醫生；老師）對 患者（病患）△私は医者になりたいです。／我想當醫生。

いす【椅子】 名 椅子 類 席（席位）對 机（桌子）△椅子や机を買いました。／買了椅子跟書桌。

いそがしい【忙しい】 形 忙，忙碌 對 暇（空閒）△忙しいから、新聞は読みません。／因為太忙了，所以沒看報紙。

いたい【痛い】 形 疼痛；（因為遭受打擊而）痛苦，難過 類 大変（嚴重）△午前中から耳が痛い。／從早上開始耳朵就很痛。

いただきます【頂きます】 寒暄（吃飯前的客套話）我就不客氣了 對 ご馳走様（我吃飽了）△では、頂きます。／那麼，我要開動了。

いち【一】 名（數）一；第一，最初；最好 類 一つ（一個）△日本語は一から勉強しました。／從頭開始學日語。

いちいち【一々】 副 一一，一個一個；全部；詳細 類 一つ一つ（一個一個）△ペンをいちいち数えないでください。／筆請不要一支支數。

いちにち【一日】 名 一天，終日；一整天；一號（ついたち）類 1日（1號）對 毎日（每天）△今日は一日中暑かったです。／今天一整天都很熱。

いちばん【一番】 名·副 最初，第一；最好，最優秀 類 初め（最初；開始）△誰が一番早く来ましたか。／誰是最早來的？

いつ【何時】 代 何時，幾時，什麼時候；平時 類 何時（幾點鐘）△冬休みはいつから始まりましたか。／寒假是什麼時候開始放的？

いつか【五日】 名（每月）五號，五日；五天 類 5日間（五天）△一ヶ月に五日ぐらい走ります。／我一個月大約跑五天步。

いっしょ【一緒】 名·自サ 一塊，一起；一樣；（時間）一齊，同時 對 別（個別）△明日一緒に映画を見ませんか。／明天要不要一起看場電影啊？

いつつ【五つ】 名（數）五個；五歲；第五（個）類 五個（五個）△ 日曜日は息子の五つの誕生日です。／星期日是我兒子的五歲生日。

いつも【何時も】 副 經常，隨時，無論何時 類 たいてい（大都）；よく（經常）對 ときどき（偶爾）△ 私はいつも電気を消して寝ます。／我平常會關燈睡覺。

いぬ【犬】 名 狗 類 動物（動物）；ペット（pet・寵物）△ 猫は外で遊びますが、犬は遊びません。／貓咪會在外頭玩，可是狗不會。

いま【今】 名 現在，此刻 副（表最近的將來）馬上；剛才 類 さっき（剛才）對 昔（以前）△今何をしていますか。／你現在在做什麼呢？

いみ【意味】 名（詞句等）意思，含意，意義 類 意義（意義）△ このカタカナはどういう意味でしょう。／這個片假名是什麼意思呢？

いもうと【妹】 名 妹妹（鄭重說法是「妹さん」）類 弟（弟弟）對 姉（姊姊）△公園で妹と遊びます。／我和妹妹在公園玩。

いや【嫌】 形動 討厭，不喜歡，不願意；厭煩 類 嫌い（討厭）對 好き（喜歡）△ 今日は暑くて嫌ですね。／今天好熱，真討厭。

N5-004

いらっしゃい（ませ） 寒暄 歡迎光臨 類 ようこそ（歡迎）△ いらっしゃいませ。何名様でしょうか。／歡迎光臨，請問有幾位？

いりぐち【入り口】 名 入口，門口 類 口（出入口）；玄関（玄關）對 出口（出口）△ あそこは建物の入り口です。／那裡是建築物的入口。

いる【居る】 自上一（人或動物的存在）有，在；居住在 類 有る（有，在）△ どのぐらい東京にいますか。／你要待在東京多久？

いる【要る】 自五 要，需要，必要 類 欲しい（想要）△ 郵便局へ行きますが、林さんは何かいりますか。／我要去郵局，林先生要我幫忙辦些什麼事？

いれる【入れる】 他下一 放入，裝進；送進，收容；計算進去 類 仕舞う（收拾起來）對 出す（拿出）△ 青いボタンを押してから、テープを入れます。／按下藍色按鈕後，再放入錄音帶。

いろ【色】 名 顏色，彩色 類 カラー（color・顏色）△ 公園にいろいろな色の花が咲いています。／公園裡開著各種顏色的花朵。

いろいろ【色々】 名・形動・副 各種各樣，各式各樣，形形色色 類 様々（各式各樣）△ ここではいろいろな国の人が働いています。／來自各種不同國家的人在這裡工作。

いわ【岩】[名] 岩石 [類] 石（石頭）△お寺の近くに大きな岩があります。／寺廟的附近有塊大岩石。

うゥ

うえ【上】[名]（位置）上面，上部 [對] 下（下方）△りんごが机の上に置いてあります。／桌上放著蘋果。

うしろ【後ろ】[名] 後面；背面，背地裡 [類] 後（後面；以後）[對] 前（前面）△山田君の後ろに立っているのは誰ですか。／站在山田同學背後的是誰呢？

うすい【薄い】[形] 薄；淡，淺；待人冷淡；稀少 [類] 細い（細小的）[對] 厚い（厚的）△パンを薄く切りました。／我將麵包切薄了。

うた【歌】[名] 歌，歌曲 [類] 音楽（音樂）△私は歌で50音を勉強しています。／我用歌曲學50音。

うたう【歌う】[他五] 唱歌；歌頌 [類] 踊る（跳舞）△毎週一回、カラオケで歌います。／每週唱一次卡拉OK。

うち【家】[名] 自己的家裡（庭）；房屋 [類] 家（自家；房屋）；家族（家族）[對] 外（外面）△きれいな家に住んでいますね。／你住在很漂亮的房子呢！

うまれる【生まれる】[自下一] 出生；出現 [類] 誕生する（誕生）[對] 死ぬ（死亡）△その女の子は外国で生まれました。／那個女孩是在國外出生的。

うみ【海】[名] 海，海洋 [類] 川（河川）[對] 山（山）△海へ泳ぎに行きます。／去海邊游泳。

うる【売る】[他五] 賣，販賣；出賣 [類] セールス（sales・銷售）[對] 買う（購買）△この本屋は音楽の雑誌を売っていますか。／這間書店有賣音樂雜誌嗎？

うわぎ【上着】[名] 上衣；外衣 [類] コート（coat・上衣）[對] 下着（內衣）△春だ。もう上着はいらないね。／春天囉。已經不需要外套了。

えエ

え【絵】[名] 畫，圖畫，繪畫 [類] 字（文字）△この絵は誰が描きましたか。／這幅畫是誰畫的？

えいが【映画】[名] 電影 [類] 写真（照片）；映画館（電影院）△9時から映画が始まりました。／電影9點就開始了。

えいがかん【映画館】[名] 電影院 △映画館は人でいっぱいでした。／電影院裡擠滿了人。

えいご【英語】[名] 英語，英文 [類] 言葉（語言）；日本語（日語）△アメリカで英語を勉強しています。／在美國學英文。

ええ 感（用降調表示肯定）是的，嗯；（用升調表示驚訝）哎呀，啊 類 はい、うん（是）對 いいえ、いや（不是）△「お母さんはお元気ですか。」「ええ、おかげさまで元気です。」／「您母親還好嗎？」「嗯，託您的福，她很好。」

N5-005

えき【駅】 名（鐵路的）車站 類 バス停（公車站）；飛行場（機場）；港（港口）△駅で友達に会いました。／在車站遇到了朋友。

エレベーター【elevator】 名 電梯，升降機 類 階段（樓梯）△１階でエレベーターに乗ってください。／請在一樓搭電梯。

えん【円】 名・接尾 日圓（日本的貨幣單位）；圓（形）類 ドル（dollar・美金）；丸（圓形）△それは二つで５万円です。／那種的是兩個共五萬日圓。

えんぴつ【鉛筆】 名 鉛筆 類 ボールペン（ballpen・原子筆）△これは鉛筆です。／這是鉛筆。

おォ

お・おん【御】 接頭 您（的）…，貴…；放在字首，表示尊敬語及美化語 類 御（貴〈表尊敬〉）△広いお庭ですね。／（貴）庭園真寬敞啊！

おいしい【美味しい】 形 美味的，可口的，好吃的 類 旨い（美味）對 不味い（難吃）△この料理はおいしいですよ。／這道菜很好吃喔！

おおい【多い】 形 多，多的 類 沢山（很多）對 少ない（少）△友だちは、多いほうがいいです。／多一點朋友比較好。

おおきい【大きい】 形（數量，體積，身高等）大，巨大；（程度，範圍等）大，廣大 類 広い（寬闊的）對 小さい（小的）△名前は大きく書きましょう。／名字要寫大一點喔！

おおぜい【大勢】 名 很多人，眾多人；人數很多 類 沢山（很多）對 一人（一個人）△部屋には人が大勢いて暑いです。／房間裡有好多人，很熱。

おかあさん【お母さん】 名（「母」的鄭重說法）媽媽，母親 類 母（家母）對 お父さん（父親）△あれはお母さんが洗濯した服です。／那是母親洗好的衣服。

おかし【お菓子】 名 點心，糕點 類 ケーキ（cake・蛋糕）△お菓子はあまり好きではありません。／不是很喜歡吃點心。

おかね【お金】 名 錢，貨幣 類 円(日圓) △車を買うお金がありません。／沒有錢買車子。

おきる【起きる】 自上一 (倒著的東西)起來，立起來，坐起來；起床 類 立つ(站立；出發) 對 寝る(睡覺) △毎朝6時に起きます。／每天早上6點起床。

おく【置く】 他五 放，放置；放下，留下，丟下 類 取る(放著) 對 捨てる(丟棄) △机の上に本を置かないでください。／桌上請不要放書。

おくさん【奥さん】 名 太太；尊夫人 類 妻(太太) 對 ご主人(您的丈夫) △奥さん、今日は野菜が安いよ。／太太，今天蔬菜很便宜喔。

おさけ【お酒】 名 酒(「酒」的鄭重說法)；清酒 類 ビール(beer・啤酒) △みんながたくさん飲みましたから、もうお酒はありません。／因為大家喝了很多，所以已經沒有酒了。

おさら【お皿】 名 盤子(「皿」的鄭重說法) △お皿は10枚ぐらいあります。／盤子大約有10個。

おじいさん【お祖父さん・お爺さん】 名 祖父；外公；(對一般老年男子的稱呼)爺爺 類 祖父(祖父) 對 お祖母さん(祖母) △鈴木さんのおじいさんはどの人ですか。／鈴木先生的祖父是哪一位呢？

おしえる【教える】 他下一 教授；指導；教訓；告訴 類 授業(授課) 對 習う(學習) △山田さんは日本語を教えています。／山田先生在教日文。

おじさん【伯父さん・叔父さん】 名 伯伯，叔叔，舅舅，姨丈，姑丈 對 伯母さん(伯母) △伯父さんは65歳です。／伯伯65歲了。

おす【押す】 他五 推，擠；壓，按；蓋章 對 引く(拉) △白いボタンを押してから、テープを入れます。／按下白色按鍵之後，放入錄音帶。

おそい【遅い】 形 (速度上)慢，緩慢；(時間上)遲的，晚到的；趕不上 類 ゆっくり(慢，不著急) 對 速い(快) △山中さんは遅いですね。／山中先生好慢啊！

おちゃ【お茶】 名 茶，茶葉(「茶」的鄭重說法)；茶道 類 ティー(tea・茶)；紅茶(紅茶) △喫茶店でお茶を飲みます。／在咖啡廳喝茶。

おてあらい【お手洗い】 名 廁所，洗手間，盥洗室 類 トイレ(toilet・廁所) △お手洗いはあちらです。／洗手間在那邊。

おとうさん【お父さん】 名 (「父」的鄭重說法)爸爸，父親 類 父(家父) 對 お母さん(母親) △お父さんは庭にいましたか。／令尊有在庭院嗎？

おとうと【弟】 名 弟弟(鄭重說法是「弟さん」) 類 妹(妹妹) 對 兄(哥哥) △私は姉が二人と弟が二人います。／我有兩個姊姊跟兩個弟弟。

おととい【一昨日】 ㊔ 前天 類 一昨日（前天）對 明後日（後天）△おとといい傘を買いました。／前天買了雨傘。

N5-006

おととし【一昨年】 ㊔ 前年 類 一昨年（前年）對 再来年（後年）△おととし旅行しました。／前年我去旅行了。

おとな【大人】 ㊔ 大人，成人 類 成人（成年人）對 子ども（小孩子）△運賃は大人 500 円、子ども 250 円です。／票價大人是五百日圓，小孩是兩百五十日圓。

おなか【お腹】 ㊔ 肚子；腸胃 類 腹（腹部）對 背中（背後）△もうお昼です。お腹が空きましたね。／已經中午了。肚子餓扁了呢。

おなじ【同じ】（名·連體·副）相同的，一樣的，同等的；同一個 類 一緒（一樣；一起）對 違う（不同）△同じ日に6回も電話をかけました。／同一天內打了六通之多的電話。

おにいさん【お兄さん】 ㊔ 哥哥（「兄さん」的鄭重說法）類 お姉さん（姊姊）△どちらがお兄さんの本ですか。／哪一本書是哥哥的？

おねえさん【お姉さん】 ㊔ 姊姊（「姉さん」的鄭重說法）類 お兄さん（哥哥）△山田さんはお姉さんといっしょに買い物に行きました。／山田先生和姊姊一起去買東西了。

おねがいします【お願いします】（寒暄）麻煩，請 類 下さい（請給〈我〉）△台湾まで航空便でお願いします。／請幫我用航空郵件寄到台灣。

おばあさん【お祖母さん・お婆さん】 ㊔ 祖母；外祖母；（對一般老年婦女的稱呼）老婆婆 類 祖母（祖母）對 お祖父さん（祖父）△私のおばあさんは10月に生まれました。／我奶奶是十月生的。

おばさん【伯母さん・叔母さん】 ㊔ 姨媽，嬸嬸，姑媽，伯母，舅媽 對 伯父さん（伯伯）△伯母さんは弁護士です。／我姑媽是律師。

おはようございます（寒暄）（早晨見面時）早安，您早 類 おはよう（早安）△おはようございます。いいお天気ですね。／早安。今天天氣真好呢！

おべんとう【お弁当】 ㊔ 便當 類 駅弁（車站便當）△コンビニにいろいろなお弁当が売っています。／便利超商裡賣著各式各樣的便當。

おぼえる【覚える】（他下一）記住，記得；學會，掌握 類 知る（理解）對 忘れる（忘記）△日本語の歌をたくさん覚えました。／我學會了很多日本歌。

おまわりさん【お巡りさん】 ㊔（俗稱）警察，巡警 類 警官（警察官）△お巡りさん、駅はどこですか。／警察先生，車站在哪裡？

おもい【重い】（形）（份量）重，沉重

對 軽い（輕）△この辞書は厚くて重いです。／這本辭典又厚又重。

おもしろい【面白い】 形 好玩；有趣，新奇；可笑的 類 楽しい（愉快的） 對 つまらない（無聊）△この映画は面白くなかった。／這部電影不好看。

おやすみなさい【お休みなさい】 寒暄 晚安 類 お休み（晚安）；さようなら（再見）△もう寝ます。おやすみなさい。／我要睡囉。晚安！

およぐ【泳ぐ】 自五（人，魚等在水中）游泳；穿過，擠過 類 水泳（游泳）△私は夏に海で泳ぎたいです。／夏天我想到海邊游泳。

おりる【下りる・降りる】 自上一【下りる】（從高處）下來，降落；（霜雪等）落下；【降りる】（從車，船等）下來 類 落ちる（掉下去） 對 登る（登上）；乗る（乘坐）△ここでバスを降ります。／我在這裡下公車。

おわる【終わる】 自五 完畢，結束，終了 類 止まる（停止；中斷） 對 始まる（開始）△パーティーは九時に終わります。／派對在九點結束。

おんがく【音楽】 名 音樂 類 ミュージック（music・音樂）；歌（歌曲）△雨の日は、アパートの部屋で音楽を聞きます。／下雨天我就在公寓的房裡聽音樂。

か カ

N5-007

かい【回】 名・接尾 …回，次數 類 度（次，次數）△１日に３回薬を飲みます。／一天吃三次藥。

かい【階】 接尾（樓房的）…樓，層 類 階段（樓梯）△本屋は５階のエレベーターの前にあります。／書店位在５樓的電梯前面。

がいこく【外国】 名 外國，外洋 類 海外（海外） 對 国内（國內）△来年弟が外国へ行きます。／弟弟明年會去國外。

がいこくじん【外国人】 名 外國人 類 外人（外國人） 對 邦人（本國人）△日本語を勉強する外国人が多くなった。／學日語的外國人變多了。

かいしゃ【会社】 名 公司；商社 類 企業（企業）△田中さんは一週間会社を休んでいます。／田中先生向公司請了一週的假。

かいだん【階段】 名 樓梯，階梯，台階 類 エスカレーター（escalator・自動電扶梯）△来週の月曜日の午前１０時には、階段を使います。／下週一早上10點，會使用到樓梯。

かいもの【買い物】 名 購物，買東西；要買的東西，買到的東西 類 ショッピング（shopping・購物）△デパートで買い物をしました。／在百貨公司買東西了。

かう【買う】 他五 購買 對 売る(賣) △本屋で本を買いました。／在書店買了書。

かえす【返す】 他五 還，歸還，退還；送回(原處) 類 戻す(歸還) 對 借りる(借) △図書館へ本を返しに行きます。／我去圖書館還書。

かえる【帰る】 自五 回來，回家；歸去；歸還 類 帰国(回國) 對 出かける(外出) △昨日うちへ帰るとき、会社で友達に傘を借りました。／昨天回家的時候，在公司向朋友借了把傘。

かお【顔】 名 臉，面孔；面子，顏面 △顔が赤くなりました。／臉紅了。

かかる【掛かる】 自五 懸掛，掛上；覆蓋；花費 類 掛ける(懸掛) △壁に絵が掛かっています。／牆上掛著畫。

かぎ【鍵】 名 鑰匙；鎖頭；關鍵 類 キー(key・鑰匙) △これは自転車の鍵です。／這是腳踏車的鑰匙。

かく【書く】 他五 寫，書寫；作(畫)；寫作(文章等) 類 作る(書寫；創作) 對 読む(閱讀) △試験を始めますが、最初に名前を書いてください。／考試即將開始，首先請將姓名寫上。

かく【描く】 他五 畫，繪製；描寫，描繪 類 引く(畫〈線〉) △絵を描く。／畫圖。

がくせい【学生】 名 學生(主要指大專院校的學生) 類 生徒(學生) 對 先生(老師) △このアパートは学生にしか貸しません。／這間公寓只承租給學生。

かげつ【ヶ月】 接尾 …個月 △仕事で３ヶ月日本にいました。／因為工作的關係，我在日本待了三個月。

かける【掛ける】 他下一 掛在(牆壁)；戴上(眼鏡)；捆上 類 被る(戴〈帽子等〉) △ここに鏡を掛けましょう。／鏡子掛在這裡吧！

かす【貸す】 他五 借出，借給；出租；提供幫助(智慧與力量) 類 あげる(給予) 對 借りる(借入) △辞書を貸してください。／請借我辭典。

かぜ【風】 名 風 △今日は強い風が吹いています。／今天颳著強風。

かぜ【風邪】 名 感冒，傷風 類 病気(生病) △風邪を引いて、昨日から頭が痛いです。／因為感冒了，從昨天開始就頭很痛。

かぞく【家族】 名 家人，家庭，親屬 類 家庭(家庭；夫婦) △日曜日、家族と京都に行きます。／星期日我要跟家人去京都。

かた【方】 名 位，人(「人」的敬稱) 類 人(人) △山田さんはとてもいい方ですね。／山田先生人非常地好。

N5-008

がた【方】 接尾 (前接人稱代名詞，表

對複數的敬稱）們，各位 類 たち（你們的）△先生方。／各位老師。

かたかな【片仮名】 名 片假名 類 字（文字）對 平仮名（平假名）△ご住所は片仮名で書いてください。／請用片假名書寫您的住址。

がつ【月】 接尾 …月 類 日（…日）△私のおばさんは10月に結婚しました。／我阿姨在十月結婚了。

がっこう【学校】 名 學校；（有時指）上課 類 スクール（school・學校）△田中さんは昨日病気で学校を休みました。／田中昨天因為生病請假沒來學校。

カップ【cup】 名 杯子；（有把）茶杯 類 コップ（〈荷〉kop・杯子）△贈り物にカップはどうでしょうか。／禮物就送杯子怎麼樣呢？

かど【角】 名 角；（道路的）拐角，角落 類 隅（角落）△その店の角を左に曲がってください。／請在那家店的轉角左轉。

かばん【鞄】 名 皮包，提包，公事包，書包 類 スーツケース（suitcase・旅行箱）△私は新しい鞄がほしいです。／我想要新的包包。

かびん【花瓶】 名 花瓶 類 入れ物（容器）△花瓶に水を入れました。／把水裝入花瓶裡。

かぶる【被る】 他五 戴（帽子等）；（從頭上）蒙，蓋（被子）；（從頭上）套，穿 類 履く（穿）對 脱ぐ（脫掉）△あの帽子をかぶっている人が田中さんです。／那個戴著帽子的人就是田中先生。

かみ【紙】 名 紙 類 ノート（note・筆記；筆記本）△本を借りる前に、この紙に名前を書いてください。／要借書之前，請在這張紙寫下名字。

カメラ【camera】 名 照相機；攝影機 類 写真（照片）△このカメラはあなたのですか。／這台相機是你的嗎？

かようび【火曜日】 名 星期二 類 火曜（週二）△火曜日に600円返します。／星期二我會還你六百日圓。

からい【辛い】 形 辣，辛辣；鹹的；嚴格 類 味（味道）對 甘い（甜）△山田さんは辛いものが大好きです。／山田先生最喜歡吃辣的東西了。

からだ【体】 名 身體；體格，身材 對 心（心靈）△体をきれいに洗ってください。／請將身體洗乾淨。

かりる【借りる】 他上一 借進（錢、東西等）；借助 類 もらう（領取）對 貸す（借出）△銀行からお金を借りた。／我向銀行借了錢。

がる 接尾 想，覺得… △きれいなものを見てほしがる人が多い。／很多人看到美麗的事物，就覺得想得到它。

かるい【軽い】 形 輕的，輕快的；（程度）輕微的；輕鬆的 對 重い（沈重）△この本は薄くて軽いです。／這本書又薄又輕。

カレンダー【calendar】[名] 日曆；全年記事表 [類] 曜日（星期）△きれいな写真のカレンダーですね。／好漂亮的相片日曆喔！

かわ【川・河】[名] 河川，河流 [類] 水（水）△この川は魚が多いです。／這條河有很多魚。

がわ【側】[名·接尾] …邊，…側；…方面，立場；周圍，旁邊 [類] 辺（周圍）△本屋はエレベーターの向こう側です。／書店在電梯後面的那一邊。

かわいい【可愛い】[形] 可愛，討人喜愛；小巧玲瓏 [類] 綺麗（美麗）[對] 憎い（可惡）△猫も犬もかわいいです。／貓跟狗都很可愛。

かんじ【漢字】[名] 漢字 [類] 平仮名（平假名）；片仮名（片假名）△先生、この漢字は何と読むのですか。／老師，這個漢字怎麼唸？

き キ

き【木】[名] 樹，樹木；木材 [類] 葉（樹葉）[對] 草（草）△木の下に犬がいます。／樹下有隻狗。

きいろい【黄色い】[形] 黃色，黃色的 [類] イエロー（yellow・黃色）△私のかばんはあの黄色いのです。／我的包包是那個黃色的。

N5-009

きえる【消える】[自下一]（燈，火等）熄滅；（雪等）融化；消失，看不見 [類] 無くなる（不見）△風でろうそくが消えました。／風將燭火給吹熄了。

きく【聞く】[他五] 聽，聽到；聽從，答應；詢問 [類] 質問（詢問）[對] 話す（說）△宿題をした後で、音楽を聞きます。／寫完作業後，聽音樂。

きた【北】[名] 北，北方，北邊 [類] 北方（北方）[對] 南（南方）△北海道は日本の一番北にあります。／北海道在日本的最北邊。

ギター【guitar】[名] 吉他 △土曜日は散歩したり、ギターを練習したりします。／星期六我會散散步、練練吉他。

きたない【汚い】[形] 骯髒；（看上去）雜亂無章，亂七八糟 [類] 汚れる（弄髒）[對] 綺麗（漂亮；乾淨）△汚い部屋だねえ。掃除してください。／真是骯髒的房間啊！請打掃一下。

きっさてん【喫茶店】[名] 咖啡店 [類] カフェ（〈法〉café・咖啡館）△昼ご飯は駅の前の喫茶店で食べます。／午餐在車站前的咖啡廳吃。

きって【切手】[名] 郵票 [類] 封筒（信封）△郵便局で切手を買います。／在郵局買郵票。

きっぷ【切符】[名] 票，車票 △切符を二枚買いました。／買了兩張車票。

きのう【昨日】㊔ 昨天；近來，最近；過去 對 明日（明天）△昨日は誰も来ませんでした。／昨天沒有任何人來。

きゅう・く【九】㊔(數) 九；九個 類 九つ（九個）△子どもたちは九時ごろに寝ます。／小朋友們大約九點上床睡覺。

ぎゅうにく【牛肉】㊔ 牛肉 類 ビーフ（beef・牛肉）；肉（肉）△それはどこの国の牛肉ですか。／那是哪個國家產的牛肉？

ぎゅうにゅう【牛乳】㊔牛奶 類 ミルク（milk・牛奶）△お風呂に入ってから、牛乳を飲みます。／洗完澡後喝牛奶。

きょう【今日】㊔ 今天 類 今（現在）△今日は早く寝ます。／今天我要早點睡。

きょうしつ【教室】㊔ 教室；研究室 △教室に学生が三人います。／教室裡有三個學生。

きょうだい【兄弟】㊔ 兄弟；兄弟姊妹；親如兄弟的人 對 姉妹（姊妹）△私は女の兄弟が四人います。／我有四個姊妹。

きょねん【去年】㊔ 去年 對 来年（明年）△去年の冬は雪が1回しか降りませんでした。／去年僅僅下了一場雪。

きらい【嫌い】(形動) 嫌惡，厭惡，不喜歡 類 嫌（不喜歡）對 好き（喜歡）△魚は嫌いですが、肉は好きです。／我討厭吃魚，可是喜歡吃肉。

きる【切る】(他五) 切，剪，裁剪；切傷 類 カット（cut・切斷）△ナイフですいかを切った。／用刀切開了西瓜。

きる【着る】(他上一)（穿）衣服 類 着ける（穿上）對 脱ぐ（脫）△寒いのでたくさん服を着ます。／因為天氣很冷，所以穿很多衣服。

きれい【綺麗】(形動) 漂亮，好看；整潔，乾淨 類 美しい（美麗）對 汚い（骯髒）△鈴木さんの自転車は新しくてきれいです。／鈴木先生的腳踏車又新又漂亮。

キロ【（法）kilogramme之略】㊔ 千克，公斤 補 キログラム之略 △鈴木さんの体重は120キロ以上だ。／鈴木小姐的體重超過120公斤。

キロ【（法）kilo mêtre之略】㊔ 一千公尺，一公里 補 キロメートル之略 △大阪から東京まで500キロあります。／大阪距離東京500公里。

ぎんこう【銀行】㊔ 銀行 類 バンク（bank・銀行）△日曜日は銀行が閉まっています。／週日銀行不營業。

きんようび【金曜日】㊔ 星期五 類 金曜（週五）△来週の金曜日友達と出かけるつもりです。／下週五我打算跟朋友出去。

く ク

くすり【薬】 ㊔ 藥，藥品 類 病院（醫院）△頭が痛いときはこの薬を飲んでください。／頭痛的時候請吃這個藥。

ください【下さい】 (補助)（表請求對方作）請給（我）；請… 類 お願いします（拜託您了）△部屋をきれいにしてください。／請把房間整理乾淨。

N5-010

くだもの【果物】 ㊔ 水果，鮮果 類 フルーツ（fruit・水果）△毎日果物を食べています。／每天都有吃水果。

くち【口】 ㊔ 口，嘴巴 類 入り口（入口）△口を大きく開けて。風邪ですね。／張大嘴巴。你感冒了喲。

くつ【靴】 ㊔ 鞋子 類 シューズ（shoes・鞋子）；スリッパ（slipper・拖鞋）△靴を履いて外に出ます。／穿上鞋子出門去。

くつした【靴下】 ㊔ 襪子 類 ソックス（socks・襪子）△寒いから、厚い靴下を穿きなさい。／天氣很冷，所以穿上厚襪子。

くに【国】 ㊔ 國家；國土；故鄉 類 田舎（家鄉）△世界で一番広い国はどこですか。／世界上國土最大的國家是哪裡？

くもる【曇る】 (自五) 變陰；模糊不清 類 天気（天氣）對 晴れる（天晴）△明後日の午前は晴れますが、午後から曇ります。／後天早上是晴天，從午後開始轉陰。

くらい【暗い】 (形)（光線）暗，黑暗；（顏色）發暗，發黑 類 ダーク（dark・暗）對 明るい（亮）△空が暗くなりました。／天空變暗了。

くらい・ぐらい【位】 (副助)（數量或程度上的推測）大概，左右，上下 類 ほど（大約）△郵便局までどれぐらいかかりますか。／到郵局大概要花多少時間？

クラス【class】 ㊔（學校的）班級；階級，等級 類 組（班）△男の子だけのクラスはおもしろくないです。／只有男生的班級一點都不好玩！

グラス【glass】 ㊔ 玻璃杯；玻璃 類 コップ（kop・杯子）△すみません、グラス二つください。／不好意思，請給我兩個玻璃杯。

グラム【（法）gramme】 ㊔ 公克 △牛肉を500グラム買う。／買伍佰公克的牛肉。

くる【来る】 (自力)（空間，時間上的）來；到來 類 帰る（回來）對 行く（去）△山中さんはもうすぐ来るでしょう。／山中先生就快來了吧！

くるま【車】 ㊔ 車子的總稱，汽車 類 カー（car・車子）；バス（bus・公車）△車で会社へ行きます。／開車去公司。

くろい【黒い】 形 黑色的；褐色；骯髒；黑暗 類 ブラック（black・黑色）對 白い（白色的）△猫も犬も黒いです。／貓跟狗都是黑色的。

けヶ

けいかん【警官】 名 警官，警察 類 警察官（警察官）△前の車、止まってください。警官です。／前方車輛請停車。我們是警察。

けさ【今朝】 名 今天早上 類 朝（早上）對 今夜（今晚）△今朝図書館に本を返しました。／今天早上把書還給圖書館了。

けす【消す】 他五 熄掉，撲滅；關掉，弄滅；消失，抹去 類 止める（停止〈引擎等〉）對 点ける（打開）△地震のときはすぐ火を消しましょう。／地震的時候趕緊關火吧！

けっこう【結構】 形動・副 很好，出色；可以，足夠；（表示否定）不要；相當 類 立派（極好）△ご飯はもうけっこうです。／飯我就不用了。

けっこん【結婚】 名・自サ 結婚 對 離婚（離婚）△兄は今35歳で結婚しています。／哥哥現在是35歲，已婚。

げつようび【月曜日】 名 星期一 類 月曜（週一）△来週の月曜日の午後3時に、駅で会いましょう。／下禮拜一的下午三點，我們約在車站見面吧。

げんかん【玄関】 名（建築物的）正門，前門，玄關 類 入り口（入口）；門（大門）△友達は玄関で靴を脱ぎました。／朋友在玄關脫了鞋。

げんき【元気】 名・形動 精神，朝氣；健康 類 丈夫（健康）對 病気（生病）△どの人が一番元気ですか。／那個人最有精神呢？

こコ

こ【個】 名・接尾 …個 △冷蔵庫にたまごが3個あります。／冰箱裡有三個雞蛋。

ご【五】 名（數）五 類 五つ（五個）△八百屋でリンゴを五個買いました。／在蔬果店買了五顆蘋果。

N5-011

ご【語】 名・接尾 語言；…語 類 単語（單字）△日本語のテストはやさしかったですが、問題が多かったです。／日語考試很簡單，但是題目很多。

こうえん【公園】 名 公園 類 パーク（park・公園）；遊園地（遊樂園）△この公園はきれいです。／這座公園很漂亮。

こうさてん【交差点】 名 交差路口

類 十字路（十字路口）△その交差点を左に曲がってください。／請在那個交差路口左轉。

こえ【声】 名（人或動物的）聲音，語音 類 音（〈物體的〉聲音）△大きな声で言ってください。／請大聲說。

コート【coat】 名 外套，大衣；（西裝的）上衣 類 オーバー（over・大衣）△すみません、コートを取ってください。／不好意思，請幫我拿大衣。

コーヒー【（荷）koffie】 名 咖啡 類 飲み物（飲料）△ジュースはもうありませんが、コーヒーはまだあります。／已經沒有果汁了，但還有咖啡。

ここ 代 這裡；（表時間）最近，目前 類 こちら（這裡）△ここで電話をかけます。／在這裡打電話。

ここのか【九日】 名（每月）九號，九日；九天 類 9日間（九天）△九日は誕生日だったから、家族とパーティーをしました。／九號是我的生日，所以和家人辦了慶祝派對。

ここのつ【九つ】 名（數）九個；九歲 類 九個（九個）△うちの子は九つになりました。／我家小孩九歲了。

ごご【午後】 名 下午，午後，後半天 對 午前（上午）△午後7時に友達に会います。／下午七點要和朋友見面。

ごしゅじん【ご主人】 名（稱呼對方的）您的先生，您的丈夫 對 奥さん（您的太太）△ご主人のお仕事は何でしょうか。／請問您先生的工作是…？

ごぜん【午前】 名 上午，午前 對 午後（下午）△明後日の午前、天気はどうなりますか。／後天上午的天氣如何呢？

こたえる【答える】 自下一 回答，答覆；解答 類 返事する（回答）對 聞く（詢問）△山田君、この質問に答えてください。／山田同學，請回答這個問題。

ごちそうさまでした【御馳走様でした】 寒暄 多謝您的款待，我已經吃飽了 對 頂きます（開動）△おいしかったです。御馳走様でした。／真好吃，承蒙您招待了，謝謝。

こちら 代 這邊，這裡，這方面；這位；我，我們（口語為「こっち」）類 ここ（這裡）△山本さん、こちらはスミスさんです。／山本先生，這位是史密斯小姐。

こちらこそ 寒暄 哪兒的話，不敢當 類 よろしく（請關照）△こちらこそ、どうぞよろしくお願いします。／不敢當，請您多多指教！

N5-012

コップ【（荷）kop】 名 杯子，玻璃杯 類 ガラス（glas・玻璃杯）△コップで水を飲みます。／用杯子喝水。

ことし【今年】 名 今年 類 来年（明年）△去年は旅行しましたが、今年はしませんでした。／去年有去旅行，今年則沒有去。

ことば【言葉】 名 語言，詞語 類 辞書（辭典）△日本語の言葉を９つ覚えました。／學會了九個日語詞彙。

こども【子ども】 名 自己的兒女;小孩，孩子，兒童 類 息子（兒子）；娘（女兒）對 親（雙親）；大人（大人）△子どもに外国のお金を見せました。／給小孩子看了外國的錢幣。

この 連體 這…，這個… 對 あの（那個…）△この仕事は１時間ぐらいかかるでしょう。／這項工作大約要花一個小時吧。

ごはん【ご飯】 名 米飯；飯食，餐 類 米（稻米）△ご飯を食べました。／我吃過飯了。

コピー【copy】 名・他サ 拷貝，複製，副本 類 複写（複印）△山田君、これをコピーしてください。／山田同學，麻煩請影印一下這個。

こまる【困る】 自五 感到傷腦筋，困擾；難受，苦惱；沒有辦法 類 難しい（難解決）△お金がなくて、困っています。／沒有錢真傷腦筋。

ごめんください【御免ください】 寒暄 有人在嗎 類 もしもし（喂〈叫住對方〉）對 お邪魔しました（打擾了）△ごめんください。山田です。／有人在家嗎？我是山田。

ごめんなさい【御免なさい】 連語 對不起 類 すみません（對不起）△遅くなってごめんなさい。／對不起。我遲到了。

これ 代 這個，此；這人；現在，此時 類 こちら（這個）△これは私が高校のときの写真です。／這是我高中時的照片。

ころ・ごろ【頃】 名・接尾 （表示時間）左右，時候，時期；正好的時候 類 時（…的時候）△昨日は11時ごろ寝ました。／昨天11點左右就睡了。

こんげつ【今月】 名 這個月 對 先月（上個月）△今月も忙しいです。／這個月也很忙。

こんしゅう【今週】 名 這個星期，本週 對 先週（上週）△今週は80時間も働きました。／這一週工作了80個小時之多。

こんな 連體 這樣的，這種的 對 あんな（那樣的）△こんなうちに住みたいです。／我想住在這種房子裡。

こんにちは【今日は】 寒暄 你好，日安 △「こんにちは、お出かけですか。」「ええ、ちょっとそこまで。」／「你好，要出門嗎？」「對，去辦點事。」

こんばん【今晩】 名 今天晚上，今夜 類 今夜（今晚）△今晩のご飯は何ですか。／今晚吃什麼呢？

こんばんは【今晩は】 寒暄 晚安你好，晚上好 △こんばんは、お散歩ですか。／晚安你好，來散步嗎？

さ サ

N5-013

さあ (感)(表示勸誘，催促)來；表躊躇，遲疑的聲音 類 さ(來吧) △外は寒いでしょう。さあ、お入りなさい。／外面很冷吧。來，請進請進。

さい【歳】 (名·接尾) …歲 △日本では6歳で小学校に入ります。／在日本，六歲就上小學了。

さいふ【財布】 (名) 錢包 類 かばん(提包) △財布はどこにもありませんでした。／到處都找不到錢包。

さき【先】 (名)先，早；頂端，尖端；前頭，最前端 類 前(之前) 對 後(之後) △先に食べてください。私は後で食べます。／請先吃吧。我等一下就吃。

さく【咲く】 (自五) 開(花) 類 開く(開) △公園に桜の花が咲いています。／公園裡開著櫻花。

さくぶん【作文】 (名) 作文 類 文章(文章) △自分の夢について、日本語で作文を書きました。／用日文寫了一篇有關自己的夢想的作文。

さす【差す】 (他五) 撐(傘等)；插 類 立つ(站立) △雨だ。傘をさしましょう。／下雨了，撐傘吧。

さつ【冊】 (接尾) …本，…冊 △雑誌2冊とビールを買いました。／我買了2本雜誌跟一瓶啤酒。

ざっし【雑誌】 (名) 雜誌，期刊 類 マガジン(magazine・雜誌) △雑誌をまだ半分しか読んでいません。／雜誌僅僅看了一半而已。

さとう【砂糖】 (名) 砂糖 類 シュガー(sugar・糖) 對 塩(鹽巴) △このケーキには砂糖がたくさん入っています。／這蛋糕加了很多砂糖。

さむい【寒い】 (形)(天氣)寒冷 類 冷たい(冷的) 對 暑い(熱的) △私の国の冬は、とても寒いです。／我國冬天非常寒冷。

さよなら・さようなら (寒暄) 再見，再會；告別 類 じゃあね(再見〈口語〉) △「さようなら」は中国語で何といいますか。／「sayoonara」的中文怎麼說？

さらいねん【再来年】 (名) 後年 對 一昨年(前年) △今、2014年です。さらいねんは外国に行きます。／現在是2014年。後年我就要去國外了。

さん (接尾)(接在人名，職稱後表敬意或親切)…先生，…小姐 類 様(…先生，小姐) △林さんは面白くていい人です。／林先生人又風趣，個性又好。

さん【三】 (名)(數)三；三個；第三；三次 類 三つ(三個) △三時ごろ友達が家へ遊びに来ました。／三點左右朋友來家裡來玩。

さんぽ【散歩】 (名·自サ) 散步，隨便走走類歩く（走路）△私は毎朝公園を散歩します。／我每天早上都去公園散步。

しシ

し・よん【四】名（數）四；四個；四次（後接「時（じ）、時間（じかん）」時，則唸「四」（よ）類四つ（四個）△昨日四時間勉強しました。／昨天唸了４個小時的書。

じ【時】名…時 類時間（時候）△いつも３時ごろおやつを食べます。／平常都是三點左右吃點心。

しお【塩】名鹽，食鹽 類砂糖（砂糖）△海の水で塩を作りました。／利用海水做了鹽巴。

しかし 接續 然而，但是，可是 類が（但是）△時間はある。しかしお金がない。／有空但是沒錢。

じかん【時間】名時間，功夫；時刻，鐘點 類時（…的時候）；暇（閒功夫）△新聞を読む時間がありません。／沒有看報紙的時間。

じかん【時間】接尾 …小時，…點鐘 類分（分〈時間單位〉）△昨日は６時間ぐらい寝ました。／昨天睡了６個小時左右。

しごと【仕事】名工作；職業 類勤める（工作）對休む（休息）△明日は仕事があります。／明天要工作。

N5-014

じしょ【辞書】名字典，辭典 類辞典（辭典）△辞書を見てから漢字を書きます。／看過辭典後再寫漢字。

しずか【静か】形動 靜止；平靜，沈穩；慢慢，輕輕 對賑やか（熱鬧）△図書館では静かに歩いてください。／圖書館裡走路請放輕腳步。

した【下】名（位置的）下，下面，底下；年紀小 對上（上方）△あの木の下でお弁当を食べましょう。／到那棵樹下吃便當吧。

しち・なな【七】名（數）七；七個 類七つ（七個）△いつも七時ごろまで仕事をします。／平常總是工作到七點左右。

しつもん【質問】名・自サ 提問，詢問 類問題（問題）對答える（回答）△英語の分からないところを質問しました。／針對英文不懂的地方提出了的疑問。

しつれいします【失礼します】寒暄 告辭，再見，對不起；不好意思，打擾了 △もう５時です。そろそろ失礼します。／已經５點了。我差不多該告辭了。

しつれいしました【失礼しました】寒暄 請原諒，失禮了 △忙しいところに電話してしまって、失礼しました。

／忙碌中打電話叨擾您，真是失禮了。

じてんしゃ【自転車】 ㊔ 腳踏車，自行車 類 オートバイ（auto bicycle・摩托車）△ 私は自転車を二台持っています。／我有兩台腳踏車。

じどうしゃ【自動車】 ㊔ 車，汽車 類 車（車子）△ 日本の自動車はいいですね。／日本的汽車很不錯呢。

しぬ【死ぬ】 自五 死亡 類 怪我（受傷）對 生まれる（出生）△ 私のおじいさんは十月に死にました。／我的爺爺在十月過世了。

じびき【字引】 ㊔ 字典，辭典 類 字典（字典）△ 字引を引いて、分からない言葉を調べました。／翻字典查了不懂的字彙。

じぶん【自分】 ㊔ 自己，本人，自身；我 類 僕（我〈男子自稱〉）對 人（別人）△ 料理は自分で作りますか。／你自己下廚嗎？

しまる【閉まる】 自五 關閉；關門，停止營業 類 閉じる（關閉）對 開く（打開）△ 強い風で窓が閉まった。／窗戶因強風而關上了。

しめる【閉める】 他下一 關閉，合上；繫緊，束緊 類 閉じる（關閉）對 開ける（打開）△ ドアが閉まっていません。閉めてください。／門沒關，請把它關起來。

しめる【締める】 他下一 勒緊；繫著；關閉 對 開ける（打開）△ 車の中では、シートベルトを締めてください。／車子裡請繫上安全帶。

じゃ・じゃあ 感 那麼（就）類 では（那麼）△「映画は3時からです。」「じゃあ、2時に出かけましょう。」／「電影三點開始。」「那我們兩點出門吧！」

シャツ【shirt】 ㊔ 襯衫 類 ワイシャツ（white shirt・白襯衫）；Tシャツ（T shirt・T恤）；セーター（sweater・毛線衣）△ あの白いシャツを着ている人は山田さんです。／那個穿白襯衫的人是山田先生。

シャワー【shower】 ㊔ 淋浴 類 風呂（澡盆）△ 勉強した後で、シャワーを浴びます。／唸完書之後淋浴。

じゅう【十】 ㊔（數）十；第十 類 十（十個）△ 山田さんは兄弟が十人もいます。／山田先生的兄弟姊妹有10人之多。

じゅう【中】 名・接尾 整個，全；（表示整個期間或區域）期間 △ タイは一年中暑いです。／泰國終年炎熱。

しゅうかん【週間】 名・接尾 …週，…星期 類 週（…週）△ 1週間に1回ぐらい家族に電話をかけます。／我大約一個禮拜打一次電話給家人。

じゅぎょう【授業】 名・自サ 上課，教課，授課 類 レッスン（lesson・課程）△ 林さんは今日授業を休みました。／林先生今天沒來上課。

N5-015

しゅくだい【宿題】 ㊔ 作業，家庭作業 類 問題（試題）△ 家に帰ると、まず宿題をします。／一回到家以後，首先寫功課。

じょうず【上手】 名·形動 （某種技術等）擅長，高明，厲害 類 上手い（出色的）；強い（擅長的）對 下手（笨拙）△ あの子は歌を上手に歌います。／那孩子歌唱得很好。

じょうぶ【丈夫】 形動 （身體）健壯，健康；堅固，結實 類 元気（精力充沛）對 弱い（虛弱）△ 体が丈夫になりました。／身體變健康了。

しょうゆ【醤油】 ㊔ 醬油 類 ソース（sauce・調味醬）△ 味が薄いですね、少し醤油をかけましょう。／味道有點淡，加一些醬油吧！

しょくどう【食堂】 ㊔ 食堂，餐廳，飯館 類 レストラン（restaurant・餐廳）；台所（廚房）△ 日曜日は食堂が休みです。／星期日餐廳不營業。

しる【知る】 他五 知道，得知；理解；認識；學會 類 分かる（知道）對 忘れる（忘掉）△ 新聞で明日の天気を知った。／看報紙得知明天的天氣。

しろい【白い】 ㊉ 白色的；空白；乾淨，潔白 類 ホワイト（white・白色）對 黒い（黑的）△ 山田さんは白い帽子をかぶっています。／山田先生戴著白色的帽子。

じん【人】 接尾 …人 類 人（人）△ 昨日会社にアメリカ人が来ました。／昨天有美國人到公司來。

しんぶん【新聞】 ㊔ 報紙 類 ニュース（news・新聞）△ この新聞は一昨日のだからもういりません。／這報紙是前天的東西了，我不要了。

す ス

すいようび【水曜日】 ㊔ 星期三 類 水曜（週三）△ 月曜日か水曜日にテストがあります。／星期一或星期三有小考。

すう【吸う】 他五 吸，抽；啜；吸收 類 飲む（喝）對 吐く（吐出）△ 山へ行って、きれいな空気を吸いたいですね。／好想去山上呼吸新鮮空氣啊。

スカート【skirt】 ㊔ 裙子 △ズボンを脱いで、スカートを穿きました。／脫下了長褲，換上了裙子。

すき【好き】 名·形動 喜好，愛好；愛，產生感情 類 欲しい（想要）對 嫌い（討厭）△ どんな色が好きですか。／你喜歡什麼顏色呢？

すぎ【過ぎ】 接尾 超過，過了…，過度

對 前（…前）△今九時 15分過ぎです。／現在是九點過 15 分。

すくない【少ない】 形 少，不多 類 ちょっと（不多）對 多い（多）△この公園は人が少ないです。／這座公園人煙稀少。

すぐ 副 馬上，立刻；（距離）很近 類 今（馬上）△銀行は駅を出てすぐ右です。／銀行就在出了車站的右手邊。

すこし【少し】 副 一下子；少量，稍微，一點 類 ちょっと（稍微）對 沢山（許多）△すみませんが、少し静かにしてください。／不好意思，請稍微安靜一點。

すずしい【涼しい】 形 涼爽，涼爽 對 暖かい（溫暖的）△今日はとても涼しいですね。／今天非常涼爽呢。

ずつ 副助（表示均攤）每…，各…；表示反覆多次 類 ごと（每…）△単語を1日に30ずつ覚えます。／一天各背 30 個單字。

ストーブ【stove】 名 火爐，暖爐 類 暖房（暖氣）對 冷房（冷氣）△寒いからストーブをつけましょう。／好冷，開暖爐吧！

スプーン【spoon】 名 湯匙 類 箸（筷子）△スプーンでスープを飲みます。／用湯匙喝湯。

ズボン【（法）jupon】 名 西裝褲；褲子 類 パンツ（pants・褲子）△このズボンはあまり丈夫ではありませんでした。／這條褲子不是很耐穿。

すみません 寒暄（道歉用語）對不起，抱歉；謝謝 類 御免なさい（對不起）△すみません。トイレはどこにありますか。／不好意思，請問廁所在哪裡呢？

すむ【住む】 自五 住，居住；（動物）棲息，生存 類 泊まる（住宿）△みんなこのホテルに住んでいます。／大家都住在這間飯店。

スリッパ【slipper】 名 室內拖鞋 類 サンダル（sandal・涼鞋）△畳の部屋に入るときはスリッパを脱ぎます。／進入榻榻米房間時，要將拖鞋脫掉。

N5-016

する 自・他サ 做，進行 類 やる（做）△昨日、スポーツをしました。／昨天做了運動。

すわる【座る】 自五 坐，跪座 類 着く（就〈座〉）對 立つ（站立）△どうぞ、こちらに座ってください。／歡迎歡迎，請坐這邊。

せ セ

せ・せい【背】 名 身高，身材 類 高さ（高度）△母は背が高いですが、父は低いです。／媽媽個子很高，但爸爸很矮。

セーター【sweater】(名) 毛衣 (類) 上着(外衣) △山田さんは赤いセーターを着ています。／山田先生穿著紅色毛衣。

せいと【生徒】(名)(中學，高中) 學生 (類) 学生(學生) △この中学校は生徒が２００人います。／這所國中有 200 位學生。

せっけん【石鹸】(名) 香皂，肥皂 (類) ソープ(soap・肥皂) △石鹸で手を洗ってから、ご飯を食べましょう。／用肥皂洗手後再來用餐吧。

せびろ【背広】(名)(男子穿的) 西裝(的上衣) (類) スーツ(suit・套裝) △背広を着て、会社へ行きます。／穿西裝上班去。

せまい【狭い】(形) 狹窄，狹小，狹隘 (類) 小さい(小) (對) 広い(寬大) △狭い部屋ですが、いろんな家具を置いてあります。／房間雖然狹小，但放了各種家具。

ゼロ【zero】(名)(數) 零;沒有 (類) 零(零) △２引く２はゼロです。／２減２等於０。

せん【千】(名)(數) 千，一千；形容數量之多 △その本は 1,000 ページあります。／那本書有一千頁。

せんげつ【先月】(名) 上個月 (對) 来月(下個月) △先月子どもが生まれました。／上個月小孩出生了。

せんしゅう【先週】(名) 上個星期，上週 (對) 来週(下週) △先週の水曜日は20 日です。／上週三是 20 號。

せんせい【先生】(名) 老師，師傅；醫生，大夫 (類) 教師(老師) (對) 生徒、学生(學生) △先生の部屋はこちらです。／老師的房間在這裡。

せんたく【洗濯】(名・他サ) 洗衣服，清洗，洗滌 (類) 洗う(洗) △昨日洗濯をしました。／昨天洗了衣服。

ぜんぶ【全部】(名) 全部，總共 (類) 皆(全部) △パーティーには全部で何人来ましたか。／全部共有多少人來了派對呢？

そ ソ

そう(感)(回答) 是，沒錯 △「全部で６人来ましたか。」「はい、そうです。」／「你們是共六個人一起來的嗎？」「是的，沒錯。」

そうして・そして(接續) 然後；而且；於是；又 (類) それから(然後) △朝は勉強し、そして午後はプールで泳ぎます。／早上唸書，然後下午到游泳池游泳。

そうじ【掃除】(名・他サ) 打掃，清掃，掃除 (類) 洗う(洗滌)；綺麗にする(收拾乾淨) △私が掃除をしましょうか。／我來打掃好嗎？

そこ (代) 那兒，那邊 類 そちら（那裡）△受付はそこです。／受理櫃臺在那邊。

そちら (代) 那兒，那裡；那位，那個；府上，貴處（口語為"そっち"）類 そこ（那裡）△こちらが台所で、そちらがトイレです。／這裡是廚房，那邊是廁所。

そと【外】 (名) 外面，外邊；戶外 類 外側（外側）對 内、中（裡面）△天気が悪くて外でスポーツができません。／天候不佳，無法到外面運動。

その (連體) 那…，那個… △そのテープは5本で600円です。／那個錄音帶，五個賣六百日圓。

そば【側・傍】 (名) 旁邊，側邊；附近 類 近く（附近）；横（旁邊）△病院のそばには、たいてい薬屋や花屋があります。／醫院附近大多會有藥局跟花店。

そら【空】 (名) 天空，空中；天氣 類 青空（青空）對 地（大地）△空には雲が一つもありませんでした。／天空沒有半朵雲。

それ (代) 那，那個；那時，那裡；那樣 類 そちら（那個）△それは中国語でなんといいますか。／那個中文怎麼說？

それから (接續) 還有；其次，然後；（催促對方談話時）後來怎樣 類 そして（然後）△家から駅まではバスです。それから、電車に乗ります。／從家裡坐公車到車站。然後再搭電車。

それでは (接續) 那麼，那就；如果那樣的話 類 それじゃ（那麼）△今日は5日です。それでは8日は日曜日ですね。／今天是五號。那麼八號就是禮拜天囉。

たタ

N5-017

だい【台】 (接尾) …台，…輛，…架 △今日はテレビを一台買った。／今天買了一台電視。

だいがく【大学】 (名) 大學 類 学校（學校）△大学に入るときは100万円ぐらいかかりました。／上大學的時候大概花了一百萬日圓。

たいしかん【大使館】 (名) 大使館 △姉は韓国の大使館で翻訳をしています。／姊姊在韓國大使館做翻譯。

だいじょうぶ【大丈夫】 (形動) 牢固，可靠；放心，沒問題，沒關係 類 安心（放心）對 だめ（不行）△風は強かったですが、服をたくさん着ていたから大丈夫でした。／雖然風很大，但我穿了很多衣服所以沒關係。

だいすき【大好き】 (形動) 非常喜歡，最喜好 類 好き（喜歡）對 大嫌い（最討厭）△妹は甘いものが大好きです。

／妹妹最喜歡吃甜食了。

たいせつ【大切】 形動 重要，要緊；心愛，珍惜 類 大事（重要）△大切な紙ですから、なくさないでください。／因為這是張很重要的紙，請別搞丟了。

たいてい【大抵】 副 大部分，差不多；（下接推量）多半；（接否定）一般 類 いつも（經常，大多）△たいていは歩いて行きますが、ときどきバスで行きます。／大多都是走路過去的，但有時候會搭公車。

だいどころ【台所】 名 廚房 類 キッチン（kitchen・廚房）△猫は部屋にも台所にもいませんでした。／貓咪不在房間，也不在廚房。

たいへん【大変】 副・形動 很，非常，太；不得了 類 とても（非常）△昨日の料理はたいへんおいしかったです。／昨天的菜餚非常美味。

たかい【高い】 形（價錢）貴；（程度，數量，身材等）高，高的 類 大きい（高大的）對 安い（便宜）；低い（矮的）△あのレストランは、まずくて高いです。／那間餐廳又貴又難吃。

たくさん【沢山】 名・形動・副 很多，大量；足夠，不再需要 類 一杯（充滿）對 少し（少許）△とりがたくさん空を飛んでいます。／許多鳥在天空飛翔著。

タクシー【taxi】 名 計程車 類 電車（電車）△時間がありませんから、タクシーで行きましょう。／沒時間了，搭計程車去吧！

だけ 副助 只有… 類 しか（只有）△小川さんだけお酒を飲みます。／只有小川先生要喝酒。

だす【出す】 他五 拿出，取出；提出；寄出 類 渡す（交給）對 入れる（放入）△きのう友達に手紙を出しました。／昨天寄了封信給朋友。

たち【達】 接尾（表示人的複數）…們，…等 類 等（們）△学生たちはどの電車に乗りますか。／學生們都搭哪一輛電車呢？

たつ【立つ】 自五 站立；冒，升；出發 類 起きる（立起來）對 座る（坐）△家の前に女の人が立っていた。／家門前站了個女人。

たてもの【建物】 名 建築物，房屋 類 家（住家）△あの大きな建物は図書館です。／那棟大建築物是圖書館。

たのしい【楽しい】 形 快樂，愉快，高興 類 面白い（有趣）對 つまらない（無趣）△旅行は楽しかったです。／旅行真愉快。

たのむ【頼む】 他五 請求，要求；委託，託付；依靠 類 願う（要求）△男の人が飲み物を頼んでいます。／男人正在點飲料。

たばこ【煙草】 名 香煙；煙草 △1日に6本たばこを吸います。／一天抽六根煙。

たぶん【多分】 副 大概，或許；恐怕 類 大抵（大概）△ あの人はたぶん学生でしょう。／那個人大概是學生吧。

たべもの【食べ物】 名 食物，吃的東西 對 飲み物（飲料）△ 好きな食べ物は何ですか。／你喜歡吃什麼食物呢？

たべる【食べる】 他下一 吃 類 頂く（吃；喝）對 飲む（喝）△ レストランで1,000円の魚料理を食べました。／在餐廳裡吃了一道千元的鮮魚料理。

たまご【卵】 名 蛋，卵；鴨蛋，雞蛋 類 卵（卵子）△ この卵は6個で300円です。／這個雞蛋六個賣三百日圓。

N5-018

だれ【誰】 代 誰，哪位 類 どなた（哪位）△ 部屋には誰もいません。／房間裡沒有半個人。

だれか【誰か】 代 某人；有人 △ 誰か窓を閉めてください。／誰來把窗戶關一下。

たんじょうび【誕生日】 名 生日 類 バースデー（birthday・生日）△ おばあさんの誕生日は10月です。／奶奶的生日在十月。

だんだん【段々】 副 漸漸地 對 急に（突然間）△ もう春ですね。これから、だんだん暖かくなりますね。／已經春天了呢！今後會漸漸暖和起來吧。

ち チ

ちいさい【小さい】 形 小的；微少，輕微；幼小的 類 低い（低的）對 大きい（大的）△ この小さい辞書は誰のですか。／這本小辭典是誰的？

ちかい【近い】 形（距離，時間）近，接近，靠近 類 短い（短的）對 遠い（遠的）△ すみません、図書館は近いですか。／請問一下，圖書館很近嗎？

ちがう【違う】 自五 不同，差異；錯誤；違反，不符 類 間違える（弄錯）對 同じ（一樣）△「これは山田さんの傘ですか。」「いいえ、違います。」／「這是山田小姐的傘嗎？」「不，不是。」

ちかく【近く】 名・副 附近，近旁；（時間上）近期，即將 類 隣（隔壁）對 遠く（遠的）△ 駅の近くにレストランがあります。／車站附近有餐廳。

ちかてつ【地下鉄】 名 地下鐵 類 電車（電車）△ 地下鉄で空港まで3時間もかかります。／搭地下鐵到機場竟要花上三個小時。

ちち【父】 名 家父，爸爸，父親 類 パパ（papa・爸爸）對 母（家母）△ 8日から10日まで父と旅行しました。／八號到十號我和爸爸一起去了旅行。

ちゃいろ【茶色】 名 茶色 類 ブラウン（brown・棕色）△ 山田さんは茶色の髪の毛をしています。／山田小姐是咖啡色的頭髮。

ちゃわん【茶碗】 [名] 碗，茶杯，飯碗 [類] コップ(kop・杯子；玻璃杯) △鈴木(すずき)さんは茶碗(ちゃわん)やコップをきれいにしました。／鈴木先生將碗和杯子清乾淨了。

ちゅう【中】 [名・接尾] 中央，中間；…期間，正在…當中；在…之中 △明日(あした)の午前中(ごぜんちゅう)はいい天気(てんき)になりますよ。／明天上午期間會是好天氣喔！

ちょうど【丁度】 [副] 剛好，正好；正，整 [類] 同(おな)じ(一樣) △30(さんじゅう)たす70(ななじゅう)はちょうど100(ひゃく)です。／30加70剛好是100。

ちょっと【一寸】 [副・感] 一下子；(下接否定)不太…，不太容易…；一點點 [類] 少(すこ)し(少許) [對] 沢山(たくさん)(很多) △ちょっとこれを見(み)てくださいませんか。／你可以幫我看一下這個嗎？

つ ッ

ついたち【一日】 [名](每月)一號，初一 △仕事(しごと)は七月一日(しちがつついたち)から始(はじ)まります。／從七月一號開始工作。

つかう【使う】 [他五] 使用；雇傭；花費 [類] 要(い)る(需要) △和食(わしょく)はお箸(はし)を使(つか)い、洋食(ようしょく)はフォークとナイフを使(つか)います。／日本料理用筷子，西洋料理則用餐叉和餐刀。

つかれる【疲れる】 [自下一] 疲倦，疲勞 [類] 大変(たいへん)(費力) △一日中(いちにちじゅう)仕事(しごと)をして、疲(つか)れました。／因為工作了一整天，真是累了。

つぎ【次】 [名] 下次，下回，接下來；第二，其次 [類] 第二(だいに)(第二) [對] 前(まえ)(之前) △私(わたし)は次(つぎ)の駅(えき)で電車(でんしゃ)を降(お)ります。／我在下一站下電車。

つく【着く】 [自五] 到，到達，抵達；寄到 [類] 到着(とうちゃく)(抵達) [對] 出(で)る(出發) △毎日(まいにち)7時(しちじ)に着(つ)きます。／每天7點抵達。

つくえ【机】 [名] 桌子，書桌 [類] テーブル(table・桌子) △すみません、机(つくえ)はどこに置(お)きますか。／請問一下，這張書桌要放在哪裡？

つくる【作る】 [他五] 做，造；創造；寫，創作 [類] する(做) △昨日(きのう)料理(りょうり)を作(つく)りました。／我昨天做了菜。

つける【点ける】 [他下一] 點(火)，點燃；扭開(開關)，打開 [對] 消(け)す(關掉) △部屋(へや)の電気(でんき)をつけました。／我打開了房間的電燈。

つとめる【勤める】 [他下一] 工作，任職；擔任(某職務) [類] 働(はたら)く(工作) △私(わたし)は銀行(ぎんこう)に35(さんじゅうご)年間(ねんかん)勤(つと)めました。／我在銀行工作了35年。

つまらない [形] 無趣，沒意思；無意義 [對] 面白(おもしろ)い(有趣)；楽(たの)しい(好玩) △大人(おとな)の本(ほん)は子(こ)どもにはつまらないでしょう。／我想大人看的書對小孩來講很無趣吧！

N5-019

つめたい【冷たい】(形)冷，涼；冷淡，不熱情 類 寒い(寒冷的) 對 熱い(熱的) △お茶は、冷たいのと熱いのとどちらがいいですか。／你茶要冷的還是熱的？

つよい【強い】(形)強悍，有力；強壯，結實；擅長的 類 上手(擅長的) 對 弱い(軟弱) △明日は風が強いでしょう。／明天風很強吧。

て テ

て【手】(名)手，手掌；胳膊 類 ハンド(hand・手) 對 足(腳) △手をきれいにしてください。／請把手弄乾淨。

テープ【tape】(名)膠布；錄音帶，卡帶 類 ラジオ(radio・收音機) △テープを入れてから、赤いボタンを押します。／放入錄音帶後，按下紅色的按鈕。

テープレコーダー【tape recorder】(名)磁帶錄音機 類 テレコ(tape recorder之略・錄音機) △テープレコーダーで日本語の発音を練習しています。／我用錄音機在練習日語發音。

テーブル【table】(名)桌子；餐桌，飯桌 類 机(書桌) △お箸はテーブルの上に並べてください。／請將筷子擺到餐桌上。

でかける【出掛ける】(自下一)出去，出門，到…去；要出去 類 出る(出去) 對 帰る(回來) △毎日7時に出かけます。／每天7點出門。

てがみ【手紙】(名)信，書信，函 類 葉書(明信片) △きのう友達に手紙を書きました。／昨天寫了封信給朋友。

できる【出来る】(自上一)能，可以，辦得到；做好，做完 類 なる(完成) △山田さんはギターもピアノもできますよ。／山田小姐既會彈吉他又會彈鋼琴呢！

でぐち【出口】(名)出口 對 入り口(入口) △すみません、出口はどちらですか。／請問一下，出口在哪邊？

テスト【test】(名)考試，試驗，檢查 類 試験(考試) △テストをしていますから、静かにしてください。／現在在考試，所以請安靜。

では(接續)那麼，那麼說，要是那樣 類 それでは(那麼) △では、明日見に行きませんか。／那明天要不要去看呢？

デパート【department store】(名)百貨公司 類 百貨店(百貨公司) △近くに新しいデパートができて賑やかになりました。／附近開了家新百貨公司，變得很熱鬧。

ではおげんきで【ではお元気で】 寒暄 請多保重身體 △お婆ちゃん、楽しかったです。ではお元気で。／婆婆今天真愉快！那，多保重身體喔！

では、また 寒暄 那麼，再見 △では、また後で。／那麼，待會見。

でも 接續 可是，但是，不過；話雖如此 類 しかし（但是）△彼は夏でも厚いコートを着ています。／他就算是夏天也穿著厚重的外套。

でる【出る】 自下一 出來，出去；離開 類 出かける（外出）對 入る（進入）△7時に家を出ます。／7點出門。

テレビ【television之略】 名 電視 類 テレビジョン（television・電視機）△昨日はテレビを見ませんでした。／昨天沒看電視。

てんき【天気】 名 天氣；晴天，好天氣 類 晴れ（晴天）△今日はいい天気ですね。／今天天氣真好呀！

でんき【電気】 名 電力；電燈；電器 △ドアの右に電気のスイッチがあります。／門的右邊有電燈的開關。

でんしゃ【電車】 名 電車 類 新幹線（新幹線）△大学まで電車で30分かかります。／坐電車到大學要花30分鐘。

でんわ【電話】 名・自サ 電話；打電話 類 携帯電話（手機）△林さんは明日村田さんに電話します。／林先生明天會打電話給村田先生。

と ト

と【戸】 名（大多指左右拉開的）門；大門 類 ドア（door・門）△「戸」は左右に開けたり閉めたりするものです。／「門」是指左右兩邊可開可關的東西。

ど【度】 名・接尾 …次；…度（溫度，角度等單位）類 回数（次數）△たいへん、熱が39度もありますよ。／糟了！發燒到39度耶！

ドア【door】 名（大多指西式前後推開的）門；（任何出入口的）門 類 戸（門戶）△寒いです。ドアを閉めてください。／好冷。請關門。

トイレ【toilet】 名 廁所，洗手間，盥洗室 類 手洗い（洗手間）△トイレはどちらですか。／廁所在哪邊？

どう 副 怎麼，如何 類 如何（如何）△この店のコーヒーはどうですか。／這家店的咖啡怎樣？

どういたしまして 寒暄 沒關係，不用客氣，算不了什麼 類 大丈夫です（不要緊）△「ありがとうございました。」「どういたしまして。」／「謝謝您。」「不客氣。」

N5-020

どうして 副 為什麼，何故 類 何故（為何）△昨日はどうして早く帰ったのですか。／昨天為什麼早退？

どうぞ [副]（表勸誘，請求，委託）請；（表承認，同意）可以，請 [類] はい（可以）△コーヒーをどうぞ。／請用咖啡。

どうぞよろしく [寒暄] 指教，關照 △はじめまして、どうぞよろしく。／初次見面，請多指教。

どうぶつ【動物】 [名]（生物兩大類之一的）動物；（人類以外，特別指哺乳類）動物 [對] 植物（植物）△犬は動物です。／狗是動物。

どうも [副] 怎麼也；總覺得；實在是，真是；謝謝 [類] 本当に（真是）△遅くなって、どうもすみません。／我遲到了，真是非常抱歉。

どうもありがとうございました [寒暄] 謝謝，太感謝了 [類] お世話様（感謝您）△ご親切に、どうもありがとうございました。／感謝您這麼親切。

とお【十】 [名]（數）十；十個；十歲 [類] 十個（十個）△うちの太郎は来月十になります。／我家太郎下個月滿十歲。

とおい【遠い】 [形]（距離）遠；（關係）遠，疏遠；（時間間隔）久遠 [對] 近い（近）△駅から学校までは遠いですか。／從車站到學校很遠嗎？

とおか【十日】 [名]（每月）十號，十日；十天 [類] 10日間（十天）△十日の日曜日どこか行きますか。／十號禮拜日你有打算去哪裡嗎？

とき【時】 [名]（某個）時候 [類] 時間（時候）△妹が生まれたとき、父は外国にいました。／妹妹出生的時候，爸爸人在國外。

ときどき【時々】 [副] 有時，偶爾 [類] 偶に（偶爾）△ときどき7時に出かけます。／有時候會7點出門。

とけい【時計】 [名] 鐘錶，手錶 △あの赤い時計は私のです。／那紅色的錶是我的。

どこ [代] 何處，哪兒，哪裡 [類] どちら（哪裡）△あなたはどこから来ましたか。／你從哪裡來的？

ところ【所】 [名]（所在的）地方，地點 [類] 場所（地點）△今年は暖かい所へ遊びにいきました。／今年去了暖和的地方玩。

とし【年】 [名] 年；年紀 [類] 歳（年齡）△彼、年はいくつですか。／他年紀多大？

としょかん【図書館】 [名] 圖書館 [類] ライブラリー（library・圖書館）△この道をまっすぐ行くと大きな図書館があります。／這條路直走，就可以看到大型圖書館。

どちら [代]（方向，地點，事物，人等）哪裡，哪個，哪位（口語為「どっち」）[類] どこ（哪裡）△ホテルはどちらにありますか。／飯店在哪裡？

とても [副] 很，非常；（下接否定）無論如何也… [類] 大変（非常）△今日はとても疲れました。／今天非常地累。

どなた 代 哪位，誰 類 誰（誰）△今日はどなたの誕生日でしたか。／今天是哪位生日？

となり【隣】 名 鄰居，鄰家；隔壁，旁邊；鄰近，附近 類 近所（附近）△花はテレビの隣におきます。／把花放在電視的旁邊。

どの 連體 哪個，哪… △どの席がいいですか。／哪個座位好呢？

とぶ【飛ぶ】 自五 飛，飛行，飛翔 類 届く（送達）△南のほうへ鳥が飛んでいきました。／鳥往南方飛去了。

とまる【止まる】 自五 停，停止，停靠；停頓；中斷 類 止める（停止）對 動く（轉動）△次の電車は学校の近くに止まりませんから、乗らないでください。／下班車不停學校附近，所以請不要搭乘。

ともだち【友達】 名 朋友，友人 類 友人（朋友）△友達と電話で話しました。／我和朋友通了電話。

どようび【土曜日】 名 星期六 類 土曜（週六）△先週の土曜日はとても楽しかったです。／上禮拜六玩得很高興。

とり【鳥】 名 鳥，禽類的總稱；雞 類 小鳥（小鳥）△私の家には鳥がいます。／我家有養鳥。

とりにく【鶏肉・鳥肉】 名 雞肉；鳥肉 類 チキン（chicken・雞肉）△今晩は鶏肉ご飯を食べましょう。／今晚吃雞肉飯吧！

とる【取る】 他五 拿取，執，握；採取，摘；（用手）操控 類 持つ（拿取）對 渡す（遞給）△田中さん、その新聞を取ってください。／田中先生，請幫我拿那份報紙。

とる【撮る】 他五 拍照，拍攝 類 撮影する（攝影）△ここで写真を撮りたいです。／我想在這裡拍照。

どれ 代 哪個 類 どちら（哪個）△あなたのコートはどれですか。／哪一件是你的大衣？

どんな 連體 什麼樣的 類 どのような（哪樣的）△どんな音楽をよく聞きますか。／你常聽哪一種音樂？

な ナ

N5-021

ない【無い】 形 沒，沒有；無，不在 對 有る（有）△日本に4,000メートルより高い山はない。／日本沒有高於4000公尺的山。

ナイフ【knife】 名 刀子，小刀，餐刀 類 包丁（菜刀）△ステーキをナイフで小さく切った。／用餐刀將牛排切成小塊。

なか【中】 名 裡面，內部；其中 類 間（中間）對 外（外面）△公園の中に喫茶店があります。／公園裡有咖啡廳。

ながい【長い】〔形〕(時間、距離) 長，長久，長遠〔類〕久しい(〈時間〉很久)〔對〕短い(短) △この川は世界で一番長い川です。／這條河是世界第一長河。

ながら〔接助〕邊…邊…，一面…一面… △朝ご飯を食べながら新聞を読みました。／我邊吃早餐邊看報紙。

なく【鳴く】〔自五〕(鳥，獸，虫等) 叫，鳴〔類〕呼ぶ(喊叫) △木の上で鳥が鳴いています。／鳥在樹上叫著。

なくす【無くす】〔他五〕丟失;消除〔類〕失う(失去) △大事なものだから、なくさないでください。／這東西很重要，所以請不要弄丟了。

なぜ【何故】〔副〕為何，為什麼〔類〕どうして(為什麼) △なぜ昨日来なかったのですか。／為什麼昨天沒來?

なつ【夏】〔名〕夏天，夏季〔對〕冬(冬天) △来年の夏は外国へ行きたいです。／我明年夏天想到國外去。

なつやすみ【夏休み】〔名〕暑假〔類〕休み(休假) △夏休みは何日から始まりますか。／暑假是從幾號開始放的?

など【等】〔副助〕(表示概括，列舉)…等〔類〕なんか(之類) △朝は料理や洗濯などで忙しいです。／早上要做飯、洗衣等，真是忙碌。

ななつ【七つ】〔名〕(數) 七個;七歲〔類〕七個(七個) △コップは七つください。／請給我七個杯子。

なに・なん【何】〔代〕什麼;任何 △これは何というスポーツですか。／這運動名叫什麼?

なのか【七日】〔名〕(每月) 七號;七日，七天〔類〕7日間(七天) △七月七日は七夕祭りです。／七月七號是七夕祭典。

なまえ【名前】〔名〕(事物與人的) 名字，名稱〔類〕苗字(姓) △ノートに名前が書いてあります。／筆記本上有寫姓名。

ならう【習う】〔他五〕學習;練習〔類〕学ぶ(學習)〔對〕教える(教授) △李さんは日本語を習っています。／李小姐在學日語。

ならぶ【並ぶ】〔自五〕並排，並列，列隊〔類〕並べる(排列) △私と彼女が二人並んで立っている。／我和她兩人一起並排站著。

ならべる【並べる】〔他下一〕排列;並排;陳列;擺，擺放〔類〕置く(擺放) △玄関にスリッパを並べた。／我在玄關的地方擺放了室內拖鞋。

なる【為る】〔自五〕成為，變成;當(上)〔類〕変わる(變成) △天気が暖かくなりました。／天氣變暖和了。

にニ

N5-022

に【二】㊔（數）二，兩個 類 二つ（兩個）△二階に台所があります。／2樓有廚房。

にぎやか【賑やか】形動 熱鬧，繁華；有說有笑，鬧哄哄 類 楽しい（愉快的）對 静か（安靜）△この八百屋さんはいつも賑やかですね。／這家蔬果店總是很熱鬧呢！

にく【肉】㊔ 肉 類 体（肉體）△私は肉も魚も食べません。／我既不吃肉也不吃魚。

にし【西】㊔ 西，西邊，西方 類 西方（西方）對 東（東方）△西の空が赤くなりました。／西邊的天色變紅了。

にち【日】㊔ 號，日，天（計算日數）△1日に3回薬を飲んでください。／一天請吃三次藥。

にちようび【日曜日】㊔ 星期日 類 日曜（週日）△日曜日の公園は人が大勢います。／禮拜天的公園有很多人。

にもつ【荷物】㊔ 行李，貨物 類 スーツケース（suitcase・旅行箱）△重い荷物を持って、とても疲れました。／提著很重的行李，真是累壞了。

ニュース【news】㊔ 新聞，消息 類 新聞（報紙）△山田さん、ニュースを見ましたか。／山田小姐，你看新聞了嗎？

にわ【庭】㊔ 庭院，院子，院落 類 公園（公園）△私は毎日庭の掃除をします。／我每天都會整理院子。

にん【人】接尾 …人 類 人（人）△昨日四人の先生に電話をかけました。／昨天我打電話給四位老師。

ぬヌ

ぬぐ【脱ぐ】他五 脫去，脫掉，摘掉 類 取る（脫掉）對 着る（穿）△コートを脱いでから、部屋に入ります。／脫掉外套後進房間。

ねネ

ネクタイ【necktie】㊔ 領帶 類 マフラー（muffler・圍巾）△父の誕生日にネクタイをあげました。／爸爸生日那天我送他領帶。

ねこ【猫】㊔ 貓 類 キャット（cat・貓）；動物（動物）；ペット（pet・寵物）△猫は黒くないですが、犬は黒いです。／貓不是黑色的，但狗是黑色的。

ねる【寝る】 自下一 睡覺，就寢；躺下，臥 類 休む（就寢）對 起きる（起床）△疲れたから、家に帰ってすぐに寝ます。／因為很累，所以回家後馬上就去睡。

ねん【年】 名 年（也用於計算年數）△だいたい1年に2回旅行をします。／一年大約去旅行兩趟。

の ノ

ノート【notebook之略】 名 筆記本；備忘錄 類 手帳（記事本）△ノートが2冊あります。／有兩本筆記本。

のぼる【登る】 自五 登，上；攀登（山）類 登山（爬山）對 降りる（下來）△私は友達と山に登りました。／我和朋友去爬了山。

のみもの【飲み物】 名 飲料 類 食べ物（食物）△私の好きな飲み物は紅茶です。／我喜歡的飲料是紅茶。

のむ【飲む】 他五 喝，吞，嚥，吃（藥）類 吸う（吸）△毎日、薬を飲んでください。／請每天吃藥。

のる【乗る】 自五 騎乘，坐；登上 類 乗り物（交通工具）對 降りる（下來）△ここでタクシーに乗ります。／我在這裡搭計程車。

は ハ

N5-023

は【歯】 名 牙齒 類 虫歯（蛀牙）△夜、歯を磨いてから寝ます。／晚上刷牙齒後再睡覺。

パーティー【party】 名（社交性的）集會，晚會，宴會，舞會 類 集まり（聚會）△パーティーでなにか食べましたか。／你在派對裡吃了什麼？

はい 感（回答）有，到；（表示同意）是的 類 ええ（是）對 いいえ（不是）△「山田さん！」「はい。」／「山田先生！」「有。」

はい・ばい・ぱい【杯】 接尾 …杯 △コーヒーを一杯いかがですか。／請問喝杯咖啡如何？

はいざら【灰皿】 名 菸灰缸 類 ライター（lighter・打火機）△すみません、灰皿をください。／抱歉，請給我菸灰缸。

はいる【入る】 自五 進，進入；裝入，放入 對 出る（出去）△その部屋に入らないでください。／請不要進去那房間。

はがき【葉書】 名 明信片 類 手紙（書信）△はがきを3枚と封筒を5枚お願いします。／請給我三張明信片和五個信封。

はく【履く・穿く】他五 穿(鞋，襪；褲子等) 類 着る(穿〈衣服〉) △田中さんは今日は青いズボンを穿いています。／田中先生今天穿藍色的褲子。

はこ【箱】名 盒子，箱子，匣子 類 ボックス(box・盒子) △箱の中にお菓子があります。／盒子裡有點心。

はし【箸】名 筷子，箸 △君、箸の持ち方が下手だね。／你呀！真不會拿筷子啊！

はし【橋】名 橋，橋樑 類 ブリッジ(bridge・橋) △橋はここから5分ぐらいかかります。／從這裡走到橋約要5分鐘。

はじまる【始まる】自五 開始，開頭；發生 類 スタート(start・開始) 對 終わる(結束) △もうすぐ夏休みが始まります。／暑假即將來臨。

はじめ【初め】名 開始，起頭；起因 對 終わり(結束) △1時ごろ、初めに女の子が来て、次に男の子が来ました。／一點左右，先是女生來了，接著男生來了。

はじめて【初めて】副 最初，初次，第一次 類 一番(第一次) △初めて会ったときから、ずっと君が好きだった。／我打從第一眼看到妳，就一直很喜歡妳。

はじめまして【初めまして】寒暄 初次見面，你好 △初めまして、どうぞよろしく。／初次見面，請多指教。

はじめる【始める】他下一 開始，創始 對 終わる(結束) △1時になりました。それではテストを始めます。／1點了。那麼開始考試。

はしる【走る】自五 (人，動物)跑步，奔跑；(車，船等)行駛 類 歩く(走路) 對 止まる(停住) △毎日どれぐらい走りますか。／每天大概跑多久？

バス【bus】名 巴士，公車 類 乗り物(交通工具) △バスに乗って、海へ行きました。／搭巴士去了海邊。

バター【butter】名 奶油 △パンにバターを厚く塗って食べます。／在麵包上塗厚厚的奶油後再吃。

はたち【二十歳】名 二十歲 △私は二十歳で子どもを生んだ。／我二十歲就生了孩子。

はたらく【働く】自五 工作，勞動，做工 類 勤める(工作) 對 遊ぶ(玩樂) △山田さんはご夫婦でいつも一生懸命働いていますね。／山田夫婦兩人總是很賣力地工作呢！

はち【八】名(數) 八；八個 類 八つ(八個) △毎朝八時ごろ家を出ます。／每天早上都八點左右出門。

はつか【二十日】名(每月)二十日；二十天 類 20日間(二十天) △二十日の天気はどうですか。／二十號的天氣如何？

はな【花】名 花 類 フラワー(flower・花) △ここで花を買います。／在這裡買花。

はな【鼻】 [名] 鼻子 △赤ちゃんの小さい鼻がかわいいです。／小嬰兒的小鼻子很可愛。

はなし【話】 [名] 話，說話，講話 [類] 会話（談話）△あの先生は話が長い。／那位老師話很多。

N5-024

はなす【話す】 [他五] 說，講；談話；告訴（別人）[類] 言う（說）[對] 聞く（聽）△食べながら、話さないでください。／請不要邊吃邊講話。

はは【母】 [名] 家母，媽媽，母親 [類] ママ（mama・媽媽）[對] 父（家父）△田舎の母から電話が来た。／家鄉的媽媽打了電話來。

はやい【早い】 [形]（時間等）快，早；（動作等）迅速 [對] 遅い（慢）△時間がありません。早くしてください。／沒時間了。請快一點！

はやい【速い】 [形]（速度等）快速 [對] 遅い（慢）△バスとタクシーのどっちが速いですか。／巴士和計程車哪個比較快？

はる【春】 [名] 春天，春季 [類] 春季（春天）[對] 秋（秋天）△春には大勢の人が花見に来ます。／春天有很多人來賞櫻。

はる【貼る・張る】 [他五] 貼上，糊上，黏上 [類] 付ける（安上）△封筒に切手を貼って出します。／在信封上貼上郵票後寄出。

はれる【晴れる】 [自下一]（天氣）晴，（雨，雪）停止，放晴 [類] 天気（好天氣）[對] 曇る（陰天）△あしたは晴れるでしょう。／明天應該會放晴吧。

はん【半】 [名・接尾] …半；一半 [類] 半分（一半）[對] 倍（加倍）△9時半に会いましょう。／約九點半見面吧！

ばん【晩】 [名] 晚，晚上 [類] 夜（晚上）[對] 朝（早上）△朝から晩まで歌の練習をした。／從早上練歌練到晚上。

ばん【番】 [名・接尾]（表示順序）第…，…號；輪班；看守 [類] 順番（順序）△8番の方、どうぞお入りください。／8號的客人請進。

パン【（葡）pão】 [名] 麵包 [類] ブレッド（bread・麵包）△私は、パンにします。／我要點麵包。

ハンカチ【handkerchief】 [名] 手帕 [類] タオル（towel・毛巾）△その店でハンカチを買いました。／我在那家店買了手帕。

ばんごう【番号】 [名] 號碼，號數 [類] ナンバー（number・號碼）△女の人の電話番号は何番ですか。／女生的電話號碼是幾號？

ばんごはん【晩ご飯】 [名] 晚餐 [類] ご飯（吃飯）△いつも九時ごろ晩ご飯を食べます。／經常在九點左右吃晚餐。

はんぶん【半分】 [名] 半，一半，二分

之一 類 半（一半）對 倍（加倍）△バナナを半分にしていっしょに食べましょう。／把香蕉分成一半一起吃吧！

ひヒ

ひがし【東】 名 東，東方，東邊 類 東方（東方）對 西（西方）△町の東に長い川があります。／城鎮的東邊有條長河。

ひき【匹】 接尾（鳥，蟲，魚，獸）…匹，…頭，…條，…隻 △庭に犬が２匹と猫が１匹います。／院子裡有２隻狗和１隻貓。

ひく【引く】 他五 拉，拖；翻查；感染（傷風感冒）類 取る（抓住）對 押す（推）△風邪をひきました。あまりご飯を食べたくないです。／我感冒了。不大想吃飯。

ひく【弾く】 他五 彈，彈奏，彈撥 類 音楽（音樂）△ギターを弾いている人は李さんです。／那位在彈吉他的人是李先生。

ひくい【低い】 形 低，矮；卑微，低賤 類 短い（短的）對 高い（高的）△田中さんは背が低いです。／田中小姐個子矮小。

ひこうき【飛行機】 名 飛機 類 ヘリコプター（helicopter・直升機）△飛行機で南へ遊びに行きました。／搭飛機去南邊玩了。

ひだり【左】 名 左，左邊；左手 類 左側（左側）對 右（右方）△レストランの左に本屋があります。／餐廳的左邊有書店。

ひと【人】 名 人，人類 類 人間（人類）△どの人が田中さんですか。／哪位是田中先生？

ひとつ【一つ】 名（數）一；一個；一歲 類 一個（一個）△間違ったところは一つしかない。／只有一個地方錯了。

ひとつき【一月】 名 一個月 類 一ヶ月（一個月）△あと一月でお正月ですね。／再一個月就是新年了呢。

ひとり【一人】 名 一人；一個人；單獨一個人 對 大勢（許多人）△私は去年から一人で東京に住んでいます。／我從去年就一個人住在東京。

ひま【暇】 名・形動 時間，功夫；空閒時間，暇餘 類 休み（休假）對 忙しい（繁忙）△今日は午後から暇です。／今天下午後有空。

N5-025

ひゃく【百】 名（數）一百；一百歲 △瓶の中に五百円玉が百個入っている。／瓶子裡裝了百枚的五百元日圓。

びょういん【病院】 名 醫院，病院 類 クリニック（clinic・診所）△駅の向こうに病院があります。／車站的另外一邊有醫院。

びょうき【病気】(名) 生病，疾病 (類) 風邪（感冒）(對) 元気（健康）△病気になったときは、病院へ行きます。／生病時要去醫院看醫生。

ひらがな【平仮名】(名) 平假名 (類) 字（文字）(對) 片仮名（片假名）△名前は平仮名で書いてください。／姓名請用平假名書寫。

ひる【昼】(名) 中午；白天，白晝；午飯 (類) 昼間（白天）(對) 夜（晚上）△東京は明日の昼から雨の予報です。／東京明天中午後會下雨。

ひるごはん【昼ご飯】(名) 午餐 (類) 朝ご飯（早飯）△昼ご飯はどこで食べますか。／中餐要到哪吃？

ひろい【広い】(形)（面積，空間）廣大，寬廣；（幅度）寬闊；（範圍）廣泛 (類) 大きい（大）(對) 狭い（窄小）△私のアパートは広くて静かです。／我家公寓既寬大又安靜。

ふフ

フィルム【film】(名) 底片，膠片；影片；電影 △いつもここでフィルムを買います。／我都在這裡買底片。

ふうとう【封筒】(名) 信封，封套 (類) 袋（袋子）△封筒にはお金が八万円入っていました。／信封裡裝了八萬日圓。

プール【pool】(名) 游泳池 △どのうちにもプールがあります。／每家都有游泳池。

フォーク【fork】(名) 叉子，餐叉 △ナイフとフォークでステーキを食べます。／用餐刀和餐叉吃牛排。

ふく【吹く】(自五)（風）刮，吹；（緊縮嘴唇）吹氣 (類) 吸う（吸入）△今日は風が強く吹いています。／今天風吹得很強。

ふく【服】(名) 衣服 (類) 洋服（西式服裝）△花ちゃん、その服かわいいですね。／小花，妳那件衣服好可愛喔！

ふたつ【二つ】(名)（數）二；兩個；兩歲 (類) 二個（兩個）△黒いボタンは二つありますが、どちらを押しますか。／有兩顆黑色的按鈕，要按哪邊的？

ぶたにく【豚肉】(名) 豬肉 (類) ポーク（pork・豬肉）△この料理は豚肉と野菜で作りました。／這道菜是用豬肉和蔬菜做的。

ふたり【二人】(名) 兩個人，兩人 △二人とも、ここの焼肉が好きですか。／你們兩人喜歡這裡的燒肉嗎？

ふつか【二日】(名)（每月）二號，二日；兩天；第二天 (類) 2日間（兩天）△二日からは雨になりますね。／二號後會開始下雨。

ふとい【太い】(形) 粗，肥胖 (類) 厚い（厚的）(對) 細い（細瘦）△大切なところに太い線が引いてあります。／重點部分有用粗線畫起來了。

ふゆ【冬】 名 冬天，冬季 類 冬休み（寒假）對 夏（夏天）△私は夏も冬も好きです。／夏天和冬天我都很喜歡。

ふる【降る】 自五 落，下，降（雨，雪，霜等）類 曇る（陰天）對 晴れる（放晴）△雨が降っているから、今日は出かけません。／因為下雨，所以今天不出門。

ふるい【古い】 形 以往；老舊，年久，老式 對 新しい（新）△この辞書は古いですが、便利です。／這本辭典雖舊但很方便。

ふろ【風呂】 名 浴缸，澡盆；洗澡；洗澡熱水 類 バス（bath・浴缸，浴室）△今日はご飯の後でお風呂に入ります。／今天吃完飯後再洗澡。

ふん・ぷん【分】 接尾（時間）…分；（角度）分 △今 8 時 4 5 分です。／現在是八點四十五分。

へ へ

ページ【page】 名・接尾 …頁 類 番号（號碼）△今日は雑誌を 10 ページ読みました。／今天看了 10 頁的雜誌。

N5-026

へた【下手】 名・形動（技術等）不高明，不擅長，笨拙 類 不味い（拙劣）對 上手（高明）△兄は英語が下手です。／哥哥的英文不好。

ベッド【bed】 名 床，床舖 類 布団（被褥）△私はベッドよりも布団のほうがいいです。／比起床鋪，我比較喜歡被褥。

へや【部屋】 名 房間；屋子 類 和室（和式房間）△部屋をきれいにしました。／把房間整理乾淨了。

へん【辺】 名 附近，一帶；程度，大致 類 辺り（周圍）△この辺に銭湯はありませんか。／這一帶有大眾澡堂嗎？

ペン【pen】 名 筆，原子筆，鋼筆 類 ボールペン（ball-point pen・原子筆）△ペンか鉛筆を貸してください。／請借我原子筆或是鉛筆。

べんきょう【勉強】 名・自他サ 努力學習，唸書 類 習う（學習）△金さんは日本語を勉強しています。／金小姐在學日語。

べんり【便利】 形動 方便，便利 類 役に立つ（方便）對 不便（不便）△あの建物はエレベーターがあって便利です。／那棟建築物有電梯很方便。

ほ ホ

ほう【方】 名 方向；方面；（用於並列或

比較屬於哪一）部類，類型 △静かな場所の方がいいですね。／寧靜的地方比較好啊。

ぼうし【帽子】 名 帽子 類 キャップ（cap・棒球帽）△山へは帽子をかぶって行きましょう。／就戴帽子去爬山吧！

ボールペン【ball-point pen】 名 原子筆，鋼珠筆 類 ペン（pen・筆）△このボールペンは父からもらいました。／這支原子筆是爸爸給我的。

ほか【外】 名·副助 其他，另外；旁邊，外部；（下接否定）只好，只有 類 よそ（別處）△わかりませんね。ほかの人に聞いてください。／我不知道耶。問問看其他人吧！

ポケット【pocket】 名 口袋，衣袋 類 袋（袋子）△財布をポケットに入れました。／我把錢包放進了口袋裡。

ポスト【post】 名 郵筒，信箱 類 郵便（郵件）△この辺にポストはありますか。／這附近有郵筒嗎？

ほそい【細い】 形 細，細小；狹窄 類 薄い（厚度薄）對 太い（肥胖）△車が細い道を通るので、危ないです。／因為車子要開進窄道，所以很危險。

ボタン【（葡）botão ／button】 名 釦子，鈕釦；按鍵 △白いボタンを押してから、青いボタンを押します。／按下白色按鈕後，再按藍色按鈕。

ホテル【hotel】 名（西式）飯店，旅館 類 旅館（旅館）△プリンスホテルに三泊しました。／在王子飯店住了四天三夜。

ほん【本】 名 書，書籍 類 教科書（教科書）△図書館で本を借りました。／到圖書館借了書。

ほん・ぼん・ぽん【本】 接尾（計算細長的物品）…支，…棵，…瓶，…條 △鉛筆が1本あります。／有一支鉛筆。

ほんだな【本棚】 名 書架，書櫃，書櫥 類 棚（架子）△本棚の右に小さいいすがあります。／書架的右邊有張小椅子。

ほんとう【本当】 名·形動 真正 類 ほんと（真的）對 嘘（謊言）△これは本当のお金ではありません。／這不是真鈔。

ほんとうに【本当に】 副 真正，真實 類 実に（實在）△お電話を本当にありがとうございました。／真的很感謝您的來電。

まマ

N5-027

まい【枚】 接尾（計算平薄的東西）…張，…片，…幅，…扇 △切符を2枚買いました。／我買了兩張票。

まいあさ【毎朝】名 每天早上 對 毎晩（每天晚上）△毎朝髪の毛を洗ってから出かけます。／每天早上洗完頭髮才出門。

まいげつ・まいつき【毎月】名 每個月 類 月々（每月）△毎月15日が給料日です。／每個月15號發薪水。

まいしゅう【毎週】名 每個星期，每週，每個禮拜 類 週（星期）△毎週日本にいる彼にメールを書きます。／每個禮拜都寫e-mail給在日本的男友。

まいとし・まいねん【毎年】名 每年 類 年（年）△毎年友達と山でスキーをします。／每年都會和朋友一起到山上滑雪。

まいにち【毎日】名 每天，每日，天天 類 日（天）△毎日いい天気ですね。／每天天氣都很好呢。

まいばん【毎晩】名 每天晚上 類 晩（夜）△私は毎晩新聞を読みます。それからラジオを聞きます。／我每晚都看報紙。然後會聽廣播。

まえ【前】名（空間的）前，前面 類 横（旁邊）對 後ろ（後面）△机の前には何もありません。／書桌前什麼也沒有。

まえ【前】名（時間的）…前，之前 類 過ぎ（之後）△今8時15分前です。／現在差十五分就八點了。（八點的十五分鐘前）

まがる【曲がる】自五 彎曲；拐彎 類 折れる（轉彎）對 真っ直ぐ（筆直）△この角を右に曲がります。／在這個轉角右轉。

まずい【不味い】形 不好吃，難吃 類 悪い（不好）對 美味しい（好吃）△冷めたラーメンはまずい。／冷掉的拉麵真難吃。

また【又】副 還，又，再；也，亦；同時 類 そして（又，而且）△今日の午前は雨ですが、午後から曇りになります。夜にはまた雨ですね。／今天上午下雨，但下午會轉陰。晚上又會再下雨。

まだ【未だ】副 還，尚；仍然；才，不過 對 もう（已經）△図書館の本はまだ返していません。／還沒還圖書館的書。

まち【町】名 城鎮；町 類 都会（都市）對 田舎（鄉下）△町の南側は緑が多い。／城鎮的南邊綠意盎然。

まつ【待つ】他五 等候，等待；期待，指望 類 待ち合わせる（等候碰面）△いっしょに待ちましょう。／一起等吧！

まっすぐ【真っ直ぐ】副・形動 筆直，不彎曲；一直，直接 對 曲がる（彎曲）△まっすぐ行って次の角を曲がってください。／直走，然後在下個轉角轉彎。

マッチ【match】名 火柴；火材盒 類 ライター（lighter・打火機）△マッチでたばこに火をつけた。／用火柴點煙。

まど【窓】名 窗戶 △風で窓が閉まりました。／風把窗戶給關上了。

まるい【丸い・円い】 ㊔ 圓形，球形 對 四角い（四角）△丸い建物があります。／有棟圓形的建築物。

まん【万】 ㊔（數）萬 △ここには１２０万ぐらいの人が住んでいます。／約有 120 萬人住在這裡。

まんねんひつ【万年筆】 ㊔ 鋼筆 △胸のポケットに万年筆をさした。／把鋼筆插進了胸前的口袋。

み ミ

みがく【磨く】 他五 刷洗，擦亮；研磨，琢磨 類 洗う（洗滌）△お風呂に入る前に、歯を磨きます。／洗澡前先刷牙。

みぎ【右】 ㊔ 右，右側，右邊，右方 類 右側（右側）對 左（左邊）△地下鉄は右ですか、左ですか。／地下鐵是在右邊？還是左邊？

みじかい【短い】 ㊔（時間）短少；（距離，長度等）短，近 類 低い（低；矮）對 長い（長）△暑いから、髪の毛を短く切りました。／因為很熱，所以剪短了頭髮。

みず【水】 ㊔ 水；冷水 類 ウォーター（water・水）對 湯（開水）△水をたくさん飲みましょう。／要多喝水喔！

N5-028

みせ【店】 ㊔ 店，商店，店鋪，攤子 類 コンビニ（convenience store 之略・便利商店）△あの店は何という名前ですか。／那家店名叫什麼？

みせる【見せる】 他下一 讓…看，給…看 類 見る（看）△先週友達に母の写真を見せました。／上禮拜拿了媽媽的照片給朋友看。

みち【道】 ㊔ 路，道路 類 通り（馬路）△あの道は狭いです。／那條路很窄。

みっか【三日】 ㊔（每月）三號；三天 類 ３日間（三天）△三日から寒くなりますよ。／三號起會變冷喔。

みっつ【三つ】 ㊔（數）三；三個；三歲 類 三個（三個）△りんごを三つください。／給我三顆蘋果。

みどり【緑】 ㊔ 綠色 類 グリーン（green・綠色）△緑のボタンを押すとドアが開きます。／按下綠色按鈕門就會打開。

みなさん【皆さん】 ㊔ 大家，各位 類 皆（大家）△えー、皆さんよく聞いてください。／咳！大家聽好了。

みなみ【南】 ㊔ 南，南方，南邊 類 南方（南方）對 北（北方）△私は冬が好きではありませんから、南へ遊びに行きます。／我不喜歡冬天，所以要去南方玩。

みみ【耳】 ㊔ 耳朵 △木曜日から耳が

痛いです。／禮拜四以來耳朵就很痛。

みる【見る】(他上一) 看，觀看，察看；照料；參觀 (類) 聞く（聽到）△朝ご飯の後でテレビを見ました。／早餐後看了電視。

みんな (名) 大家，各位 (類) 皆さん（大家）△みんなこっちに集まってください。／大家請到這裡集合。

むム

むいか【六日】(名)（每月）六號，六日；六天 (類) 6日間（六天）△六日は何時まで仕事をしますか。／你六號要工作到幾點？

むこう【向こう】(名) 前面，正對面；另一側；那邊 (類) あちら（那邊）(對) こちら（這邊）△交番は橋の向こうにあります。／派出所在橋的另一側。

むずかしい【難しい】(形) 難，困難，難辦；麻煩，複雜 (類) 大変（費力）(對) 易しい（容易）；簡単（簡單）△このテストは難しくないです。／這考試不難。

むっつ【六つ】(名)（數）六；六個；六歲 (類) 六個（六個）△四つ、五つ、六つ。全部で六つあります。／四個、五個、六個。總共是六個。

めメ

め【目】(名) 眼睛；眼珠，眼球 (類) 瞳（瞳孔）△あの人は目がきれいです。／那個人的眼睛很漂亮。

メートル【mètre】(名) 公尺，米 (類) メーター（meter・公尺）△私の背の高さは1メートル80センチです。／我身高1公尺80公分。

めがね【眼鏡】(名) 眼鏡 (類) サングラス（sunglasses・太陽眼鏡）△眼鏡をかけて本を読みます。／戴眼鏡看書。

もモ

もう (副) 另外，再 (類) あと（再）△もう一度ゆっくり言ってください。／請慢慢地再講一次。

もう (副) 已經；馬上就要 (類) もうすぐ（馬上）(對) 未だ（還未）△もう12時です。寝ましょう。／已經12點了。快睡吧！

もうす【申す】(他五) 叫做，稱；說，告訴 (類) 言う（說）△はじめまして、楊と申します。／初次見面，我姓楊。

もくようび【木曜日】(名) 星期四 (類) 木曜（週四）△今月の7日は木曜日です。／這個月的七號是禮拜四。

もしもし (感)（打電話）喂；喂〈叫住對方〉

類 あのう（請問〈叫住對方〉）△もしもし、山本ですが、山田さんはいますか。／喂！我是山本，請問山田先生在嗎？

もつ【持つ】 他五 拿，帶，持，攜帶 類 置く（留下）對 捨てる（丟棄）△あなたはお金を持っていますか。／你有帶錢嗎？

もっと 副 更，再，進一步 類 もう（再）△いつもはもっと早く寝ます。／平時還更早睡。

もの【物】 名（有形）物品，東西；（無形的）事物 類 飲み物（飲料）△あの店にはどんな物があるか教えてください。／請告訴我那間店有什麼東西？

もん【門】 名 門，大門 類 出口（出口）△この家の門は石でできていた。／這棟房子的大門是用石頭做的。

もんだい【問題】 名 問題；（需要研究，處理，討論的）事項 類 試験（考試）對 答え（答案）△この問題は難しかった。／這道問題很困難。

やャ

N5-029

や【屋】 名・接尾 房屋；…店，商店或工作人員 類 店（店）△すみません、この近くに魚屋はありますか。／請問一下，這附近有魚販嗎？

やおや【八百屋】 名 蔬果店，菜舖 △八百屋へ野菜を買いに行きます。／到蔬果店買蔬菜去。

やさい【野菜】 名 蔬菜，青菜 類 果物（水果）△子どものとき野菜が好きではありませんでした。／小時候不喜歡吃青菜。

やさしい【易しい】 形 簡單，容易，易懂 類 簡単（簡單）對 難しい（困難）△テストはやさしかったです。／考試很簡單。

やすい【安い】 形 便宜，（價錢）低廉 類 低い（低的）對 高い（貴）△あの店のケーキは安くておいしいですね。／那家店的蛋糕既便宜又好吃呀。

やすみ【休み】 名 休息；假日，休假；停止營業；缺勤；睡覺 類 春休み（春假）△明日は休みですが、どこへも行きません。／明天是假日，但哪都不去。

やすむ【休む】 他五・自五 休息，歇息；停歇；睡，就寢；請假，缺勤 類 寝る（就寢）對 働く（工作）△疲れたから、ちょっと休みましょう。／有點累了，休息一下吧。

やっつ【八つ】 名（數）八；八個；八歲 類 八個（八個）△アイスクリーム、全部で八つですね。／一共八個冰淇淋是吧。

やま【山】 (名) 山；一大堆，成堆如山 (類) 島（島嶼）(對) 海（海洋）△この山には 100 本の桜があります。／這座山有一百棵櫻樹。

やる (他五) 做，進行；派遣；給予 (類) する（做）△日曜日、食堂はやっています。／禮拜日餐廳有開。

ゆ ユ

ゆうがた【夕方】 (名) 傍晚 (類) 夕暮れ（黃昏）△夕方まで妹といっしょに庭で遊びました。／我和妹妹一起在院子裡玩到了傍晚。

ゆうはん【夕飯】 (名) 晚飯 (類) 晩ご飯（晚餐）△いつも 9 時ごろ夕飯を食べます。／經常在九點左右吃晚餐。

ゆうびんきょく【郵便局】 (名) 郵局 △今日は午後郵便局へ行きますが、銀行へは行きません。／今天下午會去郵局，但不去銀行。

ゆうべ【夕べ】 (名) 昨天晚上，昨夜；傍晚 (類) 昨夜（昨晚）(對) 今晩（今晚）△太郎はゆうべ晩ご飯を食べないで寝ました。／昨晚太郎沒有吃晚餐就睡了。

ゆうめい【有名】 (形動) 有名，聞名，著名 (類) 知る（認識，知道）△このホテルは有名です。／這間飯店很有名。

ゆき【雪】 (名) 雪 (類) 雨（雨）△あの山には一年中雪があります。／那座山整年都下著雪。

ゆっくり (副) 慢，不著急 (類) 遅い（慢）(對) 速い（迅速的）△もっとゆっくり話してください。／請再講慢一點！

よ ヨ

ようか【八日】 (名)（每月）八號，八日；八天 (類) 8 日間（八天）△今日は四日ですか、八日ですか。／今天是四號？還是八號？

ようふく【洋服】 (名) 西服，西裝 (類) 背広（西裝）(對) 和服（和服）△新しい洋服がほしいです。／我想要新的洋裝。

よく (副) 經常，常常 (類) いつも（經常）△私はよく妹と遊びました。／我以前常和妹妹一起玩耍。

よこ【横】 (名) 横；寬；側面；旁邊 (類) 側面（側面）(對) 縦（長）△交番は橋の横にあります。／派出所在橋的旁邊。

よっか【四日】 (名)（每月）四號，四日；四天 (類) 4 日間（四天）△一日から四日まで旅行に出かけます。／一號到四號要出門旅行。

よっつ【四つ】 (名)（數）四個；四歲 (類) 四個（四個）△今日は四つ薬を出します。ご飯の後に飲んでください。／我今天開了四顆藥，請飯後服用。

よぶ【呼ぶ】 ㊀他五 呼叫，招呼；邀請；叫來；叫做，稱為 類 鳴く（鳴叫）△パーティーに中山さんを呼びました。／我請了中山小姐來參加派對。

よむ【読む】 他五 閱讀，看；唸，朗讀 類 見る（觀看）對 書く（書寫）△私は毎日、コーヒーを飲みながら新聞を読みます。／我每天邊喝咖啡邊看報紙。

よる【夜】 名 晚上，夜裡 類 晚（晚上）對 昼（白天）△私は昨日の夜友達と話した後で寝ました。／我昨晚和朋友聊完天後，便去睡了。

よわい【弱い】 形 弱的；不擅長 類 下手（不擅長）對 強い（強）△女は男より力が弱いです。／女生的力量比男生弱小。

らラ

N5-030

らいげつ【来月】 名 下個月 對 先月（上個月）△私の子どもは来月から高校生になります。／我孩子下個月即將成為高中生。

らいしゅう【来週】 名 下星期 對 先週（上星期）△それでは、また来週。／那麼，下週見。

らいねん【来年】 名 明年 類 年（年;歲）對 去年（去年）△来年京都へ旅行に行きます。／明年要去京都旅行。

ラジオ【radio】 名 收音機；無線電 △ラジオで日本語を聞きます。／用收音機聽日語。

りリ

りっぱ【立派】 形動 了不起，出色，優秀；漂亮，美觀 類 結構（極好）對 粗末（粗糙）△私は立派な医者になりたいです。／我想成為一位出色的醫生。

りゅうがくせい【留学生】 名 留學生 △日本の留学生から日本語を習っています。／我現在在跟日本留學生學日語。

りょうしん【両親】 名 父母，雙親 類 親（雙親）△ご両親はお元気ですか。／您父母親近來可好？

りょうり【料理】 名・自他サ 菜餚，飯菜；做菜，烹調 類 ご馳走（大餐）△この料理は肉と野菜で作ります。／這道料理是用肉和蔬菜烹調的。

りょこう【旅行】 名・自サ 旅行，旅遊，遊歷 類 旅（旅行）△外国に旅行に行きます。／我要去外國旅行。

れ レ

れい【零】 名 (數) 零；沒有 類 ゼロ (zero・零) △一対〇で負けた。／一比零輸了。

れいぞうこ【冷蔵庫】 名 冰箱，冷藏室，冷藏庫 △牛乳は冷蔵庫にまだあります。／冰箱裡還有牛奶。

レコード【record】 名 唱片，黑膠唱片（圓盤形）類 ステレオ (stereo・音響) △古いレコードを聞くのが好きです。／我喜歡聽老式的黑膠唱片。

レストラン【（法）restaurant】 名 西餐廳 類 食堂（食堂）△明日は誕生日だから友達とレストランへ行きます。／明天是生日，所以和朋友一起去餐廳。

れんしゅう【練習】 名・他サ 練習，反覆學習 類 勉強（用功學習）△何度も発音の練習をしたから、発音はきれいになった。／因為不斷地練習發音，所以發音變漂亮了。

ろ ロ

ろく【六】 名 (數) 六；六個 類 六つ（六個）△明日の朝、六時に起きますからもう寝ます。／明天早上六點要起床，所以我要睡了。

わ ワ

N5-031

ワイシャツ【white shirt】 名 襯衫 類 シャツ (shirt・襯衫) △このワイシャツは誕生日にもらいました。／這件襯衫是生日時收到的。

わかい【若い】 形 年輕；年紀小；有朝氣 類 元気（朝氣）對 年寄り（年老的）△コンサートは若い人でいっぱいだ。／演唱會裡擠滿了年輕人。

わかる【分かる】 自五 知道，明白；懂得，理解 類 知る（知道；理解）△「この花はあそこにおいてください。」「はい、分かりました。」／「請把這束花放在那裡。」「好，我知道了。」

わすれる【忘れる】 他下一 忘記，忘掉；忘懷，忘卻；遺忘 對 覚える（記住）△彼女の電話番号を忘れた。／我忘記了她的電話號碼。

わたす【渡す】 他五 交給，遞給，交付 類 あげる（給）對 取る（拿取）△兄に新聞を渡した。／我拿了報紙給哥哥。

わたる【渡る】 自五 渡，過（河）；（從海外）渡來 類 通る（走過）△この川を渡ると東京です。／過了這條河就是東京。

わるい【悪い】 形 不好，壞的；不對，錯誤 類 不味い（不好）；下手（笨拙）對 良い（好）△今日は天気が悪いから、傘を持っていきます。／今天天氣不好，所以帶傘出門。

MEMO

JLPT N4 單字

あァ

N4-001

ああ 副 那樣 類 そう（那樣）對 こう（這樣）△私があの時ああ言ったのは、よくなかったです。／我當時那樣說並不恰當。

あいさつ【挨拶】 名・自サ 寒暄，打招呼，拜訪；致詞 類 手紙（書信）△アメリカでは、こう握手して挨拶します。／在美國都像這樣握手寒暄。

あいだ【間】 名 期間；間隔，距離；中間；關係；空隙 類 中（當中）；内（之內）對 外（外面）△10年もの間、連絡がなかった。／長達十年之間，都沒有聯絡。

あう【合う】 自五 合；一致，合適；相配；符合；正確 類 合わせる（配合）對 違う（不符）△時間が合えば、会いたいです。／如果時間允許，希望能見一面。

あかちゃん【赤ちゃん】 名 嬰兒 類 赤ん坊（嬰兒）△赤ちゃんは、泣いてばかりいます。／嬰兒只是哭著。

あがる【上がる】 自五 登上；升高，上升；發出（聲音）；（從水中）出來；（事情）完成 類 上げる（上升）對 下げる、降りる（下降）△野菜の値段が上がるようだ。／青菜的價格好像要上漲了。

あかんぼう【赤ん坊】 名 嬰兒；不暗世故的人 類 子供（小孩）△赤ん坊が歩こうとしている。／嬰兒在學走路。

あく【空く】 自五 空著；（職位）空缺；空隙；閒著；有空 類 空く（有空）對 混む（擁擠）△席が空いたら、座ってください。／如果空出座位來，請坐下。

アクセサリー【accessary】 名 飾品，裝飾品；零件 類 イヤリング（earring・耳環）；飾る（裝飾）△デパートをぶらぶら歩いていて、かわいいアクセサリーを見つけた。／在百貨公司閒逛的時候，看到了一件可愛的小飾品。

あげる【上げる】 他下一 給；送；交出；獻出 類 やる（給予）對 もらう（收到）△ほしいなら、あげますよ。／如果想要，就送你。

あさい【浅い】 形 淺的；（事物程度）微少；淡的；薄的 類 薄い（淺的）對 深い（深的）△浅いところにも小さな魚が泳いでいます。／水淺的地方也有小魚在游動。

あさねぼう【朝寝坊】 名・自サ 賴床；愛賴床的人 對 早起き（早起）△朝寝坊して、バスに乗り遅れてしまった。／因為睡過頭，沒能趕上公車。

あじ【味】 名 味道；趣味；滋味 類 辛い（辣，鹹）；味見（嚐味道）△彼によると、このお菓子はオレンジの味がするそうだ。／聽他說這糕點有柳橙味。

アジア【Asia】 名 亞洲 類 アジアの国々（亞洲各國）對 ヨーロッパ

(Europa・歐洲) △日本も台湾も韓国もアジアの国だ。／日本、台灣及韓國都是亞洲國家。

あじみ【味見】 (名・自サ) 試吃，嚐味道 類 試食(試吃)；味(味道) △ちょっと味見をしてもいいですか。／我可以嚐一下味道嗎？

N4-002

あす【明日】 (名) 明天 類 明日(明天) 對 昨日(昨天) △今日忙しいなら、明日でもいいですよ。／如果今天很忙，那明天也可以喔！

あそび【遊び】 (名) 遊玩，玩耍；不做事；間隙；閒遊；餘裕 類 ゲーム(game・遊戲) 對 真面目(認真) △勉強より、遊びのほうが楽しいです。／玩樂比讀書有趣。

あっ (感) 啊(突然想起、吃驚的樣子)哎呀 類 ああ(啊) △あっ、雨が止みましたね。／啊！雨停了耶！

あつまる【集まる】 (自五) 聚集，集合 類 集める(聚集) △パーティーに、1,000人も集まりました。／多達1000人，聚集在派對上。

あつめる【集める】 (他下一) 集合;收集;集中 類 採る(採集) 對 配る(發放) △生徒たちを、教室に集めなさい。／叫學生到教室集合。

あてさき【宛先】 (名) 收件人姓名地址，送件地址 類 住所(地址) 對 差出人(寄件人) △名刺に書いてある宛先に送ってください。／請寄到名片上所寫的送件地址。

アドレス【address】 (名) 住址，地址；(電子信箱)地址；(高爾夫)擊球前姿勢 類 メールアドレス(mail address・電郵地址) △そのアドレスはあまり使いません。／我不常使用那個郵件地址。

アフリカ【Africa】 (名) 非洲 △アフリカに遊びに行く。／去非洲玩。

アメリカ【America】 (名) 美國 類 西洋(西洋) △10才のとき、家族といっしょにアメリカに渡りました。／10歲的時候，跟家人一起搬到美國。

あやまる【謝る】 (自五) 道歉，謝罪；認錯；謝絕 類 すみません(抱歉) 對 ありがとう(謝謝) △そんなに謝らなくてもいいですよ。／不必道歉到那種地步。

アルバイト【(德) arbeit之略】 (名) 打工，副業 類 バイト(arbeit 之略・打工)、仕事(工作) △アルバイトばかりしていないで、勉強もしなさい。／別光打工，也要唸書啊！

あんしょうばんごう【暗証番号】 (名) 密碼 類 番号(號碼)；パスワード(password・密碼) △暗証番号は定期的に変えた方がいいですよ。／密碼要定期更改比較好喔。

あんしん【安心】 (名・自サ) 放心，安心

(類)大丈夫(可靠) (對)心配(擔心) △大丈夫だから、安心しなさい。／沒事的，放心好了。

あんぜん【安全】 (名・形動) 安全；平安 (類)無事(平安無事) (對)危険、危ない(危險) △安全な使いかたをしなければなりません。／必須以安全的方式來使用。

あんな (連體) 那樣地 (類)そんな(那樣的) (對)こんな(這樣的) △私だったら、あんなことはしません。／如果是我的話，才不會做那種事。

あんない【案内】 (名・他サ) 引導；陪同遊覽，帶路；傳達 (類)教える(指導)；ガイド(guide・帶路) △京都を案内してさしあげました。／我陪同他遊覽了京都。

いイ

N4-003

いか【以下】 (名) 以下，不到…；在…以下；以後 (類)以内(以内) (對)以上(以上) △あの女性は、30歳以下の感じがする。／那位女性，感覺不到30歲。

いがい【以外】 (名) 除外，以外 (類)その他(之外) (對)以内(之内) △彼以外は、みんな来るだろう。／除了他以外，大家都會來吧！

いがく【医学】 (名) 醫學 (類)医療(醫療) △医学を勉強するなら、東京大学がいいです。／如果要學醫，東京大學很不錯。

いきる【生きる】 (自上一) 活，生存；生活；致力於…；生動 (類)生活する(謀生) (對)死ぬ(死亡) △彼は、一人で生きていくそうです。／聽說他打算一個人活下去。

いくら…ても【幾ら…ても】 (名・副) 無論…也不… △いくらほしくても、これはさしあげられません。／無論你多想要，這個也不能給你。

いけん【意見】 (名・自他サ) 意見；勸告；提意見 (類)考え、声(想法) △あの学生は、いつも意見を言いたがる。／那個學生，總是喜歡發表意見。

いし【石】 (名) 石頭，岩石；(猜拳)石頭，結石；鑽石；堅硬 (類)岩石(岩石) △池に石を投げるな。／不要把石頭丟進池塘裡。

いじめる【苛める】 (他下一) 欺負，虐待；捉弄；折磨 (類)苦しめる(使痛苦) (對)可愛がる(疼愛) △弱いものを苛める人は一番かっこう悪い。／霸凌弱勢的人，是最差勁的人。

いじょう【以上】 (名) 以上，不止，超過，以外；上述 (類)もっと、より(更多)；合計(總計) (對)以下(以下) △100人以上のパーティーと二人で遊びに行くのと、どちらのほうが好きですか。／你喜歡參加百人以上的派對，還是兩人一起出去玩？

いそぐ【急ぐ】 自五 快，急忙，趕緊 類 走る（跑） 對 ゆっくり（慢） △もし急ぐなら先に行ってください。／如果你趕時間的話，就請先走吧！

いたす【致す】 自他五・補動 （「する」的謙恭說法）做，辦；致；有…，感覺… 類 する（做） △このお菓子は、変わった味が致しますね。／這個糕點的味道有些特別。

いただく【頂く・戴く】 他五 領受；領取；吃，喝；頂 類 食べる（吃）；もらう（接收） 對 召し上がる（請吃）；差し上げる（呈送） △お菓子が足りないなら、私はいただかなくてもかまいません。／如果糕點不夠的話，我不用吃也沒關係。

いちど【一度】 名・副 一次，一回；一旦 類 一回（一次） 對 再度（再次） △一度あんなところに行ってみたい。／想去一次那樣的地方。

いっしょうけんめい【一生懸命】 副・形動 拼命地，努力地；一心 類 真面目（認真） 對 いい加減（敷衍） △父は一生懸命働いて、私たちを育ててくれました。／家父拚了命地工作，把我們這些孩子撫養長大。

いってまいります【行って参ります】 寒暄 我走了 類 いってきます（我出門了） 對 いってらっしゃい（路上小心） △息子は、「いってまいります。」と言ってでかけました。／兒子說：「我出門啦！」便出去了。

いってらっしゃい 寒暄 路上小心，慢走，好走 類 お気をつけて（路上小心） 對 いってまいります（我走了） △いってらっしゃい。何時に帰るの？／路上小心啊！幾點回來呢？

いっぱい【一杯】 名・副 一碗，一杯；充滿，很多 類 沢山（很多） 對 少し（一點點） △そんなにいっぱいくださったら、多すぎます。／您給我那麼多，太多了。

いっぱん【一般】 名・形動 一般，普通 類 普通（普通） 對 特別（特別） △日本語では一般に名詞は形容詞の後ろに来ます。／日語的名詞一般是放在形容詞的後面。

いっぽうつうこう【一方通行】 名 單行道；單向傳達 類 片道（單程） △台湾は一方通行の道が多いです。／台灣有很多單行道。

いと【糸】 名 線；（三弦琴的）弦；魚線；線狀 類 線（線條） 對 竹（竹製） △糸と針を買いに行くところです。／正要去買線和針。

いない【以内】 名 不超過…；以內 類 以下（以下） 對 以上（以上） △1万円以内なら、買うことができます。／如果不超過一萬日圓，就可以買。

Level 5
Level 4
Level 3
Level 2
Level 1

いなか【田舎】 ㊔ 鄉下，農村；故鄉，老家 類 国（家鄉） 對 都市（都市） △この田舎への行きかたを教えてください。／請告訴我怎麼去這個村子。

いのる【祈る】 他五 祈禱；祝福 類 願う（希望） △みんなで、平和のために祈るところです。／大家正要為和平而祈禱。

イヤリング【earring】 ㊔ 耳環 類 アクセサリー（accessary・耳環） △イヤリングを一つ落としてしまいました。／我不小心弄丟了一個耳環。

いらっしゃる 自五 來，去，在（尊敬語） 類 行く（去）、来る（來）；見える（來） 對 参る（去做…） △お忙しかったら、いらっしゃらなくてもいいですよ。／如果忙的話，不必來也沒關係喔！

いん【員】 ㊔ 人員；人數；成員；…員 類 名（…人） △研究員としてやっていくつもりですか。／你打算當研究員嗎？

インストール【install】 他サ 安裝（電腦軟體） 類 付ける（安裝） △新しいソフトをインストールしたいです。／我想要安裝新的電腦軟體。

（インター）ネット【internet】 ㊔ 網際網路 類 繋ぐ（聯繫） △そのホテルはネットが使えますか。／那家旅館可以連接網路嗎？

インフルエンザ【influenza】 ㊔ 流行性感冒 類 風邪（感冒） △家族全員、インフルエンザにかかりました。／我們全家人都得了流行性感冒。

う ゥ

N4-004

うえる【植える】 他下一 種植；培養 類 栽培（栽種） 對 刈る（割；剪） △花の種をさしあげますから、植えてみてください。／我送你花的種子，你試種看看。

うかがう【伺う】 他五 拜訪；請教，打聽（謙讓語） 類 お邪魔する（打擾）；聞く（詢問） 對 申す（告訴） △先生のお宅にうかがったことがあります。／我拜訪過老師家。

うけつけ【受付】 ㊔ 詢問處；受理；接待員 類 窓口（窗口） △受付はこちらでしょうか。／請問詢問處是這裡嗎？

うける【受ける】 自他下一 接受，承接；受到；得到；遭受；接受；應考 類 受験する（應考） 對 断る（拒絕） △いつか、大学院を受けたいと思います。／我將來想報考研究所。

うごく【動く】 自五 變動，移動；擺動；改變；行動，運動；感動，動搖 類 働く（活動） 對 止まる（停止） △動かずに、そこで待っていてください。／請不要離開，在那裡等我。

うそ【嘘】(名) 謊話；不正確 類 本当ではない（不是真的）對 本当（真實）△彼は、嘘ばかり言う。／他老愛說謊。

うち【内】(名) …之內；…之中 類 中（裡面）對 外（外面）△今年の内に、お金を返してくれませんか。／年內可以還給我錢嗎？

うちがわ【内側】(名) 內部，內側，裡面 類 内（內部）對 外側（外側）△危ないですから、内側を歩いた方がいいですよ。／這裡很危險，所以還是靠內側行走比較好喔。

うつ【打つ】(他五) 打擊，打；標記 類 叩く（敲打）對 抜く（拔掉）△イチローがホームランを打ったところだ。／一朗正好擊出全壘打。

うつくしい【美しい】(形) 美好的；美麗的，好看的 類 綺麗（好看）對 汚い（難看的）△美しい絵を見ることが好きです。／喜歡看美麗的畫。

うつす【写す】(他五) 抄；照相；描寫，描繪 類 撮る（拍照）△写真を写してあげましょうか。／我幫你照相吧！

うつる【映る】(自五) 反射，映照；相襯 類 撮る（拍照）△写真に写る自分よりも鏡に映る自分の方が綺麗だ。／鏡子裡的自己比照片中的自己好看。

うつる【移る】(自五) 移動；變心；傳染；時光流逝；轉移 類 動く（移動）；引っ越す（搬遷）對 戻る（回去）△あちらの席にお移りください。／請移到那邊的座位。

うで【腕】(名) 胳臂；本領；托架，扶手 類 手（手臂）；力（力量）對 足（腳）△彼女の腕は、枝のように細い。／她的手腕像樹枝般細。

うまい (形) 高明，拿手；好吃；巧妙；有好處 類 美味しい（好吃）對 まずい（難吃）△彼は、テニスはうまいけれどゴルフは下手です。／他網球打得很好，但是高爾夫球打得很差。

うら【裏】(名) 裡面，背後；內部；內幕，幕後；內情 類 後ろ（背面）對 表（正面）△紙の裏に名前が書いてあるかどうか、見てください。／請看一下紙的背面有沒有寫名字。

うりば【売り場】(名) 賣場，出售處；出售好時機 類 コーナー（corner・櫃臺）、窓口（服務窗口）△靴下売り場は2階だそうだ。／聽說襪子的賣場在二樓。

うるさい【煩い】(形) 吵鬧；煩人的；囉唆；厭惡 類 賑やか（熱鬧）對 静か（安靜）△うるさいなあ。静かにしろ。／很吵耶，安靜一點！

うれしい【嬉しい】(形) 高興，喜悅 類 楽しい（喜悅）對 悲しい（悲傷）△誰でも、ほめられれば嬉しい。／不管是誰，只要被誇都會很高興的。

うん (感) 嗯；對，是；喔 類 はい、ええ（是）對 いいえ、いや（不是）△

うん、僕はUFOを見たことがあるよ。／對，我看過 UFO 喔！

うんてん【運転】 (名·自他サ) 開車，駕駛；運轉；周轉 類 動かす (移動)；走る (行駛) 對 止める (停住) △車を運転しようとしたら、かぎがなかった。／正想開車，才發現沒有鑰匙。

うんてんしゅ【運転手】 (名) 司機 類 ドライバ (driver・駕駛員) △タクシーの運転手に、チップをあげた。／給了計程車司機小費。

うんてんせき【運転席】 (名) 駕駛座 類 席 (座位) 對 客席 (顧客座位) △運転席に座っているのが父です。／坐在駕駛座上的是家父。

うんどう【運動】 (名·自サ) 運動；活動 類 スポーツ (sports・運動) 對 休み (休息) △運動し終わったら、道具を片付けてください。／一運動完，就請將道具收拾好。

えエ

N4-005

えいかいわ【英会話】 (名) 英語會話 類 会話 (會話) △英会話に通い始めました。／我開始上英語會話的課程了。

エスカレーター【escalator】 (名) 自動手扶梯 類 エレベーター (elevator・電梯)、階段 (樓梯) △駅にエスカレーターをつけることになりました。／車站決定設置自動手扶梯。

えだ【枝】 (名) 樹枝；分枝 類 木 (樹木) 對 幹 (樹幹) △枝を切ったので、遠くの山が見えるようになった。／由於砍掉了樹枝，遠山就可以看到了。

えらぶ【選ぶ】 (他五) 選擇 類 選択 (選擇)；決める (決定) △好きなのをお選びください。／請選您喜歡的。

えんかい【宴会】 (名) 宴會，酒宴 類 パーティー (part・派對) △年末は、宴会が多いです。／歲末時期宴會很多。

えんりょ【遠慮】 (名·自他サ) 客氣；謝絕 類 御免 (謝絕)；辞める (辭去) △すみませんが、私は遠慮します。／對不起，請容我拒絕。

おオ

おいしゃさん【お医者さん】 (名) 醫生 類 先生 (醫生)、歯医者 (牙醫) 對 患者 (病患) △咳が続いたら、早くお医者さんに見てもらったほうがいいですよ。／如果持續咳不停，最好還是盡早就醫治療。

おいでになる (他五) 來，去，在，光臨，駕臨(尊敬語) 類 行く(去)、来る(來) △明日のパーティーに、社長はおいでになりますか。/明天的派對，社長會蒞臨嗎？

おいわい【お祝い】 名 慶祝，祝福；祝賀禮品 類 祈る(祝福) 對 呪う(詛咒) △これは、お祝いのプレゼントです。/這是聊表祝福的禮物。

おうせつま【応接間】 名 客廳；會客室 類 待合室(等候室) △応接間の花に水をやってください。/給會客室裡的花澆一下水。

おうだんほどう【横断歩道】 名 斑馬線 類 道路(道路) △横断歩道を渡る時は、手をあげましょう。/要走過斑馬線的時候，把手舉起來吧。

おおい【多い】 形 多的 類 沢山(很多) 對 少ない(少) △友達は、多いほうがいいです。/朋友多一點比較好。

おおきな【大きな】 連體 大，大的 類 大きい(大的) 對 小さな(小的) △こんな大きな木は見たことがない。/沒看過這麼大的樹木。

おおさじ【大匙】 名 大匙，湯匙 類 スプーン(湯匙) △火をつけたら、まず油を大匙一杯入れます。/開了火之後，首先加入一大匙的油。

オートバイ【auto bicycle】 名 摩托車 類 バイク(bike・機車) △そのオートバイは、彼のらしい。/那台摩托車好像是他的。

おかえりなさい【お帰りなさい】 寒暄 (你)回來了 類 お帰り(你回來了) 對 いってらっしゃい(路上小心) △お帰りなさい。お茶でも飲みますか。/你回來啦。要不要喝杯茶？

おかげ【お陰】 寒暄 託福；承蒙關照 類 助け(幫助) △あなたが手伝ってくれたおかげで、仕事が終わりました。/多虧你的幫忙，工作才得以結束。

おかげさまで【お陰様で】 寒暄 託福，多虧 類 お陰(幸虧) △おかげ様で、だいぶ良くなりました。/託您的福，病情好多了。

おかしい【可笑しい】 形 奇怪的，可笑的；可疑的，不正常的 類 面白い(好玩)、変(奇怪) 對 詰まらない(無趣) △おかしければ、笑いなさい。/如果覺得可笑，就笑呀！

おかねもち【金持ち】 名 有錢人 類 億万長者(大富豪) 對 貧しい(貧窮的) △あの人はお金持ちだから、きっと貸してくれるよ。/那人很有錢，一定會借我們的。

おき【置き】 接尾 每隔… 類 ずつ(各…) △天気予報によると、1日おきに雨が降るそうだ。/根據氣象報告，每隔一天會下雨。

おく【億】 名 億；數量眾多 類 兆(兆) △家を建てるのに、3億円も使いました。/蓋房子竟用掉了三億日圓。

おくじょう【屋上】 (名) 屋頂（上） 類 ルーフ (roof・屋頂) 對 床（地板） △屋上でサッカーをすることができます。／頂樓可以踢足球。

N4-006

おくりもの【贈り物】 (名) 贈品，禮物 類 プレゼント (present・禮物) △この贈り物をくれたのは、誰ですか。／這禮物是誰送我的？

おくる【送る】 (他五) 寄送；派；送行；度過；標上（假名） 類 届ける（送達） 對 受ける（接收） △東京にいる息子に、お金を送ってやりました。／寄錢給在東京的兒子了。

おくれる【遅れる】 (自下一) 遲到；緩慢 類 遅刻（遲到） 對 間に合う（來得及） △時間に遅れるな。／不要遲到。

おこさん【お子さん】 (名) 您孩子，令郎，令嫒 類 お坊っちゃん（令郎）、お嬢ちゃん（令嫒） △お子さんは、どんなものを食べたがりますか。／您小孩喜歡吃什麼東西？

おこす【起こす】 (他五) 扶起;叫醒;發生;引起；翻起 類 立つ（行動，站立） 對 倒す（推倒） △父は、「明日の朝、6時に起こしてくれ。」と言った。／父親說：「明天早上六點叫我起床」。

おこなう【行う・行なう】 (他五) 舉行，舉辦；修行 類 やる、する（實行） △来週、音楽会が行われる。／音樂將會在下禮拜舉行。

おこる【怒る】 (自五) 生氣；斥責 類 叱る（叱責） 對 笑う（笑） △なにかあったら怒られるのはいつも長男の私だ。／只要有什麼事，被罵的永遠都是生為長子的我。

おしいれ【押し入れ・押入れ】 (名) （日式的）壁櫥 類 タンス（櫃子）；物置（倉庫） △その本は、押入れにしまっておいてください。／請暫且將那本書收進壁櫥裡。

おじょうさん【お嬢さん】 (名) 您女兒，令嫒；小姐；千金小姐 類 娘さん（令嫒） 對 息子さん（令郎） △お嬢さんは、とても女らしいですね。／您女兒非常淑女呢！

おだいじに【お大事に】 (寒暄) 珍重，請多保重 類 お体を大切に（請保重身體） △頭痛がするのですか。どうぞお大事に。／頭痛嗎？請多保重！

おたく【お宅】 (名) 您府上，貴府；宅男（女），對於某事物過度熱忠者 類 お住まい (<敬>住所) △うちの息子より、お宅の息子さんのほうがまじめです。／您家兒子比我家兒子認真。

おちる【落ちる】 (自上一) 落下；掉落；降低，下降；落選 類 落とす（落下）；下りる（下降） 對 上がる（上升） △何か、机から落ちましたよ。／有東西從桌上掉下來了喔！

おっしゃる (他五) 說，講，叫 類 言う（說） 對 お聞きになる（聽） △なにかおっしゃいましたか。／您說什麼呢？

おっと【夫】㊔ 丈夫 類 主人（丈夫）對 妻（妻子）△単身赴任の夫からメールをもらった。／自到外地工作的老公，傳了一封電子郵件給我。

おつまみ ㊔ 下酒菜，小菜 類 酒の友（下酒菜）△適当におつまみを頼んでください。／請隨意點一些下酒菜。

おつり【お釣り】㊔ 找零 類 つり銭（找零）△コンビニで千円札を出したらお釣りが150円あった。／在便利商店支付了1000日圓紙鈔，找了150日圓的零錢回來。

おと【音】㊔（物體發出的）聲音；音訊 類 声（聲音）、騒音（噪音）△あれは、自動車の音かもしれない。／那可能是汽車的聲音。

おとす【落とす】他五 掉下；弄掉 類 落ちる（落下）對 上げる（提高）△落としたら割れますから、気をつけて。／掉下就破了，小心點！

おどり【踊り】㊔ 舞蹈 類 歌（歌曲）△沖縄の踊りを見たことがありますか。／你看過沖繩舞蹈嗎？

おどる【踊る】自五 跳舞，舞蹈 類 歌う（唱歌）△私はタンゴが踊れます。／我會跳探戈舞。

おどろく【驚く】自五 驚嚇，吃驚，驚奇 類 びっくり（大吃一驚）△彼にはいつも、驚かされる。／我總是被他嚇到。

N4-007

おなら ㊔ 屁 類 屁（屁）△おならを我慢するのは、体に良くないですよ。／忍著屁不放對身體不好喔！

オフ【off】㊔（開關）關；休假；休賽；折扣 類 消す（關）；休み（休息）對 点ける（開）；仕事（工作）△オフの日に、ゆっくり朝食をとるのが好きです。／休假的時候，我喜歡悠閒吃早點。

おまたせしました【お待たせしました】寒暄 讓您久等了 類 お待ちどうさま（讓您久等了）△お待たせしました。どうぞお座りください。／讓您久等了，請坐。

おまつり【お祭り】㊔ 慶典，祭典，廟會 類 夏祭り（夏日祭典）△お祭りの日が、近づいてきた。／慶典快到了。

おみまい【お見舞い】㊔ 探望，探病 類 訪ねる（拜訪）；見る（探看）△田中さんが、お見舞いに花をくださった。／田中小姐帶花來探望我。

おみやげ【お土産】㊔ 當地名產；禮物 類 ギフト（gift・禮物）△みんなにお土産を買ってこようと思います。／我想買點當地名產給大家。

おめでとうございます【お目出度うございます】寒暄 恭喜 類 お目出度う（恭喜）△お目出度うございます。賞品は、カメラとテレビとどちらのほうがいいですか。／恭喜您！獎品有照相機跟電視，您要哪一種？

おもいだす【思い出す】 他五 想起來，回想 類 覚える（記住）對 忘れる（忘記）△明日は休みだということを思い出した。／我想起明天是放假。

おもう【思う】 他五 想，思考；覺得，認為；相信；猜想；感覺；希望；掛念，懷念 類 考える（認為）△悪かったと思うなら、謝りなさい。／如果覺得自己不對，就去賠不是。

おもちゃ【玩具】 名 玩具 類 人形（玩偶）△孫のために簡単な木の玩具を作ってやった。／給孫子做了簡單的木製玩具。

おもて【表】 名 表面；正面；外觀；外面 類 外側（外側）對 裏（裡面）△紙の表に、名前と住所を書きなさい。／在紙的正面，寫下姓名與地址。

おや 感 哎呀 類 あっ、ああ（啊呀）△おや、雨だ。／哎呀！下雨了！

おや【親】 名 父母；祖先；主根；始祖 類 両親（雙親）對 子（孩子）△親は私を医者にしたがっています。／父母希望我當醫生。

おりる【下りる・降りる】 自上一 下來；下車；退位 類 下る（下降）對 登る（上升）；乗る（坐上）△この階段は下りやすい。／這個階梯很好下。

おる【折る】 他五 摺疊；折斷 類 切る（切斷）對 伸ばす（拉直）△公園の花を折ってはいけません。／不可以採摘公園裡的花。

おる【居る】 自五 在，存在；有（「いる」的謙讓語）類 いらっしゃる、ございます（在）△本日は18時まで会社におります。／今天我會待在公司，一直到下午六點。

おれい【お礼】 名 謝辭，謝禮 類 どうもありがとう（感謝）△旅行でお世話になった人たちに、お礼の手紙を書こうと思っています。／旅行中受到許多人的關照，我想寫信表達致謝之意。

おれる【折れる】 自下一 折彎；折斷；拐彎；屈服 類 曲がる（拐彎）對 伸びる（拉直）△台風で、枝が折れるかもしれない。／樹枝或許會被颱風吹斷。

おわり【終わり】 名 結束，最後 類 最終（最後）對 始め（開始）△小説は、終わりの書きかたが難しい。／小說的結尾很難寫。

かカ

N4-008

か【家】 名・接尾 …家；家族，家庭；從事…的人 類 家（家）△この問題は、専門家でも難しいでしょう。／這個問題，連專家也會被難倒吧！

カーテン【curtain】 名 窗簾；布幕 類 暖簾（門簾）△カーテンをしめな

くてもいいでしょう。／不拉上窗簾也沒關係吧！

かい【会】㊔…會，會議 類 集まり（集會）△展覧会は、終わってしまいました。／展覽會結束了。

かいがん【海岸】㊔ 海岸 類 ビーチ（beach・海邊）對 沖（海上）△風のために、海岸は危険になっています。／因為風大，海岸很危險。

かいぎ【会議】㊔ 會議 類 会（會議）△会議には必ずノートパソコンを持っていきます。／我一定會帶著筆電去開會。

かいぎしつ【会議室】㊔ 會議室 類 ミーティングルーム（meeting room・會議室）△資料の準備ができたら、会議室にお届けします。／資料如果準備好了，我會送到會議室。

かいじょう【会場】㊔ 會場 類 式場（會場）△私も会場に入ることができますか。／我也可以進入會場嗎？

がいしょく【外食】（名・自サ）外食，在外用餐 類 食事（用餐）對 内食（在家用餐）△週に1回、家族で外食します。／每週全家人在外面吃飯一次。

かいわ【会話】（名・自サ）會話，對話 類 話（說話）△会話の練習をしても、なかなか上手になりません。／即使練習會話，也始終不見進步。

かえり【帰り】㊔ 回來；回家途中 類 戻り（回來）對 行き（前往）△私は時々、帰りにおじの家に行くことがある。／我有時回家途中會去伯父家。

かえる【変える】（他下一）改變；變更 類 変わる（改變）對 まま（保持不見）△がんばれば、人生を変えることもできるのだ。／只要努力，人生也可以改變的。

かがく【科学】㊔ 科學 類 社会科学（社會科學）△科学が進歩して、いろいろなことができるようになりました。／科學進步了，很多事情都可以做了。

かがみ【鏡】㊔ 鏡子 類 ミラー（mirror・鏡子）△鏡なら、そこにあります。／如果要鏡子，就在那裡。

がくぶ【学部】㊔…科系；…院系 類 部（部門）△彼は医学部に入りたがっています。／他想進醫學系。

かける【欠ける】（自下一）缺損；缺少 類 抜ける（漏掉）對 足りる（足夠）△メンバーが一人欠けたままだ。／成員一直缺少一個人。

かける【駆ける・駈ける】（自下一）奔跑，快跑 類 走る（跑步）對 歩く（走路）△うちから駅までかけたので、疲れてしまった。／從家裡跑到車站，所以累壞了。

かける【掛ける】（他下一）懸掛；坐；蓋上；放在…之上；提交；澆；開動；花費；寄託；鎖上；（數學）乘；使…負擔（如給人添麻煩）類 座る（坐下）；貼る（貼

Level 5
Level 4
Level 3
Level 2
Level 1

上）對 立つ（站起）；取る（拿下）△椅子に掛けて話をしよう。／讓我們坐下來講吧！

かざる【飾る】 他五 擺飾，裝飾；粉飾，潤色 類 綺麗にする（使漂亮）；付ける（配戴）△花をそこにそう飾るときれいですね。／花像那樣擺在那裡，就很漂亮了。

かじ【火事】 名 火災 類 火災（火災）△空が真っ赤になって、まるで火事のようだ。／天空一片紅，宛如火災一般。

かしこまりました【畏まりました】 寒暄 知道，了解（「わかる」謙讓語）類 分かりました（知道了）△かしこまりました。少々お待ちください。／知道了，您請稍候。

ガスコンロ【（荷）gas+焜炉】 名 瓦斯爐，煤氣爐 類 ストーブ（stove・火爐）△マッチでガスコンロに火をつけた。／用火柴點燃瓦斯爐。

ガソリン【gasoline】 名 汽油 類 ガス（gas・瓦斯）△ガソリンを入れなくてもいいんですか。／不加油沒關係嗎？

ガソリンスタンド【（和製英語）gasoline+stand】 名 加油站 類 給油所（加油站）△あっちにガソリンスタンドがありそうです。／那裡好像有加油站。

かた【方】 名（敬）人 類 達（們）△新しい先生は、あそこにいる方らしい。／新來的老師，好像是那邊的那位。

かた【方】 接尾 …方法 △作り方を学ぶ。／學習做法。

N4-009

かたい【固い・硬い・堅い】 形 堅硬；結實；堅定；可靠；嚴厲；固執 類 丈夫（堅固）對 柔らかい（柔軟）△歯が弱いお爺ちゃんに硬いものは食べさせられない。／爺爺牙齒不好，不能吃太硬的東西。

かたち【形】 名 形狀；形，樣子；形式上的；形式 類 姿（姿態）；様子（模樣）△どんな形の部屋にするか、考えているところです。／我正在想要把房間弄成什麼樣子。

かたづける【片付ける】 他下一 收拾，打掃；解決 類 下げる；掃除する（整理收拾）對 汚れる（被弄髒）△教室を片付けようとしていたら、先生が来た。／正打算整理教室的時候，老師就來了。

かちょう【課長】 名 課長，科長 類 部長（部長）；上司（上司）△会社を出ようとしたら、課長から呼ばれました。／剛準備離開公司，結果課長把我叫了回去。

かつ【勝つ】 自五 贏，勝利；克服 類 得る（得到）；破る（打敗）對 負ける（戰敗）△試合に勝ったら、100万円やろう。／如果比賽贏了，就給你一百萬日圓。

がつ【月】 接尾 …月 類 日（…日）△

一月一日、ふるさとに帰ることにした。／我決定一月一日回鄉下。

かっこう【格好・恰好】㊔外表，裝扮 類表面(表面)、形(外形) △背がもう少し高かったら格好いいのに…。／如果個子能再高一點的話，一定超酷的說…。

かない【家内】㊔妻子 類妻(妻子) 對夫(丈夫) △家内のことは「嫁」と呼んでいる。／我平常都叫我老婆「媳婦」。

かなしい【悲しい】㊛悲傷，悲哀 類痛い(痛苦的) 對嬉しい(高興) △失敗してしまって、悲しいです。／失敗了，真是傷心。

かならず【必ず】㊓一定，務必，必須 類どうぞ(請)；もちろん(當然) △この仕事を10時までに必ずやっておいてね。／十點以前一定要完成這個工作。

かのじょ【彼女】㊔她；女朋友 類恋人(情人) 對彼(他) △彼女はビールを5本も飲んだ。／她竟然喝了五瓶啤酒。

かふんしょう【花粉症】㊔花粉症，因花粉而引起的過敏鼻炎，結膜炎 類病気(生病)；風邪(感冒) △父は花粉症がひどいです。／家父的花粉症很嚴重。

かべ【壁】㊔牆壁；障礙 類邪魔(阻礙) △子どもたちに、壁に絵をかかないように言った。／已經告訴小孩不要在牆上塗鴉。

かまう【構う】自他五 在意，理會；逗弄 類心配(擔心)、世話する(照顧) △あんな男にはかまうな。／不要理會那種男人。

かみ【髪】㊔頭髮 類髪の毛(頭髮) △髪を短く切るつもりだったが、やめた。／原本想把頭髮剪短，但作罷了。

かむ【噛む】他五 咬 類食べる(吃)；吸う(吸入) △犬にかまれました。／被狗咬了。

かよう【通う】自五 來往，往來(兩地間)；通連，相通 類通る(通過)；勤める(勤務) 對休む(休息) △学校に通うことができて、まるで夢を見ているようだ。／能夠上學，簡直像作夢一樣。

ガラス【(荷)glas】㊔玻璃 類グラス(glass・玻璃)、コップ(kop・杯子) △ガラスは、プラスチックより割れやすいです。／玻璃比塑膠容易破。

かれ【彼】名·代 他；男朋友 類あの人(那個人) 對彼女(她) △彼がそんな人だとは、思いませんでした。／沒想到他是那種人。

かれし【彼氏】名·代 男朋友；他 類彼(男朋友) 對彼女(女朋友) △彼氏はいますか。／你有男朋友嗎？

かれら【彼等】名·代 他們 類奴ら(他們) △彼らは本当に男らしい。／他們真是男子漢。

かわく【乾く】 自五 乾；口渇 類 乾かす（晾乾）對 濡れる（淋溼）△洗濯物が、そんなに早く乾くはずがありません。／洗好的衣物，不可能那麼快就乾。

かわり【代わり】 名 代替，替代；補償，報答；續（碗、杯等）類 交換（交替）△父の代わりに、その仕事をやらせてください。／請讓我代替父親，做那個工作。

かわりに【代わりに】 接續 代替，替代；交換 類 代わる（替換）△ワインの代わりに、酢で味をつけてもいい。／可以用醋來取代葡萄酒調味。

かわる【変わる】 自五 變化，改變；奇怪；與眾不同 類 変える（變換）；なる（變成）△彼は、考えが変わったようだ。／他的想法好像變了。

かんがえる【考える】 他下一 想，思考；考慮；認為 類 思う（覺得）△その問題は、彼に考えさせます。／我讓他想那個問題。

かんけい【関係】 名 關係；影響 類 仲（交情）△みんな、二人の関係を知りたがっています。／大家都很想知道他們兩人的關係。

かんげいかい【歓迎会】 名 歡迎會，迎新會 類 パーティー（party・派對）對 送別会（歡送會）△今日は、新入生の歓迎会があります。／今天有舉辦新生的歡迎會。

かんごし【看護師】 名 護理師，護士 類 ナース（nurse・護理人員）對 お医者さん（醫師）△私はもう30年も看護師をしています。／我當看護師已長達30年了。

かんそうき【乾燥機】 名 乾燥機，烘乾機 類 乾く（晾乾）△梅雨の時期は、乾燥機が欠かせません。／乾燥機是梅雨時期不可缺的工具。

かんたん【簡単】 形動 簡單；輕易；簡便 類 易しい（簡單）對 複雑（複雜）△簡単な問題なので、自分でできます。／因為問題很簡單，我自己可以處理。

がんばる【頑張る】 自五 努力，加油；堅持 類 一生懸命（努力）對 さぼる（缺勤）△父に、合格するまでがんばれと言われた。／父親要我努力，直到考上為止。

き キ

N4-010

き【気】 名 氣，氣息；心思；意識；性質 類 心；気持ち（感受）△たぶん気がつくだろう。／應該會發現吧！

キーボード【keyboard】 名 鍵盤；電腦鍵盤；電子琴 類 叩く（敲）△このキーボードは私が使っているものと並

び方が違います。／這個鍵盤跟我正在用的鍵盤，按鍵的排列方式不同。

きかい【機会】 名 機會 類 場合（時候）；都合（機會）△彼女に会えるいい機会だったのに、残念でしたね。／難得有這麼好的機會去見她，真是可惜啊。

きかい【機械】 名 機械 類 マシン（machine・機器）△機械のような音がしますね。／發出像機械般的聲音耶。

きけん【危険】 名・形動 危險 類 危ない（危險的）；心配（擔心）、怖い（害怕）對 安心（安心）△彼は危険なところに行こうとしている。／他打算要去危險的地方。

きこえる【聞こえる】 自下一 聽得見，能聽到；聽起來像是…；聞名 類 聞く（聽）對 見える（看得見）△電車の音が聞こえてきました。／聽到電車的聲音了。

きしゃ【汽車】 名 火車 類 電車（電車）△あれは、青森に行く汽車らしい。／那好像是開往青森的火車。

ぎじゅつ【技術】 名 技術 類 腕（技術）；テクニック（technic・技術）△ますます技術が発展していくでしょう。／技術會愈來愈進步吧！

きせつ【季節】 名 季節 類 四季（四季）△今の季節は、とても過ごしやすい。／現在這季節很舒服。

きそく【規則】 名 規則，規定 類 ルール（rule・規則）；決める（決定）△規則を守りなさい。／你要遵守規定。

きつえんせき【喫煙席】 名 吸煙席，吸煙區 對 禁煙席（禁煙區）△喫煙席はありますか。／請問有吸煙座位嗎？

きっと 副 一定，務必 類 必ず（必定）△きっと彼が行くことになるでしょう。／一定會是他去吧！

きぬ【絹】 名 絲 類 布（布料）△彼女の誕生日に、絹のスカーフをあげました。／她的生日，我送了絲質的圍巾給她。

きびしい【厳しい】 形 嚴格；嚴重；嚴酷 類 難しい（困難）、冷たい（冷淡）對 優しい（溫柔）；甘い（寬容）△新しい先生は、厳しいかもしれない。／新老師也許會很嚴格。

きぶん【気分】 名 情緒；氣氛；身體狀況 類 気持ち（感情）；思い（想法）△気分が悪くても、会社を休みません。／即使身體不舒服，也不請假。

きまる【決まる】 自五 決定；規定；決定勝負 類 決める（決定）；通る（通過）△先生が来るかどうか、まだ決まっていません。／老師還沒決定是否要來。

きみ【君】 名 你（男性對同輩以下的親密稱呼）類 あなた（你）對 僕（我）△君は、将来何をしたいの？／你將來想做什麼？

きめる【決める】(他下一) 決定；規定；認定 類 決まる（決定）△予定をこう決めました。／行程就這樣決定了。

きもち【気持ち】(名) 心情；感覺；身體狀況 類 気分（感覺）△暗い気持ちのまま帰ってきた。／心情鬱悶地回來了。

きもの【着物】(名) 衣服；和服 類 服（衣服）對 洋服（西服）△着物とドレスと、どちらのほうが素敵ですか。／和服與洋裝，哪一件比較漂亮？

きゃく【客】(名) 客人；顧客 類 観客（觀眾）對 店員（店員）、主人（主人）△客がたくさん入るだろう。／會有很多客人進來吧！

キャッシュカード【cash card】(名) 金融卡，提款卡 類 クレジットカード（credit card・信用卡）△キャッシュカードを忘れてきました。／我忘記把金融卡帶來了。

キャンセル【cancel】(名・他サ) 取消，作廢；廢除 類 中止（中止）對 続く（繼續）△ホテルをキャンセルしました。／取消了飯店的訂房。

きゅう【急】(名・形動) 急迫；突然；陡 類 急いで（趕緊）對 ゆっくり（慢慢來）△部長は急な用事で今日は出社しません。／部長因為出了急事，今天不會進公司。

きゅうこう【急行】(名・自サ) 急行；快車 類 急ぐ（急速）△急行に乗ったので、早く着いた。／因為搭乘快車，所以提早到了。

きゅうに【急に】(副) 突然 類 急ぐ（急速）對 だんだん（逐漸）△車は、急に止まることができない。／車子沒辦法突然停下來。

きゅうブレーキ【急brake】(名) 緊急刹車 類 ストップ（stop・停）△急ブレーキをかけることがありますから、必ずシートベルトをしてください。／由於有緊急煞車的可能，因此請繫好您的安全帶。

きょういく【教育】(名・他サ) 教育 類 教える（教導）對 習う（學習）△学校教育について、研究しているところだ。／正在研究學校教育。

きょうかい【教会】(名) 教會 類 会（…會）△明日、教会でコンサートがあるかもしれない。／明天教會也許有音樂會。

きょうそう【競争】(名・自他サ) 競爭，競賽 類 試合（比賽）△一緒に勉強して、お互いに競争するようにした。／一起唸書，以競爭方式來激勵彼此。

きょうみ【興味】(名) 興趣 類 趣味（興趣）△興味があれば、お教えします。／如果有興趣，我可以教您。

きんえんせき【禁煙席】(名) 禁煙席，禁煙區 對 喫煙席（吸煙區）△禁煙席をお願いします。／麻煩你，我要禁煙區的座位。

きんじょ【近所】 ㊔ 附近；鄰居 類 近く（附近）、周り（周遭）△近所の人が、りんごをくれました。／鄰居送了我蘋果。

く ク

N4-011

ぐあい【具合】 ㊔（健康等）狀況；方便，合適；方法 類 調子、様子（狀況）△もう具合はよくなられましたか。／您身體好些了嗎？

くうき【空気】 ㊔ 空氣；氣氛 類 気（氣）；風（風）△その町は、空気がきれいですか。／那個小鎮空氣好嗎？

くうこう【空港】 ㊔ 機場 類 飛行場（機場）△空港まで、送ってさしあげた。／送他到機場了。

くさ【草】 ㊔ 草 類 葉（葉子）對 木（樹）△草を取って、歩きやすいようにした。／把草拔掉，以方便走路。

くださる【下さる】 他五 給，給予（「くれる」的尊敬語）類 下さい（請給）△先生が、今本をくださったところです。／老師剛把書給我。

くび【首】 ㊔ 頸部，脖子；頭部，腦袋 類 喉（喉嚨）；体（身體）△どうしてか、首がちょっと痛いです。／不知道為什麼，脖子有點痛。

くも【雲】 ㊔ 雲 類 雨（下雨）、雪（下雪）對 晴れ（放晴）△白い煙がたくさん出て、雲のようだ。／冒出了很多白煙，像雲一般。

くらべる【比べる】 他下一 比較 類 より（比…）△妹と比べると、姉の方がやっぱり美人だ。／跟妹妹比起來，姊姊果然是美女。

クリック【click】 名・他サ 喀嚓聲；按下（按鍵）類 押す（按）△ここを二回クリックしてください。／請在這裡點兩下。

クレジットカード【credit card】 ㊔ 信用卡 類 キャッシュカード（cash card・金融卡）△初めてクレジットカードを作りました。／我第一次辦信用卡。

くれる【呉れる】 他下一 給我 類 もらう（接收）對 やる（給）△そのお金を私にくれ。／那筆錢給我。

くれる【暮れる】 自下一 日暮，天黑；到了尾聲，年終 對 明ける（天亮）△日が暮れたのに、子どもたちはまだ遊んでいる。／天都黑了，孩子們卻還在玩。

くん【君】 接尾 君 類 さん（先生，小姐）△田中君でも、誘おうかと思います。／我在想是不是也邀請田中君。

けケ

け【毛】 ㊔ 頭髮，汗毛 類 ひげ（鬍子）△しばらく会わない間に父の髪の毛はすっかり白くなっていた。／好一陣子沒和父親見面，父親的頭髮全都變白了。

け【毛】 ㊔ 毛線，毛織物 類 糸（絲線）△このセーターはウサギの毛で編んだものです。／這件毛衣是用兔毛編織而成的。

けいかく【計画】 名・他サ 計劃 類 予定（預定）、企画（規劃）△私の計画をご説明いたしましょう。／我來說明一下我的計劃！

けいかん【警官】 ㊔ 警察；巡警 類 お巡りさん（巡警）△警官は、事故について話すように言いました。／警察要我說關於事故的發生經過。

けいけん【経験】 名・他サ 經驗，經歷 類 勉強（累積經驗）△経験がないまま、この仕事をしている。／我在沒有經驗的情況下，從事這份工作。

けいざい【経済】 ㊔ 經濟 類 金（錢）；政治（政治）△日本の経済について、ちょっとお聞きします。／有關日本經濟，想請教你一下。

N4-012

けいざいがく【経済学】 ㊔ 經濟學 類 政治学（政治學）△大学で経済学の理論を勉強しています。／我在大學裡主修經濟學理論。

けいさつ【警察】 ㊔ 警察；警察局 類 警官（警官）△警察に連絡することにしました。／決定向警察報案。

ケーキ【cake】 ㊔ 蛋糕 類 お菓子（甜點）△僕が出かけている間に、弟にケーキを食べられた。／我外出的時候，蛋糕被弟弟吃掉了。

けいたいでんわ【携帯電話】 ㊔ 手機，行動電話 類 電話（電話）△どこの携帯電話を使っていますか。／請問你是用哪一家的手機呢？

けが【怪我】 名・自サ 受傷；損失，過失 類 病気（生病）；事故（意外） 對 元気（健康）△事故で、たくさんの人がけがをしたようだ。／好像因為事故很多人都受了傷。

けしき【景色】 ㊔ 景色，風景 類 風景（風景）；写真（照片）△どこか、景色のいいところへ行きたい。／想去風景好的地方。

けしゴム【消し+(荷)gom】 ㊔ 橡皮擦 類 消す（消去）△この色鉛筆は消しゴムできれいに消せるよ。／這種彩色鉛筆用橡皮擦可以擦得很乾淨。

げしゅく【下宿】 名・自サ 寄宿，借宿 類 泊まる、住む（住）△下宿の探し方がわかりません。／不知道如何尋找住的公寓。

けっして【決して】 副（後接否定）絕

對(不) 類 きっと(絕對) △このことは、決してだれにも言えない。／這件事我絕沒辦法跟任何人說。

けれど・けれども 接助 但是 類 しかし、…が…(但是) △夏の暑さは厳しいけれど、冬は過ごしやすいです。／那裡夏天的酷熱非常難受，但冬天很舒服。

けん【県】 名 縣 類 市(市) △この山を越えると山梨県です。／越過這座山就是山梨縣了。

けん・げん【軒】 接尾 …間，…家 類 屋(店，房子) △村には、薬屋が3軒もあるのだ。／村裡竟有3家藥局。

げんいん【原因】 名 原因 類 訳、理由(理由) △原因は、小さなことでございました。／原因是一件小事。

けんか【喧嘩】 名・自サ 吵架；打架 類 戦争(打仗) 對 仲直り(和好) △喧嘩するなら別々に遊びなさい。／如果要吵架，就自己玩自己的！

けんきゅうしつ【研究室】 名 研究室 類 教室(教室) △週の半分以上は研究室で過ごした。／一星期裡有一半的時間，都是在研究室度過。

けんきゅう【研究】 名・他サ 研究 類 勉強(學習) △医学の研究で新しい薬が生まれた。／因醫學研究而開發了新藥。

げんごがく【言語学】 名 語言學 類 言葉(語言) △言語学って、どんなことを勉強するのですか。／語言學是在唸什麼的呢？

けんぶつ【見物】 名・他サ 觀光，參觀 類 訪ねる(訪問)；旅行(旅行) △祭りを見物させてください。／請讓我參觀祭典。

けんめい【件名】 名 (電腦)郵件主旨；項目名稱；類別 類 名(名稱) △件名を必ず入れてくださいね。／請務必要輸入信件主旨喔。

こ コ

N4-013

こ【子】 名 孩子 類 子供(孩子) 對 親(父母親) △うちの子は、まだ5歳なのにピアノがじょうずです。／我家小孩才5歲，卻很會彈琴。

ご【御】 接頭 貴(接在跟對方有關的事物、動作的漢字詞前)表示尊敬語、謙讓語 類 お(〈表尊敬〉貴…) △ご近所にあいさつをしなくてもいいですか。／不跟(貴)鄰居打聲招呼好嗎？

コインランドリー【coin-operated laundry】 名 自助洗衣店 類 クリーニング(cleaning・洗衣服) △駅前に行けば、コインランドリーがありますよ。／只要到車站前就會有自助洗衣店喔。

こう (副) 如此；這樣，這麼 (類) そう（那樣）(對) ああ（那樣）△そうしてもいいが、こうすることもできる。／雖然那樣也可以，但這樣做也可以。

こうがい【郊外】 (名) 郊外 (類) 田舎（鄉村）(對) 都市（城市）△郊外は住みやすいですね。／郊外住起來舒服呢。

こうき【後期】 (名) 後期，下半期，後半期 (類) 期間（期間）(對) 前期（前半期）△後期の試験はいつごろありますか。／請問下半期課程的考試大概在什麼時候？

こうぎ【講義】 (名・他サ) 講義，上課，大學課程 (類) 授業（上課）△大学の先生に、法律について講義をしていただきました。／請大學老師幫我上了法律課。

こうぎょう【工業】 (名) 工業 (類) 農業（農業）△工業と商業と、どちらのほうが盛んですか。／工業與商業，哪一種比較興盛？

こうきょうりょうきん【公共料金】 (名) 公共費用 (類) 料金（費用）△公共料金は、銀行の自動引き落としにしています。／公共費用是由銀行自動轉帳來繳納的。

こうこう・こうとうがっこう【高校・高等学校】 (名) 高中 (類) 小学校（小學）△高校の時の先生が、アドバイスをしてくれた。／高中時代的老師給了我建議。

こうこうせい【高校生】 (名) 高中生 (類) 学生（學生）；生徒（學生）△高校生の息子に、英語の辞書をやった。／我送英文辭典給高中生的兒子。

ごうコン【合コン】 (名) 聯誼 (類) パーティー（party・派對）、宴会（宴會）△大学生は合コンに行くのが好きですねえ。／大學生還真是喜歡參加聯誼呢。

こうじちゅう【工事中】 (名) 施工中；（網頁）建製中 (類) 仕事中（工作中）△この先は工事中です。／前面正在施工中。

こうじょう【工場】 (名) 工廠 (類) 工場（工廠）；事務所（辦公室）△工場で働かせてください。／請讓我在工廠工作。

こうちょう【校長】 (名) 校長 (類) 先生（老師）△校長が、これから話をするところです。／校長正要開始說話。

こうつう【交通】 (名) 交通 (類) 交通費（交通費）△東京は、交通が便利です。／東京交通便利。

こうどう【講堂】 (名) 禮堂 (類) 式場（會場；禮堂）△みんなが講堂に集まりました。／大家在禮堂集合。

こうむいん【公務員】 (名) 公務員 (類) 会社員（公司職員）△公務員になるのは、難しいようです。／要當公務員好像很難。

コーヒーカップ【coffee cup】 (名)

咖啡杯 類 コップ（kop・杯子）；茶碗（飯碗）△コーヒーカップを集めています。／我正在收集咖啡杯。

こくさい【国際】 名 國際 類 世界（世界）對 国内（國內）△彼女はきっと国際的な仕事をするだろう。／她一定會從事國際性的工作吧！

こくない【国内】 名 該國內部，國內 類 国（國家；故鄉）對 国外（國外）△今年の夏は、国内旅行に行くつもりです。／今年夏天我打算要做國內旅行。

N4-014

こころ【心】 名 內心；心情 類 気持ち（心情）對 体（身體）△彼の心の優しさに、感動しました。／他善良的心地，叫人很感動。

ございます 特殊形 是，在（「ある」、「あります」的鄭重說法表示尊敬）類 です（是；尊敬的說法）△山田はただいま接客中でございます。／山田正在和客人會談。

こさじ【小匙】 名 小匙，茶匙 類 スプーン（spoon・湯匙）；箸（筷子）△塩は小匙半分で十分です。／鹽只要加小湯匙一半的份量就足夠了。

こしょう【故障】 名・自サ 故障 類 壊れる（壞掉）對 直る（修理好）△私のコンピューターは、故障しやすい。／我的電腦老是故障。

こそだて【子育て】 名・自サ 養育小孩，育兒 類 育てる（撫育）△毎日、子育てに追われています。／每天都忙著帶小孩。

ごぞんじ【ご存知】 名 您知道（尊敬語）類 知る（知道）△ご存じのことをお教えください。／請告訴我您所知道的事。

こたえ【答え】 名 回答；答覆；答案 類 返事（回答；回信）對 質問（提問）△テストの答えは、もう書きました。／考試的答案，已經寫好了。

ごちそう【御馳走】 名・他サ 請客；豐盛佳餚 類 招待（款待）△ごちそうがなくてもいいです。／沒有豐盛的佳餚也無所謂。

こっち【此方】 名 這裡，這邊 類 そっち（那邊）對 あっち（那邊）△こっちに、なにか面白い鳥がいます。／這裡有一隻有趣的鳥。

こと【事】 名 事情 類 物（事情；物品）△おかしいことを言ったのに、だれも面白がらない。／說了滑稽的事，卻沒人覺得有趣。

ことり【小鳥】 名 小鳥 類 鳥（鳥兒）△小鳥には、何をやったらいいですか。／餵什麼給小鳥吃好呢？

このあいだ【この間】 副 最近；前幾天 類 このごろ（近來）；さっき（剛才）△この間、山中先生にお会いしましたよ。少し痩せましたよ。／前幾天跟山中老師碰了面。老師略顯消瘦了些。

このごろ【此の頃】 副 最近 類 最近(最近)；今(目前) 對 昔(以前) △このごろ、考えさせられることが多いです。／最近讓人省思的事情很多。

こまかい【細かい】 形 細小；仔細；無微不至 類 小さい(小的)；丁寧(仔細) 對 大きい(大的) △細かいことは言わずに、適当にやりましょう。／別在意小地方了，看情況做吧！

ごみ 名 垃圾 類 塵(小垃圾)；生ゴミ(廚餘) △道にごみを捨てるな。／別把垃圾丟在路邊。

こめ【米】 名 米 類 ご飯(米飯)；パン(pão・麵包) △台所に米があるかどうか、見てきてください。／你去看廚房裡是不是還有米。

ごらんになる【ご覧になる】 他五 看，閱讀(尊敬語) 類 見る(看見)；読む(閱讀) △ここから、富士山をごらんになることができます。／從這裡可以看到富士山。

これから 連語 接下來，現在起 類 将来(將來) △これから、母にあげるものを買いに行きます。／現在要去買送母親的禮物。

こわい【怖い】 形 可怕，害怕 類 危険(危險) 對 安全(安全) △どんなに怖くても、絶対泣かない。／不管怎麼害怕，也絕不哭。

こわす【壊す】 他五 弄碎；破壞；兌換 類 壊れる(破裂) 對 建てる(建造) △コップを壊してしまいました。／摔破杯子了。

こわれる【壊れる】 自下一 壞掉，損壞；故障 類 故障(故障) 對 直る(修理好) △台風で、窓が壊れました。／窗戶因颱風，而壞掉了。

コンサート【concert】 名 音樂會 類 音楽会(音樂會) △コンサートでも行きませんか。／要不要去聽音樂會？

こんど【今度】 名 這次；下次；以後 類 次(下次) △今度、すてきな服を買ってあげましょう。／下次買漂亮的衣服給你！

コンピューター【computer】 名 電腦 類 パソコン(personal computer・個人電腦) △仕事中にコンピューターが固まって動かなくなってしまった。／工作中電腦卡住，跑不動了。

こんや【今夜】 名 今晚 類 今晩(今晚) 對 夕べ(昨晚) △今夜までに連絡します。／今晚以前會跟你聯絡。

さ サ

N4-015

さいきん【最近】 名・副 最近 類 今(現在)；この頃(近來) 對 昔(以前) △彼女は最近、勉強もしないし、遊びにも行きません。／她最近既不唸書也不去玩。

さいご【最後】(名) 最後 (類) 終わり（結束）(對) 最初（開始）△最後まで戦う。／戰到最後。

さいしょ【最初】(名) 最初，首先 (類) 一番（第一個）(對) 最後（最後）△最初の子は女の子だったから、次は男の子がほしい。／第一胎是生女的，所以第二胎希望生個男的。

さいふ【財布】(名) 錢包 (類) カバン（手提包）△彼女の財布は重そうです。／她的錢包好像很重的樣子。

さか【坂】(名) 斜坡 (類) 山（山）△自転車を押しながら坂を上った。／邊推著腳踏車，邊爬上斜坡。

さがす【探す・捜す】(他五) 尋找，找尋 (類) 尋ねる（尋找）；見つかる（找到）△彼が財布をなくしたので、一緒に探してやりました。／他的錢包不見了，所以一起幫忙尋找。

さがる【下がる】(自五) 下降；下垂；降低（價格、程度、溫度等）；衰退 (類) 下げる（降下）(對) 上がる（提高）△気温が下がる。／氣溫下降。

さかん【盛ん】(形動) 繁盛，興盛 (類) 賑やか（熱鬧）△この町は、工業も盛んだし商業も盛んだ。／這小鎮工業跟商業都很興盛。

さげる【下げる】(他下一) 降低，向下；掛；躲開；整理，收拾 (類) 落とす（使降落）；しまう（整理收拾）(對) 上げる（使升高）△飲み終わったら、コップを下げます。／一喝完了，杯子就會收走。

さしあげる【差し上げる】(他下一) 給（「あげる」的謙讓語）(類) あげる（給予）△差し上げた薬を、毎日お飲みになってください。／開給您的藥，請每天服用。

さしだしにん【差出人】(名) 發信人，寄件人 (類) 宛先（收信人姓名）△差出人はだれですか。／寄件人是哪一位？

さっき (名·副) 剛剛，剛才 (類) 最近（近來）△さっきここにいたのは、だれだい？／剛才在這裡的是誰呀？

さびしい【寂しい】(形) 孤單；寂寞；荒涼，冷清；空虛 (類) 一人（一個人）(對) 賑やか（熱鬧）△寂しいので、遊びに来てください。／因為我很寂寞，過來坐坐吧！

さま【様】(接尾) 先生，小姐 (類) さん（先生，小姐）；方（各位）△山田様、どうぞお入りください。／山田先生，請進。

さらいげつ【再来月】(名) 下下個月 (類) 来月（下個月）△再来月国に帰るので、準備をしています。／下下個月要回國，所以正在準備行李。

さらいしゅう【再来週】(名) 下下星期 (類) 来週（下星期）△再来週遊びに来るのは、伯父です。／下下星期要來玩的是伯父。

サラダ【salad】 [名] 沙拉 [類] 野菜（蔬菜）△朝はいつも母が作ってくれたパンとサラダです。／早上都是吃媽媽做的麵包跟沙拉！

さわぐ【騒ぐ】 [自五] 吵鬧，喧囂；慌亂，慌張；激動 [類] 煩い（吵雜）[對] 静か（安靜）△教室で騒いでいるのは、誰なの？／是誰在教室吵鬧呀？

さわる【触る】 [自五] 碰觸，觸摸；接觸；觸怒，觸犯 [類] 取る（拿取）△このボタンには、絶対触ってはいけない。／絕對不可觸摸這個按紐。

さんぎょう【産業】 [名] 產業 [類] 工業（工業）△彼女は自動車産業の株をたくさん持っている。／她擁有許多自動車產業相關的股票。

サンダル【sandal】 [名] 涼鞋 [類] 靴（鞋子）；スリッパ（slipper・拖鞋）△涼しいので、靴ではなくてサンダルにします。／為了涼快，所以不穿鞋子改穿涼鞋。

サンドイッチ【sandwich】 [名] 三明治 [類] 弁当（便當）△サンドイッチを作ってさしあげましょうか。／幫您做份三明治吧？

ざんねん【残念】 [名・形動] 遺憾，可惜，懊悔 [類] 恥ずかしい（羞恥的）△あなたが来ないので、みんな残念がっています。／因為你沒來，大家都感到很遺憾。

しシ

N4-016

し【市】 [名] …市 [類] 県（縣）△福岡市の花粉は隣の市まで広がっていった。／福岡市的花粉擴散到鄰近的城市。

じ【字】 [名] 字，文字 [類] 仮名（假名）；絵（繪畫）△田中さんは、字が上手です。／田中小姐的字寫得很漂亮。

しあい【試合】 [名・自サ] 比賽 [類] 競争（競爭）△試合はきっとおもしろいだろう。／比賽一定很有趣吧！

しおくり【仕送り】 [名・自他サ] 匯寄生活費或學費 [類] 送る（寄送）△東京にいる息子に毎月仕送りしています。／我每個月都寄錢給在東京的兒子。

しかた【仕方】 [名] 方法，做法 [類] 方（方法）△誰か、上手な洗濯の仕方を教えてください。／有誰可以教我洗好衣服的方法？

しかる【叱る】 [他五] 責備，責罵 [類] 怒る（罵）[對] 褒める（讚美）△子どもをああしかっては、かわいそうですよ。／把小孩罵成那樣，就太可憐了。

しき【式】 [名・接尾] 儀式，典禮；…典禮；方式；樣式；算式，公式 [類] 会（…會）；結婚式（結婚典禮）△入学式の会場はどこだい？／開學典禮的禮堂在哪裡？

Level 5
Level 4
Level 3
Level 2
Level 1

じきゅう【時給】 (名) 時薪 類 給料(薪水) △コンビニエンスストアでアルバイトすると、時給はいくらぐらいですか。／如果在便利商店打工的話，時薪大概多少錢呢？

しけん【試験】 (名・他サ) 試驗；考試 類 受験(考試)；テスト(test・考試) △試験があるので、勉強します。／因為有考試，我要唸書。

じこ【事故】 (名) 意外，事故 類 火事(火災) △事故に遭ったが、全然けがをしなかった。／遇到事故，卻毫髮無傷。

じしん【地震】 (名) 地震 類 台風(颱風) △地震の時はエレベーターに乗るな。／地震的時候不要搭電梯。

じだい【時代】 (名) 時代；潮流；歷史 類 頃(時候)；時(時候) △新しい時代が来たということを感じます。／感覺到新時代已經來臨了。

したぎ【下着】 (名) 內衣，貼身衣物 類 パンツ(pants・褲子)；ズボン(jupon・褲子) 對 上着(上衣) △木綿の下着は洗いやすい。／棉質內衣好清洗。

したく【支度】 (名・自他サ) 準備；打扮；準備用餐 類 用意、準備(準備) △旅行の支度をしなければなりません。／我得準備旅行事宜。

しっかり【確り】 (副・自サ) 紮實；堅固；可靠；穩固 類 丈夫(牢固)；元気(健壯) △ビジネスのやりかたを、しっかり勉強してきます。／我要紮紮實實去學做生意回來。

しっぱい【失敗】 (名・自サ) 失敗 類 負ける(輸) 對 勝つ(勝利) △方法がわからず、失敗しました。／不知道方法以致失敗。

しつれい【失礼】 (名・形動・自サ) 失禮，沒禮貌；失陪 類 お礼(謝禮) △黙って帰るのは、失礼です。／連個招呼也沒打就回去，是很沒禮貌的。

していせき【指定席】 (名) 劃位座，對號入座 類 席(座位) 對 自由席(自由座) △指定席ですから、急いで行かなくても大丈夫ですよ。／我是對號座，所以不用趕著過去也無妨。

じてん【辞典】 (名) 字典 類 辞書(辭典) △辞典をもらったので、英語を勉強しようと思う。／有人送我字典，所以我想認真學英文。

しなもの【品物】 (名) 物品，東西；貨品 類 物(物品) △あのお店の品物は、とてもいい。／那家店的貨品非常好。

しばらく【暫く】 (副) 暫時，一會兒；好久 類 ちょっと(一會兒) △しばらく会社を休むつもりです。／我打算暫時向公司請假。

しま【島】 (名) 島嶼 類 山(山) △島に行くためには、船に乗らなければなりません。／要去小島，就得搭船。

しみん【市民】 (名) 市民，公民 類 国民(國民) △市民の生活を守る。／捍衛市民的生活。

じむしょ【事務所】㊔辦公室 類 会社（公司）△こちらが、会社の事務所でございます。／這裡是公司的辦公室。

しゃかい【社会】㊔社會，世間 類 世間（社會上）對 一人（一個人）△社会が厳しくても、私はがんばります。／即使社會嚴峻，我也會努力的。

しゃちょう【社長】㊔社長 類 部長（部長）；上司（上司）△社長に、難しい仕事をさせられた。／社長讓我做很難的工作。

しゃないアナウンス【車内announce】㊔車廂內廣播 類 知らせる（通知）△「この電車はまもなく上野です」と車内アナウンスが流れていた。／車內廣播告知：「電車即將抵達上野」。

じゃま【邪魔】（名・形動・他サ）妨礙，阻擾；拜訪 類 壁（牆壁）△ここにこう座っていたら、じゃまですか。／像這樣坐在這裡，會妨礙到你嗎？

ジャム【jam】㊔果醬 類 バター（butter・奶油）△あなたに、いちごのジャムを作ってあげる。／我做草莓果醬給你。

じゆう【自由】（名・形動）自由，隨便 類 約束（規定；約定）△そうするかどうかは、あなたの自由です。／要不要那樣做，隨你便！

しゅうかん【習慣】㊔習慣 類 慣れる（習以為常）△一度ついた習慣は、変えにくいですね。／一旦養成習慣，就很難改變呢。

じゅうしょ【住所】㊔地址 類 アドレス（address・地址；網址）；ところ（地方；住處）△私の住所をあげますから、手紙をください。／給你我的地址，請寫信給我。

じゆうせき【自由席】㊔自由座 對 指定席（對號座）△自由席ですから、席がないかもしれません。／因為是自由座，所以說不定會沒有位子。

N4-017

しゅうでん【終電】㊔最後一班電車，末班車 類 始発（頭班車）△終電は12時にここを出ます。／末班車將於12點由本站開出。

じゅうどう【柔道】㊔柔道 類 武道（武術）；運動（運動）；ボクシング（boxing・拳擊）△柔道を習おうと思っている。／我想學柔道。

じゅうぶん【十分】（副・形動）充分，足夠 類 足りる（足夠）；一杯（充分）對 少し（一點）△昨日は、十分お休みになりましたか。／昨晚有好好休息了嗎？

しゅじん【主人】㊔老公，（我）丈夫，先生；主人 類 夫（〈我〉丈夫）對 妻（〈我〉妻子）△ご主人の病気は軽いですから心配しなくても大丈夫です。／請不用擔心，您先生的病情並不嚴重。

じゅしん【受信】（名・他サ）（郵件、電報等）

接收；收聽 類受ける（接到）對送信（發報）△メールが受信できません。／沒有辦法接收郵件。

しゅっせき【出席】（名・自サ）出席 類出る（出席）對欠席（缺席）△そのパーティーに出席することは難しい。／要出席那個派對是很困難的。

しゅっぱつ【出発】（名・自サ）出發；起步，開始 類立つ（動身）；出かける（出門）對着く（到達）△なにがあっても、明日は出発します。／無論如何，明天都要出發。

しゅみ【趣味】（名）嗜好；趣味 類興味（興趣）對仕事（工作）△君の趣味は何だい？／你的嗜好是什麼？

じゅんび【準備】（名・他サ）準備 類用意（準備）、支度（準備）△早く明日の準備をしなさい。／趕快準備明天的事！

しょうかい【紹介】（名・他サ）介紹 類説明（說明）△鈴木さんをご紹介しましょう。／我來介紹鈴木小姐給您認識。

しょうがつ【正月】（名）正月，新年 類新年（新年）△もうすぐお正月ですね。／馬上就快新年了呢。

しょうがっこう【小学校】（名）小學 類高校（高中）△来年から、小学校の先生になることが決まりました。／明年起將成為小學老師。

しょうせつ【小説】（名）小說 類物語（故事）△先生がお書きになった小説を読みたいです。／我想看老師所寫的小說。

しょうたい【招待】（名・他サ）邀請 類ご馳走（宴請）△みんなをうちに招待するつもりです。／我打算邀請大家來家裡作客。

しょうち【承知】（名・他サ）知道，了解，同意；接受 類知る、分かる（知道）對無理（不同意）△彼がこんな条件で承知するはずがありません。／他不可能接受這樣的條件。

しょうらい【将来】（名）將來 類これから（今後）對昔（以前）△将来は、立派な人におなりになるだろう。／將來他會成為了不起的人吧！

しょくじ【食事】（名・自サ）用餐，吃飯；餐點 類ご飯（餐點）；食べる（吃飯）△食事をするために、レストランへ行った。／為了吃飯，去了餐廳。

しょくりょうひん【食料品】（名）食品 類食べ物（食物）對飲み物（飲料）△パーティーのための食料品を買わなければなりません。／得去買派對用的食品。

しょしんしゃ【初心者】（名）初學者 類入門（初學）△このテキストは初心者用です。／這本教科書適用於初學者。

じょせい【女性】（名）女性 類女（女性）對男性（男性）△私は、あんな女性と結婚したいです。／我想和那樣的女性結婚。

しらせる【知らせる】 (他下一) 通知，讓對方知道 類 伝える（傳達）、連絡（通知；聯繫）△このニュースを彼に知らせてはいけない。／這個消息不可以讓他知道。

しらべる【調べる】 (他下一) 查閱，調查；檢查；搜查 類 引く（查〈字典〉）△出かける前に電車の時間を調べておいた。／出門前先查了電車的時刻表。

しんきさくせい【新規作成】 (名・他サ) 新作，從頭做起；（電腦檔案）開新檔案 類 新しい（新的）△この場合は、新規作成しないといけません。／在這種情況之下，必須要開新檔案。

じんこう【人口】 (名) 人口 類 数（數量）、人（人）△私の町は人口が多すぎます。／我住的城市人口過多。

しんごうむし【信号無視】 (名) 違反交通號誌，闖紅（黃）燈 類 信号（紅綠燈）△信号無視をして、警察につかまりました。／因為違反交通號誌，被警察抓到了。

じんじゃ【神社】 (名) 神社 類 寺（寺廟）△この神社は、祭りのときはにぎやからしい。／這個神社每逢慶典好像都很熱鬧。

しんせつ【親切】 (名・形動) 親切，客氣 類 やさしい（親切的）；暖かい（親切）對 冷たい（冷淡的）△彼は親切で格好よくて、クラスでとても人気がある。／他人親切又帥氣，在班上很受歡迎。

しんぱい【心配】 (名・自他サ) 擔心，操心 類 困る（苦惱）；怖い（害怕；擔心）對 安心（安心）△息子が帰ってこないので、父親は心配しはじめた。／由於兒子沒回來，父親開始擔心起來了。

しんぶんしゃ【新聞社】 (名) 報社 類 テレビ局（television・電視台）△右の建物は、新聞社でございます。／右邊的建築物是報社。

す ス

N4-018

すいえい【水泳】 (名・自サ) 游泳 類 泳ぐ（游泳）△テニスより、水泳の方が好きです。／喜歡游泳勝過打網球。

すいどう【水道】 (名) 自來水管 類 水道代（水費）；電気（電力）△水道の水が飲めるかどうか知りません。／不知道自來水管的水是否可以飲用。

ずいぶん【随分】 (副・形動) 相當地，超越一般程度；不像話 類 非常に（非常）；とても（相當）△彼は、「ずいぶん立派な家ですね。」と言った。／他說：

「真是相當豪華的房子呀」。

すうがく【数学】㊔ 數學 類 国語（國文）△友達に、数学の問題の答えを教えてやりました。／我告訴朋友數學題目的答案了。

スーツ【suit】㊔ 套裝 類 背広（西裝）△スーツを着ると立派に見える。／穿上西裝看起來派頭十足。

スーツケース【suitcase】㊔ 手提旅行箱 類 荷物（行李）△親切な男性に、スーツケースを持っていただきました。／有位親切的男士，幫我拿了旅行箱。

スーパー【supermarket之略】㊔ 超級市場 類 デパート（department store・百貨公司）△向かって左にスーパーがあります。／馬路對面的左手邊有一家超市。

すぎる【過ぎる】自上一 超過；過於；經過 接尾 過於… 類 通る（通過）；渡る（渡過）；あまり（過於）△5時を過ぎたので、もう家に帰ります。／已經超過五點了，我要回家了。△そんなにいっぱいくださったら、多すぎます。／您給我那麼大的量，真的太多了。

すく【空く】自五 飢餓；空間中的人或物的數量減少 類 空く（出現空隙）對 一杯（滿）△おなかもすいたし、のどもかわきました。／肚子也餓了，口也渴了。

すくない【少ない】形 少 類 少し（一點）；ちょっと（一點點）對 多い（多的）；沢山（很多）△本当に面白い映画は、少ないのだ。／真的有趣的電影很少！

すぐに【直ぐに】副 馬上 類 もうすぐ（馬上）△すぐに帰る。／馬上回來。

スクリーン【screen】㊔ 螢幕 類 黒板（黑板）△映画はフィルムにとった劇や景色などをスクリーンに映して見せるものです。／電影是利用膠卷將戲劇或景色等捕捉起來，並在螢幕上放映。

すごい【凄い】形 厲害，很棒；非常 類 うまい（高明的；好吃的）；上手（拿手）；素晴らしい（出色）△上手に英語が話せるようになったら、すごいなあ。／如果英文能講得好，應該很棒吧！

すすむ【進む】自五 進展，前進；上升（級別等）；進步；（鐘）快；引起食慾；（程度）提高 類 戻る（返回）△敵が強すぎて、彼らは進むことも戻ることもできなかった。／敵人太強了，讓他們陷入進退兩難的局面。

スタートボタン【start button】㊔（微軟作業系統的）開機鈕 類 ボダン（button・按鍵；鈕釦）△スタートボタンを押してください。／請按下開機鈕。

すっかり副 完全，全部 類 全部（全部）△部屋はすっかり片付けてしまいました。／房間全部整理好了。

ずっと副 更；一直 類 とても（更）；いつも（經常）△ずっとほしかった

ギターをもらった。／收到一直想要的吉他。

ステーキ【steak】（名）牛排 類 牛肉（牛肉）△ステーキをナイフで食べやすい大きさに切りました。／用刀把牛排切成適口的大小。

すてる【捨てる】（他下一）丟掉，拋棄；放棄 類 投げる（投擲）對 拾う（撿拾）；置く（留下）△いらないものは、捨ててしまってください。／不要的東西，請全部丟掉。

ステレオ【stereo】（名）音響 類 ラジオ（radio・收音機）△彼にステレオをあげたら、とても喜んだ。／送他音響，他就非常高興。

ストーカー【stalker】（名）跟蹤狂 類 おかしい（奇怪）；変（古怪）△ストーカーに遭ったことがありますか。／你有被跟蹤狂騷擾的經驗嗎？

すな【砂】（名）沙 類 石（石頭）△雪がさらさらして、砂のようだ。／沙沙的雪，像沙子一般。

すばらしい【素晴しい】（形）出色，很好 類 凄い（了不起的）；立派（出色）△すばらしい映画ですから、見てみてください。／因為是很棒的電影，不妨看看。

すべる【滑る】（自下一）滑（倒）；滑動；（手）滑；不及格，落榜；下跌 類 倒れる（跌倒）△この道は、雨の日はすべるらしい。／這條路，下雨天好像很滑。

すみ【隅】（名）角落 類 角（角落）△部屋を隅から隅まで掃除してさしあげた。／房間裡各個小角落都幫您打掃得一塵不染。

すむ【済む】（自五）（事情）完結，結束；過得去，沒問題；（問題）解決，（事情）了結 類 終わる（結束）對 始まる（開始）△用事が済んだら、すぐに帰ってもいいよ。／要是事情辦完的話，馬上回去也沒關係喔！

すり（名）扒手 類 泥棒（小偷）△すりに財布を盗まれたようです。／錢包好像被扒手扒走了。

すると（接續）於是；這樣一來 類 だから（因此）△すると、あなたは明日学校に行かなければならないのですか。／這樣一來，你明天不就得去學校了嗎？

せセ

N4-019

せい【製】（名・接尾）…製 類 生産（生產）△先生がくださった時計は、スイス製だった。／老師送我的手錶，是瑞士製的。

せいかつ【生活】（名・自サ）生活 類 生きる（生存）；食べる（吃）△どんなところでも生活できます。／我不管在哪裡都可以生活。

せいきゅうしょ【請求書】 名 帳單，繳費單 類 領収書（收據）△クレジットカードの請求書が届きました。／收到了信用卡的繳費帳單。

せいさん【生産】 名・他サ 生產 類 作る（製造）對 消費（消費）△製品123の生産をやめました。／製品123停止生產了。

せいじ【政治】 名 政治 類 経済（經濟）△政治の難しさについて話しました。／談及了關於政治的難處。

せいよう【西洋】 名 西洋 類 ヨーロッパ（Europa・歐洲）對 東洋（亞洲；東洋）△彼は、西洋文化を研究しているらしいです。／他好像在研究西洋文化。

せかい【世界】 名 世界；天地 類 地球（地球）△世界を知るために、たくさん旅行をした。／為了認識世界，常去旅行。

せき【席】 名 座位；職位 類 椅子（位置；椅子）；場所（席位；地方）△「息子はどこにいる？」「後ろから2番目の席に座っているよ。」／「兒子在哪裡？」「他坐在從後面數來倒數第二個座位上啊！」

せつめい【説明】 名・他サ 說明 類 紹介（介紹）△後で説明をするつもりです。／我打算稍後再說明。

せなか【背中】 名 背部 類 背（身高）對 腹（肚子）△背中も痛いし、足も疲れました。／背也痛，腳也酸了。

ぜひ【是非】 副 務必；好與壞 類 必ず（一定）△あなたの作品をぜひ読ませてください。／請務必讓我拜讀您的作品。

せわ【世話】 名・他サ 幫忙；照顧，照料 類 手伝い（幫忙）、心配（關照）△子どもの世話をするために、仕事をやめた。／為了照顧小孩，辭去了工作。

せん【線】 名 線；線路；界限 類 糸（紗線）△先生は、間違っている言葉を線で消すように言いました。／老師說錯誤的字彙要劃線去掉。

ぜんき【前期】 名 初期，前期，上半期 類 期間（期間）對 後期（後半期）△前期の授業は今日で最後です。／今天是上半期課程的最後一天。

ぜんぜん【全然】 副（接否定）完全不…，一點也不…；非常 類 何にも（什麼也…）△ぜんぜん勉強したくないのです。／我一點也不想唸書。

せんそう【戦争】 名・自サ 戰爭；打仗 類 喧嘩（吵架）對 平和（和平）△いつの時代でも、戦争はなくならない。／不管是哪個時代，戰爭都不會消失的。

せんぱい【先輩】 名 學姐，學長；老前輩 類 上司（上司）對 後輩（晚輩）△先輩から学校のことについていろいろなことを教えられた。／前輩告訴我許多有關學校的事情。

せんもん【専門】 ㊔ 專門，專業 類 職業（職業）△上田先生のご専門は、日本の現代文学です。／上田教授專攻日本現代文學。

そ ソ

N4-020

そう 感・副 那樣，這樣；是 類 こう（這樣）；ああ（那樣）△彼は、そう言いつづけていた。／他不斷地那樣說著。

そうしん【送信】 名・自サ 發送（電子郵件）；（電）發報，播送，發射 類 送る（傳送）△すぐに送信しますね。／我馬上把郵件傳送出去喔。

そうだん【相談】 名・自他サ 商量 類 話（商談）△なんでも相談してください。／不論什麼都可以找我商量。

そうにゅう【挿入】 名・他サ 插入，裝入 類 入れる（裝進）△二行目に、この一文を挿入してください。／請在第二行，插入這段文字。

そうべつかい【送別会】 ㊔ 送別會 類 宴会（宴會）對 歓迎会（歡迎宴會）△課長の送別会が開かれます。／舉辦課長的送別會。

そだてる【育てる】 他下一 撫育，培植；培養 類 子育て（育兒）；飼う（飼養）；養う（養育）△蘭は育てにくいです。／蘭花很難培植。

そつぎょう【卒業】 名・自サ 畢業 類 卒業式（畢業典禮）對 入学（入學）△感動の卒業式も無事に終わりました。／令人感動的畢業典禮也順利結束了。

そつぎょうしき【卒業式】 ㊔ 畢業典禮 類 卒業（畢業）對 入学式（開學典禮）△卒業式で泣きましたか。／你在畢業典禮上有哭嗎？

そとがわ【外側】 ㊔ 外部，外面，外側 類 外（外面）對 内側（內部）△だいたい大人が外側、子どもが内側を歩きます。／通常是大人走在外側，小孩走在內側。

そふ【祖父】 ㊔ 祖父，外祖父 類 お祖父さん（祖父）對 祖母（祖母）△祖父はずっとその会社で働いてきました。／祖父一直在那家公司工作到現在。

ソフト【soft】 名・形動 柔軟；溫柔；軟體 類 柔らかい（柔軟的）對 固い（堅硬的）△あのゲームソフトは人気があるらしく、すぐに売切れてしまった。／那個遊戲軟體似乎廣受歡迎，沒多久就賣完了。

そぼ【祖母】 ㊔ 祖母，外祖母，奶奶，外婆 類 お祖母さん（祖母）對 祖父（祖父）△祖母は、いつもお菓子をくれる。／奶奶常給我糕點。

それで 接續 後來，那麼 類 で（後來，那麼）△それで、いつまでに終わりますか。／那麼，什麼時候結束呢？

それに 接續 而且，再者 類 また（再，還）△その映画は面白いし、それに歴史の勉強にもなる。／這電影不僅有趣，又能從中學到歷史。

それはいけませんね 寒暄 那可不行 類 だめ（不可以）△それはいけませんね。薬を飲んでみたらどうですか。／那可不行啊！是不是吃個藥比較好？

それほど【それ程】 副 那麼地 類 あんまり（不怎樣）△映画が、それほど面白くなくてもかまいません。／電影不怎麼有趣也沒關係。

そろそろ 副 快要；逐漸；緩慢 類 もうすぐ（馬上）；だんだん（逐漸）△そろそろ2時でございます。／快要兩點了。

ぞんじあげる【存じ上げる】 他下一 知道（自謙語）類 知る（知道）；分かる（清楚）△お名前は存じ上げております。／久仰大名。

そんな 連體 那樣的 類 そんなに（那麼）△「私の給料はあなたの半分ぐらいです。」「そんなことはないでしょう。」／「我的薪水只有你的一半。」「沒那回事！」

そんなに 副 那麼，那樣 類 そんな（那樣的）△そんなにほしいなら、あげますよ。／那麼想要的話，就給你吧！

たタ

N4-021

だい【代】 名・接尾 世代；（年齡範圍）…多歲；費用 類 時代（時代）；世紀（世紀）△この服は、30代とか40代とかの人のために作られました。／這件衣服是為三十及四十多歲的人做的。

たいいん【退院】 名・自サ 出院 對 入院（住院）△彼が退院するのはいつだい？／他什麼時候出院的呢？

ダイエット【diet】 名・自サ （為治療或調節體重）規定飲食；減重療法；減重，減肥 類 痩せる（瘦的）對 太る（肥胖）△夏までに、3キロダイエットします。／在夏天之前，我要減肥三公斤。

だいがくせい【大学生】 名 大學生 類 学生（學生）△鈴木さんの息子さんは、大学生だと思う。／我想鈴木先生的兒子，應該是大學生了。

だいきらい【大嫌い】 形動 極不喜歡，最討厭 類 嫌い（討厭）對 大好き（很喜歡）△好きなのに、大嫌いと言ってしまった。／明明喜歡，卻偏說非常討厭。

だいじ【大事】 名・形動 大事；保重，重要（「大事さ」為形容動詞的名詞形）類 大切（重要；珍惜）△健康の大事さを知りました。／領悟到健康的重要性。

だいたい【大体】 副 大部分；大致，大概 類 ほとんど（大部分；大約）△練習して、この曲はだいたい弾けるようになった。／練習以後，大致會彈這首曲子了。

タイプ【type】 名 款式；類型；打字 類 型（類型）△私はこのタイプのパソコンにします。／我要這種款式的電腦。

だいぶ【大分】 副 相當地 類 大抵（大概）△だいぶ元気になりましたから、もう薬を飲まなくてもいいです。／已經好很多了，所以不吃藥也沒關係的。

たいふう【台風】 名 颱風 類 地震（地震）△台風が来て、風が吹きはじめた。／颱風來了，開始刮起風了。

たおれる【倒れる】 自下一 倒下；垮台；死亡 類 寝る（倒下）；亡くなる（死亡）對 立つ（站立）△倒れにくい建物を作りました。／蓋了一棟不容易倒塌的建築物。

だから 接續 所以，因此 類 ので（因此）△明日はテストです。だから、今準備しているところです。／明天考試。所以，現在正在準備。

たしか【確か】 形動・副 確實，可靠；大概 類 たぶん（大概）△確か、彼もそんな話をしていました。／他大概也說了那樣的話。

たす【足す】 他五 補足，增加 類 合計（總計）△数字を足していくと、全部で100になる。／數字加起來，總共是一百。

だす【出す】 接尾 開始… 對 …終わる（…完）△うちに着くと、雨が降りだした。／一到家，便開始下起雨來了。

たずねる【訪ねる】 他下一 拜訪，訪問 類 探す（尋找）；訪れる；（拜訪）△最近は、先生を訪ねることが少なくなりました。／最近比較少去拜訪老師。

たずねる【尋ねる】 他下一 問，打聽；詢問 類 聞く（詢問）；質問する（提問）對 答える（回答）△彼に尋ねたけれど、分からなかったのです。／雖然去請教過他了，但他不知道。

ただいま【唯今・只今】 副 現在；馬上，剛才；我回來了 類 現在（現在）、今（立刻）△ その件はただいま検討中です。／那個案子我們正在研究。

ただしい【正しい】 形 正確；端正 類 本当（真的）對 間違える（錯誤）△私の意見が正しいかどうか、教えてください。／請告訴我，我的意見是否正確。

たたみ【畳】 名 榻榻米 類 床（地板）△このうちは、畳の匂いがします。／這屋子散發著榻榻米的味道。

たてる【立てる】 他下一 立起，訂立；揚起；維持 類 立つ（站立）△自分で勉強の計画を立てることになっています。／要我自己訂定讀書計畫。

たてる【建てる】 他下一 建造 類 直す（修理） 對 壊す（毀壞） △こんな家を建てたいと思います。／我想蓋這樣的房子。

たとえば【例えば】 副 例如 類 もし（假如） △例えば、こんなふうにしたらどうですか。／例如像這樣擺可以嗎？

たな【棚】 名 架子，棚架 類 本棚（書架） △棚を作って、本を置けるようにした。／做了架子，以便放書。

たのしみ【楽しみ】 名・形動 期待，快樂 類 遊び（消遣；遊戲） △みんなに会えるのを楽しみにしています。／我很期待與大家見面。

たのしむ【楽しむ】 他五 享受，欣賞，快樂；以…為消遣；期待，盼望 類 遊ぶ（消遣）；暇（餘暇） 對 働く（工作）；勉強する（學習） △公園は桜を楽しむ人でいっぱいだ。／公園裡到處都是賞櫻的人群。

たべほうだい【食べ放題】 名 吃到飽，盡量吃，隨意吃 類 飲み放題（喝到飽） △食べ放題ですから、みなさん遠慮なくどうぞ。／這家店是吃到飽，所以大家請不用客氣盡量吃。

たまに【偶に】 副 偶爾 類 時々（偶爾） 對 いつも（經常）；よく（經常） △たまに祖父の家に行かなければならない。／偶爾得去祖父家才行。

ため 名（表目的）為了；（表原因）因為 類 から（為了） △あなたのために買ってきたのに、食べないの？／這是特地為你買的，你不吃嗎？

だめ【駄目】 名 不行；沒用；無用 類 いや（不行） △そんなことをしたらだめです。／不可以做那樣的事。

たりる【足りる】 自上一 足夠；可湊合 類 十分（足夠） 對 欠ける（不足） △1万円あれば、足りるはずだ。／如果有一萬日圓，應該是夠的。

だんせい【男性】 名 男性 類 男（男性） 對 女性（女性） △そこにいる男性が、私たちの先生です。／那裡的那位男性，是我們的老師。

だんぼう【暖房】 名 暖氣 類 ストーブ（stove・暖爐） 對 冷房（冷氣） △暖かいから、暖房をつけなくてもいいです。／很溫暖的，所以不開暖氣也無所謂。

ち チ

N4-022

ち【血】 名 血；血緣 類 毛（毛）；肉（肌肉） △傷口から血が流れつづけている。／血一直從傷口流出來。

チェック【check】 名・他サ 檢查 類 調べる（檢查） △正しいかどうかを、

ひとつひとつ丁寧にチェックしておきましょう。／正確與否，請一個個先仔細檢查吧！

ちいさな【小さな】 連體 小，小的；年齡幼小 對 大きな（大的）△あの人は、いつも小さなプレゼントをくださる。／那個人常送我小禮物。

ちかみち【近道】 名 捷徑，近路 類 近い（近的）對 回り道（繞道）△八百屋の前を通ると、近道ですよ。／一過了蔬果店前面就是捷徑了。

ちから【力】 名 力氣；能力 類 腕（力氣；本事）△この会社では、力を出しにくい。／在這公司難以發揮實力。

ちかん【痴漢】 名 色狼 類 すり（扒手；小偷）△電車でちかんを見ました。／我在電車上看到了色狼。

ちっとも 副 一點也不… 類 少しも（一點也〈不〉…）△お菓子ばかり食べて、ちっとも野菜を食べない。／光吃甜點，青菜一點也不吃。

ちゃん 接尾（表親暱稱謂）小… 類 君（君）；さん（先生，小姐）；さま（先生，小姐）△まいちゃんは、何にする？／小舞，你要什麼？

ちゅうい【注意】 名・自サ 注意，小心 類 気をつける（小心）△車にご注意ください。／請注意車輛！

ちゅうがっこう【中学校】 名 中學 類 高校（高中）△私は、中学校のときテニスの試合に出たことがあります。／我在中學時曾參加過網球比賽。

ちゅうし【中止】 名・他サ 中止 類 キャンセルする（cancel・取消）對 続く（持續）△交渉中止。／停止交涉。

ちゅうしゃ【注射】 名・他サ 打針 類 病気（疾病）△お医者さんに、注射していただきました。／醫生幫我打了針。

ちゅうしゃいはん【駐車違反】 名 違規停車 類 交通違反（交通違規）△ここに駐車すると、駐車違反になりますよ。／如果把車停在這裡，就會是違規停車喔。

ちゅうしゃじょう【駐車場】 名 停車場 類 パーキング（parking・停車場）△駐車場に行ったら、車がなかった。／一到停車場，發現車子不見了。

ちょう【町】 名・漢造 鎮 類 市（…市）△町長になる。／當鎮長。

ちり【地理】 名 地理 類 歴史（歷史）△私は、日本の地理とか歴史とかについてあまり知りません。／我對日本地理或歷史不甚了解。

つッ

N4-023

つうこうどめ【通行止め】 名 禁止通行，無路可走 類 一方通行（單行道）△

この先は通行止めです。／此處前方禁止通行。

つうちょうきにゅう【通帳記入】 ㊔ 補登錄存摺 類 付ける（記上）△ここに通帳を入れると、通帳記入できます。／只要把存摺從這裡放進去，就可以補登錄存摺了。

つかまえる【捕まえる】 他下一 逮捕，抓；握住 類 掴む（抓住）對 逃げる（逃走）△彼が泥棒ならば、捕まえなければならない。／如果他是小偷，就非逮捕不可。

つき【月】 ㊔ 月亮 類 星（星星）對 日（太陽）△今日は、月がきれいです。／今天的月亮很漂亮。

つく【点く】 自五 點上，(火) 點著 類 点ける（點燃）對 消える（熄滅）△あの家は、昼も電気がついたままだ。／那戶人家，白天燈也照樣點著。

つける【付ける】 他下一 裝上，附上；塗上 類 塗る（塗抹）對 落とす（弄下）△ハンドバッグに光る飾りを付けた。／在手提包上別上了閃閃發亮的綴飾。

つける【漬ける】 他下一 浸泡；醃 類 塩づけする（醃）△母は、果物を酒に漬けるように言った。／媽媽說要把水果醃在酒裡。

つける【点ける】 他下一 打開（家電類）；點燃 類 燃やす（燃燒）對 消す（切斷）△クーラーをつけるより、窓を開けるほうがいいでしょう。／與其開冷氣，不如打開窗戶來得好吧！

つごう【都合】 ㊔ 情況，方便度 類 場合（情況）△都合がいいときに、来ていただきたいです。／時間方便的時候，希望能來一下。

つたえる【伝える】 他下一 傳達，轉告；傳導 類 説明する（說明）；話す（說明）△私が忙しいということを、彼に伝えてください。／請轉告他我很忙。

つづく【続く】 自五 繼續；接連；跟著 類 続ける（繼續）對 止まる（中斷）△雨は来週も続くらしい。／雨好像會持續到下週。

つづける【続ける】 他下一 持續，繼續；接著 類 続く（繼續）對 止める（取消）△一度始めたら、最後まで続けろよ。／既然開始了，就要堅持到底喔！

つつむ【包む】 他五 包住，包起來；隱藏，隱瞞 類 包装する（包裝）△必要なものを全部包んでおく。／把要用的東西全包起來。

つま【妻】 ㊔（對外稱自己的）妻子，太太 類 家内（〈我〉妻子）對 夫（〈我〉先生）△私が会社をやめたいということを、妻は知りません。／妻子不知道我想離職的事。

つめ【爪】 ㊔ 指甲 類 指（手指）△爪をきれいにするだけで、仕事も楽しくなります。／指甲光只是修剪整潔，工作起來心情就感到愉快。

つもり ㊔打算；當作 類 考える（想）△父には、そう説明するつもりです。／打算跟父親那樣說明。

つる【釣る】 他五 釣魚；引誘 類 誘う（誘惑；邀請）△ここで魚を釣るな。／不要在這裡釣魚。

つれる【連れる】 他下一 帶領，帶著 類 案内（導遊）△子どもを幼稚園に連れて行ってもらいました。／請他幫我帶小孩去幼稚園了。

て テ

N4-024

ていねい【丁寧】 名・形動 客氣；仔細；尊敬 類 細かい（仔細）△先生の説明は、彼の説明より丁寧です。／老師比他說明得更仔細。

テキスト【text】 ㊔教科書 類 教科書（課本）△読みにくいテキストですね。／真是一本難以閱讀的教科書呢！

てきとう【適当】 名・自サ・形動 適當；適度；隨便 類 よろしい（適當；恰好）對 真面目（認真）△適当にやっておくから、大丈夫。／我會妥當處理的，沒關係！

できる【出来る】 自上一 完成；能夠；做出；發生；出色 類 上手（擅長）對 下手（笨拙）△1週間でできるはずだ。／一星期應該就可以完成的。

できるだけ【出来るだけ】 副 盡可能地 類 なるべく（盡可能）△できるだけお手伝いしたいです。／我想盡力幫忙。

でございます 自・特殊形 是（「だ」、「です」、「である」的鄭重說法）類 である（是〈だ、です的鄭重說法〉）△店員は、「こちらはたいへん高級なワインでございます。」と言いました。／店員說：「這是非常高級的葡萄酒」。

てしまう 補動 強調某一狀態或動作完了；懊悔 類 残念（悔恨）△先生に会わずに帰ってしまったの？／沒見到老師就回來了嗎？

デスクトップ【desktop】 ㊔桌上型電腦 類 パソコン（Personal Computer・個人電腦）△会社ではデスクトップを使っています。／在公司的話，我是使用桌上型電腦。

てつだい【手伝い】 ㊔幫助；幫手；幫傭 類 ヘルパー（helper・幫傭）△彼に引越しの手伝いを頼んだ。／搬家時我請他幫忙。

てつだう【手伝う】 自他五 幫忙 類 助ける（幫助）△いつでも、手伝ってあげます。／我無論何時都樂於幫你的忙。

テニス【tennis】 ㊔網球 類 野球（棒

球）△テニスはやらないが、テニスの試合をよく見ます。／我雖然不打網球，但經常看網球比賽。

テニスコート【tennis court】 ㊔ 網球場 類 テニス（tennis・網球）△みんな、テニスコートまで走れ。／大家一起跑到網球場吧！

てぶくろ【手袋】 ㊔ 手套 類 ポケット（pocket・口袋）△彼女は、新しい手袋を買ったそうだ。／聽說她買了新手套。

てまえ【手前】 （名・代）眼前；靠近自己這一邊；（當著…的）面前；我（自謙）；你（同輩或以下）類 前（前面）；僕（我）△手前にある箸を取る。／拿起自己面前的筷子。

てもと【手元】 ㊔ 身邊，手頭；膝下；生活，生計 類 元（身邊；本錢）△今、手元に現金がない。／現在我手邊沒有現金。

てら【寺】 ㊔ 寺廟 類 神社（神社）△京都は、寺がたくさんあります。／京都有很多的寺廟。

てん【点】 ㊔ 點；方面；（得）分 類 数（數目）△その点について、説明してあげよう。／關於那一點，我來為你說明吧！

てんいん【店員】 ㊔ 店員 類 社員（職員）△店員が親切に試着室に案内してくれた。／店員親切地帶我到試衣間。

てんきよほう【天気予報】 ㊔ 天氣預報 類 ニュース（news・新聞）△天気予報ではああ言っているが、信用できない。／雖然天氣預報那樣說，但不能相信。

てんそう【転送】 （名・他サ）轉送，轉寄，轉遞 類 送る（傳送）△部長にメールを転送しました。／把電子郵件轉寄給部長了。

でんとう【電灯】 ㊔ 電燈 類 電気（電燈；電力）△明るいから、電灯をつけなくてもかまわない。／天還很亮，不開電燈也沒關係。

てんぷ【添付】 （名・他サ）添上，附上；（電子郵件）附加檔案 類 付く（添上）△写真を添付します。／我附上照片。

てんぷら【天ぷら】 ㊔ 天婦羅 類 刺身（生魚片）△私が野菜を炒めている間に、彼はてんぷらと味噌汁まで作ってしまった。／我炒菜時，他除了炸天婦羅，還煮了味噌湯。

でんぽう【電報】 ㊔ 電報 類 電話（電話）△私が結婚したとき、彼はお祝いの電報をくれた。／我結婚的時候，他打了電報祝福我。

てんらんかい【展覧会】 ㊔ 展覽會 類 発表会（發表會）△展覧会とか音楽会とかに、よく行きます。／展覽會啦、音樂會啦，我都常去參加。

と ト

N4-025

どうぐ【道具】㊔ 工具；手段 類 絵の具（顏料）；ノート（note・筆記）；鉛筆（鉛筆）△道具をそろえて、いつでも使えるようにした。／收集了道具，以便無論何時都可以使用。

とうとう【到頭】副 終於 類 やっと（終於）△とうとう、国に帰ることになりました。／終於決定要回國了。

どうぶつえん【動物園】㊔ 動物園 類 植物園（植物園）△動物園の動物に食べ物をやってはいけません。／不可以餵動物園裡的動物吃東西。

とうろく【登録】名・他サ 登記；（法）登記，註冊；記錄 類 記録（記錄）△伊藤さんのメールアドレスをアドレス帳に登録してください。／請將伊藤先生的電子郵件地址儲存到地址簿裡。

とおく【遠く】㊔ 遠處；很遠 類 遠い（遙遠）對 近く（很近）△あまり遠くまで行ってはいけません。／不可以走到太遠的地方。

とおり【通り】㊔ 道路，街道 類 道（道路）△どの通りも、車でいっぱいだ。／不管哪條路，車都很多。

とおる【通る】自五 經過；通過；穿透；合格；知名；了解；進來 類 過ぎる（經過）；渡る（渡過）對 落ちる（沒考中）△私は、あなたの家の前を通ることがあります。／我有時會經過你家前面。

とき【時】㊔ …時，時候 類 場合（時候）；時間（時間）對 ところ（地方）△そんな時は、この薬を飲んでください。／那時請吃這服藥。

とくに【特に】副 特地，特別 類 特別（特別）△特に、手伝ってくれなくてもかまわない。／不用特地來幫忙也沒關係。

とくばいひん【特売品】㊔ 特賣商品，特價商品 類 品物（物品）△お店の入り口近くにおいてある商品は、だいたい特売品ですよ。／放置在店門口附近的商品，大概都會是特價商品。

とくべつ【特別】名・形動 特別，特殊 類 特に（特別）△彼には、特別な練習をやらせています。／讓他進行特殊的練習。

とこや【床屋】㊔ 理髮店；理髮室 類 美容院（美容院）△床屋で髪を切ってもらいました。／在理髮店剪了頭髮。

とし【年】㊔ 年齡；一年 類 歳（歲）△おじいさんは年をとっても、少年のような目をしていた。／爺爺即使上了年紀，眼神依然如少年一般純真。

とちゅう【途中】㊔ 半路上，中途；半途 類 中途（半途）△途中で事故があったために、遅くなりました。／因路上發生事故，所以遲到了。

とっきゅう【特急】㊔ 特急列車；火速

[類] エクスプレス(express・急行列車)；急行(快車) △特急で行こうと思う。／我想搭特急列車前往。

どっち【何方】 [代] 哪一個 [類] こっち(這邊；我們)；あっち(那邊；他們) △無事に産まれてくれれば、男でも女でもどっちでもいいです。／只要能平平安安生下來，不管是男是女我都喜歡。

とどける【届ける】 [他下一] 送達；送交；申報，報告 [類] 運ぶ(運送)；送る(傳送) △忘れ物を届けてくださって、ありがとう。／謝謝您幫我把遺失物送回來。

とまる【止まる】 [自五] 停止；止住；堵塞 [類] 止める(停止) [對] 動く(轉動)；続く(持續) △今、ちょうど機械が止まったところだ。／現在機器剛停了下來。

とまる【泊まる】 [自五] 住宿，過夜；(船)停泊 [類] 住む(居住) △お金持ちじゃないんだから、いいホテルに泊まるのはやめなきゃ。／既然不是有錢人，就得打消住在高級旅館的主意才行。

とめる【止める】 [他下一] 關掉，停止；戒掉 [類] 止まる(停止) [對] 歩く(步行)；続ける(持續進行) △その動きつづけている機械を止めてください。／請關掉那台不停轉動的機械。

とりかえる【取り替える】 [他下一] 交換；更換 [類] かわりに(代替) △新しい商品と取り替えられます。／可以更換新產品。

どろぼう【泥棒】 [名] 偷竊；小偷，竊賊 [類] すり(小偷；扒手) △泥棒を怖がって、鍵をたくさんつけた。／因害怕遭小偷，所以上了許多道鎖。

どんどん [副] 連續不斷，接二連三；(炮鼓等連續不斷的聲音)咚咚；(進展)順利；(氣勢)旺盛 [類] だんだん(逐漸) △水がどんどん流れる。／水嘩啦嘩啦不斷地流。

なナ

N4-026

ナイロン【nylon】 [名] 尼龍 [類] めん(棉) △ナイロンの丈夫さが、女性のファッションを変えた。／尼龍的耐用性，改變了女性的時尚。

なおす【直す】 [他五] 修理；改正；整理；更改 [類] 直る(修理好；改正) [對] 壊す(毀壞) △自転車を直してやるから、持ってきなさい。／我幫你修理腳踏車，去把它牽過來。

なおる【治る】 [自五] 治癒，痊愈 [類] 元気になる(恢復健康) [對] 怪我(受傷)；病気(生病) △風邪が治ったのに、今度はけがをしました。／感冒才治好，這次卻換受傷了。

なおる【直る】 自五 改正；修理；回復；變更 類 修理する（修理）△この車は、土曜日までに直りますか。／這輛車星期六以前能修好嗎？

なかなか【中々】 副·形動 超出想像；頗，非常；（不）容易；（後接否定）總是無法 類 とても（非常）△なかなかさしあげる機会がありません。／始終沒有送他的機會。

ながら 接助 一邊…，同時… 類 つつ（一面…一面…）△子どもが、泣きながら走ってきた。／小孩哭著跑過來。

なく【泣く】 自五 哭泣 類 呼ぶ（喊叫）；鳴く（鳴叫）對 笑う（笑）△彼女は、「とても悲しいです。」と言って泣いた。／她說：「真是難過啊」，便哭了起來。

なくす【無くす】 他五 弄丟，搞丟 類 無くなる（消失）；落とす（遺失）△財布をなくしたので、本が買えません。／錢包弄丟了，所以無法買書。

なくなる【亡くなる】 他五 去世，死亡 類 死ぬ（死亡）對 生きる（生存）△おじいちゃんがなくなって、みんな悲しんでいる。／爺爺過世了，大家都很哀傷。

なくなる【無くなる】 自五 不見，遺失；用光了 類 消える（消失）△きのうもらった本が、なくなってしまった。／昨天拿到的書不見了。

なげる【投げる】 自下一 丟，拋；摔；提供；投射；放棄 類 捨てる（丟掉）對 拾う（撿拾）△そのボールを投げてもらえますか。／可以請你把那個球丟過來嗎？

なさる 他五 做（「する」的尊敬語）類 する（做）△どうして、あんなことをなさったのですか。／您為什麼會做那種事呢？

なぜ【何故】 副 為什麼 類 どうして（為什麼）△なぜ留学することにしたのですか。／為什麼決定去留學呢？

なまごみ【生ごみ】 名 廚餘，有機垃圾 類 ごみ（垃圾）△生ごみは一般のごみと分けて捨てます。／廚餘要跟一般垃圾分開來丟棄。

なる【鳴る】 自五 響，叫 類 呼ぶ（喊叫）△ベルが鳴りはじめたら、書くのをやめてください。／鈴聲一響起，就請停筆。

なるべく 副 盡量，盡可能 類 出来るだけ（盡可能）△なるべく明日までにやってください。／請盡量在明天以前完成。

なるほど 感·副 的確，果然；原來如此 類 確かに（的確）△なるほど、この料理は塩を入れなくてもいいんですね。／原來如此，這道菜不加鹽也行呢！

なれる【慣れる】 自下一 習慣；熟悉 類 習慣（個人習慣）△毎朝5時に起きるということに、もう慣れました。／已經習慣每天早上五點起床了。

に ニ

N4-027

におい【匂い】 (名) 味道；風貌 類 味(味道) △この花は、その花ほどいい匂いではない。／這朵花不像那朵花味道那麼香。

にがい【苦い】 (形) 苦；痛苦 類 まずい(難吃的) 對 甘い(好吃的；喜歡的) △食べてみましたが、ちょっと苦かったです。／試吃了一下，覺得有點苦。

にかいだて【二階建て】 (名) 二層建築 類 建物(建築物) △「あの建物は何階建てですか？」「二階建てです。」／「那棟建築物是幾層樓的呢？」「二層樓的。」

にくい【難い】 (接尾) 難以，不容易 類 難しい(困難) 對 …やすい(容易…) △食べ難ければ、スプーンを使ってください。／如果不方便吃，請用湯匙。

にげる【逃げる】 (自下一) 逃走，逃跑；逃避；領先(運動競賽) 類 消す(消失)；無くなる(消失) 對 捕まえる(捕捉) △警官が来たぞ。逃げろ。／警察來了，快逃！

について (連語) 關於 類 に関して(關於) △みんなは、あなたが旅行について話すことを期待しています。／大家很期待聽你說有關旅行的事。

にっき【日記】 (名) 日記 類 手帳(雜記本) △日記は、もう書きおわった。／日記已經寫好了。

にゅういん【入院】 (名・自サ) 住院 對 退院(出院) △入院するときは手伝ってあげよう。／住院時我來幫你吧。

にゅうがく【入学】 (名・自サ) 入學 對 卒業(畢業) △入学するとき、何をくれますか。／入學的時候，你要送我什麼？

にゅうもんこうざ【入門講座】 (名) 入門課程，初級課程 類 授業(上課) △ラジオのスペイン語入門講座を聞いています。／我平常會收聽廣播上的西班牙語入門課程。

にゅうりょく【入力】 (名・他サ) 輸入；輸入數據 類 書く(書寫) △ひらがなで入力することができますか。／請問可以用平假名輸入嗎？

によると【に拠ると】 (連語) 根據，依據 類 判断(判斷) △天気予報によると、7時ごろから雪が降りだすそうです。／根據氣象報告說，七點左右將開始下雪。

にる【似る】 (自上一) 相像，類似 類 同じ(一樣) 對 違う(不同) △私は、妹ほど母に似ていない。／我不像妹妹那麼像媽媽。

にんぎょう【人形】 (名) 娃娃，人偶 類 玩具(玩具) △人形の髪が伸びるはずがない。／娃娃的頭髮不可能變長。

ぬ ヌ

ぬすむ【盗む】 他五 偷盜，盜竊 類 取る（奪取）△お金を盗まれました。／我的錢被偷了。

ぬる【塗る】 他五 塗抹，塗上 類 付ける（塗上）對 消す（抹去）△赤とか青とか、いろいろな色を塗りました。／紅的啦、藍的啦，塗上了各種顏色。

ぬれる【濡れる】 自下一 淋濕 類 乾く（乾）△雨のために、濡れてしまいました。／因為下雨而被雨淋濕了。

ね ネ

ねだん【値段】 名 價錢 類 料金（費用）△こちらは値段が高いので、そちらにします。／這個價錢較高，我決定買那個。

ねつ【熱】 名 高溫；熱；發燒 類 病気（生病）、風邪（感冒）；火（火；火焰）△熱がある時は、休んだほうがいい。／發燒時最好休息一下。

ねっしん【熱心】 名・形動 專注，熱衷；熱心；熱衷；熱情 類 一生懸命（認真）對 冷たい（冷淡的）△毎日10時になると、熱心に勉強しはじめる。／每天一到十點，便開始專心唸書。

ねぼう【寝坊】 名・形動・自サ 睡懶覺，貪睡晚起的人 類 朝寝坊（好睡懶覺的人）對 早起き（早早起床〈的人〉）△寝坊して会社に遅れた。／睡過頭，上班遲到。

ねむい【眠い】 形 睏 類 眠たい（昏昏欲睡）△お酒を飲んだら、眠くなってきた。／喝了酒，便開始想睡覺了。

ねむたい【眠たい】 形 昏昏欲睡，睏倦 類 眠い（想睡覺）△眠たくてあくびが出る。／想睡覺而打哈欠。

ねむる【眠る】 自五 睡覺 類 寝る（睡覺）；休む（就寢）對 起きる（起床）△薬を使って、眠らせた。／用藥讓他入睡。

の ノ

ノートパソコン【notebook personal computer之略】 名 筆記型電腦 類 パソコン（Personal Computer・個人電腦）△小さいノートパソコンを買いたいです。／我想要買小的筆記型電腦。

のこる【残る】 自五 剩餘，剩下；遺留 類 残す（剩下）對 捨てる（留下）△みんなあまり食べなかったために、食べ物が残った。／因為大家都不怎麼吃，所以食物剩了下來。

のど【喉】[名]喉嚨 [類]首(脖子)；体(身體) △風邪を引くと、喉が痛くなります。／一感冒，喉嚨就會痛。

のみほうだい【飲み放題】[名]喝到飽，無限暢飲 [類]食べ放題(吃到飽) △一人2,000円で飲み放題になります。／一個人兩千日幣就可以無限暢飲。

のりかえる【乗り換える】[他下一・自下一]轉乘，換車 ；改變 [類]換える(變換) △新宿でＪＲにお乗り換えください。／請在新宿轉搭 JR 線。

のりもの【乗り物】[名]交通工具 [類]バス(bus・公共汽車)；タクシー(taxi・計程車) △乗り物に乗るより、歩くほうがいいです。／走路比搭交通工具好。

はハ

N4-028

は【葉】[名]葉子，樹葉 [類]草(草) △この葉は、あの葉より黄色いです。／這樹葉，比那樹葉還要黃。

ばあい【場合】[名]時候；狀況，情形 [類]時間(時間)；とき(時候) △彼が来ない場合は、電話をくれるはずだ。／他不來的時候，應該會給我電話的。

パート【part】[名]打工；部分，篇，章；職責，(扮演的)角色；分得的一份 [類]アルバイト(arbeit・打工) △母は弁当屋でパートをしています。／媽媽在便當店打工。

バーゲン【bargain sale之略】[名]特價，出清；特賣 [類]セール(sale・拍賣) △夏のバーゲンは来週から始まります。／夏季特賣將會在下週展開。

ばい【倍】[名・接尾]倍，加倍 [對]半(一半) △今年から、倍の給料をもらえるようになりました。／今年起可以領到雙倍的薪資了。

はいけん【拝見】[名・他サ]看，拜讀 [類]見る(觀看)；読む(閱讀) △写真を拝見したところです。／剛看完您的照片。

はいしゃ【歯医者】[名]牙醫 [類]医者(醫生) [對]患者(病患) △歯が痛いなら、歯医者に行けよ。／如果牙痛，就去看牙醫啊！

ばかり[副助]大約；光，淨；僅只；幾乎要 [類]だけ(僅僅) △そんなことばかり言わないで、元気を出して。／別淨說那樣的話，打起精神來。

はく【履く】[他五]穿(鞋、襪) [類]着る(穿〈衣服〉)；つける(穿上) [對]脱ぐ(脫掉) △靴を履いたまま、入らないでください。／請勿穿著鞋進入。

はこぶ【運ぶ】[自・他五]運送，搬運；進行 [類]届ける(遞送) △その商品は、店の人が運んでくれます。／那個商品，店裡的人會幫我送過來。

はじめる【始める】 他下一 開始；開創；發（老毛病）類 始まる（開始）對 終わり（結束）△ベルが鳴るまで、テストを始めてはいけません。／在鈴聲響起前，不能開始考試。

はず 形式名詞 應該；會；確實 類 べき（應該）△彼は、年末までに日本にくるはずです。／他在年底前，應該會來日本。

はずかしい【恥ずかしい】 形 丟臉，害羞；難為情 類 残念（懊悔）△失敗しても、恥ずかしいと思うな。／即使失敗了也不用覺得丟臉。

パソコン【personal computer 之略】 名 個人電腦 類 コンピューター（computer・電腦）△パソコンは、ネットとワープロぐらいしか使えない。／我頂多只會用電腦來上上網、打打字。

はつおん【発音】 名 發音 類 声（聲音）△日本語の発音を直してもらっているところです。／正在請他幫我矯正日語的發音。

はっきり 副 清楚；明確；爽快；直接 類 確か（清楚）△君ははっきり言いすぎる。／你說得太露骨了。

はなみ【花見】 名 賞花（常指賞櫻）類 楽しむ（欣賞）△花見は楽しかったかい？／賞櫻有趣嗎？

はやし【林】 名 樹林；林立；（轉）事物集中貌 類 森（森林）△林の中の小道を散歩する。／在林間小道上散步。

はらう【払う】 他五 付錢；除去；處裡；驅趕；揮去 類 出す（拿出）；渡す（交給）對 もらう（收到）△来週までに、お金を払わなくてはいけない。／下星期前得付款。

ばんぐみ【番組】 名 節目 類 テレビ（television・電視）△新しい番組が始まりました。／新節目已經開始了。

ばんせん【番線】 名 軌道線編號，月台編號 類 何番（幾號）△12 番線から東京行きの急行が出ます。／開往東京的快車即將從 12 月台發車。

はんたい【反対】 名・自サ 相反；反對 類 賛成（同意）△あなたが社長に反対しちゃ、困りますよ。／你要是跟社長作對，我會很頭痛的。

ハンドバッグ【handbag】 名 手提包 類 スーツケース（suitcase・手提箱）△電車の中にハンドバッグを忘れてしまったのですが、どうしたらいいですか。／我把手提包忘在電車上了，我該怎麼辦才好呢？

ひ ヒ

N4-029

ひ【日】 名 天，日子 類 日（日，天數）△その日、私は朝から走りつづけていた。／那一天，我從早上開始就跑個不停。

ひ【火】 (名) 火 類 ガス（gas・瓦斯）；マッチ（match・火柴）對 水（水）△ガスコンロの火が消えそうになっています。／瓦斯爐的火幾乎快要熄滅了。

ピアノ【piano】 (名) 鋼琴 類 ギター（guitar・吉他）△ピアノが弾けたらかっこういいと思います。／心想要是會彈鋼琴那該是一件多麼酷的事啊！

ひえる【冷える】 (自下一) 變冷；變冷淡 類 寒い（寒冷）對 暖かい（溫暖）△夜は冷えるのに、毛布がないのですか。／晚上會冷，沒有毛毯嗎？

ひかり【光】 (名) 光亮，光線；（喻）光明，希望；威力，光榮 類 火（火；火焰）△月の光が水に映る。／月光照映在水面上。

ひかる【光る】 (自五) 發光，發亮；出眾 類 差す（照射）△夕べ、川で青く光る魚を見ました。／昨晚在河裡看到身上泛著青光的魚兒。

ひきだし【引き出し】 (名) 抽屜 類 机（桌子）△引き出しの中には、鉛筆とかペンとかがあります。／抽屜中有鉛筆跟筆等。

ひげ (名) 鬍鬚 類 髪（頭髮）△今日は休みだから、ひげをそらなくてもかまいません。／今天休息，所以不刮鬍子也沒關係。

ひこうじょう【飛行場】 (名) 機場 類 空港（機場）△もう一つ飛行場ができるそうだ。／聽說要蓋另一座機場。

ひさしぶり【久しぶり】 (名・形動) 許久，隔了好久 類 しばらく（好久）△久しぶりに、卒業した学校に行ってみた。／隔了許久才回畢業的母校看看。

びじゅつかん【美術館】 (名) 美術館 類 図書館（圖書館）△美術館で絵はがきをもらいました。／在美術館拿了明信片。

ひじょうに【非常に】 (副) 非常，很 類 たいへん（非常）；とても（非常）；あまり（很）△王さんは、非常に元気そうです。／王先生看起來很有精神。

びっくり (副・自サ) 驚嚇，吃驚 類 驚く（吃驚）△びっくりさせないでください。／請不要嚇我。

ひっこす【引っ越す】 (自五) 搬家 類 運ぶ（搬運）△大阪に引っ越すことにしました。／決定搬到大阪。

ひつよう【必要】 (名・形動) 需要 類 要る（需要）；欲しい（想要）△必要だったら、さしあげますよ。／如果需要就送您。

ひどい【酷い】 (形) 殘酷；過分；非常；嚴重，猛烈 類 怖い（可怕）；残念（遺憾）△そんなひどいことを言うな。／別說那麼過分的話。

ひらく【開く】 (自・他五) 綻放；打開；拉開；開拓；開設；開導；差距 類 咲く

(綻放) 對 閉まる(緊閉)；閉じる(閉上) △ばらの花が開きだした。／玫瑰花綻放開來了。

ビル【building之略】 名 高樓，大廈 類 アパート(apartment house・公寓)；建物(建築物) △このビルは、あのビルより高いです。／這棟大廈比那棟大廈高。

ひるま【昼間】 名 白天 類 昼(白天) 對 夜(晚上) △彼は、昼間は忙しいと思います。／我想他白天應該很忙。

ひるやすみ【昼休み】 名 午休 類 休み(休息)；昼寝(午睡) △昼休みなのに、仕事をしなければなりませんでした。／午休卻得工作。

ひろう【拾う】 他五 撿拾；挑出；接；叫車 類 呼ぶ(叫來) 對 捨てる(丟棄) △公園でごみを拾わせられた。／被叫去公園撿垃圾。

ふ フ

N4-030

ファイル【file】 名 文件夾；合訂本，卷宗；(電腦) 檔案 類 道具(工具) △昨日、作成したファイルが見つかりません。／我找不到昨天已經做好的檔案。

ふえる【増える】 自下一 増加 對 減る(減少) △結婚しない人が増えだした。／不結婚的人變多了。

ふかい【深い】 形 深的；濃的；晚的；(情感) 深的；(關係) 密切的 類 厚い(厚的) 對 浅い(淺的) △このプールは深すぎて、危ない。／這個游泳池太過深了，很危險！

ふくざつ【複雑】 名・形動 複雜 類 難しい(困難) 對 簡単(容易) △日本語と英語と、どちらのほうが複雑だと思いますか。／日語和英語，你覺得哪個比較複雜？

ふくしゅう【復習】 名・他サ 複習 類 練習(練習) 對 予習(預習) △授業の後で、復習をしなくてはいけませんか。／下課後一定得複習嗎？

ぶちょう【部長】 名 部長 類 課長(課長)；上司(上司) △部長、会議の資料がそろいましたので、ご確認ください。／部長，開會的資料我都準備好了，請您確認。

ふつう【普通】 名・形動 普通，平凡；普通車 類 いつも(通常) 對 偶に(偶爾)；ときどき(偶爾) △急行は小宮駅には止まりません。普通列車をご利用ください。／快車不停小宮車站，請搭乘普通車。

ぶどう【葡萄】 名 葡萄 類 果物(水果) △隣のうちから、ぶどうをいただきました。／隔壁的鄰居送我葡萄。

ふとる【太る】 自五 胖，肥胖；增加

類 太い（肥胖的）對 痩せる（瘦的）△ああ太っていると、苦しいでしょうね。／一胖成那樣，會很辛苦吧！

ふとん【布団】 名 被子，床墊 類 敷き布団（被褥；下被）△布団をしいて、いつでも寝られるようにした。／鋪好棉被，以便隨時可以睡覺。

ふね【船・舟】 名 船；舟，小型船 類 飛行機（飛機）△飛行機は、船より速いです。／飛機比船還快。

ふべん【不便】 形動 不方便 類 困る（不好處理）對 便利（方便）△この機械は、不便すぎます。／這機械太不方便了。

ふむ【踏む】 他五 踩住，踩到；踏上；實踐 類 蹴る（踢）△電車の中で、足を踏まれたことはありますか。／在電車裡有被踩過腳嗎？

プレゼント【present】 名 禮物 類 お土産（特產；禮物）△子どもたちは、プレゼントをもらって喜んだ。／孩子們收到禮物，感到欣喜萬分。

ブログ【blog】 名 部落格 類 ネッド（net・網路）△去年からブログをしています。／我從去年開始寫部落格。

ぶんか【文化】 名 文化；文明 類 文学（文學）△外国の文化について知りたがる。／他想多了解外國的文化。

ぶんがく【文学】 名 文學 類 歴史（歷史）△アメリカ文学は、日本文学ほど好きではありません。／我對美國文學，沒有像日本文學那麼喜歡。

ぶんぽう【文法】 名 文法 類 文章（文章）△文法を説明してもらいたいです。／想請你說明一下文法。

べつ【別】 名・形動 別外，別的；區別 類 別々（分開）對 一緒（一起）△駐車場に別の車がいて私のをとめられない。／停車場裡停了別的車，我的沒辦法停。

べつに【別に】 副 分開；額外；除外；（後接否定）（不）特別，（不）特殊 類 別（分別）△別に教えてくれなくてもかまわないよ。／不教我也沒關係。

ベル【bell】 名 鈴聲 類 声（聲音）△どこかでベルが鳴っています。／不知哪裡的鈴聲響了。

ヘルパー【helper】 名 幫傭；看護 類 看護師（護士）△週に２回、ヘルパーさんをお願いしています。／一個禮拜會麻煩看護幫忙兩天。

へん【変】 名・形動 奇怪，怪異；變化；事變 類 おかしい（奇怪）△その服は、あなたが思うほど変じゃないですよ。／那件衣服，其實並沒有你想像中的那麼怪。

へんじ【返事】 名・自サ 回答，回覆

類 答え（回答）；メール（mail・郵件）△両親とよく相談してから返事します。／跟父母好好商量之後，再回覆你。

へんしん【返信】 名・自サ 回信，回電 類 返事（回信）；手紙（書信）△私の代わりに、返信しておいてください。／請代替我回信。

ほ ホ

N4-031

ほう【方】 名 …方，邊；方面；方向 類 より（も）（比…還）△子供の服なら、やはり大きいほうを買います。／如果是小孩的衣服，我還是會買比較大的。

ぼうえき【貿易】 名 國際貿易 類 輸出（出口）△貿易の仕事は、おもしろいはずだ。／貿易工作應該很有趣。

ほうそう【放送】 名・他サ 播映，播放 類 ニュース（news・新聞）△英語の番組が放送されることがありますか。／有時會播放英語節目嗎？

ほうりつ【法律】 名 法律 類 政治（政治）△法律は、ぜったい守らなくてはいけません。／一定要遵守法律。

ホームページ【homepage】 名 網站首頁；網頁（總稱）類 ページ（page・頁）△新しい情報はホームページに載せています。／最新資訊刊登在網站首頁上。

ぼく【僕】 名 我（男性用）類 自分（自己，我）對 きみ（你）△この仕事は、僕がやらなくちゃならない。／這個工作非我做不行。

ほし【星】 名 星星 類 月（月亮）△山の上では、星がたくさん見えるだろうと思います。／我想在山上應該可以看到很多的星星吧！

ほぞん【保存】 名・他サ 保存；儲存（電腦檔案）類 残す（留下）△別の名前で保存した方がいいですよ。／用別的檔名來儲存會比較好喔。

ほど【程】 名・副助 …的程度；限度；越…越… 類 程度（程度）；ぐらい（大約）△あなたほど上手な文章ではありませんが、なんとか書き終わったところです。／我的文章程度沒有你寫得好，但總算是完成了。

ほとんど【殆ど】 名・副 大部份；幾乎 類 だいたい（大致）；たぶん（大概）△みんな、ほとんど食べ終わりました。／大家幾乎用餐完畢了。

ほめる【褒める】 他下一 誇獎 對 叱る（斥責）△部下を育てるには、褒めることが大事です。／培育部屬，給予讚美是很重要的。

ほんやく【翻訳】 名・他サ 翻譯 類 通訳

(口譯) △英語の小説を翻訳しようと思います。／我想翻譯英文小說。

ま マ

N4-032

まいる【参る】(自五) 來，去（「行く」、「来る」的謙讓語）；認輸；參拜 類 行く（去）；来る（來）△ご都合がよろしかったら、２時にまいります。／如果您時間方便，我兩點過去。

マウス【mouse】(名) 滑鼠；老鼠 類 キーボード（keyboard・鍵盤）△マウスの使い方が分かりません。／我不知道滑鼠的使用方法。

まける【負ける】(自下一) 輸;屈服 類 失敗（失敗）對 勝つ（勝利）△がんばれよ。ぜったい負けるなよ。／加油喔！千萬別輸了！

まじめ【真面目】(名・形動) 認真；誠實 類 一生懸命（認真的）△今後も、まじめに勉強していきます。／從今以後，也會認真唸書。

まず【先ず】(副) 首先，總之；大約；姑且 類 最初（開始）；初め（開頭）△まずここにお名前をお書きください。／首先請在這裡填寫姓名。

または【又は】(接續) 或者 類 又（再）△ボールペンまたは万年筆で記入してください。／請用原子筆或鋼筆謄寫。

まちがえる【間違える】(他下一) 錯；弄錯 類 違う（錯誤）對 正しい（正確）；合う（符合）△先生は、間違えたところを直してくださいました。／老師幫我訂正了錯誤的地方。

まにあう【間に合う】(自五) 來得及，趕得上；夠用 類 十分（足夠）對 遅れる（沒趕上）△タクシーに乗らなくちゃ、間に合わないですよ。／要是不搭計程車，就來不及了唷！

まま(名) 如實，照舊，…就…；隨意 對 変わる（改變）△靴もはかないまま、走りだした。／沒穿鞋子，就跑起來了。

まわり【周り】(名) 周圍，周邊 類 近所（附近，鄰居）；隣（隔壁，鄰居）；そば（旁邊）△本屋で声を出して読むと周りのお客様に迷惑です。／在書店大聲讀出聲音，會打擾到周遭的人。

まわる【回る】(自五) 轉動；走動；旋轉；繞道；轉移 類 通る（通過）△村の中を、あちこち回るところです。／正要到村裡到處走動走動。

まんが【漫画】(名) 漫畫 類 雑誌（雜誌）△漫画ばかりで、本はぜんぜん読みません。／光看漫畫，完全不看書。

まんなか【真ん中】(名) 正中間 類 間（中間）對 隅（角落）△電車が田んぼの真ん中をのんびり走っていた。／電車緩慢地行走在田園中。

み ミ

みえる【見える】 自下一 看見；看得見；看起來 類 見る(觀看) 對 聞こえる(聽得見) △ここから東京タワーが見えるはずがない。／從這裡不可能看得到東京鐵塔。

みずうみ【湖】 名 湖，湖泊 類 海(海洋)；池(池塘) △山の上に、湖があります。／山上有湖泊。

みそ【味噌】 名 味噌 類 スープ(soup・湯) △この料理は、みそを使わなくてもかまいません。／這道菜不用味噌也行。

みつかる【見付かる】 自五 發現了；找到 類 見付ける(找到) △財布は見つかったかい？／錢包找到了嗎？

みつける【見付ける】 他下一 找到，發現；目睹 類 見付かる(被看到) △どこでも、仕事を見つけることができませんでした。／不管到哪裡都找不到工作。

みどり【緑】 名 綠色，翠綠；樹的嫩芽 類 色(顏色)；青い(綠，藍) △今、町を緑でいっぱいにしているところです。／現在鎮上正是綠意盎然的時候。

みな【皆】 名 大家；所有的 類 全部(全部)；皆(全部) 對 半分(一半) △この街は、みなに愛されてきました。／這條街一直深受大家的喜愛。

みなと【港】 名 港口，碼頭 類 駅(電車站)；飛行場(機場) △港には、船がたくさんあるはずだ。／港口應該有很多船。

む ム

むかう【向かう】 自五 面向 類 向ける(向著)；向く(朝向) △船はゆっくりとこちらに向かってきます。／船隻緩緩地向這邊駛來。

むかえる【迎える】 他下一 迎接；邀請；娶，招；迎合 類 向ける(前往) 對 送る(送行)；別れる(離別) △高橋さんを迎えるため、空港まで行ったが、会えなかった。／為了接高橋先生，趕到了機場，但卻沒能碰到面。

むかし【昔】 名 以前 類 最近(最近) △私は昔、あんな家に住んでいました。／我以前住過那樣的房子。

むすこさん【息子さん】 名 (尊稱他人的)令郎 類 息子(兒子) 對 娘さん(女兒) △息子さんのお名前を教えてください。／請教令郎的大名。

むすめさん【娘さん】 名 您女兒，令嬡 類 娘(女兒) 對 息子さん(兒子) △隣の娘さんは来月ハワイで結婚式を挙げるのだそうだ。／聽說隔壁家的女兒下個月要在夏威夷舉辦婚禮。

むら【村】 名 村莊，村落；鄉 類 田舎

(農村，鄉下) 對 町 (城鎮) △この村への行きかたを教えてください。／請告訴我怎麼去這個村子。

むり【無理】 形動 勉強；不講理；逞強；強求；無法辦到 類 だめ (不行) 對 大丈夫 (沒問題) △病気のときは、無理をするな。／生病時不要太勉強。

めメ

N4-033

め【…目】 接尾 第… 類 …回 (…次) △田中さんは、右から３人目の人だと思う。／我想田中應該是從右邊算起的第三位。

メール【mail】 名 電子郵件；信息；郵件 類 手紙 (書信) △会議の場所と時間は、メールでお知らせします。／將用電子郵件通知會議的地點與時間。

メールアドレス【mail address】 名 電子信箱地址，電子郵件地址 類 住所 (住址) △このメールアドレスに送っていただけますか。／可以請您傳送到這個電子信箱地址嗎？

めしあがる【召し上がる】 他五 吃，喝 (「食べる」、「飲む」的尊敬語) 類 食べる (吃)；飲む (喝)；取る (吃) △お菓子を召し上がりませんか。／要不要吃一點點心呢？

めずらしい【珍しい】 形 少見，稀奇 類 少ない (少的) △彼がそう言うのは、珍しいですね。／他會那樣說倒是很稀奇。

もモ

もうしあげる【申し上げる】 他下一 說 (「言う」的謙讓語) 類 言う (說) △先生にお礼を申し上げようと思います。／我想跟老師道謝。

もうす【申す】 他五 說，叫 (「言う」的謙讓語) 類 言う (說) △「雨が降りそうです。」と申しました。／我說：「好像要下雨了」。

もうすぐ【もう直ぐ】 副 不久，馬上 類 そろそろ (快要)；すぐに (馬上) △この本は、もうすぐ読み終わります。／這本書馬上就要看完了。

もうひとつ【もう一つ】 連語 再一個 類 もう一度 (再一次) △これは更にもう一つの例だ。／這是進一步再舉出的一個例子。

もえるごみ【燃えるごみ】 名 可燃垃圾 類 ゴミ (垃圾) △燃えるごみは、火曜日に出さなければいけません。／可燃垃圾只有星期二才可以丟。

もし【若し】 副 如果，假如 類 例えば（例如）△もしほしければ、さしあげます。／如果想要就送您。

もちろん 副 當然 類 必ず（一定）△中国人だったら中国語はもちろん話せる。／中國人當然會說中文。

もてる【持てる】 自下一 能拿，能保持；受歡迎，吃香 類 人気（受歡迎）對 大嫌い（很討厭）△大学生の時が一番もてました。／大學時期是最受歡迎的時候。

もどる【戻る】 自五 回到；折回 類 帰る（回去）對 進む（前進）△こう行って、こう行けば、駅に戻れます。／這樣走，再這樣走下去，就可以回到車站。

もめん【木綿】 名 棉 類 綿（棉花）△友達に、木綿の靴下をもらいました。／朋友送我棉質襪。

もらう【貰う】 他五 收到，拿到 類 頂く（拜領）；取る（拿取）對 やる（給予）△私は、もらわなくてもいいです。／不用給我也沒關係。

もり【森】 名 樹林 類 林（樹林）△森の中で鳥が鳴いて、川の中に魚が泳いでいる。／森林中有鳥叫聲，河裡有游動的魚兒。

やャ

N4-034

やく【焼く】 他五 焚燒；烤；曬；嫉妒 類 料理する（烹飪）△肉を焼きすぎました。／肉烤過頭了。

やくそく【約束】 名・他サ 約定，規定 類 決まる（決定）；デート（date・約會）對 自由（隨意）△ああ約束したから、行かなければならない。／已經那樣約定好，所以非去不可。

やくにたつ【役に立つ】 慣 有幫助，有用 類 使える（能用）；使いやすい（好用）對 つまらない（沒用）△その辞書は役に立つかい？／那辭典有用嗎？

やける【焼ける】 自下一 烤熟；（被）烤熟；曬黑；燥熱；發紅；添麻煩；感到嫉妒 類 火事になる（火災）；焼く（焚燒）△ケーキが焼けたら、お呼びいたします。／蛋糕烤好後我會叫您的。

やさしい【優しい】 形 溫柔的，體貼的；柔和的；親切的 類 親切（溫柔）對 厳しい（嚴厲）△彼女があんなに優しい人だとは知りませんでした。／我不知道她是那麼貼心的人。

やすい 接尾 容易… 對 にくい（很難…）△風邪をひきやすいので、気をつけなくてはいけない。／容易感冒，所以得小心一點。

やせる【痩せる】〔自下一〕瘦；貧瘠 類 ダイエット（diet・減重）對 太る（發福）△先生は、少し痩せられたようですね。／老師您好像瘦了。

やっと 副 終於，好不容易 類 とうとう（終究）△やっと来てくださいましたね。／您終於來了。

やはり 副 依然，仍然 類 やっぱり（仍然）△みんなには行くと言ったが、やはり行きたくない。／雖然跟大家說了我要去，但是我還是不想去。

やむ【止む】〔自五〕停止 類 止める（停止）△雨がやんだら、出かけましょう。／如果雨停了，就出門吧！

やめる【辞める】〔他下一〕停止；取消；離職 類 行かない（不去）；遠慮する（謝絕）△こう考えると、会社を辞めたほうがいい。／這樣一想，還是離職比較好。

やめる【止める】〔他下一〕停止 類 止む（停止）對 始める（開始）△好きなゴルフをやめるつもりはない。／我不打算放棄我所喜歡的高爾夫。

やる【遣る】〔他五〕派；給，給予；做 類 あげる（給予）△動物にえさをやっちゃだめです。／不可以給動物餵食。

やわらかい【柔らかい】 形 柔軟的 類 ソフト（soft・柔軟）對 硬い（硬的）△このレストランのステーキは柔らかくておいしい。／這家餐廳的牛排肉質軟嫩，非常美味。

ゆ ユ

ゆ【湯】 名 開水，熱水；浴池；溫泉；洗澡水 類 水（水）；スープ（soup・湯）△湯をわかすために、火をつけた。／為了燒開水，點了火。

ゆうはん【夕飯】 名 晚飯 類 朝ご飯（早餐）△叔母は、いつも夕飯を食べさせてくれる。／叔母總是做晚飯給我吃。

ゆうべ【夕べ】 名 昨晚；傍晚 類 昨夜（昨晚）對 朝（早晨）△ゆうべは暑かったですねえ。よく眠れませんでしたよ。／昨天晚上真是熱死人了，我根本不太睡得著。

ユーモア【humor】 名 幽默，滑稽，詼諧 類 面白い（有趣）對 つまらない（無聊）△ユーモアのある人が好きです。／我喜歡有幽默感的人。

ゆしゅつ【輸出】〔名・他サ〕出口 對 輸入（進口）△自動車の輸出をしたことがありますか。／曾經出口汽車嗎？

ゆび【指】 名 手指 類 手（手）；足（腳）△指が痛いために、ピアノが弾けない。／因為手指疼痛，而無法彈琴。

ゆびわ【指輪】 名 戒指 類 アクセサリー（accessory・裝飾用品）△記念の指輪がほしいかい？／想要紀念戒指嗎？

ゆめ【夢】 名 夢 類 願い（心願）△彼は、まだ甘い夢を見つづけている。／他還在做天真浪漫的美夢！

ゆれる【揺れる】 自下一 搖動；動搖 類 動く（搖動）△地震で家が激しく揺れた。／房屋因地震而劇烈的搖晃。

よ ョ

N4-035

よう【用】 名 事情；用途 類 用事（有事）△用がなければ、来なくてもかまわない。／如果沒事，不來也沒關係。

ようい【用意】 名・他サ 準備；注意 類 準備（預備）△食事をご用意いたしましょうか。／我來為您準備餐點吧？

ようこそ 寒暄 歡迎 類 いらっしゃい（歡迎光臨）△ようこそ、おいで下さいました。／衷心歡迎您的到來。

ようじ【用事】 名 事情；工作 類 仕事（工作）對 無事（太平無事）△用事があるなら、行かなくてもかまわない。／如果有事，不去也沒關係。

よくいらっしゃいました 寒暄 歡迎光臨 類 いらっしゃいませ（歡迎光臨）△よくいらっしゃいました。靴を脱がずに、お入りください。／歡迎光臨。不用脫鞋，請進來。

よごれる【汚れる】 自下一 髒污；齷齪 類 汚い（骯髒的）對 綺麗（乾淨的）△汚れたシャツを洗ってもらいました。／我請他幫我把髒的襯衫拿去送洗了。

よしゅう【予習】 名・他サ 預習 類 練習（練習）對 復習（複習）△授業の前に予習をしたほうがいいです。／上課前預習一下比較好。

よてい【予定】 名・他サ 預定 類 予約（約定）△木村さんから自転車をいただく予定です。／我預定要接收木村的腳踏車。

よやく【予約】 名・他サ 預約 類 取る（訂）△レストランの予約をしなくてはいけない。／得預約餐廳。

よる【寄る】 自五 順道去…；接近；增多 類 近づく（接近）△彼は、会社の帰りに喫茶店に寄りたがります。／他下班回家途中總喜歡順道去咖啡店。

よろこぶ【喜ぶ】 自五 高興 類 楽しい（快樂）對 悲しい（悲傷）；心配（擔心）△弟と遊んでやったら、とても喜びました。／我陪弟弟玩，結果他非常高興。

よろしい【宜しい】 形 好，可以 類 結構（出色）對 悪い（不好）△よろしければ、お茶をいただきたいのですが。／如果可以的話，我想喝杯茶。

よわい【弱い】 形 虛弱；不擅長，不高明 類 病気（生病）；暗い（黯淡）對 強い（強壯）；丈夫（牢固）△その子どもは、体が弱そうです。／那個小孩看起來身體很虛弱。

ら ラ

N4-036

ラップ【rap】 ㊔ 饒舌樂，饒舌歌 類 歌（歌曲）△ラップで英語の発音を学ぼう。／利用饒舌歌來學習英語發音！

ラップ【wrap】 名・他サ 保鮮膜；包裝，包裹 類 包む（包裹）△野菜をラップする。／用保鮮膜將蔬菜包起來。

ラブラブ【lovelove】 形動（情侶，愛人等）甜蜜，如膠似漆 類 恋愛（愛情）△付き合いはじめたばかりですから、ラブラブです。／因為才剛開始交往，兩個人如膠似漆。

り リ

りゆう【理由】 ㊔ 理由，原因 類 訳（原因）；意味（意思）△彼女は、理由を言いたがらない。／她不想說理由。

りよう【利用】 名・他サ 利用 類 使う（使用）△図書館を利用したがらないのは、なぜですか。／你為什麼不想使用圖書館呢？

りょうほう【両方】 ㊔ 兩方，兩種 類 二つ（兩個，兩方）△やっぱり両方買うことにしました。／我還是決定兩種都買。

りょかん【旅館】 ㊔ 旅館 類 ホテル（hotel・飯店）△和式の旅館に泊まることがありますか。／你曾經住過日式旅館嗎？

る ル

るす【留守】 ㊔ 不在家；看家 對 出かける（出門）△遊びに行ったのに、留守だった。／我去找他玩，他卻不在家。

れ レ

れいぼう【冷房】 名・他サ 冷氣 類 クーラー（cooler・冷氣）對 暖房（暖氣）△なぜ冷房が動かないのか調べたら、電気が入っていなかった。／檢查冷氣為什麼無法運轉，結果發現沒接上電。

れきし【歴史】 ㊔ 歷史 類 地理（地理）△日本の歴史についてお話しいたします。／我要講的是日本歷史。

レジ【register之略】 ㊔ 收銀台 類 お会計（算帳）△レジで勘定する。／到收銀台結帳。

レポート【report】 名・他サ 報告 類 報告（報告）△レポートにまとめる。／整理成報告。

れんらく【連絡】 名・自他サ 聯繫，聯絡；通知 類 知らせる（通知）；手紙（書信）△連絡せずに、仕事を休みました。／沒有聯絡就缺勤了。

わワ

N4-037

ワープロ【word processor之略】 名 文字處理機 類 パソコン（personal computer・個人電腦）△このワープロは簡単に使えて、とてもいいです。／這台文書處理機操作簡單，非常棒。

わかす【沸かす】 他五 煮沸；使沸騰 類 沸く（煮沸）△ここでお湯が沸かせます。／這裡可以將水煮開。

わかれる【別れる】 自下一 分別，分開 類 送る（送走）對 迎える（迎接）△若い二人は、両親に別れさせられた。／兩位年輕人，被父母給強行拆散了。

わく【沸く】 自五 煮沸，煮開；興奮 類 沸かす（燒熱）△お湯が沸いたら、ガスをとめてください。／熱水開了，就請把瓦斯關掉。

わけ【訳】 名 原因，理由；意思 類 理由（原因）△私がそうしたのには、訳があります。／我那樣做，是有原因的。

わすれもの【忘れ物】 名 遺忘物品，遺失物 類 落とし物（遺失物）△あまり忘れ物をしないほうがいいね。／最好別太常忘東西。

わらう【笑う】 自五 笑；譏笑 對 泣く（哭泣）△失敗して、みんなに笑われました。／因失敗而被大家譏笑。

わりあい【割合】 名 比，比例 類 割合に（比較地）△人件費は、経費の中でもっとも大きな割合を占めている。／人事費在經費中所佔的比率最高。

わりあいに【割合に】 副 比較地 類 結構（相當）△東京の冬は、割合に寒いだろうと思う。／我想東京的冬天，應該比較冷吧！

われる【割れる】 自下一 破掉，破裂；分裂；暴露；整除 類 破れる（打破）；割る（打破）△鈴木さんにいただいたカップが、割れてしまいました。／鈴木送我的杯子，破掉了。

JLPT N3 單字

あァ

N3-001

あい【愛】 名·漢造 愛，愛情；友情，恩情；愛好，熱愛；喜愛；喜歡；愛惜 類 愛情（愛情）△愛をこめてセーターを編む。／滿懷愛意地打毛衣。

あいかわらず【相変わらず】 副 照舊，仍舊，和往常一樣 類 変わりもなく（沒有變化）△相変わらず、ゴルフばかりしているね。／你還是老樣子，常打高爾夫球！

あいず【合図】 名·自サ 信號，暗號 類 知らせ（消息）△あの煙は、仲間からの合図に違いない。／那道煙霧，一定是同伴給我們的暗號。

アイスクリーム【ice cream】 名 冰淇淋 △アイスクリームを食べ過ぎたせいで、おなかを壊した。／由於吃了太多冰淇淋，鬧肚子了。

あいて【相手】 名 夥伴，共事者；對方，敵手；對象 對 自分（我）類 相棒（夥伴）△結婚したいが、相手がいない。／雖然想結婚，可是找不到對象。

アイディア【idea】 名 主意，想法，構想；（哲）觀念 類 思い付き（主意）△そう簡単にいいアイディアを思いつくわけがない。／哪有可能那麼容易就想出好主意。

アイロン【iron】 名 熨斗、烙鐵 △妻がズボンにアイロンをかけてくれます。／妻子為我熨燙長褲。

あう【合う】 自五 正確，適合；一致，符合；對，準；合得來；合算 對 分かれる（區別）類 ぴったり（合適）補 對象可用「～に」、「～と」表示。△ワインは、洋食ばかりでなく和食にも合う。／葡萄酒不但可以搭配西餐，與日本料理也很合適。

あきる【飽きる】 自上一 夠，滿足；厭煩，煩膩 類 満足（滿足）；いやになる（厭煩）補 に飽きる △ごちそうを飽きるほど食べた。／已經吃過太多美食，都吃膩了。△付き合ってまだ3か月だけど、もう彼氏に飽きちゃった。／雖然和男朋友才交往三個月而已，但是已經膩了。

あくしゅ【握手】 名·自サ 握手；和解，言和；合作，妥協；會師，會合 △CDを買うと、握手会に参加できる。／只要買CD就能參加握手會。

アクション【action】 名 行動，動作；（劇）格鬥等演技 類 身振り（動作）△いまアクションドラマが人気を集めている。／現在動作連續劇人氣很高。

あける【空ける】 他下一 倒出，空出；騰出（時間）類 空かす（留出空隙）△10時までに会議室を空けてください。／請十點以後把會議室空出來。

あける【明ける】 自下一 （天）明，亮；

過年；(期間) 結束，期滿 △あけましておめでとうございます。／元旦開春，恭賀新禧。

あげる【揚げる】 (他下一) 炸，油炸；舉，抬；提高；進步 (對) 降ろす (降下) (類) 引き揚げる (拉起來) △これが天ぷらを上手に揚げるコツです。／這是炸天婦羅的技巧。

あご【顎】 (名) (上、下) 顎；下巴 △太りすぎて、二重あごになってしまった。／太胖了，結果長出雙下巴。

あさ【麻】 (名) (植物) 麻，大麻；麻紗，麻布，麻纖維 △このワンピースは麻でできている。／這件洋裝是麻紗材質。

あさい【浅い】 (形) (水等) 淺的；(顏色) 淡的；(程度) 膚淺的，少的，輕的；(時間) 短的 (對) 深い (深的) △子ども用のプールは浅いです。／孩童用的游泳池很淺。

あしくび【足首】 (名) 腳踝 △不注意で足首をひねった。／因為不小心而扭傷了腳踝。

あずかる【預かる】 (他五) 收存，(代人) 保管；擔任，管理，負責處理；保留，暫不公開 (類) 引き受ける (承擔) △人から預かった金を、使ってしまった。／把別人託我保管的錢用掉了。

あずける【預ける】 (他下一) 寄放，存放；委託，託付 (類) 託する (託付) △あんな銀行に、お金を預けるものか。／我絕不把錢存到那種銀行！

あたえる【与える】 (他下一) 給與，供給；授與；使蒙受；分配 (對) 奪う (剝奪) (類) 授ける (授予) △手塚治虫は、後の漫画家に大きな影響を与えた。／手塚治虫帶給了漫畫家後進極大的影響。

あたたまる【暖まる】 (自五) 暖，暖和；感到溫暖；手頭寬裕 (類) 暖かくなる (變得暖和) △これだけ寒いと、部屋が暖まるのにも時間がかかる。／像現在這麼冷，必須等上一段時間才能讓房間變暖和。

あたたまる【温まる】 (自五) 暖，暖和；感到心情溫暖 (類) 温かくなる (變得溫暖) △外は寒かったでしょう。早くお風呂に入って温まりなさい。／想必外頭很冷吧。請快點洗個熱水澡暖暖身子。

あたためる【暖める】 (他下一) 使溫暖；重溫，恢復 (類) 暖かくする (變得暖和) △ストーブと扇風機を一緒に使うと、部屋が早く暖められる。／只要同時開啟暖爐和電風扇，房間就會比較快變暖和。

N3-002

あたためる【温める】 (他下一) 溫，熱；擱置不發表 (類) 熱する (加熱) △冷めた料理を温めて食べました。／我把已經變涼了的菜餚加熱後吃了。

あたり【辺り】 (名·造語) 附近，一帶；之類，左右 (類) 近く (附近)；辺 (附近) △

この辺(あた)りからあの辺(へん)にかけて、畑(はたけ)が多(おお)いです。／從這邊到那邊，有許多田地。

あたりまえ【当たり前】 ㊔ 當然，應然；平常，普通 類 もっとも（理所當然）△学生(がくせい)なら、勉強(べんきょう)するのは当(あ)たり前(まえ)です。／既然身為學生，讀書就是應盡的本分。

あたる【当たる】 (自五·他五) 碰撞；擊中；合適；太陽照射；取暖，吹（風）；接觸；（大致）位於；當…時候；（粗暴）對待 類 ぶつかる（撞上）△この花(はな)は、よく日(ひ)の当(あ)たるところに置(お)いてください。／請把這盆花放在容易曬到太陽的地方。

あっというま（に）【あっという間（に）】 ㊇ 一眨眼的功夫 △あっという間(ま)の7週間(しゅうかん)、本当(ほんとう)にありがとうございました。／七個星期一眨眼就結束了，真的萬分感激。

アップ【up】 (名·他サ) 增高，提高；上傳（檔案至網路）△姉(あね)はいつも収入(しゅうにゅう)アップのことを考(かんが)えていた。／姊姊老想著提高年收。

あつまり【集まり】 ㊔ 集會，會合；收集（的情況）類 集(つど)い（集會）△親戚(しんせき)の集(あつ)まりは、美人(びじん)の妹(いもうと)と比(くら)べられるから嫌(いや)だ。／我討厭在親戚聚會時被拿來和漂亮的妹妹做比較。

あてな【宛名】 ㊔ 收信（件）人的姓名住址 類 名宛(なあ)て（收件人姓名）△宛名(あてな)を書(か)きかけて、間違(まちが)いに気(き)がついた。／正在寫收件人姓名的時候，發現自己寫錯了。

あてる【当てる】 (他下一) 碰撞，接觸；命中；猜，預測；貼上，放上；測量；對著，朝向 △布団(ふとん)を日(ひ)に当(あ)てると、ふかふかになる。／把棉被拿去曬太陽，就會變得很膨鬆。

アドバイス【advice】 (名·他サ) 勸告，提意見；建議 類 諫(いさ)める（勸告）；注意(ちゅうい)（給忠告）△彼(かれ)はいつも的確(てきかく)なアドバイスをくれます。／他總是給予切實的建議。

あな【穴】 ㊔ 孔，洞，窟窿；坑；穴，窩；礦井；藏匿處；缺點；虧空 類 洞窟(どうくつ)（洞窟）△うちの犬(いぬ)は、地面(じめん)に穴(あな)を掘(ほ)るのが好(す)きだ。／我家的狗喜歡在地上挖洞。

アナウンサー【announcer】 ㊔ 廣播員，播報員 類 アナ（播音員）△彼(かれ)は、アナウンサーにしては声(こえ)が悪(わる)い。／就一個播音員來說，他的聲音並不好。

アナウンス【announce】 (名·他サ) 廣播；報告；通知 △機長(きちょう)が、到着(とうちゃく)予定(よてい)時刻(じこく)をアナウンスした。／機長廣播了預定抵達時刻。

アニメ【animation】 ㊔ 卡通，動畫片 類 動画(どうが)（動畫片）；アニメーション（動畫片）△私(わたし)の国(くに)でも日本(にほん)のアニメがよく放送(ほうそう)されています。／在我的國家也經常播映日本的卡通。

あぶら【油】 ㊔ 脂肪，油脂 比 常溫液體的可燃性物質，由植物製成。△えびを油でからりと揚げる。／用油把蝦子炸得酥脆。

あぶら【脂】 ㊔ 脂肪，油脂；（喻）活動力，幹勁 類 脂肪（脂肪）比 常溫固體的可燃性物質，肉類所分泌油脂。△肉は脂があるからおいしいんだ。／肉就是富含油脂所以才好吃呀。

アマチュア【amateur】 ㊔ 業餘愛好者；外行 對 プロフェッショナル（專業的）類 素人（業餘愛好者）△最近は、アマチュア選手もレベルが高い。／最近非職業選手的水準也很高。

あら【粗】 ㊔ 缺點，毛病 △人の粗を探すより、よいところを見るようにしよう。／與其挑別人的毛病，不如請多看對方的優點吧。

あらそう【争う】 他五 爭奪；爭辯；奮鬥，對抗，競爭 類 競う（競爭）△各地区の代表、計６チームが優勝を争う。／將由各地區代表總共六隊來爭奪冠軍。

あらわす【表す】 他五 表現出，表達；象徵，代表 類 示す（表示）比 將思想、情感等抽象的事物表現出來。△計画を図で表して説明した。／透過圖表說明了計畫。

あらわす【現す】 他五 現，顯現，顯露 類 示す（顯示出）比 將情況、狀態、真相或事件等具體呈現。△彼は、８時ぎりぎりに、ようやく姿を現した。／快到八點時，他才終於出現了。

あらわれる【表れる】 自下一 出現，出來；表現，顯出 類 明らかになる（發現）△彼は何も言わなかったが、不満が顔に表れていた。／他雖然什麼都沒說，但臉上卻露出了不服氣的神情。

あらわれる【現れる】 自下一 出現，呈現，顯露 類 出現（出現）△意外な人が突然現れた。／突然出現了一位意想不到的人。

アルバム【album】 ㊔ 相簿，記念冊 △娘の七五三の記念アルバムを作ることにしました。／為了記念女兒七五三節，決定做本記念冊。

あれっ・あれ 感 哎呀 △「あれ？」「どうしたの」「財布忘れてきたみたい」／「咦？」「怎麼了？」「我好像忘記帶錢包了。」

あわせる【合わせる】 他下一 合併；核對，對照；加在一起，混合；配合，調合 類 一致させる（使一致）△みんなで力を合わせたとしても、彼に勝つことはできない。／就算大家聯手，也是沒辦法贏過他。

あわてる【慌てる】 自下一 驚慌，急急忙忙，匆忙，不穩定 對 落ち着く（平心靜氣）類 まごつく（張皇失措）△突然質問されて、少し慌ててしまった。／突然被問了問題，顯得有點慌張。

あんがい【案外】 副·形動 意想不到，出乎意外 類 意外（意外）△難しいかと思ったら、案外易しかった。／原以為很難，結果卻簡單得叫人意外。

アンケート【(法)enquête】 名（以同樣內容對多數人的）問卷調查，民意測驗 △皆様にご協力いただいたアンケートの結果をご報告します。／現在容我報告承蒙各位協助所完成的問卷調查結果。

い イ

N3-003

い【位】 接尾 位；身分，地位 △今度のテストでは、学年で一位になりたい。／這次考試希望能拿到全學年的第一名。

いえ 感 不，不是 △いえ、違います。／不，不是那樣。

いがい【意外】 名·形動 意外，想不到，出乎意料 類 案外（意外）△雨による被害は、意外に大きかった。／大雨意外地造成嚴重的災情。

いかり【怒り】 名 憤怒，生氣 類 いきどおり（憤怒）△子どもの怒りの表現は親の怒りの表現のコピーです。／小孩子生氣的模樣正是父母生氣時的翻版。

いき・ゆき【行き】 名 去，往 △まもなく、東京行きの列車が発車します。／前往東京的列車即將發車。

いご【以後】 名 今後，以後，將來；（接尾語用法）（在某時期）以後 對 以前（以前）類 以来（以後）△夜 11 時以後は電話代が安くなります。／夜間十一點以後的電話費率比較便宜。

イコール【equal】 名 相等；（數學）等號 類 等しい（等於）△失敗イコール負けというわけではない。／失敗並不等於輸了。

いし【医師】 名 醫師，大夫 類 医者（醫生）△医師に言われた通りに薬を飲む。／按照醫師開立的藥囑吃藥。

いじょうきしょう【異常気象】 名 氣候異常 △異常気象が続いている。／氣候異常正持續著。

いじわる【意地悪】 名·形動 使壞，刁難，作弄 類 虐待（虐待）△意地悪な人といえば、高校の数学の先生を思い出す。／說到壞心眼的人，就讓我想到高中的數學老師。

いぜん【以前】 名 以前；更低階段（程度）的；（某時期）以前 對 以降（以後）類 以往（以前）△以前、東京でお会いした際に、名刺をお渡ししたと思います。／我記得之前在東京跟您會面時，有遞過名片給您。

いそぎ【急ぎ】 名·副 急忙，匆忙，緊急 類 至急（火速）△部長は大変お急ぎのご様子でした。／經理似乎非常急的模樣。

いたずら【悪戯】㊔名·形動 淘氣，惡作劇；玩笑，消遣 類 戯れ（玩笑）；ふざける（開玩笑）△彼女は、いたずらっぽい目で笑った。／她眼神淘氣地笑了。

いためる【傷める・痛める】他下一 使（身體）疼痛，損傷；使（心裡）痛苦 △桃をうっかり落として傷めてしまった。／不小心把桃子掉到地上摔傷了。

いちどに【一度に】副 同時地，一塊地，一下子 類 同時に（同時）△そんなに一度に食べられません。／我沒辦法一次吃那麼多。

いちれつ【一列】名 一列，一排 △一列に並んで、順番を待つ。／排成一列依序等候。

いっさくじつ【一昨日】名 前一天，前天 類 一昨日（前天）△一昨日アメリカから帰ってきました。／前天從美國回來了。

いっさくねん【一昨年】造語 前年 類 一昨年（前年）△一昨年、北海道に引っ越しました。／前年，搬去了北海道。

いっしょう【一生】名 一生，終生，一輩子 類 生涯（一生）△あいつとは、一生口をきくものか。／我這輩子，決不跟他講話。

いったい【一体】名·副 一體，同心合力；一種體裁；根本，本來；大致上；到底，究竟 類 そもそも（本來）△一体何が起こったのですか。／到底發生了什麼事？

N3-004

いってきます【行ってきます】寒暄 我出門了 △8時だ。行ってきます。／八點了！我出門囉。

いつのまにか【何時の間にか】副 不知不覺地，不知什麼時候 △いつの間にか、お茶の葉を使い切りました。／茶葉不知道什麼時候就用光了。

いとこ【従兄弟・従姉妹】名 堂表兄弟姊妹 △日本では、いとこ同士でも結婚できる。／在日本，就算是堂兄妹（堂姊弟、表兄妹、表姊弟）也可以結婚。

いのち【命】名 生命，命；壽命 類 生命（生命）△命が危ないところを、助けていただきました。／在我性命危急時，他救了我。

いま【居間】名 起居室 類 茶の間（起居室）△居間はもとより、トイレも台所も全部掃除しました。／別說是客廳，就連廁所和廚房也都清掃過了。

イメージ【image】名 影像，形象，印象 △企業イメージの低下に伴って、売り上げも落ちている。／隨著企業形象的滑落，銷售額也跟著減少。

いもうとさん【妹さん】名 妹妹，令妹（「妹」的鄭重說法）△予想に反して、遠藤さんの妹さんは美人でした。／與預料相反，遠藤先生的妹妹居然是美女。

いや 感 不；沒什麼 △いや、それは違う。／不，不是那樣的。

いらいら【苛々】 名・副・他サ 情緒急躁、不安；焦急，急躁 類 苛立つ（焦急）△何だか最近いらいらしてしょうがない。／不知道是怎麼搞的，最近老是焦躁不安的。

いりょうひ【衣料費】 名 服裝費 類 洋服代（服裝費）△子どもの衣料費に一人月どれくらいかけていますか。／小孩的治裝費一個月要花多少錢？

いりょうひ【医療費】 名 治療費，醫療費 類 治療費（醫療費）△今年は入院したので医療費が多くかかった。／今年由於住了院，以致於醫療費用增加了。

いわう【祝う】 他五 祝賀，慶祝；祝福；送賀禮；致賀詞 類 祝する（祝賀）△みんなで彼の合格を祝おう。／大家一起來慶祝他上榜吧！

インキ【ink】 名 墨水 類 インク（墨水）△万年筆のインキがなくなったので、サインのしようがない。／因為鋼筆的墨水用完了，所以沒辦法簽名。

インク【ink】 名 墨水，油墨（也寫作「インキ」）類 インキ（墨水）△この絵は、ペンとインクで書きました。／這幅畫是以鋼筆和墨水繪製而成的。

いんしょう【印象】 名 印象 類 イメージ（印象）△台湾では、故宮の白菜の彫刻が一番印象に残った。／這趟台灣之行，印象最深刻的是故宮的翠玉白菜。

インスタント【instant】 名・形動 即席，稍加工即可的，速成 △昼ご飯はインスタントラーメンですませた。／吃速食麵打發了午餐。

インターネット【internet】 名 網路 △説明書に従って、インターネットに接続しました。／照著說明書，連接網路。

インタビュー【interview】 名・自サ 會面，接見；訪問，採訪 類 面会（會面）△インタビューを始めたとたん、首相は怒り始めた。／採訪剛開始，首相就生氣了。

いんりょく【引力】 名 物體互相吸引的力量 △万有引力の法則は、ニュートンが発見した。／萬有引力定律是由牛頓發現的。

うゥ

N3-005

ウイルス【virus】 名 病毒，濾過性病毒 類 菌（細菌）△メールでウイルスに感染しました。／因為收郵件導致電腦中毒了。

ウール【wool】 名 羊毛，毛線，毛織品

△そろそろ、ウールのセーターを出さなくちゃ。／看這天氣，再不把毛衣拿出來就不行了。

ウェーター・ウェイター【waiter】 ㊔(餐廳等的) 侍者，男服務員 △ウェーターが注文を取りに来た。／服務生過來點菜了。

ウェートレス・ウェイトレス【waitress】 ㊔(餐廳等的) 女侍者，女服務生 類 メード (女服務員) △あの店のウエートレスは態度が悪くて、腹が立つほどだ。／那家店的女服務生態度之差，可說是令人火冒三丈。

うごかす【動かす】 ㊀他五 移動，挪動，活動；搖動，搖撼；給予影響，使其變化，感動 對 止める (停止) △たまには体を動かした方がいい。／偶爾活動一下筋骨比較好。

うし【牛】 ㊔ 牛 △いつか北海道に自分の牧場を持って、牛を飼いたい。／我希望有一天能在北海道擁有自己的牧場養牛。

うっかり 副・自サ 不注意，不留神；發呆，茫然 類 うかうか (不注意) △うっかりしたものだから、約束を忘れてしまった。／因為一時不留意，而忘了約會。

うつす【写す】 他五 抄襲，抄寫；照相；摹寫 △友達に宿題を写させてもらったら、間違いだらけだった。／我抄了朋友的作業，結果他的作業卻是錯誤連篇。

うつす【移す】 他五 移，搬；使傳染；度過時間 類 引っ越す (搬遷) △鼻水が止まらない。弟に風邪を移されたに違いない。／鼻水流個不停。一定是被弟弟傳染了感冒，錯不了。

うつる【写る】 自五 照相，映顯；顯像；(穿透某物) 看到 類 写す (拍照) △私の隣に写っているのは姉です。／照片中，在我旁邊的是姊姊。

うつる【映る】 自五 映，照；顯得，映入；相配，相稱；照相，映現 類 映ずる (映照) △山が湖の水に映っています。／山影倒映在湖面上。

うつる【移る】 自五 移動；推移；沾到 類 移動する (移動) △都会は家賃が高いので、引退してから郊外に移った。／由於大都市的房租很貴，退下第一線以後就搬到郊區了。

うどん【饂飩】 ㊔ 烏龍麵條，烏龍麵 △安かったわりには、おいしいうどんだった。／這碗烏龍麵雖然便宜，但出乎意料地好吃。

うま【馬】 ㊔ 馬 △生まれて初めて馬に乗った。／我這輩子第一次騎了馬。

うまい 形 味道好，好吃；想法或做法巧妙，擅於；非常適宜，順利 對 まずい (難吃的) 類 おいしい (美味的) △山は空気がうまいなあ。／山上的空氣真新鮮呀。

うまる【埋まる】 (自五) 被埋上；填滿，堵住；彌補，補齊 △小屋は雪に埋まっていた。／小屋被雪覆蓋住。

うむ【生む】 (他五) 產生，產出 △その発言は誤解を生む可能性がありますよ。／你那發言可能會產生誤解喔！

うむ【産む】 (他五) 生，產 △彼女は女の子を産んだ。／她生了女娃兒。

うめる【埋める】 (他下一) 埋，掩埋；填補，彌補；佔滿 類 埋める（掩埋）△犯人は、木の下にお金を埋めたと言っている。／犯人自白說他將錢埋在樹下。

うらやましい【羨ましい】 (形) 羡慕，令人嫉妒，眼紅 類 羨む（羨慕）△お金のある人が羨ましい。／好羨慕有錢人。

うる【得る】 (他下二) 得到；領悟 △この本はなかなか得るところが多かった。／從這本書學到了相當多東西。

うわさ【噂】 (名·自サ) 議論，閒談；傳說，風聲 類 流言（流言）△本人に聞かないと、うわさが本当かどうかわからない。／傳聞是真是假，不問當事人是不知道的。

うんちん【運賃】 (名) 票價；運費 類 切符代（票價）△運賃は当方で負担いたします。／運費由我方負責。

うんてんし【運転士】 (名) 司機；駕駛員，船員 △私は JR で運転士をしています。／我在 JR 當司機。

うんてんしゅ【運転手】 (名) 司機 類 運転士（司機）△タクシーの運転手に、チップをあげた。／給了計程車司機小費。

えエ

N3-006

エアコン【air conditioning】 (名) 空調；溫度調節器 類 冷房（冷氣）△家具とエアコンつきの部屋を探しています。／我在找附有家具跟冷氣的房子。

えいきょう【影響】 (名·自サ) 影響 類 反響（反應）△鈴木先生には、大変影響を受けました。／鈴木老師給了我很大的影響。

えいよう【栄養】 (名) 營養 類 養分（養分）△子供の栄養には気をつけています。／我很注重孩子的營養。

えがく【描く】 (他五) 畫，描繪；以…為形式，描寫；想像 類 写す（描繪）△この絵は、心に浮かんだものを描いたにすぎません。／這幅畫只是將內心所想像的東西，畫出來的而已。

えきいん【駅員】 (名) 車站工作人員，站務員 △駅のホームに立って、列車を見送る駅員さんが好きだ。／我喜歡站在車站目送列車的站員。

エスエフ（SF）【science fiction】 ㊔ 科學幻想 △以前に比べて、少女漫画のＳＦ作品は随分増えた。／相較於從前，少女漫畫的科幻作品增加了相當多。

エッセー・エッセイ【essay】 ㊔ 小品文，隨筆；（隨筆式的）短論文 類 随筆（隨筆）△彼女はCDを発売するとともに、エッセーも出版した。／她發行CD的同時，也出版了小品文。

エネルギー【(德)energie】 ㊔ 能量，能源，精力，氣力 類 活力（活力）△国内全体にわたって、エネルギーが不足しています。／就全國整體來看，能源是不足的。

えり【襟】 ㊔（衣服的）領子；脖頸，後頸；（西裝的）硬領 △コートの襟を立てている人は、山田さんです。／那位豎起外套領子的人就是山田小姐。

える【得る】 他下一 得，得到；領悟，理解；能夠 類 手に入れる（獲得）△そんな簡単に大金が得られるわけがない。／怎麼可能那麼容易就得到一大筆錢。

えん【園】 接尾 …園 △弟は幼稚園に通っている。／弟弟上幼稚園。

えんか【演歌】 ㊔ 演歌（現多指日本民間特有曲調哀愁的民謠）△演歌がうまく歌えたらいいのになあ。／要是能把日本歌謠唱得動聽，不知該有多好呀。

えんげき【演劇】 ㊔ 演劇，戲劇 類 芝居（戲劇）△演劇の練習をしている最中に、大きな地震が来た。／正在排演戲劇的時候，突然來了一場大地震。

エンジニア【engineer】 ㊔ 工程師，技師 類 技師（技師）△あの子はエンジニアを目指している。／那個孩子立志成為工程師。

えんそう【演奏】 名・他サ 演奏 類 奏楽（奏樂）△彼の演奏はまだまだだ。／他的演奏還有待加強。

おォ

N3-007

おい 感（主要是男性對同輩或晚輩使用）打招呼的喂，唉；（表示輕微的驚訝）呀！啊！△（道に倒れている人に向かって）おい、大丈夫か。／（朝倒在路上的人說）喂，沒事吧？

おい【老い】 ㊔ 老；老人 △こんな階段でくたびれるなんて、老いを感じるなあ。／區區爬這幾階樓梯居然累得要命，果然年紀到了啊。

おいこす【追い越す】 他五 超過，趕過去 類 抜く（超過）△トラックなんか、追い越しちゃえ。／我們快追過那卡車吧！

おうえん【応援】 名・他サ 援助，支援；聲援，助威 類 声援（聲援）△今年は、

5 Level
4 Level
3 Level
2 Level
1 Level

私が応援している野球チームが優勝した。／我支持的棒球隊今年獲勝了。

おおく【多く】(名·副) 多數，許多；多半，大多 (類) 沢山（很多）△日本は、食品の多くを輸入に頼っている。／日本的食品多數仰賴進口。

オーバー（コート）【overcoat】(名) 大衣，外套，外衣 △まだオーバーを着るほど寒くない。／還沒有冷到需要穿大衣。

オープン【open】(名·自他サ·形動) 開放，公開；無蓋，敞篷；露天，野外 △そのレストランは3月にオープンする。／那家餐廳將於三月開幕。

おかえり【お帰り】(寒暄)（你）回來了 △「ただいま」「お帰り」／「我回來了。」「回來啦！」

おかえりなさい【お帰りなさい】
(寒暄) 回來了 △お帰りなさい。お茶でも飲みますか。／你回來啦。要不要喝杯茶？

おかけください (敬) 請坐 △どうぞ、おかけください。／請坐下。

おかしい【可笑しい】(形) 奇怪，可笑；不正常 (類) 滑稽（滑稽）△いくらおかしくても、そんなに笑うことないでしょう。／就算好笑，也不必笑成那個樣子吧。

おかまいなく【お構いなく】(敬) 不管，不在乎，不介意 △どうぞ、お構いなく。／請不必客氣。

おきる【起きる】(自上一)（倒著的東西）起來，立起來；起床；不睡；發生 (類) 立ち上がる（起立）△昨夜はずっと起きていた。／昨天晚上一直都醒著。

おく【奥】(名) 裡頭，深處；裡院；盡頭 △のどの奥に魚の骨が引っかかった。／喉嚨深處哽到魚刺了。

おくれ【遅れ】(名) 落後，晚；畏縮，怯懦 △台風のため、郵便の配達に二日の遅れが出ている。／由於颱風，郵件延遲兩天送達。

おげんきですか【お元気ですか】
(寒暄) 你好嗎？△ご両親はお元気ですか。／請問令尊與令堂安好嗎？

おこす【起こす】(他五) 扶起；叫醒；引起 (類) 目を覚まさせる（使醒來）△父は、「明日の朝、6時に起こしてくれ」と言った。／父親說：「明天早上六點叫我起床」。

おこる【起こる】(自五) 發生，鬧；興起，興盛；（火）著旺 (對) 終わる（結束）(類) 始まる（開始）△この交差点は事故が起こりやすい。／這個十字路口經常發生交通事故。△世界の地震の約1割が日本で起こっている。／全世界的地震大約有一成發生在日本。

おごる【奢る】(自五·他五) 奢侈，過於講究；請客，作東 △ここは私がおごります。／這回就讓我作東了。

おさえる【押さえる】(他下一) 按，壓；扣住，勒住；控制，阻止；捉住；扣留；

超群出眾 (類) 押す（按壓）△この釘を押さえていてください。／請按住這個釘子。

おさきに【お先に】 (敬) 先離開了，先告辭了 △お先に、失礼します。／我先告辭了。

おさめる【納める】 (他下一) 交，繳納 △税金を納めるのは国民の義務です。／繳納稅金是國民的義務。

おしえ【教え】 (名) 教導，指教，教誨；教義 △神の教えを守って生活する。／遵照神的教誨過生活。

おじぎ【お辞儀】 (名・自サ) 行禮，鞠躬，敬禮；客氣 (類) 挨拶（打招呼）△目上の人にお辞儀をしなかったので、母にしかられた。／因為我沒跟長輩行禮，被媽媽罵了一頓。

おしゃべり【お喋り】 (名・自サ・形動) 閒談，聊天；愛說話的人，健談的人 (對) 無口（沉默寡言）(類) 無駄口（閒聊）△友だちとおしゃべりをしているところへ、先生が来た。／當我正在和朋友閒談時，老師走了過來。

おじゃまします【お邪魔します】 (敬) 打擾了 △「どうぞお上がりください」「お邪魔します」／「請進請進」「打擾了」

おしゃれ【お洒落】 (名・形動) 打扮漂亮，愛漂亮的人 △おしゃれしちゃって、これからデート？／瞧你打扮得那麼漂亮／帥氣，等一下要約會？

おせわになりました【お世話になりました】 (敬) 受您照顧了 △いろいろと、お世話になりました。／感謝您多方的關照。

おそわる【教わる】 (他五) 受教，跟…學習 △パソコンの使い方を教わったとたんに、もう忘れてしまった。／才剛請別人教我電腦的操作方式，現在就已經忘了。

N3-008

おたがい【お互い】 (名) 彼此，互相 △二人はお互いに愛し合っている。／兩人彼此相愛。

おたまじゃくし【お玉杓子】 (名) 圓杓，湯杓；蝌蚪 △お玉じゃくしでスープをすくう。／用湯杓舀湯。

おでこ (名) 凸額，額頭突出（的人）；額頭，額骨 (類) 額（額頭）△息子が転んで机の角におでこをぶつけた。／兒子跌倒時額頭撞到了桌角。

おとなしい【大人しい】 (形) 老實，溫順；（顏色等）樸素，雅致 (類) 穏やか（溫和）△彼女はおとなしいですが、とてもしっかりしています。／她雖然文靜，但非常能幹。

オフィス【office】 (名) 辦公室，辦事處；公司；政府機關 (類) 事務所（事務所）△彼のオフィスは、3階だと思ったら4階でした。／原以為他的辦公室是在三樓，誰知原來是在四樓。

オペラ【opera】 (名) 歌劇 (類) 芝居（戲劇）△オペラを観て、主人公の悲しい運命に涙が出ました。／觀看歌劇中主角的悲慘命運，而熱淚盈框。

おまごさん【お孫さん】 (名) 孫子，孫女，令孫（「孫」的鄭重說法）△そちら、お孫さん？何歳ですか。／那一位是令孫？今年幾歲？

おまちください【お待ちください】 (敬) 請等一下 △少々、お待ちください。／請等一下。

おまちどおさま【お待ちどおさま】 (敬) 久等了 △お待ちどおさま、こちらへどうぞ。／久等了，這邊請。

おめでとう (寒暄) 恭喜 △大学合格、おめでとう。／恭喜你考上大學。

おめにかかる【お目に掛かる】 (慣)（謙讓語）見面，拜會 △社長にお目に掛かりたいのですが。／想拜會社長。

おもい【思い】 (名)（文）思想，思考；感覺，情感；想念，思念；願望，心願 (類) 考え（思考）△彼女には、申し訳ないという思いでいっぱいだ。／我對她滿懷歉意。

おもいえがく【思い描く】 (他五) 在心裡描繪，想像 △将来の生活を思い描く。／在心裡描繪未來的生活。

おもいきり【思い切り】 (名·副) 斷念，死心；果斷，下決心；狠狠地，盡情地，徹底的 △試験が終わったら、思い切り遊びたい。／等考試結束後，打算玩個夠。（副詞用法）△別れた彼女が忘れられない。俺は思い切りが悪いのか。／我忘不了已經分手的女友，難道是我太優柔寡斷了？（名詞用法）

おもいつく【思い付く】 (自·他五)（忽然）想起，想起來 (類) 考え付く（想起）△いいアイディアを思い付くたびに、会社に提案しています。／每當我想到好點子，就提案給公司。

おもいで【思い出】 (名) 回憶，追憶，追懷；紀念 △旅の思い出に写真を撮る。／旅行拍照留念。

おもいやる【思いやる】 (他五) 體諒，表同情；想像，推測 △夫婦は、お互いに思いやることが大切です。／夫妻間相互體貼很重要。

おもわず【思わず】 (副) 禁不住，不由得，意想不到地，下意識地 (類) うっかり（漫不經心）△頭にきて、思わず殴ってしまった。／怒氣一上來，就不自覺地揍了下去。

おやすみ【お休み】 (寒暄) 休息；晚安 △お休みのところをすみません。／抱歉，在您休息的時間來打擾。

おやすみなさい【お休みなさい】 (寒暄) 晚安 △さて、そろそろ寝ようかな。お休みなさい。／好啦！該睡了。晚安！

おやゆび【親指】 (名)（手腳的）的拇指 △親指に怪我をしてしまった。／大拇指不小心受傷了。

オリンピック【Olympics】㊔奥林匹克 △オリンピックに出るからには、金メダルを目指す。／既然參加奧運，目標就是得金牌。

オレンジ【orange】㊔柳橙，柳丁；橙色 △オレンジはもう全部食べたんだっけ。／柳橙好像全都吃光了吧？

おろす【下ろす・降ろす】(他五)（從高處）取下，拿下，降下，弄下；開始使用（新東西）；砍下 ㊚上げる（使上升）㊛下げる（降下）△車から荷物を降ろすとき、腰を痛めた。／從車上搬行李下來的時候弄痛了腰。

おん【御】(接頭)表示敬意 △御礼申し上げます。／致以深深的謝意。

おんがくか【音楽家】㊔音樂家 ㊛ミュージシャン（音樂家）△プロの音楽家になりたい。／我想成為專業的音樂家。

おんど【温度】㊔（空氣等）溫度，熱度 △冬の朝は、天気がいいと温度が下がります。／如果冬天早晨的天氣晴朗，氣溫就會下降。

かカ

N3-009

か【課】(名·漢造)（教材的）課；課業；（公司等）課，科 △会計課で学費を納める。／在會計處繳交學費。

か【日】(漢造)表示日期或天數 △私の誕生日は四月二十日です。／我的生日是四月二十日。

か【下】(漢造)下面；屬下；低下；下，降 △この辺りでは、冬には気温が零下になることもある。／這一帶的冬天有時氣溫會到零度以下。

か【化】(漢造)化學的簡稱；變化 △この作家の小説は、たびたび映画化されている。／這位作家的小說經常被改拍成電影。

か【科】(名·漢造)（大專院校）科系；（區分種類）科 △英文科だから、英語を勉強しないわけにはいかない。／因為是英文系，總不能不讀英語。

か【家】(漢造)家庭；家族；專家 △芸術家になって食べていくのは、容易なことではない。／想當藝術家餬口過日，並不是容易的事。

か【歌】(漢造)唱歌；歌詞 △年のせいか、流行歌より演歌が好きだ。／大概是因為上了年紀，比起流行歌曲更喜歡傳統歌謠。

カード【card】㊔卡片；撲克牌 △単語を覚えるには、カードを使うといいよ。／想要背詞彙，利用卡片的效果很好喔。

カーペット【carpet】㊔地毯 △カーペットにコーヒーをこぼしてしまった。／把咖啡灑到地毯上了。

かい【会】 ㊔ 會，會議，集會 類 集まり（集會）△毎週金曜日の夜に、『源氏物語』を読む会をやっています。／每週五晚上舉行都《源氏物語》讀書會。

かい【会】 接尾 …會 △展覧会は、終わってしまいました。／展覽會結束了。

かいけつ【解決】 名·自他サ 解決，處理 對 決裂（決裂）類 決着（得出結果）△問題が小さいうちに、解決しましょう。／趁問題還不大的時候解決掉吧！

かいごし【介護士】 ㊔ 專門照顧身心障礙者日常生活的專門技術人員 △介護士の仕事内容は、患者の身の回りの世話などです。／看護士的工作內容是照顧病人周邊的事等等。

かいさつぐち【改札口】 ㊔（火車站等）剪票口 類 改札（剪票）△ JR の改札口で待っています。／在 JR 的剪票口等你。

かいしゃいん【会社員】 ㊔ 公司職員 △会社員なんかじゃなく、公務員になればよかった。／要是能當上公務員，而不是什麼公司職員，該有多好。

かいしゃく【解釈】 名·他サ 解釋，理解，說明 類 釈義（解釋）△この法律は、解釈上、二つの問題がある。／這條法律，在解釋上有兩個問題點。

かいすうけん【回数券】 ㊔（車票等的）回數票 △回数券をこんなにもらっても、使いきれません。／就算拿了這麼多的回數票，我也用不完。

かいそく【快速】 名·形動 快速，高速度 類 速い（迅速的）△快速電車に乗りました。／我搭乘快速電車。

N3-010

かいちゅうでんとう【懐中電灯】 ㊔ 手電筒 △この懐中電灯は電池がいらない。振ればつく。／這種手電筒不需要裝電池，只要甩動就會亮。

かう【飼う】 他五 飼養（動物等）△うちではダックスフントを飼っています。／我家裡有養臘腸犬。

かえる【代える・換える・替える】 他下一 代替，代理；改變，變更，變換 類 改変（改變）△この子は私の命に代えても守る。／我不惜犧牲性命也要保護這個孩子。△窓を開けて空気を換える。／打開窗戶透氣。△台湾元を日本円に替える。／把台幣換成日圓。

かえる【返る】 自五 復原；返回；回應 類 戻る（返回）△友達に貸したお金が、なかなか返ってこない。／借給朋友的錢，遲遲沒能拿回來。

がか【画家】 ㊔ 畫家 △彼は小説家であるばかりでなく、画家でもある。／他不單是小說家，同時也是個畫家。

かがく【化学】 ㊔ 化學 △君、専攻は化学だったのか。道理で薬品に詳しいわけだ。／原來你以前主修化學喔。難怪對藥品知之甚詳。

かがくはんのう【化学反応】 (名) 化學反應 △卵をゆでると固まるのは、熱による化学反応である。／雞蛋經過烹煮之所以會凝固，是由於熱能所產生的化學反應。

かかと【踵】 (名) 腳後跟 △かかとがガサガサになって、靴下が引っかかる。／腳踝變得很粗糙，會勾到襪子。

かかる (自五) 生病；遭受災難 △小さい子供は病気にかかりやすい。／年紀小的孩子容易生病。

かきとめ【書留】 (名) 掛號郵件 △大事な書類ですから書留で郵送してください。／這是很重要的文件，請用掛號信郵寄。

かきとり【書き取り】 (名·自サ) 抄寫，記錄；聽寫，默寫 △明日は書き取りのテストがある。／明天有聽寫考試。

かく【各】 (接頭) 各，每人，每個，各個 △各クラスから代表を一人出してください。／請每個班級選出一名代表。

かく【掻く】 (他五) (用手或爪) 搔，撥；拔，推；攪拌，攪和 (類) 擦る (摩擦) △失敗して恥ずかしくて、頭を掻いていた。／因失敗感到不好意思，而搔起頭來。

かぐ【嗅ぐ】 (他五) (用鼻子) 聞，嗅 △この花の香りをかいでごらんなさい。／請聞一下這花的香味。

かぐ【家具】 (名) 家具 (類) ファーニチャー (家具) △家具といえば、やはり丈夫なものが便利だと思います。／說到家具，我認為還是耐用的東西比較方便。

かくえきていしゃ【各駅停車】 (名) 指電車各站都停車，普通車 (對) 急行 (快車) (類) 鈍行 (慢車) △あの駅は各駅停車の電車しか止まりません。／那個車站只有每站停靠的電車才會停。

かくす【隠す】 (他五) 藏起來，隱瞞，掩蓋 (類) 隠れる (隱藏) △事件のあと、彼は姿を隠してしまった。／案件發生後，他就躲了起來。

かくにん【確認】 (名·他サ) 證實，確認，判明 (類) 確かめる (確認) △まだ事実を確認しきれていません。／事實還沒有被證實。

がくひ【学費】 (名) 學費 (類) 費用 (費用) △子どもたちの学費を考えると不安でしょうがない。／只要一想到孩子們的學費，我就忐忑不安。

がくれき【学歴】 (名) 學歷 △結婚相手は、学歴・収入・身長が高い人がいいです。／結婚對象最好是學歷、收入和身高三項都高的人。

N3-011

かくれる【隠れる】 (自下一) 躲藏，隱藏；隱遁；不為人知，潛在的 (類) 隠す (隱藏) △息子が親に隠れてたばこを吸っていた。／兒子以前瞞著父母偷偷抽菸。

かげき【歌劇】 (名) 歌劇 (類) 芝居（戲劇）△宝塚歌劇に夢中なの。だって男役がすてきなんだもん。／我非常迷寶塚歌劇呢。因為那些女扮男裝的演員實在太帥了呀。

かけざん【掛け算】 (名) 乘法 (對) 割り算（除法）(類) 乗法（乘法）△まだ5歳だが、足し算・引き算はもちろん、掛け算もできる。／雖然才五歲，但不單是加法和減法，連乘法也會。

かける【掛ける】 (他下一・接尾) 坐；懸掛；蓋上，放上；放在…之上；提交；澆；開動；花費；寄託；鎖上；（數學）乘 (類) ぶら下げる（懸掛）△椅子に掛けて話をしよう。／讓我們坐下來講吧！

かこむ【囲む】 (他五) 圍上，包圍；圍攻 (類) 取り巻く（包圍）△やっぱり、庭があって自然に囲まれた家がいいわ。／我還是比較想住在那種有庭院，能沐浴在大自然之中的屋子耶。

かさねる【重ねる】 (他下一) 重疊堆放；再加上，蓋上；反覆，重複，屢次 △本がたくさん重ねてある。／書堆了一大疊。

かざり【飾り】 (名) 裝飾（品）△道にそって、クリスマスの飾りが続いている。／沿街滿是聖誕節的裝飾。

かし【貸し】 (名) 借出，貸款；貸方；給別人的恩惠 (對) 借り（借入）△山田君をはじめ、たくさんの同僚に貸しがある。／山田以及其他同事都對我有恩。

かしちん【貸し賃】 (名) 租金，賃費 △この料金には、車の貸し賃のほかに保険も含まれています。／這筆費用，除了車子的租賃費，連保險費也包含在內。

かしゅ【歌手】 (名) 歌手，歌唱家 △きっと歌手になってみせる。／我一定會成為歌手給大家看。

かしょ【箇所】 (名・接尾) （特定的）地方；（助數詞）…處 △残念だが、一箇所間違えてしまった。／很可惜，錯了一個地方。

かず【数】 (名) 數，數目；多數，種種 △羊の数を1,000匹まで数えたのにまだ眠れない。／數羊都數到了一千隻，還是睡不著。

がすりょうきん【ガス料金】 (名) 瓦斯費 △一月のガス料金はおいくらですか。／一個月的瓦斯費要花多少錢？

カセット【cassette】 (名) 小暗盒；（盒式）錄音磁帶，錄音帶 △授業をカセットに入れて、家で復習する。／上課時錄音，帶回家裡複習。

かぞえる【数える】 (他下一) 數，計算；列舉，枚舉 (類) 勘定する（計算）△10から1まで逆に数える。／從10倒數到1。

かた【肩】 (名) 肩，肩膀；（衣服的）肩 △このごろ運動不足のせいか、どうも肩が凝っている。／大概是因為最近運動量不足，肩膀非常僵硬。

かた【型】 (名) 模子，形，模式；樣式 (類)

かっこう（様子）△車の型としては、ちょっと古いと思います。／就車型來看，我認為有些老舊。

かたい【固い・硬い・堅い】㊊ 硬的，堅固的；堅決的；生硬的；嚴謹的，頑固的；一定，包准；可靠的 對 柔らかい（柔軟的）類 強固（堅固）△父は、真面目というより頭が固いんです。／父親與其說是認真，還不如說是死腦筋。

かだい【課題】㊔ 提出的題目；課題，任務 △明日までに課題を仕上げて提出しないと落第してしまう。／如果明天之前沒有完成並提交作業，這個科目就會被當掉。

● N3-012

かたづく【片付く】（自五）收拾，整理好；得到解決，處裡好；出嫁 △母親によると、彼女の部屋はいつも片付いているらしい。／就她母親所言，她的房間好像都有整理。

かたづけ【片付け】㊔ 整理，整頓，收拾 △ずいぶん暖かくなったので、冬服の片付けをしましょう。／天氣已相當緩和了，把冬天的衣服收起來吧！

かたづける【片付ける】（他下一）收拾，打掃；解決 △教室を片付けようとしていたら、先生が来た。／正打算整理教室的時候，老師來了。

かたみち【片道】㊔ 單程，單方面 △小笠原諸島には、船で片道25時間半もかかる。／要去小笠原群島，單趟航程就要花上二十五小時又三十分鐘。

かち【勝ち】㊔ 勝利 對 負け（輸）類 勝利（勝利）△3対1で、白組の勝ち。／以三比一的結果由白隊獲勝。

かっこういい【格好いい】（連語・形）（俗）真棒，真帥，酷（口語用「かっこいい」）類 ハンサム（帥氣）△今、一番かっこいいと思う俳優は？／現在最帥氣的男星是誰？

カップル【couple】㊔ 一對，一對男女，一對情人，一對夫婦 △お似合いのカップルですね。お幸せに。／新郎新娘好登對喔！祝幸福快樂！

かつやく【活躍】（名・自サ）活躍 △彼は、前回の試合において大いに活躍した。／他在上次的比賽中大為活躍。

かていか【家庭科】㊔（學校學科之一）家事，家政 △家庭科は小学校5年生から始まる。／家政課是從小學五年級開始上。

かでんせいひん【家電製品】㊔ 家用電器 △今の家庭には家電製品があふれている。／現在的家庭中，充滿過多的家電用品。

かなしみ【悲しみ】㊔ 悲哀，悲傷，憂愁，悲痛 對 喜び（喜悅）類 悲しさ（悲傷）△彼の死に悲しみを感じない者はいない。／人們都對他的死感到悲痛。

かなづち【金槌】㊔ 釘錘，榔頭；旱鴨子 △金づちで釘を打とうとして、指をたたいてしまった。／拿鐵鎚釘釘子時敲到了手指。

かなり ㊀副·形動·名 相當，頗 類 相当（相當地）△先生は、かなり疲れていらっしゃいますね。／老師您看來相當地疲憊呢！

かね【金】 名 金屬；錢，金錢 類 金銭（錢）△事業を始めるとしたら、まず金が問題になる。／如果要創業的話，首先金錢就是個問題。

かのう【可能】 名·形動 可能 △可能な範囲でご協力いただけると助かります。／若在不為難的情況下能得到您的鼎力相助，那就太好了。

かび 名 霉 △かびが生えないうちに食べてください。／請趁發霉前把它吃完。

かまう【構う】 自·他五 介意，顧忌，理睬；照顧，招待；調戲，逗弄；放逐 類 気にする（介意）△あの人は、あまり服装に構わない人です。／那個人不大在意自己的穿著。

がまん【我慢】 名·他サ 忍耐，克制，將就，原諒；（佛）饒恕 類 辛抱（忍耐）△買いたいけれども、給料日まで我慢します。／雖然想買，但在發薪日之前先忍一忍。

がまんづよい【我慢強い】 形 忍耐性強，有忍耐力 △入院生活、よくがんばったね。本当に我慢強い子だ。／住院的這段日子實在辛苦了。真是個勇敢的孩子呀！

かみのけ【髪の毛】 名 頭髮 △高校生のくせに髪の毛を染めるなんて、何考えてるんだ！／區區一個高中生居然染頭髮，你在想什麼啊！

N3-013

ガム【(英)gum】 名 口香糖；樹膠 △運転中、眠くなってきたので、ガムをかんだ。／由於開車時愈來愈睏，因此嚼了口香糖。

カメラマン【cameraman】 名 攝影師；（報社、雜誌等）攝影記者 △日本にはとてもたくさんのカメラマンがいる。／日本有很多攝影師。

がめん【画面】 名（繪畫的）畫面；照片，相片；（電影等）畫面，鏡頭 類 映像（影像）△コンピューターの画面を見すぎて目が疲れた。／盯著電腦螢幕看太久了，眼睛好疲憊。

かもしれない 連語 也許，也未可知 △あなたの言う通りかもしれない。／或許如你說的。

かゆ【粥】 名 粥，稀飯 △おなかを壊したから、おかゆしか食べられない。／因為鬧肚子了，所以只能吃稀飯。

かゆい【痒い】 形 癢的 類 むずむず（癢）△なんだか体中かゆいです。／不知道為什麼，全身發癢。

カラー【color】 名 色，彩色；（繪畫用）顏料；特色 △今ではテレビはカラーが当たり前になった。／如今，電視機上出現彩色畫面已經成為理所當然的現象了。

かり【借り】[名] 借，借入；借的東西；欠人情；怨恨，仇恨 △伊藤さんには、借りがある。／我欠伊藤小姐一份情。

かるた【carta・歌留多】[名] 紙牌；寫有日本和歌的紙牌 [類] トランプ（撲克牌）△お正月には、よくかるたで遊んだものだ。／過年時經常玩紙牌遊戲呢。

かわ【皮】[名] 皮，表皮；皮革 [類] 表皮（表皮）△包丁でりんごの皮をむく。／拿菜刀削蘋果皮。

かわかす【乾かす】[他五] 曬乾；晾乾；烤乾 [類] 乾く（乾的）△雨でぬれたコートを吊るして乾かす。／把淋到雨的濕外套掛起來風乾。

かわく【乾く】[自五] 乾，乾燥 [類] 乾燥（乾燥）△雨が少ないので、土が乾いている。／因雨下得少，所以地面很乾。

かわく【渇く】[自五] 渴，乾渴；渴望，內心的要求 △のどが渇いた。何か飲み物ない？／我好渴，有什麼什麼可以喝的？

かわる【代わる】[自五] 代替，代理，代理 [類] 代理（代理）△「途中、どっかで運転代わるよ」「別にいいよ」／「半路上找個地方和你換手開車吧？」「沒關係啦！」

かわる【替わる】[自五] 更換，交替，交換 [類] 交替（交替）△石油に替わる新しいエネルギーはなんですか。／請問可用來替代石油的新能源是什麼呢？

かわる【換わる】[自五] 更換，更替 [類] 交換（交換）△すみませんが、席を換わってもらえませんか。／不好意思，請問可以和您換個位子嗎？

かわる【変わる】[自五] 變化；與眾不同；改變時間地點，遷居，調任 [類] 変化する（變化）△人の考え方は、変わるものだ。／人的想法，是會變的。

かん【缶】[名] 罐子 △缶はまとめてリサイクルに出した。／我將罐子集中，拿去回收了。

かん【刊】[漢造] 刊，出版 △うちは朝刊だけで、夕刊は取っていません。／我家只有早報，沒訂晚報。

N3-014

かん【間】[名·接尾] 間，機會，間隙 △五日間の九州旅行も終わって、明日からはまた仕事だ。／五天的九州之旅已經結束，從明天起又要上班了。

かん【館】[漢造] 旅館；大建築物或商店 △大英博物館は、無料で見学できる。／大英博物館可以免費參觀。

かん【感】[名·漢造] 感覺，感動；感 △給料も大切だけれど、満足感が得られる仕事がしたい。／薪資雖然重要，但我想從事能夠得到成就感的工作。

かん【観】[名·漢造] 觀感，印象，樣子；

観看；觀點 △アフリカを旅して、人生観が変わりました。／到非洲旅行之後，徹底改變了人生觀。

かん【巻】(名·漢造) 卷，書冊；（書畫的）手卷；卷曲 △（本屋で）全３巻なのに、上·下だけあって中がない。／（在書店）明明全套共三集，但只有上下兩集，找不到中集。

かんがえ【考え】(名) 思想，想法，意見；念頭，觀念，信念；考慮，思考；期待，願望；決心 △その件について自分の考えを説明した。／我來說明自己對那件事的看法。

かんきょう【環境】(名) 環境 △環境のせいか、彼の子どもたちはみなスポーツが好きだ。／可能是因為環境的關係，他的小孩都很喜歡運動。

かんこう【観光】(名·他サ) 觀光，遊覽，旅遊 類 旅行（旅行）△まだ天気がいいうちに、観光に出かけました。／趁天氣還晴朗時，出外觀光去了。

かんごし【看護師】(名) 護士，看護 △男性の看護師は、女性の看護師ほど多くない。／男性護理師沒有女性護理師那麼多。

かんしゃ【感謝】(名·自他サ) 感謝 類 お礼（感謝）△本当は感謝しているくせに、ありがとうも言わない。／明明就很感謝，卻連句道謝的話也沒有。

かんじる・かんずる【感じる・感ずる】(自他上一) 感覺，感到；感動，感觸，有所感 類 感ずる（感到）△子供が生まれてうれしい反面、責任も感じる。／孩子出生後很高興，但相對地也感受到責任。

かんしん【感心】(名·形動·自サ) 欽佩；贊成；（貶）令人吃驚 類 驚く（驚訝）△彼はよく働くので、感心させられる。／他很努力工作，真是令人欽佩。

かんせい【完成】(名·自他サ) 完成 類 出来上がる（完成）△ビルが完成したら、お祝いのパーティーを開こう。／等大樓竣工以後，來開個慶祝酒會吧。

かんぜん【完全】(名·形動) 完全，完整；完美，圓滿 對 不完全（不完全）類 完璧（完美）△もう病気は完全に治りました。／病症已經完全治癒了。

かんそう【感想】(名) 感想 類 所感（感想）△全員、明日までに研修の感想を書いてきてください。／你們全部，在明天以前要寫出研究的感想。

かんづめ【缶詰】(名) 罐頭；關起來，隔離起來；擁擠的狀態 補 ～に缶詰：在（某場所）閉關 △この缶詰は、缶切りがなくても開けられます。／這個罐頭不需要用開罐器也能打開。

かんどう【感動】(名·自サ) 感動，感激 類 感銘（感動）△予想に反して、とても感動した。／出乎預料之外，受到了極大的感動。

き キ

N3-015

き【期】 漢造 時期；時機；季節；（預定的）時日 △うちの子、反抗期で、なんでも「やだ」って言うのよ。／我家小孩正值反抗期，問他什麼都回答「不要」。

き【機】 名·接尾·漢造 機器；時機；飛機；（助數詞用法）架 △20年使った洗濯機が、とうとう壊れた。／用了二十年的洗衣機終於壞了。

キーボード【keyboard】 名（鋼琴、打字機等）鍵盤 △コンピューターのキーボードをポンポンと叩いた。／「砰砰」地敲打電腦鍵盤。

きがえ【着替え】 名·自サ 換衣服；換洗衣物 △着替えを忘れたものだから、また同じのを着るしかない。／由於忘了帶換洗衣物，只好繼續穿同一套衣服。

きがえる・きかえる【着替える】 他下一 換衣服 △着物を着替える。／換衣服。

きかん【期間】 名 期間，期限內 類 間（期間）△夏休みの期間、塾の講師として働きます。／暑假期間，我以補習班老師的身份在工作。

きく【効く】 自五 有效，奏效；好用，能幹；可以，能夠；起作用；（交通工具等）通，有 △この薬は、高かったわりに効かない。／這服藥雖然昂貴，卻沒什麼效用。

きげん【期限】 名 期限 類 締め切り（截止）△支払いの期限を忘れるなんて、非常識というものだ。／竟然忘記繳款的期限，真是離譜。

きこく【帰国】 名·自サ 回國，歸國；回到家鄉 類 帰京（回首都）△夏に帰国して、日本の暑さと湿気の多さにびっくりした。／夏天回國，對日本暑熱跟多濕，感到驚訝！

きじ【記事】 名 報導，記事 △新聞記事によると、2020年のオリンピックは東京でやるそうだ。／據報上說，二〇二〇年的奧運將在東京舉行。

きしゃ【記者】 名 執筆者，筆者；（新聞）記者，編輯 類 レポーター（採訪記者）△首相は記者の質問に答えなかった。／首相答不出記者的提問。

きすう【奇数】 名（數）奇數 對 偶数（偶數）△奇数の月に、この書類を提出してください。／請在每個奇數月交出這份文件。

きせい【帰省】 名·自サ 歸省，回家（省親），探親 類 里帰り（回家一段時間）△お正月に帰省しますか。／請問您元月新年會不會回家探親呢？

きたく【帰宅】 名·自サ 回家 對 出かける（出門）類 帰る（回來）△あちこちの店でお酒を飲んで、夜中の1時にやっと帰宅した。／到了許多店去喝酒，深夜一點才終於回到家。

Level 5　Level 4　Level 3　Level 2　Level 1

きちんと [副] 整齊，乾乾淨淨；恰好，洽當；如期，準時；好好地，牢牢地 [類] ちゃんと（好好地）△きちんと勉強していたわりには、点が悪かった。／雖然努力用功了，但分數卻不理想。

キッチン【kitchen】 [名] 廚房 [類] 台所（廚房）△キッチンは流し台がすぐに汚れてしまいます。／廚房的流理台一下子就會變髒了。

きっと [副] 一定，必定；（神色等）嚴厲地，嚴肅地 [類] 必ず（必定）△あしたはきっと晴れるでしょう。／明天一定會放晴。

きぼう【希望】 [名·他サ] 希望，期望，願望 [類] 望み（希望）△あなたのおかげで、希望を持つことができました。／多虧你的加油打氣，我才能懷抱希望。

きほん【基本】 [名] 基本，基礎，根本 [類] 基礎（基礎）△平仮名は日本語の基本ですから、しっかり覚えてください。／平假名是日文的基礎，請務必背誦起來。

きほんてき（な）【基本的（な）】 [形動] 基本的 △中国語は、基本的な挨拶ができるだけです。／中文只會最簡單的打招呼而已。

きまり【決まり】 [名] 規定，規則；習慣，常規，慣例；終結；收拾整頓 [類] 規則（規則）△グループに加わるからには、決まりはちゃんと守ります。／既然加入這團體，就會好好遵守規則。

きゃくしつじょうむいん【客室乗務員】 [名]（車、飛機、輪船上）服務員 [類] キャビンアテンダント（客艙工作人員）△どうしても客室乗務員になりたい、でも身長が足りない。／我很想當空姐，但是個子不夠高。

きゅうけい【休憩】 [名·自サ] 休息 [類] 休息（休息）△休憩どころか、食事する暇もない。／別說是吃飯，就連休息的時間也沒有。

きゅうこう【急行】 [名·自サ] 急忙前往，急趕；急行列車 [對] 普通（普通車）[類] 急行列車（快車）△たとえ急行に乗ったとしても、間に合わない。／就算搭上了快車也來不及。

N3-016

きゅうじつ【休日】 [名] 假日，休息日 [類] 休み（休假）△せっかくの休日に、何もしないでだらだら過ごすのは嫌です。／我討厭在難得的假日，什麼也不做地閒晃一整天。

きゅうりょう【丘陵】 [名] 丘陵 △多摩丘陵は、東京都から神奈川県にかけて広がっている。／多摩丘陵的分布範圍從東京都遍及神奈川縣。

きゅうりょう【給料】 [名] 工資，薪水 △来年こそは給料が上がるといいなあ。／真希望明年一定要加薪啊。

きょう【教】 [漢造] 教，教導；宗教 △信仰している宗教はありますか。／請問您有宗教信仰嗎？

ぎょう【行】(名·漢造)（字的）行；（佛）修行；行書 △段落を分けるには、行を改めて頭を一字分空けます。／分段時請換行，並於起頭處空一格。

ぎょう【業】(名·漢造) 業，職業；事業；學業 △父は金融業で働いています。／家父在金融業工作。

きょういん【教員】(名) 教師，教員 (類) 教師（教師）△小学校の教員になりました。／我當上小學的教職員了。

きょうかしょ【教科書】(名) 教科書，教材 △今日は教科書の 21 ページからですね。／今天是從課本的第二十一頁開始上吧？

きょうし【教師】(名) 教師，老師 (類) 先生（教師）△両親とも、高校の教師です。／我父母都是高中老師。

きょうちょう【強調】(名·他サ) 強調；權力主張；（行情）看漲 (類) 力説（強調）△先生は、この点について特に強調していた。／老師曾特別強調這個部分。

きょうつう【共通】(名·形動·自サ) 共同，通用 (類) 通用（通用）△成功者に共通している 10 の法則はこれだ！／成功者的十項共同法則就是這些！

きょうりょく【協力】(名·自サ) 協力，合作，共同努力，配合 (類) 協同（合作）△友達が協力してくれたおかげで、彼女とデートができた。／多虧朋友們從中幫忙撮合，所以才有辦法約她出來。

きょく【曲】(名·漢造) 曲調；歌曲；彎曲 △妹が書いた歌詞に私が曲をつけて、ネットで発表しました。／我把妹妹寫的詞譜成歌曲後，放到網路上發表了。

きょり【距離】(名) 距離，間隔，差距 (類) 隔たり（距離）△距離は遠いといっても、車で行けばすぐです。／雖說距離遠，但開車馬上就到了。

きらす【切らす】(他五) 用盡，用光 (類) 絶やす（斷絕）△恐れ入ります。今、名刺を切らしておりまして……。／不好意思，現在手邊的名片正好用完……。

ぎりぎり(名·副·他サ)（容量等）最大限度，極限；（摩擦的）嘎吱聲 (類) 少なくとも（少說也要）△期限ぎりぎりまで待ちましょう。／我們就等到最後的期限吧！

きれる【切れる】(自下一) 斷；用盡 △たこの糸が切れてしまった。／風箏線斷掉了。

きろく【記録】(名·他サ) 記錄，記載，（體育比賽的）紀錄 (類) 記述（記述）△記録からして、大した選手じゃないのはわかっていた。／就紀錄來看，可知道他並不是很厲害的選手。

きん【金】(名·漢造) 黃金，金子；金錢 △彼なら、金メダルが取れるんじゃないかと思う。／如果是他，我想應該可以奪下金牌。

きんえん【禁煙】 ㊔名·自サ 禁止吸菸；禁菸，戒菸 △校舎内は禁煙です。外の喫煙所をご利用ください。／校園內禁煙，請到外面的吸菸區。

ぎんこういん【銀行員】 ㊔名 銀行行員 △佐藤さんの子どもは二人とも銀行員です。／佐藤太太的兩個小孩都在銀行工作。

きんし【禁止】 ㊔名·他サ 禁止 ㊔對 許可（許可）㊔類 差し止める（禁止）△病室では、喫煙だけでなく、携帯電話の使用も禁止されている。／病房內不止抽煙，就連使用手機也是被禁止的。

きんじょ【近所】 ㊔名 附近，左近，近郊 ㊔類 辺り（附近）△近所の子どもたちに昔の歌を教えています。／我教附近的孩子們唱老歌。

きんちょう【緊張】 ㊔名·自サ 緊張 ㊔對 和らげる（使緩和）㊔類 緊迫（緊張）△彼が緊張しているところに声をかけると、もっと緊張するよ。／在他緊張的時候跟他說話，他會更緊張的啦！

く ク

N3-017

く【句】 ㊔名 字，字句；俳句 △「古池や蛙飛びこむ水の音」この句の季語は何ですか。／「蛙入古池水有聲」這首俳句的季語是什麼呢？

クイズ【quiz】 ㊔名 回答比賽，猜謎；考試 △テレビのクイズ番組に参加してみたい。／我想去參加電視台的益智節目。

くう【空】 ㊔名·形動·漢造 空中，空間；空虛 △空に消える。／消失在空中。

クーラー【cooler】 ㊔名 冷氣設備 △暑いといっても、クーラーをつけるほどではない。／雖說熱，但還不到需要開冷氣的程度。

くさい【臭い】 ㊔形 臭 △この臭いにおいは、いったい何だろう。／這種臭味的來源到底是什麼呢？

くさる【腐る】 ㊔自五 腐臭，腐爛；金屬鏽，爛；墮落，腐敗；消沉，氣餒 ㊔類 腐敗する（腐敗）△それ、腐りかけてるみたいだね。捨てた方がいいんじゃない。／那東西好像開始腐敗了，還是丟了比較好吧。

くし【櫛】 ㊔名 梳子 △くしで髪をとかすとき、髪がいっぱい抜けるので心配です。／用梳子梳開頭髮的時候會扯下很多髮絲，讓我很憂心。

くじ【籤】 ㊔名 籤；抽籤 △発表の順番はくじで決めましょう。／上台發表的順序就用抽籤來決定吧。

くすりだい【薬代】 ㊔名 藥費 △日本では薬代はとても高いです。／日本的藥價非常昂貴。

くすりゆび【薬指】 ㊔名 無名指 △薬

指に、結婚指輪をはめている。／她的無名指上，戴著結婚戒指。

くせ【癖】㊔癖好，脾氣，習慣；(衣服的) 摺線；頭髮亂翹 類 習慣(習慣) △まず、朝寝坊の癖を直すことですね。／首先，你要做的是把你的早上賴床的習慣改掉。

くだり【下り】㊔下降的；東京往各地的列車 對 上り(上升) △まもなく、下りの列車が参ります。／下行列車即將進站。

くだる【下る】(自五)下降，下去；下野，脫離公職；由中央到地方；下達；往河的下游去 對 上る(上升) △この坂を下っていくと、1時間ぐらいで麓の町に着きます。／只要下了這條坡道，大約一個小時就可以到達山腳下的城鎮了。

くちびる【唇】㊔嘴唇 △冬になると、唇が乾燥する。／一到冬天嘴唇就會乾燥。

ぐっすり (副)熟睡，酣睡 類 熟睡(熟睡) △みんな、ゆうべはぐっすり寝たとか。／聽說大家昨晚都一夜好眠。

くび【首】㊔頸部 △どうしてか、首がちょっと痛いです。／不知道為什麼，脖子有點痛。

くふう【工夫】(名・自サ)設法 △工夫しないことには、問題を解決できない。／如不下點功夫，就沒辦法解決問題。

くやくしょ【区役所】㊔(東京都特別區與政令指定都市所屬的) 區公所 △父は区役所で働いています。／家父在區公所工作。

くやしい【悔しい】(形)令人懊悔的 類 残念(懊悔) △試合に負けたので、悔しくてたまらない。／由於比賽輸了，所以懊悔得不得了。

クラシック【classic】㊔經典作品，古典作品，古典音樂；古典的 類 古典(古典) △クラシックを勉強するからには、ウィーンに行かなければ。／既然要學古典音樂，就得去一趟維也納。

くらす【暮らす】(自・他五)生活，度日 類 生活する(生活) △親子3人で楽しく暮らしています。／親子三人過著快樂的生活。

クラスメート【classmate】㊔同班同學 類 同級生(同學) △クラスメートはみな仲が良いです。／我們班同學相處得十分和睦。

くりかえす【繰り返す】(他五)反覆，重覆 類 反復する(反覆) △同じ失敗を繰り返すなんて、私はばかだ。／竟然犯了相同的錯誤，我真是個笨蛋。

クリスマス【christmas】㊔聖誕節 △メリークリスマスアンドハッピーニューイヤー。／祝你聖誕和新年快樂。(Merry Christmas and Happy New Year)

グループ【group】㊔(共同行動的) 集團，夥伴；組，幫，群 類 集団(集團) △あいつのグループになんか、入るものか。／我才不加入那傢伙的團隊！

Level 5
Level 4
Level 3
Level 2
Level 1

くるしい【苦しい】[形] 艱苦；困難；難過；勉強 △「食べ過ぎた。苦しい～」「それ見たことか」／「吃太飽了，好難受……」「誰要你不聽勸告！」

くれ【暮れ】[名] 日暮，傍晚；季末，年末 [對] 明け（日出）[類] 夕暮（傍晚）；年末（年末）△去年の暮れに比べて、景気がよくなりました。／和去年年底比起來，景氣已回升許多。

くろ【黒】[名] 黑，黑色；犯罪，罪犯 △黒のワンピースに黒の靴なんて、お葬式みたいだよ。／怎麼會穿黑色的洋裝還搭上黑色的鞋子，簡直像去參加葬禮似的。

くわしい【詳しい】[形] 詳細；精通，熟悉 [類] 詳細（詳細）△あの人なら、きっと事情を詳しく知っている。／若是那個人，一定對整件事的來龍去脈一清二楚。

けヶ

N3-018

け【家】[接尾] …家，家族 △このドラマは将軍家の一族の話です。／那齣連續劇是描述將軍家族的故事。

けい【計】[名] 總計，合計；計畫，計 △計3,500円をカードで払った。／以信用卡付了總額三千五百圓。

けいい【敬意】[名] 尊敬對方的心情，敬意 △お年寄りに敬意をもって接する。／心懷尊敬對待老年人。

けいえい【経営】[名·他サ] 經營，管理 [類] 営む（經營）△経営はうまくいっているが、人間関係がよくない。／經營上雖不錯，但人際關係卻不好。

けいご【敬語】[名] 敬語 △外国人ばかりでなく、日本人にとっても敬語は難しい。／不單是外國人，對日本人而言，敬語的使用同樣非常困難。

けいこうとう【蛍光灯】[名] 螢光燈，日光燈 △蛍光灯の調子が悪くて、ちかちかする。／日光燈的狀態不太好，一直閃個不停。

けいさつかん【警察官】[名] 警察官，警官 [類] 警官（警察）△どんな女性が警察官の妻に向いていますか。／什麼樣的女性適合當警官的妻子呢？

けいさつしょ【警察署】[名] 警察署 △容疑者が警察署に連れて行かれた。／嫌犯被帶去了警局。

けいさん【計算】[名·他サ] 計算，演算；估計，算計，考慮 [類] 打算（算計）△商売をしているだけあって、計算が速い。／不愧是做買賣的，計算得真快。

げいじゅつ【芸術】[名] 藝術 [類] アート（藝術）△芸術のことなどわからないくせに、偉そうなことを言うな。／明明就不懂藝術，就別再自吹自擂說大話了。

けいたい【携帯】 名·他サ 攜帶；手機（「携帯電話（けいたいでんわ）」的簡稱）△携帯電話だけで、家の電話はありません。／只有行動電話，沒有家用電話。

けいやく【契約】 名·自他サ 契約，合同 △契約を結ぶ際は、はんこが必要です。／在簽訂契約的時候，必須用到印章。

けいゆ【経由】 名·自サ 經過，經由 類 経る（經過）△新宿を経由して、東京駅まで行きます。／我經新宿，前往東京車站。

ゲーム【game】 名 遊戲，娛樂；比賽 △ゲームばかりしているわりには、成績は悪くない。／儘管他老是打電玩，但是成績還不壞。

げきじょう【劇場】 名 劇院，劇場，電影院 類 シアター（劇院）△駅の裏に新しい劇場を建てるということだ。／聽說車站後面將會建蓋一座新劇場。

げじゅん【下旬】 名 下旬 對 上旬（上旬）類 月末（月底）△もう3月も下旬だけれど、春というよりまだ冬だ。／都已經是三月下旬了，但與其說是春天，根本還在冬天。

けしょう【化粧】 名·自サ 化妝，打扮；修飾，裝飾，裝潢 類 メークアップ（化妝）△彼女はトイレで化粧しているところだ。／她正在洗手間化妝。

けた【桁】 名（房屋、橋樑的）横樑，桁架；算盤的主柱；數字的位數 △桁が一つ違うから、高くて買えないよ。／因為價格上多了一個零，太貴買不下手啦！

けち 名·形動 吝嗇、小氣（的人）；卑賤，簡陋，心胸狹窄，不值錢 類 吝嗇（吝嗇）△彼は、経済観念があるというより、けちなんだと思います。／與其說他有理財觀念，倒不如說是小氣。

ケチャップ【ketchup】 名 蕃茄醬 △ハンバーグにはケチャップをつけます。／把蕃茄醬澆淋在漢堡肉上。

けつえき【血液】 名 血，血液 類 血（血）△検査では、まず血液を取らなければなりません。／在檢查項目中，首先就得先抽血才行。

けっか【結果】 名·自他サ 結果，結局 對 原因（原因）類 結末（結果）△コーチのおかげでよい結果が出せた。／多虧教練的指導，比賽結果相當好。

けっせき【欠席】 名·自サ 缺席 對 出席（出席）△病気のため学校を欠席する。／因生病而沒去學校。

げつまつ【月末】 名 月末、月底 對 月初（月初）△給料は、月末に支払われる。／薪資在月底支付。

けむり【煙】 名 煙 類 スモーク（煙）△喫茶店は、たばこの煙でいっぱいだった。／咖啡廳裡，瀰漫著香煙的煙。

ける【蹴る】（他五）踢；沖破（浪等）；拒絕，駁回（類）蹴飛ばす（踢開）△ボールを蹴ったら、隣のうちに入ってしまった。／球一踢就飛到隔壁的屋裡去了。

けん・げん【軒】（漢造）軒昂，高昂；屋簷；表房屋數量，書齋，商店等雅號 △小さい村なのに、薬屋が3軒もある。／雖然只是一個小村莊，藥房卻多達三家。

けんこう【健康】（形動）健康的，健全的（類）元気（身體健康）△若いときからたばこを吸っていたわりに、健康です。／儘管從年輕時就開始抽菸了，但身體依然健康。

けんさ【検査】（名・他サ）檢查，檢驗（類）調べる（檢查）△病気かどうかは、検査をしてみないと分からない。／生病與否必須做檢查，否則無法判定。

げんだい【現代】（名）現代，當代；（歷史）現代（日本史上指二次世界大戰後）（對）古代（古代）（類）当世（當代）△この方法は、現代ではあまり使われません。／那個方法現代已經不常使用了。

けんちくか【建築家】（名）建築師 △このビルは有名な建築家が設計したそうです。／聽說這棟建築物是由一位著名的建築師設計的。

けんちょう【県庁】（名）縣政府 △県庁のとなりにきれいな公園があります。／在縣政府的旁邊有座美麗的公園。

（じどう）けんばいき【（自動）券売機】（名）（門票、車票等）自動售票機 △新幹線の切符も自動券売機で買うことができます。／新幹線的車票也可以在自動販賣機買得到。

こ コ

N3-019

こ【小】（接頭）小，少；稍微 △うちから駅までは、小一時間かかる。／從我家到車站必須花上接近一個小時。

こ【湖】（接尾）湖 △琵琶湖観光のついでに、ふなずしを食べてきた。／遊覽琵琶湖時順道享用了鯽魚壽司。

こい【濃い】（形）色或味濃深；濃稠，密（對）薄い（淡薄）（類）濃厚（濃厚）△あの人は夜の商売をしているのか。道理で化粧が濃いわけだ。／原來那個人是做晚上陪酒生意的，難怪化著一臉的濃妝。

こいびと【恋人】（名）情人，意中人 △月下老人のおかげで、恋人ができました。／多虧月下老人牽起姻緣，我已經交到女友／男友了。

こう【高】（名・漢造）高；高處，高度；（地位等）高 △高カロリーでも、気にしないで食べる。／就算是高熱量的食物也蠻不在乎地享用。

こう【校】 (漢造) 學校；校對；(軍銜) 校；學校 △野球の有名校に入学する。／進入擁有知名棒球隊的學校就讀。

こう【港】 (漢造) 港口 △福岡観光なら、門司港に行かなくちゃ。／如果到福岡觀光，就非得去參觀門司港不可。

ごう【号】 (名·漢造)(雜誌刊物等) 期號；(學者等) 別名 △雑誌の1月号を買ったら、カレンダーが付いていました。／買下雜誌的一月號刊後，發現裡面附了月曆。

こういん【行員】 (名) 銀行職員 △当行の行員が暗 証 番号をお尋ねすることは絶対にありません。／本行行員絕對不會詢問客戶密碼。

こうか【効果】 (名) 效果，成效，成績；(劇) 效果 (類) 効き目 (效力) △このドラマは音楽が効果的に使われている。／這部影集的配樂相當出色。

こうかい【後悔】 (名·他サ) 後悔，懊悔 (類) 悔しい (後悔) △もう少し早く気づくべきだったと後悔している。／很後悔應該早點察覺出來才對。

ごうかく【合格】 (名·自サ) 及格；合格 △第一志望の大学の入学試験に合格する。／我要考上第一志願的大學。

こうかん【交換】 (名·他サ) 交換；交易 △古新聞をトイレットペーパーに交換してもらう。／用舊報紙換到了廁用衛生紙。

こうくうびん【航空便】 (名) 航空郵件；空運 (對) 船便 (海運) △注 文した品物は至 急 必要なので、航空便で送ってください。／我訂購的商品是急件，請用空運送過來。

こうこく【広告】 (名·他サ) 廣告；作廣告，廣告宣傳 (類) コマーシャル (商業廣告) △広告を出すとすれば、たくさんお金が必要になります。／如果要拍廣告，就需要龐大的資金。

こうさいひ【交際費】 (名) 應酬費用 (類) 社交費 (社交花費) △友達と飲んだコーヒーって、交際費？／跟朋友去喝咖啡，這算是交際費呢？

こうじ【工事】 (名·自サ) 工程，工事 △来週から再来週にかけて、近所で工事が行われる。／從下週到下下週，這附近將會施工。

こうつうひ【交通費】 (名) 交通費，車馬費 (類) 足代 (交通費) △会 場までの交通費は自分で払います。／前往會場的交通費必須自付。

こうねつひ【光熱費】 (名) 電費和瓦斯費等 (類) 燃料費 (燃料費) △生活が苦しくて、学費はもちろん光熱費も払えない。／生活過得很苦，別說是學費，就連水電費都付不出來。

こうはい【後輩】 (名) 後來的同事，(同一學校) 後班生；晚輩，後生 (對) 先輩 (前輩) (類) 後進 (晚輩) △明日は、後輩もいっしょに来ることになっている。／預定明天學弟也會一起前來。

こうはん【後半】 名 後半，後一半 對 前半（前半）△私は三十代後半の主婦です。／我是個三十歲過半的家庭主婦。

こうふく【幸福】 名·形動 沒有憂慮，非常滿足的狀態 △貧しくても、あなたと二人なら私は幸福です。／就算貧窮，只要和你在一起，我就感覺很幸福。

こうふん【興奮】 名·自サ 興奮，激昂；情緒不穩定 對 落ちつく（平靜下來）類 激情（激動的情緒）△興奮したものだから、つい声が大きくなってしまった。／由於情緒過於激動，忍不住提高了嗓門。

こうみん【公民】 名 公民 △公民は中学3年生のときに習いました。／中學三年級時已經上過了公民課程。

こうみんかん【公民館】 名（市町村等的）文化館，活動中心 △公民館には茶道や華道の教室があります。／公民活動中心裡設有茶道與花道的課程。

こうれい【高齢】 名 高齡 △会長はご高齢ですが、まだまだお元気です。／會長雖然年事已高，但是依然精力充沛。

こうれいしゃ【高齢者】 名 高齡者，年高者 △近年、高齢者の人口が増えています。／近年來，高齡人口的數目不斷增加。

こえる【越える・超える】 自下一 越過；度過；超出，超過 △国境を越えたとしても、見つかったら殺される恐れがある。／就算成功越過了國界，要是被發現了，可能還是會遭到殺害。

ごえんりょなく【ご遠慮なく】 敬 請不用客氣 △「こちら、いただいてもいいですか」「どうぞ、ご遠慮なく」／「請問這邊的可以享用／收下嗎？」「請用請用／請請請，別客氣！」

N3-020

コース【course】 名 路線，（前進的）路徑；跑道；課程，學程；程序；套餐 △初級から上級まで、いろいろなコースが揃っている。／這裡有從初級到高級等各種完備的課程。

こおり【氷】 名 冰 △春になって、湖に張っていた氷も溶けた。／到了春天，原本在湖面上凍結的冰層也融解了。

ごかい【誤解】 名·他サ 誤解，誤會 類 勘違い（誤會）△説明のしかたが悪くて、誤解を招いたようです。／似乎由於說明的方式不佳而導致了誤解。

ごがく【語学】 名 外語的學習，外語，外語課 △10ヶ国語もできるなんて、語学が得意なんだね。／居然通曉十國語言，這麼說，在語言方面頗具長才喔。

こきょう【故郷】 名 故鄉，家鄉，出生地 類 郷里（故鄉）△誰だって、故郷が懐かしいに決まっている。／不論是誰，都會覺得故鄉很令人懷念。

こく【国】漢造 國；政府；國際，國有 △日本は民主主義国です。／日本是施行民主主義的國家。

こくご【国語】名 一國的語言；本國語言；(學校的) 國語(課)，語文(課) 類 共通語(共同語言) △国語のテスト、間違いだらけだった。／國語考卷上錯誤連連。

こくさいてき【国際的】形動 國際的 類 世界的(全世界的) △国際的な会議に参加したことがありますか。／請問您有沒有參加過國際會議呢？

こくせき【国籍】名 國籍 △日本では、二重国籍は認められていない。／日本不承認雙重國籍。

こくばん【黒板】名 黑板 △黒板、消しといてくれる？／可以幫忙擦黑板嗎？

こし【腰】名·接尾 腰；(衣服、裙子等的) 腰身 △引っ越しで腰が痛くなった。／搬個家，弄得腰都痛了。

こしょう【胡椒】名 胡椒 類 ペッパー(胡椒) △胡椒を振ったら、くしゃみが出た。／灑了胡椒後，打了個噴嚏。

こじん【個人】名 個人 補 的（てき）接在名詞後面會構成形容動詞的詞幹，或連體修飾表示。可接な形容詞。△個人的な問題で、人に迷惑をかけるわけにはいかない。／這是私人的問題，不能因此而造成別人的困擾。

こぜに【小銭】名 零錢；零用錢；少量資金 △すみませんが、1,000円札を小銭に替えてください。／不好意思，請將千元鈔兌換成硬幣。

こづつみ【小包】名 小包裹；包裹 △海外に小包を送るには、どの送り方が一番安いですか。／請問要寄小包到國外，哪一種寄送方式最便宜呢？

コットン【cotton】名 棉，棉花；木棉，棉織品 △肌が弱いので、下着はコットンだけしか着られません。／由於皮膚很敏感，內衣只能穿純棉製品。

ごと【毎】接尾 每 △月ごとに家賃を支払う。／每個月付房租。

ごと 接尾（表示包含在內）一共，連同 △リンゴを皮ごと食べる。／蘋果帶皮一起吃。

ことわる【断る】他五 謝絕；預先通知，事前請示 △借金は断ることにしている。／拒絕借錢給別人是我的原則。

コピー【copy】名 抄本，謄本，副本；(廣告等的) 文稿 △コピーを取るときに原稿を忘れてきてしまった。／影印時忘記把原稿一起拿回來了。

こぼす【溢す】他五 灑，漏，溢(液體)，落(粉末)；發牢騷，抱怨 類 漏らす(漏出) △あっ、またこぼして。ちゃんとお茶碗を持って食べなさい。／啊，又打翻了！吃飯時把碗端好！

こぼれる【零れる】自下一 灑落，流出；溢出，漾出；(花) 掉落 類 溢れる(溢出) △悲しくて、涙がこぼれてしまった。／難過得眼淚掉了出來。

コミュニケーション【communication】 ㊔（語言、思想、精神上的）交流，溝通；通訊，報導，信息 △職場では、コミュニケーションを大切にしよう。／在職場上，要多注重溝通技巧

こむ【込む・混む】 自五·接尾 擁擠，混雜；費事，精緻，複雜；表進入的意思；表深入或持續到極限 △2時ごろは、電車はそれほど混まない。／在兩點左右的時段搭電車，比較沒有那麼擁擠。

ゴム【(荷)gom】 ㊔ 樹膠，橡皮，橡膠 △輪ゴムでビニール袋の口をしっかりしばった。／用橡皮筋把袋口牢牢綁緊了。

コメディー【comedy】 ㊔ 喜劇 對 悲劇（悲劇）類 喜劇（喜劇）△姉はコメディー映画が好きです。／姊姊喜歡看喜劇電影。

ごめんください 名·形動·副（道歉、叩門時）對不起，有人在嗎？ △ごめんください。どなたかいらっしゃいますか。／有人嗎？有人在家嗎？

こゆび【小指】 ㊔ 小指頭 △小指に怪我をしました。／我小指頭受了傷。

ころす【殺す】 他五 殺死，致死；抑制，忍住，消除；埋沒；浪費，犧牲，典當；殺，（棒球）使出局 對 生かす（使活命）類 殺害（殺害）△別れるくらいなら、殺してください。／如果真要和我分手，不如殺了我吧！

こんご【今後】 ㊔ 今後，以後，將來 類 以後（以後）△今後のことを考えると、不安になる一方だ。／想到未來，心裡越來越不安。

こんざつ【混雑】 名·自サ 混亂，混雜，混染 類 混乱（混亂）△町の人口が増えるに従って、道路が混雑するようになった。／隨著城鎮人口的增加，交通愈來愈壅塞了。

コンビニ（エンスストア）【convenience store】 ㊔ 便利商店 類 雑貨店（雜貨店）△そのチケットって、コンビニで買えますか。／請問可以在便利商店買到那張入場券嗎？

さ サ

N3-021

さい【最】 漢造·接頭 最 △学年で最優秀の成績を取った。／得到了全學年第一名的成績。

さい【祭】 漢造 祭祀，祭禮；節日，節日的狂歡 △市の文化祭に出て歌を歌う。／參加本市舉辦的藝術節表演唱歌。

ざいがく【在学】 名·自サ 在校學習，上學 △大学の前を通るたびに、在学中のことが懐かしく思い出される。／每次經過大學門口時，就會想起就讀時的美好回憶。

さいこう【最高】㊔名·形動 （高度、位置、程度）最高，至高無上；頂，極，最 ㊟對 最低（最低）㊟類 ベスト（最好的）△最高におもしろい映画だった。／這電影有趣極了！

さいてい【最低】㊔名·形動 最低，最差，最壞 ㊟對 最高（最高）㊟類 最悪（最糟）△あんな最低の男とは、さっさと別れるべきだった。／那種差勁的男人，應該早早和他分手才對！

さいほう【裁縫】㊔名·自サ 裁縫，縫紉 △ボタン付けくらいできれば、お裁縫なんてできなくてもいい。／只要會縫鈕子就好，根本不必會什麼縫紉。

さか【坂】㊔名 斜面，坡道；（比喻人生或工作的關鍵時刻）大關，陡坡 ㊟類 坂道（斜坡）△坂を上ったところに、教会があります。／上坡之後的地方有座教堂。

さがる【下がる】㊔自五 後退；下降 ㊟對 上がる（上升）㊟類 落ちる（降落）△危ないですから、後ろに下がっていただけますか。／很危險，可以請您往後退嗎？

さく【昨】㊔漢造 昨天；前一年，前一季；以前，過去 △昨年の正月は雪が多かったが、今年は暖かい日が続いた。／去年一月下了很多雪，但今年一連好幾天都很暖和。

さくじつ【昨日】㊔名 （「きのう」的鄭重說法）昨日，昨天 ㊟對 明日（明天）㊟類 前の日（昨天）△昨日から横浜で日本語教育についての国際会議が始まりました。／從昨天開始，於橫濱展開了一場有關日語教育的國際會議。

さくじょ【削除】㊔名·他サ 刪掉，刪除，勾消，抹掉 ㊟類 削り取る（削掉）△子どもに悪い影響を与える言葉は、削除することになっている。／按規定要刪除對孩子有不好影響的詞彙。

さくねん【昨年】㊔名·副 去年 ㊟對 来年（明年）㊟類 去年（去年）△昨年はいろいろお世話になりました。／去年承蒙您多方照顧。

さくひん【作品】㊔名 製成品；（藝術）作品，（特指文藝方面）創作 ㊟類 作物（作品）△これは私にとって思い出の作品です。／這對我而言，是件值得回憶的作品。

さくら【桜】㊔名 （植）櫻花，櫻花樹；淡紅色 △今年は桜が咲くのが遅い。／今年櫻花開得很遲。

さけ【酒】㊔名 酒（的總稱），日本酒，清酒 △酒に酔って、ばかなことをしてしまった。／喝醉以後做了蠢事。

さけぶ【叫ぶ】㊔自五 喊叫，呼叫，大聲叫；呼喊，呼籲 ㊟類 わめく（喊叫）△試験の最中に教室に鳥が入ってきて、思わず叫んでしまった。／正在考試時有鳥飛進教室裡，忍不住尖叫了起來。

さける【避ける】㊔他下一 躲避，避開，逃避；避免，忌諱 ㊟類 免れる（避免）△なんだかこのごろ、彼氏が私を避けてるみたい。／最近怎麼覺得男友好像在躲我。

さげる【下げる】 他下一 向下；掛；收走 對 上げる（提高）△飲み終わったら、コップを台所に下げてください。／喝完以後，請把杯子放到廚房。

ささる【刺さる】 自五 刺在…在，扎進，刺入 △指にガラスの破片が刺さってしまった。／手指被玻璃碎片給刺傷了。

さす【刺す】 他五 刺，穿，扎；螫，咬，釘；縫綴，衲；捉住，黏捕 類 突き刺す（刺進）△蜂に刺されてしまった。／我被蜜蜂給螫到了。

N3-022

さす【指す】 他五 指，指示；使，叫，令，命令做… 類 指示（指示）△甲と乙というのは、契約者を指しています。／所謂甲乙指的是簽約的雙方。

さそう【誘う】 他五 約，邀請；勸誘，會同；誘惑，勾引；引誘，引起 類 促す（促使）△友達を誘って台湾に行った。／揪朋友一起去了台灣。

さっか【作家】 名 作家，作者，文藝工作者；藝術家，藝術工作者 類 ライター（作家）△さすが作家だけあって、文章がうまい。／不愧是作家，文章寫得真好。

さっきょくか【作曲家】 名 作曲家 △作曲家になるにはどうすればよいですか。／請問該如何成為一個作曲家呢？

さまざま【様々】 名·形動 種種，各式各様的，形形色色的 類 色々（各式各樣）△今回の失敗については、さまざまな原因が考えられる。／關於這次的失敗，可以歸納出種種原因。

さます【冷ます】 他五 冷卻，弄涼；（使熱情、興趣）降低，減低 類 冷やす（冷卻）△熱いので、冷ましてから食べてください。／很燙的！請吹涼後再享用。

さます【覚ます】 他五（從睡夢中）弄醒，喚醒；（從迷惑、錯誤中）清醒，醒酒；使清醒，使覺醒 類 覚める（醒來）△赤ちゃんは、もう目を覚ましましたか。／嬰兒已經醒了嗎？

さめる【冷める】 自下一（熱的東西）變冷，涼；（熱情、興趣等）降低，減退 類 冷える（變涼）△スープが冷めてしまった。／湯冷掉了。

さめる【覚める】 自下一（從睡夢中）醒，醒過來；（從迷惑、錯誤、沉醉中）醒悟，清醒 類 目覚める（睡醒）△夜中に地震が来て、びっくりして目が覚めた。／半夜來了一場地震，把我嚇醒了。

さら【皿】 名 盤子；盤形物；（助數詞）一碟等 △ちょっと、そこのお皿取ってくれる？その四角いの。／欸，可以幫忙把那邊的盤子拿過來嗎？那個方形的。

サラリーマン【salariedman】 名 薪水階級，職員 △このごろは、大企業のサラリーマンでも失業する恐れがある。／近來，即便是大企業的職員也有失業的風險。

さわぎ【騒ぎ】 ㊔ 吵鬧，吵嚷；混亂，鬧事；轟動一時（的事件），激動，振奮 類 騒動（騷動）△学校で、何か騒ぎが起こったらしい。／看來學校裡，好像起了什麼騷動的樣子。

さん【山】 接尾 山；寺院，寺院的山號 △富士山をはじめ、日本の主な山はだいたい登った。／從富士山，到日本的重要山脈大部分都攀爬過了。

さん【産】 名·漢造 生產，分娩；（某地方）出生；財產 △台湾産のマンゴーは、味がよいのに加えて値段も安い。／台灣種植的芒果不但好吃，而且價格也便宜。

さんか【参加】 名·自サ 參加，加入 類 加入（加入）△半分仕事のパーティーだから、参加するよりほかない。／那是一場具有工作性質的酒會，所以不能不參加。

さんかく【三角】 ㊔ 三角形 △おにぎりを三角に握る。／把飯糰捏成三角形。

ざんぎょう【残業】 名·自サ 加班 類 超勤（加班）△彼はデートだから、残業するわけがない。／他要約會，所以不可能會加班的。

さんすう【算数】 ㊔ 算數，初等數學；計算數量 類 計算（計算）△うちの子は、算数が得意な反面、国語は苦手です。／我家小孩的算數很拿手，但另一方面卻拿國文沒輒。

さんせい【賛成】 名·自サ 贊成，同意 對 反対（反對）類 同意（同意）△みなが賛成したとしても、私は反対です。／就算大家都贊成，我還是反對。

サンプル【sample】 名·他サ 樣品，樣本 △街を歩いていて、新しいシャンプーのサンプルをもらった。／走在路上的時候，拿到了新款洗髮精的樣品。

しシ

N3-023

し【紙】 漢造 報紙的簡稱；紙；文件，刊物 新聞紙で野菜を包んで、ビニール袋に入れた。／用報紙包蔬菜，再放進了塑膠袋裡。

し【詩】 名·漢造 詩，詩歌 類 漢詩（中國古詩）△私の趣味は、詩を書くことです。／我的興趣是作詩。

じ【寺】 漢造 寺 △築地本願寺には、パイプオルガンがある。／築地的本願寺裡有管風琴。

しあわせ【幸せ】 名·形動 運氣，機運；幸福，幸運 對 不幸せ（不幸）類 幸福（幸福）△結婚すれば幸せというものではないでしょう。／結婚並不能說就會幸福的吧！

Level 5 Level 4 Level 3 Level 2 Level 1

シーズン【season】 名（盛行的）季節，時期 類 時期（時期）△8月は旅行シーズンだから、混んでるんじゃない？／八月是旅遊旺季，那時候去玩不是人擠人嗎？

CDドライブ【CD drive】 名 光碟機 △CDドライブが起動しません。／光碟機沒有辦法起動。

ジーンズ【jeans】 名 牛仔褲 △高級レストランだからジーンズで行くわけにはいかない。／因為那一家是高級餐廳，總不能穿牛仔褲進去。

じえいぎょう【自営業】 名 獨立經營，獨資 △自営業ですから、ボーナスはありません。／因為我是獨立開業，所以沒有分紅獎金。

ジェットき【jet機】 名 噴氣式飛機，噴射機 △ジェット機に関しては、彼が知らないことはない。／有關噴射機的事，他無所不知。

しかく【四角】 名 四角形，四方形，方形 △四角の面積を求める。／請算出方形的面積。

しかく【資格】 名 資格，身份；水準 類 身分（身分）△5年かかってやっと弁護士の資格を取得した。／經過五年的努力不懈，終於取得律師資格。

じかんめ【時間目】 接尾 第…小時 △今日の二時間目は、先生の都合で四時間目と交換になった。／由於老師有事，今天的第二節課和第四節課交換了。

しげん【資源】 名 資源 △交ぜればゴミですが、分ければ資源になります。／混在一起是垃圾，但經過分類的話就變成資源了。

じけん【事件】 名 事件，案件 類 出来事（事件）△連続して殺人事件が起きた。／殺人事件接二連三地發生了。

しご【死後】 名 死後；後事 對 生前（生前）類 没後（死後）△みなさんは死後の世界があると思いますか。／請問各位認為真的有冥界嗎？

じご【事後】 名 事後 對 事前（事前）△事後に評価報告書を提出してください。／請在結束以後提交評估報告書。

ししゃごにゅう【四捨五入】 名·他サ 四捨五入 △26を10の位で四捨五入すると30です。／將26四捨五入到十位數就變成30。

N3-024

ししゅつ【支出】 名·他サ 開支，支出 對 収入（收入）類 支払い（支付）△支出が増えたせいで、貯金が減った。／都是支出變多，儲蓄才變少了。

しじん【詩人】 名 詩人 類 歌人（詩人）△彼は詩人ですが、ときどき小説も書きます。／他雖然是個詩人，有時候也會寫寫小說。

じしん【自信】[名] 自信，自信心 △自信を持つことこそ、あなたに最も必要なことです。／要對自己有自信，對你來講才是最需要的。

しぜん【自然】[名·形動·副] 自然，天然；大自然，自然界；自然地 [對] 人工（人工）[類] 天然（天然）△この国は、経済が遅れている反面、自然が豊かだ。／這個國家經濟雖落後，但另一方面卻擁有豐富的自然資源。

じぜん【事前】[名] 事前 [對] 事後（事後）△仕事を休みたいときは、なるべく事前に言ってください。／工作想請假時請盡量事先報告。

した【舌】[名] 舌頭；說話；舌狀物 [類] べろ（舌頭）△熱いものを食べて、舌をやけどした。／我吃熱食時燙到舌頭了。

したしい【親しい】[形]（血緣）近；親近，親密；不稀奇 [對] 疎い（生疏）[類] 懇ろ（親密）△学生時代からの付き合いですから、村田さんとは親しいですよ。／我和村田先生從學生時代就是朋友了，兩人的交情非常要好。

しつ【質】[名] 質量；品質，素質；質地，實質；抵押品；真誠，樸實 [類] 性質（性質）△この店の商品は、あの店に比べて質がいいです。／這家店的商品，比那家店的品質好多了。

じつ【日】[漢造] 太陽；日，一天，白天；每天 △一部の地域を除いて、翌日に配達いたします。／除了部分區域以外，一概隔日送達。

しつぎょう【失業】[名·自サ] 失業 [類] 失職（失業）△会社が倒産して失業する。／公司倒閉而失業。

しっけ【湿気】[名] 濕氣 [類] 湿り気（濕氣）△暑さに加えて、湿気もひどくなってきた。／除了熱之外，濕氣也越來越嚴重。

じっこう【実行】[名·他サ] 實行，落實，施行 [類] 実践（實踐）△資金が足りなくて、計画を実行するどころじゃない。／資金不足，哪能實行計畫呀！

しつど【湿度】[名] 濕度 △湿度が高くなるに従って、かびが生えやすくなる。／隨著濕度增加，容易長霉。

じっと [副·自サ] 保持穩定，一動不動；凝神，聚精會神；一聲不響地忍住；無所做為，呆住 [類] つくづく（全神貫注）△相手の顔をじっと見つめる。／凝神注視對方的臉。

じつは【実は】[副] 說真的，老實說，事實是，說實在的 [類] 打ち明けて言うと（說真的）△「国産」と書いてあったが、実は輸入品だった。／上面雖然寫著「國產」，實際上卻是進口商品。

じつりょく【実力】[名] 實力，實際能力 [類] 腕力（力氣）△彼女は、実力があるだけでなく、やる気もあります。／她不只有實力，也很有幹勁。

しつれいします【失礼します】 感（道歉）對不起；（先行離開）先走一步；（進門）不好意思打擾了；（職場用語－掛電話時）不好意思先掛了；（入座）謝謝 △用がある時は、「失礼します」って言ってから入ってね。／有事情要進去那裡之前，必須先說聲「報告」，才能夠進去喔。

じどう【自動】 名 自動（不單獨使用）△入口は、自動ドアになっています。／入口是自動門。

N3-025

しばらく 副 好久；暫時 類 しばし（暫時）△胃に穴が空いたから、しばらく会社を休むしかない。／由於罹患了胃穿孔，不得不暫時向公司請假。

じばん【地盤】 名 地基，地面；地盤，勢力範圍 △家は地盤の固いところに建てたい。／希望在地盤穩固的地方蓋房子。

しぼう【死亡】 名・他サ 死亡 對 生存（生存）類 死去（逝世）△けが人はいますが、死亡者はいません。／雖然有人受傷，但沒有人死亡。

しま【縞】 名 條紋，格紋，條紋布 △アメリカの国旗は、赤と白がしまになっている。／美國國旗是紅白相間的條紋。

しまがら【縞柄】 名 條紋花樣 類 縞模様（條紋花樣）△縞柄のネクタイをつけている人が部長です。／繫著條紋領帶的人是經理。

しまもよう【縞模様】 名 條紋花樣 類 縞柄（條紋花樣）△縞模様のシャツをたくさん持っています。／我有很多件條紋襯衫。

じまん【自慢】 名・他サ 自滿，自誇，自大，驕傲 類 誇る（誇耀）△あの人の話は息子の自慢ばかりだ。／那個人每次開口總是炫耀兒子。

じみ【地味】 形動 素氣，樸素，不華美；保守 對 派手（花俏）類 素朴（樸素）△この服、色は地味だけど、デザインが洗練されてますね。／這件衣服的顏色雖然樸素，但是設計非常講究。

しめい【氏名】 名 姓與名，姓名 △ここに、氏名、住所と、電話番号を書いてください。／請在這裡寫上姓名、住址和電話號碼。

しめきり【締め切り】 名（時間、期限等）截止，屆滿；封死，封閉；截斷，斷流 類 期限（期限）△締め切りまでには、何とかします。／在截止之前會想想辦法。

しゃ【車】 名・接尾・漢造 車；（助數詞）車，輛，車廂 △毎日電車で通勤しています。／每天都搭電車通勤。

しゃ【者】 漢造 者，人；（特定的）事物，場所 △失業者にとっては、あんなレストランはぜいたくです。／對失業者而言，上那種等級的餐廳太奢侈了。

しゃ【社】 名・漢造 公司，報社（的簡稱）；

社會團體；組織；寺院 △父の友人のおかげで、新聞社に就職できた。／承蒙父親朋友大力鼎助，得以在報社上班了。

しやくしょ【市役所】㊔ 市政府，市政廳 △市役所へ婚姻届を出しに行きます。／我們要去市公所辦理結婚登記。

ジャケット【jacket】㊔ 外套，短上衣；唱片封面 對 下着（內衣）類 上着（外衣）△暑いですから、ジャケットはいりません。／外面氣溫很高，不必穿外套。

しゃしょう【車掌】㊔ 車掌，列車員 類 乗務員（乘務員）△車掌が来たので、切符を見せなければならない。／車掌來了，得讓他看票根才行。

ジャズ【jazz】（名·自サ）（樂）爵士音樂 △叔父はジャズのレコードを収集している。／家叔的嗜好是收集爵士唱片。

しゃっくり（名·自サ）打嗝 △しゃっくりが出て、止まらない。／開始打嗝，停不下來。

しゃもじ【杓文字】㊔ 杓子，飯杓 △しゃもじにご飯粒がたくさんついています。／飯匙上沾滿了飯粒。

N3-026

しゅ【手】（漢造）手；親手；專家；有技藝或資格的人 △タクシーの運転手になる。／成為計程車司機。

しゅ【酒】（漢造）酒 △ぶどう酒とチーズは合う。／葡萄酒和起士的味道很合。

しゅう【週】（名·漢造）星期；一圈 △週に1回は運動することにしている。／固定每星期運動一次。

しゅう【州】㊔ 大陸，州 △アメリカでは、州によって法律が違うそうです。／據說在美國，法律會因州而益。

しゅう【集】（名·漢造）（詩歌等的）集；聚集 △作品を全集にまとめる。／把作品編輯成全集。

じゅう【重】（名·漢造）（文）重大；穩重；重要 △重要なことなので、よく聞いてください。／這是很重要的事，請仔細聆聽。

しゅうきょう【宗教】㊔ 宗教 △この国の人々は、どんな宗教を信仰していますか。／這個國家的人，信仰的是什麼宗教？

じゅうきょひ【住居費】㊔ 住宅費，居住費 △住居費はだいたい給料の3分の1ぐらいです。／住宿費用通常佔薪資的三分之一左右。

しゅうしょく【就職】（名·自サ）就職，就業，找到工作 類 勤め（上班）△就職したからには、一生懸命働きたい。／既然找到了工作，我就想要努力去做。

ジュース【juice】㊔ 果汁，汁液，糖汁，肉汁 △未成年なので、ジュースを飲みます。／由於還未成年，因此喝果汁。

Level 5 Level 4 Level 3 Level 2 Level 1

じゅうたい【渋滞】 (名·自サ) 停滯不前，遲滯，阻塞 對 はかどる（進展順利）類 遅れる（進展延遲）△道が渋滞しているので、電車で行くしかありません。／因為路上塞車，所以只好搭電車去。

じゅうたん【絨毯】 (名) 地毯 類 カーペット（地毯）△居間にじゅうたんを敷こうと思います。／我打算在客廳鋪塊地毯。

しゅうまつ【週末】 (名) 週末 △週末には1時間ほど運動しています。／每週末大約運動一個小時左右。

じゅうよう【重要】 (名·形動) 重要，要緊 類 大事（重要）△彼は若いのに、なかなか重要な仕事を任せられている。／儘管他年紀輕，但已經接下相當重要的工作了。

しゅうり【修理】 (名·他サ) 修理，修繕 類 修繕（修繕）△この家は修理が必要だ。／這個房子需要進行修繕。

しゅうりだい【修理代】 (名) 修理費 △車の修理代に3万円かかりました。／花了三萬圓修理汽車。

じゅぎょうりょう【授業料】 (名) 學費 類 学費（學費）△家庭教師は授業料が高い。／家教老師的授課費用很高。

しゅじゅつ【手術】 (名·他サ) 手術 類 オペ（手術）△手術といっても、入院する必要はありません。／雖說要動手術，但不必住院。

しゅじん【主人】 (名) 家長，一家之主；丈夫，外子；主人；東家，老闆，店主 類 あるじ（主人）△主人は出張しております。／外子出差了。

しゅだん【手段】 (名) 手段，方法，辦法 類 方法（方法）△目的のためなら、手段を選ばない。／只要能達到目的，不擇手段。

N3-027

しゅつじょう【出場】 (名·自サ) （參加比賽）上場，入場；出站，走出場 類 欠場（不出場）△歌がうまくさえあれば、コンクールに出場できる。／只要歌唱得好，就可以參加比賽。

しゅっしん【出身】 (名) 出生（地），籍貫；出身；畢業於… 類 国籍（國籍）△東京出身といっても、育ったのは大阪です。／雖然我出生於東京，但卻是生長於大阪。

しゅるい【種類】 (名) 種類 類 ジャンル（種類）△酒にはいろいろな種類がある。／酒分成很多種類。

じゅんさ【巡査】 (名) 巡警 △巡査が電車で痴漢して逮捕されたって。／聽說巡警在電車上因性騷擾而被逮補。

じゅんばん【順番】 (名) 輪班（的次序），輪流，依次交替 類 順序（順序）△順番にお呼びしますので、おかけになってお待ちください。／會按照順序叫號，請坐著等候。

しょ【初】 漢造 初，始；首次，最初 △まだ4月なのに、今日は初夏の陽気だ。／現在才四月，但今天已經和初夏一樣熱了。

しょ【所】 漢造 處所，地點；特定地 △市役所に勤めています。／在市公所工作。

しょ【諸】 漢造 諸 △東南アジア諸国を旅行する。／前往幾個東南亞國家旅行。

じょ【女】 名・漢造 (文) 女兒；女人，婦女 △少 女のころは白馬の王子様を夢見ていた。／在少女時代夢想著能遇見白馬王子。

じょ【助】 漢造 幫助；協助 △プロの作家になれるまで、両親が生活を援助してくれた。／在成為專業作家之前，一直由父母支援生活費。

しょう【省】 名・漢造 省掉；(日本內閣的) 省，部 △2001 年の中央 省 庁再編で、省庁の数は 12 になった。／經過二〇〇一年施行中央政府組織改造之後，省廳的數目變成了十二個。

しょう【商】 名・漢造 商，商業；商人；(數) 商；商量 △美術商なのか。道理で絵に詳しいわけだ。／原來是美術商哦？難怪對繪畫方面懂得那麼多。

しょう【勝】 漢造 勝利；名勝 △1 勝 1 敗、明日の試合で勝負が決まる。／目前戰績是一勝一負，明天的比賽將會決定由誰獲勝。

じょう【状】 名・漢造 (文) 書面，信件；情形，狀況 △先生の推薦状のおかげで、就職が決まった。／承蒙老師的推薦信，找到工作了。

じょう【場】 名・漢造 場，場所；場面 △土地がないから、運動場は屋上に作るほかない。／由於找不到土地，只好把運動場蓋在屋頂上。

じょう【畳】 接尾・漢造 (計算草蓆、席墊) 塊，疊；重疊 △6 畳一間のアパートに住んでいます。／目前住在公寓裡一個六鋪席大的房間。

しょうがくせい【小学生】 名 小學生 △下の子もこの春 小 学生になります。／老么也將在今年春天上小學了。

じょうぎ【定規】 名 (木工使用) 尺，規尺；標準 △定規で点と点を結んで線を引きます。／用直尺在兩點之間畫線。

しょうきょくてき【消極的】 形動 消極的 △恋愛に消極的な、いわゆる草食系男子が増えています。／現在一些對愛情提不起興趣，也就是所謂的草食系男子，有愈來愈多的趨勢。

N3-028

しょうきん【賞金】 名 賞金；獎金 △ツチノコには 1 億円の賞金がかかっている。／目前提供一億圓的懸賞金給找到錘子蛇的人。

じょうけん【条件】 名 條件；條文，條款

類 制約（條件）△相談の上で、条件を決めましょう。／協商之後，再來決定條件吧。

しょうご【正午】 名 正午 類 昼（中午）△うちの辺りは、毎日正午にサイレンが鳴る。／我家那一帶每天中午十二點都會響起警報聲。

じょうし【上司】 名 上司，上級 對 部下（部下）類 長官（長官）△新しい上司に代わってから、仕事がきつく感じる。／自從新上司就任後，工作變得比以前更加繁重。

しょうじき【正直】 名·形動·副 正直，老實 △彼は正直なので損をしがちだ。／他個性正直，容易吃虧。

じょうじゅん【上旬】 名 上旬 對 下旬（下旬）類 初旬（上旬）△来月上旬に、日本へ行きます。／下個月的上旬，我要去日本。

しょうじょ【少女】 名 少女，小姑娘 類 乙女（少女）△少女は走りかけて、ちょっと立ち止まりました。／少女跑到一半，就停了一下。

しょうじょう【症状】 名 症狀 △どんな症状か医者に説明する。／告訴醫師有哪些症狀。

しょうすう【小数】 名（數）小數 △円周率は無限に続く小数です。／圓周率是無限小數。

しょうすう【少数】 名 少數 △賛成者は少数だった。／少數贊成者。

しょうすうてん【小数点】 名 小數點 △小数点以下は、四捨五入します。／小數點以下，要四捨五入。

しょうせつ【小説】 名 小說 類 物語（故事）△先生がお書きになった小説を読みたいです。／我想看老師所寫的小說。

じょうたい【状態】 名 狀態，情況 類 状況（狀況）△その部屋は、誰でも出入りできる状態にありました。／那個房間誰都可以自由進出。

じょうだん【冗談】 名 戲言，笑話，詼諧，玩笑 類 ジョーク（玩笑）△その冗談は彼女に通じなかった。／她沒聽懂那個玩笑。

しょうとつ【衝突】 名·自サ 撞，衝撞，碰上；矛盾，不一致；衝突 類 ぶつける（撞上）△車は、走り出したとたんに壁に衝突しました。／車子才剛發動，就撞上了牆壁。

しょうねん【少年】 名 少年 對 少女 類 青年（青年）△もう一度少年の頃に戻りたい。／我想再次回到年少時期。

しょうばい【商売】 名·自サ 經商，買賣，生意；職業，行業 類 商い（買賣）△商売がうまくいかないのは、景気が悪いせいだ。／生意沒有起色是因為景氣不好。

しょうひ【消費】 名·他サ 消費，耗費 對 貯金（存錢）類 消耗（耗費）△ガソリンの消費量が、増加ぎみです。／汽油的消耗量，有增加的趨勢。

しょうひん【商品】㊔ 商品，貨品 △あのお店は商品が豊富に揃っています。／那家店商品的品項十分齊備。

じょうほう【情報】㊔ 情報，信息 ㊟ インフォメーション（情報）△IT 業界について、何か新しい情報はありますか。／關於 IT 產業，你有什麼新的情報？

N3-029

しょうぼうしょ【消防署】㊔ 消防局，消防署 △火事を見つけて、消防署に119番した。／發現火災，打了 119 通報消防局。

しょうめい【証明】（名·他サ）證明 ㊟ 証（證明）△事件当時どこにいたか、証明のしようがない。／根本無法提供案件發生時的不在場證明。

しょうめん【正面】㊔ 正面；對面；直接，面對面 ㊣ 背面（背面）㊟ 前方（前面）△ビルの正面玄関に立っている人は誰ですか。／站在大樓正門前的是那位是誰？

しょうりゃく【省略】（名·副·他サ）省略，從略 ㊟ 省く（省略）△携帯電話のことは、省略して「ケイタイ」という人が多い。／很多人都把行動電話簡稱為「手機」。

しようりょう【使用料】㊔ 使用費 △ホテルで結婚式をすると、会場使用料はいくらぐらいですか。／請問若是在大飯店裡舉行婚宴，場地租用費大約是多少錢呢？

しょく【色】（漢造）顏色；臉色，容貌；色情；景象 ㊗ 助数詞：一色：いっしょく（ひといろ）、二色：にしょく、三色：さんしょく（さんしき）、四色：よんしょく、五色：ごしょく（ごしき）、六色：ろくしょく、七色：なないろ、八色：はっしょく、九色：きゅうしょく、十色：じゅっしょく（といろ）△あの人の髪は、金髪というより明るい褐色ですね。／那個人的髮色與其說是金色，比較像是亮褐色吧。

しょくご【食後】㊔ 飯後，食後 △お飲み物は食後でよろしいですか。／飲料可以在餐後上嗎？

しょくじだい【食事代】㊔ 餐費，飯錢 ㊟ 食費（伙食費）△今夜の食事代は会社の経費です。／今天晚上的餐費由公司的經費支應。

しょくぜん【食前】㊔ 飯前 △粉薬は食前に飲んでください。／請在飯前服用藥粉。

しょくにん【職人】㊔ 工匠 ㊟ 匠（木匠）△祖父は、たたみを作る職人でした。／爺爺曾是製作榻榻米的工匠。

しょくひ【食費】㊔ 伙食費，飯錢 ㊟ 食事代（伙食費）△日本は食費や家賃が高くて、生活が大変です。／日本的飲食費用和房租開銷大，居住生活很吃力。

しょくりょう【食料】 ㊔ 食品，食物 △地震で家を失った人たちに、水と食料を配った。／分送了水和食物給在地震中失去了房子的人們。

しょくりょう【食糧】 ㊔ 食糧，糧食 △食品を干すのは、食糧を蓄えるための昔の人の知恵です。／把食物曬乾是古時候的人想出來保存糧食的好方法。

しょっきだな【食器棚】 ㊔ 餐具櫃，碗廚 △引越ししたばかりで、食器棚は空っぽです。／由於才剛剛搬來，餐具櫃裡什麼都還沒擺。

ショック【shock】 ㊔ 震動，刺激，打擊；（手術或注射後的）休克 類 打擊（打擊）△彼女はショックのあまり、言葉を失った。／她因為太過震驚而說不出話來。

しょもつ【書物】 ㊔（文）書，書籍，圖書 △夜は一人で書物を読むのが好きだ。／我喜歡在晚上獨自看書。

じょゆう【女優】 ㊔ 女演員 對 男優（男演員）△その女優は、監督の指示どおりに演技した。／那個女演員依導演的指示演戲。

しょるい【書類】 ㊔ 文書，公文，文件 類 文書（文書）△書類はできたが、まだ部長のサインをもらっていない。／雖然文件都準備好了，但還沒得到部長的簽名。

N3-030

しらせ【知らせ】 ㊔ 通知；預兆，前兆 △第一志望の会社から、採用の知らせが来た。／第一志願的公司通知錄取了。

しり【尻】 ㊔ 屁股，臀部；（移動物體的）後方，後面；末尾，最後；（長物的）末端 類 臀部（臀部）△ずっと座っていたら、おしりが痛くなった。／一直坐著，屁股就痛了起來。

しりあい【知り合い】 ㊔ 熟人，朋友 類 知人（熟人）△鈴木さんは、佐藤さんと知り合いだということです。／據說鈴木先生和佐藤先生似乎是熟人。

シルク【silk】 ㊔ 絲，絲綢；生絲 類 織物（紡織品）△シルクのドレスを買いたいです。／我想要買一件絲綢的洋裝。

しるし【印】 ㊔ 記號，符號；象徵（物），標記；徽章；（心意的）表示；紀念（品）；商標 類 目印（記號）△間違えないように、印をつけた。／為了避免搞錯而貼上了標籤。

しろ【白】 ㊔ 白，皎白，白色；清白 △雪が降って、辺りは白一色になりました。／下雪後，眼前成了一片白色的天地。

しん【新】 名・漢造 新；剛收穫的；新曆

△夏休みが終わって、新学期が始まった。／暑假結束，新學期開始了。

しんがく【進学】 (名·自サ) 升學；進修學問 類 進む（級別上升）△勉強が苦手で、高校進学でさえ難しかった。／我以前很不喜歡讀書，就連考高中都覺得困難。

しんがくりつ【進学率】 (名) 升學率 △あの高校は進学率が高い。／那所高中升學率很高。

しんかんせん【新幹線】 (名) 日本鐵道新幹線 △新幹線に乗るには、運賃のほかに特急料金がかかります。／要搭乘新幹線列車，除了一般運費還要加付快車費用。

しんごう【信号】 (名·自サ) 信號，燈號；（鐵路、道路等的）號誌；暗號 △信号が赤から青に変わる。／號誌從紅燈變成綠燈。

しんしつ【寝室】 (名) 寢室 △この家は居間と寝室と食堂がある。／這個住家有客廳、臥房以及餐廳。

しんじる・しんずる【信じる・信ずる】 (他上一) 信，相信；確信，深信；信賴，可靠；信仰 對 不信（不相信）類 信用する（相信）△そんな話、誰が信じるもんか。／那種鬼話誰都不信！

しんせい【申請】 (名·他サ) 申請，聲請 類 申し出る（提出）△証明書はこの紙を書いて申請してください。／要申請證明文件，麻煩填寫完這張紙之後提送。

しんせん【新鮮】 (名·形動)（食物）新鮮；清新乾淨；新穎，全新 類 フレッシュ（新鮮）△今朝釣ってきたばかりの魚だから、新鮮ですよ。／這是今天早上才剛釣到的魚，所以很新鮮喔！

しんちょう【身長】 (名) 身高 △あなたの身長は、バスケットボール向きですね。／你的身高還真是適合打籃球呀！

しんぽ【進歩】 (名·自サ) 進步，逐漸好轉 對 退歩（退步）類 向上（進步）△科学の進歩のおかげで、生活が便利になった。／因為科學進步的關係，生活變方便多了。

しんや【深夜】 (名) 深夜 類 夜更け（深夜）△深夜どころか、翌朝まで仕事をしました。／豈止到深夜，我是工作到隔天早上。

すス

N3-031

す【酢】 (名) 醋 △ちょっと酢を入れ過ぎたみたいだ。すっぱい。／好像加太多醋了，好酸！

すいてき【水滴】 (名) 水滴；（注水研墨用的）硯水壺 △エアコンから水滴が落ちてきた。／從冷氣機滴了水下來。

すいとう【水筒】(名)（旅行用）水筒，水壺 △明日は、お弁当と、おやつと、水筒を持っていかなくちゃ。／明天一定要帶便當、零食和水壺才行。

すいどうだい【水道代】(名) 自來水費 (類) 水道料金（水費）△水道代は一月 2,000 円ぐらいです。／水費每個月大約兩千圓左右。

すいどうりょうきん【水道料金】(名) 自來水費 (類) 水道代（水費）△水道料金を支払いたいのですが。／不好意思，我想要付自來水費……。

すいはんき【炊飯器】(名) 電子鍋 △この炊飯器はもう 10 年も使っています。／這個電鍋已經用了十年。

ずいひつ【随筆】(名) 隨筆，小品文，散文，雜文 △『枕草子』は、清少納言によって書かれた随筆です。／《枕草子》是由清少納言著寫的散文。

すうじ【数字】(名) 數字；各個數字 △暗証番号は、全部同じ数字にするのはやめた方がいいです。／密碼最好不要設定成重複的同一個數字。

スープ【soup】(名) 湯（多指西餐的湯）△西洋料理では、最初にスープを飲みます。／西餐的用餐順序是先喝湯。

スカーフ【scarf】(名) 圍巾，披肩；領結 (類) 襟巻き（圍巾）△寒いので、スカーフをしていきましょう。／因為天寒，所以圍上圍巾後再出去吧！

スキー【ski】(名) 滑雪；滑雪橇，滑雪板 △北海道の人も、全員スキーができるわけではないそうだ。／聽說北海道人也不是每一個都會滑雪。

すぎる【過ぎる】(自上一) 超過；過於；經過 (類) 経過する（經過）△ 5 時を過ぎたので、もううちに帰ります。／已經五點多了，我要回家了。

すくなくとも【少なくとも】(副) 至少，對低，最低限度 (類) せめて（至少）△休暇を取るとしたら、少なくとも三日前に言わなければなりません。／如果要請假，至少要在三天前說才行。

すごい【凄い】(形) 非常（好）；厲害；好的令人吃驚；可怕，嚇人 (類) 甚だしい（非常）(補) すっごく：非常（強調語氣，多用在口語）△すごい嵐になってしまいました。／它轉變成猛烈的暴風雨了。

すこしも【少しも】(副)（下接否定）一點也不，絲毫也不 (類) ちっとも（一點也不）△お金なんか、少しも興味ないです。／金錢這東西，我一點都不感興趣。

すごす【過ごす】(他五·接尾) 度（日子、時間），過生活；過渡過量；放過，不管 (類) 暮らす（生活）△たとえ外国に住んでいても、お正月は日本で過ごしたいです。／就算是住在外國，新年還是想在日本過。

すすむ【進む】(自五·接尾) 進，前進；進步，先進；進展；升級，進級；升入，進入，到達；繼續下去 類 前進する（前進）△行列はゆっくりと寺へ向かって進んだ。／隊伍緩慢地往寺廟前進。

すすめる【進める】 他下一 使向前推進，使前進；推進，發展，開展；進行，舉行；提升，晉級；增進，使旺盛 類 前進させる（使前進）△企業向けの宣伝を進めています。／我在推廣以企業為對象的宣傳。

すすめる【勧める】 他下一 勸告，勸誘；勸，進（煙茶酒等）類 促す（促使）△これは医者が勧める健康法の一つです。／這是醫師建議的保健法之一。

N3-032

すすめる【薦める】 他下一 勸告，勸告，勸誘；勸，敬（煙、酒、茶、座等）類 推薦する（推薦）△彼はA大学の出身だから、A大学を薦めるわけだ。／他是從A大學畢業的，難怪會推薦A大學。

すそ【裾】 名 下擺，下襟；山腳；（靠近頸部的）頭髮 △ジーンズの裾を5センチほど短く直してください。／請將牛仔褲的褲腳改短五公分左右。

スター【star】 名（影劇）明星，主角；星狀物，星 △いつかきっとスーパースターになってみせる。／總有一天會變成超級巨星給大家看！

ずっと 副 更；一直 類 終始（始終）△ずっとほしかったギターをもらった。／收到夢寐以求的吉他。

すっぱい【酸っぱい】 形 酸，酸的 △梅干しはすっぱいに決まっている。／梅乾當然是酸的。

ストーリー【story】 名 故事，小說；（小說、劇本等的）劇情，結構 類 物語（故事）△日本のアニメはストーリーがおもしろいと思います。／我覺得日本卡通的故事情節很有趣。

ストッキング【stocking】 名 褲襪；長筒襪 類 靴下（襪子）△ストッキングをはいて出かけた。／我穿上褲襪便出門去了。

ストライプ【strip】 名 條紋；條紋布 類 縞模様（條紋花樣）△私の学校の制服は、ストライプ模様です。／我那所學校的制服是條紋圖案。

ストレス【stress】 名（語）重音；（理）壓力；（精神）緊張狀態 類 圧力（壓力）；プレッシャー（壓力）△ストレスと疲れから倒れた。／由於壓力和疲勞而病倒了。

すなわち【即ち】 接續 即，換言之；即是，正是；則，彼時；乃，於是 類 つまり（總之）△私の父は、1945年8月15日、すなわち終戦の日に生まれました。／家父是在一九四五年八月十五日，也就是二戰結束的那一天出生的。

スニーカー【sneakers】 名 球鞋，運動鞋 類 運動靴（運動鞋）△運動会の前に、新しいスニーカーを買ってあげましょう。／在運動會之前，買雙新的運動鞋給你吧。

スピード【speed】(名) 快速，迅速；速度 (類) 速さ（速度）△あまりスピードを出すと危ない。／速度太快了很危險。

ずひょう【図表】(名) 圖表 △実験の結果を図表にしました。／將實驗結果以圖表呈現了。

スポーツせんしゅ【sports選手】(名) 運動選手 (類) アスリート（運動員）△好きなスポーツ選手はいますか。／你有沒有喜歡的運動選手呢？

スポーツちゅうけい【スポーツ中継】(名) 體育（競賽）直播，轉播 △父と兄はスポーツ中継が大好きです。／爸爸和哥哥最喜歡看現場直播的運動比賽了。

すます【済ます】(他五·接尾) 弄完，辦完；償還，還清；對付，將就，湊合；（接在其他動詞連用形下面）表示完全成為……△犬の散歩のついでに、郵便局に寄って用事を済ました。／遛狗時順道去郵局辦了事。

すませる【済ませる】(他五·接尾) 弄完，辦完；償還，還清；將就，湊合 (類) 終える（完成）△もう手続きを済ませたから、ほっとしているわけだ。／因為手續都辦完了，怪不得這麼輕鬆。

すまない (連語) 對不起，抱歉；（做寒暄語）對不起 △すまないと思うなら、手伝ってください。／要是覺得不好意思，那就來幫忙吧。

すみません【済みません】(連語) 抱歉，不好意思 △お待たせしてすみません。／讓您久等，真是抱歉。

すれちがう【擦れ違う】(自五) 交錯，錯過去；不一致，不吻合，互相分歧；錯車 △街ですれ違った美女には必ず声をかける。／每當在街上和美女擦身而過，一定會出聲搭訕。

せ セ

N3-033

せい【性】(名·漢造) 性別；性慾；本性 △性によって差別されることのない社会を目指す。／希望能打造一個不因性別而受到歧視的社會。

せいかく【性格】(名)（人的）性格，性情；（事物的）性質，特性 (類) 人柄（人品）△兄弟といっても、弟と僕は全然性格が違う。／雖說是兄弟，但弟弟和我的性格截然不同。

せいかく【正確】(名·形動) 正確，準確 (類) 正しい（正確）△事実を正確に記録する。／事實正確記錄下來。

せいかつひ【生活費】(名) 生活費 △毎月の生活費に20万円かかります。／每個月的生活費需花二十萬圓。

せいき【世紀】㊔ 世紀，百代；時代，年代；百年一現，絕世 類 時代（時代） △20世紀初頭の日本について研究しています。／我正針對20世紀初的日本進行研究。

ぜいきん【税金】㊔ 稅金，稅款 類 所得税（所得稅） △家賃や光熱費に加えて税金も払わなければならない。／不單是房租和水電費，還加上所得稅也不能不繳交。

せいけつ【清潔】㊔·形動 乾淨的，清潔的；廉潔；純潔 對 不潔（骯髒） △ホテルの部屋はとても清潔だった。／飯店的房間，非常的乾淨。

せいこう【成功】㊔·自サ 成功，成就，勝利；功成名就，成功立業 對 失敗（失敗） 類 達成（成功） △ダイエットに成功したとたん、恋人ができた。／減重一成功，就立刻交到女朋友（男朋友）了。

せいさん【生産】㊔·他サ 生產，製造；創作（藝術品等）；生業，生計 對 消費（耗費） 類 産出（生產） △当社は、家具の生産に加えて販売も行っています。／本公司不單製造家具，同時也從事販售。

せいさん【清算】㊔·他サ 結算，清算；清理財產；結束，了結 △10年かけてようやく借金を清算した。／花費了十年的時間，終於把債務給還清了。

せいじか【政治家】㊔ 政治家（多半指議員） △あなたはどの政治家を支持していますか。／請問您支持哪位政治家呢？

せいしつ【性質】㊔ 性格，性情；（事物）性質，特性 類 たち（性質） △磁石は北を向く性質があります。／指南針具有指向北方的特性。

せいじん【成人】㊔·自サ 成年人；成長，（長大）成人 類 大人（成人） △成人するまで、たばこを吸ってはいけません。／到長大成人之前，不可以抽煙。

せいすう【整数】㊔（數）整數 △18割る6は割り切れて、答えは整数になる。／十八除以六的答案是整數。

せいぜん【生前】㊔ 生前 對 死後（死後） 類 死ぬ前（生前） △祖父は生前よく釣りをしていました。／祖父在世時經常去釣魚。

せいちょう【成長】㊔·自サ（經濟、生產）成長，增長，發展；（人、動物）生長，發育 類 生い立ち（成長） △子どもの成長が、楽しみでなりません。／孩子們的成長，真叫人期待。

せいねん【青年】㊔ 青年，年輕人 類 若者（年輕人） △彼は、なかなか感じのよい青年だ。／他是個令人覺得相當年輕有為的青年。

せいねんがっぴ【生年月日】㊔ 出生年月日，生日 類 誕生日（生日） △書類には、生年月日を書くことになっていた。／文件上規定要填上出生年月日。

せいのう【性能】 (名) 性能，機能，效能 △高ければ高いほど性能がよいわけではない。／並不是愈昂貴，性能就愈好。

せいひん【製品】 (名) 製品，產品 類 商品（商品）△この材料では、製品の品質は保証できません。／如果是這種材料的話，恕難以保證產品的品質。

せいふく【制服】 (名) 制服 類 ユニホーム（制服）△うちの学校、制服がもっとかわいかったらいいのになあ。／要是我們學校的制服更可愛一點就好了。

せいぶつ【生物】 (名) 生物 類 生き物（生物）△湖の中には、どんな生物がいますか。／湖裡有什麼生物？

せいり【整理】 (名·他サ) 整理，收拾，整頓；清理，處理；捨棄，淘汰，裁減 類 整頓（整頓）△今、整理をしかけたところなので、まだ片付いていません。／現在才整理到一半，還沒完全整理好。

N3-034

せき【席】 (名·漢造) 席，坐墊；席位，坐位 △お年寄りや体の不自由な方に席を譲りましょう。／請將座位禮讓給長者和行動不方便的人士。

せきにん【責任】 (名) 責任，職責 類 責務（職責）△責任を取らないで、逃げるつもりですか。／打算逃避問題，不負責任嗎？

せけん【世間】 (名) 世上，社會上；世人；社會輿論；（交際活動的）範圍 類 世の中（世上）△何もしていないのに、世間では私が犯人だとうわさしている。／我分明什麼壞事都沒做，但社會上卻謠傳我就是犯人。

せっきょくてき【積極的】 (形動) 積極的 對 消極的（消極）類 前向き（積極）△とにかく積極的に仕事をすることですね。／總而言之，就是要積極地工作是吧。

ぜったい【絶対】 (名·副) 絕對，無與倫比；堅絕，斷然，一定 對 相対（相對）類 絶対的（絕對）△この本、読んでごらん。絶対おもしろいよ。／建議你看這本書，一定很有趣喔。

セット【set】 (名·他サ) 一組，一套；舞台裝置，布景；（網球等）盤，局；組裝，裝配；梳整頭髮 類 揃い（一組的）△食器を5客セットで買う。／買下五套餐具。

せつやく【節約】 (名·他サ) 節約，節省 對 浪費（浪費）類 倹約（節約）△節約しているのに、お金がなくなる一方だ。／我已經很省了，但是錢卻越來越少。

せともの【瀬戸物】 (名) 陶瓷品 補 字源：愛知縣瀨戶市所產燒陶 △あそこの店には、手ごろな値段の瀬戸物がたくさんある。／那家店有很多物美價廉的陶瓷器。

ぜひ【是非】 (名·副) 務必；好與壞 類

どうしても(一定) △あなたの作品をぜひ読ませてください。／請務必讓我拜讀您的作品。

せわ【世話】(名·他サ)援助，幫助；介紹，推薦；照顧，照料；俗語，常言 類 面倒見(照顧別人) △母に子供たちの世話をしてくれるように頼んだ。／拜託了我媽媽來幫忙照顧孩子們。

せん【戦】(漢造)戰爭；決勝負，體育比賽；發抖 △決勝戦は、あさって行われる。／決賽將在後天舉行。

ぜん【全】(漢造)全部，完全；整個；完整無缺 △問題解決のために、全世界が協力し合うべきだ。／為了解決問題，世界各國應該同心合作。

ぜん【前】(漢造)前方，前面；(時間)早；預先；從前 △前首相の講演会に行く。／去參加前首相的演講會。

せんきょ【選挙】(名·他サ)選舉，推選 △選挙の際には、応援をよろしくお願いします。／選舉的時候，就請拜託您的支持了。

せんざい【洗剤】(名)洗滌劑，洗衣粉(精) 類 洗浄剤(洗淨劑) △洗剤なんか使わなくても、きれいに落ちます。／就算不用什麼洗衣精，也能將污垢去除得乾乾淨淨。

せんじつ【先日】(名)前天；前些日子 類 この間(前幾天) △先日、駅で偶然田中さんに会った。／前些日子，偶然在車站遇到了田中小姐。

ぜんじつ【前日】(名)前一天 △入学式の前日、緊張して眠れませんでした。／在參加入學典禮的前一天，我緊張得睡不著覺。

せんたくき【洗濯機】(名)洗衣機 補 せんたっき(口語) △このセーターは洗濯機で洗えますか。／這件毛線衣可以用洗衣機洗嗎？

センチ【centimeter】(名)厘米，公分 △1センチ右にずれる。／往右偏離了一公分。

せんでん【宣伝】(名·自他サ)宣傳，廣告；吹噓，鼓吹，誇大其詞 類 広告(廣告) △あなたの会社を宣伝するかわりに、うちの商品を買ってください。／我幫貴公司宣傳，相對地，請購買我們的商品。

ぜんはん【前半】(名)前半，前半部 △私のチームは前半に5点も得点しました。／我們這隊在上半場已經奪得高達五分了。

せんぷうき【扇風機】(名)風扇，電扇 △暑いですね。扇風機をつけたらどうでしょう。／好熱喔。要不要開個電風扇呀？

せんめんじょ【洗面所】(名)化妝室，廁所 類 手洗い(廁所) △彼女の家は洗面所にもお花が飾ってあります。／她家的廁所也裝飾著鮮花。

せんもんがっこう【専門学校】(名)專科學校 △高校卒業後、専門学校に行く人が多くなった。／在高中畢業後，進入專科學校就讀的人越來越多了。

そ ソ

N3-035

そう【総】 (漢造) 總括；總覽；總，全體；全部 △衆議院が解散し、総選挙が行われることになった。／最後決定解散眾議院，進行了大選。

そうじき【掃除機】 (名) 除塵機，吸塵器 △毎日、掃除機をかけますか。／每天都用吸塵器清掃嗎？

そうぞう【想像】 (名·他サ) 想像 (類) イマジネーション（想像）△そんなひどい状況は、想像もできない。／完全無法想像那種嚴重的狀況。

そうちょう【早朝】 (名) 早晨，清晨 △早朝に勉強するのが好きです。／我喜歡在早晨讀書。

ぞうり【草履】 (名) 草履，草鞋 △浴衣のときは、草履ではなく下駄を履きます。／穿浴衣的時候，腳上的不是草屐，而是木屐。

そうりょう【送料】 (名) 郵費，運費 (類) 送り賃（運費）△送料が 1,000 円以下になるように、工夫してください。／請設法將運費壓到 1000 日圓以下。

ソース【sauce】 (名)（西餐用）調味醬 △我が家にいながら、プロが作ったソースが楽しめる。／就算待在自己的家裡，也能享用到行家調製的醬料。

そく【足】 (接尾·漢造)（助數詞）雙；足；足夠；添 △この棚の靴下は 3 足で 1,080 円です。／這個貨架上的襪子是三雙一千零八十圓。

そくたつ【速達】 (名·自他サ) 快速信件 △速達で出せば、間に合わないこともないだろう。／寄快遞的話，就不會趕不上吧！

そくど【速度】 (名) 速度 (類) スピード（速度）△速度を上げて、トラックを追い越した。／加速超過了卡車。

そこ【底】 (名) 底，底子；最低處，限度；底層，深處；邊際，極限 △海の底までもぐったら、きれいな魚がいた。／我潛到海底，看見了美麗的魚兒。

そこで (接續) 因此，所以；（轉換話題時）那麼，下面，於是 (類) それで（那麼）△そこで、私は思い切って意見を言いました。／於是，我就直接了當地說出了我的看法。

そだつ【育つ】 (自五) 成長，長大，發育 (類) 成長する（成長）△子どもたちは、元気に育っています。／孩子們健康地成長著。

ソックス【socks】 (名) 短襪 △外で遊んだら、ソックスまで砂だらけになった。／外面玩瘋了，連襪上也全都沾滿泥沙。

そっくり (形動·副) 一模一樣，極其相似；全部，完全，原封不動 類 似る（相似）△彼ら親子は、似ているというより、もうそっくりなんですよ。／他們母子，與其說是像，倒不如說是長得一模一樣了。

そっと (副) 悄悄地，安靜的；輕輕的；偷偷地；照原樣不動的 類 静かに（安靜地）△しばらくそっとしておくことにしました。／暫時讓他一個人靜一靜了。

そで【袖】 (名) 衣袖；（桌子）兩側抽屜，（大門）兩側的廳房，舞台的兩側，飛機（兩翼）△半袖と長袖と、どちらがいいですか。／要長袖還是短袖？

そのうえ【その上】 (接續) 又，而且，加之，兼之 △質がいい。その上、値段も安い。／不只品質佳，而且價錢便宜。

そのうち【その内】 (副·連語) 最近，過幾天，不久；其中 △心配しなくても、そのうち帰ってくるよ。／不必擔心，再過不久就會回來了嘛。

そば【蕎麦】 (名) 蕎麥；蕎麥麵 △お昼ご飯はそばをゆでて食べよう。／午餐來煮蕎麥麵吃吧。

ソファー【sofa】 (名) 沙發（亦可唸作「ソファ」）△ソファーに座ってテレビを見る。／坐在沙發上看電視。

そぼく【素朴】 (名·形動) 樸素，純樸，質樸；（思想）純樸 △素朴な疑問なんですが、どうして台湾は台湾っていうんですか。／我只是好奇想問一下，為什麼台灣叫做台灣呢？

それぞれ (副) 每個（人），分別，各自 類 おのおの（各自）△LINE と Facebook、それぞれの長所と短所は何ですか。／LINE 和臉書的優缺點各是什麼？

それで (接) 因此；後來 類 それゆえ（因此）△それで、いつまでに終わりますか。／那麼，什麼時候結束呢？

それとも (接續) 或著，還是 類 もしくは（或者）△女か、それとも男か。／是女的還是男的。

そろう【揃う】 (自五) （成套的東西）備齊；成套；一致，（全部）一樣，整齊；（人）到齊，齊聚 類 整う（整齊）△全員揃ったから、試合を始めよう。／等所有人到齊以後就開始比賽吧。

そろえる【揃える】 (他下一) 使…備齊；使…一致；湊齊，弄齊，使成對 類 整える（備齊）△必要なものを揃えてからでなければ、出発できません。／如果沒有準備齊必需品，就沒有辦法出發。

そんけい【尊敬】 (名·他サ) 尊敬 △あなたが尊敬する人は誰ですか。／你尊敬的人是誰？

たタ

N3-036

たい【対】 名·漢造 對比，對方；同等，對等；相對，相向；（比賽）比；面對 △1対1で引き分けです。／一比一平手。

だい【代】 名·漢造 代，輩；一生，一世；代價 △100年続いたこの店を、私の代で終わらせるわけにはいかない。／絕不能在我手上關了這家已經傳承百年的老店。

だい【第】 漢造·接頭 順序；考試及格，錄取 △ベートーベンの交響曲第6番は、「田園」として知られている。／貝多芬的第六號交響曲是名聞遐邇的《田園》。

だい【題】 名·自サ·漢造 題目，標題；問題；題辭 △作品に題をつけられなくて、「無題」とした。／想不到名稱，於是把作品取名為〈無題〉。

たいがく【退学】 名·自サ 退學 △息子は、高校を退学してから毎日ぶらぶらしている。／我兒子自從高中退學以後，每天都無所事事。

だいがくいん【大学院】 名 （大學的）研究所 △来年、大学院に行くつもりです。／我計畫明年進研究所唸書。

だいく【大工】 名 木匠，木工 類 匠（木匠）△大工が家を建てている。／木工在蓋房子。

たいくつ【退屈】 名·自サ·形動 無聊，鬱悶，寂，厭倦 類 つまらない（無聊）△やることがなくて、どんなに退屈したことか。／無事可做，是多麼的無聊啊！

たいじゅう【体重】 名 體重 △そんなにたくさん食べていたら、体重が減るわけがありません。／吃那麼多東西，體重怎麼可能減得下來呢！

たいしょく【退職】 名·自サ 退職 △退職してから、ボランティア活動を始めた。／離職以後，就開始去當義工了。

だいたい【大体】 副 大部分；大致；大概 類 おおよそ（大致）△練習して、この曲はだいたい弾けるようになった。／練習以後，大致會彈這首曲子了。

たいど【態度】 名 態度，表現；舉止，神情，作風 類 素振り（態度）△君の態度には、先生でさえ怒っていたよ。／對於你的態度，就算是老師也感到很生氣喔。

タイトル【title】 名 （文章的）題目，（著述的）標題；稱號，職稱 類 題名（標題）△全文を読まなくても、タイトルを見れば内容はだいたい分かる。／不需讀完全文，只要看標題即可瞭解大致內容。

ダイニング【dining】 名 餐廳（「ダイニングルーム」之略稱）；吃飯，用餐；西式餐館 △広いダイニングですので、10人ぐらい来ても大丈夫です

よ。／家裡的餐廳很大，就算來了十位左右的客人也沒有問題。

だいひょう【代表】㊔名·他サ　代表 △斉藤君の結婚式で、友人を代表してお祝いを述べた。／在齊藤的婚禮上，以朋友代表的身分獻上了賀詞。

タイプ【type】名·他サ　型，形式，類型；典型，榜樣，樣本，標本；（印）鉛字，活字；打字（機）類 型式（型式）；タイプライター（打字機）△私はこのタイプのパソコンにします。／我要這種款式的電腦。

だいぶ【大分】名·形動　很，頗，相當，相當地，非常 類 ずいぶん（很）△だいぶ元気になりましたから、もう薬を飲まなくてもいいです。／已經好很多了，所以不吃藥也沒關係的。

だいめい【題名】名（圖書、詩文、戲劇、電影等的）標題，題名 類 題（標題）△その歌の題名を知っていますか。／你知道那首歌的歌名嗎？

ダイヤ【diamond・diagram之略】
名 鑽石（「ダイヤモンド」之略稱）；列車時刻表；圖表，圖解（「ダイヤグラム」之略稱）△ダイヤの指輪を買って、彼女に結婚を申し込んだ。／買下鑽石戒指向女友求婚。

ダイヤモンド【diamond】名　鑽石 △ダイヤモンドを買う。／買鑽石。

たいよう【太陽】名　太陽 對 太陰（月亮）類 お日さま（太陽）△太陽が高くなるにつれて、暑くなった。／隨著太陽升起，天氣變得更熱了。

たいりょく【体力】名　體力 △年を取るに従って、体力が落ちてきた。／隨著年紀增加，體力愈來愈差。

ダウン【down】名·自他サ　下，倒下，向下，落下；下降，減退；（棒）出局；（拳擊）擊倒 對 アップ（提高）類 下げる（降下）△駅が近づくと、電車はスピードダウンし始めた。／電車在進站時開始減速了。

たえず【絶えず】副　不斷地，經常地，不停地，連續 類 いつも（總是）△絶えず勉強しないことには、新しい技術に追いついていけない。／如不持續學習，就沒有辦法趕上最新技術。

たおす【倒す】他五　倒，放倒，推倒，翻倒；推翻，打倒；毀壞，拆毀；打敗，擊敗；殺死，擊斃；賴帳，不還債 類 打倒する（打倒）；転ばす（弄倒）△山の木を倒して団地を造る。／砍掉山上的樹木造鎮。

タオル【towel】名　毛巾；毛巾布 △このタオル、厚みがあるけれど夜までには乾くだろう。／這條毛巾雖然厚，但在入夜之前應該會乾吧。

たがい【互い】名·形動　互相，彼此；雙方；彼此相同 類 双方（雙方）△けんかばかりしているが、互いに嫌っているわけではない。／雖然老是吵架，但也並不代表彼此互相討厭。

たかまる【高まる】 自五 高漲，提高，增長；興奮 對 低まる（變低） 類 高くなる（變高） △地球温暖化問題への関心が高まっている。／人們愈來愈關心地球暖化問題。

たかめる【高める】 他下一 提高，抬高，加高 對 低める（降低） 類 高くする（提高） △発電所の安全性を高めるべきだ。／有必要加強發電廠的安全性。

たく【炊く】 他五 點火，燒著；燃燒；煮飯，燒菜 類 炊事（炊事） △ご飯は炊いてあったっけ。／煮飯了嗎？

だく【抱く】 他五 抱；孵卵；心懷，懷抱 類 抱える（抱） △赤ちゃんを抱いている人は誰ですか。／那位抱著小嬰兒的是誰？

タクシーだい【taxi代】 名 計程車費 類 タクシー料金（計程車費） △来月からタクシー代が上がります。／從下個月起，計程車的車資要漲價。

N3-037

タクシーりょうきん【taxi料金】 名 計程車費 類 タクシー代（計程車費） △来月からタクシー料金が値上げになるそうです。／據說從下個月開始，搭乘計程車的費用要漲價了。

たくはいびん【宅配便】 名 宅急便 比 宅配便（たくはいびん）：除黑貓宅急便之外的公司所能使用之詞彙。宅急便（たっきゅうびん）：日本黑貓宅急便登錄商標用語，只有此公司能使用此詞彙。△明日の朝、宅配便が届くはずです。／明天早上應該會收到宅配包裹。

たける【炊ける】 自下一 燒成飯，做成飯 △ご飯が炊けたので、夕食にしましょう。／飯已經煮熟了，我們來吃晚餐吧。

たしか【確か】 副（過去的事不太記得）大概，也許 △このセーターは確か1,000円でした。／這件毛衣大概是花一千日圓吧。

たしかめる【確かめる】 他下一 查明，確認，弄清 類 確認する（確認） △彼に聞いて、事実を確かめることができました。／與他確認實情後，真相才大白。

たしざん【足し算】 名 加法，加算 對 引き算（減法） 類 加法（加法） △ここは引き算ではなくて、足し算ですよ。／這時候不能用減法，要用加法喔。

たすかる【助かる】 自五 得救，脫險；有幫助，輕鬆；節省（時間、費用、麻煩等） △乗客は全員助かりました。／乘客全都得救了。

たすける【助ける】 他下一 幫助，援助；救，救助；輔佐；救濟，資助 類 救助する（救助）；手伝う（幫助） △おぼれかかった人を助ける。／救起了差點溺水的人。

ただ 名・副 免費，不要錢；普通，平凡；只有，只是（促音化為「たった」） 類 僅か

(僅) △会員カードがあれば、ただで入れます。／如果持有會員卡，就能夠免費入場。

ただいま 名·副 現在；馬上；剛才；(招呼語) 我回來了 類 現在（現在）；すぐ（馬上）△ただいまお茶をお出しいたします。／我馬上就端茶過來。

たたく【叩く】 他五 敲，叩；打；詢問，徵求；拍，鼓掌；攻擊，駁斥；花完，用光 類 打つ（敲打）△向こうから太鼓をドンドンたたく音が聞こえてくる。／可以聽到那邊有人敲擊太鼓的咚咚聲響。

たたむ【畳む】 他五 疊，折；關，闔上；關閉，結束；藏在心裡 類 折る（折疊）△布団を畳んで、押入れに上げる。／疊起被子收進壁櫥裡。

たつ【経つ】 自五 經，過；(炭火等) 燒盡 類 過ぎる（經過）△あと20年たったら、一般の人でも月に行けるかもしれない。／再過二十年，說不定一般民眾也能登上月球。

たつ【建つ】 自五 蓋，建 類 建設する（建造）△駅の隣に大きなビルが建った。／在車站旁邊蓋了一棟大樓。

たつ【発つ】 自五 立，站；冒，升；離開；出發；奮起；飛，飛走 類 出発する（出發）△夜8時半の夜行バスで青森を発つ。／搭乘晚上八點半從青森發車的巴士。

たてなが【縦長】 名 矩形，長形，豎向 對 横長（橫寬）△日本や台湾では、縦長の封筒が多く使われている。／在日本和台灣通常使用直式信封。

たてる【立てる】 他下一 立起；訂立 △夏休みの計画を立てる。／規劃暑假計畫。

たてる【建てる】 他下一 建造，蓋 類 建築する（建築）△こんな家を建てたいと思います。／我想蓋這樣的房子。

たな【棚】 名（放置東西的）隔板，架子，棚 △お荷物は上の棚に置くか、前の座席の下にお入れください。／請將隨身行李放到上方的置物櫃內，或前方旅客座椅的下方。

たのしみ【楽しみ】 名 期待，快樂 對 苦しみ（痛苦）類 趣味（趣味）△みんなに会えるのを楽しみにしています。／我很期待與大家見面！

たのみ【頼み】 名 懇求，請求，拜託；信賴，依靠 類 願い（心願）△父は、とうとう私の頼みを聞いてくれなかった。／父親終究沒有答應我的請求。

たま【球】 名 球 △山本君の投げる球はとても速くて、僕には打てない。／山本投擲的球速非常快，我實在打不到。

だます【騙す】 副 騙，欺騙，誆騙，矇騙；哄 類 欺く（欺騙）△彼の甘い言葉に騙されて、200万円も取られてしまった。／被他的甜言蜜語欺騙，訛詐了高達兩百萬圓。

たまる【溜まる】 自五 事情積壓；積存，囤積，停滯 類 集まる（聚集）△最近、ストレスが溜まっている。／最近累積了不少壓力。

だまる【黙る】 自五 沉默，不說話；不理，不聞不問 對 喋る（說）類 沈黙する（沉默）△それを言われたら、私は黙るほかない。／被你這麼一說，我只能無言以對。

ためる【溜める】 他下一 積，存，蓄；積壓，停滯 類 蓄える（儲備）△お金をためてからでないと、結婚なんてできない。／不先存些錢怎麼能結婚。

たん【短】 名·漢造 短；不足，缺點 △私は飽きっぽいのが短所です。／凡事容易三分鐘熱度是我的缺點。

だん【団】 漢造 團，圓團；團體 △記者団は大臣に対して説明を求めた。／記者群要求了部長做解釋。

だん【弾】 漢造 砲彈 △彼は弾丸のような速さで部屋を飛び出していった。／他快得像顆子彈似地衝出了房間。

たんきだいがく【短期大学】 名（兩年或三年制的）短期大學 補 略稱：短大（たんだい）△姉は短期大学で勉強しています。／姊姊在短期大學裡就讀。

ダンサー【dancer】 名 舞者；舞女；舞蹈家 類 踊り子（女舞蹈家）△由香ちゃんはダンサーを目指しているそうです。／小由香似乎想要成為一位舞者。

たんじょう【誕生】 名·自サ 誕生，出生；成立，創立，創辦 類 出生（出生）△地球は46億年前に誕生した。／地球誕生於四十六億年前。

たんす 名 衣櫥，衣櫃，五斗櫃 類 押入れ（壁櫥）△服を畳んで、たんすにしまった。／折完衣服後收入衣櫃裡。

だんたい【団体】 名 團體，集體 類 集団（集團）△レストランに団体で予約を入れた。／我用團體的名義預約了餐廳。

ち チ

N3-038

チーズ【cheese】 名 起司，乳酪 △このチーズはきっと高いに違いない。／這種起士一定非常貴。

チーム【team】 名 組，團隊；（體育）隊 類 組（組織）△私たちのチームへようこそ。まず、自己紹介をしてください。／歡迎來到我們這支隊伍，首先請自我介紹。

チェック【check】 名·他サ 確認，檢查；核對，打勾；格子花紋；支票；號碼牌 類 見比べる（比對）△メールをチェックします。／檢查郵件。

ちか【地下】 名 地下；陰間；（政府或

組織）地下，秘密（組織） 對 地上（地上） 類 地中（地下） △ワインは、地下に貯蔵してあります。／葡萄酒儲藏在地下室。

ちがい【違い】 名 不同，差別，區別；差錯，錯誤 對 同じ（相同） 類 異なり（不同） △値段の違いは輸入した時期によるもので、同じ商品です。／價格的差異只是由於進口的時期不同，事實上是相同的商品。

ちかづく【近づく】 自五 臨近，靠近；接近，交往；幾乎，近似 類 近寄る（靠近） △夏休みも終わりが近づいてから、やっと宿題をやり始めた。／直到暑假快要結束才終於開始寫作業了。

ちかづける【近付ける】 他五 使…接近，使…靠近 類 寄せる（使靠近） △この薬品は、火を近づけると燃えるので、注意してください。／這藥只要接近火就會燃燒，所以要小心。

ちかみち【近道】 名 捷徑，近路 對 回り道（繞道） 類 抜け道（近路） △近道を知っていたら教えてほしい。／如果知道近路請告訴我。

ちきゅう【地球】 名 地球 類 世界（全球） △地球環境を守るために、資源はリサイクルしましょう。／為了保護地球環境，讓我們一起做資源回收吧。

ちく【地区】 名 地區 △この地区は、建物の高さが制限されています。／這個地區的建築物有高度限制。

チケット【ticket】 名 票，券；車票；入場券；機票 類 切符（票） △パリ行きのチケットを予約しました。／我已經預約了前往巴黎的機票。

チケットだい【ticket代】 名 票錢 類 切符代（票價） △事前に予約しておくと、チケット代が10％引きになります。／如果採用預約的方式，票券就可以打九折。

ちこく【遅刻】 名·自サ 遲到，晚到 類 遅れる（遲到） △電話がかかってきたせいで、会社に遅刻した。／都是因為有人打電話來，所以上班遲到了。

ちしき【知識】 名 知識 類 学識（學識） △経済については、多少の知識がある。／我對經濟方面略有所知。

ちぢめる【縮める】 他下一 縮小，縮短，縮減；縮回，捲縮，起皺紋 類 圧縮（壓縮） △この亀はいきなり首を縮めます。／這隻烏龜突然縮回脖子。

チップ【chip】 名 （削木所留下的）片削；洋芋片 △ポテトチップを食べる。／吃洋芋片。

ちほう【地方】 名 地方，地區；（相對首都與大城市而言的）地方，外地 對 都会（都會） 類 田舎（鄉下） △私は東北地方の出身です。／我的籍貫是東北地區。

ちゃ【茶】 名·漢造 茶；茶樹；茶葉；茶水 △お茶をいれて、一休みした。／沏個茶，休息了一下。

チャイム【chime】 (名) 組鐘；門鈴 △チャイムが鳴ったので玄関に行ったが、誰もいなかった。／聽到門鈴響後，前往玄關察看，門口卻沒有任何人。

ちゃいろい【茶色い】 (形) 茶色 △どうして何を食べてもうんちは茶色いの。／為什麼不管吃什麼東西，糞便都是褐色的？

ちゃく【着】 (名·接尾·漢造) 到達，抵達；（計算衣服的單位）套；（記數順序或到達順序）著，名；穿衣；黏貼；沉著；著手 類 着陸（著陸）△2着で銀メダルだった。／第二名是獲得銀牌。

ちゅうがく【中学】 (名) 中學，初中 類 高校（高中）△中学になってから塾に通い始めた。／上了國中就開始到補習班補習。

ちゅうかなべ【中華なべ】 (名) 中華鍋（炒菜用的中式淺底鍋）類 なべ（鍋）△中華なべはフライパンより重いです。／傳統的炒菜鍋比平底鍋還要重。

ちゅうこうねん【中高年】 (名) 中年和老年，中老年 △あの女優は中高年に人気だそうです。／那位女演員似乎頗受中高年齡層觀眾的喜愛。

ちゅうじゅん【中旬】 (名)（一個月中的）中旬 類 中頃（中間）△彼は、来月の中旬に帰ってくる。／他下個月中旬會回來。

N3-039

ちゅうしん【中心】 (名) 中心，當中；中心，重點，焦點；中心地，中心人物 對 隅（角落）類 真ん中（中央）△点Aを中心とする半径5センチの円を描きなさい。／請以A點為圓心，畫一個半徑五公分的圓形。

ちゅうねん【中年】 (名) 中年 類 壮年（壯年）△もう中年だから、あまり無理はできない。／已經是中年人了，不能太過勉強。

ちゅうもく【注目】 (名·他サ·自サ) 注目，注視 類 注意（注意）△とても才能のある人なので、注目している。／他是個很有才華的人，現在備受矚目。

ちゅうもん【注文】 (名·他サ) 點餐，訂貨，訂購；希望，要求，願望 類 頼む（請求）△さんざん迷ったあげく、カレーライスを注文しました。／再三地猶豫之後，最後竟點了個咖哩飯。

ちょう【庁】 (漢造) 官署；行政機關的外局 △父は県庁に勤めています。／家父在縣政府工作。

ちょう【兆】 (名·漢造) 徵兆；（數）兆 △1光年は約9兆4600億キロである。／一光年大約是九兆四千六百億公里。

ちょう【町】 (名·漢造)（市街區劃單位）街，巷；鎮，街 △永田町と言ったら、日本の政治の中心地だ。／提到永田町，那裡可是日本的政治中樞。

ちょう【長】(名·漢造) 長，首領；長輩；長處 △学級会の議長を務める。／擔任班會的主席。

ちょう【帳】(漢造) 帳幕；帳本 △銀行の預金通帳が盗まれた。／銀行存摺被偷了。

ちょうかん【朝刊】(名) 早報 對 夕刊（晚報）△毎朝、電車の中で、スマホで朝刊を読んでいる。／每天早上在電車裡用智慧型手機看早報。

ちょうさ【調査】(名·他サ) 調查 類 調べる（調查）△年代別の人口を調査する。／調查不同年齡層的人口。

ちょうし【調子】(名)（音樂）調子，音調；語調，聲調，口氣；格調，風格；情況，狀況 類 具合（情況）△年のせいか、体の調子が悪い。／不知道是不是上了年紀的關係，身體健康亮起紅燈了。

ちょうじょ【長女】(名) 長女，大女兒 △長女が生まれて以来、寝る暇もない。／自從大女兒出生以後，忙得連睡覺的時間都沒有。

ちょうせん【挑戦】(名·自サ) 挑戰 類 挑む（挑戰）△その試験は、私にとっては大きな挑戦です。／對我而言，參加那種考試是項艱鉅的挑戰。

ちょうなん【長男】(名) 長子，大兒子 △来年、長男が小学校に上がる。／明年大兒子要上小學了。

ちょうりし【調理師】(名) 烹調師，廚師 △彼は調理師の免許を持っています。／他具有廚師執照。

チョーク【chalk】(名) 粉筆 △チョークで黒板に書く。／用粉筆在黑板上寫字。

ちょきん【貯金】(名·自他サ) 存款，儲蓄 類 蓄える（儲蓄）△毎月決まった額を貯金する。／每個月都定額存錢。

ちょくご【直後】(名·副)（時間，距離）緊接著，剛…之後，…之後不久 對 直前（即將…之前）△運動なんて無理無理。退院した直後だもの。／現在怎麼能去運動！才剛剛出院而已。

ちょくせつ【直接】(名·副·自サ) 直接 對 間接（間接）類 直に（直接）△関係者が直接話し合って、問題はやっと解決した。／和相關人士直接交涉後，終於解決了問題。

ちょくぜん【直前】(名) 即將…之前，眼看就要…的時候；（時間，距離）之前，跟前，眼前 對 直後（剛…之後）類 寸前（迫在眉睫）△テストの直前にしても、全然休まないのは体に悪いと思います。／就算是考試前夕，我還是認為完全不休息對身體是不好的。

ちらす【散らす】(他五·接尾) 把…分散開，驅散；吹散，灑散；散佈，傳播；消腫 △ご飯の上に、ごまやのりが散らしてあります。／白米飯上，灑著芝麻和海苔。

ちりょう【治療】(名·他サ) 治療，醫療，醫治 △検査の結果が出てから、今後の治療方針を決めます。／等檢查結果出來以後，再決定往後的治療方針。

ちりょうだい【治療代】 ㊔ 治療費，診察費 類 医療費（醫藥費）△歯の治療代は非常に高いです。／治療牙齒的費用非常昂貴。

ちる【散る】 自五 凋謝，散漫，落；離散，分散；遍佈；消腫；渙散 對 集まる（聚集）類 分散（分散）△桜の花びらがひらひらと散る。／櫻花落英繽紛。

つッ

N3-040

つい 副（表時間與距離）相隔不遠，就在眼前；不知不覺，無意中；不由得，不禁 類 うっかり（不留神）△ついうっかりして傘を間違えてしまった。／不小心拿錯了傘。

ついに【遂に】 副 終於；竟然；直到最後 類 とうとう（終於）△橋はついに完成した。／造橋終於完成了。

つう【通】 名・形動・接尾・漢造 精通，內行，專家；通曉人情世故，通情達理；暢通；（助數詞）封，件，紙；穿過；往返；告知；貫徹始終 類 物知り（知識淵博的人）△彼ばかりでなく彼の奥さんも日本通だ。／不單是他，連他太太也非常通曉日本的事物。

つうきん【通勤】 名・自サ 通勤，上下班 類 通う（往返）△会社まで、バスと電車で通勤するほかない。／上班只能搭公車和電車。

つうじる・つうずる【通じる・通ずる】 自上一・他上一 通；通到，通往；通曉，精通；明白，理解；使…通；在整個期間內 類 通用する（通用）△日本では、英語が通じますか。／在日本英語能通嗎？

つうやく【通訳】 名・他サ 口頭翻譯，口譯；翻譯者，譯員 △あの人はしゃべるのが速いので、通訳しきれなかった。／因為那個人講很快，所以沒辦法全部翻譯出來。

つかまる【捕まる】 自五 抓住，被捉住，逮捕；抓緊，揪住 類 捕えられる（俘獲）△犯人、早く警察に捕まるといいのになあ。／真希望警察可以早日把犯人緝捕歸案呀。

つかむ【掴む】 他五 抓，抓住，揪住，握住；掌握到，瞭解到 類 握る（掌握）△誰にも頼らないで、自分で成功をつかむほかない。／不依賴任何人，只能靠自己去掌握成功。

つかれ【疲れ】 ㊔ 疲勞，疲乏，疲倦 類 疲労（疲勞）△マッサージをすると、疲れが取れます。／按摩就能解除疲勞。

つき【付き】 接尾 （前接某些名詞）樣子；附屬 △こちらの定食はデザート付きでたったの 700 円です。／這套餐還附甜點，只要七百圓而已。

つきあう【付き合う】 自五 交際，往來；陪伴，奉陪，應酬 類 交際する（交際）△隣近所と親しく付き合う。／敦親睦鄰。

つきあたり【突き当たり】 名 （道路的）盡頭 △うちはこの道の突き当たりです。／我家就在這條路的盡頭。

つぎつぎ・つぎつぎに・つぎつぎと【次々・次々に・次々と】 副 一個接一個，接二連三地，絡繹不絕的，紛紛；按著順序，依次 類 次から次へと（接二連三）△そんなに次々問題が起こるわけはない。／不可能會這麼接二連三地發生問題的。

つく【付く】 自五 附著，沾上；長，添增；跟隨；隨從，聽隨；偏坦；設有；連接著 類 接着する（黏在一起）；くっつく（黏著）△ご飯粒が顔に付いてるよ。／臉上黏了飯粒喔。

つける【点ける】 他下一 點燃；打開（家電類）類 スイッチを入れる（打開開關）；点す（點燈）△クーラーをつけるより、窓を開けるほうがいいでしょう。／與其開冷氣，不如打開窗戶來得好吧！

つける【付ける・附ける・着ける】 他下一・接尾 掛上，裝上；穿上，配戴；評定，決定；寫上，記上；定（價），出（價）；養成；分配，派；安裝；注意；抹上，塗上 △生まれた子供に名前をつける。／為生下來的孩子取名字。

つたえる【伝える】 他下一 傳達，轉告；傳導 類 知らせる（通知）△私が忙しいということを、彼に伝えてください。／請轉告他我很忙。

つづき【続き】 名 接續，繼續；接續部分，下文；接連不斷 △読めば読むほど、続きが読みたくなります。／越看下去，就越想繼續看下面的發展。

つづく【続く】 自五 續續，延續，連續；接連發生，接連不斷；隨後發生，接著；連著，通到，與…接連；接得上，夠用；後繼，跟上；次於，居次位 對 絶える（終了）△このところ晴天が続いている。／最近一連好幾天都是晴朗的好天氣。

つづける【続ける】 接尾 （接在動詞連用形後，複合語用法）繼續…，不斷地…△上手になるには、練習し続けるほかはない。／技巧要好，就只能不斷地練習。

つつむ【包む】 他五 包裹，打包，包上；蒙蔽，遮蔽，籠罩；藏在心中，隱瞞；包圍 類 覆う（籠罩）△プレゼント用に包んでください。／請包裝成送禮用的。

つながる【繋がる】 自五 相連，連接，聯繫；（人）排隊，排列；有（血緣、親屬）

關係，牽連 類 結び付く（聯繫）△電話がようやく繋がった。／電話終於通了。

つなぐ【繋ぐ】 他五 拴結，繫；連起，接上；延續，維繫（生命等）類 接続（接續）；結び付ける（繫上）△テレビとビデオを繋いで録画した。／我將電視和錄影機接上來錄影。

つなげる【繋げる】 他五 連接，維繫 類 繋ぐ（維持）△インターネットは、世界の人々を繋げる。／網路將這世上的人接繫了起來。

つぶす【潰す】 他五 毀壞，弄碎；熔毀，熔化；消磨，消耗；宰殺；堵死，填滿 類 壊す（毀壞）△会社を潰さないように、一生懸命がんばっている。／為了不讓公司倒閉而拼命努力。

つまさき【爪先】 名 腳指甲尖端 對 かかと（腳後跟）類 指先（指尖）△つま先で立つことができますか。／你能夠只以腳尖站立嗎？

つまり 名·副 阻塞，困窘；到頭，盡頭；總之，說到底；也就是說，即… 類 すなわち（換言之）；要するに（總之）△彼は私の父の兄の息子、つまりいとこに当たります。／他是我爸爸的哥哥的兒子，也就是我的堂哥。

つまる【詰まる】 自五 擠滿，塞滿；堵塞，不通；窘困，窘迫；縮短，緊小；停頓，擱淺 類 通じなくなる（不通）；縮まる（縮短）△食べ物がのどに詰まって、せきが出た。／因食物卡在喉嚨裡而咳嗽。

つむ【積む】 自五·他五 累積，堆積；裝載；積蓄，積累 對 崩す（拆毀）類 重ねる（重疊）；載せる（載入）△荷物をトラックに積んだ。／我將貨物裝到卡車上。

つめ【爪】 名（人的）指甲，腳指甲；（動物的）爪；指尖；（用具的）鉤子 △爪をきれいに見せたいなら、これを使ってください。／想讓指甲好看，就用這個吧。

つめる【詰める】 他下一·自下一 守候，值勤；不停的工作，緊張；塞進，裝入；緊挨著，緊靠著 類 押し込む（塞進）△スーツケースに服や本を詰めた。／我將衣服和書塞進行李箱。

つもる【積もる】 自五·他五 積，堆積；累積；估計；計算；推測 類 重なる（重疊）△この辺りは、雪が積もったとしてもせいぜい3センチくらいだ。／這一帶就算積雪，深度也頂多只有三公分左右。

つゆ【梅雨】 名 梅雨；梅雨季 類 梅雨（梅雨）△7月中旬になって、やっと梅雨が明けました。／直到七月中旬，這才總算擺脫了梅雨季。

つよまる【強まる】 自五 強起來，加強，增強 類 強くなる（變強）△台風が近づくにつれ、徐々に雨が強まってきた。／隨著颱風的暴風範圍逼近，雨勢亦逐漸增強。

つよめる【強める】 他下一 加強，增強 類 強くする（加強）△天ぷらを揚げるときは、最後に少し火を強めるといい。／在炸天婦羅時，起鍋前把火力調大一點比較好。

て テ

N3-041

で 接續 那麼；（表示原因）所以 △ふーん。で、それからどうしたの。／是哦……，那，後來怎麼樣了？

であう【出会う】 自五 遇見，碰見，偶遇；約會，幽會；（顏色等）協調，相稱 類 顔を合わせる（見面）；出くわす（偶遇）△二人は、最初どこで出会ったのですか。／兩人最初是在哪裡相遇的？

てい【低】 名·漢造（位置）低；（價格等）低；變低 △焼き芋は低温でじっくり焼くと甘くなります。／用低溫慢慢烤蕃薯會很香甜。

ていあん【提案】 名·他サ 提案，建議 類 発案（提案）△この計画を、会議で提案しよう。／就在會議中提出這企畫吧！

ティーシャツ【T-shirt】 名 圓領衫，T恤 △休みの日はだいたいTシャツを着ています。／我在假日多半穿著T恤。

DVDデッキ【DVD tape deck】 名 DVD播放機 類 ビデオデッキ（錄像播放機）△DVDデッキが壊れてしまいました。／DVD播映機已經壞了。

DVDドライブ【DVD drive】 名（電腦用的）DVD機 △このDVDドライブは取り外すことができます。／這台DVD磁碟機可以拆下來。

ていき【定期】 名 定期，一定的期限 △再来月、うちのオーケストラの定期演奏会がある。／下下個月，我們管弦樂團將會舉行定期演奏會。△エレベーターは定期的に調べて安全を確認しています。／電梯會定期維修以確保安全。

ていきけん【定期券】 名 定期車票；月票 類 定期乗車券（定期車票）補 略稱：定期 △電車の定期券を買いました。／我買了電車的月票。

ディスプレイ【display】 名 陳列，展覽，顯示；（電腦的）顯示器 類 陳列（陳列）△使わなくなったディスプレイはリサイクルに出します。／不再使用的顯示器要送去回收。

ていでん【停電】 名·自サ 停電，停止供電 △停電のたびに、懐中電灯を買っておけばよかったと思う。／每次停電時，我總是心想早知道就買一把手電筒就好了。

ていりゅうじょ【停留所】 名 公車站；電車站 △停留所でバスを1時間も

待った。／在站牌等了足足一個鐘頭的巴士。

データ【data】㊔ 論據，論證的事實；材料，資料；數據 ㊚ 資料（資料）；情報（情報）△データを分析すると、景気は明らかに回復してきている。／分析數據後發現景氣有明顯的復甦。

デート【date】㊔·自サ 日期，年月日；約會，幽會 △明日はデートだから、思いっきりおしゃれしないと。／明天要約會，得好好打扮一番才行。

テープ【tape】㊔ 窄帶，線帶，布帶；卷尺；錄音帶 △インタビューをテープに録音させてもらった。／請對方把採訪錄製成錄音帶。

テーマ【theme】㊔（作品的）中心思想，主題；（論文、演說的）題目，課題 ㊚ 主題（主題）△論文のテーマについて、説明してください。／請說明一下這篇論文的主題。

てき【的】接尾·形動（前接名詞）關於，對於；表示狀態或性質 △お盆休みって、一般的には何日から何日までですか。／中元節的連續假期，通常都是從幾號到幾號呢？

できごと【出来事】㊔（偶發的）事件，變故 ㊚ 事故（事故）；事件（事件）△今日の出来事って、なんか特にあったっけ。／今天有發生什麼特別的事嗎？

てきとう【適当】㊔·形動·自サ 適當；適度；隨便 ㊚ 相応（相稱）；いい加減（適度）△適当にやっておくから、大丈夫。／我會妥當處理的，沒關係！

できる自上一 完成；能夠 ㊚ でき上がる（完成）△1週間でできるはずだ。／一星期應該就可以完成的。

てくび【手首】㊔ 手腕 △手首をけがした以上、試合には出られません。／既然我的手腕受傷，就沒辦法出場比賽。

デザート【dessert】㊔ 餐後點心，甜點（大多泛指較西式的甜點）△おなかいっぱいでも、デザートはいただきます。／就算肚子已經很撐了，我還是要吃甜點喔！

デザイナー【designer】㊔（服裝、建築等）設計師，圖案家 △デザイナーになるために専門学校に行く。／為了成為設計師而進入專校就讀。

N3-042

デザイン【design】㊔·自他サ 設計（圖）；（製作）圖案 ㊚ 設計（設計）△今週中に新製品のデザインを決めることになっている。／規定將於本星期內把新產品的設計定案。

デジカメ【digital camera之略】㊔ 數位相機（「デジタルカメラ」之略稱）△小型のデジカメを買いたいです。／我想要買一台小型數位相機。

デジタル【digital】㊔ 數位的，數字的，計量的 (對) アナログ（模擬設備）△最新のデジタル製品にはついていけません。／我實在不會使用最新的數位電子製品。

てすうりょう【手数料】 ㊔ 手續費；回扣 (類) コミッション（手續費）△外国でクレジットカードを使うと、手数料がかかります。／在國外刷信用卡需要支付手續費。

てちょう【手帳】 ㊔ 筆記本，雜記本 (類) ノート（筆記）△手帳で予定を確認する。／翻看隨身記事本確認行程。

てっこう【鉄鋼】 ㊔ 鋼鐵 △ここは近くに鉱山があるので、鉄鋼業が盛んだ。／由於這附近有一座礦場，因此鋼鐵業十分興盛。

てってい【徹底】 (名·自サ) 徹底；傳遍，普遍，落實 △徹底した調査の結果、故障の原因はほこりでした。／經過了徹底的調查，確定故障的原因是灰塵。

てつや【徹夜】 (名·自サ) 通宵，熬夜，徹夜 (類) 夜通し（通宵）△仕事を引き受けた以上、徹夜をしても完成させます。／既然接下了工作，就算熬夜也要將它完成。

てのこう【手の甲】 ㊔ 手背 (對) 掌（手掌）△蚊に手の甲を刺されました。／手背被蚊子叮了。

てのひら【手の平・掌】 ㊔ 手掌 (對) 手の甲（手背）△赤ちゃんの手の平はもみじのように小さくてかわいい。／小嬰兒的手掌如同楓葉般小巧可愛。

テレビばんぐみ【television番組】 ㊔ 電視節目 △兄はテレビ番組を制作する会社に勤めています。／家兄在電視節目製作公司上班。

てん【点】 ㊔ 點；方面；（得）分 (類) ポイント（得分）△その点について、説明してあげよう。／關於那一點，我來為你說明吧！

でんきスタンド【電気stand】 ㊔ 檯燈 △本を読むときは電気スタンドをつけなさい。／你在看書時要把檯燈打開。

でんきだい【電気代】 ㊔ 電費 (類) 電気料金（電費）△冷房をつけると、電気代が高くなります。／開了冷氣，電費就會增加。

でんきゅう【電球】 ㊔ 電燈泡 △電球が切れてしまった。／電燈泡壞了。

でんきりょうきん【電気料金】 ㊔ 電費 (類) 電気代（電費）△電気料金は年々値上がりしています。／電費年年上漲。

でんごん【伝言】 (名·自他サ) 傳話，口信；帶口信 (類) お知らせ（通知）△何か部長へ伝言はありますか。／有沒有什麼話要向經理轉達的？

でんしゃだい【電車代】 ㊔（坐）電車費用 (類) 電車賃（電車費用）△通勤にかかる電車代は会社が払ってくれます。／上下班的電車費是由公司支付的。

でんしゃちん【電車賃】 名（坐）電車費用 類 電車代（電車費用）△ここから東京駅までの電車賃は250円です。／從這裡搭到東京車站的電車費是二百五十日圓。

てんじょう【天井】 名 天花板 △天井の高いホールだなあ。／這座禮堂的頂高好高啊！

でんしレンジ【電子range】 名 電子微波爐 △これは電子レンジで温めて食べたほうがいいですよ。／這個最好先用微波爐熱過以後再吃喔。

てんすう【点数】 名（評分的）分數 △読解の点数はまあまあだったが、聴解の点数は悪かった。／閱讀和理解項目的分數還算可以，但是聽力項目的分數就很差了。

でんたく【電卓】 名 電子計算機（「電子式卓上計算機（でんししきたくじょうけいさんき）」之略稱）△電卓で計算する。／用計算機計算。

でんち【電池】 名（理）電池 類 バッテリー（蓄電池）△太陽電池時計は、電池交換は必要ですか。／使用太陽能電池的時鐘，需要更換電池嗎？

テント【tent】 名 帳篷 △夏休み、友達とキャンプ場にテントを張って泊まった。／暑假和朋友到露營地搭了帳棚住宿。

でんわだい【電話代】 名 電話費 △国際電話をかけたので、今月の電話代はいつもの倍でした。／由於我打了國際電話，這個月的電話費變成了往常的兩倍。

と ト

N3-043

ど【度】 名·漢造 尺度；程度；溫度；次數，回數；規則，規定；氣量，氣度 類 程度（程度）；回数（回數）△明日の気温は、今日より5度ぐらい高いでしょう。／明天的天氣大概會比今天高個五度。

とう【等】 接尾 等等；（助數詞用法，計算階級或順位的單位）等（級）類 など（等等）△イギリス、フランス、ドイツ等のEU諸国はここです。／英、法、德等歐盟各國的位置在這裡。

とう【頭】 接尾（牛、馬等）頭 △日本では、過去に計36頭の狂牛病の牛が発見されました。／在日本，總共發現了三十六頭牛隻染上狂牛病。

どう【同】 名 同樣，同等；（和上面的）相同 △同社の発表によれば、既に問い合わせが来ているそうです。／根據該公司的公告，已經有人前去洽詢了。

とうさん【倒産】 名·自サ 破產，倒閉 類 破産（破產）；潰れる（倒閉）△台湾新幹線は倒産するかもしれないということだ。／據說台灣高鐵公司或許會破產。

どうしても 副（後接否定）怎麼也，無論怎樣也；務必，一定，無論如何也要 類 絶対に（絕對）；ぜひとも（務必）△どうしても東京大学に入りたいです。／無論如何都想進入東京大學就讀。

どうじに【同時に】 副 同時，一次；馬上，立刻 類 一度に（同時）△ドアを開けると同時に、電話が鳴りました。／就在我開門的同一時刻，電話響了。

とうぜん【当然】 形動·副 當然，理所當然 △妹をいじめたら、お父さんとお母さんが怒るのも当然だ。／欺負妹妹以後，受到爸爸和媽媽的責罵也是天經地義的。

どうちょう【道庁】 名 北海道的地方政府（「北海道庁」之略稱）類 北海道庁（北海道的地方政府）△道庁は札幌市にあります。／北海道道廳（地方政府）位於札幌市。

とうよう【東洋】 名（地）亞洲；東洋，東方（亞洲東部和東南部的總稱）對 西洋（西洋）△東洋文化には、西洋文化とは違う良さがある。／東洋文化有著和西洋文化不一樣的優點。

どうろ【道路】 名 道路 類 道（道路）△お盆や年末年始は、高速道路が混んで当たり前になっています。／盂蘭盆節（相當於中元節）和年末年初時，高速公路壅塞是家常便飯的事。

とおす【通す】 他五·接尾 穿通，貫穿；滲透，透過；連續，貫徹；（把客人）讓到裡邊；一直，連續，…到底 類 突き抜けさせる（使穿透）；導く（引導）△彼は、自分の意見を最後まで通す人だ。／他是個貫徹自己的主張的人。

トースター【toaster】 名 烤麵包機 補 トースト：土司 △トースターで焼き芋を温めました。／以烤箱加熱了烤蕃薯。

とおり【通り】 接尾 種類；套，組 △行き方は、JR、地下鉄、バスの3通りある。／交通方式有搭乘國鐵、地鐵和巴士三種。

とおり【通り】 名 大街，馬路；通行，流通 △ここをまっすぐ行くと、広い通りに出ます。／從這裡往前直走，就會走到一條大馬路。

とおりこす【通り越す】 自五 通過，越過 △ぼんやり歩いていて、バス停を通り越してしまった。／心不在焉地走著，都過了巴士站牌還繼續往前走。

とおる【通る】 自五 經過；穿過；合格 類 通行（通行）△ときどき、あなたの家の前を通ることがあります。／我有時會經過你家前面。

とかす【溶かす】 他五 溶解，化開，溶入 △お湯に溶かすだけで、おいしいコーヒーができます。／只要加熱水沖泡，就可以做出一杯美味的咖啡。

どきどき 副·自サ（心臟）撲通撲通地跳，

七上八下 △告白するなんて、考えただけでも心臓がどきどきする。／說什麼告白，光是在腦中想像，心臟就怦怦跳個不停。

ドキュメンタリー【documentary】 名 紀錄，紀實；紀錄片 △この監督はドキュメンタリー映画を何本も制作しています。／這位導演已經製作了非常多部紀錄片。

とく【特】 漢造 特，特別，與眾不同 △「ななつ星」は、日本ではじめての特別な列車だ。／「七星號列車」是日本首度推出的特別火車。

とく【得】 名·形動 利益；便宜 △まとめて買うと得だ。／一次買更划算。

とく【溶く】 他五 溶解，化開，溶入 類 溶かす（融化）△この薬は、お湯に溶いて飲んでください。／這服藥請用熱開水沖泡開後再服用。

とく【解く】 他五 解開；拆開（衣服）；消除，解除（禁令、條約等）；解答 對 結ぶ（綁起來）類 解く（解開）△もっと時間があったとしても、あんな問題は解けなかった。／就算有更多的時間，也沒有辦法解出那麼困難的問題。

とくい【得意】 名·形動（店家的）主顧；得意，滿意；自滿，得意洋洋；拿手 對 失意（失意）類 有頂天（得意洋洋）△人付き合いが得意です。／我善於跟人交際。

どくしょ【読書】 名·自サ 讀書 類 閲読（閱讀）△読書が好きと言った割には、漢字が読めないね。／說是喜歡閱讀，沒想到讀不出漢字呢。

どくしん【独身】 名 單身 △当分は独身の自由な生活を楽しみたい。／暫時想享受一下單身生活的自由自在。

とくちょう【特徴】 名 特徵，特點 類 特色（特色）△彼女は、特徴のある髪型をしている。／她留著一個很有特色的髮型。

N3-044

とくべつきゅうこう【特別急行】 名 特別快車，特快車 類 特急（特快車）△まもなく、網走行き特別急行オホーツク1号が発車します。／開往網走的鄂霍次克一號特快車即將發車。

とける【溶ける】 自下一 溶解，融化 類 溶解（溶解）△この物質は、水に溶けません。／這個物質不溶於水。

とける【解ける】 自下一 解開，鬆開（綁著的東西）；消，解消（怒氣等）；解除（職責、契約等）；解開（疑問等）類 解ける（解開）△あと10分あったら、最後の問題解けたのに。／如果再多給十分鐘，就可以解出最後一題了呀。

どこか 連語 哪裡是，豈止，非但 △どこか暖かい国へ行きたい。／想去暖活的國家。

ところどころ【所々】 名 處處，各處，

到處都是 類 あちこち（到處）△所々に間違いがあるにしても、だいたいよく書けています。／雖說有些地方錯了，但是整體上寫得不錯。

とし【都市】 名 都市，城市 對 田舎（鄉下）類 都会（都會）△今後の都市計画について説明いたします。／請容我說明往後的都市計畫。

としうえ【年上】 名 年長，年歲大（的人）對 年下（年幼）類 目上（長輩）△落ち着いているので、年上かと思いました。／由於他的個性穩重，還以為年紀比我大。

としょ【図書】 名 圖書 △読みたい図書が貸し出し中のときは、予約ができます。／想看的書被其他人借走時，可以預約。

とじょう【途上】 名（文）路上；中途 △この国は経済的発展の途上にある。／這個國家屬於開發中國家。

としより【年寄り】 名 老人；（史）重臣，家老；（史）村長；（史）女管家；（相撲）退休的力士，顧問 對 若者（年輕人）類 老人（老人）△電車でお年寄りに席を譲った。／在電車上讓座給長輩了。

とじる【閉じる】 自上一 閉，關閉；結束 類 閉める（關閉）比 閉じる：還原回原本的狀態。例如：五官、貝殼或書。閉める：將空間或縫隙等關閉。例如：門、蓋子、窗。也有兩者皆可使用的情況。例：目を閉める（×）目を閉じる（○）△目を閉じて、子どものころを思い出してごらん。／請試著閉上眼睛，回想兒時的記憶。

とちょう【都庁】 名 東京都政府（「東京都庁」之略稱）△都庁は何階建てですか。／請問東京都政府是幾層樓建築呢？

とっきゅう【特急】 名 火速；特急列車（「特別急行」之略稱）類 大急ぎ（火急）△特急で行こうと思う。／我想搭特急列車前往。

とつぜん【突然】 副 突然 △会議の最中に、突然誰かの電話が鳴った。／在開會時，突然有某個人的電話響了。

トップ【top】 名 尖端；（接力賽）第一棒；領頭，率先；第一位，首位，首席 類 一番（第一）△成績はクラスでトップな反面、体育は苦手だ。／成績雖是全班第一名，但體育卻很不拿手。

とどく【届く】 自五 及，達到；（送東西）到達；周到；達到（希望）類 着く（到達）△昨日、いなかの母から手紙が届きました。／昨天，收到了住在鄉下的母親寫來的信。

とどける【届ける】 他下一 送達；送交；報告 △あれ、財布が落ちてる。交番に届けなくちゃ。／咦，有人掉了錢包？得送去派出所才行。

どの【殿】 接尾 大人（前接姓名等表示

尊重・書信用，多用於公文）補 平常較常使用「様」△山田太郎殿、お問い合わせの資料をお送りします。ご査収ください。／山田太郎先生，茲檢附您所查詢的資料，敬請查收。

とばす【飛ばす】（他五・接尾）使…飛，使飛起；（風等）吹起，吹跑；飛濺，濺起 類 飛散させる（使飛散）△友達に向けて紙飛行機を飛ばしたら、先生にぶつかっちゃった。／把紙飛機射向同學，結果射中了老師。

とぶ【跳ぶ】（自五）跳，跳起；跳過（順序、號碼等）△お母さん、今日ね、はじめて跳び箱８段跳べたよ。／媽媽，我今天練習跳箱，第一次成功跳過八層喔！

ドライブ【drive】（名・自サ）開車遊玩；兜風 △気分転換にドライブに出かけた。／開車去兜了風以轉換心情。

ドライヤー【dryer・drier】（名）乾燥機，吹風機 △すみません、ドライヤーを貸してください。／不好意思，麻煩借用吹風機。

トラック【track】（名）（操場、運動場、賽馬場的）跑道 △競技用トラック。／比賽用的跑道。

ドラマ【drama】（名）劇；連戲劇；戲劇；劇本；戲劇文學；（轉）戲劇性的事件 類 芝居（戲劇）△このドラマは、役者に加えてストーリーもいい。／這部影集演員好，而且故事情節也精彩。

トランプ【trump】（名）撲克牌 △トランプを切って配る。／撲克牌洗牌後發牌。

どりょく【努力】（名・自サ）努力 類 頑張る（努力）△努力が実って、N３に合格した。／努力有了成果，通過了N３級的測驗。

トレーニング【training】（名・他サ）訓練，練習 類 練習（練習）△もっと前からトレーニングしていればよかった。／早知道就提早訓練了。

ドレッシング【dressing】（名）調味料，醬汁；服裝，裝飾 類 ソース（辣醬油）；調味料（調味料）△さっぱりしたドレッシングを探しています。／我正在找口感清爽的調味醬汁。

トン【ton】（名）（重量單位）噸，公噸，一千公斤 △一万トンもある船だから、そんなに揺れないよ。／這可是重達一萬噸的船，不會那麼晃啦。

どんなに（副）怎樣，多麼，如何；無論如何…也 類 どれほど（多麼）△どんなにがんばっても、うまくいかない。／不管怎麼努力，事情還是無法順利發展。

どんぶり【丼】（名）大碗公；大碗蓋飯 類 茶碗（飯碗）△どんぶりにご飯を盛った。／我盛飯到大碗公裡。

な ナ

N3-045

ない【内】 漢造 內，裡頭；家裡；內部 △お降りの際は、車内にお忘れ物のないようご注意ください。／下車時，請別忘了您隨身攜帶的物品。

ないよう【内容】 名 內容 類 中身（內容）△この本の内容は、子どもっぽすぎる。／這本書的內容，感覺實在是太幼稚了。

なおす【直す】 接尾（前接動詞連用形）重做… △私は英語をやり直したい。／我想從頭學英語。

なおす【直す】 他五 修理；改正；治療 類 改める（修正）△自転車を直してやるから、持ってきなさい。／我幫你修理腳踏車，去把它騎過來。

なおす【治す】 他五 醫治，治療 類 治療（治療）△早く病気を治して働きたい。／我真希望早日把病治好，快點去工作。

なか【仲】 名 交情；（人和人之間的）聯繫 △あの二人、仲がいいですね。／他們兩人感情可真好啊！

ながす【流す】 他五 使流動，沖走；使漂走；流（出）；放逐；使流產；傳播；洗掉（汙垢）；不放在心上 類 流出（流出）；流れるようにする（流動）△トイレットペーパー以外は流さないでください。／請勿將廁紙以外的物品丟入馬桶內沖掉。

なかみ【中身】 名 裝在容器裡的內容物，內容；刀身 類 内容（內容）△そのおにぎり、中身なに？／那種飯糰裡面包的是什麼餡料？

なかゆび【中指】 名 中指 △中指にけがをしてしまった。／我的中指受了傷。

ながれる【流れる】 自下一 流動；漂流；飄動；傳布；流逝；流浪；（壞的）傾向；流產；作罷；偏離目標；瀰漫；降落 類 流動する（流動）△日本で一番長い信濃川は、長野県から新潟県へと流れている。／日本最長的河流信濃川，是從長野縣流到新潟縣的。

なくなる【亡くなる】 自五 去世，死亡 類 死ぬ（死亡）△おじいちゃんが亡くなって、みんな悲しんでいる。／爺爺過世了，大家都很哀傷。

なぐる【殴る】 他五 毆打，揍；草草了事 類 打つ（打）△彼が人を殴るわけがない。／他不可能會打人。

なぜなら（ば）【何故なら（ば）】 接續 因為，原因是 △どんなに危険でも私は行く。なぜなら、そこには助けを求めている人がいるからだ。／不管有多麼危險我都非去不可，因為那裡有人正在求救。

なっとく【納得】 名・他サ 理解，領會；同意，信服 類 理解（理解）△なんで怒られたんだか、全然納得がいかない。／完全不懂自己為何挨罵了。

ななめ【斜め】 名·形動 斜，傾斜；不一般，不同往常 類 傾斜（傾斜）△絵が斜めになっていたので直した。／因為畫歪了，所以將它調正。

なにか【何か】 連語·副 什麼；總覺得 △内容をご確認の上、何か問題があればご連絡ください。／內容確認後，如有問題請跟我聯絡。

なべ【鍋】 名 鍋子；火鍋 △お鍋に肉じゃがを作っておいたから、あっためて食べてね。／鍋子裡已經煮好馬鈴薯燉肉了，熱一熱再吃喔。

なま【生】 名·形動（食物沒有煮過、烤過）生的；直接的，不加修飾的；不熟練，不到火候 類 未熟（生的）△この肉、生っぽいから、もう一度焼いて。／這塊肉看起來還有點生，幫我再煎一次吧。

なみだ【涙】 名 淚，眼淚；哭泣；同情 △指をドアに挟んでしまって、あんまり痛くて涙が出てきた。／手指被門夾住了，痛得眼淚都掉下來了。

なやむ【悩む】 自五 煩惱，苦惱，憂愁；感到痛苦 類 苦悩（苦惱）；困る（困擾）△あんなひどい女のことで、悩むことはないですよ。／用不著為了那種壞女人煩惱啊！

ならす【鳴らす】 他五 鳴，啼，叫；（使）出名；嘮叨；放響屁 △日本では、大晦日には除夜の鐘を 108 回鳴らす。／在日本，除夕夜要敲鐘一百零八回。

なる【鳴る】 自五 響，叫；聞名 類 音が出る（發出聲音）△ベルが鳴ったら、書くのをやめてください。／鈴聲一響起，就請停筆。

ナンバー【number】 名 數字，號碼；（汽車等的）牌照 △犯人の車は、ナンバーを隠していました。／嫌犯作案的車輛把車號遮起來了。

に ニ

N3-046

にあう【似合う】 自五 合適，相稱，調和 類 相応しい（適合）；釣り合う（相襯）△福井さん、黄色が似合いますね。／福井小姐真適合穿黃色的衣服呀！

にえる【煮える】 自下一 煮熟，煮爛；水燒開；固體融化（成泥狀）；發怒，非常氣憤 類 沸騰する（沸騰）△もう芋は煮えましたか。／芋頭已經煮熟了嗎？

にがて【苦手】 名·形動 棘手的人或事；不擅長的事物 類 不得意（不擅長）△あいつはどうも苦手だ。／我對那傢伙實在是很感冒。

にぎる【握る】 他五 握，抓；握飯團或壽司；掌握，抓住；（圍棋中決定誰先下）抓棋子 類 掴む（抓住）△運転中は、車のハンドルを両手でしっかり握ってください。／開車時請雙手緊握方向盤。

にくらしい【憎らしい】 ㊊ 可憎的，討厭的，令人憎恨的 ㊌ 可愛らしい（可愛）△うちの子、反抗期で、憎らしいことばっかり言う。／我家孩子正值反抗期，老是說些惹人討厭的話。

にせ【偽】 ㊔ 假，假冒；贗品 ㊍ 偽物（贗品）△レジから偽の1万円札が5枚見つかりました。／收銀機裡發現了五張萬圓偽鈔。

にせる【似せる】 他下一 模仿，仿效；偽造 ㊍ まねる（模仿）△本物に似せて作ってありますが、色が少し違います。／雖然做得與真物非常相似，但是顏色有些微不同。

にゅうこくかんりきょく【入国管理局】 ㊔ 入國管理局 △入国管理局に行って、在留カードを申請した。／到入境管理局申請了居留證。

にゅうじょうりょう【入場料】 ㊔ 入場費，進場費 △動物園の入場料はそんなに高くないですよ。／動物園的門票並沒有很貴呀。

にる【煮る】 自五 煮，燉，熬 △醤油を入れて、もう少し煮ましょう。／加醬油再煮一下吧！

にんき【人気】 ㊔ 人緣，人望 △あのタレントは人気がある。／那位藝人很受歡迎。

ぬ ヌ

N3-047

ぬう【縫う】 他五 縫，縫補；刺繡；穿過，穿行；（醫）縫合（傷口）㊍ 裁縫（裁縫）△母親は、子どものために思いをこめて服を縫った。／母親滿懷愛心地為孩子縫衣服。

ぬく【抜く】 自他五・接尾 抽出，拔去；選出，摘引；消除，排除；省去，減少；超越 △この虫歯は、もう抜くしかありません。／這顆蛀牙已經非拔不可了。

ぬける【抜ける】 自下一 脫落，掉落；遺漏；脫；離，離開，消失，散掉；溜走，逃脫 ㊍ 落ちる（落下）△自転車のタイヤの空気が抜けたので、空気入れで入れた。／腳踏車的輪胎已經扁了，用打氣筒灌了空氣。

ぬらす【濡らす】 他五 浸濕，淋濕，沾濕 ㊌ 乾かす（曬乾）㊍ 濡れる（濕潤）△この機械は、濡らすと壊れるおそれがある。／這機器一碰水，就有可能故障。

ぬるい【温い】 ㊊ 微溫，不冷不熱，不夠熱 ㊍ 温かい（暖和）△電話がかかってきたせいで、お茶がぬるくなってしまった。／由於接了通電話，結果茶都涼了。

ねネ

N3-048

ねあがり【値上がり】 名·自サ 價格上漲，漲價 對 値下がり（降價）類 高くなる（漲價）△近頃、土地の値上がりが激しい。／最近地價猛漲。

ねあげ【値上げ】 名·他サ 提高價格，漲價 對 値下げ（降價）△たばこ、来月から値上げになるんだって。／聽說香菸下個月起要漲價。

ネックレス【necklace】 名 項鍊 △ネックレスをすると肩がこる。／每次戴上項鍊，肩膀就酸痛。

ねっちゅう【熱中】 名·自サ 熱中，專心；酷愛，著迷於 類 夢中になる（著迷於）△子どもは、ゲームに熱中しがちです。／小孩子容易沈迷於電玩。

ねむる【眠る】 自五 睡覺；埋藏 對 目覚める（睡醒）類 睡眠（睡眠）△薬を使って、眠らせた。／用藥讓他入睡。

ねらい【狙い】 名 目標，目的；瞄準，對準 類 目当て（目的）△家庭での勉強の習慣をつけるのが、宿題を出すねらいです。／讓學童在家裡養成用功的習慣是老師出作業的目的。

ねんし【年始】 名 年初；賀年，拜年 對 年末（年底）類 年初（年初）△お世話になっている人に、年始の挨拶をする。／向承蒙關照的人拜年。

ねんせい【年生】 接尾 …年級生 △出席日数が足りなくて、3年生に上がれなかった。／由於到校日數不足，以致於無法升上三年級。

ねんまつねんし【年末年始】 名 年底與新年 △年末年始は、ハワイに行く予定だ。／預定去夏威夷跨年。

のノ

N3-049

のうか【農家】 名 農民，農戶；農民的家 △農林水産省によると、日本の農家は年々減っている。／根據農林水產部的統計，日本的農戶正逐年遞減。

のうぎょう【農業】 名 農耕；農業 △10年前に比べて、農業の機械化はずいぶん進んだ。／和十年前相較，農業機械化有長足的進步。

のうど【濃度】 名 濃度 △空気中の酸素の濃度を測定する。／測量空氣中的氧氣濃度。

のうりょく【能力】 名 能力；（法）行為能力 類 腕前（能力）△能力とは、試験で測れるものだけではない。／能力這東西，並不是只有透過考試才能被檢驗出來。

のこぎり【鋸】 名 鋸子 △のこぎりで

板を切る。／用鋸子鋸木板。

のこす【残す】 他五 留下，剩下；存留；遺留；（相撲頂住對方的進攻）開腳站穩 類 余す（剩下）△好き嫌いはいけません。残さずに全部食べなさい。／不可以偏食，要把飯菜全部吃完。

のせる【乗せる】 他下一 放在高處，放到…；裝載；使搭乘；使參加；騙人，誘拐；記載，刊登；合著音樂的拍子或節奏 △子どもを電車に乗せる。／送孩子上電車。

のせる【載せる】 他下一 放在…上，放在高處；裝載，裝運；納入，使參加；欺騙；刊登，刊載 類 積む（裝載）；上に置く（裝載）△新聞に広告を載せたところ、注文がたくさん来た。／在報上刊登廣告以後，結果訂單就如雪片般飛來了。

のぞむ【望む】 他五 遠望，眺望；指望，希望；仰慕，景仰 類 求める（盼望）△あなたが望む結婚相手の条件は何ですか。／你希望的結婚對象，條件為何？

のち【後】 名 後，之後；今後，未來；死後，身後 △今日は晴れのち曇りだって。／聽說今天的天氣是晴時多雲。

ノック【knock】 名·他サ 敲打；（來訪者）敲門；打球 △ノックの音が聞こえたが、出てみると誰もいなかった。／雖然聽到了敲門聲，但是開門一看，外面根本沒人。

のばす【伸ばす】 他五 伸展，擴展，放長；延緩（日期），推遲；發展，發揮；擴大，增加；稀釋；打倒 類 伸長（伸長）△手を伸ばしてみたところ、木の枝に手が届きました。／我一伸手，結果就碰到了樹枝。

のびる【伸びる】 自上一 （長度等）變長，伸長；（皺摺等）伸展；擴展，到達；（勢力、才能等）擴大，增加，發展 △中学生になって、急に背が伸びた。／上了中學以後突然長高不少。

のぼり【上り】 名 （「のぼる」的名詞形）登上，攀登；上坡（路）；上行列車（從地方往首都方向的列車）；進京 對 下り（下坡）△まもなく、上りの急行電車が通過いたします。／上行快車即將通過月台。

のぼる【上る】 自五 進京；晉級，高昇；（數量）達到，高達 對 下る（下去）類 上がる（上升）比 有意圖的往上升、移動。△足が悪くなって階段を上るのが大変です。／腳不好爬樓梯很辛苦。

のぼる【昇る】 自五 上升 比 自然性的往上方移動。△太陽が昇るにつれて、気温も上がってきた。／隨著日出，氣溫也跟著上升了。

のりかえ【乗り換え】 名 換乘，改乘，改搭 △電車の乗り換えで意外と迷った。／電車轉乘時居然一時不知道該搭哪一條路線。

のりこし【乗り越し】 名·自サ （車）坐過站 △乗り越しの方は精算してください。／請坐過站的乘客補票。

のんびり 副·自サ 舒適，逍遙，悠然自得 對 くよくよ（耿耿於懷）類 ゆったり（舒適）；呑気（悠閒）△平日はともかく、週末はのんびりしたい。／先不說平日是如何，我週末想悠哉地休息一下。

はハ

N3-050

バーゲンセール【bargain sale】 名 廉價出售，大拍賣 類 安売り（賤賣）；特売（特別賤賣）補 略稱：バーゲン △デパートでバーゲンセールが始まったよ。／百貨公司已經開始進入大拍賣囉。

パーセント【percent】 名 百分率 △手数料が3パーセントかかる。／手續費要三個百分比。

パート【part time之略】 名（按時計酬）打零工 △母はスーパーでレジのパートをしている。／家母在超市兼差當結帳人員。

ハードディスク【hard disk】 名（電腦）硬碟 △ハードディスクはパソコンコーナーのそばに置いてあります。／硬碟就放在電腦展示區的旁邊。

パートナー【partner】 名 伙伴，合作者，合夥人；舞伴 類 相棒（夥伴）△彼はいいパートナーでした。／他是一個很好的工作伙伴。

はい【灰】 名 灰 △前を歩いている人のたばこの灰が飛んできた。／走在前方那個人抽菸的菸灰飄過來了。

ばい【倍】 名·漢造·接尾 倍，加倍；（數助詞的用法）倍 △今年から、倍の給料をもらえるようになりました。／今年起可以領到雙倍的薪資了。

はいいろ【灰色】 名 灰色 △空が灰色だ。雨になるかもしれない。／天空是灰色的，說不定會下雨。

バイオリン【violin】 名（樂）小提琴 △彼は、ピアノをはじめとして、バイオリン、ギターも弾ける。／不單是彈鋼琴，他還會拉小提琴和彈吉他。

ハイキング【hiking】 名 健行，遠足 △鎌倉へハイキングに行く。／到鎌倉去健行。

バイク【bike】 名 腳踏車；摩托車（「モーターバイク」之略稱）△バイクで日本のいろいろなところを旅行したい。／我想要騎機車到日本各地旅行。

ばいてん【売店】 名（車站等）小賣店 △駅の売店で新聞を買う。／在車站的販賣部買報紙。

バイバイ【bye-bye】 寒暄 再見，拜拜 △バイバイ、またね。／掰掰，再見。

ハイヒール【high heel】[名] 高跟鞋 △会社に入ってから、ハイヒールをはくようになりました。／進到公司以後，才開始穿上了高跟鞋。

はいゆう【俳優】[名]（男）演員 △俳優といっても、まだせりふのある役をやったことがない。／雖說是演員，但還不曾演過有台詞的角色。

パイロット【pilot】[名] 領航員；飛行駕駛員；實驗性的 [類] 運転手（司機）△飛行機のパイロットを目指して、訓練を続けている。／以飛機的飛行員為目標，持續地接受訓練。

はえる【生える】[自下一]（草，木）等生長 △雑草が生えてきたので、全部抜いてもらえますか。／雜草長出來了，可以幫我全部拔掉嗎？

ばか【馬鹿】[名·接頭] 愚蠢，糊塗 △ばかなまねはするな。／別做傻事。

はく・ぱく【泊】[接尾] 宿，過夜；停泊 △3泊4日の旅行で、京都に1泊、大阪に2泊する。／這趟四天三夜的旅行將在京都住一晚、大阪住兩晚。

はくしゅ【拍手】[名·自サ] 拍手，鼓掌 [類] 喝采（喝采）△演奏が終わってから、しばらく拍手が鳴り止まなかった。／演奏一結束，鼓掌聲持續了好一段時間。

はくぶつかん【博物館】[名] 博物館，博物院 △上野には大きな博物館がたくさんある。／很多大型博物館都座落於上野。

はぐるま【歯車】[名] 齒輪 △機械の調子が悪いので、歯車に油を差した。／機器的狀況不太好，因此往齒輪裡注了油。

はげしい【激しい】[形] 激烈，劇烈；（程度上）很高，厲害；熱烈 [類] 甚だしい（甚）；ひどい（嚴重）△その会社は、激しい価格競争に負けて倒産した。／那家公司在激烈的價格戰裡落敗而倒閉了。

はさみ【鋏】[名] 剪刀；剪票鉗 △体育の授業の間に、制服をはさみでずたずたに切られた。／在上體育課的時間，制服被人用剪刀剪成了破破爛爛的。

はし【端】[名] 開端，開始；邊緣；零頭，片段；開始，盡頭 [對] 中（中間）[類] 縁（邊緣）△道の端を歩いてください。／請走路的兩旁。

はじまり【始まり】[名] 開始，開端；起源 △宇宙の始まりは約137億年前と考えられています。／一般認為，宇宙大約起源於一百三十七億年前。

はじめ【始め】[名·接尾] 開始，開頭；起因，起源；以…為首 [對] 終わり（結束）[類] 起こり（起源）△こんな厚い本、始めから終わりまで全部読まなきゃなんないの？／這麼厚的書，真的非得從頭到尾全部讀完才行嗎？

はしら【柱】[名·接尾]（建）柱子；支柱；（轉）靠山 △この柱は、地震が来た

Level 5
Level 4
Level 3
Level 2
Level 1

ら倒れるおそれがある。／萬一遇到了地震，這根柱子有可能會倒塌。

はずす【外す】 他五 摘下，解開，取下；錯過，錯開；落後，失掉；避開，躲過 類 とりのける（除掉）△マンガでは、眼鏡を外したら実は美人、ということがよくある。／在漫畫中，經常出現女孩拿下眼鏡後其實是個美女的情節。

バスだい【bus代】 名 公車（乘坐）費 類 バス料金（公車費）△鈴木さんが私のバス代を払ってくれました。／鈴木小姐幫我代付了公車費。

パスポート【passport】 名 護照；身分證 △パスポートと搭乗券を出してください。／請出示護照和登機證。

バスりょうきん【bus料金】 名 公車（乘坐）費 類 バス代（公車費）△大阪までのバス料金は10年間同じままです。／搭到大阪的公車費用，這十年來都沒有漲價。

N3-051

はずれる【外れる】 自下一 脫落，掉下；（希望）落空，不合（道理）；離開（某一範圍）對 当たる（命中）類 離れる（背離）；逸れる（走調）△機械の部品が、外れるわけがない。／機器的零件，是不可能會脫落的。

はた【旗】 名 旗，旗幟；（佛）幡 △会場の入り口には、参加する各国の旗が揚がっていた。／與會各國的國旗在會場的入口處飄揚。

はたけ【畑】 名 田地，旱田；專業的領域 △畑を耕して、野菜を植える。／耕田種菜。

はたらき【働き】 名 勞動，工作；作用，功效；功勞，功績；功能，機能 類 才能（才能）△朝ご飯を食べないと、頭の働きが悪くなる。／如果不吃早餐，腦筋就不靈活。

はっきり 副·自サ 清楚；直接了當 類 明らか（明朗）△君ははっきり言いすぎる。／你說得太露骨了。

バッグ【bag】 名 手提包 △バッグに財布を入れる。／把錢包放入包包裡。

はっけん【発見】 名·他サ 發現 類 見つける；見つけ出す（發現）△博物館に行くと、子どもたちにとっていろいろな発見があります。／孩子們去到博物館會有很多新發現。

はったつ【発達】 名·自サ （身心）成熟，發達；擴展，進步；（機能）發達，發展 △子どもの発達に応じて、おもちゃを与えよう。／依小孩的成熟程度給玩具。

はつめい【発明】 名·他サ 發明 類 発案（提議）△社長は、新しい機械を発明するたびにお金をもうけています。／每逢社長研發出新型機器，就會賺大錢。

はで【派手】 名·形動 （服裝等）鮮艷的，華麗的；（為引人注目而動作）誇張，做作

對 地味（樸素）類 艶やか（艷麗）△いくらパーティーでも、そんな派手な服を着ることはないでしょう。／就算是派對，也不用穿得那麼華麗吧。

はながら【花柄】 名 花的圖樣 類 花模様（花卉圖案）△花柄のワンピースを着ているのが娘です。／身穿有花紋圖樣的連身洋裝的，就是小女。

はなしあう【話し合う】 自五 對話，談話；商量，協商，談判 △今後の計画を話し合って決めた。／討論決定了往後的計畫。

はなす【離す】 他五 使…離開，使…分開；隔開，拉開距離 對 合わせる（配合）類 分離（分離）△混雑しているので、お子さんの手を離さないでください。／目前人多擁擠，請牢牢牽住孩童的手。

はなもよう【花模様】 名 花的圖樣 類 花柄（花卉圖案）△彼女はいつも花模様のハンカチを持っています。／她總是帶著綴有花樣的手帕。

はなれる【離れる】 自下一 離開，分開；離去；距離，相隔；脫離（關係），背離 對 合う（符合）類 別れる（離別）△故郷を離れる前に、みんなに挨拶をして回りました。／在離開故鄉之前，和大家逐一話別了。

はば【幅】 名 寬度，幅面；幅度，範圍；勢力；伸縮空間 類 広狭（寬廣和狹窄）△道路の幅を広げる工事をしている。／正在進行拓展道路的工程。

はみがき【歯磨き】 名 刷牙；牙膏，牙膏粉；牙刷 △毎食後に歯磨きをする。／每餐飯後刷牙。

ばめん【場面】 名 場面，場所；情景，（戲劇、電影等）場景，鏡頭；市場的情況，行情 類 光景（光景）；シーン（場面）△とてもよい映画で、特に最後の場面に感動した。／這是一部非常好看的電影，尤其是最後一幕更是感人肺腑。

はやす【生やす】 他五 使生長；留（鬍子）△恋人にいくら文句を言われても、彼はひげを生やしている。／就算被女友抱怨，他依然堅持蓄鬍。

はやる【流行る】 自五 流行，時興；興旺，時運佳 類 広まる（擴大）；流行する（流行）△こんな商品がはやるとは思えません。／我不認為這種商品會流行。

はら【腹】 名 肚子；心思，內心活動；心情，情緒；心胸，度量；胎內，母體內 對 背（背）類 腹部（腹部）；お腹（肚子）△あー、腹減った。飯、まだ？／啊，肚子餓了……。飯還沒煮好哦？（較為男性口吻）

バラエティー【variety】 名 多樣化，豐富多變；綜藝節目（「バラエティーショー」之略稱）類 多様性（多樣性）△彼女はよくバラエティー番組に出ていますよ。／她經常上綜藝節目唷。

ばらばら（な） 副 分散貌；凌亂，支離

破碎的 類 散り散り（離散）△風で書類が飛んで、ばらばらになってしまった。／文件被風吹得散落一地了。

バランス【balance】 名 平衡，均衡，均等 類 釣り合い（平衡）△この食事では、栄養のバランスが悪い。／這種餐食的營養並不均衡。

はる【張る】 自五·他五 延伸，伸展；覆蓋；膨脹，負擔過重；展平，擴張；設置，布置 類 覆う（覆蓋）；太る（增加）△今朝は寒くて、池に氷が張るほどだった。／今早好冷，冷到池塘都結了一層薄冰。

バレエ【ballet】 名 芭蕾舞 類 踊り（跳舞）△幼稚園のときからバレエを習っています。／我從讀幼稚園起，就一直學習芭蕾舞。

バン【van】 名 大篷貨車 △新型のバンがほしい。／想要有一台新型貨車。

ばん【番】 名·接尾·漢造 輪班；看守，守衛；（表順序與號碼）第…號；（交替）順序，次序 類 順序（順序）、順番（順序）△30分並んで、やっと私の番が来た。／排隊等了三十分鐘，終於輪到我了。

はんい【範囲】 名 範圍，界線 類 区域（區域）△次の試験の範囲は、32ページから60ページまでです。／這次考試範圍是從第三十二頁到六十頁。

はんせい【反省】 名·他サ 反省，自省（思想與行為）；重新考慮 類 省みる（反省）△彼は反省して、すっかり元気がなくなってしまった。／他反省過了頭，以致於整個人都提不起勁。

はんたい【反対】 名·自サ 相反；反對 對 賛成（贊成）類 あべこべ（相反）；否（不）△あなたが社長に反対しちゃ、困りますよ。／你要是跟社長作對，我會很頭痛的。

パンツ【pants】 名 內褲；短褲；運動短褲 類 ズボン（褲子）△子どものパンツと靴下を買いました。／我買了小孩子的內褲和襪子。

はんにん【犯人】 名 犯人 類 犯罪者（罪犯）△犯人はあいつとしか考えられない。／犯案人非他莫屬。

パンプス【pumps】 名 女用的高跟皮鞋，淑女包鞋 △入社式にはパンプスをはいていきます。／我穿淑女包鞋參加新進人員入社典禮。

パンフレット【pamphlet】 名 小冊子 補 略稱：パンフ 類 案内書（參考手冊）△社に戻りましたら、詳しいパンフレットをお送りいたします。／我一回公司，會馬上寄給您更詳細的小冊子。

ひ ヒ

N3-052

ひ【非】 名·接頭 非，不是 △そんなかっこうで会社に来るなんて、非常識だよ。／居然穿這樣來公司上班，簡直沒有常識！

ひ【費】 漢造 消費，花費；費用 △大学の学費は親が出してくれている。／大學的學費是由父母支付的。

ピアニスト【pianist】 名 鋼琴師，鋼琴家 類 ピアノの演奏家（鋼琴家）△知り合いにピアニストの方はいますか。／請問你的朋友中有沒有人是鋼琴家呢？

ヒーター【heater】 名 電熱器，電爐；暖氣裝置 類 暖房（暖氣）△ヒーターをつけたまま、寝てしまいました。／我沒有關掉暖爐就睡著了。

ビール【(荷)bier】 名 啤酒 △ビールが好きなせいか、おなかの周りに肉がついてきた。／可能是喜歡喝啤酒的緣故，肚子長了一圈肥油。

ひがい【被害】 名 受害，損失 對 加害（加害）類 損害（損害）△悲しいことに、被害は拡大している。／令人感到難過的是，災情還在持續擴大中。

ひきうける【引き受ける】 他下一 承擔，負責；照應，照料；應付，對付；繼承 類 受け入れる（接受）△引き受けたからには、途中でやめるわけにはいかない。／既然已經接下了這份任務，就不能中途放棄。

ひきざん【引き算】 名 減法 對 足し算（加法）類 減法（減法）△子どもに引き算の練習をさせた。／我叫小孩演練減法。

ピクニック【picnic】 名 郊遊，野餐 △子供が大きくなるにつれて、ピクニックに行かなくなった。／隨著孩子愈來愈大，也就不再去野餐了。

ひざ【膝】 名 膝，膝蓋 補 一般指膝蓋，但跪坐時是指大腿上側。例：「膝枕（ひざまくら）」枕在大腿上。△膝を曲げたり伸ばしたりすると痛い。／膝蓋彎曲和伸直時會痛。

ひじ【肘】 名 肘，手肘 △テニスで肘を痛めた。／打網球造成手肘疼痛。

びじゅつ【美術】 名 美術 類 芸術（藝術）、アート（藝術）△中国を中心として、東洋の美術を研究しています。／目前正在研究以中國為主的東洋美術。

ひじょう【非常】 名·形動 非常，很，特別；緊急，緊迫 類 特別（特別）△そのニュースを聞いて、彼は非常に喜んだに違いない。／聽到那個消息，他一定會非常的高興。

びじん【美人】 名 美人，美女 △やっぱり美人は得だね。／果然美女就是佔便宜。

ひたい【額】 [名] 前額，額頭；物體突出部分 [類] おでこ（口語用，並只能用在人體）（額頭）△畑仕事をしたら、額が汗びっしょりになった。／下田做農活，忙得滿頭大汗。

ひっこし【引っ越し】 [名] 搬家，遷居 △3月は引っ越しをする人が多い。／有很多人都在三月份搬家。

ぴったり [副·自サ] 緊緊地，嚴實地；恰好，正適合；說中，猜中 [類] ちょうど（正好）△そのドレス、あなたにぴったりですよ。／那件禮服，真適合你穿啊！

ヒット【hit】 [名·自サ] 大受歡迎，最暢銷；（棒球）安打 [類] 大当たり（大成功）△90年代にヒットした曲を集めました。／這裡面彙集了九〇年代的暢銷金曲。

ビデオ【video】 [名] 影像，錄影；錄影機；錄影帶 △録画したけど見ていないビデオがたまる一方だ。／雖然錄下來了但是還沒看的錄影帶愈堆愈多。

ひとさしゆび【人差し指】 [名] 食指 [類] 食指（食指）△彼女は、人差し指に指輪をしている。／她的食指上帶著戒指。

N3-053

ビニール【vinyl】 [名]（化）乙烯基；乙烯基樹脂；塑膠 △本当はビニール袋より紙袋のほうが環境に悪い。／其實紙袋比塑膠袋更容易造成環境污染。

ひふ【皮膚】 [名] 皮膚 △冬は皮膚が乾燥しやすい。／皮膚在冬天容易乾燥。

ひみつ【秘密】 [名·形動] 秘密，機密 △これは二人だけの秘密だよ。／這是只屬於我們兩個的秘密喔。

ひも【紐】 [名]（布、皮革等的）細繩，帶 △靴のひもがほどけてしまったので、結び直した。／鞋子的綁帶鬆了，於是重新綁了一次。

ひやす【冷やす】 [他五] 使變涼，冰鎮；（喻）使冷靜 △冷蔵庫に麦茶が冷やしてあります。／冰箱裡冰著麥茶。

びょう【秒】 [名·漢造]（時間單位）秒 △僕は100 mを12秒で走れる。／我一百公尺能跑十二秒。

ひょうご【標語】 [名] 標語 △交通安全の標語を考える。／正在思索交通安全的標語。

びようし【美容師】 [名] 美容師 △人気の美容師さんに髪を切ってもらいました。／我找了極受歡迎的美髮設計師幫我剪了頭髮。

ひょうじょう【表情】 [名] 表情 △表情が明るく見えるお化粧のしかたが知りたい。／我想知道怎麼樣化妝能讓表情看起來比較開朗。

ひょうほん【標本】 [名] 標本；（統計）樣本；典型 △ここには珍しい動物の標本が集められています。／這裡蒐集了一些罕見動物的標本。

ひょうめん【表面】 名 表面 類 表（表面）△地球の表面は約７割が水で覆われている。／地球表面約有百分之七十的覆蓋面積是水。

ひょうろん【評論】 名・他サ 評論，批評 類 批評（批評）△雑誌に映画の評論を書いている。／為雜誌撰寫影評。

びら 名（宣傳、廣告用的）傳單 △駅前で店の宣伝のびらをまいた。／在車站前分發了商店的廣告單。

ひらく【開く】 自五・他五 綻放；開，拉開 類 開ける（打開）△ばらの花が開きだした。／玫瑰花綻放開來了。

ひろがる【広がる】 自五 開放，展開；（面積、規模、範圍）擴大，蔓延，傳播 對 挟まる（夾）類 拡大（擴大）△悪い噂が広がる一方だ。／負面的傳聞，越傳越開了。

ひろげる【広げる】 他下一 打開，展開；（面積、規模、範圍）擴張，發展 對 狭まる（變窄）類 拡大（擴大）△犯人が見つからないので、捜査の範囲を広げるほかはない。／因為抓不到犯人，所以只好擴大搜查範圍了。

ひろさ【広さ】 名 寬度，幅度，廣度 △その森の広さは３万坪ある。／那座森林有三萬坪。

ひろまる【広まる】 自五（範圍）擴大；傳播，遍及 類 広がる（拓寬）△おしゃべりな友人のせいで、うわさが広まってしまった。／由於一個朋友的多嘴，使得謠言散播開來了。

ひろめる【広める】 他下一 擴大，增廣；普及，推廣；披漏，宣揚 類 普及させる（使普及）△祖母は日本舞踊を広める活動をしています。／祖母正在從事推廣日本舞蹈的活動。

びん【瓶】 名 瓶，瓶子 △缶ビールより瓶ビールの方が好きだ。／比起罐裝啤酒，我更喜歡瓶裝啤酒。

ピンク【pink】 名 桃紅色，粉紅色；桃色 △こんなピンク色のセーターは、若い人向きじゃない？／這種粉紅色的毛衣，不是適合年輕人穿嗎？

びんせん【便箋】 名 信紙，便箋 類 レターペーパー（信紙）△便箋と封筒を買ってきた。／我買來了信紙和信封。

ふフ

N3-054

ふ【不】 接頭・漢造 不；壞；醜；笨 △不老不死の薬なんて、あるわけがない。／這世上怎麼可能會有長生不老的藥。

ぶ【部】 名・漢造 部分；部門；冊 △君はいつもにこにこしているから営業部向きだよ。／你總是笑咪咪的，所以很適合業務部的工作喔！

ぶ【無】 (接頭·漢造) 無，沒有，缺乏 △無遠慮な質問をされて、腹が立った。／被問了一個沒有禮貌的問題，讓人生氣。

ファストフード【fast food】 (名) 速食 △ファストフードの食べすぎは体によくないです。／吃太多速食有害身體健康。

ファスナー【fastener】 (名)（提包、皮包與衣服上的）拉鍊 (類) チャック（拉鍊）；ジッパー（拉鏈）△このバッグにはファスナーがついています。／這個皮包有附拉鍊。

ファックス【fax】 (名·サ變) 傳真 △地図をファックスしてください。／請傳真地圖給我。

ふあん【不安】 (名·形動) 不安，不放心，擔心；不穩定 (類) 心配（擔心）△不安のあまり、友達に相談に行った。／因為實在是放不下心，所以找朋友來聊聊。

ふうぞく【風俗】 (名) 風俗；服裝，打扮；社會道德 △日本各地には、それぞれ土地風俗がある。／日本各地有不同的風俗習慣。

ふうふ【夫婦】 (名) 夫婦，夫妻 △夫婦になったからには、一生助け合って生きていきたい。／既然成為夫妻了，希望一輩子同心協力走下去。

ふかのう（な）【不可能（な）】 (形動) 不可能的，做不到的 (對) できる（能）(類) できない（不能）△1週間でこれをやるのは、経験からいって不可能だ。／要在一星期內完成這個，按照經驗來說是不可能的。

ふかまる【深まる】 (自五) 加深，變深 △このままでは、両国の対立は深まる一方だ。／再這樣下去，兩國的對立會愈來愈嚴重。

ふかめる【深める】 (他下一) 加深，加強 △日本に留学して、知識を深めたい。／我想去日本留學，研修更多學識。

ふきゅう【普及】 (名·自サ) 普及 △当時は、テレビが普及しかけた頃でした。／當時正是電視開始普及的時候。

ふく【拭く】 (他五) 擦，抹 (類) 拭う（擦掉）△教室と廊下の床は雑巾で拭きます。／用抹布擦拭教室和走廊的地板。

ふく【副】 (名·漢造) 副本，抄件；副；附帶 △町長にかわって副町長が式に出席した。／由副鎮長代替鎮長出席了典禮。

ふくむ【含む】 (他五·自四) 含（在嘴裡）；帶有，包含；瞭解，知道；含蓄；懷（恨）；鼓起；（花）含苞 (類) 包む（包）△料金は、税·サービス料を含んでいます。／費用含稅和服務費。

ふくめる【含める】 (他下一) 包含，含括；囑咐，告知，指導 (類) 入れる（放入）△東京駅での乗り換えも含めて、片道約3時間かかります。／包括在東京車站換車的時間在內，單程大約要花三個小時。

ふくろ・ぶくろ【袋】(名) 袋子；口袋；囊 △買ったものを袋に入れる。／把買到的東西裝進袋子裡。

ふける【更ける】(自下一)（秋）深；（夜）闌 △夜が更けるにつれて、気温は一段と下がってきた。／隨著夜色漸濃，氣溫也降得更低了。

ふこう【不幸】(名) 不幸，倒楣；死亡，喪事 △夫にも子供にも死なれて、私くらい不幸な女はいない。／死了丈夫又死了孩子，天底下再沒有像我這樣不幸的女人了。

ふごう【符号】(名) 符號，記號；（數）符號 △移項すると符号が変わる。／移項以後正負號要相反。

ふしぎ【不思議】(名·形動) 奇怪，難以想像，不可思議 類 神秘（神秘）△ひどい事故だったので、助かったのが不思議なくらいです。／因為是很嚴重的事故，所以能得救還真是令人覺得不可思議。

ふじゆう【不自由】(名·形動·自サ) 不自由，不如意，不充裕；（手腳）不聽使喚；不方便 類 不便（不便）△学校生活が、不自由でしょうがない。／學校的生活令人感到極不自在。

ふそく【不足】(名·形動·自サ) 不足，不夠，短缺；缺乏，不充分；不滿意，不平 對 過剰（過剩）類 足りない（不足）△ダイエット中は栄養が不足しがちだ。／減重時容易營養不良。

ふた【蓋】(名)（瓶、箱、鍋等）的蓋子；（貝類的）蓋 對 中身（內容）類 覆い（套子）△ふたを取ったら、いい匂いがした。／打開蓋子後，聞到了香味。

ぶたい【舞台】(名) 舞台；大顯身手的地方 類 ステージ（舞台）△舞台に立つからには、いい演技をしたい。／既然要站上舞台，就想要展露出好的表演。

ふたたび【再び】(副) 再一次，又，重新 類 また（又）△この地を再び訪れることができるとは、夢にも思わなかった。／作夢都沒有想過自己竟然能重返這裡。

ふたて【二手】(名) 兩路 △道が二手に分かれている。／道路分成兩條。

ふちゅうい（な）【不注意（な）】(形動) 不注意，疏忽，大意 類 不用意（不小心）△不注意な言葉で妻を傷つけてしまった。／我脫口而出的話傷了妻子的心。

ふちょう【府庁】(名) 府辦公室 △府庁へはどのように行けばいいですか。／請問該怎麼去府廳（府辦公室）呢？

ぶつ【物】(名·漢造) 大人物；物，東西 △飛行機への危険物の持ち込みは制限されている。／禁止攜帶危險物品上飛機。

ぶっか【物価】(名) 物價 類 値段（價格）△物価が上がったせいか、生活が苦しいです。／或許是物價上漲的關係，生活很辛苦。

Level 5
Level 4
Level 3
Level 2
Level 1

ぶつける 他下一 扔，投；碰，撞，（偶然）碰上，遇上；正當，恰逢；衝突，矛盾 類 打ち当てる（碰上）△車をぶつけて、修理代を請求された。／撞上了車，被對方要求求償修理費。

N3-055

ぶつり【物理】 名（文）事物的道理；物理（學）△物理の点が悪かったわりには、化学はまあまあだった。／物理的成績不好，但比較起來化學是算好的了。

ふなびん【船便】 名 船運 △船便だと一ヶ月以上かかります。／船運需花一個月以上的時間。

ふまん【不満】 名·形動 不滿足，不滿，不平 對 満足（滿足）類 不平（不滿意）△不満そうだな。文句があるなら言えよ。／你好像不太服氣哦？有意見就說出來啊！

ふみきり【踏切】 名（鐵路的）平交道，道口；（轉）決心 △車で踏切を渡るときは、手前で必ず一時停止する。／開車穿越平交道時，一定要先在軌道前停看聽。

ふもと【麓】 名 山腳 △青木ヶ原樹海は富士山の麓に広がる森林である。／青木原樹海是位於富士山山麓的一大片森林。

ふやす【増やす】 他五 繁殖；增加，添加 對 減らす（減少）類 増す（增加）△LINEの友達を増やしたい。／我希望增加LINE裡面的好友。

フライがえし【fry返し】 名（把平底鍋裡煎的東西翻面的用具）鍋鏟 類 ターナー（鍋鏟）△このフライ返しはとても使いやすい。／這把鍋鏟用起來非常順手。

フライトアテンダント【flight attendant】 名 空服員 △フライトアテンダントを目指して、英語を勉強している。／為了當上空服員而努力學習英文。

プライバシー【privacy】 名 私生活，個人私密 類 私生活（私生活）△自分のプライバシーは自分で守る。／自己的隱私自己保護。

フライパン【frypan】 名 平底鍋 △フライパンで、目玉焼きを作った。／我用平底鍋煎了荷包蛋。

ブラインド【blind】 名 百葉窗，窗簾，遮光物 △姉の部屋はカーテンではなく、ブラインドを掛けています。／姊姊的房間裡掛的不是窗簾，而是百葉窗。

ブラウス【blouse】 名（多半為女性穿的）罩衫，襯衫 △お姉ちゃん、ピンクのブラウス貸してよ。／姊姊，那件粉紅色的襯衫借我穿啦！

プラス【plus】 名·他サ（數）加號，正號；正數；有好處，利益；加（法）；陽性 對 マイナス（減號）類 加算（加法）△アルバイトの経験は、社会に出てからきっとプラスになる。／打工時累積的經驗，在進入社會以後一定會有所助益。

プラスチック【plastic•plastics】 ㊔（化）塑膠，塑料 △これはプラスチックをリサイクルして作った服です。／這是用回收塑膠製成的衣服。

プラットホーム【platform】 ㊔ 月台 (補) 略稱：ホーム △プラットホームでは、黄色い線の内側を歩いてください。／在月台上行走時請勿超越黃線。

ブランド【brand】 ㊔（商品的）牌子；商標 (類) 銘柄（商標）△ブランド品はネットでもたくさん販売されています。／有很多名牌商品也在網購或郵購通路上販售。

ぶり【振り】 (造語) 樣子，狀態 △彼は、勉強ぶりの割には大した成績ではない。／他儘管很用功，可是成績卻不怎麼樣。

ぶり【振り】 (造語) 相隔 △人気俳優のブルース・チェンが5年ぶりに来日した。／當紅演員布魯斯・陳時隔五年再度訪日。

プリペイドカード【prepaid card】 ㊔ 預先付款的卡片（電話卡、影印卡等）△これは国際電話用のプリペイドカードです。／這是可撥打國際電話的預付卡。

プリンター【printer】 ㊔ 印表機；印相片機 △新しいプリンターがほしいです。／我想要一台新的印表機。

ふる【古】 (名·漢造) 舊東西；舊，舊的 △古新聞をリサイクルに出す。／把舊報紙拿去回收。

ふる【振る】 (他五) 揮，搖；撒，丟；（俗）放棄，犧牲（地位等）；謝絕，拒絕；派分；在漢字上註假名；（使方向）偏於 (類) 振るう（揮動）△バスが見えなくなるまで手を振って見送った。／不停揮手目送巴士駛離，直到車影消失了為止。

フルーツ【fruits】 ㊔ 水果 (類) 果物（水果）△10年近く、毎朝フルーツジュースを飲んでいます。／近十年來，每天早上都會喝果汁。

ブレーキ【brake】 ㊔ 煞車；制止，控制，潑冷水 (類) 制動機（制動閘）△何かが飛び出してきたので、慌ててブレーキを踏んだ。／突然有東西跑出來，我便緊急地踩了煞車。

ふろ（ば）【風呂（場）】 ㊔ 浴室，洗澡間，浴池 (類) バス（浴缸）(補) 風呂：澡堂；浴池；洗澡用熱水。△風呂に入りながら音楽を聴くのが好きです。／我喜歡一邊泡澡一邊聽音樂。

ふろや【風呂屋】 ㊔ 浴池，澡堂 △家の風呂が壊れたので、生まれてはじめて風呂屋に行った。／由於家裡的浴室故障了，我有生以來第一次上了大眾澡堂。

ブログ【blog】 ㊔ 部落格 △このごろ、ブログの更新が遅れがちです。／最近部落格似乎隔比較久才發新文。

プロ【professional之略】(名) 職業選手，專家 對 アマ（業餘愛好者）類 玄人（專家）△この店の商品はプロ向けです。／這家店的商品適合專業人士使用。

ぶん【分】(名·漢造) 部分；份；本分；地位 △わーん！お兄ちゃんが僕の分も食べたー！／哇！哥哥把我的那一份也吃掉了啦！

ぶんすう【分数】(名)（數學的）分數 △小学4年生のときに分数を習いました。／我在小學四年級時已經學過「分數」了。

ぶんたい【文体】(名)（某時代特有的）文體；（某作家特有的）風格 △漱石の文体をまねる。／模仿夏目漱石的文章風格。

ぶんぼうぐ【文房具】(名) 文具，文房四寶 △文房具屋さんで、消せるボールペンを買ってきた。／去文具店買了可擦拭鋼珠筆。

N3-056

へいき【平気】(名·形動) 鎮定，冷靜；不在乎，不介意，無動於衷 類 平静（平靜）△たとえ何を言われても、私は平気だ。／不管別人怎麼說，我都無所謂。

へいきん【平均】(名·自サ·他サ) 平均；（數）平均值；平衡，均衡 類 均等（均等）△集めたデータの平均を計算しました。／計算了彙整數據的平均值。

へいじつ【平日】(名)（星期日、節假日以外）平日；平常，平素 對 休日（假日）類 普段（平日）△デパートは平日でさえこんなに込んでいるのだから、日曜日はすごいだろう。／百貨公司連平日都那麼擁擠，禮拜日肯定就更多吧。

へいたい【兵隊】(名) 士兵，軍人；軍隊 △祖父は兵隊に行っていたとき死にかけたそうです。／聽說爺爺去當兵時差點死了。

へいわ【平和】(名·形動) 和平，和睦 對 戦争（戰爭）類 太平（和平）；ピース（和平）△広島で、原爆ドームを見て、心から世界の平和を願った。／在廣島參觀了原爆圓頂館，由衷祈求世界和平。

へそ【臍】(名) 肚臍；物體中心突起部分 △おへそを出すファッションがはやっている。／現在流行將肚臍外露的造型。

べつ【別】(名·形動·漢造) 分別，區分；分別 △お金が足りないなら、別の方法がないこともない。／如果錢不夠的話，也不是沒有其他辦法。

べつに【別に】(副)（後接否定）不特別 類 特に（特別）△別に教えてくれなくてもかまわないよ。／不教我也沒關係。

べつべつ【別々】 形動 各自，分別 類 それぞれ（各自）△支払いは別々にする。／各付各的。

ベテラン【veteran】 名 老手，內行 類 達人（高手）△たとえベテランだったとしても、この機械を修理するのは難しいだろう。／修理這台機器，即使是內行人也感到很棘手的。

へやだい【部屋代】 名 房租；旅館住宿費 △部屋代は前の月の終わりまでに払うことになっている。／房租規定必須在上個月底前繳交。

へらす【減らす】 他五 減，減少；削減，縮減；空（腹）對 増やす（增加）類 削る（削減）△あまり急に体重を減らすと、体を壊すおそれがある。／如果急速減重，有可能把身體弄壞了。

ベランダ【veranda】 名 陽台；走廊 類 バルコニー（陽台）△母は朝晩必ずベランダの花に水をやります。／媽媽早晚都一定會幫種在陽台上的花澆水。

へる【経る】 自下一（時間、空間、事物）經過，通過 △終戦から70年を経て、当時を知る人は少なくなった。／二戰結束過了七十年，經歷過當年那段日子的人已愈來愈少了。

へる【減る】 自五 減，減少；磨損；（肚子）餓 對 増える（增加）類 減じる（減少）△運動しているのに、思ったほど体重が減らない。／明明有做運動，但體重減輕的速度卻不如預期。

ベルト【belt】 名 皮帶；（機）傳送帶；（地）地帶 類 帯（腰帶）△ベルトの締め方によって、感じが変わりますね。／繫皮帶的方式一改變，整個感覺就不一樣了。

ヘルメット【helmet】 名 安全帽；頭盔，鋼盔 △自転車に乗るときもヘルメットをかぶった方がいい。／騎自行車時最好也戴上安全帽。

へん【偏】 名·漢造 漢字的（左）偏旁；偏，偏頗 △衣偏は、「衣」という字と形がだいぶ違います。／衣字邊和「衣」的字形差異很大。

へん【編】 名·漢造 編，編輯；（詩的）卷 △駅には県観光協会編の無料のパンフレットが置いてある。／車站擺放著由縣立觀光協會編寫的免費宣傳手冊。

へんか【変化】 名·自サ 變化，改變；（語法）變形，活用 類 変動（變動）△街の変化はとても激しく、別の場所に来たのかと思うぐらいです。／城裡的變化，大到幾乎讓人以為來到別處似的。

ペンキ【(荷)pek】 名 油漆 △ペンキが乾いてからでなければ、座れない。／不等油漆乾就不能坐。

へんこう【変更】 名·他サ 變更，更改，改變 類 変える（改變）△予定を変更することなく、すべての作業を終えた。／一路上沒有更動原定計畫，就做完了所有的工作。

べんごし【弁護士】 (名) 律師 △将来は弁護士になりたいと考えています。／我以後想要當律師。

ベンチ【bench】 (名) 長凳，長椅；（棒球）教練、選手席 (類) 椅子（椅子）△公園には小さなベンチがありますよ。／公園裡有小型的長條椅喔。

べんとう【弁当】 (名) 便當，飯盒 △外食は高いので、毎日お弁当を作っている。／由於外食太貴了，因此每天都自己做便當。

ほ ホ

N3-057

ほ・ぽ【歩】 (名・漢造) 步，步行；（距離單位）步 △友達以上恋人未満の関係から一歩進みたい。／希望能由目前「是摯友但還不是情侶」的關係再更進一步。

ほいくえん【保育園】 (名) 幼稚園，保育園 (類) 保育所（托兒所）(比) 保育園：通稱。多指面積較大、私立。保育所：正式名稱。多指面積較小、公立。 △妹は2歳から保育園に行っています。／妹妹從兩歲起就讀育幼園。

ほいくし【保育士】 (名) 保育士 △あの保育士は、いつも笑顔で元気がいいです。／那位幼教老師的臉上總是帶著笑容、精神奕奕的。

ぼう【防】 (漢造) 防備，防止；堤防 △病気はできるだけ予防することが大切だ。／盡可能事前預防疾病非常重要。

ほうこく【報告】 (名・他サ) 報告，匯報，告知 (類) 報知（通知）；レポート（報告）△忙しさのあまり、報告を忘れました。／因為太忙了，而忘了告知您。

ほうたい【包帯】 (名・他サ)（醫）繃帶 △傷口を消毒してガーゼを当て、包帯を巻いた。／將傷口消毒後敷上紗布，再纏了繃帶。

ほうちょう【包丁】 (名) 菜刀；廚師；烹調手藝 (類) ナイフ（刀子）△刺身を包丁でていねいに切った。／我用刀子謹慎地切生魚片。

ほうほう【方法】 (名) 方法，辦法 (類) 手段（手段）△こうなったら、もうこの方法しかありません。／事已至此，只能用這個辦法了。

ほうもん【訪問】 (名・他サ) 訪問，拜訪 (類) 訪れる（訪問）△彼の家を訪問したところ、たいそう立派な家だった。／拜訪了他家，這才看到是一棟相當氣派的宅邸。

ぼうりょく【暴力】 (名) 暴力，武力 △親に暴力をふるわれて育った子供は、自分も暴力をふるいがちだ。／在成長過程中受到家暴的孩童，自己也容易有暴力傾向。

ほお【頬】 (名) 頰，臉蛋 (類) ほほ（臉頰）△この子はいつもほおが赤い。／這孩子的臉蛋總是紅通通的。

ボーナス【bonus】㊔ 特別紅利，花紅；獎金，額外津貼，紅利 △ボーナスが出ても、使わないで貯金します。／就算領到獎金也沒有花掉，而是存起來。

ホーム【platform之略】㊔ 月台 類 プラットホーム（月台）△ホームに入ってくる快速列車に飛び込みました。／趁快速列車即將進站時，一躍而下（跳軌自殺）。

ホームページ【homepage】㊔ 網站，網站首頁 △詳しくは、ホームページをご覧ください。／詳細內容請至網頁瀏覽。

ホール【hall】㊔ 大廳；舞廳；（有舞台與觀眾席的）會場 △新しい県民会館には、大ホールと小ホールがある。／新落成的縣民會館裡有大禮堂和小禮堂。

ボール【ball】㊔ 球；（棒球）壞球 △東日本大震災で流されたサッカーボールが、アラスカに着いた。／在日本三一一大地震中被沖到海裡的足球漂到了阿拉斯加。

ほけんじょ【保健所】㊔ 保健所，衛生所 △保健所で健康診断を受けてきた。／在衛生所做了健康檢查。

ほけんたいいく【保健体育】㊔（國高中學科之一）保健體育 △保健体育の授業が一番好きです。／我最喜歡上健康體育課。

ほっと（副·自サ）嘆氣貌；放心貌 類 安心する（安心）△父が今日を限りにたばこをやめたので、ほっとした。／聽到父親決定從明天起要戒菸，著實鬆了一口氣。

ポップス【pops】㊔ 流行歌，通俗歌曲（「ポピュラーミュージック」之略稱）△80年代のポップスが最近またはやり始めた。／最近又開始流行起八〇年代的流行歌了。

ほね【骨】㊔ 骨頭；費力氣的事 △風呂場で滑って骨が折れた。／在浴室滑倒而骨折了。

ホラー【horror】㊔ 恐怖，戰慄 △ホラー映画は好きじゃありません。／不大喜歡恐怖電影。

ボランティア【volunteer】㊔ 志願者，志工 △ボランティアで、近所の道路のごみ拾いをしている。／義務撿拾附近馬路上的垃圾。

ポリエステル【polyethylene】㊔（化學）聚乙稀，人工纖維 △ポリエステルの服は汗をほとんど吸いません。／人造纖維的衣服幾乎都不吸汗。

ぼろぼろ（な）（名·副·形動）（衣服等）破爛不堪；（粒狀物）散落貌 △ぼろぼろな財布ですが、お気に入りのものなので捨てられません。／我的錢包雖然已經變得破破爛爛的了，可是因為很喜歡，所以捨不得丟掉。

ほんじつ【本日】㊔ 本日，今日 類 今日

(今天) △こちらが本日のお薦めのメニューでございます。／這是今日的推薦菜單。

ほんだい【本代】(名) 買書錢 △一ヶ月の本代は3,000円ぐらいです。／我每個月大約花三千日圓買書。

ほんにん【本人】(名) 本人 (類) 当人(本人) △本人であることを確認してからでないと、書類を発行できません。／如尚未確認他是本人，就沒辦法發放這份文件。

ほんねん【本年】(名) 本年，今年 (類) 今年(今年) △昨年はお世話になりました。本年もよろしくお願いいたします。／去年承蒙惠予照顧，今年還望您繼續關照。

ほんの (連體) 不過，僅僅，一點點 (類) 少し(少許) △お米があとほんの少ししかないから、買ってきて。／米只剩下一點點而已，去買回來。

ま マ

N3-058

まい【毎】(接頭) 每 △子どものころ毎朝牛乳を飲んだ割には、背が伸びなかった。／儘管小時候每天早上都喝牛奶，可是還是沒長高。

マイク【mike】(名) 麥克風 △彼は、カラオケでマイクを握ると離さない。／一旦他握起麥克風，就會忘我地開唱。

マイナス【minus】(名·他サ) (數)減，減法；減號，負數；負極；(溫度)零下 (對) プラス(加) (類) 差し引く(減去) △この問題は、わが社にとってマイナスになるに決まっている。／這個問題，對我們公司而言肯定是個負面影響。

マウス【mouse】(名) 滑鼠；老鼠 (類) ねずみ(老鼠) △マウスを持ってくるのを忘れました。／我忘記把滑鼠帶來了。

まえもって【前もって】(副) 預先，事先 △いつ着くかは、前もって知らせます。／會事先通知什麼時候抵達。

まかせる【任せる】(他下一) 委託，託付；聽任，隨意；盡力，盡量 (類) 委託(委託) △この件については、あなたに任せます。／關於這一件事，就交給你了。

まく【巻く】(自五·他五) 形成漩渦；喘不上氣來；捲；纏繞；上發條；捲起；包圍；(登山)迂迴繞過險處；(連歌，俳諧)連吟 (類) 丸める(捲) △今日は寒いからマフラーを巻いていこう。／今天很冷，裹上圍巾再出門吧。

まくら【枕】(名) 枕頭 △ホテルで、枕が合わなくて、よく眠れなかった。／旅館裡的枕頭睡不慣，沒能睡好。

まけ【負け】(名) 輸，失敗；減價；(商店送給客戶的）贈品 對 勝ち（勝利）類 敗（失敗）△今回は、私の負けです。／這次是我輸了。

まげる【曲げる】 他下一 彎，曲；歪，傾斜；扭曲，歪曲；改變，放棄；（當舖裡的）典當；偷，竊 類 折る（折疊）△膝を曲げると痛いので、病院に行った。／膝蓋一彎就痛，因此去了醫院。

まご【孫】 名·造語 孫子；隔代，間接 △孫がかわいくてしょうがない。／孫子真是可愛極了。

まさか 副（後接否定語氣）絕不…，總不會…，難道；萬一，一旦 類 いくら何でも（總不會）△まさか彼が来るとは思わなかった。／萬萬也沒料到他會來。

まざる【混ざる】 自五 混雜，夾雜 類 混入（混入）比 混合後沒辦法區分出原來的東西。例：混色、混音。△いろいろな絵の具が混ざって、不思議な色になった。／裡面夾帶著多種水彩，呈現出很奇特的色彩。

まざる【交ざる】 自五 混雜，交雜，夾雜 類 交じる（夾雜）比 混合後仍能區分出各自不同的東西。例：長白髮、卡片。△ハマグリのなかにアサリが一つ交ざっていました。／在這鍋蚌的裡面摻進了一顆蛤蜊。

まし（な） 形動（比）好些，勝過；像樣 △もうちょっとましな番組を見たらどうですか。／你難道不能看比較像樣一些的電視節目嗎？

まじる【混じる・交じる】 自五 夾雜，混雜；加入，交往，交際 類 混ざる（混雜）△ご飯の中に石が交じっていた。／米飯裡面摻雜著小的石子。

マスコミ【mass communication 之略】 名（透過報紙、廣告、電視或電影等向群眾進行的）大規模宣傳；媒體（「マスコミュニケーション」之略稱）△マスコミに追われているところを、うまく逃げ出せた。／順利擺脫了蜂擁而上的採訪媒體。

マスター【master】 名·他サ 老闆；精通 △日本語をマスターしたい。／我想精通日語。

ますます【益々】 副 越發，益發，更加 類 どんどん（連續不斷）△若者向けの商品が、ますます増えている。／迎合年輕人的商品是越來越多。

まぜる【混ぜる】 他下一 混入；加上，加進；攪，攪拌 類 混ぜ合わせる（混合）△ビールとジュースを混ぜるとおいしいです。／將啤酒和果汁加在一起很好喝。

まちがい【間違い】 名 錯誤，過錯；不確實 △試験で時間が余ったので、間違いがないか見直した。／考試時還有多餘的時間，所以檢查了有沒有答錯的地方。

まちがう【間違う】 他五·自五 做錯，搞

Level 5　Level 4　Level 3　Level 2　Level 1

錯；錯誤 類 誤る（錯誤）△緊張のあまり、字を間違ってしまいました。／太過緊張，而寫錯了字。

まちがえる【間違える】 他下一 錯；弄錯 △先生は、間違えたところを直してくださいました。／老師幫我訂正了錯誤的地方。

まっくら【真っ暗】 名・形動 漆黑；（前途）黯淡 △日が暮れるのが早くなったねえ。もう真っ暗だよ。／太陽愈來愈快下山了呢。已經一片漆黑了呀。

まっくろ【真っ黒】 名・形動 漆黑，烏黑 △日差しで真っ黒になった。／被太陽晒得黑黑的。

N3-059

まつげ【まつ毛】 名 睫毛 △まつ毛がよく抜けます。／我常常掉睫毛。

まっさお【真っ青】 名・形動 蔚藍，深藍；（臉色）蒼白 △医者の話を聞いて、母の顔は真っ青になった。／聽了醫師的診斷後，媽媽的臉色變得慘白。

まっしろ【真っ白】 名・形動 雪白，淨白，皓白 對 真っ黒（漆黑）△雪で辺り一面真っ白になりました。／雪把這裡變成了一片純白的天地。

まっしろい【真っ白い】 形 雪白的，淨白的，皓白的 對 真っ黒い（漆黑）△真っ白い雪が降ってきた。／下起雪白的雪來了。

まったく【全く】 副 完全，全然；實在，簡直；（後接否定）絕對，完全 類 少しも（一點也（不））△facebookで全く知らない人から友達申請が来た。／有陌生人向我的臉書傳送了交友邀請。

まつり【祭り】 名 祭祀；祭日，廟會祭典 △祭りは今度の金・土・日です。／祭典將在下週五六日舉行。

まとまる【纏まる】 自五 解決，商訂，完成，談妥；湊齊，湊在一起；集中起來，概括起來，有條理 類 調う（達成）△みんなの意見がなかなかまとまらない。／大家的意見遲遲無法整合。

まとめる【纏める】 他下一 解決，結束；總結，概括；匯集，收集；整理，收拾 類 調える（辦妥）△クラス委員を中心に、意見をまとめてください。／請以班級委員為中心，整理一下意見。

まどり【間取り】 名（房子的）房間佈局，採間，平面佈局 △このマンションは、間取りはいいが、日当たりがよくない。／雖然這棟大廈的隔間還不錯，但是採光不太好。

マナー【manner】 名 禮貌，規矩；態度舉止，風格 類 礼儀（禮貌）△食事のマナーは国ごとに違います。／各個國家的用餐禮儀都不同。

まないた【まな板】 名 切菜板 △プラスチックより木のまな板のほうが好きです。／比起塑膠砧板，我比較喜歡木材砧板。

まにあう【間に合う】 自五 來得及，趕得上；夠用；能起作用 (類) 役立つ（有益）△タクシーに乗らなくちゃ、間に合わないですよ。／要是不搭計程車，就來不及了唷！

まにあわせる【間に合わせる】(連語) 臨時湊合，就將；使來得及，趕出來 △心配いりません。提出締切日には間に合わせます。／不必擔心，我一定會在截止期限之前繳交的。

まねく【招く】(他五)（搖手、點頭）招呼；招待，宴請；招聘，聘請；招惹，招致 (類) 迎える（聘請）△大使館のパーティーに招かれた。／我受邀到大使館的派對。

まねる【真似る】(他下一) 模效，仿效 (類) 似せる（模仿）△オウムは人の言葉をまねることができる。／鸚鵡會學人說話。

まぶしい【眩しい】(形) 耀眼，刺眼的；華麗奪目的，鮮豔的，刺目 (類) 輝く（閃耀）△雲の間から、まぶしい太陽が出てきた。／耀眼的太陽從雲隙間探了出來。

まぶた【瞼】(名) 眼瞼，眼皮 △まぶたを閉じると、思い出が浮かんできた。／闔上眼瞼，回憶則一一浮現。

マフラー【muffler】(名) 圍巾；（汽車等的）滅音器 △暖かいマフラーをもらった。／我收到了暖和的圍巾。

まもる【守る】(他五) 保衛，守護；遵守，保守；保持（忠貞）；（文）凝視 (類) 保護（保護）△心配いらない。君は僕が守る。／不必擔心，我會保護你。

まゆげ【眉毛】(名) 眉毛 △息子の眉毛は主人にそっくりです。／兒子的眉毛和他爸爸長得一模一樣。

まよう【迷う】(自五) 迷，迷失；困惑；迷戀；（佛）執迷；（古）（毛線、線繩等）絮亂，錯亂 (對) 悟る（領悟）(類) 惑う（困惑）△山の中で道に迷う。／在山上迷路。

まよなか【真夜中】(名) 三更半夜，深夜 (類) 夜（夜間）(對) 真昼（正午）△大きな声が聞こえて、真夜中に目が覚めました。／我在深夜被提高嗓門說話的聲音吵醒了。

マヨネーズ【mayonnaise】(名) 美乃滋，蛋黃醬 △マヨネーズはカロリーが高いです。／美奶滋的熱量很高。

まる【丸】(名・造語・接頭・接尾) 圓形，球狀；句點；完全 △テスト、丸は三つだけで、あとは全部ばつだった。／考試只寫對了三題，其他全都是錯的。

まるで (副)（後接否定）簡直，全部，完全；好像，宛如，恰如 (類) 全く（完全）△そこはまるで夢のように美しかった。／那裡簡直和夢境一樣美麗。

まわり【回り】(名・接尾) 轉動；走訪，巡迴；周圍；周，圈 (類) 身の回り（身邊衣物）△日本の回りは全部海です。／日本四面環海。

まわり【周り】(名) 周圍，周邊 (類) 周囲

Level 5
Level 4
Level 3
Level 2
Level 1

(周圍) △周りの人のことは気にしなくてもかまわない。／不必在乎周圍的人也沒有關係！

マンション【mansion】(名) 公寓大廈；(高級) 公寓 △高級マンションに住む。／住高級大廈。

まんぞく【満足】(名‧自他サ‧形動) 滿足，令人滿意的，心滿意足；滿足，符合要求；完全，圓滿 (對) 不満(不滿) (類) 満悦(喜悅) △社長がこれで満足するわけがない。／總經理不可能這樣就會滿意。

み ミ

N3-060

みおくり【見送り】(名) 送行；靜觀，觀望；(棒球) 放著好球不打 (對) 迎え(迎接) (類) 送る(送行) △彼の見送り人は50人以上いた。／給他送行的人有 50 人以上。

みおくる【見送る】(他五) 目送；送行，送別；送終；觀望，等待(機會) △私は彼女を見送るために、羽田空港へ行った。／我去羽田機場給她送行。

みかける【見掛ける】(他下一) 看到，看出，看見；開始看 △あの赤い頭の人はよく駅で見かける。／常在車站裡看到那個頂著一頭紅髮的人。

みかた【味方】(名‧自サ) 我方，自己的這一方；夥伴 △何があっても、僕は君の味方だ。／無論發生什麼事，我都站在你這邊。

ミシン【sewingmachine之略】(名) 縫紉機 △ミシンでワンピースを縫った。／用縫紉機車縫洋裝。

ミス【Miss】(名) 小姐，姑娘 (類) 嬢(小姐) △ミス・ワールド日本代表に挑戦したいと思います。／我想挑戰看看世界小姐選美的日本代表。

ミス【miss】(名‧自サ) 失敗，錯誤，差錯 (類) 誤り(錯誤) △どんなに言い訳しようとも、ミスはミスだ。／不管如何狡辯，失誤就是失誤！

みずたまもよう【水玉模様】(名) 小圓點圖案 △娘は水玉模様が好きです。／女兒喜歡點點的圖案。

みそしる【味噌汁】(名) 味噌湯 △みそ汁は豆腐とねぎのが好きです。／我喜歡裡面有豆腐和蔥的味噌湯。

ミュージカル【musical】(名) 音樂劇；音樂的，配樂的 (類) 芝居(戲劇) △オペラよりミュージカルの方が好きです。／比起歌劇表演，我比較喜歡看歌舞劇。

ミュージシャン【musician】(名) 音樂家 (類) 音楽家(音樂家) △小学校の同級生がミュージシャンになりました。／我有位小學同學成為音樂家了。

みょう【明】 (接頭) (相對於「今」而言的) 明 △明日はどういうご予定ですか。／請問明天有什麼預定行程嗎？

みょうごにち【明後日】 (名) 後天 (類) 明後日 (後天) △明後日は文化の日につき、休業いたします。／基於後天是文化日（11 月 3 日），歇業一天。

みょうじ【名字・苗字】 (名) 姓，姓氏 △日本人の名字は漢字の 2 字のものが多い。／很多日本人的名字是兩個漢字。

みらい【未来】 (名) 將來，未來；(佛) 來世 △未来は若い君たちのものだ。／未來是屬於你們年輕人的。

ミリ【(法)millimetre之略】 (造語·名) 毫，千分之一；毫米，公厘 △1 時間 100 ミリの雨は、怖く感じるほどだ。／一小時下一百公釐的雨量，簡直讓人覺得可怕。

みる【診る】 (他上一) 診察 △風邪気味なので、医者に診てもらった。／覺得好像感冒了，所以去給醫師診察。

ミルク【milk】 (名) 牛奶；煉乳 △紅茶にはミルクをお入れしますか。／要為您在紅茶裡加牛奶嗎？

みんかん【民間】 (名) 民間；民營，私營 △民間でできることは民間にまかせよう。／人民可以完成的事就交給人民去做。

みんしゅ【民主】 (名) 民主，民主主義 △あの国の民主主義はまだ育ちかけだ。／那個國家的民主主義才剛開始萌芽。

む ム

N3-061

むかい【向かい】 (名) 正對面 (類) 正面 (正面) △向かいの家には、誰が住んでいますか。／誰住在對面的房子？

むかえ【迎え】 (名) 迎接；去迎接的人；接，請 (對) 見送り (送行) (類) 歓迎 (歡迎) △迎えの車が、なかなか来ません。／接送的車遲遲不來。

むき【向き】 (名) 方向；適合，合乎；認真，慎重其事；傾向，趨向；(該方面的) 人，人們 (類) 方向 (方向) △この雑誌は若い女性向きです。／這本雜誌是以年輕女性為取向。

むく【向く】 (自五·他五) 朝，向，面；傾向，趨向；適合；面向，著 (類) 対する (對於) △下を向いてスマホを触りながら歩くのは事故のもとだ。／走路時低頭滑手機是導致意外發生的原因。

むく【剥く】 (他五) 剝，削，去除 (類) 薄く切る (切片) △りんごをむいてあげましょう。／我替你削蘋果皮吧。

むける【向ける】 (自他下一) 向，朝，對；差遣，派遣；撥用，用在 (類) 差し向ける

Level 5
Level 4
Level 3
Level 2
Level 1

(派遣) △銀行強盗は、銃を行員に向けた。／銀行搶匪拿槍對準了行員。

むける【剝ける】 (自下一) 剝落，脫落 △ジャガイモの皮が簡単にむける方法を知っていますか。／你知道可以輕鬆剝除馬鈴薯皮的妙招嗎？

むじ【無地】 (名) 素色 (類) 地味 (樸素) △色を問わず、無地の服が好きだ。／不分顏色，我喜歡素面的衣服。

むしあつい【蒸し暑い】 (形) 悶熱的 (類) 暑苦しい (悶熱的) △昼間は蒸し暑いから、朝のうちに散歩に行った。／因白天很悶熱，所以趁早晨去散步。

むす【蒸す】 (他五·自五) 蒸，熱（涼的食品）；（天氣）悶熱 (類) 蒸かす (蒸) △肉まんを蒸して食べました。／我蒸了肉包來吃。

むすう【無数】 (名·形動) 無數 △砂漠では、無数の星が空に輝いていた。／在沙漠裡看天上，有無數的星星在閃爍。

むすこさん【息子さん】 (名)（尊稱他人的）令郎 (對) お嬢さん (令嬡) (類) 令息 (令郎) △息子さんのお名前を教えてください。／請教令郎的大名。

むすぶ【結ぶ】 (他五·自五) 連結，繫結；締結關係，結合，結盟；（嘴）閉緊，（手）握緊 (對) 解く (解開) (類) 締結する (締結) △髪にリボンを結ぶとき、後ろだからうまくできない。／在頭髮上綁蝴蝶結時因為是在後腦杓，所以很難綁得好看。

むだ【無駄】 (名·形動) 徒勞，無益；浪費，白費 (類) 無益 (無益) △彼を説得しようとしても無駄だよ。／你說服他是白費口舌的。

むちゅう【夢中】 (名·形動) 夢中，在睡夢裡；不顧一切，熱中，沉醉，著迷 (類) 熱中 (入迷) △ゲームに夢中になって、気がついたらもう朝だった。／沉迷於電玩之中，等察覺時已是早上了。

むね【胸】 (名) 胸部；內心 △あの人のことを思うと、胸が苦しくなる。／一想到那個人，心口就難受。

むらさき【紫】 (名) 紫，紫色；醬油；紫丁香 △腕のぶつけたところが、青っぽい紫色になった。／手臂撞到以後變成泛青的紫色了。

めメ

N3-062

めい【名】 (名·接頭) 知名… △東京の名物を教えてください。／請告訴我東京的名產是什麼。

めい【名】 (接尾)（計算人數）名，人 △三名一組になって作業をしてください。／請三個人一組做作業。

めい【姪】 (名) 姪女，外甥女 △今日は姪の誕生日です。／今天是姪子的生日。

めいし【名刺】[名] 名片 [類] 名刺入れ（名片夾）△名刺交換会に出席した。／我出席了名片交換會。

めいれい【命令】[名·他サ] 命令，規定；（電腦）指令 [類] 指令（指令）△プロメテウスは、ゼウスの命令に反して人間に火を与えた。／普羅米修斯違抗了宙斯的命令，將火送給了人類。

めいわく【迷惑】[名·自サ] 麻煩，煩擾；為難，困窘；討厭，妨礙，打擾 [類] 困惑（困惑）△人に迷惑をかけるな。／不要給人添麻煩。

めうえ【目上】[名] 上司；長輩 [對] 目下（晚輩）[類] 年上（長輩）△目上の人には敬語を使うのが普通です。／一般來說對上司（長輩）講話時要用敬語。

めくる【捲る】[他五] 翻，翻開；揭開，掀開 △彼女はさっきから、見るともなしに雑誌をぱらぱらめくっている。／她打從剛剛根本就沒在看雜誌，只是有一搭沒一搭地隨手翻閱。

メッセージ【message】[名] 電報，消息，口信；致詞，祝詞；（美國總統）咨文 [類] 伝言（傳話）△続きまして、卒業生からのメッセージです。／接著是畢業生致詞。

メニュー【menu】[名] 菜單 △レストランのメニューの写真は、どれもおいしそうに見える。／餐廳菜單上的照片，每一張看起來都好好吃。

メモリー・メモリ【memory】[名] 記憶，記憶力；懷念；紀念品；（電腦）記憶體 [類] 思い出（回憶）△メモリが不足しているので、写真が保存できません。／由於記憶體空間不足，所以沒有辦法儲存照片。

めん【綿】[名·漢造] 棉，棉線；棉織品；綿長；詳盡；棉，棉花 [類] 木綿（木綿）△綿100パーセントの靴下を探しています。／我正在找百分之百棉質的襪子。

めんきょ【免許】[名·他サ]（政府機關）批准，許可；許可證，執照；傳授秘訣 [類] ライセンス（許可）△学生で時間があるうちに、車の免許を取っておこう。／趁還是學生有空閒，先考個汽車駕照。

めんせつ【面接】[名·自サ]（為考察人品、能力而舉行的）面試，接見，會面 [類] 面会（會面）△優秀な人がたくさん面接に来た。／有很多優秀的人材來接受了面試。

めんどう【面倒】[名·形動] 麻煩，費事；繁瑣，棘手；照顧，照料 [類] 厄介（麻煩）△手伝おうとすると、彼は面倒くさげに手を振って断った。／本來要過去幫忙，他卻一副嫌礙事般地揮手說不用了。

もモ

N3-063

もうしこむ【申し込む】 他五 提議，提出；申請；報名；訂購；預約 類 申し入れる（提議）△結婚を申し込んだが、断られた。／我向他求婚，卻遭到了拒絕。

もうしわけない【申し訳ない】 寒暄 實在抱歉，非常對不起，十分對不起 △上司の期待を裏切ってしまい、申し訳ない気持ちでいっぱいだ。／沒能達到上司的期待，心中滿是過意不去。

もうふ【毛布】 名 毛毯，毯子 △うちの子は、毛布をかけても寝ている間に蹴ってしまう。／我家孩子就算蓋上毛毯，睡覺時也會踢掉。

もえる【燃える】 自下一 燃燒，起火；（轉）熱情洋溢，滿懷希望；（轉）顏色鮮明 類 燃焼する（燃燒）△ガスが燃えるとき、酸素が足りないと、一酸化炭素が出る。／瓦斯燃燒時如果氧氣不足，就會釋放出一氧化碳。

もくてき【目的】 名 目的，目標 類 目当て（目的）△情報を集めるのが彼の目的に決まっているよ。／他的目的一定是蒐集情報啊。

もくてきち【目的地】 名 目的地 △タクシーで、目的地に着いたとたん料金が上がった。／乘坐計程車抵達目的地的那一刻又跳錶了。

もしかしたら 連語·副 或許，萬一，可能，說不定 類 ひょっとしたら（也許）△もしかしたら、貧血ぎみなのかもしれません。／可能有一點貧血的傾向。

もしかして 連語·副 或許，可能 類 たぶん（大概）；ひょっとして（也許）△さっきの電話、もしかして伊藤さんからじゃないですか。／剛剛那通電話，該不會是伊藤先生打來的吧？

もしかすると 副 也許，或，可能 類 もしかしたら（也許）；そうだとすると（也許）；ひょっとすると（也許）比 もしかすると：可實現性低的假定。ひょっとすると：同上，但含事情突發性引起的驚訝感。△もしかすると、手術をすることなく病気を治せるかもしれない。／或許不用手術就能治好病情也說不定。

もち【持ち】 接尾 負擔，持有，持久性 △「気は優しくて力持ち」は男性の理想像です。／我心目中理想的男性是「個性體貼又身強體壯」。

もったいない 形 可惜的，浪費的；過份的，惶恐的，不敢當 類 残念（可惜）△これ全部捨てるの？もったいない。／這個全部都要丟掉嗎？好可惜喔。

もどり【戻り】 名 恢復原狀；回家；歸途 △お戻りは何時ぐらいになります

か。／請問您大約什麼時候回來呢？

もむ【揉む】㊀他五 搓，揉；捏，按摩；（很多人）互相推擠；爭辯；（被動式型態）錘鍊，受磨練 ㊐類 按摩する（按摩）△おばあちゃん、肩もんであげようか。／奶奶，我幫您捏一捏肩膀吧？

もも【股・腿】㊔名 股，大腿 △膝が悪い人は、ももの筋肉を鍛えるとよいですよ。／膝蓋不好的人，鍛鍊腿部肌肉有助於復健喔！

もやす【燃やす】他五 燃燒；（把某種情感）燃燒起來，激起 ㊐類 焼く（燒）△それを燃やすと、悪いガスが出るおそれがある。／燒那個的話，有可能會產生有毒氣體。

もん【問】接尾（計算問題數量）題 △5問のうち4問は正解だ。／五題中對四題。

もんく【文句】名 詞句，語句；不平或不滿的意見，異議 類 愚痴（抱怨）△私は文句を言いかけたが、彼の目を見て言葉を失った。／我本來想抱怨，但在看到他的眼神以後，就不知道該說什麼了。

やャ

N3-064

やかん【夜間】名 夜間，夜晚 類 夜（夜）△夜間は危険なので外出しないでください。／晚上很危險不要外出。

やくす【訳す】他五 翻譯；解釋 類 翻訳する（翻譯）△今、宿題で、英語を日本語に訳している最中だ。／現在正忙著做把英文翻譯成日文的作業。

やくだつ【役立つ】自五 有用，有益 類 有益（有益）△パソコンの知識が就職に非常に役立った。／電腦知識對就業很有幫助。

やくだてる【役立てる】他下一（供）使用，使…有用 類 利用（利用）△これまでに学んだことを実社会で役立ててください。／請將過去所學到的知識技能，在真實社會裡充分展現發揮。

やくにたてる【役に立てる】慣（供）使用，使…有用 類 有用（有用）△少しですが、困っている人の役に立ててください。／雖然不多，希望可以幫得上需要的人。

やちん【家賃】名 房租 △家賃があまり高くなくて学生向きのアパートを探しています。／正在找房租不太貴、適合學生居住的公寓。

やぬし【家主】名 房東，房主；戶主 類 大家（房東）△うちの家主はとてもいい人です。／我們房東人很親切。

やはり・やっぱり (副) 果然；還是，仍然 (類) 果たして(果然) △やっぱり、あなたなんかと結婚しなければよかった。／早知道，我當初就不該和你這種人結婚。

やね【屋根】 (名) 屋頂 △屋根から落ちて骨を折った。／從屋頂上掉下來摔斷了骨頭。

やぶる【破る】 (他五) 弄破；破壞；違反；打敗；打破(記錄) (類) 突破する(突破) △警官はドアを破って入った。／警察破門而入。

やぶれる【破れる】 (自下一) 破損，損傷；破壞，破裂，被打破；失敗 (類) 切れる(砍傷) △上着がくぎに引っ掛かって破れた。／上衣被釘子鉤破了。

やめる【辞める】 (他下一) 辭職；休學 △仕事を辞めて以来、毎日やることがない。／自從辭職以後，每天都無事可做。

やや (副) 稍微，略；片刻，一會兒 (類) 少し(少許) △スカートがやや短すぎると思います。／我覺得這件裙子有點太短。

やりとり【やり取り】 (名·他サ) 交換，互換，授受 △高校のときの友達と今でも手紙のやり取りをしている。／到現在仍然和高中時代的同學維持通信。

やるき【やる気】 (名) 幹勁，想做的念頭 △彼はやる気はありますが、実力がありません。／他雖然幹勁十足，但是缺乏實力。

ゆ ユ

N3-065

ゆうかん【夕刊】 (名) 晚報 △うちでは夕刊も取っています。／我家連晚報都訂。

ゆうき【勇気】 (形動) 勇敢 (類) 度胸(膽量) △彼女に話しかけるなんて、彼にそんな勇気があるわけがない。／說什麼和她攀談，他根本不可能有那麼大的勇氣。

ゆうしゅう【優秀】 (名·形動) 優秀 △国内はもとより、国外からも優秀な人材を集める。／別說國內了，國外也延攬優秀的人才。

ゆうじん【友人】 (名) 友人，朋友 (類) 友達(朋友) △多くの友人に助けてもらいました。／我受到許多朋友的幫助。

ゆうそう【郵送】 (名·他サ) 郵寄 (類) 送る(郵寄) △プレゼントを郵送したところ、住所が違っていて戻ってきてしまった。／將禮物用郵寄寄出，結果地址錯了就被退了回來。

ゆうそうりょう【郵送料】 (名) 郵費 △速達で送ると、郵送料は高くなります。／如果以限時急件寄送，郵資會比較貴。

ゆうびん【郵便】(名) 郵政；郵件 △注文していない商品が郵便で届き、代金を請求された。／郵寄來了根本沒訂購的商品，而且還被要求支付費用。

ゆうびんきょくいん【郵便局員】(名) 郵局局員 △電話をすれば、郵便局員が小包を取りに来てくれますよ。／只要打個電話，郵差就會來取件喔。

ゆうり【有利】(形動) 有利 △英語に加えて中国語もできれば就職に有利だ。／除了英文，如果還會中文，對於求職將非常有利。

ゆか【床】(名) 地板 △日本では、床に布団を敷いて寝るのは普通のことです。／在日本，在地板鋪上墊被睡覺很常見。

ゆかい【愉快】(名・形動) 愉快，暢快；令人愉快，討人喜歡；令人意想不到 [類] 楽しい（愉快）△お酒なしでは、みんなと愉快に楽しめない。／如果沒有酒，就沒辦法和大家一起愉快的享受。

ゆずる【譲る】(他五) 讓給，轉讓；謙讓，讓步；出讓，賣給；改日，延期 [類] 与える（給予）△彼は老人じゃないから、席を譲ることはない。／他又不是老人，沒必要讓位給他。

ゆたか【豊か】(形動) 豐富，寬裕；豐盈；十足，足夠 [對] 乏しい（缺乏）[類] 十分（充足）△小論文のテーマは「豊かな生活について」でした。／短文寫作的題目是「關於豐裕的生活」。

ゆでる【茹でる】(他下一) （用開水）煮，燙 △この麺は3分ゆでてください。／這種麵請煮三分鐘。

ゆのみ【湯飲み】(名) 茶杯，茶碗 [類] 湯呑み茶碗（茶碗）△お茶を飲みたいので、湯飲みを取ってください。／我想喝茶，請幫我拿茶杯。

ゆめ【夢】(名) 夢；夢想 [對] 現実（現實）[類] ドリーム（夢）△彼は、まだ甘い夢を見続けている。／他還在做天真浪漫的美夢！

ゆらす【揺らす】(他五) 搖擺，搖動 [類] 動揺（動搖）△揺りかごを揺らすと、赤ちゃんが喜びます。／只要推晃搖籃，小嬰兒就會很開心。

ゆるす【許す】(他五) 允許，批准；寬恕；免除；容許；承認；委託；信賴；疏忽，放鬆；釋放 [對] 禁じる（禁止）[類] 許可する（許可）△私を捨てて若い女と出て行った夫を絶対に許すものか。／丈夫拋下我，和年輕女人一起離開了，絕不會原諒他這種人！

ゆれる【揺れる】(自下一) 搖晃，搖動；躊躇 [類] 揺らぐ（搖晃）△大きい船は、小さい船ほど揺れない。／大船不像小船那麼會搖晃。

よョ

N3-066

よ【夜】 ㊔ 夜、夜晚 △夜が明けて、東の空が明るくなってきた。／天剛破曉，東方的天空泛起魚肚白了。

よい【良い】 ㊅ 好的，出色的；漂亮的；(同意) 可以 △良い子の皆さんは、まねしないでください。／各位乖寶寶不可以做這種事喔！

よいしょ ㊇（搬重物等吆喝聲）嘿咻 △「よいしょ」と立ち上がる。／一聲「嘿咻」就站了起來。

よう【様】 (造語·漢造) 樣子，方式；風格；形狀 △N１に合格して、彼の喜び様はたいへんなものだった。／得知通過了N１級測驗，他簡直喜不自勝。

ようじ【幼児】 ㊔ 學齡前兒童，幼兒 類 赤ん坊（嬰兒）△幼児は無料で利用できます。／幼兒可免費使用。

ようび【曜日】 ㊔ 星期 △ごみは種類によって出す曜日が決まっている。／垃圾必須按照分類規定，於每週固定的日子幾丟棄。

ようふくだい【洋服代】 ㊔ 服裝費 類 衣料費（服裝費）△子どもたちの洋服代に月２万円もかかります。／我們每個月會花高達兩萬日圓添購小孩們的衣物。

よく【翌】 (漢造) 次，翌，第二 △酒を飲みすぎて、翌朝頭が痛かった。／喝了太多酒，隔天早上頭痛了。

よくじつ【翌日】 ㊔ 隔天，第二天 類 明日（明天）對 昨日（昨天）△必ず翌日の準備をしてから寝ます。／一定會先做好隔天出門前的準備才會睡覺。

よせる【寄せる】 (自下一·他下一) 靠近，移近；聚集，匯集，集中；加；投靠，寄身 類 近づく（靠近）△皆様のご意見をお寄せください。／請先彙整大家的意見。

よそう【予想】 (名·自サ) 預料，預測，預計 類 予測（預測）△こうした問題が起こることは、十分予想できた。／完全可以想像得到會發生這種問題。

よのなか【世の中】 ㊔ 人世間，社會；時代，時期；男女之情 類 世間（世間）△世の中の動きに伴って、考え方を変えなければならない。／隨著社會的變化，想法也得要改變才行。

よぼう【予防】 (名·他サ) 防犯…，預防 類 予め（預先）△病気の予防に関しては、保健所に聞いてください。／關於生病的預防對策，請你去問保健所。

よみ【読み】 ㊔ 唸，讀；訓讀；判斷，盤算 △この字の読みは、「キョウ」「ケイ」の二つです。／這個字的讀法有「キョウ」和「ケイ」兩種。

よる【寄る】 (自五) 順道去…；接近 類 近寄る（靠近）△彼は、会社の帰りに飲みに寄りたがります。／他下班回家時總喜歡順道去喝兩杯。

よろこび【喜び】 ㊔高興，歡喜，喜悅；喜事，喜慶事；道喜，賀喜 對 悲しみ（悲傷） 類 祝い事（喜慶事） △子育ては、大変だけれど喜びも大きい。／養育孩子雖然辛苦，但也相對得到很多喜悅。

よわまる【弱まる】 自五 變弱，衰弱 △雪は、夕方から次第に弱まるでしょう。／到了傍晚，雪勢應該會愈來愈小吧。

よわめる【弱める】 他下一 減弱，削弱 △水の量が多すぎると、洗剤の効果を弱めることになる。／如果水量太多，將會減弱洗潔劑的效果。

らラ

N3-067

ら【等】 接尾（表示複數）們；（同類型的人或物）等 △君ら、まだ中学生だろ？たばこなんか吸っていいと思ってるの？／你們還是中學生吧？以為自己有資格抽香菸什麼的嗎？

らい【来】 接尾 以來 △彼とは10年来の付き合いだ。／我和他已經認識十年了。

ライター【lighter】 ㊔打火機 △ライターで火をつける。／用打火機點火。

ライト【light】 ㊔燈，光 △このライトは暗くなると自動でつく。／這盞燈只要周圍暗下來就會自動點亮。

らく【楽】 名·形動·漢造 快樂，安樂，快活；輕鬆，簡單；富足，充裕 類 気楽（輕鬆） △生活が、以前に比べて楽になりました。／生活比過去快活了許多。

らくだい【落第】 名·自サ 不及格，落榜，沒考中；留級 對 合格（合格） 類 不合格（不合格） △彼は落第したので、悲しげなようすだった。／他因為落榜了，所以很難過的樣子。

ラケット【racket】 ㊔（網球、乒乓球等的）球拍 △ラケットを張りかえた。／重換網球拍。

ラッシュ【rush】 ㊔（眾人往同一處）湧現；蜂擁，熱潮 類 混雑（混雜） △28日ごろから帰省ラッシュが始まります。／從二十八號左右就開始湧現返鄉人潮。

ラッシュアワー【rushhour】 ㊔尖峰時刻，擁擠時段 △ラッシュアワーに遇う。／遇上交通尖峰。

ラベル【label】 ㊔標籤，籤條 △警告用のラベルを貼ったところで、事故は防げない。／就算張貼警告標籤，也無法防堵意外發生。

ランチ【lunch】 ㊔午餐 △ランチタイムにはお得なセットがある。／午餐時段提供優惠套餐。

らんぼう【乱暴】 名·形動·自サ 粗暴，粗魯；蠻横，不講理；胡來，胡亂，亂打人 類 暴行（施暴）△彼の言い方は乱暴で、びっくりするほどだった。／他的講話很粗魯，嚴重到令人吃驚的程度。

りリ

N3-068

リーダー【leader】 名 領袖，指導者，隊長 △山田さんは登山隊のリーダーになった。／山田先生成為登山隊的隊長。

りか【理科】 名 理科（自然科學的學科總稱）△理科系に進むつもりだ。／準備考理科。

りかい【理解】 名·他サ 理解，領會，明白；體諒，諒解 對 誤解（誤解）類 了解（了解）△彼がなんであんなことをしたのか、全然理解できない。／完全無法理解他為什麼會做出那種事。

りこん【離婚】 名·自サ（法）離婚 △あんな人とは、もう離婚するよりほかない。／和那種人除了離婚以外，再也沒有第二條路了。

リサイクル【recycle】 名·サ変 回收，（廢物）再利用 △このトイレットペーパーは牛乳パックをリサイクルして作ったものです。／這種衛生紙是以牛奶盒回收再製而成的。

リビング【living】 名 起居間，生活間 △伊藤さんのお宅のリビングには大きな絵が飾ってあります。／伊藤先生的住家客廳掛著巨幅畫作。

リボン【ribbon】 名 緞帶，絲帶；髮帶；蝴蝶結 △こんなリボンがついた服、子供っぽくない？／這種綴著蝴蝶結的衣服，不覺得孩子氣嗎？

りゅうがく【留学】 名·自サ 留學 △アメリカに留学する。／去美國留學。

りゅうこう【流行】 名·自サ 流行，時髦，時興；蔓延 類 はやり（流行）△去年はグレーが流行したかと思ったら、今年はピンクですか。／還在想去年是流行灰色，今年是粉紅色啊？

りょう【両】 漢造 雙，兩 △パイプオルガンは、両手ばかりでなく両足も使って演奏する。／管風琴不單需要雙手，還需要雙腳一起彈奏。

りょう【料】 接尾 費用，代價 △入場料が高かった割には、大したことのない展覧会だった。／這場展覽的門票儘管很貴，但是展出內容卻不怎麼樣。

りょう【領】 名·接尾·漢造 領土；脖領；首領 △プエルトリコは、1898年、スペイン領から米国領になった。／波多黎各從一八九八年起，由西班牙領土成了美國領土。

りょうがえ【両替】(名·他サ) 兌換，換錢，兌幣 △円をドルに両替する。／日圓兌換美金。

りょうがわ【両側】(名) 兩邊，兩側，兩方面 (類) 両サイド（兩側）△川の両側は崖だった。／河川的兩側是懸崖。

りょうし【漁師】(名) 漁夫，漁民 (類) 漁夫（漁夫）△漁師の仕事をしていると、家を留守にしがちだ。／如果從事漁夫工作，往往無法待在家裡。

りょく【力】(漢造) 力量 △集中力がある反面、共同作業は苦手だ。／雖然具有專注力，但是很不擅長通力合作。

るル

N3-069

ルール【rule】(名) 規章，章程；尺，界尺 (類) 規則（規則）△自転車も交通ルールを守って乗りましょう。／騎乘自行車時也請遵守交通規則。

るすばん【留守番】(名) 看家，看家人 △子供が留守番の最中にマッチで遊んで火事になった。／孩子單獨看家的時候玩火柴而引發了火災。

れレ

N3-070

れい【礼】(名·漢造) 禮儀，禮節，禮貌；鞠躬；道謝，致謝；敬禮；禮品 (類) 礼儀（禮貌）△いろいろしてあげたのに、礼も言わない。／我幫他那麼多忙，他卻連句道謝的話也不說。

れい【例】(名·漢造) 慣例；先例；例子 △前例がないなら、作ればいい。／如果從來沒有人做過，就由我們來當開路先鋒。

れいがい【例外】(名) 例外 (類) 特別（特別）△これは例外中の例外です。／這屬於例外中的例外。

れいぎ【礼儀】(名) 禮儀，禮節，禮法，禮貌 (類) 礼節（禮節）△部長のお子さんは、まだ小学生なのに礼儀正しい。／總理的孩子儘管還是小學生，但是非常有禮貌。

レインコート【raincoat】(名) 雨衣 △レインコートを忘れた。／忘了帶雨衣。

レシート【receipt】(名) 收據；發票 (類) 領収書（收據）△レシートがあれば返品できますよ。／有收據的話就可以退貨喔。

れつ【列】(名·漢造) 列，隊列，隊；排列；行，列，級，排 (類) 行列（行列）△ずいぶん長い列だけれど、食べたいんだから並ぶしかない。／雖然排了長長

一條人龍，但是因為很想吃，所以只能跟著排隊了。

れっしゃ【列車】㊔ 列車，火車 類 汽車（火車）△列車に乗ったとたんに、忘れ物に気がついた。／一踏上火車，就赫然發現忘記帶東西了。

レベル【level】㊔ 水平，水準；水平線；水平儀 類 平均（平均）、水準（水準）△失業して、生活のレベルを維持できない。／由於失業而無法維持以往的生活水準。

れんあい【恋愛】（名・自サ） 戀愛 類 恋（戀愛）△同僚に隠れて社内恋愛中です。／目前在公司裡偷偷摸摸地和同事談戀愛。

れんぞく【連続】（名・他サ・自サ） 連續，接連 類 引き続く（連續）△うちのテニス部は、3年連続して全国大会に出場している。／我們的網球隊連續三年都參加全國大賽。

レンタル【rental】（名・サ変） 出租，出賃；租金 △車をレンタルして、旅行に行くつもりです。／我打算租輛車去旅行。

レンタルりょう【rental料】㊔ 租金 類 借り賃（租金）△こちらのドレスのレンタル料は、5万円です。／擺在這邊的禮服，租用費是五萬圓。

ろ ロ

N3-071

ろうじん【老人】㊔ 老人，老年人 類 年寄り（老人）△老人は楽しそうに、「はっはっは」と笑った。／老人快樂地「哈哈哈」笑了出來。

ローマじ【Roma字】㊔ 羅馬字 △ローマ字入力では、「を」は「wo」と打つ。／在羅馬拼音輸入法中，「を」是鍵入「wo」。

ろくおん【録音】（名・他サ） 錄音 △彼は録音のエンジニアだ。／他是錄音工程師。

ろくが【録画】（名・他サ） 錄影 △大河ドラマを録画しました。／我已經把大河劇錄下來了。

ロケット【rocket】㊔ 火箭發動機；（軍）火箭彈；狼煙火箭 △火星にロケットを飛ばす。／發射火箭到火星。

ロッカー【locker】㊔（公司、機關用可上鎖的）文件櫃；（公共場所用可上鎖的）置物櫃，置物箱，櫃子 △会社のロッカーには傘が入れてあります。／有擺傘在公司的置物櫃裡。

ロック【lock】（名・他サ） 鎖，鎖上，閉鎖 類 鍵（鑰匙）△ロックが壊れて、事務所に入れません。／事務所的門鎖壞掉了，我們沒法進去。

ロボット【robot】 ㊔ 機器人；自動裝置；傀儡 △家事をしてくれるロボットがほしいです。／我想要一個會幫忙做家事的機器人。

ろん【論】 (名·漢造·接尾) 論，議論 △一般論として、表現の自由は認められるべきだ。／一般而言，應該要保障言論自由。

ろんじる・ろんずる【論じる・論ずる】 (他上一) 論，論述，闡述 (類) 論争する（爭論）(補) サ行変格活用 △国のあり方を論じる。／談論國家的理想樣貌。

わワ

N3-072

わ【羽】 (接尾)（數鳥或兔子）隻 △｛早口言葉｝裏庭には２羽、庭には２羽、鶏がいる。／｛繞口令｝後院裡有兩隻雞、院子裡有兩隻雞。

わ【和】 ㊔ 日本 △伝統的な和菓子には、動物性の材料が全く入っていません。／傳統的日式糕餅裡完全沒有摻入任何動物性的食材。

ワイン【wine】 ㊔ 葡萄酒；水果酒；洋酒 △ワインをグラスにつぐ。／將紅酒倒入杯子裡。

わが【我が】 (連體) 我的，自己的，我們的 △何の罪もない我が子を殺すなんて、許せない。／竟然殺死我那無辜的孩子，絕饒不了他！

わがまま (名·形動) 任性，放肆，肆意 (類) 自分勝手（任性）△わがままなんか言ってないもん。／人家才沒有要什麼任性呢！

わかもの【若者】 ㊔ 年輕人，青年 (類) 青年（青年）(對) 年寄り（老人）△最近、若者たちの間で農業の人気が高まっている。／最近農業在年輕人間很受歡迎。

わかれ【別れ】 ㊔ 別，離別，分離；分支，旁系 (類) 分離（分離）△別れが悲しくて、涙が出てきた。／由於離別太感傷，不禁流下了眼淚。

わかれる【分かれる】 (自下一) 分裂；分離，分開；區分，劃分；區別 △意見が分かれてしまい、とうとう結論が出なかった。／由於意見分歧，終究沒能做出結論。

わく【沸く】 (自五) 煮沸，煮開；興奮 (類) 沸騰（沸騰）△お湯が沸いたから、ガスをとめてください。／水煮開了，請把瓦斯關掉。

わける【分ける】 (他下一) 分，分開；區分，劃分；分配，分給；分開，排開，擠開 (類) 分割する（分割）△５回に分けて支払う。／分五次支付。

わずか【僅か】 (副·形動)（數量、程度、價值、時間等）很少，僅僅；一點也（後加否定）類 微か（略微）△貯金があるといっても、わずかなものです。／雖說有儲蓄，但只有一點點。

わび【詫び】 名 賠不是，道歉，表示歉意 類 謝罪（道歉）△丁寧なお詫びの言葉をいただいて、かえって恐縮いたしました。／對方畢恭畢敬的賠不是，反倒讓我不好意思了。

わらい【笑い】 名 笑；笑聲；嘲笑，譏笑，冷笑 類 微笑み（微笑）△おかしくて、笑いが止まらないほどだった。／實在是太好笑了，好笑到停不下來。

わり【割り・割】 造語 分配；（助數詞用）十分之一，一成；比例；得失 類 パーセント（百分比）△いくら4割引きとはいえ、やはりブランド品は高い。／即使已經打了六折，名牌商品依然非常昂貴。

わりあい【割合】 名 比例；比較起來 類 比率（比例）△一生結婚しない人の割合が増えている。／終生未婚人口的比例愈來愈高。

わりあて【割り当て】 名 分配，分擔 △仕事の割り当てをする。／分派工作。

わりこむ【割り込む】 自五 擠進，插隊；闖進；插嘴 △列に割り込まないでください。／請不要插隊。

わりざん【割り算】 名（算）除法 類 掛け算（乘法）△小さな子どもに、割り算は難しいよ。／對年幼的小朋友而言，除法很難。

わる【割る】 他五 打，劈開；用除法計算 △卵を割って、よくかき混ぜてください。／請打入蛋後攪拌均勻。

わん【湾】 名 灣，海灣 △東京湾にも意外とたくさんの魚がいる。／沒想到東京灣竟然也有很多魚。

わん【椀・碗】 名 碗，木碗；（計算數量）碗 △和食では、汁物はお椀を持ち上げて口をつけて飲む。／享用日本料理時，湯菜類是端碗就口啜飲的。

JLPT N2 單字

あア

N2-001

あいじょう【愛情】(名) 愛，愛情 (類) 情愛 △愛情も、場合によっては迷惑になりかねない。／即使是愛情，也會有讓人感到困擾的時候。

あいする【愛する】(他サ) 愛，愛慕；喜愛，有愛情，疼愛，愛護；喜好 (反) 憎む (類) 可愛がる △愛する人に手紙を書いた。／我寫了封信給我所愛的人。

あいにく【生憎】(副・形動) 不巧，偏偏 (反) 都合良く (類) 折悪しく(おりあしく) △「今日の帰り、1杯どう？」「あいにく、今日は都合が悪いんです。明日なら」／「今天下班後，要不要一起喝一杯？」「不好意思，今天不方便，明天倒是可以。」

あう【遭う】(自五) 遭遇，碰上 △交通事故に遭ったにもかかわらず、幸い軽いけがで済んだ。／雖然遇上了交通意外，所幸只受到了輕傷。

あいまい【曖昧】(形動) 含糊，不明確，曖昧，模稜兩可；可疑，不正經 (反) 明確 (類) はっきりしない △物事を曖昧にするべきではない。／事情不該交代得含糊不清。

アウト【out】(名) 外，外邊；出界；出局 (反) セーフ △アウトだなんて、そんなはずがあるものか。絶対セーフだ。／怎麼可能是出局呢？絕對是安全上壘呀！

あおぐ【扇ぐ】(自・他五) (用扇子)扇(風) △暑いので、うちわであおいでいる。／因為很熱，所以拿圓扇搧風。

あおじろい【青白い】(形) (臉色)蒼白的；青白色的 (類) 青い △彼はうちの中にばかりいるから、顔色が青白いわけだ。／他老是窩在家裡，臉色當然蒼白啦！

あかり【明かり】(名) 燈，燈火；光，光亮；消除嫌疑的證據，證明清白的證據 (類) 灯 △明かりがついていると思ったら、息子が先に帰っていた。／我還在想燈怎麼是開著的，原來是兒子先回到家了。

あがる【上がる】(自五・他五・接尾) (效果，地位，價格等)上升，提高；上，登，進入；上漲；提高；加薪；吃，喝，吸(煙)；表示完了 (反) 下がる、降りる (類) 上昇(じょうしょう) △ピアノの発表会で上がってしまって、思うように弾けなかった。／在鋼琴發表會時緊張了，沒能彈得如預期中那麼好。

あかるい【明るい】(形) 明亮的，光明的；開朗的，快活的；精通，熟悉 (反) 暗い (類) 明々 △年齢を問わず、明るい人が好きです。／年紀大小都沒關係，只要個性開朗我都喜歡。

あき【空き】(名) 空隙，空白；閒暇；空額 (類) スペース △時間に空きがあるときに限って、誰も誘ってくれない。

／偏偏有空時，就是沒人來約我。

あきらか【明らか】 (形動) 顯然，清楚，明確；明亮 (類) 鮮やか（あざやか）△統計に基づいて、問題点を明らかにする。／根據統計的結果，來瞭解問題點所在。

あきらめる【諦める】 (他下一) 死心，放棄；想開 (類) 思い切る △彼は、諦めたかのようにため息をついた。／他彷彿死心了似的嘆了一口氣。

あきれる【呆れる】 (自下一) 吃驚，愕然，嚇呆，發愣 (類) 呆然（ぼうぜん）△あきれて物が言えない。／我嚇到話都說不出來了。

あく【開く】 (自五) 開，打開；（店舖）開始營業 (反) 閉まる (類) 開く（ひらく）△店が10時に開くとしても、まだ2時間もある。／就算商店十點開始營業，也還有兩個小時呢。

アクセント【accent】 (名) 重音；重點，強調之點；語調；（服裝或圖案設計上）突出點，著眼點 (類) 発音 △アクセントからして、彼女は大阪人のようだ。／從口音看來，她應該是大阪人。

あくび【欠伸】 (名・自サ) 哈欠 △仕事の最中なのに、あくびばかり出て困る。／工作中卻一直打哈欠，真是傷腦筋。

あくま【悪魔】 (名) 惡魔，魔鬼 (反) 神 (類) 魔物（まもの）△あの人は、悪魔のような許しがたい男です。／那個男人，像魔鬼一樣不可原諒。

あくまで(も)【飽くまで(も)】 (副) 徹底，到底 (類) どこまでも △マンガとしてはおもしろいけど、あくまでマンガはマンガだよ。／把這個當成漫畫來看雖有趣，但漫畫畢竟只是漫畫呀。

あくる【明くる】 (連體) 次，翌，明，第二 (類) 次 △ホテルに着いたのは夜遅くだった。明くる日も、朝早く出発した。／抵達飯店的時候已經是深夜時分了，結果隔天也是一大早就出發了。

あけがた【明け方】 (名) 黎明，拂曉 (反) 夕 (類) 朝 △明け方で、まだよく寝ていたところを、電話で起こされた。／黎明時分，還在睡夢中，就被電話聲吵醒。

あげる【上げる】 (他下一・自下一) 舉起，抬起，揚起，懸掛；（從船上）卸貨；增加；升遷；送入；表示做完；表示自謙 (反) 下げる (類) 高める △分からない人は、手を上げてください。／有不懂的人，麻煩請舉手。

あこがれる【憧れる】 (自下一) 嚮往，憧憬，愛慕；眷戀 (類) 慕う（したう）△田舎でののんびりした生活に憧れています。／很嚮往鄉下悠閒自在的生活。

あしあと【足跡】 (名) 腳印；（逃走的）蹤跡；事蹟，業績 (類) 跡 △家の中は、泥棒の足跡だらけだった。／家裡都是小偷的腳印。

N2-002

あしもと【足元】(名) 腳下；腳步；身旁，附近 △足元に注意するとともに、頭上にも気をつけてください。／請注意腳下的路，同時也要注意頭上。

あじわう【味わう】(他五) 品嚐；體驗，玩味，鑑賞 (類) 楽しむ △1枚5,000円もしたお肉だよ。よく味わって食べてね。／這可是一片五千圓的肉呢！要仔細品嚐喔！

あしをはこぶ【足を運ぶ】(慣) 去，前往拜訪 (類) 徒労（とろう）△劉備は、諸葛亮を軍師として迎えるために、何度も足を運んだという。／劉備為了要邀得諸葛亮當軍師，不惜三顧茅廬。

あせ【汗】(名) 汗 △テニスにしろ、サッカーにしろ、汗をかくスポーツは爽快だ。／不論是網球或足球都好，只要是會流汗的運動，都令人神清氣爽。

あそこ (代) 那裡；那種程度；那種地步 (類) あちら △あそこまで褒められたら、いやとは言えなかったです。／如此被讚美，實在讓人難以拒絕。

あたたかい【暖かい】(形) 溫暖，暖和；熱情，熱心；和睦；充裕，手頭寬裕 (反) 寒い (類) 温暖 △子供たちに優しくて心の暖かい人になってほしい。／希望小孩能成為有愛心、熱於助人的人。

あたり【当(た)り】(名) 命中，打中；感覺，觸感；味道；猜中；中獎；待人態度；如願，成功；(接尾)每，平均 (反) はずれ (類) 的中（てきちゅう）△「飴、どっちの手に入ってると思う？」「こっち！」「当たり！」／「你猜，糖果握在哪一隻手裡？」「這隻！」「猜對了！」

あちこち (代) 這兒那兒，到處 (類) ところどころ △おかしいなあ。あちこち探したんだけど、見つからない。／好奇怪喔，東找西找老半天，就是找不到。

あちらこちら (代) 到處，四處；相反，顛倒 (類) あちこち △君に会いたくて、あちらこちらどれだけ探したことか。／為了想見你一面，我可是四處找得很辛苦呢！

あつい【熱い】(形) 熱的，燙的；熱情的，熱烈的 (反) 冷たい (類) ホット △選手たちの心には、熱いものがある。／選手的內心深處，總有顆熾熱的心。

あつかう【扱う】(他五) 操作，使用；對待，待遇；調停，仲裁 (類) 取り扱う（とりあつかう）△この商品を扱うに際しては、十分気をつけてください。／在使用這個商品時，請特別小心。

あつかましい【厚かましい】(形) 厚臉皮的，無恥 (類) 図々しい（ずうずうしい）△あまり厚かましいことを言うべきではない。／不該說些丟人現眼的話。

あっしゅく【圧縮】(名・他サ) 壓縮；(把文章等)縮短 (類) 縮める △こんなに大きなものを小さく圧縮するのは、無理というものだ。／要把那麼龐大的東西壓縮成那麼小，那根本就不可能。

あてはまる【当てはまる】 (自五) 適用，適合，合適，恰當 (類) 適する（てきする）△結婚したいけど、私が求める条件に当てはまる人が見つからない。／我雖然想結婚，但是還沒有找到符合條件的人選。

あてはめる【当てはめる】 (他下一) 適用；應用 (類) 適用 △その方法はすべての場合に当てはめることはできない。／那個方法並不適用於所有情況。

あと【後】 (名) (地點、位置)後面，後方；(時間上)以後；(距現在)以前；(次序)之後，其後；以後的事；結果，後果；其餘，此外；子孫，後人 (反) 前 (類) 後ろ △後から行く。／我隨後就去。

あと【跡】 (名) 印，痕跡；遺跡；跡象；行蹤下落；家業；後任，後繼者 (類) 遺跡 △山の中で、熊の足跡を見つけた。／在山裡發現了熊的腳印。

あばれる【暴れる】 (自下一) 胡鬧；放蕩，橫衝直撞 (類) 乱暴 △彼は酒を飲むと、周りのこともかまわずに暴れる。／他只要一喝酒，就會不顧周遭一切地胡鬧一番。

あびる【浴びる】 (他上一) 洗，浴；曬，照；遭受，蒙受 (類) 受ける △シャワーを浴びるついでに、頭も洗った。／在沖澡的同時，也順便洗了頭。

あぶる【炙る・焙る】 (他五) 烤；烘乾；取暖 (類) 焙じる（ほうじる）△魚をあぶる。／烤魚。

あふれる【溢れる】 (自下一) 溢出，漾出，充滿 (類) 零れる（こぼれる）△道に人が溢れているので、通り抜けようがない。／道路擠滿了人，沒辦法通過。

あまい【甘い】 (形) 甜的；淡的；寬鬆，好說話；鈍，鬆動；藐視；天真的；樂觀的；淺薄的；愚蠢的 (反) 辛い (類) 甘ったるい △そんな甘い考えが通用するか。／那種膚淺的想法行得通嗎？

あまど【雨戸】 (名) (為防風防雨而罩在窗外的)木板套窗，滑窗 (類) 戸 △力をこめて、雨戸を閉めた。／用力將滑窗關起來。

あまやかす【甘やかす】 (他五) 嬌生慣養，縱容放任；嬌養，嬌寵 △子どもを甘やかすなといっても、どうしたらいいかわからない。／雖說不要寵小孩，但也不知道該如何是好。

あまる【余る】 (自五) 剩餘；超過，過分，承擔不了 (反) 足りない (類) 有り余る（ありあまる）△時間が余りぎみだったので、喫茶店に行った。／看來還有時間，所以去了咖啡廳。

あみもの【編み物】 (名) 編織；編織品 (類) 手芸（しゅげい）△おばあちゃんが編み物をしているところへ、孫がやってきた。／老奶奶在打毛線的時候，小孫子來了。

あむ【編む】(他五) 編，織；編輯，編纂 (類)織る △お父さんのためにセーターを編んでいる。／為了爸爸在織毛衣。

あめ【飴】(名)糖，麥芽糖 (類)キャンデー △子どもたちに一つずつ飴をあげた。／給了小朋友一人一顆糖果。

あやうい【危うい】(形)危險的；令人擔憂，靠不住 (類)危ない △彼は見通しが甘い。計画の実現には危ういものがある。／他的預測太樂觀了。執行計畫時總會伴隨著風險。

あやしい【怪しい】(形)奇怪的，可疑的；靠不住的，難以置信；奇異，特別；笨拙；關係曖昧的 (類)疑わしい（うたがわしい）△外を怪しい人が歩いているよ。／有可疑的人物在外面徘徊呢。

あやまり【誤り】(名) 錯誤 (類)違い △誤りを認めてこそ、立派な指導者と言える。／唯有承認自己過失，才稱得上是偉大的領導者。

あやまる【誤る】(自五・他五) 錯誤，弄錯；耽誤 △誤って違う薬を飲んでしまった。／不小心搞錯吃錯藥了。

あら (感)（女性用語）（出乎意料或驚訝時發出的聲音）唉呀！唉唷 △あら、小林さん、久しぶり。元気？／咦，可不是小林先生嗎？好久不見，過得好嗎？

N2-003

あらい【荒い】(形) 凶猛的；粗野的，粗暴的；濫用 (類) 荒っぽい（あらっぽい）△彼は言葉が荒い反面、心は優しい。／他雖然講話粗暴，但另一面，內心卻很善良。

あらい【粗い】(形) 大；粗糙 △パソコンの画面がなんだか粗いんだけど、どうにかならないかな。／電腦螢幕的畫面好像很模糊，能不能想個辦法調整呢？

あらし【嵐】(名) 風暴，暴風雨 △嵐が来ないうちに、家に帰りましょう。／趁暴風雨還沒來之前，快回家吧！

あらすじ【粗筋】(名) 概略，梗概，概要 (類)概容（がいよう）△彼の書いた粗筋に基づいて、脚本を書いた。／我根據他寫的故事大綱，來寫腳本。

あらた【新た】(形動) 重新；新的，新鮮的 (反)古い (類)新しい (補)只有「新たな」、「新たに」兩種活用方式。△今回のセミナーは、新たな試みの一つにほかなりません。／這次的課堂討論，可說是一個全新的嘗試。

あらためて【改めて】(副) 重新；再 (類)再び △詳しいことは、後日改めてお知らせします。／詳細事項容我日後另行通知。

あらためる【改める】(他下一) 改正，修正，革新；檢查 (類)改正 △酒で失敗して以来、私は行動を改めることにした。／自從飲酒誤事以後，我就決定檢討改進自己的行為。

あらゆる【有らゆる】(連體) 一切，所有

類 ある限り△資料を分析するのみならず、あらゆる角度から検討すべきだ。／不單只是分析資料，也必須從各個角度去探討才行。

あらわれ【現れ・表れ】 名（為「あらわれる」的名詞形）表現；現象；結果 △上司の言葉が厳しかったにしろ、それはあなたへの期待の表れなのです。／就算上司講話嚴厲了些，那也是一種對你有所期待的表現。

ありがたい【有り難い】 形 難得，少有；值得感謝，感激，值得慶幸 類 謝する（しゃする）△手伝ってくれるとは、なんとありがたいことか。／你願意幫忙，是多麼令我感激啊！

（どうも）ありがとう 感 謝謝 類 お世話様 △私たちにかわって、彼に「ありがとう」と伝えてください。／請替我們向他說聲謝謝。

ある【或る】 連體（動詞「あり」的連體形轉變，表示不明確、不肯定）某，有 △ある意味ではそれは正しい。／就某意義而言，那是對的。

ある【有る・在る】 自五 有；持有，具有；舉行，發生；有過；在 反 無い 類 存する △あなたのうちに、コンピューターはありますか。／你家裡有電腦嗎？

あるいは【或いは】 接・副 或者，或是，也許；有的，有時 類 又は（または）△受験資格は、2016年3月までに高等学校を卒業した方、あるいは卒業する見込みの方です。／應考資格為2016年3月前自高中畢業者或預計畢業者。

あれこれ 名 這個那個，種種 類 いろいろ △あれこれ考えたあげく、行くのをやめました。／經過種種的考慮，最後決定不去了。

あれ(っ) 感（驚訝、恐怖、出乎意料等場合發出的聲音）呀！唉呀？△あれっ、今日どうしたの。／唉呀！今天怎麼了？

あれる【荒れる】 自下一 天氣變壞；（皮膚）變粗糙；荒廢，荒蕪；暴戾，胡鬧；秩序混亂 類 波立つ（なみだつ）△天気が荒れても、明日は出かけざるを得ない。／儘管天氣很差，明天還是非出門不可。

あわ【泡】 名 泡，沫，水花 類 泡（あぶく）△泡があんまり立ってないね。洗剤もっと入れよう。／泡沫不太夠耶。再多倒些洗衣精吧！

あわただしい【慌ただしい】 形 匆匆忙忙的，慌慌張張的 類 落ち着かない △田中さんは電話を切ると、慌ただしく部屋を出て行った。／田中小姐一掛上電話，立刻匆匆忙忙地出了房間。

あわれ【哀れ】 名・形動 可憐，憐憫；悲哀，哀愁；情趣，風韻 類 かわいそう △捨てられていた子犬の鳴き声が哀れで、拾ってきた。／被丟掉的小狗吠得好可憐，所以就把牠撿回來了。

あん【案】 [名] 計畫，提案，意見；預想，意料 [類] 考え △その案には、賛成しかねます。／我難以贊同那份提案。

あんい【安易】 [名・形動] 容易，輕而易舉；安逸，舒適，遊手好閒 [反] 至難（しなん）[類] 容易 △安易な方法に頼るべきではない。／不應該光是靠著省事的作法。

あんき【暗記】 [名・他サ] 記住，背誦，熟記 [類] 暗唱 △こんな長い文章は、すぐには暗記できっこないです。／那麼冗長的文章，我不可能馬上記住的。

あんてい【安定】 [名・自サ] 安定，穩定；（物體）安穩 [反] 不安定 [類] 落ち着く △結婚したせいか、精神的に安定した。／不知道是不是結了婚的關係，精神上感到很穩定。

アンテナ【antenna】 [名] 天線 [類] 空中線（くうちゅうせん）△屋根の上にアンテナが立っている。／天線矗立在屋頂上。

あんなに [副] 那麼地，那樣地 △あんなに遠足を楽しみにしていたのに、雨が降ってしまった。／人家那麼期待去遠足，天公不作美卻下起雨了。

あんまり [形動・副] 太，過於，過火 [類] それほど [補] 口語：あまり的口語說法，但並不是任何情況下都適用。例如：あんまり好きじゃない（○）；あまりすきじゃない（○）ひどい！あんまりだ！（○）；ひどい！あまりだ！（×）△あの喫茶店はあんまりきれいではない反面、コーヒーはおいしい。／那家咖啡廳裝潢不怎麼美，但咖啡卻很好喝。

いィ

N2-004

い【位】 [漢造] 位；身分，地位；（對人的敬稱）位 △高い地位に就く。／坐上高位。

い【胃】 [名] 胃 [類] 胃腸 △あるものを全部食べきったら、胃が痛くなった。／吃完了所有東西以後，胃就痛了起來。

いいだす【言い出す】 [他五] 開始說，說出口 [類] 発言 △余計なことを言い出したばかりに、私が全部やることになった。／都是因為我多嘴，所以現在所有事情都要我做了。

いいつける【言い付ける】 [他下一] 命令；告狀；說慣，常說 [類] 命令 △あーっ。先生に言いつけてやる！／啊！我要去向老師告狀！

いいん【委員】 [名] 委員 [類] 役員 △委員になってお忙しいところをすみませんが、お願いがあります。／真不好意思，在您當上委員的百忙之中打擾，我有一事想拜託您。

いき【息】㊔呼吸，氣息；步調 ㊍呼吸（こきゅう）△息を全部吐ききってください。／請將氣全部吐出來。

いき【意気】㊔意氣，氣概，氣勢，氣魄 ㊍気勢（きせい）△試合に勝ったので、みんな意気が上がっています。／因為贏了比賽，所以大家的氣勢都提升了。

いぎ【意義】㊔意義，意思；價值 ㊍意味 △自分でやらなければ、練習するという意義がなくなるというものだ。／如果不親自做， 所謂的練習就毫無意義了。

いきいき【生き生き】（副・自サ）活潑，生氣勃勃，栩栩如生 ㊍活発 △結婚して以来、彼女はいつも生き生きしているね。／自從結婚以後，她總是一副風采煥發的樣子呢！

いきおい【勢い】㊔勢，勢力；氣勢，氣焰 ㊍気勢 △その話を聞いたとたんに、彼はすごい勢いで部屋を出て行った。／他聽到那番話，就氣沖沖地離開了房間。

いきなり（副）突然，冷不防，馬上就… ㊍突然 △いきなり声をかけられてびっくりした。／冷不防被叫住，嚇了我一跳。

いきもの【生き物】㊔生物，動物；有生命力的東西，活的東西 ㊍生物 △こんな環境の悪いところに、生き物がいるわけない。／在這麼惡劣的環境下，怎麼可能會有生物存在。

いく【幾】（接頭）表數量不定，幾，多少，如「幾日」（幾天）；表數量、程度很大，如「幾千万」（幾千萬）△幾多の困難を切り抜ける。／克服了重重的困難。

いくじ【育児】㊔養育兒女 △主婦は、家事の上に育児もしなければなりません。／家庭主婦不僅要做家事，還得帶孩子。

いくぶん【幾分】（副・名）一點，少許，多少；（分成）幾分；（分成幾分中的）一部分 ㊍少し △体調は幾分よくなってきたにしろ、まだ出勤はできません。／就算身體好些了，也還是沒辦法去上班。

いけない（形・連語）不好，糟糕；沒希望，不行；不能喝酒，不能喝酒的人；不許，不可以 ㊍良くない △病気だって？それはいけないね。／生病了！那可不得了了。

いけばな【生け花】㊔生花，插花 ㊍挿し花 △智子さんといえば、生け花を習い始めたらしいですよ。／說到智子小姐，聽說她開始學插花了！

いけん【異見】（名・他サ）不同的意見，不同的見解，異議 ㊍異議（いぎ）△異見を唱える。／唱反調。

いこう【以降】㊔以後，之後 ㊎以前 ㊍以後 △5時以降は不在につき、また明日いらしてください。／五點以後大家都不在，所以請你明天再來。

いさましい【勇ましい】[形] 勇敢的，振奮人心的；活潑的；(俗)有勇無謀 [類] 雄々しい(おおしい) △兵士たちは勇ましく戦った。／當時士兵們英勇地作戰。

いし【意志】[名] 意志，志向，心意 [類] 意図(いと) △本人の意志に反して、社長に選ばれた。／與當事人的意願相反，他被選為社長。

いじ【維持】[名・他サ] 維持，維護 [類] 保持 △政府が助けてくれないかぎり、この組織は維持できない。／只要政府不支援，這組織就不能維持下去。

いしがき【石垣】[名] 石牆 △この辺りは昔ながらの石垣のある家が多い。／這一帶有很多保有傳統的石牆住宅。

いしき【意識】[名・他サ] (哲學的)意識；知覺，神智；自覺，意識到 [類] 知覚 △患者の意識が回復するまで、油断できない。／在患者恢復意識之前，不能大意。

いじょう【異常】[名・形動] 異常，反常，不尋常 [反] 正常 [類] 格外(かくがい) △システムはもちろん、プログラムも異常はありません。／不用說是系統，程式上也有沒任何異常。

いしょくじゅう【衣食住】[名] 衣食住 [類] 生計 △衣食住に困らなければこそ、安心して生活できる。／衣食只要不缺，就可以安心過活了。

[N2-005]

いずみ【泉】[名] 泉，泉水；泉源；話題 [類] 湧き水(わきみず) △泉を中心にして、いくつかの家が建っている。／圍繞著泉水，周圍有幾棟房子在蓋。

いずれ【何れ】[代・副] 哪個，哪方；反正，早晚，歸根到底；不久，最近，改日 [類] どれ △いずれやらなければならないと思いつつ、今日もできなかった。／儘管知道這事早晚都要做，但今天仍然沒有完成。

いた【板】[名] 木板；薄板；舞台 [類] 盤 △板に釘を打った。／把釘子敲進木板。

いたい【遺体】[名] 遺體 △遺体を埋葬する。／埋葬遺體。

いだい【偉大】[形動] 偉大的，魁梧的 [類] 偉い △ベートーベンは偉大な作曲家だ。／貝多芬是位偉大的作曲家。

いだく【抱く】[他五] 抱；懷有，懷抱 [類] 抱える(かかえる) △彼は彼女に対して、憎しみさえ抱いている。／他對她甚至懷恨在心。

いたみ【痛み】[名] 痛，疼；悲傷，難過；損壞；(水果因碰撞而)腐爛 [類] 苦しみ △あいつは冷たいやつだから、人の心の痛みなんか感じっこない。／那傢伙很冷酷，絕不可能懂得別人的痛苦。

いたむ【痛む】[自五] 疼痛；苦惱；損壞 [類] 傷つく(きずつく) △傷が痛まないこともないが、まあ大丈夫です。／傷口並不是不會痛，不過沒什麼大礙。

いたる【至る】 (自五) 到，來臨；達到；周到 類 まで △国道１号は、東京から名古屋、京都を経て大阪へ至る。／國道一號是從東京經過名古屋和京都，最後連結到大阪。

いち【位置】 (名・自サ) 位置，場所；立場，遭遇；位於 類 地点 △机は、どの位置に置いたらいいですか。／書桌放在哪個地方好呢？

いちおう【一応】 副 大略做了一次，暫，先，姑且 類 大体 △一応、息子にかわって、私が謝っておきました。／我先代替我兒子去致歉。

いちご【苺】 名 草莓 類 ストロベリー △いちごを栽培する。／種植草莓。

いちじ【一時】 (造語・副) 某時期，一段時間；那時；暫時；一點鐘；同時，一下子 反 常時 類 暫く（しばらく）△山で道に迷った上に嵐が来て、一時は死を覚悟した。／不但在山裡迷了路，甚至遇上了暴風雨，一時之間還以為自己死定了。

いちだんと【一段と】 副 更加，越發 類 一層（いっそう）△彼女が一段ときれいになったと思ったら、結婚するんだそうです。／覺得她變漂亮了，原來聽說是要結婚了。

いちば【市場】 名 市場，商場 類 市 △市場で、魚や果物などを売っています。／市場裡有賣魚、水果…等等。

いちぶ【一部】 名 一部分，（書籍、印刷物等）一冊，一份，一套 反 全部 類 一部分 △この案に反対なのは、一部の人間にほかならない。／反對這方案的，只不過是一部分的人。

いちりゅう【一流】 名 一流，頭等；一個流派；獨特 反 二、三流 類 最高 △一流の音楽家になれるかどうかは、才能次第だ。／是否能成為一流的音樂家，全憑個人的才能。

いつか【何時か】 副 未來的不定時間，改天；過去的不定時間，以前；不知不覺 類 そのうちに △またいつかお会いしましょう。／改天再見吧！

いっか【一家】 名 一所房子；一家人；一個團體；一派 類 家族 △田中さん一家のことだから、正月は旅行に行っているでしょう。／田中先生一家人的話，新年大概又去旅行了吧！

いっしゅ【一種】 名 一種；獨特的；（說不出的）某種，稍許 類 同類（どうるい）△これは、虫の一種ですか。／這是屬昆蟲類的一種嗎？

いっしゅん【一瞬】 名 一瞬間，一剎那 反 永遠 類 瞬間（しゅんかん）△花火は、一瞬だからこそ美しい。／煙火就因那一瞬間才美麗。

いっせいに【一斉に】 副 一齊，一同 類 一度に △彼らは一斉に立ち上がった。／他們一起站了起來。

いっそう【一層】 副 更，越發 類 更に △大会で優勝できるように、一層努力します。／為了比賽能得冠軍，我要比平時更加努力。

いったん【一旦】副 一旦，既然；暫且，姑且 類 一度 △いったんうちに帰って、着替えてからまた出かけます。／我先回家一趟，換過衣服之後再出門。

いっち【一致】名・自サ 一致，相符 反 相違 類 合致（がっち）△意見が一致した上は、早速プロジェクトを始めましょう。／既然看法一致了，就快點進行企畫吧！

いってい【一定】名・自他サ 一定；規定，固定 反 不定 類 一様 △一定の条件を満たせば、奨学金を申請することができる。／只要符合某些條件，就可以申請獎學金。

N2-006

いつでも【何時でも】副 無論什麼時候，隨時，經常，總是 類 随時（ずいじ）△彼はいつでも勉強している。／他無論什麼時候都在看書。

いっぽう【一方】名・副助・接 一個方向；一個角度；一面，同時；（兩個中的）一個；只顧，愈來愈…；從另一方面說 反 相互 類 片方 △勉強する一方で、仕事もしている。／我一邊唸書，也一邊工作。

いつまでも【何時までも】副 到什麼時候也…，始終，永遠 △今日のことは、いつまでも忘れません。／今日所發生的，我永生難忘。

いてん【移転】名・自他サ 轉移位置；搬家；（權力等）轉交，轉移 類 引っ越す △会社の移転で大変なところを、お邪魔してすみません。／在貴社遷移而繁忙之時前來打擾您，真是不好意思。

いでん【遺伝】名・自サ 遺傳 △身体能力、知力、容姿などは遺伝によるところが多いと聞きました。／據說體力、智力及容貌等多半是來自遺傳。

いでんし【遺伝子】名 基因 △この製品は、原料に遺伝子組み換えのない大豆が使われています。／這個產品使用的原料是非基因改造黃豆。

いど【井戸】名 井 △井戸で水をくんでいるところへ、隣のおばさんが来た。／我在井邊打水時，隔壁的伯母就來了。

いど【緯度】名 緯度 反 経度 △緯度が高いわりに暖かいです。／雖然緯度很高，氣候卻很暖和。

いどう【移動】名・自他サ 移動，轉移 反 固定 類 移る △雨が降ってきたので、屋内に移動せざるを得ませんね。／因為下起雨了，所以不得不搬到屋內去呀。

いね【稲】名 水稻，稻子 類 水稲（すいとう）△太陽の光のもとで、稲が豊かに実っています。／稻子在陽光之下，結實累累。

いねむり【居眠り】名・自サ 打瞌睡，打盹兒 類 仮寝（かりね）△あいつのことだから、仕事中に居眠りをしているんじゃないかな。／那傢伙的話，一定又是在工作時間打瞌睡吧！

いばる【威張る】 (自五) 誇耀，逞威風 類 驕る(おごる) △上司にはぺこぺこし、部下にはいばる。／對上司畢恭畢敬，對下屬盛氣凌人。

いはん【違反】 (名・自サ) 違反，違犯 反 遵守 類 反する △スピード違反をした上に、駐車違反までしました。／不僅超速，甚至還違規停車。

いふく【衣服】 名 衣服 類 衣装 △季節に応じて、衣服を選びましょう。／依季節來挑衣服吧！

いまに【今に】 副 就要，即將，馬上；至今，直到現在 類 そのうちに △彼は、現在は無名にしろ、今に有名になるに違いない。／儘管他現在只是個無名小卒，但他一定很快會成名的。

いまにも【今にも】 副 馬上，不久，眼看就要 類 すぐ △その子どもは、今にも泣き出しそうだった。／那個小朋友眼看就要哭了。

いやがる【嫌がる】 (他五) 討厭，不願意，逃避 類 嫌う △彼女が嫌がるのもかまわず、何度もデートに誘う。／不顧她的不願，一直要約她出去。

いよいよ【愈々】 副 愈發；果真；終於；即將要；緊要關頭 類 遂に △いよいよ留学に出発する日がやってきた。／出國留學的日子終於來到了。

いらい【以来】 名 以來，以後；今後，將來 反 以降 類 以前 △去年以来、交通事故による死者が減りました。／從去年開始，車禍死亡的人口減少了。

いらい【依頼】 (名・自他サ) 委託，請求，依靠 類 頼み △仕事を依頼する上は、ちゃんと報酬を払わなければなりません。／既然要委託他人做事，就得付出相對的酬勞。

いりょう【医療】 名 醫療 類 治療 △高い医療水準のもとで、国民は健康に生活しています。／在高醫療水準之下，國民過著健康的生活。

いりょうひん【衣料品】 名 衣料；衣服 △衣料品店を営む。／經營服飾店。

いる【煎る・炒る】 (他五) 炒，煎 △ごまを鍋で煎ったら、いい香りがした。／芝麻在鍋裡一炒，就香味四溢。

いれもの【入れ物】 名 容器，器皿 類 器 △入れ物がなかったばかりに、飲み物をもらえなかった。／就因為沒有容器了，所以沒能拿到飲料。

いわい【祝い】 名 祝賀，慶祝；賀禮；慶祝活動 類 おめでた △祝いの品として、ネクタイを贈った。／我送了條領帶作為賀禮。

いわば【言わば】 副 譬如，打個比方，說起來，打個比方說 △このペンダントは、言わばお守りのようなものです。／這對耳墜，說起來就像是我的護身符一般。

いわゆる【所謂】 (連體) 所謂，一般來說，大家所說的，常說的 △いわゆる健康食品が、私は好きではない。／我不大喜歡那些所謂的健康食品。

いんさつ【印刷】 (名・自他サ) 印刷 類 プリント △原稿ができたら、すぐ印刷に回すことになっています。／稿一完成，就要馬上送去印刷。

いんたい【引退】 (名・自サ) 隱退，退職 類 辞める △彼は、サッカー選手を引退するかしないかのうちに、タレントになった。／他才從足球選手隱退，就當起了藝人。

いんよう【引用】 (名・自他サ) 引用 △引用による説明が、分かりやすかったです。／引用典故來做說明，讓人淺顯易懂。

うゥ

ウィスキー【whisky】 (名) 威士忌(酒) 類 酒 △ウィスキーにしろ、ワインにしろ、お酒は絶対飲まないでください。／不論是威士忌，還是葡萄酒，請千萬不要喝酒。

ウーマン【woman】 (名) 婦女，女人 反 マン 類 女 △ウーマンリブがはやった時代もあった。／過去女性解放運動也曾有過全盛時代。

N2-007

うえき【植木】 (名) 植種的樹；盆景 △植木の世話をしているところへ、友だちが遊びに来ました。／當我在修剪盆栽時，朋友就跑來拜訪。

うえる【飢える】 (自下一) 飢餓，渴望 類 飢える(かつえる) △生活に困っても、飢えることはないでしょう。／就算為生活而苦，也不會挨餓吧！

うお【魚】 (名) 魚 類 魚類 比 うお：在水中生活，用鰓呼吸，用鰭游水的動物的總稱。說法較古老。現在多用在專有名詞上。さかな：最早是指下酒菜或經烹調過的魚。現在被廣泛使用。△魚市場でバイトしたのをきっかけに、魚に興味を持った。／在漁市場裡打工的那段日子為契機，開始對魚類產生了興趣。

うがい【嗽】 (名・自サ) 漱口 類 漱ぐ △うちの子は外から帰ってきて、うがいどころか手も洗わない。／我家孩子從外面回來，別說是漱口，就連手也不洗。

うかぶ【浮かぶ】 (自五) 漂，浮起；想起，浮現，露出；(佛)超度；出頭，擺脫困難 反 沈む(しずむ) 類 浮き上がる(うきあがる) △そのとき、すばらしいアイデアが浮かんだ。／就在那時，靈光一現，腦中浮現了好點子。

うかべる【浮かべる】 (他下一) 浮，泛；露出；想起 反 沈める(しずめる) 類 浮かす（うかす）△子供のとき、笹で作った小舟を川に浮かべて遊んだものです。／小時候會用竹葉折小船，放到河上隨水漂流當作遊戲。

うく【浮く】（自五）飄浮；動搖，鬆動；高興，愉快；結餘，剩餘；輕薄 反 沈む 類 浮かぶ △面白い形の雲が、空に浮いている。／天空裡飄著一朵形狀有趣的雲。

うけたまわる【承る】（他五）聽取；遵從，接受；知道，知悉；傳聞 類 受け入れる △担当者にかわって、私が用件を承ります。／由我來代替負責的人來承接這件事情。

うけとり【受け取り】（名）收領；收據；計件工作(的工錢) △留守がちな人は、コンビニでも宅配便の受け取りができる。／可能無法在家等貨的人們，也可以利用便利商店領取宅配物件。

うけとる【受け取る】（他五）領，接收，理解，領會 反 差し出す 類 受け入れる △好きな人にラブレターを書いたけれど、受け取ってくれなかった。／雖然寫了情書送給喜歡的人，但是對方不願意收下。

うけもつ【受け持つ】（他五）擔任，擔當，掌管 類 担当する △1年生のクラスを受け持っています。／我擔任一年級的班導。

うさぎ【兎】（名）兔子 △動物園には、象やライオンばかりでなく、兎などもいます。／動物園裡，不單有大象和獅子，也有兔子等等的動物。

うしなう【失う】（他五）失去，喪失；改變常態；喪，亡；迷失；錯過 類 無くす △事故のせいで、財産を失いました。／都是因為事故的關係，而賠光了財產。

うすぐらい【薄暗い】（形）微暗的，陰暗的 反 薄明かり △目に悪いから、薄暗いところで本を読むものではない。／因為對眼睛不好，所以不該在陰暗的地方看書。

うすめる【薄める】（他下一）稀釋，弄淡 △この飲み物は、水で5倍に薄めて飲んでください。／這種飲品請用水稀釋五倍以後飲用。

うたがう【疑う】（他五）懷疑，疑惑，不相信，猜測 反 信じる 類 訝る（いぶかる）△彼のことは、友人でさえ疑っている。／他的事情，就連朋友也都在懷疑。

うちあわせ【打ち合わせ】（名・他サ）事先商量，碰頭 類 相談 △特別に変更がないかぎり、打ち合わせは来週の月曜に行われる。／只要沒有特別的變更，會議將在下禮拜一舉行。

うちあわせる【打ち合わせる】（他下一）使…相碰，(預先)商量 類 相談する △あ、ついでに明日のことも打ち合わせておきましょう。／啊！順便先商討一下明天的事情吧！

うちけす【打ち消す】 他五 否定，否認；熄滅，消除 類 取り消す △夫は打ち消したけれど、私はまだ浮気を疑っている。／丈夫雖然否認，但我還是懷疑他出軌了。

うちゅう【宇宙】 名 宇宙；(哲)天地空間；天地古今 △宇宙飛行士の話を聞いたのをきっかけにして、宇宙に興味を持った。／自從聽了太空人的故事後，就對宇宙產生了興趣。

うつす【映す】 他五 映，照；放映 △鏡に姿を映して、おかしくないかどうか見た。／我照鏡子，看看樣子奇不奇怪。

うったえる【訴える】 他下一 控告，控訴，申訴；求助於；使…感動，打動 △彼が犯人を知った上は、警察に訴えるつもりです。／既然知道他是犯人，我就打算向警察報案。

うなずく【頷く】 自五 點頭同意，首肯 類 承知する △私が意見を言うと、彼は黙ってうなずいた。／我一說出意見，他就默默地點了頭。

うなる【唸る】 自五 呻吟；(野獸)吼叫；發出嗚聲；吟，哼；贊同，喝彩 類 鳴く △ブルドッグがウーウー唸っている。／哈巴狗嗚嗚地叫著。

うばう【奪う】 他五 剝奪；強烈吸引；除去 反 与える 類 奪い取る △戦争で家族も財産もすべて奪われてしまった。／戰爭把我的家人和財產全都奪走了。

N2-008

うまれ【生まれ】 名 出生；出生地；門第，出生 △生まれは北海道ですが、千葉で育ちました。／雖是在北海道出生的，不過是在千葉縣長大的。

うむ【有無】 名 有無；可否，願意與否 類 生い立ち △鎌田君に彼氏の有無を確認された。これって、私に気があるってことだよね。／鎌田問了我有沒有男朋友。他這樣問，就表示對我有意思囉？

うめ【梅】 名 梅花，梅樹；梅子 △梅の花が、なんと美しかったことか。／梅花是多麼地美麗啊！

うやまう【敬う】 他五 尊敬 反 侮る(あなどる) 類 敬する(けいする) △年長者を敬うことは大切だ。／尊敬年長長輩是很重要的。

うらがえす【裏返す】 他五 翻過來；通敵，叛變 類 折り返す △靴下を裏返して洗った。／我把襪子翻過來洗。

うらぎる【裏切る】 他五 背叛，出賣，通敵；辜負，違背 類 背信する △私というものがありながら、ほかの子とデートするなんて、裏切ったも同然だよ。／他明明都已經有我這個女友了，卻居然和別的女生約會，簡直就是背叛嘛！

うらぐち【裏口】 名 後門，便門；走

後門 反 表口 △「ごめんください。お届け物です」「あ、すみませんが、裏口に回ってください」／「打擾一下，有您的包裹。」「啊，不好意思，麻煩繞到後門那邊。」

うらなう【占う】 他五 占卜，占卦，算命 類 占卜（せんぼく）△恋愛と仕事について占ってもらった。／我請他幫我算愛情和工作的運勢。

うらみ【恨み】 名 恨，怨，怨恨 類 怨恨（えんこん）△私に恨みを持つなんて、それは誤解というものです。／說什麼跟我有深仇大怨，那可真是個天大誤會啊。

うらむ【恨む】 他五 抱怨，恨；感到遺憾，可惜；雪恨，報仇 類 残念（ざんねん）△仕事の報酬をめぐって、同僚に恨まれた。／因為工作的報酬一事，被同事懷恨在心。

うらやむ【羨む】 他五 羨慕，嫉妒 類 妬む（ねたむ）△彼女はきれいでお金持ちなので、みんなが羨んでいる。／她人既漂亮又富有，大家都很羨慕她。

うりあげ【売り上げ】 名（一定期間的）銷售額，營業額 類 売上高 △売り上げの計算をしているところへ、社長がのぞきに来た。／在我結算營業額時，社長跑來看了一下。

うりきれ【売り切れ】 名 賣完 △売り切れにならないうちに、早く買いに行かなくてはなりません。／我們得在賣光之前去買才行。

うりきれる【売り切れる】 自下一 賣完，賣光 △コンサートのチケットはすぐに売り切れた。／演唱會的票馬上就賣完了。

うれゆき【売れ行き】 名（商品的）銷售狀況，銷路 △その商品は売れ行きがよい。／那個產品銷路很好。

うれる【売れる】 自下一 商品賣出，暢銷；變得廣為人知，出名，聞名 △この新製品はよく売れている。／這個新產品賣況奇佳。

うろうろ 副・自サ 徘徊；不知所措，張慌失措 類 まごまご △彼は今ごろ、渋谷あたりをうろうろしているに相違ない。／現在，他人一定是在澀谷一帶徘徊。

うわ【上】 漢造（位置的）上邊，上面，表面；（價值、程度）高；輕率，隨便 △上着を脱いで仕事をする。／脫掉上衣工作。

うわる【植わる】 自五 栽上，栽植 比 植える：表行為。植わる：表結果或狀態，較常使用「植わっている」的形式。△庭にはいろいろのばらが植わっていた。／庭院種植了各種野玫瑰。

うん【運】 名 命運，運氣 類 運命 △宝くじが当たるとは、なんと運がいいことか。／竟然中了彩卷，運氣還真好啊！

うんが【運河】 ㊔ 運河 類 堀（ほり）△真冬の運河に飛び込むとは、無茶というものだ。／在寒冬跳入運河裡，真是件荒唐的事。

うんと 副 多，大大地；用力，使勁地 類 たくさん △うんとおしゃれをして出かけた。／她費心打扮出門去了。

うんぬん【云々】 名・他サ 云云，等等；說長道短 類 あれこれ △他人のすることについて云々したくはない。／對於他人所作的事，我不想多說什麼。

うんぱん【運搬】 名・他サ 搬運，運輸 類 運ぶ △ピアノの運搬を業者に頼んだ。／拜託了業者搬運鋼琴。

うんよう【運用】 名・他サ 運用，活用 類 応用 △目的にそって、資金を運用する。／按目的來運用資金。

えエ

N2-009

えっ 感（表示驚訝、懷疑）啊！；怎麼？△えっ、あれが彼のお父さん？／咦？那是他父親嗎？

えいえん【永遠】 ㊔ 永遠，永恆，永久 類 いつまでも △神のもとで、永遠の愛を誓います。／在神面前，發誓相愛至永遠。

えいきゅう【永久】 ㊔ 永遠，永久 類 いつまでも △私は、永久にここには戻ってこない。／我永遠不會再回來這裡。

えいぎょう【営業】 名・自他サ 營業，經商 類 商い（あきない）△営業開始に際して、店長から挨拶があります。／開始營業時，店長會致詞。

えいせい【衛生】 ㊔ 衛生 類 保健 △この店は、味やサービスのみならず、衛生上も問題がある。／這家店不僅滋味和服務欠佳，連衛生方面也有問題。

えいぶん【英文】 ㊔ 用英語寫的文章；「英文學」、「英文學科」的簡稱 △この英文は、難しくてしようがない。／這英文，實在是難得不得了。

えいわ【英和】 ㊔ 英日辭典 △兄の部屋には、英和辞典ばかりでなく、仏和辞典もある。／哥哥的房裡，不僅有英日辭典，也有法日辭典。

えがお【笑顔】 ㊔ 笑臉，笑容 反 泣き顔 類 笑い顔 △売り上げを上げるには、笑顔でサービスするよりほかない。／想要提高營業額，沒有比用笑臉來服務客人更好的辦法。

えがく【描く】 他五 畫，描繪；以…為形式，描寫；想像 類 写す △この絵は、心に浮かんだものを描いたにすぎません。／這幅畫只是將內心所想像的東西，畫出來的而已。

えきたい【液体】[名] 液體 [類] 液状 △気体から液体になったかと思うと、たちまち固体になった。／才剛在想它從氣體變成了液體，現在又瞬間變成了固體。

えさ【餌】[名] 飼料，飼食 △野良猫たちは、餌をめぐっていつも争っている。／野貓們總是圍繞著飼料互相爭奪。

エチケット【etiquette】[名] 禮節，禮儀，(社交)規矩 [類] 礼儀 △バスや電車の中でうるさくするのは、エチケットに反する。／在巴士或電車上發出噪音是缺乏公德心的表現。

えのぐ【絵の具】[名] 顏料 [類] 顔料 △絵の具で絵を描いています。／我用水彩作畫。

えはがき【絵葉書】[名] 圖畫明信片，照片明信片 △旅先から友達に絵はがきを出した。／在旅遊地寄了明信片給朋友。

エプロン【apron】[名] 圍裙 [類] 前掛け(まえかけ) △彼女は、エプロン姿が似合います。／她很適合穿圍裙呢！

えらい【偉い】[形] 偉大，卓越，了不起；(地位)高，(身分)高貴；(出乎意料)嚴重 [類] 偉大 △だんなさんが偉いからって、奥さんまでいばっている。／就因為丈夫很了不起，連太太也跟著趾高氣昂。

えん【円】[名] (幾何)圓，圓形；(明治後日本貨幣單位)日元 △以下の図の円の面積を求めよ。／求下圖之圓形面積。

えんき【延期】[名・他サ] 延期 [類] 日延べ(ひのべ) △スケジュールを発表した以上、延期するわけにはいかない。／既然已經公布了時間表，就絕不能延期。

えんぎ【演技】[名・自サ] (演員的)演技，表演；做戲 △いくら顔がよくても、あんな演技じゃ見ちゃいられない。／就算臉蛋長得漂亮，那種蹩腳的演技實在慘不忍睹。

えんげい【園芸】[名] 園藝 △趣味として、園芸をやっています。／我把從事園藝當作一種興趣。

えんじ【園児】[名] 幼園童 △少子化で園児が減っており、経営が苦しい。／少子化造成園生減少，使得幼稚園經營十分困難。

えんしゅう【円周】[名] (數)圓周 △円周率は、約3.14である。／圓周率約為3.14。

えんしゅう【演習】[名・自サ] 演習，實際練習；(大學內的)課堂討論，共同研究 [類] 練習 △計画にそって、演習が行われた。／按照計畫，進行了演習。

えんじょ【援助】[名・他サ] 援助，幫助 [類] 後援(こうえん) △親の援助があれば、生活できないこともない。／有父母支援的話，也不是不能過活的。

エンジン【engine】[名] 發動機，引擎 [類] 発動機(はつどうき) △スポーツ

5 Level
4 Level
3 Level
2 Level
1 Level

カー向けのエンジンを作っています。／我們正在製造適合跑車用的引擎。

えんぜつ【演説】(名・自サ) 演說 類 講演 △首相の演説が終わったかと思ったら、外相の演説が始まった。／首相的演講才剛結束，外務大臣就馬上接著演講了。

えんそく【遠足】(名・自サ) 遠足，郊遊 類 ピクニック △遠足に行くとしたら、富士山に行きたいです。／如果要去遠足，我想去富士山。

えんちょう【延長】(名・自他サ) 延長，延伸，擴展；全長 類 延ばす △試合を延長するに際して、10 分休憩します。／在延長比賽時，先休息 10 分鐘。

えんとつ【煙突】(名) 煙囪 △煙突から煙が出ている。／從煙囪裡冒出了煙來。

おォ

N2-010

おい【甥】(名) 姪子，外甥 反 姪 類 甥御（おいご）△甥の将来が心配でならない。／替外甥的未來擔心到不行。

おいかける【追い掛ける】(他下一) 追趕；緊接著 類 追う △すぐに追いかけないことには、犯人に逃げられてしまう。／要是不趕快追上去的話，會被犯人逃走的。

おいつく【追い付く】(自五) 追上，趕上；達到；來得及 類 追い及ぶ △一生懸命走って、やっと追いついた。／拚命地跑，終於趕上了。

オイル【oil】(名) 油，油類；油畫，油畫顏料；石油 類 石油 △オリーブオイルで炒める。／用橄欖油炒菜。

おう【王】(名) 帝王，君王，國王；首領，大王；（象棋）王將 類 国王 △王も、一人の人間にすぎない。／國王也不過是普通的人罷了。

おう【追う】(他五) 追；趕走；逼催，忙於；趨趕；追求；遵循，按照 類 追いかける △刑事は犯人を追っている。／刑警正在追捕犯人。

おうさま【王様】(名) 國王，大王 類 元首 △王様は、立場上意見を言うことができない。／就國王的立場上，實在無法發表意見。

おうじ【王子】(名) 王子；王族的男子 反 王女 類 プリンス △国王のみならず、王子まで暗殺された。／不單是國王，就連王子也被暗殺了。

おうじょ【王女】(名) 公主；王族的女子 反 王子 類 プリンセス △王女だから美人だとは限らない。／就算是公主也不一定長得美麗。

おうじる・おうずる【応じる・応ずる】(自上一) 響應；答應；允應，滿足；

適應 類 適合する △場合に応じて、いろいろなサービスがあります。／隨著場合的不同，有各種不同的服務。

おうせい【旺盛】（形動）旺盛 △病み上がりなのに、食欲が旺盛だ。／雖然才剛病癒，但食欲很旺盛。

おうせつ【応接】（名・自サ）接待，應接 類 持てなし（もてなし）△会社では、掃除もすれば、来客の応接もする。／公司裡，要打掃也要接待客人。

おうたい【応対】（名・他サ）應對，接待，應酬 類 接待（せったい）△お客様の応対をしているところに、電話が鳴った。／電話在我接待客人時響了起來。

おうだん【横断】（名・他サ）橫斷；橫渡，橫越 類 横切る △警官の注意もかまわず、赤信号で道を横断した。／他不管警察的警告，照樣闖紅燈。

おうとつ【凹凸】（名）凹凸，高低不平 △私の顔って凹凸がなくて、欧米人のような彫りの深い顔に憧れちゃいます。／我的長相很扁平，十分羨慕歐美人那種立體的五官。

おうふく【往復】（名・自サ）往返，來往；通行量 類 行き帰り △往復５時間もかかる。／來回要花上五個小時。

おうべい【欧米】（名）歐美 類 西洋 △Ａ教授のもとに、たくさんの欧米の学生が集まっている。／Ａ教授的門下，聚集著許多來自歐美的學生。

おうよう【応用】（名・他サ）應用，運用 類 活用 △基本問題に加えて、応用問題もやってください。／除了基本題之外，也請做一下應用題。

おえる【終える】（他下一・自下一）做完，完成，結束 反 始める 類 終わらせる △太郎は無事任務を終えた。／太郎順利地把任務完成了。

おお【大】（造語）（形狀、數量）大，多；（程度）非常，很；大體，大概 反 小 △昨日大雨が降った。／昨天下了大雨。

おおいに【大いに】（副）很，頗，大大地，非常地 類 非常に △初の海外進出とあって、社長は大いに張り切っている。／由於這是第一次進軍海外，總經理摩拳擦掌卯足了勁。

おおう【覆う】（他五）覆蓋，籠罩；掩飾；籠罩，充滿；包含，蓋擴 類 被せる △車をカバーで覆いました。／用車套蓋住車子。

オーケストラ【orchestra】（名）管絃樂（團）；樂池，樂隊席 類 管弦楽（団）△オーケストラの演奏は、期待に反してひどかった。／管絃樂團的演奏與期待相反，非常的糟糕。

おおざっぱ【大雑把】（形動）草率，粗枝大葉；粗略，大致 類 おおまか △大雑把に掃除しておいた。／先大略地整理過了。

おおどおり【大通り】（名）大街，大馬路 類 街 △大通りとは言っても、田舎だからそんなに大きくない。／雖說是大馬路，畢竟是鄉下地方，也沒有多寬。

オートメーション【automation】 名 自動化，自動控制裝置，自動操縱法 類 自動制御装置（じどうせいぎょそうち）△オートメーション設備を導入して以来、製造速度が速くなった。／自從引進自動控制設備後，生產的速度就快了許多。

おおや【大家】 名 房東；正房，上房，主房 反 店子（たなこ）類 家主（やぬし）△アメリカに住んでいた際は、大家さんにたいへんお世話になった。／在美國居住的那段期間，受到房東很多的照顧。

おおよそ【大凡】 副 大體，大概，一般；大約，差不多 類 大方（おおかた）△おおよその事情はわかりました。／我已經瞭解大概的狀況了。

おか【丘】 名 丘陵，山崗，小山 類 丘陵（きゅうりょう）△あの丘を越えると、町に出られる。／越過那座丘陵以後，就來到一座小鎮。

おかず【お数・お菜】 名 菜飯，菜餚 類 副食物 △今日のおかずはハンバーグです。／今天的餐點是漢堡肉。

おがむ【拝む】 他五 叩拜；合掌作揖；懇求，央求；瞻仰，見識 類 拝する △お寺に行って、仏像を拝んだ。／我到寺廟拜了佛像。

おかわり【お代わり】 名・自サ （酒、飯等）再來一杯、一碗 △ダイエットしているときに限って、ご飯をお代わりしたくなります。／偏偏在減肥的時候，就會想再吃一碗。

おき【沖】 名 （離岸較遠的）海面，海上；湖心；（日本中部方言）寬闊的田地、原野 類 海 △船が沖へ出るにつれて、波が高くなった。／船隻越出海，浪就打得越高。

おぎなう【補う】 他五 補償，彌補，貼補 類 補足する △ビタミン剤で栄養を補っています。／我吃維他命錠來補充營養。

おきのどくに【お気の毒に】 連語・感 令人同情；過意不去，給人添麻煩 類 哀れ（あわれ）△泥棒に入られて、お気の毒に。／被小偷闖空門，還真是令人同情。

N2-011

おくがい【屋外】 名 戶外 反 屋内 類 戸外 △君は、もっと屋外で運動するべきだ。／你應該要多在戶外運動才是。

おくさま【奥様】 名 尊夫人，太太 類 夫人 △社長のかわりに、奥様がいらっしゃいました。／社長夫人代替社長大駕光臨了。

おくりがな【送り仮名】 名 漢字訓讀時，寫在漢字下的假名；用日語讀漢文時，在漢字右下方寫的假名 類 送り △先生に習ったとおりに、送り仮名をつけた。／照著老師所教來註上假名。

おくる【贈る】（他五）贈送，餽贈；授與，贈給 類 与える △日本には、夏に「お中元」、冬に「お歳暮」を贈る習慣がある。／日本人習慣在夏季致送親友「中元禮品」，在冬季餽贈親友「歲暮禮品」。

おげんきで【お元気で】（寒暄）請保重 △では、お元気で。／那麼，請您保重。

おこたる【怠る】（他五）怠慢，懶惰；疏忽，大意 類 怠ける（なまける）△失敗したのは、努力を怠ったからだ。／失敗的原因是不夠努力。

おさない【幼い】（形）幼小的，年幼的；孩子氣，幼稚的 類 幼少（ようしょう）△幼い子どもから見れば、私もおじさんなんだろう。／從年幼的孩童的眼中來看，我也算是個叔叔吧。

おさめる【収める】（他下一）接受；取得；收藏，收存；收集，集中；繳納；供應，賣給；結束 類 収穫する △プロジェクトは成功を収めた。／計畫成功了。

おさめる【治める】（他下一）治理；鎮壓 △わが国は、法によって国を治める法治国家である。／我國是個依法治國的法治國家。

おしい【惜しい】（形）遺憾；可惜的，捨不得；珍惜 類 もったいない △実力を出し切れず、惜しくも試合に負けた。／可惜沒有充分發揮實力，輸了這場比賽。

おしらせ【お知らせ】（名）通知，訊息 類 通知 △大事なお知らせだからこそ、わざわざ伝えに来たのです。／正因為有重要的通知事項，所以才特地前來傳達。

おせん【汚染】（名・自他サ）污染 類 汚れる △工場が排水の水質を改善しないかぎり、川の汚染は続く。／除非改善工廠排放廢水的水質，否則河川會繼續受到汙染。

おそらく【恐らく】（副）恐怕，或許，很可能 類 多分 △おそらく彼は、今ごろ勉強の最中でしょう。／他現在恐怕在唸書吧。

おそれる【恐れる】（自下一）害怕，恐懼；擔心 類 心配する △私は挑戦したい気持ちがある半面、失敗を恐れている。／在我想挑戰的同時，心裡也害怕會失敗。

おそろしい【恐ろしい】（形）可怕；驚人，非常，厲害 類 怖い △そんな恐ろしい目で見ないでください。／不要用那種駭人的眼神看我。

おたがいさま【お互い様】（名・形動）彼此，互相 △「ありがとう」「困ったときは、お互い様ですよ」／「謝謝你。」「有困難的時候就該互相幫忙嘛。」

おだやか【穏やか】（形動）平穩；溫和，安詳；穩妥，穩當 類 温和（おんわ）△思っていたのに反して、上司の性格は穏やかだった。／與我想像的不一樣，我的上司個性很溫和。

おちつく【落ち着く】 (自五) (心神，情緒等)穩靜；鎮靜，安祥；穩坐，穩當；(長時間)定居；有頭緒；淡雅，協調 類 安定する △引っ越し先に落ち着いたら、手紙を書きます。／等搬完家安定以後，我就寫信給你。

おでかけ【お出掛け】 (名) 出門，正要出門 類 外出する △ちょうどお出掛けのところを、引き止めてすみません。／在您正要出門時叫住您，實在很抱歉。

おてつだいさん【お手伝いさん】 (名) 佣人 類 家政婦(かせいふ) △お手伝いさんが来てくれるようになって、家事から解放された。／自從請來一位幫傭以後，就不再飽受家務的折磨了。

おどかす【脅かす】 (他五) 威脅，逼迫；嚇唬 類 驚かす(おどろかす) △急に飛び出してきて、脅かさないでください。／不要突然跳出來嚇人好不好！

おとこのひと【男の人】 (名) 男人，男性 反 女の人 類 男性 △この映画は、男の人向けだと思います。／這部電影，我認為很適合男生看。

おとしもの【落とし物】 (名) 不慎遺失的東西 類 遺失物 △落とし物を交番に届けた。／我將撿到的遺失物品，送到了派出所。

おどりでる【躍り出る】 (自下一) 躍進到，跳到 △新製品がヒットし、わが社の売り上げは一躍業界トップに躍り出た。／新產品大受歡迎，使得本公司的銷售額一躍而成業界第一。

おとる【劣る】 (自五) 劣，不如，不及，比不上 反 優れる 類 及ばない(およばない) △弟と比べて、英語力は私の方が劣っているが、国語力は私の方が勝っている。／和弟弟比較起來，我的英文能力較差，但是國文能力則是我比較好。

おどろかす【驚かす】 (他五) 使吃驚，驚動；嚇唬；驚喜；使驚覺 類 びっくりさせる △プレゼントを買っておいて驚かそう。／事先買好禮物，讓他驚喜一下！

おに【鬼】 (名・接頭) 鬼：人們想像中的怪物，具有人的形狀，有角和獠牙。也指沒有人的感情的冷酷的人。熱中於一件事的人。也引申為大型的，突出的意思。 補 幽霊(ゆうれい)：指死者的靈魂、幽靈、魂魄。△あなたは鬼のような人だ。／你真是個無血無淚的人！

おのおの【各々】 (名・副) 各自，各，諸位 類 それぞれ △おのおの、作業を進めてください。／請各自進行作業

おばけ【お化け】 (名) 鬼；怪物 補 お化け屋敷：指鬼屋，也指凶宅。△お化け屋敷に入る。／進到鬼屋。

おび【帯】 (名) (和服裝飾用的)衣帶，腰帶；

「帯紙」的簡稱 (類) 腰帯 △この帯は、西陣織だけあって高い。／這條腰帶不愧是西陣織品，價錢格外昂貴。

おひる【お昼】 (名) 白天；中飯，午餐 (類) 昼 △さっきお昼を食べたかと思ったら、もう晩ご飯の時間です。／剛剛才吃過中餐，馬上又已經到吃晚餐的時間了。

おぼれる【溺れる】 (自下一) 溺水，淹死；沉溺於，迷戀於 △川でおぼれているところを助けてもらった。／我溺水的時候，他救了我。

おまいり【お参り】 (名・自サ) 參拜神佛或祖墳 (類) 参拝 △祖父母をはじめとする家族全員で、お墓にお参りをしました。／祖父母等一同全家人，一起去墳前參拜。

おまえ【お前】 (代・名) 你（用在交情好的對象或同輩以下。較為高姿態說話）；神前，佛前 (類) あなた △おまえは、いつも病気がちだなあ。／你總是一副病懨懨的樣子啊。

N2-012

おみこし【お神輿・お御輿】 (名) 神轎；（俗）腰 (類) 神輿（しんよ） △おみこしが近づくにしたがって、賑やかになってきた。／隨著神轎的接近，附近也就熱鬧了起來。

おめでたい【お目出度い】 (形) 恭喜，可賀 (類) 喜ばしい（よろこばしい） △このおめでたい時にあたって、一言お祝いを言いたい。／在這可喜可賀之際，我想說幾句祝福的話。

おもいがけない【思い掛けない】 (形) 意想不到的，偶然的，意外的 (類) 意外に △思いがけない妊娠で、一人で悩んだ。／自己一個人苦惱著這突如其來的懷孕。

おもいこむ【思い込む】 (自五) 確信不疑，深信；下決心 (類) 信じる △彼女は、失敗したと思い込んだに違いありません。／她一定是認為任務失敗了。

おもいっきり【思いっ切り】 (副) 死心；下決心；狠狠地，徹底的 △思いっきり悪口を言う。／痛罵一番。

おもいやり【思い遣り】 (名) 同情心，體貼 △孫の思いやりのある言葉を聞いて、実にうれしかった。／聽到了孫兒關懷的問候，真是高興極了。

おもたい【重たい】 (形) （份量）重的，沉的；心情沉重 (類) 重い △何なの、この重たい荷物は？石でも入ってるみたい。／這個看起來很重的行李是什麼啊？裡面好像裝了石頭似的。

おもなが【面長】 (名・形動) 長臉，橢圓臉 △一口に面長と言っても、馬面もいれば瓜実顔もいる。／所謂的長型臉，其實包括馬臉和瓜子臉。

おもに【主に】 (副) 主要，重要；（轉）大部分，多半 (類) 主として △大学では主に物理を学んだ。／在大學主修物理。

おやこ【親子】㊔ 父母和子女 △姉妹かと思ったら、なんと親子だった。／原本以為是姐妹，沒有想到居然是母女。

おやつ ㊔（特指下午二到四點給兒童吃的）點心，零食 類 間食（かんしょく）△子ども向きのおやつを作ってあげる。／我做適合小孩子吃的糕點給你。

およぎ【泳ぎ】㊔ 游泳 類 水泳 △泳ぎが上手になるには、練習するしかありません。／泳技要變好，就只有多加練習這個方法。

およそ【凡そ】（名・形動・副）大概，概略；（一句話之開頭）凡是，所有；大概，大約；完全，全然 類 大体 △田中さんを中心にして、およそ 50 人のグループを作った。／以田中小姐為中心，組成了大約 50 人的團體。

およぼす【及ぼす】（他五）波及到，影響到，使遭到，帶來 類 与える △この事件は、精神面において彼に影響を及ぼした。／他因這個案件在精神上受到了影響。

オルガン【organ】㊔ 風琴 類 風琴（ふうきん）△教会で、心をこめてオルガンを弾いた。／在教堂裡用真誠的心彈奏了風琴。

おろす【卸す】（他五）批發，批售，批賣 類 納品（のうひん）△定価の五掛けで卸す。／以定價的五折批售。

おわび【お詫び】（名・自サ）道歉 △お詫びを言う。／道歉。

おわる【終わる】（自五・他五）完畢，結束，告終；做完，完結；（接於其他動詞連用形下）…完 反 始まる 類 済む（すむ）△レポートを書き終わった。／報告寫完了。

おん【音】㊔ 聲音，響聲；發音 類 音（おと）△「新しい」という漢字は、音読みでは「しん」と読みます。／「新」這漢字的音讀讀作「SIN」。

おん【恩】㊔ 恩情，恩 類 恩恵（おんけい）△先生に恩を感じながら、最後には裏切ってしまった。／儘管受到老師的恩情，但最後還是選擇了背叛。

おんけい【恩恵】㊔ 恩惠，好處，恩賜 △我々は、インターネットや携帯の恩恵を受けている。／我們因為網路和手機而受惠良多。

おんしつ【温室】㊔ 溫室，暖房 △熱帯の植物だから、温室で育てるよりほかはない。／因為是熱帶植物，所以只能培育在溫室中。

おんせん【温泉】㊔ 溫泉 反 鉱泉（こうせん）類 出で湯（いでゆ）△このあたりは、名所旧跡ばかりでなく、温泉もあります。／這地帶不僅有名勝古蹟，也有溫泉。

おんたい【温帯】㊔ 溫帶 △このあたりは温帯につき、非常に過ごしやすいです。／由於這一帶是屬於溫帶，所以住起來很舒適。

おんだん【温暖】(名・形動) 溫暖 反 寒冷 類 暖かい △気候は温暖ながら、雨が多いのが欠点です。／氣候雖溫暖但卻常下雨，真是一大缺點。

おんちゅう【御中】(名)（用於寫給公司、學校、機關團體等的書信）公啟 類 様 △山田商会御中。／山田商會公啟。

おんなのひと【女の人】(名) 女人 反 男の人 類 女性 △かわいげのない女の人は嫌いです。／我討厭不可愛的女人。

かカ

N2-013

か【可】(名) 可，可以；及格 類 よい △一般の人も、入場可です。／一般觀眾也可進場。

か【蚊】(名) 蚊子 △山の中は、蚊が多いですね。／山中蚊子真是多啊！

か【課】(名・漢造)（教材的）課；課業；（公司等）科 △第三課を予習する。／預習第三課。

か【日】(漢造) 表示日期或天數 △二日かかる。／需要兩天。

か【家】(漢造) 專家 △専門家だからといって、何でも知っているとは限らない。／即便是專家，也未必無所不知。

か【歌】(漢造) 唱歌；歌詞 △和歌を一首詠んだ。／咏作了一首和歌。

カー【car】(名) 車，車的總稱，狹義指汽車 類 自動車 △スポーツカーがほしくてたまらない。／想要跑車想得不得了。

カーブ【curve】(名・自サ) 轉彎處；彎曲；（棒球、曲棍球）曲線球 類 曲がる △カーブを曲がるたびに、新しい景色が展開します。／每一轉個彎，眼簾便映入嶄新的景色。

ガールフレンド【girl friend】(名) 女友 △ガールフレンドとデートに行く。／和女友去約會。

かい【貝】(名) 貝類 △海辺で貝を拾いました。／我在海邊撿了貝殼。

がい【害】(名・漢造) 為害，損害；災害；妨礙 反 利 類 害悪 △煙草は、健康上の害が大きいです。／香菸對健康而言，是個大傷害。

がい【外】(接尾・漢造) 以外，之外；外側，外面，外部；妻方親戚；除外 反 内 △そんなやり方は、問題外です。／那樣的作法，根本就是搞不清楚狀況。

かいいん【会員】(名) 會員 類 メンバー △この図書館を利用したい人は、会員になるしかない。／想要使用這圖書館，只有成為會員這個辦法。

かいえん【開演】(名・自他サ) 開演 △七時に開演する。／七點開演。

かいが【絵画】(名) 繪畫，畫 類 絵 △フランスの絵画について、研究しようと思います。／我想研究關於法國畫的種種。

かいかい【開会】（名・自他サ）開會 反 閉会（へいかい）△開会に際して、乾杯しましょう。／讓我們在開會之際，舉杯乾杯吧！

かいがい【海外】（名）海外，國外 類 外国 △彼女のことだから、海外に行っても大活躍でしょう。／如果是她的話，到國外也一定很活躍吧。

かいかく【改革】（名・他サ）改革 類 変革（へんかく）△大統領にかわって、私が改革を進めます。／由我代替總統進行改革。

かいかん【会館】（名）會館 △区長をはじめ、たくさんの人々が区民会館に集まった。／由區長帶頭，大批人馬聚集在區公所。

かいけい【会計】（副・自サ）會計；付款，結帳 類 勘定（かんじょう）△会計が間違っていたばかりに、残業することになった。／只因為帳務有誤，所以落得了加班的下場。

かいごう【会合】（名・自サ）聚會，聚餐 類 集まり △父にかわって、地域の会合に出た。／代替父親出席了社區的聚會。

がいこう【外交】（名）外交；對外事務，外勤人員 類 ディプロマシー △外交上は、両国の関係は非常に良好である。／從外交上來看，兩國的關係相當良好。

かいさつ【改札】（名・自サ）（車站等）的驗票 類 改札口 △改札を出たとたんに、友達にばったり会った。／才剛出了剪票口，就碰到了朋友。

かいさん【解散】（名・自他サ）散開，解散，（集合等）散會 類 散会 △グループの解散に際して、一言申し上げます。／在團體解散之際，容我說一句話。

かいし【開始】（名・自他サ）開始 反 終了 類 始め △試合が開始するかしないかのうちに、1点取られてしまった。／比賽才剛開始，就被得了一分。

かいしゃく【解釈】（名・他サ）解釋，理解，說明 △この法律は、解釈上、二つの問題がある。／這條法律，就解釋來看有兩個問題點。

がいしゅつ【外出】（名・自サ）出門，外出 類 出かける △銀行と美容院に行くため外出した。／為了去銀行和髮廊而出門了。

かいすいよく【海水浴】（名）海水浴場 △海水浴に加えて、山登りも計画しています。／除了要去海水浴場之外，也計畫要去爬山。

かいすう【回数】（名）次數，回數 類 度数（どすう）△優勝回数が10回になったのを契機に、新しいラケットを買った。／趁著獲勝次數累積到了10次的機會，我買了新的球拍。

かいせい【快晴】（名）晴朗，晴朗無雲 類 好晴（こうせい）△開会式当日は快晴に恵まれた。／天公作美，開會典禮當天晴空萬里。

かいせい【改正】 (名・他サ) 修正，改正 類 訂正 △法律の改正に際しては、十分話し合わなければならない。／於修正法條之際，需要充分的商討才行。

かいせつ【解説】 (名・他サ) 解說，說明 類 説明 △とても分かりやすくて、専門家の解説を聞いただけのことはありました。／非常的簡單明瞭，不愧是專家的解說，真有一聽的價值啊！

かいぜん【改善】 (名・他サ) 改善，改良，改進 反 改悪 類 改正 △彼の生活は、改善し得ると思います。／我認為他的生活，可以得到改善。

かいぞう【改造】 (名・他サ) 改造，改組，改建 △経営の観点からいうと、会社の組織を改造した方がいい。／就經營角度來看，最好重組一下公司的組織。

かいつう【開通】 (名・自他サ) （鐵路、電話線等）開通，通車，通話 △道路が開通したばかりに、周辺の大気汚染がひどくなった。／都是因為道路開始通車，所以導致周遭的空氣嚴重受到污染。

かいてき【快適】 (形動) 舒適，暢快，愉快 類 快い（こころよい）△快適とは言いかねる、狭いアパートです。／它實在是一間稱不上舒適的狹隘公寓。

かいてん【回転】 (名・自サ) 旋轉，轉動，迴轉；轉彎，轉換（方向）；（表次數）周，圈；（資金）週轉 △遊園地で、回転木馬に乗った。／我在遊樂園坐了旋轉木馬。

かいとう【回答】 (名・自サ) 回答，答覆 類 返事 △補償金を受け取るかどうかは、会社の回答しだいだ。／是否要接受賠償金，就要看公司的答覆而定了。

かいとう【解答】 (名・自サ) 解答 類 答え △問題の解答は、本の後ろについています。／題目的解答，附在這本書的後面。

N2-014

がいぶ【外部】 (名) 外面，外部 反 内部 類 外側 △会員はもちろん、外部の人も参加できます。／會員當然不用說，非會員的人也可以參加。

かいふく【回復】 (名・自他サ) 恢復，康復；挽回，收復 類 復旧（ふっきゅう）△少し回復したからといって、薬を飲むのをやめてはいけません。／雖說身體狀況好轉些了，也不能不吃藥啊！

かいほう【開放】 (名・他サ) 打開，敞開；開放，公開 反 束縛（そくばく）△大学のプールは、学生ばかりでなく、一般の人にも開放されている。／大學內的泳池，不單是學生，也開放給一般人。

かいほう【解放】 (名・他サ) 解放，解除，擺脫 △武装集団は、人質のうち老人と病人の解放に応じた。／持械集團答應了釋放人質中的老年人和病患。

かいよう【海洋】[名] 海洋 △海洋開発を中心に、討論を進めました。／以開發海洋為核心議題來進行了討論。

がいろじゅ【街路樹】[名] 行道樹 △秋になって、街路樹が色づききれいだ。／時序入秋，路樹都染上了橘紅。

がいろん【概論】[名] 概論 [類] 概説 △資料に基づいて、経済概論の講義をした。／我就資料內容上了一堂經濟概論的課。

かえす【帰す】[他五] 讓…回去，打發回家 [類] 帰らせる △もう遅いから、女性を一人で家に帰すわけにはいかない。／已經太晚了，不能就這樣讓女性一人單獨回家。

かえって【却って】[副] 反倒，相反地，反而 [類] 逆に(ぎゃくに) △私が手伝うと、かえって邪魔になるみたいです。／看來我反而越幫越忙的樣子。

かおく【家屋】[名] 房屋，住房 △この地域には、木造家屋が多い。／在這一地帶有很多木造房屋。

かおり【香り】[名] 芳香，香氣 [類] 匂い(におい) △歩いていくにつれて、花の香りが強くなった。／隨著腳步的邁進，花香便越濃郁。

かかえる【抱える】[他下一] (雙手)抱著，夾(在腋下)；擔當，負擔；雇佣 [類] 引き受ける △彼は、多くの問題を抱えつつも、がんばって勉強を続けています。／他雖然有許多問題，但也還是奮力地繼續念書。

かかく【価格】[名] 價格 [類] 値段 △このバッグは、価格が高い上に品質も悪いです。／這包包不僅昂貴，品質又很差。

かがやく【輝く】[自五] 閃光，閃耀；洋溢；光榮，顯赫 [類] きらめく △空に星が輝いています。／星星在夜空中閃閃發亮。

かかり【係・係り】[名] 負責擔任某工作的人；關聯，牽聯 [類] 担当 △係りの人が忙しいところを、呼び止めて質問した。／我叫住正在忙的相關職員，找他問了些問題。

かかわる【係わる】[自五] 關係到，涉及到；有牽連，有瓜葛；拘泥 [類] 関連する △私は環境問題に係わっています。／我有涉及到環境問題。

かきね【垣根】[名] 籬笆，柵欄，圍牆 [類] 垣(かき) △垣根にそって、歩いていった。／我沿著圍牆走。

かぎり【限り】[名] 限度，極限；(接在表示時間、範圍等名詞下)只限於…，以…為限，在…範圍內 [類] だけ △社長として、会社のためにできる限り努力します。／身為社長，為了公司必定盡我所能。

かぎる【限る】[自他五] 限定，限制；限於；以…為限；不限，不一定，未必 [類] 限定する △この仕事は、二十歳以上の人に限ります。／這份工作只限定 20 歲以上的成人才能做。

がく【学】（名・漢造）學校；知識，學問，學識 類 学問 △政治学に加えて、経済学も勉強しました。／除了政治學之外，也學過經濟學。

がく【額】（名・漢造）名額，數額；匾額，畫框 類 金額 △所得額に基づいて、税金を払う。／根據所得額度來繳納稅金。

かくう【架空】（名）空中架設；虛構的，空想的 類 虚構（きょこう）△架空の話にしては、よくできているね。／就虛構的故事來講，寫得還真不錯呀。

かくご【覚悟】（名・自他サ）精神準備，決心；覺悟 類 決意 △最後までがんばると覚悟した上は、今日からしっかりやります。／既然決心要努力撐到最後，今天開始就要好好地做。

かくじ【各自】（名）每個人，各自 類 各人 △各自の興味に基づいて、テーマを決めてください。／請依照各自的興趣，來決定主題。

かくじつ【確実】（形動）確實，準確；可靠 類 確か △もう少し待ちましょう。彼が来るのは確実だもの。／再等一下吧！因為他會來是千真萬確的事。

がくしゃ【学者】（名）學者；科學家 類 物知り（ものしり）△学者の意見に基づいて、計画を決めていった。／依學者給的意見來決定計畫。

かくじゅう【拡充】（名・他サ）擴充 △図書館の設備を拡充するにしたがって、利用者が増えた。／隨著圖書館設備的擴充，使用者也變多了。

がくしゅう【学習】（名・他サ）學習 類 勉強 △語学の学習に際しては、復習が重要です。／在學語言時，複習是很重要的。

がくじゅつ【学術】（名）學術 類 学問 △彼は、小説も書けば、学術論文も書く。／他既寫小說，也寫學術論文。

かくだい【拡大】（名・自他サ）擴大，放大 反 縮小 △商売を拡大したとたんに、景気が悪くなった。／才剛一擴大事業，景氣就惡化了。

かくち【各地】（名）各地 △予想に反して、各地で大雨が降りました。／與預料的相反，各地下起了大雨。

かくちょう【拡張】（名・他サ）擴大，擴張 △家の拡張には、お金がかかってしようがないです。／屋子要改大，得花大錢，那也是沒辦法的事。

N2-015

かくど【角度】（名）（數學）角度；（觀察事物的）立場 類 視点 △別の角度からいうと、その考えも悪くはない。／從另外一個角度來說，那個想法其實也不壞。

がくねん【学年】（名）學年（度）；年級 △彼は学年は同じだが、クラスが同じというわけではない。／他雖是同一年級的，但並不代表就是同一個班級。

かくべつ【格別】(副) 特別，顯著，格外；姑且不論 (類) とりわけ △神戸のステーキは、格別においしい。／神戶的牛排，格外的美味。

がくもん【学問】(名·自サ) 學業，學問；科學，學術；見識，知識 △学問の神様と言ったら、菅原道真でしょう。／一提到學問之神，就是那位菅原道真了。

かくりつ【確率】(名) 機率，概率 △今までの確率からして、くじに当たるのは難しそうです。／從至今的獲獎機率來看，要中彩券似乎是件困難的事情。

がくりょく【学力】(名) 學習實力 △その学生は、学力が上がった上に、性格も明るくなりました。／那學生不僅學習力提升了，就連個性也變得開朗許多了。

かげ【陰】(名) 日陰，背影處；背面；背地裡，暗中 △木の陰で、お弁当を食べた。／在樹蔭下吃便當。

かげ【影】(名) 影子；倒影；蹤影，形跡 (反) 陽 △二人の影が、仲良く並んでいる。／兩人的形影，肩並肩要好的並排著。

かけつ【可決】(名·他サ) (提案等)通過 (反) 否決 △税金問題を中心に、いくつかの案が可決した。／針對稅金問題一案，通過了一些方案。

かけまわる【駆け回る】(自五) 到處亂跑 △子犬が駆け回る。／小狗到處亂跑。

かげん【加減】(名·他サ) 加法與減法；調整，斟酌；程度，狀態；(天氣等)影響；身體狀況；偶然的因素 (類) 具合 △病気と聞きましたが、お加減はいかがですか。／聽說您生病了，身體狀況還好嗎？

かこ【過去】(名) 過去，往昔；(佛)前生，前世 (反) 未来 (類) 昔 △過去のことを言うかわりに、未来のことを考えましょう。／與其述說過去的事，不如大家來想想未來的計畫吧！

かご【籠】(名) 籠子，筐，籃 △籠にりんごがいっぱい入っている。／籃子裡裝滿了許多蘋果。

かこう【下降】(名·自サ) 下降，下沉 (反) 上昇 (類) 降下(こうか) △飛行機は着陸態勢に入り、下降を始めた。／飛機開始下降，準備著陸了。

かこう【火口】(名) (火山)噴火口；(爐灶等)爐口 (類) 噴火口 △火口が近くなるにしたがって、暑くなってきました。／離火山口越近，也就變得越熱。

かさい【火災】(名) 火災 (類) 火事 △火災が起こったかと思ったら、あっという間に広がった。／才剛發現失火，火便瞬間就蔓延開來了。

かさなる【重なる】(自五) 重疊，重複；(事情、日子)趕在一起 △いろいろな仕事が重なって、休むどころではありません。／同時有許多工作，哪能休息。

かざん【火山】(名) 火山 △ 2014 年、

御嶽山が噴火し、戦後最悪の火山災害となった。／2014年的御嶽山火山爆發是二戰以後最嚴重的火山災難。

かし【菓子】 ㊔點心，糕點，糖果 類 間食 △お菓子が焼けたのをきっかけに、お茶の時間にした。／趁著點心剛烤好，就當作是喝茶的時間。

かじ【家事】 ㊔家事，家務；家裡(發生)的事 △出産をきっかけにして、夫が家事を手伝ってくれるようになった。／自從我生產之後，丈夫便開始自動幫起家事了。

かしこい【賢い】 形 聰明的，周到，賢明的 類 賢明 △その子がどんなに賢いとしても、この問題は解けないだろう。／即使那孩子再怎麼聰明，也沒辦法解開這難題吧！

かしだし【貸し出し】 ㊔(物品的)出借，出租；(金錢的)貸放，借出 反 借り入れ △この本は貸し出し中につき、来週まで読めません。／由於這本書被借走了，所以到下週前是看不到的。

かしつ【過失】 ㊔過錯，過失 類 過ち(あやまち) △これはわが社の過失につき、全額負担します。／由於這是敝社的過失，所以由我們全額賠償。

かじつ【果実】 ㊔果實，水果 類 果物 △秋になると、いろいろな果実が実ります。／一到秋天，各式各樣的果實都結實纍纍。

かしま【貸間】 ㊔出租的房間 △貸間によって、収入を得ています。／我以出租房間取得收入。

かしや【貸家】 ㊔出租的房子 類 貸し家(かしいえ) △学生向きの貸家を探しています。／我在找適合學生租的出租房屋。

かしょ【箇所】 名・接尾 (特定的)地方；(助數詞)處 △故障の箇所を特定する。／找出故障的部位。

かじょう【過剰】 名・形動 過剩，過量 △私の感覚からすれば、このホテルはサービス過剰です。／從我的感覺來看，這間飯店實在是服務過度了。

かじる【齧る】 他五 咬，啃；一知半解 △一口かじったものの、あまりまずいので吐き出した。／雖然咬了一口，但實在是太難吃了，所以就吐了出來。

かす【貸す】 他五 借出，出借；出租；提出策劃 反 借りる 類 貸与(たいよ) △伯父にかわって、伯母がお金を貸してくれた。／嬸嬸代替叔叔，借了錢給我。

かぜい【課税】 名・自サ 課稅 △課税率が高くなるにしたがって、国民の不満が高まった。／伴隨著課稅率的上揚，國民的不滿情緒也高漲了起來。

かせぐ【稼ぐ】 名・他五 (為賺錢而)拼命的勞動；(靠工作、勞動)賺錢；爭取，獲得 △生活費を稼ぐ。／賺取生活費。

かぜぐすり【風邪薬】 ㊔感冒藥 △風邪薬を飲む。／吃感冒藥。

かせん【下線】[名] 下線，字下畫的線，底線 [類] アンダーライン △わからない言葉に、下線を引いてください。／請在不懂的字下面畫線。

かそく【加速】[名・自他サ] 加速 [反] 減速 [類] 速める △首相が発言したのを契機に、経済改革が加速した。／自從首相發言後，便加快了經濟改革的腳步。

かそくど【加速度】[名] 加速度；加速 △加速度がついて、車はどんどん速くなった。／隨著油門的加速，車子越跑越快了。

かたがた【方々】[名・代・副]（敬）大家；您們；這個那個，種種；各處；總之 [類] 人々 △集まった方々に、スピーチをしていただこうではないか。／就讓聚集此地的各位，上來講個話吧！

かたな【刀】[名] 刀的總稱 [類] 刃物（はもの）△私は、昔の刀を集めています。／我在收集古董刀。

N2-016

かたまり【塊】[名・接尾] 塊狀，疙瘩；集團；極端…的人 △小麦粉を、塊ができないようにして水に溶きました。／為了盡量不讓麵粉結塊，加水進去調勻。

かたまる【固まる】[自五]（粉末、顆粒、黏液等）變硬，凝固；固定，成形；集在一起，成群；熱中，篤信（宗教等）[類] 寄り集まる △魚の煮汁が冷えて固まった。／魚湯冷卻以後凝結了。

かたむく【傾く】[自五] 傾斜；有…的傾向；（日月）偏西；衰弱，衰微 [類] 傾斜（けいしゃ）△地震で、家が傾いた。／房屋由於地震而傾斜了。

かたよる【偏る・片寄る】[自五] 偏於，不公正，偏袒；失去平衡 △ケーキが、箱の中で片寄ってしまった。／蛋糕偏到盒子的一邊去了。

かたる【語る】[他五] 說，陳述；演唱，朗讀 [類] 話す △戦争についてみんなで語った。／大家一起在說戰爭的事。

かち【価値】[名] 價值 △あのドラマは見る価値がある。／那齣連續劇有一看的價值。

がち【勝ち】[接尾] 往往，容易，動輒；大部分是 [反] 負け [類] 勝利 △彼女は病気がちだが、出かけられないこともない。／她雖然多病，但並不是不能出門。

がっか【学科】[名] 科系 [類] 科目 △大学に、新しい専攻学科ができたのを契機に、学生数も増加した。／自從大學增加了新的專門科系之後，學生人數也增加了許多。

がっかい【学会】[名] 學會，學社 △雑誌に論文を出す一方で、学会でも発表する予定です。／除了將論文投稿給雜誌社之外，另一方面也預定要在學會中發表。

がっかり[副・自サ] 失望，灰心喪氣；筋疲力盡 △何も言わないことからして、すごくがっかりしているみたいだ。／從他不發一語的樣子看來，應該是相當地氣餒。

かっき【活気】[名] 活力，生氣；興旺 [類]元気 △うちの店(みせ)は、表面上(ひょうめんじょう)は活気(かっき)があるが、実(じつ)はもうかっていない。／我們店表面上看起來很興旺，但其實並沒賺錢。

がっき【学期】[名] 學期 △学期(がっき)が始(はじ)まるか始(はじ)まらないかのうちに、彼(かれ)は転校(てんこう)してしまいました。／就在學期快要開始的時候，他便轉學了。

がっき【楽器】[名] 樂器 △何(なに)か楽器(がっき)を習(なら)うとしたら、何(なに)を習(なら)いたいですか。／如果要學樂器，你想學什麼？

がっきゅう【学級】[名] 班級，學級 [類]クラス △学級委員(がっきゅういいん)を中心(ちゅうしん)に、話(はな)し合(あ)ってください。／請以班長為中心來討論。

かつぐ【担ぐ】[他五] 扛，挑；推舉，擁戴；受騙 △重(おも)い荷物(にもつ)を担(かつ)いで、駅(えき)まで行(い)った。／背著沈重的行李，來到車站。

かっこ【括弧】[名] 括號；括起來 △括弧(かっこ)の中(なか)から、正(ただ)しい答(こた)えを選(えら)んでください。／請從括號裡，選出正確答案。

かっこく【各国】[名] 各國 △各国(かっこく)の代表(だいひょう)が集(あつ)まる。／各國代表齊聚。

かつじ【活字】[名] 鉛字，活字 △彼女(かのじょ)は活字中毒(かつじちゅうどく)で、本(ほん)ばかり読(よ)んでいる。／她已經是鉛字中毒了，一天到晚都在看書。

がっしょう【合唱】[名・他サ] 合唱，一齊唱；同聲高呼 [反]独唱(どくしょう) [類]コーラス △合唱(がっしょう)の練習(れんしゅう)をしているところに、急(きゅう)に邪魔(じゃま)が入(はい)った。／在練習合唱的時候，突然有人進來打擾。

かって【勝手】[形動] 任意，任性，隨便 [類]わがまま △誰(だれ)も見(み)ていないからといって、勝手(かって)に持(も)っていってはだめですよ。／即使沒人在看，也不能隨便就拿走呀！

かつどう【活動】[名・自サ] 活動，行動 △一緒(いっしょ)に活動(かつどう)するにつれて、みんな仲良(なかよ)くなりました。／隨著共同參與活動，大家都變成好朋友了。

かつよう【活用】[名・他サ] 活用，利用，使用 △若(わか)い人材(じんざい)を活用(かつよう)するよりほかはない。／就只有活用年輕人材這個方法可行了。

かつりょく【活力】[名] 活力，精力 [類]エネルギー △子(こ)どもが減(へ)ると、社会(しゃかい)の活力(かつりょく)が失(うしな)われる。／如果孩童減少，那社會也就會失去活力。

かてい【仮定】[名・字サ] 假定，假設 [類]仮想 △あなたが億万長者(おくまんちょうじゃ)だと仮定(かてい)してください。／請假設你是億萬富翁。

かてい【過程】[名] 過程 [類]プロセス △過程(かてい)はともかく、結果(けっか)がよかったからいいじゃないですか。／姑且不論過程如何，結果好的話，不就行了嗎？

かてい【課程】[名] 課程 [類]コース △大学(だいがく)には、教職課程(きょうしょくかてい)をはじめとするいろいろな課程がある。／大學裡，有教育課程以及各種不同的課程。

かなしむ【悲しむ】 (他五) 感到悲傷，痛心，可歎 △それを聞いたら、お母さんがどんなに悲しむことか。／如果媽媽聽到這話，會多麼傷心呀！

かなづかい【仮名遣い】 (名) 假名的拼寫方法 △仮名遣いをきちんと覚えましょう。／要確實地記住假名的用法。

かならずしも【必ずしも】 (副) 不一定，未必 △この方法が、必ずしもうまくいくとは限らない。／這個方法也不一定能順利進行。

かね【鐘】 (名) 鐘，吊鐘 (類) 釣鐘(つりがね) △みんなの幸せのために、願いをこめて鐘を鳴らした。／為了大家的幸福，以虔誠之心來鳴鐘許願。

かねそなえる【兼ね備える】 (他下一) 兩者兼備 △知性と美貌を兼ね備える。／兼具智慧與美貌。

かねつ【加熱】 (名・他サ) 加熱，高溫處理 △製品を加熱するにしたがって、色が変わってきた。／隨著溫度的提升，產品的顏色也起了變化。

かねる【兼ねる】 (他下一・接尾) 兼備；不能，無法 △趣味と実益を兼ねて、庭で野菜を育てています。／為了兼顧興趣和現實利益，目前在院子裡種植蔬菜。

カバー【cover】 (名・他サ) 罩，套；補償，補充；覆蓋 (類) 覆い(おおい) △枕カバーを洗濯した。／我洗了枕頭套。

かはんすう【過半数】 (名) 過半數，半數以上 △過半数がとれなかったばかりに、議案は否決された。／都是因為沒過半數，所以議案才會被駁回。

かぶ【株】 (名・接尾) 株，顆；(樹的)殘株；股票；(職業等上)特權；擅長；地位 (類) 株券 △彼はA社の株を買ったかと思うと、もう売ってしまった。／他剛買了Ａ公司的股票，就馬上轉手賣出去了。

N2-017

かぶせる【被せる】 (他下一) 蓋上；(用水)澆沖；戴上(帽子等)；推卸 △機械の上に布をかぶせておいた。／我在機器上面蓋了布。

かま【釜】 (名) 窯，爐；鍋爐 △炊飯器がなかったころ、お釜でおいしくご飯を炊くのは難しいことだった。／在還沒有發明電鍋的那個年代，想用鐵鍋炊煮出美味的米飯是件難事。

かまいません【構いません】 (寒暄) 沒關係，不在乎 △私は構いません。／我沒關係。

かみ【上】 (名・漢造) 上邊，上方，上游，上半身；以前，過去；開始，起源於；統治者，主人；京都；上座；(從觀眾看)舞台右側 (反) 下(しも) △おばあさんが洗濯をしていると、川上から大きな桃がどんぶらこ、どんぶらこと流れてきました。／奶奶在河裡洗衣服的時候，一顆好大的桃子載沉載浮地從上游漂了過來。

かみ【神】 ㊔ 神，神明，上帝，造物主；(死者的)靈魂 類 神様 △世界平和を、神に祈りました。／我向神祈禱世界和平。

かみくず【紙くず】 ㊔ 廢紙，沒用的紙 △道に紙くずを捨てないでください。／請不要在街上亂丟紙屑。

かみさま【神様】 ㊔ (神的敬稱)上帝，神；(某方面的)專家，活神仙，(接在某方面技能後)…之神 類 神 △日本には、猿の神様や狐の神様をはじめ、たくさんの神様がいます。／在日本，有猴神、狐狸神以及各種神明。

かみそり【剃刀】 ㊔ 剃刀，刮鬍刀；頭腦敏銳(的人) △ひげをそるために、かみそりを買った。／我為了刮鬍子，去買了把刮鬍刀。

かみなり【雷】 ㊔ 雷；雷神；大發雷霆的人 △雷が鳴っているなと思ったら、やはり雨が降ってきました。／才剛打雷，這會兒果然下起雨來了。

かもく【科目】 ㊔ 科目，項目；(學校的)學科，課程 △興味に応じて、科目を選択した。／依自己的興趣，來選擇課程。

かもつ【貨物】 ㊔ 貨物；貨車 △コンテナで貨物を輸送した。／我用貨櫃車來運貨。

かよう【歌謡】 ㊔ 歌謠，歌曲 類 歌 △クラシックピアノも弾けば、歌謡曲も歌う。／他既會彈古典鋼琴，也會唱歌謠。

から【空】 ㊔ 空的；空，假，虛 類 空っぽ △通帳はもとより、財布の中もまったく空です。／別說是存摺，就連錢包裡也空空如也。

から【殻】 ㊔ 外皮，外殼 △卵の殻をむきました。／我剝開了蛋殼。

がら【柄】 (名・接尾) 身材；花紋，花樣；性格，人品，身分；表示性格，身分，適合性 類 模様 △あのスカーフは、柄が気に入っていただけに、なくしてしまって残念です。／正因我喜歡那條圍巾的花色，所以弄丟它才更覺得可惜。

カラー【color】 ㊔ 色，彩色；(繪畫用)顏料 △カラーコピーをとる。／彩色影印。

からかう (他五) 逗弄，調戲 △そんなにからかわないでください。／請不要這樣開我玩笑。

からから (副・自サ) 乾的、硬的東西相碰的聲音（擬音）補「からから」也是擬態語。例：喉がカラカラ（喉嚨很乾，口渴）。△風車がからから回る。／風車咻咻地旋轉。

がらがら (名・副・自サ・形動) 手搖鈴玩具；硬物相撞聲；直爽；很空 △雨戸をがらがらと開ける。／推開防雨門板時發出咔啦咔啦的聲響。

からっぽ【空っぽ】 名・形動 空，空洞無一物 類 空（から）△お金が足りないどころか、財布は空っぽだよ。／錢豈止不夠，連錢包裡也空空如也！

からて【空手】 名 空手道 △空手を始めた以上、黒帯を目指す。／既然開始練空手道了，目標就是晉升到黑帶。

かる【刈る】 他五 割，剪，剃 △両親が草を刈っているところへ、手伝いに行きました。／當爸媽正在割草時過去幫忙。

かれる【枯れる】 自上一 枯萎，乾枯；老練，造詣精深；（身材）枯瘦 △庭の木が枯れてしまった。／庭院的樹木枯了。

カロリー【calorie】 名（熱量單位）卡，卡路里；（食品營養價值單位）卡，大卡 類 熱量（ねつりょう）△カロリーをとりすぎたせいで、太った。／因為攝取過多的卡路里，才胖了起來。

かわいがる【可愛がる】 他五 喜愛，疼愛；嚴加管教，教訓 反 いじめる △死んだ妹にかわって、叔母の私がこの子をかわいがります。／由我這阿姨，代替往生的妹妹疼愛這個小孩。

かわいそう【可哀相・可哀想】 形動 可憐 類 気の毒 △お母さんが病気になって、子どもたちがかわいそうでならない。／母親生了病，孩子們真是可憐得叫人鼻酸！

かわいらしい【可愛らしい】 形 可愛的，討人喜歡；小巧玲瓏 類 愛らしい △かわいらしいお嬢さんですね。／真是個討人喜歡的姑娘呀！

かわせ【為替】 名 匯款，匯兌 △このところ、為替相場は円安が続いている。／最近的日圓匯率持續貶值。

かわら【瓦】 名 瓦 △赤い瓦の家に住みたい。／我想住紅色磚瓦的房子。

かん【勘】 名 直覺，第六感；領悟力 類 第六感（だいろっかん）△答えを知っていたのではなく、勘で言ったにすぎません。／我並不是知道答案，只是憑直覺回答而已。

かん【感】 名・漢造 感覺，感動；感 △ダイエットのため、こんにゃくや海藻などで満腹感を得るように工夫している。／目前為了減重，運用蒟蒻和海藻之類的食材讓自己得到飽足感。

かんかく【間隔】 名 間隔，距離 類 隔たり（へだたり）△バスは、20分の間隔で運行しています。／公車每隔20分鐘來一班。

かんかく【感覚】 名・他サ 感覺 △彼は、音に対する感覚が優れている。／他的音感很棒。

かんき【換気】 名・自他サ 換氣，通風，使空氣流通 △煙草臭いから、換気をしましょう。／煙味實在是太臭了，讓空氣流通一下吧！

かんきゃく【観客】 名 觀眾 類 見物人（けんぶつにん）△観客が減少ぎみなので、宣伝しなくてはなりませ

ん。／因為觀眾有減少的傾向，所以不得不做宣傳。

かんげい【歓迎】 (名・他サ) 歡迎 (反) 歓送 △故郷に帰った際には、とても歓迎された。／回到家鄉時，受到熱烈的歡迎。

かんげき【感激】 (名・自サ) 感激，感動 (類) 感動 △こんなつまらない芝居に感激するなんて、おおげさというものだ。／對這種無聊的戲劇還如此感動，真是太誇張了。

かんさい【関西】 (名) 日本關西地區(以京都、大阪為中心的地帶) (反) 関東 △関西旅行をきっかけに、歴史に興味を持ちました。／自從去關西旅行之後，就開始對歷史產生了興趣。

かんさつ【観察】 (名・他サ) 觀察 △一口に雲と言っても、観察するといろいろな形があるものだ。／如果加以觀察，所謂的雲其實有各式各樣的形狀。

N2-018

かんじ【感じ】 (名) 知覺，感覺；印象 (類) 印象 △彼女は女優というより、モデルという感じですね。／與其說她是女演員，倒不如說她更像個模特兒。

がんじつ【元日】 (名) 元旦 △日本では、元日はもちろん、二日も三日も会社は休みです。／在日本，不用說是元旦，一月二號和三號，公司也都放假。

かんじゃ【患者】 (名) 病人，患者 △研究が忙しい上に、患者も診なければならない。／除了要忙於研究之外，也必須替病人看病。

かんしょう【鑑賞】 (名・他サ) 鑑賞，欣賞 △音楽鑑賞をしているところを、邪魔しないでください。／我在欣賞音樂時，請不要來干擾。

かんじょう【勘定】 (名・他サ) 計算；算帳；(會計上的)帳目，戶頭，結帳；考慮，估計 (類) 計算 △そろそろお勘定をしましょうか。／差不多該結帳了吧！

かんじょう【感情】 (名) 感情，情緒 (類) 気持ち (補) 感情的［形容動詞］情緒化的 △彼にこの話をすると、感情的になりかねない。／你一跟他談這件事，他可能會很情緒化。

かんしん【関心】 (名) 關心，感興趣 (類) 興味 △あいつは女性に関心があるくせに、ないふりをしている。／那傢伙明明對女性很感興趣，卻裝作一副不在乎的樣子。

かんする【関する】 (自サ) 關於，與…有關 (類) 関係する △日本に関する研究をしていたわりに、日本についてよく知らない。／雖然之前從事日本相關的研究，但卻對日本的事物一知半解。

かんせつ【間接】 (名) 間接 (反) 直接 (類) 遠まわし(とおまわし) (補) 間接的［形容動詞］間接的 △彼女を通じて、間接的に彼の話を聞いた。／我透過她，間接打聽了一些關於他的事。

かんそう【乾燥】(名・自他サ) 乾燥；枯燥無味 類 乾く △空気が乾燥しているといっても、砂漠ほどではない。／雖說空氣乾燥，但也沒有沙漠那麼乾。

かんそく【観測】(名・他サ) 觀察(事物)，(天體，天氣等)觀測 類 観察 △毎日天体の観測をしています。／我每天都在觀察星體的變動。

かんたい【寒帯】(名) 寒帶 △寒帯の森林には、どんな動物がいますか。／在寒帶的森林裡，住著什麼樣的動物呢？

がんたん【元旦】(名) 元旦 △元旦に初詣に行く。／元旦去新年參拜。

かんちがい【勘違い】(名・自サ) 想錯，判斷錯誤，誤會 類 思い違い(おもいちがい) △私の勘違いのせいで、あなたに迷惑をかけました。／都是因為我的誤解，才造成您的不便。

かんちょう【官庁】(名) 政府機關 類 役所 △政治家も政治家なら、官庁も官庁で、まったく頼りにならない。／政治家有貪污，政府機關也有缺陷，完全不可信任。

かんづめ【缶詰】(名) 罐頭；不與外界接觸的狀態；擁擠的狀態 △災害に備えて缶詰を用意する。／準備罐頭以備遇到災難時使用。

かんでんち【乾電池】(名) 乾電池 反 湿電池 △プラスとマイナスを間違えないように、乾電池を入れる。／裝電池時，正負極請不要擺錯。

かんとう【関東】(名) 日本關東地區(以東京為中心的地帶) 類 関西 △関東に加えて、関西でも調査することになりました。／除了關東以外，關西也要開始進行調查了。

かんとく【監督】(名・他サ) 監督，督促；監督者，管理人；(影劇)導演；(體育)教練 類 取り締まる △日本の映画監督といえば、やっぱり黒澤明が有名ですね。／一說到日本的電影導演，還是黑澤明最有名吧！

かんねん【観念】(名・自他サ) 觀念；決心；斷念，不抱希望 類 概念(がいねん) △あなたは、固定観念が強すぎますね。／你的主觀意識實在太強了！

かんぱい【乾杯】(名・自サ) 乾杯 △彼女の誕生日を祝って乾杯した。／祝她生日快樂，大家一起乾杯！

かんばん【看板】(名) 招牌；牌子，幌子；(店舖)關門，停止營業時間 △看板の字を書いてもらえますか。／可以麻煩您替我寫下招牌上的字嗎？

かんびょう【看病】(名・他サ) 看護，護理病人 △病気が治ったのは、あなたの看病のおかげにほかなりません。／疾病能痊癒，都是託你的看護。

かんむり【冠】(名) 冠，冠冕；字頭，字蓋；有點生氣 △これは、昔の王様の冠です。／這是古代國王的王冠。

かんり【管理】(名・他サ) 管理，管轄；經營，保管 類 取り締まる(とりしまる）△面倒を見てもらっているというより、管理されているような気がします。／與其說是照顧，倒不如說更像是被監控。

かんりょう【完了】（名・自他サ）完了，完畢；(語法)完了，完成 類 終わる △工事は、長時間の作業のすえ、完了しました。／工程在經過長時間的施工後，終於大工告成了。

かんれん【関連】（名・自サ）關聯，有關係 類 連関 △教育との関連からいうと、この政策は歓迎できない。／從和教育相關的層面來看，這個政策實在是不受歡迎。

かんわ【漢和】㊔ 漢語和日語；漢日辭典(用日文解釋古漢語的辭典) 類 和漢 △図書館には、英和辞典もあれば、漢和辞典もある。／圖書館裡，既有英日辭典，也有漢日辭典。

き キ

N2-019

き【期】㊔ 時期；時機；季節；(預定的)時日 △入学の時期が訪れる。／又到開學期了。

き【器】（名・漢造）有才能，有某種才能的人；器具，器皿；起作用的，才幹 類 器(うつわ) △食器を洗う。／洗碗盤。

き【機】（名・接尾・漢造）時機；飛機；(助數詞用法)架；機器 △時機を待つ。／等待時機。

きあつ【気圧】㊔ 氣壓；(壓力單位)大氣壓 類 圧力(あつりょく) △高山では、気圧が低いために体調が悪くなる人もいる。／有些人在高山上由於低氣壓而導致身體不舒服。

ぎいん【議員】㊔ (國會，地方議會的)議員 △国会議員になるには、選挙で勝つしかない。／如果要當上國會議員，就只有贏得選舉了。

きおく【記憶】（名・他サ）記憶，記憶力；記性 反 忘却 類 暗記 △最近、記憶が混乱ぎみだ。／最近有記憶錯亂的現象。

きおん【気温】㊔ 氣溫 類 温度 △気温しだいで、作物の生長はぜんぜん違う。／因氣溫的不同，農作物的成長也就完全不一樣。

きかい【器械】㊔ 機械，機器 類 器具 △彼は、器械体操部で活躍している。／他活躍於健身社中。

ぎかい【議会】㊔ 議會，國會 類 議院 △首相は議会で、政策について力をこめて説明した。／首相在國會中，使勁地解說了他的政策。

きがえ【着替え】㊔ 換衣服；換的衣服 △着替えをしてから出かけた。／我換過衣服後就出門了。

きがする【気がする】[慣] 好像；有心△見たことがあるような気がする。／好像有看過。

きかん【機関】[名]（組織機構的）機關，單位；（動力裝置）機關 [類] 機構△政府機関では、パソコンによる統計を行っています。／政府機關都使用電腦來進行統計。

きかんしゃ【機関車】[名] 機車，火車△珍しい機関車だったので、写真を撮った。／因為那部蒸汽火車很珍貴，所以拍了張照。

きぎょう【企業】[名] 企業；籌辦事業 [類] 事業△大企業だけあって、立派なビルですね。／不愧是大企業，好氣派的大廈啊！

ききん【飢饉】[名] 飢饉，飢荒；缺乏，…荒 [類] 凶作（きょうさく）△江戸時代以降、飢饉の対策としてサツマイモ栽培が普及した。／江戸時代之後，為了因應飢荒而大量推廣了蕃薯的種植。

きぐ【器具】[名] 器具，用具，器械 [類] 器械（きかい）△この店では、電気器具を扱っています。／這家店有出售電器用品。

きげん【期限】[名] 期限△支払いの期限を忘れるなんて、非常識というものだ。／竟然忘記繳款的期限，真是離譜。

きげん【機嫌】[名] 心情，情緒 [類] 気持ち△彼の機嫌が悪いとしたら、きっと奥さんと喧嘩したんでしょう。／如果他心情不好，就一定是因為和太太吵架了。

きこう【気候】[名] 氣候△最近気候が不順なので、風邪ぎみです。／最近由於氣候不佳，有點要感冒的樣子。

きごう【記号】[名] 符號，記號△この記号は、どんな意味ですか。／這符號代表什麼意思？

きざむ【刻む】[他五] 切碎；雕刻；分成段；銘記，牢記 [類] 彫刻する（ちょうこくする）△指輪に二人の名前を刻んだ。／在戒指上刻下了兩人的名字。

きし【岸】[名] 岸，岸邊；崖 [類] がけ△向こうの岸まで泳いでいくよりほかない。／就只有游到對岸這個方法可行了。

きじ【生地】[名] 本色，素質，本來面目；布料；（陶器等）毛坯△生地はもとより、デザインもとてもすてきです。／布料好自不在話下，就連設計也是一等一的。

ぎし【技師】[名] 技師，工程師，專業技術人員 [類] エンジニア△コンピュータ技師として、この会社に就職した。／我以電腦工程師的身分到這家公司上班。

ぎしき【儀式】[名] 儀式，典禮 [類] セレモニー△儀式は、1時から2時にかけて行われます。／儀式從一點舉行到兩點。

きじゅん【基準】[名] 基礎，根基；規格，準則 [類] 標準△この建物は、法律上は基準を満たしています。／就法律來看，這棟建築物是符合規定的。

きしょう【起床】（名・自サ）起床 反 就寢（しゅうしん） 類 起きる △6時の列車に乗るためには、5時に起床するしかありません。／為了搭6點的列車，只好在5點起床。

きず【傷】（名）傷口，創傷；缺陷，瑕疵 類 創傷 △薬のおかげで、傷はすぐ治りました。／多虧了藥物，傷口馬上就痊癒了。

きせる【着せる】（他下一）給穿上（衣服）；鍍上；嫁禍，加罪 △夕方、寒くなってきたので娘にもう1枚着せた。／傍晚變冷了，因此讓女兒多加了一件衣服。

きそ【基礎】（名）基石，基礎，根基；地基 類 基本 △英語の基礎は勉強したが、すぐにしゃべれるわけではない。／雖然有學過基礎英語，但也不可能馬上就能開口說的。

きたい【期待】（名・他サ）期待，期望，指望 類 待ち望む（まちのぞむ） △みんな、期待するかのような目で彼を見た。／大家以期待般的眼神看著他。

きたい【気体】（名）（理）氣體 反 固体 △いろいろな気体の性質を調べている。／我在調查各種氣體的性質。

きち【基地】（名）基地，根據地 △南極基地で働く夫に、愛をこめて手紙を書きました。／我寫了封充滿愛意的信，給在南極基地工作的丈夫。

N2-020

きちょう【貴重】（形動）貴重，寶貴，珍貴 類 大切 △本日は、貴重なお時間を割いていただき、ありがとうございました。／今天承蒙百忙之中撥冗前來，萬分感激。

ぎちょう【議長】（名）會議主席，主持人；（聯合國，國會）主席 △彼は、衆議院の議長を務めている。／他擔任眾議院的院長。

きつい（形）嚴厲的，嚴苛的；剛強，要強；緊的，瘦小的；強烈的；累人的，費力的 類 厳しい △太ったら、スカートがきつくなりました。／一旦胖起來，裙子就被撐得很緊。

きっかけ【切っ掛け】（名）開端，動機，契機 類 機会 △彼女に話しかけたいときに限って、きっかけがつかめない。／偏偏就在我想找她說話時，就是找不到機會。

きづく【気付く】（自五）察覺，注意到，意識到；（神志昏迷後）甦醒過來 類 感づく（かんづく） △自分の間違いに気付いたものの、なかなか謝ることができない。／雖然發現自己不對，但還是很難開口道歉。

きっさ【喫茶】（名）喝茶，喫茶，飲茶 類 喫茶（きっちゃ） △喫茶店で、ウエイトレスとして働いている。／我在咖啡廳當女服務生。

ぎっしり (副)（裝或擠的）滿滿的 (類) ぎっちり △本棚にぎっしり本が詰まっている。／書櫃排滿了書本。

きにいる【気に入る】 (連語) 稱心如意，喜歡，寵愛 (反) 気に食わない △そのバッグが気に入りましたか。／您中意那皮包嗎？

きにする【気にする】 (慣) 介意，在乎 △失敗を気にする。／對失敗耿耿於懷。

きになる【気になる】 (慣) 擔心，放心不下 △外の音が気になる。／在意外面的聲音。

きにゅう【記入】 (名・他サ) 填寫，寫入，記上 (類) 書き入れる △参加される時は、ここに名前を記入してください。／要參加時，請在這裡寫下名字。

きねん【記念】 (名・他サ) 紀念 △記念として、この本をあげましょう。／送你這本書做紀念吧！

きねんしゃしん【記念写真】 (名) 紀念照 △下の娘の七五三で、写真館に行って家族みんなで記念写真を撮った。／為了慶祝二女兒的「七五三」，全家去照相館拍了紀念相片。

きのう【機能】 (名・自サ) 機能，功能，作用 (類) 働き △機械の機能が増えれば増えるほど、値段も高くなります。／機器的功能越多，價錢就越昂貴。

きのせい【気の所為】 (連語) 神經過敏；心理作用 △あれ、雨降ってきた？気のせいかな。／咦，下雨了哦？還是我的錯覺呢？

きのどく【気の毒】 (名・形動) 可憐的，可悲；可惜，遺憾；過意不去，對不起 (類) 可哀そう △お気の毒ですが、今回はあきらめていただくしかありませんね。／雖然很遺憾，但這次也只好先請您放棄了。

きば【牙】 (名) 犬齒，獠牙 △狼は牙をむいて羊に跳びかかってきた。／狼張牙舞爪的撲向了羊。

きばん【基盤】 (名) 基礎，底座，底子；基岩 (類) 基本 △生活の基盤を固める。／穩固生活的基礎。

きふ【寄付】 (名・他サ) 捐贈，捐助，捐款 (類) 義捐 △彼はけちだから、たぶん寄付はするまい。／因為他很小氣，所以大概不會捐款吧！

きぶんてんかん【気分転換】 (連語・名) 轉換心情 △気分転換に散歩に出る。／出門散步換個心情。

きみ【気味】 (名・接尾) 感觸，感受，心情；有一點兒，稍稍 (類) 気持ち △女性社員が気が強くて、なんだか押され気味だ。／公司的女職員太過強勢了，我們覺得被壓得死死的。

きみがわるい【気味が悪い】 (形) 毛骨悚然的；令人不快的 △何だか気味が悪い家だね。幽霊が出そうだよ。／這屋子怎麼陰森森的，好像會有鬼跑出來哦。

きみょう【奇妙】 (形動) 奇怪，出奇，奇異，奇妙 (類) 不思議 △一見奇妙な現象だが、よく調べてみれば心霊現象などではなかった。／乍看之下是個奇妙的現象，仔細調查後發現根本不是什麼鬧鬼的狀況。

ぎむ【義務】㊔義務 反 権利 △我々には、権利もあれば、義務もある。／我們既有權利，也有義務。

ぎもん【疑問】㊔疑問，疑惑 類 疑い △私からすれば、あなたのやり方には疑問があります。／就我看來，我對你的做法感到有些疑惑。

ぎゃく【逆】(名・漢造) 反，相反，倒；叛逆 類 反対 △今度は、逆に私から質問します。／這次，反過來由我來發問。

きゃくせき【客席】㊔觀賞席；宴席，來賓席 類 座席 △客席には、校長をはじめ、たくさんの先生が来てくれた。／來賓席上，來了校長以及多位老師。

ぎゃくたい【虐待】(名・他サ) 虐待 △児童虐待は深刻な問題だ。／虐待兒童是很嚴重的問題。

きゃくま【客間】㊔客廳 類 客室 △客間を掃除しておかなければならない。／我一定得事先打掃好客廳才行。

キャプテン【captain】㊔團體的首領；船長；隊長；主任 類 主将(しゅしょう) △野球チームのキャプテンをしています。／我是棒球隊的隊長。

ギャング【gang】㊔持槍強盜團體，盜伙 類 強盗団(ごうとうだん) △私は、ギャング映画が好きです。／我喜歡看警匪片。

キャンパス【campus】㊔(大學)校園，校內 類 校庭 △大学のキャンパスには、いろいろな学生がいる。／大學的校園裡，有各式各樣的學生。

キャンプ【camp】(名・自サ) 露營，野營；兵營，軍營；登山隊基地；(棒球等)集訓 類 野宿(のじゅく) △今息子は山にキャンプに行っているので、連絡しようがない。／現在我兒子到山上露營去了，所以沒辦法聯絡上他。

N2-021

きゅう【旧】(名・漢造) 陳舊；往昔，舊日；舊曆，農曆；前任者 反 新 類 古い △旧暦では、今日は何月何日ですか。／今天是農曆的幾月幾號？

きゅう【級】(名・漢造) 等級，階段；班級，年級；頭 類 等級(とうきゅう) △英検で1級を取った。／我考過英檢一級了。

きゅう【球】(名・漢造) 球；(數)球體，球形 類 ボール △この器具は、尖端が球状になっている。／這工具的最前面是呈球狀的。

きゅうか【休暇】㊔(節假日以外的)休假 類 休み △休暇になるかならないかのうちに、ハワイに出かけた。／才剛放假，就跑去夏威夷了。

きゅうぎょう【休業】(名・自サ) 停課 類 休み △病気になったので、しばらく休業するしかない。／因為生了病，只好先暫停營業一陣子。

きゅうげき【急激】（形動）急遽 類 激しい △車の事故による死亡者は急激に増加している。／因車禍事故而死亡的人正急遽增加。

きゅうこう【休校】（名・自サ）停課 △地震で休校になる。／因地震而停課。

きゅうこう【休講】（名・自サ）停課 △授業が休講になったせいで、暇になってしまいました。／都因為停課，害我閒得沒事做。

きゅうしゅう【吸収】（名・他サ）吸收 類 吸い取る △学生は、勉強していろいろなことを吸収するべきだ。／學生必須好好學習，以吸收各方面知識。

きゅうじょ【救助】（名・他サ）救助，搭救，救援，救濟 類 救う △一人でも多くの人が助かるようにと願いながら、救助活動をした。／為求盡量幫助更多的人而展開了救援活動。

きゅうしん【休診】（名・他サ）停診 △日曜・祭日は休診です。／例假日休診。

きゅうせき【旧跡】（名）古蹟 △京都の名所旧跡を訪ねる。／造訪京都的名勝古蹟。

きゅうそく【休息】（名・自サ）休息 類 休み △作業の合間に休息する。／在工作的空檔休息。

きゅうそく【急速】（名・形動）迅速，快速 類 急激（きゅうげき）△コンピュータは急速に普及した。／電腦以驚人的速度大眾化了。

きゅうよ【給与】（名・他サ）供給(品)，分發，待遇；工資，津貼 類 給料、サラリー △会社が給与を支払わないかぎり、私たちはストライキを続けます。／只要公司不發薪資，我們就會繼續罷工。

きゅうよう【休養】（名・自サ）休養 類 保養（ほよう）△今週から来週にかけて、休養のために休みます。／從這個禮拜到下個禮拜，為了休養而請假。

きよい【清い】（形）清徹的，清潔的；(內心)暢快的，問心無愧的；正派的，光明磊落；乾脆 反 汚らわしい 類 清らか △山道を歩いていたら、清い泉が湧き出ていた。／當我正走在山路上時，突然發現地面湧出了清澈的泉水。

きよう【器用】（名・形動）靈巧，精巧；手藝巧妙；精明 類 上手 △彼は器用で、自分で何でも直してしまう。／他的手真巧，任何東西都能自己修好。

きょうか【強化】（名・他サ）強化，加強 反 弱化（じゃっか）△事件前に比べて、警備が強化された。／跟案件發生前比起來，警備森嚴多許多。

きょうかい【境界】（名）境界，疆界，邊界 類 さかい △仕事と趣味の境界が曖昧です。／工作和興趣的界線還真是模糊不清。

きょうぎ【競技】（名・自サ）競賽，體育

比賽 類 試合 △運動会で、どの競技に出場しますか。／你運動會要出賽哪個項目？

ぎょうぎ【行儀】 名 禮儀，禮節，舉止 類 礼儀 △お兄さんに比べて、君は行儀が悪いね。／和你哥哥比起來， 你真沒禮貌。

きょうきゅう【供給】 名・他サ 供給，供應 反 需要（じゅよう） △この工場は、24時間休むことなく製品を供給できます。／這座工廠，可以 24 小時全日無休地供應產品。

きょうさん【共産】 名 共產；共產主義 △資本主義と共産主義について研究しています。／我正在研究資本主義和共產主義。

ぎょうじ【行事】 名（按慣例舉行的）儀式，活動 類 催し物（もよおしもの）△行事の準備をしているところへ、校長が見に来た。／正當準備活動時，校長便前來觀看。

きょうじゅ【教授】 名・他サ 教授；講授，教 補 准教授；講師；助教；助手 △教授とは、先週話したきりだ。／自從上週以來，就沒跟教授講過話了。

きょうしゅく【恐縮】 名・自サ（對對方的厚意感覺）惶恐（表感謝或客氣）；（給對方添麻煩表示）對不起，過意不去；（感覺）不好意思，羞愧，慚愧 類 恐れ入る △恐縮ですが、窓を開けてくださいませんか。／不好意思，能否請您打開窗戶。

きょうどう【共同】 名・自サ 共同 類 合同（ごうどう）△この仕事は、両国の共同のプロジェクトにほかならない。／這項作業，不外是兩國的共同的計畫。

N2-022

きょうふ【恐怖】 名・自サ 恐怖，害怕 類 恐れる △先日、恐怖の体験をしました。／前幾天我經歷了恐怖的體驗。

きょうふう【強風】 名 強風 △強風が吹く。／強風吹拂。

きょうよう【教養】 名 教育，教養，修養；（專業以外的）知識學問 △彼は教養があって、いろいろなことを知っている。／他很有學問，知道各式各樣的事情。

きょうりょく【強力】 名・形動 力量大，強力，強大 類 強力（ごうりき）△そのとき、強力な味方が現れました。／就在那時，強大的伙伴出現了！

ぎょうれつ【行列】 名・自サ 行列，隊伍，列隊；（數）矩陣 類 列 △この店のラーメンはとてもおいしいので、昼夜を問わず行列ができている。／這家店的拉麵非常好吃，所以不分白天和晚上都有人排隊等候。

きょか【許可】 名・他サ 許可，批准 類 許す △理由があるなら、外出を許可しないこともない。／如果有理由的話，並不是說不能讓你外出。

ぎょぎょう【漁業】(名)漁業，水產業 △その村は、漁業によって生活しています。／那村莊以漁業維生。

きょく【局】(名・接尾) 房間，屋子；(官署，報社)局，室；特指郵局，廣播電臺；局面，局勢；(事物的)結局 △観光局に行って、地図をもらった。／我去觀光局索取地圖。

きょく【曲】(名・漢造) 曲調；歌曲；彎曲 △今年のピアノの発表会では、ショパンの曲を弾く。／將在今年的鋼琴成果展示會上彈奏蕭邦的曲子。

きょくせん【曲線】(名) 曲線 (反) 直線 (類) カーブ △グラフを見ると、なめらかな曲線になっている。／從圖表來看，則是呈現流暢的曲線。

きょだい【巨大】(形動) 巨大 (反) 微小 (類) 偉大 △その新しいビルは、巨大な上にとても美しいです。／那棟新大廈，既雄偉又美觀。

きらう【嫌う】(他五) 嫌惡，厭惡；憎惡；區別 (反) 好く (類) 好まない △彼を嫌ってはいるものの、口をきかないわけにはいかない。／雖說我討厭他，但也不能完全不跟他說話。

きらきら (副・自サ) 閃耀 △星がきらきら光る。／星光閃耀。

ぎらぎら (副・自サ) 閃耀（程度比きらきら還強）△太陽がぎらぎら照りつける。／陽光照得刺眼。

きらく【気楽】(名・形動) 輕鬆，安閒，無所顧慮 (類) 安楽（あんらく）△気楽にスポーツを楽しんでいるところに、厳しいことを言わないでください。／請不要在我輕鬆享受運動的時候，說些嚴肅的話。

きり【霧】(名) 霧，霧氣；噴霧 △霧が出てきたせいで、船が欠航になった。／由於起霧而導致船班行駛了。

きりつ【規律】(名) 規則，紀律，規章 (類) 決まり △言われたとおりに、規律を守ってください。／請遵守紀律，依指示進行。

きる【切る】(接尾) (接助詞運用形)表示達到極限；表示完結 (類) しおえる △小麦粉を全部使い切ってしまいました。／麵粉全都用光了。

きる【斬る】(他五) 砍；切 △人を斬る。／砍人。

きれ【切れ】(名) 衣料，布頭，碎布 △余ったきれでハンカチを作る。／用剩布做手帕。

きれい【綺麗・奇麗】(形) 好看，美麗；乾淨；完全徹底；清白，純潔；正派，公正 (類) 美しい △若くてきれいなうちに、写真をたくさん撮りたいです。／趁著還年輕貌美時，想多拍點照片。

ぎろん【議論】(名・他サ) 爭論，討論，辯論 (類) 論じる △原子力発電所を存続するかどうか、議論を呼んでいる。／核能發電廠的存廢與否，目前引發了輿論的爭議。

きをつける【気を付ける】 ㊞慣 當心，留意 △忘れ物をしないように気を付ける。／注意有無遺忘物品。

ぎん【銀】 ㊔名 銀，白銀；銀色 類 銀色 △銀の食器を買おうと思います。／我打算買銀製的餐具。

きんがく【金額】 ㊔名 金額 類 値段 △忘れないように、金額を書いておく。／為了不要忘記所以先記下金額。

きんぎょ【金魚】 ㊔名 金魚 △水槽の中にたくさん金魚がいます。／水槽裡有許多金魚。

きんこ【金庫】 ㊔名 保險櫃；(國家或公共團體的)金融機關，國庫 △大事なものは、金庫に入れておく。／重要的東西要放到金庫。

きんせん【金銭】 ㊔名 錢財，錢款；金幣 類 お金 △金銭の問題でトラブルになった。／因金錢問題而引起了麻煩。

きんぞく【金属】 ㊔名 金屬，五金 反 非金属 △これはプラスチックではなく、金属製です。／這不是塑膠，它是用金屬製成的。

きんだい【近代】 ㊔名 近代，現代(日本則意指明治維新之後) 類 現代 △日本の近代には、夏目漱石をはじめ、いろいろな作家がいます。／日本近代，有夏目漱石及許多作家。

きんにく【筋肉】 ㊔名 肌肉 類 筋(すじ) △筋肉を鍛えるとすれば、まず運動をしなければなりません。／如果要鍛鍊肌肉，首先就得多運動才行。

きんゆう【金融】 (名・自サ) 金融，通融資金 類 経済 △金融機関の窓口で支払ってください。／請到金融機構的窗口付帳。

く ㇰ

N2-023

くいき【区域】 ㊔名 區域 類 地域(ちいき) △困ったことに、この区域では携帯電話が使えない。／令人感到傷腦筋的是，這區域手機是無法使用的。

くう【食う】 (他五) (俗)吃，(蟲)咬 類 食べる △これ、食ってみなよ。うまいから。／要不要吃吃看這個？很好吃喔。

ぐうすう【偶数】 ㊔名 偶數，雙數 △台湾では、お祝い事のとき、いろいろなものの数を偶数にする。／在台灣，每逢喜慶之事，都會將各種事物的數目湊成雙數。

ぐうぜん【偶然】 (名・形動・副) 偶然，偶而；(哲)偶然性 反 必然(ひつぜん) 類 思いがけない △大きな事故にならなかったのは、偶然に過ぎない。／之所以沒有釀成重大事故只不過是幸運罷了。

くうそう【空想】 (名・他サ) 空想，幻想

類 想像 △楽しいことを空想しているところに、話しかけられた。／當我正在幻想有趣的事情時，有人跟我說話。

くうちゅう【空中】 名 空中，天空 類 なかぞら △サーカスで空中ブランコを見た。／我到馬戲團看空中飛人秀。

くぎ【釘】 名 釘子 △くぎを打って、板を固定する。／我用釘子把木板固定起來。

くぎる【区切る】 他四 (把文章)斷句，分段 類 仕切る（しきる）△単語を一つずつ区切って読みました。／我將單字逐一分開來唸。

くさり【鎖】 名 鎖鏈，鎖條;連結，聯繫;(喻)段，段落 類 チェーン △犬を鎖でつないでおいた。／用狗鍊把狗綁起來了。

くしゃみ【嚔】 名 噴嚏 △静かにしていなければならないときに限って、くしゃみが止まらなくなる。／偏偏在需要保持安靜時，噴嚏就會打個不停。

くじょう【苦情】 名 不平，抱怨 類 愚痴（ぐち）△カラオケパーティーを始めるか始めないかのうちに、近所から苦情を言われた。／卡拉 OK 派對才剛開始，鄰居就跑來抱怨了。

くしん【苦心】 名・自サ 苦心，費心 類 苦労 △ 10 年にわたる苦心のすえ、新製品が完成した。／長達 10 年嘔心瀝血的努力，終於完成了新產品。

くず【屑】 名 碎片；廢物，廢料(人)；(挑選後剩下的)爛貨 △工場では、板の削りくずがたくさん出る。／工廠有很多鋸木的木屑。

くずす【崩す】 他五 拆毀，粉碎 類 砕く（くだく）△私も以前体調を崩しただけに、あなたの辛さはよくわかります。／正因為我之前也搞壞過身體，所以特別能了解你的痛苦。

ぐずつく【愚図つく】 自五 陰天；動作遲緩拖延 △天気が愚図つく。／天氣總不放晴。

くずれる【崩れる】 自下一 崩潰;散去;潰敗，粉碎 類 崩壊（ほうかい）△雨が降り続けたので、山が崩れた。／因持續下大雨而山崩了。

くだ【管】 名 細長的筒，管 類 筒（つつ）△管を通して水を送る。／水透過管子輸送。

ぐたい【具体】 名 具體 反 抽象 類 具象（ぐしょう）補 具体的［形容動詞］具體的 △改革を叫びつつも、具体的な案は浮かばない。／雖在那裡吶喊要改革，卻想不出具體的方案來。

くだく【砕く】 他五 打碎，弄碎 類 思い悩む（おもいなやむ）△家事をきちんとやるとともに、子どもたちのことにも心を砕いている。／在確實做好家事的同時，也為孩子們的事情費心勞力。

くだける【砕ける】 自下一 破碎，粉碎

△大きな岩が谷に落ちて砕けた。／巨大的岩石掉入山谷粉碎掉了。

くたびれる【草臥れる】 (自下一) 疲勞，疲乏 類 疲れる △今日はお客さんが来て、掃除やら料理やらですっかりくたびれた。／今天有人要來作客，又是打掃又是做菜的，累得要命。

くだらない【下らない】 (連語・形) 無價值，無聊，不下於… 類 つまらない △貧しい国を旅して、自分はなんてくだらないことで悩んでいたんだろうと思った。／到貧窮的國家旅行時，感受到自己為小事煩惱實在毫無意義。

くち【口】 (名・接尾) 口，嘴；用嘴說話；口味；人口，人數；出入或存取物品的地方；口，放進口中或動口的次數；股，份 類 味覚 △酒は辛口より甘口がよい。／甜味酒比辣味酒好。

くちべに【口紅】 (名) 口紅，唇膏 類 ルージュ △口紅を塗っているところに子どもが飛びついてきて、はみ出してしまった。／我在塗口紅時，小孩突然撲了上來，口紅就畫歪了。

くつう【苦痛】 (名) 痛苦 類 苦しみ △会社の飲み会に出るのが正直苦痛だ。／老實說，參加公司的喝酒聚會很痛苦。

くっつく【くっ付く】 (自五) 緊貼在一起，附著 △ジャムの瓶の蓋がくっ付いてしまって、開かない。／果醬的瓶蓋太緊了，打不開。

くっつける【くっ付ける】 (他下一) 把…粘上，把…貼上，使靠近 類 接合する（せつごうする）△部品を接着剤でしっかりくっ付けた。／我用黏著劑將零件牢牢地黏上。

くどい (形) 冗長乏味的，（味道）過於膩的 類 しつこい △先生の話はくどいから、あまり聞きたくない。／老師的話又臭又長，根本就不想聽。

N2-024

くとうてん【句読点】 (名) 句號，逗點；標點符號 類 句点（くてん）△作文のときは、句読点をきちんとつけるように。／寫作文時，要確實標上標點符號。

くぶん【区分】 (名・他サ) 區分，分類 類 区分け △地域ごとに区分した地図がほしい。／我想要一份以區域劃分的地圖。

くべつ【区別】 (名・他サ) 區別，分清 類 区分 △夢と現実の区別がつかなくなった。／我已分辨不出幻想與現實的區別了。

くぼむ【窪む・凹む】 (自五) 凹下，塌陷 △山に登ったら、日陰のくぼんだところにまだ雪が残っていた。／爬到山上以後，看到許多山坳處還有殘雪未融。

くみ【組】 (名) 套，組，隊；班，班級；（黑道）幫 類 クラス △どちらの組に入りますか。／你要編到哪一組？

くみあい【組合】 (名) （同業）工會，合作社 △会社も会社なら、組合も組合だ。／公司是有不對，但工會也半斤八兩。

くみあわせ【組み合わせ】(名) 組合，配合，編配 (類) コンビネーション △試合の組み合わせが決まりしだい、連絡してください。／賽程表一訂好，就請聯絡我。

くみたてる【組み立てる】(他下一) 組織，組裝 △先輩の指導をぬきにして、機器を組み立てることはできない。／要是沒有前輩的指導，我就沒辦法組裝好機器。

くむ【汲む】(他五) 打水，取水 △ここは水道がないので、毎日川の水を汲んでくるということだ。／這裡沒有自來水，所以每天都從河川打水回來。

くむ【組む】(自五) 聯合，組織起來 (類) 取り組む △今度のプロジェクトは、他の企業と組んで行います。／這次的企畫，是和其他企業合作進行的。

くもる【曇る】(自五) 天氣陰，朦朧 (反) 晴れる (類) 陰る（かげる）△空がだんだん曇ってきた。／天色漸漸暗了下來。

くやむ【悔やむ】(他五) 懊悔的，後悔的 (類) 後悔する △失敗を悔やむどころか、ますますやる気が出てきた。／失敗了不僅不懊惱，反而更有幹勁了。

くらい【位】(名)（數）位數；皇位，王位；官職，地位；（人或藝術作品的）品味，風格 (類) 地位 △100の位を四捨五入してください。／請在百位的地方四捨五入。

くらし【暮らし】(名) 度日，生活；生計，家境 (類) 生活 △我々の暮らしは、よくなりつつある。／我們家境在逐漸改善中。

クラブ【club】(名) 俱樂部，夜店；（學校）課外活動，社團活動 △どのクラブに入りますか。／你要進哪一個社團？

グラフ【graph】(名) 圖表，圖解，座標圖；畫報 (類) 図表（ずひょう）△グラフを書く。／畫圖表。

グラウンド【ground】(造語) 運動場，球場，廣場，操場 (類) グランド △学校のグラウンドでサッカーをした。／我在學校的操場上踢足球。

クリーニング【cleaning】(名・他サ)（洗衣店）洗滌 (類) 洗濯 △クリーニングに出したとしても、あまりきれいにならないでしょう。／就算拿去洗衣店洗，也沒辦法洗乾淨吧！

クリーム【cream】(名) 鮮奶油，奶酪；膏狀化妝品；皮鞋油；冰淇淋 △私が試したかぎりでは、そのクリームを塗ると顔がつるつるになります。／就我試過的感覺，擦那個面霜後，臉就會滑滑嫩嫩的。

くるう【狂う】(自五) 發狂，發瘋，失常，不準確，有毛病；落空，錯誤；過度著迷，沉迷 (類) 発狂（はっきょう）△失恋して気が狂った。／因失戀而發狂。

くるしい【苦しい】(形) 艱苦；困難；難過；勉強 △家計が苦しい。／生活艱苦。

くるしむ【苦しむ】(自五) 感到痛苦，感到難受 △彼は若い頃、病気で長い間苦しんだ。／他年輕時因生病而長年受苦。

くるしめる【苦しめる】[他下一] 使痛苦，欺負 △そんなに私のことを苦しめないでください。／請不要這樣折騰我。

くるむ【包む】[他五] 包，裹 [類] 包む（つつむ）△赤ちゃんを清潔なタオルでくるんだ。／我用乾淨的毛巾包住小嬰兒。

くれぐれも [副] 反覆，周到 [類] どうか △風邪を引かないように、くれぐれも気をつけてください。／請一定要注意身體，千萬不要感冒了。

くろう【苦労】[名・形動・自サ] 辛苦，辛勞 [類] 労苦 △苦労したといっても、大したことはないです。／雖說辛苦，但也沒什麼大不了的。

くわえる【加える】[他下一] 加，加上 [類] 足す、増す △だしに醤油と砂糖を加えます。／在湯汁裡加上醬油跟砂糖。

くわえる【銜える】[他一] 叼，銜 △楊枝をくわえる。／叼根牙籤。

くわわる【加わる】[自五] 加上，添上 [類] 増す △メンバーに加わったからは、一生懸命努力します。／既然加入了團隊，就會好好努力。

くん【訓】[名]（日語漢字的）訓讀（音）[反] 音 [類] 和訓（わくん）△これは、訓読みでは何と読みますか。／這單字用訓讀要怎麼唸？

ぐん【軍】[名] 軍隊；（軍隊編排單位）軍 [類] 兵士 △彼は、軍の施設で働いている。／他在軍隊的機構中服務。

ぐん【郡】[名]（地方行政區之一）郡 △東京都西多摩郡に住んでいます。／我住在東京都的西多摩郡。

ぐんたい【軍隊】[名] 軍隊 △軍隊にいたのは、たった1年にすぎない。／我在軍隊的時間，也不過一年罷了。

くんれん【訓練】[名・他サ] 訓練 [類] 修練 △今訓練の最中で、とても忙しいです。／因為現在是訓練中所以很忙碌。

けケ

N2-025

げ【下】[名] 下等；（書籍的）下卷 [反] 上 [類] 下等 △女性を殴るなんて、下の下というものだ。／竟然毆打女性，簡直比低級還更低級。

けい【形・型】[漢造] 型，模型；樣版，典型，模範；樣式；形成，形容 [類] 形状 △飛行機の模型を作る。／製作飛機的模型。

けいき【景気】[名]（事物的）活動狀態，活潑，精力旺盛；（經濟的）景氣 [類] 景況 △景気がよくなるにつれて、人々のやる気も出てきている。／伴隨著景氣的回復，人們的幹勁也上來了。

けいこ【稽古】（名・自他サ）(學問、武藝等的)練習，學習；(演劇、電影、廣播等的)排演，排練 類 練習 △踊りは、若いうちに稽古するのが大事です。／學舞蹈重要的是要趁年輕時打好基礎。

けいこう【傾向】（名）(事物的)傾向，趨勢 類 成り行き(なりゆき) △若者は、厳しい仕事を避ける傾向がある。／最近的年輕人，有避免從事辛苦工作的傾向。

けいこく【警告】（名・他サ）警告 類 忠告 △ウイルスメールが来た際は、コンピューターの画面で警告されます。／收到病毒信件時，電腦的畫面上會出現警告。

けいじ【刑事】（名）刑事；刑事警察 △刑事たちは、たいへんな苦労のすえに犯人を捕まえた。／刑警們，在極端辛苦之後，終於逮捕了犯人。

けいじ【掲示】（名・他サ）牌示，佈告欄；公佈 △そのことを掲示したとしても、誰も掲示を見ないだろう。／就算公佈那件事，也沒有人會看佈告欄吧！

けいしき【形式】（名）形式，樣式；方式 反 実質(じっしつ) 類 パターン △上司が形式にこだわっているところに、新しい考えを提案した。／在上司拘泥於形式時，我提出了新方案。

けいぞく【継続】（名・自他サ）繼續，繼承 類 続ける △継続すればこそ、上達できるのです。／就只有持續下去才會更進步。

けいと【毛糸】（名）毛線 △毛糸でマフラーを編んだ。／我用毛線織了圍巾。

けいど【経度】（名）(地) 經度 反 緯度 △その土地の経度はどのぐらいですか。／那塊土地的經度大約是多少？

けいとう【系統】（名）系統，體系 類 血統 △この王様は、どの家の系統ですか。／這位國王是哪個家系的？

げいのう【芸能】（名）(戲劇，電影，音樂，舞蹈等的總稱)演藝，文藝，文娛 △芸能人になりたくてたまらない。／想當藝人想得不得了。

けいば【競馬】（名）賽馬 △彼は競馬に熱中したばかりに、財産を全部失った。／就因為他沉溺於賽馬，所以賠光了所有財產。

けいび【警備】（名・他サ）警備，戒備 △厳しい警備もかまわず、泥棒はビルに忍び込んだ。／儘管森嚴的警備，小偷還是偷偷地潛進了大廈。

けいようし【形容詞】（名）形容詞 △形容詞を習っているところに、形容動詞が出てきたら、分からなくなった。／在學形容詞時，突然冒出了形容動詞，就被搞混了。

けいようどうし【形容動詞】（名）形容動詞 △形容動詞について、教えてください。／請教我形容動詞。

ケース【case】㊔盒，箱，袋；場合，情形，事例 類 かばん △バイオリンをケースに入れて運んだ。／我把小提琴裝到琴箱裡面來搬運。

げか【外科】㊔（醫）外科 反 内科 △この病院には、内科をはじめ、外科や耳鼻科などがあります。／這家醫院有內科以及外科、耳鼻喉科等醫療項目。

けがわ【毛皮】㊔毛皮 △うちの妻は、毛皮がほしくてならないそうだ。／我家太太，好像很想要那件皮草大衣。

げき【劇】（名・接尾）劇，戲劇；引人注意的事件 類 ドラマ △その劇は、市役所において行われます。／那齣戲在市公所上演。

げきぞう【激増】（名・自サ）激增，劇增 反 激減（げきげん）△韓国ブームだけのことはあって、韓国語を勉強する人が激増した。／不愧是吹起了哈韓風，學韓語的人暴增了許多。

げしゃ【下車】（名・自サ）下車 類 乗車 △新宿で下車してみたものの、どこで食事をしたらいいかわからない。／我在新宿下了車，但卻不知道在哪裡用餐好。

げしゅく【下宿】（名・自サ）租屋；住宿 類 貸間 △東京で下宿を探した。／我在東京找了住宿的地方。

げすい【下水】㊔污水，髒水，下水；下水道的簡稱 反 上水（じょうすい）類 汚水（おすい）△下水が詰まったので、掃除をした。／因為下水道積水，所以去清理。

けずる【削る】（他五）削，刨，刮；刪減，削去，削減 類 削ぐ（そぐ）△木の皮を削り取る。／刨去樹皮。

げた【下駄】㊔木屐 △げたをはいて、外出した。／穿木屐出門去。

けつあつ【血圧】㊔血壓 △血圧が高い上に、心臓も悪いと医者に言われました。／醫生說我不但血壓高，就連心臟都不好。

けっかん【欠陥】㊔缺陷，致命的缺點 類 欠点 △この商品は、使いにくいというより、ほとんど欠陥品です。／這個商品，與其說是難用，倒不如說是個瑕疵品。

げっきゅう【月給】㊔月薪，工資 類 給料 △高そうなかばんじゃないか。月給が高いだけのことはあるね。／這包包看起來很貴呢！不愧是領高月薪的！

けっきょく【結局】（名・副）結果，結局；最後，最終，終究 類 終局（しゅうきょく）△結局、最後はどうなったんですか。／結果，事情最後究竟演變成怎樣了？

けっさく【傑作】㊔傑作 類 大作 △これは、ピカソの晩年の傑作です。／這是畢卡索晚年的傑作。

けっしん【決心】（名・自他サ）決心，決意 類 決意 △絶対タバコは吸うまいと、決心した。／我下定決心不再抽煙。

Level 5
Level 4
Level 3
Level 2
Level 1

けつだん【決断】(名・自他サ) 果斷明確地做出決定，決斷 類 判断 △彼は決断を迫られた。／他被迫做出決定。

けってい【決定】(名・自他サ) 決定，確定 類 決まる △いろいろ考えたあげく、留学することに決定しました。／再三考慮後，最後決定出國留學。

けってん【欠点】(名) 缺點，欠缺，毛病 反 美点(びてん) 類 弱点 △彼は、欠点はあるにせよ、人柄はとてもいい。／就算他有缺點，但人品是很好的。

N2-026

けつろん【結論】(名・自サ) 結論 類 断定 △話し合って結論を出した上で、みんなに説明します。／等結論出來後，再跟大家說明。

けはい【気配】(名) 跡象，苗頭，氣息 類 様子 △好転の気配がみえる。／有好轉的跡象。

げひん【下品】(形動) 卑鄙，下流，低俗，低級 反 上品 類 卑俗(ひぞく) △そんな下品な言葉を使ってはいけません。／不准使用那種下流的話。

けむい【煙い】(形) 煙撲到臉上使人無法呼吸，嗆人 △部屋が煙い。／房間瀰漫著煙很嗆人。

けわしい【険しい】(形) 陡峭，險峻；險惡，危險；(表情等)嚴肅，可怕，粗暴 反 なだらか 類 険峻 △岩だらけの険しい山道を登った。／我攀登了到處都是岩石的陡峭山路。

けん【券】(名) 票，証，券 類 チケット △映画の券を買っておきながら、まだ行く暇がない。／雖然事先買了電影票，但還是沒有時間去。

けん【権】(名・漢造) 權力；權限 類 権力 △私は、まだ選挙権がありません。／我還沒有投票權。

げん【現】(名・漢造) 現，現在的 類 現在の △現市長も現市長なら、前市長も前市長だ。／不管是現任市長，還是前任市長，都太不像樣了。

けんかい【見解】(名) 見解，意見 類 考え △専門家の見解に基づいて、会議を進めた。／依專家給的意見來進行會議。

げんかい【限界】(名) 界限，限度，極限 類 限り △練習しても記録が伸びず、年齢的限界を感じるようになってきた。／就算練習也沒法打破紀錄，這才感覺到年齡的極限。

けんがく【見学】(名・他サ) 參觀 △6年生は出版社を見学に行った。／六年級的學生去參觀出版社。

けんきょ【謙虚】(形動) 謙虛 類 謙遜(けんそん) △いつも謙虚な気持ちでいることが大切です。／隨時保持謙虛的態度是很重要的。

げんきん【現金】(名) (手頭的)現款，現金；(經濟的)現款，現金 類 キャッシュ △今もっている現金は、これきりです。／現在手邊的現金，就只剩這些了。

げんご【言語】㊔ 言語 ㊐ 言葉 △インドの言語状況について研究している。／我正在針對印度的語言生態進行研究。

げんこう【原稿】㊔ 原稿 △原稿ができしだい送ります。／原稿一完成就寄給您。

げんざい【現在】㊔ 現在，目前，此時 ㊐ 今 △現在は、保険会社で働いています。／我現在在保險公司上班。

げんさん【原産】㊔ 原產 △この果物は、どこの原産ですか。／這水果的原產地在哪裡？

げんし【原始】㊔ 原始；自然 △これは、原始時代の石器です。／這是原始時代的石器。

げんじつ【現実】㊔ 現實，實際 ㊎ 理想 ㊐ 実際 △現実を見るにつけて、人生の厳しさを感じる。／每當看到現實的一面，就會感受到人生嚴酷。

けんしゅう【研修】（名・他サ）進修，培訓 ㊐ 就業 △入社1年目の人は全員この研修に出ねばならない。／第一年進入公司工作的全體員工都必須參加這項研習才行。

げんじゅう【厳重】（形動）嚴重的，嚴格的，嚴厲的 ㊐ 厳しい △会議は、厳重な警戒のもとで行われた。／會議在森嚴的戒備之下進行。

げんしょう【現象】㊔ 現象 ㊐ 出来事 △なぜこのような現象が起きるのか、不思議でならない。／為什麼會發生這種現象，實在是不可思議。

げんじょう【現状】㊔ 現狀 ㊐ 現実 △現状から見れば、わが社にはまだまだ問題が多い。／從現狀來看，我們公司還存有很多問題。

けんせつ【建設】（名・他サ）建設 ㊐ 建造 △ビルの建設が進むにつれて、その形が明らかになってきた。／隨著大廈建設的進行，它的雛形就慢慢出來了。

けんそん【謙遜】（名・形動・自サ）謙遜，謙虛 ㊎ 不遜（ふそん）㊐ 謙譲 △優秀なのに、いばるどころか謙遜ばかりしている。／他人很優秀，但不僅不自大，反而都很謙虛。

けんちく【建築】（名・他サ）建築，建造 ㊐ 建造 △ヨーロッパの建築について、研究しています。／我在研究有關歐洲的建築物。

げんど【限度】㊔ 限度，界限 ㊐ 限界 △我慢するといっても、限度があります。／雖說要忍耐，但也是有限度的。

けんとう【見当】㊔ 推想，推測；大體上的方位，方向；（接尾）表示大致數量，大約，左右 ㊐ 見通し（みとおし）△わたしには見当もつかない。／我實在是摸不著頭緒。

けんとう【検討】（名・他サ）研討，探討；審核 ㊐ 吟味（ぎんみ）△どのプロジェクトを始めるにせよ、よく検討しなければならない。／不管你要從哪個計畫下手，都得好好審核才行。

げんに【現に】(副) 做為不可忽略的事實，實際上，親眼 (類) 実際に △この方法なら誰でも痩せられます。現に私は半年で18キロ痩せました。／只要用這種方法，誰都可以瘦下來，事實上我在半年內已經瘦下十八公斤了。

げんば【現場】(名)（事故等的）現場；（工程等的）現場，工地 △現場のようすから見ると、作業は順調のようです。／從工地的情況來看，施工進行得很順利。

けんびきょう【顕微鏡】(名) 顯微鏡 △顕微鏡で細菌を検査した。／我用顯微鏡觀察了細菌。

けんぽう【憲法】(名) 憲法 (類) 法律 △両国の憲法を比較してみた。／我試著比較了兩國間憲法的差異。

けんめい【懸命】(形動) 拚命，奮不顧身，竭盡全力 (類) 精一杯（せいいっぱい）△地震の発生現場では、懸命な救出作業が続いている。／在震災的現場竭盡全力持續救援作業。

けんり【権利】(名) 權利 (反) 義務 (類) 権 △勉強することは、義務というより権利だと私は思います。／唸書這件事，與其說是義務，我認為它更是一種權利。

げんり【原理】(名) 原理；原則 (類) 基本法則 △勉強するにつれて、化学の原理がわかってきた。／隨著不斷地學習，便越來越能了解化學的原理了。

げんりょう【原料】(名) 原料 (類) 材料 △原料は、アメリカから輸入しています。／原料是從美國進口的。

こ コ

N2-027

ご【碁】(名) 圍棋 △碁を打つ。／下圍棋。

こい【恋】(名・自他サ) 戀，戀愛；眷戀 (類) 恋愛 △二人は、出会ったとたんに恋に落ちた。／兩人相遇便墜入了愛河。

こいしい【恋しい】(形) 思慕的，眷戀的，懷戀的 (類) 懐かしい △故郷が恋しくてしようがない。／想念家鄉想念得不得了。

こう【校】(名) 學校；校對 △少子化のため、男子校や女子校が次々と共学になっている。／由於少子化的影響，男校和女校逐漸改制為男女同校。

こう【請う】(他五) 請求，希望 △許しを請う。／請求原諒。

こういん【工員】(名) 工廠的工人，（產業）工人 (類) 労働者 △社長も社長なら、工員も工員だ。／社長有社長的不是，員工也有員工的不對。

ごういん【強引】(形動) 強行，強制，強勢 (類) 無理矢理（むりやり）△彼にしては、ずいぶん強引なやりかたでした。／就他來講，已經算是很強勢的作法了。

こううん【幸運】(名・形動) 幸運，僥倖 (反) 不運（ふうん）(類) 幸せ、ラッキー △この事故で助かるとは、幸運というものだ。／能在這場事故裡得救，算是幸運的了。

こうえん【講演】(名・自サ) 演說，講演 (類) 演説 △誰に講演を頼むか、私には決めかねる。／我無法作主要拜託誰來演講。

こうか【高価】(名・形動) 高價錢 (反) 安価（あんか）△宝石は、高価であればあるほど、買いたくなる。／寶石越昂貴，就越想買。

こうか【硬貨】(名) 硬幣，金屬貨幣 (類) コイン △財布の中に硬貨がたくさん入っている。／我的錢包裝了許多硬幣。

こうか【校歌】(名) 校歌 △校歌を歌う。／唱校歌。

ごうか【豪華】(形動) 奢華的，豪華的 (類) 贅沢（ぜいたく）△おばさんたちのことだから、豪華な食事をしているでしょう。／因為是阿姨她們，所以我想一定是在吃豪華料理吧！

こうがい【公害】(名)（污水、噪音等造成的）公害 △病人が増えたことから、公害のひどさがわかる。／從病人增加這一現象來看，可見公害的嚴重程度。

こうかてき【効果的】(形動) 有效的 △外国語の学習は、たまに長時間やるよりも、少しでも毎日やる方が効果的だ。／學習外語有時候比起長時間的研習，每天少量學習的效果比較顯著。

こうきあつ【高気圧】(名) 高氣壓 △南の海上に高気圧が発生した。／南方海面上形成高氣壓。

こうきしん【好奇心】(名) 好奇心 △好奇心が強い。／好奇心很強。

こうきゅう【高級】(名・形動)（級別）高，高級；（等級程度）高 (類) 上等 △お金がないときに限って、彼女が高級レストランに行きたがる。／偏偏就在沒錢的時候，女友就想去高級餐廳。

こうきょう【公共】(名) 公共 △公共の設備を大切にしましょう。／一起來愛惜我們的公共設施吧！

こうくう【航空】(名) 航空；「航空公司」的簡稱 △航空会社に勤めたい。／我想到航空公司上班。

こうけい【光景】(名) 景象，情況，場面，樣子 (類) 眺め（ながめ）△思っていたとおりに美しい光景だった。／和我預期的一樣，景象很優美。

こうげい【工芸】(名) 工藝 △工芸品はもとより、特産の食品も買うことができる。／工藝品自不在話下，就連特產的食品也買的到。

ごうけい【合計】(名・他サ)共計，合計，總計 類 総計 △消費税をぬきにして、合計2000円です。／扣除消費稅，一共是2000日圓。

こうげき【攻撃】(名・他サ)攻擊，進攻；抨擊，指責，責難；(棒球)擊球 類 攻める(せめる) △政府は、野党の攻撃に遭った。／政府受到在野黨的抨擊。

こうけん【貢献】(名・自サ)貢獻 類 役立つ △ちょっと手伝ったにすぎなくて、大した貢献ではありません。／這只能算是幫點小忙而已，並不是什麼大不了的貢獻。

こうこう【孝行】(名・自サ・形動)孝敬，孝順 類 親孝行(おやこうこう) △親孝行のために、田舎に帰ります。／為了盡孝道，我決定回鄉下。

こうさ【交差】(名・自他サ)交叉 反 平行(へいこう) 類 交わる(まじわる) △道が交差しているところまで歩いた。／我走到交叉路口。

こうさい【交際】(名・自サ)交際，交往，應酬 類 付き合い △たまたま帰りに同じ電車に乗ったのをきっかけに、交際を始めた。／在剛好搭同一班電車回家的機緣之下，兩人開始交往了。

こうし【講師】(名)(高等院校的)講師；演講者 △講師も講師なら、学生も学生で、みんなやる気がない。／不管是講師，還是學生，都實在太不像話了，大家都沒有幹勁。

こうしき【公式】(名・形動)正式；(數)公式 反 非公式 △数学の公式を覚えなければならない。／數學的公式不背不行。

こうじつ【口実】(名)藉口，口實 類 言い訳 △仕事を口実に、飲み会を断った。／我拿工作當藉口，拒絕了喝酒的邀約。

こうしゃ【後者】(名)後來的人；(兩者中的)後者 反 前者(ぜんしゃ) △私なら、二つのうち後者を選びます。／如果是我，我會選兩者中的後者。

こうしゃ【校舎】(名)校舍 △この学校は、校舎を拡張しつつあります。／這間學校，正在擴建校區。

こうしゅう【公衆】(名)公眾，公共，一般人 類 大衆(たいしゅう) △公衆トイレはどこですか。／請問公廁在哪裡？

こうすい【香水】(名)香水 △パリというと、香水の匂いを思い出す。／說到巴黎，就會想到香水的香味。

こうせい【公正】(名・形動)公正，公允，不偏 類 公平 △相手にも罰を与えたのは、公正というものだ。／也給對方懲罰，這才叫公正。

こうせい【構成】(名・他サ)構成，組成，結構 類 仕組み(しくみ) △物語の構成を考えてから小説を書く。／先想好故事的架構之後，再寫小說。

こうせき【功績】㊔ 功績 類 手柄（てがら）△彼の功績には、すばらしいものがある。／他所立下的功績，有值得讚賞的地方。

こうせん【光線】㊔ 光線 類 光（ひかり）△皮膚に光線を当てて治療する方法がある。／有種療法是用光線來照射皮膚。

こうそう【高層】㊔ 高空，高氣層；高層 △高層ビルに上って、街を眺めた。／我爬上高層大廈眺望街道。

N2-028

こうぞう【構造】㊔ 構造，結構 類 仕組み △専門家の立場からいうと、この家の構造はよくない。／從專家角度來看，這房子的結構不太好。

こうそく【高速】㊔ 高速 反 低速（ていそく） 類 高速度（こうそくど）△高速道路の建設をめぐって、議論が行われています。／圍繞著高速公路的建設一案，正進行討論。

こうたい【交替】（名・自サ）換班，輪流，替換，輪換 類 交番 △担当者が交替したばかりなものだから、まだ慣れていないんです。／負責人才交接不久，所以還不大習慣。

こうち【耕地】㊔ 耕地 △東京にだって耕地がないわけではない。／就算在東京也不是沒有耕地。

こうつうきかん【交通機関】㊔ 交通機關，交通設施 △電車やバスをはじめ、すべての交通機関が止まってしまった。／電車和公車以及所有的交通工具，全都停了下來。

こうてい【肯定】（名・他サ）肯定，承認 反 否定（ひてい） 類 認める（みとめる）△上司の言うことを全部肯定すればいいというものではない。／贊同上司所說的一切，並不是就是對的。

こうてい【校庭】㊔ 學校的庭園，操場 類 グランド △珍しいことに、校庭で誰も遊んでいない。／令人覺得稀奇的是，沒有一個人在操場上。

こうど【高度】（名・形動）（地）高度，海拔；（地平線到天體的）仰角；（事物的水平）高度，高級 △この植物は、高度1000メートルのあたりにわたって分布しています。／這一類的植物，分布區域廣達約1000公尺高。

こうとう【高等】（名・形動）高等，上等，高級 類 高級 △高等学校への進学をめぐって、両親と話し合っている。／我跟父母討論關於高中升學的事情。

こうどう【行動】（名・自サ）行動，行為 類 行い（おこない）△いつもの行動からして、父は今頃飲み屋にいるでしょう。／就以往的行動模式來看，爸爸現在應該是在小酒店吧！

ごうとう【強盗】㊔ 強盜；行搶 類 泥棒（どろぼう）△昨日、強盗に入られました。／昨天被強盜闖進來行搶了。

ごうどう【合同】(名·自他サ) 合併，聯合；(數)全等 類 合併(がっぺい) △二つの学校が合同で運動会をする。／這兩所學校要聯合舉辦運動會。

こうば【工場】(名) 工廠，作坊 類 工場(こうじょう) △3年間にわたって、町の工場で働いた。／長達三年的時間，都在鎮上的工廠工作。

こうひょう【公表】(名·他サ) 公布，發表，宣布 類 発表 △この事実は、決して公表するまい。／這個真相，絕對不可對外公開。

こうぶつ【鉱物】(名) 礦物 反 生物 △鉱物の成分を調べました。／我調查了這礦物的成分。

こうへい【公平】(名·形動) 公平，公道 反 偏頗(へんぱ) 類 公正 △法のもとに、公平な裁判を受ける。／法律之前，人人接受平等的審判。

こうほ【候補】(名) 候補，候補人；候選，候選人 △相手候補は有力だが、私が勝てないわけでもない。／對方的候補雖然強，但我也能贏得了他。

こうむ【公務】(名) 公務，國家及行政機關的事務 △これは公務なので、休むことはできない。／因為這是公務，所以沒辦法請假。

こうもく【項目】(名) 文章項目，財物項目；(字典的)詞條，條目 △どの項目について言っているのですか。／你說的是哪一個項目啊？

こうよう【紅葉】(名·自サ) 紅葉；變成紅葉 類 もみじ △今ごろ東北は、紅葉が美しいにきまっている。／現在東北一帶的楓葉，一定很漂亮。

ごうり【合理】(名) 合理 補 合理的［形容動詞］合理的 △先生の考え方は、合理的というより冷酷です。／老師的想法，與其說是合理，倒不如說是冷酷無情。

こうりゅう【交流】(名·自サ) 交流，往來；交流電 反 直流(ちょくりゅう) △国際交流が盛んなだけあって、この大学には外国人が多い。／這所大學有很多外國人，不愧是國際交流興盛的學校。

ごうりゅう【合流】(名·自サ)（河流）匯合，合流；聯合，合併 △今忙しいので、7時ごろに飲み会に合流します。／現在很忙，所以七點左右，我會到飲酒餐會跟你們會合。

こうりょ【考慮】(名·他サ) 考慮 類 考える △福祉という点からいうと、国民の生活をもっと考慮すべきだ。／從福利的角度來看的話，就必須再多加考慮到國民的生活。

こうりょく【効力】(名) 效力，效果，效應 類 効き目(ききめ) △この薬は、風邪のみならず、肩こりにも効力がある。／這劑藥不僅對感冒很有效，對肩膀酸痛也有用。

こえる【肥える】(自下一) 肥，胖；土地肥沃；豐富；(識別力)提高，(鑑賞力)強 反 痩せる 類 豊か △このあたりの土地はとても肥えている。／這附近的土地非常的肥沃。

コーチ【coach】 (名・他サ) 教練，技術指導；教練員 類 監督 △チームが負けたのは、コーチのせいだ。／球隊之所以會輸掉，都是教練的錯。

コード【cord】 (名) (電)軟線 類 電線(でんせん) △テレビとビデオをコードでつないだ。／我用電線把電視和錄放影機連接上了。

コーラス【chorus】 (名) 合唱；合唱團；合唱曲 類 合唱 △彼女たちのコーラスは、すばらしいに相違ない。／她們的合唱，一定很棒。

ゴール【goal】 (名) (體) 決勝點，終點；球門；跑進決勝點，射進球門；奮鬥的目標 類 決勝点(けっしょうてん) △ゴールまであと 100 メートルです。／離終點還差 100 公尺。

こがす【焦がす】 (他五) 弄糊，烤焦，燒焦；(心情)焦急，焦慮；用香薰 △料理を焦がしたものだから、部屋の中がにおいます。／因為菜燒焦了，所以房間裡會有焦味。

こきゅう【呼吸】 (名・自他サ) 呼吸，吐納；(合作時)步調，拍子，節奏；竅門，訣竅 類 息(いき) △緊張すればするほど、呼吸が速くなった。／越是緊張，呼吸就越是急促。

こぐ【漕ぐ】 (他五) 划船，搖櫓，蕩槳；蹬(自行車)，打(鞦韆) 類 漕艇(そうてい) △岸にそって船を漕いだ。／沿著岸邊划船。

ごく【極】 (副) 非常，最，極，至，頂 類 極上(ごくじょう) △この秘密は、ごくわずかな人しか知りません。／這機密只有極少部分的人知道。

こくおう【国王】 (名) 國王，國君 類 君主 △国王が亡くなられたとは、信じかねる話だ。／國王去世了，真叫人無法置信。

こくふく【克服】 (名・他サ) 克服 類 乗り越える △病気を克服すれば、また働けないこともない。／只要征服病魔，也不是說不能繼續工作。

N2-029

こくみん【国民】 (名) 國民 類 人民 △物価の上昇につれて、国民の生活は苦しくなりました。／隨著物價的上揚，國民的生活越來越困苦。

こくもつ【穀物】 (名) 五穀，糧食 類 穀類(こくるい) △この土地では、穀物は育つまい。／這樣的土地穀類是無法生長的。

こくりつ【国立】 (名) 國立 △中学と高校は私立ですが、大学は国立を出ています。／國中和高中雖然都是讀私立的，但我大學是畢業於國立的。

ごくろうさま【ご苦労様】 (名・形動)

5 Level
4 Level
3 Level
2 Level
1 Level

(表示感謝慰問)辛苦，受累，勞駕 類 ご苦労 △厳しく仕事をさせる一方、「ご苦労様。」と言うことも忘れない。／嚴厲地要下屬做事的同時，也不忘說聲：「辛苦了」。

こげる【焦げる】 自下一 烤焦，燒焦，焦，糊;曬褪色 △変な匂いがしますが、何か焦げていませんか。／這裡有怪味，是不是什麼東西燒焦了？

こごえる【凍える】 自下一 凍僵 類 悴む(かじかむ) △北海道の冬は寒くて、凍えるほどだ／北海道的冬天冷得幾乎要凍僵了。

こころあたり【心当たり】 名 想像，(估計、猜想)得到；線索，苗頭 類 見通し(みとおし) △彼の行く先について、心当たりがないわけでもない。／他現在人在哪裡，也不是說完全沒有頭緒。

こころえる【心得る】 他下一 懂得，領會，理解；有體驗；答應，應允記在心上的 類 飲み込む △仕事がうまくいったのは、彼女が全て心得ていたからにほかならない。／工作之所以會順利，全都是因為她懂得要領的關係。

こし【腰】 名・接尾 腰；(衣服、裙子等的)腰身 △そんなかっこうで荷物を持つと、腰を痛めるよ。／用那種姿勢拿東西會造成腰痛喔。

こしかけ【腰掛け】 名 凳子；暫時棲身之處，一時落腳處 類 椅子 △その腰掛けに座ってください。／請坐到那把凳子上。

こしかける【腰掛ける】 自下一 坐下 類 座る △ソファーに腰掛けて話をしましょう。／讓我們坐沙發上聊天吧！

ごじゅうおん【五十音】 名 五十音 △五十音というけれど、実際には五十ない。／雖說是五十音，實際上並沒有五十個。

こしらえる【拵える】 他下一 做，製造；捏造，虛構；化妝，打扮；籌措，填補 類 作る △遠足なので、みんなでおにぎりをこしらえた。／因為遠足，所以大家一起做了飯糰。

こす【越す・超す】 自他五 越過，跨越，渡過；超越，勝於；過，度過；遷居，轉移 類 過ごす △熊たちは、冬眠して寒い冬を越します。／熊靠著冬眠來過寒冬。

こする【擦る】 他五 擦，揉，搓；摩擦 類 掠める(かすめる) △汚れは、布で擦れば落ちます。／這污漬用布擦就會掉了。

こたい【固体】 名 固體 反 液体 類 塊(かたまり) △液体の温度が下がると固体になる。／當液體的溫度下降時，就會結成固體。

ごちそうさま【ご馳走様】 連語 承蒙您的款待了，謝謝 △おいしいケーキをご馳走様でした。／謝謝您招待如此美味的蛋糕。

こっか【国家】(名) 國家 (類) 国 △彼は、国家のためと言いながら、自分のことばかり考えている。／他嘴邊雖掛著：「這都是為了國家」，但其實都只有想到自己的利益。

こっかい【国会】(名) 國會，議會 △この件は、国会で話し合うべきだ。／這件事，應當在國會上討論才是。

こづかい【小遣い】(名) 零用錢 (類) 小遣い銭 △ちゃんと勉強したら、お小遣いをあげないこともないわよ。／只要你好好讀書，也不是不給你零用錢的。

こっきょう【国境】(名) 國境，邊境，邊界 (類) 国境（くにざかい）△国境をめぐって、二つの国に争いが起きた。／就邊境的問題，兩國間起了爭執。

コック【cook】(名) 廚師 (類) 料理人、シェフ △彼は、すばらしいコックであるとともに、有名な経営者です。／他是位出色的廚師，同時也是位有名的經營者。

こっせつ【骨折】(名・自サ) 骨折 △骨折ではなく、ちょっと足をひねったにすぎません。／不是骨折，只是稍微扭傷腳罷了！

こっそり(副) 悄悄地，偷偷地，暗暗地 (類) こそこそ △両親には黙って、こっそり家を出た。／沒告知父母，就偷偷從家裡溜出來。

こてん【古典】(名) 古書，古籍；古典作品 △古典はもちろん、現代文学にも詳しいです。／古典文學不用說，對現代文學也透徹瞭解。

こと【琴】(名) 古琴，箏 △彼女は、琴を弾くのが上手だ。／她古箏彈得很好。

ことづける【言付ける】(他下一) 託帶口信，託付 (類) 命令する △社長はいなかったので、秘書に言付けておいた。／社長不在，所以請秘書代替傳話。

ことなる【異なる】(自五) 不同，不一様 (反) 同じ (類) 違う △やり方は異なるにせよ、二人の方針は大体同じだ。／即使做法不同，不過兩人的方針是大致相同的。

ことばづかい【言葉遣い】(名) 說法，措辭，表達 (類) 言い振り（いいぶり）△言葉遣いからして、とても乱暴なやつだと思う。／從說話措辭來看，我認為他是個粗暴的傢伙。

ことわざ【諺】(名) 諺語，俗語，成語，常言 (類) 諺語（ことわざ）△このことわざの意味をめぐっては、いろいろな説があります。／就這個成語的意思，有許多不同的說法。

ことわる【断る】(他五) 預先通知，事前請示；謝絕 △借金を断られる。／借錢被拒絕。

こな【粉】(名) 粉，粉末，麵粉 (類) 粉末 △この粉は、小麦粉ですか。／這粉是麵粉嗎？

このみ【好み】(名) 愛好，喜歡，願意 (類) 嗜好 △話によると、社長は食べ物の好みがうるさいようだ。／聽說社長對吃很挑剔的樣子。

このむ【好む】 (他五) 愛好，喜歡，願意；挑選，希望；流行，時尚 (反) 嫌う (類) 好く △ごぼうを好んで食べる民族は少ないそうだ。／聽說喜歡食用牛蒡的民族並不多。

ごぶさた【ご無沙汰】 (名・自サ) 久疏問候，久未拜訪，久不奉函 △ご無沙汰していますが、お元気ですか。／好久不見，近來如何？

こむぎ【小麦】 (名) 小麥 (類) 小麦粉 △小麦粉とバターと砂糖だけで作ったお菓子です。／這是只用了麵粉、奶油和砂糖製成的點心。

N2-030

ごめん【御免】 (名・感) 原諒；表拒絕 △悪いのはあっちじゃないか。謝るなんてごめんだ。／錯的是對方啊！我才不要道歉咧！

こや【小屋】 (名) 簡陋的小房，茅舍；(演劇、馬戲等的) 棚子；畜舍 (類) 小舎 △彼は、山の上の小さな小屋に住んでいます。／他住在山上的小屋子裡。

こらえる【堪える】 (他下一) 忍耐，忍受；忍住，抑制住；容忍，寬恕 (類) 耐える △歯の痛みを一晩必死にこらえた。／一整晚拚命忍受了牙痛。

ごらく【娯楽】 (名) 娛樂，文娛 (類) 楽しみ △庶民からすれば、映画は重要な娯楽です。／對一般老百姓來說，電影是很重要的娛樂。

ごらん【ご覧】 (名) (敬) 看，觀覽；(親切的) 請看；(接動詞連用形) 試試看 (類) 見る △窓から見える景色がきれいだから、ご覧なさい。／從窗戶眺望的景色實在太美了，您也來看看吧！

こる【凝る】 (自五) 凝固，凝集；(因血行不周、肌肉僵硬等) 酸痛；狂熱，入迷；講究，精緻 (反) 飽きる (類) 夢中する △つりに凝っている。／熱中於釣魚。

コレクション【collection】 (名) 蒐集，收藏；收藏品 (類) 収集品 △私は、切手ばかりか、コインのコレクションもしています。／不光是郵票，我也有收集錢幣。

これら (代) 這些 △これらとともに、あちらの本も片付けましょう。／那邊的書也跟這些一起收拾乾淨吧！

ころがす【転がす】 (他五) 滾動，轉動；開動(車)，推進；轉賣；弄倒，搬倒 △これは、ボールを転がすゲームです。／這是滾大球競賽。

ころがる【転がる】 (自五) 滾動，轉動；倒下，躺下；擺著，放著，有 (類) 転げる (ころげる) △山の上から、石が転がってきた。／有石頭從山上滾了下來。

ころぶ【転ぶ】 (自五) 跌倒，倒下；滾轉；趨勢發展，事態變化 (類) 転倒する (てんとうする) △道で転んで、ひざ小僧を怪我した。／在路上跌了一跤，膝蓋受了傷。

こわがる【怖がる】（自五）害怕△お化けを怖がる。／懼怕妖怪。

こん【今】（漢造）現在；今天；今年（類）現在△私が今日あるのは山田さんのお陰です。／我能有今天都是託山田先生的福。

こん【紺】（名）深藍，深青（類）青△会社へは、紺のスーツを着ていきます。／我穿深藍色的西裝去上班。

こんかい【今回】（名）這回，這次，此番（類）今度△今回の仕事が終わりしだい、国に帰ります。／這次的工作一完成，就回國去。

コンクール【concours】（名）競賽會，競演會，會演（類）競技会（きょうぎかい）△コンクールに出るからには、毎日練習しなければだめですよ。／既然要參加比賽，就得每天練習唷！

コンクリート【concrete】（名・形動）混凝土；具體的（類）混凝土（こんくりいと）△コンクリートで作っただけのことはあって、頑丈な建物です。／不愧是用水泥作成的，真是堅固的建築物啊！

こんごう【混合】（名・自他サ）混合（類）混和△二つの液体を混合すると危険です。／將這兩種液體混和在一起的話，很危險。

コンセント【consent】（名）電線插△コンセントがないから、カセットを聞きようがない。／沒有插座，所以無法聽錄音帶。

こんだて【献立】（名）菜單（類）メニュー△スーパーで安売りになっているものを見て、夕飯の献立を決める。／在超市看什麼食材是特價，才決定晚飯的菜色。

こんなに（副）這樣，如此△こんなに夜遅く街をうろついてはいけない。／不可在這麼晚了還在街上閒蕩。

こんなん【困難】（名・形動）困難，困境；窮困（類）難儀（なんぎ）△30年代から40年代にかけて、困難な日々が続いた。／30年代到40年代這段時間，日子一直都很艱困的。

こんにち【今日】（名）今天，今日；現在，當今（類）本日△このような車は、今日では見られない。／這樣子的車，現在看不到了。

こんばんは【今晩は】（寒暄）晚安，你好△こんばんは、寒くなりましたね。／你好，變冷了呢。

こんやく【婚約】（名・自サ）訂婚，婚約（類）エンゲージ△婚約したので、嬉しくてたまらない。／因為訂了婚，所以高興極了。

こんらん【混乱】（名・自サ）混亂（類）紛乱（ふんらん）△この古代国家は、政治の混乱のすえに滅亡した。／這一古國，由於政治的混亂，結果滅亡了。

Level 5　Level 4　Level 3　Level 2　Level 1

さサ

N2-031

さ【差】 (名) 差別，區別，差異；差額，差數 類 違い △二つの商品の品質には、まったく差がない。／這兩個商品的品質上，簡直沒什麼差異。

サークル【circle】 (名) 伙伴，小組；周圍，範圍 類 クラブ △合唱グループに加えて、英会話のサークルにも入りました。／除了合唱團之外，另外也參加了英語會話的小組。

サービス【service】 (名・自他サ) 售後服務；服務，接待，侍候；(商店)廉價出售，附帶贈品出售 類 奉仕（ほうし）△サービス次第では、そのホテルに泊まってもいいですよ。／看看服務品質，好的話也可以住那個飯店。

さい【際】 (名・漢造) 時候，時機，在…的狀況下；彼此之間，交接；會晤；邊際 類 場合 △入場の際には、切符を提示してください。／入場時，請出示門票。

さい【再】 (漢造) 再，又一次 類 再び △パソコンの調子が悪いなら、再起動してみてください。／如果電腦的運轉狀況不佳，請試著重新開機看看。

さいかい【再開】 (名・自他サ) 重新進行 △電車が運転を再開する。／電車重新運駛。

ざいこう【在校】 (名・自サ) 在校 △在校生代表が祝辞を述べる。／在校生代表致祝賀詞。

さいさん【再三】 (副) 屢次，再三 類 しばしば △餃子の材料やら作り方やら、再三にわたって説明しました。／不論是餃子的材料還是作法，都一而再再而三反覆說明過了。

ざいさん【財産】 (名) 財產；文化遺產 類 資産 △財産という点からみると、彼は結婚相手として悪くない。／就財產這一點來看，把他當結婚對象其實也不錯。

さいじつ【祭日】 (名) 節日；日本神社祭祀日；宮中舉行重要祭祀活動日；祭靈日 △祭日にもかかわらず、会社で仕事をした。／儘管是假日，卻還要到公司上班。

さいしゅう【最終】 (名) 最後，最終，最末；(略)末班車 反 最初 類 終わり △大学は中退したので、最終学歴は高卒です。／由於大學輟學了，因此最高學歷是高中畢業。

さいしゅうてき【最終的】 (形動) 最後 △最終的にやめることにした。／最後決定不做。

さいそく【催促】 (名・他サ) 催促，催討 類 督促（とくそく）△食事がなかなか来ないから、催促するしかない。／因為餐點遲遲不來，所以只好催它快來。

さいちゅう【最中】 ㊔ 動作進行中，最頂點，活動中 類 真っ盛り（まっさかり）△仕事の最中に、邪魔をするべきではない。／他人在工作，不該去打擾。

さいてん【採点】（名・他サ）評分數△テストを採点するにあたって、合格基準を決めましょう。／在打考試分數之前，先決定一下及格標準吧！

さいなん【災難】 ㊔ 災難，災禍 類 災い△今回の失敗は、失敗というより災難だ。／這次的失敗，與其說是失敗，倒不如說是災難。

さいのう【才能】 ㊔ 才能，才幹 類 能力△才能があれば成功するというものではない。／並非有才能就能成功。

さいばん【裁判】（名・他サ）裁判，評斷，判斷；(法)審判，審理△彼は、長い裁判のすえに無罪になった。／他經過長期的訴訟，最後被判無罪。

さいほう【再訪】（名・他サ）再訪，重遊△大阪を再訪する。／重遊大阪。

ざいもく【材木】 ㊔ 木材，木料 類 木材△家を作るための材木が置いてある。／這裡放有蓋房子用的木材。

ざいりょう【材料】 ㊔ 材料，原料；研究資料，數據 類 素材△簡単ではないが、材料が手に入らないわけではない。／雖說不是很容易，但也不是拿不到材料。

サイレン【siren】 ㊔ 警笛，汽笛 類 警笛（けいてき）△何か事件があったのね。サイレンが鳴っているもの。／有什麼事發生吧。因為響笛在響！

さいわい【幸い】（名・形動・副）幸運，幸福；幸虧，好在；對…有幫助，對…有利，起好影響 類 幸福△幸いなことに、死傷者は出なかった。／令人慶幸的是，沒有人傷亡。

サイン【sign】（名・自サ）簽名，署名，簽字；記號，暗號，信號，作記號 類 署名△そんな書類に、サインするべきではない。／不該簽下那種文件。

さかい【境】 ㊔ 界線，疆界，交界；境界，境地；分界線，分水嶺 類 境界△隣町との境に、川が流れています。／有條河流過我們和鄰鎮間的交界。

さかさ【逆さ】 ㊔（「さかさま」的略語）逆，倒，顛倒，相反 類 反対△袋を逆さにして、中身を全部出した。／我將口袋倒翻過來，倒出裡面所有東西。

さかさま【逆様】（名・形動）逆，倒，顛倒，相反 類 逆△絵が逆様にかかっている。／畫掛反了。

さかのぼる【遡る】（自五）溯，逆流而上；追溯，回溯 類 遡源（さくげん）△歴史を遡る。／回溯歷史。

さかば【酒場】 ㊔ 酒館，酒家，酒吧 類 バー△酒場で酒を飲むにつけ、彼女のことを思い出す。／每當在酒館喝酒，就會想起她。

さからう【逆らう】(自五)逆，反方向；違背，違抗，抗拒，違拗 類 抵抗する（ていこうする）△風に逆らって進む。／逆風前進。

さかり【盛り】(名・接尾)最旺盛時期，全盛狀態；壯年；(動物)發情；(接動詞連用形)表正在最盛的時候 類 最盛期 △桜の花は、今が盛りだ。／櫻花現在正值綻放時期。

さきおととい【一昨昨日】(名)大前天，前三天 類 一昨日（いっさくじつ）△さきおとといから、夫と口を聞いていない。／從大前天起，我就沒跟丈夫講過話。

さきほど【先程】(副)剛才，方才 反 後ほど 類 先刻 △先程、先生から電話がありました。／剛才老師有來過電話。

さぎょう【作業】(名・自サ)工作，操作，作業，勞動 類 仕事 △作業をやりかけたところなので、今は手が離せません。／因為現在工作正做到一半，所以沒有辦法離開。

さく【裂く】(他五)撕開，切開；扯散；分出，擠出，勻出；破裂，分裂 △小さな問題が、二人の間を裂いてしまった。／為了一個問題，使得兩人之間產生了裂痕。

さくいん【索引】(名)索引 類 見出し △この本の120ページから123ページにわたって、索引があります。／這本書的第120頁到123頁，附有索引。

さくしゃ【作者】(名)作者 △この部分で作者が言いたいことは何か、60字以内で説明せよ。／請以至多六十個字說明作者在這個段落中想表達的意思。

さくせい【作成】(名・他サ)寫，作，造成（表、件、計畫、文件等）；製作，擬制 △こんな見づらい表を、いつもきっちり仕事をする彼が作成したとは信じがたい。／實在很難相信平常做事完美的他，居然會做出這種不容易辨識的表格。

さくせい【作製】(名・他サ)製造 △カタログを作製する。／製作型錄。

N2-032

さくもつ【作物】(名)農作物；庄嫁 類 農作物 △北海道では、どんな作物が育ちますか。／北海道產什麼樣的農作物？

さぐる【探る】(他五)（用手腳等）探，摸；探聽，試探，偵查；探索，探求，探訪 類 探索 △事件の原因を探る。／探究事件的原因。

ささえる【支える】(他下一)支撐；維持，支持；阻止，防止 類 支持する △私は、資金において彼を支えようと思う。／在資金方面，我想支援他。

ささやく【囁く】(自五) 低聲自語，小聲說話，耳語 類 呟く（つぶやく）△カッコイイ人に壁ドンされて、耳元であんなことやこんなことをささやかれたい。／我希望能讓一位型男壁咚，並且在耳邊對我輕聲細訴濃情蜜意。

さじ【匙】(名) 匙子，小杓子 類 スプーン △和食では、基本的におさじは使いません。／基本上，吃日本料理時不用匙子。

ざしき【座敷】(名) 日本式客廳；酒席，宴會，應酬；宴客的時間；接待客人 類 客間 △座敷でゆっくりお茶を飲んだ。／我在日式客廳，悠哉地喝茶。

さしつかえ【差し支え】(名) 不方便，障礙，妨礙 類 支障（ししょう）△質問しても、差し支えはあるまい。／就算你問我問題，也不會打擾到我。

さしひく【差し引く】(他五) 扣除，減去；抵補，相抵(的餘額)；(潮水的)漲落，(體溫的)升降 類 引き去る（ひきさる）△給与から税金が差し引かれるとか。／聽說會從薪水裡扣除稅金。

さしみ【刺身】(名) 生魚片 △刺身は苦手だ。／不敢吃生魚片。

さす【差す】(他五・助動・五型) 指，指示；使，叫，令，命令做… 類 指さす 補 北を「指す」：指北。針で「刺す」：用針刺。△戸がキイキイ鳴るので、油を差した。／由於開關門時嘎嘎作響，因此倒了潤滑油。

さすが【流石】(副・形動) 真不愧是，果然名不虛傳；雖然…，不過還是；就連…也都，甚至 類 確かに △壊れた時計を簡単に直してしまうなんて、さすがプロですね。／竟然一下子就修好壞掉的時鐘，不愧是專家啊！

ざせき【座席】(名) 座位，座席，乘坐，席位 類 席 △劇場の座席で会いましょう。／我們就在劇院的席位上見吧！

さつ【札】(名・漢造) 紙幣，鈔票；(寫有字的)木牌，紙片；信件；門票，車票 類 紙幣 △財布にお札が1枚も入っていません。／錢包裡，連一張紙鈔也沒有。

さつえい【撮影】(名・他サ) 攝影，拍照；拍電影 類 写す △この写真は、ハワイで撮影されたに違いない。／這張照片，一定是在夏威夷拍的。

ざつおん【雑音】(名) 雜音，噪音 △雑音の多い録音ですが、聞き取れないこともないです。／雖說錄音裡有很多雜音，但也不是完全聽不到。

さっきょく【作曲】(名・他サ) 作曲，譜曲，配曲 △彼女が作曲したにしては、暗い曲ですね。／就她所作的曲子而言，算是首陰鬱的歌曲。

さっさと(副)（毫不猶豫、毫不耽擱時間地）趕緊地，痛快地，迅速地 類 急いで △さっさと仕事を片付ける。／迅速地處理工作。

さっそく【早速】(副) 立刻，馬上，火速，

趕緊 類 直ちに（ただちに）△手紙をもらったので、早速返事を書きました。／我收到了信，所以馬上就回了封信。

ざっと 副 粗略地，簡略地，大體上的；（估計）大概，大略；潑水狀 類 一通り △書類に、ざっと目を通しました。／我大略地瀏覽過這份文件了。

さっぱり 名・他サ 整潔，俐落，瀟灑；（個性）直爽，坦率；（感覺）爽快，病癒；（味道）清淡 類 すっきり △シャワーを浴びてきたから、さっぱりしているわけだ。／因為淋了浴，所以才感到那麼爽快。

さて 副・接・感 一旦，果真；那麼，卻說，於是；（自言自語，表猶豫）到底，那可… 類 ところで △さて、これからどこへ行きましょうか。／那現在要到哪裡去？

さばく【砂漠】 名 沙漠 △開発が進めば進むほど、砂漠が増える。／愈開發沙漠就愈多。

さび【錆】 名（金屬表面因氧化而生的）鏽；（轉）惡果 △錆の発生を防ぐにはどうすればいいですか。／要如何預防生鏽呢？

さびる【錆びる】 自上一 生鏽，長鏽；（聲音）蒼老 △鉄棒が赤く錆びてしまった。／鐵棒生鏽變紅了。

ざぶとん【座布団】 名（舖在席子上的）棉坐墊 △座布団を敷いて座った。／我鋪了坐墊坐下來。

さべつ【差別】 名・他サ 輕視，區別 △女性の給料が低いのは、差別にほかならない。／女性的薪資低，不外乎是有男女差別待遇。

さほう【作法】 名 禮法，禮節，禮貌，規矩；（詩、小說等文藝作品的）作法 類 仕来り △食卓での作法は、国によって、文化によって違う。／餐桌禮儀隨著國家與文化而有所不同。

さま【様】 名・代・接尾 樣子，狀態；姿態；表示尊敬 △色とりどりの花が咲き乱れるさまは、まるで天国のようでした。／五彩繽紛的花朵盛開綻放的景象，簡直像是天國一般。

さまたげる【妨げる】 他下一 阻礙，防礙，阻攔，阻撓 類 妨害する（ぼうがい）△あなたが留学するのを妨げる理由はない。／我沒有理由阻止你去留學。

さむさ【寒さ】 名 寒冷 △寒さで震える。／冷得發抖。

さゆう【左右】 名・他サ 左右方；身邊，旁邊；左右其詞，支支吾吾；（年齡）大約，上下；掌握，支配，操縱 類 そば △首相の左右には、大臣たちが立っています。／首相的左右兩旁，站著大臣們。

さら【皿】 名 盤子；盤形物；（助數詞）一碟等 △このお皿は電子レンジでも使えますか。／請問這個盤子也可以放進微波爐使用嗎？

さらに【更に】 副 更加，更進一步；並且，還；再，重新；(下接否定)一點也不，絲毫不 類 一層 △今月から、更に値段を安くしました。／這個月起，我又把價錢再調低了一些。

さる【去る】(自五・他五・連體) 離開；經過，結束；(空間、時間)距離；消除，去掉 反 来る △彼らは、黙って去っていきました。／他們默默地離去了。

さる【猿】(名) 猴子，猿猴 類 猿猴(えんこう) △この動物園にいるお猿さんは、全部で 11 匹です。／這座動物園裡的猴子總共有十一隻。

さわがしい【騒がしい】(形) 吵鬧的，吵雜的，喧鬧的；(社會輿論)議論紛紛的，動盪不安的 類 喧しい(やかましい) △小学校の教室は、騒がしいものです。／小學的教室是個吵鬧的地方。

さわやか【爽やか】(形動)(心情、天氣)爽朗的，清爽的；(聲音、口齒)鮮明的，清楚的，巧妙的 類 快い △これは、とても爽やかな飲み物です。／這是很清爽的飲料。

さん【産】(名) 生產，分娩；(某地方)出生；財產 △和牛って日本の牛かと思ったら、外国産の和牛もあるんだって。／原本以為和牛是指日本生產的牛肉，聽說居然也有外國生產的和牛呢。

さんこう【参考】(名・他サ) 參考，借鑑 類 参照(さんしょう) △合格した人の意見を参考にすることですね。／要參考及格的人的意見。

さんせい【酸性】(名)(化)酸性 反 アルカリ性 △この液体は酸性だ。／這液體是酸性的。

さんそ【酸素】(名)(理)氧氣 △山の上は、苦しいほど酸素が薄かった。／山上的氧氣，稀薄到令人難受。

さんち【産地】(名) 產地；出生地 類 生産地 △この果物は、産地から直接輸送した。／這水果，是從產地直接運送來的。

さんにゅう【参入】(名・自サ) 進入；進宮 △市場に参入する。／投入市場。

さんりん【山林】(名) 山上的樹林；山和樹林 △山林の破壊にしたがって、自然の災害が増えている。／隨著山中的森林受到了破壞，自然的災害也增加了許多。

しシ

N2-033

し【氏】(代・接尾・漢造)(做代詞用)這位，他；(接人姓名表示敬稱)先生；氏，姓氏；家族，氏族 類 姓 △田中氏は、大阪の出身だ。／田中先生是大阪人。

しあがる【仕上がる】(自五) 做完，完成；做成的情形 類 出来上がる △作品が仕上がったら、展示場に運びます。／作品一完成，就馬上送到展覽場。

しあさって (名) 大後天 類 明明後日（みょうみょうごにち）△明日はともかく、明後日としあさっては必ず来ます。／明天先不提，後天和大後天一定會到。

シーツ【sheet】 (名) 床單 類 敷布（しきふ）△シーツをとりかえましょう。／我來為您換被單。

じいん【寺院】 (名) 寺院 類 寺 △京都には、寺院やら庭やら、見るところがいろいろあります。／在京都，有寺院啦、庭院啦，各式各樣可以參觀的地方。

しいんと (副・自サ) 安靜，肅靜，平靜，寂靜 △場内はしいんと静まりかえった。／會場內鴉雀無聲。

じえい【自衛】 (名・他サ) 自衛 △悪い商売に騙されないように、自衛しなければならない。／為了避免被惡質的交易所騙，要好好自我保衛才行。

しおからい【塩辛い】 (形) 鹹的 類 しょっぱい △塩辛いものは、あまり食べたくありません。／我不大想吃鹹的東西。

しかい【司会】 (名・自他サ) 司儀，主持會議（的人）△パーティーの司会はだれだっけ。／派對的司儀是哪位來著？

しかくい【四角い】 (形) 四角的，四方的 △四角いスイカを作るのに成功しました。／我成功地培育出四角形的西瓜了。

しかたがない【仕方がない】 (連語) 沒有辦法；沒有用處，無濟於事，迫不得已；受不了，…得不得了；不像話 類 しようがない △彼は怠け者で仕方がないやつだ。／他是個懶人真叫人束手無策。

じかに【直に】 (副) 直接地，親自地；貼身 類 直接 △社長は偉い人だから、直に話せっこない。／社長是位地位崇高的人，所以不可能直接跟他說話。

しかも (接) 而且，並且；而，但，卻；反而，竟然，儘管如此還… 類 その上 △私が聞いたかぎりでは、彼は頭がよくて、しかもハンサムだそうです。／就我所聽到的範圍內，據說他不但頭腦好，而且還很英俊。

じかんわり【時間割】 (名) 時間表 類 時間表 △授業は、時間割どおりに行われます。／課程按照課程時間表進行。

しき【四季】 (名) 四季 類 季節 △日本は、四季の変化がはっきりしています。／日本四季的變化分明。

しき【式】 (名・漢造) 儀式，典禮，（特指）婚禮；方式；樣式，類型，風格；做法；算式，公式 類 儀式（ぎしき）△式の途中で、帰るわけにもいかない。／典禮進行中，不能就這樣跑回去。

じき【直】 (名・副) 直接；（距離）很近，就在眼前；（時間）立即，馬上 類 すぐ △みんな直に戻ってくると思います。／我想大家應該會馬上回來的。

じき【時期】 名 時期，時候；期間；季節 類 期間 △時期が来たら、あなたにも訳を説明します。／等時候一到，我也會向你說明的。

しきたり 名 慣例，常規，成規，老規矩 類 慣わし（ならわし）△しきたりを守る。／遵守成規。

しきち【敷地】 名 建築用地，地皮；房屋地基 類 土地 △隣の家の敷地内に、新しい建物が建った。／隔壁鄰居的那塊地裡，蓋了一棟新的建築物。

しきゅう【支給】 名・他サ 支付，發給 △残業手当は、ちゃんと支給されるということだ。／聽說加班津貼會確實支付下來。

しきゅう【至急】 名・副 火速，緊急；急速，加速 類 大急ぎ △至急電話してください。／請趕快打通電話給我。

しきりに【頻りに】 副 頻繁地，再三地，屢次；不斷地，一直地；熱心，強烈 類 しばしば △お客様が、しきりに催促の電話をかけてくる。／客人再三地打電話過來催促。

しく【敷く】 自五・他五 撲上一層，（作接尾詞用）舖滿，遍佈，落滿鋪墊，鋪設；布置，發佈 反 被せる 類 延べる △どうぞ座布団を敷いてください。／煩請鋪一下坐墊。

しくじる 他五 失敗，失策；（俗）被解雇 類 失敗する △就職の面接で、しくじったと思ったけど、採用になった。／原本以為沒有通過求職面試，結果被錄取了。

しげき【刺激】 名・他サ （物理的，生理的）刺激；（心理的）刺激，使興奮 △刺激が欲しくて、怖い映画を見た。／為了追求刺激，去看了恐怖片。

しげる【茂る】 自五 （草木）繁茂，茂密 反 枯れる 類 繁茂（はんも）△桜の葉が茂る。／櫻花樹的葉子開得很茂盛。

じこく【時刻】 名 時刻，時候，時間 類 時点 △その時刻には、私はもう寝ていました。／那個時候，我已經睡著了。

じさつ【自殺】 名・自サ 自殺，尋死 反 他殺 類 自害（じがい）△彼が自殺するわけがない。／他不可能會自殺的。

じさん【持参】 名・他サ 帶來（去），自備 △当日は、お弁当を持参してください。／請當天自行帶便當。

しじ【指示】 名・他サ 指示，指點 類 命令 △隊長の指示を聞かないで、勝手に行動してはいけない。／不可以不聽從隊長的指示，隨意行動。

じじつ【事実】 名 事實；（作副詞用）實際上 類 真相 △私は、事実をそのまま話したにすぎません。／我只不過是照事實講而已。

ししゃ【死者】 名 死者，死人 △災害で死者が出る。／災害導致有人死亡。

じしゃく【磁石】 ㊔ 磁鐵；指南針 類 マグネット、コンパス △磁石で方角を調べた。／我用指南針找了方位。

しじゅう【始終】 (名・副) 開頭和結尾；自始至終；經常，不斷，總是 類 いつも △彼は、始終歌ばかり歌っている。／他老是唱著歌。

じしゅう【自習】 (名・他サ) 自習，自學 類 自学 △図書館によっては、自習を禁止しているところもある。／依照各圖書館的不同規定，有些地方禁止在館內自習。

じじょう【事情】 ㊔ 狀況，內情，情形；（局外人所不知的）原因，緣故，理由 類 理由 △私の事情を、先生に説明している最中です。／我正在向老師說明我的情況。

じしん【自身】 (名・接尾) 自己，本人；本身 類 自分 △自分自身のことも、よくわからない。／我也不大懂我自己。

しずまる【静まる】 (自五) 變平靜；平靜，平息；減弱；平靜的（存在） 類 落ち着く △先生が大きな声を出したものだから、みんなびっくりして静まった。／因為老師突然大聲講話，所以大家都嚇得鴉雀無聲。

N2-034

しずむ【沈む】 (自五) 沉沒，沈入；西沈，下山；消沈，落魄，氣餒；沈淪 反 浮く 類 沈下する（ちんかする） △夕日が沈むのを、ずっと見ていた。／我一直看著夕陽西沈。

しせい【姿勢】 ㊔ （身體）姿勢；態度 類 姿 △よく人に猫背だと言われるけれど、姿勢をよくするのは難しい。／雖然人家常常說我駝背，可是要矯正姿勢真的很難。

しぜんかがく【自然科学】 ㊔ 自然科學 △英語や国語に比べて、自然科学のほうが得意です。／比起英語和國語，自然科學我比較拿手。

しそう【思想】 ㊔ 思想 類 見解 △彼は、文学思想において業績を上げた。／他在文學思想上，取得了成就。

じそく【時速】 ㊔ 時速 △制限時速は、時速100キロである。／時速限制是時速100公里。

しそん【子孫】 ㊔ 子孫；後代 類 後裔 △あの人は、王家の子孫だけのことはあって、とても堂々としている。／那位不愧是王室的子孫，真是威風凜凜的。

したい【死体】 ㊔ 屍體 反 生体 類 死骸 △川原で、バラバラ死体が見つかったんだって。／聽說在河岸邊發現屍塊了。

しだい【次第】 (名・接尾) 順序，次序；依序，依次；經過，緣由；任憑，取決於 △条件次第では、契約しないこともないですよ。／視條件而定，並不是不能簽約的呀！

じたい【事態】(名) 事態，情形，局勢 (類)成り行き(なりゆき) △事態は、回復しつつあります。／情勢在逐漸好轉了。

したがう【従う】(自五) 跟隨；服從，遵從；按照；順著，沿著；隨著，伴隨 (類)服従 △先生が言えば、みんな従うにきまっています。／只要老師一說話，大家就肯定會服從的。

したがき【下書き】(名・他サ) 試寫；草稿，底稿；打草稿；試畫，畫輪廓 (反)清書(せいしょ) (類)草稿 △シャープペンシルで下書きした上から、ボールペンで清書する。／先用自動鉛筆打底稿，之後再用原子筆謄寫。

したがって【従って】(他五) 因此，從而，因而，所以 (類)それゆえ △この学校の進学率は高い。したがって志望者が多い。／這所學校的升學率高，所以有很多人想進來唸。

じたく【自宅】(名) 自己家，自己的住宅 (類)私宅 △携帯電話が普及したのに伴い、自宅に電話のない人が増えた。／隨著行動電話的普及，家裡沒有裝設電話的人愈來愈多了。

したじき【下敷き】(名) 墊子；墊板；範本，樣本 △体験を下敷きにして書く。／根據經驗撰寫。

したまち【下町】(名) (普通百姓居住的)小工商業區；(都市中)低窪地區 (反)山の手 △下町は賑やかなので好きです。／庶民住宅區很熱鬧，所以我很喜歡。

じち【自治】(名) 自治，地方自治 (反)官治 △私は、自治会の仕事をしている。／我在地方自治團體工作。

しつ【室】(名・漢造) 房屋，房間；(文)夫人，妻室；家族；窖，洞；鞘 (類)部屋 △明日の理科の授業は、理科室で実験をします。／明天的自然科學課要在科學教室做實驗。

じっかん【実感】(名・他サ) 真實感，確實感覺到；真實的感情 △お母さんが死んじゃったなんて、まだ実感わかないよ。／到現在還無法確實感受到媽媽已經過世了吶。

じつぎ【実技】(名) 實際操作 △運転免許の試験で、筆記は合格したけど実技で落ちた。／在駕駛執照的考試中雖然通過了筆試，但是沒能通過路考。

じっけん【実験】(名・他サ) 實驗，實地試驗；經驗 (類)施行(しこう) △どんな実験をするにせよ、安全に気をつけてください。／不管做哪種實驗，都請注意安全！

じつげん【実現】(名・自他サ) 實現 (類)叶える(かなえる) △あなたのことだから、きっと夢を実現させるでしょう。／要是你的話，一定可以讓夢想成真吧！

しつこい (形) (色香味等)過於濃的，油膩；執拗，糾纏不休 (類)くどい △何度も電話かけてくるのは、しつこいというものだ。／他一直跟我打電話，真是糾纏不清。

じっさい【実際】(名・副) 實際；事實，真面目；確實，真的，實際上 △やり方がわかったら、実際にやってみましょう。／既然知道了作法，就來實際操作看看吧！

じっし【実施】(名・他サ)（法律、計畫、制度的）實施，實行 類 実行 △この制度を実施するとすれば、まずすべての人に知らせなければならない。／假如要實施這個制度，就得先告知所有的人。

じっしゅう【実習】(名・他サ) 實習 △理論を勉強する一方で、実習も行います。／我一邊研讀理論，也一邊從事實習。

じっせき【実績】(名) 實績，實際成績 類 成績 △社員として採用するにあたって、今までの実績を調べた。／在採用員工時，要調查當事人至今的成果表現。

じつに【実に】(副) 確實，實在，的確；（驚訝或感慨時）實在是，非常，很 類 本当に △医者にとって、これは実に珍しい病気です。／對醫生來說，這真是個罕見的疾病。

しっぴつ【執筆】(名・他サ) 執筆，書寫，撰稿 類 書く △あの川端康成も、このホテルに長期滞在して作品を執筆したそうだ。／據說就連那位鼎鼎大名的川端康成，也曾長期投宿在這家旅館裡寫作。

じつぶつ【実物】(名) 實物，實在的東西，原物；（經）現貨 類 現物（げんぶつ）△先生は、実物を見たことがあるかのように話します。／老師有如見過實物一般述著著。

しっぽ【尻尾】(名) 尾巴；末端，末尾；尾狀物 類 尾 △犬のしっぽを触ったら、ほえられた。／摸了狗尾巴，結果被吠了一下。

しつぼう【失望】(名・他サ) 失望 類 がっかり △この話を聞いたら、父は失望するに相違ない。／如果聽到這件事，父親一定會很失望的。

じつよう【実用】(名・他サ) 實用 補 実用的［形容動詞］實用的 △この服は、実用的である反面、あまり美しくない。／這件衣服很實用，但卻不怎麼好看。

じつれい【実例】(名) 實例 類 事例 △説明するかわりに、実例を見せましょう。／讓我來示範實例，取代說明吧！

しつれん【失恋】(名・自サ) 失戀 △彼は、失恋したばかりか、会社も首になってしまいました。／他不僅失戀，連工作也用丟了。

N2-035

してい【指定】(名・他サ) 指定 △待ち合わせの場所を指定してください。

／請指定集合的地點。

してつ【私鉄】[名] 私營鐵路 [類] 私営鉄道 △私鉄に乗って、職場に通っている。／我都搭乘私營鐵路去上班。

してん【支店】[名] 分店 [反] 本店 [類] 分店 △新しい支店を作るとすれば、どこがいいでしょう。／如果要開新的分店，開在哪裡好呢？

しどう【指導】[名・他サ] 指導；領導，教導 [類] 導き △彼の指導を受ければ上手になるというものではないと思います。／我認為，並非接受他的指導就會變厲害。

じどう【児童】[名] 兒童 [類] 子供 △児童用のプールは、とても浅い。／兒童游泳池很淺。

しな【品】[名・接尾] 物品，東西；商品，貨物；(物品的)質量，品質；品種，種類；情況，情形 [類] 品物 △これは、お礼の品です。／這是作為答謝的一點小禮物。

しなやか [形動] 柔軟，和軟；巍巍顫顫，有彈性；優美，柔和，溫柔 [反] 強い [類] 柔軟(じゅうなん) △あんなにしなやかに踊れるようになるのは、たいへんな努力をしたに相違ない。／想達到那樣如行雲流水般的舞姿，肯定下了一番苦功。

しはい【支配】[名・他サ] 指使，支配；統治，控制，管轄；決定，左右 [類] 統治 △こうして、王による支配が終わった。／就這樣，國王統治時期結束了。

しばい【芝居】[名] 戲劇，話劇；假裝，花招；劇場 [類] 劇 △その芝居は、面白くてたまらなかったよ。／那場演出實在是有趣極了。

しばしば [副] 常常，每每，屢次，再三 [類] 度々 △孫たちが、しばしば遊びに来てくれます。／孫子們經常會來這裡玩。

しばふ【芝生】[名] 草皮，草地 △庭に、芝生なんかあるといいですね。／如果院子裡有草坪之類的東西就好了。

しはらい【支払い】[名・他サ] 付款，支付(金錢) [反] 受け取り [類] 払い出し(はらいだし) △請求書をいただきしだい、支払いをします。／一收到帳單，我就付款。

しはらう【支払う】[他五] 支付，付款 △請求書が来たので、支払うほかない。／繳款通知單寄來了，所以只好乖乖付款。

しばる【縛る】[他五] 綁，捆，縛；拘束，限制；逮捕 [類] 結ぶ △ひもをきつく縛ってあったものだから、靴がすぐ脱げない。／因為鞋帶綁太緊了，所以沒辦法馬上脫掉鞋子。

じばん【地盤】[名] 地基，地面；地盤，勢力範圍 △地盤を固める。／堅固地基。

しびれる【痺れる】[自下一] 麻木；(俗)因強烈刺激而興奮 [類] 麻痺する(まひする) △足が痺れたものだから、立てませんでした。／因為腳麻所以沒辦法站起來。

じぶんかって【自分勝手】(形動) 任性，恣意妄為 △あの人は自分勝手だ。／那個人很任性。

しへい【紙幣】(名) 紙幣 △紙幣が不足ぎみです。／紙鈔似乎不夠。

しぼむ【萎む・凋む】(自五) 枯萎，凋謝；扁掉 (類) 枯れる △花は、しぼんでしまったのやら、開き始めたのやら、いろいろです。／花會凋謝啦、綻放啦，有多種面貌。

しぼる【絞る】(他五) 扭，擠；引人(流淚)；拼命發出(高聲)，絞盡(腦汁)；剝削，勒索；拉開(幕) (類) 捻る(ねじる) △雑巾をしっかり絞りましょう。／抹布要用力扭乾。

しほん【資本】(名) 資本 (類) 元手 △資本に関しては、問題ないと思います。／關於資本，我認為沒什麼問題。

しまい【仕舞い】(名) 終了，末尾；停止，休止；閉店；賣光；化妝，打扮 (類) 最後 △彼は話を聞いていて、しまいに怒りだした。／他聽過事情的來龍去脈後，最後生起氣來了。

しまい【姉妹】(名) 姊妹 △隣の家には、美しい姉妹がいる。／隔壁住著一對美麗的姊妹花。

しまう【仕舞う】(自五・他五・補動) 結束，完了，收拾；收拾起來；關閉；表不能恢復原狀 (類) 片付ける △通帳は金庫にしまっている。／存摺收在金庫裡。

しまった(連語・感) 糟糕，完了 △しまった、財布を家に忘れた。／糟了！我把錢包忘在家裡了。

しみ【染み】(名) 汙垢；玷汙 △服に醤油の染みが付く。／衣服沾上醬油。

しみじみ(副) 痛切，深切地；親密，懇切；仔細，認真的 (類) つくづく △しみじみと、昔のことを思い出した。／我一一想起了以前的種種。

じむ【事務】(名) 事務（多為處理文件、行政等庶務工作） (類) 庶務（しょむ） △会社で、事務の仕事をしています。／我在公司做行政的工作。

しめきる【締切る】(他五) (期限)屆滿，截止，結束 △申し込みは5時で締め切られるとか。／聽說報名是到五點。

しめす【示す】(他五) 出示，拿出來給對方看；表示，表明；指示，指點，開導；呈現，顯示 (類) 指し示す △実例によって、やりかたを示す。／以實際的例子來示範做法。

しめた【占めた】(連語・感) (俗)太好了，好極了，正中下懷 (類) しめしめ △しめた、これでたくさん儲けられるぞ。／太好了，這樣就可以賺很多錢了。

しめる【占める】(他下一) 占有，佔據，佔領；(只用於特殊形)表得到(重要的位置) (類) 占有する（せんゆうする） △公園は町の中心部を占めている。／公園據於小鎮的中心。

しめる【湿る】 (自五) 濕，受潮，濡濕；(火)熄滅，(勢頭)漸消 類 濡れる △今日は午後に干したから、木綿はともかく、ポリエステルもまだ湿ってる。／今天是下午才晾衣服的，所以純棉的就不用說了，連人造纖維的都還是濕的。

じめん【地面】 (名) 地面，地表；土地，地皮，地段 類 地表 △子どもが、チョークで地面に絵を描いている。／小朋友拿粉筆在地上畫畫。

しも【霜】 (名) 霜；白髮 △昨日は霜がおりるほどで、寒くてならなかった。／昨天好像下霜般地，冷得叫人難以忍受。

ジャーナリスト【journalist】 (名) 記者 △ジャーナリストを志望する動機は何ですか。／你是基於什麼樣的動機想成為記者的呢？

シャープペンシル【(和)sharp＋pencil】 (名) 自動鉛筆 △シャープペンシルで書く。／用自動鉛筆寫。

しゃかいかがく【社会科学】 (名) 社會科學 △社会科学とともに、自然科学も学ぶことができる。／在學習社會科學的同時，也能學到自然科學。

じゃがいも【じゃが芋】 (名) 馬鈴薯 △じゃが芋を茹でる。／用水煮馬鈴薯。

しゃがむ (自五) 蹲下 類 屈む(かがむ) △疲れたので、道端にしゃがんで休んだ。／因為累了，所以在路邊蹲下來休息。

N2-036

じゃぐち【蛇口】 (名) 水龍頭 △蛇口をひねると、水が勢いよく出てきた。／一轉動水龍頭，水就嘩啦嘩啦地流了出來。

じゃくてん【弱点】 (名) 弱點，痛處；缺點 類 弱み △相手の弱点を知れば勝てるというものではない。／知道對方的弱點並非就可以獲勝！

しゃこ【車庫】 (名) 車庫 △車を車庫に入れた。／將車停進了車庫裡。

しゃせい【写生】 (名・他サ) 寫生，速寫；短篇作品，散記 類 スケッチ △山に、写生に行きました。／我去山裡寫生。

しゃせつ【社説】 (名) 社論 △今日の新聞の社説は、教育問題を取り上げている。／今天報紙的社會評論裡，談到了教育問題。

しゃっきん【借金】 (名・自サ) 借款，欠款，舉債 類 借財(しゃくざい) △借金の保証人にだけはなるまい。／無論如何，千萬別當借款的保證人。

シャッター【shutter】 (名) 鐵捲門；照相機快門 類 よろい戸(よろいど) △シャッターを押していただけますか。／可以請你幫我按下快門嗎？

しゃどう【車道】 (名) 車道 △子供がボールを追いかけて車道に飛び出した。／孩童追著球跑，衝到了馬路上。

しゃぶる (他五) (放入口中)含，吮類舐める（なめる）△赤ちゃんは、指もしゃぶれば、玩具もしゃぶる。／小嬰兒既會吸手指頭，也會用嘴含玩具。

しゃりん【車輪】 名 車輪；（演員）拼命，努力表現；拼命於，盡力於 △自転車の車輪が汚れたので、布で拭いた。／因為腳踏車的輪胎髒了，所以拿了塊布來擦。

しゃれ【洒落】 名 俏皮話，雙關語；（服裝）亮麗，華麗，好打扮 類駄洒落（だじゃれ）△会社の上司は、つまらないしゃれを言うのが好きだ。／公司的上司，很喜歡說些無聊的笑話。

じゃんけん【じゃん拳】 名 猜拳，划拳 類じゃんけんぽん △じゃんけんによって、順番を決めよう。／我們就用猜拳來決定順序吧！

しゅう【週】 名・漢造 星期；一圈 △先週から腰痛が酷い。／上禮拜開始腰疼痛不已。

しゅう【州】 漢造 大陸，州 △世界は五大州に分かれている。／世界分五大洲。

しゅう【集】 漢造（詩歌等的）集；聚集 △うちの文学全集は、客間の飾りに過ぎない。／家裡的文學全集只不過是客廳的裝飾品罷了。

じゅう【銃】 名・漢造 槍，槍形物；有槍作用的物品 類銃器 △その銃は、本物ですか。／那把槍是真的嗎？

じゅう【重】 接尾（助數詞用法）層，重 △この容器には二重のふたが付いている。／這容器附有兩層的蓋子。

じゅう【中】 名・接尾（舊）期間；表示整個期間或區域 △それを今日中にやらないと間に合わないです。／那個今天不做的話就來不及了。

しゅうい【周囲】 名 周圍，四周；周圍的人，環境 類周辺 △彼は、周囲の人々に愛されている。／他被大家所喜愛。

しゅうかい【集会】 名・自サ 集會 類集まり △いずれにせよ、集会には出席しなければなりません。／無論如何，務必都要出席集會。

しゅうかく【収穫】 名・他サ 收獲（農作物）；成果，收穫；獵獲物 類取り入れ △収穫量に応じて、値段を決めた。／按照收成量，來決定了價格。

じゅうきょ【住居】 名 住所，住宅 類住処 △まだ住居が決まらないので、ホテルに泊まっている。／由於還沒決定好住的地方，所以就先住在飯店裡。

しゅうきん【集金】 名・自他サ（水電、瓦斯等）收款，催收的錢 類取り立てる △毎月月末に集金に来ます。／每個月的月底，我會來收錢。

しゅうごう【集合】 名・自他サ 集合；群體，集群；（數）集合 反解散 類集う △朝８時に集合してください。／請在早上八點集合。

しゅうじ【習字】[名] 習字，練毛筆字 △あの子は、習字を習っているだけのことはあって、字がうまい。／那孩子不愧是學過書法，字寫得還真是漂亮！

じゅうし【重視】[名・他サ] 重視，認為重要 [反]軽視（けいし）[類]重要視 △能力に加えて、人柄も重視されます。／除了能力之外，也重視人品。

じゅうしょう【重傷】[名] 重傷 △事故に遭った人は重傷を負いましたが、命に別状はないとのことです。／遭逢了意外的人雖然身受重傷，所幸沒有生命危險。

しゅうせい【修正】[名・他サ] 修改，修正，改正 [類]直す △レポートを修正の上、提出してください。／請修改過報告後再交出來。

しゅうぜん【修繕】[名・他サ] 修繕，修理 [類]修理 △古い家だが、修繕すれば住めないこともない。／雖說是老舊的房子，但修補後，也不是不能住的。

じゅうたい【重体】[名] 病危，病篤 [類]瀕死（ひんし）△重体に陥る。／病情危急。

じゅうだい【重大】[形動] 重要的，嚴重的，重大的 [類]重要 △最近は、重大な問題が増える一方だ。／近來，重大案件不斷地增加。

じゅうたく【住宅】[名] 住宅 [類]住居 △このへんの住宅は、家族向きだ。／這一帶的住宅，適合全家居住。

じゅうたくち【住宅地】[名] 住宅區 △誘拐事件の発生現場は、閑静な住宅地だった。／綁票事件發生的地點是在一處幽靜的住宅區。

しゅうだん【集団】[名] 集體，集團 [類]集まり △私は集団行動が苦手だ。／我不大習慣集體行動。

しゅうちゅう【集中】[名・自他サ] 集中；作品集 △集中力にかけては、彼にかなう者はいない。／就集中力這一點，沒有人可以贏過他。

しゅうてん【終点】[名] 終點 [反]起点 △終点までいくつ駅がありますか。／到終點一共有幾站？

じゅうてん【重点】[名] 重點（物）作用點 [類]ポイント △この研修は、英会話に重点が置かれている。／這門研修的重點，是擺在英語會話上。

しゅうにゅう【収入】[名] 收入，所得 [反]支出 [類]所得 △彼は収入がないにもかかわらず、ぜいたくな生活をしている。／儘管他沒收入，還是過著奢侈的生活。

しゅうにん【就任】[名・自サ] 就職，就任 [類]就職 △彼の理事長への就任をめぐって、問題が起こった。／針對他就任理事長一事，而產生了一些問題。

N2-037

しゅうのう【収納】[名・他サ] 收納，收藏△収納スペースが足りない。／收納空間不夠用。

しゅうへん【周辺】㊔ 周邊，四周，外圍 類 周り △駅の周辺というと、にぎやかなイメージがあります。／說到車站周邊，讓人就有熱鬧的印象。

じゅうみん【住民】㊔ 居民 類 住人 △ビルの建設を計画する一方、近所の住民の意見も聞かなければならない。／在一心策劃蓋大廈的同時，也得聽聽附近居民的意見才行。

じゅうやく【重役】㊔ 擔任重要職務的人；重要職位，重任者；(公司的)董事與監事的通稱 類 大役 △彼はおそらく、重役になれるまい。／他恐怕無法成為公司的要員吧！

しゅうりょう【終了】（名・自他サ） 終了，結束；作完；期滿，屆滿 反 開始 類 終わる △パーティーは終了したものの、まだ後片付けが残っている。／雖然派對結束了，但卻還沒有整理。

じゅうりょう【重量】㊔ 重量，分量；沈重，有份量 類 目方（めかた）△持って行く荷物には、重量制限があります。／攜帶過去的行李有重量限制。

じゅうりょく【重力】㊔（理）重力 △りんごが木から落ちるのは、重力があるからです。／蘋果之所以會從樹上掉下來，是因為有重力的關係。

しゅぎ【主義】㊔ 主義，信條；作風，行動方針 類 主張 △自分の主義を変えるわけにはいかない。／我不可能改變自己的主張。

じゅくご【熟語】㊔ 成語，慣用語；(由兩個以上單詞組成)複合詞；(由兩個以上漢字構成的)漢語詞 類 慣用語（かんようご）△「山」という字を使って、熟語を作ってみましょう。／請試著用「山」這個字，來造句成語。

しゅくじつ【祝日】㊔（政府規定的）節日 類 記念日 △日本で、「国民の祝日」がない月は6月だけだ。／在日本，沒有「國定假日」的月份只有六月而已。

しゅくしょう【縮小】（名・他サ） 縮小 反 拡大 △経営を縮小しないことには、会社がつぶれてしまう。／如不縮小經營範圍，公司就會倒閉。

しゅくはく【宿泊】（名・自サ） 投宿，住宿 類 泊まる △京都で宿泊するとしたら、日本式の旅館に泊まりたいです／如果要在京都投宿，我想住日式飯店。

じゅけん【受験】（名・他サ） 參加考試，應試，投考 △試験が難しいかどうかにかかわらず、私は受験します。／無論考試困難與否，我都要去考。

しゅご【主語】㊔ 主語；(邏)主詞 反 述語 △日本語は、主語を省略することが多い。／日語常常省略掉主語。

しゅしょう【首相】㊔ 首相，內閣總理大臣 類 内閣総理大臣（ないかくそうりだいじん）△首相に対して、意見を提出した。／我向首相提出了意見。

しゅちょう【主張】 (名・他サ) 主張，主見，論點 △あなたの主張は、理解しかねます。／我實在是難以理解你的主張。

しゅっきん【出勤】 (名・自サ) 上班，出勤 (反) 退勤 △電車がストライキだから、今日はバスで出勤せざるを得ない。／由於電車從業人員罷工，今天不得不搭巴士上班。

じゅつご【述語】 (名) 謂語 (反) 主語 (類) 賓辞 △この文の述語はどれだかわかりますか。／你能分辨這個句子的謂語是哪個嗎？

しゅっちょう【出張】 (名・自サ) 因公前往，出差 △私のかわりに、出張に行ってもらえませんか。／你可不可以代我去出公差？

しゅっぱん【出版】 (名・他サ) 出版 (類) 発行 △本を出版するかわりに、インターネットで発表した。／取代出版書籍，我在網路上發表文章。

しゅと【首都】 (名) 首都 (類) 首府（しゅふ）△中華民国の首都がどこなのかを巡っては、複雑な事情がある。／關於中華民國的首都在哪裡的議題，有其複雜的背景情況。

しゅとけん【首都圏】 (名) 首都圏 △東日本大震災では、首都圏も大きな影響を受けた。／在東日本大地震中，連首都圏也受到了極大的影響。

しゅふ【主婦】 (名) 主婦，女主人 △小説の新人賞受賞をきっかけに、主婦から作家になった。／以榮獲小說新人獎為契機，從主婦變成了作家。

じゅみょう【寿命】 (名) 壽命；(物)耐用期限 (類) 命数（めいすう）△平均寿命が大きく伸びた。／平均壽命大幅地上升。

しゅやく【主役】 (名) (戲劇)主角；(事件或工作的)中心人物 (反) 脇役（わきやく）(類) 主人公 △主役も主役なら、脇役も脇役で、みんなへたくそだ。／不論是主角還是配角實在都不像樣，全都演得很糟。

しゅよう【主要】 (名・形動) 主要的 △世界の主要な都市の名前を覚えました。／我記下了世界主要都市的名字。

じゅよう【需要】 (名) 需要，要求；需求 (反) 供給 (類) 求め △まず需要のある商品が何かを調べることだ。／首先要做的，應該是先查出哪些是需要的商品。

じゅわき【受話器】 (名) 聽筒 (反) 送話器 (類) レシーバー △電話が鳴ったので、急いで受話器を取った。／電話響了，於是急忙接起了聽筒。

じゅん【順】 (名・漢造) 順序，次序；輪班，輪到；正當，必然，理所當然；順利 (類) 順番 △順に呼びますから、そこに並んでください。／我會依序叫名，所以請到那邊排隊。

じゅん【準】 (接頭) 準，次 △最後の最後に1点取られて、準優勝になった。／在最後的緊要關頭得到一分，得到了亞軍。

しゅんかん【瞬間】 [名] 瞬間，剎那間，剎那；當時，…的同時 [類] 一瞬 △振り返った瞬間、誰かに殴られた。／就在我回頭的那一剎那，不知道被誰打了一拳。

じゅんかん【循環】 [名・自サ] 循環 △運動をして、血液の循環をよくする。／多運動來促進血液循環。

じゅんきょうじゅ【准教授】 [名]（大學的）副教授 △彼は准教授のくせに、教授になったと嘘をついた。／他明明就只是副教授，卻謊稱自己已當上了教授。

じゅんじゅん【順々】 [副] 按順序，依次；一點點，漸漸地，逐漸 [類] 順次 △順々に部屋の中に入ってください。／請依序進入房內。

じゅんじょ【順序】 [名] 順序，次序，先後；手續，過程，經過 [類] 順番 △順序を守らないわけにはいかない。／不能不遵守順序。

じゅんじょう【純情】 [名・形動] 純真，天真 [類] 純朴 △彼は、女性に声をかけられると真っ赤になるほど純情だ。／他純情到只要女生跟他說話，就會滿臉通紅。

じゅんすい【純粋】 [名・形動] 純粹的，道地；純真，純潔，無雜念的 [反] 不純 △これは、純粋な水ですか。／這是純淨的水嗎？

N2-038

じゅんちょう【順調】 [名・形動] 順利，順暢；（天氣、病情等）良好 [反] 不順 [類] 快調（かいちょう）△仕事が順調だったのは、1年きりだった。／只有一年工作上比較順利。

しよう【使用】 [名・他サ] 使用，利用，用（人）[類] 利用 △トイレが使用中だと思ったら、なんと誰も入っていなかった。／我本以為廁所有人，想不到裡面沒有人。

しょう【小】 [名] 小（型），（尺寸，體積）小的；小月；謙稱 [反] 大 [類] 小さい △大小二つの種類があります。／有大小兩種。

しょう【章】 [名]（文章，樂章的）章節；紀念章，徽章 △この本は全10章からなる。／這本書總共由十章構成的。

しょう【賞】 [名・漢造] 獎賞，獎品，獎金；欣賞 [反] 罰 [類] 賞品 △コンクールというと、賞を取った時のことを思い出します。／說到比賽，就會想起過去的得獎經驗。

じょう【上】 [名・漢造] 上等；（書籍的）上卷；上部，上面；上好的，上等的 [反] 下 △私の成績は、中の上です。／我的成績，是在中上程度。

しょうか【消化】 [名・他サ] 消化（食物）；

掌握，理解，記牢(知識等)；容納，吸收，處理 類 吸収 △麺類は、肉に比べて消化がいいです。／麵類比肉類更容易消化。

しょうがい【障害】 名 障礙，妨礙；(醫)損害，毛病；(障礙賽中的)欄，障礙物 類 邪魔 △障害を乗り越える。／突破障礙。

しょうがくきん【奨学金】 名 獎學金，助學金 △日本で奨学金と言っているものは、ほとんどは借金であって、給付されるものは少ない。／在日本，絕大多數所謂的獎學金幾乎都是就學貸款，鮮少有真正給付的。

しようがない【仕様がない】 慣 沒辦法 △体調が悪かったから、負けてもしようがない。／既然身體不舒服，輸了也是沒辦法的事。

しょうぎ【将棋】 名 日本象棋，將棋 △退職したのを契機に、将棋を習い始めた。／自從我退休後，就開始學習下日本象棋。

じょうき【蒸気】 名 蒸汽 △やかんから蒸気が出ている。／茶壺冒出了蒸氣。

じょうきゃく【乗客】 名 乘客，旅客 △事故が起こったが、乗客は全員無事だった。／雖然發生了事故，但是幸好乘客全都平安無事。

じょうきゅう【上級】 名 (層次、水平高的)上級，高級 △試験にパスして、上級クラスに入れた。／我通過考試，晉級到了高級班。

しょうぎょう【商業】 名 商業 類 商売 △このへんは、商業地域だけあって、とてもにぎやかだ。／這附近不愧是商業區，非常的熱鬧。

じょうきょう【上京】 名・自サ 進京，到東京去 △彼は上京して絵を習っている。／他到東京去學畫。

じょうきょう【状況】 名 狀況，情況 類 シチュエーション △責任者として、状況を説明してください。／身為負責人，請您說明一下現今的狀況。

じょうげ【上下】 名・自他サ (身分、地位的)高低，上下，低賤 △社員はみな若いから、上下関係を気にすることはないですよ。／員工大家都很年輕，不太在意上司下屬之分啦。

しょうじ【障子】 名 日本式紙拉門，隔扇 △猫が障子を破いてしまった。／貓抓破了拉門。

しょうしか【少子化】 名 少子化 △少子化が進んでいる。／少子化日趨嚴重。

じょうしき【常識】 名 常識 類 コモンセンス △常識からすれば、そんなことはできません。／從常識來看，那是不能發生的事。

しょうしゃ【商社】 名 商社，貿易商行，貿易公司 △商社は、給料がいい反面、仕事がきつい。／貿易公司薪資雖高，但另一面工作卻很吃力。

じょうしゃ【乗車】(名・自サ) 乘車，上車；乘坐的車 反 下車 △乗車するときに、料金を払ってください。／上車時請付費。

じょうしゃけん【乗車券】(名) 車票△乗車券を拝見します。／請給我看您的車票。

しょうしょう【少々】(名・副) 少許，一點，稍稍，片刻 類 ちょっと △この機械は、少々古いといってもまだ使えます。／這機器，雖說有些老舊，但還是可以用。

しょうじる【生じる】(自他サ) 生，長；出生，產生；發生；出現 類 発生する △コミュニケーション不足で、誤解が生じた。／由於溝通不良而產生了誤會。

じょうたつ【上達】(名・自他サ) (學術、技藝等)進步，長進；上呈，向上傳達 類 進歩 △英語が上達するにしたがって、仕事が楽しくなった。／隨著英語的進步，工作也變得更有趣了。

しょうち【承知】(名・他サ) 同意，贊成，答應；知道；許可，允許 類 承諾(しょうだく) △「明日までに企画書を提出してください」「承知しました」／「請在明天之前提交企劃書。」「了解。」

しょうてん【商店】(名) 商店 類 店(みせ) △彼は、小さな商店を経営している。／他經營一家小商店。

しょうてん【焦点】(名) 焦點；(問題的)中心，目標 類 中心 △この議題こそ、会議の焦点にほかならない。／這個議題，無非正是這個會議的焦點。

じょうとう【上等】(名・形動) 上等，優質；很好，令人滿意 反 下等(かとう) △デザインはともかくとして、生地は上等です。／姑且不論設計如何，這布料可是上等貨。

しょうどく【消毒】(名・他サ) 消毒，殺菌 類 殺菌(さっきん) △消毒すれば大丈夫というものでもない。／並非消毒後，就沒有問題了。

しょうにん【承認】(名・他サ) 批准，認可，通過；同意；承認 類 認める △社長が承認した以上は、誰も反対できないよ。／既然社長已批准了，任誰也沒辦法反對啊！

しょうにん【商人】(名) 商人 類 商売人 △彼は、商人向きの性格をしている。／他的個性適合當商人。

しょうはい【勝敗】(名) 勝負，勝敗 類 勝負 △勝敗なんか、気にするものか。／我哪會去在意輸贏呀！

じょうはつ【蒸発】(名・自サ) 蒸發，汽化；(俗)失蹤，出走，去向不明，逃之夭夭 △加熱して、水を蒸発させます。／加熱水使它蒸發。

しょうひん【賞品】(名) 獎品 類 売品(ばいひん) △一等の賞品は何ですか。／頭獎的獎品是什麼？

じょうひん【上品】(名・形動) 高級品，上等貨；莊重，高雅，優雅 △あの人は、とても上品な人ですね。／那個人真是個端莊高雅的人呀！

しょうぶ【勝負】(名・自サ) 勝敗，輸贏；比賽，競賽 (類) 勝敗 △勝負するにあたって、ルールを確認しておこう。／比賽時，先確認規則！

しょうべん【小便】(名・自サ) 小便，尿；(俗)終止合同，食言，毀約 (反) 大便(だいべん) (類) 尿(にょう) △ここで立ち小便をしてはいけません。／禁止在這裡隨地小便。

N2-039

しょうぼう【消防】(名) 消防；消防隊員，消防車 △連絡すると、すぐに消防車がやってきた。／我才通報不久，消防車就馬上來了。

しょうみ【正味】(名) 實質，內容，淨剩部分；淨重；實數；實價，不折不扣的價格，批發價 △昼休みを除いて、正味8時間働いた。／扣掉午休時間，實際工作了八個小時。

しょうめい【照明】(名・他サ) 照明，照亮，光亮，燈光；舞台燈光 △商品がよく見えるように、照明を明るくしました。／為了讓商品可以看得更清楚，把燈光弄亮。

しょうもう【消耗】(名・自他サ) 消費，消耗；(體力)耗盡，疲勞；磨損 △おふろに入るのは、意外と体力を消耗する。／洗澡出乎意外地會消耗體力。

じょうようしゃ【乗用車】(名) 自小客車 △乗用車を買う。／買汽車。

しょうらい【将来】(名・副・他サ) 將來，未來，前途；(從外國)傳入；帶來，拿來；招致，引起 (類) 未来 △20代のころはともかく、30過ぎてもフリーターなんて、さすがに将来のことを考えると不安になる。／二十幾歲的人倒是無所謂，如果過了三十歲以後還沒有固定的工作，考慮到未來的人生，畢竟心裡會感到不安。

じょおう【女王】(名) 女王，王后；皇女，王女 △あんな女王様のような態度をとるべきではない。／妳不該擺出那種像女王般的態度。

しょきゅう【初級】(名) 初級 (類) 初等 △初級を終わってからでなければ、中級に進めない。／如果沒上完初級，就沒辦法進階到中級。

じょきょう【助教】(名) 助理教員；代理教員 △この研究は2年前に、ある医師が田中助教の元を訪ねたのがきっかけでした。／兩年前，因某醫生拜訪田中助理教員而開始了這項研究。

しょく【職】(名・漢造) 職業，工作；職務；手藝，技能；官署名 (類) 職務 △職に貴賤なし。／職業不分貴賤。

しょくえん【食塩】(名) 食鹽 △食塩と砂糖で味付けする。／以鹽巴和砂糖調味。

Level 5
Level 4
Level 3
Level 2
Level 1

しょくぎょう【職業】 (名) 職業 (類) 仕事 △用紙に名前と職業を書いた上で、持ってきてください。／請在紙上寫下姓名和職業之後，再拿到這裡來。

しょくせいかつ【食生活】 (名) 飲食生活 △食生活が豊かになった。／飲食生活變得豐富。

しょくたく【食卓】 (名) 餐桌 (類) 食台（しょくだい） △早く食卓についてください。／快點來餐桌旁坐下。

しょくば【職場】 (名) 工作崗位，工作單位 △働くからには、職場の雰囲気を大切にしようと思います。／既然要工作，我認為就得注重職場的氣氛。

しょくひん【食品】 (名) 食品 (類) 飲食品 △油っぽい食品はきらいです。／我不喜歡油膩膩的食品。

しょくぶつ【植物】 (名) 植物 (類) 草木 △壁にそって植物を植えた。／我沿著牆壁種了些植物。

しょくもつ【食物】 (名) 食物 (類) 食べ物 △私は、食物アレルギーがあります。／我對食物會過敏。

しょくよく【食欲】 (名) 食慾 △食欲がないときは、少しお酒を飲むといいです。／沒食慾時，喝點酒是不錯的。

しょこく【諸国】 (名) 各國 △首相は専用機でアフリカ諸国歴訪に旅立った。／首相搭乘專機出發訪問非洲各國了。

しょさい【書斎】 (名)（個人家中的）書房，書齋 (類) 書室（しょしつ） △先生は、書斎で本を読んでいます。／老師正在書房看書。

じょし【女子】 (名) 女孩子，女子，女人 (類) 女性 △これから、女子バレーボールの試合が始まります。／女子排球比賽現在開始進行。

じょしゅ【助手】 (名) 助手，幫手；（大學）助教 (類) アシスタント △研究室の助手をしています。／我在當研究室的助手。

しょじゅん【初旬】 (名) 初旬，上旬 (類) 上旬（じょうじゅん） △4月の初旬に、アメリカへ出張に行きます。／四月初我要到美國出差。

じょじょに【徐々に】 (副) 徐徐地，慢慢地，一點點；逐漸，漸漸 (類) 少しずつ △彼女は、薬による治療で徐々によくなってきました。／她因藥物治療，而病情漸漸好轉。

しょせき【書籍】 (名) 書籍 (類) 図書 △書籍を販売する会社に勤めている。／我在書籍銷售公司上班。

しょっき【食器】 (名) 餐具 △結婚したのを契機にして、新しい食器を買った。／趁新婚時，買了新的餐具。

ショップ【shop】 (接尾)（一般不單獨使用）店舖，商店 (類) 商店（しょうてん） △恵比寿から代官山にかけては、おしゃれなショップが多いです。／從

惠比壽到代官山這一帶，有許多時髦的商店。

しょてん【書店】㊔ 書店；出版社，書局 類 本屋 △東京には大型の書店がいくつもある。／東京有好幾家大型書店。

しょどう【書道】㊔ 書法 △書道に加えて、華道も習っている。／學習書法之外，也有學插花。

しょほ【初歩】㊔ 初學，初步，入門 類 初学（しょがく）△初歩から勉強すれば必ずできるというものでもない。／並非從基礎學習起就一定能融會貫通。

しょめい【署名】（名・自サ）署名，簽名；簽的名字 類 サイン △住所を書くとともに、ここに署名してください。／在寫下地址的同時，請在這裡簽下大名。

しより【処理】（名・他サ）處理，處置，辦理 類 処分 △今ちょうどデータの処理をやりかけたところです。／現在正好處理資料到一半。

しらが【白髪】㊔ 白頭髮 △苦労が多くて、白髪が増えた。／由於辛勞過度，白髮變多了。

シリーズ【series】㊔（書籍等的）彙編，叢書，套；（影片、電影等）系列；（棒球）聯賽 類 系列（けいれつ）△『男はつらいよ』は、主役を演じていた俳優が亡くなって、シリーズが終了した。／《男人真命苦》的系列電影由於男主角的過世而結束了。

じりき【自力】㊔ 憑自己的力量 △誘拐された中学生は、犯人の隙を見て自力で逃げ出したそうだ。／據說遭到綁架的中學生趁著綁匪沒注意的時候，憑靠自己的力量逃了出來。

しりつ【私立】㊔ 私立，私營 △私立大学というと、授業料が高そうな気がします。／說到私立大學，就有種學費似乎很貴的感覺。

しりょう【資料】㊔ 資料，材料 類 データ △資料をもらわないことには、詳細がわからない。／要是不拿資料的話，就沒辦法知道詳細的情況。

しる【汁】㊔ 汁液，漿；湯；味噌湯 類 つゆ △お母さんの作る味噌汁がいちばん好きです。／我最喜歡媽媽煮的味噌湯了。

N2-040

しろ【城】㊔ 城，城堡；（自己的）權力範圍，勢力範圍 △お城には、美しいお姫様が住んでいます。／城堡裡， 住著美麗的公主。

しろうと【素人】㊔ 外行，門外漢；業餘愛好者，非專業人員；良家婦女 反 玄人 類 初心者 △素人のくせに、口を出さないでください。／明明就是外行人，請不要插嘴。

しわ㊔（皮膚的）皺紋；（紙或布的）縐折，摺子 △苦労すればするほど、しわが増えるそうです。／聽說越操勞皺紋就會越多。

しん【芯】 (名) 蕊；核；枝條的頂芽 類 中央 △シャープペンシルの芯を買ってきてください。／請幫我買筆芯回來。

しんくう【真空】 (名) 真空；（作用、勢力達不到的）空白，真空狀態 △この箱の中は、真空状態になっているということだ。／據說這箱子，是呈現真空狀態的。

しんけい【神経】 (名) 神經；察覺力，感覺，神經作用 類 感覚 △ああ、この虫歯は、もう神経を抜かないといけませんね。／哎，這顆蛀牙非得拔除神經了哦。

しんけん【真剣】 (名・形動) 真刀，真劍；認真，正經 類 本気 △私は真剣だったのに、彼にとっては遊びだった。／我是認真的，可是對他來說卻只是一場遊戲罷了。

しんこう【信仰】 (名・他サ) 信仰，信奉 類 信教 △彼は、仏教を信仰している。／他信奉佛教。

じんこう【人工】 (名) 人工，人造 反 自然 類 人造 補 人工的［形容動詞］人工（造）的 △人工的な骨を作る研究をしている。／我在研究人造骨頭的製作方法。

しんこく【深刻】 (形動) 嚴重的，重大的，莊重的；意味深長的，發人省思的，尖銳的 類 大変 △状況はかなり深刻だとか。／聽說情況相當的嚴重。

しんさつ【診察】 (名・他サ) （醫）診察，診斷 類 検診（けんしん） △先生は今診察中です。／醫師正在診斷病情。

じんじ【人事】 (名) 人事，人力能做的事；人事（工作）；世間的事，人情世故 類 人選 △部長の人事が決まりかけたときに、社長が反対した。／就要決定部長的去留時，受到了社長的反對。

じんしゅ【人種】 (名) 人種，種族；（某）一類人；（俗）（生活環境、愛好等不同的）階層 類 種族 △人種からいうと、私はアジア系です。／從人種來講，我是屬於亞洲人。

しんじゅう【心中】 (名・自サ) （古）守信義；（相愛男女因不能在一起而感到悲哀）一同自殺，殉情；（轉）兩人以上同時自殺 類 情死 △借金を苦にして夫婦が心中した。／飽受欠債之苦的夫妻一起輕生了。

しんしん【心身】 (名) 身和心；精神和肉體 △この薬は、心身の疲労に効きます。／這藥對身心上的疲累都很有效。

じんせい【人生】 (名) 人的一生；生涯，人的生活 類 生涯（しょうがい） △病気になったのをきっかけに、人生を振り返った。／趁著生了一場大病為契機，回顧了自己過去的人生。

しんせき【親戚】 (名) 親戚，親屬 類 親類 △祖父が亡くなって、親戚や知り合いがたくさん集まった。／祖父過世，來了許多親朋好友。

しんぞう【心臓】 (名) 心臟；厚臉皮，勇氣△びっくりして、心臓が止まりそうだった。／我嚇到心臟差點停了下來。

じんぞう【人造】㊔ 人造，人工合成 △この服は、人造繊維で作られている。／這套衣服，是由人造纖維製成的。

しんたい【身体】㊔ 身體，人體 類 体躯（たいく）△1年に1回、身体検査を受ける。／一年接受一次身體的健康檢查。

しんだい【寝台】㊔ 床，床鋪，（火車）臥鋪 類 ベッド △寝台特急で旅行に行った。／我搭了特快臥鋪火車去旅行。

しんだん【診断】（名・他サ）（醫）診斷；判斷 △月曜から水曜にかけて、健康診断が行われます。／禮拜一到禮拜三要實施健康檢查。

しんちょう【慎重】（名・形動）慎重，穩重，小心謹慎 反 軽率（けいそつ）△社長を説得するにあたって、慎重に言葉を選んだ。／說服社長時，用字遣詞要非常的慎重。

しんにゅう【侵入】（名・自サ）浸入，侵略；（非法）闖入 △犯人は、窓から侵入したに相違ありません。／犯人肯定是從窗戶闖入的。

しんねん【新年】㊔ 新年 △新年を迎える。／迎接新年。

しんぱん【審判】（名・他サ）審判，審理，判決；（體育比賽等的）裁判；（上帝的）審判 △審判は、公平でなければならない。／審判時得要公正才行。

じんぶつ【人物】㊔ 人物；人品，為人；人材；人物（繪畫的），人物（畫）類 人間 △今までに日本のお札に最も多く登場した人物は、聖徳太子です。／迄今，最常在日本鈔票上出現的人物是聖德太子。

じんぶんかがく【人文科学】㊔ 人文科學，文化科學（哲學、語言學、文藝學、歷史學領域）類 文学化学 △文学や芸術は人文科学に含まれます。／文學和藝術，都包含在人文科學裡面。

じんめい【人命】㊔ 人命 類 命（いのち）△事故で多くの人命が失われた。／因為意外事故，而奪走了多條人命。

しんゆう【親友】㊔ 知心朋友 △親友の忠告もかまわず、会社を辞めてしまった。／不顧好友的勸告，辭去了公司職務。

しんよう【信用】（名・他サ）堅信，確信；信任，相信；信用，信譽；信用交易，非現款交易 類 信任 △信用するかどうかはともかくとして、話だけは聞いてみよう。／不管你相不相信，至少先聽他怎麼說吧！

しんらい【信頼】（名・他サ）信賴，相信 △私の知るかぎりでは、彼は最も信頼できる人間です。／他是我所認識裡面最值得信賴的人。

しんり【心理】㊔ 心理 △失恋したのを契機にして、心理学の勉強を始め

Level 5　Level 4　Level 3　Level 2　Level 1

た。／自從失戀以後，就開始研究起心理學。

しんりん【森林】㊔ 森林 △日本の国土は約７割が森林です。／日本的國土約有七成是森林。

しんるい【親類】㊔ 親戚，親屬；同類，類似 類 親戚 △親類だから信用できるというものでもないでしょう。／並非因為是親戚就可以信任吧！

じんるい【人類】㊔ 人類 類 人間 △人類の発展のために、研究を続けます。／為了人類今後的發展，我要繼續研究下去。

しんろ【進路】㊔ 前進的道路 反 退路（たいろ）△もうじき３年生だから、進路のことが気になり始めた。／再過不久就要升上三年級了，開始關心畢業以後的出路了。

しんわ【神話】㊔ 神話 △おもしろいことに、この話は日本の神話によく似ている。／覺得有趣的是，這個故事和日本神話很像。

すス

N2-041

す【巣】㊔ 巢，窩，穴；賊窩，老巢；家庭；蜘蛛網 類 棲家（すみか）△鳥の雛が成長して、巣から飛び立っていった。／幼鳥長大後，就飛離了鳥巢。

ず【図】㊔ 圖，圖表；地圖；設計圖；圖畫 類 図形（ずけい）△図を見ながら説明します。／邊看圖，邊解說。

すいか【西瓜】㊔ 西瓜 △西瓜を冷やす。／冰鎮西瓜。

すいさん【水産】㊔ 水產（品），漁業 △わが社では、水産品の販売をしています。／我們公司在銷售漁業產品。

すいじ【炊事】（名・自サ）烹調，煮飯 類 煮炊き（にたき）△彼は、掃除ばかりでなく、炊事も手伝ってくれる。／他不光只是打掃，也幫我煮飯。

すいしゃ【水車】㊔ 水車 △子供のころ、たんぽぽで水車を作って遊んだ。／孩提時候會用蒲公英做水車玩耍。

すいじゅん【水準】㊔ 水準，水平面；水平器；（地位、質量、價值等的）水平；（標示）高度 類 レベル △選手の水準に応じて、トレーニングをさせる。／依選手的個人水準，讓他們做適當的訓練。

すいじょうき【水蒸気】㊔ 水蒸氣；霧氣，水霧 類 蒸気 △ここから水蒸気が出ているので、触ると危ないよ。／因為水蒸氣會從這裡跑出來，所以很危險別碰唷！

すいせん【推薦】（名・他サ）推薦，舉薦，介紹 類 推挙（すいきょ）△あなたの推薦があったからこそ、採用されたのです。／因為有你的推薦，我才能被錄用。

すいそ【水素】㊔ 氫 △水素と酸素を化合させて水を作ってみましょう。／試著將氫和氧結合在一起，來製水。

すいちょく【垂直】(名・形動)(數)垂直；(與地心)垂直 反 水平 △点Cから、直線ABに対して垂直な線を引いてください。／請從點C畫出一條垂直於直線AB的線。

スイッチ【switch】(名・他サ) 開關；接通電路；(喻)轉換(為另一種事物或方法) 類 点滅器(てんめつき) △ラジオのスイッチを切る。／關掉收音機的開關。

すいてい【推定】(名・他サ) 推斷，判定；(法)(無反證之前的)推定，假定 類 推し量る △写真に基づいて、年齢を推定しました。／根據照片來判斷年齡。

すいぶん【水分】㊔ 物體中的含水量；(蔬菜水果中的)液體，含水量，汁 類 水気 △果物を食べると、ビタミンばかりでなく水分も摂取できる。／吃水果，不光是維他命，也能攝取到水分。

すいへい【水平】(名・形動) 水平；平衡，穩定，不升也不降 反 垂直 類 横 △飛行機は、間もなく水平飛行に入ります。／飛機即將進入水平飛行模式。

すいへいせん【水平線】㊔ 水平線；地平線 △水平線の向こうから、太陽が昇ってきた。／太陽從水平線的彼方升起。

すいみん【睡眠】(名・自サ) 睡眠，休眠，停止活動 類 眠り △健康のためには、睡眠を８時間以上とることだ。／要健康就要睡８個小時以上。

すいめん【水面】㊔ 水面 △池の水面を蛙が泳いでいる。／有隻青蛙在池子的水面上游泳。

すう【数】(名・接頭) 數，數目，數量；定數，天命；(數學中泛指的)數；數量 類 数(かず) △展覧会の来場者数は、少なかった。／展覽會的到場人數很少。

ずうずうしい【図々しい】㊊ 厚顏，厚皮臉，無恥 類 厚かましい(あつかましい) △彼の図々しさにはあきれた。／對他的厚顏無恥，感到錯愕。

すえ【末】㊔ 結尾，末了；末端，盡頭；將來，未來，前途；不重要的，瑣事；(排行)最小 類 末端 △来月末に日本へ行きます。／下個月底我要去日本。

すえっこ【末っ子】㊔ 最小的孩子 類 すえこ △彼は末っ子だけあって、甘えん坊だね。／他果真是老么，真是愛撒嬌呀！

すがた【姿】(名・接尾) 身姿，身段；裝束，風采；形跡，身影；面貌，狀態；姿勢，形象 類 格好 △寝間着姿では、外に出られない。／我實在沒辦法穿睡衣出門。

ずかん【図鑑】㊔ 圖鑑 △子どもたちは、図鑑を見て動物について調べたということです。／聽說小孩子們看圖鑑來查閱了動物。

Level 5
Level 4
Level 3
Level 2
Level 1

すき【隙】㊔ 空隙，縫；空暇，功夫，餘地；漏洞，可乘之機 類 隙間 △敵に隙を見せるわけにはいかない。／絶不能讓敵人看出破綻。

すぎ【杉】㊔ 杉樹，杉木 △道に沿って杉の並木が続いている。／沿著道路兩旁，一棵棵的杉樹並排著。

すききらい【好き嫌い】㊔ 好惡，喜好和厭惡；挑肥揀瘦，挑剔 類 好き好き（すきずき）△好き嫌いの激しい人だ。／他是個人好惡極端分明的人。

すきずき【好き好き】（名・副・自サ）（各人）喜好不同，不同的喜好 類 いろいろ △メールと電話とどちらを使うかは、好き好きです。／喜歡用簡訊或電話，每個人喜好都不同。

すきとおる【透き通る】（自五）通明，透亮，透過去；清澈；清脆（的聲音）類 透ける（すける）△この魚は透き通っていますね。／這條魚的色澤真透亮。

すきま【隙間】㊔ 空隙，隙縫；空閒，閒暇 類 隙 △隙間から客間をのぞくものではありません。／不可以從縫隙去偷看客廳。

すくう【救う】（他五）拯救，搭救，救援，解救；救濟，賑災；挽救 △政府の援助なくして、災害に遭った人々を救うことはできない。／要是沒有政府的援助，就沒有辦法幫助那些受災的人們。

スクール【school】（名・造）學校；學派；花式滑冰規定動作 類 学校 △英会話スクールで勉強したにしては、英語がへただね。／以他曾在英文會話課補習過這一點來看，英文還真差呀！

すぐれる【優れる】（自下一）（才能、價值等）出色，優越，傑出，精湛；（身體、精神、天氣）好，爽朗，舒暢 反 劣る 類 優る △彼女は美人であるとともに、スタイルも優れている。／她人既美，身材又好。

ずけい【図形】㊔ 圖形，圖樣；（數）圖形 類 図 △コンピュータでいろいろな図形を描いてみた。／我試著用電腦畫各式各樣的圖形。

スケート【skate】㊔ 冰鞋，冰刀；溜冰，滑冰 類 アイススケート △学生時代にスケート部だったから、スケートが上手なわけだ。／學生時期是溜冰社，怪不得溜冰那麼拿手。

すじ【筋】（名・接尾）筋；血管；線，條；紋絡，條紋；素質，血統；條理，道理 類 筋肉 △読んだ人の話によると、その小説の筋は複雑らしい。／據看過的人說，那本小說的情節好像很複雜。

N2-042

すず【鈴】㊔ 鈴鐺，鈴 類 鈴（りん）△猫の首に大きな鈴がついている。／貓咪的脖子上，繫著很大的鈴鐺。

すずむ【涼む】（自五）乘涼，納涼 △ちょっと外に出て涼んできます。／

我到外面去乘涼一下。

スタート【start】 ㊔名・自サ 起動，出發，開端；開始（新事業等）㊔類 出発 △1年のスタートにあたって、今年の計画を述べてください。／在這一年之初，請說說你今年度的計畫。

スタイル【style】 ㊔名 文體；（服裝、美術、工藝、建築等）樣式；風格，姿態，體態 ㊔類 体つき △どうして、スタイルなんか気にするの。／為什麼要在意身材呢？

スタンド【stand】 ㊔結尾・名 站立；台，托，架；檯燈，桌燈；看台，觀眾席；（攤販式的）小酒吧 ㊔類 観覧席 △スタンドで大声で応援した。／我在球場的看台上，大聲替他們加油。

ずつう【頭痛】 ㊔名 頭痛 ㊔類 頭痛（とうつう）△昨日から今日にかけて、頭痛がひどい。／從昨天開始，頭就一直很痛。

すっきり ㊔副・自サ 舒暢，暢快，輕鬆；流暢，通暢；乾淨整潔，俐落 ㊔類 ことごとく △片付けたら、なんとすっきりしたことか。／整理過後，是多麼乾淨清爽呀！

すっと ㊔副・自サ 動作迅速地，飛快，輕快；（心中）輕鬆，痛快，輕鬆 △言いたいことを全部言って、胸がすっとしました。／把想講的話都講出來以後，心裡就爽快多了。

ステージ【stage】 ㊔名 舞台，講台；階段，等級，步驟 ㊔類 舞台 △歌手がステージに出てきたとたんに、みんな拍手を始めた。／歌手才剛走出舞台，大家就拍起手來了。

すてき【素敵】 ㊔形動 絕妙的，極好的，極漂亮；很多 ㊔類 立派 △あの素敵な人に、声をかけられるものなら、かけてみろよ。／你要是有膽跟那位美女講話，你就試看看啊！

すでに【既に】 ㊔副 已經，業已；即將，正值，恰好 ㊔反 未だ ㊔類 とっくに △田中さんに電話したところ、彼はすでに出かけていた。／打電話給田中先生，結果發現他早就出門了。

ストップ【stop】 ㊔名・自他サ 停止，中止；停止信號；（口令）站住，不得前進，止住；停車站 ㊔類 停止 △販売は、減少しているというより、ほとんどストップしています。／銷售與其說是減少，倒不如說是幾乎停擺了。

すなお【素直】 ㊔形動 純真，天真的，誠摯的，坦率的；大方，工整，不矯飾的；（沒有毛病）完美的，無暇的 ㊔類 大人しい △素直に謝っていれば、こんなことにならずに済んだのかもしれない。／如果能坦承道歉的話，說不定事情不至於鬧到這樣的地步。

すなわち【即ち】 ㊔接 即，換言之；即是，正是；則，彼時；乃，於是 ㊔類 つまり △1ポンド，すなわち100ペンス。／一磅也就是100便士。

ずのう【頭脳】(名)頭腦，判斷力，智力；(團體的)決策部門，首腦機構，領導人 類 知力 △頭脳は優秀ながら、性格に問題がある。／頭腦雖優秀，但個性上卻有問題。

スピーカー【speaker】(名)談話者，發言人；揚聲器；喇叭；散播流言的人 類 拡声器（かくせいき）△スピーカーから音楽が流れてきます。／從廣播器裡聽得到音樂聲。

スピーチ【speech】(名・自サ)（正式場合的）簡短演說，致詞，講話 類 演説（えんぜつ）△部下の結婚式のスピーチを頼まれた。／部屬來請我在他的結婚典禮上致詞。

すべて【全て】(名・副)全部，一切，通通；總計，共計 類 一切 △すべての仕事を今日中には、やりきれません。／我無法在今天內做完所有工作。

スマート【smart】(形動)瀟灑，時髦，漂亮；苗條；智能型，智慧型 △前よりスマートになりましたね。／妳比之前更加苗條了耶！

すまい【住まい】(名)居住；住處，寓所；地址 類 住所（じゅうしょ）△電話番号どころか、住まいもまだ決まっていません。／別說是電話號碼，就連住的地方都還沒決定。

すみ【墨】(名)墨；墨汁，墨水；墨狀物；(章魚、烏賊體內的)墨狀物 △習字の練習をするので、墨をすります。／為了練習寫毛筆字而磨墨。

ずみ【済み】(名)完了，完結；付清，付訖 類 終了 △検査済みのラベルが張ってあった。／已檢查完畢有貼上標籤。

すむ【澄む】(自五)清澈；澄清；晶瑩，光亮；(聲音)清脆悅耳；清靜，寧靜 反 汚れる 類 清澄（せいちょう）△川の水は澄んでいて、底までよく見える。／由於河水非常清澈，河底清晰可見。

すもう【相撲】(名)相撲 類 角技（かくぎ）△相撲の力士は、体が大きいですね。／相撲的力士，塊頭都很大。

スライド【slide】(名・自サ)滑動；幻燈機，放映裝置；(棒球)滑進(壘)；按物價指數調整工資 類 幻灯（げんとう）△トロンボーンは、スライド式なのが特徴である。／伸縮喇叭以伸滑的操作方式為其特色。

ずらす (他五)挪開，錯開，差開 △ここちょっと狭いから、このソファーをこっちにずらさない？／這裡有點窄，要不要把這座沙發稍微往這邊移一下？

ずらり(と) (副)一排排，一大排，一長排 類 ずらっと △工場の中に、輸出向けの商品がずらりと並んでいます。／工廠內擺著一排排要出口的商品。

する【刷る】(他五)印刷 類 印刷する △招待のはがきを 100 枚刷りました。／我印了 100 張邀請用的明信片。

ずるい (形) 狡猾，奸詐，耍滑頭，花言巧語 △じゃんけんぽん。あっ、後出しだー。ずるいよ、もう1回！／剪刀石頭布！啊，你慢出！太狡猾了，重來一次！

するどい【鋭い】 (形) 尖的；(刀子)鋒利的；(視線)尖銳的；激烈，強烈；(頭腦)敏銳，聰明 (反) 鈍い(にぶい) (類) 犀利(さいり) △彼の見方はとても鋭い。／他見解真是一針見血。

ずれる (自下一) (從原來或正確的位置)錯位，移動；離題，背離(主題、正路等) (類) 外れる(はずれる) △印刷が少しずれてしまった。／印刷版面有點對位不正。

すんぽう【寸法】 (名) 長短，尺寸；(預定的)計畫，順序，步驟；情況 (類) 長さ △宅配便を送る前に、箱の寸法を測る。／在寄送宅配之前先量箱子的尺寸。

せ セ

N2-043

せい【正】 (名・漢造) 正直；(數)正號；正確，正當；更正，糾正；主要的，正的 (反) 負 (類) プラス △正の数と負の数について勉強しましょう。／我們一起來學正負數吧！

せい【生】 (名・漢造) 生命，生活；生業，營生；出生，生長；活著，生存 (反) 死 △教授と、生と死について語り合った。／我和教授一起談論了有關生與死的問題。

せい【姓】 (名・漢造) 姓氏；族，血族；(日本古代的)氏族姓，稱號 (類) 名字 △先生は、学生の姓のみならず、名前まで全部覚えている。／老師不只記住了學生的姓，連名字也全都背起來了。

せい【精】 (名) 精，精靈；精力 △日本では、「こだま」は木の精が応えているものと考えられていました。／在日本，「回音」被認為是樹靈給予的回應。

せい (名) 原因，緣故，由於；歸咎 (類) 原因 △自分の失敗を、他人のせいにするべきではありません。／不應該將自己的失敗，歸咎於他人。

ぜい【税】 (名・漢造) 稅，稅金 (類) 税金 △税金が高すぎるので、文句を言わないではいられない。／稅實在是太高了，所以令人忍不住抱怨幾句。

せいかい【政界】 (名) 政界，政治舞台 △おじは政界の大物だから、敵も多い。／伯父由於是政界的大老，因而樹敵頗多

せいかつしゅうかんびょう【生活習慣病】 (名) 文明病 △糖尿病は生活習慣病の一つだ。／糖尿病是文明病之一。

ぜいかん【税関】 (名) 海關 △税関で申告するものはありますか。／你有東西要在海關申報嗎？

せいきゅう【請求】(名・他サ) 請求，要求，索取 類 求める △かかった費用を、会社に請求しようではないか。／支出的費用，就跟公司申請吧！

せいけい【整形】名 整形 △整形外科で診てもらう。／看整形外科。

せいげん【制限】(名・他サ) 限制，限度，極限 類 制約 △太りすぎたので、食べ物について制限を受けた。／因為太胖，所以受到了飲食的控制。

せいさく【制作】(名・他サ) 創作(藝術品等)，製作；作品 類 創作 △娘をモデルに像を制作する。／以女兒為模特兒製作人像。

せいさく【製作】(名・他サ) (物品等)製造，製作，生產 類 制作 △私はデザインしただけで、商品の製作は他の人が担当した。／我只是負責設計，至於商品製作部份是其他人負責的。

せいしき【正式】(名・形動) 正式的，正規的 類 本式 △同性愛のカップルにも正式な婚姻関係を認めるべきだと思いますか。／請問您認為同性伴侶是否也應該被認可具有正式的婚姻關係呢？

せいしょ【清書】(名・他サ) 謄寫清楚，抄寫清楚 類 浄写(じょうしゃ) △この手紙を清書してください。／請重新謄寫這封信。

せいしょうねん【青少年】名 青少年 類 青年 △青少年向きの映画を作るつもりだ。／我打算拍一部適合青少年觀賞的電影。

せいしん【精神】名 (人的)精神，心；心神，精力，意志；思想，心意；(事物的)根本精神 補 精神的［形容動詞］精神上的 △彼女は見かけによらず精神的に強い。／真是人不可貌相，她具有強悍的精神力量。

せいぜい【精々】副 盡量，盡可能；最大限度，充其量 類 精一杯 △遅くても精々2、3日で届くだろう。／最晚頂多兩、三天送到吧！

せいせき【成績】名 成績，效果，成果 類 効果 △私はともかく、他の学生はみんな成績がいいです。／先不提我，其他的學生大家成績都很好。

せいそう【清掃】(名・他サ) 清掃，打掃 類 掃除 △罰に、1週間トイレの清掃をしなさい。／罰你掃一個禮拜的廁所，當作處罰。

せいぞう【製造】(名・他サ) 製造，加工 類 造る △わが社では、一般向けの製品も製造しています。／我們公司，也有製造給一般大眾用的商品。

せいぞん【生存】(名・自サ) 生存 類 生きる △その環境では、生物は生存し得ない。／在那種環境下， 生物是無法生存的。

ぜいたく【贅沢】(名・形動) 奢侈，奢華，浪費，鋪張；過份要求，奢望 類 奢侈(しゃし) △生活が豊かなせいか、最近の子どもは贅沢です。／不知道是

不是因為生活富裕的關係，最近的小孩都很浪費。

せいちょう【生長】（名・自サ）（植物、草木等）生長，發育 △植物が生長する過程には興味深いものがある。／植物的成長，確實有耐人尋味的過程。

せいど【制度】（名）制度；規定 (類) 制 △制度は作ったものの、まだ問題点が多い。／雖說訂出了制度，但還是存留著許多問題點。

せいとう【政党】（名）政黨 (類) 党派 △この政党は、支持するまいと決めた。／我決定不支持這個政黨了。

せいび【整備】（名・自他サ）配備，整備；整理，修配；擴充，加強；組裝；保養 (類) 用意 △自動車の整備ばかりか、洗車までしてくれた。／不但幫我保養汽車，甚至連車子也幫我洗好了。

せいふ【政府】（名）政府；內閣，中央政府 (類) 政庁（せいちょう）△政府も政府なら、国民も国民だ。／政府有政府的問題，國民也有國民的不對。

せいぶん【成分】（名）（物質）成分，元素；（句子）成分；（數）成分 (類) 要素（ようそ）△成分のわからない薬には、手を出しかねる。／我無法出手去碰成分不明的藥品。

N2-044

せいべつ【性別】（名）性別 △名前と住所のほかに、性別も書いてください。／除了姓名和地址以外，也請寫上性別。

せいほうけい【正方形】（名）正方形 (類) 四角形 △正方形の紙を用意してください。／請準備正方形的紙張。

せいめい【生命】（名）生命，壽命；重要的東西，關鍵，命根子 (類) 命 △私は、何度も生命の危機を経験している。／我經歷過好幾次的攸關生命的關鍵時刻。

せいもん【正門】（名）大門，正門 (類) 表門（おもてもん）△学校の正門の前で待っています。／我在學校正門等你。

せいりつ【成立】（名・自サ）產生，完成，實現；成立，組成；達成 (類) 出来上がる △新しい法律が成立したとか。／聽說新的法條出來了。

せいれき【西暦】（名）西曆，西元 (類) 西紀 △昭和55年は、西暦では1980年です。／昭和55年，是西元的1980年。

せおう【背負う】（他五）背；擔負，承擔，肩負 (類) 担ぐ（かつぐ）△この重い荷物を、背負えるものなら背負ってみろよ。／你要能背這個沈重的行李，你就背看看啊！

せき【隻】（接尾）（助數詞用法）計算船，箭，鳥的單位 △駆逐艦2隻。／兩艘驅逐艦。

せきたん【石炭】（名）煤炭 △石炭は発電に大量に使われている。／煤炭被大量用於發電。

せきどう【赤道】（名）赤道△赤道直下の国は、とても暑い。／赤道正下方的國家，非常的炎熱。

せきにんかん【責任感】（名）責任感△責任感が強い。／責任感很強。

せきゆ【石油】（名）石油（類）ガソリン△石油が値上がりしそうだ。／油價好像要上漲了。

せつ【説】（名・漢造）意見，論點，見解；學說；述說（類）学説△このことについては、いろいろな説がある。／針對這件事，有很多不同的見解。

せっかく【折角】（名・副）特意地；好不容易；盡力，努力，拼命的（類）わざわざ△せっかく来たのに、先生に会えなくてどんなに残念だったことか。／特地來卻沒見到老師，真是可惜呀！

せっきん【接近】（名・自サ）接近，靠近；親密，親近，密切（類）近づく△台風が接近していて、旅行どころではない。／颱風來了，哪能去旅行呀！

せっけい【設計】（名・他サ）（機械、建築、工程的）設計；計畫，規則（類）企てる（くわだてる）△この設計だと費用がかかり過ぎる。もう少し抑えられないものか。／如果採用這種設計，費用會過高。有沒有辦法把成本降低一些呢？

せっする【接する】（自他サ）接觸；連接，靠近；接待，應酬；連結，接上；遇上，碰上（類）応対する△お年寄りには、優しく接するものだ。／對上了年紀的人，應當要友善對待。

せっせと（副）拼命地，不停的，一個勁兒地，孜孜不倦的（類）こつこつ△早く帰りたいので、せっせと仕事をした。／我想趕快回家所以才拼命工作。

せつぞく【接続】（名・自他サ）連續，連接；（交通工具）連軌，接運（類）繋がる△コンピューターの接続を間違えたに違いありません。／一定是電腦的連線出了問題。

せつび【設備】（名・他サ）設備，裝設，裝設（類）施設△古い設備だらけだから、機械を買い替えなければなりません。／淨是些老舊的設備，所以得買新的機器來替換了。

ぜつめつ【絶滅】（名・自他サ）滅絕，消滅，根除（類）滅びる（ほろびる）△保護しないことには、この動物は絶滅してしまいます。／如果不加以保護，這動物就會絕種。

せともの【瀬戸物】（名）陶瓷品△瀬戸物を紹介する。／介紹瓷器。

ぜひとも【是非とも】（副）（是非的強調說法）一定，無論如何，務必（類）ぜひぜひ△今日は是非ともおごらせてください。／今天無論如何，請務必讓我請客。

せまる【迫る】（自五・他五）強迫，逼迫；臨近，迫近；變狹窄，縮短；陷於困境，窘困（類）押し付ける△彼女に結婚しろと迫られた。／她強迫我要結婚。

ゼミ【seminar】 (名)（跟著大學裡教授的指導）課堂討論；研究小組，研究班 (類) ゼミナール △今日はゼミで、論文の発表をする。／今天要在課堂討論上發表論文。

せめて (副)（雖然不夠滿意，但）那怕是，至少也，最少 (類) 少なくとも △せめて今日だけは雨が降りませんように。／希望至少今天不要下雨。

せめる【攻める】 (他下一) 攻，攻打 (類) 攻撃する △城を攻める。／攻打城堡。

せめる【責める】 (他下一) 責備，責問；苛責，折磨，摧殘；嚴加催討；馴服馬匹 (類) 咎める（とがめる）△そんなに自分を責めるべきではない。／你不應該那麼的自責。

セメント【cement】 (名) 水泥 (類) セメン △今セメントを流し込んだところです。／現在正在注入水泥。

せりふ (名) 台詞，念白；（貶）使人不快的說法，說辭 △せりふは全部覚えたものの、演技がうまくできない。／雖然台詞都背起來了，但還是無法將角色表演的很好。

せろん・よろん【世論】 (名) 世間一般人的意見，民意，輿論 (類) 輿論 △世論には、無視できないものがある。／輿論這東西，確實有不可忽視的一面。

せん【栓】 (名) 栓，塞子；閥門，龍頭，開關；阻塞物 (類) 詰め（つめ）△ワインの栓を抜いてください。／請拔開葡萄酒的栓子。

せん【船】 (漢造) 船 (類) 舟（ふね）△汽船で行く。／坐汽船去。

ぜん【善】 (名・漢造) 好事，善行；善良；優秀，卓越；妥善，擅長；關係良好 (反) 悪 △君は、善悪の区別もつかないのかい。／你連善惡都無法分辨嗎？

ぜんいん【全員】 (名) 全體人員 (類) 総員 △全員集まってからでないと、話ができません。／大家沒全到齊的話，就沒辦法開始討論。

せんご【戦後】 (名) 戰後 △原子爆弾が落ちた広島が、戦後これほど発展するとは、誰も予想していなかっただろう。／大概誰都想像不到，遭到原子彈轟炸的廣島在二戰結束之後，居然能有如此蓬勃的發展。

N2-045

ぜんご【前後】 (名・自サ・接尾)（空間與時間）前和後，前後；相繼，先後；前因後果 △要人の車の前後には、パトカーがついている。／重要人物的座車前後，都有警車跟隨著。

せんこう【専攻】 (名・他サ) 專門研究，專修，專門 (類) 専修 △彼の専攻はなんだっけ。／他是專攻什麼來著？

ぜんこく【全国】 (名) 全國 (反) 地方 (類) 全土 △このラーメン屋は、全国でいちばんおいしいと言われている。／這家拉麵店，號稱全國第一美味。

ぜんしゃ【前者】 (名) 前者 (反) 後者 △製品Aと製品Bでは、前者のほうが優れている。／拿產品A和B來比較的話，前者比較好。

せんしゅ【選手】 (名) 選拔出來的人；選手，運動員 (類) アスリート △長嶋茂雄といったら、「ミスタープロ野球」とも呼ばれる往年の名野球選手でしょう。／一提到長嶋茂雄，就是那位昔日被譽為「職棒先生」的棒球名將吧。

ぜんしゅう【全集】 (名) 全集 △この文学全集には、初版に限り特別付録があった。／這部文學全集附有初版限定的特別附錄。

ぜんしん【全身】 (名) 全身 (類) 総身（そうしん）△疲れたので、全身をマッサージしてもらった。／因為很疲憊，所以請人替我全身按摩過一次。

ぜんしん【前進】 (名・他サ) 前進 (反) 後退 (類) 進む △困難があっても、前進するほかはない。／即使遇到困難，也只有往前走了。

せんす【扇子】 (名) 扇子 (類) おうぎ △暑いので、ずっと扇子で扇いでいた。／因為很熱，所以一直用扇子搧風。

せんすい【潜水】 (名・自サ) 潛水 △潜水して船底を修理する。／潛到水裡修理船底。

せんせい【専制】 (名) 專制，獨裁；獨斷，專斷獨行 △この国では、専制君主の時代が長く続いた。／這個國家，持續了很長的君主專制時期。

せんせんげつ【先々月】 (接頭) 上上個月，前兩個月 △彼女とは、先々月会ったきりです。／我自從前兩個月遇到她後，就沒碰過面了。

せんせんしゅう【先々週】 (接頭) 上上週 △先々週は風邪を引いて、勉強どころではなかった。／上上禮拜感冒，哪裡還能讀書呀！

せんぞ【先祖】 (名) 始祖；祖先，先人 (反) 子孫 (類) 祖先 △誰でも、自分の先祖のことが知りたくてならないものだ。／不論是誰，都會很想知道自己祖先的事。

センター【center】 (名) 中心機構；中心地，中心區；(棒球)中場 (類) 中央 △私は、大学入試センターで働いています。／我在大學入學考試中心上班。

ぜんたい【全体】 (名・副) 全身，整個身體；全體，總體；根本，本來；究竟，到底 (類) 全身 △工場全体で、何平方メートルありますか。／工廠全部共有多少平方公尺？

せんたく【選択】 (名・他サ) 選擇，挑選 (類) 選び出す △この中から一つ選択するとすれば、私は赤いのを選びます。／如果要我從中選一，我會選紅色的。

せんたん【先端】 (名) 頂端，尖端；時代的尖端，時髦，流行，前衛 (類) 先駆（せんく）(補) 先端的［形容動詞］頂尖的 △

あなたは、先端的な研究をしていますね。／你從事的事走在時代尖端的研究呢！

せんとう【先頭】㊔ 前頭，排頭，最前列 類 真っ先 △社長が、先頭に立ってがんばるべきだ。／社長應當走在最前面帶頭努力才是。

ぜんぱん【全般】㊔ 全面，全盤，通盤 類 総体 △全般からいうと、A社の製品が優れている。／從全體上來講，A公司的產品比較優秀。

せんめん【洗面】（名・他サ） 洗臉 類 洗顔 △日本の家では、洗面所・トイレ・風呂場がそれぞれ別の部屋になっている。／日本的房屋，盥洗室、廁所、浴室分別是不同的房間。

ぜんりょく【全力】㊔ 全部力量，全力；（機器等）最大出力，全力 類 総力 △日本代表選手として、全力でがんばります。／身為日本選手代表，我會全力以赴。

せんれん【洗練】（名・他サ） 精鍊，講究 △あの人の服装は洗練されている。／那個人的衣著很講究。

せんろ【線路】㊔（火車、電車、公車等）線路；（火車、有軌電車的）軌道 △線路を渡ったところに、おいしいレストランがあります。／過了鐵軌的地方，有家好吃的餐館。

そ ソ

N2-046

そい【沿い】（造語） 順，延 △川沿いに歩く。／沿著河川走路。

ぞう【象】㊔ 大象 △動物園には、象やら虎やら、たくさんの動物がいます。／動物園裡有大象啦、老虎啦，有很多動物。

そうい【相違】（名・自サ） 不同，懸殊，互不相符 類 差異 △両者の相違について説明してください。／請解說兩者的差異。

そういえば【そう言えば】（他五） 這麼說來，這樣一說 △そう言えば、最近山田さんを見ませんね。／這樣說來，最近都沒見到山田小姐呢。

そうおん【騒音】㊔ 噪音；吵雜的聲音，吵鬧聲 △眠ることさえできないほど、ひどい騒音だった。／那噪音嚴重到睡都睡不著的地步！

ぞうか【増加】（名・自他サ） 增加，增多，增進 反 減少 類 増える △人口は、増加する一方だそうです。／聽說人口不斷地在增加。

ぞうきん【雑巾】㊔ 抹布 △水をこぼしてしまいましたが、雑巾はありますか。／水灑出來了，請問有抹布嗎？

ぞうげん【増減】（名・自他サ） 增減，增加 △最近の在庫の増減を調べてください。

／請查一下最近庫存量的增減。

そうこ【倉庫】[名] 倉庫，貨棧 [類] 倉 △倉庫には、どんな商品が入っていますか。／倉庫裡儲存有哪些商品呢？

そうご【相互】[名] 相互，彼此；輪流，輪班；交替，交互 [類] かわるがわる △交換留学が盛んになるに伴って、相互の理解が深まった。／伴隨著交換留學的盛行，兩國對彼此的文化也更加了解。

そうさ【操作】[名・他サ] 操作(機器等)，駕駛；(設法)安排，(背後)操縱 [類] 操る(あやつる) △パソコンの操作にかけては、誰にも負けない。／就電腦操作這一點，我絕不輸給任何人。

そうさく【創作】[名・他サ] (文學作品)創作；捏造(謊言)；創新，創造 [類] 作る △彼の創作には、驚くべきものがある。／他的創作，有令人嘆為觀止之處。

ぞうさつ【増刷】[名・他サ] 加印，增印 △本が増刷になった。／書籍加印。

そうしき【葬式】[名] 葬禮 [類] 葬儀 △葬式で、悲しみのあまり、わあわあ泣いてしまった。／喪禮時，由於過於傷心而哇哇大哭了起來。

ぞうすい【増水】[名・自サ] 氾濫，漲水 △川が増水して危ない。／河川暴漲十分危險。

ぞうせん【造船】[名・自サ] 造船 △造船会社に勤めています。／我在造船公司上班。

そうぞう【創造】[名・他サ] 創造 [類] クリエート △芸術の創造には、何か刺激が必要だ。／從事藝術的創作，需要有些刺激才行。

そうぞうしい【騒々しい】[形] 吵鬧的，喧囂的，宣嚷的；(社會上)動盪不安的 [類] 騒がしい △隣の部屋が、騒々しくてしようがない。／隔壁的房間，實在是吵到不行。

そうぞく【相続】[名・他サ] 承繼(財產等) [類] 受け継ぐ(うけつぐ) △相続に関して、兄弟で話し合った。／兄弟姊妹一起商量了繼承的相關事宜。

ぞうだい【増大】[名・自他サ] 增多，增大 [類] 増える △県民体育館の建設費用が予定より増大して、議会で問題になっている。／縣民體育館的建築費用超出經費預算，目前在議會引發了爭議。

そうち【装置】[名・他サ] 裝置，配備，安裝；舞台裝置 [類] 装備 △半導体製造装置を開発した。／研發了半導體的配備。

そうっと [副] 悄悄地(同「そっと」) [類] こそり △障子をそうっと閉める。／悄悄地關上拉門。

そうとう【相当】[名・自サ・形動] 相當，適合，相稱；相當於，相等於；值得，應該；過得去，相當好；很，頗 [類] かなり △この問題は、学生たちにとって相当難しかったようです。／這個問題對學生們來說，似乎是很困難。

そうべつ【送別】 (名・自サ) 送行，送別 (類) 見送る △田中さんの送別会のとき、悲しくてならなかった。／在歡送田中先生的餞別會上，我傷心不已。

そうりだいじん【総理大臣】 (名) 總理大臣，首相 (類) 内閣総理大臣 △総理大臣やら、有名スターやら、いろいろな人が来ています。／又是內閣大臣，又是明星，來了各式各樣的人。

ぞくする【属する】 (自サ) 屬於，歸於，從屬於；隸屬，附屬 (類) 所属する △彼は、演劇部のみならず、美術部にもコーラス部にも属している。／他不但是戲劇社，同時也隸屬於美術社和合唱團。

ぞくぞく【続々】 (副) 連續，紛紛，連續不斷地 (類) 次々に △新しいスターが、続々と出てくる。／新人接二連三地出現。

そくてい【測定】 (名・他サ) 測定，測量 △身体検査で、体重を測定した。／我在健康檢查時，量了體重。

そくりょう【測量】 (名・他サ) 測量，測繪 (類) 測る（はかる）△家を建てるのに先立ち、土地を測量した。／在蓋房屋之前，先測量了土地的大小。

N2-047

そくりょく【速力】 (名) 速率，速度 (類) スピード △速力を上げる。／加快速度。

そしき【組織】 (名・他サ) 組織，組成；構造，構成；(生)組織；系統，體系 (類) 体系 △一つの組織に入る上は、真面目に努力をするべきです。／既然加入組織，就得認真努力才行。

そしつ【素質】 (名) 素質，本質，天分，天資 (類) 生まれつき △彼には、音楽の素質があるに違いない。／他一定有音樂的天資。

そせん【祖先】 (名) 祖先 (類) 先祖 △日本人の祖先はどこから来たか研究している。／我在研究日本人的祖先來自於何方。

そそぐ【注ぐ】 (自五・他五) (水不斷地)注入，流入；(雨、雪等)落下；(把液體等)注入，倒入；澆，灑 △カップにコーヒーを注ぎました。／我將咖啡倒進了杯中。

そそっかしい (形) 冒失的，輕率的，毛手毛腳的，粗心大意的 (類) 軽率（けいそつ）△そそっかしいことに、彼はまた財布を家に忘れてきた。／冒失的是，他又將錢包忘在家裡了。

そつぎょうしょうしょ【卒業証書】 (名) 畢業證書 △卒業証書を受け取る。／領取畢業證書。

そっちょく【率直】 (形動) 坦率，直率 (類) 明白（めいはく）△社長に、率直に意見を言いたくてならない。／我想跟社長坦率地說出意見想得不得了。

そなえる【備える】 (他下一) 準備，防備；

配置，裝置；天生具備 類 支度する △災害に対して、備えなければならない。／要預防災害。

そのころ 接 當時，那時 類 当時 △そのころあなたはどこにいましたか。／那時你人在什麼地方？

そのため 接 (表原因) 正是因為這樣… 類 それゆえ △チリで地震があった。そのため、日本にも津波が来る恐れがある。／智利發生了地震。因此，日本也可能遭到海嘯的波及。

そのまま 副 照樣的，按照原樣；(不經過一般順序、步驟) 就那樣，馬上，立刻；非常相像 類 そっくり △その本は、そのままにしておいてください。／請就那樣將那本書放下。

そばや【蕎麦屋】 名 蕎麥麵店 △蕎麦屋で昼食を取る。／在蕎麥麵店吃中餐。

そまつ【粗末】 名・形動 粗糙，不精緻；疏忽，簡慢；糟蹋 反 精密 類 粗雑(そざつ) △食べ物を粗末にするなど、私には考えられない。／我沒有辦法想像浪費食物這種事。

そる【剃る】 他五 剃(頭)，刮(臉) 類 剃り落とす(そりおとす) △ひげを剃ってからでかけます。／我刮了鬍子之後便出門。

それでも 接續 儘管如此，雖然如此，即使這樣 類 関係なく △それでも、やっぱりこの仕事は私がやらざるをえないのです。／雖然如此，這工作果然還是要我來做才行。

それなのに 他五 雖然那樣，儘管如此 △一生懸命がんばりました。それなのに、どうして失敗したのでしょう。／我拼命努力過了。但是，為什麼到頭來還是失敗了呢？

それなら 他五 要是那樣，那樣的話，如果那樣 類 それでは △それなら、私が手伝ってあげましょう。／那麼，我來助你一臂之力吧！

それなり 名・副 恰如其分；就那樣 △良い物はそれなりに高い。／一分錢一分貨。

それる【逸れる】 自下一 偏離正軌，歪向一旁；不合調，走調；走向一邊，轉過去 類 外れる(はずれる) △ピストルの弾が、目標から逸れました。／手槍的子彈，偏離了目標。

そろばん 名 算盤，珠算 △子どもの頃、そろばんを習っていた。／小時候有學過珠算。

そん【損】 名・自サ・形動・漢造 虧損，賠錢；吃虧，不划算；減少；損失 反 得 類 不利益 △その株を買っても、損はするまい。／即使買那個股票，也不會有什麼損失吧！

そんがい【損害】 名・他サ 損失，損害，損耗 類 損失 △損害を受けたのに、黙っているわけにはいかない。／既然遭受了損害，就不可能這樣悶不吭聲。

そんざい【存在】(名・自サ) 存在，有；人物，存在的事物；存在的理由，存在的意義 (類)存する △宇宙人は、存在し得ると思いますか。／你認為外星人有存在的可能嗎？

そんしつ【損失】(名・自サ) 損害，損失 (反)利益 (類)欠損(けっそん) △火災は会社に２千万円の損失をもたらした。／火災造成公司兩千萬元的損失。

ぞんずる・ぞんじる【存ずる・存じる】(自他サ) 有，存，生存；在於 (類)承知する △その件は存じております。／我知道那件事。

そんぞく【存続】(名・自他サ) 繼續存在，永存，長存 △存続を図る。／謀求永存。

そんちょう【尊重】(名・他サ) 尊重，重視 (類)尊ぶ(とうとぶ) △彼らの意見も、尊重しようじゃないか。／我們也要尊重他們的意見吧！

そんとく【損得】(名) 損益，得失，利害 (類)損益 △商売なんだから、損得抜きではやっていられない。／既然是做生意，就不能不去計算利害得失。

たタ

N2-048

た【他】(名・漢造) 其他，他人，別處，別的事物；他心二意；另外 (類)ほか △何をするにせよ、他の人のことも考えなければなりません。／不管做任何事，都不能不考慮到他人的感受。

た【田】(名) 田地；水稻，水田 (反)畑 (類)田んぼ (補)大多指種水稻的耕地。 △水を張った田に青空が映っている。／蓄了水的農田裡倒映出蔚藍的天空。

だい【大】(名・漢造)（事物、體積）大的；量多的；優越，好；宏大，大量；宏偉，超群 (反)小 △市の指定ごみ袋には大・中・小の３種類がある。／市政府指定的垃圾袋有大、中、小三種。

だい【題】(名・自サ・漢造) 題目，標題；問題；題辭 △絵の題が決められなくて、「無題」とした。／沒有辦法決定畫作的名稱，於是取名為〈無題〉。

だい【第】(漢造) 順序；考試及格，錄取；住宅，宅邸 △ただ今より、第５回中国語スピーチコンテストを開催いたします。／現在開始舉行第五屆中文演講比賽。

だい【代】(名・漢造) 代，輩；一生，一世；代價 △あそこの店は、今は代が替わって息子さんがやっているよ。／那家店的老闆已經交棒，換成由兒子經營了喔。

たいいく【体育】(名) 體育；體育課 △体育の授業で一番だったとしても、スポーツ選手になれるわけではない。／就算體育成績拿第一，並不代表就能當上運動選手。

だいいち【第一】 (名・副) 第一，第一位，首先；首屈一指的，首要，最重要 △早寝早起き、健康第一！／早睡早起，健康第一！

たいおん【体温】 (名) 體溫 △元気なときに体温を測って、自分の平熱を知っておくとよい。／建議人們在健康的時候要測量體溫，了解自己平常的體溫是幾度。

たいかい【大会】 (名) 大會；全體會議 △大会に出たければ、がんばって練習することだ。／如想要出賽，就得好好練習。

たいかくせん【対角線】 (名) 對角線 △対角線を引く。／畫對角線。

たいき【大気】 (名) 大氣；空氣 △大気が地球を包んでいる。／大氣將地球包圍。

たいきん【大金】 (名) 巨額金錢，巨款 △株で大金をもうける。／在股票上賺了大錢。

だいきん【代金】 (名) 貸款，借款 (類) 代価 △店の人によれば、代金は後で払えばいいそうだ。／店裡的人說，也可以借款之後再付。

たいけい【体系】 (名) 體系，系統 (類) システム △私の理論は、学問として体系化し得る。／我的理論，可作為一門有系統的學問。

たいこ【太鼓】 (名) (大) 鼓 (類) ドラム △太鼓をたたくのは、体力が要る。／打鼓需要體力。

たいざい【滞在】 (名・自サ) 旅居，逗留，停留 (類) 逗留（とうりゅう） △日本に長く滞在しただけに、日本語がとてもお上手ですね。／不愧是長期居留在日本，日語講得真好。

たいさく【対策】 (名) 對策，應付方法 (類) 方策 △犯罪の増加に伴って、対策をとる必要がある。／隨著犯罪的增加，有必要開始採取對策了。

たいし【大使】 (名) 大使 △彼は在フランス大使に任命された。／他被任命為駐法的大使。

たいした【大した】 (連體) 非常的，了不起的；（下接否定詞）沒什麼了不起，不怎麼樣 (類) 偉い △ジャズピアノにかけては、彼は大したものですよ。／他在爵士鋼琴這方面，還真是了不得啊。

たいして【大して】 (副) （一般下接否定語）並不太…，並不怎麼 (類) それほど △この本は大して面白くない。／這本書不怎麼有趣。

たいしょう【対象】 (名) 對象 (類) 目当て（めあて） △番組の対象として、40歳ぐらいを考えています。／節目的收視對象，我預設為 40 歲左右的年齡層。

たいしょう【対照】 (名・他サ) 對照，對比 (類) 見比べる（みくらべる） (補) 対照的（たいしょうてき）：對比，相反。（為形容動詞）。△木々の緑と空の青が対照をなして美しい。／樹木的青翠和天空的蔚藍相互輝映，美不勝收。△ご主人はおしゃべりなのに奥さんはおとなしくて、あの夫婦は対照的だ。／那對夫妻的個性截然不同，丈夫喜歡說話，但太太卻很文靜。

だいしょう【大小】[名]（尺寸）大小；大和小 △大小さまざまな家が並んでいます。／各種大小的房屋並排在一起。

だいじん【大臣】[名]（政府）部長，大臣 [類] 国務大臣 △大臣のくせに、真面目に仕事をしていない。／明明是大臣卻沒有認真在工作。

たいする【対する】[自サ] 面對，面向；對於，關於；對立，相對，對比；對待，招待 [類] 対応する △自分の部下に対しては、厳しくなりがちだ。／對自己的部下，總是比較嚴格。

たいせい【体制】[名] 體制，結構；（統治者行使權力的）方式 △社長が交替して、新しい体制で出発する。／社長交棒後，公司以新的體制重新出發。

たいせき【体積】[名]（數）體積，容積 △この容器の体積は2立方メートルある。／這容器的體積有二立方公尺。

たいせん【大戦】[名・自サ] 大戰，大規模戰爭；世界大戰 △伯父は大戦のときに戦死した。／伯父在大戰中戰死了。

N2-049

たいそう【大層】[形動・副] 很，非常，了不起；過份的，誇張的 [類] 大変 △コーチによれば、選手たちは練習で大層がんばったということだ。／據教練所言，選手們已經非常努力練習了。

たいそう【体操】[名] 體操；體育課 △毎朝公園で体操をしている。／每天早上在公園裡做體操。

だいとうりょう【大統領】[名] 總統 △大統領とお会いした上で、詳しくお話しします。／與總統會面之後，我再詳細說明。

たいはん【大半】[名] 大半，多半，大部分 [類] 大部分 △大半の人が、このニュースを知らないに違いない。／大部分的人，肯定不知道這個消息。

だいぶぶん【大部分】[名・副] 大部分，多半 [類] 大半 △日本国民の大部分は大和民族です。／日本國民大部分屬於大和民族。

タイプライター【typewriter】[名] 打字機 [類] 印字機（いんじき）△昔は、みんなタイプライターを使っていたとか。／聽說大家以前是用打字機。

たいほ【逮捕】[名・他サ] 逮捕，拘捕，捉拿 [類] 捕らえる（とらえる）△犯人が逮捕されないかぎり、私たちは安心できない。／只要一天沒抓到犯人，我們就無安寧的一天。

たいぼく【大木】[名] 大樹，巨樹 [類] 巨木 △雨が降ってきたので、大木の下に逃げ込んだ。／由於下起了雨來，所以我跑到大樹下躲雨。

だいめいし【代名詞】 ㊔ 代名詞，代詞；(以某詞指某物、某事) 代名詞 △動詞やら代名詞やら、文法は難しい。／動詞啦、代名詞啦，文法還真是難。

タイヤ【tire】 ㊔ 輪胎 △タイヤがパンクしたので、取り替えました。／因為爆胎所以換了輪胎。

ダイヤモンド【diamond】 ㊔ 鑽石 類 ダイヤ △このダイヤモンドは高いに違いない。／這顆鑽石一定很昂貴。

たいら【平ら】 (名・形動) 平，平坦；(山區的) 平原，平地；(非正坐的) 隨意坐，盤腿作；平靜，坦然 類 平らか (たいらか) △道が平らでさえあれば、どこまでも走っていけます。／只要道路平坦，不管到什麼地方我都可以跑。

だいり【代理】 (名・他サ) 代理，代替；代理人，代表 類 代わり △社長の代理にしては、頼りない人ですね。／以做為社長的代理人來看，這人還真是不可靠啊！

たいりく【大陸】 ㊔ 大陸，大洲；(日本指) 中國；(英國指) 歐洲大陸 △オーストラリアは国でもあり、世界最小の大陸でもある。／澳洲既是一個國家，也是世界最小的大陸。

たいりつ【対立】 (名・他サ) 對立，對峙 反 協力 類 対抗 △あの二人はよく意見が対立するが、言い分にはそれぞれ理がある。／那兩個人的看法經常針鋒相對，但說詞各有一番道理。

たうえ【田植え】 (名・他サ) (農) 插秧 類 植えつける △農家は、田植えやら草取りやらで、いつも忙しい。／農民要種田又要拔草，總是很忙碌。

だえん【楕円】 ㊔ 橢圓 類 長円 (ちょうえん) △楕円形のテーブルを囲んで会議をした。／大家圍著橢圓桌舉行會議。

だが (接) 但是，可是，然而 類 けれど △失敗した。だがいい経験だった。／失敗了。但是很好的經驗。

たがやす【耕す】 (他五) 耕作，耕田 類 耕作 (こうさく) △我が家は畑を耕して生活しています。／我家靠耕田過生活。

たから【宝】 ㊔ 財寶，珍寶；寶貝，金錢 類 宝物 △親からすれば、子どもはみんな宝です。／對父母而言，小孩個個都是寶貝。

たき【滝】 ㊔ 瀑布 類 瀑布 (ばくふ) △このへんには、小川やら滝やら、自然の風景が広がっています。／這一帶，有小河川啦、瀑布啦，一片自然景觀。

たく【宅】 (名・漢造) 住所，自己家，宅邸；(加接頭詞「お」成為敬稱) 尊處 類 住居 △明るいうちに、田中さん宅に集まってください。／請趁天還是亮的時候，到田中小姐家集合。

たくわえる【蓄える・貯える】 (他下一) 儲蓄，積蓄；保存，儲備；留，留存 類 貯金 (ちょきん) △給料が安くて、お金を貯えるどころではない。／薪水太少了，哪能存錢啊！

たけ【竹】[名] 竹子 △この箱は、竹でできている。／這個箱子是用竹子做的。

だけど[接續] 然而，可是，但是 [類] しかし △だけど、その考えはおかしいと思います。／可是，我覺得那想法很奇怪。

たしょう【多少】[名·副] 多少，多寡；一點，稍微 [類] 若干 △金額の多少を問わず、私はお金を貸さない。／不論金額多少，我都不會借錢給你的。

ただ[名·副·接] 免費；普通，平凡；只是，僅僅；（對前面的話做出否定）但是，不過 [類] 無料 △ただでもらっていいんですか。／可以免費索取嗎？

たたかい【戦い】[名] 戰鬥，戰鬥；鬥爭；競賽，比賽 [類] 競争 △こうして、両チームの戦いは開始された。／就這樣，兩隊的競爭開始了。

たたかう【戦う・闘う】[自五]（進行）作戰，戰爭；鬥爭；競賽 [類] 競争する △勝敗はともかく、私は最後まで戦います。／姑且不論勝敗，我會奮戰到底。

ただし【但し】[接續] 但是，可是 [類] しかし △料金は1万円です。ただし手数料が100円かかります。／費用為一萬日圓。但是，手續費要100日圓。

ただちに【直ちに】[副] 立即，立刻；直接，親自 [類] すぐ △電話をもらいしだい、直ちにうかがいます。／只要你一通電話過來，我就會立刻趕過去。

N2-050

たちあがる【立ち上がる】[自五] 站起，起來；升起，冒起；重振，恢復；著手，開始行動 [類] 起立する △急に立ち上がったものだから、コーヒーをこぼしてしまった。／因為突然站了起來，所以弄翻了咖啡。

たちどまる【立ち止まる】[自五] 站住，停步，停下 △立ち止まることなく、未来に向かって歩いていこう。／不要停下來，向未來邁進吧！

たちば【立場】[名] 立腳點，站立的場所；處境；立場，觀點 [類] 観点 △お互い立場は違うにしても、助け合うことはできます。／即使彼此立場不同，也還是可以互相幫忙。

たちまち[副] 轉眼間，一瞬間，很快，立刻；忽然，突然 [類] 即刻（そっこく）△初心者向けのパソコンは、たちまち売れてしまった。／以電腦初學者為對象的電腦才上市，轉眼就銷售一空。

たつ【絶つ】[他五] 切，斷；絶，斷絕；斷絕，消滅；斷，切斷 [類] 切断する（せつだんする）△登山に行った男性が消息を絶っているということです。／聽說那位登山的男性已音信全無了。

たっする【達する】 (他サ・自サ) 到達；精通，通過；完成，達成；實現；下達（指示、通知等）類 及ぶ △売上げが1億円に達した。／營業額高達了一億日圓。

だっせん【脱線】 (名・他サ)（火車、電車等）脫軌，出軌；（言語、行動）脫離常規，偏離本題 類 外れる △列車が脱線して、けが人が出た。／因火車出軌而有人受傷。

たったいま【たった今】 副 剛才；馬上 △あ、お帰り。たった今、浜田さんから電話があったよ。／啊，你回來了！剛剛濱田先生打了電話來找你喔！

だって (接・提助) 可是，但是，因為；即使是，就算是 類 なぜなら △行きませんでした。だって、雨が降っていたんだもの。／我那時沒去。因為，當時在下雨嘛。

たっぷり (副・自サ) 足夠，充份，多；寬綽，綽綽有餘；（接名詞後）充滿（某表情、語氣等）類 十分 △食事をたっぷり食べても、必ず太るというわけではない。／吃很多，不代表一定會胖。

たてがき【縦書き】 名 直寫 △縦書きのほうが読みやすい。／直寫較好閱讀。

だとう【妥当】 (名・形動・自サ) 妥當，穩當，妥善 類 適当 △予算に応じて、妥当な商品を買います。／購買合於預算的商品。

たとえ 副 縱然，即使，那怕 △たとえお金があっても、株は買いません。／就算有錢，我也不會買股票。

たとえる【例える】 (他下一) 比喻，比方 類 擬える（なぞらえる）△この物語は、例えようがないほど面白い。／這個故事，有趣到無法形容。

たに【谷】 名 山谷，山澗，山洞 △深い谷が続いている。／深谷綿延不斷。

たにぞこ【谷底】 名 谷底 △谷底に転落する。／跌到谷底。

たにん【他人】 名 別人，他人；（無血緣的）陌生人，外人；局外人 反 自己 類 余人（よじん）△他人のことなど、考えている暇はない。／我沒那閒暇時間去管別人的事。

たね【種】 名（植物的）種子，果核；（動物的）品種；原因，起因；素材，原料 類 種子 △庭に花の種をまきました。／我在庭院裡灑下了花的種子。

たのもしい【頼もしい】 形 靠得住的；前途有為的，有出息的 類 立派 △息子さんは、しっかりしていて頼もしいですね。／貴公子真是穩重可靠啊。

たば【束】 名 把，捆 類 括り △花束をたくさんもらいました。／我收到了很多花束。

たび【足袋】 名 日式白布襪 △着物を着て、足袋をはいた。／我穿上了和服與日式白布襪。

たび【度】 (名・接尾) 次，回，度；（反覆）每當，每次；（接數詞後）回，次 類 都度

(つど) △彼に会うたびに、昔のことを思い出す。／每次見到他，就會想起種種的往事。

たび【旅】 (名・他サ) 旅行，遠行 類 旅行 △旅が趣味だと言うだけあって、あの人は外国に詳しい。／不愧是以旅遊為興趣，那個人對外國真清楚。

たびたび【度々】 (副) 屢次，常常，再三 反 偶に 類 しばしば △彼には、電車の中で度々会います。／我常常在電車裡碰到他。

ダブる (自五) 重複；撞期 補 名詞「ダブル(double)」之動詞化。△おもかげがダブる。／雙影。

たま【玉】 (名) 玉，寶石，珍珠；球，珠；眼鏡鏡片；燈泡；子彈 △パチンコの玉が落ちていた。／柏青哥的彈珠掉在地上。

たま【偶】 (名) 偶爾，偶然；難得，少有 類 めったに △偶に一緒に食事をするが、親友というわけではない。／雖然說偶爾會一起吃頓飯，但並不代表就是摯友。

たま【弾】 (名) 子彈 △拳銃の弾に当たって怪我をした。／中了手槍的子彈而受了傷。

たまたま【偶々】 (副) 偶然，碰巧，無意間；偶爾，有時 類 偶然に △たまたま駅で旧友にあった。／無意間在車站碰見老友。

たまらない【堪らない】 (連語・形) 難堪，忍受不了；難以形容，…的不得了；按耐不住 類 堪えない △外国に行きたくてたまらないです。／我想出國想到不行。

ダム【dam】 (名) 水壩，水庫，攔河壩，堰堤 類 堰堤(えんてい) △ダムを作らないことには、この地域の水問題は解決できそうにない。／如果不建水壩，這地區的供水問題恐怕無法解決。

ためいき【ため息】 (名) 嘆氣，長吁短嘆 類 吐息(といき) △ため息など、つかないでください。／請不要嘆氣啦！

ためし【試し】 (名) 嘗試，試驗；驗算 類 試み(こころみ) △試しに使ってみた上で、買うかどうか決めます。／試用過後，再決定要不要買。

ためす【試す】 (他五) 試，試驗，試試 類 試みる △体力の限界を試す。／考驗體能的極限。

N2-051

ためらう【躊躇う】 (自五) 猶豫，躊躇，遲疑，踟躕不前 類 躊躇する(ちゅうちょする) △ちょっと躊躇ったばかりに、シュートを失敗してしまった。／就因為猶豫了一下，結果球沒投進。

たより【便り】 (名) 音信，消息，信 類 手紙 △息子さんから、便りはありますか。／有收到貴公子寄來的信嗎？

たよる【頼る】 (自他五) 依靠，依賴，仰仗；拄著；投靠，找門路 類 依存する △あ

5 Level
4 Level
3 Level
2 Level
1 Level

なたなら、誰にも頼ることなく仕事をやっていくでしょう。／如果是你的話，工作不靠任何人也能進行吧！

だらけ (接尾) (接名詞後) 滿，淨，全；多，很多△テストは間違いだらけだったにもかかわらず、平均点よりはよかった。／儘管考卷上錯誤連篇，還是比平均分數來得高。

だらしない (形) 散慢的，邋遢的，不檢點的；不爭氣的，沒出息的，沒志氣 (類) ルーズ△あの人は服装がだらしないから嫌いです。／那個人的穿著邋遢，所以我不喜歡他。

たらす【垂らす】 (名) 滴；垂△よだれを垂らす。／流口水。

たらず【足らず】 (接尾) 不足…△5歳足らずの子供の演奏とは思えない、すばらしい演奏だった。／那是一場精彩的演出，很難想像是由不滿五歲的小孩演奏的。

だらり(と) (副) 無力地（下垂著）△だらりとぶら下がる。／無力地垂吊。

たりょう【多量】 (名・形動) 大量△多量の出血にもかかわらず、一命を取り留めた。／儘管大量出血，所幸仍保住了性命。

たる【足る】 (自五) 足夠，充足；值得，滿足 (類) 値する（あたいする）△彼は、信じるに足る人だ。／他是個值得信賴的人。

たれさがる【垂れ下がる】 (自五) 下垂△ひもが垂れ下がる。／帶子垂下。

たん【短】 (名・漢造) 短；不足，缺點△手術とはいっても、短時間で済みます。／雖說動手術，在很短的時間內就完成了。

だん【段】 (名・形名) 層，格，節；（印刷品的）排，段；樓梯；文章的段落 (類) 階段△入口が段になっているので、気をつけてください。／入口處有階梯，請小心。

たんい【単位】 (名) 學分；單位 (類) 習得単位△卒業するのに必要な単位はとりました。／我修完畢業所需的學分了。

だんかい【段階】 (名) 梯子，台階，樓梯；階段，時期，步驟；等級，級別 (類) 等級△プロジェクトは、新しい段階に入りつつあります。／企劃正逐漸朝新的階段發展。

たんき【短期】 (名) 短期 (反) 長期 (類) 短時間△夏休みだけの短期のアルバイトを探している。／正在找只在暑假期間的短期打工。

たんご【単語】 (名) 單詞△英語を勉強するにつれて、単語が増えてきた。／隨著英語的學習愈久，單字的量也愈多了。

たんこう【炭鉱】 (名) 煤礦，煤井△この村は、昔炭鉱で栄えました。／這個村子，過去因為產煤而繁榮。

だんし【男子】 (名) 男子，男孩，男人，

男子漢 反 女子 類 男児 △子どもたちが、男子と女子に分かれて並んでいる。／小孩子們分男女兩列排隊。

たんじゅん【単純】 名・形動 單純，簡單；無條件 反 複雑 類 純粋 △単純な物語ながら、深い意味が含まれているのです。／雖然是個單純的故事，但卻蘊含深遠的意義。

たんしょ【短所】 名 缺點，短處 反 長所 類 欠点 △彼には短所はあるにしても、長所も見てあげましょう。／就算他有缺點，但也請看看他的優點吧。

ダンス【dance】 名・自サ 跳舞，交際舞 類 踊り △ダンスなんか、習いたくありません。／我才不想學什麼舞蹈呢！

たんすい【淡水】 名 淡水 類 真水（まみず）△この魚は、淡水でなければ生きられません。／這魚類只能在淡水區域生存。

だんすい【断水】 名・他サ・自サ 斷水，停水 △私の住んでいる地域で、三日間にわたって断水がありました。／我住的地區，曾停水長達三天過。

たんすう【単数】 名（數）單數，（語）單數 反 複数 △3人称単数の動詞にはsをつけます。／在第三人稱單數動詞後面要加上s。

だんち【団地】 名（為發展產業而成片劃出的）工業區；（有計畫的集中建立住房的）住宅區 △私は大きな団地に住んでいます。／我住在很大的住宅區裡。

だんてい【断定】 名・他サ 斷定，判斷 類 言い切る（いいきる）△その男が犯人だとは、断定しかねます。／很難判定那個男人就是兇手。

たんとう【担当】 名・他サ 擔任，擔當，擔負 類 受け持ち △この件は、来週から私が担当することになっている。／這個案子，預定下週起由我來負責。

たんなる【単なる】 連體 僅僅，只不過 類 ただの △私など、単なるアルバイトに過ぎません。／像我只不過就是個打工的而已。

たんに【単に】 副 單，只，僅 類 唯（ただ）△私がテニスをしたことがないのは、単に機会がないだけです。／我之所以沒打過網球，純粹是因為沒有機會而已。

たんぺん【短編】 名 短篇，短篇小說 反 長編 △彼女の短編を読むにつけ、この人は天才だなあと思う。／每次閱讀她所寫的短篇小說，就會覺得這個人真是個天才。

たんぼ【田んぼ】 名 米田，田地 △田んぼの稲が台風でだいぶ倒れた。／田裡的稻子被颱風吹倒了許多。

ち チ

N2-052

ち【地】(名)大地，地球，地面；土壤，土地；地表；場所；立場，地位 (類)地面 △この地に再び来ることはないだろう。／我想我再也不會再到這裡來了。

ちい【地位】(名)地位，職位，身份，級別 (類)身分 △地位に応じて、ふさわしい態度をとらなければならない。／應當要根據自己的地位， 來取適當的態度。

ちいき【地域】(名)地區 (類)地方 △この地域が発展するように祈っています。／祈禱這地區能順利發展。

ちえ【知恵】(名)智慧，智能；腦筋，主意 (類)知性 △犯罪防止の方法を考えている最中ですが、何かいい知恵はありませんか。／我正在思考防範犯罪的方法，你有沒有什麼好主意？

ちがいない【違いない】(形)一定是，肯定，沒錯，的確是 (類)確かに △この事件は、彼女にとってショックだったに違いない。／這事件對她而言，一定很震驚。

ちかう【誓う】(他五)發誓，起誓，宣誓 (類)約する △正月になるたびに、今年はがんばるぞと誓う。／一到元旦，我就會許諾今年要更加努力。

ちかごろ【近頃】(名・副)最近，近來，這些日子來；萬分，非常 (類)今頃(いまごろ) △近頃は、映画どころかテレビさえ見ない。全部ネットで見られるから。／最近別說是電影了，就連電視也沒看，因為全都在網路上看片。

ちかすい【地下水】(名)地下水 △このまま地下水をくみ続けると、地盤が沈下しかねない。／再照這樣繼續汲取地下水，說不定會造成地層下陷。

ちかぢか【近々】(副)不久，近日，過幾天；靠的很近 (類)間もなく △近々、総理大臣を訪ねることになっています。／再過幾天，我預定前去拜訪內閣總理大臣。

ちかよる【近寄る】(自五)走進，靠近，接近 (反)離れる (類)近づく △あんなに危ない場所には、近寄れっこない。／那麼危險的地方不可能靠近的。

ちからづよい【力強い】(形)強而有力的；有信心的，有依仗的 (類)安心 △この絵は構成がすばらしいとともに、色も力強いです。／這幅畫整體構造實在是出色，同時用色也充滿張力。

ちぎる(他五・接尾)撕碎(成小段)；摘取，揪下；(接動詞連用形後加強語氣)非常，極力 (類)小さく千切る △紙をちぎってゴミ箱に捨てる。／將紙張撕碎丟進垃圾桶。

ちじ【知事】(名)日本都、道、府、縣的首長 △将来は、東京都知事になりたいです。／我將來想當東京都的首長。

ちしきじん【知識人】㊔ 知識份子 △かつて、この国では、白色テロで多くの知識人が犠牲になった。／這個國家過去曾有許多知識份子成了白色恐怖的受難者。

ちしつ【地質】㊔（地）地質 類 地盤 △この辺の地質はたいへん複雑です。／這地帶的地質非常的錯綜複雜。

ちじん【知人】㊔ 熟人，認識的人 類 知り合い △知人を訪ねて京都に行ったついでに、観光をしました。／前往京都拜訪友人的同時，也順便觀光了一下。

ちたい【地帯】㊔ 地帶，地區 △このあたりは、工業地帯になりつつあります。／這一帶正在漸漸轉型為工業地帶。

ちちおや【父親】㊔ 父親 △まだ若いせいか、父親としての自覚がない。／不知道是不是還年輕的關係，他本人還沒有身為父親的自覺。

ちぢむ【縮む】(自五) 縮，縮小，抽縮；起皺紋，出摺；畏縮，退縮，惶恐；縮回去，縮進去 反 伸びる 類 短縮 △これは洗っても縮まない。／這個洗了也不會縮水的。

ちぢめる【縮める】(他下一) 縮小，縮短，縮減；縮回，捲縮，起皺紋 類 圧縮 △この亀はいきなり首を縮めます。／這隻烏龜突然縮回脖子。

ちぢれる【縮れる】(自下一) 捲曲；起皺，出摺 類 皺が寄る △彼女は髪が縮れている。／她的頭髮是捲曲的。

チップ【chip】㊔（削木所留下的）片削；洋芋片 △休みの日は、ごろごろしてポテトチップを食べながらテレビを見るに限る。／放假日就該無所事事，吃著洋芋片看電視。

ちてん【地点】㊔ 地點 類 場所 △現在いる地点について報告してください。／請你報告一下你現在的所在地。

ちのう【知能】㊔ 智能，智力，智慧△知能指数を測るテストを受けた。／我接受了測量智力程度的測驗。

N2-053

ちへいせん【地平線】㊔（地）地平線△はるか遠くに、地平線が望める。／在遙遠的那一方，可以看到地平線。

ちめい【地名】㊔ 地名△地名の変更に伴って、表示も変えなければならない。／隨著地名的變更，也就有必要改變道路指標。

ちゃ【茶】(名・漢造) 茶；茶樹；茶葉；茶水△茶を入れる。／泡茶。

ちゃくちゃく【着々】(副) 逐步地，一步步地 類 どんどん △新しい発電所は、着々と建設が進んでいる。／新發電廠的建設工程正在逐步進行中。

チャンス【chance】㊔ 機會，時機，良機 類 好機（こうき）△チャンスが来た以上、挑戦してみたほうがいい。／既然機會送上門來，就該挑戰看看才是。

ちゃんと [副] 端正地，規矩地；按期，如期；整潔，整齊；完全，老早；的確，確鑿 [類] きちんと △目上の人には、ちゃんと挨拶するものだ。／對長輩應當要確實問好。

ちゅう【中】 [名・接尾・漢造] 中央，當中；中間；中等；…之中；正在…當中 △この小説は上・中・下の全３巻ある大作だ。／這部小說是分成上、中、下總共三冊的大作。

ちゅう【注】 [名・漢造] 註解，注釋；注入；注目；註釋 [類] 注釈（ちゅうしゃく）△難しい言葉に、注をつけた。／我在較難的單字上加上了註解。

ちゅうおう【中央】 [名] 中心，正中；中心，中樞；中央，首都 [類] 真ん中 △部屋の中央に花を飾った。／我在房間的中間擺飾了花。

ちゅうかん【中間】 [名] 中間，兩者之間；（事物進行的）中途，半路 △駅と家の中間あたりで、友だちに会った。／我在車站到家的中間這一段路上，遇見了朋友。

ちゅうこ【中古】 [名]（歷史）中古（日本一般是指平安時代，或包含鐮倉時代）；半新不舊 [反] 新品 [類] 古物（ふるもの）△お金がないので、中古を買うしかない。／因為沒錢，所以只好買中古貨。

ちゅうしゃ【駐車】 [名・自サ] 停車 [類] 停車 [反] 発車 [比] 駐車：把汽車等停下來，放在該位置。停車（ていしゃ）：行進中的車子，短時間停車。△家の前に駐車するよりほかない。／只好把車停在家的前面了。

ちゅうしょう【抽象】 [名・他サ] 抽象 [反] 具体 [類] 概念 [補] 抽象的［形容動詞］抽象的 △彼は抽象的な話が得意で、哲学科出身だけのことはある。／他擅長述說抽象的事物，不愧是哲學系的。

ちゅうしょく【昼食】 [名] 午飯，午餐，中飯，中餐 [類] 昼飯（ちゅうしょく）△みんなと昼食を食べられるのは、嬉しい。／能和大家一同共用午餐，令人非常的高興。

ちゅうせい【中世】 [名]（歷史）中世，古代與近代之間（在日本指鐮倉、室町時代）△この村では、中世に戻ったかのような生活をしています。／這個村落中，過著如同回到中世世紀般的生活。

ちゅうせい【中性】 [名]（化學）非鹼非酸，中性；（特徵）不男不女，中性；（語法）中性詞 △酸性でもアルカリ性でもなく、中性です。／不是酸性也不是鹼性， 它是中性。

ちゅうたい【中退】 [名・自サ] 中途退學 △父が亡くなったので、大学を中退して働かざるを得なかった。／由於家父過世，不得不從大學輟學了。

ちゅうと【中途】 [名] 中途，半路 [類] 途中（とちゅう）△中途採用では、通常、職務経験が重視される。／一般而言，公司錄用非應屆畢業生與轉職人士，重視的是其工作經驗。

ちゅうにくちゅうぜい【中肉中背】 ㊔ 中等身材 △目撃者によると、犯人は中肉中背の 20 代から 30 代くらいの男だということです。／根據目擊者的證詞，犯嫌是身材中等、年紀大約是二十至三十歲的男人。

ちょう【長】（名・漢造）長，首領；長輩；長處 △長幼の別をわきまえる。／懂得長幼有序。

ちょうか【超過】（名・自サ）超過 △時間を超過すると、お金を取られる。／一超過時間，就要罰錢。

ちょうき【長期】 ㊔ 長期，長時間 類 超える △長期短期を問わず、働けるところを探しています。／不管是長期還是短期都好，我在找能工作的地方。

ちょうこく【彫刻】（名・他サ）雕刻 類 彫る △彼は、絵も描けば、彫刻も作る。／他既會畫畫，也會雕刻。

N2-054

ちょうしょ【長所】 ㊔ 長處，優點 反 短所 類 特長 △だれにでも、長所があるものだ。／不論是誰，都會有優點的。

ちょうじょう【頂上】 ㊔ 山頂，峰頂；極點，頂點 反 麓（ふもと） 類 頂（いただき） △山の頂上まで行ってみましょう。／一起爬上山頂看看吧！

ちょうしょく【朝食】 ㊔ 早餐 △朝食はパンとコーヒーで済ませる。／早餐吃麵包和咖啡解決。

ちょうせい【調整】（名・他サ）調整，調節 類 調える △パソコンの調整にかけては、自信があります。／我對修理電腦這方面相當有自信。

ちょうせつ【調節】（名・他サ）調節，調整 △時計の電池を換えたついでに、ねじも調節しましょう。／換了時鐘的電池之後，也順便調一下螺絲吧！

ちょうだい【頂戴】（名・他サ）（「もらう、食べる」的謙虛說法）領受，得到，吃；（女性、兒童請求別人做事）請 類 もらう △すばらしいプレゼントを頂戴しました。／我收到了很棒的禮物。

ちょうたん【長短】 ㊔ 長和短；長度；優缺點，長處和短處；多和不足 類 良し悪し（よしあし） △日照時間の長短は、植物に多大な影響を及ぼす。／日照時間的長短對植物有極大的影響。

ちょうてん【頂点】 ㊔（數）頂點；頂峰，最高處；極點，絕頂 類 最高 △技術面からいうと、彼は世界の頂点に立っています。／從技術面來看，他正處在世界的最高峰。

ちょうほうけい【長方形】 ㊔ 長方形，矩形 △長方形のテーブルがほしいと思う。／我想我要一張長方形的桌子。

ちょうみりょう【調味料】 ㊔ 調味料，佐料 類 香辛料 △調味料など、ぜんぜん入れていませんよ。／這完全添加調味料呢！

ちょうめ【丁目】 (結尾) (街巷區劃單位) 段，巷，條 △銀座4丁目に住んでいる。／我住在銀座四段。

ちょくせん【直線】 (名) 直線 (類) 真っ直ぐ △直線によって、二つの点を結ぶ。／用直線將兩點連接起來。

ちょくつう【直通】 (名・自サ) 直達(中途不停)；直通 △ホテルから日本へ直通電話がかけられる。／從飯店可以直撥電話到日本。

ちょくりゅう【直流】 (名・自サ) 直流電；(河水)直流，沒有彎曲的河流；嫡系 △いつも同じ方向に同じ大きさの電流が流れるのが直流です。／都以相同的強度，朝相同方向流的電流，稱為直流。

ちょしゃ【著者】 (名) 作者 (類) 作家 △本の著者として、内容について話してください。／請以本書作者的身份，談一下這本書的內容。

ちょぞう【貯蔵】 (名・他サ) 儲藏 △地下室に貯蔵する。／儲放在地下室。

ちょちく【貯蓄】 (名・他サ) 儲蓄 (類) 蓄積(ちくせき) △余ったお金は、貯蓄にまわそう。／剩餘的錢，就存下來吧！

ちょっかく【直角】 (名・形動) (數) 直角 △この針金は、直角に曲がっている。／這銅線彎成了直角。

ちょっけい【直径】 (名) (數) 直徑 (類) 半径 △このタイヤは直径何センチぐらいですか。／這輪胎的直徑大約是多少公分呢？

ちらかす【散らかす】 (他五) 弄得亂七八糟；到處亂放，亂扔 (反) 整える(ととのえる) (類) 乱す(みだす) △部屋を散らかしたきりで、片付けてくれません。／他將房間弄得亂七八糟後，就沒幫我整理。

ちらかる【散らかる】 (自五) 凌亂，亂七八糟，到處都是 (反) 集まる (類) 散る △部屋が散らかっていたので、片付けざるをえなかった。／因為房間內很凌亂，所以不得不整理。

ちらばる【散らばる】 (自五) 分散；散亂 △辺り一面、花びらが散らばっていた。／這一帶落英繽紛，猶如鋪天蓋地。

ちりがみ【ちり紙】 (名) 衛生紙；粗草紙 (類) 塵紙 (比) ティッシュ：衛生紙，紙巾，薄紙。ちり紙：衛生紙，粗草紙，再生紙。△鼻をかみたいので、ちり紙をください。／我想擤鼻涕，請給我張衛生紙。

つッ

N2-055

ついか【追加】 (名・他サ) 追加，添付，補上 (類) 追補(ついほ) △ラーメンに半ライスを追加した。／要了拉麵之後又加點了半碗飯。

ついで ㊔ 順便，就便；順序，次序 △出かけるなら、ついでに卵を買ってきて。／你如果要出門，就順便幫我買蛋回來吧。

つうか【通貨】 ㊔ 通貨，(法定) 貨幣 類 貨幣 △この国の通貨は、ユーロです。／這個國家的貨幣是歐元。

つうか【通過】 (名・自サ) 通過，經過；(電車等) 駛過；(議案、考試等) 通過，過關，合格 類 通り過ぎる △特急電車が通過します。／特快車即將過站。

つうがく【通学】 (名・自サ) 上學 類 通う △通学のたびに、この道を通ります。／每次要去上學時，都會走這條路。

つうこう【通行】 (名・自サ) 通行，交通，往來；廣泛使用，一般通用 類 往来 △この道は、今日は通行できないことになっています。／這條路今天是無法通行的。

つうしん【通信】 (名・自サ) 通信，通音信；通訊，聯絡；報導消息的稿件，通訊稿 類 連絡 △何か通信の方法があるに相違ありません。／一定會有聯絡方法的。

つうち【通知】 (名・他サ) 通知，告知 類 知らせ △事件が起きたら、通知が来るはずだ。／一旦發生案件，應該馬上就會有通知。

つうちょう【通帳】 ㊔ (存款、賒帳等的) 折子，帳簿 類 通い帳 (かよいちょう) △通帳と印鑑を持ってきてください。／請帶存摺和印章過來。

つうよう【通用】 (名・自サ) 通用，通行；兼用，兩用；(在一定期間內) 通用，有效；通常使用 △プロの世界では、私の力など通用しない。／在專業的領域裡，像我這種能力是派不上用場的。

つうろ【通路】 ㊔ (人們通行的) 通路，人行道；(出入通行的) 空間，通道 類 通り道 △通路を通って隣のビルまで行く。／走通道到隔壁大樓去。

つかい【使い】 ㊔ 使用；派去的人；派人出去 (買東西、辦事)，跑腿；(迷) (神仙的) 侍者；(前接某些名詞) 使用的方法，使用的人 類 召使い △母親の使いで出かける。／出門幫媽媽辦事。

つき【付き】 (接尾) (前接某些名詞) 樣子；附屬 △報告を聞いて、部長の顔つきが変わった。／聽了報告之後，經理的臉色大變。

つきあい【付き合い】 (名・自サ) 交際，交往，打交道；應酬，作陪 類 交際 △君こそ、最近付き合いが悪いじゃないか。／你最近才是很難打交道呢！

つきあたる【突き当たる】 (自五) 撞上，碰上；走到道路的盡頭；(轉) 遇上，碰到 (問題) 類 衝突する △研究が壁に突き当たってしまい、悩んでいる。／研究陷入瓶頸，十分煩惱。

つきひ【月日】 ㊔ 日與月；歲月，時光；

日月，日期 類 時日（じじつ）△この音楽を聞くにつけて、楽しかった月日を思い出します。／每當聽到這音樂，就會想起過去美好的時光。

つく【突く】 他五 扎，刺，戳；撞，頂；支撐；冒著，不顧；沖，撲（鼻）；攻擊，打中 類 打つ △試合で、相手は私の弱点を突いてきた。／對方在比賽中攻擊了我的弱點。

つく【就く】 自五 就位；登上；就職；跟…學習；起程 類 即位する △王座に就く。／登上王位。

つぐ【次ぐ】 自五 緊接著，繼…之後；次於，並於 類 接着する △彼の実力は、世界チャンピオンに次ぐほどだ。／他的實力，幾乎好到僅次於世界冠軍的程度。

つぐ【注ぐ】 他五 注入，斟，倒入（茶、酒等） 類 酌む（くむ）△ついでに、もう1杯お酒を注いでください。／請順便再幫我倒一杯酒。

つけくわえる【付け加える】 他下一 添加，附帶 類 補足する △説明を付け加える。／附帶說明。

つける【着ける】 他下一 佩帶，穿上△服を身につける。／穿上衣服。

つち【土】 名 土地，大地；土壤，土質；地面，地表；地面土，泥土 類 泥 △子どもたちが土を掘って遊んでいる。／小朋友們在挖土玩。

つっこむ【突っ込む】 他五・自五 衝入，闖入；深入；塞進，插入；沒入；深入追究 類 入れる △事故で、車がコンビニに突っ込んだ。／由於事故，車子撞進了超商。

つつみ【包み】 名 包袱，包裹 類 荷物 △プレゼントの包みを開けてみた。／我打開了禮物的包裝。

つとめ【務め】 名 本分，義務，責任 類 役目、義務 △私のやるべき務めですから、たいへんではありません。／這是我應盡的本分，所以一點都不辛苦。

N2-056

つとめ【勤め】 名 工作，職務，差事 類 勤務 △勤めが辛くてやめたくなる。／工作太勞累了所以有想辭職的念頭。

つとめる【努める】 他下一 努力，為…奮鬥，盡力；勉強忍住 反 怠る（おこたる） 類 励む（はげむ）△看護に努める。／盡心看護病患。

つとめる【務める】 他下一 任職，工作；擔任（職務）；扮演（角色） 類 奉公（ほうこう）△主役を務める。／扮演主角。

つな【綱】 名 粗繩，繩索，纜繩；命脈，依靠，保障 類 ロープ △船に綱をつけてみんなで引っ張った。／將繩子套到船上大家一起拉。

つながり【繋がり】[名]相連，相關；系列；關係，聯繫 [類]関係 △友だちとのつながりは大切にするものだ。／要好好地珍惜與朋友間的聯繫。

つねに【常に】[副]時常，經常，總是 [類]何時も △社長が常にオフィスにいるとは、言いきれない。／無法斷定社長平時都會在辦公室裡。

つばさ【翼】[名]翼，翅膀；(飛機)機翼；(風車)翼板；使者，使節 [類]羽翼(うよく) △白鳥が大きな翼を広げている。／白鳥展開牠那寬大的翅膀。

つぶ【粒】[名·接尾](穀物的)穀粒；粒，丸，珠；(數小而圓的東西)粒，滴，丸 [類]小粒(こつぶ) △大粒の雨が降ってきた。／下起了大滴的雨。

つぶす【潰す】[他五]毀壞，弄碎；熔毀，熔化；消磨，消耗；宰殺；堵死，填滿 [類]壊す △会社を潰さないように、一生懸命がんばっている。／為了不讓公司倒閉而拼命努力。

つぶれる【潰れる】[自下一]壓壞，壓碎；坍塌，倒塌；倒產，破產；磨損，磨鈍；(耳)聾，(眼)瞎 [類]破産 △あの会社が、潰れるわけがない。／那間公司，不可能會倒閉的。

つまずく【躓く】[自五]跌倒，絆倒；(中途遇障礙而)失敗，受挫 [類]転ぶ △石に躓いて転んだ。／絆到石頭而跌了一跤。

つみ【罪】[名·形動](法律上的)犯罪；(宗教上的)罪惡，罪孽；(道德上的)罪責，罪過 [類]罪悪 △そんなことをしたら、罪になりかねない。／如果你做了那種事，很可能會變成犯罪。

つや【艶】[名]光澤，潤澤；興趣，精彩；豔事，風流事 [類]光沢 △靴は、磨けば磨くほど艶が出ます。／鞋子越擦越有光澤。

つよき【強気】[名·形動](態度)強硬，(意志)堅決；(行情)看漲 [類]逞しい(たくましい) △ゲームに負けているくせに、あの選手は強気ですね。／明明就輸了比賽，那選手還真是強硬呢。

つらい【辛い】[形·接尾]痛苦的，難受的，吃不消；刻薄的，殘酷的；難…，不便… [反]楽しい [類]苦しい △勉強が辛くてたまらない。／書念得痛苦不堪。

つり【釣り】[名]釣，釣魚；找錢，找的錢 [類]一本釣り(いっぽんづり) △主人のことだから、また釣りに行っているのだと思います。／我家那口子的話，我想一定是又跑去釣魚了吧！

つりあう【釣り合う】[自五]平衡，均衡；匀稱，相稱 [類]似合う △あの二人は釣り合わないから、結婚しないだろう。／那兩人不相配，應該不會結婚吧！

つりばし【釣り橋・吊り橋】[名]吊橋 △吊り橋を渡る。／過吊橋。

つる【吊る】[他五]吊，懸掛，佩帶 [類]下げる △クレーンで吊って、ピアノを

2階に運んだ。／用起重機吊起鋼琴搬到二樓去。

つるす【吊るす】（他五）懸起，吊起，掛著 反 上げる 類 下げる △スーツは、そこに吊るしてあります。／西裝掛在那邊。

つれ【連れ】（名・接尾）同伴，伙伴；（能劇，狂言的）配角 類 仲間 △連れがもうじき来ます。／我同伴馬上就到。

て テ

N2-057

で（接續）那麼；（表示原因）所以 △で、結果はどうだった。／那麼，結果如何。

であい【出会い】（名）相遇，不期而遇，會合；幽會；河流會合處 類 巡り会い（めぐりあい）△我々は、人との出会いをもっと大切にするべきだ。／我們應該要珍惜人與人之間相遇的緣分。

てあらい【手洗い】（名）洗手；洗手盆，洗手用的水；洗手間 類 便所 △この水は井戸水です。手洗いにはいいですが、飲まないでください。／這種水是井水，可以用來洗手，但請不要飲用。

ていいん【定員】（名）（機關，團體的）編制的名額；（車輛的）定員，規定的人數 △このエレベーターの定員は10人です。／這電梯的限乘人數是10人。

ていか【低下】（名・自サ）降低，低落；（力量、技術等）下降 類 落ちる △生徒の学力が低下している。／學生的學力（學習能力）下降。

ていか【定価】（名）定價 類 値段 △定価から10パーセント引きます。／從定價裡扣除10%。

ていきてき【定期的】（形動）定期，一定的期間 △定期的に送る。／定期運送。

ていきゅうび【定休日】（名）（商店、機關等）定期公休日 類 休暇 △定休日は店に電話して聞いてください。／請你打電話到店裡，打聽有關定期公休日的時間。

ていこう【抵抗】（名・自サ）抵抗，抗拒，反抗；（物理）電阻，阻力；（產生）抗拒心理，不願接受 類 手向かう（てむかう）△社長に対して抵抗しても、無駄だよ。／即使反抗社長，也無濟於事。

ていし【停止】（名・他サ・自サ）禁止，停止；停住，停下；（事物、動作等）停頓 類 止まる △車が停止するかしないかのうちに、彼はドアを開けて飛び出した。／車子才剛一停下來，他就打開門衝了出來。

ていしゃ【停車】（名・他サ・自サ）停車，剎車 △急行は、この駅に停車するっけ。／快車有停這站嗎？

ていしゅつ【提出】（名・他サ）提出，交出，提供 類 持ち出す △テストを受けるかわりに、レポートを提出した。／以交報告來代替考試。

ていど【程度】（名・接尾）（高低大小）程度，水平；（適當的）程度，適度，限度 類 具合 △どの程度お金を持っていったらいいですか。／我大概帶多少錢比較好呢？

でいり【出入り】（名・自サ）出入，進出；（因有買賣關係而）常往來；收支；（數量的）出入；糾紛，爭吵 類 出没（しゅつぼつ）△研究会に出入りしているが、正式な会員というわけではない。／雖有在研討會走動，但我不是正式的會員。

でいりぐち【出入り口】（名）出入口 類 玄関 △出入り口はどこにありますか。／請問出入口在哪裡？

ていれ【手入れ】（名・他サ）收拾，修整；檢舉，搜捕 類 修繕（しゅうぜん）△靴を長持ちさせるには、よく手入れをすることです。／一雙鞋想要穿得長久，就必須仔細保養才行。

でかける【出かける】（自下一）出門，出去，到…去；剛要走，要出去；剛要… 類 行く △兄は、出かけたきり戻ってこない。／自從哥哥出去之後，就再也沒回來過。

てき【的】（造語）…的 △科学的に実証される。／在科學上得到證實。

てき【敵】（名・漢造）敵人，仇敵；（競爭的）對手；障礙，大敵；敵對，敵方 反 味方 類 仇（あだ）△あんな奴は私の敵ではない。私にかなうものか。／那種傢伙根本不是我的對手！他哪能贏過我呢？

できあがり【出来上がり】（名）做好，做完；完成的結果（手藝，質量）△出来上がりまで、どのぐらいかかりますか。／到完成大概需要多少時間？

できあがる【出来上がる】（自五）完成，做好；天性，生來就… 類 できる △作品は、もう出来上がっているにきまっている。／作品一定已經完成了。

てきかく【的確】（形動）正確，準確，恰當 類 正確 △上司が的確に指示してくれたおかげで、すべてうまくいきました。／多虧上司準確的給予指示，所以一切都進行的很順利。

てきする【適する】（自サ）（天氣、飲食、水土等）適宜，適合；適當，適宜於（某情況）；具有做某事的資格與能力 類 適当 △自分に適した仕事を見つけたい。／我想找適合自己的工作。

てきせつ【適切】（名・形動）適當，恰當，妥切 類 妥当（だとう）△アドバイスするにしても、もっと適切な言葉があるでしょう。／即使要給建議，也應該有更恰當的用詞吧？

てきど【適度】（名・形動）適度，適當的程度 △医者の指導のもとで、適度な運動をしている。／我在醫生的指導之下，從事適當的運動。

てきよう【適用】 (名・他サ) 適用，應用 類 応用 △鍼灸治療に保険は適用されますか。／請問保險的給付範圍包括針灸治療嗎？

N2-058

できれば (連語) 可以的話，可能的話 △できればその仕事はしたくない。／可能的話我不想做那個工作。

でこぼこ【凸凹】 (名・自サ) 凹凸不平，坑坑窪窪；不平衡，不均勻 反 平ら（たいら） 類 ぼつぼつ △でこぼこだらけの道を運転した。／我開在凹凸不平的道路上。

てごろ【手頃】 (名・形動) （大小輕重）合手，合適，相當；適合（自己的經濟能力、身份） 類 適当 △値段が手頃なせいか、この商品はよく売れます。／大概是價錢平易近人的緣故，這個商品賣得相當好。

でし【弟子】 (名) 弟子，徒弟，門生，學徒 反 師匠（ししょう） 類 教え子 △弟子のくせに、先生に逆らうのか。／明明就只是個學徒，難道你要頂撞老師嗎？

てじな【手品】 (名) 戲法，魔術；騙術，奸計 類 魔法 △手品を見せてあげましょう。／讓你們看看魔術大開眼界。

ですから (接續) 所以 類 だから △9時に出社いたします。ですから9時以降なら何時でも結構です。／我九點進公司。所以九點以後任何時間都可以。

でたらめ (名・形動) 荒唐，胡扯，胡說八道，信口開河 類 寝言（ねごと） △あいつなら、そのようなでたらめも言いかねない。／如果是那傢伙，就有可能會說出那種荒唐的話。

てつ【鉄】 (名) 鐵 類 金物 △「鉄は熱いうちに打て」とよく言います。／常言道：「打鐵要趁熱。」

てつがく【哲学】 (名) 哲學；人生觀，世界觀 類 医学 △哲学の本は読みません。難しすぎるもの。／人家不看哲學的書，因為實在是太難了嘛。

てっきょう【鉄橋】 (名) 鐵橋，鐵路橋 類 橋 △列車は鉄橋を渡っていった。／列車通過了鐵橋。

てっきり (副) 一定，必然；果然 類 確かに △今日はてっきり晴れると思ったのに。／我以為今天一定會是個大晴天的。

てっこう【鉄鋼】 (名) 鋼鐵 △鉄鋼製品を販売する。／販賣鋼鐵製品。

てっする【徹する】 (自サ) 貫徹，貫穿；通宵，徹夜；徹底，貫徹始終 類 貫く（つらぬく） △夜を徹して語り合う。／徹夜交談。

てつづき【手続き】 (名) 手續，程序 類 手順 △手続きさえすれば、誰でも入学できます。／只要辦好手續，任誰都可以入學。

てつどう【鉄道】㊔鐵道，鐵路 類 高架（こうか）△この村には、鉄道の駅はありますか。／這村子裡，有火車的車站嗎？

てっぽう【鉄砲】㊔槍，步槍 類 銃△鉄砲を持って、狩りに行った。／我持著手槍前去打獵。

てぬぐい【手ぬぐい】㊔布手巾 類 タオル△汗を手ぬぐいで拭いた。／用手帕擦了汗。

てま【手間】㊔（工作所需的）勞力、時間與功夫；（手藝人的）計件工作，工錢 類 労力△この仕事には手間がかかるにしても、三日もかかるのはおかしいよ。／就算這工作需要花較多時間，但是竟然要花上 3 天實在太可疑了。

でむかえ【出迎え】㊔迎接；迎接的人 類 迎える△電話さえしてくれれば、出迎えに行きます。／只要你給我一通電話，我就出去迎接你。

でむかえる【出迎える】（他下一）迎接△客を駅で出迎える。／在火車站迎接客人。

デモ【demonstration】㊔抗議行動 類 抗議△彼らもデモに参加したということです。／聽說他們也參加了示威遊行。

てらす【照らす】（他五）照耀，曬，晴天△足元を照らすライトを取り付けましょう。／安裝照亮腳邊的照明用燈吧！

てる【照る】（自五）照耀，曬，晴天 類 照明△今日は太陽が照って暑いね。／今天太陽高照真是熱啊！

てん【店】㊔店家，店 類〈酒・魚〉屋△高校の売店には、文房具やちょっとした飲み物などしかありません。／高中的福利社只賣文具和一些飲料而已。

てんかい【展開】（名・他サ・自サ）開展，打開；展現；進展；（隊形）散開 類 展示（てんじ）△話は、予測どおりに展開した。／事情就如預期一般地發展下去。

てんけい【典型】㊔典型，模範 類 手本（てほん）△上にはぺこぺこするくせに、下には威張り散らすというのは、だめな中間管理職の典型だ。／對上司畢恭畢敬、但對下屬卻揚威耀武，這就是中階主管糟糕的典型。

N2-059

てんこう【天候】㊔天氣，天候 類 気候△北海道から東北にかけて、天候が不安定になります。／北海道到東北地區，接下來的天氣，會變得很不穩定。

でんし【電子】㊔（理）電子△電子辞書を買おうと思います。／我打算買台電子辭典。

てんじかい【展示会】㊔展示會△着物の展示会で、目の保養をした。／參觀和服的展示會，享受了一場視覺的饗宴。

でんせん【伝染】 [名・自サ]（病菌的）傳染；（惡習的）傳染，感染 [類] 感染る（うつる）△病気が、国中に伝染するおそれがある。／這疾病恐怕會散佈到全國各地。

でんせん【電線】 [名] 電線，電纜 [類] 金属線 △電線に雀がたくさん止まっている。／電線上停著許多麻雀。

でんちゅう【電柱】 [名] 電線桿 △電柱に車がぶつかった。／車子撞上了電線桿。

てんてん【点々】 [副] 點點，分散在；（液體）點點地，滴滴地往下落 [類] 各地 △広い草原に、羊が点々と散らばっている。／廣大的草原上，羊兒們零星散佈各地。

てんてん【転々】 [副・自サ] 轉來轉去，輾轉，不斷移動；滾轉貌，嘰哩咕嚕 [類] あちこち △今までにいろいろな仕事を転々とした。／到現在為止換過許多工作。

でんとう【伝統】 [名] 傳統 △お正月にお餅を食べるのは、日本の伝統です。／在春節時吃麻糬是日本的傳統。

てんねん【天然】 [名] 天然，自然 [類] 自然 △当店の商品は、全て天然の原料を使用しております。／本店的商品全部使用天然原料。

てんのう【天皇】 [名] 日本天皇 [反] 皇后 [類] 皇帝 △天皇・皇后両陛下は、今ヨーロッパをご訪問中です。／天皇陛下與皇后陛下目前正在歐洲訪問。

でんぱ【電波】 [名]（理）電波 [類] 電磁（でんじ）△そこまで電波が届くでしょうか。／電波有辦法傳到那麼遠的地方嗎？

テンポ【tempo】 [名]（樂曲的）速度，拍子；（局勢、對話或動作的）速度 [類] リズム △東京の生活はテンポが速すぎる。／東京的生活步調太過急促。

てんぼうだい【展望台】 [名] 瞭望台△展望台からの眺めは、あいにくの雲でもう一つだった。／很不巧，從瞭望台遠眺的風景被雲遮住了，沒能欣賞到一覽無遺的景色。

でんりゅう【電流】 [名]（理）電流 [類] 電気量 △回路に電流を流してみた。／我打開電源讓電流流通電路看看。

でんりょく【電力】 [名] 電力 [類] 電圧 △原子力発電所なしに、必要な電力がまかなえるのか。／請問如果沒有核能發電廠，可以滿足基本的電力需求嗎？

と ト

N2-060

と【都】 [名・漢造] 首都；「都道府縣」之一的行政單位，都市；東京都 [類] 首都 △都の規則で、ごみを分別しなければならない。／依東京都規定，要做垃圾分類才行。

とい【問い】[名] 問，詢問，提問；問題 [反] 答え [類] 質問 △先生の問いに、答えないわけにはいかない。／不能不回答老師的問題。

といあわせ【問い合わせ】[名] 詢問，打聽，查詢 [類] お尋ね △お申し込み・お問い合わせは、フリーダイヤル０１２０-117-117まで！／如需預約或有任何詢問事項，歡迎撥打免費專線 012-117-117！（日文「117」諧音為「いいな」）

トイレットペーパー【toilet paper】[名] 衛生紙，廁紙 △トイレットペーパーがない。／沒有衛生紙。

とう【党】[名・漢造] 鄉里；黨羽，同夥；黨，政黨 [類] 党派（とうは）△どの党を支持していますか。／你支持哪一黨？

とう【塔】[名・漢造] 塔 [類] タワー △塔に上ると、町の全景が見える。／爬到塔上可以看到街道的全景。

とう【島】[名] 島嶼 [類] 諸島（しょとう）、アイランド △バリ島に着きしだい、電話をします。／一到了峇里島，我就馬上打電話。

どう【銅】[名] 銅 [類] 金 △この像は銅でできていると思ったら、なんと木でできていた。／本以為這座雕像是銅製的，誰知竟然是木製的！

とうあん【答案】[名] 試卷，卷子 [類] 答え △答案を出したとたんに、間違いに気がついた。／一將答案卷交出去，馬上就發現了錯誤。

どういたしまして【どう致しまして】[寒暄] 不客氣，不敢當 △「ありがとう。」「どういたしまして。」／「謝謝。」「不客氣。」

とういつ【統一】[名・他サ] 統一，一致，一律 [類] 纏める（まとめる）△中国と台湾の関係をめぐっては、大きく分けて統一・独立・現状維持の三つの選択肢がある。／關於中國與台灣的關係，大致可分成統一、獨立或維持現狀等三種選項。

どういつ【同一】[名・形動] 同樣，相同；相等，同等 [類] 同様 △これとそれは、全く同一の商品です。／這個和那個是完全一樣的商品。

どうか[副]（請求他人時）請；設法，想辦法；（情況）和平時不一樣，不正常；（表示不確定的疑問，多用かどうか）是…還是怎麼樣 [類] 何分（なにぶん）△頼むからどうか見逃してくれ。／拜託啦！請放我一馬。

どうかく【同格】[名] 同級，同等資格，等級相同；同級的（品牌）；（語法）同格語 [類] 同一 △私と彼の地位は、ほぼ同格です。／我跟他的地位是差不多等級的。

とうげ【峠】[名] 山路最高點（從此點開始下坡），山巔；頂部，危險期，關頭 [類] 坂 [補] 為日造漢字。△彼の病気は、もう峠を越えました。／他病情已經度過了危險期。

とうけい【統計】（名・他サ）統計 類 総計 △統計から見ると、子どもの数は急速に減っています。／從統計數字來看，兒童人口正快速減少中。

どうさ【動作】（名・自サ）動作 類 挙止（きょし）△私の動作には特徴があると言われます。／別人說我的動作很有特色。

とうざい【東西】（名）（方向）東和西；（國家）東方和西方；方向；事理，道理 反 南北 類 東洋と西洋 △古今東西の演劇資料を集めた。／我蒐集了古今中外的戲劇資料。

とうじ【当時】（名・副）現在，目前；當時，那時 類 その時 △当時はまだ新幹線がなかったとか。／聽說當時好像還沒有新幹線。

どうし【動詞】（名）動詞 類 名詞 △日本語の動詞の活用の種類は、昔はもっと多かった。／日文的動詞詞尾變化，從前的種類比現在更多。

どうじ【同時】（名・副・接）同時，時間相同；同時代；同時，立刻；也，又，並且 類 同年 △同時にたくさんのことはできない。／無法在同時處理很多事情。

とうじつ【当日】（名・副）當天，當日，那一天 △たとえ当日雨が降っても、試合は行われます。／就算當天下雨，比賽也還是照常進行。

とうしょ【投書】（名・他サ・自サ）投書，信訪，匿名投書；（向報紙、雜誌）投稿 類 寄稿（きこう）△公共交通機関でのマナーについて、新聞に投書した。／在報上投書了關於搭乘公共交通工具時的禮儀。

とうじょう【登場】（名・自サ）（劇）出場，登台，上場演出；（新的作品、人物、產品）登場，出現 反 退場 類 デビュー △主人公が登場するかしないかのうちに、話の結末がわかってしまった。／主角才一登場，我就知道這齣戲的結局了。

どうせ（副）（表示沒有選擇餘地）反正，總歸就是，無論如何 類 やっても △どうせ私はチビでデブで、その上ブスですよ。／反正我就是既矮又胖，還是個醜八怪嘛！

とうだい【灯台】（名）燈塔 △船は、灯台の光を頼りにしている。／船隻倚賴著燈塔的光線。

とうちゃく【到着】（名・自サ）到達，抵達 類 着く △スターが到着するかしないかのうちに、ファンが大騒ぎを始めた。／明星才一到場，粉絲們便喧嘩了起來。

N2-061

どうとく【道徳】（名）道德 類 倫理 △人々の道徳心が低下している。／人們道德心正在下降中。

とうなん【盗難】[名] 失竊，被盜 [類] 盗む △ごめんください、警察ですが。この近くで盗難事件がありましたので、ちょっとお話を聞かせていただいてもよろしいですか。／不好意思，我是警察。由於附近發生了竊盜案，是否方便向您請教幾個問題呢？

とうばん【当番】[名・自サ] 值班（的人）[類] 受け持ち △今週は教室の掃除当番だ。／這個星期輪到我當打掃教室的值星生。

とうひょう【投票】[名・自サ] 投票 [類] 選挙 △雨が降らないうちに、投票に行きましょう。／趁還沒下雨時，快投票去吧！

とうふ【豆腐】[名] 豆腐 △豆腐は安い。／豆腐很便宜。

とうぶん【等分】[名・他サ] 等分，均分；相等的份量 [類] さしあたり △線にそって、等分に切ってください。／請沿著線對等剪下來。

とうめい【透明】[名・形動] 透明；純潔，單純 [類] 透き通る △この薬は、透明なカプセルに入っています。／這藥裝在透明的膠囊裡。

どうも [副]（後接否定詞）怎麼也…；總覺得，似乎；實在是，真是 [類] どうしても △夫の様子がどうもおかしい。残業や休日出勤も多いし、浮気をしてるんじゃないだろうか。／丈夫的舉動好像怪怪的，經常加班以及在假日去公司。他該不會有外遇了吧？

とうゆ【灯油】[名] 燈油；煤油 △我が家は、灯油のストーブを使っています。／我家裡使用燈油型的暖爐。

どうよう【同様】[形動] 同樣的，一樣的 [類] 同類 △女性社員も、男性社員と同様に扱うべきだ。／女職員應受和男職員一樣的平等待遇。

どうよう【童謡】[名] 童謠；兒童詩歌 [類] 歌謡 △子どもの頃というと、どんな童謡が懐かしいですか。／講到小時候，會想念起哪首童謠呢？

どうりょう【同僚】[名] 同事，同僚 [類] 仲間 △同僚の忠告を無視するものではない。／你不應當對同事的勸告聽而不聞。

どうわ【童話】[名] 童話 [類] 昔話（むかしばなし）△私は童話作家になりたいです。／我想當個童話作家。

とおり【通り】[接尾] 種類；套，組 △方法は二通りある。／辦法有兩種。

とおりかかる【通りかかる】 [自五] 碰巧路過 [類] 通り過ぎる △ジョン万次郎は、遭難したところを通りかかったアメリカの船に救助された。／約翰萬次郎遭逢海難時，被經過的美國船給救上船了。

とおりすぎる【通り過ぎる】 [自上一] 走過，越過 [類] 通過 △手を上げたのに、タクシーは通り過ぎてしまった。／我明明招了手，計程車卻開了過去。

とかい【都会】 (名) 都會，城市，都市 反 田舍 類 都市 △都会に出てきた頃は、寂しくて泣きたいくらいだった。／剛開始來到大都市時，感覺寂寞的想哭。

とがる【尖る】 (自五) 尖；發怒；神經過敏，神經緊張 類 角張る（かくばる） △教会の塔の先が尖っている。／教堂的塔的頂端是尖的。

とき【時】 (名) 時間；（某個）時候；時期，時節，季節；情況，時候；時機，機會 類 偶に △時には、仕事を休んでゆっくりしたほうがいいと思う。／我認為偶爾要放下工作，好好休息才對。

どく【退く】 (自五) 讓開，離開，躲開 類 離れる △車が通るから、退かないと危ないよ。／車子要通行，不讓開是很危險唷！

どく【毒】 (名・自サ・漢造) 毒，毒藥；毒害，有害；惡毒，毒辣 類 損なう △お酒を飲みすぎると体に毒ですよ。／飲酒過多對身體有害。

とくしゅ【特殊】 (名・形動) 特殊，特別 類 特別 △特殊な素材につき、扱いに気をつけてください。／由於這是特殊的材質，所以處理時請務必小心在意。

とくしょく【特色】 (名) 特色，特徵，特點，特長 類 特徴 △美しいかどうかはともかくとして、特色のある作品です。／姑且先不論美或不美，這是個有特色的作品。

どくしん【独身】 (名) 單身 △独身で暮らしている。／獨自一人過生活。

とくちょう【特長】 (名) 專長 △特長を生かす。／活用專長。

とくてい【特定】 (名・他サ) 特定；明確指定，特別指定 類 特色 △殺人の状況を見ると、犯人を特定するのは難しそうだ。／從兇殺的現場來看，要鎖定犯人似乎很困難。

N2-062

どくとく【独特】 (名・形動) 獨特 類 独自 △この絵は、色にしろ構成にしろ、独特です。／這幅畫不論是用色或是架構，都非常獨特。

とくばい【特売】 (名・他サ) 特賣；（公家機關不經標投）賣給特定的人 類 小売 △特売が始まると、買い物に行かないではいられない。／一旦特賣活動開始，就不禁想去購物一下。

どくりつ【独立】 (名・自サ) 孤立，單獨存在；自立，獨立，不受他人援助 反 従属（じゅうぞく） 類 自立 △両親から独立した以上は、仕事を探さなければならない。／既然離開父母自力更生了，就得要找個工作才行。

とけこむ【溶け込む】 (自五) （理、化）融化，溶解，熔化；融合，融 類 混ざる（まざる） △だんだんクラスの雰囲気に溶け込んできた。／越來越能融入班上的氣氛。

どける【退ける】（他下一）移開 類 下がらせる △ちょっと、椅子に新聞おかないで、どけてよ、座れないでしょ。／欸，不要把報紙扔在椅子上，拿走開啦，這樣怎麼坐啊！

どこか（連語）某處，某個地方 △どこか遠くへ行きたい。／想要去某個遙遠的地方。

とこのま【床の間】㊔ 壁龕（牆身所留空間，傳統和室常有擺設插花或是貴重的藝術品之特別空間）△床の間に生け花を飾りました。／我在壁龕擺設了鮮花來裝飾。

どころ（接尾）（前接動詞連用形）值得…的地方，應該…的地方；生產…的地方；們 類 場所 △弟が結婚して家を出て行った。俺は相手がいないんだが、両親の圧力で、家には身の置きどころがない。／弟弟結婚後就搬出家裡了。我雖然還沒有對象，但來自父母的壓力讓我在家裡找不到容身之處。

ところが（接・接助）然而，可是，不過；一…，剛要 比 ところが：後句跟前句所預期的相反，具意外感。だが（可是）：前後句為一正一反，兩個對立的事物。△とてもいい映画だという評判だった。ところが、見ると聞くでは大違いだった。／大家都對這部電影給予好評，可是我去看了以後，發現完全不是那麼回事。

ところで（接續・接助）（用於轉變話題）可是，不過；即使，縱使，無論 類 さて △ところで、あなたは誰でしたっけ。／對了，你是哪位來著？

とざん【登山】（名・自サ）登山；到山上寺廟修行 類 ハイキング △おじいちゃんは、元気なうちに登山に行きたいそうです。／爺爺說想趁著身體還健康時去爬爬山。

としした【年下】㊔ 年幼，年紀小 △年下なのに生意気だ。／明明年紀小還那麼囂張。

としつき【年月】㊔ 年和月，歲月，光陰；長期，長年累月；多年來 類 月日 補 年月（ねんげつ）△この年月、ずっとあなたのことを考えていました。／這麼多年來，我一直掛念著你。

どしゃくずれ【土砂崩れ】㊔ 土石流 △土砂崩れで通行止めだ。／因土石流而禁止通行。

としょしつ【図書室】㊔ 閱覽室 △図書室で宿題をする。／在閱覽室做功課。

としん【都心】㊔ 市中心 類 大都会 補 城市的中心地帶，但多指東京的中心區。△都心は家賃が高いです。／東京都中心地帶的房租很貴。

とだな【戸棚】㊔ 壁櫥，櫃櫥 類 棚 △戸棚からコップを出しました。／我從壁櫥裡拿出了玻璃杯。

とたん【途端】（名・他サ・自サ）正當…的時候；剛…的時候，一…就… 類 すぐ △会社に入った途端に、すごく真面目になった。／一進公司，就變得很認真。

とち【土地】 (名) 土地，耕地；土壤，土質；某地區，當地；地面；地區 類 大地 △土地を買った上で、建てる家を設計しましょう。／等買了土地之後，再來設計房子吧。

とっくに (他サ・自サ) 早就，好久以前 △鈴木君は、とっくにうちに帰りました。／鈴木先生早就回家了。

どっと (副)（許多人）一齊（突然發聲），哄堂；（人、物）湧來，雲集；（突然）病重，病倒 △それを聞いて、みんなどっと笑った。／聽了那句話後，大家哄堂大笑。

とっぷう【突風】 (名) 突然颳起的暴風 △突風に帽子を飛ばされる。／帽子被突然颳起的風給吹走了。

ととのう【整う】 (自五) 齊備，完整；整齊端正，協調；（協議等）達成，談妥 反 乱れる 類 片付く △準備が整いさえすれば、すぐに出発できる。／只要全都準備好了，就可以馬上出發。

とどまる【留まる】 (自五) 停留，停頓；留下，停留；止於，限於 反 進む 類 停止 △隊長が来るまで、ここに留まることになっています。／在隊長來到之前，要一直留在這裡待命。

どなる【怒鳴る】 (自五) 大聲喊叫，大聲申訴 類 叱る（しかる）△そんなに怒鳴ることはないでしょう。／不需要這麼大聲吼叫吧！

N2-063

とにかく (副) 總之，無論如何，反正 類 何しろ △とにかく、彼などと会いたくないんです。／總而言之，就是不想跟他見面。

とびこむ【飛び込む】 (自五) 跳進；飛入；突然闖入；（主動）投入，加入 類 入る △みんなの話によると、窓からボールが飛び込んできたのだそうだ。／據大家所言，球好像是從窗戶飛進來的。

とびだす【飛び出す】 (自五) 飛出，飛起來，起飛；跑出；（猛然）跳出；突然出現 類 抜け出す（ぬけだす）△角から子どもが飛び出してきたので、びっくりした。／小朋友從轉角跑出來，嚇了我一跳。

とびはねる【飛び跳ねる】 (自下一) 跳躍 △飛び跳ねて喜ぶ。／欣喜而跳躍。

とめる【泊める】 (他下一)（讓…）住，過夜；（讓旅客）投宿；（讓船隻）停泊 類 宿す（やどす）△ひと晩泊めてもらう。／讓我投宿一晚。

とも【友】 (名) 友人，朋友；良師益友 類 友達 △このおかずは、お酒の友にもいいですよ。／這小菜也很適合當下酒菜呢。

ともかく (副・接) 暫且不論，姑且不談；總之，反正；不管怎樣 類 まずは △ともかく、今は忙しくてそれどころじゃないんだ。／暫且先不談這個了，現在很忙，根本就不是做這種事情的時候。

ともに【共に】(副) 共同，一起，都；隨著，隨同；全，都，均 類 一緒 △家族と共に、合格を喜び合った。／家人全都為我榜上有名而高興。

とら【虎】(名) 老虎 類 タイガー △動物園には、虎が３匹いる。／動物園裡有三隻老虎。

とらえる【捕らえる】(他下一) 捕捉，逮捕；緊緊抓住；捕捉，掌握；令陷入…狀態 反 釈放する（しゃくほうする） 類 逮捕 △懸命な捜査のかいがあって、犯人グループ全員を捕らえることができた。／不枉費警察拚了命地搜查，終於把犯罪集團全部緝捕歸案了。

トラック【track】(名)（操場、運動場、賽馬場的）跑道 △トラックを一周する。／繞跑道一圈。

とりあげる【取り上げる】(他下一) 拿起，舉起；採納，受理；奪取，剝奪；沒收（財產），徵收（稅金） 類 奪う △環境問題を取り上げて、みんなで話し合いました。／提出環境問題來和大家討論一下。

とりいれる【取り入れる】(他下一) 收穫，收割；收進，拿入；採用，引進，採納 反 取り出す 類 取る △新しい意見を取り入れなければ、改善は行えない。／要是不採用新的意見，就無法改善。

とりけす【取り消す】(他五) 取消，撤銷，作廢 類 打ち消す △責任者の協議のすえ、許可証を取り消すことにしました。／和負責人進行協議，最後決定撤銷證照。

とりこわす【取り壊す】(他五) 拆除 △古い家を取り壊す。／拆除舊屋。

とりだす【取り出す】(他五)（用手從裡面）取出，拿出；（從許多東西中）挑出，抽出 反 取り入れる 類 抜き出す △彼は、ポケットから財布を取り出した。／他從口袋裡取出錢包。

とる【捕る】(他五) 抓，捕捉，逮捕 類 とらえる △鼠を捕る。／抓老鼠。

とる【採る】(他五) 採取，採用，錄取；採集；採光 類 採用 △この企画を採ることにした。／已決定採用這個企畫案。

ドレス【dress】(名) 女西服，洋裝，女禮服 類 洋服 △結婚式といえば、真っ白なウエディングドレスを思い浮かべる。／一講到結婚典禮，腦中就會浮現純白的結婚禮服。

とれる【取れる】(自下一)（附著物）脫落，掉下；需要，花費（時間等）；去掉，刪除；協調，均衡 類 離れる △ボタンが取れてしまいました。／鈕釦掉了。

どろ【泥】(名・造語) 泥土；小偷 類 土 △泥だらけになりつつも、懸命に救助を続けた。／儘管滿身爛泥，也還是拚命地幫忙搶救。

とんでもない(連語・形) 出乎意料，不合情理；豈有此理，不可想像；（用在堅決的反駁或表示客套）哪裡的話 (類) 大 △結婚なんてとんでもない、まだ早いよ。／怎麼可能結婚呢，還太早了啦！

トンネル【tunnel】 (名) 隧道 (類) 穴 △トンネルを抜けたら、緑の山が広がっていた。／穿越隧道後，綠色的山脈開展在眼前。

な ナ

N2-064

な【名】 (名) 名字，姓名；名稱；名分；名譽，名聲；名義，藉口 (類) 名前 △その人の名はなんと言いますか。／那個人的名字叫什麼？

ないか【内科】 (名)（醫）內科 (反) 外科 (類) 小児科 △内科のお医者様に見てもらいました。／我去給內科的醫生看過。

ないせん【内線】 (名) 內線；（電話）內線分機 (反) 外線 (類) 電線 △内線 12 番をお願いします。／請轉接內線 12 號。

なお (副・接) 仍然，還，尚；更，還，再；猶如，如；尚且，而且，再者 (類) いっそう △なお、会議の後で食事会がありますので、残ってください。／還有，會議之後有餐會，請留下來參加。

ながい【永い】 (形)（時間）長，長久 (類) ひさしい △末永くお幸せに。／祝你們永遠快樂。

ながそで【長袖】 (名) 長袖 △長袖の服を着る。／穿長袖衣物。

なかなおり【仲直り】 (名・自サ) 和好，言歸於好 △あなたと仲直りした以上は、もう以前のことは言いません。／既然跟你和好了，就不會再去提往事了。

なかば【半ば】 (名・副) 一半，半數；中間，中央；半途；（大約）一半，一半（左右） (類) 最中 △私はもう 50 代半ばです。／我已經五十五歲左右了。

ながびく【長引く】 (自五) 拖長，延長 (類) 遅延する △社長の話は、いつも長引きがちです。／社長講話總是會拖得很長。

なかま【仲間】 (名) 伙伴，同事，朋友；同類 (類) グループ △仲間になるにあたって、みんなで酒を飲んだ。／大家結交為同伴之際，一同喝了酒。

ながめ【眺め】 (名) 眺望，瞭望；（眺望的）視野，景致，景色 (類) 景色 △この部屋は、眺めがいい上に清潔です。／這房子不僅視野好，屋內也很乾淨。

ながめる【眺める】 (他下一) 眺望；凝視，注意看；（商）觀望 (類) 見渡す △窓から、美しい景色を眺めていた。／我從窗戶眺望美麗的景色。

なかよし【仲良し】 (名) 好朋友；友好，

相好 類 友達 △彼らは、みんな仲良しだとか。／聽說他們好像感情很好。

ながれ【流れ】 ㊔名 水流，流動；河流，流水；潮流，趨勢；血統；派系，(藝術的) 風格 類 川 △月日の流れは速い。／時間的流逝甚快。

なぐさめる【慰める】 (他下一) 安慰，慰問；使舒暢；慰勞，撫慰 類 慰安 △私には、慰める言葉もありません。／我找不到安慰的言語。

なし【無し】 ㊔名 無，沒有 類 なにもない △商品開発にしろ、宣伝にしろ、資金なしでは無理だ。／產品不管要研發也好、要行銷也罷，沒有資金就一切免談。

なす【為す】 (他五) (文) 做，為 類 行う △奴は乱暴者なので、みんな恐れをなしている。／那傢伙的脾氣非常火爆，大家都對他恐懼有加。

なぞ【謎】 ㊔名 謎語；暗示，口風；神秘，詭異，莫名其妙，不可思議，想不透(為何) 類 疑問 △彼にガールフレンドがいないのはなぞだ。／真讓人想不透為何他還沒有女朋友。

なぞなぞ【謎々】 ㊔名 謎語 類 謎 △そのなぞなぞは難しくてわからない。／這個腦筋急轉彎真是非常困難，完全想不出來。

なだらか (形動) 平緩，坡度小，平滑；平穩，順利；順利，流暢 反 険しい 類 緩い (ゆるい) △なだらかな丘が続いている。／緩坡的山丘連綿。

なつかしい【懐かしい】 (形) 懷念的，思慕的，令人懷念的；眷戀，親近的 類 恋しい △ふるさとは、涙が出るほどなつかしい。／家鄉令我懷念到想哭。

なでる【撫でる】 (他下一) 摸，撫摸；梳理(頭髮)；撫慰，安撫 類 さする △彼は、白髪だらけの髪をなでながらつぶやいた。／他邊摸著滿頭白髮，邊喃喃自語。

なにしろ【何しろ】 (副) 不管怎樣，總之，到底；因為，由於 類 とにかく △転職した。何しろ、新しい会社は給料がいいから。／我換工作了。畢竟新公司的薪水比較好。

N2-065

なになに【何々】 (代・感) 什麼什麼，某某 類 何 △何々をくださいと言うとき、英語でなんと言いますか。／在要說請給我某東西的時候，用英文該怎麼說？

なにぶん【何分】 (名・副) 多少；無奈…△何分経験不足なのでできない。／無奈經驗不足故辦不到。

なにも (連語・副) (後面常接否定) 什麼也…，全都…；並(不)，(不) 必 類 どれも △彼は肉類はなにも食べない。／他所有的肉類都不吃。

なまいき【生意気】 (名・形動) 驕傲，狂妄；自大，逞能，臭美，神氣活現 類 小

憎らしい △あいつがあまり生意気なので、腹を立てずにはいられない。／那傢伙實在是太狂妄了，所以不得不生起氣來。

なまける【怠ける】 (自他下一) 懶惰，怠惰 (反)励む (類)緩む △仕事を怠ける。／他不認真工作。

なみ【波】 (名) 波浪，波濤；波瀾，風波；聲波；電波；潮流，浪潮；起伏，波動 (類)波浪（はろう） △昨日は波が高かったが、今日は穏やかだ。／昨天的浪很高，今天就平穩多了。

なみき【並木】 (名) 街樹，路樹；並排的樹木 (類)木 △銀杏並木が続いています。／銀杏的街道樹延續不斷。

ならう【倣う】 (自五) 仿效，學 △先例に倣う。／仿照前例。

なる【生る】 (自五) （植物）結果；生，產出 (類)実る（みのる） △今年はミカンがよく生るね。／今年的橘子結實纍纍。

なる【成る】 (自五) 成功，完成；組成，構成；允許，能忍受 (類)成立 △今年こそ、初優勝なるか。／今年究竟能否首度登上冠軍寶座呢？

なれる【馴れる】 (自下一) 馴熟 △この馬は人に馴れている。／這匹馬很親人。

なわ【縄】 (名) 繩子，繩索 (類)綱 △誘拐されて、縄で縛られた。／遭到綁架，被繩子捆住了。

なんきょく【南極】 (名) （地）南極；（理）南極（磁針指南的一端） (反)**北極** (類)**南極**点 △南極なんか、行ってみたいですね。／我想去看看南極之類的地方呀！

なんて (副助) 什麼的，…之類的話；說是…；（輕視）叫什麼…來的；等等，之類；表示意外，輕視或不以為然 (類)なんと △本気にするなんてばかね。／你真笨耶！竟然當真了。

なんで【何で】 (副) 為什麼，何故 (類)どうして △何で、最近こんなに雨がちなんだろう。／為什麼最近這麼容易下雨呢？

なんでも【何でも】 (副) 什麼都，不管什麼；不管怎樣，無論怎樣；據說是，多半是 (類)すべて △この仕事については、何でも聞いてください。／關於這份工作，有任何問題就請發問。

なんとか【何とか】 (副) 設法，想盡辦法；好不容易，勉強；（不明確的事情、模糊概念）什麼，某事 (類)どうやら △誰も助けてくれないので、自分で何とかするほかない。／沒有人肯幫忙，所以只好自己想辦法了。

なんとなく【何となく】 (副) （不知為何）總覺得，不由得；無意中 (類)どうも △その日は何となく朝から嫌な予感がした。／那天從一大早起，就隱約有一股不祥的預感。

なんとも (副・連) 真的，實在；（下接否定，表無關緊要）沒關係，沒什麼；（下接否定）怎麼也不… (類)どうとも △その件については、なんとも説明しがたい。／關於那件事，實在是難以說明。

なんびゃく【何百】㊔（數量）上百 ㊛何万 △何百何千という人々がやってきた。／上千上百的人群來到。

なんべい【南米】㊔南美洲 ㊛南アメリカ △南米のダンスを習いたい。／我想學南美洲的舞蹈。

なんぼく【南北】㊔（方向）南與北；南北 ㊎東西 ㊛南と北 △日本は南北に長い国です。／日本是南北細長的國家。

に ニ

N2-066

におう【匂う】（自五）散發香味，有香味；（顏色）鮮豔美麗；隱約發出，使人感到似乎… ㊛薫じる（くんずる）△何か匂いますが、何の匂いでしょうか。／好像有什麼味道，到底是什麼味道呢？

にがす【逃がす】（他五）放掉，放跑；使跑掉，沒抓住；錯過，丟失 ㊛放す（はなす）△犯人を懸命に追ったが、逃がしてしまった。／雖然拚命追趕犯嫌，無奈還是被他逃掉了。

にくい【憎い】㊇可憎，可惡；（說反話）漂亮，令人佩服 ㊛憎らしい △冷酷な犯人が憎い。／憎恨冷酷無情的犯人。

にくむ【憎む】（他五）憎恨，厭惡；嫉妒 ㊎愛する ㊛嫉む（ねたむ）△今でも彼を憎んでいますか。／你現在還恨他嗎？

にげきる【逃げ切る】（自五）（成功地）逃跑 △危なかったが、逃げ切った。／雖然危險但脫逃成功。

にこにこ（副・自サ）笑嘻嘻，笑容滿面 ㊛莞爾（かんじ）△嬉しくてにこにこした。／高興得笑容滿面。

にごる【濁る】（自五）混濁，不清晰；（聲音）嘶啞；（顏色）不鮮明；（心靈）污濁，起邪念 ㊎澄む ㊛汚れる（けがれる）△連日の雨で、川の水が濁っている。／連日的降雨造成河水渾濁。

にじ【虹】㊔虹，彩虹 ㊛彩虹（さいこう）△雨が止んだら虹が出た。／雨停了之後，出現一道彩虹。

にち【日】（名・漢造）日本；星期天；日子，天，晝間；太陽 ㊛日曜日 △横浜の中華街周辺には、在日中華系の人がたくさん居住している。／橫濱的中國城一帶住著許多中裔日籍人士。

にちじ【日時】㊔（集會和出發的）日期時間 ㊛日付と時刻 △パーティーに行けるかどうかは、日時しだいです。／是否能去參加派對，就要看時間的安排。

にちじょう【日常】㊔日常，平常 ㊛普段 △日常生活に困らないにしても、貯金はあったほうがいいですよ。／就算日常生活上沒有經濟問題，也還是要有儲蓄比較好。

にちや【日夜】（名・副）日夜；總是，經常不斷地 類 いつも △彼は日夜勉強している。／他日以繼夜地用功讀書。

にちようひん【日用品】（名）日用品 類 品物 △うちの店では、日用品ばかりでなく、高級品も扱っている。／不單是日常用品，本店也另有出售高級商品。

にっか【日課】（名）（規定好）每天要做的事情，每天習慣的活動；日課 類 勤め △散歩が日課になりつつある。／散步快要變成我每天例行的功課了。

にっこう【日光】（名）日光，陽光；日光市 類 太陽 △日光を浴びる。／曬太陽。

にっこり（副・自サ）微笑貌，莞爾，嫣然一笑，微微一笑 類 にこにこ △彼女がにっこりしさえすれば、男性はみんな優しくなる。／只要她嫣然一笑，每個男性都會變得很親切。

にっちゅう【日中】（名）白天，晝間（指上午十點到下午三、四點間）；日本與中國 類 昼間 △雲のようすから見ると、日中は雨が降りそうです。／從雲朵的樣子來看，白天好像會下雨的樣子。

にってい【日程】（名）（旅行、會議的）日程；每天的計畫（安排） 類 日どり △旅行の日程がわかりしだい、連絡します。／一得知旅行的行程之後，將馬上連絡您。

にぶい【鈍い】（形）（刀劍等）鈍，不鋒利；（理解、反應）慢，遲鈍，動作緩慢；（光）朦朧，（聲音）渾濁 反 鋭い 類 鈍感（さいこう）△私は勘が鈍いので、クイズは苦手です。／因為我的直覺很遲鈍，所以不擅於猜謎。

にほん【日本】（名）日本 類 日本国 △学校を通して、日本への留学を申請しました。／透過學校，申請到日本留學。

にゅうしゃ【入社】（名・自サ）進公司工作，入社 反 退社 類 社員 △出世は、入社してからの努力しだいです。／是否能出人頭地，就要看進公司後的努力。

にゅうじょう【入場】（名・自サ）入場 反 退場 類 式場 △入場する人は、一列に並んでください。／要進場的人，請排成一排。

にゅうじょうけん【入場券】（名）門票，入場券 △入場券売り場も会場入り口も並んでいる。中は相当混雑しているに違いない。／售票處和進場處都排著人龍，場內想必人多又擁擠。

にょうぼう【女房】（名）（自己的）太太，老婆 類 つま 補 姉女房（あねにょうぼう）：指妻子年齡比丈夫大。△女房と一緒になったときは、嬉しくて涙が出るくらいでした。／跟老婆步入禮堂時，高興得眼淚都要掉了下來。

にらむ【睨む】（他五）瞪著眼看，怒目而視；盯著，注視，仔細觀察；估計，揣測，意料；盯上 類 瞠目（どうもく）△隣のおじさんは、私が通るたびに睨む。／我每次經過隔壁的伯伯就會瞪我一眼。

にわか (名·形動) 突然，驟然；立刻，馬上；一陣子，臨時，暫時 類 雨△にわかに空が曇ってきた。／天空頓時暗了下來。

にわとり【鶏】 (名) 雞△鶏を飼う。／養雞。

にんげん【人間】 (名) 人，人類；人品，為人；(文)人間，社會，世上 類 人△人間である以上、完璧ではあり得ない。／既然身而為人，就不可能是完美的。

ぬヌ

N2-067

ぬの【布】 (名) 布匹；棉布；麻布 類 織物△どんな布にせよ、丈夫なものならかまいません。／不管是哪種布料，只要耐用就好。

ねネ

N2-068

ね【根】 (名)（植物的）根；根底；根源，根據；天性，根本 類 根っこ（ねっこ）△この問題は根が深い。／這個問題的根源很深遠。

ね【値】 (名) 價錢，價格，價值 類 値段△値が上がらないうちに、マンションを買った。／在房價還未上漲前買下了公寓。

ねがい【願い】 (名) 願望，心願；請求，請願；申請書，請願書 類 願望（がんぼう）△みんなの願いにもかかわらず、先生は来てくれなかった。／不理會眾人的期望，老師還是沒來。

ねがう【願う】 (他五) 請求，請願，懇求；願望，希望；祈禱，許願 類 念願（ねんがん）△二人の幸せを願わないではいられません。／不得不為他兩人的幸福祈禱呀！

ねじ (名) 螺絲，螺釘 類 釘△ねじが緩くなったので直してください。／螺絲鬆了，請將它轉緊。

ねずみ (名) 老鼠 類 マウス△こんなところに、ねずみなんかいませんよ。／這種地方，才不會有老鼠那種東西啦。

ねっする【熱する】 (自サ·他サ) 加熱，變熱，發熱；熱中於，興奮，激動 類 沸かす（わかす）△鉄をよく熱してから加工します。／將鐵徹底加熱過後再加工。

ねったい【熱帯】 (名)（地）熱帯 反 寒帯 類 熱帯雨林（ねったいうりん）△この国は、熱帯のわりには過ごしやすい。／這國家雖處熱帶，但卻很舒適宜人。

ねまき【寝間着】 (名) 睡衣 類 パジャマ 比 間着：可指洋式或和式的睡衣。き（ねまき）：多指和式的睡衣。△寝間着のまま、うろうろするものではない。／不要這樣穿著睡衣到處走動。

ねらう【狙う】 (他五) 看準，把…當做目標；把…弄到手；伺機而動 類 目指す △狙った以上、彼女を絶対ガールフレンドにします。／既然看中了她，就絕對要讓她成為自己的女友。

ねんがじょう【年賀状】 (名) 賀年卡 △年賀状を書く。／寫賀年卡。

ねんかん【年間】 (名・漢造) 一年間；（年號使用）期間，年間 類 年代 △年間の収入は500万円です。／一年中的收入是五百萬日圓。

ねんげつ【年月】 (名) 年月，光陰，時間 類 歳月 補 年月（としつき）△年月をかけた準備のあげく、失敗してしまいました。／花費多年所做的準備，最後卻失敗了。

ねんじゅう【年中】 (名・副) 全年，整年；一年到頭，總是，始終 類 いつも △京都には、季節を問わず、年中観光客がいっぱいいます。／在京都，不論任何季節，全年都有很多觀光客聚集。

ねんだい【年代】 (名) 年代；年齡層；時代 △若い年代の需要にこたえて、商品を開発する。／回應年輕一代的需求來開發商品。

ねんど【年度】 (名)（工作或學業）年度 類 時代 補 在日本，一般是4月1日開始，到來年3月31日結束。△年度の終わりに、みんなで飲みに行きましょう。／本年度結束時，大家一起去喝一杯吧。

ねんれい【年齢】 (名) 年齡，歲數 類 年歳 △先生の年齢からして、たぶんこの歌手を知らないでしょう。／從老師的歲數來推斷，他大概不知道這位歌手吧！

の ノ

N2-069

の【野】 (名・漢造) 原野；田地，田野；野生的 類 原 △家にばかりいないで、野や山に遊びに行こう。／不要一直窩在家裡，一起到原野或山裡玩耍吧！

のう【能】 (名・漢造) 能力，才能，本領；

功效；（日本古典戲劇）能樂 類 才能 △私は小説を書くしか能がない。／我只有寫小說的才能。

のうさんぶつ【農産物】 名 農產品 類 作物 △このあたりの代表的農産物といえば、ぶどうです。／說到這一帶的代表性農作物，就是葡萄。

のうそん【農村】 名 農村，鄉村 類 農園 △彼は、農村の人々の期待にこたえて、選挙に出馬した。／他回應了農村裡的鄉親們的期待， 站出來參選。

のうみん【農民】 名 農民 類 百姓 △農民の生活は、天候に左右される。／農民的生活受天氣左右。

のうやく【農薬】 名 農藥 類 薬 △虫の害がひどいので、農薬を使わずにはいられない。／因為蟲害很嚴重，所以不得不使用農藥。

のうりつ【能率】 名 效率 類 効率（こうりつ）△能率が悪いにしても、この方法で作ったお菓子のほうがおいしいです。／就算效率很差，但用這方法所作成的點心比較好吃。

ノー【no】 名・感・造 表否定；沒有，不；（表示禁止）不必要，禁止 類 いいえ △いやなのにもかかわらず、ノーと言えない。／儘管是不喜歡的東西，也無法開口說不。

のき【軒】 名 屋簷 類 屋根（やね）△雨が降ってきたので、家の軒下に逃げ込んだ。／下起了雨，所以躲到了房屋的屋簷下。

のこらず【残らず】 副 全部，通通，一個不剩 類 すべて △知っていることを残らず話す。／知道的事情全部講出。

のこり【残り】 名 剩餘，殘留 類 あまり △お菓子の残りは、あなたにあげます。／剩下來的甜點給你吃。

のせる【載せる】 他下一 刊登；載運；放到高處；和著音樂拍子 △雑誌に記事を載せる。／在雜誌上刊登報導。

のぞく【除く】 他五 消除，刪除，除外，剷除；除了…，…除外；殺死 類 消す △私を除いて、家族は全員乙女座です。／除了我之外，我們家全都是處女座。

のぞく【覗く】 自五・他五 露出（物體的一部份）；窺視，探視；往下看；晃一眼；窺探他人秘密 類 窺う（うかがう）△家の中を覗いているのは誰だ。／是誰在那裡偷看屋內？

のぞみ【望み】 名 希望，願望，期望；抱負，志向；眾望 類 希望 △お礼は、あなたの望み次第で、なんでも差し上げます。／回禮的話，就看你想要什麼，我都會送給你。

のちほど【後程】 副 過一會兒 △後程またご相談しましょう。／回頭再來和你談談。

のはら【野原】 名 原野 △野原で遊ぶ。／在原野玩耍。

のびのび【延び延び】 名 拖延，延緩 △

運動会が雨で延び延びになる。／運動會因雨勢而拖延。

のびのび（と）【伸び伸び（と）】 (副・自サ) 生長茂盛；輕鬆愉快 △子供が伸び伸びと育つ。／讓小孩在自由開放的環境下成長。

のべる【述べる】 (他下一) 敘述，陳述，說明，談論 △この問題に対して、意見を述べてください。／請針對這個問題，發表一下意見。

のみかい【飲み会】 (名) 喝酒的聚會△飲み会に誘われる。／被邀去參加聚會。

のり【糊】 (名) 膠水，漿糊 △ここと ここを糊で貼ります。／把這裡和這裡用糨糊黏起來。

のる【載る】 (他五) 登上，放上；乘，坐，騎；參與；上當，受騙；刊載，刊登 (類) 積載（せきさい）△その記事は、何ページに載っていましたっけ。／這個報導，記得是刊在第幾頁來著？

のろい【鈍い】 (形) （行動）緩慢的，慢吞吞的；（頭腦）遲鈍的，笨的；對女人軟弱，唯命是從的人 (類) 遅い △亀は、歩くのがとても鈍い。／烏龜走路非常緩慢。

のろのろ (副・自サ) 遲緩，慢吞吞地 (類) 遅鈍（ちどん）△のろのろやっていると、間に合わないおそれがありますよ。／你這樣慢吞吞的話，會趕不上的唷！

のんき【呑気】 (名・形動) 悠閑，無憂無慮；不拘小節，不慌不忙；蠻不在乎，漫不經心 (類) 気楽（きらく）△生まれつき呑気なせいか、あまり悩みはありません。／不知是不是生來性格就無憂無慮的關係，幾乎沒什麼煩惱。

は ハ

N2-070

ば【場】 (名) 場所，地方；座位；（戲劇）場次；場合 (類) 所 △その場では、お金を払わなかった。／在當時我沒有付錢。

はあ (感) （應答聲）是，唉；（驚訝聲）嘿 (補) 比起「はい」（是）還要非正式。△はあ、かしこまりました。／是，我知道了。

ばいう【梅雨】 (名) 梅雨 (反) 乾期（かんき）(類) 雨季 (補) 梅雨（ばいう）：六月到七月之間連續下的雨，大多跟其他詞搭配做複合詞，例：「梅雨前線」「梅雨期」。一般常念「梅雨」（つゆ）。△梅雨前線の活動がやや活発になっており、今日、明日は激しい雨と雷に注意が必要です。／梅雨鋒面的型態較為活躍時期，今明兩天請留意豪雨和落雷的情況發生。

バイキング【Viking】[名] 自助式吃到飽 △当ホテルの朝食はバイキングになっております。／本旅館的早餐採用自助餐的形式。

はいく【俳句】[名] 俳句 [類] 歌 △俳句は日本の定型詩で、その短さはおそらく世界一でしょう。／俳句是日本的定型詩，其篇幅之簡短恐怕是世界第一吧。

はいけん【拝見】[名・他サ]（「みる」的自謙語）看，瞻仰 △お手紙拝見しました。／拜讀了您的信。

はいたつ【配達】[名・他サ] 送，投遞 [類] 配る △郵便の配達は1日1回だが、速達はその限りではない。／郵件的投遞一天只有一趟，但是限時專送則不在此限。

ばいばい【売買】[名・他サ] 買賣，交易 [類] 売り買い △株の売買によって、お金をもうけました。／因為股票交易而賺了錢。

パイプ【pipe】[名] 管，導管；煙斗；煙嘴；管樂器 [類] 筒（つつ）△これは、石油を運ぶパイプラインです。／這是輸送石油的輸油管。

はう【這う】[自五] 爬，爬行；(植物) 攀纏，緊貼；(趴)下 [類] 腹這う △赤ちゃんが、一生懸命這ってきた。／小嬰兒努力地爬到了這裡。

はか【墓】[名] 墓地，墳墓 [類] 墓場 △郊外に墓を買いました。／在郊外買了墳墓。

ばか【馬鹿】[名・形動] 愚蠢，糊塗 △あなたから見ればばかなんでしょうけど、ばかにだってそれなりの考えがあるんです。／在你的眼中，我或許是個傻瓜；可是傻瓜也有傻瓜自己的想法。

はがす【剥がす】[他五] 剝下 [類] 取り除ける（とりのぞける）△ペンキを塗る前に、古い塗料を剥がしましょう。／在塗上油漆之前，先將舊的漆剝下來吧！

はかせ【博士】[名] 博士；博學之人 [比]「はくし」：博士學位。「はかせ」：博學多聞，精通某領域者。△子供のころからお天気博士だったが、ついに気象予報士の試験に合格した。／小時候就是個天氣小博士，現在終於通過氣象預報員的考試了。

ばからしい【馬鹿らしい】[形] 愚蠢的，無聊的；划不來，不值得 [反] 面白い [類] 馬鹿馬鹿しい △あなたにとっては馬鹿らしくても、私にとっては重要なんです。／就算對你來講很愚蠢，但對我來說卻是很重要的。

はかり【計り】[名] 秤，量，計量；份量；限度 [類] 計器 △はかりで重さを量ってみましょう。／用體重機量量體重吧。

はかり【秤】[名] 秤，天平 △秤で量る。／秤重。

はかる【計る】[他五] 測量；計量；推測，

Level 5
Level 4
Level 3
Level 2
Level 1

揣測；徵詢，諮詢 類 数える 比 量る：量容量、重量。計る：量數量、時間。測る：量高度、長度、深度、速度。△何分ぐらいかかるか、時間を計った。／我量了大概要花多少時間。

はきけ【吐き気】〔名〕噁心，作嘔 類 むかつき △上司のやり方が嫌いで、吐き気がするぐらいだ。／上司的做事方法令人討厭到想作嘔的程度。

はきはき〔副・自サ〕活潑伶俐的樣子；乾脆，爽快；(動作) 俐落 類 しっかり △質問にはきはき答える。／俐落地回答問題。

はく【吐く】〔他五〕吐，吐出；說出，吐露出；冒出，噴出 類 言う △寒くて、吐く息が白く見える。／天氣寒冷，吐出來的氣都是白的。

はく【掃く】〔他五〕掃，打掃；(拿刷子) 輕塗 類 掃除 △部屋を掃く。／打掃房屋。

ばくだい【莫大】〔名・形動〕莫大，無尚，龐大 反 少ない 類 多い △貿易を通して、莫大な財産を築きました。／透過貿易，累積了龐大的財富。

ばくはつ【爆発】〔名・自サ〕爆炸，爆發 類 炸裂（さくれつ）△長い間の我慢のあげく、とうとう気持ちが爆発してしまった。／長久忍下來的怨氣，最後爆發了。

N2-071

はぐるま【歯車】〔名〕齒輪 △歯車がかみ合う。／齒輪咬合；協調。

バケツ【bucket】〔名〕木桶 類 桶（おけ）△掃除をするので、バケツに水を汲んできてください。／要打掃了，請你用水桶裝水過來。

はさまる【挟まる】〔自五〕夾，(物體) 夾在中間；夾在（對立雙方中間）類 嵌まる（はまる）△歯の間に食べ物が挟まってしまった。／食物塞在牙縫裡了。

はさむ【挟む】〔他五〕夾，夾住；隔；夾進，夾入；插 類 摘む △ドアに手を挟んで、大声を出さないではいられないぐらい痛かった。／門夾到手，痛得我禁不住放聲大叫。

はさん【破産】〔名・自サ〕破產 類 潰れる △うちの会社は借金だらけで、結局破産しました。／我們公司欠了一屁股債，最後破產了。

はしご〔名〕梯子；挨家挨戶 類 梯子（ていし）△屋根に上るので、はしごを貸してください。／我要爬上屋頂，所以請借我梯子。

はじめまして【初めまして】〔寒暄〕初次見面 △初めまして、山田太郎と申します。／初次見面，我叫山田太郎。

はしら【柱】〔名・接尾〕（建）柱子；支柱；（轉）靠山 △柱が倒れる。／柱子倒下。

はす【斜】〔名〕(方向) 斜的，歪斜 類 斜め（ななめ）△ねぎは斜に切ってください。／請將蔥斜切。

パス【pass】㊔名・自サ 免票，免費；定期票，月票；合格，通過 類 切符 △試験にパスしないことには、資格はもらえない。／要是不通過考試，就沒辦法取得資格。

はだ【肌】名 肌膚，皮膚；物體表面；氣質，風度；木紋 類 皮膚 △肌が美しくて、まぶしいぐらいだ。／肌膚美得炫目耀眼。

パターン【pattern】名 形式，樣式，模型；紙樣；圖案，花樣 類 型 △彼がお酒を飲んで歌い出すのは、いつものパターンです。／喝了酒之後就會開始唱歌，是他的固定模式。

はだか【裸】名 裸體；沒有外皮的東西；精光，身無分文；不存先入之見，不裝飾門面 類 ヌード △風呂に入るため裸になったら、電話が鳴って困った。／脫光了衣服要洗澡時，電話卻剛好響起，真是傷腦筋。

はだぎ【肌着】名（貼身）襯衣，汗衫 反 上着 類 下着 △肌着をたくさん買ってきた。／我買了許多汗衫。

はたけ【畑】名 田地，旱田；專業的領域 △畑で働いている。／在田地工作。

はたして【果たして】副 果然，果真 反 図らずも（はからずも） 類 やはり △ベストセラーといっても、果たして面白いかどうかわかりませんよ。／雖說是暢銷書，但不知是否果真那麼好看唷。

はち【鉢】名 缽盆；大碗；花盆；頭蓋骨 類 応器 △鉢にラベンダーを植えました。／我在花盆中種了薰衣草。

はちうえ【鉢植え】名 盆栽 △鉢植えの手入れをする。／照顧盆栽。

はつ【発】名・接尾（交通工具等）開出，出發；（信、電報等）發出；（助數詞用法）（計算子彈數量）發，顆 類 出発する △桃園発成田行きと、松山発羽田行きでは、どちらが安いでしょうか。／桃園飛往成田機場的班機，和松山飛往羽田機場的班機，哪一種比較便宜呢？

ばつ名（表否定的）叉號 △間違った答えにはばつをつけた。／在錯的答案上畫上了叉號。

ばつ【罰】名・漢造 懲罰，處罰 反 賞 類 罰（ばち） △遅刻した罰として、反省文を書きました。／當作遲到的處罰，寫了反省書。

はついく【発育】名・自サ 發育，成長 類 育つ △まだ10か月にしては、発育のいいお子さんですね。／以十個月大的嬰孩來說，這孩子長得真快呀！

はっき【発揮】名・他サ 發揮，施展 △今年は、自分の能力を発揮することなく終わってしまった。／今年都沒好好發揮實力就結束了。

バック【back】名・自サ 後面，背後；背景；後退，倒車；金錢的後備，援助；靠山 反 表（おもて） 類 裏（うら） △車をバックさせたところ、塀にぶつかってしまった。／倒車，結果撞上了圍牆。

はっこう【発行】（名・自サ）(圖書、報紙、紙幣等) 發行；發放，發售 △初版発行分は1週間で売り切れ、増刷となった。／初版印刷量在一星期內就銷售一空，於是再刷了。

はっしゃ【発車】（名・自サ）發車，開車 類 出発 △定時に発車する。／定時發車。

N2-072

はっしゃ【発射】（名・他サ）發射(火箭、子彈等) 類 撃つ(うつ) △ロケットが発射した。／火箭發射了。

ばっする【罰する】（他サ）處罰，處分，責罰；(法) 定罪，判罪 類 懲らしめる(こらしめる) △あなたが罪を認めた以上、罰しなければなりません。／既然你認了罪，就得接受懲罰。

はっそう【発想】（名・自他サ）構想，主意；表達，表現；(音樂) 表現 △彼の発想をぬきにしては、この製品は完成しなかった。／如果沒有他的構想，就沒有辦法做出這個產品。

ばったり（副）物體突然倒下(跌落)貌；突然相遇貌；突然終止貌 類 偶々 △友人たちにばったり会ったばかりに、飲みにいくことになってしまった。／因為與朋友們不期而遇，所以就決定去喝酒了。

ぱっちり（副・自サ）眼大而水汪汪；睜大眼睛 △目がぱっちりとしている。／眼兒水汪汪。

はってん【発展】（名・自サ）擴展，發展；活躍，活動 類 発達 △驚いたことに、町はたいへん発展していました。／令人驚訝的是，小鎮蓬勃發展起來了。

はつでん【発電】（名・他サ）發電 △この国では、風力による発電が行なわれています。／這個國家，以風力來發電。

はつばい【発売】（名・他サ）賣，出售 類 売り出す △新商品発売の際には、大いに宣伝しましょう。／銷售新商品時，我們來大力宣傳吧！

はっぴょう【発表】（名・他サ）發表，宣布，聲明；揭曉 類 公表 △ゼミで発表するに当たり、十分に準備をした。／為了即將在研討會上的報告，做了萬全的準備。

はなしあう【話し合う】（自五）對話，談話；商量，協商，談判 △多数決でなく、話し合いで決めた。／不是採用多數決，而是經過討論之後做出了決定。

はなしかける【話しかける】（自下一）(主動) 跟人說話，攀談；開始談，開始說 類 話し始める △英語で話しかける。／用英語跟他人交談。

はなしちゅう【話し中】（名）通話中 類 通話中 △急ぎの用事で電話したときに限って、話し中である。／偏偏在有急事打電話過去時，就是在通話中。

はなはだしい【甚だしい】[形]（不好的狀態）非常，很，甚 [類]激しい △あなたは甚だしい勘違いをしています。／你誤會得非常深。

はなばなしい【華々しい】[形]華麗，豪華；輝煌；壯烈 [類]立派 △華々しい結婚式。／豪華的婚禮。

はなび【花火】[名]煙火 [類]火花 △花火を見に行きたいわ。とてもきれいだもの。／人家要去看煙火，因為真的是很漂亮嘛。

はなやか【華やか】[形動]華麗；輝煌；活躍；引人注目 [類]派手やか △華やかな都会での生活。／在繁華的都市生活。

はなよめ【花嫁】[名]新娘 [反]婿 [類]嫁 △花嫁さん、きれいねえ。／新娘子好漂亮喔！

はね【羽】[名]羽毛；（鳥與昆蟲等的）翅膀；（機器等）翼，葉片；箭翎 [類]つばさ △羽のついた帽子がほしい。／我想要頂有羽毛的帽子。

ばね[名]彈簧，發條；（腰、腿的）彈力，彈跳力 [類]弾き金（はじきがね）△ベッドの中のばねはたいへん丈夫です。／床鋪的彈簧實在是牢固啊。

はねる【跳ねる】[自下一]跳，蹦起；飛濺；散開，散場；爆，裂開 [類]跳ぶ △子犬は、飛んだり跳ねたりして喜んでいる。／小狗高興得又蹦又跳的。

ははおや【母親】[名]母親 [反]父親 [類]母 △息子が勉強しないので、母親として嘆かずにはいられない。／因為兒子不讀書，所以身為母親的就不得不嘆起氣來。

はぶく【省く】[他五]省，省略，精簡，簡化；節省 [類]略す（りゃくす）△詳細は省いて単刀直入に申し上げると、予算が50万円ほど足りません。／容我省略細節、開門見山直接報告：預算還差五十萬圓。

はへん【破片】[名]破片，碎片 [類]かけら △ガラスの破片が落ちていた。／玻璃的碎片掉落在地上。

ハム【ham】[名]火腿 △ハムサンドをください。／請給我火腿三明治。

はめる【嵌める】[他下一]嵌上，鑲上；使陷入，欺騙；擲入，使沈入 [反]外す [類]挟む（はさむ）△金属の枠にガラスを嵌めました。／在金屬框裡，嵌上了玻璃。

はやおき【早起き】[名]早起 △早起きは苦手だ。／不擅長早起。

はやくち【早口】[名]說話快 △早口でしゃべる。／說話速度快。

はら【原】[名]平原，平地；荒原，荒地 [類]野 △春先、近所の田んぼはれんげの原になる。／初春時節，附近的稻田變成一大片紫雲英的花海。

N2-073

はらいこむ【払い込む】 他五 繳納 類 収める △税金を払い込む。／繳納稅金。

はらいもどす【払い戻す】 他五 退還（多餘的錢），退費；（銀行）付還（存戶存款）類 払い渡す △不良品だったので、抗議のすえ、料金を払い戻してもらいました。／因為是瑕疵品，經過抗議之後，最後費用就退給我了。

はり【針】 名 縫衣針；針狀物；（動植物的）針，刺 類 ピン △針と糸で雑巾を縫った。／我用針和線縫補了抹布。

はりがね【針金】 名 金屬絲，（鉛、銅、鋼）線；電線 類 鉄線 △針金で玩具を作った。／我用銅線做了玩具。

はりきる【張り切る】 自五 拉緊；緊張，幹勁十足，精神百倍 類 頑張る △妹は、幼稚園の劇で主役をやるので張り切っています。／妹妹將在幼稚園的話劇裡擔任主角，為此盡了全力準備。

はれ【晴れ】 名 晴天；隆重；消除嫌疑 △あれは、秋のさわやかな晴れの日でした。／記得那是一個秋高氣爽的晴朗日子。

はん【反】 名・漢造 反，反對；（哲）反對命題；犯規；反覆 類 対立する △反原発の集会に参加した。／參加了反對核能發電的集會。

はんえい【反映】 名・自サ・他サ （光）反射；反映 類 反影 △この事件は、当時の状況を反映しているに相違ありません。／這個事件，肯定是反映了當下的情勢。

パンク【puncture之略】 名・自サ 爆胎；脹破，爆破 類 破れる（やぶれる）△大きな音がしたことから、パンクしたのに気がつきました。／因為聽到了巨響，所以發現原來是爆胎了。

はんけい【半径】 名 半徑 △彼は、行動半径が広い。／他的行動範圍很廣。

はんこ 名 印章，印鑑 類 判 △ここにはんこを押してください。／請在這裡蓋下印章。

はんこう【反抗】 名・自サ 反抗，違抗，反擊 類 手向かう（てむかう）△彼は、親に対して反抗している。／他反抗父母。

はんざい【犯罪】 名 犯罪 類 犯行 △犯罪の研究を通して、社会の傾向を分析する。／藉由研究犯罪來分析社會傾向。

ばんざい【万歳】 名・感 萬歲；（表示高興）太好了，好極了 類 ばんせい △万歳を三唱する。／三呼萬歲。

ハンサム【handsome】 名・形動 帥，英俊，美男子 類 美男（びなん）△ハンサムでさえあれば、どんな男性でもいいそうです。／聽說她只要對方英俊，怎樣的男人都行。

はんじ【判事】 名 審判員，法官 類 裁判官 △将来は判事になりたいと思っている。／我將來想當法官。

はんだん【判断】（名・他サ）判斷；推斷，推測；占卜 類 判じる（はんじる）△上司の判断が間違っていると知りつつ、意見を言わなかった。／明明知道上司的判斷是錯的，但還是沒講出自己的意見。

ばんち【番地】（名）門牌號；住址 類 アドレス △お宅は何番地ですか。／您府上門牌號碼幾號？

はんつき【半月】（名）半個月；半月形；上（下）弦月 △これをやるには、半月かかる。／為了做這個而耗費半個月的時間。

バンド【band】（名）樂團帶；狀物；皮帶，腰帶 類 ベルト △なんだ、これは。へたくそなバンドだな。／這算什麼啊！這支樂團好差勁喔！

はんとう【半島】（名）半島 類 岬 △三浦半島に泳ぎに行った。／我到三浦半島游了泳。

ハンドル【handle】（名）（門等）把手；（汽車、輪船）方向盤 類 柄 △久しぶりにハンドルを握った。／久違地握著了方向盤。

はんにち【半日】（名）半天 △半日で終わる。／半天就結束。

はんばい【販売】（名・他サ）販賣，出售 類 売り出す △商品の販売にかけては、彼の右に出る者はいない。／在銷售商品上，沒有人可以跟他比。

はんぱつ【反発】（名・他サ・自サ）回彈，排斥；拒絕，不接受；反攻，反抗 類 否定する △親に対して、反発を感じないではいられなかった。／我很難不反抗父母。

ばんめ【番目】（接尾）（助數詞用法，計算事物順序的單位）第 類 番 △前から3番目にいるのが、弟です。／從前面數來第三個人就是我弟弟。

ひ ヒ

N2-074

ひ【非】（名・漢造）非，不是 △非を認める。／認錯。

ひ【灯】（名）燈光，燈火 類 灯り △山の上から見ると、街の灯がきれいだ。／從山上往下眺望，街道上的燈火真是美啊。

ひあたり【日当たり】（名）採光，向陽處 類 日向（ひなた）△私のアパートは南向きだから、日当たりがいいです。／我住的公寓朝南，所以陽光很充足

ひがえり【日帰り】（名・自サ）當天回來 △課長は、日帰りで出張に行ってきたということだ。／聽說社長出差一天，當天就回來了。

ひかく【比較】（名・他サ）比，比較 類 比べる △周囲と比較してみて、自分の実力がわかった。／和周遭的人比較過之後，認清了自己的實力在哪裡。

ひかくてき【比較的】（副・形動）比較地 類 割りに △会社が比較的うまくいっているところに、急に問題がおこった。／在公司營運比從前上軌道時，突然發生了問題。

ひかげ【日陰】（名）陰涼處，背陽處；埋沒人間；見不得人 類 陰 △日陰で休む。／在陰涼處休息。

ぴかぴか（副・自サ）雪亮地；閃閃發亮的 類 きらきら △机はほこりだらけでしたが、拭いたらぴかぴかになりました。／桌上滿是灰塵，但擦過後便很雪亮。

ひきかえす【引き返す】（自五）返回，折回 類 戻る △橋が壊れていたので、引き返さざるをえなかった。／因為橋壞了，所以不得不掉頭回去。

ひきだす【引き出す】（他五）抽出，拉出；引誘出，誘騙；（從銀行）提取，提出 類 連れ出す △部長は、部下のやる気を引き出すのが上手だ。／部長對激發部下的工作幹勁，很有一套。

ひきとめる【引き止める】（他下一）留，挽留；制止，拉住 △一生懸命引き止めたが、彼は会社を辞めてしまった。／我努力挽留但他還是辭職了。

ひきょう【卑怯】（名・形動）怯懦，卑怯；卑鄙，無恥 類 卑劣（ひれつ）△彼は卑怯な男だから、そんなこともしかねないね。／因為他是個卑鄙的男人，所以有可能會做出那種事唷。

ひきわけ【引き分け】（名）（比賽）平局，不分勝負 類 相子 △試合は、引き分けに終わった。／比賽以平手收局。

ひく【轢く】（他五）（車）壓，軋（人等）類 轢き殺す（ひきころす）△人を轢きそうになって、びっくりした。／差一點就壓傷了人，嚇死我了。

ひげき【悲劇】（名）悲劇 反 喜劇 類 悲しい △このような悲劇が二度と起こらないようにしよう。／讓我們努力不要讓這樣的悲劇再度發生。

ひこう【飛行】（名・自サ）飛行，航空 類 飛ぶ △飛行時間は約5時間です。／飛行時間約五個小時。

ひざし【日差し】（名）陽光照射，光線 △まぶしいほど、日差しが強い。／日光強到令人感到炫目刺眼。

ピストル【pistol】（名）手槍 類 銃 △銀行強盗は、ピストルを持っていた。／銀行搶匪當時持有手槍。

ビタミン【vitamin】（名）（醫）維他命，維生素 △栄養からいうと、その食事はビタミンが足りません。／就營養這一點來看，那一餐所含的維他命是不夠的。

ぴたり（副）突然停止；緊貼地，緊緊地；正好，正合適，正對 類 ぴったり △その占い師の占いは、ぴたりと当たった。／那位占卜師的占卜，完全命中。

ひだりがわ【左側】 [名] 左邊，左側 △左側に並ぶ。／排在左側。

ひっかかる【引っ掛かる】 [自五] 掛起來，掛上，卡住；連累，牽累；受騙，上當；心裡不痛快 [類] 囚われる（とらわれる）△凧が木に引っ掛かってしまった。／風箏纏到樹上去了。

ひっき【筆記】 [名・他サ] 筆記；記筆記 [反] 口述 [類] 筆写 △筆記試験はともかく、実技と面接の点数はよかった。／先不說筆試結果如何， 術科和面試的成績都很不錯。

びっくり [副・自サ] 吃驚，嚇一跳 [類] 驚く △田中さんは美人になって、本当にびっくりするくらいでした。／田中小姐變成大美人，叫人真是大吃一驚。

ひっきしけん【筆記試験】 [名] 筆試 △筆記試験を受ける。／參加筆試。

ひっくりかえす【引っくり返す】 [他五] 推倒，弄倒，碰倒；顛倒過來；推翻，否決 [類] 覆す △箱を引っくり返して、中のものを調べた。／把箱子翻出來， 查看了裡面的東西。

ひっくりかえる【引っくり返る】 [自五] 翻倒，顛倒，翻過來；逆轉，顛倒過來 [類] 覆る（くつがえる）△ニュースを聞いて、ショックのあまり引っくり返ってしまった。／聽到這消息，由於太過吃驚，結果翻了一跤。

ひづけ【日付】 [名]（報紙、新聞上的）日期 [類] 日取り（ひどり）△日付が変わらないうちに、この仕事を完成するつもりです。／我打算在今天之內完成這份工作。

ひっこむ【引っ込む】 [自五・他五] 引退，隱居；縮進，縮入；拉入，拉進；拉攏 [類] 退く（しりぞく）△あなたは関係ないんだから、引っ込んでいてください。／這跟你沒關係，請你走開！

ひっし【必死】 [名・形動] 必死；拚命，殊死 [類] 命懸け（いのちがけ）△必死にがんばったが、だめだった。／雖然拚命努力，最後還是失敗了。

ひっしゃ【筆者】 [名] 作者，筆者 [類] 書き手 △この投書の筆者は、非常に鋭い指摘をしている。／這篇投書的作者，提出非常犀利的指責觀點。

ひつじゅひん【必需品】 [名] 必需品，日常必須用品 △いつも口紅は持っているわ。必需品だもの。／我總是都帶著口紅呢！因為它是必需品嘛！

ひっぱる【引っ張る】 [他五]（用力）拉；拉上，拉緊；強拉走；引誘；拖長；拖延；拉（電線等）；（棒球向左面或右面）打球 [類] 引く △人の耳を引っ張る。／拉人的耳朵。

ひてい【否定】 [名・他サ] 否定，否認 [反] 肯定 [類] 打ち消す △方法に問題があったことは、否定しがたい。／難以否認方法上出了問題。

N2-075

ビデオ【video】 [名] 影像，錄影；錄影機；錄影帶 △ビデオの予約録画は、一昔前に比べるとずいぶん簡単になった。／預約錄影的步驟比以前來得簡單多了。

ひと【一】 [接頭] 一個；一回；稍微；以前 △夏は、一風呂浴びた後のビールが最高だ。／夏天沖過澡後來罐啤酒，那滋味真是太美妙了！

ひとこと【一言】 [名] 一句話；三言兩語 [類] 少し △最近の社会に対して、ひとこと言わずにはいられない。／我無法忍受不去對最近的社會，說幾句抱怨的話。

ひとごみ【人混み】 [名] 人潮擁擠（的地方），人山人海 [類] 込み合い △人込みでは、すりに気をつけてください。／在人群中，請小心扒手。

ひとしい【等しい】 [形]（性質、數量、狀態、條件等）相等的，一樣的；相似的 [類] 同じ △2分の1は0.5に等しい。／二分之一等於0.5。

ひとすじ【一筋】 [名] 一條，一根；（常用「一筋に」）一心一意，一個勁兒 [類] 一条（いちじょう）△黒い雲の間から、一筋の光が差し込んでいる。／從灰暗的雲隙間射出一道曙光。

ひととおり【一通り】 [副] 大概，大略；（下接否定）普通，一般；一套；全部 [類] 一応 △看護師として、一通りの勉強はしました。／把所有護理師應掌握的相關知識全部學會了。

ひとどおり【人通り】 [名] 人來人往，通行；來往行人 [類] 行き来 △デパートに近づくにつれて、人通りが多くなった。／離百貨公司越近，來往的人潮也越多。

ひとまず【一先ず】 [副]（不管怎樣）暫且，姑且 [類] とりあえず △細かいことはぬきにして、一先ず大体の計画を立てましょう。／先跳過細部，暫且先做一個大概的計畫吧。

ひとみ【瞳】 [名] 瞳孔，眼睛 [類] 目 △少年は、涼しげな瞳をしていた。／這個少年他有著清澈的瞳孔。

ひとめ【人目】 [名] 世人的眼光；旁人看見；一眼望盡，一眼看穿 [類] 傍目（はため）△職場恋愛だから人目を避けて会っていたのに、いつの間にかみんな知っていた。／由於和同事談戀愛，因此兩人見面時向來避開眾目，卻不曉得什麼時候全公司的人都知道了。

ひとやすみ【一休み】 [名・自サ] 休息一會兒 [類] 休み △疲れないうちに、一休みしましょうか。／在疲勞之前，先休息一下吧！

ひとりごと【独り言】 [名] 自言自語（的話）[類] 独白 △彼はいつも独り言ばかり言っている。／他時常自言自語。

ひとりでに【独りでに】 [副] 自行地，

自動地，自然而然也 類 自ずから △人形が独りでに動くわけがない。／人偶不可能會自己動起來的。

ひとりひとり【一人一人】 名 逐個地，依次的；人人，每個人，各自 類 一人ずつ △教師になったからには、生徒一人一人をしっかり育てたい。／既然當了老師，就想把學生一個個都確實教好。

ひにく【皮肉】 名・形動 皮和肉；挖苦，諷刺，冷嘲熱諷；令人啼笑皆非 類 風刺（ふうし）△あいつは、会うたびに皮肉を言う。／每次見到他，他就會說些諷刺的話。

ひにち【日にち】 名 日子，時日；日期 類 日 △会議の時間ばかりか、日にちも忘れてしまった。／不僅是開會的時間，就連日期也都忘了。

ひねる【捻る】 他五 （用手）扭，擰；（俗）打敗，擊敗；別有風趣 類 回す △足首をひねったので、体育の授業は見学させてもらった。／由於扭傷了腳踝，體育課時被允許在一旁觀摩。

ひのいり【日の入り】 名 日暮時分，日落，黃昏 反 日の出 類 夕日 △日の入りは何時ごろですか。／黃昏大約是幾點？

ひので【日の出】 名 日出（時分）反 日の入り 類 朝日 △明日は、山の上で日の出を見る予定です。／明天計畫要到山上看日出。

ひはん【批判】 名・他サ 批評，批判，評論 類 批評 △そんなことを言うと、批判されるおそれがある。／你說那種話，有可能會被批評的。

ひび【皹】 名 （陶器、玻璃等）裂紋，裂痕；（人和人之間）發生裂痕；（身體、精神）發生毛病 類 出来物 △茶碗にひびが入った。／碗裂開了。

ひびき【響き】 名 聲響，餘音；回音，迴響，震動；傳播振動；影響，波及 類 影響 △さすが音楽専用のホールだから、響きがいいわけだ。／畢竟是專業的音樂廳，音響效果不同凡響。

ひびく【響く】 自五 響，發出聲音；發出回音，震響；傳播震動；波及；出名 類 鳴り渡る（なりわたる）△銃声が響いた。／槍聲響起。

ひひょう【批評】 名・他サ 批評，批論 類 批判 △先生の批評は、厳しくてしようがない。／老師給的評論，實在有夠嚴厲。

びみょう【微妙】 形動 微妙的 類 玄妙 △社長の交代に伴って、会社の雰囲気も微妙に変わった。／伴隨著社長的交接，公司裡的氣氛也變得很微妙。

ひも【紐】 名 （布、皮革等的）細繩，帶 △古新聞をひもでしばって廃品回収に出した。／舊報紙用繩子捆起來，拿去資源回收了。

ひゃっかじてん【百科辞典】 名 百科全書 △百科辞典というだけあって、

何でも載っている。／不愧是百科全書，真的是裡面什麼都有。

ひよう【費用】[名] 費用，開銷 [類] 経費 △たとえ費用が高くてもかまいません。／即使費用在怎麼貴也沒關係。

ひょう【表】[名・漢造] 表，表格；奏章；表面，外表；表現；代表；表率 △仕事でよく表を作成します。／工作上經常製作表格。

びよう【美容】[名] 美容 [類] 理容 △不規則な生活は、美容の大敵です。／不規律的作息是美容的大敵。

びょう【病】[漢造] 病，患病；毛病，缺點 [類] 病む（やむ）△彼は難病にかかった。／他罹患了難治之症。

びよういん【美容院】[名] 美容院，美髮沙龍 △美容院に行く。／去美容院。

N2-076

ひょうか【評価】[名・他サ] 定價，估價；評價 [類] 批評 △部長の評価なんて、気にすることはありません。／你用不著去在意部長給的評價。

ひょうげん【表現】[名・他サ] 表現，表達，表示 [反] 理解 [類] 描写 △意味は表現できたとしても、雰囲気はうまく表現できません。／就算有辦法將意思表達出來，氣氛還是無法傳達的很好。

ひょうし【表紙】[名] 封面，封皮，書皮 △本の表紙がとれてしまった。／書皮掉了。

ひょうしき【標識】[名] 標誌，標記，記號，信號 [類] 目印 △この標識は、どんな意味ですか。／這個標誌代表著什麼意思？

ひょうじゅん【標準】[名] 標準，水準，基準 [類] 目安（めやす）[補] 標準的［形容動詞］標準的。△日本の標準的な教育について教えてください。／請告訴我標準的日本教育是怎樣的教育。

びょうどう【平等】[名・形動] 平等，同等 [類] 公平 △人間はみな平等であるべきだ。／人人須平等。

ひょうばん【評判】[名]（社會上的）評價，評論；名聲，名譽；受到注目，聞名；傳說，風聞 [類] 噂（うわさ）△みんなの評判からすれば、彼はすばらしい歌手のようです。／就大家的評價來看，他好像是位出色的歌手。

ひよけ【日除け】[名] 遮日；遮陽光的遮棚 △日除けに帽子をかぶる。／戴上帽子遮陽。

ひるすぎ【昼過ぎ】[名] 過午 △もう昼過ぎなの。／已經過中午了。

ビルディング【building】[名] 建築物 [類] 建物（たてもの）△丸の内ビルディング、通称丸ビルは、戦前の代表的な巨大建築でした。／丸之內大樓，俗稱丸樓，曾是二戰前具有代表性的龐大建築。

ひるね【昼寝】[名・自サ] 午睡 [類] 寝坊 △公園で昼寝をする。／在公園午睡。

ひるまえ【昼前】[名] 上午；接近中午時分 △昼前なのにもうお腹がすいた。／還不到中午肚子已經餓了。

ひろば【広場】[名] 廣場；場所 [類] 空き地(あきち) △集会は、広場で行われるに相違ない。／集會一定是在廣場舉行的。

ひろびろ【広々】[副・自サ] 寬闊的，遼闊的 △この公園は広々としていて、いつも子どもたちが走り回って遊んでいます。／這座公園占地寬敞，經常有孩童們到處奔跑玩耍。

ひをとおす【火を通す】[慣] 加熱；烹煮 △しゃぶしゃぶは、さっと火を通すだけにして、ゆで過ぎないのがコツです。／涮涮鍋好吃的秘訣是只要稍微涮過即可，不要汆燙太久。

ひん【品】[名・漢造]（東西的）品味，風度；辨別好壞；品質；種類 [類] 人柄 △彼の話し方は品がなくて、あきれるくらいでした。／他講話沒風度到令人錯愕的程度。

びん【便】[名・漢造] 書信；郵寄，郵遞；（交通設施等）班機，班車；機會，方便 △次の便で台湾に帰ります。／我搭下一班飛機回台灣。

びん【瓶】[名] 瓶，瓶子 △花瓶に花を挿す。／把花插入花瓶。

ピン【pin】[名] 大頭針，別針；（機）拴，樞 [類] 針(はり) △ピンで髪を留めた。／我用髮夾夾住了頭髮。

びんづめ【瓶詰】[名] 瓶裝；瓶裝罐頭 △缶ビールが普及する前、ビールといえば瓶詰めだった。／在罐裝啤酒普及之前，提到啤酒就只有瓶裝的而已。

ふフ

N2-077

ふ【不】[漢造] 不；壞；醜；笨 △優、良、可は合格ですが、その下の不可は不合格です。／「優、良、可」表示及格，在這些之下的「不可」則表示不及格。

ぶ【分】[名・接尾]（優劣的）形勢，（有利的）程度；厚度；十分之一；百分之一 △分が悪い試合と知りつつも、一生懸命戦いました。／即使知道這是個沒有勝算的比賽，還是拼命地去奮鬥。

ぶ【部】[名・漢造] 部分；部門；冊 △五つの部に分ける。／分成五個部門。

ぶ【無】[漢造] 無，沒有，缺乏 △無愛想な返事をする。／冷淡的回應。

ふう【風】[名・漢造] 樣子，態度；風度；習慣；情況；傾向；打扮；風；風教；風景；因風得病；諷刺 △あんパンは、日本人の口に合うように発明された和風のパンだ。／紅豆麵包是為了迎合日本人的口味而發明出來的和風麵包。

ふうけい【風景】(名)風景，景致；情景，光景，狀況；(美術)風景 (類)景色 △すばらしい風景を見ると、写真に撮らずにはいられません。／只要一看到優美的風景，就會忍不住拍起照來。

ふうせん【風船】(名)氣球，氫氣球 (類)気球(ききゅう) △子どもが風船をほしがった。／小孩想要氣球。

ふうん【不運】(名・形動)運氣不好的，倒楣的，不幸的 (類)不幸せ △不運を嘆かないではいられない。／倒楣到令人不由得嘆起氣來。

ふえ【笛】(名)橫笛；哨子 (類)フルート △笛による合図で、ゲームを始める。／以笛聲作為信號開始了比賽。

ふか【不可】(名)不可，不行；(成績評定等級)不及格 (類)駄目 △鉛筆で書いた書類は不可です。／用鉛筆寫的文件是不行的。

ぶき【武器】(名)武器，兵器；(有利的)手段，武器 (類)兵器 △中世ヨーロッパの武器について調べている。／我調查了有關中世代的歐洲武器。

ふきそく【不規則】(名・形動)不規則，無規律；不整齊，凌亂 (類)でたらめ △生活が不規則になりがちだから、健康に気をつけて。／你的生活型態有不規律的傾向，要好好注意健康。

ふきとばす【吹き飛ばす】(他五)吹跑；吹牛；趕走 △机の上に置いておいた資料が扇風機に吹き飛ばされてごちゃまぜになってしまった。／原本擺在桌上的資料被電風扇吹跑了，落得到處都是。

ふきん【付近】(名)附近，一帶 (類)辺り △駅の付近はともかく、他の場所には全然店がない。／姑且不論車站附近，別的地方完全沒商店。

ふく【吹く】(他五・自五)(風)刮，吹；(用嘴)吹；吹(笛等)；吹牛，說大話 (類)動く △強い風が吹いてきましたね。／吹起了強風呢。

ふくし【副詞】(名)副詞 △副詞は動詞などを修飾します。／副詞修飾動詞等詞類。

ふくしゃ【複写】(名・他サ)複印，複制；抄寫，繕寫 (類)コピー △書類は一部しかないので、複写するほかはない。／因為資料只有一份，所以只好拿去影印。

ふくすう【複数】(名)複數 (反)単数 △犯人は、複数いるのではないでしょうか。／是不是有多個犯人呢？

ふくそう【服装】(名)服裝，服飾 (類)身なり(みなり) △面接では、服装に気をつけるばかりでなく、言葉も丁寧にしましょう。／面試時，不單要注意服裝儀容，講話也要恭恭敬敬的！

ふくらます【膨らます】(他五)(使)弄鼓，吹鼓 △風船を膨らまして、子どもたちに配った。／吹鼓氣球分給了小朋友們。

ふくらむ【膨らむ】（自五）鼓起，膨脹；（因為不開心而）噘嘴 類 膨れる（ふくれる）△お姫様みたいなスカートがふくらんだドレスが着てみたい。／我想穿像公主那種蓬蓬裙的洋裝。

ふけつ【不潔】（名・形動）不乾淨，骯髒；（思想）不純潔 類 汚い △不潔にしていると病気になりますよ。／不保持清潔會染上疾病唷。

ふける【老ける】（自下一）上年紀，老 類 年取る △彼女はなかなか老けない。／她都不會老。

ふさい【夫妻】（名）夫妻 類 夫婦 △田中夫妻はもちろん、息子さんたちも出席します。／田中夫妻就不用說了，他們的小孩子也都會出席。

ふさがる【塞がる】（自五）阻塞；關閉；佔用，佔滿 類 つまる △トイレは今塞がっているので、後で行きます。／現在廁所擠滿了人，待會我再去。

ふさぐ【塞ぐ】（他五・自五）塞閉；阻塞，堵；佔用；不舒服，鬱悶 類 閉じる △大きな荷物で道を塞がないでください。／請不要將龐大貨物堵在路上。

N2-078

ふざける【巫山戯る】（自下一）開玩笑，戲謔；愚弄人，戲弄人；（男女）調情，調戲；（小孩）吵鬧 類 騒ぐ △ちょっとふざけただけだから、怒らないで。／只是開個小玩笑，別生氣。

ぶさた【無沙汰】（名・自サ）久未通信，久違，久疏問候 類 ご無沙汰 △ご無沙汰して、申し訳ありません。／久疏問候，真是抱歉。

ふし【節】（名）（竹、葦的）節；關節，骨節；（線、繩的）繩結；曲調 類 時 △竹にはたくさんの節がある。／竹子上有許多枝節。

ぶし【武士】（名）武士 類 武人 △うちは武士の家系です。／我是武士世家。

ぶじ【無事】（名・形動）平安無事，無變故；健康；最好，沒毛病；沒有過失 類 安らか △息子の無事を知ったとたんに、母親は気を失った。／一得知兒子平安無事，母親便昏了過去。

ぶしゅ【部首】（名）（漢字的）部首 △この漢字の部首はわかりますか。／你知道這漢字的部首嗎？

ふじん【夫人】（名）夫人 類 妻 △田中夫人は、とても美人です。／田中夫人真是個美人啊。

ふじん【婦人】（名）婦女，女子 類 女 △婦人用トイレは2階です。／女性用的廁所位於二樓。

ふすま【襖】（名）隔扇，拉門 類 建具 △襖をあける。／拉開隔扇。

ふせい【不正】（名・形動）不正當，不正派，非法；壞行為，壞事 類 悪 △不正を見つけた際には、すぐに報告してください。／找到違法的行為時，請馬上向我報告。

ふせぐ【防ぐ】(他五)防禦，防守，防止；預防，防備 (類)抑える（おさえる）△窓を二重にして寒さを防ぐ。／安裝兩層的窗戶，以禦寒。

ふぞく【付属】(名・自サ)附屬 (類)従属（じゅうぞく）△大学の付属中学に入った。／我進了大學附屬的國中部。

ふたご【双子】(名)雙胞胎，孿生；雙 (類)双生児 △顔がそっくりなことから、双子であることを知った。／因為長得很像，所以知道他倆是雙胞胎。

ふだん【普段】(名・副)平常，平日 (類)日常 △ふだんからよく勉強しているだけに、テストの時も慌てない。／到底是平常就有在好好讀書，考試時也都不會慌。

ふち【縁】(名)邊緣，框，檐，旁側 (類)縁（へり）△机の縁に腰をぶつけた。／我的腰撞倒了桌子的邊緣。

ぶつ【打つ】(他五)（「うつ」的強調說法）打，敲 (類)たたく △後頭部を強く打つ。／重擊後腦杓。

ふつう【不通】(名)（聯絡、交通等）不通，斷絕；沒有音信 △地下鉄が不通になっている。／地下鐵現在不通。

ぶつかる(自五)碰，撞；偶然遇上；起衝突 △自転車にぶつかる。／撞上腳踏車。

ぶっしつ【物質】(名)物質；（哲）物體，實體 (反)精神 (類)物体 △この物質は、温度の変化に伴って色が変わります。／這物質的顏色，會隨著溫度的變化而有所改變。

ぶっそう【物騒】(名・形動)騷亂不安，不安定；危險 (類)不穏 △都会は、物騒でしょうがないですね。／都會裡騷然不安到不行。

ぶつぶつ(名・副)嘮叨，抱怨，嘟囔；煮沸貌；粒狀物，小疙瘩 (類)不満 △一度「やる。」と言った以上は、ぶつぶつ言わないでやりなさい。／既然你曾答應要做，就不要在那裡抱怨快做。

ふで【筆】(名・接尾)毛筆；（用毛筆）寫的字，畫的畫；（接數詞）表蘸筆次數 (類)毛筆（もうひつ）△書道を習うため、筆を買いました。／為了學書法而去買了毛筆。

ふと(副)忽然，偶然，突然；立即，馬上 (類)不意 △ふと見ると、庭に猫が来ていた。／不經意地一看，庭院跑來了一隻貓。

ふとい【太い】(形)粗的；肥胖；膽子大；無恥，不要臉；聲音粗 (反)細い (類)太め △太いのやら、細いのやら、さまざまな木が生えている。／既有粗的也有細的，長出了各種樹木。

ふとう【不当】(形動)不正當，非法，無理 (類)不適当 △不当な処分に、異議を申し立てた。／對於不當處分提出了異議。

ぶひん【部品】 ㊔ (機械等) 零件 △修理のためには、部品が必要です。／修理需要零件才行。

ふぶき【吹雪】 ㊔ 暴風雪 類 雪 △吹雪は激しくなる一方だから、外に出ない方がいいですよ。／暴風雪不斷地變強，不要外出較好。

ぶぶん【部分】 ㊔ 部分 反 全体 類 局部 △この部分は、とてもよく書けています。／這部分寫得真好。

ふへい【不平】 (名・形動) 不平，不滿意，牢騷 類 不満 △不平があるなら、はっきり言うことだ。／如有不滿，就要說清楚。

ふぼ【父母】 ㊔ 父母，雙親 類 親 △父母の要求にこたえて、授業時間を増やした。／響應父母的要求，增加了上課時間。

ふみきり【踏切】 ㊔ (鐵路的) 平交道，道口；(轉) 決心 △踏切を渡る。／過平交道。

ふゆやすみ【冬休み】 ㊔ 寒假 △冬休みは短い。／寒假很短。

ぶらさげる【ぶら下げる】 (他下一) 佩帶，懸掛；手提，拎 類 下げる △腰に何をぶら下げているの。／你腰那裡佩帶著什麼東西啊？

ブラシ【brush】 ㊔ 刷子 類 刷毛 (はけ) △スーツやコートは、帰ったらブラシをかけておくと長持ちします。／穿西服與大衣時，如果一回到家就拿刷子刷掉灰塵，就會比較耐穿。

プラン【plan】 ㊔ 計畫，方案；設計圖，平面圖；方式 類 企画 (きかく) △せっかく旅行のプランを立てたのに、急に会社の都合で休みが取れなくなった。／好不容易已經做好旅遊計畫了，卻突然由於公司的事而無法休假了。

ふり【不利】 (名・形動) 不利 反 有利 類 不利益 △その契約は、彼らにとって不利です。／那份契約，對他們而言是不利的。

N2-079

フリー【free】 (名・形動) 自由，無拘束，不受限制；免費；無所屬；自由業 反 不自由 類 自由 △私は、会社を辞めてフリーになりました。／我辭去工作後改從事自由業。

ふりがな【振り仮名】 ㊔ (在漢字旁邊) 標註假名 類 ルビ △子どもでも読めるわ。振り仮名がついているもの。／小孩子也看得懂的。因為有註假名嘛！

ふりむく【振り向く】 (自五) (向後) 回頭過去看；回顧，理睬 類 顧みる △後ろを振り向いてごらんなさい。／請轉頭看一下後面。

ふりょう【不良】 (名・形動) 不舒服，不適；壞，不良；(道德、品質) 敗壞；流氓，小混混 反 善良 類 悪行 △体調不良で会社を休んだ。／由於身體不舒服而向公司請假。

プリント【print】（名・他サ）印刷（品）；油印（講義）；印花，印染 類 印刷 △説明に先立ち、まずプリントを配ります。／在說明之前，我先發印的講義。

ふる【古】（名・漢造）舊東西；舊，舊的 △古新聞をリサイクルする。／舊報紙資源回收。

ふるえる【震える】（自下一）顫抖，發抖，震動 類 震動（しんどう）△地震で窓ガラスが震える。／窗戶玻璃因地震而震動。

ふるさと【故郷】（名）老家，故鄉 類 故郷（こきょう）△わたしのふるさとは、熊本です。／我的老家在熊本。

ふるまう【振舞う】（自五・他五）（在人面前的）行為，動作；請客，招待，款待 △彼女は、映画女優のように振る舞った。／她的舉止有如電影女星。

ふれる【触れる】（他下一・自下一）接觸，觸摸（身體）；涉及，提到；感觸到；抵觸，觸犯；通知 類 触る（さわる）△触れることなく、箱の中にあるものが何かを知ることができます。／用不著碰觸，我就可以知道箱子裡面裝的是什麼。

ブローチ【brooch】（名）胸針 類 アクセサリー △感謝をこめて、ブローチを贈りました。／以真摯的感謝之意，贈上別針。

プログラム【program】（名）節目（單），說明書；計畫（表），程序（表）；編制（電腦）程式 類 番組（ばんぐみ）△売店に行くなら、ついでにプログラムを買ってきてよ。／如果你要去報攤的話，就順便幫我買個節目表吧。

ふろしき【風呂敷】（名）包巾 類 荷物 △風呂敷によって、荷物を包む。／用包袱巾包行李。

ふわっと（副・自サ）輕軟蓬鬆貌；輕飄貌 △そのセーター、ふわっとしてあったかそうね。／那件毛衣毛茸茸的，看起來好暖和喔。

ふわふわ（副・自サ）輕飄飄地；浮躁，不沈著；軟綿綿的 類 柔らかい △このシフォンケーキ、ふわっふわ！／這塊戚風蛋糕好鬆軟呀！

ぶん【文】（名・漢造）文學，文章；花紋；修飾外表，華麗；文字，字體；學問和藝術 類 文章 △長い文は読みにくい。／冗長的句子很難看下去。

ぶん【分】（名・漢造）部分；份；本分；地位 △これはあなたの分です。／這是你的份。

ふんいき【雰囲気】（名）氣氛，空氣 類 空気 △「いやだ。」とは言いがたい雰囲気だった。／當時真是個令人難以說「不。」的氣氛。

ふんか【噴火】（名・自サ）噴火 △あの山が噴火したとしても、ここは被害に遭わないだろう。／就算那座火山噴火，這裡也不會遭殃吧。

ぶんかい【分解】（名・他サ・自サ）拆開，拆卸；（化）分解；解剖；分析（事物）

類分離（ぶんり）△時計を分解したところ、元に戻らなくなってしまいました。／分解了時鐘，結果沒辦法裝回去。

ぶんげい【文芸】名 文藝，學術和藝術；（詩、小說、戲劇等）語言藝術 △文芸雑誌を通じて、作品を発表した。／透過文藝雜誌發表了作品。

ぶんけん【文献】名 文獻，參考資料 類本 △アメリカの文献によると、この薬は心臓病に効くそうだ。／從美國的文獻來看，這藥物對心臟病有效。

ふんすい【噴水】名 噴水；（人工）噴泉 △広場の真ん中に、噴水があります。／廣場中間有座噴水池。

ぶんせき【分析】名・他サ （化）分解，化驗；分析，解剖 反総合 △失業率のデータを分析して、今後の動向を予測してくれ。／你去分析失業率的資料，預測今後的動向。

ぶんたい【文体】名 （某時代特有的）文體；（某作家特有的）風格 △この作家の小説は、文体にとても味わいがある。／這位作家的小說，單就文體而言也相當有深度。

ぶんたん【分担】名・他サ 分擔 類受け持ち（うけもち）△役割を分担する。／分擔任務。

ぶんぷ【分布】名・自サ 分布，散布 △この風習は、東京を中心に関東全体に分布しています。／這種習慣，以東京為中心，散佈在關東各地。

ぶんみゃく【文脈】名 文章的脈絡，上下文的一貫性，前後文的邏輯；（句子、文章的）表現手法 △読解問題では、文脈を把握することが大切だ。／關於「閱讀與理解」題型，掌握文章的邏輯十分重要。

ぶんめい【文明】名 文明；物質文化 類文化 △古代文明の遺跡を見るのが好きです。／我喜歡探究古代文明的遺跡。

ぶんや【分野】名 範圍，領域，崗位，戰線 △その分野については、詳しくありません。／我不大清楚這領域。

ぶんりょう【分量】名 分量，重量，數量 △塩辛いのは、醤油の分量を間違えたからに違いない。／會鹹肯定是因為加錯醬油份量的關係。

ぶんるい【分類】名・他サ 分類，分門別類 類類別 △図書館の本は、きちんと分類されている。／圖書館的藏書經過詳細的分類。

N2-080

へい【塀】名 圍牆，牆院，柵欄 類囲い（かこい）△塀の向こうをのぞいてみたい。／我想窺視一下圍牆的那一頭看看。

へいかい【閉会】(名・自サ・他サ)閉幕，會議結束 (反)開会 △もうシンポジウムは閉会したということです。／聽說座談會已經結束了。

へいこう【平行】(名・自サ)（數）平行；並行 (類)並列 △この道は、大通りに平行に走っている。／這條路和主幹道是平行的。

へいせい【平成】(名)平成（日本年號）△今年は平成何年ですか。／今年是平成幾年？

へいてん【閉店】(名・自サ)（商店）關門；倒閉 △あの店は7時閉店だ。／那間店七點打烊。

へいぼん【平凡】(名・形動)平凡的 (類)普通 △平凡な人生だからといって、つまらないとはかぎらない。／雖說是平凡的人生，但是並不代表就無趣。

へいや【平野】(名)平原 (類)平地 △関東平野はたいへん広い。／關東平原實在寬廣。

へこむ【凹む】(自五)凹下，潰下；屈服，認輸；虧空，赤字 (反)出る (類)凹む（くぼむ）△表面が凹んだことから、この箱は安物だと知った。／從表面凹陷來看，知道這箱子是便宜貨。

へだてる【隔てる】(他下一)隔開，分開；（時間）相隔；遮檔；離間；不同，有差別 (類)挟む △道を隔てて向こう側は隣の国です。／以這條道路為分界，另一邊是鄰國。

べつ【別】(名・形動・漢造)分別，區分；分別 △正邪の別を明らかにする。／明白的區分正邪。

べっそう【別荘】(名)別墅 (類)家（いえ）△夏休みは、別荘で過ごします。／暑假要在別墅度過。

ペラペラ(副・自サ)說話流利貌（特指外語）；單薄不結實貌；連續翻紙頁貌 △英語がペラペラだ。／英語流利。

ヘリコプター【helicopter】(名)直昇機 (類)飛行機 △事件の取材で、ヘリコプターに乗りました。／為了採訪案件的來龍去脈而搭上了直昇機。

へる【経る】(自下一)（時間、空間、事物）經過、通過 △10年の歳月を経て、ついに作品が完成した。／歷經十年的歲月，作品終於完成了。

へん【偏】(名・漢造)漢字的（左）偏旁；偏，偏頗 △偏見を持っている。／有偏見。

べん【便】(名・形動・漢造)便利，方便；大小便；信息，音信；郵遞；隨便，平常 (類)便利 △この辺りは、交通の便がいい反面、空気が悪い。／這一地帶，交通雖便利，空氣卻不好。

へんしゅう【編集】(名・他サ)編集；（電腦）編輯 (類)まとめる △今ちょうど、新しい本を編集している最中です。／現在正好在編輯新書。

べんじょ【便所】(名)廁所，便所 (類)洗面所 △公園の公衆便所に入ったら、なかなか清潔だった。／進入公園的公共廁所一看，發現其實相當乾淨。

ペンチ【pinchers】㊔ 鉗子 △ペンチで針金を切断する。／我用鉗子剪斷了銅線。

ほ ホ

N2-081

ほ【歩】（名・漢造）步，步行；（距離單位）步 △一歩一歩、ゆっくり進む。／一步一步，緩慢地前進。

ぽい（接尾・形型）（前接名詞、動詞連用形，構成形容詞）表示有某種成分或傾向 △彼は男っぽい。／他很有男子氣概。

ほう【法】（名・漢造）法律；佛法；方法，作法；禮節；道理 類 法律 △法の改正に伴って、必要な書類が増えた。／隨著法案的修正，需要的文件也越多。

ぼう【棒】（名・漢造）棒，棍子；（音樂）指揮；（畫的）直線，粗線 類 桿（かん） △棒で地面に絵を描いた。／用棍子在地上畫了圖。

ぼうえんきょう【望遠鏡】㊔ 望遠鏡 類 眼鏡（がんきょう） △望遠鏡で遠くの山を見た。／我用望遠鏡觀看遠處的山峰。

ほうがく【方角】㊔ 方向，方位 類 方位 △昔から、方角を調べるには磁石や北極星が使われてきました。／從前人們要找出方向的時候，就會使用磁鐵或北極星。

ほうき【箒】㊔ 掃帚 類 草箒（くさほうき） △掃除をしたいので、ほうきを貸してください。／我要打掃，所以想跟你借支掃把。

ほうげん【方言】㊔ 方言，地方話，土話 反 標準語 類 俚語（りご） △日本の方言というと、どんなのがありますか。／說到日本的方言有哪些呢？

ぼうけん【冒険】（名・自サ）冒險 類 探検（たんけん） △冒険小説が好きです。／我喜歡冒險的小說。

ほうこう【方向】㊔ 方向；方針 類 方針 △泥棒は、あっちの方向に走っていきました。／小偷往那個方向跑去。

ぼうさん【坊さん】㊔ 和尚 △あのお坊さんの話には、聞くべきものがある。／那和尚說的話，確實有一聽的價值。

ぼうし【防止】（名・他サ）防止 類 防ぐ △水漏れを防止できるばかりか、機械も長持ちします。／不僅能防漏水，機器也耐久。

ほうしん【方針】㊔ 方針；（羅盤的）磁針 類 目当て △政府の方針は、決まったかと思うとすぐに変更になる。／政府的施政方針，才剛以為要定案，卻又馬上更改了。

ほうせき【宝石】㊔ 寶石 類 ジュエリー △きれいな宝石なので、買わずにはいられなかった。／因為是美麗的寶石，所以不由自主地就買了下去。

ほうそう【包装】（名・他サ）包裝，包捆 類 荷造り（にづくり）△きれいな紙で包装した。／我用漂亮的包裝紙包裝。

ほうそう【放送】（名・他サ）廣播；（用擴音器）傳播，散佈（小道消息、流言蜚語等）△放送の最中ですから、静かにしてください。／現在是廣播中，請安靜。

ほうそく【法則】㊔ 規律，定律；規定，規則 類 規則 △実験を重ね、法則を見つけた。／重複實驗之後，找到了定律。

ぼうだい【膨大】（名・形動）龐大的，臃腫的，膨脹 類 膨らむ △こんなに膨大な本は、読みきれない。／這麼龐大的書看也看不完。

ほうていしき【方程式】㊔（數學）方程式 △子どもが、そんな難しい方程式をわかりっこないです。／這麼難的方程式，小孩子絕不可能會懂得。

ぼうはん【防犯】㊔ 防止犯罪 △住民の防犯意識にこたえて、パトロールを強化した。／響應居民的防犯意識而加強了巡邏隊。

ほうふ【豊富】（形動）豐富 類 一杯 △商品が豊富で、目が回るくらいでした。／商品很豐富，有種快眼花的感覺。

ほうぼう【方々】（名・副）各處，到處 類 至る所 △方々探したが、見つかりません。／四處都找過了，但還是找不到。

ほうめん【方面】㊔ 方面，方向；領域 類 地域 △新宿方面の列車はどこですか。／往新宿方向的列車在哪邊？

ほうもん【訪問】（名・他サ）訪問，拜訪 類 訪ねる △彼の家を訪問するにつけ、昔のことを思い出す。／每次去拜訪他家，就會想起以往的種種。

ぼうや【坊や】㊔ 對男孩的親切稱呼；未見過世面的男青年； 對別人男孩的敬稱 類 子供 △お宅のぼうやはお元気ですか。／你家的小寶貝是否健康？

ほうる【放る】（他五）拋，扔；中途放棄，棄置不顧，不加理睬 △ボールを放ったら、隣の塀の中に入ってしまった。／我將球扔了出去，結果掉進隔壁的圍牆裡。

ほえる【吠える】（自下一）（狗、犬獸等）吠，吼；（人）大聲哭喊，喊叫 △小さな犬が大きな犬に出会って、恐怖のあまりワンワン吠えている。／小狗碰上了大狗，太過害怕而嚇得汪汪叫。

ボーイ【boy】㊔ 少年，男孩；男服務員 類 執事（しつじ）△ボーイを呼んで、ビールを注文しよう。／請男服務生來，叫杯啤酒喝吧。

ボーイフレンド【boy friend】㊔ 男朋友 △ボーイフレンドと映画を見る。／和男朋友看電影。

ボート【boat】㊔ 小船，小艇 △ボートに乗る。／搭乘小船。

ほかく【捕獲】（名・他サ）（文）捕獲 類 捕まえる △鹿を捕獲する。／捕獲鹿。

ほがらか【朗らか】（形動）（天氣）晴朗，萬里無雲；明朗，開朗；（聲音）嘹亮；（心情）快活 類 にこやか △うちの父は、いつも朗らかです。／我爸爸總是很開朗。

ぼくじょう【牧場】（名）牧場 類 牧畜 △牧場には、牛もいれば羊もいる。／牧場裡既有牛又有羊。

ぼくちく【牧畜】（名）畜牧 類 畜産 △牧畜業が盛んになるに伴って、村は豊かになった。／伴隨著畜牧業的興盛，村落也繁榮了起來。

N2-082

ほけん【保健】（名）保健，保護健康 △授業中、具合が悪くなり、保健室に行った。／上課期間身體變得不舒服，於是去了保健室。

ほけん【保険】（名）保險；（對於損害的）保證 類 損害保険 △会社を通じて、保険に入った。／透過公司投了保險。

ほこり【埃】（名）灰塵，塵埃 類 塵（ちり）△ほこりがたまらないように、毎日そうじをしましょう。／為了不要讓灰塵堆積，我們來每天打掃吧。

ほこり【誇り】（名）自豪，自尊心；驕傲，引以為榮 類 誉れ △何があっても、誇りを失うものか。／無論發生什麼事，我絕不捨棄我的自尊心。

ほこる【誇る】（自五）誇耀，自豪 反 恥じる 類 勝ち誇る △成功を誇る。／以成功自豪。

ほころびる【綻びる】（自下一）脫線；使微微地張開，綻放 類 破れる △桜が綻びる。／櫻花綻放。

ぼしゅう【募集】（名・他サ）募集，征募 類 募る（つのる）△工場において、工員を募集しています。／工廠在招募員工。

ほしょう【保証】（名・他サ）保証，擔保 類 請け合う（うけあう）△保証期間が切れないうちに、修理しましょう。／在保固期間還沒到期前，快拿去修理吧。

ほす【干す】（他五）曬乾；把（池）水弄乾；乾杯 △洗濯物を干す。／曬衣服。

ポスター【poster】（名）海報 類 看板 △周囲の人目もかまわず、スターのポスターをはがしてきた。／我不顧周遭的人的眼光，將明星的海報撕了下來。

ほそう【舗装】（名・他サ）（用柏油等）鋪路 △ここから先の道は、舗装していません。／從這裡開始，路面沒有鋪上柏油。

ほっきょく【北極】（名）北極 △北極を探検してみたいです。／我想要去北極探險。

ほっそり (副・自サ) 纖細，苗條 △体つきがほっそりしている。／身材苗條。

ぽっちゃり (副・自サ) 豐滿，胖 △ぽっちゃりしてかわいい。／胖嘟嘟的很可愛。

ぼっちゃん【坊ちゃん】 (名)（對別人男孩的稱呼）公子，令郎；少爺，不通事故的人，少爺作風的人 (類) 息子さん △坊ちゃんは、頭がいいですね。／公子真是頭腦聰明啊。

ほどう【歩道】 (名) 人行道 △歩道を歩く。／走人行道。

ほどく【解く】 (他五) 解開（繩結等）；拆解（縫的東西） (反) 結ぶ (類) 解く（とく）△この紐を解いてもらえますか。／我可以請你幫我解開這個繩子嗎？

ほとけ【仏】 (名) 佛，佛像；（佛一般）溫厚，仁慈的人；死者，亡魂 (類) 釈迦（しゃか）△お釈迦様は、悟りを得て仏になられました。／釋迦牟尼悟道之後成佛了。

ほのお【炎】 (名) 火焰，火苗 (類) 火 △ろうそくの炎を見つめていた。／我注視著蠟燭的火焰。

ほぼ【略・粗】 (副) 大約，大致，大概 △私と彼女は、ほぼ同じ頃に生まれました。／我和她幾乎是在同時出生的。

ほほえむ【微笑む】 (自五) 微笑，含笑；（花）微開，乍開 (類) 笑う △彼女は、何もなかったかのように微笑んでいた。／她微笑著，就好像什麼事都沒發生過一樣。

ほり【堀】 (名) 溝渠，壕溝；護城河 (類) 運河 △城は、堀に囲まれています。／圍牆圍繞著城堡。

ほり【彫り】 (名) 雕刻 △あの人は、日本人にしては彫りの深い顔立ちですね。／那個人的五官長相在日本人之中，算是相當立體的吧。

ほる【掘る】 (他五) 掘，挖，刨；挖出，掘出 (類) 掘り出す（ほりだす）△土を掘ったら、昔の遺跡が出てきた。／挖土的時候，出現了古代的遺跡。

ほる【彫る】 (他五) 雕刻；紋身 (類) 刻む（きざむ）△寺院の壁に、いろいろな模様が彫ってあります。／寺院裡，刻著各式各樣的圖騰。

ぼろ【襤褸】 (名) 破布，破爛衣服；破爛的狀態；破綻，缺點 (類) ぼろ布 △そんなぼろは汚いから捨てなさい。／那種破布太髒快拿去丟了。

ぼん【盆】 (名・漢造) 拖盤，盆子；中元節略語 △お盆には実家に帰ろうと思う。／我打算在盂蘭盆節回娘家一趟。

ぼんち【盆地】 (名)（地）盆地 △平野に比べて、盆地は夏暑いです。／跟平原比起來，盆地更加酷熱。

ほんと【本当】 (名・形動) 真實，真心；實在，的確；真正；本來，正常 (補) 本当（ほんとう）之變化。△それがほんとな話だとは、信じがたいです。／我很難相信那件事是真的。

ほんばこ【本箱】(名) 書箱 △本箱がもういっぱいだ。／書箱已滿了。

ほんぶ【本部】(名) 本部，總部 △本部を通して、各支部に連絡してもらいます。／我透過本部，請他們幫我連絡各個分部。

ほんもの【本物】(名) 真貨，真的東西 【反】偽物 【類】実物 △これが本物の宝石だとしても、私は買いません。／就算這是貨真價實的寶石，我也不會買的。

ぼんやり(名・副・自サ) 模糊，不清楚；迷糊，傻楞楞；心不在焉；笨蛋，呆子 【反】はっきり 【類】うつらうつら △仕事中にぼんやりしていたあげく、ミスを連発してしまった。／工作時心不在焉，結果犯錯連連了。

ほんらい【本来】(名) 本來，天生，原本；按道理，本應 【類】元々（もともと） △私の本来の仕事は営業です。／我原本的工作是業務。

ま マ

N2-083

ま【間】(名・接尾) 間隔，空隙；間歇；機會，時機；（音樂）節拍間歇；房間；（數量）間 【類】距離 △いつの間にか暗くなってしまった。／不知不覺天黑了。

まあ(副・感)（安撫、勸阻）暫且先，一會；躊躇貌；還算，勉強；制止貌；（女性表示驚訝）哎唷，哎呀 【類】多分 △話はあとにして、まあ1杯どうぞ。／話等一下再說，先喝一杯吧！

マーケット【market】(名) 商場，市場；（商品）銷售地區 【類】市場 △アジア全域にわたって、この商品のマーケットが広がっている。／這商品的市場散佈於亞洲這一帶。

まあまあ(副・感)（催促、撫慰）得了，好了好了，哎哎；（表示程度中等）還算，還過得去；（女性表示驚訝）哎唷，哎呀 △その映画はまあまあだ。／那部電影還算過得去。

まいご【迷子】(名) 迷路的孩子，走失的孩子 【類】逸れ子（はぐれこ） △迷子にならないようにね。／不要迷路了唷！

まいすう【枚数】(名)（紙、衣、版等薄物）張數，件數 △お札の枚数を数えた。／我點算了鈔票的張數。

まいど【毎度】(名) 曾經，常常，屢次；每次 【類】毎回 △毎度ありがとうございます。／謝謝您的再度光臨。

まいる【参る】(自五・他五)（敬）去，來；參拜（神佛）；認輸；受不了，吃不消；（俗）死；（文）（從前婦女寫信，在收件人的名字右下方寫的敬語）鈞啟；（古）獻上；吃，喝；做 △はい、ただいま参ります。／好的，我馬上到。

まう【舞う】(自五) 飛舞；舞蹈 【類】踊る

△花びらが風に舞っていた。／花瓣在風中飛舞著。

まえがみ【前髪】(名) 瀏海 △前髪を切る。／剪瀏海。

まかなう【賄う】(他五) 供給飯食；供給，供應；維持 (類) 処理 △原発は廃止して、その分の電力は太陽光や風力による発電で賄おうではないか。／廢止核能發電後，那部分的電力不是可以由太陽能發電或風力發電來補足嗎？

まがりかど【曲がり角】(名) 街角；轉折點 △曲がり角で別れる。／在街角道別。

まく【蒔く】(他五) 播種；(在漆器上) 畫泥金畫 △寒くならないうちに、種をまいた。／趁氣候未轉冷之前播了種。

まく【幕】(名・漢造) 幕，布幕；(戲劇) 幕；場合，場面；營幕 (類) カーテン △イベントは、成功のうちに幕を閉じた。／活動在成功的氣氛下閉幕。

まごまご (名・自サ) 不知如何是好，惶張失措，手忙腳亂；閒蕩，遊蕩，懶散 (類) 間誤つく (まごつく) △渋谷に行くたびに、道がわからなくてまごまごしてしまう。／每次去澀谷，都會迷路而不知如何是好。

まさつ【摩擦】(名・自他サ) 摩擦；不和睦，意見紛歧，不合 △気をつけないと、相手国との間で経済摩擦になりかねない。／如果不多注意，難講不會和對方國家，產生經濟摩擦。

まさに (副) 真的，的確，確實 (類) 確かに △料理にかけては、彼女はまさにプロです。／就做菜這一點，她的確夠專業。

まし (名・形動) 增，增加；勝過，強 △賃金を1割ましではどうですか。／工資加一成如何？

ましかく【真四角】(名) 正方形 △折り紙は普通、真四角の紙で折ります。／摺紙常使用正方形的紙張來摺。

ます【増す】(自五・他五) (數量) 增加，增長，增多；(程度) 增進，增高；勝過，變的更甚 (反) 減る (類) 増える △あの歌手の人気は、勢いを増している。／那位歌手的支持度節節上升。

マスク【mask】(名) 面罩，假面；防護面具；口罩；防毒面具；面相，面貌 △風邪の予防といえば、やっぱりマスクですよ。／一說到預防感冒，還是想到口罩啊。

まずしい【貧しい】(形) (生活) 貧窮的，窮困的；(經驗、才能的) 貧乏，淺薄 (反) 富んだ (類) 貧乏 △貧しい人々を助けようじゃないか。／我們一起來救助貧困人家吧！

またぐ【跨ぐ】(他五) 跨立，叉開腿站立；跨過，跨越 (類) 越える △本の上をまたいではいけないと母に言われた。／媽媽叫我不要跨過書本。

まちあいしつ【待合室】(名) 候車室，候診室，等候室 (類) 控室 △患者の要望にこたえて、待合室に消毒用アルコールを備え付けた。／為因應病患的要求，在候診室裡放置了消毒用的酒精。

まちあわせる【待ち合わせる】 [自他下一]（事先約定的時間、地點）等候，會面，碰頭 [類] 集まる △渋谷のハチ公のところで待ち合わせている。／我約在澀谷的八公犬銅像前碰面。

まちかど【街角】 [名] 街角，街口，拐角 [類] 街 △たとえ街角で会ったとしても、彼だとはわからないだろう。／就算在街口遇見了他，我也認不出來吧。

N2-084

まつ【松】 [名] 松樹，松木；新年裝飾正門的松枝，裝飾松枝的期間 △裏山に松の木がたくさんある。／後山那有許多松樹。

まっか【真っ赤】 [名・形] 鮮紅；完全 △夕日が西の空を真っ赤に染めている。／夕陽把西邊的天空染成紅通通的。

まっさき【真っ先】 [名] 最前面，首先，最先 [類] 最初 △真っ先に手を上げた。／我最先舉起了手。

まつる【祭る】 [他五] 祭祀，祭奠；供奉 [類] 祀る（まつる）△この神社では、どんな神様を祭っていますか。／這神社祭拜哪種神明？

まどぐち【窓口】 [名]（銀行，郵局，機關等）窗口；（與外界交涉的）管道，窗口 [類] 受付 △窓口に並ぶのではなく、入り口で番号札を取ればいい。／不是在窗口排隊，只要在入口處抽號碼牌就可以了。

まなぶ【学ぶ】 [他五] 學習；掌握，體會 [反] 教える [類] 習う △大学の先生を中心にして、漢詩を学ぶ会を作った。／以大學的教師為主，成立了一個研讀漢詩的讀書會。

まね【真似】 [名・他サ・自サ] 模仿，裝，仿效；（愚蠢糊塗的）舉止，動作 [類] 模倣 △彼の真似など、とてもできません。／我實在無法模仿他。

まねく【招く】 [他五]（搖手、點頭）招呼；招待，宴請；招聘，聘請；招惹，招致 [類] 迎える △大使館のパーティーに招かれた。／我受邀到大使館的派對。

まふゆ【真冬】 [名] 隆冬，正冬天 △真冬の料理といえば、やはり鍋ですね。／說到嚴冬的菜餚，還是火鍋吧。

ママ【mama】 [名]（兒童對母親的愛稱）媽媽；（酒店的）老闆娘 [類] お母さん △この話をママに言えるものなら、言ってみろよ。／你如果敢跟媽媽說這件事的話，你就去說看看啊！

まめ【豆】 [名・接頭]（總稱）豆；大豆；小的，小型；（手腳上磨出的）水泡 △私は豆料理が好きです。／我喜歡豆類菜餚。

まもなく【間も無く】 [副] 馬上，一會兒，不久 △まもなく映画が始まります。／電影馬上就要開始了。

マラソン【marathon】 (名) 馬拉松長跑 (類) 競走 △マラソンのコースを全部走りきりました。／馬拉松全程都跑完了。

まる【丸】 (名・接尾) 圓形，球狀；句點；完全 △丸を書く。／畫圈圈。

まれ【稀】 (形動) 稀少，稀奇，希罕 △まれに、副作用が起こることがあります。／鮮有引發副作用的案例。

まわす【回す】 (他五・接尾) 轉，轉動；(依次)傳遞；傳送；調職；各處活動奔走；想辦法；運用；投資；(前接某些動詞連用形)表示遍布四周 (類) 捻る △こまを回す。／轉動陀螺（打陀螺）。

まわりみち【回り道】 (名) 繞道，繞遠路 (類) 遠回り △そっちの道は暗いから、ちょっと回り道だけどこっちから帰ろうよ。／那條路很暗，所以雖然要稍微繞遠一點，還是由這條路回去吧。

まんいち【万一】 (名・副) 萬一 (類) 若し（もし）△万一のときのために、貯金をしている。／為了以防萬一，我都有在存錢。

まんいん【満員】 (名) (規定的名額)額滿；(車、船等)擠滿乘客，滿座；(會場等)塞滿觀眾 (類) 一杯 △このバスは満員だから、次のに乗ろう。／這班巴士人已經爆滿了，我們搭下一班吧。

まんてん【満点】 (名) 滿分；最好，完美無缺，登峰造極 (反) 不満 (類) 満悦（まんえつ）△テストで満点を取りました。／我在考試考了滿分。

まんまえ【真ん前】 (名) 正前方 △車は家の真ん前に止まった。／車子停在家的正前方。

まんまるい【真ん丸い】 (形) 溜圓，圓溜溜 △真ん丸い月が出た。／圓溜的月亮出來了。

み ミ

N2-085

み【身】 (名) 身體；自身，自己；身份，處境；心，精神；肉；力量，能力 (類) 体 △身の安全を第一に考える。／以人身安全為第一考量。

み【実】 (名) (植物的)果實；(植物的)種子；成功，成果；內容，實質 (類) 果実 △りんごの木にたくさんの実がなった。／蘋果樹上結了許多果實。

み【未】 (漢造) 未，沒；(地支的第八位)未 △既婚、未婚の当てはまる方に印を付けてください。／請在已婚與未婚的欄位上依個人的情況做劃記。

みあげる【見上げる】 (他下一) 仰視，仰望；欽佩，尊敬，景仰 (類) 仰ぎ見る △彼は、見上げるほどに背が高い。／他個子高到需要抬頭看的程度。

みおくる【見送る】 (他五) 目送；送別；(把人)送到(某的地方)；觀望，擱置，暫緩考慮；送葬 (類) 送別 △門の前で客を見送った。／在門前送客。

みおろす【見下ろす】(他五) 俯視，往下看；輕視，藐視，看不起；視線從上往下移動 (反) 見上げる (類) 俯く(うつむく) △山の上から見下ろすと、村が小さく見える。／從山上俯視下方，村子顯得很渺小。

みかけ【見掛け】(名) 外貌，外觀，外表 (類) 外見 △こちらの野菜は、見かけは悪いですが味は同じで、お得ですよ。／擺在這邊的蔬菜雖然外觀欠佳，但是一樣好吃，很划算喔！

みかた【味方】(名・自サ) 我方，自己的這一方；夥伴 △彼を味方に引き込むことができれば、断然こちらが有利になる。／只要能將他拉進我們的陣營，絕對相當有利。

みかた【見方】(名) 看法，看的方法；見解，想法 (類) 見解 △彼と私とでは見方が異なる。／他跟我有不同的見解。

みかづき【三日月】(名) 新月，月牙；新月形 (類) 三日月形(みっかづきがた) △今日はきれいな三日月ですね。／今天真是個美麗的上弦月呀。

みぎがわ【右側】(名) 右側，右方 △右側に郵便局が見える。／右手邊能看到郵局。

みごと【見事】(形動) 漂亮，好看；卓越，出色，巧妙；整個，完全 (類) 立派 △サッカーにかけては、彼らのチームは見事なものです。／他們的球隊在足球方面很厲害。

みさき【岬】(名) (地) 海角，岬 (類) 岬角 △あの岬の灯台まで行くと、眺めがすばらしいですよ。／只要到海角的燈塔那邊，就可以看到非常壯觀的景色喔。

みじめ【惨め】(形動) 悽慘，慘痛 (類) 痛ましい △惨めな思いをする。／感到很悽慘。

みずから【自ら】(代・名・副) 我；自己，自身；親身，親自 (類) 自分 △顧客の希望にこたえて、社長自ら商品の説明をしました。／回應顧客的希望，社長親自為商品做了說明。

みずぎ【水着】(名) 泳裝 (類) 海水着 △水着姿で写真を撮った。／穿泳裝拍了照。

みせや【店屋】(名) 店鋪，商店 (類) 店 △少し行くとおいしい店屋がある。／稍往前走， 就有好吃的商店了。

みぜん【未然】(名) 尚未發生 △未然に防ぐ。／防患未然。

みぞ【溝】(名) 水溝；(拉門門框上的) 溝槽，切口；(感情的) 隔閡 (類) 泥溝(どぶ) △二人の間の溝は深い。／兩人之間的隔閡甚深。

みたい(助動・形動型) (表示和其他事物相像) 像…一樣；(表示具體的例子) 像…這樣；表示推斷或委婉的斷定 △外は雪が降っているみたいだ。／外面好像在下雪。

みだし【見出し】(名) (報紙等的) 標題；

目錄，索引；選拔，拔擢；(字典的) 詞目，條目 類 タイトル △この記事の見出しは何にしようか。／這篇報導的標題命名為什麼好？

みちじゅん【道順】 名 順路，路線；步驟，程序 類 順路（じゅんろ）△教えてもらった道順の通りに歩いたつもりだったが、どこかで間違えた。／我原本以為自己是按照別人告知的路線行走，看來中途哪裡走錯路了。

みちる【満ちる】 自上一 充滿；月盈，月圓；(期限) 滿，到期；潮漲 反 欠ける 類 あふれる △潮がだんだん満ちてきた。／潮水逐漸漲了起來。

みつ【蜜】 名 蜜；花蜜；蜂蜜 類 ハニー △蜂が飛び回って蜜を集めている。／蜜蜂到處飛行，正在蒐集花蜜。

みっともない【見っとも無い】 形 難看的，不像樣的，不體面的，不成體統；醜 類 見苦しい（みぐるしい）△泥だらけでみっともないから、着替えたらどうですか。／滿身泥巴真不像樣，你換個衣服如何啊？

N2-086

みつめる【見詰める】 他下一 凝視，注視，盯著 類 凝視する（ぎょうしする）△あの人に壁ドンされてじっと見つめられたい。／好想讓那個人壁咚，深情地凝望著我。

みとめる【認める】 他下一 看出，看到；認識，賞識，器重；承認；斷定，認為；許可，同意 類 承認する △これだけ証拠があっては、罪を認めざるをえません。／有這麼多的證據，不認罪也不行。

みなおす【見直す】 自他五 (見) 起色，(病情) 轉好；重看，重新看；重新評估，重新認識 類 見返す △今会社の方針を見直している最中です。／現在正在重新檢討公司的方針中。

みなれる【見慣れる】 自下一 看慣，眼熟，熟識 △日本では外国人を見慣れていない人が多い。／在日本，許多人很少看到外國人。

みにくい【醜い】 形 難看的，醜的；醜陋，醜惡 反 美しい 類 見苦しい △醜いアヒルの子は、やがて美しい白鳥になりました。／難看的鴨子，終於變成了美麗的白鳥。

みにつく【身に付く】 慣 學到手，掌握 △当教室で学べば、集中力が身に付きます。／只要到本培訓班，就能夠學會專注的方法。

みにつける【身に付ける】 慣 (知識、技術等) 學到，掌握到 △一芸を身に付ける。／學得一技之長。

みのる【実る】 自五 (植物) 成熟，結果；取得成績，獲得成果，結果實 類 熟れる △農民たちの努力のすえに、すばらしい作物が実りました。／經過農民的努力後，最後長出了優良的農作物。

みぶん【身分】(名)身份，社會地位；(諷刺)生活狀況，境遇 類 地位 △身分が違うと知りつつも、好きになってしまいました。／儘管知道門不當戶不對，還是迷上了她。

みほん【見本】(名)樣品，貨樣；榜樣，典型 類 サンプル △商品の見本を持ってきました。／我帶來了商品的樣品。

みまい【見舞い】(名)探望，慰問；蒙受，挨(打)，遭受(不幸) △先生の見舞いのついでに、デパートで買い物をした。／去老師那裡探病的同時，順便去百貨公司買了東西。

みまう【見舞う】(他五)訪問，看望；問候，探望；遭受，蒙受(災害等) 類 慰問(いもん) △友達が入院したので、見舞いに行きました。／因朋友住院了，所以前往探病。

みまん【未満】(接尾)未滿，不足 △男女を問わず、10 歳未満の子どもは誰でも入れます。／不論男女，只要是未滿 10 歲的小朋友都能進去。

みやげ【土産】(名)(贈送他人的)禮品，禮物；(出門帶回的)土產 類 土産物 △神社から駅にかけて、お土産の店が並んでいます。／神社到車站這一帶，並列著賣土產的店。

みやこ【都】(名)京城，首都；大都市，繁華的都市 類 京 △当時、京都は都として栄えました。／當時，京都是首都很繁榮。

みょう【妙】(名・形動・漢造)奇怪的，異常的，不可思議；格外，分外；妙處，奧妙；巧妙 類 珍妙(ちんみょう) △彼が来ないとは、妙ですね。／他會沒來，真是怪啊。

みりょく【魅力】(名)魅力，吸引力 類 チャーミング △こう言っては何ですが、うちの息子は、母親の私からみても男の魅力があるんです。／說來也許像在自誇，我家兒子就算由我這個作母親的看來，也具有男性的魅力。

みんよう【民謡】(名)民謠，民歌 △日本の民謡をもとに、新しい曲を作った。／依日本的民謠做了新曲子。

むム

N2-087

む【無】(名・接頭・漢造)無，沒有；徒勞，白費；無…，不…；欠缺，無 反 有 △無から会社を興した。／從無到有，一手創立了公司。

むかう【向かう】(自五)向著，朝著；面向；往…去，向…去；趨向，轉向 類 面する(めんする) △向かって右側が郵便局です。／面對它的右手邊就是郵局。

むき【向き】(名)方向；適合，合乎；認

5 Level
4 Level
3 Level
2 Level
1 Level

真，慎重其事；傾向，趨向；(該方面的)人，人們 類 適する(てきする) △この雑誌は若い女性向きです。／這本雜誌是以年輕女性為取向。

むけ【向け】 造語 向，對 △こういう漫画は、少年向けの漫画雑誌には適さない。／這樣的漫畫，不適合放在少年漫畫雜誌裡。

むげん【無限】 名・形動 無限，無止境 反 有限 類 限りない △人には、無限の可能性があるものだ。／人本來就有無限的可能性。

むこうがわ【向こう側】 名 對面；對方 △川の向こう側に、きれいな鳥が舞い降りた。／在河的對岸，有美麗的鳥飛了下來。

むし【無視】 名・他サ 忽視，無視，不顧 類 見過ごす(みすごす) △彼が私を無視するわけがない。／他不可能會不理我的。

むしば【虫歯】 名 齲齒，蛀牙 類 虫食い歯 △歯が痛くて、なんだか虫歯っぽい。／牙齒很痛，感覺上有很多蛀牙似的。

むじゅん【矛盾】 名・自サ 矛盾 類 行き違い △話に矛盾するところがあるから、彼は嘘をついているに相違ない。／從話中的矛盾之處，就可以知道他肯定在說謊。

むしろ【寧ろ】 副 與其說…倒不如，寧可，莫如，索性 類 却て(かえって) △彼は生徒に甘くない、むしろ厳しい先生だ。／他對學生不假辭色，甚至可以說是一位嚴格的老師。

むりょう【無料】 名 免費；無須報酬 反 有料 類 ただ △有料か無料かにかかわらず、私は参加します。／無論是免費與否，我都要參加。

むれ【群れ】 名 群，伙，幫；伙伴 類 群がり △象の群れを見つけた。／我看見了象群。

め メ

N2-088

め【芽】 名 (植)芽 類 若芽(わかめ) △春になって、木々が芽をつけています。／春天來到，樹木們發出了嫩芽。

めいかく【明確】 名・形動 明確，準確 類 確か △明確な予定は、まだ発表しがたい。／還沒辦法公佈明確的行程。

めいさく【名作】 名 名作，傑作 類 秀作(しゅうさく) △名作だと言うから読んでみたら、退屈でたまらなかった。／因被稱為名作，所以看了一下，誰知真是無聊透頂了。

めいし【名詞】 名 (語法)名詞 △この文の名詞はどれですか。／這句子的名詞是哪一個？

めいしょ【名所】㊔ 名勝地，古蹟 類 名勝 △京都の名所といえば、金閣寺と銀閣寺でしょう。／一提到京都古蹟，首當其選的就是金閣寺和銀閣寺了吧。

めいじる・めいずる【命じる・命ずる】（他上一・他サ）命令，吩咐；任命，委派；命名 類 命令する △上司は彼にすぐ出発するように命じた。／上司命令他立刻出發。

めいしん【迷信】㊔ 迷信 類 盲信（もうしん）△迷信とわかっていても、信じずにはいられない。／雖知是迷信，卻無法不去信它。

めいじん【名人】㊔ 名人，名家，大師，專家 類 名手 △彼は、魚釣りの名人です。／他是釣魚的名人。

めいぶつ【名物】㊔ 名產，特產；（因形動奇特而）有名的人 類 名產 △名物といっても、大しておいしくないですよ。／雖說是名產，但也沒多好吃呀。

めいめい【銘々】（名・副）各自，每個人 類 おのおの △銘々で食事を注文してください。／請各自點餐。

メーター【meter】㊔ 米，公尺；儀表，測量器 類 計器（けいき）△このプールの長さは、何メーターありますか。／這座泳池的長度有幾公尺？

めぐまれる【恵まれる】（自下一）得天獨厚，被賦予，受益，受到恩惠 反 見放される 類 時めく △環境に恵まれるか恵まれないかにかかわらず、努力すれば成功できる。／無論環境的好壞，只要努力就能成功。

めぐる【巡る】（自五）循環，轉回，旋轉；巡遊；環繞，圍繞 類 巡回する（じゅんかいする）△東ヨーロッパを巡る旅に出かけました。／我到東歐去環遊了。

めざす【目指す】（他五）指向，以…為努力目標，瞄準 類 狙う △もしも試験に落ちたら、弁護士を目指すどころではなくなる。／要是落榜了，就不是在那裡妄想當律師的時候了。

めざまし【目覚まし】㊔ 叫醒，喚醒；小孩睡醒後的點心；醒後為打起精神吃東西；鬧鐘 類 目覚まし時計 △目覚ましなど使わなくても、起きられますよ。／就算不用鬧鐘也能起床呀。

めざましどけい【目覚まし時計】㊔ 鬧鐘 △目覚まし時計を掛ける。／設定鬧鐘。

めし【飯】㊔ 米飯；吃飯，用餐；生活，生計 類 食事 △みんなもう飯は食ったかい。／大家吃飯了嗎？

めした【目下】㊔ 部下，下屬，晚輩 反 目上 類 後輩 △部長は、目下の者には威張る。／部長會在部屬前擺架子。

めじるし【目印】㊔ 目標，標記，記號 類 印 △自分の荷物に、目印をつけておきました。／我在自己的行李上做了記號。

めだつ【目立つ】（自五）顯眼，引人注目，明顯 類 際立つ（きわだつ）△彼女は華やかなので、とても目立つ。／她打扮華麗，所以很引人側目。

めちゃくちゃ (名・形動) 亂七八糟，胡亂，荒謬絕倫 類 めちゃめちゃ △部屋が片付いたかと思ったら、子どもがすぐにめちゃくちゃにしてしまった。／我才剛把房間整理好，小孩就馬上把它用得亂七八糟的。

めっきり (副) 變化明顯，顯著的，突然，劇烈 類 著しい(いちじるしい) △最近めっきり体力がなくなりました。／最近體力明顯地降下。

めったに【滅多に】 (副) (後接否定語) 不常，很少 類 ほとんど △めったにないチャンスだ。／難得的機會。

めでたい【目出度い】 (形) 可喜可賀，喜慶的;順利，幸運，圓滿;頭腦簡單，傻氣;表恭喜慶祝 類 喜ばしい △赤ちゃんが生まれたとは、めでたいですね。／聽說小寶貝生誕生了，那真是可喜可賀。

めまい【目眩・眩暈】 (名) 頭暈眼花 △ふいにめまいがして、しゃがみ込んだ。／突然覺得頭暈，蹲了下來。

メモ【memo】 (名・他サ) 筆記；備忘錄，便條；紀錄 類 備忘録(びぼうろく) △講演を聞きながらメモを取った。／一面聽演講一面抄了筆記。

めやす【目安】 (名) (大致的) 目標，大致的推測，基準；標示 類 見当(けんとう) △目安として、1000円ぐらいのものを買ってきてください。／請你去買約1000日圓的東西回來。

めん【面】 (名・接尾・漢造) 臉，面；面具，假面；防護面具；用以計算平面的東西；會面 類 方面 △お金の面においては、問題ありません。／在金錢方面沒有問題。

めんきょしょう【免許証】 (名) (政府機關) 批准；許可證，執照 △運転しませんが、免許証は一応持っています。／雖然不開車，但還是有駕照。

めんぜい【免税】 (名・他サ・自サ) 免稅 類 免租(めんそ) △免税店で買い物をしました。／我在免稅店裡買了東西。

めんせき【面積】 (名) 面積 類 広さ △面積が広いわりに、人口が少ない。／面積雖然大，但相對地人口卻很少。

めんどうくさい【面倒臭い】 (形) 非常麻煩，極其費事的 類 煩わしい(わずらわしい) △面倒臭いからといって、掃除もしないのですか。／因為嫌麻煩就不用打掃了嗎？

メンバー【member】 (名) 成員，一份子；(體育) 隊員 類 成員 △チームのメンバーにとって、今度の試合は重要です。／這次的比賽，對隊上的隊員而言相當地重要。

も モ

N2-089

もうかる【儲かる】(自五) 賺到，得利；賺得到便宜，撿便宜 △儲かるからといって、そんな危ない仕事はしない方がいい。／雖說會賺大錢，那種危險的工作還是不做的好。

もうける【設ける】(他下一) 預備，準備；設立，制定；生，得(子女) (類) 備える(そなえる) △スポーツ大会に先立ち、簡易トイレを設けた。／在運動會之前，事先設置了臨時公廁。

もうける【儲ける】(他下一) 賺錢，得利；(轉) 撿便宜，賺到 (反) 損する (類) 得する △彼はその取り引きで大金をもうけた。／他在那次交易上賺了大錢。

もうしわけ【申し訳】(名・他サ) 申辯，辯解；道歉；敷衍塞責，有名無實 (類) 弁解(べんかい) △先祖伝来のこの店を私の代でつぶしてしまっては、ご先祖様に申し訳が立たない。／祖先傳承下來的這家店在我這一代的手上毀了，實在沒有臉去見列祖列宗。

モーター【motor】(名) 發動機；電動機；馬達 (類) 電動機 △機械のモーターが動かなくなってしまいました。／機器的馬達停了。

もくざい【木材】(名) 木材，木料 (類) 材木 △海外から、木材を調達する予定です。／我計畫要從海外調木材過來。

もくじ【目次】(名) (書籍) 目錄，目次；(條目、項目) 目次 (類) 見出し(みだし) △目次はどこにありますか。／目錄在什麼地方？

もくひょう【目標】(名) 目標，指標 (類) 目当て(めあて) △目標ができたからには、計画を立ててがんばるつもりです。／既然有了目標，就打算立下計畫好好加油。

もぐる【潜る】(自五) 潛入(水中)；鑽進，藏入，躲入；潛伏活動，違法從事活動 (類) 潜伏する(せんぷくする) △海に潜ることにかけては、彼はなかなかすごいですよ。／在潛海這方面，他相當厲害唷。

もじ【文字】(名) 字跡，文字，漢字；文章，學問 (類) 字 △ひらがなは、漢字をもとにして作られた文字だ。／平假名是根據漢字而成的文字。

もしも (副) (強調) 如果，萬一，倘若 (類) 若し △もしも会社をくびになったら、結婚どころではなくなる。／要是被公司革職，就不是結婚的時候了。

もたれる【凭れる・靠れる】(自下一) 依靠，憑靠；消化不良 (類) 寄りかかる(よりかかる) △相手の迷惑もかまわず、電車の中で隣の人にもたれて寝ている。／也不管會不會造成對方的困擾，在電車上靠著旁人的肩膀睡覺。

モダン【modern】(名・形動) 現代的，

流行的，時髦的 類 今様（いまよう）△外観はモダンながら、ビルの中は老朽化しています。／雖然外觀很時髦，但是大廈裡已經老舊了。

もち【餅】 名 年糕 △日本では、正月に餅を食べます。／在日本，過新年要吃麻糬。

もちあげる【持ち上げる】 他下一 （用手）舉起，抬起；阿諛奉承，吹捧；抬頭 類 上げる △こんな重いものが、持ち上げられるわけはない。／這麼重的東西，怎麼可能抬得起來。

もちいる【用いる】 自五 使用；採用，採納；任用，錄用 類 使用する △これは、DVDの製造に用いる機械です。／這台是製作 DVD 時會用到的機器。

もって【以って】 連語・接續 （…をもって形式，格助詞用法）以，用，拿；因為；根據；（時間或數量）到；（加強を的語感）把；而且；因此；對此 △書面をもって通知する。／以書面通知。

もっとも【最も】 副 最，頂 類 一番 △思案のすえに、最も優秀な学生を選んだ。／經過再三考慮後才選出最優秀的學生。

もっとも【尤も】 連語・接續 合理，正當，理所當有的；話雖如此，不過 類 当然 △合格して、嬉しさのあまり大騒ぎしたのももっともです。／因上榜太過歡喜而大吵大鬧也是正常的呀。

モデル【model】 名 模型；榜樣，典型，模範；（文學作品中）典型人物，原型；模特兒 類 手本（てほん）△彼女は、歌も歌えば、モデルもやる。／她既唱歌也當模特兒。

もと【元・旧・故】 名・接尾 原，從前；原來 △元会社員だが、リストラされたのを契機にふるさとで農業を始めた。／原本是上班族，以遭到裁員為轉機而回到故鄉開始務農了。

もと【元・基】 名 起源，本源；基礎，根源；原料；原因；本店；出身；成本 類 基礎 △彼のアイデアを基に、商品を開発した。／以他的構想為基礎來開發商品。

N2-090

もどす【戻す】 自五・他五 退還，歸還；送回，退回；使倒退；（經）市場價格急遽回升 類 返す △本を読み終わったら、棚に戻してください。／書如果看完了，就請放回書架。

もとづく【基づく】 自五 根據，按照；由…而來，因為，起因 類 依る（よる）△去年の支出に基づいて、今年の予算を決めます。／根據去年的支出，來決定今年度的預算。

もとめる【求める】 他下一 想要，渴望，需要；謀求，探求；征求，要求；購買 類 要求する △私たちは株主として、経営者に誠実な答えを求めます。／作為股東的我們，要求經營者要給真誠的答覆。

もともと ㊔名・副 與原來一樣，不增不減；從來，本來，根本 類 本来(ほんらい) △彼はもともと、学校の先生だったということだ。／據說他原本是學校的老師。

もの【者】 ㊔名 (特定情況之下的)人，者 類 人 △泥棒の姿を見た者はいません。／沒有人看到小偷的蹤影

ものおき【物置】 ㊔名 庫房，倉房 類 倉庫 △はしごは物置に入っています。／梯子放在倉庫裡。

ものおと【物音】 ㊔名 響聲，響動，聲音 △何か物音がしませんでしたか。／剛剛是不是有東西發出聲音？

ものがたり【物語】 ㊔名 談話，事件；傳說；故事，傳奇；(平安時代後散文式的文學作品)物語 類 ストーリー △江戸時代の商人についての物語を書きました。／撰寫了一篇有關江戶時期商人的故事。

ものがたる【物語る】 ㊔他五 談，講述；說明，表明 △血だらけの服が、事件のすごさを物語っている。／滿是血跡的衣服，述說著案件的嚴重性。

ものごと【物事】 ㊔名 事情，事物；一切事情，凡事 類 事柄(ことがら) △物事をきちんとするのが好きです。／我喜歡將事物規劃地井然有序。

ものさし【物差し】 ㊔名 尺；尺度，基準 △物差しで長さを測った。／我用尺測量了長度。

ものすごい【物凄い】 ㊔形 可怕的，恐怖的，令人恐懼的；猛烈的，驚人的 類 甚だしい(はなはだしい) △試験の最中なので、ものすごくがんばっています。／因為是考試期間，所以非常的努力。

モノレール【monorail】 ㊔名 單軌電車，單軌鐵路 類 単軌鉄道(たんきてつどう) △モノレールに乗って、羽田空港まで行きます。／我搭單軌電車要到羽田機場。

もみじ【紅葉】 ㊔名 紅葉；楓樹 類 紅葉(こうよう) △紅葉がとてもきれいで、歓声を上げないではいられなかった。／因為楓葉實在太漂亮了，所以就不由得地歡呼了起來。

もむ【揉む】 ㊔他五 搓，揉；捏，按摩；(很多人)互相推擠；爭辯；(被動式型態)鍾鍊，受磨練 類 按摩する △肩をもんであげる。／我幫你按摩肩膀。

もも【桃】 ㊔名 桃子 △桃のおいしい季節。／桃子盛產期。

もよう【模様】 ㊔名 花紋，圖案；情形，狀況；徵兆，趨勢 類 綾(あや) △模様のあるのやら、ないのやら、いろいろな服があります。／有花樣的啦、沒花樣的啦，這裡有各式各樣的衣服。

もよおし【催し】 ㊔名 舉辦，主辦；集會，文化娛樂活動；預兆，兆頭 類 催し物 △その催しは、九月九日から始まることになっています。／那個活動預定從9月9日開始。

もる【盛る】（他五）盛滿，裝滿；堆滿，堆高；配藥，下毒；刻劃，標刻度 類 積み上げる（つみあげる）△果物が皿に盛ってあります。／盤子上堆滿了水果。

もんどう【問答】（名・自サ）問答；商量，交談，爭論 類 議論 △教授との問答に基づいて、新聞記事を書いた。／根據我和教授間的爭論，寫了篇報導。

やャ

N2-091

や【屋】（接尾）（前接名詞，表示經營某家店或從事某種工作的人）店，舖；（前接表示個性、特質）帶點輕蔑的稱呼；（寫作「舍」）表示堂號，房舍的雅號 類 店 △魚屋。／魚店（賣魚的）。

やがて（副）不久，馬上；幾乎，大約；歸根就底，亦即，就是 類 まもなく △木の葉が舞い落ちるようになり、やがて冬が来た。／樹葉開始紛紛飄落，冬天終於來了。

やかましい【喧しい】（形）（聲音）吵鬧的，喧擾的；囉唆的，嘮叨的；難以取悅；嚴格的，嚴厲的 類 うるさい △隣のテレビがやかましかったものだから、抗議に行った。／因為隔壁的電視聲太吵了，所以跑去抗議。

やかん【薬缶】（名）（銅、鋁製的）壺，水壺 類 湯沸かし（ゆわかし）△やかんで湯を沸かす。／用水壺燒開水。

やく【役】（名・漢造）職務，官職；責任，任務，（負責的）職位；角色；使用，作用 類 役目 △この役を、引き受けないわけにはいかない。／不可能不接下這個職位。

やく【約】（名・副・漢造）約定，商定；縮寫，略語；大約，大概；簡約，節約 類 大体 △資料によれば、この町の人口は約 100 万人だそうだ。／根據資料所顯示，這城鎮的人口約有 100 萬人。

やく【訳】（名・他サ・漢造）譯，翻譯；漢字的訓讀 類 翻訳 △その本は、日本語訳で読みました。／那本書我是看日文翻譯版的。

やくしゃ【役者】（名）演員；善於做戲的人，手段高明的人，人才 類 俳優 △役者としての経験が長いだけに、演技がとてもうまい。／到底是長久當演員的緣故，演技實在是精湛。

やくしょ【役所】（名）官署，政府機關 類 官公庁（かんこうちょう）△手続きはここでできますから、役所までいくことはないよ。／這裡就可以辦手續，沒必要跑到區公所哪裡。

やくにん【役人】（名）官員，公務員 類 公務員 △役人にはなりたくない。／我不想當公務員。

やくひん【薬品】[名] 薬品；化學試劑 [類]薬物 △この薬品は、植物をもとにして製造された。／這個藥品，是以植物為底製造而成的。

やくめ【役目】[名] 責任，任務，使命，職務 [類]役割 △責任感の強い彼のことだから、役目をしっかり果たすだろう。／因為是責任感很強的他，所以一定能完成使命的！

やくわり【役割】[名] 分配任務（的人）；（分配的）任務，角色，作用 [類]受け持ち △それぞれの役割に基づいて、仕事をする。／按照各自的職務工作。

やけど【火傷】[名・自サ] 燙傷，燒傷；（轉）遭殃，吃虧 △熱湯で手にやけどをした。／熱水燙傷了手。

やこう【夜行】[名・接頭] 夜行；夜間列車；夜間活動 [類]夜行列車 △彼らは、今夜の夜行で旅行に行くということです。／聽說他們要搭今晚的夜車去旅行。

やじるし【矢印】[名]（標示去向、方向的）箭頭，箭形符號 △矢印により、方向を表した。／透過箭頭來表示方向。

やたらに[形動・副] 胡亂的，隨便的，任意的，馬虎的；過份，非常，大膽 [類]むやみに △重要書類をやたらに他人に見せるべきではない。／不應當將重要的文件，隨隨便便地給其他人看。

やっかい【厄介】[名・形動] 麻煩，難為，難應付的；照料，照顧，幫助；寄食，寄宿（的人） [類]面倒臭い（めんどうくさい） △やっかいな問題が片付いたかと思うと、また難しい問題が出てきた。／才正解決了麻煩事，就馬上又出現了難題。

やっきょく【薬局】[名]（醫院的）藥局；藥鋪，藥店 △薬局で薬を買うついでに、洗剤も買った。／到藥局買藥的同時，順便買了洗潔精。

やっつける【遣っ付ける】[他下一]（俗）幹完（工作等，「やる」的強調表現）；教訓一頓；幹掉；打敗，擊敗 [類]打ち負かす（うちまかす） △手ひどくやっつけられる。／被修理得很慘。

やど【宿】[名] 家，住處，房屋；旅館，旅店；下榻處，過夜 [類]旅館 △宿の予約をしていないばかりか、電車の切符も買っていないそうです。／不僅沒有預約住宿的地方，聽說就連電車的車票也沒買的樣子。

やとう【雇う】[他五] 雇用 [類]雇用する △大きなプロジェクトに先立ち、アルバイトをたくさん雇いました。／進行盛大的企劃前，事先雇用了很多打工的人。

やぶく【破く】[他五] 撕破，弄破 [類]破る △ズボンを破いてしまった。／弄破褲子了。

やむ【病む】[自他五] 得病，患病；煩惱，憂慮 [類]患う（わずらい） △胃を病んでいた。／得胃病。

やむをえない【やむを得ない】[形]

不得已的，沒辦法的 類 しかたがない △仕事が期日どおりに終わらなくても、やむを得ない。／就算工作不能如期完成也是沒辦法的事。

ゆ ュ

N2-092

ゆいいつ【唯一】 名 唯一，獨一 △彼女は、わが社で唯一の女性です。／她是我們公司唯一的女性。

ゆうえんち【遊園地】 名 遊樂場 △子どもと一緒に、遊園地なんか行くものか。／我哪可能跟小朋友一起去遊樂園呀！

ゆうこう【友好】 名 友好 △友好を深める。／加深友好關係。

ゆうこう【有効】 形動 有效的 △夏休みが来るたびに時間を有効に使おうと思うんだけど、いつもうまくいかない。／每次放暑假都打算要有效運用時間，但總是無法如願。

ゆうじゅうふだん【優柔不断】 名・形動 優柔寡斷 △優しいと思っていた彼氏だけど、このごろ実は優柔不断なだけだと気づいた。／原本以為男友的個性溫柔，最近才發現他其實只是優柔寡斷罷了。

ゆうしょう【優勝】 名・自サ 優勝，取得冠軍 類 勝利 △しっかり練習しないかぎり、優勝はできません。／要是沒紮實地做練習，就沒辦法得冠軍。

ゆうじょう【友情】 名 友情 反 敵意 類 友誼 △友情を裏切るわけにはいかない。／友情是不能背叛的。

ゆうしょく【夕食】 名 晚餐 △夕食はハンバーグだ。／晚餐吃漢堡排。

ゆうだち【夕立】 名 雷陣雨 類 にわか雨 補 下午到傍晚下的陣雨，大多雷電交加，時間較短。夏天較多。△雨が降ってきたといっても、夕立だからすぐやみます。／雖說下雨了，但因是驟雨很快就會停。

ゆうのう【有能】 名・形動 有才能的，能幹的 反 無能（むのう）△わが社においては、有能な社員はどんどん出世します。／在本公司，有能力的職員都會一一地順利升遷。

ゆうひ【夕日】 名 夕陽 類 夕陽 △夕日が沈むのを見に行った。／我去看了夕陽西下的景色。

ゆうゆう【悠々】 副・形動 悠然，不慌不忙；綽綽有餘，充分；（時間）悠久，久遠；（空間）浩瀚無垠 類 ゆったり △彼は毎日悠々と暮らしている。／他每天都悠哉悠哉地過生活。

ゆうらんせん【遊覧船】 名 渡輪 △遊覧船に乗る。／搭乘渡輪。

ゆうりょう【有料】 ㊔ 收費 反 無料 △ここの駐車場は、どうも有料っぽいね。／這裡的停車場，好像是要收費的耶。

ゆかた【浴衣】 ㊔ 夏季穿的單衣，浴衣 △浴衣はともかく、きちんとした着物は着たことがありません。／如果浴衣不算在內，從來沒有穿過像樣的和服。

ゆくえ【行方】 ㊔ 去向，目的地；下落，行蹤；前途，將來 類 行く先 △犯人のみならず、犯人の家族の行方もわからない。／不單只是犯人，就連犯人的家人也去向不明。

ゆくえふめい【行方不明】 ㊔ 下落不明 △この事故で、37名が行方不明になっている。／在這場事故中有37人下落不明。

ゆげ【湯気】 ㊔ 蒸氣，熱氣；（蒸汽凝結的）水珠，水滴 類 水蒸気（すいじょうき） 補 頭から湯気を立てる：氣得七竅生煙。△やかんから湯気が出ている。／不久後蒸汽冒出來了。

ゆけつ【輸血】 （名・自サ）（醫）輸血 △輸血をしてもらった。／幫我輸血。

ゆそう【輸送】 （名・他サ）輸送，傳送 反 輸入 △自動車の輸送にかけては、うちは一流です。／在搬運汽車這方面，本公司可是一流的。

ゆだん【油断】 （名・自サ） 缺乏警惕，疏忽大意 類 不覚 △仕事がうまくいっているときは、誰でも油断しがちです。／當工作進行順利時，任誰都容易大意。

ゆっくり （副・自サ）慢慢地，不著急的，從容地；安適的，舒適的；充分的，充裕的 類 徐々に（じょじょに）△ゆっくり考えたすえに、結論を出しました。／經過仔細思考後，有了結論。

ゆったり （副・自サ）寬敞舒適 △ゆったりした服を着て電車に乗ったら、妊婦さんに間違われた。／只不過穿著寬鬆的衣服搭電車，結果被誤會是孕婦了。

ゆるい【緩い】 ㊎ 鬆，不緊；徐緩，不陡；不急；不嚴格；稀薄 反 きつい 類 緩々 △ねじが緩くなる。／螺絲鬆了。

よ ヨ

N2-093

よ【夜】 ㊔ 夜，晚上，夜間 反 昼 類 晚 △夜が明けたら出かけます。／天一亮就啟程。

よあけ【夜明け】 ㊔ 拂曉，黎明 類 明け方 △夜明けに、鶏が鳴いた。／天亮雞鳴。

よう【様】 （名・形動）樣子，方式；風格；形狀 △N1に合格したときの謝さんの喜びようといったらなかった。／

當得知通過了Ｎ１級考試的時候，謝先生簡直喜不自勝。

よう【酔う】(自五) 醉，酒醉；暈(車、船)；(吃魚等)中毒；陶醉 類 酔っ払う(よっぱらい) △彼は酔っても乱れない。／他喝醉了也不會亂來。

ようい【容易】(形動) 容易，簡單 類 簡単 △私にとって、彼を説得するのは容易なことではない。／對我而言，要說服他不是件容易的事。

ようがん【溶岩】(名) (地)溶岩 △火山が噴火して、溶岩が流れてきた。／火山爆發，有熔岩流出。

ようき【容器】(名) 容器 類 入れ物 △容器におかずを入れて持ってきた。／我將配菜裝入容器內帶了過來。

ようき【陽気】(名·形動) 季節，氣候；陽氣(萬物發育之氣)；爽朗，快活；熱鬧，活躍 反 陰気 類 気候 △天気予報の予測に反して、春のような陽気でした。／和天氣預報背道而馳，是個像春天的天氣。

ようきゅう【要求】(名·他サ) 要求，需求 類 請求 △社員の要求を受け入れざるをえない。／不得不接受員工的要求。

ようご【用語】(名) 用語，措辭；術語，專業用語 類 術語(じゅつご) △これは、法律用語っぽいですね。／這個感覺像是法律用語啊。

ようし【要旨】(名) 大意，要旨，要點 類 要点 △論文の要旨を書いて提出してください。／請寫出論文的主旨並交出來。

ようじ【用事】(名) (應辦的)事情，工作 類 用件 △用事で出かけたところ、大家さんにばったり会った。／因為有事出門，結果和房東不期而遇。

ようじん【用心】(名·自サ) 注意，留神，警惕，小心 類 配慮(はいりょ) △治安がいいか悪いかにかかわらず、泥棒には用心しなさい。／無論治安是好是壞，請注意小偷。

ようす【様子】(名) 情況，狀態；容貌，樣子；緣故；光景，徵兆 類 状況 △あの様子から見れば、ずいぶんお酒を飲んだのに違いない。／從他那樣子來看，一定是喝了很多酒。

ようするに【要するに】(副·連) 總而言之，總之 類 つまり △要するに、あの人は大人げがないんです。／總而言之，那個人就是沒個大人樣。

ようせき【容積】(名) 容積，容量，體積 類 容量 △三角錐の容積はどのように計算しますか。／要怎麼算三角錐的容量？

ようそ【要素】(名) 要素，因素；(理、化)要素，因子 類 成分 △会社を作るには、いくつかの要素が必要だ。／要創立公司，有幾個必要要素。

ようち【幼稚】(名·形動) 年幼的；不成

熟的，幼稚的 [類] 未熟（みじゅく）△大学生にしては、幼稚な文章ですね。／作為一個大學生，真是個幼稚的文章啊。

ようちえん【幼稚園】 [名] 幼稚園 △幼稚園に入る。／上幼稚園。

ようてん【要点】 [名] 要點，要領 [類] 要所（ようしょ）△要点をまとめておいたせいか、上手に発表できた。／可能是有將重點歸納過的關係，我上台報告得很順利。

ようと【用途】 [名] 用途，用處 [類] 使い道 △この製品は、用途が広いばかりでなく、値段も安いです。／這個產品，不僅用途廣闊，價錢也很便宜。

ようひんてん【洋品店】 [名] 舶來品店，精品店，西裝店 △洋品店の仕事が、うまくいきつつあります。／西裝店的工作正開始上軌道。

ようぶん【養分】 [名] 養分 [類] 滋養分（じようぶん）△植物を育てるのに必要な養分は何ですか。／培育植物所需的養分是什麼？

ようもう【羊毛】 [名] 羊毛 [類] ウール △このじゅうたんは、羊毛でできています。／這地毯是由羊毛所製。

ようやく【要約】 [名・他サ] 摘要，歸納 △論文を要約する。／做論文摘要。

ようやく【漸く】 [副] 好不容易，勉勉強強，終於；漸漸 [類] やっと △あちこちの店を探したあげく、ようやくほしいものを見つけた。／四處找了很多店家，最後終於找到要的東西。

ようりょう【要領】 [名] 要領，要點；訣竅，竅門 [類] 要点 △彼は要領が悪いのみならず、やる気もない。／他做事不僅不得要領，也沒有什麼幹勁。

N2-094

ヨーロッパ【Europe】 [名] 歐洲 [類] 欧州 △ヨーロッパの映画を見るにつけて、現地に行ってみたくなります。／每看歐洲的電影，就會想到當地去走一遭。

よき【予期】 [名・自サ] 預期，預料，料想 [類] 予想 △予期した以上の成果。／達到預期的成果。

よくばり【欲張り】 [名・形動] 貪婪，貪得無厭（的人）△彼はきっと欲張りに違いありません。／他一定是個貪得無厭的人。

よくばる【欲張る】 [自五] 貪婪，貪心，貪得無厭 [類] 貪る（むさぼる）△彼が失敗したのは、欲張ったせいにほかならない。／他之所以會失敗，無非是他太過貪心了。

よけい【余計】 [形動・副] 多餘的，無用的，用不著的；過多的；更多，格外，更加，越發 [類] 余分（よぶん）△私こそ、余計なことを言って申し訳ありません。／我才是，說些多事的話真是抱歉。

よこがき【横書き】 [名] 橫寫 △数式

や英語がないかぎり、やっぱり横書きより縦書きの方が読みやすいと思う。／我覺得除非含有公式或英文，否則比起橫式排版，還是直式排版比較容易閱讀。

よこぎる【横切る】 他五 橫越，橫跨 類 横断する（おうだんする）△道路を横切る。／橫越馬路。

よこなが【横長】 名・形動 長方形的，橫寬的 △横長で、A４が余裕で入って、肩にかけられるかばんがほしい。／我想要一只橫式的、可以輕鬆放入A４尺寸物品的肩背包。

よさん【予算】 名 預算 反 決算 △予算については、社長と相談します。／就預算相關一案，我會跟社長商量的。

よす【止す】 他五 停止，做罷；戒掉；辭掉 類 やめる △そんなことをするのは止しなさい。／不要做那種蠢事。

よそ【他所】 名 別處，他處；遠方；別的，他的；不顧，無視，漠不關心 類 他所（たしょ）△彼は、よそでは愛想がいい。／他在外頭待人很和藹。

よそく【予測】 名・他サ 預測，預料 類 予想 △来年の景気は予測しがたい。／很難去預測明年的景氣。

よつかど【四つ角】 名 十字路口；四個犄角 類 十字路（じゅうじろ）△四つ角のところで友達に会った。／我在十字路口遇到朋友。

ヨット【yacht】 名 遊艇，快艇 類 帆走船（はんそうせん）△夏になったら、海にヨットに乗りに行こう。／到了夏天，一起到海邊搭快艇吧。

よっぱらい【酔っ払い】 名 醉鬼，喝醉酒的人 類 酔漢（すいかん）△酔っ払い運転で捕まった。／由於酒駕而遭到了逮捕。

よなか【夜中】 名 半夜，深夜，午夜 類 夜ふけ △夜中に電話が鳴って、何かと思ったらエッチな電話だった。／三更半夜電話響了，還以為是誰打來的，沒想到居然是性騷擾的電話。

よび【予備】 名 預備，準備 類 用意 △懐中電灯はもちろん、予備の電池も持ってきてあります。／不單是手電筒，連備用電池也帶來了。

よびかける【呼び掛ける】 他下一 招呼，呼喚；號召，呼籲 類 勧誘（かんゆう）△ここにゴミを捨てないように、呼びかけようじゃないか。／我們來呼籲大眾，不要在這裡亂丟垃圾吧！

よびだす【呼び出す】 他五 喚出，叫出；叫來，喚來，邀請；傳訊 △こんな夜遅くに呼び出して、何の用ですか。／那麼晚了還叫我出來，到底是有什麼事？

よぶん【余分】 名・形動 剩餘，多餘的；超量的，額外的 類 残り △余分なお金があるわけがない。／不可能會有多餘的金錢。

よほう【予報】 名・他サ 預報 類 知ら

せ△天気予報によると、明日は曇りがちだそうです。／根據氣象報告，明天好像是多雲的天氣。

よみ【読み】[名] 唸，讀；訓讀；判斷，盤算；理解△この字の読みがわからない。／不知道這個字的讀法。

よみがえる【蘇る】[自五] 甦醒，復活；復興，復甦，回復；重新想起 [類] 生き返る△しばらくしたら、昔の記憶が蘇るに相違ない。／過一陣子後，以前的記憶一定會想起來的。

よめ【嫁】[名] 兒媳婦，妻，新娘 [反] 婿 [類] 花嫁△彼女は嫁に来て以来、一度も実家に帰っていない。／自從她嫁過來之後，就沒回過娘家。

よゆう【余裕】[名] 富餘，剩餘；寬裕，充裕 [類] 裕り（ゆとり）△忙しくて、余裕なんかぜんぜんない。／太過繁忙，根本就沒有喘氣的時間。

より [副] 更，更加 [類] 更に△よりよい暮らしのために、あえて都会を離れて田舎に移った。／為了過上更舒適的生活，刻意離開都市，搬到了鄉間。

よる【因る】[自五] 由於，因為；任憑，取決於；依靠，依賴；按照，根據 [類] 従う（したがう）△理由によっては、許可することができる。／因理由而定，來看是否批准。

ら ラ

N2-095

らい【来】[連體] （時間）下個，下一個△来年３月に卒業する。／明年三月畢業。

らいにち【来日】[名・自サ] （外國人）來日本，到日本來 [類] 訪日（ほうにち）△トム・ハンクスは来日したことがありましたっけ。／湯姆漢克有來過日本來著？

らくてんてき【楽天的】[形動] 樂觀的△うちの娘は、よく言えば楽天的なんですが、悪く言えば考えが足りないんです。／我家的女兒說好聽的是性格樂觀，說難聽點是不怎麼動腦子。

らくらい【落雷】[名・自サ] 打雷，雷擊△落雷で火事になる。／打雷引起火災。

らせん【螺旋】[名] 螺旋狀物；螺旋△螺旋階段をずっと登って、塔の最上階に出た。／沿著螺旋梯一直往上爬，來到了塔頂。

らん【欄】[名・漢造] （表格等）欄目；欄杆；（書籍、刊物、版報等的）專欄 [類] てすり△テレビ欄を見たかぎりでは、今日はおもしろい番組はありません。／就電視節目表來看，今天沒有有趣的節目。

ランニング【running】[名] 賽跑，跑步

類競走 △雨が降らないかぎり、毎日ランニングをします。／只要不下雨，我就會每天跑步。

りリ

N2-096

リード【lead】 名・自他サ 領導，帶領；（比賽）領先，贏；（新聞報導文章的）內容提要 △５点リードしているからといって、油断しちゃだめだよ。／不能因為領先五分，就大意唷。

りえき【利益】 名 利益，好處；利潤，盈利 反損失 類利潤（りじゅん）△たとえすぐには利益が出なくても、この事業から撤退しない。／縱使無法立刻賺到利潤，也不會放棄這項事業。

りがい【利害】 名 利害，得失，利弊，損益 類損得（そんとく）△彼らには利害関係があるとしても、そんなにひどいことはしないと思う。／就算和他們有利害關係，我猜他們也不會做出那麼過份的事吧。

りく【陸】 名・漢造 陸地，旱地；陸軍的通稱 反海 類陸地 △長い航海の後、陸が見えてきた。／在長期的航海之後，見到了陸地。

りこう【利口】 名・形動 聰明，伶利機靈；巧妙，周到，能言善道 反馬鹿 類賢い △彼らは、もっと利口に行動するべきだった。／他們那時應該要更機伶些行動才是。

りこしゅぎ【利己主義】 名 利己主義 △利己主義はよくない。／利己主義是不好的。

リズム【rhythm】 名 節奏，旋律，格調，格律 類テンポ △ジャズダンスは、リズム感が大切だ。／跳爵士舞節奏感很重要。

りそう【理想】 名 理想 反現実 類理念 △理想の社会について、話し合おうではないか。／大家一起來談談理想中的社會吧！

りつ【率】 名 率，比率，成數；有力或報酬等的程度 類割合 △消費税率の変更に伴って、値上げをする店が増えた。／隨著稅率的變動，漲價的店家也增加了許多。

リットル【liter】 名 升，公升 類リッター △女性雑誌によると、毎日１リットルの水を飲むと美容にいいそうだ。／據女性雜誌上所說，每天喝一公升的水有助於養顏美容。

りゃくする【略する】 他サ 簡略；省略，略去；攻佔，奪取 類省略する △国際連合は、略して国連と言います。／聯合國際組織又簡稱聯合國。

りゅう【流】 名・接尾 （表特有的方式、派系）流，流派 △小原流の華道を習っています。／正在學習小原流派的花道。

りゅういき【流域】㊔ 流域△この川の流域で洪水が起こって以来、地形がすっかり変わってしまった。／這條河域自從山洪爆發之後，地形就完全變了個樣。

りょう【両】(漢造) 雙，兩△両者の合意が必要だ。／需要雙方的同意。

りょう【量】(名・漢造) 數量，份量，重量；推量；器量 反 質 類 数量△期待に反して、収穫量は少なかった。／與預期相反，收成量是少之又少。

りょう【寮】(名・漢造) 宿舍(狭指學生、公司宿舍)；茶室；別墅 類 寄宿(きしゅく)△学生寮はにぎやかで、動物園かと思うほどだ。／學生宿舍熱鬧到幾乎讓人誤以為是動物園的程度。

りょうきん【料金】㊔費用，使用費，手續費 類 料△料金を払ってからでないと、会場に入ることができない。／如尚未付款，就不能進會場。

りょうじ【領事】㊔ 領事 類 領事官(りょうじかん)△領事館の協力をぬきにしては、この調査は行えない。／如果沒有領事館的協助，就沒有辦法進行這項調查。

りょうしゅう【領収】(名・他サ) 收到△会社向けに、領収書を発行する。／發行公司用的收據。

りょうたん【両端】㊔ 兩端△口の両端が切れて痛い。／嘴角兩邊龜裂了，很痛。

りょうめん【両面】㊔(表裡或內外)兩面；兩個方面△物事を両面から見る。／從正反兩面來看事情。

りょくおうしょく【緑黄色】㊔黃綠色△緑黄色野菜とは、カロチンを多く含む野菜のことで、色によって決まるものではない。／所謂黃綠色蔬菜，是指富含胡蘿蔔素的蔬菜，但其含量並非與顏色成絕對的正比。

りんじ【臨時】㊔ 臨時，暫時，特別 反 通常△彼はまじめな人だけに、臨時の仕事でもきちんとやってくれました。／他到底是個認真的人，就算是臨時進來的工作，也都做得好好的。

れ レ

N2-097

れいせい【冷静】(名・形動) 冷靜，鎮靜，沉著，清醒 類 落ち着き△彼は、どんなことにも慌てることなく冷静に対処した。／不管任何事，他都不慌不忙地冷靜處理。

れいてん【零点】㊔ 零分；毫無價值，不夠格；零度，冰點 類 氷点△零点取って、母にしかられた。／考了個鴨蛋，被媽媽罵了一頓。

れいとう【冷凍】(名・他サ) 冷凍 類 凍

る（こおる）△今日のお昼は、冷凍しておいたカレーを解凍して食べた。／今天吃的午餐是把冷凍咖哩拿出來加熱。

れいとうしょくひん【冷凍食品】 [名] 冷凍食品△冷凍 食 品は便利だ。／冷凍食品很方便。

レクリエーション【recreation】 [名]（身心）休養；娛樂，消遣 [類] 楽しみ△遠足では、いろいろなレクリエーションを準備しています。／遠足時準備了許多娛興節目。

レジャー【leisure】 [名] 空閒，閒暇，休閒時間；休閒時間的娛樂 [類] 余暇（よか）△レジャーに出かける人で、海も山もたいへんな人出です。／無論海邊或是山上，都湧入了非常多的出遊人潮。

れっとう【列島】 [名]（地）列島，群島△日本列島が、雨雲に覆われています。／烏雲滿罩日本群島。

れんが【煉瓦】 [名] 磚，紅磚△煉瓦で壁を作りました。／我用紅磚築成了一道牆。

れんごう【連合】 [名・他サ・自サ] 聯合，團結；（心）聯想 [類] 協同（きょうどう）△いくつかの会社で連合して対策を練った。／幾家公司聯合起來一起想了對策。

レンズ【（荷）lens】 [名]（理）透鏡，凹凸鏡片；照相機的鏡頭△眼鏡のレンズが割れてしまった。／眼鏡的鏡片破掉了。

れんそう【連想】 [名・他サ] 聯想 [類] 想像△チューリップを見るにつけ、オランダを連想します。／每當看到鬱金香，就會聯想到荷蘭。

ろ ロ

● N2-098

ろうそく【蝋燭】 [名] 蠟燭 [類] キャンドル△停電したので、ろうそくをつけた。／因為停電，所以點了蠟燭。

ろうどう【労働】 [名・自サ] 勞動，體力勞動，工作；（經）勞動力 [類] 労務（ろうむ）△家事だって労働なのに、夫は食べさせてやってるっていばる。／家務事實上也是一種勞動工作，可是丈夫卻大模大樣地擺出一副全是由他供我吃住似的態度。

ロビー【lobby】 [名]（飯店、電影院等人潮出入頻繁的建築物的）大廳，門廳；接待室，休息室，走廊 [類] 客間△ホテルのロビーで待っていてください。／請到飯店的大廳等候。

ろんそう【論争】 [名・自サ] 爭論，爭辯，論戰 [類] 論争する△女性の地位についての論争は、激しくなる一方です。

／針對女性地位的爭論，是越來越激烈。

ろんぶん【論文】[名] 論文；學術論文 △論文を提出して以来、毎日寝てばかりいる。／自從交出論文以來，每天就是一直睡。

わ ワ

N2-099

わ【和】[名] 和，人和；停止戰爭，和好 △和を保つために言いたいことを我慢しろと言うんですか。そんなのが和ですか。／你的意思是，為了維持和睦，所以要我吞下去嗎？難道那樣就叫做和睦嗎？

わ【輪】[名] 圈，環，箍；環節；車輪 [類] 円形（えんけい）△輪になってお酒を飲んだ。／大家圍成一圈喝起了酒來。

わえい【和英】[名] 日本和英國；日語和英語；日英辭典的簡稱 [類] 和英辞典 △適切な英単語がわからないときは、和英辞典を引くものだ。／找不到適當的英文單字時，就該查看看日英辭典。

わかば【若葉】[名] 嫩葉、新葉 △若葉が萌える。／長出新葉。

わかわかしい【若々しい】[形] 年輕有朝氣的，年輕輕的，富有朝氣的 [類] 若い △華子さんは、あんなに若々しかったっけ。／華子小姐有那麼年輕嗎？

わき【脇】[名] 腋下，夾肢窩；（衣服的）旁側；旁邊，附近，身旁；旁處，別的地方；（演員）配角 [類] 横 △本を脇に抱えて歩いている。／將書本夾在腋下行走。

わく【湧く】[自五] 湧出；產生（某種感情）；大量湧現 △清水が湧く。／清水泉湧。

わざと【態と】[副] 故意，有意，存心；特意地，有意識地 [類] 故意に △彼女は、わざと意地悪をしているにきまっている。／她一定是故意刁難人的。

わずか【僅か】[副・形動]（數量、程度、價值、時間等）很少，僅僅；一點也（後加否定）[類] 微か（かすか）△貯金があるといっても、わずか20万円にすぎない。／雖說有存款，但也只不過是僅僅的20萬日幣而已。

わた【綿】[名]（植）棉；棉花；柳絮；絲棉 [類] 木綿 △布団の中には、綿が入っています。／棉被裡裝有棉花。

わだい【話題】[名] 話題，談話的主題、材料；引起爭論的人事物 [類] 話柄 △彼らは、結婚して以来、いろいろな話題を提供してくれる。／自從他們結婚以來，總會分享很多不同的話題。

わびる【詫びる】[自五] 道歉，賠不是，謝罪 [類] 謝る △みなさんに対して、詫びなければならない。／我得向大家道歉才行。

わふく【和服】(名) 日本和服，和服 類 洋服 △彼女は、洋服に比べて、和服の方がよく似合います。／比起穿洋裝，她比較適合穿和服。

わりと・わりに【割と・割に】(副) 比較；分外，格外，出乎意料 類 比較的 △病み上がりにしてはわりと元気だ。／雖然病才剛好，但精神卻顯得相當好。

わりびき【割引】(名・他サ) (價錢) 打折扣，減價；(對說話內容) 打折；票據兌現 反 割増し 類 値引き △割引をするのは、三日きりです。／折扣只有三天而已。

わる【割る】(他五) 打，劈開；用除法計算 △六を二で割る。／六除以二。

わるくち・わるぐち【悪口】(名) 壞話，誹謗人的話；罵人 類 悪言(あくげん) △人の悪口を言うべきではありません。／不該說別人壞話。

われわれ【我々】(代) (人稱代名詞) 我們；(謙卑說法的) 我；每個人 類 われら △われわれは、コンピュータに関してはあまり詳しくない。／我們對電腦不大了解。

ワンピース【one-piece】(名) 連身裙，洋裝 △ワンピースを着る。／穿洋裝。

JLPT N1 單字

あア

N1-001

あ【亜】(接頭) 亞，次；(化) 亞(表示無機酸中氧原子較少)；用在外語的音譯；亞細亞，亞洲 △さすが亜熱帯台湾だ、暑いといったらない。／真不愧是亞熱帶的台灣，熱得嚇人呀。

あいこ (名) 不分勝負，不相上下 △じゃんけんで5回もあいこになった。／猜拳連續五次都成了平手。

あいそう・あいそ【愛想】(名)（接待客人的態度、表情等）親切；接待，款待；(在飲食店) 算帳，客人付的錢 (類)愛嬌 △ここの女将はいつも愛想よく客を迎える。／這家的老闆娘在顧客上門時總是笑臉迎人。

あいだがら【間柄】(名)（親屬、親戚等的）關係；來往關係，交情 △山田さんとは先輩後輩の間柄です。／我跟山田先生是學長與學弟的關係。

あいつぐ【相次ぐ・相継ぐ】(自五)（文）接二連三，連續不斷 (反)絶える (類)続く △今年は相次ぐ災難に見舞われた。／今年遭逢接二連三的天災人禍。

あいま【合間】(名)（事物中間的）空隙，空閒時間；餘暇 △仕事の合間を見て彼に連絡した。／趁著工作的空檔時間聯絡了他。

あえて【敢えて】(副) 敢；硬是，勉強；（下接否定）毫（不），不見得 △上司は無能だと思うが、あえて逆らわない。／雖然認為上司沒有能力，但也不敢反抗。

あおぐ【仰ぐ】(他五) 仰，抬頭；尊敬；仰賴，依靠；請，求；服用 (反)下を向く、侮る (類)上を向く、敬う △彼は困ったときに空を仰ぐ癖がある。／他在不知所措時，總會習慣性地抬頭仰望天空。

あおむけ【仰向け】(名) 向上仰 △こちらに仰向けに寝てください。／請在這邊仰躺。

あか【垢】(名)（皮膚分泌的）污垢；水鏽，水漬，污點 (類)汚れ △しばらくおふろに入れなかったから、体じゅう垢だらけだ。／有一陣子沒洗澡了，全身上下都是汙垢。

あがく (自五) 掙扎；手腳亂動 △水中で必死にあがいて、何とか助かった。／在水裡拚命掙扎，總算得救了。

あかし【証】(名) 證據，證明 △「三種の神器」は、日本の天皇の位の証しだ。／「三種神器」是日本天皇正統地位的象徵。

あかじ【赤字】(名)赤字，入不敷出；(校稿時寫的) 紅字，校正的字 △今年、また百万円の赤字になった。／今年又虧損了一百萬。

あかす【明かす】(他五) 說出來；揭露；過夜，通宵；證明 (類) 打ち明ける △記者会見で新たな離婚の理由が明かされた。／在記者會上揭露了新的離婚的原因。

あかのたにん【赤の他人】(連語) 毫無關係的人；陌生人 △離婚したからって、赤の他人になったわけではないでしょう。／就算已經離婚了，也不至於從此形同陌路吧。

あからむ【赤らむ】(自五) 變紅，變紅了起來；臉紅 △恥ずかしさに、彼女の頬がさっと赤らんだ。／她因為難為情而臉頰倏然變紅。

あからめる【赤らめる】(他下一) 使…變紅 △顔を赤らめる。／漲紅了臉。

あがり【上がり】(名·接尾) …出身；剛 △彼は役人上がりだから、融通がきかないんだ。／他曾經當過公務員，所以做事一板一眼。△病み上がりにかこつけて、会社を休んだ。／他假借剛病癒的名義，向公司請假了。△トランプのババ抜きでは、カードがなくなれば上がりである。／撲克牌的抽鬼牌遊戲中，只要手上的牌都被抽光，就算贏了。

あきらめ【諦め】(名) 斷念，死心，達觀，想得開 △告白してはっきり断られたが、諦めがつかない。／雖然告白後遭到了明確的拒絕，但是並沒有死心。

あく【悪】(名·接頭) 惡，壞；壞人；(道德上的) 惡，壞；(性質) 惡劣，醜惡 (反) 善 (類) 悪事 △長男はおろか次男まで悪の道に走ったとは、世間に顔向けができない。／別說長子，就連次子也誤入了歧途，我實在沒臉見人了。

アクセル【accelerator之略】(名) (汽車的) 加速器 △高速道路に乗るのでアクセルを踏み込んだ。／因開在高速公路上而使勁踩下油門。

あくどい(形) (顏色) 太濃艷；(味道) 太膩；(行為) 太過份讓人討厭，惡毒 △あの会社はあくどい商法を行っているようだ。／那家公司似乎以惡質推銷手法營業。

あこがれ【憧れ】(名) 憧憬，嚮往 (類) 憧憬(しょうけい) △憧れの先輩がバイトしてるとこ見ちゃった！うちの学校、バイト禁止なのに！／我看到了喜歡的學長在打工！我們學校明明就禁止打工的呀！

あざ【痣】(名) 痣；(被打出來的) 青斑，紫斑 (類) でき物 △殴り合いで顔にあざができた。／由於打架而臉上淤青了。

あさましい【浅ましい】(形) (情形等悲慘而可憐的樣子) 慘，悲慘；(作法或想法卑劣而下流) 卑鄙，卑劣 (類) 卑しい(いやしい) △ビザ目当てで結婚するなんて浅ましい。／以獲取簽證為目的而結婚，實在太卑劣了。

あざむく【欺く】(他五) 欺騙；混淆，勝似 (類) 騙す △彼の巧みな話術にまんまと欺かれた。／完全被他那三寸不爛之舌給騙了。

あざやか【鮮やか】 形動 顏色或形象鮮明美麗，鮮豔；技術或動作精彩的樣子，出色 類 明らか △「見て見て、このバッグ、台湾で買ってきたの」「うわあ、きれい、鮮やか！」「でしょ？台湾の客家って人たちの布なんだって」／「你看你看，這個包包我是從台灣買回來的喔！」「哇，好漂亮！顏色好鮮豔！」「對吧？聽說這是台灣的客家人做的布料喔！」

あざわらう【嘲笑う】 他五 嘲笑 類 嘲る（あざける）△彼の格好を見てみんなあざ笑った。／看到他的模樣，惹來大家一陣訕笑。

あしからず【悪しからず】 連語·副 不要見怪；原諒 類 宜しく △少々お時間をいただきますが、どうぞ悪しからずご了承ください。／會耽誤您一些時間，關於此點敬請見諒。

あじわい【味わい】 名 味，味道；趣味，妙處 類 趣（おもむき）△この飲み物は、ミルクの濃厚な味わいが楽しめる濃縮乳を使用している。／這種飲料加入了奶香四溢的濃縮乳。

あせる【焦る】 自五 急躁，著急，匆忙 類 苛立つ △あなたが焦りすぎたからこのような結果になったのです。／都是因為你太過躁進了，才會導致這樣的結果。

あせる【褪せる】 自下一 褪色，掉色 類 薄らぐ △どこ製の服か分からないから、すぐに色が褪せても仕方がない。／不知道是哪裡製的服裝，會馬上褪色也是沒辦法的。

N1-002

あたい【値】 名 價值；價錢；（數）值 類 値打ち △駅前の地価は坪5,000万以上の値があります。／火車站前的地價，值五千萬日圓以上。

あたいする【値する】 自サ 值，相當於；值得，有…的價值 類 相当する △彼のことはこれ以上の議論に値しない。／他的事不值得再繼續討論下去。

アダルトサイト【adult site】 名 成人網站 △子供が見ないようにアダルトサイトをブロックする。／把成人網站封鎖起來以免被兒童看到。

あっか【悪化】 名·自サ 惡化，變壞 反 好転 類 悪くなる △景気は急速に悪化している。／景氣急速地惡化中。

あつかい【扱い】 名 使用，操作；接待，待遇；（當作…）對待；處理，調停 類 仕方 △壊れやすい物なので、扱いには十分注意してください。／這是易損物品，請小心搬運。

あつくるしい【暑苦しい】 形 悶熱的 △なんて暑苦しい部屋だ。言ってるそばから汗がだらだら流れるよ。／怎麼有這麼悶熱的房間呀！才說著，汗水就不停地往下滴呢。

あっけない【呆気ない】 ㊎ 因為太簡單而不過癮；沒意思；簡單；草草 ㊍ 面白い ㊏ つまらない △栄華を極めた王も、最期はあっけないものだった。／就連享盡奢華的君王，臨終前也不過是區區如此罷了。

あっさり 副·自サ （口味）輕淡；（樣式）樸素，不花俏；（個性）坦率，淡泊；簡單，輕鬆 ㊏ さっぱり △あっさりした食べ物とこってりした食べ物では、どっちが好きですか。／請問您喜歡吃的食物口味，是清淡的還是濃郁的呢？

あっせん【斡旋】 名·他サ 幫助；關照；居中調解，斡旋；介紹 ㊏ 仲立ち △この仕事を斡旋していただけませんか。／這件案子可以麻煩您居中協調嗎？

あっとう【圧倒】 名·他サ 壓倒；勝過；超過 ㊏ 凌ぐ（しのぐ）△勝利を重ねる相手チームの勢いに圧倒されっぱなしだった。／一路被屢次獲勝的敵隊之氣勢壓倒了。

アットホーム【at home】 形動 舒適自在，無拘無束 △話し合いはアットホームな雰囲気の中で行われた。／在溫馨的氣氛中舉行了談話。

あっぱく【圧迫】 名·他サ 壓力；壓迫 ㊏ 押さえる △胸に圧迫を感じて息苦しくなった。／胸部有壓迫感，呼吸變得很困難。

あつらえる 他下一 點，訂做 ㊏ 注文 △父がこのスーツをあつらえてくれた。／父親為我訂做了這套西裝。

あつりょく【圧力】 ㊔ （理）壓力；制伏力 ㊏ 重圧 △今の職場にはものすごく圧力を感じる。／對現在的工作備感壓力。

あて【当て】 ㊔ 目的，目標；期待，依賴；撞，擊；墊敷物，墊布 ㊏ 目的 △当てもなく日本へ行った。／沒有既定目的地就去了日本。

あて【宛】 造語 （寄、送）給…；每（平分、平均）㊏ 送り先 △これは営業部の小林部長あての手紙です。／這封信是寄給業務部的小林經理的。

あてじ【当て字】 ㊔ 借用字，假借字；別字 △「倶楽部」は「クラブ」の当て字です。／「倶樂部」是「club」的音譯詞彙。

あてる【宛てる】 他下一 寄給 △以前の上司に宛ててお歳暮を送りました。／寄了一份年節禮物給以前的上司。

あとつぎ【跡継ぎ】 ㊔ 後繼者，接班人；後代，後嗣 ㊏ 後継者 △長男の彼がその家業の跡継ぎになった。／身為長子的他繼承了家業。

アトピーせいひふえん【atopy性皮膚炎】 ㊔ 過敏性皮膚炎 △アトピー性皮膚炎を改善する。／改善過敏性皮膚炎。

あとまわし【後回し】 ㊔ 往後推，緩辦，延遲 △それは後回しにして。もっと大事なことがあるでしょう。／那件事稍後再辦，不是還有更重要的事情等著你去做嗎？

アフターケア【aftercare】 ㊔ 病後調養 △アフターケアを怠る。／疏於病後調養。

アフターサービス【(和) after＋service】 ㊔ 售後服務 △アフターサービスがいい。／售後服務良好。

あぶらえ【油絵】 ㊔ 油畫 類 油彩 △私は油絵が好きだ。／我很喜歡油畫。

アプローチ【approach】 名・自サ 接近，靠近；探討，研究 類 近づく △比較政治学における研究アプローチにはどのような方法がありますか。／關於比較政治學的研究探討有哪些方法呢？

あべこべ 名・形動 (順序、位置、關係等) 顛倒，相反 類 逆さ、反対 △うちの子は靴を左右あべこべにはいていた。／我家的小孩把兩隻鞋子左右穿反了。

あまえる【甘える】 自下一 撒嬌；利用…的機會，既然…就順從 類 慕う（したう）△子どもは甘えるように母親にすり寄った。／孩子依近媽媽的身邊撒嬌。

あまぐ【雨具】 ㊔ 防雨的用具（雨衣、雨傘、雨鞋等）△天気予報によると雨具を持って行った方がいいということです。／根據氣象報告，還是帶雨具去比較保險。

あまくち【甘口】 ㊔ 帶甜味的；好吃甜食的人；(騙人的) 花言巧語，甜言蜜語 反 辛口 類 甘党 △私は辛口カレーより甘口がいいです。／比起辣味咖哩，我比較喜歡吃甜味咖哩。

あみ【網】 ㊔ (用繩、線、鐵絲等編的) 網；法網 類 ネット △大量の魚が網にかかっている。／很多魚被捕進漁網裡。

あやつる【操る】 他五 操控，操縱；駕駛，駕馭；掌握，精通(語言) 類 操作する △あの大きな機械を操るには三人の大人がいる。／必須要有三位成年人共同操作那部大型機器才能運作。

あやぶむ【危ぶむ】 他五 操心，擔心；認為靠不住，有風險 反 安心 類 心配 △オリンピックの開催を危ぶむ声があったのも事実です。／有人認為舉辦奧林匹克是有風險的，這也是事實。

あやふや 形動 態度不明確的；靠不住的樣子；含混的；曖昧的 反 明確 類 曖昧 △あやふやな答えをするな。／不准回答得模稜兩可！

あやまち【過ち】 ㊔ 錯誤，失敗；過錯，過失 類 失敗 △彼はまた大きな過ちを犯した。／他再度犯下了極大的失誤。

あゆみ【歩み】 ㊔ 步行，走；腳步，步調；進度，發展 類 沿革 △遅々たる歩みでも、「ちりも積もれば山となる」のたとえもある。／一步一步慢慢向前邁進也算是「積少成多」的其中一個例子。

N1-003

あゆむ【歩む】 自五 行走；向前進，邁進 類 歩く △核兵器が地球上からなくなるその日まで、我々はこの険しい道を歩み続ける。／直到核武從地球上消失的那一天，我們仍須在這條艱險的路上繼續邁進。

あらかじめ【予め】 副 預先，先 類 前もって △あらかじめアポをとった方がいいよ。／事先預約好比較妥當喔！

あらす【荒らす】 他五 破壞，毀掉；損傷，糟蹋；擾亂；偷竊，行搶 類 損なう △酔っ払いが店内を荒らした。／醉漢搗毀了店裡的裝潢陳設。

あらそい【争い】 名 爭吵，糾紛，不合；爭奪 類 競争 △社員は新製品の開発争いをしている。／員工正在競相研發新產品。

あらたまる【改まる】 自五 改變；更新；革新，一本正經，故裝嚴肅，鄭重其事 類 改善される、変わる △1989年、年号が改まり平成と称されるようになった。／在1989年，年號改為「平成」了。

あらっぽい【荒っぽい】 形 性情、語言行為等粗暴、粗野；對工作等粗糙、草率 類 乱暴 △あいつは相変わらず荒っぽい言葉遣いをしている。／那個傢伙還是跟往常一樣言辭粗鄙。

アラブ【Arab】 名 阿拉伯，阿拉伯人 △あの店のマスターはアラブ人だそうよ。／聽說那家店的店主是阿拉伯人喔！

あられ【霰】 名 （較冰雹小的）霰；切成小碎塊的年糕 類 雪 △10月には珍しくあられが降った。／十月份很罕見地下了冰霰。

ありさま【有様】 名 樣子，光景，情況，狀態 △試験勉強しなかったので、結果はご覧のありさまです。／因為考試沒看書，結果就落到這步田地了。

ありのまま 名·形動·副 據實；事實上，實事求是 類 様子 △この小説は人間の欲望に鋭く迫り、ありのままに描いている。／這部小說深切逼視人性，真實勾勒出人類的慾望。

ありふれる 自下一 常有，不稀奇 類 珍しくない △君の企画はありふれたものばかりだ。／你提出的企畫案淨是些平淡無奇的主意。

アルカリ【alkali】 名 鹼；強鹼 △わが社は純アルカリソーダを販売することに決めた。／本公司決定了將要販售純鹼蘇打。

アルツハイマーびょう・アルツハイマーがたにんちしょう【alzheimer病・alzheimer型認知症】 名 阿茲海默症 △アルツハイマー型認知症の根本的な治療法は見つかっていない。／屬於阿茲海默症類型的失智症，還沒有找到能夠根治的療法。

アルミ【aluminium】 名 鋁(「アルミ

ニウム」的縮寫）△減産を決めたとたん、アルミ価格が急落した。／才決定要減產，鋁價就急遽暴跌。

アワー【hour】[名·造] 時間；小時 [類] 時間 △ラッシュアワーならいざ知らず、なんでこんなに人が多いんだ。／尖峰時段也就算了，為什麼這種時候人還這麼多啊！

あわい【淡い】[形] 顏色或味道等清淡；感覺不這麼強烈，淡薄，微小；物體或光線隱約可見 [反] 厚い [類] 薄い △淡いピンクのバラがあちこちで咲いている。／處處綻放著淺粉紅色的玫瑰。

あわす【合わす】[他五] 合在一起，合併；總加起來；混合，配在一起；配合，使適應；對照，核對 [類] 合わせる △ラジオの周波数を合わす。／調準收音機的收聽頻道。

あわせ【合わせ】[名]（當造語成分用）合在一起；對照；比賽；（猛拉鉤絲）鉤住魚 △刺身の盛り合わせをください。／請給我一份生魚片拼盤。

アンコール【encore】[名·自サ]（要求）重演，再來（演，唱）一次；呼聲 △J-POP歌手がアンコールに応じて2曲歌った。／J-POP歌手應安可歡呼聲的要求，又唱了兩首歌曲。

あんさつ【暗殺】[名·他サ] 暗殺，行刺 [反] 生かす [類] 殺す △龍馬は33歳の誕生日に暗殺されました。／坂本龍馬於三十三歲生日當天遭到暗殺。

あんざん【暗算】[名·他サ] 心算 [類] 数える △私は暗算が苦手なので二ケタ越えるともうだめです。／我不善於心算，只要一超過兩位數就不行了。

あんじ【暗示】[名·他サ] 暗示，示意，提示 △父を殺す夢を見た。何かの暗示だろうか。／我做了殺死父親的夢。難道這代表某種暗示嗎？

あんじる【案じる】[他上一] 掛念，擔心；（文）思索 [反] 安心 [類] 心配 △娘はいつも父の健康を案じている。／女兒心中總是掛念著父親的身體健康。

あんせい【安静】[名·形動] 安靜；靜養 △医者から「安静にしてください」と言われました。／被醫師叮囑了「請好好靜養」。

あんのじょう【案の定】[副] 果然，不出所料 [反] 図らずも [類] 果たして △あいつら、案の定もう離婚するんだってよ。／聽說果然不出所料，那兩個傢伙已經離婚了啦！

あんぴ【安否】[名] 平安與否；起居 △墜落した飛行機には日本人二人が乗っており、現在安否を確認中です。／墜落的飛機裡有兩名日本乘客，目前正在確認其安危。

い イ

[N1-004]

い【意】[名] 心意，心情；想法；意思，意義 [類] 気持ち、意味 △私は遺族に哀悼の意を表した。／我對遺族表達了哀悼之意。

い【異】[名·形動] 差異，不同；奇異，奇怪；別的，別處的 [反] 同じ [類] 違い △部長の提案に数名の社員が異を唱えた。／有數名員工對經理的提案提出異議。

いいかげん【いい加減】[連語·形動·副] 適當；不認真；敷衍，馬虎；牽強，靠不住；相當，十分 △物事をいい加減にするなというのが父親の口癖だった。／老爸的口頭禪是：「不准做事馬馬虎虎！」

いいはる【言い張る】[他五] 堅持主張，固執己見 △防犯カメラにしっかり写っているのに、盗んだのは自分じゃないと言い張っている。／監控攝影機分明拍得一清二楚，還是堅持不是他偷的。

いいわけ【言い訳】[名·自サ] 辯解，分辯；道歉，賠不是；語言用法上的分別 [類] 弁明 △下手な言い訳なら、しない方が賢明ですよ。／不作無謂的辯解，才是聰明。

いいん【医院】[名] 醫院，診療所 [類] 病院 [比] 医院：醫生個人所經營的醫院、診所，比「病院」規模小的。病院（びょういん）病床數量超過 20 床。診療所（しんりょうじょ）病床數量在 19 床以下，或無病床。△山田内科医院は、最近息子さんが後を継いだそうだ。／聽說山田內科診所最近由所長的兒子繼承了。

いいんかい【委員会】[名] 委員會 △急に今日の放課後学級委員会をやるから出ろって言われた。／突然接到通知要我今天放學後去參加班代會議。

イエス【yes】[名·感] 是，對；同意 [反] ノー [類] 賛成 △イエスかノーかはっきりしろ。／說清楚到底是 yes 還是 no！

いえで【家出】[名·自サ] 逃出家門，逃家；出家為僧 △警官は家出をした少女を保護した。／警察將離家出走的少女帶回了警局庇護。

いかす【生かす】[他五] 留活口；弄活，救活；活用，利用；恢復；讓食物變美味；使變生動 [類] 活用する △あんなやつを生かしておけるもんか。／那種傢伙豈可留他活口！

いかなる[連體] 如何的，怎樣的，什麼樣的 △いかなる危険も恐れない。／不怕任何危險。

いかに[副·感] 如何，怎麼樣；（後面多接「ても」）無論怎樣也；怎麼樣；怎麼回事；（古）喂 [類] どう △若いころは、いかに生きるべきか真剣に考えた。／年輕時，曾經認真思考過應該過什麼樣的生活。

いかにも [副] 的的確確，完全；實在；果然，的確 △いかにもありそうな話だが、本当かどうかは分からない。／雖然聽起來挺有那麼回事，但不知道真假為何。

いかり【怒り】 [名] 憤怒，生氣 [類] 憤り（いきどおり）△こどもの怒りの表現は親の怒りの表現のコピーです。／小孩子生氣的模樣正是父母生氣時的翻版。

いかれる [自下一] 破舊，（機能）衰退 △エンジンがいかれる。／引擎破舊。

いき【粋】 [名·形動] 漂亮，瀟灑，俏皮，風流 [反] 野暮（やぼ）[類] モダン △浴衣を粋に着こなす。／把浴衣穿出瀟灑的風範。

いぎ【異議】 [名] 異議，不同的意見 [反] 賛成 [類] 反対 △新しいプロジェクトについて異議を申し立てる。／對新企畫案提出異議。

いきがい【生き甲斐】 [名] 生存的意義，生活的價值，活得起勁 △いくつになっても生きがいを持つことが大切です。／不論是活到幾歲，生活有目標是很重要的。

いきぐるしい【息苦しい】 [形] 呼吸困難；苦悶，令人窒息 △重い雰囲気で息苦しく感じる。／沉重的氣氛讓人感到窒息。

いきごむ【意気込む】 [自五] 振奮，幹勁十足，踴躍 [類] 頑張る △今年こそ全国大会で優勝するぞと、チーム全員意気込んでいる。／全體隊員都信心滿滿地誓言今年一定要奪得全國大賽的冠軍。

いきさつ【経緯】 [名] 原委，經過 △事のいきさつを説明する。／說明事情始末。

いきちがい・ゆきちがい【行き違い】 [名] 走岔開；（聯繫）弄錯，感情失和，不睦 [類] 擦れ違い △山田さんとの連絡は行き違いになった。／恰巧與山田小姐錯過了聯絡。

いくさ【戦】 [名] 戰爭 △応仁の乱は約10年にも及ぶ長い戦で、京都はすっかり荒れ果てた。／應仁之亂（1467年—1477年）是一場長達十年的戰亂，使得京都成了一片廢墟。

いくせい【育成】 [名·他サ] 培養，培育，扶植，扶育 [類] 養成 △彼は多くのエンジニアを育成した。／他培育出許多工程師。

いくた【幾多】 [副] 許多，多數 [類] 沢山 △今回の山火事で幾多の家が焼けた。／這起森林大火燒毀了許多房屋。

いける【生ける】 [他下一] 把鮮花，樹枝等插到容器裡；種植物 △床の間に花を生ける。／在壁龕處插花裝飾。

いこう【意向】 [名] 打算，意圖，意向 [類] 考え △先方の意向によって、計画は修正を余儀なくされた。／由於對方的想法而不得不修改了計畫。

いこう【移行】 ㊔名·自サ 轉變，移位，過渡 ㊔類 移る △経営陣は新体制に移行した。／經營團隊重整為全新的陣容了。

いざ ㊔感（文）喂，來吧，好啦（表示催促、勸誘他人）；一旦（表示自己決心做某件事） ㊔類 さあ △いざとなれば私は仕事をやめてもかまわない。／一旦到逼不得已時，就算辭職我也無所謂。

いさぎよい【潔い】 ㊔形 勇敢，果斷，乾脆，毫不留戀，痛痛快快 △潔く罪を認める。／痛快地認罪。

いざしらず【いざ知らず】 ㊔慣 姑且不談；還情有可原 △子どもならいざ知らず、「ごめんなさい」では済まないよ。／又不是小孩子了，以為光說一句「對不起」就能得到原諒嗎？

いし【意思】 ㊔名 意思，想法，打算 △意思が通じる。／互相了解對方的意思。

いじ【意地】 ㊔名（不好的）心術，用心；固執，倔強，意氣用事；志氣，逞強心 ㊔類 根性 △おとなしいあの子でも意地を張ることもある。／就連那個乖巧的孩子，有時也會堅持己見。

いしきふめい【意識不明】 ㊔名 失去意識，意識不清 △男性が車にはねられて意識不明の重体になり、病院に運ばれた。／男士遭到車子碾過後陷入昏迷，傷勢嚴重，已經被送往醫院了。

いじゅう【移住】 ㊔名·自サ 移居；（候鳥）定期遷徙 ㊔類 引っ越す △暖かい南の島へ移住したい。／好想搬去溫暖的南方島嶼居住。

いしょう【衣装】 ㊔名 衣服，（外出或典禮用的）盛裝；（戲）戲服，劇裝 ㊔類 衣服 △その俳優は何百着も芝居の衣装を持っているそうだ。／聽說那位演員擁有幾百套戲服。

N1-005

いじる【弄る】 ㊔他五（俗）（毫無目的地）玩弄，擺弄；（做為娛樂消遣）玩弄，玩賞；隨便調動，改動（機構） ㊔類 捻くる（ひねくる） △髪をいじらないの！／不要玩弄頭髮了！

いずれも【何れも】 ㊔連語 無論哪一個都，全都 △こちらの果物はいずれも見た目は悪いですが、味の方は折り紙つきです。／這些水果雖然每一顆的外表都不好看，但是滋味保證香甜可口。

いせい【異性】 ㊔名 異性；不同性質 ㊔類 セックス △出会い系サイトは、不純異性交遊は言うに及ばず犯罪の温床にすらなっている。／交友網站，別說會導致超友誼關係的發生，甚至已經成為犯罪的溫床。

いせき【遺跡】 ㊔名 故址，遺跡，古蹟 ㊔類 古跡 △古代ローマの遺跡が新たに発見された。／新近發現了古羅馬遺跡。

いぜん【依然】 ㊔副·形動 依然，仍然，依舊 ㊔類 相変わらず △家庭教師をつけたけれど、うちの子の成績は依然としてビリだ。／雖然請了家教老師，但我家孩子的成績依然吊車尾。

いそん・いぞん【依存】 (名·自サ) 依存，依靠，賴以生存 △この国の経済は農作物の輸出に依存している。／這個國家的經濟倚賴農作物的出口。

いたいめ【痛い目】 ㊔ 痛苦的經驗 補 使用上一般只有「痛い目にあう」（遭遇不幸）及「痛い目を見る」（遭遇不幸）。△痛い目に遭う。／難堪；倒楣。

いたく【委託】 (名·他サ) 委託，託付；(法) 委託，代理人 類 任せる △新しい商品の販売は代理店に委託してある。／新商品的販售委由經銷商處理。

いただき【頂】 ㊔ (物體的) 頂部；頂峰，樹尖 △彼は山の頂を目指して登り続けた。／他當時以山頂為目標，不停地往上爬。

いたって【至って】 (副·連語) (文) 很，極，甚；(用「に至って」的形式) 至，至於 類 とても △その見解は、至ってもっともだ。／那番見解再精闢不過了。

いためる【炒める】 (他下一) 炒（菜、飯等）△中華料理を作る際は、強火で手早く炒めることが大切だ。／做中國菜時，重要的訣竅是大火快炒。

いたわる【労る】 (他五) 照顧，關懷；功勞；慰勞，安慰；(文) 患病 類 慰める（なぐさめる）△心と体をいたわるレシピ本が発行された。／已經出版了一本身體保健與療癒心靈的飲食指南書。

いち【市】 ㊔ 市場，集市；市街 類 市場 △毎週日曜日、神社に市が立つ。／每個星期天都會在神社舉辦市集。

いちいん【一員】 ㊔ 一員；一份子 △ペットは家族の一員であると考える人が増えている。／有愈來愈多人認為寵物也是家庭成員之一。

いちがいに【一概に】 (副) 一概，一律，沒有例外地（常和否定詞相應）類 一般に △この学校の学生は生活態度が悪いとは、一概には言えない。／不可一概而論地說：「這所學校的學生平常態度惡劣。」

いちじちがい【一字違い】 ㊔ 錯一個字 △「まいご（迷子）」と「まいこ（舞妓）」では、一字違いで大違いだ。／「まいご」（走丟的孩童）和「まいこ」（舞孃）雖然只有一字之差，但意思卻完全不同。

いちじるしい【著しい】 (形) 非常明顯；顯著地突出；顯然 類 目立つ △勉強方法を変えるや否や、成績が著しく伸びた。／一改變讀書的方法，成績立刻有了顯著的進步。

いちどう【一同】 ㊔ 大家，全體 類 皆 △次のお越しをスタッフ一同お待ちしております。／全體員工由衷期盼您再度的光臨。

いちぶぶん【一部分】 ㊔ 一冊，一份，一套；一部份 反 大部分 類 一部 △この本は、一部分だけネットで読める。／這本書在網路上只能看到部分內容。

いちべつ【一瞥】 名·サ変 一瞥，看一眼 △彼女は、持ち込まれた絵を一べつしただけで、偽物だと断言した。／她只朝送上門來的那幅畫瞥了一眼，就斷定是假畫了。

いちめん【一面】 名 一面；另一面；全體，滿；（報紙的）頭版 類 片面 △一昨日の朝日新聞朝刊の一面広告に載っていた本を探しています。／我正在尋找前天刊登在朝日新聞早報全版廣告的那本書。

いちもく【一目】 名·自サ 一隻眼睛；一看，一目；（項目）一項，一款 類 一見 △この問題集は出題頻度とレベルが一目して分かる。／這本參考書的命中率與程度一目瞭然。

いちよう【一様】 名·形動 一樣；平常；平等 反 多様 類 同様 △日本語と一口に言うが、地域によって語彙・アクセントなど一様ではない。／雖說同樣是日語，但根據地區的不同，使用的語彙、腔調都不一樣。

いちりつ【一律】 名 同樣的音律；一樣，一律，千篇一律 反 多様 類 一様 △核兵器の保有や使用を一律に禁止する条約ができることを願ってやまない。／一直衷心期盼能簽署全面禁止持有與使用核武的條約。

いちれん【一連】 名 一連串，一系列；（用細繩串著的）一串 △南太平洋での一連の核実験は5月末までに終了した。／在南太平洋進行的一連串核子試驗，已經在五月底前全部結束。

いっかつ【一括】 名·他サ 總括起來，全部 類 取りまとめる △お支払い方法については、一括または分割払い、リボ払いがご利用いただけます。／支付方式包含：一次付清、分期付款、以及定額付款等三種。

いっきに【一気に】 副 一口氣地 類 一度に △さて今回は、リスニング力を一気に高める勉強法をご紹介しましょう。／這次就讓我們來介紹能在短時間內快速增進聽力的學習方法吧！

いっきょに【一挙に】 副 一下子；一次 類 一躍 △有名なシェフたちが、門外不出のノウハウをテレビで一挙に公開します。／著名的主廚們在電視節目中一口氣完全公開各自秘藏的訣竅。

いっけん【一見】 名·副·他サ 看一次，一看；一瞥，看一眼；乍看，初看 類 一瞥 △これは一見写真に見えますが、実は絵です。／這個乍看之下是照片，其實是一幅畫作。

いっこく【一刻】 名·形動 一刻；片刻；頑固；愛生氣 △一刻も早く会いたい。／迫不及待想早點相見。

いっさい【一切】 名·副 一切，全部；（下接否定）完全，都 類 全て △私の祖父は、関東大震災で、家と家財の一切を失った。／我的外公在關東大地震（1923 年）中失去了房屋與所有的財產。

N1-006

いっしん【一新】 名·自他サ 刷新，革新 △部屋の模様替えをして気分を一新した。／改了房間的布置，讓心情煥然一新。

いっしんに【一心に】 副 專心，一心一意 類 一途 △子どもの病気が治るように、一心に神に祈った。／一心一意向老天爺祈求讓孩子的病能夠早日痊癒。

いっそ 副 索性，倒不如，乾脆就 類 むしろ △いっそのこと学校を辞めてしまおうかと何度も思いました。／我頻頻在腦海中浮現出「乾脆辭去學校教職」這個念頭。

いっそう【一掃】 名·他サ 掃盡，清除 △世界から全ての暴力を一掃しよう。／讓我們終止世界上的一切暴力吧！

いったい【一帯】 名 一帶；一片；一條 △春から夏にかけては付近一帯がお花畑になります。／從春天到夏天，這附近會變成錦簇的花海。

いっぺん【一変】 名·自他サ 一變，完全改變；突然改變 類 一新 △親友に裏切られてから、彼の性格は一変した。／自從遭到摯友的背叛以後，他的性情勃然巨變。

いと【意図】 名·他サ 心意，主意，企圖，打算 類 企て（くわだて）△彼の発言の意図は誰にも理解できません。／沒有人能瞭解他發言的意圖。

いどう【異動】 名·自他サ 異動，變動，調動 △今回の異動で彼は九州へ転勤になった。／他在這次的職務調動中，被派到九州去了。

いとなむ【営む】 他五 舉辦，從事；經營；準備；建造 類 経営する △山田家は、代々この地で大きな呉服屋を営む名家だった。／山田家在當地曾是歷代經營和服店的名門。

いどむ【挑む】 自他五 挑戰；找碴；打破紀錄，征服；挑逗，調情 類 挑戦する △日本男児たる者、この難関に挑まないでなんとする。／身為日本男兒，豈可不迎戰這道難關呢！

いなびかり【稲光】 名 閃電，閃光 類 雷 △稲光が走ったかと思いきや、瞬く間にバケツをひっくり返したかのような大雨が降り出した。／才剛只是一道閃電劈落，剎時就下起了傾盆大雨。

いにしえ【古】 名 古代 △今では何もない城跡で、古をしのんだ。／在如今已經空無一物的城池遺跡思古懷舊。

いのり【祈り】 名 祈禱，禱告 類 祈願 △人々は平和のため、祈りをささげながら歩いている。／人們一面走路一面祈求著世界和平。

いびき 名 鼾聲 類 息 △夫は高いびき

をかいて眠っていた。／丈夫已經鼾聲大作睡著了。

いまさら【今更】 副 現在才…；（後常接否定語）現在開始；（後常接否定語）現在重新…；（後常接否定語）事到如今，已到了這種地步 類 今となっては △いまさら参加したいといっても、もう間に合いません。／現在才說要參加，已經來不及了。

いまだ【未だ】 副（文）未，還（沒），尚未（後多接否定語）反 もう 類 まだ △別れてから何年も経つのに、いまだに彼のことが忘れられない。／明明已經分手多年了，至今仍然無法對他忘懷。

いみん【移民】 名·自サ 移民；（移往外國的）僑民 類 移住者 △彼らは日本からカナダへ移民した。／他們從日本移民到加拿大了。

いやいや 名·副（小孩子搖頭表示不願意）搖頭；勉勉強強，不得已而… 類 しぶしぶ △親の薦めた相手といやいや結婚した。／心不甘情不願地與父母撮合的對象結婚了。

いやしい【卑しい】 形 地位低下；非常貧窮，寒酸；下流，低級；貪婪 類 下品 △卑しいと思われたくないので、料理を全部食べきらないようにしています。／為了不要讓人覺得寒酸，故意不把菜全吃完。

いや(に)【嫌(に)】 形動·副 不喜歡；厭煩；不愉快；（俗）太；非常；離奇 類 嫌悪（けんお）△何だよ、いやにご機嫌だな。／幹嘛？心情怎麼那麼好？

いやらしい【嫌らしい】 形 使人產生不愉快的心情，令人討厭；令人不愉快，不正經，不規矩 反 可愛らしい 類 憎らし △なーに、あの人、私の胸じーっと見て。嫌らしい！／好煩喔，那個人一直盯著我的胸部看。色狼！

いよく【意欲】 名 意志，熱情 類 根性 △学習意欲のある人は、集中力と持続力があり、つまづいてもすぐに立ち直る。／奮發好學的人，具有專注與持之以恆的特質，就算遭受挫折亦能馬上重新站起來。

いりょう【衣料】 名 衣服；衣料 類 衣服 △花粉の季節は、花粉が衣料につきにくいよう、表面がツルツルした素材を選びましょう。／在花粉飛揚的季節裡，為了不讓花粉沾上衣物，請選擇表面光滑的布料。

いりょく【威力】 名 威力，威勢 類 勢い △その核兵器は、広島で使われた原爆の数百倍の威力を持っているという。／那種核武的威力比投在廣島的原子彈大上幾百倍。

いるい【衣類】 名 衣服，衣裳 類 着物 △私は夏の衣類をあまり持っていない。／我的夏季服裝數量不太多。

いろちがい【色違い】 名 一款多色 △姉妹で色違いのブラウスを買う。／姐妹一起去買不同顏色的襯衫。

いろん【異論】 (名) 異議，不同意見 (類) 異議 △教育の重要性に異論を唱える人はいないだろう。／應該沒有人會對教育的重要性提出相反的意見吧。

いんかん【印鑑】 (名) 印，圖章；印鑑 (類) はんこ △銀行口座を開くには印鑑が必要です。／銀行開戶需要印章。

いんき【陰気】 (名·形動) 鬱悶，不開心；陰暗，陰森；陰鬱之氣 (反) 陽気 (類) 暗い △パチンコで金を使い果たして、彼は陰気な顔をしていた。／他把錢全部拿去打小鋼珠花光了，臉色變得很難看。

いんきょ【隠居】 (名·自サ) 隱居，退休，閒居；（閒居的）老人 (類) 隠退 △定年になったら年金で静かに質素な隠居生活を送りたいですね。／真希望退休之後，能夠以退休金度過靜謐簡樸的隱居生活。

インターチェンジ【interchange】 (名) 高速公路的出入口；交流道 (類) インター △工事のため、インターチェンジは閉鎖された。／由於道路施工，交流道被封閉了。

インターナショナル【international】 (名·形動) 國際；國際歌；國際間的 (類) 国際的 △国際展示場でインターナショナルフォーラムを開催する。／在國際展示場舉辦國際論壇。

インターホン【interphone】 (名) （船、飛機、建築物等的）內部對講機 △住まいの安全のため、ドアを開ける前にインターホンで確認しましょう。／為了保障居住安全，在屋內打開門鎖前，記得先以對講機確認對方的身分喔！

インテリ【（俄）intelligentsiya之略】 (名) 知識份子，知識階層 (類) 知識階級 △あの部署はインテリの集まりだ。／那個部門菁英濟濟。

インフォメーション【information】 (名) 通知，情報，消息；傳達室，服務台；見聞 (類) 情報 △お問い合わせ・お申し込みはインフォメーションまで！／有任何洽詢或預約事項請至詢問櫃臺！

インフレ【inflation之略】 (名) （經）通貨膨脹 (反) デフレ (類) インフレーション △今回の金融不安でインフレが引き起こされた。／這次的金融危機引發了通貨膨脹。

うゥ

N1-007

うかる【受かる】 (自五) 考上，及格，上榜 (類) 及第する △今年こそＮ１に受かってみせる。／今年一定要通過Ｎ１級測驗給你看！

うけいれ【受け入れ】 (名)（新成員或移民等的）接受，收容；（物品或材料等的）

收進，收入；答應，承認 △緊急搬送の受け入れが拒否され、患者は死亡した。／由於緊急運送遭到院方的拒絕，而讓病患死亡了。

うけいれる【受け入れる】 他下一 收，收下；收容，接納；採納，接受 反 断る 類 引き受ける △会社は従業員の要求を受け入れた。／公司接受了員工的要求。

うけつぐ【受け継ぐ】 他五 繼承，後繼 類 継ぐ △卒業したら、父の事業を受け継ぐつもりだ。／我計畫在畢業之後接掌父親的事業。

うけつける【受け付ける】 他下一 受理，接受；容納（特指吃藥、東西不嘔吐） 反 申し込む 類 受け入れる △願書は2月1日から受け付ける。／從二月一日起受理申請。

うけとめる【受け止める】 他下一 接住，擋下；阻止，防止；理解，認識 類 理解 △彼はボールを片手で受け止めた。／他以單手接住了球。

うけみ【受け身】 名 被動，守勢，招架；（語法）被動式 △新入社員ならいざ知らず、いつまでも受け身でいては出世はおぼつかないよ。／若是新進職員也就罷了，如果一直不夠積極，升遷可就沒望囉。

うけもち【受け持ち】 名 擔任，主管；主管人，主管的事情 類 係り △あの子は私の受け持ちの生徒になった。／那個孩子成了我班上的學生。

うごき【動き】 名 活動，動作；變化，動向；調動，更動 類 成り行き △あのテニス選手は足の動きがいい。／那位網球選手腳步移動的節奏甚佳。

うざい 俗語 陰鬱，鬱悶（「うざったい」之略） △「私と仕事、どっちが大事なの？」なんて言われて、うざいったらない。／被逼問「我和工作，哪一樣比較重要？」，真是煩死了！

うず【渦】 名 漩渦，漩渦狀；混亂狀態，難以脫身的處境 △北半球では、お風呂の水を抜くとき、左回りの渦ができます。／在北半球，拔掉浴缸的水塞時，會產生逆時針的水漩。

うずめる【埋める】 他下一 掩埋，填上；充滿，擠滿 類 うめる △彼女は私の胸に顔を埋めた。／她將臉埋進了我的胸膛。

うそつき【嘘つき】 名 說謊；說謊的人；吹牛的廣告 反 正直者 類 不正直者 △この嘘つきはまた何を言い出すんだ。／這個吹牛大王這回又要吹什麼牛皮啦？

うたたね【うたた寝】 名・自サ 打瞌睡，假寐 △昼はいつもソファーでうたた寝をしてしまう。／中午總是會在沙發上打瞌睡。

うちあける【打ち明ける】 他下一 吐露，坦白，老實說 類 告白 △彼は私に秘密を打ち明けた。／他向我坦承了秘密。

うちあげる【打ち上げる】 他下一 （往高處）打上去，發射 △今年の夏祭りでは、花火を1万発打ち上げる。／今年的夏日祭典將會發射一萬發焰火。

うちきる【打ち切る】 他五 （「切る」的強調說法）砍，切；停止，截止，中止；（圍棋）下完一局 類 中止する △安売りは正午で打ち切られた。／大拍賣到中午就結束了。

うちけし【打ち消し】 名 消除，否認，否定；（語法）否定 類 否定 △政府はスキャンダルの打ち消しに躍起になっている。／政府為了否認醜聞，而變得很急躁。

うちこむ【打ち込む】 他五 打進，釘進；射進，扣殺；用力扔到；猛撲，（圍棋）攻入對方陣地；灌水泥 自五 熱衷，埋頭努力；迷戀 △工事のため、地面に杭を打ち込んだ。／在地面施工打樁。

うちわ【団扇】 名 團扇；（相撲）裁判扇 類 おうぎ △電気代の節約のため、うちわであおいで夏を乗り切った。／為了節約用電而拿扇子搧風，就這樣熬過了酷暑。

うちわけ【内訳】 名 細目，明細，詳細內容 類 明細 △費用の内訳を示してください。／請詳列費用細目。

うつし【写し】 名 拍照，攝影；抄本，摹本，複製品 類 コピー △住民票の写しを申請する。／申請戶口名簿的副本。

うったえ【訴え】 名 訴訟，控告；訴苦，申訴 △彼女はその週刊誌に名誉毀損の訴えを起こした。／她控告了那家雜誌毀謗名譽。

うっとうしい 形 天氣，心情等陰鬱不明朗；煩厭的，不痛快的 反 清々しい 類 陰気 △梅雨で、毎日うっとうしい天気が続いた。／正逢梅雨季節，每天都是陰雨綿綿的天氣。

うつびょう【鬱病】 名 憂鬱症 △鬱病で精神科にかかっている。／由於憂鬱症而持續至精神科接受治療。

うつぶせ【俯せ】 名 臉朝下趴著，俯臥 △うつぶせに倒れる。／臉朝下跌倒，摔了個狗吃屎。

うつむく【俯く】 自五 低頭，臉朝下；垂下來，向下彎 △少女は恥ずかしそうにうつむいた。／那位少女害羞地低下了頭。

うつろ 名·形動 空，空心，空洞；空虛，發呆 類 からっぽ △飲み過ぎたのか彼女はうつろな目をしている。／可能是因為飲酒過度，她兩眼發呆。

N1-008

うつわ【器】 名 容器，器具；才能，人才；器量 類 入れ物 △観賞用の焼き物でなく、日常使いの器を作っています。／目前在製作的不是擺飾用的陶瓷，而是日常使用的器皿。

うでまえ【腕前】 名 能力，本事，才幹，手藝 △彼は交渉者としての腕前を発揮した。／他發揮了身為談判者的本領。

うてん【雨天】[名] 雨天 [類] 雨降り △雨天のため試合は中止になった。／由於天雨而暫停了比賽。

うながす【促す】[他五] 促使，促進 [類] 勧める △父に促されて私は部屋を出た。／在家父催促下，我走出了房間。

うぬぼれ【自惚れ】[名] 自滿，自負，自大 △あいつはうぬぼれが強い。／那個傢伙非常自戀。

うまれつき【生まれつき】[名·副] 天性；天生，生來 [類] 先天的 △彼女は生まれつき目が見えない。／她生來就看不見。

うめたてる【埋め立てる】[他下一] 填拓（海，河），填海（河）造地 △東京の「夢の島」は、もともと海をごみで埋め立ててできた人工の島だ。／東京的「夢之島」其實是用垃圾填海所造出來的人工島嶼。

うめぼし【梅干し】[名] 鹹梅，醃的梅子 △おばあちゃんは、梅干しを漬けている。／奶奶正在醃漬鹹梅乾。

うらがえし【裏返し】[名] 表裡相反，翻裡作面 [類] 反対 △その発言は、きっと不安な気持ちの裏返しですよ。／那番發言必定是心裡不安的表現喔！

うりだし【売り出し】[名] 開始出售；減價出售，賤賣；出名，嶄露頭角 △姉は歳末の大売り出しバーゲンに買い物に出かけた。／家姐出門去買年終大特賣的優惠商品。

うりだす【売り出す】[他五] 上市，出售；出名，紅起來 △あの会社は建て売り住宅を売り出す予定だ。／那家公司準備出售新成屋。

うるおう【潤う】[自五] 潤濕；手頭寬裕；受惠，沾光 [類] 濡れる △久々の雨に草木も潤った。／期盼已久的一場大雨使花草樹木也得到了滋潤。

うわがき【上書き】[名·自サ] 寫在（信件等）上（的文字）；（電腦用語）數據覆蓋 △わーっ、間違って上書きしちゃった。／哇，不小心（把檔案）覆蓋過去了！

うわき【浮気】[名·自サ·形動] 見異思遷，心猿意馬；外遇 △浮気現場を週刊誌の記者に撮られてしまった。／外遇現場，被週刊記者給拍著了。

うわのそら【上の空】[名·形動] 心不在焉，漫不經心 △授業中、上の空でいたら、急に先生に当てられた。／上課時發呆，結果忽然被老師點名回答問題。

うわまわる【上回る】[自五] 超過，超出；（能力）優越 [反] 下回る △ここ数年、出生率が死亡率を上回っている。／近幾年之出生率超過死亡率。

うわむく【上向く】[自五]（臉）朝上，仰；（行市等）上漲 △景気が上向くとスカート丈が短くなると言われている。／據說景氣愈好，裙子的長度就愈短。

5 Level
4 Level
3 Level
2 Level
1 Level

うんえい【運営】 (名·他サ) 領導（組織或機構使其發揮作用），經營，管理 (類) 営む（いとなむ）△この組織は30名からなる理事会によって運営されている。／這個組織的經營管理是由三十人組成的理事會負責。

うんざり (副·形動·自サ) 厭膩，厭煩，（興趣）索性 (類) 飽きる △彼のひとりよがりの考えにはうんざりする。／實在受夠了他那種自以為是的想法。

うんそう【運送】 (名·他サ) 運送，運輸，搬運 (類) 運ぶ △アメリカまでの運送費用を見積もってくださいませんか。／麻煩您幫我估算一下到美國的運費。

うんめい【運命】 (名) 命，命運；將來 (類) 運 △運命のいたずらで、二人は結ばれなかった。／在命運之神的捉弄下，他們兩人終究未能結成連理。

うんゆ【運輸】 (名) 運輸，運送，搬運 (類) 輸送 △運輸業界の景気はどうですか。／運輸業的景氣如何呢？

えエ

N1-009

え【柄】 (名) 柄，把 (類) 取っ手 △傘の柄が壊れました。／傘把壞掉了。

エアメール【airmail】 (名) 航空郵件，航空信 (類) 航空便 △エアメールで手紙を送った。／以航空郵件寄送了信函。

えい【営】 (漢造) 經營；軍營 (類) 営む △新たな経営陣が組織される。／組織新的經營團隊。

えいじ【英字】 (名) 英語文字（羅馬字）；英國文學 △英字新聞を読めるようになる。／就快能夠閱讀英文版的報紙了。

えいしゃ【映写】 (名·他サ) 放映（影片、幻燈片等） (類) 投映 △平和をテーマにした映写会が開催されました。／舉辦了以和平為主題的放映會。

えいせい【衛星】 (名) （天）衛星；人造衛星 △10年に及ぶ研究開発の末、ようやく人工衛星の打ち上げに成功した。／經過長達十年的研究開發，人工衛星終於發射成功了。

えいぞう【映像】 (名) 映像，影像；（留在腦海中的）形象，印象 △テレビの映像がぼやけている。／電視的影像模模糊糊的。

えいゆう【英雄】 (名) 英雄 (類) ヒーロー △いつの時代にも英雄と呼ばれる人がいます。／不管什麼時代，總是有被譽為英雄的人。

えき【液】 (名·漢造) 汁液，液體 (類) 液体 △これが美肌になれると評判の美容液です。／這是可以美化肌膚，備受好評的精華液。

えぐる (他五) 挖；深挖，追究；（喻）挖苦，刺痛；絞割 △彼は決して責める口調ではなかったが、その一言には心をえぐられた。／他的語氣中絕對不帶有責備，但那句話卻刺傷了對方的心。

エコ【ecology之略】㊔·接頭 環保△これがあれば、楽しくエコな生活ができますよ。／只要有這個東西，就能在生活中輕鬆做環保喔。

エスカレート【escalate】名·自他サ 逐步上升，逐步升級 △紛争がエスカレートする。／衝突與日俱增。

えつらん【閲覧】名·他サ 閱覽；查閱 類 見る △新聞は禁帯出です。閲覧室内でお読みください。／報紙禁止攜出，請在閱覽室裡閱讀。

えもの【獲物】名 獵物；掠奪物，戰利品 △ライオンは獲物を追いかけるとき、驚くべきスピードを出します。／獅子在追捕獵物時，會使出驚人的速度。

エリート【（法）elite】名 菁英，傑出人物 △奴はエリート意識が強くて付き合いにくい。／那傢伙的菁英意識過剩，很難相處。

エレガント【elegant】形動 雅致（的），優美（的），漂亮（的） 類 上品 △花子はエレガントな女性にあこがれている。／花子非常嚮往成為優雅的女性。

えん【縁】名 廊子；關係，因緣；血緣，姻緣；邊緣；緣分，機緣 類 繋がり △ご縁があったらまた会いましょう。／有緣再相會吧！

えんかつ【円滑】名·形動 圓滑；順利 類 円満 △最近仕事は円滑に進んでいる。／最近工作進展順利。

えんがわ【縁側】名 迴廊，走廊 類 廊下 △仕事を終えて、縁側でビールを飲むのは最高だ。／做完工作後，坐在面向庭院的迴廊上暢飲啤酒，可謂是人生最棒的事。

えんがん【沿岸】名 沿岸 △正月の旅行は、琵琶湖沿岸のホテルに泊まる予定だ。／這次新年旅遊預定住在琵琶湖沿岸的旅館。

えんきょく【婉曲】形動 婉轉，委婉 類 遠回し △あまり直接的な言い方にせず、婉曲に伝えた方がいい場合もあります。／有時候，說法要婉轉不要太直接，較為恰當。

えんしゅつ【演出】名·他サ（劇）演出，上演；導演 類 出演 △ミュージカルの演出には素晴らしい工夫が凝らされていた。／舞台劇的演出，可是煞費心思製作的。

えんじる【演じる】他上一 扮演，演；做出 △彼はハムレットを演じた。／他扮演了哈姆雷特。

えんせん【沿線】名 沿線 △新幹線沿線の住民のため、騒音防止工事を始めた。／為了緊鄰新幹線沿線居民的安寧，開始進行防止噪音工程。

えんだん【縁談】名 親事，提親，說

Level 5　Level 4　Level 3　Level 2　Level 1

媒△山田さんの縁談はうまくまとまったそうだ。／山田小姐的親事似乎已經談妥了。

えんぶん【塩分】 ㊔ 鹽分，鹽濃度 △塩分の取り過ぎに気をつける。／留意鹽分不攝取過量。

えんぽう【遠方】 ㊔ 遠方，遠處 反 近い 類 遠い △本日は遠方よりお越しいただきましてありがとうございました。／今日承蒙諸位不辭遠道而來，萬分感激。

えんまん【円満】 形動 圓滿，美滿，完美 類 スムーズ △彼らは40年間夫婦として円満に暮らしてきた。／他們結褵四十載，一直過著幸福美滿的生活。

お オ

N1-010

お【尾】 ㊔（動物的）尾巴；（事物的）尾部；山腳 類 しっぽ △犬が尾を振るのは、うれしい時だそうですよ。／據說狗兒搖尾巴是高興的表現。

おいこむ【追い込む】 他五 趕進；逼到，追陷入；緊要，最後關頭加把勁；緊排，縮排（文字）；讓（病毒等）內攻 類 追い詰める △牛を囲いに追い込んだ。／將牛隻趕進柵欄裡。

おいだす【追い出す】 他五 趕出，驅逐；解雇 類 追い払う △猫を家から追い出した。／將貓兒逐出家門。

おいる【老いる】 自上一 老，上年紀；衰老；（雅）（季節）將盡 類 年取る △彼は老いてますます盛んだ。／他真是老當益壯呀！

オイルショック【(和)oil＋shock】 ㊔ 石油危機 △オイルショックの影響は、トイレットペーパーにまで及んだ。／石油危機的影響甚至波及了衛生紙。

おう【負う】 他五 負責；背負，遭受；多虧，借重；背 類 担ぐ（かつぐ）△この責任は、ひとり松本君のみならず、我々全員が負うべきものだ。／這件事的責任，不單屬於松本一個人，而是我們全體都必須共同承擔。

おうきゅう【応急】 ㊔ 應急，救急 類 臨時 △けが人のために応急のベッドを作った。／為傷患製作了急救床。

おうごん【黄金】 ㊔ 黃金；金錢 類 金 △東北地方のどこかに大量の黄金が埋まっているらしい。／好像在東北地方的某處，埋有大量的黃金。

おうしん【往診】 名・自サ（醫生的）出診 △先生はただ今往診中です。／醫師現在出診了。

おうぼ【応募】 名・自サ 報名參加；認購（公債，股票等），認捐；投稿應徵 反 募集 類 申し出る △会員募集に応募する。／參加會員招募。

おおい (感)（在遠方要叫住他人）喂，嗨（亦可用「おい」）△「おおい、どこだ。」「ここよ。あなた。」／「喂～妳在哪兒呀？」「親愛的，人家在這裡嘛！」

おおかた【大方】 (名·副) 大部分，多半，大體；一般人，大家，諸位 (反) 一部分 (類) 大部分 △この件については、すでに大方の合意が得られています。／有關這件事，已得到大家的同意了。

おおがら【大柄】 (名·形動) 身材大，骨架大；大花樣 (反) 小柄 △大柄な女性が好きだ。／我喜歡高頭大馬的女生。

オーケー【OK】 (名·自サ·感) 好，行，對，可以；同意 (反) ノー (類) 受け入れる △それなら、それでオーケーです。／既然如此，那這樣就ＯＫ。

おおげさ (形動) 做得或說得比實際誇張的樣子；誇張，誇大 (類) 誇張 △大げさな表情はかえって嘘っぽく見えます。／表情太誇張，反而讓人看起來很假。

おおごと【大事】 (名) 重大事件，重要的事情 △お姉ちゃんが不倫をしていたので、大ごとになる前にやめさせた。／由於姐姐發生了婚外情，我在事態發展到不可收拾之前已經勸阻她割捨了。

おおすじ【大筋】 (名) 內容提要，主要內容，要點，梗概 (類) 大略 △この件については、先方も大筋で合意しています。／關於這件事，原則上對方也已經大致同意了。

おおぞら【大空】 (名) 太空，天空 (類) 空 △快晴の大空を眺めるのは気分がいいものです。／眺望萬里的晴空，叫人感到神清氣爽。

オーダーメイド【(和)order＋made】 (名) 訂做的貨，訂做的西服 △この服はオーダーメイドだ。／這件西服是訂做的。

オートマチック【automatic】 (名·形動·造) 自動裝置，自動機械；自動裝置的，自動式的 (類) 自動的 △この工場は工程の約９割がオートマチックになっています。／這個工廠約有九成工程都是採用自動化作業的。

オーバー【over】 (名·自他サ) 超過，超越；外套 (類) 超過 △そんなにスピード出さないで、制限速度をオーバーするよ。／不要開那麼快，會超過速限喔！

おおはば【大幅】 (名·形動) 寬幅（的布）；大幅度，廣泛 (反) 小幅 (類) かなり △料金の大幅な引き上げのため、国民は不安に陥った。／由於費用大幅上漲，造成民眾惶惶不安。

おおまか【大まか】 (形動) 不拘小節的樣子，大方；粗略的樣子，概略，大略 (類) おおざっぱ △うちの子ときたら、勉強といわず家の手伝いといわず、万事に大まかで困ったものです。／說到我家的孩子呀，不管功課也好還是家事也好，凡事都馬馬虎虎的，實在讓人傷透了腦筋。

おおみず【大水】(名) 大水，洪水 類 洪水 △下流一帯に大水が出た。／下游一帶已經淹水成災。

おおむね【概ね】(名·副) 大概，大致，大部分 △おおむねのところは分かった。／大致上已經了解狀況了。

おおめ【大目】(名) 寬恕，饒恕，容忍 △初めてのことだから、大目に見てあげよう。／既然是第一次犯錯，那就饒他一回吧。

おおやけ【公】(名) 政府機關，公家，集體組織；公共，公有；公開 反 私（わたくし）類 政府 △これが公になったら、わが社はそれまでだ。／要是這件事被揭發出來，我們公司也就等於倒閉了。

おおらか【大らか】(形動) 落落大方，胸襟開闊，豁達 △私の両親はおおらかなので、のびのびと育ててもらった。／我的父母都是不拘小節的人，所以我是在自由成長的環境下長大的。

おかす【犯す】(他五) 犯錯；冒犯；汙辱 類 犯罪 △僕は取り返しのつかない過ちを犯してしまった。／我犯下了無法挽回的嚴重錯誤。

おかす【侵す】(他五) 侵犯，侵害；侵襲；患，得（病）類 侵害 △国籍不明の航空機がわが国の領空を侵した。／國籍不明的飛機侵犯了我國的領空。

おかす【冒す】(他五) 冒著，不顧；冒充 類 冒険 △それは命の危険を冒してもする価値のあることか。／那件事值得冒著生命危險去做嗎？

おくびょう【臆病】(名·形動) 戰戰兢兢的；膽怯，怯懦 反 豪胆（ごうたん）類 怯懦（きょうだ）△娘は臆病なので暗がりを恐がっている。／我的女兒膽小又怕黑。

おくらす【遅らす】(他五) 延遲，拖延；（時間）調慢，調回 類 遅らせる △来週の会議を一日ほど遅らしていただけないでしょうか。／請問下週的會議可否順延一天舉行呢？

おごそか【厳か】(形動) 威嚴而莊重的樣子；莊嚴，嚴肅 類 厳めしい（いかめしい）△彼は厳かに開会を宣言した。／他很嚴肅地宣布了開會。

おこない【行い】(名) 行為，形動；舉止，品行 類 行動 △賄賂を受け取って便宜を図るなんて、政治家にあるまじき行いだ。／收受賄賂圖利他人是政治家不該有的行為。

おさまる【治まる】(自五) 安定，平息 反 乱れる 類 落ち着く △インフラの整備なくして、国が治まることはない。／沒有做好基礎建設，根本不用談治理國家了。

おさまる【収まる・納まる】(自五) 容納；（被）繳納；解決，結束；滿意，泰然自若；復原 類 静まる △本は全部この箱に収まるだろう。／所有的書應該都能收得進這個箱子裡吧！

N1-011

おさん【お産】 名 生孩子，分娩 類 出産 △彼女のお産はいつごろになりそうですか。／請問她的預產期是什麼時候呢？

おしきる【押し切る】 他五 切斷；排除（困難、反對） 類 押し通す △親の反対を押し切って、彼と結婚した。／她不顧父母的反對，與他結婚了。

おしこむ【押し込む】 自五 闖入，硬擠；闖進去行搶 他五 塞進，硬往裡塞 類 詰め込む △駅員が満員電車に乗客を押し込んでいる。／火車站的站務人員，硬把乘客往擁擠的火車中塞。

おしむ【惜しむ】 他五 吝惜，捨不得；惋惜，可惜 類 残念がる △彼との別れを惜しんで、たくさんの人が集まった。／由於捨不得跟他離別，聚集了許多人（來跟他送行）。

おしよせる【押し寄せる】 自下一 湧進來；蜂擁而來 他下一 挪到一旁 類 押し掛ける △津波が海岸に押し寄せてきた。／海嘯洶湧撲至岸邊。

おす【雄】 名（動物的）雄性，公；牡 反 雌（めす） 類 男性 △一般的に、オスのほうがメスより大きいです。／一般而言，（體型上）公的比母的大。

おせじ【お世辞】 名 恭維（話），奉承（話），獻殷勤的（話） 類 おべっか △心にもないお世辞を言うな。／別說那種口是心非的客套話！

おせちりょうり【お節料理】 名 年菜 △お節料理を作る。／煮年菜。

おせっかい 名·形動 愛管閒事，多事 △おせっかいを焼く。／好管他人閒事。

おそう【襲う】 他五 襲擊，侵襲；繼承，沿襲；衝到，闖到 類 襲撃 △恐ろしい伝染病が町を襲った。／可怕的傳染病侵襲了全村。

おそくとも【遅くとも】 副 最晚，至遲 類 遅くも △主人は遅くとも1月2日には帰ってきます。／外子最晚也會在一月二日回來。

おそれ【恐れ】 名 害怕，恐懼；擔心，擔憂，疑慮 類 不安 △平社員なのに社長に説教するとは、恐れを知らない奴だ。／區區一個小職員居然敢向總經理說教，真是不知天高地厚的傢伙呀！

おそれいる【恐れ入る】 自五 真對不起；非常感激；佩服，認輸；感到意外；吃不消，為難 類 恐縮 △たびたびの電話で大変恐れ入ります。／多次跟您打電話，深感惶恐。

おだてる 他下一 慫恿，搧動；高捧，拍 △おだてたって駄目よ。何もでないから。／就算你拍馬屁也沒有用，你得不到什麼好處的。

おちこむ【落ち込む】 自五 掉進，陷入；下陷；（成績、行情）下跌；得到，落到手裡 類 陥る（おちいる） △昨日の地震で地盤が落ち込んだ。／昨天的那場地震造成地表下陷。

おちつき【落ち着き】[名]鎮靜，沉著，安詳；(器物等)穩當，放得穩；穩妥，協調 [類]安定 △Aチームが落ち着きを取り戻してから、試合の流れが変わった。／自從A隊恢復冷靜沉著之後，賽局的情勢頓時逆轉了。

おちば【落ち葉】[名]落葉 [類]落葉(らくよう) △秋になると落ち葉の掃除に忙しくなる。／到了秋天就得忙著打掃落葉。

おつ【乙】[名·形動](天干第二位)乙；第二(位)，乙 [類]第二位 △両方ともすばらしいから、甲乙をつけがたい。／雙方都非常優秀，不分軒輊。

おつかい【お使い】[名]被打發出去辦事，跑腿 △あの子はよくお使いに行ってくれる。／那個孩子常幫我出去辦事。

おっかない[形](俗)可怕的，令人害怕的，令人提心吊膽的 [類]恐ろしい △おっきな犬にいきなり追っかけられて、おっかないったらない。／突然被一隻大狗追著跑，真是嚇死人了。

おっちょこちょい[名·形動]輕浮，冒失，不穩重；輕浮的人，輕佻的人 △おっちょこちょいなところがある。／有冒失之處。

おてあげ【お手上げ】[名]束手無策，毫無辦法，沒輒 △1分44秒で泳がれたら、もうお手上げだね。／他能游出1分44秒的成績，那麼我只好甘拜下風。

おどおど[副·自サ]提心吊膽，忐忑不安 △彼はおどおどして何も言えずに立っていた。／他心裡忐忑不安，不發一語地站了起來。

おどす【脅す・威す】[他五]威嚇，恐嚇，嚇唬 [類]脅迫する △殺すぞと脅されて金を出した。／對方威脅要宰了他，逼他交出了錢財。

おとずれる【訪れる】[自下一]拜訪，訪問；來臨；通信問候 [類]訪問する △チャンスが訪れるのを待ってるだけではだめですよ。／只有等待機會的來臨，是不行的。

おとも【お供】[名·自サ]陪伴，陪同，跟隨；陪同的人，隨員 [類]お付き △僕は社長の海外旅行のお供をした。／我陪同社長去了國外旅遊。

おとろえる【衰える】[自下一]衰落，衰退 [反]栄える [類]衰弱する △どうもここ2年間、体力がめっきり衰えたようだ。／覺得這兩年來，體力明顯地衰退。

おどろき【驚き】[名]驚恐，吃驚，驚愕，震驚 △彼が優勝するとは驚きだ。／他竟然能得第一真叫人驚訝。

おないどし【同い年】[名]同年齡，同歲 △山田さんは私と同い年だ。／山田小姐和我同年齡。

おのずから【自ずから】[副]自然而然地，自然就 [類]ひとりでに △努力すれば道はおのずから開けてくる。／只要努力不懈，康莊大道自然會為你展開。

N1-012

おのずと【自ずと】副 自然而然地 △大きくなれば、おのずと分かってくるものだよ。／那種事長大以後就自然會明白了。

おびえる【怯える】自下一 害怕，懼怕；做惡夢感到害怕 類 怖がる △子どもはその光景におびえた。／小孩子看到那幅景象感到十分害怕。

おびただしい【夥しい】形 數量很多，極多，眾多；程度很大，厲害的，激烈的 類 沢山 △異常気象で、おびただしい数のバッタが発生した。／由於天氣異常，而產生了大量的蝗蟲。

おびやかす【脅かす】他五 威脅；威嚇，嚇唬；危及，威脅到 類 脅す（おどす）△あの法律が通れば、表現の自由が脅かされる恐れがある。／那個法律通過的話，恐怕會威脅到表現的自由。

おびる【帯びる】他上一 帶，佩帶；承擔，負擔；帶有，帶著 類 引き受ける △夢のような計画だったが、ついに現実味を帯びてきた。／如夢般的計畫，終於有實現的可能了。

オファー【offer】名・他サ 提出，提供；開價，報價 △オファーが来る。／報價單來了。

おふくろ【お袋】名（俗；男性用語）母親，媽媽 反 おやじ 類 母 △これはまさにお袋の味です。／這正是媽媽的味道。

オプション【option】名 選擇，取捨 △オプション機能を追加する。／增加選項的功能。

おぼえ【覚え】名 記憶，記憶力；體驗，經驗；自信，信心；信任，器重；記事 反 忘却（ぼうきゃく）類 記憶 △あの子は仕事の覚えが早い。／那個孩子學習新工作，一下子就上手了。

おまけ【お負け】名・他サ（作為贈品）另外贈送；另外附加（的東西）；算便宜 類 景品 △きれいなお姉さんだから、500円おまけしましょう。／小姐真漂亮，就少算五百元吧！

おみや【お宮】名 神社 類 神社 △元旦の早朝、みなでお宮に初詣に行く。／大家在元旦的早晨，前往神社做今年的初次參拜。

おむつ 名 尿布 類 おしめ △この子はまだおむつが取れない。／這個小孩還需要包尿布。

おもい【重い】形 重；（心情）沈重，（腳步，行動等）遲鈍；（情況，程度等）嚴重 △気が重い。／心情沈重。

おもいきる【思い切る】他五 斷念，死心 △いい加減思い切ればいいものを、いつまでもうじうじして。／乾脆死了心就沒事了，卻還是一直無法割捨。

Level 5
Level 4
Level 3
Level 2
Level 1

おもいつき【思いつき】 ㊔想起，(未經深思) 隨便想；主意 △こっちが何日も考えた企画に、上司が思いつきで口出しする。／對於我策劃多天的企劃案，主管不斷出主意干預。

おもいつめる【思い詰める】 (他下一) 想不開，鑽牛角尖 △あまり思い詰めないで。／別想不開。

おもてむき【表向き】 (名·副) 表面(上)，外表(上) △表向きは知らんぷりをする。／表面上裝作不知情。

おもむき【趣】 ㊔ 旨趣，大意；風趣，雅趣；風格，韻味，景象；局面，情形 類 味わい △訳文は原文の趣を十分に伝えていない。／譯文並未恰如其分地譯出原文的意境。

おもむく【赴く】 (自五) 赴，往，前往；趨向，趨於 類 向かう △彼はただちに任地に赴いた。／他隨即走馬上任。

おもんじる・おもんずる【重んじる・重んずる】 (他上一・他サ) 注重，重視；尊重，器重，敬重 類 尊重する △お見合い結婚では、家柄や学歴が重んじられることが多い。／透過相親方式的婚姻，通常相當重視雙方的家境與學歷。

おやじ【親父】 ㊔ (俗；男性用語) 父親，我爸爸；老頭子 反 お袋 類 父 △駅前の居酒屋で、親父と一緒に一杯やってきた。／跟父親在火車站前的居酒屋，喝了一杯。

および【及び】 (接續) 和，與，以及 類 また △この条例は東京都及び神奈川県で実施されている。／此條例施行於東京都及神奈川縣。

およぶ【及ぶ】 (自五) 到，到達；趕上，及 類 達する △家の建て替え費用は1億円にも及んだ。／重建自宅的費用高達一億日圓。

おり【折】 ㊔ 折，折疊；折縫，折疊物；紙盒小匣；時候；機會，時機 類 機会 △彼は折を見て借金の話を切り出した。／他看準時機提出借款的請求。

オリエンテーション【orientation】 ㊔ 定向，定位，確定方針；新人教育，事前說明會 △オリエンテーションでは授業のカリキュラムについて説明があります。／在新生說明會上，會針對上課的全部課程進行說明。

おりかえす【折り返す】 (他五·自五) 折回；翻回；反覆；折回去 類 引き返す △5分後に、折り返しお電話差し上げます。／五分鐘後，再回您電話。

おりもの【織物】 ㊔ 紡織品，織品 類 布地 △当社は伝統的な織物を販売しています。／本公司販賣的是傳統的紡織品。

おる【織る】 (他五) 織；編 類 紡織 △絹糸で布地を織る。／以絹絲織成布料。

おれ【俺】 ㊹ (男性用語) (對平輩，晚輩的自稱）我，俺 類 私 △俺は俺、君は君、何も関係がないんだ。／我是我，你是你，咱們之間啥關係都沒有！

おろか【愚か】 形動 智力或思考能力不足的樣子；不聰明；愚蠢，愚昧，糊塗 類 浅はか △大変愚かな行為だったと、心から反省しています。／對自己所做的極端愚笨行為，由衷地反省著。

おろしうり【卸売・卸売り】 名 批發 △卸売業者から卸値で買う。／向批發商以批發價購買。

おろそか【疎か】 形動 將該做的事放置不管的樣子；忽略；草率 反 丁寧 類 いいかげん △彼女は仕事も家事も疎かにせず、完璧にこなしている。／她工作跟家事一點都不馬虎，都做得很完美。

おんぶ 名・他サ（幼兒語）背，背負；（俗）讓他人負擔費用，依靠別人 △その子は「おんぶして」とせがんだ。／那小孩央求著說：「背我嘛！」。

オンライン【on-line】 名（球）落在線上，壓線；（電、計）在線上 反 オフライン △このサイトなら、無料でオンラインゲームが楽しめます。／這網頁可以免費上網玩線上遊戲。

おんわ【温和】 名・形動（氣候等）溫和，溫暖；（性情、意見等）柔和，溫和 類 暖かい △気候の温和な瀬戸内といえども、冬はそれなりに寒い。／就連氣候溫和的瀨戶內海地區，到了冬天也變得相當寒冷。

かカ

N1-013

が【画】 漢造 畫；電影，影片；（讀做「かく」）策劃，筆畫 類 絵 △有名な日本の美人画のひとつに『見返り美人』がある。／日本著名的美女圖裡，其中一幅的畫名為〈回眸美女〉。

ガーゼ【（德）Gaze】 名 紗布，藥布 △ガーゼを傷口に当てる。／把紗布蓋在傷口上。

かい【下位】 名 低的地位；次級的地位 △エジソンは、小学校で成績が下位だったそうだ。／據說愛迪生讀小學時成績很差。

かい【海】 漢造 海；廣大 反 陸 類 海洋 △日本海には対馬海流が流入している。／對馬海流會流經日本海。

かい【界】 漢造 界限；各界；（地層的）界 類 境（さかい）△自然界では、ただ強い生き物のみが生き残れる。／在自然界中，唯有強者才得以生存。

がい【街】 漢造 街道，大街 類 ストリート △お正月が近づくと、商店街は普段にもまして賑やかになる。／越接近新年，商圈市集裡的逛街人潮就比平時還要熱鬧。

かいあく【改悪】 名・他サ 危害，壞影響，毒害 反 改善 類 直す △憲法を改正すべきだという声もあれば、改悪になるとして反対する声もある。／既有人大力疾呼應該修憲，也有人認為修憲將導致無法挽回的結果。

かいうん【海運】 (名) 海運，航運 (類) 水運 △海運なくして、島国日本の経済は成り立たない。／如果沒有海運，島國日本的經濟將無法建立。

がいか【外貨】 (名) 外幣，外匯 △この銀行ではあらゆる外貨を扱っています。／這家銀行可接受兌換各國外幣。

かいがら【貝殻】 (名) 貝殼 (類) 殻 △小さいころよく浜辺で貝殻を拾ったものだ。／我小時候常去海邊揀貝殼唷！

がいかん【外観】 (名) 外觀，外表，外型 (類) 見かけ △あの建物は、外観は飛び抜けて美しいが、設備はもう一つだ。／雖然那棟建築物的外觀極具特色且美輪美奐，內部設施卻尚待加強。

かいきゅう【階級】 (名) (軍隊) 級別；階級；(身份的) 等級；階層 (類) 等級 △出場する階級によって体重制限が違う。／選手們依照體重等級標準參加不同的賽程。

かいきょう【海峡】 (名) 海峽 △日本で最初に建設された海底トンネルは、関門海峡にあります。／日本首條完工的海底隧道位於關門海峽。

かいけん【会見】 (名·自サ) 會見，會面，接見 (類) 面会 △オリンピックに参加する選手が会見を開いて抱負を語った。／即將出賽奧運的選手舉行記者會，以宣示其必勝決心。

かいご【介護】 (名·他サ) 照顧病人或老人 (類) 看護 △彼女は老いた両親の介護のため地元に帰った。／她為了照護年邁的雙親而回到了故鄉。

かいこむ【買い込む】 (他五) (大量) 買進，購買 △正月の準備で食糧を買い込んだ。／為了過新年而採買了大量的糧食。

かいさい【開催】 (名·他サ) 開會，召開；舉辦 (類) 催す(もよおす) △雨であれ、晴れであれ、イベントは予定通り開催される。／無論是雨天，還是晴天，活動依舊照預定舉行。

かいしゅう【回収】 (名·他サ) 回收，收回 △事故の発生で、商品の回収を余儀なくされた。／發生意外之後，只好回收了商品。

かいしゅう【改修】 (名·他サ) 修理，修復；修訂 △私の家は、築35年を超えているので、改修が必要です。／我家的屋齡已經超過三十五年，因此必須改建。

かいじゅう【怪獣】 (名) 怪獸 △子どもに付き合って、3時間もある怪獣の映画を見た。／陪小孩看了3個小時的怪獸電影。

かいじょ【解除】 (名·他サ) 解除；廢除 (類) 取り消す △本日午後5時を限りに、契約を解除します。／合約將於今日下午5點解除。

がいしゅう【外相】(名) 外交大臣，外交部長，外相 (類) 外務大臣 △よくぞ聞いてくれたとばかりに、外相は一気に説明を始めた。／外交部長露出一副問得好的表情，開始全盤說明。

がいする【害する】(他サ) 損害，危害，傷害；殺害 (類) 損なう △新人の店員が失礼をしてしまい、お客様はご気分を害して帰ってしまわれた。／新進店員做了失禮的舉動，使得客人很不高興地回去了。

がいせつ【概説】(名·他サ) 概說，概述，概論 (類) 概論 △次のページは東南アジアの歴史についての概説です。／下一頁的內容提及東南亞歷史概論。

かいそう【回送】(名·他サ)（接人、裝貨等）空車調回；轉送，轉遞；運送 (類) 転送 △やっとバスが来たと思ったら、回送車だった。／心想巴士總算來了，沒想到居然是回場的空車。

かいそう【階層】(名)（社會）階層；（建築物的）樓層 (類) 等級 △彼は社会の階層構造について研究している。／他正在研究社會階級結構。

かいぞうど【解像度】(名) 解析度 △解像度が高い。／解析度很高。

かいぞく【海賊】(名) 海盜 △海賊に襲われる。／被海盜襲擊。

かいたく【開拓】(名·他サ) 開墾，開荒；開闢 (類) 開墾（かいこん）△顧客の新規開拓なくして、業績は上げられない。／不開發新客戶，就無法提升業績。

かいだん【会談】(名·自サ) 面談，會談；（特指外交等）談判 (類) 会議 △文書への署名をもって、会談を終了いたします。／最後以在文件上簽署，劃下會談的句點。

かいてい【改定】(名·他サ) 重新規定 (類) 改める △弊社サービスの利用規約を2014年1月1日をもって改定いたします。／本公司的服務條款將自2014年1月1日起修訂施行。

かいてい【改訂】(名·他サ) 修訂 (類) 改正 △実情に見合うようにマニュアルを改訂する必要がある。／操作手冊必須依照實際狀況加以修訂。

ガイド【guide】(名·他サ) 導遊；指南，入門書；引導，導航 (類) 案内人 △今回のツアーガイドときたら、現地の情報について何も知らなかった。／說到這次的導遊啊，他完全不知道任何當地的相關訊息。

かいとう【解凍】(名·他サ) 解凍 △解凍してから焼く。／先解凍後烤。

かいどう【街道】(名) 大道，大街 (類) 道 △新宿駅の南口を出られますと、甲州街道という大きな通りがございます。／從新宿站的南口出去以後，就是一條叫做甲州古道的大馬路。

N1-014

がいとう【街頭】 名 街頭，大街上 類 街 △街頭での演説を皮切りにして、人気が一気に高まった。／自從開始在街頭演說之後，支持度就迅速攀升。

がいとう【該当】 名・自サ 相當，適合，符合（某規定、條件等） 類 当てはまる △この条件に該当する人物を探しています。／我正在尋找符合這項資格的人士。

ガイドブック【guidebook】 名 指南，入門書；旅遊指南手冊 類 案内書 △200ページからあるガイドブックを1日で読みきった。／多達兩百頁的參考手冊，一天就看完了。

かいにゅう【介入】 名・自サ 介入，干預，參與，染指 類 口出し △民事事件とはいえ、今回ばかりは政府が介入せずにはすまないだろう。／雖說是民事事件，但這次政府總不能不介入干涉了吧！

がいねん【概念】 名 （哲）概念；概念的理解 類 コンセプト △この授業では、心理学の基礎となる概念を学んでいきます。／將在這門課裡學到心理學的基礎概念。

かいはつ【開発】 名・他サ 開發，開墾；啟發；（經過研究而）實用化；開創，發展 類 開拓 △開発の遅れにより、発売開始日の変更を余儀なくされた。／基於開發上的延誤，不得不更改上市販售的日期。

かいばつ【海抜】 名 海拔 類 標高 △海抜が高くなれば高くなるほど、酸素が薄くなる。／海拔越高，氧氣越稀薄。

かいほう【介抱】 名・他サ 護理，服侍，照顧（病人、老人等） 類 看護 比 介抱：照顧病人、老人、傷患等。介護：照顧病人、老人等日常生活起居。 △ご主人の入院中、彼女の熱心な介抱ぶりには本当に頭が下がりました。／她在先生住院期間無微不至的看護，實在令人敬佩。

かいぼう【解剖】 名・他サ （醫）解剖；（事物、語法等）分析 類 解体 △解剖によって死因を明らかにする必要がある。／必須藉由解剖以查明死因。

かいめい【解明】 名・他サ 解釋清楚 △真相を解明したところで、済んだことは取り返しがつかない。／就算找出了真相，也無法挽回已經發生的事了。

がいらい【外来】 名 外來，舶來；（醫院的）門診 △外来の影響が大きい状況にあって、コントロールが難しい。／在遭受外界影響甚鉅的情況下，很難予以操控。

かいらん【回覧】 名・他サ 傳閱；巡視，巡覽 類 巡覧 △忘年会の開催について、社内回覧を回します。／在公司內部傳閱有關舉辦年終聯歡會的通知。

がいりゃく【概略】 名・副 概略，梗概，概要；大致，大體 類 大体 △プレゼンでは、最初に報告全体の概略を述べたほうがいい。／做簡報時最好先說明整份報告的大概內容。

かいりゅう【海流】 (名) 海流 類 潮(しお) △日本列島周辺には四つの海流がある。／有四條洋流流經日本列島的周圍。

かいりょう【改良】 (名·他サ) 改良，改善 類 改善 △土壌を改良して栽培に適した環境を整える。／透過土壤改良，整頓出適合栽種的環境。

かいろ【回路】 (名) (電)回路，線路 類 電気回路 △兄は電子回路の設計に従事しています。／家兄從事電路設計的工作。

かいろ【海路】 (名) 海路 類 航路 △安全で航海時間が短い海路を開拓したい。／希望能拓展一條既安全，航行時間又短的航海路線。

かえりみる【省みる】 (他上一) 反省，反躬，自問 類 反省 △自己を省みることなくして、成長することはない。／不自我反省就無法成長。

かえりみる【顧みる】 (他上一) 往回看，回頭看；回顧；顧慮；關心，照顧 類 振り返る △夫は仕事が趣味で、全然家庭を顧みない。／我先生只喜歡工作，完全不照顧家人。

かえる【蛙】 (名) 青蛙 △田んぼで蛙がゲロゲロと鳴いている。／青蛙在田裡呱呱叫個不停。

かおつき【顔付き】 (名) 相貌，臉龐；表情，神色 類 容貌 △何の興味もないと言わんばかりの顔付きをしている。／簡直是一臉完全沒興趣似的表情。

かがい【課外】 (名) 課外 △今学期は課外活動が多いので楽しみだ。／這學期有許多課外活動，真令人期待呀！

かかえこむ【抱え込む】 (他五) 雙手抱 △悩みを一人で抱え込む。／一個人獨自懷抱著煩惱。

かかげる【掲げる】 (他下一) 懸，掛，升起；舉起，打著；挑，掀起，撩起；刊登，刊載；提出，揭出，指出 類 掲示 △掲げられた公約が必ずしも実行されるとは限らない。／已經宣布的公約，未必就能付諸實行。

かきとる【書き取る】 (他五) (把文章字句等)記下來，紀錄，抄錄 類 書き留める △発言を一言も漏らさず書き取ります。／將發言一字不漏地完整記錄。

かきまわす【掻き回す】 (他五) 攪和，攪拌，混合；亂翻，翻弄，翻攪；攪亂，擾亂，胡作非為 類 混ぜる △変な新入社員に社内をかき回されて、迷惑千万だ。／奇怪的新進員工在公司裡到處攪亂，讓人困擾極了。

かぎょう【家業】 (名) 家業；祖業；(謀生的)職業，行業 △長男だが、家業は継ぎたくない。／雖然是長子，但不想繼承家業。

かぎりない【限りない】 (形) 無限，無止盡；無窮無盡；無比，非常 △限りない悲しみに、胸も張り裂けんばかりだ。／無盡的悲慟彷彿連胸口都幾乎要裂開了。

かく【欠く】 他五 缺，缺乏，缺少；弄壞，少(一部分)；欠，欠缺，怠慢 類 損ずる △彼はこのプロジェクトに欠くべからざる人物だ。／他是這項企劃案中不可或缺的人物！

かく【角】 名·漢造 角；隅角；四方形，四角形；稜角，四方；競賽 類 方形 △引っ越ししたので、新しい部屋にぴったりの角テーブルを新調したい。／我們搬了新家，想新做一張能與新房間搭配得宜的角桌。

かく【核】 名·漢造 (生)(細胞)核；(植)核，果核；要害；核(武器) 類 芯 △問題の核となるポイントに焦点を当てて討論する。／將焦點放在問題的核心進行討論。

かく【格】 名·漢造 格調，資格，等級；規則，格式，規格 類 地位 △プロともなると、作品の格が違う。／要是當上專家，作品的水準就會不一樣。

かく【画】 名 (漢字的)筆劃 類 字画 △一画で書ける平仮名はいくつありますか。／有幾個平假名能以一筆書寫完成的呢？

がくげい【学芸】 名 學術和藝術；文藝 類 学問 △小学校では1年に1回、学芸会を開きます。／小學每年舉辦一次藝文成果發表會。

かくさ【格差】 名 (商品的)級別差別，差價，質量差別；資格差別 類 差 △社会的格差の広がりが問題になっている。／階級差距越趨擴大，已衍生為社會問題。

かくさん【拡散】 名·自サ 擴散；(理)漫射 △細菌が周囲に拡散しないように、消毒しなければならない。／一定要消毒傷口，以避免細菌蔓延至周圍組織。

N1-015

がくし【学士】 名 學者；(大學)學士畢業生 類 学者 △彼女は今年大学を卒業し、学士（文学）を取得した。／她今年大學畢業，取得文學士學位。

かくしゅ【各種】 名 各種，各樣，每一種 類 いろいろ △顧客のニーズを満たすため、各種のサービスを提供しています。／商家提供各種服務以滿足顧客的需求。

かくしゅう【隔週】 名 每隔一週，隔週 △編集会議は隔週で開かれる。／每兩週舉行一次編輯會議。

かくしん【確信】 名·他サ 確信，堅信，有把握 反 疑う 類 信じる △彼女は無実だと確信しています。／我們確信她是無辜的。

かくしん【革新】 名·他サ 革新 反 保守 類 改革 △評価するに足る革新的な

アイディアだ。／真是個值得嘉許的創新想法呀！

がくせつ【学説】 (名) 學說 反 実践 類 理論 △初版以来10年経ったので、最新の学説を踏まえて改訂した。／初版之後已經過了十年，因此這次納入了最新學說加以修訂。

かくてい【確定】 (名·自他サ) 確定，決定 類 決定 △このプロジェクトの担当者は伊藤さんに確定した。／已經確定由伊藤先生擔任這個企畫案的負責人。

カクテル【cocktail】 (名) 雞尾酒 類 混合酒 △お酒に弱いので、ワインはおろかカクテルも飲めません。／由於酒量不佳，別說是葡萄酒，就連雞尾酒也喝不得。

かくとく【獲得】 (名·他サ) 獲得，取得，爭得 類 入手 △ただ伊藤さんのみ5ポイント獲得し、予選を突破した。／只有伊藤先生拿到5分，初選闖關成功了。

がくふ【楽譜】 (名) (樂) 譜，樂譜 △彼女は、楽譜は読めないのに、耳で1回聞いただけで完璧に演奏できる。／她連樂譜都看不懂，但只要聽過一次就能夠完美演奏出來。

かくほ【確保】 (名·他サ) 牢牢保住，確保 類 保つ △生活していくに足る収入源を確保しなければならない。／必須確保維持生活機能的收入來源。

かくめい【革命】 (名) 革命；（某制度等的）大革新，大變革 類 一新 △1789年にフランス革命が起きた。／法國革命發生於1789年。

かくりつ【確立】 (名·自他サ) 確立，確定 △子どものときから正しい生活習慣を確立したほうがいい。／最好從小就養成良好的生活習慣。

かけ【掛け】 (名) 賒帳；帳款，欠賬；重量 △掛けにする。／記在帳上。

かけ【掛け】 (接尾·造語)（前接動詞連用形）表示動作已開始而還沒結束，或是中途停了下來；（表示掛東西用的）掛 △あの小説はあまりにつまらなかったので、読みかけたまま放ってある。／那本小說實在太枯燥乏味，只看了一些，就沒再往下讀了。

かけ【賭け】 (名) 打賭；賭(財物) 類 ばくち △賭けごとはやめた方が身のためです。／為了自己，最好別再沈迷於賭博。

がけ【崖】 (名) 斷崖，懸崖 類 懸崖 △崖から下を見下ろすと足がガクガク震える。／站在懸崖旁俯視，雙腿不由自主地顫抖。

かけあし【駆け足】 (名·自サ) 快跑，快步；跑步似的，急急忙忙；策馬飛奔 反 歩く 類 走る △待っていたとばかりに、子どもが駆け足でこちらに向かってくる。／小孩子迫不及待般地衝來這裡。

かけい【家計】 (名) 家計，家庭經濟狀況 類 生計 △彼女は家計のやりくりの

5 Level
4 Level
3 Level
2 Level
1 Level

達人です。／她非常擅於運用有限的家庭收支。

かけっこ【駆けっこ】 ㊔·自サ 賽跑 類 駆け競べ（かけくらべ）△幼稚園の運動会の駆けっこで、娘は一等になった。／我的女兒在幼稚園的賽跑中獲得第一名。

かける【賭ける】 他下一 打賭，賭輸贏 △私は君が勝つ方に賭けます。／我賭你會贏。

かこう【加工】 ㊔·他サ 加工 △この色は天然ではなく加工されたものです。／這種顏色是經由加工而成的，並非原有的色彩。

かごう【化合】 ㊔·自サ（化）化合 △鉄と硫黄を合わせて加熱し化合すると、悪臭が発生する。／當混合鐵與硫磺且加熱化合後，就會產生惡臭。

かざぐるま【風車】 ㊔（動力、玩具）風車 補 風車（ふうしゃ）△風車を回す。／轉動風車。

かさばる【かさ張る】 自五（體積、數量等）增大，體積大，增多 類 かさむ △冬の服はかさばるので収納しにくい。／冬天的衣物膨鬆而佔空間，不容易收納。

かさむ 自五（體積、數量等）增多 類 かさ張る △今月は洗濯機やパソコンが壊れたので、修理で出費がかさんだ。／由於洗衣機及電腦故障，本月份的修繕費用大增。

かじょうがき【箇条書き】 ㊔ 逐條地寫，引舉，列舉 △何か要求があれば、箇条書きにして提出してください。／如有任何需求，請分項詳列後提交。

かしら【頭】 ㊔ 頭，腦袋；頭髮；首領，首腦人物；頭一名，頂端，最初 類 あたま △尾頭付きの鯛は切り身よりも高くなる。／連頭帶尾的鯛魚比切片鯛魚來得昂貴。

かすか【微か】 形動 微弱，些許；微暗，朦朧；貧窮，可憐 類 微弱 △島がはるか遠くにかすかに見える。／隱約可見遠方的小島。

かすむ【霞む】 自五 有霞，有薄霧，雲霧朦朧 類 曇る △霧で霞んで運転しにくい。／雲霧瀰漫導致視線不清，有礙行車安全。

かする 他五 掠過，擦過；揩油，剝削；（書法中）寫出飛白；（容器中東西過少）見底 △ちょっとかすっただけで、たいした怪我ではない。／只不過稍微擦傷罷了，不是什麼嚴重的傷勢。

かせい【火星】 ㊔（天）火星 △火星は太陽から４番目の惑星です。／火星是從太陽數來的第四個行星。

かせき【化石】 ㊔·自サ（地）化石；變成石頭 △４万年前の化石が発見された。／發現了四萬年前的化石。

かせぎ【稼ぎ】 ㊔ 做工；工資；職業 △稼ぎが少ない。／賺得很少。

かせん【化繊】 (名) 化學纖維 (類) 化学繊維 △化学繊維が肌に触れると湿疹が出るなら、化繊アレルギーかもしれません。／假如肌膚碰觸到化學纖維就會引發濕疹症狀，可能是化纖過敏反應。

かせん【河川】 (名) 河川 (類) 川 △河川の管理は国土交通省の管轄内です。／河川管理屬於國土交通省之管轄業務。

かそ【過疎】 (名) (人口) 過稀，過少 (反) 過密 (類) 疎ら (まばら) △少子化の影響を受け、過疎化の進む地域では小学校の閉校を余儀なくさせられた。／受到少子化的影響，人口遽減的地區不得不關閉小學了。

N1-016

かた【片】 (漢造) (表示一對中的) 一個，一方；表示遠離中心而偏向一方；表示不完全；表示極少 (類) 片方 △私は片目だけ二重です。／我只有一邊是雙眼皮。

がたい【難い】 (接尾) 上接動詞連用形，表示「很難(做)…」的意思 (類) しにくい △これだけの資料では判断しがたいです。／光憑這些資料，很難下結論。

かたおもい【片思い】 (名) 單戀，單相思 △好きになるべからざる相手に、片思いしています。／我單戀著不該喜歡上的人。

かたこと【片言】 (名) (幼兒，外國人的) 不完全的詞語，隻字片語，單字羅列；一面之詞 △まだ片言の日本語しか話せません。／我的日語不太流利。

かたとき【片時】 (名) 片刻 △あの人のことが片時も忘れられない。／我連一分一秒都不曾忘記那個人。

かたむける【傾ける】 (他下一) 使…傾斜，使…歪偏；飲(酒) 等；傾注；傾，敗(家)，使(國家) 滅亡 (類) 傾げる (かしげる) △有権者あっての政治家なのだから、有権者の声に耳を傾けるべきだ。／有投票者才能產生政治家，所以應當聆聽投票人的心聲才是。

かためる【固める】 (他下一) (使物質等) 凝固，堅硬；堆集到一處；堅定，使鞏固；加強防守；使安定，使走上正軌；組成 △基礎をしっかり固めてから応用問題に取り組んだ方がいい。／先打好穩固的基礎，再挑戰應用問題較為恰當。

かたわら【傍ら】 (名) 旁邊；在…同時還…，一邊…一邊… (類) そば △校長先生の傍らに立っている女性は奥さまです。／站在校長身旁的那位女性是他的夫人。

かだん【花壇】 (名) 花壇，花圃 (類) 庭 △公園まで散歩がてら、公園の花壇の手入れをするのが日課です。／到公園散步的同時，順便修剪公園裡的花圃是我每天必做的事。

かちく【家畜】 (名) 家畜 △家畜の世話は365日休めない。／照料家畜的工作得從年頭忙到年尾，無法偷閒。

かつ【且つ】 (副・接) 一邊…一邊…；且…

且…；且，並且，而且 類及び △簡単かつおいしいパスタのレシピを教えてください。／請您教我做簡便且可口的義大利麵。

かっきてき【画期的】 形動 劃時代的 △彼のアイディアは非常に画期的だ。／他的創意具有劃時代的重大意義！

がっくり 副·自サ 頽喪，突然無力地 類がっかり △企画書が通らず、彼はがっくりと肩を落とした。／企劃案沒能通過，他失望地垂頭喪氣。

がっしり 副·自サ 健壯，堅實；嚴密，緊密 類がっちり △あの一家はみながっしりした体格をしている。／那家人的身材體格，個個精壯結實。

がっち【合致】 名·自サ 一致，符合，吻合 類一致 △顧客のニーズに合致したサービスでなければ意味がない。／如果不是符合顧客需求的服務，就沒有任何意義。

がっちり 副·自サ 嚴密吻合 類頑丈 △2社ががっちり手を組めば苦境も脱することができるでしょう。／只要兩家公司緊密攜手合作，必定能夠擺脫困境。

かつて 副 曾經，以前；（後接否定語）至今（未曾），從來（沒有） 類昔 △彼に反抗した者はいまだかつて誰一人としていない。／從來沒有任何一個人反抗過他。

かって【勝手】 名·形動 廚房；情況；任意 類わがまま △勝手を言って申し訳ありませんが、ミーティングを30分遅らせていただけますか。／擅自提出這種無禮的請求，真的非常抱歉。可否將會議延後三十分鐘再開始舉行呢？

カット【cut】 名·他サ 切，削掉，刪除；剪頭髮；插圖 類切る △今日はどんなカットにしますか。／請問您今天想剪什麼樣的髮型呢？

かっぱつ【活発】 形動 動作或言談充滿活力；活潑，活躍 類生き生き △彼女はとても活発でクラスの人気者です。／她的個性非常活潑，是班上的紅人。

がっぺい【合併】 名·自他サ 合併 類併合 △合併ともなれば、様々な問題を議論する必要がある。／一旦遭到合併，就有必要議論種種的問題點。

カテゴリ（ー）【（德）Kategorie】 名 種類，部屬；範疇 類範疇（はんちゅう）△ブログの記事がたまってきたので、カテゴリー分けを整理した。／部落格的文章累積了不少，因此採用了分類整理。

かなう【叶う】 自五 適合，符合，合乎；能，能做到；（希望等）能實現，能如願以償 類気に入る △夢が叶おうが叶うまいが、夢があるだけすばらしい。／無論夢想能否實現，心裡有夢就很美了。

かなえる【叶える】 他下一 使…達到

(目的)，滿足…的願望 △夢を叶えるためとあれば、どんな努力も惜しまない。／若為實現夢想，不惜付出任何努力。

かなわない (連語) (「かなう」的未然形+ない) 不是對手，敵不過，趕不上的 (反) 勝つ (類) 負ける △何をやっても彼には結局かなわない。／不管我如何努力，總是比不過他。

かにゅう【加入】 (名·自サ) 加上，參加 (類) 仲間入り △社会人になってから生命保険に加入した。／自從我開始工作後，就投保了人壽保險。

かねて (副) 事先，早先，原先 (類) 予め(あらかじめ) △今日はかねてから予約していたヘアーサロンに行ってきた。／我今天去了已經事先預約好的髮廊。

かばう【庇う】 (他五) 庇護，袒護，保護 (類) 守る △左足を怪我したので、かばいながらしか歩けない。／由於左腳受傷，只能小心翼翼地走路。

かび【華美】 (名·形動) 華美，華麗 △バイトとはいえ、面接に行くのに華美な服装は避けた方が無難だ。／雖說不過是兼差，前去面試時還是不要穿華麗的服裝為宜。

かぶしき【株式】 (名) (商) 股份；股票；股權 △新政権にとって、株式市場の回復が目下の重要課題です。／對新政權而言，當前最重要的課題是提振低迷的股票市場。

かぶれる (自下一) (由於漆、膏藥等的過敏與中毒而) 發炎，起疹子；(受某種影響而) 熱中，著迷 (類) 爛れる(ただれる) △新しいシャンプーでかぶれた。肌に合わないみたい。／對新的洗髮精過敏了，看來不適合我的皮膚。

かふん【花粉】 (名) (植) 花粉 △花粉が飛び始めるや否や、たちどころに目がかゆくなる。／花粉一開始飛揚，眼睛就立刻發癢。

かへい【貨幣】 (名) (經) 貨幣 (類) 金 △記念貨幣には文化遺産などが刻印されたものもある。／某些紀念幣上面印有文化遺產的圖案。

かまえ【構え】 (名) (房屋等的) 架構，格局；(身體的) 姿勢，架勢；(精神上的) 準備 (類) 造り △彼は最後まで裁判を戦い抜く構えを見せている。／他始終展現出要打贏這場官司的氣勢，直至最後一刻。

かまえる【構える】 (他下一) 修建，修築；(轉) 自立門戶，住在(獨立的房屋)；採取某種姿勢，擺出姿態；準備好；假造，裝作，假托 (類) 据える △彼女は何事も構えすぎるきらいがある。／她對任何事情總是有些防範過度。

かみ【加味】 (名·他サ) 調味，添加調味料；添加，放進，採納 (類) 加える △その点を加味すると、計画自体を再検討せざるを得ない。／整個計畫在加入那項考量之後，不得不重新全盤檢討。

N1-017

かみきる【噛み切る】 他五 咬斷，咬破 類 食い切る △この肉、硬くてかみ切れないよ。／這塊肉好硬，根本咬不斷嘛！

かみつ【過密】 名・形動 過密，過於集中 反 過疎（かそ）△人口の過密が問題の地域もあれば、過疎化が問題の地域もある。／某些區域的問題是人口過於稠密，但某些區域的問題卻是人口過於稀少。

カムバック【comeback】 名・自サ（名聲、地位等）重新恢復，重回政壇；東山再起 △カムバックはおろか、退院の目処も立っていない。／別說是復出，就連能不能出院也都沒頭緒。

からだつき【体付き】 名 體格，體型，姿態 類 体格 △彼の体付きを見れば、一目でスポーツ選手だとわかる。／只要瞧一眼他的體魄，就知道他是運動選手。

からむ【絡む】 自五 纏在…上；糾纏，無理取鬧，找碴；密切相關，緊密糾纏 類 まといつく △贈収賄事件に絡んだ人が相次いで摘発された。／與賄賂事件有所牽連的人士，一個接著一個遭到舉發。

かり【借り】 名 借，借入；借的東西；欠人情；怨恨，仇恨 反 貸し 類 借金 △5,000万円からある借りを少しずつ返していかなければならない。／足足欠有五千萬日圓的債務，只得一點一點償還了。

かり【狩り】 名 打獵；採集；遊看，觀賞；搜查，拘捕 類 狩猟（しゅりょう）△秋になると、イノシシ狩りが解禁される。／禁止狩獵山豬的規定，到了秋天就得以解禁。

かり【仮】 名 暫時，暫且；假；假說 △ここは家を改修している間の仮の住まいだ。／這裡是房屋裝修期間暫時的住處。

かりに【仮に】 副 暫時；姑且；假設；即使 類 もし △仮に地球が明日滅亡するとしたら、どうしますか。／假如地球明天就要毀滅了，你會怎麼辦呢？

がる 接尾 覺得…；自以為… △子供ならいざ知らず、そんなことをおもしろがるなんて幼稚だ。／如果是小孩子也就算了，居然把那種無聊事當有趣，實在太幼稚了。

カルテ【（德）Karte】 名 病歷 △昔は、医者はカルテをドイツ語で書いていた。／以前醫師是用德文寫病歷的。

ガレージ【garage】 名 車庫 類 車庫 △我が家のガレージには2台車をとめることができる。／我家的車庫可以停得下兩輛車。

かれる【涸れる・枯れる】 自下一（水分）乾涸；（能力、才能等）涸竭；（草木）凋零，枯萎，枯死（木材）乾燥；（修養、藝術等）純熟，老練；（身體等）枯瘦，乾癟，(機能等)衰萎 類 乾く △井戸の水が涸れ果ててしまった。／井裡的水已經乾涸了。

かろう【過労】 名 勞累過度 類 疲れる △父は、過労でとうとう倒れてしまった。／家父由於過勞，終於病倒了。

かろうじて【辛うじて】 副 好不容易才…，勉勉強強地… 類 やっと △かろうじて一次試験を通過した。／好不容易總算通過了第一階段的考試。

かわす【交わす】 他五 交，交換；交結，交叉，互相… 類 交換する △二人はいつも視線を交わして合図を送り合っている。／他們兩人總是四目相交、眉目傳情。

かわるがわる【代わる代わる】 副 輪流，輪換，輪班 類 交代に △夜間は２名の看護師がかわるがわる病室を見回ることになっている。／晚上是由兩位護理人員輪流巡視病房。

かん【官】 名·漢造 (國家、政府的)官，官吏；國家機關，政府；官職，職位 類 役人 △私は小さいときからずっと警察官にあこがれていた。／我從小就嚮往當警察。

かん【管】 名·漢造·接尾 管子；(接數助詞)支；圓管；筆管；管樂器 類 くだ △マイナス４度以下になると、水道管が凍結したり、破裂する危険がある。／氣溫一旦低於零下四度，水管就會發生凍結甚或迸裂的危險。

がん【癌】 名 (醫)癌；癥結 △癌といえども、治療法はいろいろある。／就連癌症亦有各種治療方式。

かんい【簡易】 名·形動 簡易，簡單，簡便 類 簡単 △持ち運びが可能な赤ちゃん用の簡易ベッドを探しています。／我正在尋找方便搬運的簡易式嬰兒床。

がんか【眼科】 名 (醫)眼科 △毎年１回は眼科に行って、視力検査をする。／每年至少去一次眼科檢查視力。

かんがい【感慨】 名 感慨 △これまでのことを思い返すと、感慨深いものがある。／回想起從前那段日子，實在感慨萬千。

かんがい【灌漑】 名·他サ 灌溉 △灌漑設備の建設によって、稲の収量は大幅に伸びた。／灌溉系統建設完成之後，稻米的收穫量有了大幅的提升。

かんかん 副·形動 硬物相撞聲；火、陽光等炙熱強烈貌；大發脾氣 △父はかんかんになって怒った。／父親批哩啪啦地大發雷霆。

がんがん 副·自サ 噹噹，震耳的鐘聲；強烈的頭痛或耳鳴聲；喋喋不休的責備貌 △風邪で頭ががんがんする。／因感冒而頭痛欲裂。

かんき【寒気】 名 寒冷，寒氣 △寒気がきびしい。／酷冷。

がんきゅう【眼球】 名 眼球 類 目玉 △医者は眼球の動きをチェックした。／醫師檢查了眼球的轉動情形。

がんぐ【玩具】 名 玩具 類 おもちゃ △玩具売場は2歳から6歳ぐらいの子どもとその親でいっぱいだ。／許多兩歲至六歲左右的孩子們與他們的父母，擠滿了整個玩具賣場。

かんけつ【簡潔】 名·形動 簡潔 反 複雑 類 簡単 △要点を簡潔に説明してください。／請您簡單扼要地說明重點。

かんげん【還元】 名·自他サ （事物的）歸還，回復原樣；（化）還原 反 酸化 △社員あっての会社だから、利益は社員に還元するべきだ。／沒有職員就沒有公司，因此應該將利益回饋到職員身上。

かんご【漢語】 名 中國話；音讀漢字 △明治時代には日本製の漢語である『和製漢語』がたくさん生まれている。／在明治時期中，誕生了許多日本自創的漢字，亦即「和製漢語」。

かんご【看護】 名·他サ 護理（病人），看護，看病 類 介抱 △看護の仕事は大変ですが、その分やりがいもありますよ。／雖然照護患者的工作非常辛苦，正因為如此，更能凸顯其價值所在。

がんこ【頑固】 名·形動 頑固，固執；久治不癒的病，痼疾 類 強情 △頑固なのも個性のうちだが、やはり度を越えたのはよくない。／雖然頑固也算是個性的其中一種，還是不宜超過分寸。

かんこう【刊行】 名·他サ 刊行；出版，發行 類 発行 △インターネットの発達に伴い、電子刊行物が増加してきた。／隨著網路的發達，電子刊物的數量也越來越多。

かんこう【慣行】 名 例行，習慣行為；慣例，習俗 類 したきり △悪しき慣行や体質は改善していかなければならない。／一定要改掉壞習慣與體質才行。

かんこく【勧告】 名·他サ 勸告，說服 類 勧める △大型の台風が上陸し、多くの自治体が避難勧告を出した。／強烈颱風登陸，多數縣市政府都宣布了居民應該預防性撤離。

かんさん【換算】 名·他サ 換算，折合 △1,000ドルを日本円に換算するといくらになりますか。／一千元美金換算為日圓，是多少錢呢？

N1-018

かんし【監視】 名·他サ 監視；監視人 類 見張る △どれほど監視しようが、どこかに抜け道はある。／無論怎麼監視，都還會疏漏的地方。

かんしゅう【慣習】 名 習慣，慣例 類 習慣 △各国にはそれぞれに異なる暮らしの慣習がある。／每個國家均有各自截然不同的生活習慣。

かんしゅう【観衆】 名 觀眾 類 観客 △逆転ホームランに観衆は沸いた。／那支再見全壘打讓觀眾發出了歡聲雷動。

がんしょ【願書】 名 申請書 △1月31

日までに希望の大学に願書を提出しなければならない。／提送大學入學申請書的截止日期是元月三十一日。

かんしょう【干渉】 ㊔名·自サ 干預，參與，干涉；(理)（音波，光波的）干擾 類 口出し △度重なる内政干渉に反発の声が高まっている。／過度的干涉內政引發了愈來愈強烈的抗議聲浪。

がんじょう【頑丈】 形動（構造）堅固；（身體）健壯 類 丈夫 △このパソコンは、衝撃や水濡れに強く、頑丈です。／這台個人電腦耐震且防水性強，非常堅固。

かんしょく【感触】 名 觸感，觸覺；（外界給予的）感觸，感受 類 触感 △球児たちが甲子園球場の芝の感触を確かめている。／青少年球員們正在撫觸感受著甲子園棒球場的草皮。

かんじん【肝心・肝腎】 名·形動 肝臟與心臟；首要，重要，要緊；感激 類 大切 △どういうわけか肝心な時に限って風邪をひきがちです。／不知道什麼緣故，每逢緊要關頭必定會感冒。

かんせい【歓声】 名 歡呼聲 △彼が舞台に登場するや、大歓声が沸きあがった。／他一登上舞台，就響起了一片歡呼聲。

かんぜい【関税】 名 關稅，海關稅 △関税を課す理由の一つに国内産業の保護があります。／課徵關稅的理由之一是保護國內產業。

がんせき【岩石】 名 岩石 類 石 △日本列島には地域によって異なる岩石が分布している。／不同種類的岩石分布在日本列島的不同區域。

かんせん【幹線】 名 主要線路，幹線 反 支線 △幹線道路付近では騒音に悩まされている住宅もある。／緊鄰主要交通幹道附近的部分居民常為噪音所苦。

かんせん【感染】 名·自サ 感染；受影響 類 うつる △インフルエンザに感染しないよう、手洗いとうがいを頻繁にしています。／時常洗手和漱口，以預防流行性感冒病毒入侵。

かんそ【簡素】 名·形動 簡單樸素，簡樸 反 複雑 類 簡単 △このホテルは簡素だが、独特の趣がある。／這家旅館雖然質樸，卻饒富獨特風情。

かんてん【観点】 名 觀點，看法，見解 類 立場 △彼は観点が独特で、いつも斬新なアイディアを出す。／他的觀點很特殊，總是能提出嶄新的點子。

かんど【感度】 名 敏感程度，靈敏性 △機械の感度が良すぎて、かえって誤作動が起こる。／機械的敏感度太高，反倒容易被誤觸啟動開關。

かんにさわる【癇に障る】 慣 觸怒，令人生氣 △あいつの態度は、なんか癇に障るんだよな。／那傢伙的態度實在會把人惹毛耶！

カンニング【cunning】 名·自サ（考試時的）作弊 △ほかの人の答案をカン

ニングするなんて、許すまじき行為だ。／竟然偷看別人的答案，這行為真是不可原諒。

がんねん【元年】 ㊔ 元年 △平成元年を限りに運行は停止しています。／從平成元年起就停止運行了。

カンパ【(俄)kampanija】 ㊔·他サ （「カンパニア」之略）勸募，募集的款項募集金；應募捐款 △その福祉団体は、資金をカンパに頼っている。／那個社福團體靠著募款獲得資金。

かんぶ【幹部】 ㊔ 主要部分；幹部（特指領導幹部） 類 重役 △幹部は責任を秘書に押し付けた。／幹部把責任推到了祕書的身上。

かんぺき【完璧】 ㊔·形動 完善無缺，完美 類 パーフェクト △書類はミスなく完璧に仕上げてください。／請將文件製作得盡善盡美，不得有任何錯漏。

かんべん【勘弁】 ㊔·他サ 饒恕，原諒，容忍；明辨是非 類 許す △今回だけは勘弁してあげよう。／這次就饒了你吧！

かんむりょう【感無量】 ㊔·形動 （同「感慨無量」）感慨無量 類 感慨無量 △長年の夢が叶って、感無量です。／總算達成多年來的夢想，令人感慨萬千。

かんゆう【勧誘】 ㊔·他サ 勸誘，勸說；邀請 類 誘う △消費者生活センターには、悪質な電話勧誘に関する相談が寄せられている。／消費者諮詢中心受理民眾遭強行電話推銷的求助事宜。

かんよ【関与】 ㊔·自サ 干與，參與 類 参与 △事件に関与しているなら、事実を正直に話した方がいい。／若是參與了那起事件，還是誠實說出真相比較好。

かんよう【寛容】 ㊔·形動·他サ 容許，寬容，容忍 類 寛大 △たとえ聖職者であれ、寛容ではいられないこともある。／就算身為聖職人員，還是會遇到無法寬恕的狀況。

かんよう【慣用】 ㊔·他サ 慣用，慣例 類 常用 △慣用句を用いると日本語の表現がさらに豊かになる。／使用日語時加入成語，將使語言的表達更為豐富多采。

がんらい【元来】 副 本來，原本，生來 類 そもそも △元来、文章とは読者に伝わるように書いてしかるべきだ。／所謂的文章，原本就應該寫得讓讀者能夠理解。

かんらん【観覧】 ㊔·他サ 觀覽，參觀 類 見物 △紅白歌合戦をＮＨＫの会場で観覧した。／我是在NHK的會場觀賞紅白歌唱大賽的。

かんりょう【官僚】 ㊔ 官僚，官吏 類 役人 △あの事件にはひとり政治家だけでなく、官僚や大企業の経営者も関与していた。／不只是政客，就連官僚和大企業家也都有涉及這個案件。

かんれい【慣例】 ㊔ 慣例，老規矩，老

習慣 類 習わし △本案は、会社の慣例に従って処理します。／本案將遵循公司過去的慣例處理。

かんれき【還暦】 名 花甲，滿 60 周歲的別稱 類 華甲 △父は還暦を迎えると同時に退職した。／家父在六十歲那年退休。

かんろく【貫録】 名 尊嚴，威嚴；威信；身份 △最近、彼には横綱としての貫録が出てきた。／他最近逐漸展現身為最高榮譽相撲選手─横綱的尊榮氣度。

かんわ【緩和】 名・自他サ 緩和，放寬 反 締める 類 緩める △規制を緩和しようと、緩和しまいと、大した違いはない。／不管放不放寬限制，其實都沒有什麼差別。

き キ

N1-019

きあい【気合い】 名 運氣，運氣時的聲音，吶喊；(聚精會神時的) 氣勢；呼吸；情緒，性情 △気合いを入れて決勝戦に臨む。／提高鬥志，迎向決戰。

ぎあん【議案】 名 議案 類 議題 △議案が可決されるかどうかは、表決が行われるまで分からない。／在表決結束之前，尚無法確知該議案是否能夠通過。

きがい【危害】 名 危害，禍害；災害，災禍 △健康に危害を加える食品は避けた方が賢明です。／比較聰明的作法是盡量避免攝取會危害健康的食品。

きがおもい【気が重い】 慣 心情沉重 △試験のことで気が重い。／因考試而心情沉重。

きがきく【気が利く】 慣 機伶，敏慧 △新人なのに気が利く。／雖是新人但做事機敏。

きがきでない【気が気でない】 慣 焦慮，坐立不安 △もうすぐ卒業だというのに就職が決まらない娘のことを思うと、気が気でない。／一想到女兒再過不久就要畢業了，到現在居然還沒找到工作，實在讓我坐立難安。

きかく【企画】 名・他サ 規劃，計畫 類 企て △あなたの協力なくしては、企画は実現できなかったでしょう。／沒有你的協助，應該無法實踐企劃案吧。

きかく【規格】 名 規格，標準，規範 類 標準 △部品の規格いかんでは、海外から新機器を導入する必要がある。／根據零件的規格，有必要從海外引進新的機器。

きかざる【着飾る】 他五 盛裝，打扮 類 盛装する △どんなに着飾ろうが、人間中身は変えられない。／不管再怎麼裝扮，人的內在都是沒辦法改變的。

きがすむ【気が済む】[慣] 滿意，心情舒暢 △謝られて気が済んだ。／得到道歉後就不氣了。

きがね【気兼ね】[名·自サ] 多心，客氣，拘束 [類] 遠慮 △彼女は気兼ねなく何でも話せる親友です。／她是我的摯友，任何事都可對她毫無顧忌地暢所欲言。

きがむく【気が向く】[慣] 心血來潮；有心 △気が向いたら来てください。／等你有意願時請過來。

きがる【気軽】[形動] 坦率，不受拘束；爽快；隨便 [反] 気重 [類] 気楽 △何かあればお気軽にお問い合わせください。／如有任何需求或疑問，請不必客氣，儘管洽詢服務人員。

きかん【器官】[名] 器官 △外からの刺激を感じ取るのが感覚器官です。／可以感受到外界刺激的是感覺器官。

きかん【季刊】[名] 季刊 △季刊誌は三ヶ月に一回発行される。／季刊雜誌是每三個月出版一期。

きかんしえん【気管支炎】[名] (醫) 支氣管炎 △風邪がなかなか治らないと思ったら、気管支炎だった。／還想著這次感冒怎麼拖了那麼久還沒好，原來是支氣管炎。

きき【危機】[名] 危機，險關 [類] ピンチ △1997年にタイを皮切りとしてアジア通貨危機が生じた。／1997年從泰國開始，掀起了一波亞洲的貨幣危機。

ききとり【聞き取り】[名] 聽見，聽懂，聽後記住；(外語的) 聽力 [類] ヒアリング △今日の試験では、普段にもまして聞き取りが悪かった。／今天考試的聽力部份考得比平時還糟。

ききめ【効き目】[名] 效力，效果，靈驗 [類] 効果 △この薬の効き目いかんで、手術するかしないかが決まる。／是否動手術，就看這個藥的效果了。

ききょう【帰京】[名·自サ] 回首都，回東京 △単身赴任を終え、3年ぶりに帰京することになった。／結束了單身赴任的生活，決定回到睽違三年的東京。

ぎきょく【戯曲】[名] 劇本，腳本；戲劇 [類] ドラマ △芝居好きが高じて、とうとう自分で戯曲を書くまでになった。／從喜歡戲劇，接著更進一步，最後終於親自寫起戲曲來了。

ききん【基金】[名] 基金 △同基金は、若い美術家を支援するために設立されました。／該基金會之宗旨為協助年輕藝術家。

きげき【喜劇】[名] 喜劇，滑稽劇；滑稽的事情 [反] 悲劇 [類] コメディー △気持ちが沈んでいるときには、喜劇を見て気晴らしすることが多い。／當情緒低落時，多半可藉由觀賞喜劇以掃除陰霾。

ぎけつ【議決】[名·他サ] 議決，表決 [類] 決める △次の条項は、委員会による議決を経なければなりません。／接下來的條款，必須經由委員會表決。

きけん【棄権】 名·他サ 棄權 △マラソンがスタートするや否や、足の痛みで棄権を強いられた。／馬拉松才剛起跑，就因為腳痛而立刻被迫棄權了。

きげん【起源】 名 起源 反 終わり 類 始まり △七夕行事の起源についてはいろいろな説がある。／關於七夕之慶祝儀式的起源，有各式各樣的說法。

きこう【機構】 名 機構，組織；（人體、機械等）結構，構造 類 体系 △本機構は、8名の委員及び機構長からなる。／本單位的成員包括八名委員與首長。

きごころ【気心】 名 性情，脾氣 △気心の知れた友人たちとおしゃべりするのが一番のストレス解消法です。／和志同道合的朋友們在一起聊天是最能消除壓力的方法。

きこん【既婚】 名 已婚 反 未婚 △ただ既婚者のみならず、結婚を控えているカップルも参加してよい。／不僅是已婚者，即將結婚的男女朋友也都可以參加。

きざ【気障】 形動 裝模作樣，做作；令人生厭，刺眼 類 気取る △ラブストーリーの映画にはきざなセリフがたくさん出てくる。／在愛情電影裡，常出現很多矯情造作的台詞。

きさい【記載】 名·他サ 刊載，寫上，刊登 類 載せる △賞味期限は包装右上に記載してあります。／食用期限標註於外包裝的右上角。

きさく【気さく】 形動 坦率，直爽，隨和 △容姿もさることながら、気さくな人柄で人気がある。／長相自不待言，再加上親和力，使他相當受歡迎。

きざし【兆し】 名 預兆，徵兆，跡象；萌芽，頭緒，端倪 類 兆候 △午後になって天気は回復の兆しが出てきた。／到了下午，出現了天氣轉晴的預兆。

きしつ【気質】 名 氣質，脾氣；風格 類 気だて △気質は生まれつきの要素が大きく、変わりにくい。／氣質多為與生俱來，不易改變。

きじつ【期日】 名 日期；期限 類 期限 △ごみは期日を守って出してください。／垃圾請按照規定的日子拿出來丟。

ぎじどう【議事堂】 名 國會大廈；會議廳 △中学生の時、社会科見学で国会議事堂を参観した。／我曾在中學時代的社會課程校外教學時，參觀過國會議事堂。

きしむ【軋む】 自五 （兩物相摩擦）吱吱嘎嘎響 △この家は古いので、床がきしんで音がする。／這間房子的屋齡已久，在屋內踏走時，地板會發出嘎吱聲響。

N1-020

きじゅつ【記述】 名·他サ 描述，記述；闡明 △記述式の問題が苦手だ。／不擅長解答說明類型的問題。

きしょう【気象】 名 氣象；天性，秉性，

脾氣 類 気候 △世界的な異常気象のせいで、今年の桜の開花予想は例年にもまして難しい。／因為全球性的氣候異常，所以要預測今年的櫻花開花期要比往年更加困難。

きずく【築く】 他五 築，建築，修建；構成，（逐步）形成，累積 類 築き上げる △同僚といい関係を築けば、より良い仕事ができるでしょう。／如果能建立良好的同事情誼，應該可以提昇工作成效吧！

きずつく【傷付く】 自五 受傷，負傷；弄出瑕疵，缺陷，毛病（威信、名聲等）遭受損害或敗壞，（精神）受到創傷 類 負傷する △相手が傷つこうが、言わなければならないことは言います。／即使會讓對方受傷，該說的話還是要說。

きずつける【傷付ける】 他下一 弄傷；弄出瑕疵，缺陷，毛病，傷痕，損害，損傷；敗壞 △子どもは知らず知らずのうちに相手を傷つけてしまうことがある。／小孩子或許會在不自覺的狀況下，傷害到其他同伴。

きせい【規制】 名·他サ 規定（章則），規章；限制，控制 類 規定 △昨年、飲酒運転に対する規制が強化された。／自去年起，酒後駕車的相關規範已修訂得更為嚴格。

ぎせい【犠牲】 名 犧牲；（為某事業付出的）代價 △時には犠牲を払ってでも手に入れたいものもある。／某些事物讓人有時不惜犧牲亦勢在必得。

きせん【汽船】 名 輪船，蒸汽船 類 蒸気船 △太平洋を最初に横断した汽船の名前はなんですか。／第一艘橫越太平洋的蒸汽船，船號叫什麼呢？

きぞう【寄贈】 名·他サ 捐贈，贈送 類 寄付 △これは私の恩師が大学に寄贈した貴重な書籍です。／這些寶貴的書籍是由我的恩師捐贈給大學的。

ぎぞう【偽造】 名·他サ 偽造，假造 類 偽物 △偽造貨幣を見分ける機械はますます精密になってきている。／偽鈔辨識機的鑑別力越來越精確。

きぞく【貴族】 名 貴族 類 貴人 △貴族の豪華な食事にひきかえ、平民の食事は質素なものだった。／相較於貴族們的豪華用餐，平民的用餐儉樸了許多。

ぎだい【議題】 名 議題，討論題目 類 議案 △次回の会合では、省エネ対策が中心議題になるでしょう。／下次會議將以節能對策為主要議題吧！

きたえる【鍛える】 他下一 鍛，鍾鍊；鍛鍊 類 鍛鍊する △ふだんどれだけ体を鍛えていようが、風邪をひくときはひく。／無論平常再怎麼鍛鍊身體，還是沒法避免感冒。

きだて【気立て】 名 性情，性格，脾氣 類 性質 △彼女はただ気立てがいいのみならず、社交的で話しやすい。／她不僅脾氣好，也善於社交，聊起來很愉快。

きたる【来る】 自五·連體 來，到來；引起，發生；下次的 反 去る 類 くる △来る12月24日のクリスマスイブのために、3メートルからあるツリーを飾りました。／為了即將到來的12月24日耶誕夜，裝飾了一棵高達三公尺的耶誕樹。

きちっと 副 整潔，乾乾淨淨；恰當；準時；好好地 類 ちゃんと、きちんと △きちっと断ればいいものを、あいまいな返事をするから事件に巻き込まれることになる。／當初若斬釘截鐵拒絕就沒事了，卻因給了模稜兩可的回覆，才會被捲入麻煩中。

きちょうめん【几帳面】 名·形動 規規矩矩，一絲不苟；（自律）嚴格，（注意）周到 反 不真面目 類 真面目 △この子は小さい時から几帳面すぎるきらいがある。／這孩子從小時候就有些過於一絲不苟。

きっかり 副 正，洽 類 丁度 △9時きっかりに部長から電話がかかってきた。／經理於九點整打電話來了。

きっちり 副·自サ 正好，恰好 類 ぴったり △1円まできっちりミスなく計算してください。／請仔細計算帳目至分毫不差。

きっぱり 副·自サ 乾脆，斬釘截鐵；清楚，明確 類 はっきり △いやなら、きっぱり断った方がいいですよ。／如果不願意的話，斷然拒絕比較好喔！

きてい【規定】 名·他サ 規則，規定 類 決まり △法律で定められた規定に則り、適切に処理します。／依循法定規範採取適切處理。

きてん【起点】 名 起點，出發點 反 終点 類 出発点 △山手線は、起点は品川駅、終点は田端駅です。／山手線的起點為品川站，終點為田端站。

きどう【軌道】 名（鐵路、機械、人造衛星、天體等的）軌道；正軌 類 コース △新しい人工衛星は、計画通り軌道への投入に成功した。／新的人工衛星一如計畫，成功地送進軌道了。

きなが【気長】 名·形動 緩慢，慢性；耐心，耐性 △ダイエットは気長に取り組むのが大切です。／減重的關鍵在於永不懈怠的努力。

きにくわない【気に食わない】 慣 不稱心；看不順眼 △気に食わない奴だ。／我看他不順眼。

ぎのう【技能】 名 技能，本領 類 腕前 △運転免許を取るには、技能試験に合格しなければならない。／要取得駕駛執照，就必須通過路考才行。

きはん【規範】 名 規範，模範 類 手本 △大学は研究者に対して行動規範を定めています。／大學校方對於研究人員的行為舉止，訂有相關規範。

きひん【気品】 名（人的容貌、藝術作品的）品格，氣派 類 品格 △気品のある女性とはどのような女性ですか。／所謂氣質優雅的女性，是什麼樣的女性呢？

きふう【気風】[名] 風氣，習氣；特性，氣質；風度，氣派 [類] 性質 △堅実さが日本人の気風だと考える人もいる。／某些人認為忠實可靠是日本人的秉性。

きふく【起伏】[名·自サ] 起伏，凹凸；榮枯，盛衰，波瀾，起落 [反] 平ら [類] でこぼこ △感情の起伏は自分でどうしようもできないものでもない。／感情起伏並非無法自我掌控。

きぼ【規模】[名] 規模；範圍；榜樣，典型 [類] 仕組み △大規模な計画の見直しを余儀なくされる可能性がある。／有可能得大規模重新評估計畫。

きまぐれ【気紛れ】[名·形動] 反覆不定，忽三忽四；反復不定，變化無常 [類] 移り気 △やったり、やめたり、彼は本当に気まぐれといったらない。／他一下子要做，一下子又不做，實在反覆無常。

きまじめ【生真面目】[名·形動] 一本正經，非常認真；過於耿直 [反] 不真面目 [類] 几帳面 △彼は以前にもまして生真面目になっていた。／他比以前更加倍認真。

きまつ【期末】[名] 期末 △期末テストが近づき、毎日、試験勉強を遅くまでしている。／隨著期末考試的日期越來越近，每天都讀到很晚才上床睡覺。

きまりわるい【きまり悪い】[形] 趕不上的意思；不好意思，拉不下臉，難為情，害羞，尷尬 [類] 気恥ずかしい △会話が盛り上がらずに、お互いきまり悪いといったらない。／談聊不投機，彼此都尷尬極了。

きめい【記名】[名·自サ] 記名，簽名 [類] 署名 △記名式のアンケートは、回収率が悪い。／記名式問卷的回收率很低。

N1-021

きやく【規約】[名] 規則，規章，章程 [類] 規則 △規約にはっきり書いてあるのだから、知らなかったでは済まない。／規定上面寫得清清楚楚的，不能單說一句不知道就把事情推得一乾二淨。

きゃくしょく【脚色】[名·他サ]（小說等）改編成電影或戲劇；添枝加葉，誇大其詞 △脚色によって作品は良くも悪くもなる。／戲劇改編之良莠會影響整部作品的優劣。

ぎゃくてん【逆転】[名·自他サ] 倒轉，逆轉；反過來；惡化，倒退 [類] 逆回転 △残り２分で逆転負けするなんて、悔しいといったらない。／在最後兩分鐘被對方反敗為勝，真是難以言喻的悔恨。

きゃくほん【脚本】[名]（戲劇、電影、廣播等）劇本；腳本 [類] 台本 △脚本あっての芝居ですから、役者は物語の意味をしっかりとらえるべきだ。／戲劇建立在腳本之上，演員必須要確實掌握故事的本意才是。

きゃしゃ【華奢】 形動 身體或容姿纖細，高雅，柔弱；東西做得不堅固，容易壞；纖細，苗條；嬌嫩，不結實 類 か弱い △彼女は本当にきゃしゃで今にも折れてしまいそうです。／她的身材真的很纖瘦，宛如被風一吹，就會給吹跑似的。

きゃっかん【客観】 名 客觀 反 主観 △率直に客観的な意見を言ったまでのことです。／只不過坦率說出客觀意見罷了。

キャッチ【catch】 名･他サ 捕捉，抓住；（棒球）接球 類 捉える △ボールを落とさずキャッチした。／在球還沒有落地之前就先接住了。

キャップ【cap】 名 運動帽，棒球帽；筆蓋 △この万年筆は、書き味ばかりでなくキャップのはめ心地に至るまで、職人芸の極みだ。／這支鋼筆，從書寫的流暢度，乃至於套上筆蓋的鬆緊度，可以說是工匠藝術的登峰造極。

ギャラ【guarantee之略】 名（預約的）演出費，契約費 △ギャラを支払う。／支付演出費。

キャリア【career】 名 履歷，經歷；生涯，職業；（高級公務員考試及格的）公務員 類 経歴 △これはひとりキャリアだけでなく、人生にかかわる問題です。／這不僅是段歷程，更攸關往後的人生。

きゅうえん【救援】 名･他サ 救援；救濟 類 救う △被害の状況が明らかになるや否や、たくさんの救援隊が相次いで現場に駆けつけた。／一得知災情，許多救援團隊就接續地趕到了現場。

きゅうがく【休学】 名･自サ 休學 △交通事故に遭ったので、しばらく休学を余儀なくされた。／由於遇上了交通意外，不得不暫時休學了。

きゅうきょく【究極】 名･自サ 畢竟，究竟，最終 反 始め 類 終わり △私にとって、これは究極の選択です。／對我而言，這是最終的選擇。

きゅうくつ【窮屈】 名･形動（房屋等）窄小，狹窄，（衣服等）緊；感覺拘束，不自由；死板 反 広い 類 狭い △ちょっと窮屈ですが、しばらく我慢してください。／或許有點狹窄擁擠，請稍微忍耐一下。

きゅうこん【球根】 名（植）球根，鱗莖 類 根茎 △春に植えた球根は夏に芽を出します。／在春天種下的球根，到了夏天就會冒出新芽。

きゅうさい【救済】 名･他サ 救濟 類 救助 △政府が打ち出した救済措置をよそに、株価は大幅に下落した。／儘管政府提出救濟措施，股價依然大幅下跌。

きゅうじ【給仕】 名･自サ 伺候（吃飯）；服務生 △官邸には専門の給仕スタッフがいる。／官邸裡有專事服侍的雜役工友。

Level 5
Level 4
Level 3
Level 2
Level 1

きゅうしょく【給食】(名·自サ)（學校、工廠等）供餐，供給飲食 △私が育った地域では、給食は小学校しかありませんでした。／在我成長的故鄉，只有小學才會提供營養午餐。

きゅうせん【休戦】(名·自サ) 休戰，停戰 (類) 停戦 △両国は 12 月 31 日をもって休戦することで合意した。／兩國達成協議，將於 12 月 31 日停戰。

きゅうち【旧知】(名) 故知，老友 (類) 昔なじみ △彼とは旧知の仲です。／他是我的老朋友。

きゅうでん【宮殿】(名) 宮殿；祭神殿 (類) 皇居 △ベルサイユ宮殿は豪華な建築と広く美しい庭園が有名だ。／凡爾賽宮以其奢華繁複的建築與寬廣唯美的庭園著稱。

きゅうぼう【窮乏】(名·自サ) 貧窮，貧困 (反) 富んだ (類) 貧しい △彼女は涙ながらに一家の窮乏ぶりを訴えた。／她邊哭邊描述家裡的貧窮窘境。

きゅうゆう【旧友】(名) 老朋友 △旧友と再会する。／和老友重聚。

きよ【寄与】(名·自サ) 貢獻，奉獻，有助於… (類) 貢献 △首相は祝辞で「平和と発展に寄与していきたい」と語った。／首相在賀辭中提到「期望本人能對和平與發展有所貢獻」。

きょう【共】(漢造) 共同，一起 △主犯ではなく共犯だから、執行猶予がつかないとも限らない。／既然不是主犯而是共犯，說不定可以被判處緩刑。

きょう【供】(漢造) 供給，供應，提供 △需要と供給によって、市場価格が決まる。／市場價格取決於供給與需求。

きょう【強】(名·漢造) 強者；(接尾詞用法) 強，有餘；強，有力；加強；硬是，勉強 (反) 弱 (類) 強い △クーラーを「強」に調整してください。／請將空調的冷度調至「強」。

きょう【橋】(名·漢造)（解）腦橋；橋 (類) はし △京都の渡月橋はとても有名な観光スポットです。／京都的渡月橋是處極富盛名的觀光景點。

きょうい【驚異】(名) 驚異，奇事，驚人的事 △彼女は驚異的なスピードでゴルフの腕をあげた。／她打高爾夫球的技巧，進步速度之快令人瞠目結舌。

きょうか【教科】(名) 教科，學科，課程 △中学校からは、教科ごとに教える先生が異なります。／從中學階段開始，每門學科都由不同教師授課。

きょうかい【協会】(名) 協會 (類) 団体 △ＮＨＫの正式名称は日本放送協会です。／NHK 的正式名稱為日本放送協會。

きょうがく【共学】(名)（男女或黑白人種）同校，同班（學習）△公立の高校はほとんどが共学です。／公立高中幾乎均為男女同校制。

きょうかん【共感】(名·自サ) 同感，同情，共鳴 (類) 共鳴 △相手の気持ちに共感することも時には大切です。／有些時候，設身處地為對方著想是相當重要的。

きょうぎ【協議】 [名·他サ] 協議，協商，磋商 [類] 相談 △協議の結果、計画を見合わせることになった。／協商的結果，該計畫暫緩研議。

きょうぐう【境遇】 [名] 境遇，處境，遭遇，環境 [類] 身の上 △いかに悲惨な境遇といえども、犯人の行為は正当化できるものではない。／不管有多麼悲慘的境遇，都不能把犯罪者的行為正當化。

きょうくん【教訓】 [名·他サ] 教訓，規戒 [類] 教え △あの時の教訓なしに、今の私は存在しないだろう。／要是沒有那時的教訓，就不會有現在的我。

N1-022

きょうこう【強行】 [名·他サ] 強行，硬幹 [類] 強引 △航空会社の社員が賃上げを求めてストライキを強行した。／航空公司員工因要求加薪而強行罷工。

きょうざい【教材】 [名] 教材 [類] 教科書 △生徒の進度にあった教材を選択しなければなりません。／教師必須配合學生的進度擇選教材。

きょうさく【凶作】 [名] 災荒，欠收 [反] 豊作 [類] 不作 △今年は冷害のため、4年ぶりに米が凶作となった。／農作物由於今年遭逢寒害，四年來稻米首度欠收。

ぎょうしゃ【業者】 [名] 工商業者 △仲介を通さず、専門の業者に直接注文した方が安い。／不要透過仲介商，直接向上游業者下訂單比較便宜。

きょうじゅ【享受】 [名·他サ] 享受；享有 △経済発展の恩恵を享受できるのは一部の国の人々だ。／僅有少數國家的人民得以享受到經濟發展的好處。

きょうしゅう【教習】 [名·他サ] 訓練，教習 [類] 教育 △運転免許を取るため3ヶ月間も自動車教習所に通った。／為取得駕照，已經去駕駛訓練中心連續上了三個月的課程。

きょうしゅう【郷愁】 [名] 鄉愁，想念故鄉；懷念，思念 [類] ホームシック △初めての台湾旅行で、なぜか郷愁を覚えました。／在第一次造訪台灣的旅途中，不知道為什麼竟然感到了鄉愁。

きょうしょく【教職】 [名] 教師的職務；（宗）教導信徒的職務 △教職課程は取ったが、実際に教鞭をとったことはない。／雖然我擁有教師資格，卻從未真正教過學。

きょうじる【興じる】 [自上一]（同「興ずる」）感覺有趣，愉快，以…自娛，取樂 [類] 楽しむ △趣味に興じるばかりで、全然家庭を顧みない。／一直沈迷於自己的興趣，完全不顧家庭。

きょうせい【強制】 [名·他サ] 強制，強迫 [類] 強いる △パソコンがフリーズしたので、強制終了した。／由於電腦當機，只好強制關機了。

きょうせい【矯正】 [名·他サ] 矯正，糾正△笑うと歯の矯正器具が見える。／笑起來的時候會看到牙齒的矯正器。

ぎょうせい【行政】㊔（相對於立法、司法而言的）行政；（行政機關執行的）政務△行政が介入するや否や、市場は落ち着きを取り戻した。／行政機關一介入，市場立刻恢復穩定。

ぎょうせき【業績】㊔（工作、事業等）成就，業績 類 手柄△営業マンとして、業績を上げないではすまない。／身為業務專員，不提升業績是說不過去的吧。

きょうそん・きょうぞん【共存】名·自サ 共處，共存△人間と動物が共存できるようにしなければならない。／人類必須要能夠與動物共生共存。

きょうちょう【協調】名·自サ 協調；合作 類 協力△協調性に欠けていると、人間関係はうまくいかない。／如果缺乏互助合作精神，就不會有良好的人際關係。

きょうてい【協定】名·他サ 協定 類 約する△圧力に屈し、結ぶべからざる協定を締結した。／屈服於壓力而簽署了不應簽訂的協定。

きょうど【郷土】㊔故鄉，鄉土；鄉間，地方 類 ふるさと△冬になると郷土の味が懐かしくなる。／每逢冬季，就會開始想念故鄉美食的滋味。

きょうはく【脅迫】名·他サ 脅迫，威脅，恐嚇 類 脅す△知らない男に電話で脅迫されて、怖いといったらない。／陌生男子來電恐嚇，令人心生恐懼至極點。

ぎょうむ【業務】㊔業務，工作 類 仕事△担当の業務が多すぎて、毎日残業ばかりです。／由於負責的業務太多，每天都得加班。

きょうめい【共鳴】名·自サ（理）共鳴，共振；共鳴，同感，同情△冷蔵庫の音が壁に共鳴してうるさい。／冰箱的聲響和牆壁產生共鳴，很吵。

きょうり【郷里】㊔故鄉，鄉里 類 田舎（いなか）△郷里の良さは、一度離れてみないと分からないものかもしれない。／不曾離開過故鄉，或許就無法體會到故鄉的好。

きょうれつ【強烈】形動 強烈△彼女の第一印象は非常に強烈でした。／對她的第一印象非常深刻。

きょうわ【共和】㊔共和△アメリカは共和党と民主党の二大政党制だ。／美國是由共和黨與民主黨這兩大政黨所組成的體制。

きょくげん【局限】名·他サ 侷限，限定△早急に策を講じたので、被害は局限された。／由於在第一時間就想出對策，得以將受害程度減到最低。

きょくげん【極限】㊔極限△疲労の極限に達して、とうとう入院することになった。／疲勞達到了極限，終於嚴重到住院了。

きょくたん【極端】(名·形動) 極端；頂端 (類) 甚だしい △あまりに極端な意見に、一同は顔を見合わせた。／所有人在聽到那個極度偏激的意見時，無不面面相覷。

きょじゅう【居住】(名·自サ) 居住；住址，住處 (類) 住まい △チャイナタウン周辺には華僑が多く居住している。／許多華僑都住在中國城的周邊。

きょぜつ【拒絶】(名·他サ) 拒絕 (反) 受け入れる (類) 断る △拒絶されなかったまでも、見通しは明るくない。／就算沒遭到拒絕，前途並不樂觀。

ぎょせん【漁船】(名) 漁船 △強風に煽られ漁船は一瞬で転覆した。／漁船遭到強風的猛力吹襲，剎那間就翻覆了。

ぎょそん【漁村】(名) 漁村 △漁村は長年後継者不足に苦しんでいる。／多年來漁村因缺乏接班人，而痛苦不堪。

きょひ【拒否】(名·他サ) 拒絕，否決 (反) 受け入れる (類) 拒む △拒否するなら、理由を説明してしかるべきだ。／如果拒絕，就應該說明理由。

きょよう【許容】(名·他サ) 容許，允許，寬容 (類) 許す △あなたの要求は我々の許容範囲を大きく超えている。／你的要求已經遠超過我們的容許範圍了。

きよらか【清らか】(形動) 沒有污垢；清澈秀麗；清澈 (反) 汚らわしい (類) 清い △清らかな水の中、魚が気持ちよさそうに泳ぎまわっている。／魚兒在清澈見底的水裡悠遊自在地游來游去。

きらびやか (形動) 鮮豔美麗到耀眼的程度；絢麗，華麗 (類) 輝かしい △宮殿はきらびやかに飾り立てられていた。／宮殿到處是金碧輝煌的裝飾。

きり【切り】(名) 切，切開；限度；段落；(能劇等的) 煞尾 (類) 区切り △子どもは甘やかしたらきりがない。／假如太過寵溺孩子，他們將會得寸進尺。

きり (副助) 只，僅；一…(就…)；(結尾詞用法) 只，全然 (類) しか △２ヶ月前食事に行ったきり、彼女には会っていません。／自從兩個月前跟她一起聚過餐後，我們就再也沒見過面了。

N1-023

ぎり【義理】(名) (交往上應盡的) 情意，禮節，人情；緣由，道理 △義理チョコとは何ですか。／所謂的人情巧克力，到底是什麼東西呢？

きりかえ【切り替え】(名) 轉換，切換；兌換；(農) 開闢森林成田地 (過幾年後再種樹) (類) 転換 △気分の切替が上手な人は仕事の効率も良いといわれている。／據說善於調適情緒的人，工作效率也很高。

きりかえる【切り替える】(他下一) 轉換，改換，掉換；兌換 (類) 転換する △仕事とプライベートの時間は切り替えた方がいい。／工作的時間與私人的時間都要適度調配轉換比較好。

きりゅう【気流】 (名) 氣流 △気流の乱れで飛行機が大きく揺れた。／飛機因遇到亂流而搖晃得很嚴重。

きれめ【切れ目】 (名) 間斷處，裂縫；間斷，中斷；段落；結束 (類) 区切り △野菜に切れ目を入れて、花の模様を作る。／在蔬果上雕出花朵的圖案。

キレる (自下一) (俗) 突然生氣，發怒 △大人、とりわけ親の問題なくして、子供がキレることはない。／如果大人都沒有問題，尤其是父母沒有問題，孩子就不會出現暴怒的情緒。

ぎわく【疑惑】 (名) 疑惑，疑心，疑慮 (類) 疑い △疑惑を晴らすためとあれば、法廷で証言してもかまわない。／假如是為釐清疑點，就算要到法庭作證也行。

きわめて【極めて】 (副) 極，非常 (類) 非常に △このような事態が起こり、極めて遺憾に思います。／發生如此事件，令人至感遺憾。

きわめる【極める】 (他下一) 查究；到達極限 △道を極めた達人の言葉だけに、重みがある。／追求極致這句話出自專家的口中，尤其具有權威性。

きん【菌】 (名·漢造) 細菌，病菌，霉菌；蘑菇 (類) ウイルス △傷口から菌が入って、化膿した。／傷口因細菌感染而化膿了。

きんがん【近眼】 (名) (俗) 近視眼；目光短淺 (反) 遠視 (類) 近視 △近眼はレーザーで治療することができる。／可採用雷射方式治療近視。

きんきゅう【緊急】 (名·形動) 緊急，急迫，迫不及待 (類) 非常 △緊急の場合は、以下の電話番号に連絡してください。／如遇緊急狀況，請撥打以下的電話號碼與我們聯絡。

きんこう【近郊】 (名) 郊區，近郊 △近郊には散策にぴったりの下町がある。／近郊有處還留存著懷舊風情的小鎮，非常適合踏訪漫步。

きんこう【均衡】 (名·自サ) 均衡，平衡，平均 (類) バランス △両足への荷重を均衡に保って歩いたほうが、足の負担が軽減できる。／行走時，將背負物品的重量平均分配於左右雙腳，可以減輕腿部的承重負荷。

きんし【近視】 (名) 近視，近視眼 (反) 遠視 (類) 近眼 △小さいころから近視で、眼鏡が手放せない。／因我從小就罹患近視，因此無時無刻都得戴著眼鏡。

きんじる【禁じる】 (他上一) 禁止，不准；禁忌，戒除；抑制，控制 (類) 禁止する △機内での喫煙は禁じられています。／禁止在飛機機內吸菸。

きんべん【勤勉】 (名·形動) 勤勞，勤奮 (反) 不真面目 (類) 真面目 △勤勉だからと言って、成績が優秀だとは限らない。／即使勤勉用功讀書，也未必保證成績一定優異。

ぎんみ【吟味】 (名·他サ) (吟頌詩歌) 仔

細體會，玩味；（仔細）斟酌，考慮 類 検討 △低価格であれ、高価格であれ、品質を吟味する必要がある。／不管價格高低，都必須審慎考量品質。

きんむ【勤務】 名·自サ 工作，勤務，職務 類 役目 △勤務時間に私用の電話はしないでください。／上班時，請不要撥打或接聽私人電話。

きんもつ【禁物】 名 嚴禁的事物；忌諱的事物 △試験中、私語は禁物です。／考試中禁止交頭接耳。

きんり【金利】 名 利息；利率 △金利を引き下げる。／降低利息。

きんろう【勤労】 名·自サ 勤勞，勞動（狹意指體力勞動） 類 労働 △11月23日は勤労感謝の日で祝日です。／11月23日是勤勞感謝日，當天為國定假日。

く ク

N1-024

く【苦】 名·漢造 苦(味)；痛苦；苦惱；辛苦 類 苦い △人生、苦もあれば楽もあるとはよく言ったものだ。／「人生有苦有樂」這句話說得真貼切。

く【区】 名 地區，區域；區 類 ブロック △六本木は港区にあります。／六本木屬於港區。

くいちがう【食い違う】 自五 不一致，有分歧；交錯，錯位 類 矛盾 △ただその一点のみ、双方の意見が食い違っている。／雙方的意見僅就那一點相左。

くうかん【空間】 名 空間，空隙 △あの部屋のデザインは大きな空間ならではだ。／正因為空間夠大，所以那房間才能那樣設計。

くうぜん【空前】 名 空前 類 スペース △ゆるキャラが空前の大ブームを巻き起こしている。／療癒系公仔正捲起一股空前的熱潮。

くうふく【空腹】 名 空腹，空肚子，餓 反 満腹 類 飢える △空腹を我慢しすぎるとめまいがします。／如果強忍空腹太久，就會導致暈眩。

くかく【区画】 名 區劃，劃區；（劃分的）區域，地區 類 地域 △都市計画に即して、土地の区画整理を行います。／依照都市計劃進行土地重劃。

くかん【区間】 名 區間，段 △この区間の運賃は100円均一です。／這個區間的車資一律都是一百圓。

くき【茎】 名 莖；梗；柄；稈 類 みき △茎が太い方が大きな実ができる。／植物的莖部越粗壯，所結的果實越碩大。

くぎり【区切り】 名 句讀；文章的段落；工作的階段 類 段落 △子どもが大学を

卒業し、子育てに区切りがついた。／孩子已經大學畢業，養兒育女的任務總算告一段落了。

くぐる 他五 通過，走過；潛水；猜測 類 通り抜ける △門をくぐると、宿の女将さんが出迎えてくれた。／走進旅館大門後，老闆娘迎上前來歡迎我們。

くじびき【籤引き】 名·自サ 抽籤 類 抽籤 △商店街のくじ引きで、温泉旅行を当てた。／我參加市集商家所舉辦的抽獎活動，抽中了溫泉旅行獎項。

くすぐったい 形 被搔癢到想發笑的感覺；發癢，癢癢的 類 こそばゆい △足の裏を他人に触られると、くすぐったく感じるのはなぜだろうか。／為什麼被別人碰觸腳底時，就會感覺搔癢難當呢？

ぐち【愚痴】 名（無用的，於事無補的）牢騷，抱怨 反 満足 類 不満 △愚痴ばかりこぼしていないで、まじめに勉強しなさい。／不要老是抱怨連連，給我用功讀書！

くちずさむ【口ずさむ】 他五（隨興之所致）吟，詠，誦 類 歌う △今日はご機嫌らしく、父は朝から歌を口ずさんでいる。／爸爸今天的心情似乎很好，打從大清早就一直哼唱著歌曲。

くちばし【嘴】 名（動）鳥嘴，嘴，喙 △鳥は種類によってくちばしの形が違う。／鳥類的喙因其種類不同，形狀亦各異。

ぐちゃぐちゃ 副（因飽含水分）濕透；出聲咀嚼；抱怨，發牢騷的樣子 △雪が溶けてぐちゃぐちゃだ。歩きにくいったらありはしない。／雪融化後路面變得濕濕滑滑的，說有多難走就有多難走。

くちる【朽ちる】 自上一 腐朽，腐爛，腐壞；默默無聞而終，埋沒一生；（轉）衰敗，衰亡 類 腐る △校舎が朽ち果てて、廃墟と化している。／校舍已經殘破不堪，變成廢墟。

N1-025

くつがえす【覆す】 他五 打翻，弄翻，翻轉；（將政權、國家）推翻，打倒；徹底改變，推翻（學說等） 類 裏返す △一審の判決を覆し、二審では無罪となった。／二審改判無罪，推翻了一審的判決結果。

くっきり 副·自サ 特別鮮明，清楚 類 明らか △銀の皿のような月が空にくっきりと浮かんでいた。／像銀盤似的皎潔明月懸在天際。

くっせつ【屈折】 名·自サ 彎曲，曲折；歪曲，不正常，不自然 類 折れ曲がる △理科の授業で光の屈折について実験した。／在自然科的課程中，進行光線折射的實驗。

ぐったり 副·自サ 虛軟無力，虛脫 △ぐったりと横たわる。／虛脫躺平。

ぐっと 副 使勁；一口氣地；更加；啞口無言；（俗）深受感動 類 一気に △

安全性への懸念をよそに、最近になって使用者がまたぐっと増えた。／未受安全上的疑慮影響，最近又大為增加許多新用戶。

くびかざり【首飾り】 (名) 項鍊 (類) ネックレス △古代の首飾りは現代のものとは違って重い。／古代的頸飾與現代製品不同，非常沈重。

くびわ【首輪】 (名) 狗，貓等的脖圈 △子犬に首輪をつけたら、嫌がって何度も吠えた。／小狗被戴上頸圈後，厭惡似地連連狂吠。

くみあわせる【組み合わせる】 (他下一) 編在一起，交叉在一起，搭在一起；配合，編組 (類) 取り合わせる △上と下の数字を組み合わせて、それぞれ合計10になるようにしてください。／請加總上列與下列的數字，使每組數字的總和均為10。

くみこむ【組み込む】 (他五) 編入；入伙；(印) 排入 (類) 組み入れる △この部品を組み込めば、製品が小型化できる。／只要將這個零件組裝上去，就可以將產品縮小。

くよくよ (副・自サ) 鬧彆扭；放在心上，想不開，煩惱 △小さいことにくよくよするな。／別為小事想不開。

くら【蔵】 (名) 倉庫，庫房；穀倉，糧倉；財源 (類) 倉庫 △日本の東北地方には伝統的な蔵が今も多く残っている。／日本的東北地區迄今仍保存著許多穀倉。

グレー【gray】 (名) 灰色；銀髮 (類) 灰色 △このネクタイにはグレーのスーツの方が合うと思う。／我覺得這條領帶應該很適合用以搭配灰色西裝。

グレードアップ【grade-up】 (名) 提高水準 △商品のグレードアップを図る。／訴求提高商品的水準。

クレーン【crane】 (名) 吊車，起重機 (類) 起重機 △崖から墜落した乗用車をクレーンで引きあげた。／起重機把從懸崖掉下去的轎車吊起來。

くろうと【玄人】 (名) 內行，專家 (反) 素人 (類) プロ △たとえ玄人であれ、失敗することもある。／就算是行家，也都會有失手的時候。

くろじ【黒字】 (名) 黑色的字；(經) 盈餘，賺錢 (反) 赤字 (類) 利益 △業績が黒字に転じなければ、社員のリストラもやむを得ない。／除非營業業績轉虧為盈，否則逼不得已只好裁員。

くわずぎらい【食わず嫌い】 (名) 沒嘗過就先說討厭，(有成見而) 不喜歡；故意討厭 △夫のジャズ嫌いは食わず嫌いだ。／我丈夫對爵士樂抱有成見。

ぐん【群】 (名) 群，類；成群的；數量多的 (類) 集団 △富岡製糸場と絹産業遺産群は、2014年、世界遺産に登録された。／富岡造線工廠和絹布產業遺產群於2014年被登錄為世界遺產了。

ぐんかん【軍艦】 (名) 軍艦 (類) 兵船 △

海軍の主要軍備といえば、軍艦をおいてほかにない。／提到海軍的主要軍備，非軍艦莫屬。

ぐんじ【軍事】 [名] 軍事，軍務 △軍事に関する情報は、外部に公開されないことが多い。／軍事相關情報通常不對外公開。

くんしゅ【君主】 [名] 君主，國王，皇帝 [類] 帝王 △彼には君主ゆえの風格がただよっている。／他展現出君王特有的泱泱風範。

ぐんしゅう【群集】 [名·自サ] 群集，聚集；人群，群 [類] 群れ △この事件に群集心理が働いていたであろうことは想像に難くない。／不難想像這起事件對群眾心理所造成的影響。

ぐんしゅう【群衆】 [名] 群眾，人群 [類] 集まり △法廷前に、群衆が押し寄せ混乱をきたした。／群眾在法庭前互相推擠，造成混亂的場面。

ぐんび【軍備】 [名] 軍備，軍事設備；戰爭準備，備戰 △ある国が軍備を拡張すると、周辺地域の緊張が高まる。／只要某個國家一擴張軍事設備，周圍地區的情勢就會變得緊張。

ぐんぷく【軍服】 [名] 軍服，軍裝 △遺影の祖父は軍服を着てほほ笑んでいる。／在遺照裡的先祖父身著軍裝，面露微笑。

け ケ

N1-026

けい【刑】 [名] 徒刑，刑罰 [類] 刑罰 △死刑囚の刑が執行されたという情報が入った。／我們得到消息，據說死刑犯已經被行刑了。

けい【系】 [漢造] 系統；系列；系別；（地層的年代區分）系 [類] 系統 △文系の学生より理系の学生の方が就職率が高いというのは本当ですか。／聽說理科學生的就業率，較文科學生的要來得高，這是真的嗎？

げい【芸】 [名] 武藝，技能；演技；曲藝，雜技；藝術，遊藝 [類] 技能 △あのお猿さんは人間顔負けの芸を披露する。／那隻猿猴表演的技藝令人類甘拜下風。

けいい【経緯】 [名] （事情的）經過，原委，細節；經度和緯度 [類] プロセス △経緯のいかんによらず、結果は結果です。／不管來龍去脈如何，結果就是結果了。

けいか【経過】 [名·自サ] （時間的）經過，流逝，度過；過程，經過 [類] 過ぎる △あの会社が経営破綻して、一ヶ月が経過した。／那家公司自經營失敗以來，已經過一個月了。

けいかい【軽快】 [形動] 輕快；輕鬆愉快；輕便；（病情）好轉 [類] 軽やか △彼は軽快な足取りで、グラウンドに駆け出して行った。／他踩著輕快的腳步奔向操場。

けいかい【警戒】[名·他サ] 警戒，預防，防範；警惕，小心 [類] 注意 △通報を受け、一帯の警戒を強めている。／在接獲報案之後，加強了這附近的警力。

けいき【契機】[名] 契機；轉機，動機，起因 [類] きっかけ △サブプライムローン問題を契機に世界経済が急速に悪化した。／次級房貸問題是世界經濟急遽惡化的導火線。

けいき【計器】[名] 測量儀器，測量儀表 [類] メーター △機内での携帯電話の使用は計器の誤作動を引き起こさないとも限らない。／在機艙裡使用行動電話說不定會干擾儀器運作。

けいぐ【敬具】[名]（文）敬啟，謹具 [反] 拝啓 [類] 敬白 △「拝啓」で始まる手紙は「敬具」で結ぶのが基本です。／信函的起首為「敬啟者」，末尾就要加註「敬上」，這是書寫信函的基本形式。

けいげん【軽減】[名·自他サ] 減輕 [類] 載せる △足腰への負担を軽減するため、体重を減らさなければならない。／為了減輕腰部與腿部的負擔，必須減重才行。

けいさい【掲載】[名·他サ] 刊登，登載 △著者の了解なしに、勝手に掲載してはいけない。／不可在未經作者的同意下擅自刊登。

けいしゃ【傾斜】[名·自サ] 傾斜，傾斜度；傾向 [類] 傾き △45度以上の傾斜の急な坂道は、歩くだけでも息が上がる。／在傾斜度超過45度的陡峭斜坡上，光是行走就足以讓人呼吸急促。

けいせい【形成】[名·他サ] 形成 △台風が形成される過程を収めたビデオがある。／有支錄影帶收錄了颱風形成的過程。

けいせい【形勢】[名] 形勢，局勢，趨勢 [類] 動向 △序盤は不利な形勢だったが、後半持ち直し逆転優勝を収めた。／比賽一開始雖然屈居劣勢，但下半場急起直追，最後逆轉局勢獲得勝利。

けいせき【形跡】[名] 形跡，痕跡 △犯人は負傷している形跡がある。／跡證顯示犯嫌已受傷。

けいそつ【軽率】[名·形動] 輕率，草率，馬虎 [反] 慎重 [類] 軽はずみ △外務大臣としてあるまじき軽率な発言に国民は落胆した。／國民對外交部長，不該發的輕率言論感到很灰心。

けいたい【形態】[名] 型態，形狀，樣子 [類] かたち △雇用形態は大きく正社員、契約社員、派遣社員、パート社員に分けられる。／聘僱員工的類型大致分為以下幾種：正式員工、約聘員工、派遣員工、以及兼職員工。

けいばつ【刑罰】[名] 刑罰 [反] 賞 [類] ばつ △重い刑罰を科すことが犯罪防止につながるとは限らない。／採取重罰未必就能防止犯罪。

けいひ【経費】[名] 經費，開銷，費用 [類]費用 △不況のため、全社を挙げて経費削減に取り組んでいる。／由於不景氣，公司上下都致力於削減經費。

けいぶ【警部】[名] 警部（日本警察職稱之一）△ 23 歳で警部になった。／於二十三歲時升上了警部位階。

けいべつ【軽蔑】[名·他サ] 輕視，藐視，看不起 [類]蔑む △噂を耳にしたのか、彼女は軽蔑の眼差しで僕を見た。／不曉得她是不是聽過關於我的流言，她以輕蔑的眼神瞅了我。

けいれき【経歴】[名] 經歷，履歷；經過，體驗；周遊 [類]履歴 △採用するかどうかは、彼の経歴いかんだ。／錄不錄用就要看他的個人履歷了。

けいろ【経路】[名] 路徑，路線 △病気の感染経路が明らかになれば、対応策を採りやすくなる。／如果能夠弄清楚疾病的傳染路徑，就比較容易採取因應對策。

けがす【汚す】[他五] 弄髒；摔和 [比]よごす：指污損實體物質，例：「服」。

けがす：指污損非實體物質，例：「名誉」。△週刊誌のでたらめな記事で私の名誉が汚された。／週刊的不實報導玷汙了我的名譽。

けがらわしい【汚らわしい】[形] 好像對方的污穢要感染到自己身上一樣骯髒，討厭，卑鄙 [反]美しい [類]醜い △トルストイの著書に「この世で成功を収めるのは卑劣で汚らわしい人間ばかりである」という一文がある。／托爾斯泰的著作中，有段名言如下：「在這世上能功成名就的，全是些卑劣齷齪的。」

けがれ【汚れ】[名] 污垢 △神社に参拝するときは、入り口で手を洗い、口をすすいで、汚れを洗い流します。／到神社參拜時，要在入口處洗手、漱口，以滌淨汙穢。

N1-027

けがれる【汚れる】[自下一] 髒 △私がそんな汚れた金を受け取ると思っているんですか。／難道你認為我會收那種骯髒錢嗎？

げきだん【劇団】[名] 劇團 △彼は俳優として活躍するかたわら、劇団も主宰している。／他一邊活躍於演員生涯，同時自己也組了一個劇團。

げきれい【激励】[名·他サ] 激勵，鼓勵，鞭策 [類]励ます △皆さんからたくさんの激励をいただき、気持ちも新たに出直します。／在得到大家的鼓勵打氣後，讓我整理心情，重新出發。

けしさる【消し去る】[他五] 消滅，消除 △記憶を消し去る。／消除記憶。

ゲスト【guest】[名] 客人，旅客；客串演員 [類]客 △あの番組はひとりゲストだけでなく、司会者も大物です。／那個節目不只來賓著名，就連主持人也很有份量。

けだもの【獣】(名)獸；畜生，野獸 △怒りのあまり彼はけだもののごとく叫んだ。／他氣憤得如野獸般地嘶吼著。

けつ【決】(名)決定，表決；(提防) 決堤；決然，毅然；(最後) 決心，決定 (類)決める △役員の意見が賛否両論に分かれたので、午後、決を採ります。／由於董事們的意見分成贊成與反對兩派，下午將進行表決。

けつい【決意】(名·自他サ) 決心，決意；下決心 (類)決心 △どんなに苦しかろうが、最後までやり通すと決意した。／不管有多辛苦，我都決定要做到完。

けっかく【結核】(名)結核，結核病 (類)結核症 △結核の初期症状は風邪によく似ている。／結核病的初期症狀很像感冒。

けっかん【血管】(名) 血管 (類) 動脈 △お風呂に入ると血管が拡張し、血液の流れが良くなる。／泡澡會使血管擴張，促進血液循環。

けつぎ【決議】(名·他サ) 決議，決定；議決 (類)決定する △国連の決議に則って、部隊をアフガニスタンに派遣した。／依據聯合國決議，已派遣軍隊至阿富汗。

けっこう【決行】(名·他サ) 斷然實行，決定實行 (類)断行 △無理に決行したところで、成功するとは限らない。／即使勉強斷然實行，也不代表就會成功。

けつごう【結合】(名·自他サ) 結合；黏接 (類)結び合わせる △原子と原子の結合によって多様な化合物が形成される。／藉由原子與原子之間的鍵結，可形成各式各樣的化合物。

けっさん【決算】(名·自他サ) 結帳；清算 (反)予算 (類)総決算 △3月は決算期であるがゆえに、非常に忙しい。／因為3月是結算期，所以非常忙碌。

げっしゃ【月謝】(名)（每月的）學費，月酬 (類) 授業料 △子どもが3人いれば、塾や習い事の月謝もばかになりません。／養了三個孩子，光是每個月要支付的補習費與才藝學費，就是一筆不容小覷的支出。

けっしょう【決勝】(名)（比賽等）決賽，決勝負 △決勝戦ならではの盛り上がりを見せている。／這場比賽呈現出決賽才會有的高漲氣氛。

けっしょう【結晶】(名·自サ) 結晶；（事物的）成果，結晶 △氷は水の結晶です。／冰是水的結晶。

けっせい【結成】(名·他サ) 結成，組成 △離党した国会議員数名が、新たに党を結成した。／幾位已經退黨的國會議員，組成了新的政黨。

けっそく【結束】(名·自他サ) 捆綁，捆束；團結；準備行裝，穿戴(衣服或盔甲) (類)団結する △チームの結束こそが勝利の鍵です。／團隊的致勝關鍵在於團結一致。

げっそり(副·自サ) 突然減少；突然消瘦

很多；(突然) 灰心，無精打采 △病気のため、彼女はここ２ヶ月余りでげっそり痩せてしまった。／這兩個多月以來，她因罹病而急遽消瘦憔悴。

ゲット【get】〔名·他サ〕(籃球、兵上曲棍球等) 得分；(俗) 取得，獲得 △欲しいものをゲットする。／取得想要的東西。

げっぷ【月賦】〔名〕月賦，按月分配；按月分期付款 〔類〕支払い 〔補〕リボ払い：分期定額付款。△スマートフォンを月賦で買うには、審査がある。／想要以分期付款方式購買智慧型手機，需要經過審核。

けつぼう【欠乏】〔名·自サ〕缺乏，不足 〔類〕不足 △鉄分が欠乏すると貧血を起こしやすくなる。／如果身體缺乏鐵質，將容易導致貧血。

けとばす【蹴飛ばす】〔他五〕踢；踢開，踢散，踢倒；拒絕 〔類〕蹴る △ボールを力の限り蹴とばすと、スカッとする。／將球猛力踢飛出去，可以宣洩情緒。

けなす【貶す】〔他五〕譏笑，貶低，排斥 〔反〕褒める △彼は確かに優秀だが、すぐ人をけなす嫌いがある。／他的確很優秀，卻有動不動就挖苦人的毛病。

けむたい【煙たい】〔形〕煙氣嗆人，煙霧瀰漫；(因為自己理虧覺得對方) 難以親近，使人不舒服 △煙たいと思ったら、キッチンが煙まみれになっていた。／才覺得房裡有煙氣，廚房裡立刻就變得滿室煙霧瀰漫。

けむる【煙る】〔自五〕冒煙；模糊不清，朦朧 △雨煙る兼六園は非常に趣があります。／煙雨迷濛中的兼六園極具另番風情。

けもの【獣】〔名〕獸；野獸 △けものとは、「毛物」、すなわち哺乳類です。／所謂的「けもの」(禽獸) 是「毛物」，也就是哺乳類動物。

けらい【家来】〔名〕(效忠於君主或主人的) 家臣，臣下；僕人 〔反〕主君 〔類〕家臣 △豊臣秀吉は織田信長の家来になり、その後天下人にまでのしあがった。／豐臣秀吉原為織田信長的部屬，其後成為統一天下的霸主。

げり【下痢】〔名·自サ〕(醫) 瀉肚子，腹瀉 〔反〕便秘 〔類〕腹下し △食あたりで、今朝から下痢が止まらない。／因為食物中毒，從今天早晨開始就不停地腹瀉。

けん【件】〔名〕事情，事件；(助數詞用法) 件 〔類〕事柄 △お問い合わせの件ですが、担当者不在のため、改めてこちらからご連絡差し上げます。／關於您所詢問的事宜，由於承辦人員目前不在，請容我們之後再與您聯繫回覆。

N1-028

けん【圏】〔漢造〕圓圈；區域，範圍 〔類〕区域 △来年から英語圏の国に留学する予定です。／我預計明年去英語系國家留學。

けんい【権威】㊔ 權勢，權威，勢力；(具說服力的) 權威，專家 △改めて言うまでもなく彼は考古学における権威だ。／他是考古學領域的權威，這不用我再多介紹了。

げんかく【幻覚】㊔ 幻覺，錯覺 △毒キノコを食べて、幻覚の症状が現れた。／吃下毒菇以後出現了幻覺症狀。

けんぎょう【兼業】(名·他サ) 兼營，兼業 ㊙かけもち △日本には依然として兼業農家がたくさんいます。／日本迄今仍有許多兼營農業的農民。

げんけい【原型】㊔ 原型，模型 △この建物は文化財としてほぼ原型のまま保存されている。／這棟建築物被指定為文化資產古蹟，其原始樣貌在幾無異動的狀態下，被完整保存下來。

げんけい【原形】㊔ 原形，舊觀，原來的形狀 △車が壁に衝突し、原形を留めていない。／汽車撞上牆壁，已經潰不成型。

けんげん【権限】㊔ 權限，職權範圍 ㊙権利 △それは私の権限が及ばない範囲です。／這件事已經超出我的權限範圍。

げんこう【現行】㊔ 現行，正在實行 △何をおいても現行の規制を維持しなければならない。／無論如何都必須堅守現行制度。

けんざい【健在】(名·形動) 健在 ㊙健康 △自身の健在を示さんがために、最近、彼は精力的に活動を始めた。／他為了展現自己寶刀未老，最近開始精神抖擻地四處活動。

げんさく【原作】㊔ 原作，原著，原文 △原作をアレンジして、映画を製作した。／將原著重新編劇，拍攝成電影。

けんじ【検事】㊔ (法) 檢察官 △検事に訴えたところで、聞き入れてもらえるとは思えない。／即使向檢察官提告，亦不認為會被接受。

げんし【原子】㊔ (理) 原子；原子核 △原子は原子核と電子からできている。／原子是由原子核與電子所形成的。

げんしゅ【元首】㊔ (國家的) 元首(總統、國王、國家主席等) ㊙王 △元首たる者は国民の幸福を第一に考えるべきだ。／作為一國的元首，應以國民的幸福為優先考量。

げんじゅうみん【原住民】㊔ 原住民 △アメリカ原住民。／美國原住民。

げんしょ【原書】㊔ 原書，原版本；(外語的) 原文書 ㊙原本 △シェークスピアの原書は韻文で書かれている。／莎士比亞的原文是以韻文體例書寫而成的。

けんしょう【懸賞】㊔ 懸賞；賞金，獎品 △懸賞に当たる確率は少ないと分かっていますが、応募します。／儘管知道中獎的機率很低，不過我還是要去參加抽籤。

げんしょう【減少】[名·自他サ] 減少 [反] 増加 [類] 減る △子どもの数が減少し、少子化が深刻になっている。／兒童總人數逐年遞減，少子化的問題正日趨惡化。

けんぜん【健全】[形動]（身心）健康，健全；（運動、制度等）健全，穩固 [類] 元気 △子どもたちが健全に育つような社会環境が求められている。／民眾所企盼的，是能夠培育出孩子們之健全人格的社會環境。

げんそ【元素】[名]（化）元素；要素 △元素の発見経緯には興味深いものがある。／發現化學元素的來龍去脈，十分引人入勝。

げんぞう【現像】[名·他サ] 顯影，顯像，沖洗 △カメラ屋で写真を現像する。／在沖印店沖洗照片。

げんそく【原則】[名] 原則 [類] 決まり △彼は侵すべからざる原則を侵した。／他犯了不該犯的原則。

けんち【見地】[名] 觀點，立場；（到建築預定地等）勘查土地 [類] 観点 △この政策については、道徳的な見地から反対している人もいる。／關於這項政策，亦有部分人士基於道德立場予以反對。

げんち【現地】[名] 現場，發生事故的地點；當地 [類] 現場 △知事は自ら現地に赴き、被害状況を視察した。／縣長親赴現場視察受災狀況。

げんてい【限定】[名·他サ] 限定，限制（數量，範圍等）△限定品なので、手に入れようにも手に入れられない。／因為是限定商品，想買也買不到。

げんてん【原典】[名]（被引證，翻譯的）原著，原典，原來的文獻 △正確なことを知るには、やはり訳書でなく原典に当たるべきだ。／想知道正確的知識，還是應當直接讀原文書，而非透過翻譯書。

げんてん【原点】[名]（丈量土地等的）基準點，原點；出發點 [類] 出発点 △これが私の原点たる信念です。／這是我信念的原點。

げんてん【減点】[名·他サ] 扣分；減少的分數 [反] マイナス △テストでは、正しい漢字を書かなければ1点減点されます。／在這場考試中，假如沒有書寫正確的漢字，就會被扣一分。

げんばく【原爆】[名] 原子彈 [類] 原子爆弾 △原爆の被害者は何年にもわたり後遺症に苦しみます。／原子彈爆炸事件的受害者，多年來深受輻射暴露後遺症之苦。

げんぶん【原文】[名]（未經刪文或翻譯的）原文 △翻訳文を原文と照らし合わせて確認してください。／請仔細核對確認譯文與原文是否一致。

げんみつ【厳密】[形動] 嚴密；嚴格 △厳密にいえば、クジラは魚ではなく哺乳類です。／嚴格來說，鯨魚屬於哺乳類而非魚類。

けんめい【賢明】(名·形動) 賢明，英明，高明 (類) 賢い △分からないなら、経験者に相談するのが賢明だと思う。／假如有不明白之處，比較聰明的作法是去請教曾有相同經驗的人。

けんやく【倹約】(名·他サ) 節省，節約，儉省 (反) 浪費 (類) 節約 △マイホームを買わんがために、一家そろって倹約に努めている。／為了要買下屬於自己的家，一家人都很努力節儉。

げんゆ【原油】(名) 原油 (類) 石油 △原油価格の上昇があらゆる物価の上昇に影響を与えている。／原油價格上漲將導致所有的物價同步上漲。

けんよう【兼用】(名·他サ) 兼用，兩用 (類) 共用 △この傘は男女兼用です。／這把傘是男女通用的中性款式。

けんりょく【権力】(名) 權力 △権力の濫用は法で禁じられている。／法律禁止濫用權力。

げんろん【言論】(名) 言論 (類) 主張 △何をおいても言論の自由は守られるべきだ。／無論如何都應保障言論自由。

こ コ

N1-029

こ【戸】(漢造) 戶 △この地区は約100戸ある。／這地區約有100戶。

こ【故】(漢造) 陳舊，故；本來；死去；有來由的事；特意 △故美空ひばりさんは日本歌謡界の大スターでした。／已故的美空雲雀是日本歌唱界的大明星。

ごい【語彙】(名) 詞彙，單字 (類) 言葉 △私はまだ日本語の語彙が少ないので、文章を書こうにも書けない。／我懂的日語詞彙還太少，所以就算想寫文章也寫不出來。

こいする【恋する】(自他サ) 戀愛，愛 (反) 嫌う (類) 好く △恋したがさいご、君のことしか考えられない。／一旦墜入愛河，就滿腦子想的都是你。

こう【甲】(名) 甲冑，鎧甲；甲殼；手腳的表面；（天干的第一位）甲；第一名 △契約書にある甲は契約書作成者を指し、乙は受諾者を指す。／契約書中的甲方指的是擬寫契約書者，乙方則指同意該契約者。

こう【光】(漢造) 光亮；光；風光；時光；榮譽；(類) ひかり △太陽光のエネルギーを利用した発電方式はソーラー発電とも呼ばれる。／利用陽光的能量產生電力的方式，亦稱之為太陽能發電。

こうい【好意】(名) 好意，善意，美意 (類) 好感 △それは彼の好意ですから、遠慮せずに受け取ればいいですよ。／這是他的好意，所以不用客氣，儘管收下就行了喔！

こうい【行為】 ㊔ 行為，行動，舉止 類 行い △言葉よりも行為の方が大切です。／坐而言不如起而行。

ごうい【合意】 (名・自サ) 同意，達成協議，意見一致 類 同意 △双方が合意に達しようと達しまいと、業績に影響はないと考えられる。／不管雙方有無達成共識，預計都不會影響到業績。

こうえき【交易】 (名・自サ) 交易，貿易；交流 △海上交易が盛んになったのは何世紀ごろからですか。／請問自西元第幾世紀起，航海交易開始變得非常熱絡興盛呢？

こうえん【公演】 (名・自他サ) 公演，演出 △公演したといえども、聴衆はわずか20人でした。／雖說要公演，但是聽眾僅有20人而已。

こうかい【後悔】 (名・他サ) 後悔，懊悔 類 残念 △もう少し早く駆けつけていればと、後悔してやまない。／如果再早一點趕過去就好了，對此我一直很後悔。

こうかい【公開】 (名・他サ) 公開，開放 △似顔絵が公開されるや、犯人はすぐ逮捕された。／一公開了肖像畫，犯人馬上就被逮捕了。

こうかい【航海】 (名・自サ) 航海 類 航路 △大西洋を航海して、アメリカ大陸に上陸した。／航行於大西洋，然後在美洲大陸登陸上岸。

こうがく【工学】 ㊔ 工學，工程學 △工学を志望する学生は女性より男性の方が圧倒的に多い。／立志就讀理工科的學生中，男性占壓倒性多數。

こうぎ【抗議】 (名・自サ) 抗議 △自分がリストラされようとされまいと、みんなで団結して会社に抗議する。／不管自己是否會被裁員，大家都團結起來向公司抗議。

ごうぎ【合議】 (名・自他サ) 協議，協商，集議 類 相談 △提案の内容がほかの課に関係する場合、関係する課長に合議する必要がある。／假若提案的內容牽涉到其他課別，必須與相關課長共同商討研議。

こうきょ【皇居】 ㊔ 皇居 類 御所 △皇居前広場の一番人気の観光スポットは、二重橋が望める場所です。／皇居前的廣場的人氣景點，是能眺望到二重橋的地方。

こうきょう【好況】 ㊔ ㊎ 繁榮，景氣，興旺 反 不況 類 景気 △消費の拡大は好況ならではだ。／只有在經濟景氣的時候，消費能力才會成長。

こうぎょう【興業】 ㊔ 振興工業，發展事業 △事業を新たに興すことを興業といいます。／創立新事業就叫作創業。

こうぎょう【鉱業】 ㊔ 礦業 類 鉱山業 △カナダは優れた鉱業国として、世界的な評価を受けている。／加拿大是世界知名的礦產工業國。

こうげん【高原】㊔（地）高原 △野辺山高原の電波天文台は、ひとり日本のみならず世界の電波天文学の拠点である。／位於野邊山高原的宇宙電波觀測所，不僅是日本國內，更是全球宇宙電波觀測所的據點。

こうご【交互】㊔ 互相，交替 類 かわるがわる △これは左右の握り手を交互に動かし、スムーズな歩行をサポートする歩行補助器だ。／這是把手左右交互活動，讓走路順暢的步行補助器。

こうこう（と）【煌々（と）】副（文）光亮，通亮 △あの家だけ、深夜２時を過ぎてもこうこうと明かりがともっている。／唯獨那一戶，即使過了深夜兩點，依舊滿屋燈火通明。

こうこがく【考古学】㊔ 考古學 △考古学は人類が残した痕跡の研究を通し、人類の活動とその変化を研究する学問である。／考古學是透過研究人類遺留下來的痕跡，進而研究人類的活動及其變化的學問。

● N1-030

こうさく【工作】名・他サ（機器等）製作；（土木工程等）修理工程；（小學生的）手工；（暗中計畫性的）活動 類 作る △夏休みは工作の宿題がある。／暑假有工藝作業。

こうさく【耕作】名・他サ 耕種 類 耕す △彼は、不法に土地を耕作したとして、起訴された。／他因違法耕作土地而遭到起訴。

こうざん【鉱山】㊔ 礦山 △鉱山の採掘現場で土砂崩れが起き、生き埋め事故が発生した。／礦場發生了砂石崩落事故，造成在場人員慘遭活埋。

こうしゅう【講習】名・他サ 講習，學習 △夏期講習に参加して、英語をもっと磨くつもりです。／我去參加暑期講習，打算加強英語能力。

こうじゅつ【口述】名・他サ 口述 類 話す △口述試験はおろか、筆記試験も通らなかった。／連筆試都沒通過，遑論口試。

こうじょ【控除】名・他サ 扣除 類 差し引く △医療費が多くかかった人は、所得控除が受けられる。／花費較多醫療費用者得以扣抵所得稅。

こうしょう【交渉】名・自サ 交涉，談判；關係，聯繫 類 掛け合い △彼は交渉を急ぐべきでないと警告している。／他警告我們談判時切勿操之過急。

こうしょう【高尚】形動 高尚；（程度）高深 反 下品 類 上品 △見合い相手の高尚な話題についていけなかった。／我實在沒辦法和相親對象聊談他那高尚的話題。

こうじょう【向上】名・自サ 向上，進步，提高 類 発達 △科学技術が向上して、家事にかかる時間は少なくなった。／隨著科學技術的提升，花在做家事上的時間變得愈來愈少了。

こうしょきょうふしょう【高所恐怖症】 ㊔ 懼高症 △高所恐怖症なので観覧車には乗りたくない。／我有懼高症所以不想搭摩天輪。

こうしん【行進】 (名·自サ) (列隊) 進行，前進 反 退く 類 進む △運動会が始まり、子どもたちが行進しながら入場してきた。／小朋友們行進入場，揭開了運動會的序幕。

こんしんりょう【香辛料】 ㊔ 香辣調味料(薑，胡椒等) 類 スパイス △当店のカレーは、30種類からある香辛料を独自に調合しています。／本店的咖哩是用多達三十種辛香料的獨家配方調製而成的。

こうすい【降水】 ㊔ (氣) 降水(指雪雨等的) △明日午前の降水確率は30%です。／明日上午的降雨機率為百分之三十。

こうずい【洪水】 ㊔ 洪水，淹大水；洪流 類 大水 △ひとり大雨だけでなく、洪水の被害もひどかった。／不光下大雨而已，氾濫災情也相當嚴重。

ごうせい【合成】 (名·他サ) (由兩種以上的東西合成) 合成(一個東西)；(化) (元素或化合物) 合成(化合物) △現代の技術を駆使すれば、合成写真を作るのは簡単だ。／只要採用現代科技，簡而易舉就可做出合成照片。

こうせいぶっしつ【抗生物質】 ㊔ 抗生素 △抗生物質を投与する。／投藥抗生素。

こうぜん【公然】 (副·形動) 公然，公開 △政府が公然と他国を非難することはあまりない。／政府鮮少公然譴責其他國家。

こうそう【抗争】 (名·自サ) 抗爭，對抗，反抗 類 戦う △内部で抗争があろうがあるまいが、表面的には落ち着いている。／不管內部有沒有在對抗，表面上看似一片和平。

こうそう【構想】 (名·他サ) (方案、計畫等) 設想；(作品、文章等) 構思 類 企て △構想を実現せんがため、10年の歳月を費やした。／為了要實現構想，花費了十年歲月。

こうそく【拘束】 (名·他サ) 約束，束縛，限制；截止 類 制限 △警察に拘束されて5時間が経つが、依然事情聴取が行われているようだ。／儘管嫌犯已經遭到警方拘留五個小時，至今似乎仍然持續進行偵訊。

こうたい【後退】 (名·自サ) 後退，倒退 反 進む 類 退く △全体的な景気の後退が何ヶ月も続いている。／全面性的景氣衰退已經持續了好幾個月。

こうたく【光沢】 ㊔ 光澤 類 艶 △ダイヤモンドのごとき光沢にうっとりする。／宛如鑽石般的光澤，令人無比神往。

こうちょう【好調】 (名·形動) 順利，情況良好 反 不順 類 順調 △不調が続いた去年にひきかえ、今年は出だしから好調だ。／相較去年接二連三不順，今年從一開始運氣就很好。

こうとう【口頭】㊔ 口頭 △口頭で説明すれば分かることなので、わざわざ報告書を書くまでもない。／這事用口頭說明就可以懂的，沒必要特地寫成報告。

こうどく【講読】(名・他サ) 講解（文章）△祖母は毎週、古典の講読会に参加している。／祖母每星期都去參加古文讀書會。

こうどく【購読】(名・他サ) 訂閱，購閱 △昨年から英字新聞を購読している。／我從去年開始訂閱英文報紙。

こうにゅう【購入】(名・他サ) 購入，買進，購置，採購 反 売る 類 買う △インターネットで切符を購入すると500円引きになる。／透過網路訂購票券可享有五百元優惠。

こうにん【公認】(名・他サ) 公認，國家機關或政黨正式承認 類 認める △党からの公認を得んがため、支持集めに奔走している。／為了得到黨內的正式認可而到處奔走爭取支持。

こうはい【荒廃】(名・自サ) 荒廢，荒蕪；（房屋）失修；（精神）頹廢，散漫 △このあたりは土地が荒廃し、住人も次々に離れていった。／這附近逐漸沒落荒廢，居民也陸續搬離。

N1-031

こうばい【購買】(名・他サ) 買，購買 類 買い入れる △消費者の購買力は景気の動向に大きな影響を与える。／消費者購買力的強弱對景氣影響甚鉅。

こうひょう【好評】㊔ 好評，稱讚 類 人気 △好評ゆえ、販売期間を延長する。／因為備受好評，所以決定延長販售的時間。

こうふ【交付】(名・他サ) 交付，交給，發給 類 渡す △年金手帳を紛失したので、再交付を申請した。／我遺失了養老金手冊，只得去申辦重新核發。

こうふく【降伏】(名・自サ) 降服，投降 類 降参 △敵の姿を見るが早いか、降伏した。／才看到敵人，就馬上投降了。

こうぼ【公募】(名・他サ) 公開招聘，公開募集 反 私募 △公募を始めたそばから、希望者が殺到した。／才開放公開招募，應徵者就蜂擁而至。

こうみょう【巧妙】(形動) 巧妙 反 下手 類 上手 △あまりに巧妙な手口に、警察官でさえ騙された。／就連警察也被這實在高明的伎倆給矇騙了。

こうよう【公用】㊔ 公用；公務，公事；國家或公共集團的費用 反 私用 類 公務 △知事が公用車でパーティーに参加したことが問題となった。／縣長搭乘公務車參加私人派對一事，已掀起軒然大波。

こうり【小売り】 名·他サ 零售，小賣 △小売り価格は卸売り価格より高い。／零售價格較批發價格為高。

こうりつ【公立】 名 公立（不包含國立）補「公立」指由都道府縣或市鎮村等地方政府創辦和經營管理，與用國家資金建立、經營的「国立」意思不同。△公立の大学は、国立大学と同様、私立大学に比べ授業料が格段に安い。／公立大學和國立大學一樣，相較於私立大學的學費要來得特別便宜。

こうりつ【効率】 名 效率 △機械化したところで、必ずしも効率が上がるとは限らない。／即使施行機械化，未必就會提升效率。

ごえい【護衛】 名·他サ 護衛，保衛，警衛（員）類 ガードマン △大統領の護衛にはどのくらいの人員が動員されますか。／大約動用多少人力擔任總統的隨扈呢？

コーナー【corner】 名 小賣店，專櫃；角，拐角；（棒、足球）角球 類 隅 △相手をコーナーに追いやってパンチを浴びせた。／將對方逼到角落處，並對他飽以老拳。

ゴールイン【（和）goal＋in】 名·自サ 抵達終點，跑到終點；（足球）射門；結婚 △7年付き合って、とうとうゴールインした。／交往七年之後，終於要步入禮堂了。

ゴールデンタイム【（和）golden＋time】 名 黃金時段（晚上7到10點）△ゴールデンタイムは視聴率競争が激しい。／黃金時段收視率的競爭相當激烈。

こがら【小柄】 名·形動 身體短小；（布料、裝飾等的）小花樣，小碎花 反 大柄 △相撲は体格で取るものではなく、小柄なのに強い力士もいる。／相撲不是靠體型取勝，也有的力士身材較小但是很難打倒。

こぎって【小切手】 名 支票 △原稿料の支払いは小切手になります。／稿費以支票支付。

こきゃく【顧客】 名 顧客 △サイバー攻撃で顧客名簿が流出した。／由於伺服器遭到攻擊而導致顧客名單外流了。

ごく【語句】 名 語句，詞句 類 言葉 △この語句の意味を詳しく説明していただけますか。／可以請您詳細解釋這個詞語的意思嗎？

こくさん【国産】 名 國產 △国産の食品は輸入品より高いことが多い。／有許多國產食品比進口食品還要昂貴。

こくち【告知】 名·他サ 通知，告訴 △患者に病名を告知する。／告知患者疾病名稱。

こくてい【国定】 名 國家制訂，國家規定 △国定公園には、さまざまな動物が生息している。／各式各樣種類的動物棲息在國家公園裡。

こくど【国土】[名] 國土，領土，國家的土地；故鄉 △林野庁の資料によると、日本の国土の 60% 以上は森林です。／根據國土廳的統計資料，日本國土的 60%以上均為森林地。

こくはく【告白】[名·他サ] 坦白，自白；懺悔；坦白自己的感情 [類] 白状 △水野君、あんなにもてるんだもん。告白なんて、できないよ。／水野有那麼多女生喜歡他，我怎麼敢向他告白嘛！

こくぼう【国防】[名] 國防 [類] 防備 △中国の国防費は毎年二桁成長を続けている。／中國的國防經費每年以兩位數百分比的速度持續增加。

こくゆう【国有】[名] 國有 △国有の土地には勝手に侵入してはいけない。／不可隨意擅入國有土地。

ごくらく【極楽】[名] 極樂世界；安定的境界，天堂 [反] 地獄 [類] 天国 △温泉に入って、おいしい食事をいただいて、まさに極楽です。／浸泡溫泉、享受美食，簡直快樂似神仙。

こくれん【国連】[名] 聯合國 [類] 国際連合 △国連は、さまざまな国の人々が参与し、運営している。／聯合國是由各國人士共同參與和運作的。

こげちゃ【焦げ茶】[名] 濃茶色，深棕色，古銅色 [類] 焦げ茶色 △焦げ茶のジャケットと黒のジャケットではどちらが私に似合いますか。／我比較適合穿深褐色的外套，還是黑色的外套呢？

N1-032

ごげん【語源】[名] 語源，詞源 △語源を調べると、面白い発見をすることがあります。／調查語詞的起源時，有時會發現妙談逸事。

ここ【個々】[名] 每個，各個，各自 [類] それぞれ △個々の案件ごとに検討して、対処します。／分別檢討個別案件並提出因應對策。

ここち【心地】[名] 心情，感覺 [類] 気持ち △憧れのアイドルを目の前にして、まさに夢心地でした。／仰慕的偶像近在眼前，簡直如身處夢境一般。

こころえ【心得】[名] 知識，經驗，體會；規章制度，須知；(下級代行上級職務) 代理，暫代 △今から面接の心得についてお話しします。／現在就我面試的經驗，來跟大家分享。

こころがけ【心掛け】[名] 留心，注意；努力，用心；人品，風格 [類] 心構え △生活の中の工夫や心掛けひとつで、いろいろ節約できる。／只要在生活細節上稍加留意與運用巧思，就能夠節約不少金錢與物資。

こころがける【心掛ける】[他下一] 留心，注意，記在心裡 [類] 気をつける △ミスを防ぐため、最低 2 回はチェックするよう心掛けている。／為了避免錯誤發生，特別謹慎小心地至少檢查過兩次。

こころぐるしい【心苦しい】[形] 感到不安，過意不去，擔心 △辛い思いをさせて心苦しいんだ。／讓您吃苦了，真過意不去。

こころざし【志】[名] 志願，志向，意圖；厚意，盛情；表達心意的禮物；略表心意 [類] 志望 △ただ志のみならず、実際の行動もすばらしい。／不只志向遠大，連實踐方式也很出色。

こころざす【志す】[自他五] 立志，志向，志願 [類] 期する △幼い時重病にかかり、その後医者を志すようになった。／小時候曾罹患重病，病癒後就立志成為醫生。

こころづかい【心遣い】[名] 關照，關心，照料 △温かい心遣いをいただき、感謝の念にたえません。／承蒙溫情關懷，不勝感激。

こころづよい【心強い】[形] 因為有可依靠的對象而感到安心；有信心，有把握 [反] 心細い [類] 気強い △君がいてくれて、心強いかぎりだ。／有你陪在我身邊，真叫人安心啊！

こころぼそい【心細い】[形] 因為沒有依靠而感到不安；沒有把握 [反] 心強い [類] 心配 △一人暮らしは、体調を崩したときに心細くなる。／一個人的生活在遇到生病了的時候會沒有安全感。

こころみ【試み】[名] 試，嘗試 [類] 企て △これは初めての試みだから、失敗する可能性もある。／這是第一次的嘗試，不排除遭到失敗的可能性。

こころみる【試みる】[他上一] 試試，試驗一下 [類] 試す △突撃取材を試みたが、警備員に阻まれ失敗に終わった。／儘管試圖突擊採訪，卻在保全人員的阻攔下未能完成任務。

こころよい【快い】[形] 高興，愉快，爽快；（病情）良好 △快いお返事をいただき、ありがとうございます。／承蒙您爽快回覆，萬分感激。

ごさ【誤差】[名] 誤差；差錯 △これぐらいの誤差なら、気にするまでもない。／如果只是如此小差池，不必過於在意。

ございます [自·特殊型] 有；在；來；去 [類] ある △「あのう、これの赤いのはありますか」「ございます」／「請問一下，這種款式有沒有紅色的？」「有。」

こじ【孤児】[名] 孤兒；沒有伴兒的人，孤獨的人 △震災の孤児が300人もいると聞いて、胸が痛む。／聽說那場震災造成多達三百名孩童淪為孤兒，令人十分悲憫不捨。

ごしごし [副] 使力的，使勁的 △床をごしごし拭く。／使勁地擦洗地板。

こじらせる【拗らせる】[他下一] 搞壞，使複雜，使麻煩；使加重，使惡化，弄糟 △問題をこじらせる。／使問題複雜化。

こじれる【拗れる】[自下一] 彆扭，執拗；

(事物)複雜化，惡化，(病)纏綿不癒 (類) 悪化 △早いうちに話し合わないから、仲がこじれて取り返しがつかなくなった。／就因為不趁早協商好，所以才落到關係惡化最後無法收拾的下場。

こじん【故人】 (名) 故人，舊友；死者，亡人 (類) 亡き人 △故人をしのんで追悼会を開いた。／眾人在對往生者滿懷思念中，為他舉行追悼會。

こす (他五) 過濾，濾 (類) 濾過(ろか) △使い終わった揚げ油は、揚げカスをこしてから保存する。／先將炸完之食用油上的油炸殘渣撇撈乾淨後，再予以保存。

こずえ【梢】 (名) 樹梢，樹枝 (類) 枝 △こずえに小鳥のつがいが止まっている。／一對小鳥棲停於樹梢。

こせい【個性】 (名) 個性，特性 (類) パーソナリティー △子どもの個性は大切に育てた方がいい。／應當重視培育孩子的個人特質。

こせき【戸籍】 (名) 戶籍，戶口 △戸籍と本籍の違いはなんですか。／戶籍與籍貫有什麼差異呢？

こだい【古代】 (名) 古代 (類) 大昔 △道路工事で古代の遺跡が発見された。／道路施工時發現了古代遺跡。

こたつ【炬燵】 (名) (架上蓋著被，用以取暖的)被爐，暖爐 △こたつには日本ゆえの趣がある。／被爐具有日本的獨特風情。

こだわる【拘る】 (自五) 拘泥；妨礙，阻礙，抵觸 △これは私の得意分野ですから、こだわらずにはいられません。／這是我擅長的領域，所以會比較執著。

N1-033

こちょう【誇張】 (名・他サ) 誇張，誇大 (類) おおげさ △視聴率を上げんがため、誇張した表現を多く用いる傾向にある。／媒體為了要提高收視率，有傾向於大量使用誇張的手法。

こつ (名) 訣竅，技巧，要訣 △最初は時間がかかったが、こつをつかんでからはどんどん作業が進んだ。／一開始會花很多時間，但在抓到訣竅以後，作業就很流暢了。

こつ【骨】 (名・漢造) 骨；遺骨，骨灰；要領，祕訣；品質；身體 △豚骨ラーメンのスープは非常に濃厚です。／豬骨拉麵的湯頭非常濃稠。

こっけい【滑稽】 (形動) 滑稽，可笑；詼諧 (類) おかしい △懸命に弁解すれば弁解するほど、滑稽に聞こえる。／越是拚命辯解，聽起來越是可笑。

こっこう【国交】 (名) 國交，邦交 (類) 外交 △国交が回復されるや否や、経済効果がはっきりと現れた。／才剛恢復邦交，經濟效果就明顯地有了反應。

こつこつ (副) 孜孜不倦，堅持不懈，勤奮；

（硬物相敲擊）咚咚聲 △こつこつと勉強する。／孜孜不倦的讀書。

こっとうひん【骨董品】 (名) 古董 (類) アンティーク △骨董品といえども、100万もする代物ではない。／雖說是骨董，但這東西也不值一百萬日幣。

こてい【固定】 (名・自他サ) 固定 (類) 定置 △会議に出席するメンバーは固定しています。／出席會議的成員是固定的。

ことがら【事柄】 (名) 事情，情況，事態 (類) 事情 △生徒にセクハラするなんて、教育者にあるまじき事柄だ。／對學生性騷擾是教育界人士絕不可出現的行為！

こどく【孤独】 (名・形動) 孤獨，孤單 △人は元来孤独であればこそ、他者との交わりを望むのだ。／正因為人類生而孤獨，所以才渴望與他人交流。

ことごとく (副) 所有，一切，全部 (類) 全て △彼の言うことはことごとくでたらめだった。／他說的話，每一字每一句都是胡謅的！

ことづける【言付ける】 (他下一) 託付，帶口信 (自下一) 假託，藉口 △いつものことなので、あえて彼に言付けるまでもない。／已經犯過很多次了，無須特地向他告狀。

ことづて【言伝】 (名) 傳聞；帶口信 △言伝に聞く。／傳聞。

ことに【殊に】 (副) 特別，格外 (類) 特に △わが社は殊にアフターサービスに力を入れています。／本公司特別投力於售後服務。

ことによると (副) 可能，說不定，或許 (類) 或は △ことによると、私の勘違いかもしれません。／或許是因為我有所誤會。

こなごな【粉々】 (形動) 粉碎，粉末 (類) こなみじん △ガラスのコップが粉々に砕けた。／玻璃杯被摔得粉碎。

コネ【connection之略】 (名) 關係，門路 △親のコネで就職できた。／靠父母的人脈關係找到了工作。

このましい【好ましい】 (形) 因為符合心中的愛好與期望而喜歡；理想的，滿意的 (反) 厭わしい (類) 好もしい △社会人として好ましくない髪形です。／以上班族而言，這種髮型不太恰當。

ごばん【碁盤】 (名) 圍棋盤 △京都市内の道路は碁盤の目状に整備されている。／京都市區之道路規劃為棋盤狀。

こべつ【個別】 (名) 個別 (類) それぞれ △個別面接だけでなく、集団面接も行われる。／不只個別面試，也會進行集體面試。

コマーシャル【commercial】 (名) 商業（的），商務（的）；商業廣告 (類) 広告 △コマーシャルの出来は商品の売れ行きを左右する。／商品的銷售業績深受廣告製作效果的影響。

ごまかす (他五) 欺騙，欺瞞，蒙混，愚弄；蒙蔽，掩蓋，搪塞，敷衍；作假，搗鬼，舞弊，侵吞（金錢等） (類) 偽る △どんなにごまかそうが、結局最後にはばれる。／不管再怎麼隱瞞，結果最後還是會被拆穿。

こまやか【細やか】(形動) 深深關懷對方的樣子；深切，深厚 類 細かい △細やかなお気遣いをいただき、感謝申し上げます。／承蒙諸位之體諒關懷，致上無限感謝。

こみあげる【込み上げる】(自下一) 往上湧，油然而生 △涙がこみあげる。／淚水盈眶。

こめる【込める】(他下一) 裝填；包括在內，計算在內；集中(精力)，貫注(全神) 類 詰める △心を込めてこの歌を歌いたいと思います。／請容我竭誠為各位演唱這首歌曲。

コメント【comment】(名・自サ) 評語，解說，註釋 類 論評 △ファンの皆さんに、一言コメントをいただけますか。／可以麻煩您對影迷們講幾句話嗎？

ごもっとも【御尤も】(形動) 對，正確；肯定 △おっしゃることはごもっともです。しかし、我々にはそれだけの金も時間もないんです。／您說得極是！然而，我們既沒有那麼多金錢，也沒有那麼多時間。

こもりうた【子守歌・子守唄】(名) 搖籃曲 △子守唄では、「揺籃のうた」がいちばん好きです。／在搖籃曲中，我最喜歡那首〈搖籃之歌〉。

こもる【籠もる】(自五) 閉門不出；包含，含蓄；(煙氣等)停滯，充滿，(房間等)不通風 類 引きこもる △娘は恥ずかしがって部屋の奥にこもってしまった。／女兒因為害羞怕生而躲在房裡不肯出來。

こゆう【固有】(名) 固有，特有，天生 類 特有 △柴犬や土佐犬は日本固有の犬種です。／柴犬與土佐犬為日本原生狗種。

N1-034

こよう【雇用】(名・他サ) 雇用；就業 △不況の影響を受けて、雇用不安が高まっている。／受到不景氣的影響，就業不穩定的狀況愈趨嚴重。

こよみ【暦】(名) 曆，曆書 類 カレンダー △暦の上では春とはいえ、まだまだ寒い日が続く。／雖然日曆上已過了立春，但天氣依舊寒冷。

こらす【凝らす】(他五) 凝集，集中 類 集中させる △素人なりに工夫を凝らしてみました。／以外行人來講，算是相當費盡心思了。

ごらんなさい【御覧なさい】(敬) 看，觀賞 類 見なさい △御覧なさい。あそこにきれいな鳥がいますよ。／請看，那裡有一隻美麗的小鳥喔！

こりつ【孤立】(名・自サ) 孤立 △孤立が深まって、彼はいよいよ会社にいられなくなった。／在公司，他被孤立到就快待不下去了。

こりる【懲りる】（自上一）（因為吃過苦頭）不敢再嘗試 類 悔やむ △これに懲りて、もう二度と同じ失敗をしないようにしてください。／請以此為戒，勿再犯同樣的錯誤。

こんき【根気】（名）耐性，毅力，精力 類 気力 △パズルを完成させるには根気が必要です。／必須具有足夠的毅力才能完成拼圖。

こんきょ【根拠】（名）根據 類 証拠 △証人の話は全く根拠のないものでもない。／證詞並非毫無根據。

こんけつ【混血】（名・自サ）混血 △この地域では、新生児の 30 人に一人が混血児です。／這個地區的新生兒，每三十人有一個是混血兒。

コンタクト【contact lens之略】（名）隱形眼鏡 類 コンタクトレンズ △コンタクトがずれて、目が痛い。／隱形眼鏡戴在眼球上的位置偏移了，眼睛疼痛難當。

こんちゅう【昆虫】（名）昆蟲 類 虫 △彼は子どものころからずっと昆虫の標本を収集している。／他從小就開始一直收集昆蟲標本。

こんてい【根底】（名）根底，基礎 類 根本 △根底にある問題を解決しなければ、解決したとは言えない。／假如沒有排除最根本的問題，就不能說事情已經獲得解決。

コンテスト【contest】（名）比賽；比賽會 類 コンクール △彼女はコンテストに参加するため、ダイエットに励んでいる。／她為了參加比賽，正在努力減重。

こんどう【混同】（名・自他サ）混同，混淆，混為一談 △公職に就いている人は公私混同を避けなければならない。／擔任公職者必須極力避免公私不分。

コントラスト【contrast】（名）對比，對照；（光）反差，對比度 類 対照 △このスカートは白黒のコントラストがはっきりしていてきれいです。／這條裙子設計成黑白對比分明的款式，顯得美麗大方。

コントロール【control】（名・他サ）支配，控制，節制，調節 △いかなる状況でも、自分の感情をコントロールすることが大切です。／無論身處什麼樣的情況，重要的是能夠控制自己的情緒。

コンパス【（荷）kompas】（名）圓規；羅盤，指南針；腿（的長度），腳步（的幅度）△コンパスを使えばきれいな円を描くことができる。／只要使用圓規就可以繪製出完美的圓形。

こんぽん【根本】（名）根本，根源，基礎 類 根源 △内閣支持率低迷の根本には政治不信がある。／內閣支持率低迷的根源在百姓不信任政治。

さ サ

N1-035

さ 終助 向對方強調自己的主張，說法較隨便；(接疑問詞後) 表示抗議、追問的語氣；(插在句中) 表示輕微的叮嚀 △そのぐらい、僕だってできるさ。天才だからね。／那點小事，我也會做啊！因為我是天才嘛！

ざあざあ 副 (大雨) 嘩啦嘩啦聲；(電視等) 雜音 △雨がざあざあ降っている。／雨嘩啦嘩啦地下。

さい【差異】 名 差異，差別 △予想と実績に差異が生じた理由を分析した。／分析了預測和成果之間產生落差的原因。

ざい【財】 名 財產，錢財；財寶，商品，物資 類 金銭 △バブル経済のころには、不動産で財を築く人が多かった。／有非常多人在泡沫經濟時期，藉由投資不動產累積龐大財富。

さいかい【再会】 名·自サ 重逢，再次見面 類 会う △20年ぶりに再会できて喜びにたえない。／相隔20年後的再會，真是令人掩飾不住歡喜。

さいがい【災害】 名 災害，災難，天災 反 人災 類 天災 △首相は現地を訪れ、災害の状況を視察した。／首相來到現場視察受災狀況。

さいきん【細菌】 名 細菌 類 ウイルス △私たちの消化器官には、いろいろな種類の細菌が住み着いている。／有各式各樣的細菌，定住在我們的消化器官中。

さいく【細工】 名·自他サ 精細的手藝 (品)，工藝品；要花招，玩弄技巧，搞鬼 △一度ガラス細工体験をしてみたいです。／我很想體驗一次製作玻璃手工藝品。

さいくつ【採掘】 名·他サ 採掘，開採，採礦 類 掘り出す △アフリカ南部のレソト王国で世界最大級のダイヤモンドが採掘された。／在非洲南部的萊索托王國，挖掘到世界最大的鑽石。

サイクル【cycle】 名 周期，循環，一轉；自行車 類 周期 △環境のサイクルは一度壊れると元に戻りにくい。／生態環境的循環一旦遭受破壞，就很難恢復回原貌了。

さいけつ【採決】 名·自サ 表決 類 表決 △その法案は起立多数で強行採決された。／那一法案以起立人數較多，而強行通過了。

さいけん【再建】 名·他サ 重新建築，重新建造；重新建設 △再建の手を早く打たなかったので、倒産するしまつだ。／因為沒有及早設法重新整頓公司，結果公司竟然倒閉了。

さいげん【再現】 名·自他サ 再現，再次出現，重新出現 △東京の街をリアルに再現した3D仮想空間が今冬に公開される。／東京街道逼真再現的3D假想空間，將在今年冬天公開。

ざいげん【財源】 ㊔ 財源 △計画を立てる上では、まず財源を確保してしかるべきだ。／在做規劃之前，應當先確保財源。

ざいこ【在庫】 ㊔ 庫存，存貨；儲存 △在庫を確認しておけばいいものを、しないから処理に困ることになる。／如先確認過庫存就好了，卻因為沒做才變得處理棘手。

さいこん【再婚】 (名·自サ) 再婚，改嫁 △お袋が死んでもう15年だよ。親父、そろそろ再婚したら？／老媽死了都已經有十五年啦。老爸，要不要考慮再婚啊？

さいさん【採算】 ㊔（收支的）核算，核算盈虧 類 集める △人件費が高すぎて、会社としては採算が合わない。／對公司而言，人事費過高就會不敷成本。

さいしゅう【採集】 (名·他サ) 採集，搜集 △夏休みは昆虫採集をするつもりだ。／我打算暑假去採集昆蟲喔。

サイズ【size】 ㊔（服裝，鞋，帽等）尺寸，大小；尺碼，號碼；（婦女的）身材 類 大きさ △Mサイズはおろか、Lサイズも入りません。／別說M號，連L號也穿不下。

さいせい【再生】 (名·自他サ) 重生，再生，死而復生；新生，（得到）改造；（利用廢物加工，成為新產品）再生；（已錄下的聲音影像）重新播放 類 蘇生 △重要な個所を見過ごしたので、もう一度再生してください。／我沒看清楚重要的部分，請倒帶重新播放一次。

ざいせい【財政】 ㊔ 財政；（個人）經濟情況 類 経済 △政府は異例ずくめの財政再建政策を打ち出した。／政府提出了史無前例的財政振興政策。

さいぜん【最善】 ㊔ 最善，最好；全力 反 最悪 類 ベスト △私なりに最善を尽くします。／我會盡我所能去辦好這件事。

さいたく【採択】 (名·他サ) 採納，通過；選定，選擇 △採択された決議に基づいて、プロジェクトグループを立ち上げた。／依據作成之決議，組成專案小組。

サイドビジネス【(和) side+business】 ㊔ 副業，兼職 △サイドビジネスを始める。／開始兼職副業。

さいばい【栽培】 (名·他サ) 栽培，種植 反 自生 △栽培方法によっては早く成長する。／採用不同的栽培方式可以提高生長速率。

さいはつ【再発】 (名·他サ)（疾病）復發，（事故等）又發生；（毛髮）再生 △病気の再発は避けられないものでもない。／並非無法避免症狀復發。

さいぼう【細胞】 ㊔（生）細胞；（黨的）基層組織，成員 △細胞を採取して、検査する。／採集細胞様本進行化驗。

さいよう【採用】(名·他サ) 採用(意見)，採取；錄用(人員) △採用試験では、筆記試験の成績もさることながら、面接が重視される傾向にある。／在錄用考試中，不單要看筆試成績，更有重視面試的傾向。

さえぎる【遮る】(他五) 遮擋，遮住，遮蔽；遮斷，遮攔，阻擋 (類) 妨げる △彼の話があまりにしつこいので、とうとう遮った。／他實在講得又臭又長，終於忍不住打斷了。

さえずる (自五) (小鳥) 婉轉地叫，嘰嘰喳喳地叫，歌唱 (類) 鳴く △小鳥がさえずる声で目が覚めるのは、本当に気持ちがいい。／在小鳥啁啾聲中醒來，使人感覺十分神清氣爽。

さえる【冴える】(自下一) 寒冷，冷峭；清澈，鮮明；(心情、目光等) 清醒，清爽；(頭腦、手腕等) 靈敏，精巧，純熟 △コーヒーの飲みすぎで、頭がさえて眠れません。／喝了過量的咖啡，頭腦極度清醒，完全無法入睡。

さお【竿】(名) 竿子，竹竿；釣竿；船篙；(助數詞用法) 杆，根 (類) 棒 △物干し竿は、昔は竹だったが、今はステンレスが多い。／晾衣竿以前是用竹子，現在多半改用不鏽鋼製品。

さかえる【栄える】(自下一) 繁榮，興盛，昌盛；榮華，顯赫 (反) 衰える (類) 繁栄 △どんなに国が栄えようと、栄えまいと、貧富の差はなくならない。／不論國家繁容與否，貧富之差終究還是會存在。

さがく【差額】(名) 差額 △後ほど差額を計算して、お返しします。／請容稍後計算差額，再予以退還。

さかずき【杯】(名) 酒杯；推杯換盞，酒宴；飲酒為盟 (類) 酒杯 △お酒を杯からあふれんばかりになみなみとついだ。／酒斟得滿滿的，幾乎快要溢出來了。

さかだち【逆立ち】(名·自サ) (體操等) 倒立，倒豎；顛倒 (類) 倒立 △体育の授業で逆立ちの練習をした。／在體育課中練習了倒立。

N1-036

さかる【盛る】(自五) 旺盛；繁榮；(動物) 發情 △中にいる人を助けようとして、消防士は燃え盛る火の中に飛び込んだ。／消防員為了救出被困在裡面的人而衝進了熊熊燃燒的火場。

さき【先】(名) 尖端，末稍；前面，前方；事先，先；優先，首先；將來，未來；後來(的情況)；以前，過去；目的地；對方 △旅行先でインフルエンザにかかってしまった。／在旅遊地染上了流行性感冒。

さきに【先に】(副) 以前，以往 (類) 以前に △先にご報告しましたように、景気は回復傾向にあると考えられます。／如同方才向您報告過的，景氣應該有復甦的傾向。

さぎ【詐欺】㊔詐欺，欺騙，詐騙 類 インチキ △ひとり老人のみならず、若者も詐欺グループにまんまと騙された。／不光是老年人而已，就連年輕人也是詐騙集團的受害者。

さく【作】㊔著作，作品；耕種，耕作；收成；振作；動作 類 作品 △手塚治虫さん作の漫画は、今でも高い人気を誇っている。／手塚治虫先生繪製的漫畫，至今依舊廣受大眾喜愛。

さく【柵】㊔柵欄；城寨 類 囲い △道路脇に柵を設けて、車の転落を防止する。／這個柵欄的高度不足以預防人們跌落。

さく【策】㊔計策，策略，手段；鞭策；手杖 類 はかりごと △反省はおろか、何の改善策も打ち出していない。／不用說是有在反省，就連個補救方案也沒提出來。

さくげん【削減】名·自他サ 削減，縮減；削弱，使減色 反 増やす 類 減らす △景気が悪いので、今年のボーナスが削減されてしまった。／由於景氣差，今年的年終獎金被削減了。

さくご【錯誤】㊔錯誤；（主觀認識與客觀實際的）不相符，謬誤 類 誤り △試行錯誤を繰り返し、ようやく成功した。／經過幾番摸索改進後，終於獲得成功。

さくせん【作戦】㊔作戰，作戰策略，戰術；軍事行動，戰役 類 戦略 △それは関心を引かんがための作戦だ。／那是為了要分散對方的注意力所策劃的戰略。

さけび【叫び】㊔喊叫，尖叫，呼喊 △助けを求める叫びが聞こえたかと思いきや、続いて銃声がした。／才剛聽到了求救的叫聲，緊接著就傳來了槍響。

さける【裂ける】自下一 裂，裂開，破裂 類 破れる △冬になると乾燥のため唇が裂けることがある。／到了冬天，有時會因氣候乾燥而嘴唇乾裂。

ささげる【捧げる】他下一 雙手抱拳，捧拳；供，供奉，敬獻；獻出，貢獻 類 あげる △この歌は、愛する妻に捧げます。／僅以這首歌曲獻給深愛的妻子。

さしかかる【差し掛かる】自五 來到，路過（某處），靠近；（日期等）臨近，逼近，緊迫；垂掛，籠罩在…之上 類 通りかかる △企業の再建計画は正念場に差し掛かっている。／企業的重建計畫正面臨最重要的關鍵時刻。

さしず【指図】名·自サ 指示，吩咐，派遣，發號施令；指定，指明；圖面，設計圖 類 命令 △彼はもうベテランなので、私がひとつひとつ指図するまでもない。／他已經是老手了，無需我一一指點。

さしだす【差し出す】他五（向前）伸出，探出；（把信件等）寄出，發出；提出，交出，獻出；派出，派遣，打發 類 提出 △彼女は黙って退職願を差し出した。／她不聲不響地提出辭呈。

さしつかえる【差し支える】 自下一 (對工作等) 妨礙，妨害，有壞影響；感到不方便，發生故障，出問題 △たとえ計画の進行に差し支えても、メンバーを変更せざるを得ない。／即使會影響到計畫的進度，也得更換組員。

さしひき【差し引き】 名·自他サ 扣除，減去；(相抵的) 餘額，結算 (的結果)；(潮水的) 漲落，(體溫的) 升降 △電話代や電気代といった諸経費は事業所得から差し引きしてもいい。／電話費與電費等各項必要支出經費，可自企業所得中予以扣除。

さす【指す】 他五 (用手) 指，指示；點名指名；指向；下棋；告密 △こらこら、指で人を指すものじゃないよ。／喂喂喂，怎麼可以用手指指著別人呢！

さずける【授ける】 他下一 授予，賦予，賜給；教授，傳授 反 奪う 類 与える △功績が認められて、名誉博士の称号が授けられた。／由於功績被認可，而被授予名譽博士的稱號。

さする 他五 摩，擦，搓，撫摸，摩挲 類 擦る（する）△膝をぶつけて、思わず手でさすった。／膝蓋撞了上去，不由得伸手撫了撫。

さぞ 副 想必，一定是 類 きっと △残り３分で逆転負けするなんて、さぞ悔しいことでしょう。／離終場三分鐘時遭慘逆轉賽局吃下敗仗，想必懊悔不已。

さぞかし 副 (「さぞ」的強調) 想必，一定 △さぞかし喜ぶでしょう。／想必很開心吧。

さだまる【定まる】 自五 決定，規定；安定，穩定，固定；確定，明確；(文) 安靜 類 決まる △このような論点の定まらない議論は、時間のむだでなくてなんだろう。／像這種論點無法聚焦的討論，不是浪費時間又是什麼呢！

さだめる【定める】 他下一 規定，決定，制定；平定，鎮定；奠定；評定，論定 類 決める △給料については、契約書に明確に定めてあります。／關於薪資部份，均載明於契約書中。

ざだんかい【座談会】 名 座談會 △衆議院が解散したので、テレビは緊急に識者による座談会を放送した。／由於眾議院已經散會，電視台緊急播放座談節目。

ざつ【雑】 名·形動 雜類；(不單純的) 混雜；摻雜；(非主要的) 雜項；粗雜；粗糙；粗枝大葉 反 精密 類 粗末 △雑に仕事をすると、あとで結局やり直すことになりますよ。／如果工作時敷衍了事，到頭來仍須重新再做一次喔！

ざっか【雑貨】 名 生活雜貨 反 小間物 類 荒物 △彼女の部屋は、狭さもさることながら、雑貨であふれていて足の踏み場もない。／她的房間不但狹小，還堆滿了雜貨，連可以踩進去的地方都沒有。

さっかく【錯覚】㊔名·自サ 錯覺；錯誤的觀念；誤會，誤認為 ㊖類 勘違い △左の方が大きく見えるのは目の錯覚で、実際は二つとも同じ大きさです。／左邊的圖案看起來比較大，是因為眼睛的錯覺，其實兩個圖案的大小完全相同。

さっきゅう・そうきゅう【早急】㊔名·形動 盡量快些，趕快，趕緊 ㊖類 至急 △その件は早急に解決する必要がある。／那件事必須盡快解決。

さつじん【殺人】㊔名 殺人，兇殺 △未遂であれ、殺人の罪は重い。／即使是殺人未遂，罪行依舊很重。

さっする【察する】㊔他サ 推測，觀察，判斷，想像；體諒，諒察 ㊖類 推し量る △娘を嫁にやる父親の気持ちは察するに難くない。／不難猜想父親出嫁女兒的心情。

ざつだん【雑談】㊔名·自サ 閒談，說閒話，閒聊天 ㊖類 お喋り △久しぶりの再会で雑談に花が咲いて、2時間以上も話してしまいました。／與久逢舊友聊得十分起勁，結果足足談了兩個多小時。

さっと ㊔副（形容風雨突然到來）倏然，忽然；（形容非常迅速）忽然，一下子 △新鮮な肉だから、さっと火を通すだけでいいですよ。／這可是新鮮的肉，只要稍微過火就可以了喔。

N1-037

さとる【悟る】㊔他五 醒悟，覺悟，理解，認識；察覺，發覺，看破；（佛）悟道，了悟 △その言葉を聞いて、彼にだまされていたことを悟った。／聽到那番話後，赫然頓悟對方遭到他的欺騙。

さなか【最中】㊔名 最盛期，正當中，最高 ㊖類 さいちゅう △披露宴のさなかに、大きな地震が発生した。／正在舉行喜宴時，突然發生大地震。

さばく【裁く】㊔他五 裁判，審判；排解，從中調停，評理 ㊖類 裁判する △人が人を裁くことは非常に難しい。／由人來審判人，是非常困難的。

ざひょう【座標】㊔名（數）座標；標準，基準 △2点の座標から距離を計算しなさい。／請計算這兩點座標之間的距離。

さほど ㊔副（後多接否定語）並（不是），並（不像），也（不是） ㊖類 それほど △さほどひどくないけがですから、入院せずにすむでしょう。／那並不是什麼嚴重的傷勢，應該不需要住院吧。

サボる【sabotage之略】㊔他五（俗）怠工；偷懶，逃（學），曠（課） ㊖反 励む ㊖類 怠ける △授業をサボりっぱなしで、テストは散々だった。／一直翹課，所以考試結果慘不忍睹。

さむけ【寒気】㊔名 寒冷，風寒，發冷；憎惡，厭惡感，極不愉快感覺 ㊖類 寒さ △今朝から、寒気もさることながら頭痛がひどい。／從今天早上開始不僅全身發冷而且頭疼異常。

さむらい【侍】 (名)（古代公卿貴族的）近衛；古代的武士；有骨氣，行動果決的人 (類) 武士 △一昔前、侍はみなちょんまげを結っていました。／過去，武士全都梳髮髻。

さも (副)（從一旁看來）非常，真是；那樣，好像 (類) いかにも △彼はさも事件現場にいたかのように話した。／他描述得活靈活現，宛如曾親臨現場。

さよう【作用】 (名・自サ) 作用；起作用 (類) 働き △レモンには美容作用があるといわれています。／聽說檸檬具有美容功效。

さらう (他五) 攫，奪取，拐走；（把當場所有的全部）拿走，取得，贏走 (反) 与える (類) 奪う △彼が監督する映画は、いつも各界の話題をさらってきた。／他所導演的電影，總會成為各界熱烈討論的話題。

さらなる【更なる】 (連體) 更 △更なるご活躍をお祈りします。／預祝您有更好的發展。

さわる【障る】 (自五) 妨礙，阻礙，障礙；有壞影響，有害 (類) 邪魔 △もし気に障ったなら、申し訳ありません。／假如造成您的不愉快，在此致上十二萬分歉意。

さん【酸】 (名) 酸味；辛酸，痛苦；（化）酸 △疲れた時には、クエン酸を取ると良いといわれています。／據說在身體疲憊時攝取檸檬酸，有助於恢復體力。

さんか【酸化】 (名・自サ)（化）氧化 △リンゴは、空気に触れて酸化すると、表面が黒くなる。／蘋果被切開後接觸到空氣，果肉表面會因氧化而泛深褐色。

さんがく【山岳】 (名) 山岳 △山岳救助隊は遭難した登山者の救出を専門にしている。／山岳救難隊專責救助遇到山難的登山客。

さんぎいん【参議院】 (名) 參議院，參院（日本國會的上院）(反) 衆議院 (類) 参院 △参議院議員の任期は６年です。／參議院議員任期是六年。

サンキュー【thank you】 (感) 謝謝 (類) ありがとう △おばあちゃんが話せる英語は「サンキュー」だけです。／奶奶會說的英語只有「3Q」而已。

さんきゅう【産休】 (名) 產假 (類) 出産休暇 △会社の福利が悪く、産休もろくに取れないしまつだ。／公司的福利差，結果連產假也沒怎麼休到。

ざんきん【残金】 (名) 餘款，餘額；尾欠，差額 (類) 残高 △通帳に記帳して、残金を確かめます。／補摺確認帳戶裡的存款餘額。

さんご【産後】 (名)（婦女）分娩之後 △産後は体力が回復するまでじっくり休息した方が良い。／生產後應該好好靜養，直到恢復體力為止。

ざんこく【残酷】(形動) 残酷，残忍 (類) ひどい △いくら残酷といえども、これはやむを得ない決断です。／即使再怎麼殘忍，這都是不得已的抉擇。

さんしゅつ【産出】(名·他サ) 生產；出產 (類) 生産 △石油を産出する国は、一般的に豊かな生活を謳歌している。／石油生產國家的生活，通常都極盡享受之能事。

さんしょう【参照】(名·他サ) 參照，參看，參閱 △詳細については、添付ファイルをご参照ください。／相關詳細內容請參考附檔。

さんじょう【参上】(名·自サ) 拜訪，造訪 (類) 参る △いよいよ、冬の味覚牡蠣参上！／冬季珍饈的代表——牡蠣，終於開始上市販售！

ざんだか【残高】(名) 餘額 (類) 残金 △残高はたったの約120万円というところです。／餘額僅有約一百二十萬日圓而已。

サンタクロース【Santa Claus】(名) 聖誕老人 △サンタクロースは煙突から入ってくるんですか。／聖誕老公公會從煙囪爬進屋子裡面嗎？

さんばし【桟橋】(名) 碼頭；跳板 (類) 港 △花火を見るため、桟橋には人があふれかえっている。／想看煙火施放的人們，將碼頭擠得水洩不通。

さんび【賛美】(名·他サ) 讚美，讚揚，歌頌 (類) 称賛する △大自然を賛美する。／讚美大自然。

さんぷく【山腹】(名) 山腰，山腹 (類) 中腹 △大地震のため、山腹で土砂崩れが発生した。／山腰處因大地震引發了土石崩塌。

さんふじんか【産婦人科】(名) (醫)婦產科 △彼女は女医がいる産婦人科を探しています。／她正在尋找有女醫師駐診的婦產科。

さんぶつ【産物】(名) (某地方的)產品，產物，物產；(某種行為的結果所產生的)產物 (類) 物産 △世紀の大発見といわれているが、実は偶然の産物です。／雖然被稱之為世紀性的重大發現，其實卻只是偶然之下的產物。

さんみゃく【山脈】(名) 山脈 △数々の難題が、私の前に山脈のごとく立ちはだかっている。／有太多的難題，就像一座山阻擋在我眼前一般。

しシ

N1-038

し【師】(名) 軍隊；(軍事編制單位)師；老師；從事專業技術的人 (類) 師匠 △彼は私が師と仰ぐ人物です。／他是我所景仰的師長。

し【死】(名) 死亡；死罪；無生氣，無活力；殊死，拚命 (反) 生 (類) 死ぬ △死期を迎えても、父は最後まで気丈にふるまっていた。／儘管面臨死神的召喚，先父直到最後一刻依舊展現神采奕奕的風範。

し【士】 漢造 人（多指男性），人士；武士；士宦；軍人；（日本自衛隊中最低的一級）士；有某種資格的人；對男子的美稱 △二人目の日本人女性宇宙飛行士が誕生した。／第二位日籍女性太空人誕生了。

じ【児】 漢造 幼兒；兒子；人；可愛的年輕人 反 親 類 こども △天才児とはどのような子どものことを言いますか。／所謂天才兒童是指什麼樣的小孩子呢？

しあがり【仕上がり】 名 做完，完成；（迎接比賽）做好準備 類 できばえ △本物のごとき仕上がりに、みんなからため息が漏れた。／成品簡直就像真的一樣，讓大家讚嘆不已。

しあげ【仕上げ】 名・他サ 做完，完成；做出的結果；最後加工，潤飾 類 でき上がり △仕上げに醤油をさっと回しかければ、一品出来上がりです。／在最後起鍋前，再迅速澆淋少許醬油，即可完成一道美味佳餚。

しあげる【仕上げる】 他下一 做完，完成，（最後）加工，潤飾，做出成就 類 作り上げる △汗まみれになって何とか課題作品を仕上げた。／經過汗流浹背的奮戰，總算完成了要繳交的作業。

しいく【飼育】 名・他サ 飼養（家畜）△野生動物の飼育は決して容易なものではない。／飼養野生動物絕非一件容易之事。

しいて【強いて】 副 強迫；勉強；一定… 類 無理に △特に好きな作家はいませんが、強いて言えば村上春樹です。／我沒有特別喜愛的作家，假如硬要選出一位的話，那麼就是村上春樹。

シート【seat】 名 座位，議席；防水布 類 席 △拭くなり、洗うなり、シートの汚れをきれいに取ってください。／請用擦拭或清洗的方式去除座位上的髒污。

ジーパン【（和）jeans+pants之略】 名 牛仔褲 類 ジーンズ △このＴシャツにはジーパンが合う。／這件襯衫很適合搭配牛仔褲。

しいる【強いる】 他上一 強迫，強使 類 強制する △その政策は国民に多大な負担を強いることになるでしょう。／這項政策恐怕會將莫大的負擔，強加於國民的身上。

しいれる【仕入れる】 他下一 購入，買進，採購（商品或原料）；（喻）由他處取得，獲得 反 売る 類 買う △お寿司屋さんは毎朝、市場で新鮮な魚を仕入れる。／壽司店家每天早晨都會到市場採購新鮮的魚貨。

しいん【死因】 名 死因 △死因は心臓発作だ。／死因是心臟病發作。

しお【潮】 名 海潮；海水，海流；時機，

機會 類 潮汐 △大潮の時は、潮の流れが速くなるので注意が必要です。／大潮的時候，潮汐的流速將會增快，必須特別小心。

しか【歯科】 名（醫）牙科，齒科 △小学校では定期的に歯科検診が実施されます。／小學校方會定期舉辦學童牙齒健檢。

じが【自我】 名 我，自己，自我；（哲）意識主體 反 相手 類 自分 △大体何歳ぐらいから自我が目覚めますか。／人類大約從幾歲時開始有自我意識呢？

しがい【市街】 名 城鎮，市街，繁華街道 類 まち △この写真はパリの市街で撮影したものです。／這幅照片拍攝於巴黎的街頭。

しかく【視覚】 名 視覺 △小さいとき、高熱のため右目の視覚を失った。／小時候由於高燒而導致右眼失去了視覺。

じかく【自覚】 名・他サ 自覺，自知，認識；覺悟；自我意識 類 自意識 △胃に潰瘍があると診断されたが、全く自覚症状がない。／儘管被診斷出胃部有潰瘍，卻完全沒有自覺。

しかけ【仕掛け】 名 開始做，著手；製作中，做到中途；找碴，挑釁；裝置，結構；規模；陷阱 類 わな △サルを捕まえるための仕掛けに、ウサギが捕まっていた。／為了捕捉猴子而設的陷阱，卻捉到兔子。

しかける【仕掛ける】 他下一 開始做，著手；做到途中；主動地作；挑釁，尋釁；裝置，設置，布置；準備，預備 類 仕向ける △社長室に盗聴器が仕掛けられていた。／社長室裡被裝設了竊聽器。

しかしながら 接續（「しかし」的強調）可是，然而；完全 類 しかし △彼はまだ 19 歳だ。しかしながら彼の考え方は、非常に古い。／他才十九歲，但是思考模式卻非常守舊。

しき【指揮】 名・他サ 指揮 類 統率 △合唱コンクールで指揮をすることになった。／我當上了合唱比賽的指揮。

じき【磁気】 名（理）磁性，磁力 △この磁石は非常に強い磁気を帯びています。／這塊磁鐵的磁力非常強。

じき【磁器】 名 瓷器 △あの店は、磁器のみならず陶器も豊富にそろえている。／那家店不單販售瓷器而已，連陶器的品項也十分齊全。

しきさい【色彩】 名 彩色，色彩；性質，傾向，特色 類 彩り △彼女がデザインするドレスはどれも色彩豊かです。／她所設計的洋裝，件件均為七彩斑爛的顏色。

しきじょう【式場】 名 舉行儀式的場所，會場，禮堂 △結婚式場には続々と親族や友人が集まっている。／親戚與朋友們陸續來到婚禮會場。

じきに 副 很接近，就快了 △じきに追いつくよ。／就快追上了喔！

じぎょう【事業】[名] 事業；(經) 企業；功業，業績 [類] 仕事 △新しいサービスの提供を皮切りに、この分野での事業を拡大していく計画だ。／我們打算以提供新服務為開端，來擴大這個領域的事業。

しきる【仕切る】[他五·自五] 隔開，間隔開，區分開；結帳，清帳；完結，了結 [類] 区切る △部屋を仕切って、小さな子ども部屋を二部屋作った。／將原本的房間分隔成兩間較小的兒童房。

しきん【資金】[名] 資金，資本 [類] 元手 △資金はおろか人手も足りない。／別說是資金，就連人手都不夠。

じく【軸】[名·接尾·漢造] 車軸；畫軸；(助數詞用法) 書，畫的軸；(理) 運動的中心線 △次の衆議院選挙は9月を軸に調整が進んでいるそうです。／下屆眾議院選舉似乎將自九月啟動運作主軸，開始進行選戰調整。

しくみ【仕組み】[名] 結構，構造；(戲劇，小說等) 結構，劇情；企畫，計畫 △機械のしくみを理解していなければ、修理はできない。／如果不瞭解機械的構造，就沒有辦法著手修理。

しけい【死刑】[名] 死刑，死罪 [類] 死罪 △死刑の執行は法務大臣の許可を得たうえで行われる。／執行死刑之前，必須先得到法務部長的批准。

しける【湿気る】[自五] 潮濕，帶潮氣，受潮 [類] 濡れる △煎餅がしけって、パリパリ感が全くなくなった。／咬下一口烤米餅，已經完全沒有酥脆的口感了。

じこ【自己】[名] 自己，自我 [反] 相手 [類] 自分 △会社の面接では自己ＰＲをしっかりすることが大切だ。／去公司面試時，盡量展現自己的優點是非常重要的。

N1-039

しこう【志向】[名·他サ] 志向；意向 [類] 指向 △頭から足までブランド品で固めて、あれがブランド志向でなくてなんだろう。／從頭到腳一身名牌裝扮，如果那不叫崇尚名牌，又該叫什麼呢？

しこう【思考】[名·自他サ] 思考，考慮；思維 △彼女はいつもマイナス思考に陥りがちだ。／她總是深陷在負面思考情緒中。

しこう・せこう【施行】[名·他サ] 施行，實施；實行 [類] 実施 △この法律は昨年12月より施行されています。／這項法令自去年十二月起實施。

しこう【嗜好】[名·他サ] 嗜好，愛好，興趣 [類] 好み △コーヒーカンパニーは定期的に消費者の嗜好調査を行っている。／咖啡公司會定期舉辦消費者的喜好調查。

じこう【事項】[名] 事項，項目 [類] 事柄 △重要事項については、別途書面で連絡いたします。／相關重要事項，將另以書面方式聯絡。

じごく【地獄】(名) 地獄;苦難;受苦的地方;(火山的)噴火口 (反)極楽 (類)冥府 △こんなひどいことをして、地獄に落ちずには済まないだろう。/做了這麼過分的事,光是被打入地獄還不夠吧!

じこくひょう【時刻表】(名) 時間表 (類)時間表 △時刻表通りにバスが来るとは限らない。/巴士未必會依照班次時刻表準時到達。

じさ【時差】(名)(各地標準時間的)時差;錯開時間 △日本と台湾には1時間の時差があります。/日本與台灣之間的時差為一小時。

じざい【自在】(名) 自在,自如 (反)不自由 (類)自由 △このソフトを用いれば、画像を自在に縮小・拡大できる。/只要使用這個軟體,就可以隨意將圖像縮小或放大。

しさつ【視察】(名・他サ) 視察,考察 △関係者の話を直接聞くため、社長は工場を視察した。/社長為直接聽取相關人員的說明,親自前往工廠視察。

しさん【資産】(名) 資產,財產;(法)資產 (類)財産 △バブル経済のころに、不動産で資産を増やした人がたくさんいる。/有許多人在泡沫經濟時期,藉由投資不動產增加了資產。

しじ【支持】(名・他サ) 支撐;支持,擁護,贊成 (類)支える △選挙に勝てたのは皆さんに支持していただいたおかげです。/能夠獲得勝選都是靠各位鄉親的支持!

じしゅ【自主】(名) 自由,自主,獨立 △誰が言うともなしに、みな自主的に行動しはじめた。/沒有任何人下令,大家已開始採取自發性的行動。

じしゅ【自首】(名・自サ)(法)自首 △犯人が自首して来なかったとしても、遅かれ早かれ逮捕されただろう。/就算嫌犯沒來自首,也遲早會遭到逮捕的吧。

ししゅう【刺繍】(名・他サ) 刺繡 (類)縫い取り △ベッドカバーにはきれいな刺繍がほどこしてある。/床罩上綴飾著精美的刺繡。

ししゅんき【思春期】(名) 青春期 △思春期の少女ではあるまいし、まだ白馬の王子様を待っているのか。/又不是青春期的少女,難道還在等白馬王子出現嗎?

しじょう【市場】(名) 菜市場,集市;銷路,銷售範圍,市場;交易所 (類)マーケット △アメリカの景気回復なくしては、世界の市場は改善されない。/美國的景氣尚未復甦,全球經濟市場亦無法好轉。

じしょく【辞職】(名・自他サ) 辭職 (類)辞める (比)退職(たいしょく):退職、退休。指因個人因素或符合退休年齡而辭去至今擔任的職務。△内閣不信任案が可決され、総理は内閣総辞職を決断

した。／內閣不信任案通過，總理果斷決定了內閣總辭。

しずく【滴】 ㊔ 水滴，水點 ㊟ 滴り △屋根のといから雨のしずくがぽたぽた落ちている。／雨滴沿著屋簷的排水管滴滴答答地落下。

システム【system】 ㊔ 組織；體系，系統；制度 ㊟ 組織 △今の社会システムの下では、ただ官僚のみが甘い汁を吸っている。／在現今的社會體制下，只有當官的才能得到好處。

しずめる【沈める】 ㊞ 把…沉入水中，使沉沒 ㊟ 沈没 △潜水カメラを海に沈めて、海水中の様子を撮影した。／把潛水攝影機沉入海中，拍攝海水中的模樣。

しせつ【施設】 ㊔·他サ 設施，設備；(兒童，老人的) 福利設施 ㊟ 設備 △この病院は、最先端の医療施設です。／這家醫院擁有最尖端的醫療設備。

じぜん【慈善】 ㊔ 慈善 △慈善団体かと思いきや、会長が寄付された金を私物化していた。／原本以為是慈善團體，沒想到會長把捐款納為己有了。

しそく【子息】 ㊔ 兒子(指他人的)，令郎 ㊟ むすこ △ご子息もご一緒にいらしてください。／歡迎令郎與您也一同蒞臨。

じぞく【持続】 ㊔·自他サ 持續，繼續，堅持 ㊎ 絶える ㊟ 続く △このバッテリーの持続時間は 15 時間です。／這顆電池的電力可維持十五個小時。

じそんしん【自尊心】 ㊔ 自尊心 ㊟ プライド △自尊心を高めるにはどうすればいいですか。／請問該怎麼做才能提高自尊心呢？

したあじ【下味】 ㊔ 預先調味，底味 △肉を焼く前に塩・こしょうで下味をつける。／在烤肉前先以鹽和胡椒調味。

じたい【字体】 ㊔ 字體；字形 △テーマの部分は字体を変えて、分かりやすいようにしてください。／請將標題變換為能被清楚辨識的字體。

じたい【辞退】 ㊔·他サ 辭退，謝絕 △自分で辞退を決めたとはいえ、あっさり思い切れない。／雖說是自己決定婉拒的，心裡還是感到有點可惜。

したう【慕う】 ㊄ 愛慕，懷念，思慕；敬慕，敬仰，景仰；追隨，跟隨 ㊟ 憧れる △多くの人が彼を慕って遠路はるばるやってきた。／許多人因為仰慕他，不遠千里長途跋涉來到這裡。

したごころ【下心】 ㊔ 內心，本心；別有用心，企圖，(特指) 壞心腸 ㊟ 本心 △あなたが信じようが信じまいが、彼には下心がありますよ。／不管你是否相信，他是不懷好意的。

したじ【下地】 ㊔ 準備，基礎，底子；素質，資質；真心；布等的底色 ㊟ 基礎 △敏感肌の人でも使える化粧下地を探しています。／我正在尋找敏感肌膚的人也能使用的妝前粉底。

したしまれる【親しまれる】 自五（「親しむ」的受身形）被喜歡 △30年以上子供たちに親しまれてきた長寿番組が、今秋終わることになった。／長達三十年以上陪伴兒童們成長的長壽節目，決定將在今年秋天結束了。

したしむ【親しむ】 自五 親近，親密，接近；愛好，喜愛 △子どもたちが自然に親しめるようなイベントを企画しています。／我們正在企畫可以讓孩子們親近大自然的活動。

N1-040

したしらべ【下調べ】 名·他サ 預先調查，事前考察；預習 類 下見 △明日に備えて、十分に下調べしなければならない。／為了明天，必須先做好完備的事前調查才行。

したてる【仕立てる】 他下一 縫紉，製作（衣服）；培養，訓練；準備，預備；喬裝，裝扮 類 縫い上げる △新しいスーツを仕立てるために、オーダーメード専門店に行った。／我特地去了專門為顧客量身訂做服裝的店鋪做套新的西裝。

したどり【下取り】 名·他サ（把舊物）折價貼錢換取新物 △この車の下取り価格を見積もってください。／請估算賣掉這輛車子，可折抵多少購買新車的金額。

したび【下火】 名 火勢漸弱，火將熄滅；（流行，勢力的）衰退；底火 △3月になり、インフルエンザはそろそろ下火になってきました。／時序進入三月，流行性感冒的傳染高峰期也差不多接近尾聲了。

したまわる【下回る】 自五 低於，達不到 △平年を下回る気温のため、今年の米はできがよくない。／由於氣溫較往年為低，今年稻米的收穫狀況並不理想。

じちたい【自治体】 名 自治團體 補「地方自治体」之略。△新しい市長の「住民あっての自治体」というスタンスは、非常に評価できる。／新市長倡議的主張「有市民才有這個城市」，博得極高的好評。

じつ【実】 名·漢造 實際，真實；忠實，誠意；實質，實體；實的；籽 類 真実 △彼女は一見派手に見えますが、実のところそんなことはない。／乍看之下她很豔麗奢華，但實際上卻不是那樣的人。

じっか【実家】 名 娘家；親生父母家 類 ふるさと △近くに住んでいるならいざ知らず、実家にそうしょっちゅうは行けない。／如果住得近也就算了，事實上根本沒辦法常常回娘家。

しっかく【失格】 名·自サ 失去資格 反 及第 類 落第 △ファウルを3回して失格になった。／他在比賽中犯規屆滿三次，被取消出賽資格。

しつぎ【質疑】 名·自サ 質疑，疑問，提問△発表の内容もさることながら、その後の質疑応答がまたすばらしかった。／發表的內容當然沒話說，在那之後的回答問題部份更是精采。

しっきゃく【失脚】 名·自サ 失足（落水、跌跤）；喪失立足地，下台；賠錢 類 失墜 △軍部の反乱によって、大統領はあえなく失脚した。／在遭到軍隊叛變後，總統大位瞬間垮台。

じつぎょう【実業】 名 產業，實業 △実業に従事する。／從事買賣。

じつぎょうか【実業家】 名 實業鉅子 △実業家とはどのような人のことですか。／什麼樣的人會被稱為企業家呢？

シック【(法) chic】 形動 時髦，漂亮；精緻 反 野暮 類 粋 △彼女はいつもシックでシンプルな服装です。／她總是穿著設計合宜、款式簡單的服裝。

じっくり 副 慢慢地，仔細地，不慌不忙 △じっくり話し合って解決してこそ、本当の夫婦になれるんですよ。／必須經過仔細交談、合力解決，才能成為真正的夫妻喔。

しつけ【躾】 名 (對孩子在禮貌上的) 教養，管教，訓練；習慣 類 礼儀 △子どものしつけには根気が要ります。／管教小孩需要很大的耐性。

しつける【躾ける】 他下一 教育，培養，管教，教養（子女）△子犬をしつけるのは難しいですか。／調教訓練幼犬是件困難的事嗎？

しっこう【執行】 名·他サ 執行 △死刑を執行する。／執行死刑。

じっしつ【実質】 名 實質，本質，實際的內容 反 形式 類 中身 △当社の今年上半期の成長率は実質ゼロです。／本公司在今年上半年的業績實質成長率為零。

じつじょう【実情】 名 實情，真情；實際情況 △実情を明らかにすべく、アンケート調査を実施いたします。／為了查明真相而施行問卷調查。

しっしん【湿疹】 名 濕疹 △湿疹ができて、かゆくてかなわない。／罹患了濕疹，癢得受不了。

じっせん【実践】 名·他サ 實踐，自己實行 類 実行 △この本ならモデル例に即してすぐ実践できる。／如果是這本書，可以作為範例立即實行。

しっそ【質素】 名·形動 素淡的，質樸的，簡陋的，樸素的 反 派手 類 地味 △大会社の社長なのに、意外と質素に暮らしている。／分明貴為大公司的總經理，沒想到竟過著儉樸的生活。

じったい【実態】 名 實際狀態，實情 類 実情 △実態に即して臨機応変に対処しなければならない。／必須按照實況隨機應變。

しっちょう【失調】 名 失衡，不調和；不平衡，失常 △アフリカなどの発展途上国には、栄養失調の子どもがたくさんいます。／在非洲這類開發中國家，有許多營養失調的孩子們。

しっと【嫉妬】 名·他サ 嫉妒 類 やきもち △欲しいものを全て手にした彼に対し、嫉妬を禁じえない。／看到他想要什麼就有什麼，不禁讓人忌妒。

しっとり 副·サ変 寧靜，沈靜；濕潤，潤澤 △このシャンプーは、洗い上がりがしっとりしてぱさつかない。／這種洗髮精洗完以後髮質很潤澤，不會乾澀。

じっとり 副 濕漉漉，濕淋淋 △じっとりと汗をかく。／汗流浹背。

じっぴ【実費】 名 實際所需費用；成本 類 費用 △会場までの交通費は実費支給になります。／前往會場的交通費，採用實支實付方式給付。

してき【指摘】 名·他サ 指出，指摘，揭示 △指摘を受けるなり、彼の態度はコロッと変わった。／他一遭到指責，頓時態度丕變。

してん【視点】 名（畫）（遠近法的）視點；視線集中點；觀點 類 観点 △この番組は専門的な視点でニュースを解説してくれます。／這個節目從專業觀點切入解說新聞。

じてん【自転】 名·自サ（地球等的）自轉；自行轉動 反 公転 △地球の自転はどのように証明されましたか。／請問地球的自轉是透過什麼樣的方式被證明出來的呢？

じどうし【自動詞】 名（語法）自動詞 反 他動詞 △自動詞と他動詞をしっかり使い分けなければならない。／一定要確實分辨自動詞與他動詞的不同用法。

しとやか 形動 說話與動作安靜文雅；文靜 反 がさつ 類 物柔らか △彼女の立ち振る舞いは実にしとやかだ。／她的談吐舉止十分優雅端莊。

しなびる【萎びる】 自上一 枯萎，乾癟 類 枯れる △旅行に行っている間に、花壇の花がみな萎びてしまった。／在外出旅遊的期間，花圃上的花朵全都枯萎凋謝了。

シナリオ【scenario】 名 電影劇本，腳本；劇情說明書；走向 類 台本 △今月の為替相場のシナリオを予想してみました。／我已先對這個月的外幣兌換率做出了預測。

しにょう【屎尿】 名 屎尿，大小便 △ゴミや屎尿を適切に処理しなければ、健康を害することも免れない。／如未妥適處理垃圾與穢物污水問題，勢必會對人體健康造成危害。

N1-041

じにん【辞任】 名·自サ 辭職 △大臣を辞任する。／請辭大臣職務。

じぬし【地主】 名 地主，領主 類 持ち主 △私の祖先は江戸時代には地主だったそうです。／我的祖先在江戶時代據說是位地主。

しのぐ【凌ぐ】㊀他五 忍耐，忍受，抵禦；躲避，排除；闖過，擺脫，應付，冒著；凌駕，超過 △彼は、今では師匠をしのぐほどの腕前だ。／他現在的技藝已經超越師父了。

しのびよる【忍び寄る】自五 偷偷接近，悄悄地靠近 △すりは、背後から忍び寄るが早いか、かばんからさっと財布を抜き取った。／扒手才剛從背後靠了過來，立刻就從包包裡扒走錢包了。

しば【芝】名（植）（鋪草坪用的）矮草，短草 類 芝草 △芝の手入れは定期的にしなければなりません。／一定要定期修整草皮。

しはつ【始発】名（最先）出發；始發（車，站）；第一班車 反 終発 △始発に乗ればよかったものを、1本遅らせたから遅刻した。／早知道就搭首班車，可是卻搭了下一班才會遲到。

じびか【耳鼻科】名 耳鼻科 △春は花粉症で耳鼻科に行く人が多い。／春天有很多人因為花粉症而去耳鼻喉科看診。

しぶい【渋い】形 澀的；不高興或沒興致，悶悶不樂，陰沉；吝嗇的；厚重深沉，渾厚，雅致 類 渋味 △栗の薄皮は渋いですから、取り除いてから料理します。／因為栗子的薄皮味道苦澀，所以要先將之剝除乾淨再烹調。

しぶつ【私物】名 個人私有物件 反 公物 △会社の備品を彼は私物のごとく扱っている。／他使用了公司的備品，好像是自己的一樣。

しぶとい 形 對痛苦或逆境不屈服，倔強，頑強 類 粘り強い △倒れても倒れてもあきらめず、彼はしぶといといったらありはしない。／他不管被打倒幾次依舊毫不放棄，絕不屈服的堅持令人讚賞。

しほう【司法】名 司法 △明日、司法の裁きを受けることになっている。／明天將接受司法審判。

しぼう【志望】名・他サ 志願，希望 類 志す △志望大学に受験の願書を送付した。／已經將入學考試申請書送達擬報考的大學了。

しぼう【脂肪】名 脂肪 △皮下脂肪より内臓脂肪が問題です。／比起皮下脂肪，內臟脂肪才是問題所在。

しまい 名 完了，終止，結束；完蛋，絕望 △これでおしまいにする。／就此為止，到此結束。

しまつ【始末】名・他サ（事情的）始末，原委；情況，狀況；處理，應付；儉省，節約 類 成り行き △この後の始末は自分でしてくださいね。／接下來的殘局你就自己收拾吧！

しみる【染みる】自上一 染上，沾染，感染；刺，殺，痛；銘刻（在心），痛（感）類 滲む △シャツにインクの色が染み付いてしまった。／襯衫被沾染到墨水，留下了印漬。

しみる【滲みる】 自上一 滲透，浸透 類 滲透 △この店のおでんはよく味がしみていておいしい。／這家店的關東煮非常入味可口。

しめい【使命】 名 使命，任務 類 責任 △使命を果たすためとあれば、いかなる犠牲も惜しまない。／如為完成使命，不惜任何犧牲。

じもと【地元】 名 當地，本地；自己居住的地方，故鄉 類 膝元 △地元の反発をよそに、移転計画は着々と実行されている。／無視於當地的反彈，遷移計畫仍照計劃逐步進行著。

しもん【指紋】 名 指紋 △凶器から指紋は検出されなかった。／凶器並沒有驗出指紋。

しや【視野】 名 視野；（觀察事物的）見識，眼界，眼光 類 視界 △グローバル化した社会にあって、大きな視野が必要だ。／是全球化的社會的話，就必須要有廣大的視野。

じゃく【弱】 名·接尾·漢造 （文）弱，弱者；不足；年輕 反 強 △イベントには300人弱の人が参加する予定です。／預計將有接近三百人參加這場活動。

しゃこう【社交】 名 社交，交際 類 付き合い △私はあまり社交的ではありません。／我不太擅於社交。

しゃざい【謝罪】 名·自他サ 謝罪；賠禮 △失礼を謝罪する。／為失禮而賠不是。

しゃぜつ【謝絶】 名·他サ 謝絕，拒絕 反 受け入れる 類 断る △面会謝絶と聞いて、彼は不安にならずにはいられなかった。／一聽到謝絕會面，他心裡感到了強烈的不安。

しゃたく【社宅】 名 公司的員工住宅，職工宿舍 △社宅の家賃は一般のマンションに比べ格段に安い。／公司宿舍的房租比一般大廈的房租還要便宜許多。

じゃっかん【若干】 名 若干；少許，一些 反 たくさん 類 少し △新事業の立ち上げと職員の異動があいまって、社内は若干混乱している。／著手新的事業又加上員工的流動，公司內部有些混亂。

しゃみせん【三味線】 名 三弦 類 三弦 △これなくしては、三味線は弾けない。／缺了這個，就沒有辦法彈奏三弦。

しゃめん【斜面】 名 斜面，傾斜面，斜坡 △山の斜面にはたくさんキノコが生えています。／山坡上長了不少野菇。

じゃり【砂利】 名 沙礫，碎石子 類 小石 △庭に砂利を敷き詰めると、雑草が生えにくくなりますよ。／在庭院裡鋪滿砂礫碎石，就不容易生長雜草喔！

しゃれる【洒落る】 自下一 漂亮打扮，打扮得漂亮；說俏皮話，詼諧；別緻，風趣；狂妄，自傲 類 装う △しゃれた造りのレストランですから、行けばすぐ見つかりますよ。／那家餐廳非常獨特有

型，只要到那附近，絕對一眼就能夠認出它。

ジャングル【jungle】(名) 叢林 △ジャングルを探検する。／進到叢林探險。

ジャンパー【jumper】(名) 工作服，運動服；夾克，短上衣 類 上着 △今年一番人気のジャンパーはどのタイプですか。／今年銷路最好的夾克外套是什麼樣的款式呢？

ジャンプ【jump】(名·自サ)（體）跳躍；（商）物價暴漲 類 跳躍 △彼のジャンプは技の極みです。／他的跳躍技巧可謂登峰造極。

ジャンボ【jumbo】(名·造) 巨大的 類 巨大 △この店の売りはジャンボアイスです。／這家店的主打商品是巨無霸冰淇淋。

ジャンル【(法) genre】(名) 種類，部類；（文藝作品的）風格，體裁，流派 類 種類 △ジャンルごとに資料を分類してください。／請將資料依其領域分類。

しゅ【主】(名·漢造) 主人；主君；首領；主體，中心；居首者；東道主 △彼の報告は、主として市場の動向についてだった。／他的報告主要是關於市場的動向。

しゅ【種】(名·漢造) 種類；（生物）種；種植；種子 △人やモノの移動により、外来種の植物が多く見られるようになった。／隨著人類與物體的遷移，本地發現了越來越多的外來品種植物。

N1-042

しゆう【私有】(名·他サ) 私有 △これより先は私有地につき、立ち入り禁止です。／前方為私有土地，禁止進入。

しゅう【衆】(名·漢造) 眾多，眾人；一夥人 類 人々 △祭りでは、若い衆がみこしを担いで威勢良く通りを練り歩く。／在祭典中，年輕人們扛著神轎，朝氣勃勃地在街上遊行。

しゅう【宗】(名)（宗）宗派；宗旨 類 宗派 △真言宗は空海により開かれた日本の仏教宗派のひとつです。／空海大師所創立的真言宗，為日本佛教宗派之一支。

じゅう【住】(名·漢造) 居住，住處；停住；住宿；住持 類 住まい △景気の停滞が深刻になり、衣食住を直撃するほどのインフレ状態です。／景氣停滯狀況益發嚴重，通貨膨脹現象已經直接衝擊到基本民生所需。

しゅうえき【収益】(名) 收益 △収益のいかんにかかわらず、社員の給料は必ず支払わなければならない。／不論賺多賺少，都必須要支付員工薪水。

しゅうがく【就学】(名·自サ) 學習，求學，修學 △就学資金を貸与する制度があります。／備有助學貸款制度。

しゅうき【周期】(名) 周期 △陣痛が始まり、痛みが周期的に襲ってくる。／一旦開始陣痛，週期性的疼痛就會一波接著一波來襲。

しゅうぎいん【衆議院】（名）（日本國會的）眾議院 △公言していた通り、彼は衆議院選挙に立候補した。／如同之前所公開宣示的，他成了眾議院選舉的候選人。

しゅうぎょう【就業】（名·自サ）開始工作，上班；就業（有一定職業），有工作 △入社した以上、就業規則に従わなければなりません。／既然已經進入公司工作，就應當遵循從業規則。

じゅうぎょういん【従業員】（名）工作人員，員工，職工 △不況のあおりを受けて、従業員を削減せざるを得ない。／受到景氣衰退的影響，資方亦不得不裁減部分人力。

しゅうけい【集計】（名·他サ）合計，總計 類 合計 △選挙結果の集計にはほぼ半日かかるでしょう。／應當需要耗費約莫半天時間，才能彙集統計出投票結果。

しゅうげき【襲撃】（名·他サ）襲擊 類 攻撃 △襲撃されるが早いか、あっという間に逃げ出した。／才剛被襲擊，轉眼間就逃掉了。

しゅうし【収支】（名）收支 類 会計 △家計簿をつけて、年間の収支をまとめてみましょう。／讓我們嘗試每天記帳，記錄整年度的家庭收支吧！

しゅうし【修士】（名）碩士；修道士 類 マスター △経営学の修士課程を修了した。／已經修畢管理學之碩士課程。

しゅうし【終始】（副·自サ）末了和起首；從頭到尾，一貫 △マラソンは終始、抜きつ抜かれつの好レースだった。／這場馬拉松從頭至尾互見輸贏，賽程精彩。

じゅうじ【従事】（名·自サ）作，從事 △叔父は30年間、金融業に従事してきた。／家叔已投身金融業長達三十年。

しゅうじつ【終日】（名）整天，終日 類 一日中 △道路の補修工事のため、明日は終日通行止めになります。／因該道路進行修復工程，明日整天禁止通行。

じゅうじつ【充実】（名·自サ）充實，充沛 △仕事も、私生活も充実している。／不只是工作，私生活也很充實。

しゅうしゅう【収集】（名·他サ）收集，蒐集 類 集める △私は記念切手の収集が趣味です。／我的興趣是蒐集紀念郵票。

しゅうしょく【修飾】（名·他サ）修飾，裝飾；（文法）修飾 類 修辞 △この部分はどの言葉を修飾しているのですか。／這部分是用來修飾哪個語詞呢？

じゅうじろ【十字路】（名）十字路，歧路 類 四つ角 △車は十字路に進入するや、バイクと正面衝突した。／車子剛駛過十字路口，就迎面撞上了機車。

しゅうちゃく【執着】（名·自サ）迷戀，留戀，不肯捨棄，固執 類 執心 △自分の意見ばかりに執着せず、人の意見も聞いた方がいい。／不要總是固執己見，也要多聽取他人的建議比較好。

しゅうとく【習得】 ㊔·他サ 學習，學會 △日本語を習得する。／學會日語。

じゅうなん【柔軟】 形動 柔軟；頭腦靈活 反 頑固 △こちらが下手に出るや否や、相手の姿勢が柔軟になった。／這邊才放低身段，對方的態度立見軟化。

じゅうばこ【重箱】 ㊔ 多層方木盒，套盒 △お節料理を重箱に詰める。／將年菜裝入多層木盒中。

しゅうはすう【周波数】 ㊔ 頻率 △ラジオの周波数を合わせる。／調準收音機的收聽頻道。

じゅうほう【重宝】 ㊔ 貴重寶物 △重宝を保管する。／保管寶物。

しゅうよう【収容】 ㊔·他サ 收容，容納；拘留 △このコンサートホールは最高何人まで収容できますか。／請問這間音樂廳最多可以容納多少聽眾呢？

じゅうらい【従来】 ㊔·副 以來，從來，直到現在 類 いままで △開発部門には、従来にもまして優秀な人材を投入していく所存です。／開發部門一直以來，都抱持著培育更多優秀人才的理念。

しゅうりょう【修了】 ㊔·他サ 學完（一定的課程） 類 卒業 △博士課程を修了してから、研究職に就こうと考えている。／目前計畫等取得博士學位後，能夠從事研究工作。

しゅえい【守衛】 ㊔（機關等的）警衛，守衛；（國會的）警備員 類 警備 △守衛の仕事内容とは具体的にどういったものですか。／請問守衛人員的具體工作內容指的是哪些項目呢？

しゅえん【主演】 ㊔·自サ 主演，主角 反 助演 △彼女が主演する映画はどれも大成功を収めている。／只要是由她所主演的電影，每一部的票房均十分賣座。

しゅかん【主観】 ㊔（哲）主觀 反 客觀 △分析は主観ではなく客観的な資料に基づいて行わなければなりません。／必須依據客觀而非主觀的資料進行分析。

しゅぎょう【修行】 ㊔·自サ 修（學），練（武），學習（技藝） △悟りを目指して修行する。／修行以期得到頓悟。

じゅく【塾】 ㊔·漢造 補習班；私塾 △息子は週に3日塾に通っています。／我的兒子每星期去上三次補習班。

N1-043

しゅくが【祝賀】 ㊔·他サ 祝賀，慶祝 △開校150周年を記念して、祝賀パーティーが開かれた。／舉辦派對以慶祝創校一百五十周年紀念。

しゅくめい【宿命】 ㊔ 宿命，注定的命運 類 運命 △これが私の宿命なら、受け入れるしかないでしょう。／假如這就是我的宿命，那麼也只能接受。

しゅげい【手芸】 ㊔ 手工藝（刺繡、編織等）△彼女は手芸が得意で、セーターを編むこともできます。／她擅長做手工藝，連打毛衣也不成問題。

しゅけん【主権】 ㊔（法）主權 類 統治權 △日本国憲法では主権は国民に在すると明記してあります。／日本憲法中明訂主權在民。

しゅさい【主催】 （名·他サ） 主辦，舉辦 類 催す △県主催の作文コンクールに応募したところ、最優秀賞を受賞した。／去參加由縣政府主辦的作文比賽後，獲得了第一名。

しゅざい【取材】 （名·自他サ）（藝術作品等）取材；（記者）採訪 △今号の特集記事とあって、取材に力を入れている。／因為是這個月的特別報導，採訪時特別賣力。

しゅし【趣旨】 ㊔ 宗旨，趣旨；（文章、說話的）主要內容，意思 類 趣意 △この企画の趣旨を説明させていただきます。／請容我說明這個企畫案的宗旨。

しゅじゅ【種々】 （名·副） 種種，各種，多種，多方 類 いろいろ △種々の方法で治療を試みたが、成果は見られなかった。／儘管已經嘗試過各種治療方法，卻都未能收到療效。

しゅしょく【主食】 ㊔ 主食（品） 反 副食 △日本人の主食はコメです。／日本人的主食為稻米。

しゅじんこう【主人公】 ㊔（小說等的）主人公，主角 反 脇役 類 主役 △彼女はいつもドラマの主人公のごとくふるまう。／她的一舉一動總像是劇中的主角一般。

しゅたい【主体】 ㊔（行為，作用的）主體；事物的主要部分，核心；有意識的人 反 客体 △同組織はボランティアが主体となって運営されています。／該組織是以義工作為營運主體。

しゅだい【主題】 ㊔（文章、作品、樂曲的）主題，中心思想 類 テーマ △少子高齢化を主題にしている論文を検索した。／我搜尋了主題為「少子高齡化」的論文。

しゅつえん【出演】 （名·自サ） 演出，登台 類 演じる △テレビといわず映画といわず、さまざまな作品に出演している。／他在電視也好電影也好，演出各種類型的作品。

しゅっけつ【出血】 （名·自サ） 出血；（戰時士兵的）傷亡，死亡；虧本，犧牲血本 △出血を止めるために、腕をタオルで縛った。／為了止血而把毛巾綁在手臂上。

しゅつげん【出現】 （名·自サ） 出現 類 現れる △パソコンの出現により、手で文字を書く機会が大幅に減少した。／自從電腦問世後，就大幅降低了提筆寫字的機會。

しゅっさん【出産】 （名·自他サ） 生育，生產，分娩 類 産む △難産だったが、無事に元気な女児を出産した。／雖然是難產，總算順利生下健康的女寶寶了。

しゅっしゃ【出社】 ㊔名·自サ 到公司上班 ㊔反 退社 ㊔類 出勤 △朝礼の 10 分前には必ず出社します。／一定會在朝會開始前十分鐘到達公司。

しゅっしょう・しゅっせい【出生】 ㊔名·自サ 出生，誕生；出生地 △週刊誌が彼女の出生の秘密を暴いた。／八卦雜誌揭露了關於她出生的秘密。

しゅっせ【出世】 ㊔名·自サ 下凡；出家，入佛門；出生；出息，成功，發跡 △彼は部長に出世するなり、態度が大きくなった。／他才榮升經理就變跩了。

しゅつだい【出題】 ㊔名·自サ （考試、詩歌）出題 ㊔類 栄達 △期末試験では、各文法からそれぞれ1題出題します。／期末考試內容將自每種文法類別中各出一道題目。

しゅつどう【出動】 ㊔名·自サ （消防隊、警察等）出動 △１１０番通報を受け警察が出動した。／警察接獲民眾電話撥打 110 報案後立刻出動。

しゅっぴ【出費】 ㊔名·自サ 費用，出支，開銷 ㊔類 費用 △出費を抑えるため、できるだけ自炊するようにしています。／盡量在家烹煮三餐以便削減開支。

しゅっぴん【出品】 ㊔名·自サ 展出作品，展出產品 ㊔類 出展 △展覧会に出品する作品の作成に追われている。／正在忙著趕製即將於展覽會中展示的作品。

しゅどう【主導】 ㊔名·他サ 主導；主動 △このプロジェクトは彼が主導したものです。／這個企畫是由他所主導的。

しゅにん【主任】 ㊔名 主任 △主任に昇格すると年収が 100 万ほど増えます。／榮升為主任後，年薪大約增加一百萬。

しゅのう【首脳】 ㊔名 首腦，領導人 ㊔類 リーダー △一国の首脳ともなると、さすがに風格が違う。／畢竟是一國之相，氣度果然不同。

しゅび【守備】 ㊔名·他サ 守備，守衛；（棒球）防守 ㊔類 守る △守備を固めんがために、監督はメンバーの変更を決断した。／為了要加強防禦，教練決定更換隊員。

しゅほう【手法】 ㊔名 （藝術或文學表現的）手法 ㊔類 技法 △それは相手を惑わさんがための彼お得意の手法です。／那是他為混淆對手視聽的拿手招數。

じゅもく【樹木】 ㊔名 樹木 ㊔類 立ち木 △いくつ樹木の名前を知っていますか。／您知道幾種樹木的名稱呢？

じゅりつ【樹立】 ㊔名·自他サ 樹立，建立 △彼はマラソンの世界新記録を樹立した。／他創下馬拉松的世界新紀錄。

じゅんきゅう【準急】 ㊔名 （鐵）平快車，快速列車 ㊔類 準急行列車 △準急に乗れば、10 分早く目的地に到着で

きる。／只要搭乘平快車，就可以提早十分鐘到達目的地。

じゅんじる・じゅんずる【準じる・準ずる】(自上一) 以…為標準，按照；當作…看待 (類) 従う △以下の書類を各様式に準じて作成してください。／請依循各式範例制定以下文件。

しょ【書】(名・漢造) 書，書籍；書法；書信；書寫；字述；五經之一 △契約書にサインする前に、必ずその内容を熟読しなさい。／在簽署合約之前，請務必先詳讀其內容。

しよう【仕様】(名) 方法，辦法，作法 (類) 仕方 △新製品は、従来仕様に比べて、20%もコンパクトになっています。／新製品相較於過去的產品，體積縮小多達 20%。

しよう【私用】(名・他サ) 私事；私用，個人使用；私自使用，盜用 (反) 公用 △勤務中に私用のメールを送っていたことが上司にばれてしまった。／被上司發現了在上班時間寄送私人電子郵件。

N1-044

しょう【症】(漢造) 病症 (類) 症状 △熱中症にかからないよう、水分を十分に補給しましょう。／為預防中暑，讓我們一起隨時補充足夠的水分吧！

しょう【証】(名・漢造) 證明；證據；證明書；證件 (類) 証拠 △運転免許証の期限が来月で切れます。／駕照有效期限於下個月到期。

じょう【情】(名・漢造) 情，情感；同情；心情；表情；情慾 (反) 意 (類) 感情 △情に流されると、正しい判断ができなくなる。／倘若過於感情用事，就無法做出正確判斷。

じょう【条】(名・接助・接尾) 項，款；由於，所以；(計算細長物) 行，條 (類) 条項 △憲法第9条では日本の平和主義を規定している。／憲法第九條中明訂日本秉持和平主義。

じょう【嬢】(名・漢造) 姑娘，少女；(敬) 小姐，女士 △お嬢様がご婚約なさったとのこと、おめでとうございます。／非常恭喜令嬡訂婚了。

じょうい【上位】(名) 上位，上座 (反) 下位 △最後まであきらめず走りぬき、何とか上位に食い込んだ。／絕不放棄地堅持跑完全程，總算名列前茅。

じょうえん【上演】(名・他サ) 上演 (類) 演じる △この芝居はいつまで上演されますか。／請問這部戲上演到什麼時候呢？

じょうか【城下】(名) 城下；(以諸侯的居城為中心發展起來的) 城市，城邑 △展示場では名古屋城と城下の発展を記録した資料を展示しています。／展示會場中陳列著名古屋城與城郭周邊之發展演進的紀錄資料。

しょうがい【生涯】(名) 一生，終生，畢生；(一生中的) 某一階段，生活 (類) 一生△彼女は生涯結婚することなく、独身を貫きました。／她一輩子都雲英未嫁。

しょうきょ【消去】㊔名·自他サ 消失，消去，塗掉；(數) 消去法 △保存してあるファイルを整理して、不必要なものは消去してください。／請整理儲存的檔案，將不需要的部分予以刪除。

じょうくう【上空】㊔名 高空，天空；(某地點的) 上空 ㊔類 空 △南極の上空には大きなオゾンホールがある。／南極上空有個極大的臭氧層破洞。

しょうげき【衝撃】㊔名 (精神的) 打擊，衝擊；(理) 衝撞 ㊔類 ショック △エアバッグは衝突の衝撃を吸収してくれます。／安全氣囊可於受到猛烈撞擊時發揮緩衝作用。

しょうげん【証言】㊔名·他サ 證言，證詞，作證 △彼はこみ上げる怒りに声を震わせながら証言した。／他作證時的聲音由於湧升的怒火而顫抖了。

しょうこ【証拠】㊔名 證據，證明 ㊔類 根拠 △証拠があるならいざ知らず、憶測で人を悪く言うものじゃないよ。／如果有證據也就罷了，光憑推測怎麼可以講人家的壞話呢！

しょうごう【照合】㊔名·他サ 對照，校對，核對 (帳目等) △これは身元を確認せんがための照合作業です。／這是為確認身分的核對作業。

しょうさい【詳細】㊔名·形動 詳細 ㊔類 詳しい △詳細については、以下のアドレスにお問い合わせください。／有關進一步詳情，請寄至下列電子郵件信箱查詢。

じょうしょう【上昇】㊔名·自サ 上升，上漲，提高 ㊔反 下降 △株式市場は三日ぶりに上昇した。／股票市場已連續下跌三天，今日終於止跌上揚。

しょうしん【昇進】㊔名·自サ 升遷，晉升，高昇 ㊔類 出世 △昇進のためとあれば、何でもする。／只要是為了升遷，我什麼都願意做。

しょうする【称する】㊔他サ 稱做名字叫…；假稱，偽稱；稱讚 ㊔類 名乗る △孫の友人と称する男から不審な電話がかかってきた。／有個男人自稱是孫子的朋友，打來一通可疑的電話。

じょうせい【情勢】㊔名 形勢，情勢 ㊔類 様子 △電話するなり、メールするなり、何としても情勢を確かめなければならない。／無論是致電或發電子郵件，總之要想盡辦法確認現況。

しょうそく【消息】㊔名 消息，信息；動靜，情況 ㊔類 状況 △息子が消息不明と聞くや否や、母親は気を失った。／一聽到兒子下落不明，他母親就昏了過去。

しょうたい【正体】㊔名 原形，真面目；意識，神志 ㊔類 本体 △誰も彼の正体を知らない。／沒有任何人知道他的真面目。

しょうだく【承諾】 名·他サ 承諾，應允，允許 反 断る 類 受け入れる △あとは両親の承諾待ちというところです。／只等父母答應而已。

じょうちょ【情緒】 名 情緒，情趣，風趣 △冬の兼六園には日本ならではの情緒がある。／冬天的兼六園饒富日本獨特的風情。

しょうちょう【象徴】 名·他サ 象徵 類 シンボル △消費社会が豊かさの象徴と言わんばかりだが、果たしてそうであろうか。／說什麼高消費社會是富裕的象徵，但實際上果真是如此嗎？

しょうにか【小児科】 名 小兒科，兒科 △小児科から耳鼻科に至るまで、全国で医師が不足している。／從小兒科到耳鼻喉科，全國的醫生都呈現短缺的現象。

しようにん【使用人】 名 佣人，雇工 類 雇い人 △たとえ使用人であれ、プライバシーは守られるべきだ。／即使是傭人也應該得以保有個人的隱私。

しょうにん【証人】 名（法）證人；保人，保證人 △証人として法廷で証言します。／以證人身分在法庭作證。

じょうねつ【情熱】 名 熱情，激情 類 パッション △情熱をなくしては、前進できない。／如果喪失了熱情，就沒辦法向前邁進。

じょうほ【譲歩】 名·自サ 讓步 類 妥協 △交渉では一歩たりとも譲歩しない覚悟だ。／我決定在談判時絲毫不能讓步。

じょうやく【条約】 名（法）條約 △関連する条約の条文に即して、問題点を検討します。／根據相關條例的條文探討問題所在。

しょうり【勝利】 名·自サ 勝利 反 敗北 △地元を皮切りとして選挙区をくまなく回り、圧倒的な勝利を収めた。／從他的老家開始出發，踏遍整個選區的每個角落拜票，終於獲得了壓倒性的勝利。

じょうりく【上陸】 名·自サ 登陸，上岸 △今夜、台風は九州南部に上陸する見込みです。／今天晚上，颱風將由九州南部登陸。

じょうりゅう【蒸留】 名·他サ 蒸餾 △蒸留して作られた酒は一般的にアルコール度数が高いのが特徴です。／一般而言，採用蒸餾法製成的酒類，其特徵為酒精濃度較高。

しょうれい【奨励】 名·他サ 獎勵，鼓勵 類 勧める △政府は省エネを奨励しています。／政府鼓勵節能。

ショー【show】 名 展覽，展覽會；（表演藝術）演出，表演；展覽品 類 展示会 △ブルーインパルスの航空ショーを初めて見た。／第一次欣賞了藍色衝擊特技飛行小組的飛行表演。

N1-045

じょがい【除外】 名·他サ 除外，免除，不在此例 類 取り除く △20歳未満の人は適用の対象から除外されます。／未滿二十歲者非屬適用對象。

しょくいん【職員】 名 職員，員工 類 社員 △職員一同、皆様のお越しをお待ちしております。／本公司全體同仁竭誠歡迎各位的光臨指教。

しょくみんち【植民地】 名 殖民地 △エジプトはかつてイギリスの植民地だった。／埃及曾經是英國的殖民地。

しょくむ【職務】 名 職務，任務 類 役目 △体調を壊し、任期満了まで職務をまっとうできるかどうか分からない。／因身體狀況違和，在任期結束之前，不知能否順利完成應盡職責。

しょくん【諸君】 名·代（一般為男性用語，對長輩不用）各位，諸君 類 みなさん △新入生諸君には、学問・研究に積極的に取り組んでもらいたい。／希望各位新生能積極投入學問與研究。

じょげん【助言】 名·自サ 建議，忠告；從旁教導，出主意 類 忠告 △先生の助言なくして、この発見はできませんでした。／沒有老師的建議，就無法得到這項發現。

じょこう【徐行】 名·自サ（電車，汽車等）慢行，徐行 △駐車場内では徐行してください。／在停車場內請慢速行駛。

しょざい【所在】 名（人的）住處，所在；（建築物的）地址；（物品的）下落 類 居所 △電車脱線事故の責任の所在を追及する。／追究電車脫軌意外的責任歸屬。

しょじ【所持】 名·他サ 所持，所有；攜帶 類 所有 △パスポートを所持していますか。／請問您持有護照嗎？

じょし【助詞】 名（語法）助詞 △助詞の役割は何ですか。／請問助詞的功用為何？

じょし【女史】 名·代·接尾（敬語）女士，女史 類 女 △ヘレンケラー女史は日本を訪れたことがあります。／海倫凱勒女士曾經造訪過日本。

じょしこうせい【女子高生】 名 女高中生 △このアクセサリーは女子高生向けにデザインしました。／這些飾品主要是為女高中生設計的。

しょぞく【所属】 名·自サ 所屬；附屬 類 従属 △私の所属はマーケティング部です。／我隸屬於行銷部門。

しょたいめん【初対面】 名 初次見面，第一次見面 △初対面の挨拶を済ませる。／第一次見面的招呼已經致意過了。

しょち【処置】 名·他サ 處理，處置，措施；（傷、病的）治療 類 処理 △適切な処置を施さなければ、後で厄介なことになる。／假如沒有做好適切的處理，後續事態將會變得很棘手。

しょっちゅう 副 經常，總是 反 たまに 類 いつも △あのレストランにはしょっちゅう行くので、シェフとは顔なじみです。／由於常上那家餐廳用餐，所以與主廚十分熟稔。

しょてい【所定】 名 所定，規定 △所定の場所に書類を提出してください。／請將文件送交至指定地點。

じょどうし【助動詞】 名（語法）助動詞 △助動詞と助詞の違いは何ですか。／請問助動詞與助詞有何差異呢？

しょとく【所得】 名 所得，收入；（納稅時所報的）純收入；所有物 反 支出 類 收入 △所得額によって納める税金の比率が異なります。／依照所得總額的不同，繳納稅款的比率亦有所差異。

しょばつ【処罰】 名·他サ 處罰，懲罰，處分 類 罰する △野球部の生徒が不祥事を起こし、監督も処罰された。／棒球隊的學生們闖下大禍，教練也因而接受了連帶處罰。

しょはん【初版】 名（印刷物，書籍的）初版，第一版 類 第1版 △あの本の初版は1ヶ月で売り切れた。／那本書的初版在一個月內就售罄。

しょひょう【書評】 名 書評（特指對新刊的評論）△毎朝新聞といわず経済日報といわず、書評はさんざんだ。／不論在《每朝新聞》或在《經濟日報》上的書評，統統糟糕透頂。

しょぶん【処分】 名·他サ 處理，處置；賣掉，丟掉；懲處，處罰 類 処理 △反省の態度いかんによって、処分が軽減されることもある。／看反省的態度如何，也有可能減輕處分。

しょほうせん【処方箋】 名 處方籤 △処方箋をもらう。／領取處方籤。

しょみん【庶民】 名 庶民，百姓，群眾 △庶民の味とはどういう意味ですか。／請問「老百姓的美食」指的是什麼意思呢？

しょむ【庶務】 名 總務，庶務，雜物 △庶務課の業務は、多岐に渡ります。／庶務課的業務包羅萬象。

しょゆう【所有】 名·他サ 所有 △車を何台所有していますか。／請問您擁有幾輛車子呢？

しらべ【調べ】 名 調查；審問；檢查；（音樂的）演奏；調音；（音樂、詩歌）音調 類 吟味 △私どもの調べでは、この報告書の通りで間違いありません。／根據我們的調查，結果和這份報告一樣，沒有錯誤。

しりぞく【退く】 自五 後退；離開；退位 △第一線から退く。／從第一線退下。

しりぞける【退ける】 他五 斥退；擊退；拒絕；撤銷 △案を退ける。／撤銷法案。

じりつ【自立】 名·自サ 自立，獨立 類 独立 △金銭的な自立なくしては、一人立ちしたとは言えない。／在經濟上無法獨立自主，就不算能獨當一面。

しるす【記す】(他五) 寫，書寫；記述，記載；記住，銘記 (類) 書きとめる △資料を転載する場合は、資料出所を明確に記してください。／擬引用資料時，請務必明確註記原始資料出處。

しれい【指令】(名·他サ) 指令，指示，通知，命令 (類) 命令 △指令を受けたがさいご、従うしかない。／一旦接到指令，就必須遵從。

しろくじちゅう【四六時中】(名) 一天到晚，一整天；經常，始終 △真奈美は四六時中男の目を気にしている。／真奈美一天到晚老是在意男人看她的眼光。

しん【心】(名·漢造) 心臟；內心；(燈、蠟燭的) 芯；(鉛筆的) 芯；(水果的) 核心；(身心的) 深處；精神，意識；核心 (類) 精神 △彼女の話を聞いていると、同情心が湧いてくる。／聽了她的描述，不禁勾起人們的同情心。

じん【陣】(名·漢造) 陣勢；陣地；行列；戰鬥，戰役 △スター選手の引退記者会見に、多くの報道陣が駆けつけた。／明星運動員宣布退出體壇的記者會上，湧入了大批媒體記者。

しんいり【新入り】(名) 新參加(的人)，新手；新入獄(者) △新入りをいじめる。／欺負新人。

しんか【進化】(名·自サ) 進化，進步 (反) 退化 △ＩＴ業界はここ10年余りのうちに目覚ましい進化を遂げた。／近十餘年來，資訊產業已有日新月異的演進。

じんかく【人格】(名) 人格，人品；(獨立自主的) 個人 (類) パーソナリティー △家庭環境は子どもの人格形成に大きな影響を与える。／家庭環境對兒童人格的形成具有重大的影響。

しんぎ【審議】(名·他サ) 審議 △専門家による審議の結果、原案通り承認された。／專家審議的結果為通過原始提案。

N1-046

しんこう【進行】(名·自他サ) 前進，行進；進展；(病情等) 發展，惡化 (反) 退く (類) 進む △治療しようと、治療しまいと、いずれ病状は進行します。／不管是否進行治療，病情還是會惡化下去。

しんこう【新興】(名) 新興 △情報が少ないので、新興銘柄の株には手を出しにくい。／由於資訊不足，遲遲不敢下手購買新掛牌上市上櫃的股票。

しんこう【振興】(名·自他サ) 振興(使事物更為興盛) △観光局は、さまざまな事業を通じて観光業の振興を図っています。／觀光局尋求藉由各種產業來振興觀光業。

しんこく【申告】(名·他サ) 申報，報告 △毎年１回、所得税を申告する。／每年申報一次所得稅。

しんこん【新婚】(名) 剛結婚，新婚(的人)

△まるで新婚のような熱々ぶりで、見ていられない。／兩人簡直像新婚一樣你儂我儂的，讓人看不下去。

しんさ【審査】(名・他サ) 審查 △審査の進み具合のいかんによって、紛争が長引くかもしれない。／根據審查的進度，可能糾紛會拖長了。

じんざい【人材】(名) 人才 △優秀な人材を採用するため、面接にたっぷり時間をかけた。／為了錄取優秀的人才，在面試時花了非常多時間。

しんし【紳士】(名) 紳士；(泛指)男人 △紳士のごとき物腰に、すっかりだまされてしまった。／完全被他那如同紳士般的舉止言談給騙了。

しんじつ【真実】(名・形動・副) 真實，事實，實在；實在地 (類) 事実 △真実は知らないほうが幸せな場合もある。／某些時候，不知道事情的真相比較幸福。

しんじゃ【信者】(名) 信徒；…迷，崇拜者，愛好者 (類) 信徒 △カトリックでは、洗礼を受けて初めて信者になる。／天主教必須於接受受洗之後才能成為信徒。

しんじゅ【真珠】(名) 珍珠 (類) パール△伊勢湾では真珠の養殖が盛んです。／伊勢灣的珍珠養殖業非常興盛。

しんしゅつ【進出】(名・自サ) 進入，打入，擠進，參加；向…發展 (類) 進む △彼は政界への進出をもくろんでいるらしい。／聽說他始終謀圖進軍政壇。

しんじょう【心情】(名) 心情 △彼の今の心情は想像に難くない。／不難想像他現在的心情。

しんじん【新人】(名) 新手，新人；新思想的人，新一代的人 (類) 新入り △新人じゃあるまいし、こんなことぐらいできるでしょ。／又不是新手，這些應該搞得定吧！

しんせい【神聖】(名・形動) 神聖 (類) 聖 △ここは神聖な場所ですので、靴と帽子を必ず脱いでください。／這裡是神聖的境域，進入前務請脫掉鞋、帽。

しんぜん【親善】(名) 親善，友好 (類) 友好 △日本と韓国はサッカーの親善試合を開催した。／日本與韓國共同舉辦了足球友誼賽。

しんそう【真相】(名) (事件的)真相 (類) 事実 △真相を追究しないではおかないだろう。／勢必要追究出真相吧。

じんぞう【腎臓】(名) 腎臟 △腎臓移植を受ければ、人工透析をしなくて済む。／只要接受腎臟移植，就不必再洗腎了。

しんぞうまひ【心臓麻痺】(名) 心臟麻痺 △心臓麻痺で亡くなる。／心臟麻痺死亡。

じんそく【迅速】(名・形動) 迅速 (類) 速い △迅速な応急処置なしには助からなかっただろう。／如果沒有那迅速的緊急措施，我想應該沒辦法得救。

じんたい【人体】(名) 人體，人的身體 △この物質は人体に有害であることが明らかになった。／研究人員發現這種物質會危害人體健康。

しんちく【新築】(名·他サ) 新建，新蓋；新建的房屋 (類) 建築 △来年、新築のマンションを購入する予定です。／預計於明年購置全新完工的大廈。

しんてい【進呈】(名·他サ) 贈送，奉送 (類) 進上 △優勝チームには豪華賞品が進呈されることになっている。／優勝隊伍將可獲得豪華獎品。

しんてん【進展】(名·自サ) 發展，進展 (類) 発展 △その後の調査で何か進展はありましたか。／請問後續的調查有無進展呢？

しんでん【神殿】(名) 神殿，神社的正殿 (類) 神社 △パルテノン神殿は世界遺産に登録されている。／巴特農神殿已被列為世界遺產。

しんど【進度】(名) 進度 △私どもの塾では、お子様の学校の授業の進度に合わせて指導します。／我們這家補習班會配合貴子弟學校的授課進度上課。

しんどう【振動】(名·自他サ) 搖動，振動；擺動 △マンションの上層からの振動と騒音に悩まされている。／一直深受樓上傳來的震動與噪音所苦。

しんにゅう【新入】(名) 新加入，新來(的人) △新入社員といえども、お客さまにとっては当社の代表だ。／即便是新進員工，對顧客而言仍是該公司的代表。

しんにゅうせい【新入生】(名) 新生 △新入生じゃあるまいし、教頭先生の名前を知らないの？／又不是新生了，連訓導主任的姓名都不知道嗎？

しんにん【信任】(名·他サ) 信任 (類) 信用 △彼は我々が信任するに値する人物だと思う。／我認為他值得我們信賴。

しんぴ【神秘】(名·形動) 神秘，奧秘 (類) 不思議 △海に潜ると、生命の神秘に触れられる気がします。／潛入海底後，彷彿能撫觸到生命的奧秘。

しんぼう【辛抱】(名·自サ) 忍耐，忍受；(在同一處)耐，耐心工作 (類) 我慢 △彼はやや辛抱強さに欠けるきらいがある。／他有點缺乏耐性。

じんましん【蕁麻疹】(名) 蕁麻疹 △サバを食べたらじんましんが出た。／吃了青花魚以後，身上冒出了蕁麻疹。

じんみん【人民】(名) 人民 (類) 国民 △「人民の人民による人民のための政治」はリンカーンの名言です。／「民有、民治、民享」這句名言出自林肯。

しんり【真理】(名) 道理；合理；真理，正確的道理 △理学は、自然の真理を追究する学問である。／理學是追求自然界真理的學問。

しんりゃく【侵略】(名·他サ) 侵略 △侵略の歴史を消し去ることはできない。／侵略的歷史是無法被抹滅的。

しんりょう【診療】 名·他サ 診療，診察治療 類 診察 △午後の診療は2時から開始します。／下午的診療時間從兩點鐘開始。

す ス

N1-047

ずあん【図案】 名 圖案，設計，設計圖 △この図案は、桜じゃなくて梅だと思うよ。／我覺得這個圖案應該不是櫻花，而是梅花吧。

すい【粋】 名·漢造 精粹，精華；通曉人情世故，圓通；瀟灑，風流；純粹 反 野暮 類 モダン △この作品は職人技術の粋を集めた彫刻が特徴です。／這件雕刻藝術的特色體現出工匠技藝的極致境界。

すいげん【水源】 名 水源 △地球の温度上昇によって水源が急速に枯渇すると予想する専門家もいる。／某些專家甚至預測由於地球暖化，將導致水源急遽枯竭。

すいしん【推進】 名·他サ 推進，推動 △あの大学は交換留学の推進に力を入れている。／那所大學致力於推展交換國際留學生計畫。

すいせん【水洗】 名·他サ 水洗，水沖；用水沖洗 △ここ30年で水洗トイレが各家庭に普及した。／近三十年來，沖水馬桶的裝設已經普及於所有家庭。

すいそう【吹奏】 名·他サ 吹奏 △娘は吹奏楽部に所属し、トランペットを吹いている。／小女隸屬於管樂社，擔任小號手。

すいそく【推測】 名·他サ 推測，猜測，估計 類 推し量る △双方の意見がぶつかったであろうことは、推測に難くない。／不難猜想雙方的意見應該是有起過爭執。

すいでん【水田】 名 水田，稻田 △6月になると水田からはカエルの鳴き声が聞こえてくる。／到了六月份，水田裡就會傳出此起彼落的蛙鳴聲。

すいり【推理】 名·他サ 推理，推論，推斷 △私の推理ではあの警官が犯人です。／依照我的推理，那位警察就是犯案者。

すうし【数詞】 名 數詞 △数詞はさらにいくつかの種類に分類することができる。／數詞還能再被細分為幾個種類。

すうはい【崇拝】 名·他サ 崇拜；信仰 反 敬う 類 侮る △古代エジプトでは猫を崇拝していたという説がある。／有此一說，古代埃及人將貓奉為神祇崇拜。

すえつける【据え付ける】 他下一 安裝，安放，安設；裝配，配備；固定，連接 類 くっつける △このたんすは据え付けてあるので、動かせません。／這個衣櫥已經被牢牢固定，完全無法移動。

すえる【据える】 他下一 安放，設置；擺列，擺放；使坐在…；使就…職位；沉著（不動）；針灸治療；蓋章 類 据え付ける、置く △部屋の真ん中にこたつを据える。／把暖爐桌擺在房間的正中央。

すがすがしい【清清しい】 形 清爽，心情舒暢；爽快 反 汚らわしい 類 麗らか △空はすっきり晴れ、空気も澄んで、すがすがしいかぎりだ。／天空一片晴朗，空氣也清新，真令人神清氣爽啊！

すぎ【過ぎ】 接尾 超過；過度 △３時過ぎにお客さんが来た。／三點過後有來客。

すくい【救い】 名 救，救援；挽救，彌補；（宗）靈魂的拯救 類 救助 △誰か私に救いの手を差し伸べてください。／希望有人能夠對我伸出援手。

すくう【掬う】 他五 抄取，撈取，掬取，舀，捧；抄起對方的腳使跌倒 △夏祭りで、金魚を５匹もすくった。／在夏季祭典市集裡，撈到的金魚多達五條。

すこやか【健やか】 形動 身心健康；健全，健壯 類 元気 △孫はこの一ヶ月で1.5キロも体重が増えて、健やかなかぎりだ。／孫子這一個月來體重竟多了1.5公斤，真是健康呀！

すすぐ 他五（用水）刷，洗滌；漱口 類 洗う △洗剤を入れて洗ったあとは、最低２回すすいだ方がいい。／將洗衣精倒入洗衣機裡面後，至少應再以清水沖洗兩次比較好。

すすみ【進み】 名 進，進展，進度；前進，進步；嚮往，心願 △工事の進みが遅いので、期日通りに開通できそうもない。／由於工程進度延宕，恐怕不太可能依照原訂日期通車。

すすめ【勧め】 名 規勸，勸告，勸誡；鼓勵；推薦 △シェフのお勧めメニューはどれですか。／請問主廚推薦的是哪一道餐點呢？

スタジオ【studio】 名 藝術家工作室；攝影棚，照相館；播音室，錄音室 △スタジオは観覧の客で熱気むんむんだ。／攝影棚裡擠滿眾多前來觀賞錄影的來賓，變得悶熱不堪。

すたれる【廃れる】 自下一 成為廢物，變成無用，廢除；過時，不再流行；衰微，衰弱，被淘汰 反 興る 類 衰える △大型デパートの相次ぐ進出で、商店街は廃れてしまった。／由於大型百貨公司接二連三進駐開幕，致使原本的商店街沒落了。

スチーム【steam】 名 蒸汽，水蒸氣；暖氣（設備） 類 湯気 △スチームを使ってアイロンをかけると、きれいに皺が伸びますよ。／只要使用蒸汽熨斗，就可以將衣物的皺褶熨燙得平整無比喔！

スト【strike之略】 名 罷工 △電車がストで参った。／電車罷工，真受不了。

5 Level
4 Level
3 Level
2 Level
1 Level

ストライキ【strike】(名·自サ)罷工;(學生)罷課 (類)スト △賃上げを求めて、労働組合はストライキを起こした。／工會要求加薪，發動了罷工。

ストロー【straw】(名)吸管 △紙パックのジュースには、たいていストローが付いています。／紙盒包裝的果汁，外盒上大都附有吸管。

N1-048

ストロボ【strobo】(名)閃光燈 △暗い所で撮影する場合には、ストロボを使用したほうがきれいに撮れる。／在光線不佳的地方照相時，最好使用閃光燈，有助於拍攝效果。

すねる【拗ねる】(自下一)乖戾，鬧彆扭，任性撒野 △彼女が嫉妬深くて、ほかの子に挨拶しただけですねるからうんざりだ。／她是個醋桶子，只不過和其他女孩打個招呼就要鬧彆扭，我真是受夠了！

すばしっこい(形)動作精確迅速，敏捷，靈敏 (類)素早い △あの泥棒め、すばしっこいったらありゃしない。／那個可惡的小偷！居然一溜煙就逃了！

すばやい【素早い】(形)身體的動作與頭腦的思考很快；迅速，飛快 (類)すばしっこい △突発事故では、すばやい迅速な対応が鍵となります。／發生突發事故時，關鍵在於敏捷有效應對。

ずばり(副)鋒利貌，喀嚓；(說話)一語道破，擊中要害，一針見血 △何に悩んでいるのか、お姉ちゃんにずばり言い当てられた。／「你在煩惱什麼？」姐姐一語道破了我的心事。

ずぶぬれ【ずぶ濡れ】(名)全身濕透 △学校の帰り、夕立に遭ってずぶ濡れになった。／放學時被午後雷陣雨淋成了落湯雞。

スプリング【spring】(名)春天；彈簧；跳躍，彈跳 (類)ぜんまい △こちらのベッドは、スプリングの硬さが3種類から選べます。／這些床鋪可以依照彈簧的三種硬度做選擇。

スペース【space】(名)空間，空地；(特指)宇宙空間；紙面的空白，行間寬度 (類)空き、宇宙 △裏庭には車が2台止められるスペースがあります。／後院的空間大小可容納兩輛汽車。

すべる【滑る】(自五)滑行；滑溜，打滑；(俗)不及格，落榜；失去地位，讓位；說溜嘴，失言 △道が凍っていて滑って転んだ。／由於路面結冰而滑倒了。

スポーツカー【sports car】(名)跑車 △主人公はスポーツカーに乗ってさっそうと登場した。／主角乘著一輛跑車，瀟灑倜儻地出場了。

すます【澄ます・清ます】(自五·他五·接尾)澄清(液體)；使晶瑩，使清澈；洗淨；平心靜氣；集中注意力；裝模作樣，假正經，擺架子；裝作若無其事；(接在其他動詞連用形下面)表示完全成為… △耳を澄ますと、虫の鳴く声がかすかに聞こえます。／只要豎耳傾聽，就可以隱約聽到蟲鳴。

すみやか【速やか】 形動 做事敏捷的樣子，迅速 類 速い △今後の運営方針については、取締役会で決定後速やかに告知されるでしょう。／關於往後的經營方針，俟董事會決議後，應將迅速宣布周知吧！

スムーズ【smooth】 名・形動 圓滑，順利；流暢 △話がスムーズに進む。／協商順利進行。

すらすら 副 痛快的，流利的，流暢的，順利的 補「すらすら話す」、「すらすらと話す」、「すらすらっと話す（口語）」都是「說得流利」的意思。△日本語ですらすらと話す。／用日文流利的說話。

スラックス【slacks】 名 西裝褲，寬鬆長褲；女褲 類 ズボン △暑くなってきたので、夏用のスラックスを２本買った。／天氣變得越來越熱，所以購買兩條夏季寬鬆長褲。

ずらっと 副（俗）一大排，成排地 △店先には旬の果物がずらっと並べられている。／當季的水果井然有序地陳列於店面。

スリーサイズ【(和)three＋size】 名（女性的）三圍 △スリーサイズを計る。／測量三圍。

ずるずる 副・自サ 拖拉貌；滑溜；拖拖拉拉 △死体をずるずる引きずってやぶの中に隠した。／把屍體一路拖行到草叢裡藏了起來。

ずれ 名（位置，時間意見等）不一致，分歧；偏離；背離，不吻合 △景気対策に関する認識のずれが浮き彫りになった。／景氣應對策略的相關認知差異，已經愈見明顯了。

すれちがい【擦れ違い】 名 交錯，錯過去，差開 類 行き違い △すれ違いが続いて、二人はとうとう分かれてしまった。／一而再、再而三地錯過彼此，終於導致他們兩人分手了。

すれる【擦れる】 自下一 摩擦；久經世故，（失去純真）變得油滑；磨損，磨破 類 触る △アレルギー体質なので、服が肌に擦れるとすぐ赤くなる。／由於屬於過敏性體質，只要被衣物摩擦過，肌膚立刻泛紅。

すんなり（と） 副・自サ 苗條，細長，柔軟又有彈力；順利，容易，不費力 △何も面倒なことはなく、すんなりと審査を通過した。／沒有發生任何麻煩，很順利地通過了審查。

せ セ

N1-049

せい【制】 名·漢造 (古) 封建帝王的命令；限制；制度；支配；製造 △会員制のスポーツクラブだから、まず会員にならなければ利用できない。／由於這是採取會員制的運動俱樂部，如果不先加入會員就無法進入使用。

せいいく【生育・成育】 名·自他サ 生育，成長，發育，繁殖（寫「生育」主要用於植物，寫「成育」則用於動物）△土が栄養豊富であればこそ、野菜はよく生育する。／正因為土壤富含營養，所以能栽培出優質蔬菜。

せいいっぱい【精一杯】 形動·副 竭盡全力 △精一杯頑張る。／拚了老命努力。

せいか【成果】 名 成果，結果，成績 反 原因 類 成績 △今にしてようやく成果が出てきた。／一直到現在才終於有了成果。

せいかい【正解】 名·他サ 正確的理解，正確答案 反 不正解 △四つの選択肢の中から、正解を一つ選びなさい。／請由四個選項中，挑出一個正確答案。

せいき【正規】 名 正規，正式規定；（機）正常，標準；道義；正確的意思 △契約社員として採用されるばかりで、なかなか正規のポストに就けない。／總是被錄取為約聘員工，遲遲無法得到正式員工的職缺。

せいぎ【正義】 名 正義，道義；正確的意思 反 悪 類 正しい △主人公は地球を守る正義の味方という設定です。／主角被塑造成守護地球的正義使者。

せいけい【生計】 名 謀生，生計，生活 類 暮らし △アルバイトなり、派遣なり、生計を立てる手段はある。／看是要去打工也好，或是從事派遣工作，總有各種方式維持生計。

せいけん【政権】 名 政權；參政權 △政権交代が早すぎて、何の政策も実行できていない。／由於政權太早輪替，什麼政策都還來不及施行。

せいこう【精巧】 名·形動 精巧，精密 反 散漫、下手 類 緻密 △今、これだけ精巧な作品を作れる人は誰もいない。／現在根本找不到任何人能夠做出如此精巧的作品。

せいざ【星座】 名 星座 △オリオン座は冬にみられる星座の一つです。／獵戶座是在冬季能夠被觀察到的星座之一。

せいさい【制裁】 名·他サ 制裁，懲治 △妻の浮気相手に制裁を加えずにおくものか。／非得懲罰妻子的外遇對象不可！

せいさく【政策】 名 政策，策略 類 ポリシー △一貫性のない政策では、何の成果も上げられないでしょう。／

沒有貫徹到底的政策，終究無法推動出任何政績。

せいさん【清算】㊔·他サ 計算，精算；結算；清理財產；結束 △10年かけてようやく借金を清算した。／花費了十年的時間，終於把債務給還清了。

せいし【生死】㊔ 生死；死活 △彼は交通事故に遭い、1ヶ月もの間、生死の境をさまよった。／他遭逢交通事故後，在生死交界之境徘徊了整整一個月。

せいし【静止】㊔·自サ 靜止 △静止画像で見ると、盗塁は明らかにセーフです。／只要查看停格靜止畫面，就知道毫無疑問的是成功盜壘。

せいじつ【誠実】㊔·形動 誠實，真誠 ㊍不正直 ㊌真面目 △誠実さを示したところで、いまさらどうにもならない。／就算態度誠實，事到如今也無法改變既成事實。

せいじゅく【成熟】㊔·自サ（果實的）成熟；（植）發育成樹；（人的）發育成熟 ㊌実る △今回の選挙は、この国の民主主義が成熟してきた証しです。／這次選舉證明這個國家的民主主義已經成熟了。

せいしゅん【青春】㊔ 春季；青春，歲月 ㊍老いた ㊌若い △青春時代を思い出すだに、今でも胸が締めつけられる。／一想到年輕歲月的種種，迄今依舊令人熱血澎湃。

せいじゅん【清純】㊔·形動 清純，純真，清秀 △彼女は清純派アイドルとして売り出し中です。／她以清純偶像之姿，正日漸走紅。

せいしょ【聖書】㊔（基督教的）聖經；古聖人的著述，聖典 △彼は聖書の教えに従う敬虔なキリスト教徒です。／他是個謹守聖經教義的虔誠基督教徒。

せいじょう【正常】㊔·形動 正常 ㊍異常 ㊌ノーマル △現在、システムは正常に稼動しています。／系統現在正常運作中。

せいする【制する】他サ 制止，壓制，控制；制定 ㊍許す ㊌押さえる △見事に接戦を制して首位に返り咲いた。／經過短兵相接的激烈競爭後，終於打了一場漂亮的勝仗，得以重返冠軍寶座。

せいぜん【整然】形動 整齊，井然，有條不紊 ㊍乱れる ㊌ちゃんと △彼女の家はいつ行っても整然と片付けられている。／無論什麼時候去她家拜訪，屋裡總是整理得有條不紊。

せいそう【盛装】㊔·自サ 盛裝，華麗的裝束 ㊍普段着 ㊌晴れ着 △式の参加者はみな盛装してきた。／參加典禮的賓客們全都盛裝出席。

せいだい【盛大】形動 盛大，規模宏大；隆重 ㊍貧弱 ㊌立派 △有名人カップルとあって、盛大な結婚式を挙げた。／新郎與新娘同為知名人士，因此舉辦了一場盛大的結婚典禮。

せいだく【清濁】 (名) 清濁；（人的）正邪，善惡；清音和濁音 △現実の世界は清濁が混交しているといえる。／現實世界可以說是清濁同流、善惡兼具的。

せいてい【制定】 (名·他サ) 制定 類 決める △法案の制定を皮切りにして、各種ガイドラインの策定を進めている。／以制定法案作為開端，推展制定各項指導方針。

せいてき【静的】 (形動) 静的，靜態的 反 動的 △静的情景を描写して、デッサンの練習をする。／寫生靜態景物，做為素描的練習。

せいてつ【製鉄】 (名) 煉鐵，製鐵 △製鉄に必要な原料にはどのようなものがありますか。／請問製造鋼鐵必須具備哪些原料呢？

せいてん【晴天】 (名) 晴天 類 青天 △午前中は晴天だったが、午後から天気が急変した。／雖然上午還是晴天，到了下午天氣卻突然轉壞。

せいとう【正当】 (名·形動) 正當，合理，合法，公正 △陪審員に選任されたら、正当な理由がない限り拒否できない。／一旦被遴選為陪審員，除非有正當理由，否則不得拒絕。

せいとうか【正当化】 (名·他サ) 使正當化，使合法化 △自分の行動を正当化する。／把自己的行為合理化。

せいねん【成年】 (名) 成年（日本現行法律為二十歲） 反 子ども 類 大人 △成年年齢を20歳から18歳に引き下げるという議論がある。／目前有項爭論議題為：成人的年齡是否該由二十歲降低至十八歲。

せいふく【征服】 (名·他サ) 征服，克服，戰勝 類 制圧 △このアニメは悪魔が世界征服を企てるというストーリーです。／這部卡通的故事情節是描述惡魔企圖征服全世界。

せいほう【製法】 (名) 製法，作法 △当社こだわりの製法で作った生ビールです。／這是本公司精心研製生產出來的生啤酒。

せいみつ【精密】 (名·形動) 精密，精確，細緻 反 散漫 類 緻密 △この機械は実に精密にできている。／這個機械真是做得相當精密。

ぜいむしょ【税務署】 (名) 稅務局 △税務署のずさんな管理に憤りを禁じえない。／稅務局的管理失當，不禁令人滿腔怒火。

N1-050

せいめい【姓名】 (名) 姓名 類 名前 △戸籍に登録されている姓名を記入してください。／敬請填寫登記於戶籍上的姓名。

せいめい【声明】 (名·自サ) 聲明 類 宣言 △財務大臣が声明を発表するや、市場は大きく反発した。／當財政部長發表聲明後，股市立刻大幅回升。

せいやく【制約】(名·他サ)(必要的)條件，規定；限制，制約 △時間的な制約を設けると、かえって効率が上がることもある。／在某些情況下，當訂定時間限制後，反而可以提昇效率。

せいり【生理】(名) 生理；月經 (類) 月経(げっけい) △おならは生理現象だから仕方がない。／身體排氣是生理現象，無可奈何。

せいりょく【勢力】(名) 勢力，權勢，威力，實力；(理) 力，能 (類) 勢い △ほとんどの台風は、北上するにつれ、勢力が衰える。／大部分的颱風移動北上時，其威力強度都會逐漸減弱。

せいれつ【整列】(名·自他サ) 整隊，排隊，排列 △あいうえお順に整列しなさい。／請依照日文五十音的順序排列整齊。

セール【sale】(名) 拍賣，大減價 (類) 大売り出し(おおうりだし) △セール期間中、デパートは押しつ押されつの大賑わいだ。／百貨公司在特賣期間，消費者你推我擠的非常熱鬧。

せかす【急かす】(他五) 催促 (類) 催促 △飛行機に乗り遅れてはいけないので、免税品を見ている妻を急かした。／由於上飛機不能遲到，我急著催正在逛免稅店的妻子快點走。

せがれ【倅】(名)(對人謙稱自己的兒子)犬子；(對他人兒子，晚輩的蔑稱)小傢伙，小子 (類) 息子 △せがれが今年就職したので、肩の荷が下りた。／小犬今年已經開始工作，總算得以放下肩頭上的重擔。

せきむ【責務】(名) 職責，任務 (類) 責任 △ただ自分の責務を果たしたまでのことで、お褒めにあずかるようなことではございません。／我不過是盡了自己的本分而已，實在擔不起這樣的讚美。

セキュリティー【security】(名) 安全，防盜；擔保 △最新のセキュリティーシステムといえども、万全ではない。／即便是最新型的保全系統，也不是萬無一失的。

セクション【section】(名) 部分，區劃，段，區域；節，項，科；(報紙的) 欄 (反) 全体 (類) 部門 △仕事内容は配属されるセクションによって様々です。／依據被分派到的部門，工作內容亦隨之各異其趣。

セクハラ【sexual harassment之略】(名) 性騷擾 △セクハラで訴える。／以性騷擾提出告訴。

せじ【世辞】(名) 奉承，恭維，巴結 (補) 為求禮貌在最前面一般會加上「お」。△下手なお世辞なら、言わないほうがましですよ。／如果是拙劣的恭維，倒不如別說比較好吧！

ぜせい【是正】(名·他サ) 更正，糾正，訂正，矯正 (類) 正す △社会格差を是正するための政策の検討が迫られている。／致力於匡正社會階層差異的政策檢討，已然迫在眉睫。

せたい【世帯】 ㊔ 家庭，戶 類 所帯 △核家族の世帯は増加の一途をたどっている。／小家庭的家戶數有與日俱增的趨勢。

せだい【世代】 ㊔ 世代，一代；一帶人 類 ジェネレーション △これは我々の世代ならではの考え方だ。／這是我們這一代獨有的思考方式。

せつ【節】 名·漢造 季節，節令；時候，時期；節操；(物體的)節；(詩文歌等的)短句，段落 類 時 △その節は大変お世話になりました。／日前承蒙您多方照顧。

せっかい【切開】 名·他サ (醫) 切開，開刀 △父は、胃を切開して、腫瘍を摘出した。／父親接受了手術，切開胃部取出腫瘤。

せっきょう【説教】 名·自サ 說教；教誨 △先生に説教される。／被老師說教。

セックス【sex】 ㊔ 性，性別；性慾；性交 類 性交 △セックスの描写がある映画は、ゴールデンタイムに放送してはいけない。／黃金時段不得播映出現性愛畫面的電影。

せつじつ【切実】 形動 切實，迫切 類 つくづく △将来が不安だという若者から切実な声が寄せられている。／年輕人發出對未來感到惶惶不安的急切聲浪。

せっしょく【接触】 名·自サ 接觸；交往，交際 類 触れる △バスと接触事故を起こしたが、幸い軽症ですんだ。／雖然發生與巴士擦撞的意外事故，幸好只受到輕傷。

せつぞくし【接続詞】 ㊔ 接續詞，連接詞 △接続詞を適切に使う。／使用連接詞應該要恰當。

せっち【設置】 名·他サ 設置，安裝；設立 類 設ける △全国に会場を設置する。／在全國各處設置會場。

せっちゅう【折衷】 名·他サ 折中，折衷 △与野党は折衷案の検討に入った。／朝野各黨已經開始討論折衷方案。

せってい【設定】 名·他サ 制定，設立，確定 △クーラーの温度は24度に設定してあります。／冷氣的溫度設定在二十四度。

せっとく【説得】 名·他サ 說服，勸導 類 言い聞かせる △彼との結婚を諦めさせようと、家族や友人が代わる代わる説得している。／簡直就像要我放棄與他結婚似的，家人與朋友輪番上陣不停勸退我。

せつない【切ない】 形 因傷心或眷戀而心中煩悶；難受；苦惱，苦悶 反 楽しい 類 辛い(つらい) △彼女のことを思い出すたびに、切なくなる。／每一次想起她時，總是十分悲傷。

ぜっぱん【絶版】 ㊔ 絕版 ㊍ 解散 ㊎ 新設 △あの本屋には絶版になった書籍もおいてある。／那家書店也有已經絕版的書籍。

ぜつぼう【絶望】 (名・自サ) 絕望，無望 ㊎ がっかり △彼は人生に絶望してからというもの、家に引きこもっている。／自從他對人生感到絕望後，就一直躲在家裡不出來。

せつりつ【設立】 (名・他サ) 設立，成立 △設立されたかと思いきや、2ヶ月で運営に行き詰まった。／才剛成立而已，誰知道僅僅2個月，經營上就碰到了瓶頸。

ゼネコン【general contractor之略】 ㊔ 承包商 △大手ゼネコンの下請けいじめは、今に始まったことではない。／總承包商在轉包工程時對中小型承包商的霸凌，已經不是一天兩天的事了。

せめ【攻め】 ㊔ 進攻，圍攻 △後半は、攻めの姿勢に転じて巻き返しを図る。／下半場轉為攻勢，企圖展開反擊

ゼリー【jelly】 ㊔ 果凍；膠狀物 △プリンに比べて、ゼリーはカロリーが低い。／果凍的熱量比布丁低。

セレブ【celeb】 ㊔ 名人，名媛，著名人士 △セレブともなると、私生活もしばしば暴露される。／一旦成為名媛，私生活就會經常被攤在陽光下。

セレモニー【ceremony】 ㊔ 典禮，儀式 ㊎ 式 △大統領の就任セレモニーが盛大に行われた。／舉行了盛大的總統就職典禮。

せん【先】 ㊔ 先前，以前；先走的一方 ㊎ 以前 △その件については、先から存じ上げております。／關於那件事，敝人先前就已得知了。

ぜん【膳】 (名・接尾・漢造) (吃飯時放飯菜的) 方盤，食案，小飯桌；擺在食案上的飯菜；(助數詞用法) (飯等的) 碗數；一雙(筷子)；飯菜等 ㊎ 料理 △お膳を下げていただけますか。／可以麻煩您撤下桌面這些用完的餐點碗盤嗎？

N1-051

ぜん【禅】 (漢造) (佛) 禪，靜坐默唸；禪宗的簡稱 △禅の思想をちょっとかじってみたい気もする。／想要稍微探研一下「禪」的思想。

ぜんあく【善悪】 ㊔ 善惡，好壞，良否 △善悪を判断する。／判斷善惡。

せんい【繊維】 ㊔ 纖維 △繊維の豊富な野菜は大腸がんの予防になります。／攝取富含纖維質的蔬菜，有助於預防罹患大腸癌。

ぜんか【前科】 ㊔ (法) 前科，以前服過刑 △前科一犯ながらも、今では真人間としてがんばっている。／雖然曾經有過一次前科紀錄，現在已經改邪歸正，認真過生活了。

ぜんかい【全快】 (名・自サ) 痊癒，病全好

類 治る △体調が全快してからというもの、あちこちのイベントに参加している。／自從身體痊癒之後，就到處參加活動。

せんきょう【宣教】 名·自サ 傳教，佈道 △かつて日本ではキリスト教の宣教が禁じられていた。／日本過去曾經禁止過基督教的傳教。

せんげん【宣言】 名·他サ 宣言，宣布，宣告 類 言い切る △各地で軍事衝突が相次ぎ、政府は非常事態宣言を出した。／各地陸續發生軍事衝突，政府宣布進入緊急狀態。

せんこう【先行】 名·自サ 先走，走在前頭；領先，佔先；優先施行，領先施行 類 前行 △会員のみなさまにはチケットを先行販売いたします。／各位會員將享有優先購買票券的權利。

せんこう【選考】 名·他サ 選拔，權衡 類 選ぶ △選考基準は明確に示されていない。／沒有明確訂定選拔之合格標準。

せんさい【戦災】 名 戰爭災害，戰禍 △戦災の悲惨な状況を記した資料が今も保存されている。／迄今依舊保存著記述戰爭的悲慘災難之資料。

せんしゅう【専修】 名·他サ 主修，專攻 類 専門 △志望する専修によってカリキュラムが異なります。／依照選擇之主修領域不同，課程亦有所差異。

せんじゅつ【戦術】 名（戰爭或鬥爭的）戰術；策略；方法 類 作戦 △いかなる戦いも、戦術なくして勝つことはできない。／在任何戰役中，沒有戰術就無法獲勝。

センス【sense】 名 感覺，官能，靈機；觀念；理性，理智；判斷力，見識，品味 類 感覚 △彼の服のセンスは私には理解できない。／我沒有辦法理解他的服裝品味。

ぜんせい【全盛】 名 全盛，極盛 類 絶頂 △彼は全盛時代にウィンブルドンで3年連続優勝した。／他在全盛時期，曾經連續三年贏得溫布頓網球公開賽的冠軍。

ぜんそく【喘息】 名（醫）喘息，哮喘 △喘息なので、吸入薬がなくてはかなわない。／由於患有氣喘，沒有吸入劑就受不了。

せんだい【先代】 名 上一輩，上一代的主人；以前的時代；前代（的藝人） 類 前代 △これは先代から受け継いだ伝統の味です。／這是從上一代傳承而來的傳統風味。

せんだって【先だって】 名 前幾天，前些日子，那一天；事先 類 前もって △先だってのお詫びに行った。／為了日前的事而前去道歉了。

せんちゃく【先着】 名·自サ 先到達，先來到 △先着5名様まで、豪華景品を差し上げます。／最先來店的前五名顧客，將獲贈豪華贈品。

せんて【先手】㊔（圍棋）先下；先下手 反 後手 △ライバルの先手を取る。／先發制敵。

ぜんてい【前提】㊔ 前提，前提條件 △結婚前提で付き合っているわけではありません。／我並非以結婚為前提與對方交往的。

せんてんてき【先天的】形動 先天（的），與生俱來（的） 反 後天的 △この病気は先天的な要因によるものですか。／請問這種疾病是由先天性的病因所造成的嗎？

ぜんと【前途】㊔ 前途，將來；（旅途的）前程，去路 反 過去 類 未来 △前途多難なことは承知しているが、最後までやりぬくしかない。／儘管明知前途坎坷，也只能咬牙堅持到底了。

せんとう【戦闘】名・自サ 戰鬥 類 戦い △戦闘を始めないうちから、すでに勝負は見えていた。／在戰鬥還沒展開之前，勝負已經分曉了。

せんにゅう【潜入】名・自サ 潛入，溜進；打進 △三ヶ月に及ぶ潜入調査の末、ようやく事件を解決した。／經過長達三個月秘密調查，案件總算迎刃而解了。

せんぱく【船舶】㊔ 船舶，船隻 △強風のため、船舶は海上を行きつ戻りつ、方向が一向に定まらない。／船隻由於遭受強風吹襲，沒有固定的行進方向，在海上飄搖不定。

せんぽう【先方】㊔ 對方；那方面，那裡，目的地 △先方の言い分はさておき、マスコミはどう報道するだろう。／暫且不管對方的辯解，不知道傳媒會如何報導呢？

ぜんめつ【全滅】名・自他サ 全滅，徹底消滅 反 興る 類 滅びる △台風のため、収穫間近のりんごが全滅した。／颱風來襲，造成即將採收的蘋果全數落果。

せんよう【専用】名・他サ 專用，獨佔，壟斷，專門使用 △都心の電車は、時間帯によって女性専用車両を設けている。／市區的電車，會在特定的時段設置女性專用車廂。

せんりょう【占領】名・他サ（軍）武力佔領；佔據 類 占める △これは占領下での生活を収めたドキュメンタリー映画です。／這部紀錄片是拍攝該國被占領時期人民的生活狀況。

ぜんりょう【善良】名・形動 善良，正直 △奨学金申請条件に「学業優秀、素行善良であること」と記されている。／獎學金的申請條件明訂為「學業成績優良、品行端正」。

せんりょく【戦力】㊔ 軍事力量，戰鬥力，戰爭潛力；工作能力強的人 △新兵器も調っており、戦力は十分です。／新兵器也都備齊了，可說是戰力十足。

ぜんれい【前例】㊔ 前例，先例；前面舉的例子 類 しきたり △前例がないからといって、諦めないでください。／儘管此案無前例可循，請千萬別氣餒。

そ ソ

N1-052

そう【相】（名·漢造）相看；外表，相貌；看相，面相；互相；相繼 △占い師によると、私には水難の相が出ているそうです。／依算命師所言，我面露溺水滅頂之相。

そう【沿う】（自五）沿著，順著；按照 類臨む △アドバイスに沿って、できることから一つ一つ実行していきます。／謹循建議，由能力所及之事開始，依序地實踐。

そう【添う】（自五）增添，加上，添上；緊跟，不離地跟隨；結成夫妻一起生活，結婚 類加わる △赤ちゃんに添い寝する。／哄寶寶睡覺。

そう【僧】（漢造）僧侶，出家人 反俗人 類僧侶 △一人前の僧になるため、彼は3年間修行した。／他期望成為卓越的僧侶，苦修了三年。

ぞう【像】（名·漢造）相，像；形象，影像 類彫物 △町の将来像について、町民から広く意見を聞いてみましょう。／有關本城鎮的未來樣貌，應當廣泛聽取鎮民們的意見。

そうおう【相応】（名·自サ·形動）適合，相稱，適宜 類適当 △彼には年相応の落ち着きがない。／他的個性還很毛躁，與實際年齡完全不相符。

そうかい【爽快】（名·形動）爽快 △気分が爽快になる。／精神爽快。

そうかい【総会】（名）總會，全體大會 △株主総会にはおよそ500人の株主が駆けつけた。／大約有五百名股東趕來參加股東大會。

そうかん【創刊】（名·他サ）創刊 △創刊50周年を迎えることができ、慶賀の至りです。／恭逢貴社創刊五十周年大慶，僅陳祝賀之意。

ぞうき【雑木】（名）雜樹，不成材的樹木 △雑木林でのどんぐり拾いは、日本の秋ならではだ。／在樹林裡撿橡實，是日本秋天特有的活動。

ぞうきょう【増強】（名·他サ）（人員，設備的）增強，加強 △政府は災害地域への救援隊の派遣を増強すると決めた。／政府決定加派救援團隊到受災地區。

そうきん【送金】（名·自他サ）匯款，寄錢 △銀行で、息子への送金かたがた、もろもろの支払いをすませた。／去銀行匯款給兒子時，順便付了種種的款項。

そうこう【走行】（名·自サ）（汽車等）行車，行駛 △今回の旅行で、一日の平均走行距離は100キロを超えた。／這趟旅行每天的移動距離平均超過一百公里。

そうごう【総合】（名·他サ）綜合，總合，集合 類統一 △うちのチームは総合得点がトップになった。／本隊的總積分已經躍居首位。

そうさ【捜査】 名·他サ 搜查（犯人、罪狀等）；查訪，查找 類 捜す △事件が発覚し、警察の捜査を受けるしまつだ。／因該起事件被揭發，終於遭到警方的搜索調查。

そうさく【捜索】 名·他サ 尋找，搜；（法）搜查（犯人、罪狀等） 類 捜す △彼は銃刀法違反の疑いで家宅捜索を受けた。／他因違反《槍砲彈藥刀械管制條例》之嫌而住家遭到搜索調查。

そうじゅう【操縦】 名·他サ 駕駛；操縱，駕馭，支配 類 操る 補 主要指駕駛大型機械或飛機，開車是「運転」。△飛行機を操縦する免許はアマチュアでも取れる。／飛機的駕駛執照，即使不是專業人士也可以考取。

そうしょく【装飾】 名·他サ 裝飾 類 飾り △クリスマスに向けて店内を装飾する。／把店裡裝飾得充滿耶誕氣氛。

ぞうしん【増進】 名·自他サ（體力，能力）增進，增加 反 減退 類 増大 △彼女は食欲も増進し、回復の兆しを見せている。／她的食慾已經變得比較好，有日漸康復的跡象。

そうたい【相対】 名 對面，相對 反 絶対 類 対等 △この本は、相対性理論とニュートンの万有引力の法則との違いについて説明している。／這本書解釋了愛因斯坦的相對論與牛頓的萬有引力定律之間的差異。

そうだい【壮大】 形動 雄壯，宏大 △飛行機から見た富士山は壮大であった。／從飛機上俯瞰的富士山是非常雄偉壯觀的。

そうどう【騒動】 名·自サ 騷動，風潮，鬧事，暴亂 類 大騒ぎ △大統領が声明を発表するなり、各地で騒動が起きた。／總統才發表完聲明，立刻引發各地暴動。

そうなん【遭難】 名·自サ 罹難，遇險 類 被る △台風で船が遭難した。／船隻遇上颱風而發生了船難。

ぞうに【雑煮】 名 日式年糕湯 △うちのお雑煮は醤油味だ。／我們家的年糕湯是醬油風味。

そうば【相場】 名 行情，市價；投機買賣，買空賣空；常例，老規矩；評價 類 市価価格 △為替相場いかんで、経済は大きく左右される。／匯率的波動如何，將大幅影響經濟情勢。

N1-053

そうび【装備】 名·他サ 裝備，配備 類 道具 △その戦いにおいて、兵士たちは完全装備ではなかった。／在那場戰役中，士兵們身上的裝備並不齊全。

そうりつ【創立】 名·他サ 創立，創建，創辦 反 解散 類 設立 △会社は創立以来、10年間発展し続けてきた。／公司創立十年以來，業績持續蒸蒸日上。

そえる【添える】 ㊀他下一 添，加，附加，配上；伴隨，陪同 反 除く 類 加える △プレゼントにカードを添える。／在禮物附上卡片。

ソーラーシステム【the solar system】 名 太陽系；太陽能發電設備 △ソーラーシステムをつける。／裝設太陽能發電設備。

そくざに【即座に】 副 立即，馬上 類 すぐ △彼のプロポーズを即座に断った。／立刻拒絕了他的求婚。

そくしん【促進】 名·他サ 促進 △これを機に、双方の交流がますます促進されることを願ってやみません。／盼望藉此契機，更加促進雙方的交流。

そくする【即する】 自サ 就，適應，符合，結合 類 準じる △現状に即して戦略を練り直す必要がある。／有必要修改戰略以因應現狀。

そくばく【束縛】 名·他サ 束縛，限制 類 制限 △束縛された状態にあって、行動範囲が限られている。／在身體受到捆縛的狀態下，行動範圍受到侷限。

そくめん【側面】 名 側面，旁邊；(具有複雜內容事物的)一面，另一面 △その事件についてはたくさんの側面から議論がなされた。／開始有人從各種角度討論那起事件。

そこそこ 副·接尾 草草了事，慌慌張張；大約，左右 △二十歳そこそこの青二才がおれに説教しようなんて、10年早いんだよ。／不過是二十上下的小屁孩，居然敢對我訓話，你還差得遠咧！

そこなう【損なう】 他五·接尾 損壞，破損；傷害妨害(健康、感情等)；損傷，死傷；(接在其他動詞連用形下)沒成功，失敗，錯誤；失掉時機，耽誤；差一點，險些 類 傷つける △このままの状態を続けていけば、利益を損なうことになる。／照這種狀態持續下去，將會造成利益受損。

そこら【其処ら】 代 那一代，那裡；普通，一般；那樣，那種程度，大約 類 そこ △その荷物はそこら辺に置いといてください。／那件東西請放在那邊。

そざい【素材】 名 素材，原材料；題材 類 材料 △この料理は新鮮な素材をうまく生かしている。／透過這道菜充分展現出食材的鮮度。

そし【阻止】 名·他サ 阻止，擋住，阻塞 類 止める、妨げる △警官隊は阻止しようとしたが、デモ隊は前進した。／雖然警察隊試圖阻止，但示威隊伍依然繼續前進了。

そしょう【訴訟】 名·自サ 訴訟，起訴 類 訴える △和解できないなら訴訟を起こすまでだ。／倘若無法和解，那麼只好法庭上見。

そだち【育ち】 名 發育，生長；長進，

成長 類 生い立ち △彼は、生まれも育ちも東京です。／他出生和成長的地方都是東京。

そち【措置】 名·他サ 措施，處理，處理方法 類 処理 △事件を受けて、政府は制裁措置を発動した。／在事件發生後，政府啟動了制裁措施。

そっけない【素っ気ない】 形 不表示興趣與關心；冷淡的 反 親切 類 不親切 △挨拶もろくにしないで、そっけないったらない／連招呼都隨便敷衍一下，真是太無情了！

そっぽ【外方】 名 一邊，外邊，別處 類 別の方 補 そっぽを向く：無視。△映画『V』は、観客からそっぽを向かれている。／觀眾對電影《V》的反應很冷淡。

そなえつける【備え付ける】 他下一 設置，備置，裝置，安置，配置 類 備える △この辺りには監視カメラが備え付けられている。／這附近裝設有監視錄影器。

そなわる【具わる・備わる】 自五 具有，設有，具備 類 揃う（そろう）△教養とは、学び、経験することによって、おのずと備わるものです。／所謂的教養，是透過學習與體驗後，自然而然展現出來的言行舉止。

その【園】 名 園，花園 △そこは、この世のものとは思われぬ、エデンの園のごとき美しさだった。／那地方曾經美麗可比伊甸園，而不像是人世間。

そびえる【聳える】 自下一 聳立，峙立 類 そそり立つ △雲間にそびえる「世界一高い橋」がついに完成した。／高聳入雲的「全世界最高的橋樑」終於竣工。

そまる【染まる】 自五 染上；受（壞）影響 類 染み付く △夕焼けに染まる街並みを見るのが大好きだった。／我最喜歡眺望被夕陽餘暉染成淡淡橙黃的街景。

そむく【背く】 自五 背著，背向；違背，不遵守；背叛，辜負；拋棄，背離，離開（家）反 従う 類 反する △親に背いて芸能界に入った。／瞞著父母進入了演藝圈。

そめる【染める】 他下一 染顏色；塗上（映上）顏色；（轉）沾染，著手 類 彩る（いろどる）△夕日が空を赤く染めた。／夕陽將天空染成一片嫣紅。

そらす【反らす】 他五 向後仰，（把東西）弄彎 △体をそらす。／身體向後仰。

そらす【逸らす】 他五（把視線、方向）移開，離開，轉向別方；佚失，錯過；岔開（話題、注意力）類 外す △この悲劇から目をそらすな。／不准對這樁悲劇視而不見！

そり【橇】 名 雪橇 △犬ぞり大会で、犬はそりを引いて、全力で走った。／在狗拖雪橇大賽中，狗兒使盡全力地拖著雪橇奔馳。

そる【反る】 自五 （向後或向外）彎曲，捲曲，翹；身子向後彎，挺起胸膛 類 曲がる △板(いた)は、乾燥(かんそう)すると、多(おお)かれ少(すく)なかれ反(そ)る。／木板乾燥之後，多多少少會翹起來。

それゆえ【それ故】 連語・接續 因為那個，所以，正因為如此 類 そこで △3回(かい)目(め)の海外(かいがい)出張(しゅっちょう)だ。それ故(ゆえ)、緊張感(きんちょうかん)もなく、準備(じゅんび)も楽(らく)だった。／這已經是我第三次去國外出差，所以一點也不緊張，三兩下就將行李收拾好了。

ソロ【solo】 名 （樂）獨唱；獨奏；單獨表演 △武道館(ぶどうかん)を皮切(かわき)りに、日本全国(にほんぜんこく)でソロコンサートを開催(かいさい)する。／即將於日本全國舉行巡迴獨奏會，並在武道館首演。

そろい【揃い】 名・接尾 成套，成組，一樣；（多數人）聚在一起，齊全；（助數詞用法）套，副，組 類 組み △皆(みな)さんおそろいで、旅行(りょこう)にでも行(い)かれるのですか。／請問諸位聚在一塊，是不是要結伴去旅行呢？

ぞんざい 形動 粗率，潦草，馬虎；不禮貌，粗魯 反 丁寧 類 なおざり △「ぞんざい」は「丁寧(ていねい)」の対義語(たいぎご)で、「いい加減(かげん)」という意味(いみ)です。／「草率」是「仔細」的反義詞，意思是「馬馬虎虎」。

たタ

T2-054

ダース【dozen】 名・接尾 （一）打，十二個 △もう夏(なつ)だから、ビールを1ダース買(か)って来(き)てよ。／時序已經進入夏天，去買一打啤酒來吧。

たい【他意】 名 其他的想法，惡意 △他意(たい)はない。／沒有惡意。

たい【隊】 名・漢造 隊，隊伍，集體組織；（有共同目標的）幫派或及集團 類 組 △子(こ)どもたちは探検隊(たんけんたい)を作(つく)って、山(やま)に向(む)かった。／孩子們組成了探險隊前往山裡去了。

たい【帯】 漢造 帶，帶子；佩帶；具有；地區；地層 △京都(きょうと)の嵐山一帯(あらしやまいったい)は、桜(さくら)の名所(めいしょ)として全国(ぜんこく)に名(な)を知(し)られています。／京都的嵐山一帶是名聞全國的知名賞櫻勝地。

たいおう【対応】 名・自サ 對應，相對，對立；調和，均衡；適應，應付 類 照応 △何事(なにごと)も変化(へんか)に即(そく)して臨機応変(りんきおうへん)に対応(たいおう)していかなければならない。／無論發生任何事情，都必須視當時的狀況臨機應變才行。

たいか【退化】 名・自サ （生）退化；退步，倒退 △その器官(きかん)は使用(しよう)しないので退化(たいか)した。／那個器官由於沒有被使用，因而退化了。

たいか【大家】 名 大房子；專家，權威者；名門，富豪，大戶人家 類 権威 △彼は日本画の大家と言えるだろう。／他應該可以被稱為是日本畫的巨匠吧。

たいがい【大概】 (名·副) 大概，大略，大部分；差不多，不過份 類 殆ど △郵便は大概10時ごろ来る。／大概十點左右會收到郵件。

たいがい【対外】 (名) 對外(國)；對外(部) △対外政策を討論する。／討論外交政策。

たいかく【体格】 (名) 體格；(詩的)風格 類 骨格 △彼女はがっしりした体格の男が好きだ。／她喜歡體格健壯的男人。

たいがく【退学】 (名·自サ) 退學 △退学してからというもの、仕事も探さず毎日ぶらぶらしている。／自從退學以後，連工作也不找，成天遊手好閒。

たいぐう【待遇】 (名·他サ·接尾) 接待，對待，服務；工資，報酬 類 もてなし △いかに待遇が良かろうと、あんな会社で働きたくない。／不管薪資再怎麼高，我也不想在那種公司裡工作。

たいけつ【対決】 (名·自サ) 對證，對質；較量，對抗 類 争う △話し合いが物別れに終わり、法廷で対決するに至った。／協商終告破裂，演變為在法庭上對決的局面。

たいけん【体験】 (他サ) 體驗，體會，(親身)經驗 類 経験 △貴重な体験をさせていただき、ありがとうございました。／非常感激給我這個寶貴的體驗機會。

たいこう【対抗】 (名·自サ) 對抗，抵抗，相爭，對立 反 協力 類 対立 △相手の勢力に対抗すべく、人員を総動員した。／為了與對方的勢力相抗衡而動員了所有的人力。

たいじ【退治】 (他サ) 打退，討伐，征服；消滅，肅清；治療 類 討つ △病気と貧困を根こそぎ退治するぞ、と政治家が叫んだ。／政治家聲嘶力竭呼喊：「矢志根除疾病與貧窮！」。

たいしゅう【大衆】 (名) 大眾，群眾；眾生 類 民衆 △あの出版社は大衆向けの小説を刊行している。／那家出版社出版迎合大眾口味的小說。

たいしょ【対処】 (名·自サ) 妥善處置，應付，應對 △新しい首相は緊迫した情勢にうまく対処している。／新任首相妥善處理了緊張的情勢。

だいする【題する】 (他サ) 題名，標題，命名；題字，題詞 △入社式で社長が初心忘るべからずと題するスピーチを行った。／社長在新進員工歡迎會上，以「莫忘初衷」為講題做了演說。

たいせい【態勢】 (名) 姿態，樣子，陣式，狀態 類 構え △サミットの開催を控え、警察は2万人規模の警戒態勢を取っている。／警方為因應即將舉行的高峰會，已召集兩萬名警力待命就緒。

だいたい【大体】 ㊔名·副 大抵，概要，輪廓；大致，大部分；本來，根本 △話は大体わかった。／大概了解說話的內容。

だいたすう【大多数】 ㊔名 大多數，大部分 △大多数が賛成とあれば、これで決まるだろう。／如果大多數都贊成的話，應該這樣就決定了吧。

たいだん【対談】 ㊔名·自サ 對談，交談，對話 ㊈類 話し合い △次号の巻頭特集は俳優と映画監督の対談です。／下一期雜誌的封面特輯為演員與電影導演之對談。

だいたん【大胆】 ㊔名·形動 大膽，有勇氣，無畏；厚顏，膽大妄為 ㊈反 小心 ㊈類 豪胆 △彼の発言は大胆きわまりない。／他的言論實在極為大膽無比。

タイト【tight】 ㊔名·形動 緊，緊貼(身)；緊身裙之略 △タイトスケジュールながらも、必要な仕事はできた。／儘管行程相當緊湊，但非做不可的工作還是完成了。

たいとう【対等】 ㊔形動 對等，同等，平等 ㊈類 平等 △対等な立場で話し合わなければ、建設的な意見は出てきません。／假若不是以對等的立場共同討論，就無法得出建設性的建議。

だいなし【台無し】 ㊔名 弄壞，毀損，糟蹋，完蛋 ㊈類 駄目 △せっかくの連休が連日の雨で台無しになった。／由於連日降雨，難得的連續假期因此泡湯了。

たいのう【滞納】 ㊔名·他サ （稅款，會費等）滯納，拖欠，逾期未繳 ㊈類 未納 △彼はリストラされてから、5ヶ月間も家賃を滞納しています。／自從他遭到裁員後，已經有五個月繳不出房租。

たいひ【対比】 ㊔名·他サ 對比，對照 ㊈反 絶対 ㊈類 比べる △春先の山は、残雪と新緑の対比が非常に鮮やかで美しい。／初春時節，山巔殘雪與鮮嫩綠芽的對比相映成趣。

タイピスト【typist】 ㊔名 打字員 △出版社でタイピストを緊急募集しています。／出版社正在緊急招募打字員。

だいべん【代弁】 ㊔名·他サ 替人辯解，代言 △彼の気持ちを代弁すると、お金よりも謝罪の一言がほしいということだと思います。／如果由我來傳達他的心情，我認為他想要的不是錢，而是一句道歉。

N1-055

だいべん【大便】 ㊔名 大便，糞便 ㊈類 便 △犬の大便は飼い主がきちんと処理するべきです。／狗主人應當妥善處理狗兒的糞便。

たいぼう【待望】 ㊔名·他サ 期待，渴望，等待 ㊈類 期待 △待望の孫が生まれて、母はとてもうれしそうです。／家母企盼已久的金孫終於誕生，開心得合不攏嘴。

だいほん【台本】 ㊔名 （電影，戲劇，廣播等）脚本，劇本 類 原書、脚本 △司会を頼まれたが、台本もなかったので、即興でやるしかなかった。／那時雖然被委請擔任司儀，對方卻沒有準備流程詳表，只好隨機應變了。

タイマー【timer】 名 秒錶，計時器；定時器 △タイマーを３分に設定してください。／請將計時器設定為三分鐘。

たいまん【怠慢】 名·形動 怠慢，玩忽職守，鬆懈；不注意 反 励む 類 怠ける △彼の態度は、怠慢でなくてなんだろう。／他的態度若不叫怠慢的話，那又叫什麼呢？

タイミング【timing】 名 計時，測時；調時，使同步；時機，事實 類 チャンス △株式投資においては売買のタイミングを見極めることが重要です。／判斷股票投資買賣的時機非常重要。

タイム【time】 名 時，時間；時代，時機；（體）比賽所需時間；（體）比賽暫停 類 時 △明日の水泳の授業では、平泳ぎのタイムを計る予定です。／明天的游泳課程中，預定將測量蛙式的速度。

タイムリー【timely】 形動 及時，適合的時機 △テレビをなんとなくつけたら、タイムリーにニュース速報が流れた。／那時無意間打開了電視，正好在播新聞快報。

たいめん【対面】 名·自サ 會面，見面 類 会う △初めて両親と彼が対面するとあって、とても緊張しています。／因為男友初次跟父母見面，我非常緊張。

だいよう【代用】 名·他サ 代用 △蜂蜜がなければ、砂糖で代用しても大丈夫ですよ。／如果沒有蜂蜜的話，也可以用砂糖代替喔。

タイル【tile】 名 磁磚 △このホテルのタイルは、大理石風で高級感がある。／這家旅館的磁磚是大理石紋路，看起來很高級。

たいわ【対話】 名·自サ 談話，對話，會話 類 話し合い △対話を続けていけば、相互理解が促進できるでしょう。／只要繼續保持對話窗口通暢無阻，想必能對促進彼此的瞭解有所貢獻吧。

ダウン【down】 名·自他サ 下，倒下，向下，落下；下降，減退；（棒）出局；（拳擊）擊倒 △あのパンチにもう少しでダウンさせられるところだった。／差點就被對方以那拳擊倒在地了。

たえる【耐える】 自下一 忍耐，忍受，容忍；擔負，禁得住；（堪える）（不）值得，（不）堪 類 我慢 △病気を治すためとあれば、どんなつらい治療にも耐えて見せる。／只要能夠根治疾病，無論是多麼痛苦的治療，我都會咬牙忍耐。

たえる【絶える】 自下一 斷絕，終了，停止，滅絕，消失 類 無くなる、消える △病室に駆けつけたときには、彼はもう息絶えていた。／當趕至病房時，他已經斷氣了。

だかい【打開】 (名·他サ) 打開，開闢（途徑），解決（問題）(類) 突破 △状況を打開するために、双方の大統領が直接協議することになった。／兩國總統已經直接進行協商以求打破僵局。

たがいちがい【互い違い】 (形動) 交互，交錯，交替 △白黒互い違いに編む。／黑白交錯編織。

たかが【高が】 (副) （程度、數量等）不成問題，僅僅，不過是…罷了 △たかが5,000円くらいでくよくよするな。／不過是五千日幣而已不要放在心上啦！

たきび【たき火】 (名) 爐火，灶火；（用火）燒落葉 △夏のキャンプではたき火を囲んでキャンプファイヤーをする予定です。／計畫將於夏季露營時舉辦營火晚會。

だきょう【妥協】 (名·自サ) 妥協，和解 (反) 仲違い (類) 譲り合う △双方の妥協なくして、合意に達することはできない。／雙方若不互相妥協，就無法達成協議。

たくましい【逞しい】 (形) 身體結實，健壯的樣子，強壯；充滿力量的樣子，茁壯，旺盛，迅猛 (類) 頑丈 △あの子は高校生になってから、ずいぶんたくましくなった。／那個孩子自從升上高中以後，體格就變得更加精壯結實了。

たくみ【巧み】 (名·形動) 技巧，技術；取巧，矯揉造作；詭計，陰謀；巧妙，精巧 (反) 下手 (類) 上手 △彼の話術はとても巧みで、常に営業成績トップをキープしている。／他的話術十分精湛，業務績效總是拔得頭籌。

たけ【丈】 (名) 身高，高度；尺寸，長度；罄其所有，毫無保留 (類) 長さ △息子は成長期なので、ズボンの丈がすぐに短くなります。／我的兒子正值成長期，褲長總是沒隔多久就嫌短了。

だけ (副助) （只限於某範圍）只，僅僅；（可能的程度或限度）盡量，儘可能；（以「…ば…だけ」等的形式，表示相應關係）越…越…；（以「…だけに」的形式）正因為…更加…；（以「…（のこと）あって」的形式）不愧，值得 △この辺りの道路は、午前8時前後の通勤ラッシュ時だけ混みます。／這附近的交通狀況，只在晨間八點左右的上班尖峰時段，顯得特別混亂擁擠。

だげき【打撃】 (名) 打擊，衝擊 △相手チームの選手は、試合前に必ず打撃練習をしているようです。／另一支隊伍的選手們似乎在出賽前必定先練習打擊。

だけつ【妥結】 (名·自サ) 妥協，談妥 (類) 妥協 △労働組合と会社は、ボーナスを3％上げることで協議を妥結しました。／工會與公司雙方的妥協結果為增加3%的獎金。

ださく【駄作】 (名) 拙劣的作品，無價值的作品 (反) 傑作 (類) 愚作 △世間では駄作と言われているが、私は面白い映画だと思う。／儘管大家都說這部電影拍得很差，我卻覺得挺有意思的？

たしゃ【他者】㊔ 別人，其他人 △他者の言うことに惑わされる。／被他人之言所迷惑。

たすうけつ【多数決】㊔ 多數決定，多數表決 △もう半日も議論したんだから、そろそろ多数決を取ろう。／都已經討論了整整半天，差不多該採取多數表決了。

N1-056

たすけ【助け】㊔ 幫助，援助；救濟，救助；救命 △ん？絹を裂くような女の悲鳴。誰かが助けを求めている。／咦？我聽到像撕開綢布般的女人尖叫聲——有人正在求救！

たずさわる【携わる】(自五) 參與，參加，從事，有關係 (類) 行う △私はそのプロジェクトに直接携わっていないので、詳細は存じません。／我並未直接參與該項計畫，因此不清楚詳細內容。

ただのひと【ただの人】(連語) 平凡人，平常人，普通人 △一度別れてしまえば、ただの人になる。／一旦分手之後，就變成了一介普通的人。

ただよう【漂う】(自五) 漂流，飄蕩；洋溢，充滿；露出 (類) 流れる △お正月ならではの雰囲気が漂っている。／到處洋溢著一股新年特有的賀喜氛圍。

たちさる【立ち去る】(自五) 走開，離去 (反) 進む (類) 退く △彼はコートを羽織ると、何も言わずに立ち去りました。／他披上外套，不發一語地離開了。

たちよる【立ち寄る】(自五) 靠近，走進；順便到，中途落腳 △孫を迎えに行きがてら、パン屋に立ち寄った。／去接孫子的途中順道繞去麵包店。

たつ【断つ】(他五) 切，斷；絕，斷絕；消滅；截斷 (反) 許可 (類) 切る △医師に厳しく忠告され、父はようやく酒を断つと決めたようだ。／在醫師嚴詞告誡後，父親好像終於下定決心戒酒。

だっこ【抱っこ】(名·他サ) 抱 △赤ん坊が泣きやまないので、抱っこするしかなさそうです。／因為小嬰兒哭鬧不休，只好抱起他安撫。

たっしゃ【達者】(名·形動) 精通，熟練；健康；精明，圓滑 (反) 下手 (類) 器用 △彼は口が達者だが、時々それが災いします。／他雖有三寸不爛之舌，卻往往因此禍從口出。

だっしゅつ【脱出】(名·自サ) 逃出，逃脫，逃亡 △もし火災報知器が鳴ったら、慌てずに非常口から脱出しなさい。／假如火災警報器響了，請不要慌張，冷靜地由緊急出口逃生即可。

だっすい【脫水】(名·自サ) 脫水；(醫) 脫水 △脱水してから干す。／脫水之後曬乾。

だっする【脱する】(自他サ) 逃出，逃脫；脫離，離開；脫落，漏掉；脫稿；去掉，除掉 類 抜け出す △医療チームの迅速な処置のおかげで、どうやら危機は脱したようです。／多虧醫療團隊的即時治療，看來已經脫離生死交關的險境了。

たっせい【達成】 (名·他サ) 達成，成就，完成 類 成功 △地道な努力があればこそ、達成できる。／正因為努力不懈，方能獲取最後的成功。

だったい【脱退】 (名·自サ) 退出，脫離 類 抜ける △会員としての利益が保証されないなら、会から脱退するまでだ。／倘若會員的權益無法獲得保障，大不了辦理退會而已。

だったら (接續) 這樣的話，那樣的話 △雨降ってきた？だったら、洗濯物取り込んでくれない？／下雨了？這樣的話，可以幫我把晾在外面的衣服收進來嗎？

たつまき【竜巻】 (名) 龍捲風 △竜巻が起きる。／發生龍捲風。

たて【盾】 (名) 盾，擋箭牌；後盾 △昔、中国で矛と盾を売っていた人の故事から、「矛盾」という故事成語ができた。／由一個賣矛和盾的人的中國老故事，衍生出了「矛盾」這個有典故的成語。

たてかえる【立て替える】 (他下一) 墊付，代付 類 払う △今手持ちのお金がないなら、私が立て替えておきましょうか。／如果您現在手頭不方便的話，要不要我先幫忙代墊呢？

たてまえ【建前】 (名) 主義，方針，主張；外表；(建) 上樑儀式 類 方針 △建前ではなく、本音を聞きだすのは容易じゃありません。／想聽到內心的想法而不是表面的客套話，並非容易之事。

たてまつる【奉る】 (他五·補動·五型) 奉，獻上；恭維，捧；(文) (接動詞連用型) 表示謙遜或恭敬 類 奉納 △織田信長を奉っている神社はどこにありますか。／請問祀奉織田信長的神社位於何處呢？

だと (格助) (表示假定條件或確定條件) 如果是…的話… △「この靴はどう？」「それだと、服に合わないんじゃないかなあ。」／「這雙鞋好看嗎？」「那雙的話，好像跟衣服不太搭耶。」

たどうし【他動詞】 (名) 他動詞，及物動詞 △他動詞と自動詞はどのように使い分けるのですか。／請問「及物動詞」與「不及物動詞」該如何區分應用呢？

たとえ (名·副) 比喻，譬喻；常言，寓言；(相似的) 例子 類 れい △社長のたとえは、ユニークすぎて誰にも理解できない。／總經理所說的譬喻太奇特了，誰也無法理解。

たどりつく【辿り着く】 (自五) 好不容易走到，摸索找到，掙扎走到；到達 (目的地) 類 着く △息も絶え絶えに、家までたどり着いた。／上氣不接下氣地狂奔，好不容易才安抵家門。

たどる【辿る】 他五 沿路前進，邊走邊找；走難行的路，走艱難的路；追尋，追溯，探索；（事物向某方向）發展，走向 類 沿う △自分のご先祖のルーツを辿るのも面白いものですよ。／溯根尋源也是件挺有趣的事喔。

たばねる【束ねる】 他下一 包，捆，扎，束；管理，整飭，整頓 類 括る △チームのリーダーとして、みんなを束ねていくのは簡単じゃない。／身為團隊的領導人，要領導夥伴們並非容易之事。

だぶだぶ 副·自サ（衣服等）寬大，肥大；（人）肥胖，肌肉鬆弛；（液體）滿，盈 反 きつい 類 緩い △一昔前の不良は、だぶだぶのズボンを履いていたものです。／以前的不良少年常穿著褲管寬大鬆垮的長褲。

ダブル【double】 名 雙重，雙人用；二倍，加倍；雙人床；夫婦，一對 類 重なる △大きいサイズは、容量とお値段がダブルでお得です。／大尺寸的商品，享有容量及價格的雙重優惠，很划算。

たほう【他方】 名·副 另一方面；其他方面△彼は言葉遣いが悪いですが、他方優しい一面もあります。／他這個人是刀子口豆腐心。

たぼう【多忙】 名·形動 百忙，繁忙，忙碌 反 暇 類 忙しい △多忙がきわまって体調を崩した。／忙碌得不可開交，導致身體出了毛病。

だぼく【打撲】 名·他サ 打，碰撞 △手を打撲した。／手部挫傷。

たまう 他五·補動·五型（敬）給，賜予；（接在動詞連用形下）表示對長上動作的敬意 △「君死にたまうことなかれ」は与謝野晶子の詩の一節です。／「你千萬不能死」乃節錄自與謝野晶子所寫的詩。

たましい【魂】 名 靈魂；魂魄；精神，精力，心魂 反 体 類 霊魂 △死んだ後も、魂はなくならないと信じている人もいます。／某些人深信在死後依然能靈魂不朽，永世長存。

N1-057

たまつき【玉突き】 名 撞球；連環（車禍） 類 ビリヤード △高速道路で、車10台の玉突き事故が発生した。／高速公路上發生了十輛車追撞的連環車禍。

たまり【溜まり】 名 積存，積存處；休息室；聚集的地方△水たまりをよけて歩く。／避開水塘走路。

だまりこむ【黙り込む】 自五 沉默，緘默△彼は何か思いついたらしく、急に黙り込んだ。／他似乎想起了什麼，突然閉口不講了。

たまわる【賜る】 他五 蒙受賞賜；賜，賜予，賞賜 反 遣る、差し出す 類 貰う △この商品は、発売からずっと皆様からのご愛顧を賜っておりま

す。／這項商品自從上市以來，承蒙各位不吝愛用。

たもつ【保つ】 自五·他五 保持不變，保存住；保持，維持；保，保住，支持 類 守る △毎日の食事は、栄養バランスを保つことが大切です。／每天的膳食都必須留意攝取均衡的營養。

たやすい 形 不難，容易做到，輕而易舉 反 難しい 類 易い △私にとっては、赤子の手をひねるよりたやすいことだ。／對我來說，這簡直比反掌更容易。

たよう【多様】 名·形動 各式各樣，多種多樣 △多様な文化に触れると、感覚が研ぎ澄まされるようになるでしょう。／接受各式各樣的文化薰陶，可使感覺觸角變得更為靈敏吧！

だらだら 副·自サ 滴滴答答地，冗長，磨磨蹭蹭的；斜度小而長 △汗がだらだらと流れる。／汗流夾背。

だるい 形 因生病或疲勞而身子沉重不想動；懶；酸 類 倦怠 △熱があるので、全身がとてもだるく感じます。／因為發燒而感覺全身非常倦怠。

たるみ 名 鬆弛，鬆懈，遲緩 △年齢を重ねれば、多少の頬のたるみは仕方ないものです。／隨著年齡的增加，臉頰難免多少會有些鬆弛。

たるむ 自五 鬆，鬆弛；彎曲，下沉；（精神）不振，鬆懈 類 緩む △急激にダイエットすると、皮膚がたるんでしまいますよ。／如果急遽減重，將會使皮膚變得鬆垮喔！

たれる【垂れる】 自下一·他下一 懸垂，掛拉；滴，流，滴答；垂，使下垂，懸掛；垂飾 反 上がる 類 下がる △頬の肉が垂れると、老けて見えます。／雙頰的肌肉一旦下垂，看起來就顯得老態龍鍾。

タレント【talent】 名（藝術，學術上的）才能；演出者，播音員；藝人 △この番組は人気タレントがたくさん出演しているので、視聴率が高い。／這個節目因為有許多大受歡迎的偶像藝人參與演出，收視率非常高。

タワー【tower】 名 塔 類 塔 △東京タワーは、何区にありますか。／東京鐵塔位於哪一區呢？

たん【単】 漢造 單一；單調；單位；單薄；（網球、乒乓球的）單打比賽 △彼は単発のアルバイトをして何とか暮らしているそうです。／他好像只靠打一份零工的收入，勉強餬口過日子。

だん【壇】 名·漢造 台，壇 △花壇の草取りをする。／拔除花園裡的雜草。

たんいつ【単一】 名 單一，單獨；單純；（構造）簡單 反 多様 類 一様 △ＥＵ諸国が単一通貨を採用するメリットは何ですか。／請問歐盟各國採用單一貨幣的好處為何？

たんか【担架】 名 擔架 △怪我をした選手は担架で運ばれていった。／受了傷的運動員用擔架送醫了。

たんか【単価】 ㊔ 單價 △客単価を100円上げたい／希望能提升 100 日圓的顧客平均消費額。

たんか【短歌】 ㊔ 短歌（日本傳統和歌，由五七五七七形式組成，共三十一音）△短歌と俳句の違いは何ですか。／請問短歌與俳句有何差異？

たんき【短気】 名・形動 性情急躁，沒耐性，性急 反 気長 類 気短 △祖父は年をとるにつれて、ますます短気になってきた。／隨著年齡增加，祖父的脾氣變得越來越急躁了。

N1-058

だんけつ【団結】 名・自サ 團結 類 一致 △人々の賞賛に値するすばらしい団結力を発揮した。／他們展現了值得人們稱讚的非凡團結。

たんけん【探検】 名・他サ 探險，探查 類 冒険 △夏休みになると、お父さんと一緒に山を探検します。／到了暑假，就會跟父親一起去山裡探險。

だんげん【断言】 名・他サ 斷言，斷定，肯定 類 言い切る △今日から禁煙すると断言したものの、止められそうにありません。／儘管信誓旦旦地說要從今天開始戒菸，恐怕不可能說戒就戒。

たんしゅく【短縮】 名・他サ 縮短，縮減 類 圧縮 △時間が押しているので、発言者のコメント時間を一人２分に短縮します。／由於時間緊湊，將每位發言者陳述意見的時間各縮短為每人兩分鐘。

たんしん【単身】 ㊔ 單身，隻身 △子供の学校のために、単身赴任を余儀なくされた。／為了孩子的就學，不得不獨自到外地工作了。

だんぜん【断然】 副・形動タルト 斷然；顯然，確實；堅決；(後接否定語)絕(不) 類 断じて △あえて言うまでもなく、彼は断然優位な立場にある。／無須贅言，他處於絕對優勢。

たんそ【炭素】 ㊔ (化) 碳 △炭素の原子記号はCです。／碳的原子符號為 C。

たんちょう【単調】 名・形動 單調，平庸，無變化 反 多様 類 単純 △このビジネスは単調きわまりない。／這項業務單調乏味至極。

たんてい【探偵】 名・他サ 偵探；偵查 △探偵を雇って夫の素行を調査してもらった。／雇用了偵探請他調查丈夫的日常行為。

たんとうちょくにゅう【単刀直入】 名・形動 一人揮刀衝入敵陣；直截了當 △単刀直入に言うと、君の成績では山田大学はおろか田山大学もおぼつかないよ。／我就開門見山地說吧，你的成績別說是山田大學了，連田山大學都沒什麼希望喔。

たんどく【単独】 ㊔ 單獨行動，獨自 類 独り △みんなと一緒に行けばよかったものを、単独行動して迷子に

Level 5 Level 4 Level 3 Level 2 Level 1

なった。／明明跟大家結伴前往就好了，卻執意擅自單獨行動，結果卻迷路了。

だんな【旦那】㊔主人；特稱別人丈夫；老公；先生，老爺 類 主人 △うちの旦那はよく子どもの面倒を見てくれます。／外子常會幫我照顧小孩。

たんぱ【短波】㊔短波△海外からでも日本の短波放送のラジオを聞くことができます。／即使身在國外，也能夠收聽到日本的短波廣播。

たんぱくしつ【蛋白質】㊔（生化）蛋白質△成人は一日60グラムぐらいタンパク質を摂取した方がいいそうです。／據說成人每天以攝取六十公克左右的蛋白質為宜。

ダンプ【dump】㊔傾卸卡車、翻斗車的簡稱（ダンプカー之略）類 自動車△道路工事のため、大型ダンプが頻繁に行き来しています。／由於路面正在施工，大型傾卸卡車來往川流不息。

だんめん【断面】㊔斷面，剖面；側面△ＣＴは内臓の断面図を映し出すことができる。／斷層掃瞄機可以拍攝出內臟的斷面圖。

だんりょく【弾力】㊔彈力，彈性△年を取って、肌の弾力がなくなってきた。／上了年紀，肌膚的彈性愈來愈差了。

ち チ

N1-059

ちあん【治安】㊔治安 類 安寧△治安が悪化して、あちこちで暴動や強奪事件が発生しているそうです。／治安逐漸惡化，四處紛傳暴動及搶奪事件。

チームワーク【teamwork】㊔（隊員間的）團隊精神，合作，配合，默契△チームワークがチームを勝利に導く鍵です。／合作精神是團隊獲勝的關鍵。

チェンジ【change】㊔・自他サ 交換，兌換；變化；（網球，排球等）交換場地△ヘアースタイルをチェンジしたら、気分もすっきりしました。／換了個髮型後，心情也跟著變得清爽舒暢。

ちがえる【違える】他下一 使不同，改變；弄錯，錯誤；扭到（筋骨）反 同じ 類 違う△昨日、首の筋を違えたので、首が回りません。／昨天頸部落枕，脖子無法轉動。

ちかよりがたい【近寄りがたい】形 難以接近△父は、実の子の私ですら近寄りがたい人なんです。／父親是一位連我這個親生兒子都難以親近的人。

ちくさん【畜産】㊔（農）家畜；畜產△飼料の価格が高騰すると、畜産の経営に大きな打撃となります。／

假如飼料價格飛漲，會對畜產業的經營造成嚴重的打擊。

ちくしょう【畜生】㊔牲畜，畜生，動物；(罵人)畜生，混帳 反 植物 類 獣 △彼は「畜生」と叫びながら家を飛び出して行った。／他大喝一聲：「混帳！」並衝出家門。

ちくせき【蓄積】(名·他サ) 積蓄，積累，儲蓄，儲備 反 崩す 類 蓄える △疲労が蓄積していたせいか、ただの風邪なのになかなか治りません。／可能是因為積勞成疾，只不過是個小感冒，卻遲遲無法痊癒。

ちけい【地形】㊔ 地形，地勢，地貌 類 地相 △あの島は過去の噴火の影響もあり、独特の地形を形成しています。／那座島嶼曾經發生過火山爆發，因而形成了獨特的地貌。

ちせい【知性】㊔ 智力，理智，才智，才能 類 理性 △彼女の立ち振る舞いからは、気品と知性がにじみ出ています。／從她的舉手投足，即可窺見其氣質與才智。

ちち【乳】㊔ 奶水，乳汁；乳房 類 乳汁 △その牧場では、牛の乳搾りを体験できる。／在那家牧場可以體驗擠牛奶。

ちぢまる【縮まる】(自五) 縮短，縮小；慌恐，捲曲 反 伸びる 類 縮む △アンカーの猛烈な追い上げで、10メートルにまで差が一気に縮まった。／最後一棒的游泳選手使勁追趕，一口氣縮短到只剩十公尺的距離。

ちつじょ【秩序】㊔ 秩序，次序 類 順序 △急激な規制緩和は、かえって秩序を乱すこともあります。／突然撤銷管制規定，有時反而導致秩序大亂。

ちっそく【窒息】(名·自サ) 窒息 △検死の結果、彼の死因は窒息死だと判明しました。／驗屍的結果判定他死於窒息。

ちっぽけ㊔(俗) 極小△彼はちっぽけな悩みにくよくよする嫌いがある。／他很容易由於微不足道的煩惱就陷入沮喪。

ちてき【知的】(形動) 智慧的；理性的△知的な装いとはどのような装いですか。／什麼樣的裝扮會被形容為具有知性美呢？

ちめいど【知名度】㊔知名度，名望△知名度が高い。／知名度很高。

チャーミング【charming】(形動) 有魅力，迷人，可愛△チャーミングな目をしている。／有對迷人的眼睛。

ちゃくしゅ【着手】(名·自サ) 著手，動手，下手；(法)(罪行的)開始 反 終わる 類 始める △経済改革というが、一体どこから着手するのですか。／高談闊論經濟改革云云，那麼到底應從何處著手呢？

ちゃくしょく【着色】(名·自サ) 著色，塗顏色△母は、着色してあるものはできるだけ食べないようにしている。／家母盡量不吃添加色素的食物。

ちゃくせき【着席】(名·自サ)就坐，入座，入席 (反)立つ (類)腰掛ける △学級委員の掛け声で、みな着席することになっています。／在班長的一聲口令下，全班同學都回到各自的座位就坐。

ちゃくもく【着目】(名·自サ)著眼，注目；著眼點△そこに着目するとは、彼ならではだ。／不愧只有他才會注意到那一點！

ちゃくりく【着陸】(名·自サ)（空）降落，著陸△機体に異常が発生したため、緊急着陸を余儀なくされた。／由於飛機發生異常狀況，不得不被迫緊急降落。

ちゃっこう【着工】(名·自サ) 開工，動工△駅前のビルは10月1日の着工を予定しています。／車站前的大樓預定於十月一日動工。

ちゃのま【茶の間】(名)茶室；（家裡的）餐廳 (類)食堂 △祖母はお茶の間でセーターを編むのが日課です。／奶奶每天都坐在家裡的起居室裡織毛衣。

N1-060

ちゃのゆ【茶の湯】(名)茶道，品茗會；沏茶用的開水△茶の湯の道具を集めだしたらきりがないです。／一旦開始蒐集茶道用具，就會沒完沒了，什麼都想納為收藏品。

ちやほや(副·他サ) 溺愛，嬌寵；捧，奉承△ちやほやされて調子に乗っている彼女を見ると、苦笑を禁じえない。／看到她被百般奉承而得意忘形，不由得讓人苦笑。

チャンネル【channel】(名)（電視，廣播的）頻道△CMになるたびに、チャンネルをころころ変えないでください。／請不要每逢電視廣告時段就拚命切換頻道。

ちゅうがえり【宙返り】(名·自サ)（在空中）旋轉，翻筋斗 (類)逆立ち △宙返りの練習をするときは、床にマットをひかないと危険です。／如果在練習翻筋斗的時候，地面沒有預先鋪設緩衝墊，將會非常危險。

ちゅうけい【中継】(名·他サ) 中繼站，轉播站；轉播△機材が壊れてしまったので、中継しようにも中継できない。／器材壞掉了，所以就算想轉播也轉播不成。

ちゅうこく【忠告】(名·自サ) 忠告，勸告 (類)注意 △いくら忠告しても、彼は一向に聞く耳を持ちません。／再怎麼苦口婆心勸告，他總是當作耳邊風。

ちゅうじつ【忠実】(名·形動) 忠實，忠誠；如實，照原樣 (反)不正直 (類)正直 △ハチ公の忠実ぶりといったらない。／忠犬小八的忠誠可說是無與倫比。

ちゅうしょう【中傷】(名·他サ) 重傷，毀謗，污衊 (類)悪口 △根拠もない中傷については、厳正に反駁せずにはすまない。／對於毫無根據的毀謗，非得嚴厲反駁不行。

ちゅうすう【中枢】[名]中樞，中心；樞組，關鍵△政府の中枢機関とは具体的にどのような機関ですか。／所謂政府的中央機關，具體而言是指哪些機構呢？

ちゅうせん【抽選】[名·自サ] 抽籤 [類] 籤△どのチームと対戦するかは、抽選で決定します。／以抽籤決定將與哪支隊伍比賽。

ちゅうだん【中断】[名·自他サ] 中斷，中輟△ひどい雷雨のため、サッカーの試合は一時 中 断された。／足球比賽因傾盆雷雨而暫時停賽。

ちゅうどく【中毒】[名·自サ]中毒 △真夏は衛生に気をつけないと、食中毒になることもあります。／溽暑時節假如不注意飲食衛生，有時會發生食物中毒。

ちゅうとはんぱ【中途半端】[名·形動] 半途而廢，沒有完成，不夠徹底△中途半端にやるぐらいなら、やらない方がましだ。／與其做得不上不下的，不如乾脆不做！

ちゅうふく【中腹】[名] 半山腰 [類] 中程△山の中腹まで登ったところで、道に迷ったことに気がつきました。／爬到半山腰時，才赫然驚覺已經迷路了。

ちゅうりつ【中立】[名·自サ] 中立 [類] 不偏△中立的な立場にあればこそ、客観的な判断ができる。／正因為秉持中立，才能客觀判斷。

ちゅうわ【中和】[名·自サ] 中正溫和；(理，化)中和，平衡△魚にレモンをかけると生臭さが消えるのも中和の結果です。／把檸檬汁淋在魚上可以消除魚腥味，也屬於中和作用的一種。

ちょ【著】[名·漢造] 著作，寫作；顯著△黒 柳 徹子著の『窓際のトットちゃん』は小学生から読めますよ。／只要具備小學以上程度，就能夠閱讀黑柳徹子所著的《窗邊的小荳荳》。

ちょう【腸】[名·漢造]腸，腸子 [類] 胃腸△腸 の調子がおもわしくないと、皮膚の状態も悪くなります。／當腸道不適時，皮膚亦會出狀況。

ちょう【蝶】[名] 蝴蝶△蝶が飛びはじめる時期は、地方によって違います。／蝴蝶脫蛹而出翩然飛舞的起始時間，各地均不相同。

ちょう【超】[漢造] 超過；超脫；(俗)最，極△知事が1億円超の脱税で捕まった。／縣長由於逃稅超過一億圓而遭到了逮捕。

ちょういん【調印】[名·自サ] 簽字，蓋章，簽署△ 両 国はエネルギー分野の協力文書に調印した。／兩國簽署了能源互惠條約。

ちょうかく【聴覚】[名] 聽覺△彼は聴覚 障 害をものともせず、司法試験に合格した。／他未因聽覺障礙受阻，通過了司法考試。

ちょうかん【長官】 [名] 長官，機關首長；（都道府縣的）知事 [類] 知事 △福岡県出身の衆議院議員が官房長官に任命された。／福岡縣眾議院議員被任命為官房長官（近似台灣之總統府秘書長）。

ちょうこう【聴講】 [名·他サ] 聽講，聽課；旁聽 △大学で興味のある科目を聴講している。／正在大學裡聽講有興趣的課程。

N1-061

ちょうしゅう【徴収】 [名·他サ] 徵收，收費 [類] 取り立てる △政府は国民から税金を徴収する。／政府向百性課稅。

ちょうしんき【聴診器】 [名]（醫）聽診器 △医者が聴診器を胸にあてて心音を聞いています。／醫師正把聽診器輕抵於患者的胸口聽著心音。

ちょうだい【長大】 [名·形動] 長大；高大；寬大 △長大なアマゾン川には、さまざまな動物が生息している。／在壯闊的亞馬遜河，有各式各樣的動物棲息著。

ちょうせん【挑戦】 [名·自サ] 挑戰 [類] チャレンジ △司法試験は、私にとっては大きな挑戦です。／對我而言，參加律師資格考試是項艱鉅的挑戰。

ちょうてい【調停】 [名·他サ] 調停 [類] 仲立ち △離婚話がもつれたので、離婚調停を申し立てることにした。／兩人因離婚的交涉談判陷入膠著狀態，所以提出「離婚調解」的申請。

ちょうふく・じゅうふく【重複】 [名·自サ] 重複 [類] 重なる △5ページと7ページの内容が重複していますよ。／第五頁跟第七頁的內容重複了。

ちょうへん【長編】 [名] 長篇；長篇小說 △彼女は1年の歳月をかけて、長編小説を書き上げた。／她花了一整年的時間，完成了長篇小說。

ちょうほう【重宝】 [名·形動·他サ] 珍寶，至寶；便利，方便；珍視，愛惜 △このノートパソコンは軽くて持ち運びが便利なので、重宝しています。／這台筆記型電腦輕巧又適合隨身攜帶，讓我愛不釋手。

ちょうり【調理】 [名·他サ] 烹調，作菜；調理，整理，管理 △牛肉を調理する時は、どんなことに注意すべきですか。／請問在烹調牛肉時，應該注意些什麼呢？

ちょうわ【調和】 [名·自サ] 調和，（顏色，聲音等）和諧，（關係）協調 [類] 調える △仕事が忙しすぎて、仕事と生活の調和がとれていない気がします。／公務忙得焦頭爛額，感覺工作與生活彷彿失去了平衡。

ちょくちょく [副]（俗）往往，時常 [反] たまに [類] 度々 △実家にはちょくちょく電話をかけますよ。／我時常打電話回老家呀！

ちょくめん【直面】[名·自サ] 面對，面臨 △自分を信じればこそ、苦難に直面しても乗り越えられる。／正因為有自信，才能克服眼前的障礙。

ちょくやく【直訳】[名·他サ] 直譯 △英語の文を直訳する。／直譯英文的文章。

ちょくれつ【直列】[名]（電）串聯 △直列に接続する。／串聯。

ちょしょ【著書】[名] 著書，著作 △彼女の著書はあっという間にベストセラーになりました。／一眨眼工夫，她的著書就登上了暢銷排行榜。

ちょっかん【直感】[名·他サ] 直覺，直感；直接觀察到 [類] 勘 △気に入った絵を直感で一つ選んでください。／請以直覺擇選一幅您喜愛的畫。

ちょめい【著名】[名·形動] 著名，有名 [反] 無名 [類] 有名 △来月、著名な教授を招いて講演会を開く予定です。／下個月將邀請知名教授舉行演講。

ちらっと [副] 一閃，一晃；隱約，斷斷續續 [類] 一瞬 △のぞいたのではなく、ちらっと見えただけです。／並非蓄意偷窺，只是不經意瞥見罷了。

ちり【塵】[名] 灰塵，垃圾；微小，微不足道；少許，絲毫；世俗，塵世；污點，骯髒 [類] 埃 △今回泊まった旅館は、塵一つ落ちていないくらい清潔だった。／這次所住的旅館，乾淨得幾乎纖塵不染。

ちりとり【塵取り】[名] 畚箕 △玄関の周りをほうきとちりとりで掃除しなさい。／請拿掃帚與畚箕打掃玄關周圍。

ちんぎん【賃金】[名] 租金；工資 [類] 給料 △最低賃金は地域別に定められることになっています。／依照區域的不同，訂定各該區域的最低租金。

ちんでん【沈澱】[名·自サ] 沈澱 △瓶の底に果実成分が沈殿することがあります。よく振ってお飲みください。／水果成分會沉澱在瓶底，請充分搖勻之後飲用。

ちんぼつ【沈没】[名·自サ] 沈沒；醉得不省人事；（東西）進了當鋪 [類] 沈む △漁船が沈没したので、救助隊が捜索のため直ちに出動しました。／由於漁船已經沈沒，救難隊立刻出動前往搜索。

ちんもく【沈黙】[名·自サ] 沈默，默不作聲，沈寂 [反] 喋る [類] 黙る △白熱する議論をよそに、彼は沈黙を守っている。／他無視於激烈的討論，保持一貫的沉默作風。

ちんれつ【陳列】[名·他サ] 陳列 [類] 配置 △ワインは原産国別に棚に陳列されています。／紅酒依照原産國別分類陳列在酒架上。

つッ

N1-062

つい【対】 名·接尾 成雙，成對；對句；（作助數詞用）一對，一雙 類 組み、揃い △この置物は左右で対になっています。／這兩件擺飾品左右成對。

ついきゅう【追及】 名·他サ 追上，趕上；追究 △警察の追及をよそに、彼女は沈黙を保っている。／她對警察的追問充耳不聞，仍舊保持緘默。

ついせき【追跡】 名·他サ 追蹤，追緝，追趕 類 追う △警察犬はにおいを頼りに犯人を追跡します。／警犬藉由嗅聞氣味追蹤歹徒的去向。

ついほう【追放】 名·他サ 流逐，驅逐(出境)；肅清，流放；洗清，開除 類 追い払う △ドーピング検査で陽性となったため、彼はスポーツ界から追放された。／他沒有通過藥物檢測，因而被逐出體壇。

ついやす【費やす】 他五 用掉，耗費，花費；白費，浪費 反 蓄える 類 消費 △彼は一日のほとんどを実験に費やしています。／他幾乎一整天的時間，都耗在做實驗上。

ついらく【墜落】 名·自サ 墜落，掉下 類 落ちる △シャトルの打ち上げに成功したかと思いきや、墜落してしまった。／原本以為火箭發射成功，沒料到立刻墜落了。

つうかん【痛感】 名·他サ 痛感；深切地感受到 △事の重大さを痛感している。／不得不深感事態嚴重之甚。

つうじょう【通常】 名 通常，平常，普通 反 特別 類 普通 △通常、週末は異なるタイムスケジュールになります。／通常到了週末，起居作息都與平日不同。

つうせつ【痛切】 形動 痛切，深切，迫切 類 つくづく △今回の不祥事に関しては、社員一同責任を痛切に感じています。／本公司全體員工對這起舞弊深感責無旁貸。

つうわ【通話】 名·自サ （電話）通話 △通話時間が長い方には、お得なプランもございます。／對於通話時間較長的客戶也有優惠專案。

つえ【杖】 名 柺杖，手杖；依靠，靠山 類 ステッキ △100歳とあって、歩くにはさすがに杖がいる。／畢竟已是百歲人瑞，行走需靠拐杖。

つかいこなす【使いこなす】 他五 運用自如，掌握純熟 △日本語を使いこなす。／日語能運用自如。

つかいみち【使い道】 名 用法；用途，用處 類 用途 △もし宝くじに当たったら、使い道はどうしますか。／假如購買的彩券中獎了，打算怎麼花用那筆彩金呢？

つかえる【仕える】 自下一 服侍，侍候，侍奉；(在官署等) 當官 類 従う △私の先祖は上杉謙信に仕えていたそうです。／據說我的祖先從屬於上杉謙信之麾下。

つかさどる【司る】 他五 管理，掌管，擔任 類 支配 △地方機関とは地方行政をつかさどる機関のことです。／所謂地方機關是指司掌地方行政事務之機構。

つかのま【束の間】 名 一瞬間，轉眼間，轉瞬 類 しばらく、瞬間 △束の間のこととて、苦痛には違いない。／儘管事情就發生在那轉瞬間，悲慟程度卻絲毫不減。

つかる【漬かる】 自五 淹，泡；泡在(浴盆裡) 洗澡 △お風呂につかる。／洗澡。

つきそう【付き添う】 自五 跟隨左右，照料，管照，服侍，護理 △病人に付き添う。／照料病人。

つきとばす【突き飛ばす】 他五 用力撞倒，撞出很遠 △老人を突き飛ばす。／撞飛老人。

つきなみ【月並み】 名 每月，按月；平凡，平庸；每月的例會 △月並みですが、私の趣味は映画鑑賞と読書です。／我的興趣很平凡，喜歡欣賞電影與閱讀書籍。

つぎめ【継ぎ目】 名 接頭，接縫；家業的繼承人；骨頭的關節 類 境 △水道とシャワーの継ぎ目から水が漏れるようになった。／從水管和蓮蓬頭的連接處漏水了。

つきる【尽きる】 自上一 盡，光，沒了；到頭，窮盡 類 無くなる △彼にはもうとことん愛想が尽きました。／我已經受夠他了！

つぐ【継ぐ】 他五 繼承，承接，承襲；添，加，續 類 うけつぐ △彼は父の後を継いで漁師になるつもりだそうです。／聽說他打算繼承父親的衣缽成為漁夫。

つぐ【接ぐ】 他五 逢補；接在一起 類 繋ぐ △端切れを接いでソファーカバーを作ったことがあります。／我曾經把許多零碎布料接在一起縫製成沙發套。

つくす【尽くす】 他五 盡，竭盡；盡力 類 献身 △最善を尽くしたので、何の悔いもありません。／因為已經傾力以赴，所以再無任何後悔。

つくづく 副 仔細；痛切，深切；(古) 呆呆，呆然 類 しんみり △今回、周囲の人に恵まれているなとつくづく思いました。／這次讓我深切感到自己有幸受到身邊人們的諸多幫助照顧。

つぐない【償い】 名 補償；賠償；贖罪 △事故の償いをする。／事故賠償。

つくり【作り・造り】 名 (建築物的) 構造，樣式；製造(的樣式)；身材，體格；打扮，化妝 類 形 △今時は珍しく、彼はヒノキ造りの家を建てました。／他採用檜木建造了自己的住家，這在現今已是十分罕見。

つくろう【繕う】 他五 修補，修繕；修飾，裝飾，擺；掩飾，遮掩 類 直す △何とかその場を繕おうとしたけど、無理でした。／雖然當時曾經嘗試打圓場，無奈仍然徒勞無功。

つげぐち【告げ口】 名・他サ 嚼舌根，告密，搬弄是非△先生に告げ口をする。／向老師打小報告。

つげる【告げる】 他下一 通知，告訴，宣布，宣告 類 知らせる △病名を告げられたときはショックで言葉も出ませんでした。／當被告知病名時，由於受到的打擊太大，連話都說不出來了。

つじつま【辻褄】 名 邏輯，條理，道理；前後，首尾 類 理屈 補 多用「つじつまが合う」(有條理、合乎邏輯）及「つじつまを合わせる」(有條理、合乎邏輯）的形式。△初めは小さなうそだったが、話のつじつまを合わせるために、うそにうそを重ねてしまった。／一開始撒點小謊，但由於愈講愈兜不攏，只好用一個接一個謊言來圓謊。

つつ【筒】 名 筒，管；炮筒，槍管 類 管 △ポスターは折らずに筒に入れて郵送します。／不要折疊海報，將之捲起塞入圓筒後郵寄。

N1-063

つつく 他五 捅，叉，叼，啄；指責，挑毛病 類 打つ △薮の中に入る前は、棒で辺りをつついた方が身のためですよ。／在進入草叢之前，先以棍棒撥戳四周，才能確保安全喔！

つつしむ【慎む・謹む】 他五 謹慎，慎重；控制，節制；恭，恭敬△何の根拠もなしに人を非難するのは慎んでいただきたい。／請謹言慎行，切勿擅作不實之指控。

つっぱる【突っ張る】 自他五 堅持，固執；(用手) 推頂；繃緊，板起；抽筋，劇痛△この石けん、使ったあと肌が突っ張る感じがする。／這塊肥皂使用完以後感覺皮膚緊繃。

つづり【綴り】 名 裝訂成冊；拼字，拼音△アドバイスって、綴りはどうだっけ。／「建議」這個詞是怎麼拼的呀？

つづる【綴る】 他五 縫上，連綴；裝訂成冊；(文) 寫，寫作；拼字，拼音 △いろいろな人に言えない思いを日記に綴っている。／把各種無法告訴別人的感受寫在日記裡。

つとまる【務まる】 自五 勝任 △そんな大役が私に務まるでしょうか。／不曉得我是否能夠勝任如此重責大任？

つとまる【勤まる】 自五 勝任，能擔任 △私には勤まりません。／我無法勝任。

つとめさき【勤め先】 名 工作地點，工作單位 類 会社 △田舎のこととて、勤め先は限られている。／因為在鄉下，所以能上班的地點很有限。

つとめて【努めて】 副 盡力，盡可能，竭力；努力，特別注意 反 怠る 類 できるだけ△彼女は悲しみを見せまいと努めて明るくふるまっています。／她竭力強裝開朗，不讓人察覺心中的悲傷。

つながる【繋がる】 自五 連接，聯繫；（人）列隊，排列；牽連，有關係；（精神）連接在一起；被繫在…上，連成一排△警察は、この人物が事件につながる情報を知っていると見ています。／警察認為這位人士知道關於這起事件的情報。

つなみ【津波】 名 海嘯△津波の被害が深刻で、300名あまりが行方不明になっています。／這次海嘯的災情慘重，超過三百多人下落不明。

つねる 他五 掐，掐住△いたずらすると、ほっぺたをつねるよ！／膽敢惡作劇的話，就要捏你的臉頰哦！

つの【角】 名（牛、羊等的）角，犄角；（蝸牛等的）觸角；角狀物△鹿の角は生まれた時から生えていますか。／請問小鹿出生時，頭上就已經長了角嗎？

つのる【募る】 自他五 加重，加劇；募集，招募，徵集 類 集める△新しい市場を開拓せんがため、アイディアを募った。／為了拓展新市場而蒐集了意見。

つば【唾】 名 唾液，口水 類 生唾△道につばを吐くのは、お行儀が悪いからやめましょう。／朝地上吐口水是沒有禮貌的行為，別再做那種事了吧！

つぶやき【呟き】 名 牢騷，嘟囔；自言自語的聲音 類 独り言△私は日記に心の呟きを記しています。／我將囁嚅心語寫在日記裡。

つぶやく【呟く】 自五 喃喃自語，嘟囔△彼は誰に話すともなしに、ぶつぶつ何やら呟いている。／他只是兀自嘟囔著，並非想說給誰聽。

つぶら 形動 圓而可愛的；圓圓的 類 丸い△犬につぶらな瞳で見つめられると、ついつい餌をあげてしまう。／在狗兒那雙圓滾滾的眼眸凝視下，終於忍不住餵牠食物了。

つぶる 他五（把眼睛）閉上△部長は目をつぶって何か考えているようです。／經理閉上眼睛，似乎在思索著什麼。

つぼ【壺】 名 罐，壺，甕；要點，關鍵所在 類 入れ物△こっちの壷には味噌、そっちの壷には梅干が入っている。／這邊的罈子裝的是味噌，那邊的罈子裝的是梅乾。

つぼみ【蕾】 名 花蕾，花苞；（前途有為而）未成年的人△つぼみがふくらんできたね。もうすぐ咲くよ。／花苞開始鼓起來了，很快就會開花囉！

つまむ【摘む】 他五（用手指尖）捏，撮；（用手指尖或筷子）夾，捏△彼女は豆を一つずつ箸でつまんで食べています。／她正以筷子一顆又一顆地夾起豆子送進嘴裡。

つむ【摘む】 他五 夾取，摘，採，掐；（用剪刀等）剪，剪齊 △若い茶の芽だけを選んで摘んでください。／請只擇選嫩茶的芽葉摘下。

つやつや (副·自サ) 光潤，光亮，晶瑩剔透 △肌がつやつやと光る。／皮膚晶瑩剔透。

つゆ【露】 (名·副) 露水；淚；短暫，無常；（下接否定）一點也不…△夜間に降りる露を夜露といいます。／在夜間滴落的露水被稱為夜露。

つよい【強い】 (形) 強，強勁；強壯，健壯；強烈，有害；堅強，堅決；對…強，有抵抗力；（在某方面）擅長 △意志が強い。／意志堅強。

つよがる【強がる】 (自五) 逞強，裝硬漢 △弱い者に限って強がる。／唯有弱者愛逞強。

つらなる【連なる】 (自五) 連，連接；列，參加 反 絶える 類 続く △道沿いに赤レンガ造りの家が連なって、異国情緒にあふれています。／道路沿線有整排紅磚瓦房屋，洋溢著一股異國風情。

つらぬく【貫く】 (他五) 穿，穿透，穿過，貫穿；貫徹，達到 類 突き通す △やると決めたなら、最後まで意志を貫いてやり通せ。／既然已經決定要做了，就要盡力貫徹始終。

つらねる【連ねる】 (他下一) 排列，連接；聯，列 △コンサートの出演者にはかなりの大物アーティストが名を連ねています。／聲名遠播的音樂家亦名列於演奏會的表演者名單中。

つりがね【釣鐘】 (名)（寺院等的）吊鐘 △ほとんどの釣鐘は青銅でできているそうです。／大部分的吊鐘似乎都是以青銅鑄造的。

つりかわ【つり革】 (名)（電車等的）吊環，吊帶 △揺れると危ないので、つり革をしっかり握りなさい。／請抓緊吊環，以免車廂轉彎搖晃時發生危險。

て テ

N1-064

てあて【手当て】 (名·他サ) 準備，預備；津貼；生活福利；醫療，治療；小費 △保健の先生が手当てしてくれたおかげで、出血はすぐに止まりました。／多虧有保健老師的治療，傷口立刻止血了。

ていぎ【定義】 (名·他サ) 定義 △あなたにとって幸せの定義は何ですか。／對您而言，幸福的定義是什麼？

ていきょう【提供】 (名·他サ) 提供，供給 △政府が提供する情報は誰でも無料で閲覧できますよ。／任何人都可以免費閱覽由政府所提供的資訊喔！

ていけい【提携】 (名·自サ) 提攜，攜手；

協力，合作 類 共同 △業界2位と3位の企業が提携して、業界トップに躍り出た。／在第二大與第三大的企業攜手合作下，躍升為業界的龍頭。

ていさい【体裁】 ㊔ 外表，樣式，外貌；體面，體統；(應有的) 形式，局面 類 外形 △なんとか体裁を取り繕った。／勉強讓他矇混過去了。

ていじ【提示】 名・他サ 提示，出示 △学生証を提示すると、博物館の入場料は半額になります。／只要出示學生證，即可享有博物館入場券之半價優惠。

ていしょく【定食】 ㊔ 客飯，套餐 △定食にひきかえ単品は割高だ。／單點比套餐來得貴。

ていせい【訂正】 名・他サ 訂正，改正，修訂 類 修正 △ご迷惑をおかけしたことを深くお詫びし、ここに訂正いたします。／造成您的困擾，謹致上十二萬分歉意，在此予以訂正。

ていたい【停滞】 名・自サ 停滯，停頓；(貨物的) 滯銷 反 順調、はかどる 類 滞る △日本列島上空に、寒冷前線が停滞しています。／冷鋒滯留於日本群島上空。

ていたく【邸宅】 ㊔ 宅邸，公館 類 家 △長崎のグラバー園には、明治期の外国人商人の邸宅が保存されている。／在長崎的哥拉巴園裡保存著明治時期外國商人的宅邸。

ティッシュペーパー【tissue paper】 ㊔ 衛生紙 類 塵紙 △買い置きのティッシュペーパーがそろそろなくなってきた。／買來備用的面紙差不多要用光了。

ていねん【定年】 ㊔ 退休年齡 類 退官 △あと何年で定年を迎えますか。／請問您還有幾年就屆退休年齡了呢？

ていぼう【堤防】 ㊔ 堤防 類 堤 △連日の雨のため、堤防の決壊が警戒されています。／由於連日豪雨，大家正提高警戒嚴防潰堤。

ておくれ【手遅れ】 ㊔ 為時已晚，耽誤 △体に不調を覚えて病院に行ったときには、すでに手遅れだった。／當前往醫院看病，告知醫師身體不適時，早就為時已晚了。

でかい 形 (俗) 大的 反 小さい 類 大きい △やつは新入社員のくせに態度がでかい。／那傢伙不過是個新進員工，態度卻很囂張。

てがかり【手掛かり】 ㊔ 下手處，著力處；線索 類 鍵 △必死の捜索にもかかわらず、何の手がかりも得られなかった。／儘管拚命搜索，卻沒有得到任何線索。

てがける【手掛ける】 他下一 親自動手，親手 △彼が手がけるレストランは、みな大盛況です。／只要是由他親自經手的餐廳，每一家全都高朋滿座。

てがる【手軽】 名・形動 簡便；輕易；簡單 反 複雑 類 簡単 △ホームページか

ら手軽に画像が入手できますよ。／從網站就能輕而易舉地下載相片喔！

てきおう【適応】 名·自サ 適應，適合，順應 △引越ししてきたばかりなので、まだ新しい環境に適応できません。／才剛剛搬家，所以還沒有適應新環境。

てきぎ【適宜】 副·形動 適當，適宜；斟酌；隨意 類 任意 △こちらの書式は見本です。適宜修正なさってかまいません。／這個格式是範本，歡迎按需要自行調整。

てきせい【適性】 名 適合某人的性質，資質，才能；適應性 △最近では多くの会社が就職試験の一環として適性検査を行っています。／近來有多家公司於舉行徵聘考試時，加入人格特質測驗。

できもの【でき物】 名 疙瘩，腫塊；出色的人 類 腫れ物 △ストレスのせいで、顔にたくさんできものができた。／由於壓力沈重，臉上長出許多顆痘痘。

てぎわ【手際】 名 (處理事情的) 手法，技巧；手腕，本領；做出的結果 類 腕前 △手際が悪いから、2時間もかかってしまった。／技巧很不純熟，以致於花了整整兩個鐘頭。

てぐち【手口】 名 (做壞事等常用的) 手段，手法 △そんな使い古しの手口じゃ、すぐにばれるよ。／用這麼老舊的手法，兩三下就會被發現了。

でくわす【出くわす】 自五 碰上，碰見 △山で熊に出くわしたら死んだ振りをするといいと言うのは本当ですか。／聽人家說，在山裡遇到熊時，只要裝死就能逃過一劫，這是真的嗎？

N1-065

デコレーション【decoration】 名 裝潢，裝飾 類 飾り △姉の作るケーキは、味だけでなくデコレーションに至るまでプロ級だ。／姐姐做的蛋糕不僅好吃，甚至連外觀裝飾也是專業級的。

てじゅん【手順】 名 (工作的) 次序，步驟，程序 類 手続 △法律で定められた手順に則った献金だから、収賄にあたらない。／這是依照法律程序的捐款，並不是賄款。

てじょう【手錠】 名 手銬 △犯人は手錠をかけられ、うな垂れながら連行されていきました。／犯人被帶上手銬，垂頭喪氣地被帶走了。

てすう【手数】 名 費事；費心；麻煩 類 手間 △お手数をおかけいたしますが、よろしくお願いいたします。／不好意思，增添您的麻煩，敬請多多指教。

てぢか【手近】 形動 手邊，身旁，左近；近人皆知，常見 類 身近 △手近な材料でできるイタリア料理を教えてください。／請教我用常見的食材就能烹煮完成的義大利料理。

デッサン【(法) dessin】 ㊔（繪畫、雕刻的）草圖，素描 類 絵 △以前はよく手のデッサンを練習したものです。／以前常常練習素描手部。

でっぱる【出っ張る】 自五（向外面）突出 △出っ張ったおなかを引っ込ませたい。／很想把凸出的小腹縮進去。

てっぺん ㊔ 頂，頂峰；頭頂上；（事物的）最高峰，頂點 類 頂上 △山のてっぺんから眺める景色は最高です。／由山頂上眺望的遠景，美得令人屏息。

てつぼう【鉄棒】 ㊔ 鐵棒，鐵棍；（體）單槓 △小さい頃、鉄棒でよく逆上がりを練習したものです。／小時候常常在單槓練習翻轉的動作。

てどり【手取り】 ㊔（相撲）技巧巧妙（的人）；（除去稅金與其他費用的）實收款，淨收入 △手取りが少ない。／實收款很少。

でなおし【出直し】 ㊔ 回去再來，重新再來 類 やり直し △事業が失敗に終わり、一からの出直しを余儀なくされた。／事業以失敗收場，被迫從零開始重新出發。

てはい【手配】 名・自他サ 籌備，安排；（警察逮捕犯人的）部署，布置 類 根回し、支度 △チケットの手配はもう済んでいますよ。／我已經買好票囉！

てはず【手筈】 ㊔ 程序，步驟；（事前的）準備 類 手配 △もう手はずは整っている。／程序已經安排就緒了。

てびき【手引き】 名・他サ（輔導）初學者，啟蒙；入門，初級；推薦，介紹；引路，導向 △傍聴を希望される方は、申し込みの手引きに従ってください。／想旁聽課程的人，請依循導引說明申請辦理。

デブ ㊔（俗）胖子，肥子 △ずいぶんデブだな。／好一個大胖子啊！

てほん【手本】 ㊔ 字帖，畫帖；模範，榜樣；標準，示範 類 モデル △親は子どもにお手本を示さなければなりません。／父母必須當孩子的好榜樣。

てまわし【手回し】 ㊔ 準備，安排，預先籌畫；用手搖動 類 備える △非常用のラジオはハンドルを手回しすれば充電できます。／供緊急情況使用的收音機，只要旋搖把手即可充電。

でむく【出向く】 自五 前往，前去 △お礼やお願いをするときは、こちらから出向くものだ。／向對方致謝或請求他人時，要由我們這邊前去拜訪。

てもと【手元】 ㊔ 手邊，手頭；膝下，身邊；生計；手法，技巧 類 手近 △緊張のあまり手元が狂った。／由於緊張過度，慌了手腳。

デモンストレーション・デモ【demonstration】 ㊔ 示威活動；（運動會上正式比賽項目以外的）公開表演 △会社側の回答のいかんによっては、デモを取りやめる。／視公司方面的回覆來決定是否取消示威抗議。

てりかえす【照り返す】(他五) 反射△地面で照り返した紫外線は、日傘では防げません。／光是撐陽傘仍無法阻擋由地面反射的紫外線曝曬。

デリケート【delicate】(形動) 美味，鮮美；精緻，精密；微妙；纖弱；纖細，敏感△デリケートな問題だから、慎重に対処することが必要だ。／畢竟是敏感的問題，必須謹慎處理。

テレックス【telex】(名) 電報，電傳 (類)電報△ファックスやインターネットの発達で、テレックスはすたれつつある。／在傳真與網路崛起之後，就鮮少有人使用電報了。

てわけ【手分け】(名・自サ) 分頭做，分工 (類)分担△学校から公園に至るまで、手分けして子どもを捜した。／分頭搜尋小孩，從學校一路找到公園。

てん【天】(名・漢造) 天，天空；天國；天理；太空；上天；天然 (類)空△鳥がどこに向かうともなく天を舞っている。／鳥兒自由自在地翱翔於天際。

でんえん【田園】(名) 田園；田地 (反)都会 (類)田舎△北海道十勝地方には広大な田園が広がっています。／在北海道十勝地區，遼闊的田園景色一望無際。

てんか【天下】(名) 天底下，全國，世間，宇內；(幕府的) 將軍 (類)世界△関ヶ原の戦いは、天下分け目の戦いといわれています。／關之原會戰被稱為決定天下政權的重要戰役。

てんか【点火】(名・自サ) 點火 (反)消える (類)点ける△最終ランナーによってオリンピックの聖火が点火されました。／由最後一位跑者點燃了奧運聖火。

N1-066

てんかい【転回】(名・自他サ) 回轉，轉變 (類)回る△フェリーターミナルが見え、船は港に向けゆっくり転回しはじめた。／接近渡輪碼頭時，船舶開始慢慢迴轉準備入港停泊。

てんかん【転換】(名・自他サ) 轉換，轉變，調換 (類)引っ越す△気分を転換するために、ちょっとお散歩に行ってきます。／我出去散步一下轉換心情。

でんき【伝記】(名) 傳記△伝記を書く。／寫傳記。

てんきょ【転居】(名・自サ) 搬家，遷居△転居するときは、郵便局に転居届を出しておくとよい。／在搬家時應當向郵局申請改投。

てんきん【転勤】(名・自サ) 調職，調動工作△彼が転勤するという話は、うわさに聞いている。／關於他換工作的事，我已經耳聞了。

てんけん【点検】(名・他サ) 檢點，檢查 (類)調べる△機械を点検して、古い部品は取り換えました。／檢查機器的同時，順便把老舊的零件給換掉了。

でんげん【電源】(名) 電力資源；(供電的) 電源△外出する時は、忘れずエアコンやテレビの電源を切りましょう。／外出時請務必關掉冷氣機及電視的電源。

てんこう【転校】㊔名・自サ 轉校，轉學△父の仕事で、この春転校することになった。／由於爸爸工作上的需要，我今年春天就要轉學了。

てんごく【天国】㊔名 天國，天堂；理想境界，樂園 反 地獄 類 浄土△おばあちゃんは天国に行ったと信じています。／深信奶奶已經上天國去了。

てんさ【点差】㊔名 (比賽時) 分數之差△ホームランで1点入り、点差が縮まった。／靠著全壘打得到一分，縮短了比數差距。

てんさい【天才】㊔名 天才 類 秀才△天才には天才ゆえの悩みがあるに違いない。／想必天才也有天才獨有的煩惱。

てんさい【天災】㊔名 天災，自然災害 反 人災 類 災害△地震は天災だが、建物が崩壊したのは工事に問題があったからだ。／地震雖是天災，但建築物倒塌的問題卻出在施工上面。

てんじ【展示】㊔名・他サ 展示，展出，陳列 類 陳列△展示方法いかんで、売り上げは大きく変わる。／商品陳列的方式如何，將大幅影響其銷售量。

てんじる【転じる】㊔自他上一 轉變，轉換，改變；遷居，搬家 自他サ 轉變 類 変える△イタリアでの発売を皮切りに、業績が好調に転じた。／在義大利開賣後，業績就有起色了。

テンション【tension】㊔名 緊張△テンションがあがる。／心情興奮。

てんずる【転ずる】㊔自五・他下一 改變(方向、狀態)；遷居；調職△ガソリン価格が値下げに転ずる可能性がある。／汽油的售價有降價變動的可能性。

でんせつ【伝説】㊔名 傳說，口傳 類 言い伝え△彼が伝説のピッチャーですよ。／他正是傳說中的那位投手唷！

てんせん【点線】㊔名 點線，虛線 類 線△点線が引いてある個所は、未確定のところです。／標示虛線部分則為尚未確定之處。

てんそう【転送】㊔名・他サ 轉寄△Eメールを転送する。／轉寄 e-mail。

てんたい【天体】㊔名 (天) 天象，天體△今日は雲一つないので、天体観測に打ってつけです。／今日天空萬里無雲，正是最適合觀測天象的時機。

でんたつ【伝達】㊔名・他サ 傳達，轉達 類 伝える△警報や避難の情報はどのように住民に伝達されますか。／請問是透過什麼方式，將警報或緊急避難訊息轉告通知當地居民呢？

てんち【天地】㊔名 天和地；天地，世界；宇宙，上下 類 世界△この小説の結末はまさに天地がひっくり返るようなものでした。／這部小說的結局可說是逆轉乾坤，大為出人意表。

てんで (副)（後接否定或消極語）絲毫，完全，根本；（俗）非常，很 (類)少しも △彼は先生のおっしゃる意味がてんで分かっていない。／他壓根兒聽不懂醫師話中的含意。

てんにん【転任】(名·自サ) 轉任，調職，調動工作 △4月から生まれ故郷の小学校に転任することとなりました。／自四月份起，將調回故鄉的小學任職。

てんぼう【展望】(名·他サ) 展望；眺望，瞭望 (類)眺め △フォーラムでは新大統領就任後の国内情勢を展望します。／論壇中將討論新任總統就職後之國內情勢的前景展望。

でんらい【伝来】(名·自サ)（從外國）傳來，傳入；祖傳，世傳 △日本で使われている漢字のほとんどは中国から伝来したものです。／日語中的漢字幾乎大部分都是源自於中國。

てんらく【転落】(名·自サ) 掉落，滾下；墜落，淪落；暴跌，突然下降 (類)落ちる △不祥事が明るみになり、本年度の最終損益は赤字に転落した。／醜聞已暴露，致使今年年度末損益掉落為赤字。

と ト

N1-067

と (格助·並助)（接在助動詞「う、よう、まい」之後，表示逆接假定前題）不管…也，即使…也；（表示幾個事物並列）和 △悪気があろうとなかろうと、けがをさせてしまったのだから謝らなければ。／不管是出自惡意還是沒有惡意，總之讓人受傷了，所以非得道歉不可。

ど【土】(名·漢造) 土地，地方；（五行之一）土；土壤；地區；（國）土 (類)泥 △双方は領土問題解決に向け、対話を強化することで合意しました。／雙方已經同意加強對話以期解決領土問題。

といあわせる【問い合わせる】(他下一) 打聽，詢問 (類)照会 △資料をなくしたので、問い合わせようにも電話番号が分からない。／由於資料遺失了，就算想詢問也不知道電話號碼。

とう【問う】(他五) 問，打聽；問候；徵詢；做為問題（多用否定形）；追究；問罪 (類)尋ねる △支持率も悪化の一途をたどっているので、国民に信を問うたほうがいい。／支持率一路下滑，此時應當徵詢國民信任支持與否。

とう【棟】(漢造) 棟梁；（建築物等）棟，一座房子 △どの棟から火災が発生したのですか。／請問是哪一棟建築物發生了火災呢？

どう【胴】[名]（去除頭部和四肢的）驅體；腹部；（物體的）中間部分 [類] 体 △ビールを飲むと胴回りに脂肪がつきやすいそうです。／聽說喝啤酒很容易長出啤酒肚。

どうい【同意】[名·自サ] 同義；同一意見，意見相同；同意，贊成 [反] 反対 [類] 賛成 △社長の同意が得られない場合、計画は白紙に戻ります。／如果未能取得社長的同意，將會終止整個計畫。

どういん【動員】[名·他サ] 動員，調動，發動 △動員される警備員は 10 人から 20 人というところです。／要動員的保全人力差不多是十名至二十名而已。

どうかん【同感】[名·自サ] 同感，同意，贊同，同一見解 [類] 同意 △基本的にはあなたの意見に同感です。／原則上我同意你的看法。

とうき【陶器】[名] 陶器 [類] 焼き物 △最近、ベトナム陶器の人気が急上昇しています。／最越南製陶器的受歡迎程度急速上升。

とうぎ【討議】[名·自他サ] 討論，共同研討 [類] 討論 △それでは、グループ討議の結果をそれぞれ発表してください。／那麼現在就請各個小組發表分組討論的結果。

どうき【動機】[名] 動機；直接原因 [類] 契機 △あなたが弊社への就職を希望する動機は何ですか。／請問您希望到敝公司上班的動機是什麼？

とうきゅう【等級】[名] 等級，等位 △新しい日本語能力試験は五つの等級に分かれている。／新式日本語能力測驗分成五等級。

どうきゅう【同級】[名] 同等級，等級相同；同班，同年級 △3 年ぶりに高校の同級生と会った。／闊別三年以後與高中同學見面了。

どうきょ【同居】[名·自サ] 同居；同住，住在一起 [反] 別居 △統計によると、二世帯同居の家は徐々に減ってきています。／根據統計，父母與已婚子女同住的家戶數正逐漸減少中。

とうこう【登校】[名·自サ]（學生）上學校，到校 [類] 通う △子どもの登校を見送りがてら、お隣へ回覧板を届けてきます。／在目送小孩上學的同時，順便把傳閱板送到隔壁去。

とうごう【統合】[名·他サ] 統一，綜合，合併，集中 [類] 併せる △今日、一部の事業部門を統合することが発表されました。／今天公司宣布了整併部分事業部門。

どうこう【動向】[名]（社會、人心等）動向，趨勢 [類] 成り行き △最近株を始めたので、株価の動向が気になります。／最近開始投資股票，所以十分在意股價的漲跌。

とうし【投資】[名·他サ] 投資 [類] 出資 △投資をするなら、始める前にしっか

Level 5
Level 4
Level 3
Level 2
Level 1

り下調べしたほうがいいですよ。／如果要進行投資，在開始之前先確實做好調查研究方為上策喔！

どうし【同士】 名·接尾（意見、目的、理想、愛好相同者）同好；（彼此關係、性質相同的人）彼此，伙伴，們 反 敵 類 仲間 △似たもの同士が惹かれやすいというのは、実証されていますか。／請問是否已經有研究證實，相似的人容易受到彼此的吸引呢？

どうし【同志】 名 同一政黨的人；同志，同夥，伙伴 △日本語会話の練習をしたい同志を募って週2回集まっている。／彙集了想要練習日語會話的志同道合者每星期聚會兩次。

どうじょう【同上】 名 同上，同上所述 △同上の理由により、本件も見直すこととなった。／基於上述理由，本案需重新評估。

どうじょう【同情】 名·自サ 同情 類 思いやり △同情を誘わんがための芝居にころっと騙された。／輕而易舉地就被設法博取同情的演技給騙了。

どうじょう【道場】 名 道場，修行的地方；教授武藝的場所，練武場 △柔道の道場からは、いつも威勢のいい声が聞こえてきます。／柔道場常常傳出氣勢勇猛的呼喝聲。

とうせい【統制】 名·他サ 統治，統歸，統一管理；控制能力 類 取り締まる △どうも経営陣内部の統制が取れていないようです。／經營團隊內部的管理紊亂，猶如群龍無首。

とうせん【当選】 名·自サ 當選，中選 反 落選 類 合格 △スキャンダルの逆風をものともせず、当選した。／儘管選舉時遭逢醜聞打擊，依舊順利當選。

とうそう【逃走】 名·自サ 逃走，逃跑 △犯人は、パトカーを見るや否や逃走した。／犯嫌一看到巡邏車就立刻逃走了。

とうそつ【統率】 名·他サ 統率 △30名もの部下を統率するのは容易ではありません。／統御多達三十名部屬並非容易之事。

とうたつ【到達】 名·自サ 到達，達到 類 着く △先頭集団はすでに折り返し地点に到達したそうです。／據說領先群已經來到折返點了。

とうち【統治】 名·他サ 統治 類 治める △台湾には日本統治時代の建物がたくさん残っている。／台灣保留著非常多日治時代的建築物。

N1-068

どうちょう【同調】 名·自他サ 調整音調；同調，同一步調，同意 類 賛同 △周りと同調すれば、人間関係がスムーズになると考える人もいる。／某些人認為，只要表達與周圍人們具有同樣的看法，人際關係就會比較和諧。

とうてい【到底】 副（下接否定，語氣強）

無論如何也，怎麼也 類 どうしても △英語で論文を発表するなんて、到底私には無理です。／要我用英語發表論文，實在是太強人所難了。

どうてき【動的】 形動 動的，變動的，動態的；生動的，活潑的，積極的△パソコンを使って動的な画像を作成する方法がありますよ。／可以透過電腦將圖像做成動畫喔！

とうとい【尊い】 形 價值高的，珍貴的，寶貴的，可貴的 類 敬う △一人一人が尊い命ですから、大切にしないといけません。／每個人的生命都是寶貴的，必須予以尊重珍惜。

どうとう【同等】 名 同等（級）；同樣資格，相等△これと同等の機能を持つデジタルカメラはどれですか。／請問哪一台數位相機與這台具有同樣的功能呢？

どうどう【堂々】 形動・副（儀表等）堂堂；威風凜凜；冠冕堂皇，光明正大；無所顧忌，勇往直前 反 貧弱 類 立派 △発言するときは、みなに聞こえるよう堂々と意見を述べなさい。／公開發言時，請胸有成竹地大聲說明，讓所有的人都聽得到。

とうとぶ【尊ぶ】 他五 尊敬，尊重；重視，珍重 反 侮る 類 敬う △四季折々の自然の変化を尊ぶ。／珍視四季嬗遞的自然變化。

どうにか 副 想點法子；（經過一些曲折）總算，好歹，勉勉強強 類 やっと △どうにか飛行機に乗り遅れずにすみそうです。／似乎好不容易才趕上飛機起飛。

とうにゅう【投入】 名・他サ 投入，扔進去；投入（資本、勞力等）△中国を皮切りにして、新製品を各市場に投入する。／以中國作為起點，將新產品推銷到各國市場。

どうにゅう【導入】 名・他サ 引進，引入，輸入；（為了解決懸案）引用（材料、證據）△新しいシステムを導入したため、慣れるまで操作に時間がかかります。／由於引進新系統，花費了相當長的時間才習慣其操作方式。

とうにん【当人】 名 當事人，本人 類 本人△本当のところは当人にしか分かりません。／真實的狀況只有當事人清楚。

どうふう【同封】 名・他サ 隨信附寄，附在信中△商品のパンフレットを同封させていただきます。／隨信附上商品的介紹小冊。

とうぼう【逃亡】 名・自サ 逃走，逃跑，逃遁；亡命 反 追う 類 逃げる △犯人は逃亡したにもかかわらず、わずか15分で再逮捕された。／歹徒雖然衝破警網逃亡，但是不到十五分鐘就再度遭到逮捕。

とうみん【冬眠】 名・自サ 冬眠；停頓△冬眠した状態の熊が上野動物園で一般公開されています。／在上野動物園可以觀賞到冬眠中的熊。

どうめい【同盟】(名·自サ) 同盟，聯盟，聯合 類 連盟 △同盟国(どうめいこく)ですら反対(はんたい)しているのに、強行(きょうこう)するのは危険(きけん)だ。／連同盟國都予以反對，若要強制進行具有危險性。

どうやら 副 好歹，好不容易才…；彷彿，大概 類 やっと、何とか △リゾート開発(かいはつ)を皮切(かわき)りに、どうやら事業(じぎょう)を拡大(かくだい)するようだ。／看來他打算從開發休閒度假村開始，逐步拓展事業版圖。

どうよう【動揺】(名·自他サ) 動搖，搖動，搖擺；(心神)不安，不平靜；異動 △知(し)らせを聞(き)くなり、動揺(どうよう)して言葉(ことば)を失(うしな)った。／一聽到傳來的消息後，頓時驚慌失措無法言語。

どうりょく【動力】(名) 動力，原動力 類 原動力 △昔(むかし)は、川(かわ)の流(なが)れを動力(どうりょく)とする水車(すいしゃ)で粉(こな)をひいたものです。／從前是以河流作為動力的水車來碾成粉的。

とうろん【討論】(名·自サ) 討論 類 論じる △こんなくだらない問題(もんだい)は討論(とうろん)するに値(あたい)しない。／如此無聊的問題不值得討論。

とおざかる【遠ざかる】(自五) 遠離；疏遠；不碰，節制，克制 △娘(むすめ)は父(ちち)の車(くるま)が遠(とお)ざかって見(み)えなくなるまで手(て)を振(ふ)っていました。／女兒猛揮著手，直到父親的車子漸行漸遠，消失蹤影。

とおまわり【遠回り】(名·自サ·形動) 使其繞道，繞遠路 類 回り道 △ちょっと遠回(とおまわ)りですが、デパートに寄(よ)ってから家(いえ)に帰(かえ)ります。／雖然有點繞遠路，先去百貨公司一趟再回家。

トーン【tone】(名) 調子，音調；色調 △モネなど、柔(やわ)らかいトーンの絵(え)が好(す)きです。／我喜歡像莫內那種風格柔和的畫作。

とかく (副·自サ) 種種，這樣那樣(流言、風聞等)；動不動，總是；不知不覺就，沒一會就 類 何かと △データの打(う)ち込(こ)みミスは、とかくありがちです。／輸入資料時出現誤繕是很常見的。

とがめる【咎める】(他下一) 責備，挑剔；盤問 (自下一) (傷口等)發炎，紅腫 類 戒める △上(うえ)からとがめられて、関係(かんけい)ないではすまされない。／遭到上級責備，不是一句「與我無關」就能撇清。

とがる【尖る】(自五) 尖；(神經)緊張；不高興，冒火 △鉛筆(えんぴつ)を削(けず)って尖(とが)らせる。／把鉛筆削尖。

ときおり【時折】(副) 有時，偶爾 △彼(かれ)は時折声(ときおりこえ)を詰(つ)まらせながらも、最後(さいご)までしっかり喪主(もしゅ)を務(つと)めました。／雖然他偶爾哽咽得不成聲，最後仍順利完成身為喪主的職責。

どきょう【度胸】(名) 膽子，氣魄 △社長(しゃちょう)相手(あいて)にあれだけ堂々(どうどう)と自説(じせつ)を述(の)べるとは、なかなか度胸(どきょう)がある。／面對總經理居然能那樣堂而皇之地滔滔不絕，膽量實在不小。

とぎれる【途切れる】 自下一 中斷，間斷 類 途絶える △社長が急にオフィスに入ってきたので、話が途切れてしまった。／由於社長突然踏進辦公室，話題戛然中斷了。

とく【説く】 他五 說明；說服，勸；宣導，提倡 類 説明 △彼は革命の意義を一生懸命我々に説いた。／他拚命闡述革命的意義，試圖說服我們。

とぐ【研ぐ・磨ぐ】 他五 磨；擦亮，磨光；淘（米等） 類 磨く △切れ味が悪くなってきたので、包丁を研いでください。／菜刀已經鈍了，請重新磨刀。

N1-069

とくぎ【特技】 名 特別技能（技術）△彼女の特技はクラリネットを演奏することです。／她的拿手絕活是吹奏單簧管。

どくさい【独裁】 名·自サ 獨斷，獨行；獨裁，專政△独裁体制は50年を経てようやく終わりを告げました。／歷經五十年，獨裁體制終告結束。

とくさん【特産】 名 特產，土產△県では特産であるブドウを使った新商品を開発しています。／該縣以特產的葡萄研發新產品。

どくじ【独自】 形動 獨自，獨特，個人 類 特有 △このマシーンはわが社が独自に開発したものです。／這部機器是本公司獨力研發而成的。

どくしゃ【読者】 名 讀者△読者に誤解を与えるような表現があってはいけません。／絕對不可以寫出讓讀者曲解的文章。

とくしゅう【特集】 名·他サ 特輯，專輯△来月号では春のガーデニングについて特集します。／下一期月刊將以春季園藝作為專輯的主題。

どくせん【独占】 名·他サ 獨占，獨斷；壟斷，專營 類 独り占め △続いての映像は、ニコニコテレビが独占入手したものです。／接下來的這段影片，是笑瞇瞇電視台獨家取得的畫面。

どくそう【独創】 名·他サ 獨創 類 独特 △作品は彼ならではの独創性にあふれている。／這件作品散發出他的獨創風格。

とくてん【得点】 名（學藝、競賽等的）得分 反 失点 △前半で5点得点したにもかかわらず、なんと逆転負けしてしまいました。／雖然上半場已經獲得五分，沒有想到最後對手竟然反敗為勝。

とくは【特派】 名·他サ 特派，特別派遣△海外特派員が現地の様子を随時レポートします。／海外特派員會將當地的最新情況做即時轉播。

とくめい【匿名】 名 匿名△知事の汚職を告発する匿名の手紙が各報道機関に届いた。／揭發縣長瀆職的匿名信送到了各家媒體。

とくゆう【特有】 形動 特有 類 独特 △

ラム肉には特有のにおいがあります。／羊肉有一股特有的羊膻味。

とげ【棘・刺】㊔（植物的）刺；（扎在身上的）刺；（轉）講話尖酸，話中帶刺 類 針 △バラの枝にはとげがあるので気を付けてね。／玫瑰的花莖上有刺，請小心留意喔！

どげざ【土下座】(名·自サ) 跪在地上；低姿態△土下座して謝る。／下跪道歉。

とげる【遂げる】(他下一) 完成，實現，達到；終於 類 仕上げる △両国の関係はここ5年間で飛躍的な発展を遂げました。／近五年來，兩國之間的關係終於有了大幅的正向發展。

どころか(接續·接助) 然而，可是，不過；（用「…たところが的形式」）一…，剛要…△面識があるどころか、名前さえ存じ上げません。／豈止未曾謀面，連其大名也毫不知曉。

としごろ【年頃】(名·副) 大約的年齡；妙齡，成人年齡；幾年來，多年來△年頃とあって、最近娘はお洒落に気を遣っている。／可能是已屆青春妙齡，最近小女變得特別注重打扮。

とじまり【戸締まり】㊔ 關門窗，鎖門△出かける前には戸締まりをしっかり確認しましょう。／在我們離開家門前，務必要仔細確認鎖緊門窗。

どしゃ【土砂】㊔ 土和沙，沙土△今回の土砂災害で、数十戸が避難を余儀なくされた。／這次的土石流使得數十戶居民不得不避難。

とじる【綴じる】(他上一) 訂起來，訂綴；（把衣的裡和面）縫在一起 類 綴る △提出書類は全てファイルにとじてください。／請將所有申請文件裝訂於檔案夾中。

どだい【土台】(名·副)（建）地基，底座；基礎；本來，根本，壓根兒 類 基 △土台をしっかり固めなければ、強い地震に対応できません。／沒有確實打好地基的話，就無法應付強烈地震。

とだえる【途絶える】(自下一) 斷絕，杜絕，中斷 類 途切れる △途絶えることなしに、祖先から脈々と受け継がれている。／祖先代代相傳，至今從未中斷。

とっきょ【特許】(名·他サ)（法）（政府的）特別許可；專利特許，專利權△特許を取得するには、どのような手続きが必要ですか。／請問必須辦理什麼樣的手續，才能取得專利呢？

とっけん【特権】㊔ 特權△外交官特権にはどのようなものがありますか。／請問外交官享有哪些特權呢？

とっさに(副) 瞬間，一轉眼，轉眼之間△女の子が溺れているのを発見し、彼はとっさに川に飛び込んだ。／他一發現有個女孩子溺水，立刻毫不考慮地跳進河裡。

とつじょ【突如】(副·形動) 突如其來，突然 類 突然 △目の前に突如熊が現れて、腰を抜かしそうになりました。／眼前突然出現了一頭熊，差點被嚇得手腳發軟。

とって (提助・接助) (助詞「とて」添加促音) (表示不應視為例外) 就是，甚至；(表示把所說的事物做為對象加以提示) 所謂；說是；即使說是；(常用「…こととて」表示不得已的原因) 由於，因為 △私にとって、結婚指輪は夫との絆の証しです。／對我而言，結婚戒指是我和丈夫緊密結合在一起的證明。

とって【取っ手】 (名) 把手 △緊急のときには、この取っ手を強く引いてください。／緊急時刻請用力拉開這個把手。

とっぱ【突破】 (名・他サ) 突破；超過 (類) 打破 △本年度の自動車の売上台数は20万台を突破しました。／本年度的汽車銷售數量突破了二十萬輛。

どて【土手】 (名) (防風、浪的) 堤防 (類) 堤 △春になると、土手にはたくさんつくしが生えます。／時序入春，堤防上長滿了筆頭菜。

とどけ【届け】 (名) (提交機關、工作單位、學校等) 申報書，申請書 △結婚式は来月ですが、婚姻届はもう出しました。／結婚典禮是在下個月，但是結婚申請書已經遞交出去了。

N1-070

とどこおる【滞る】 (自五) 拖延，耽擱，遲延；拖欠 (反) はかどる (類) 停滞 △収入がないため、電気代の支払いが滞っています。／因為沒有收入，致使遲繳電費。

ととのえる【整える・調える】 (他下一) 整理，整頓；準備；達成協議，談妥 (反) 乱す (類) 整理 △快適に仕事ができる環境を整えましょう。／讓我們共同創造一個舒適的工作環境吧！

とどめる (他下一) 停住；阻止；留下，遺留；止於(某限度) (反) 進める (類) 停止 △交際費を月々2万円以内にとどめるようにしています。／將每個月的交際應酬費用控制在兩萬元以內的額度。

となえる【唱える】 (他下一) 唸，頌；高喊；提倡；提出，聲明；喊價，報價 (類) 主張 △彼女が呪文を唱えると、木々が動物に変身します。／當她唸誦咒語之後，樹木全都化身為動物。

とのさま【殿様】 (名) (對貴族、主君的敬稱) 老爺，大人 △彼が江戸時代の殿様に扮するコントはいつも人気があります。／他扮演江戶時代諸侯的搞笑短劇，總是大受歡迎。

どひょう【土俵】 (名) (相撲) 比賽場，摔角場；緊要關頭 △お相撲さんが土俵に上がると、土俵が小さく見えます。／當相撲選手站上比賽場後，相形之下那個場地顯得侷促狹小。

とびら【扉】 (名) 門，門扇；(印刷) 扉頁 (類) 戸 △昔の日本家屋の扉は引き戸のものが多かったです。／過去日式住宅的門扉多為拉門樣式。

どぶ ㊔ 水溝，深坑，下水道，陰溝 類 下水道 △町内会でどぶ掃除をした。／由里民委員會清掃了水溝。

とほ【徒歩】 名·自サ 步行，徒步 類 歩く △ここから駅まで徒歩でどれぐらいかかりますか。／請問從這裡步行至車站，大約需要多少時間呢？

どぼく【土木】 ㊔ 土木；土木工程 △同センターでは土木に関する質問を受け付けています。／本中心接受有關土木工程方面的詢問。

とぼける【惚ける・恍ける】 自下一 （腦筋）遲鈍，發呆；裝糊塗，裝傻；出洋相，做滑稽愚蠢的言行 類 恍惚 △君がやったことは分かっているんだから、とぼけたって無駄ですよ。／我很清楚你幹了什麼好事，想裝傻也沒用！

とぼしい【乏しい】 ㊊ 不充分，不夠，缺乏，缺少；生活貧困，貧窮 反 多い 類 少ない △資金が乏しいながらも、何とかやりくりした。／雖然資金不足，總算以這筆錢完成了。

とまどい【戸惑い】 名·自サ 困惑，不知所措 △戸惑いを隠せない。／掩不住困惑。

とまどう【戸惑う】 自五 （夜裡醒來）迷迷糊糊，不辨方向；找不到門；不知所措，困惑 △急に質問されて戸惑う。／突然被問不知如何回答。

とみ【富】 ㊔ 財富，資產，錢財；資源，富源；彩券 類 財産 △ドバイには世界の富が集まるといわれている。／聽說世界各地的財富都聚集在杜拜。

とむ【富む】 自五 有錢，富裕；豐富 反 乏しい 類 豊か △彼の作品はみな遊び心に富んでいます。／他所有的作品都饒富童心。

とも【供】 ㊔ （長輩、貴人等的）隨從，從者；伴侶；夥伴，同伴 △こちらのおつまみは旅のお供にどうぞ。／這些下酒菜請在旅遊時享用。

ともかせぎ【共稼ぎ】 名·自サ 夫妻都上班 類 共働き △共稼ぎながらも、給料が少なく生活は苦しい。／雖然夫妻都有工作，但是收入微弱，生活清苦。

ともなう【伴う】 自他五 隨同，伴隨；隨著；相符 類 つれる △役職が高くなるに伴って、責任も大きくなります。／隨著官職愈高，責任亦更為繁重。

ともばたらき【共働き】 名·自サ 夫妻都工作 類 共稼ぎ △借金を返済すべく、共働きをしている。／為了償還負債，夫妻倆都去工作。

ともる 自五 （燈火）亮，點著 △日が西に傾き、街には明かりがともり始めた。／太陽西斜，街上也開始亮起了燈。

ドライ【dry】 名·形動 乾燥，乾旱；乾巴巴，枯燥無味；（處事）理智，冷冰冰；禁酒，（宴會上）不提供酒 △ドライフラワーはどうやって作るんですか。／乾燥花是怎麼製作的呢？

ドライクリーニング【dry cleaning】 [名] 乾洗 △洗濯機で洗っちゃだめだよ、ドライクリーニングに出さなくちゃ。／這個不能用洗衣機洗啦，要送去乾洗才行！

ドライバー【driver】 [名]（「screwdriver」之略稱）螺絲起子 △ドライバー1本で組み立てられる。／用一支螺絲起子組裝完成。

ドライバー【driver】 [名]（電車、汽車的）司機 [類] 運転手 △長距離トラックのドライバーは、けっこう給料がいいそうだ。／聽說長程卡車司機的薪水挺不錯的。

ドライブイン【drive-in】 [名] 免下車餐廳（銀行、郵局、加油站）；快餐車道 △もう1時だから、ドライブインにでも寄ってお昼を食べようか。／都已經一點了，不如去得來速買個午餐吃吧。

トラウマ【trauma】 [名] 精神性上的創傷，感情創傷，情緒創傷 △トラウマを克服したい。／想克服感情創傷。

トラブル【trouble】 [名] 糾紛，糾葛，麻煩；故障 [類] 争い △あの会社はトラブルずくめだ。／那家公司的糾紛層出不窮。

トランジスター【transistor】 [名] 電晶體；（俗）小型 △トランジスターの原理と特徴を教えてください。／請教我電晶體的原理與特色。

とりあえず【取りあえず】 [副] 匆忙，急忙；（姑且）首先，暫且先 [類] 差し当たり △取りあえず応急処置をしといたけど、なるべく早く医者に行ったほうがいいよ。／雖然已經先做初步的急救措施了，但還是要盡快去看醫生才行喔。

とりあつかい【取り扱い】 [名] 對待，待遇；（物品的）處理，使用，（機器的）操作；（事務、工作的）處理，辦理 △割れやすいですから、取り扱いには十分な注意が必要です。／這個東西很容易碎裂，拿取時請特別留意。

とりあつかう【取り扱う】 [他五] 對待，接待；（用手）操縱，使用；處理；管理，經辦 △下記の店舗では生菓子は取り扱っていません。／以下這些店舖沒有販賣日式生菓子甜點。

とりい【鳥居】 [名]（神社入口處的）牌坊 △神社の鳥居は基本的に赤色です。／原則上，神社的牌坊都是紅色的。

N1-071

とりいそぎ【取り急ぎ】 [副]（書信用語）急速，立即，趕緊 △取り急ぎご返事申し上げます。／謹此奉覆。

とりかえ【取り替え】 [名] 調換，交換；退換，更換 △商品のお取り替えは、ご購入から1週間以内にレシートと共にお持ちください。／商品的更換請於購買後一週內連同收據前來辦理。

とりくむ【取り組む】 (自五) (相撲) 互相扭住；和…交手；開(匯票)；簽訂(合約)；埋頭研究 (類) 努力 △環境問題はひとり環境省だけでなく、各省庁が協力して取り組んでいくべきだ。／環境保護問題不該只由環保署獨力處理，應由各部會互助合作共同面對。

とりこむ【取り込む】 (自他五) (因喪事或意外而) 忙碌；拿進來；騙取，侵吞；拉攏，籠絡 △突然の不幸で取り込んでいる。／因突如其來的喪事而忙亂。

とりしまり【取り締まり】 (名) 管理，管束；控制，取締；監督 △アメリカで著作権侵害取り締まり強化法案が成立しました。／美國通過了加強取締侵犯著作權的法案。

とりしまる【取り締まる】 (他五) 管束，監督，取締 (類) 監督 △夜になるとあちこちで警官が飲酒運転を取り締まっています。／入夜後，到處都有警察取締酒駕。

とりしらべる【取り調べる】 (他下一) 調查，偵查 (類) 尋ねる △否応なしに、警察の取り調べを受けた。／被迫接受了警方的偵訊調查。

とりたてる【取り立てる】 (他下一) 催繳，索取；提拔 (類) 集金、任命 △毎日のようにヤミ金融業者が取り立てにやって来ます。／地下錢莊幾乎每天都來討債。

とりつぐ【取り次ぐ】 (他五) 傳達；(在門口) 通報，傳遞；經銷，代購，代辦；轉交 (類) 受け付ける △お取り込み中のところを恐れ入りますが、伊藤さんにお取り次ぎいただけますか。／很抱歉在百忙之中打擾您，可以麻煩您幫我傳達給伊藤先生嗎？

とりつける【取り付ける】 (他下一) 安裝 (機器等)；經常光顧；(商) 擠兌；取得 (類) 据える △クーラーなど必要な設備はすでに取り付けてあります。／空調等所有必要的設備，已經全數安裝完畢。

とりのぞく【取り除く】 (他五) 除掉，清除；拆除 △この薬を飲めば、痛みを取り除くことができますか。／只要吃下這種藥，疼痛就會消失嗎？

とりひき【取引】 (名・自サ) 交易，貿易 (類) 商い △金融商品取引法は有価証券の売買を公正なものとするよう定めています。／《金融商品交易法》明訂有價證券的買賣必須基於公正原則。

とりぶん【取り分】 (名) 應得的份額 △会社の取り分は50%、私の取り分は50%です。／我與公司五五分帳。

とりまく【取り巻く】 (他五) 圍住，圍繞；奉承，奉迎 (類) 囲む △わが国を取り巻く国際環境は決して楽観できるものではありません。／我國周遭的國際局勢決不能樂觀視之。

とりまぜる【取り混ぜる】 他下一 攙混，混在一起 △新旧の映像を取り混ぜて、再編集します。／將新影片與舊影片重新混合剪輯。

とりもどす【取り戻す】 他五 拿回，取回；恢復，挽回 反 与える 類 回復 △遅れを取り戻すためとあれば、徹夜してもかまわない。／如為趕上進度，就算熬夜也沒問題。

とりよせる【取り寄せる】 他下一 請（遠方）送來，寄來；訂貨；函購 △インターネットで各地の名産を取り寄せることができます。／可以透過網路訂購各地的名產。

ドリル【drill】 名 鑽頭；訓練，練習 類 練習 △小さいころはよく算数ドリルで計算の練習をしたものです。／小時候經常以算數練習題進行計算訓練。

とりわけ【取り分け】 名・副 分成份；（相撲）平局，平手；特別，格外，分外 類 折入って、特に △この店は、麻婆豆腐がとりわけおいしい。／這家店的麻婆豆腐特別好吃。

とろける 自下一 溶化，溶解；心盪神馳 類 溶ける △このスイーツは、口に入れた瞬間とろけてしまいます。／這個甜點送進口中的瞬間，立刻在嘴裡化開了。

トロフィー【trophy】 名 獎盃 △栄光のトロフィーを手にして、感無量です。／贏得榮耀的獎盃，真叫人感慨萬千。

どわすれ【度忘れ】 名・自サ 一時記不起來，一時忘記 反 覚える 類 忘れる △約束を度忘れして、しょうがないではすまない。／一時忘了約定，並非說句「又不是故意的」就可以得到原諒。

どんかん【鈍感】 名・形動 對事情的感覺或反應遲鈍；反應慢；遲鈍 反 敏感 類 愚鈍 △恋愛について彼は本当に鈍感きわまりない。／在戀愛方面他真的遲鈍到不行。

とんだ 連體 意想不到的（災難）；意外的（事故）；無法挽回的 類 大変 △昨日にひきかえ、今日は朝からとんだ一日だった。／與昨天的好運相反，今日從一早開始就諸事不順。

とんや【問屋】 名 批發商 △彼は問屋のみならず、小売業も知っている。／他不僅認識批發商，也與零售商相識。

なナ

N1-072

ないかく【内閣】 名 內閣，政府 類 政府 △景気の回復は、内閣総理大臣の手腕いかんだ。／景氣復甦與否，取決於內閣總理大臣的手腕。

ないし【乃至】(接) 至，乃至；或是，或者△本人、ないし指定された代理人の署名が必要です。／必須有本人或者指定代理人之署名。

ないしょ【内緒】(名) 瞞著別人，秘密 (反) 秘密 (類) 公開 △母は父に内緒でへそくりを貯めています。／家母瞞著家父暗存私房錢。

ないしん【内心】(名·副) 內心，心中 (類) 本心 △大丈夫と言ったものの、内心は不安でたまりません。／雖然嘴裡說沒問題，其實極為忐忑不安。

ないぞう【内臓】(名) 內臟△内臓に脂肪が溜まると、どんな病気にかかりやすいですか。／請問如果內臟脂肪過多，將容易罹患什麼樣的疾病呢？

ないぞう【内蔵】(名·他サ) 裡面包藏，內部裝有；內庫，宮中的府庫△そのハードディスクはすでにパソコンに内蔵されています。／那個硬碟已經安裝於電腦主機裡面了。

ナイター【(和) night＋er】(名) 棒球夜場賽△ナイター中継は、放送時間を延長してお送りいたします。／本台將延長棒球夜場賽的實況轉播時間。

ないぶ【内部】(名) 內部，裡面；內情，內幕 (反) 外部 △内部の事情に詳しい者の犯行であることは、推察するにかたくない。／不難猜想是熟悉內部者犯的案。

ないらん【内乱】(名) 內亂，叛亂△秩序の乱れにとどまらず、これはもう内乱といってよい状況だ。／這樣的事態已經不只是秩序混亂，還可以稱得上是內亂了。

ないりく【内陸】(名) 內陸，內地△沿岸の発展にひきかえ、内陸部は立ち後れている。／相較於沿岸的發展時程，內陸地區的起步較為落後。

なえ【苗】(名) 苗，秧子，稻秧 △稲の苗はいつごろ田んぼに植えますか。／請問秧苗是什麼時候移種至水田的呢？

なおさら(副) 更加，越，更 (反) ますます △出身校が同じと聞いたので、なおさら親しみがわきます。／聽說是同校畢業的校友，備感親切。

ながし【流し】(名) 流，沖；流理台△この流しでは靴や靴下を洗わないでください。／請不要在這個流理台清洗鞋襪。

ながなが(と)【長々(と)】(副) 長長地；冗長；長久 (類) 延び延び △長々とお邪魔して申し訳ございません。／在此叨擾甚久，深感抱歉。

なかほど【中程】(名) (場所、距離的)中間；(程度)中等；(時間、事物進行的)途中，半途 (類) 中間 △番組の中ほどで、プレゼントの当選者を発表します。／節目進行至一半時，將宣布中獎者名單。

なぎさ【渚】(名) 水濱，岸邊，海濱 (反) 沖 (類) 岸 △海浜公園のなぎさにはどんな生き物が生息していますか。／請問有哪些生物棲息在海濱公園的岸邊呢？

なぐる【殴る】 他五 毆打，揍；（接某些動詞下面成複合動詞）草草了事 △態度が悪いからといって、殴る蹴るの暴行を加えてよいわけがない。／就算態度不好，也不能對他又打又踢的施以暴力。

なげく【嘆く】 自五 嘆氣；悲嘆；嘆惋，慨嘆 類 嘆息 △ないものを嘆いてもどうにもならないでしょう。／就算嘆惋那不存在的東西也是無濟於事。

なげだす【投げ出す】 他五 拋出，扔下；拋棄，放棄；拿出，豁出，獻出 類 放棄 △彼は、つまずいても投げ出すことなく、最後までやり遂げた。／他就算受挫也沒有自暴自棄，堅持到最後一刻完成了。

なこうど【仲人】 名 媒人，婚姻介紹人 類 仲立ち △今では仲人を立てて結婚する人は激減している。／現在透過媒人撮合而結婚的人急遽減少。

なごむ【和む】 自五 平靜下來，溫和起來 △孫と話していると、心が和む。／和孫兒聊天以後，心情就平靜下來了。

なごやか【和やか】 形動 心情愉快，氣氛和諧；和睦 類 平静 △話し合いは、和やかな雰囲気の中、進められました。／協談在和諧的氣氛中順利進行。

なごり【名残】 名（臨別時）難分難捨的心情，依戀；臨別紀念；殘餘，遺跡 類 余韻 △名残惜しいですが、これで失礼いたします。／儘管依依不捨，就此告辭。

なさけ【情け】 名 仁慈，同情；人情，情義；（男女）戀情，愛情 類 人情 △あんな奴に情けをかけることはない。／對那種傢伙不必手下留情！

なさけない【情けない】 形 無情，沒有仁慈心；可憐，悲慘；可恥，令人遺憾 類 浅ましい △試合では練習の半分しか力が出せず、情けない結果に終わった。／比賽當中只拿出練習時的一半實力，就在慘不忍睹的結局中結束了比賽。

なさけぶかい【情け深い】 形 對人熱情，有同情心的樣子；熱心腸；仁慈 類 温かい △彼は情け深く、とても思いやりがある。／他的個性古道熱腸，待人非常體貼。

なじる【詰る】 他五 責備，責問 類 責める △人の失敗をいつまでもなじるものではない。／不要一直責備別人的失敗。

なだかい【名高い】 形 有名，著名；出名 反 無名 類 有名 △これは本場フランスでも名高いチーズです。／這種起士在乳酪之鄉的法國也非常有名。

なだれ【雪崩】 名 雪崩；傾斜，斜坡；雪崩一般，蜂擁 △今年は今までにもまして雪崩が頻繁に発生した。／今年雪崩的次數比往年頻繁。

なつく 自五 親近；喜歡；馴（服） 類 馴

れる△彼女の犬は誰彼かまわずすぐなつきます。／她所養的狗與任何人都能很快變得友好親密。

なづけおや【名付け親】[名]（給小孩）取名的人；（某名稱）第一個使用的人△新製品の名付け親は、プロジェクトマネージャーだ。／為新產品命名的功臣是專案經理。

なづける【名付ける】[他下一] 命名；叫做，稱呼為△娘は三月に生まれたので、「弥生」と名付けました。／女兒因為是在三月出生的，所以取了名字叫「彌生」。

N1-073

なにげない【何気ない】[形] 沒什麼明確目的或意圖而行動的樣子；漫不經心的；無意的△何気ない一言が他人を傷つけることもあります。／有時不經意的一句話，卻會傷到其他人。

なにとぞ【何とぞ】[副]（文）請；設法，想辦法 [類] どうか△何とぞよろしくお取り計らいのほどお願い申しあげます。／相關安排還望您多加費心。

なにより【何より】[連語·副] 沒有比這更…；最好 [反] 最低 [類] 結構△今の私にとっては、医師国家試験に合格することが何より大切です。／對現在的我而言，最要緊的就是通過醫師國考。

ナプキン【napkin】[名] 餐巾；擦嘴布；衛生綿△ナプキンを２枚いただけますか。／可以向您要兩條餐巾嗎？

なふだ【名札】[名]（掛在門口的、行李上的）姓名牌，（掛在胸前的）名牌 [類] 名刺△名札は胸元につけなさい。／把名牌別掛在胸前。

なまぐさい【生臭い】[形] 發出生魚或生肉的氣味；腥 [類] 臭い△きちんとした処理をすれば生臭くなくなりますよ。／只要經過正確步驟處理，就不會發出腥臭味。

なまなましい【生々しい】[形] 生動的；鮮明的；非常新的△戦火の生々しい体験談を聞いた。／聆聽了戰火餘生的血淋淋經歷。

なまぬるい【生ぬるい】[形] 還沒熱到熟的程度，該冰的東西尚未冷卻；溫和；不嚴格，馬馬虎虎；姑息 [類] 温かい△政府の生ぬるい対応を非難する声があちこちで上がっています。／對政府的溫吞姑息處理方式，各地掀起一波波指責的聲浪。

なまみ【生身】[名] 肉身，活人，活生生；生魚，生肉△生身の人間ですから、時には怒りが抑えられないこともあります。／既然是活生生的人，有時候難免無法壓抑怒氣。

なまり【鉛】[名]（化）鉛△鉛は、放射線を通さない。／鉛可以阻擋放射線。

なみ【並・並み】[名·造語] 普通，一般，平常；排列；同樣；每△裕福ではありませんが、人並みの生活は送っています。／儘管家境不算富裕，仍過著小康的生活。

なめらか 形動 物體的表面滑溜溜的；光滑，光潤；流暢的像流水一樣；順利，流暢 反 粗い 類 すべすべ △この石けんを使うと肌がとてもなめらかになります。／只要使用這種肥皂，就可以使皮膚變得光滑無比。

なめる 他下一 舔；嚐；經歷；小看，輕視；(比喻火)燒，吞沒 類 しゃぶる △お皿のソースをなめるのは、行儀が悪いからやめなさい。／用舌頭舔舐盤子上的醬汁是非常不禮貌的舉動，不要再這樣做！

なやましい【悩ましい】 形 因疾病或心中有苦處而難過，難受；特指性慾受刺激而情緒不安定；煩惱，惱 △妹の風呂上りの悩ましい姿を見てどきっとした。／看到妹妹洗完澡後撩人的模樣，心跳突然停了一拍。

なやます【悩ます】 他五 使煩惱，煩擾，折磨；惱人，迷人 △暴走族の騒音に毎晩悩まされています。／每一個夜裡都深受飆車族所發出的噪音所苦。

なやみ【悩み】 名 煩惱，苦惱，痛苦；病，患病 類 苦悩 △昔からの友達とあって、どんな悩みも打ち明けられる。／正因是老友，有任何煩惱都可以明講。

ならす【慣らす】 他五 使習慣，使適應 類 順応 △外国語を学ぶ場合、まず耳を慣らすことが大切です。／學習外語時，最重要的就是先由習慣聽這種語言開始。

ならす【馴らす】 他五 馴養，調馴 類 調教 △どうしたらウサギを飼い馴らすことができますか。／該如何做才能馴養兔子呢？

ならびに【並びに】 接續 (文)和，以及 類 及び △組織変更並びに人事異動についてお知らせいたします。／謹此宣布組織變更暨人事異動。

なりたつ【成り立つ】 自五 成立；談妥，達成協議；划得來，有利可圖；能維持；(古)成長 類 でき上がる △基金会の運営はボランティアのサポートによって成り立っています。／在義工的協助下，方能維持基金會的運作。

なるたけ 副 盡量，儘可能 類 できるだけ △今日は娘の誕生日なので、なるたけ早く家に帰りたい。／今天是小女的生日，我想要盡早回家。

なれ【慣れ】 名 習慣，熟習 類 習慣 △作文を上達させるには、日ごろの読書による文章慣れが有効だ。／想要提升作文能力，由日常的閱讀從而熟悉文體是很有效的方式。

なれそめ【馴れ初め】 名 (男女)相互親近的開端，產生戀愛的開端 △お二人のなれそめを聞かせてください。／請告訴我們您二位是怎麼相識相戀的？

なれなれしい 形 非常親近，完全不客氣的態度；親近，親密無間 反 よそよそ

しい 類 心安い △人前であまりなれなれしくしないでください。／在他人面前請不要做出過於親密的舉動。

なん【難】 名·漢造 困難；災，苦難；責難，問難△ここ15年間、就職難と言われ続けています。／近十五年來，就業困難的窘境毫無改變。

なんか 副助（推一個例子意指其餘）之類，等等，什麼的△由香ちゃんなんか半年に1回しか美容院に行きませんよ。／像由香呀，每半年才去一趟髮廊哩！

ナンセンス【nonsense】 名·形動 無意義的，荒謬的，愚蠢的 反 有意義 類 無意義△この人のマンガ、ナンセンスだけどなぜか面白いんだよね。／那個人的漫畫雖然內容無稽，但卻有一種莫名的趣味喔。

なんだか【何だか】 連語 是什麼；（不知道為什麼）總覺得，不由得 類 何となく△今日は何だかとても楽しいです。／不知道為什麼，今天非常開心。

なんだかんだ 連語 這樣那樣；這個那個△なんだかんだ言っても、肉親同士は持ちつ持たれつの関係だ。／不管再怎麼說，親人之間總是互相扶持的。

なんでもかんでも【何でもかんでも】 連語 一切，什麼都…，全部…；無論如何，務必△弟は、僕のものは何でもかんでもすぐに欲しがる。／凡是我的東西，不管是什麼，弟弟都會馬上過來搶。

なんと 副 怎麼，怎樣△なんと立派な庭だ。／多棒的庭院啊！

なんなり(と) 連語·副 無論什麼，不管什麼 類 全て△ご用件やご希望があれば、なんなりとおっしゃってください。／無論您有任何問題或需要，請不要客氣，儘管提出來。

に ニ

N1-074

に【荷】 名（攜帶、運輸的）行李，貨物；負擔，累贅 類 小包△荷崩れを防止するために、ロープでしっかり固定してください。／為了避免堆積的貨物場落，請確實以繩索固定妥當。

にあい【似合い】 名 相配，合適△新郎新婦は、まさにお似合いのカップルですね。／新郎和新娘真是天造地設的一對璧人呀。

にかよう【似通う】 自五 類似，相似 類 似ている△さすが双子とあって、考え方も似通っています。／不愧是雙胞胎的關係，就連思考模式也非常相似。

にきび 名 青春痘，粉刺 類 吹き出物△にきびの治療にはどのような方法がありますか。／請問有哪些方法治療青春痘呢？

にぎわう【賑わう】 自五 熱鬧，擁擠；繁榮，興盛 反 寂れる 類 栄える △不況の影響をものともせず、お店はにぎわっている。／店家未受不景氣的影響，高朋滿座。

にくしみ【憎しみ】 名 憎恨，憎惡 反 慈しみ 類 憎悪 △昔のこととて、今となっては少したりとも憎しみはない。／已經是過去的事了，現在毫不懷恨在心。

にくしん【肉親】 名 親骨肉，親人 類 親子、兄弟 △彼とは長年の付き合いで、僕にとっては肉親以上だ。／他已是多年來的至交了，對我而言甚至比親人還要親。

にくたい【肉体】 名 肉體 類 体 △運動と食事で、肉体改造に挑戦します。／將藉由運動與飲食控制，雕塑身材曲線。

にげだす【逃げ出す】 自五 逃出，溜掉；拔腿就跑，開始逃跑 △逃げ出したかと思いきや、すぐ捕まった。／本以為脫逃成功，沒想到立刻遭到逮捕。

にしび【西日】 名 夕陽；西照的陽光，午後的陽光 △窓から西日が差し込んで、とてもまぶしいです。／從窗外直射而入的西曬陽光非常刺眼。

にじむ【滲む】 自五 （顏色等）滲出，滲入；（汗水、眼淚、血等）慢慢滲出來 △水性のペンは雨にぬれると滲みますよ。／以水性筆所寫的字只要遭到雨淋就會暈染開來喔。

にせもの【にせ物】 名 假冒者，冒充者，假冒的東西 類 インチキ △どこを見ればにせ物と見分けることができますか。／請問該檢查哪裡才能分辨出是贗品呢？

にづくり【荷造り】 名·自他サ 準備行李，捆行李，包裝 類 包装 △旅行の荷造りはもうすみましたか。／請問您已經準備好旅遊所需的行李了嗎？

にっとう【日当】 名 日薪 △日当をもらう。／領日薪。

になう【担う】 他五 擔，挑；承擔，肩負 類 担ぐ △同財団法人では国際交流を担う人材を育成しています。／該財團法人負責培育肩負國際交流重任之人才。

にぶる【鈍る】 自五 不利，變鈍；變遲鈍，減弱 △しばらく運動していなかったので、体が鈍ってしまいました。／好一陣子沒有運動，身體反應變得比較遲鈍。

にもかかわらず 連語·接續 雖然…可是；儘管…還是；儘管…可是 △ご多忙にもかかわらず、ご出席いただきありがとうございます。／承蒙您於百忙之中撥冗出席，萬分感激。

ニュアンス【(法) nuance】 名 神韻，語氣；色調，音調；（意義、感情等）微妙差別，（表達上的）細膩 (類) 意味合い △表現の微妙なニュアンスを理解するのは外国人には難しいです。／對外國人而言，要理解另一種語言表達的細膩語感，是極為困難的。

ニュー【new】(名·造語) 新，新式 (反) 古い (類) 新しい △彼女はファッション界におけるニューウェーブだ。／她為時尚界帶來了一股新潮流。

にゅうしゅ【入手】(名·他サ) 得到，到手，取得 (反) 手放す (類) 手に入れる △現段階で情報の入手ルートを明らかにすることはできません。／現階段還無法公開獲得資訊的管道。

にゅうしょう【入賞】(名·自サ) 得獎，受賞 △体調不良をものともせず、見事に入賞を果たした。／儘管體能狀況不佳，依舊精彩地奪得獎牌。

にゅうよく【入浴】(名·自サ) 沐浴，入浴，洗澡 (類) 沐浴 △ゆっくり入浴すると、血流が良くなって体が温まります。／好整以暇地泡澡，可以促進血液循環，使身體變得暖和。

にょう【尿】(名) 尿，小便 △尿は腎臓で作られます。／尿液是在腎臟形成的。

にんしき【認識】(名·他サ) 認識，理解 △交渉が決裂し、認識の違いが浮き彫りになりました。／協商破裂，彼此的認知差異愈見明顯。

にんじょう【人情】(名) 人情味，同情心；愛情 (類) 情け △映像から、島に生きる人々の温かい人情が伝わってきます。／由影片中可以感受到島上居民們那股濃厚溫馨的人情味。

にんしん【妊娠】(名·自サ) 懷孕 (類) 懐胎 △妊娠5ヶ月ともなると、おなかが目立つようになってくる。／如果懷孕五個月時，肚子會變得很明顯。

にんたい【忍耐】(名) 忍耐 △金メダルが取れたのは、コーチの忍耐強い指導のおかげです。／之所以能夠奪得金牌，必須歸功於教練堅忍卓絕的指導有方。

にんちしょう【認知症】(名) 老人癡呆症 △日本人の認知症の中では、アルツハイマー型がもっとも多い。／日本人罹患的癡呆症之中，以阿茲海默症類型的居多。

にんむ【任務】(名) 任務，職責 (類) 務め △任務とはいえ、死刑を執行するのはいやなものだ。／雖說是任務，畢竟誰都不想動手執行死刑。

にんめい【任命】(名·他サ) 任命 △明日、各閣僚が任命されることになっています。／明天將會任命各內閣官員。

ぬ ヌ

N1-075

ぬかす【抜かす】他五 遺漏，跳過，省略△次のページは抜かします。／下一頁跳過。

ぬけだす【抜け出す】自五 溜走，逃脫，擺脫；（髮、牙）開始脫落，掉落 類 脱出△授業を勝手に抜け出してはいけません。／不可以在上課時擅自溜出教室。

ぬし【主】名·代·接尾（一家人的）主人，物主；丈夫；（敬稱）您；者，人 類 主人△当サービス局では、個人事業主向けの情報を提供しています。／本服務局主要提供自營業者相關資訊。

ぬすみ【盗み】名 偷盜，竊盜 類 泥棒△彼は盗みの疑いで逮捕されました。／他被警方以涉嫌偷竊的罪名逮捕。

ぬま【沼】名 池塘，池沼，沼澤 類 池△レンコンは沼の中で育ちます。／蓮藕生長在池沼裡。

ね ネ

N1-076

ね【音】名 聲音，音響，音色；哭聲 類 音色△夏祭りの会場から笛の音が聞こえてくる。／夏日祭典的會場傳出了笛子的樂音。

ねいろ【音色】名 音色 類 ニュアンス△ピアノの音は1種類ではなく、弾き方によって多彩な音色が出せる。／鋼琴的樂音不止一種，不同的彈奏方式會發出豐富多彩的音色。

ねうち【値打ち】名 估價，定價；價錢；價值；聲價，品格△このソファーには10万円を出す値打ちがありますか。／請問這張沙發值得出十萬元購買嗎？

ネガティブ・ネガ【negative】名·形動（照相）軟片，底片；否定的，消極的△ネガは保存しておいてください。／請將底片妥善保存。

ねかす【寝かす】他五 使睡覺△赤ん坊を寝かす。／哄嬰兒睡覺。

ねかせる【寝かせる】他下一 使睡覺，使躺下；使平倒；存放著，賣不出去；使發酵 類 横たえる△暑すぎて、子どもを寝かせようにも寝かせられない。／天氣太熱了，想讓孩子睡著也都睡不成。

ねぐるしい【寝苦しい】他下一 難以入睡△暑くて寝苦しい。／熱得難以入睡。

ねじまわし【ねじ回し】㊔ 螺絲起子 △自転車を修理するのに、ちょうど良いねじ回しが見つかりません。／想要修理自行車，卻找不到恰好合用的螺絲起子。

ねじれる 自下一 彎曲，歪扭；(個性) 乖僻，彆扭 △電話のコードがいつもねじれるので困っています。／電話聽筒的電線總是纏扭成一團，令人困擾極了。

ネタ ㊔ (俗) 材料；證據 △小説のネタを考える。／思考小說的題材。

ねたむ【妬む】 他五 忌妒，吃醋；妒恨 類 憎む △彼みたいな人は妬むにはあたらない。／用不著忌妒他那種人。

ねだる 他五 賴著要求；勒索，纏著，強求 △犬がお散歩をねだって鳴きやみません。／狗兒吠個不停，纏著要人帶牠去散步。

ねつい【熱意】 ㊔ 熱情，熱忱 △熱意といい、根性といい、彼には目を見張るものがある。／他不論是熱忱還是毅力，都令人刮目相看。

ねっちゅうしょう【熱中症】 ㊔ 中暑 △熱中症を予防する。／預防中暑。

ねっとう【熱湯】 ㊔ 熱水，開水 △煎茶はお湯を少し冷まして入れますが、ほうじ茶は熱湯で入れます。／沏煎茶時要把熱水放涼一些再沖入，但是沏烘焙茶就要用滾水直接沖茶了。

ねつりょう【熱量】 ㊔ 熱量 △ダイエットするなら、摂取する食物の熱量を調整しなければいけない。／如果想要減重，必須先調整攝取食物的熱量才行。

ねばり【粘り】 ㊔ 黏性，黏度；堅韌頑強 類 粘着力 △彼女は最後まであきらめず粘りを見せたが、惜しくも敗れた。／她始終展現出奮力不懈的精神，很可惜仍然落敗了。

ねばる【粘る】 自五 黏；有耐性，堅持 類 がんばる △コンディションが悪いにもかかわらず、最後までよく粘った。／雖然狀態不佳，還是盡力堅持到最後。

ねびき【値引き】 名・他サ 打折，減價 類 割引 △3点以上お買い求めいただくと、更なる値引きがあります。／如果購買三件以上商品，還可享有更佳優惠。

ねまわし【根回し】 ㊔ (為移栽或使果樹增產的) 修根，砍掉一部份樹根；事先協調，打下基礎，醞釀 △円滑に物事を進めるためには、時には事前の根回しが必要です。／為了事情能進行順利，有時事前關說是很有必要的。

ねる【練る】 他五 (用灰汁、肥皂等) 熬成熟絲，熟絹；推敲，錘鍊 (詩文等)；修養，鍛鍊 自五 成隊遊行 △じっくりと作戦を練り直しましょう。／讓我們審慎地重新推演作戰方式吧！

ねん【念】 名・漢造 念頭，心情，觀念；宿願；用心；思念，考慮 △念には念を入れて、間違いをチェックしなさい。／請專注仔細地檢查有無錯誤之處。

ねんいり【念入り】 ㊔ 精心、用心 △念入りに掃除する。／用心打掃。

ねんが【年賀】 ㊔ 賀年，拜年 △お年賀のご挨拶をありがとうございました。／非常感謝您寄來賀年卡問候。

ねんかん【年鑑】 ㊔ 年鑑 △総務省は毎年日本統計年鑑を発行しています。／總務省每年都會發行日本統計年鑑。

ねんがん【念願】 (名·他サ) 願望，心願 類 願い △念願かなって、マーケティング部に配属されることになりました。／終於如願以償，被分派到行銷部門了。

ねんごう【年号】 ㊔ 年號△運転免許証の有効期限は年号で記載されています。／駕駛執照上的有效期限是以年號形式記載的。

ねんざ【捻挫】 (名·他サ) 扭傷、挫傷 △道の段差につまずいて、足を捻挫してしまった。／被高低不平的路面絆到，扭傷了腳。

ねんしょう【燃焼】 (名·自サ) 燃燒；竭盡全力 反 消える 類 燃える △レースは不完全燃焼のまま終わってしまいました。／比賽在雙方均未充分展現實力的狀態下就結束了。

ねんちょう【年長】 (名·形動) 年長，年歲大，年長的人 類 目上 △幼稚園は年少組と年長組に分かれています。／幼稚園分為幼兒班及兒童班。

ねんりょう【燃料】 ㊔ 燃料△燃料は大型タンカーで運び込まれます。／燃料由大型油輪載運進口。

ねんりん【年輪】 ㊔（樹）年輪；技藝經驗；經年累月的歷史△年輪は一年ごとに一つずつ増えます。／每一年會增加一圈年輪。

のノ

N1-077

ノイローゼ【（德）Neurose】 ㊔ 精神官能症，神經病；神經衰竭；神經崩潰 △ノイローゼは完治することが可能ですか。／請問罹患「精神官能症」有可能被治癒嗎？

のう【脳】 (名·漢造) 腦；頭腦，腦筋；腦力，記憶力；主要的東西 類 頭 △脳を活性化させる簡単な方法がありますか。／請問有沒有簡單的方法可以活化腦力呢？

のうこう【農耕】 ㊔ 農耕，耕作，種田 △降水量が少ない地域は農耕に適しません。／降雨量少的地區不適宜農耕。

のうじょう【農場】 ㊔ 農場△この農場だって全く価値のないものでもな

い。／就連這座農場也絕非毫無價值可言。

のうち【農地】 名 農地，耕地 △おじは荒廃していた土地を整備して、農地として使用しています。／家叔將荒廢已久的土地整頓完畢後作為農地之用。

のうにゅう【納入】 名·他サ 繳納，交納 反 出す 類 納める △期日までに授業料を納入しなければ、除籍となります。／如果在截止日期之前尚未繳納學費，將會被開除學籍。

のがす【逃す】 他五 錯過，放過；(接尾詞用法) 放過，漏掉 類 釈放 △彼はわずか10秒差で優勝を逃しました。／他以僅僅十秒之差，不幸痛失了冠軍頭銜。

のがれる【逃れる】 自下一 逃跑，逃脫；逃避，避免，躲避 反 追う 類 逃げる △警察の追跡を逃れようとして、犯人は追突事故を起こしました。／嫌犯試圖甩掉警察追捕而駕車逃逸，卻發生了追撞事故。

のきなみ【軒並み】 名·副 屋簷節比，成排的屋簷；家家戶戶，每家；一律 △続編とあって、映画の評判は軒並み良好だ。／由於是續集，得到全面讚賞的影評。

のぞましい【望ましい】 形 所希望的；希望那樣；理想的；最好的… 反 厭わしい 類 好ましい △合格基準をあらかじめ明確に定めておくことが望ましい。／希望能事先明確訂定錄取標準。

のぞむ【臨む】 自五 面臨，面對；瀕臨；遭逢；蒞臨；君臨，統治 類 当たる △決勝戦に臨む意気込みを一言お願いします。／請您在冠亞軍決賽即將開始前，對觀眾們說幾句展現鬥志的話。

のっとる【乗っ取る】 他五 (「のりとる」的音便) 侵占，奪取，劫持 反 与える 類 奪う △タンカーが海賊に乗っ取られたという知らせが飛び込んできた。／油輪遭到海盜強佔挾持的消息傳了進來。

のどか 形動 安靜悠閒；舒適，閒適；天氣晴朗，氣溫適中；和煦 反 くよくよ 類 のんびり △いつかは南国ののどかな島で暮らしてみたい。／希望有天能住在靜謐悠閒的南方小島上。

ののしる【罵る】 自五 大聲吵鬧 他五 罵，說壞話 類 罵倒(ばとう) △顔を見るが早いか、お互いにののしり始めた。／雙方才一照面，就互罵了起來。

のべ【延べ】 名 (金銀等) 金屬壓延(的東西)；延長；共計 類 合計 △東京ドームの延べ面積はどのくらいありますか。／請問東京巨蛋的總面積約莫多大呢？

のみこむ【飲み込む】 他五 咽下，吞下；領會，熟悉 類 飲む △噛み切れなかったら、そのまま飲み込むまでだ。／沒辦法咬斷的話，也只能直接吞下去了。

のりこむ【乗り込む】 自五 坐進，乘上

（車）；開進，進入；（和大家）一起搭乘；（軍隊）開入；（劇團、體育團體等）到達 類 乗る △みんなでミニバンに乗り込んでキャンプに行きます。／大家一同搭乘迷你廂型車去露營。

ノルマ【（俄）norma】 名 基準，定額 △ノルマを果たす。／完成銷售定額。

は ハ

N1-078

は【刃】 名 刀刃 反 峰 類 きっさき △このカッターの刃は鋭いので、扱いに注意したほうがいいですよ。／這把美工刀的刀刃銳利，使用時要小心一點喔！

は【派】 名·漢造 派，派流；衍生；派出 類 党派 △過激派によるテロが後を絶ちません。／激進主義者策動接二連三的恐怖攻擊。

バー【bar】 名 （鐵、木的）條，桿，棒；小酒吧，酒館 △ 週末になるとバーはほぼ満席です。／每逢週末，酒吧幾乎都客滿。

はあく【把握】 名·他サ 掌握，充分理解，抓住 類 理解 △正確な実態をまず把握しなければ、何の策も打てません。／倘若未能掌握正確的實況，就無法提出任何對策。

バージョンアップ【version up】 名 版本升級 △バージョンアップができる。／版本可以升級。

はい【肺】 名·漢造 肺；肺腑 類 肺臓 △肺の状態いかんでは、入院の必要がある。／照這肺的情況來看，有住院的必要。

はい・ぱい【敗】 名·漢造 輸；失敗；腐敗；戰敗 △今シーズンの成績は9勝5敗でした。／本季的戰績為九勝五敗。

はいえん【肺炎】 名 肺炎 △肺炎を起こす。／引起肺炎。

バイオ【biotechnology之略】 名 生物技術，生物工程學 △バイオテクノロジーを用いる。／運用生命科學。

はいき【廃棄】 名·他サ 廢除 △パソコンはリサイクル法の対象なので、勝手に廃棄してはいけません。／個人電腦被列為《資源回收法》中的應回收廢棄物，不得隨意棄置。

はいきゅう【配給】 名·他サ 配給，配售，定量供應 類 配る △かつて、米や砂糖はみな配給によるものでした。／過去，米與砂糖曾屬於配給糧食。

ばいきん【ばい菌】 名 細菌，微生物 △抗菌剤にはばい菌の発生や繁殖を防ぐ効果があります。／防霉劑具有防止霉菌之產生與繁殖的效果。

はいぐうしゃ【配偶者】㊔ 配偶；夫婦當中的一方△配偶者がいる場合といない場合では、相続順位が異なります。／被繼承人之有無配偶，會影響繼承人的順位。

はいけい【拝啓】㊔（寫在書信開頭的）敬啟者 ㊐ 謹啓△拝啓　陽春の候、ますますご清栄のこととお慶び申し上げます。／您好：時值陽春，盼望貴公司日益興旺。

はいけい【背景】㊔背景；（舞台上的）布景；後盾，靠山 ㊍ 前景 ㊐ 後景△理由あっての犯行だから、事件の背景を明らかにしなければならない。／有理由才會犯罪的，所以必須去釐清事件的背景才是。

はいご【背後】㊔ 背後；暗地，背地，幕後 ㊍ 前 ㊐ 後ろ△悪質な犯行の背後に、何があったのでしょうか。／在泯滅人性的犯罪行為背後，是否有何隱情呢？

はいし【廃止】名・他サ 廢止，廢除，作廢△今年に入り、各新聞社では夕刊の廃止が相次いでいます。／今年以來，各報社的晚報部門皆陸續吹起熄燈號。

はいしゃく【拝借】名・他サ（謙）拜借△ちょっと辞書を拝借してもよろしいでしょうか。／請問可以借用一下您的辭典嗎？

はいじょ【排除】名・他サ 排除，消除 ㊐ 取り除く△先入観を排除すると新しい一面が見えるかもしれません。／摒除先入為主的觀念，或許就能窺見嶄新的一面。

ばいしょう【賠償】名・他サ 賠償 ㊐ 償う△原告は和解に応じ、1,000万円の賠償金を払うことになった。／原告答應和解，決定支付一千萬的賠償金。

はいすい【排水】名・自サ 排水△排水溝が詰まってしまった。／排水溝堵塞住了。

はいせん【敗戦】名・自サ 戰敗△ドイツや日本は敗戦からどのように立ち直ったのですか。／請問德國和日本是如何於戰敗後重新崛起呢？

はいち【配置】名・他サ 配置，安置，部署，配備；分派點△家具の配置いかんで、部屋が大きく見える。／家具的擺放方式如何，可以讓房間看起來很寬敞。

ハイテク【high-tech】㊔（ハイテクノロジー之略）高科技△新竹には台湾のハイテク産業が集まっている。／新竹是台灣高科技產業的集中地。

ハイネック【high-necked】㊔ 高領△ハイネックのセーターに、お気に入りのネックレスを合わせる。／在高領毛衣上搭配了鍾愛的項鍊。

はいはい 名・自サ（幼兒語）爬行△はいはいができるようになった。／小孩會爬行了。

はいふ【配布】名・他サ 散發 ㊐ 配る△

お手元に配布した資料をご覧ください。／請大家閱讀您手上的資料。

はいぶん【配分】 ㊔·他サ 分配，分割 類 割り当てる △大学の規則にのっとり、各教授には一定の研究費が配分されます。／依據大學校方的規定，各教授可以分配到定額的研究經費。

はいぼく【敗北】 ㊔·自サ （戰爭或比賽）敗北，戰敗；被擊敗；敗逃 △わがチームは歴史的な一戦で屈辱的な敗北を喫しました。／在這場具有歷史關鍵的一役，本隊竟然吃下了令人飲恨的敗仗。

ばいりつ【倍率】 ㊔ 倍率，放大率；（入學考試的）競爭率 △国公立大学の入学試験の平均倍率はどれくらいですか。／請問國立及公立大學入學考試的平均錄取率大約多少呢？

はいりょ【配慮】 ㊔·他サ 關懷，照料，照顧，關照 類 心掛け △いつも格別なご配慮を賜りありがとうございます。／萬分感謝總是給予我們特別的關照。

N1-079

はいれつ【配列】 ㊔·他サ 排列 △キーボードのキー配列はパソコンによって若干違います。／不同廠牌型號的電腦，其鍵盤的配置方式亦有些許差異。

はえる【映える】 自下一 照，映照；（顯得）好看；顯眼，奪目 △紅葉が青空に映えてとてもきれいです。／湛藍天空與楓紅相互輝映，景致極為優美。

はかい【破壊】 ㊔·自他サ 破壞 類 壊す △環境破壊がわれわれに与える影響は計り知れません。／環境遭到破壞之後，對我們人類造成無可估計的影響。

はかどる 自五 （工作、工程等）有進展 反 滞る 類 進行 △病み上がりで仕事がはかどっていないことは、察するにかたくない。／可以體諒才剛病癒，所以工作沒什麼進展。

はかない 形 不確定，不可靠，渺茫；易變的，無法長久的，無常 △桜ははかないからこそ美しいと言われています。／正因為盛綻的櫻花轉瞬卻又凋零，更讓人由衷讚嘆其虛幻絕美。

ばかばかしい【馬鹿馬鹿しい】 形 毫無意義與價值，十分無聊，非常愚蠢 反 面白い 類 下らない △彼は時々信じられないほど馬鹿馬鹿しいことを言う。／他常常會說出令人不敢置信的荒謬言論。

はかる【諮る】 他五 商量，協商；諮詢 類 会議 △答弁が終われば、議案を会議に諮って採決をします。／俟答辯終結，法案將提送會議進行協商後交付表決。

はかる【図る・謀る】 他五 圖謀，策劃；謀算，欺騙；意料；謀求 類 企てる △当社は全力で顧客サービスの改善を図って参りました。／本公司將不遺餘力謀求顧客服務之改進。

はき【破棄】(名·他サ)（文件、契約、合同等）廢棄，廢除，撕毀 類 捨てる △せっかくここまで準備したのに、今更計画を破棄したいではすまされない。／好不容易已準備就緒，不許現在才說要取消計畫。

はぐ【剥ぐ】(他五) 剝下；強行扒下，揭掉；剝奪 類 取り除く △イカは皮を剥いでから刺身にします。／先剝除墨魚的表皮之後，再切片生吃。

はくがい【迫害】(名·他サ) 迫害，虐待 △迫害された歴史を思い起こすと、怒りがこみ上げてやまない。／一想起遭受迫害的那段歷史，就令人怒不可遏。

はくじゃく【薄弱】(形動)（身體）軟弱，孱弱；（意志）不堅定，不強；不足 △最近の若者は意志薄弱だと批判されることがあります。／近來的年輕人常被批判為意志薄弱。

はくじょう【白状】(名·他サ) 坦白，招供，招認，認罪 類 自白 △すべてを白状したら許してくれますか。／假如我將一切事情全部從實招供，就會原諒我嗎？

ばくぜん【漠然】(形動) 含糊，籠統，曖昧，不明確 △将来に対し漠然とした不安を抱いています。／對未來感到茫然不安。

ばくだん【爆弾】(名) 炸彈 △主人公の椅子の下に時限爆弾が仕掛けられています。／主角的椅子下面被裝置了定時炸彈。

ばくは【爆破】(名·他サ) 爆破，炸毀 △炭鉱採掘現場では爆破処理が行われることも一般的です。／在採煤礦場中進行爆破也是稀鬆平常的事。

ばくろ【暴露】(名·自他サ) 曝曬，風吹日曬；暴露，揭露，洩漏 類 暴く △元幹部がことの真相を暴露した。／以前的幹部揭發了事情的真相。

はげます【励ます】(他五) 鼓勵，勉勵；激發；提高嗓門，聲音，厲聲 類 応援 △あまりに落ち込んでいるので、励ます言葉が見つからない。／由於太過沮喪，連鼓勵的話都想不出來。

はげむ【励む】(自五) 努力，勤勉 反 怠る 類 専ら △退院してからは自宅でリハビリに励んでいます。／自從出院之後，就很努力地在家自行復健。

はげる【剥げる】(自下一) 剝落；褪色 反 覆う 類 脱落 △マニキュアは大体1週間で剥げてしまいます。／擦好的指甲油，通常一個星期後就會開始剝落。

ばける【化ける】(自下一) 變成，化成；喬裝，扮裝；突然變成 類 変じる △日本語の文字がみな数字や記号に化けてしまいました。／日文文字全因亂碼而變成了數字或符號。

はけん【派遣】(名·他サ) 派遣；派出 反 召還 類 出す △不況のあまり、派遣の仕事ですら見つけられない。／由於經濟太不景氣，就連派遣的工作也找不到。

はごたえ【歯応え】[名]咬勁，嚼勁；有幹勁△この煎餅は歯応えがある。／這個煎餅咬起來很脆。

はじ【恥】[名]恥辱，羞恥，丟臉 [反]誉れ [類]不名誉 △「旅の恥はかき捨て」とは言いますが、失礼な言動は慎んでください。／雖然俗話說「出門在外，不怕見怪」，但還是不能做出失禮的言行舉止。

はじく【弾く】[他五]彈；打算盤；防抗，排斥 [類]撥ねる △レインコートは水を弾く素材でできています。／雨衣是以撥水布料縫製而成的。

パジャマ【pajamas】[名]（分上下身的）西式睡衣△寝巻きは寝ている間に脱げてしまうから、私はパジャマを着て寝ています。／由於睡著了以後，穿連身式的睡衣容易扯掉，所以我都穿上衣和褲子分開的西式睡衣睡覺。

はじらう【恥じらう】[他五]害羞，羞澀 [反]誇る △女の子は恥じらいながらお菓子を差し出しました。／那個女孩子害羞地送上甜點。

はじる【恥じる】[自上一]害羞；慚愧△失敗あっての成功だから、失敗を恥じなくてもよい。／沒有失敗就不會成功，不用因為失敗而感到羞恥。

はしわたし【橋渡し】[名]架橋；當中間人，當介紹人 [類]引き合わせ △彼女は日本と中国の茶道協会の橋渡しとして活躍した。／她做為日本與中國的茶道協會溝通橋樑，表現非常活躍。

はす【蓮】[名]蓮花△蓮の花が見頃だ。／現在正是賞蓮的時節。

バス【bath】[名]浴室△ホテルは、バス・トイレ共同でもかまいません。／住宿的旅館，訂浴廁共用的房型也無所謂。

はずむ【弾む】[自五]跳，蹦；（情緒）高漲；提高（聲音）；（呼吸）急促 [他五]（狠下心來）花大筆錢買 [類]跳ね返る △特殊なゴムで作られたボールとあって、大変よく弾む。／不愧是採用特殊橡膠製成的球，因此彈力超強。

[N1-080]

はそん【破損】[名·自他サ]破損，損壞 [類]壊れる △ここにはガラスといい、陶器といい、破損しやすい物が多くある。／這裡不管是玻璃還是陶器，多為易碎之物。

はた【機】[名]織布機△織女は、牽牛と会うようになってから、機を織る仕事を怠るようになりました。／自從織女和牛郎相遇以後，就疏於織布了。

はたく[他五]撣；拍打；傾囊，花掉所有的金錢 [類]打つ △ほっぺをはたいたな！ママにもはたかれたことないのに！／竟敢甩我耳光！就連我媽都沒打過我！

はだし【裸足】[名]赤腳，赤足，光著腳；敵不過 [類]素足 △裸足かと思いきや、ストッキングを履いていた。／原本以為打著赤腳，沒想到竟然穿了絲襪。

はたす【果たす】 (他五) 完成，實現，履行；(接在動詞連用形後) 表示完了，全部等；(宗) 還願；(舊) 結束生命 (反) 失敗 (類) 遂げる △父親たる者、子どもとの約束は果たすべきだ。／身為人父，就必須遵守與孩子的約定。

はちみつ【蜂蜜】 (名) 蜂蜜 △妹は、蜂蜜といい、砂糖といい、甘い物なら何でも好きだ。／妹妹無論是蜂蜜或砂糖，只要是甜食都喜歡吃。

パチンコ (名) 柏青哥，小鋼珠 △息子ときたら、毎日パチンコばかりしている。／說到我那個兒子，每天老是打小鋼珠。

はつ【初】 (名) 最初；首次 △初の海外旅行で、グアムに行った。／第一次出國旅遊去了關島。

バツイチ (名) (俗) 離過一次婚 △バツイチになった。／離了一次婚。

はつが【発芽】 (名·自サ) 發芽 △モヤシは種を発芽させた野菜のことだが、普通は緑豆モヤシを指す。／豆芽菜是指發芽後的蔬菜，一般指的是綠豆芽菜。

はっくつ【発掘】 (名·他サ) 發掘，挖掘；發現 △遺跡を発掘してからというもの、彼は有名人になった。／自從他挖掘出考古遺跡後，就成了名人。

はつげん【発言】 (名·自サ) 發言 (反) 沈黙 (類) 一言 △首相ともなれば、いかなる発言にも十分な注意が必要だ。／既然已經當上首相了，就必須特別謹言慎行。

バッジ【badge】 (名) 徽章 (類) 徽章 △子どもではあるまいし、芸能人のバッジなんかいらないよ。／我又不是小孩子，才不要什麼藝人的肖像徽章呢！

はっせい【発生】 (名·自サ) 發生；(生物等) 出現，蔓延 (類) 生える △小さい地震だったとはいえ、やはり事故が発生した。／儘管只是一起微小的地震，畢竟還是引發了災情。

はっそく・ほっそく【発足】 (名·自サ) 開始(活動)，成立 △新プロジェクトが発足する。／開始進行新企畫。

ばっちり (副) 完美地，充分地 △準備はばっちりだ。／準備很充分。

バッテリー【battery】 (名) 電池，蓄電池 △バッテリーがなくなればそれまでだ。／電力耗盡也就無法運轉了。

バット【bat】 (名) 球棒 △10年も野球をしていないので、バットを振ることすらできない。／已經有十年沒打棒球了，以致於連球棒都不知道該怎麼揮了。

はつびょう【発病】 (名·自サ) 病發，得病 △発病3年目にして、やっと病名がわかった。／直到發病的第三年，才終於查出了病名。

はつみみ【初耳】(名) 初聞，初次聽到，前所未聞 △彼が先月を限りに酒をやめたとは、初耳だ。／這是我第一次聽到他從這個月竟然開始戒酒。

はて【果て】(名) 邊際，盡頭；最後，結局，下場；結果 (類) 終極 △昔の人は、海の果ては滝になっていると考えました。／以前的人以為大海的盡頭是瀑布。

はてしない【果てしない】(形) 無止境的，無邊無際的 △果てしない大宇宙には、ほかの生命体がいるかもしれない。／在無垠的廣大宇宙裡，說不定還有其他的生物體存在。

はてる【果てる】(自下一) 完畢，終，終；死 (接尾)（接在特定動詞連用形後）達到極點 (類) 済む △悩みは永遠に果てることがない。／所謂的煩惱將會是永無止境的課題。

ばてる (自下一)（俗）精疲力倦，累到不行 (類) 疲れる △日頃運動しないから、ちょっと歩くと、ばてる始末だ。／平常都沒有運動，才會走一小段路就精疲力竭了。

パトカー【patrolcar】(名) 警車（「パトロールカー之略」）△随分待ったのに、パトカーはおろか、救急車も来ない。／已經等了好久，別說是警車，就連救護車也還沒來。

バトンタッチ【（和）baton＋touch】(名・他サ)（接力賽跑中）交接接力棒；（工作、職位）交接 △次の選手にバトンタッチする。／交給下一個選手。

はなしがい【放し飼い】(名) 放養，放牧 △猫を放し飼いにする。／將貓放養。

はなはだ【甚だ】(副) 很，甚，非常 (類) とても △招待客に挨拶もしないとは、甚だ失礼なことだ。／竟然也不問候前來的賓客，實在失禮至極！

はなびら【花びら】(名) 花瓣 (類) つぼみ △今年の桜は去年にもまして花びらが大きくて、きれいだ。／今年的櫻花花瓣開得比去年的還要大，美麗極了。

パパ【papa】(名)（兒）爸爸 (反) ママ (類) 父 △パパすら認識できないのに、おじいちゃんなんて無理に決まっている。／連自己的爸爸都不甚瞭解了，遑論爺爺呢？

はばむ【阻む】(他五) 阻礙，阻止 (類) 妨げる △公園をゴルフ場に変える計画は、住民達に阻まれた。／居民們阻止了擬將公園變更為高爾夫球場的計畫。

N1-081

バブル【bubble】(名) 泡泡，泡沫；泡沫經濟的簡稱 △私が大学２年のときバブルが崩壊し、就職難の時代がやって来た。／在我大學二年級的時候出現了泡沫危機，開始了就業困難的時代。

はま【浜】(名) 海濱，河岸 (反) 沖 (類) 岸 △

浜を見るともなく見ていると、亀が海から現れた。／當不經意地朝海邊望去時，赫然發現海面上冒出海龜。

はまべ【浜辺】[名] 海濱，湖濱 △夜の浜辺がこんなに素敵だとは思いもよらなかった。／從不知道夜晚的海邊竟是如此美麗。

はまる [他五] 吻合，嵌入；剛好合適；中計，掉進；陷入；(俗) 沉迷 [反] 外れる [類] 当て嵌まる △母の新しい指輪には大きな宝石がはまっている。／母親的新戒指上鑲嵌著一顆碩大的寶石。

はみだす【はみ出す】[自五] 溢出；超出範圍 △引き出しからはみ出す。／滿出抽屜外。

はやまる【早まる】[自五] 倉促，輕率，貿然；過早，提前 △予定が早まる。／預定提前。

はやめる【速める・早める】 [他下一] 加速，加快；提前，提早 [類] スピードアップ △研究を早めるべく、所長は研究員を３人増やした。／所長為了及早完成研究，增加三名研究人員。

りゅうこう【流行】[名] 流行 △流行を追う。／趕流行。

ばらす [名] (把完整的東西) 弄得七零八落；(俗) 殺死，殺掉；賣掉，推銷出去；揭穿，洩漏(秘密等) △機械をばらして修理する。／把機器拆得七零八落來修理。

はらだち【腹立ち】[名] 憤怒，生氣 △犯人は、腹立ちまぎれに放火したと供述した。／犯人火冒三丈地供出了自己有縱火。

はらっぱ【原っぱ】[名] 雜草叢生的曠野；空地 △ごみがばら撒かれた原っぱは、見るにたえない。／散落著滿是垃圾的草原，真是讓人看了慘不忍睹。

はらはら [副・自サ] (樹葉、眼淚、水滴等) 飄落或是簌簌落下貌；非常擔心的樣子 [類] ぽろぽろ △池に紅葉がはらはらと落ちる様子は、美の極みだ。／楓葉片架架簌簌地飄落於池面，簡直美得令人幾乎屏息。

ばらばら [副] 分散貌；凌亂的樣子，支離破碎的樣子；(雨點，子彈等) 帶著聲響落下或飛過 △意見がばらばらに割れる。／意見紛歧。

ばらまく【ばら撒く】[他五] 撒播，撒；到處花錢，散財 [類] 配る △レジでお金を払おうとして、うっかり小銭をばら撒いてしまった。／在收銀台正要付錢時，一不小心把零錢撒了一地。

はり【張り】[名・接尾] 當力，拉力；緊張而有力；勁頭，信心 △これを使うと、張りのある肌になれます。／只要使用它，就可以擁有充滿彈性的肌膚。

はりがみ【張り紙】[名] 貼紙；廣告，標語 △張り紙は、１枚たりとも残さずはがしてくれ。／廣告單給我統統撕下來，一張也別留！

はる【張る】[自他五] 伸展；覆蓋；膨脹，

(負擔) 過重，(價格) 過高；拉；設置；盛滿(液體等) △湖に氷が張った。／湖面結冰。

はるか【遥か】 副·形動 (時間、空間、程度上) 遠，遙遠 反 近い 類 遠い △休みなしに歩いても、ゴールは遥か遠くだ。／即使完全不休息一直行走，終點依舊遙不可及。

はれつ【破裂】 名·自サ 破裂 △袋は破裂せんばかりにパンパンだ。／袋子鼓得快被撐破了。

はれる【腫れる】 自下一 腫，脹 類 膨れる △30キロからある道を走ったので、足が腫れている。／由於走了長達三十公里的路程，腳都腫起來了。

ばれる 自下一 (俗) 暴露，散露；破裂 △うそがばれる。／揭穿謊言。

はん【班】 名·漢造 班，組；集團，行列；分配；席位，班次 △子ども達は班を作って、交代で花に水をやっている。／孩子們分組輪流澆花。

はん【判】 名·漢造 圖章，印鑑；判斷，判定；判讀，判明；審判 類 印 △君が同意しないなら、直接部長から判をもらうまでだ。／如果你不同意的話，我只好直接找經理蓋章。

はん・ばん【版】 名·漢造 版；版本，出版；版圖 △規則が変わったから、修正版を作って、みんなに配ろう。／規定已經異動，請繕打修正版本分送給大家吧。

はんえい【繁栄】 名·自サ 繁榮，昌盛，興旺 反 衰える 類 栄える △ビルを建てたところで、町が繁栄するとは思えない。／即使興建了大樓，我也不認為鎮上就會因而繁榮。

はんが【版画】 名 版畫，木刻 △散歩がてら、公園の横の美術館で版画展を見ようよ。／既然出來散步，就順道去公園旁的美術館參觀版畫展嘛！

N1-082

ハンガー【hanger】 名 衣架 △脱いだ服は、ハンガーに掛けるなり、畳むなりしろ。／脫下來的衣服，看是要掛在衣架上，還是要折疊起來！

はんかん【反感】 名 反感 △彼の失礼な態度には、反感を覚える。／對他失禮的態度十分反感。

はんきょう【反響】 名·自サ 迴響，回音；反應，反響 類 反応 △視聴者の反響いかんでは、この番組は打ち切らざるを得ない。／照觀眾的反應來看，這個節目不得不到此喊停了。

はんげき【反撃】 名·自サ 反擊，反攻，還擊 △相手がひるんだのを見て、ここぞとばかりに反撃を始めた。／當看到對手面露退怯之色，旋即似乎抓緊機會開始展開反擊。

はんけつ【判決】 名·他サ (法) 判決；(是非直曲的) 判斷，鑑定，評價 △判決いかんでは、控訴する可能性もあ

5 Level
4 Level
3 Level
2 Level
1 Level

る。／視判決結果如何，不排除提出上訴的可能性。

はんしゃ【反射】(名·自他サ)（光、電波等）折射，反射；（生理上的）反射（機能）類光る △光の反射によって、青く見えることもある。／依據光線的反射情況，看起來也有可能是藍色的。

はんじょう【繁盛】(名·自サ) 繁榮昌茂，興隆，興旺 類盛ん △繁盛しているとはいえ、去年ほどの売り上げはない。／雖然生意興隆，但營業額卻比去年少。

はんしょく【繁殖】(名·自サ) 繁殖；滋生 類殖える △実験で細菌が繁殖すると思いきや、そうではなかった。／原本以為這個實驗可使細菌繁殖，沒有想到結果卻非如此。

はんする【反する】(自サ) 違反；相反；造反 反従う 類背く △天気予報に反して、急に春めいてきた。／與氣象預報相反的，天氣忽然變得風和日麗。

はんてい【判定】(名·他サ) 判定，判斷，判決 類裁き △判定のいかんによって、試合結果が逆転することもある。／依照的判定方式不同，比賽結果有時會出現大逆轉。

ハンディ【handicap之略】(名) 讓步（給實力強者的不利條件，以使勝負機會均等的一種競賽）；障礙 △ハンディがもらえる。／取得讓步。

ばんにん【万人】(名) 萬人，眾人 △彼の料理は万人を満足させるに足るものだ。／他所烹調的佳餚能夠滿足所有人的胃。

ばんねん【晩年】(名) 晚年，暮年 △晩年ともなると、悟りを開いたようになってくる。／到了晚年就會有所領悟。

はんのう【反応】(名·自サ)（化學）反應；（對刺激的）反應；反響，效果 △この計画を進めるかどうかは、住民の反応いかんだ。／是否要推行這個計畫，端看居民的反應而定。

ばんのう【万能】(名) 萬能，全能，全才 反無能 類有能 △万能選手ではあるまいし、そう無茶を言うなよ。／我又不是十項全能的運動選手，不要提出那種強人所難的要求嘛！

はんぱ【半端】(名·形動) 零頭，零星；不徹底；零數，尾數；無用的人 類不揃い △働くかたわら、家事をするので中途半端になりがちだ。／既要忙工作又要做家事，結果兩頭都不上不下。

はんぱつ【反発】(名·自他サ) 排斥，彈回；抗拒，不接受；反抗；（行情）回升 △党内に反発があるとはいえ、何とかまとめられるだろう。／即使黨內有反彈聲浪，但終究會達成共識吧。

はんらん【反乱】(名) 叛亂，反亂，反叛 △江戸時代初期に、「島原の乱」という大きな反乱がありました。／在江戶時代初期，發生了一起名為「島原之亂」的叛變。

はんらん【氾濫】（名·自サ）氾濫；充斥，過多 類 溢れる △この河は今は水が少ないが、夏にはよく氾濫する。／這條河雖然現在流量不大，但是在夏天常會氾濫。

ひ ヒ

N1-083

ひ【碑】（漢造）碑 類 石碑 △設立者の碑を汚すとは、失礼極まりない。／竟然弄髒了創立人的碑，實在至為失禮。

ひ【被】（漢造）被…，蒙受；被動 △金銭的な損害があろうとなかろうと、被害者には違いない。／不論有金錢上的損害還是沒有，仍然是被害人。

び【美】（漢造）美麗；美好；讚美 反 醜 類 自然美 △自然と人工の美があいまって、最高の観光地だ。／那裡不僅有自然風光，還有人造美景，是絕美的觀光勝地。

ひいては（副）進而 △会社の利益がひいては社員の利益となる。／公司的利益進而成為員工的利益。

ひかえしつ【控え室】（名）等候室，等待室，休憩室 △彼はステージから戻るや否や、控え室に入って行った。／他一下了舞台就立刻進入休息室。

ひかえる【控える】（自下一）在旁等候，待命（他下一）拉住，勒住；控制，抑制；節制；暫時不…；面臨，靠近；（備忘）記下；（言行）保守，穩健 類 待つ △医者に言われるまでもなく、コーヒーや酒は控えている。／不待醫師多加叮嚀，已經自行控制咖啡以及酒類的攝取量。

ひかん【悲観】（名·自他サ）悲觀 反 楽観 類 がっかり △世界の終わりじゃあるまいし、そんなに悲観する必要はない。／又不是世界末日，不需要那麼悲觀。

ひきあげる【引き上げる】（他下一）吊起；打撈；撤走；提拔；提高（物價）；收回（自下一）歸還，返回 反 引き下げる 類 上げる △2014年4月1日、日本の消費税は5％から8％に引き上げられた。／從2014年4月1日起，日本的消費稅從5％增加為8％了。

ひきいる【率いる】（他上一）帶領；率領 類 連れる △市長たる者、市民を率いて街を守るべきだ。／身為市長，就應當帶領市民守護自己的城市。

ひきおこす【引き起こす】（他五）引起，引發；扶起，拉起 類 発生 △小さい誤解が殺人を引き起こすとは、恐ろしい限りだ。／小小的誤會竟然引發成兇殺案，實在可怕至極。

ひきさげる【引き下げる】（他下一）降低；使後退；撤回 類 取り下げる △文句を

言ったところで、運賃は引き下げられないだろう。／就算有所抱怨，也不可能少收運費吧！

ひきずる【引きずる】 自·他五 拖，拉；硬拉著走；拖延 △足を引きずりながら走る選手の姿は、見るにたえない。／選手硬拖著蹣跚腳步奔跑的身影，實在讓人不忍卒睹。

ひきたてる【引き立てる】 他下一 提拔，關照；穀粒；使…顯眼；(強行)拉走，帶走；關門(拉門) △後輩を引き立てる。／提拔晚輩。

ひきとる【引き取る】 自五 退出，退下；離開，回去　他五 取回，領取；收購；領來照顧 反 進む 類 退く △今日は客の家へ50キロからある荷物を引き取りに行く。／今天要到客戶家收取五十公斤以上的貨物。

ひく【引く】 自五 後退；辭退；(潮)退，平息△身を引く。／引退。

ひけつ【否決】 名·他サ 否決 反 可決 △議会で否決されたとはいえ、これが最終決定ではない。／雖然在議會遭到否決，卻非最終定案。

ひこう【非行】 名 不正當行為，違背道德規範的行為 類 悪事 △親が子どもの非行を放置するとは、無責任極まりない。／身為父母竟然縱容子女的非法行為，實在太不負責任了。

ひごろ【日頃】 名·副 平素，平日，平常 類 普段 △日頃の努力いかんで、テストの成績が決まる。／平時的努力將決定考試的成績。

ひさしい【久しい】 形 過了很久的時間，長久，好久 類 永い △松田君とは、久しく会っていない。／和松田已經很久沒見面了。

ひさん【悲惨】 名·形動 悲慘，悽慘 類 惨め △今の彼の悲惨な有様を見て、同情を禁じえなかった。／看到他現在的悲慘狀況，實在使人不禁同情。

ビジネス【business】 名 事務，工作；商業，生意，實務 類 事業 △ビジネスといい、プライベートといい、うまくいかない。／不管是工作，還是私事，都很不如意。

ひじゅう【比重】 名 比重，(所占的)比例△昇進するにつれて交際費の比重が増えてくるのは、想像にかたくない。／不難想像隨著職位上升，交際應酬費用的比例也會跟著增加。

ひしょ【秘書】 名 祕書；祕藏的書籍 類 助手 △秘書の能力いかんで、仕事の効率にも差が出る。／根據秘書的能力，工作上的效率也會大有不同。

びしょう【微笑】 名·自サ 微笑△彼女は天使のごとき微笑で、みんなを魅了した。／她以那宛若天使般的微笑，把大家迷惑得如癡如醉。

ひずみ【歪み】 名 歪斜，曲翹；(喻)不良影響；(理)形變△政策のひずみを是正する。／導正政策的失調。

ひずむ 自五 變形，歪斜 類 ゆがむ △そのステレオは音がひずむので、返品した。／由於這台音響的音質不穩定，所以退了貨。

ひそか【密か】 形動 悄悄地不讓人知道的樣子；祕密，暗中；悄悄，偷偷 △書類を密かに彼に渡さんがため朝早くから出かけた。／為將文件悄悄地交給他，大清早就出門了。

ひたす【浸す】 他五 浸，泡 類 漬ける △泥まみれになったズボンは水に浸しておきなさい。／去沾滿污泥的褲子拿去泡在水裡。

ひたすら 副 只顧，一味 類 一層 △親の不満をよそに、彼はひたすら歌の練習に励んでいる。／他不顧父母的反對，一味地努力練習唱歌。

ひだりきき【左利き】 名 左撇子；愛好喝酒的人 反 右利き △左利きといえども、右手をけがすると何かと不自由する。／雖然是左撇子，但是右手受傷後做起事來還是很不方便。

ぴたり（と） 副 突然停止貌；緊貼的樣子;恰合，正對△計算がぴたりと合う。／計算恰好符合。

ひっかく【引っ掻く】 他五 搔 類 掻く △猫じゃあるまいし、人を引っ掻くのはやめなさい。／你又不是貓，別再用指甲搔抓人了！

N1-084

ひっかける【引っ掛ける】 他下一 掛起來；披上；欺騙 △コートを洋服掛けに引っ掛ける。／將外套掛在衣架上。

ひっしゅう【必修】 名 必修△必修科目すらまだ単位を取り終わっていない。／就連必修課程的學分，都還沒有修完。

びっしょり 副 溼透△冬といえども、ジョギングすると汗びっしょりになる。／雖說是冬天，慢跑後還是會滿身大汗。

ひつぜん【必然】 名 必然 反 恐らく 類 必ず △年末ともなると、必然的に忙しくなる。／到了年終歲暮時節，必然會變得格外忙碌。

ひってき【匹敵】 名・自サ 匹敵，比得上 類 敵う △あのコックは、若いながらもベテランに匹敵する料理を作る。／那位廚師雖然年輕，但是做的菜和資深廚師不相上下。

ひといき【一息】 名 一口氣；喘口氣；一把勁 △あともう一息で終わる。努力あるのみだ。／再加把勁兒就可完成，剩下的只靠努力了！

ひとかげ【人影】 名 人影；人 △この商店街は、9時を過ぎると人影すらなくなる。／這條商店街一旦過了九點，連半條人影都沒有。

ひとがら【人柄】 名・形動 人品，人格，品質；人品好 類 人格 △彼は、子どもが生まれてからというもの、人柄が変わった。／他自從孩子出生以後，個性也有了轉變。

ひとくろう【一苦労】 (名·自サ) 費一些力氣，費一些力氣，操一些心 △説得するのに一苦労する。／費了一番功夫說服。

ひとけ【人気】 (名) 人的氣息 △賑やかな表の道にひきかえ、裏の道は全く人気がない。／與前面的熱鬧馬路相反，背面的靜巷悄然無人。

ひところ【一頃】 (名) 前些日子；曾有一時 反 今 類 昔 △祖父は、一頃の元気を取り戻さんがため、運動を始めた。／祖父為了重拾以前的充沛活力，開始運動了。

ひとじち【人質】 (名) 人質 △事件の人質には、同情を禁じえない。／人質的處境令人不禁為之同情。

ひとちがい【人違い】 (名·自他サ) 認錯人，弄錯人 △後ろ姿がそっくりなので人違いしてしまった。／因為背影相似所以認錯了人。

ひとなみ【人並み】 (名·形動) 普通，一般 △贅沢がしたいとは言わないまでも、人並みの暮らしがしたい。／我不要求過得奢侈，只希望擁有和一般人一樣的生活。

ひとねむり【一眠り】 (名·自サ) 睡一會兒，打個盹 △車中で一眠りする。／在車上打了個盹。

ひとまかせ【人任せ】 (名) 委託別人，託付他人 △「そんな業務は部下にさせろよ。」「人任せにできない性分なんだ。」／「那種業務就交給部屬去做嘛！」「我的個性實在不放心把事情交給別人。」

ひとめぼれ【一目惚れ】 (名·自サ) (俗) 一見鍾情 △受付嬢に一目惚れする。／對櫃臺小姐一見鍾情。

ひどり【日取り】 (名) 規定的日期；日程 類 期日 △みんなが集まらないなら、会の日取りを変えよう。／如果大家的出席率不理想的話，那就更改開會日期吧。

ひな【雛】 (名·接頭) 雛鳥，雛雞；古裝偶人；(冠於某名詞上)表小巧玲瓏 類 鳥 △うっかり籠を開けっぱなしにしていたので、雛が逃げてしまった。／不小心打開籠門忘了關上，結果小鳥就飛走了。

ひなた【日向】 (名) 向陽處，陽光照到的地方；處於順境的人 類 日当たり △日陰にいるとはいえ、日向と同じくらい暑い。／雖說站在背陽處，卻跟待在日光直射處同樣炎熱。

ひなまつり【雛祭り】 (名) 女兒節，桃花節，偶人節 類 節句 △雛祭りも近づいて、だんだん春めいてきたね。／三月三日女兒節即將到來，春天的腳步也漸漸接近囉。

ひなん【非難】 (名·他サ) 責備，譴責，責

難 類 誹謗 △嘘まみれの弁解に非難ごうごうだった。／大家聽到連篇謊言的辯解就噓聲四起。

ひなん【避難】 名·自サ 避難 △サイレンを聞くと、みんな一目散に避難しはじめた。／聽到警笛的鳴聲，大家就一溜煙地避難去了。

ひのまる【日の丸】 名 （日本國旗）太陽旗；太陽形 △式が終わると、みんなは日の丸の旗を下ろした。／儀式才剛結束，大家就立刻降下日章旗。

ひばな【火花】 名 火星；（電）火花 類 火の粉 △隣のビルの窓から火花が散っているが、工事中だろうか。／從隔壁大樓的窗戶裡迸射出火花，是否正在施工？

ひび【日々】 名 天天，每天 △日々の暮らしで精一杯で、とても貯金をする余裕はない。／光是應付日常支出就已經捉襟見肘了，根本沒有多餘的錢存起來。

ひふえん【皮膚炎】 名 皮炎 △皮膚炎を治す。／治好皮膚炎。

N1-085

ひめい【悲鳴】 名 悲鳴，哀鳴；驚叫，叫喊聲；叫苦，感到束手無策 △あまりの痛さに、彼女は悲鳴を上げた。／極度的疼痛使她發出了慘叫。

ひやかす【冷やかす】 他五 冰鎮，冷卻，使變涼；嘲笑，開玩笑；只問價錢不買 類 からかう △父ときたら、酒に酔って、新婚夫婦を冷やかしてばかりだ。／說到我父親，喝得醉醺醺的淨對新婚夫婦冷嘲熱諷。

ひやけ【日焼け】 名·自サ （皮膚）曬黑；（因為天旱田裡的水被）曬乾 △日向で一日中作業をしたので、日焼けしてしまった。／在陽光下工作一整天，結果曬傷了。

ひょう【票】 名·漢造 票，選票；（用作憑證的）票；表決的票 △大統領選挙では、1票たりともあなどってはいけない。／在總統選舉當中，哪怕是一張選票都不可輕忽。

びょうしゃ【描写】 名·他サ 描寫，描繪，描述 類 描く △作家になり立てのころはこんな稚拙な描写をしていたかと思うと、赤面の至りです。／每當想到剛成為作家時描寫手法的青澀拙劣，就感到羞愧難當。

ひょっと 副 突然，偶然 類 ふと △外を見るともなく見ていると、友人がひょっと現れた。／當我不經意地朝外頭看時，朋友突然現身了。

ひょっとして 連語·副 該不會是，萬一，一旦，如果 △あのう、ひょっとして、片桐奈々さんではありませんか。／不好意思，請問一下，您是不是片桐奈奈小姐呢？

ひょっとすると 連語·副 也許，或許，有可能 △あれ？鍵がない。ひょっとすると、学校に忘れてきたのかもしれない。／咦？找不到鑰匙。該不會忘在學校裡了吧？

ひらたい【平たい】(形) 沒有多少深度或廣度，少凹凸而橫向擴展；平，扁，平坦；容易，淺顯易懂 類 平ら △材料をよく混ぜたら平たい容器に入れ、冷蔵庫で冷やします。／把食材均勻攪拌後倒進扁平的容器裡，放到冰箱裡降溫。

びり (名) 最後，末尾，倒數第一名△びりになった者を嘲笑うなど、友人としてあるまじき行為だ。／嘲笑敬陪末座的人，不是朋友應有的行為。

ひりつ【比率】(名) 比率，比 △塩と胡椒のベストな比率を調べようと、いろいろ試してみた。／為了找出鹽和胡椒的最佳混和比率，試了很多配方。

ひりょう【肥料】(名) 肥料 類 肥やし △肥料といい、水といい、いい野菜をつくるには軽く見てはいけない。／要栽種出鮮嫩可口的蔬菜，無論是肥料或是水質都不能小看忽視。

びりょう【微量】(名) 微量，少量 △微量といえども、放射線は危険である。／雖說是微量，畢竟放射線仍具有危險性。

ひるめし【昼飯】(名) 午飯 類 昼ごはん △忙しすぎて、昼飯は言うに及ばず、茶を飲む暇もない。／因為太忙了，別說是吃中餐，就連茶也沒時間喝。

ひれい【比例】(名・自サ) (數) 比例；均衡，相稱，成比例關係△労働時間と収入が比例しないことは、言うまでもない。／工作時間與薪資所得不成比例，自是不在話下。

ひろう【披露】(名・他サ) 披露；公布；發表△腕前を披露する。／大展身手。

ひろう【疲労】(名・自サ) 疲勞，疲乏 類 くたびれる △まだ疲労がとれないとはいえ、仕事を休まなければならないほどではない。／雖然還很疲憊，但不至於必須請假休息。

びんかん【敏感】(名・形動) 敏感，感覺敏銳 反 鈍感 類 鋭い △彼にあんなに敏感な一面があったとは、信じられない。／真不可置信，他竟然也會有這麼纖細敏感的一面。

ひんけつ【貧血】(名・自サ) (醫) 貧血 △ほうれん草は貧血に効く。／菠菜能有效改善貧血。

ひんこん【貧困】(名・形動) 貧困，貧窮；(知識、思想等的) 貧乏，極度缺乏 △父は若い頃、貧困ゆえに高校進学をあきらめた。／父親年輕時因家境貧困，不得不放棄繼續升學至高中就讀。

ひんしつ【品質】(名) 品質，質量 △品質いかんでは、今後の取引を再検討せざるを得ない。／視品質之良莠，不得不重新討論今後的交易。

ひんじゃく【貧弱】(名・形動) 軟弱，瘦弱；貧乏，欠缺；遜色 類 弱い △スポーツマンの兄にひきかえ、弟は実に貧弱

だ。／與當運動員的哥哥不同，弟弟的身體卻非常孱弱。

ひんしゅ【品種】 名 種類；(農) 品種 △技術の進歩により、以前にもまして新しい品種が増えた。／由於科技進步，增加了許多前所未有的嶄新品種。

ヒント【hint】 名 啟示，暗示，提示 反 明示 類 暗示 △授業のときならまだしも、テストなんだからヒントはなしだよ。／上課的時候也就算了，這可是考試，所以沒有提示喔。

ひんぱん【頻繁】 名·形動 頻繁，屢次 反 たまに 類 度々 △いたずら電話が頻繁にあり、とうとうやむを得ず番号を変えた。／頻頻接到騷擾電話頻頻，終於不得已去換了號碼。

ぴんぴん 副·自サ 用力跳躍的樣子；健壯的樣子 △魚がぴんぴん (と) はねる。／魚活蹦亂跳。

びんぼう【貧乏】 名·形動·自サ 貧窮，貧苦 反 富んだ 類 貧しい △たとえ貧乏であれ、盗みは正当化できない。／就算貧窮，也不能當作偷竊的正當理由。

ふフ

N1-086

ファイト【fight】 名 戰鬥，搏鬥，鬥爭；鬥志，戰鬥精神 類 闘志 △ファイトに溢れる選手の姿は、みんなを感動させるに足るものだった。／選手那充滿鬥志的身影，足以讓所有的人感動不已。

ファザコン【(和) father＋complex 之略】 名 戀父情結 △彼女はファザコンだ。／她有戀父情結。

ファン【fan】 名 電扇，風扇；(運動，戲劇，電影等) 影歌迷，愛好者 △いくらファンとはいえ、全国ツアーをついて回る余裕はない。／雖然是歌迷，但也沒有那麼多時間和金錢跟著一路參加全國巡迴演唱會。

ふい【不意】 名·形動 意外，突然，想不到，出其不意 △彼は昼食を食べ終わるなり、ふいに立ち上がった。／他才剛吃完午餐，倏然從椅子上站起身。

フィルター【filter】 名 過濾網，濾紙；濾波器，濾光器 △当製品ならではのフィルターで水がきれいになります。／本濾水器特有的過濾裝置，可將水質過濾得非常乾淨。

ふう【封】 名·漢造 封口，封上；封條；封疆；封閉 △父が勝手に手紙の封を開けるとは、とても信じられない。／實在不敢讓人相信，家父竟然擅自打開信封。

ふうさ【封鎖】 名·他サ 封鎖；凍結 類 封じる △今頃道を封鎖したところで、犯人は捕まらないだろう。／事到如今才封鎖馬路，根本來不及圍堵歹徒！

ふうしゃ【風車】 ㊔ 風車 △オランダの風車は私が愛してやまないものの一つです。／荷蘭的風車，是令我深愛不已的事物之一。

ふうしゅう【風習】 ㊔ 風俗，習慣，風尚 △他国の風習を馬鹿にするなど、失礼極まりないことだ。／對其他國家的風俗習慣嗤之以鼻，是非常失禮的舉止。

ブーツ【boots】 ㊔ 長筒鞋，長筒靴，馬鞋 (類) 景気 △皮のブーツでも 15,000 円位なら買えないものでもない。／大約一萬五千日圓應該買得到皮製的長靴。

ふうど【風土】 ㊔ 風土，水土 △同じアジアといえども、外国の風土に慣れるのは大変だ。／即使同樣位於亞洲，想要習慣外國的風土人情，畢竟還是很辛苦。

ブーム【boom】 ㊔（經）突然出現的景氣，繁榮；高潮，熱潮 △つまらない事でも芸能人の一言でブームになるしまつだ。／藝人的一言一行，就算是毫無內容的無聊小事，竟然也能捲起一股風潮。

フェリー【ferry】 ㊔ 渡口，渡船（フェリーボート之略）△フェリーが海に沈むなど、想像するだに恐ろしい。／光是想像渡輪會沉沒在大海中，就令人不寒而慄。

フォーム【form】 ㊔ 形式，樣式；（體育運動的）姿勢；月台，站台 △各種文書のフォームを社内で統一した。／公司內部統一了各種文件的格式。

ぶか【部下】 ㊔ 部下，屬下 (反) 上司 (類) 手下 △言い争っている見苦しいところを部下に見られてしまった。／被屬下看到難堪的爭執場面。

ふかい【不快】 (名·形動) 不愉快；不舒服 △このマフラーはチクチクして不快だ。／這條圍巾感覺刺刺的，戴起來不舒服。

ふかけつ【不可欠】 (名·形動) 不可缺，必需 (反) 必要 (類) 不要 △研究者たる者、真理を探る心が不可欠だ。／身為研究人員，擁有探究真理之的精神是不可或缺的。

ぶかぶか (副·自サ)（帽、褲）太大不合身；漂浮貌；（人）肥胖貌；（笛子、喇叭等）大吹特吹貌 △この靴はぶかぶかで、走るのはおろか歩くのも困難だ。／這雙鞋太大了，別說是穿著它跑，就連走路都有困難。

ふきつ【不吉】 (名·形動) 不吉利，不吉祥 (類) 不祥 △祖母は、黒い動物を見ると不吉だと考えるきらいがある。／奶奶深信只要看到黑色的動物，就是不祥之兆。

ぶきみ【不気味】 (形動)（不由得）令人毛骨悚然，令人害怕 △空には不気味な赤い月がかかっていました。／當時天上掛著一輪詭異的紅月亮。

ふきょう【不況】(名)（經）不景氣，蕭條 (反)不振 (類)好況 △長引く不況のため、弊社は経営状態の悪化という苦境を強いられている。／在大環境長期不景氣之下，敝公司亦面臨經營日漸惡化之窘境。

ふきん【布巾】(名) 抹布 △母は、布巾をテーブルの上に置きっぱなしにしたようだ。／媽媽似乎將抹布扔在桌上忘了收拾。

ふく【福】(名·漢造) 福，幸福，幸運 △福袋なくしては、日本の正月は語れない。／日本的正月時節如果少了福袋，就沒有那股過年的氣氛。

ふくぎょう【副業】(名) 副業 △民芸品作りを副業としている。／以做手工藝品為副業。

ふくごう【複合】(名·自他サ) 複合，合成 △複合機1台あれば、印刷、コピー、スキャン、ファックスができる。／只要有一台多功能複合機，就能夠印刷、複製、掃描和傳真。

ふくし【福祉】(名) 福利，福祉 △彼は地域の福祉にかかわる重要な仕事を担当している。／他負責承辦攸關地方福祉之重要工作。

ふくめん【覆面】(名·自サ) 蒙上臉；不出面，不露面 △銀行強盗ではあるまいし、覆面なんかつけて歩くなよ。／又不是銀行搶匪，不要蒙面走在路上啦！

ふくれる【膨れる・脹れる】(自下一) 脹，腫，鼓起來 (類)膨らむ △10キロからある本を入れたので、鞄がこんなに膨れた。／把重達十公斤的書本放進去後，結果袋子就被撐得鼓成這樣了。

ふけいき【不景気】(名·形動) 不景氣，經濟停滯，蕭條；沒精神，憂鬱 (反)好況 (類)衰況 △不景気がこんなに長引くとは専門家も予想していなかった。／連專家也萬萬沒有預料到，景氣蕭條竟會持續如此之久。

ふける【耽る】(自五) 沉溺，耽於；埋頭，專心 (類)溺れる、夢中 △大学受験をよそに、彼は毎日テレビゲームに耽っている。／他把準備大學升學考試這件事完全拋在腦後，每天只沉迷於玩電視遊樂器之中。

N1-087

ふごう【富豪】(名) 富豪，百萬富翁 (反)貧乏人 (類)金持ち △宇宙旅行は世界の富豪ですら尻込みする金額だ。／太空旅行的費用金額甚至連世界富豪都打退堂鼓。

ふこく【布告】(名·他サ) 佈告，公告；宣告，宣布 △宣戦布告すると思いきや、2国はあっさり和解した。／原本以為兩國即將宣戰，竟然如此簡單地就談和了。

ブザー【buzzer】(名) 鈴；信號器 △彼はブザーを押すなり、ドアを開けて入って行った。／他才按了門鈴，就打開大門就走進去了。

ふさい【負債】 (名) 負債，欠債；飢荒 △彼は負債を返すべく、朝から晩まで懸命に働いている。／他為了還債，從早到晚都很賣力地工作。

ふざい【不在】 (名) 不在，不在家 類 留守 △窓が開けっ放しだが、彼は本当に不在なんだろうか。／雖然窗戶大敞，但他真的不在嗎？

ぶさいく【不細工】 (名·形動) (技巧，動作) 笨拙，不靈巧；難看，醜 △小さいころから、お姉さんは美人なのに妹は不細工だと言われ続けた。／從小時候起，就一直聽到別人說姐姐長得那麼漂亮，怎麼妹妹長得那麼醜。

ふさわしい (形) 顯得均衡，使人感到相稱；適合，合適；相稱，相配 類 ぴったり △彼女にふさわしい男になるためには、ただ努力あるのみだ。／為了成為能夠與她匹配的男人，只能努力充實自己。

ふじゅん【不順】 (名·形動) 不順，不調，異常 △天候不順の折から、どうぞご自愛ください。／近來天氣不佳，望請保重玉體。

ふじゅん【不純】 (名·形動) 不純，不純真 反 純真 類 邪心 △女の子にもてたいという不純な動機でバンドを始めたが、もてなかったのでやめてしまった。／抱著享受到女孩歡迎的不良動機而加入了樂團，卻沒有因此受到女生青睞，於是退團了。

ぶしょ【部署】 (名) 工作崗位，職守 △商品の在庫管理をする部署に配属された。／被分派到了產品的庫存管理部門。

ふしょう【負傷】 (名·自サ) 負傷，受傷 類 怪我 △あんな小さな事故で負傷者が出たとは、信じられない。／那麼微不足道的意外竟然出現傷患，實在令人不敢置信。

ぶじょく【侮辱】 (名·他サ) 侮辱，凌辱 反 敬う 類 侮る △この言われようは、侮辱でなくてなんだろう。／被說成這樣子，若不是侮辱又是什麼？

ふしん【不審】 (名·形動) 懷疑，疑惑；不清楚，可疑 類 疑い △母は先月庭で不審な人を見てから、家族まで疑う始末だ。／自從媽媽上個月在院子裡發現可疑人物出沒之後，落到甚至對家人都疑神疑鬼。

ふしん【不振】 (名·形動) (成績) 不好，不興旺，蕭條，(形勢) 不利 類 停頓 △経営不振といえども、会社は毎年新入社員を大量に採用している。／儘管公司經營不善，每年還是應徵進來了大批的新員工。

ぶそう【武装】 (名·自サ) 武裝，軍事裝備 △核武装について、私達なりに討論して教授に報告した。／我們針對「核子武器」這個主題自行討論後，向教授報告結果了。

ふだ【札】[名] 牌子；告示牌，揭示牌；(神社，寺院的) 護身符；紙牌 [類] ラベル △禁煙の札が掛けてあるとはいえ、吸わずにはおれない。／雖然已看到懸掛著禁菸標示，還是無法忍住不抽。

ぶたい【部隊】[名] 部隊；一群人 △主力部隊を南方戦線に投入する。／將主力部隊投入南方戰線。

ふたん【負担】[名·他サ] 背負；負擔 △実際に離婚ともなると、精神的負担が大きい。／一旦離婚之後，精神壓力就變得相當大。

ふち【縁】[名] 邊；緣；框 △ハンカチにレースの縁取りが付いている。／手帕上有蕾絲鑲邊。

ふちょう【不調】[名·形動] (談判等) 破裂，失敗；不順利，萎靡 [反] 好調 [類] 異常 △最近仕事が不調らしく、林君は昨晩かなりやけ酒を飲んでいた。／林先生工作最近好像不太順利，昨晚他借酒消愁喝了不少。

ふっかつ【復活】[名·自他サ] 復活，再生；恢復，復興，復辟 [類] 生き返る △社員の協力なくして、会社は復活できなかった。／沒有上下員工的齊心協力，公司絕對不可能重振雄風。

ぶつぎ【物議】[名] 群眾的批評 △ちょっとした発言だったとはいえ、物議を呼んだ。／雖然只是輕描淡寫的一句，卻引發社會的議論紛紛。

ふっきゅう【復旧】[名·自他サ] 恢復原狀；修復 [類] 回復 △新幹線が復旧するのに5時間もかかるとは思わなかった。／萬萬沒想到竟然要花上 5 個小時才能修復新幹線。

ふっこう【復興】[名·自他サ] 復興，恢復原狀；重建 [類] 興す △復興作業にはひとり自衛隊のみならず、多くのボランティアの人が関わっている。／重建工程不只得到自衛隊的協助，還有許多義工的熱心參與。

ぶっし【物資】[名] 物資 △規定に即して、被害者に援助物資を届けよう。／依照規定，將救援物資送給受害民眾！

ぶつぞう【仏像】[名] 佛像 △彫刻家とはいえ、まだ仏像どころか、猫も彫れない。／雖為一介雕刻家，但別說是佛像了，就連小貓也雕不成。

ぶったい【物体】[名] 物體，物質 △庭に不審な物体があると思いきや、祖母の荷物だった。／原本以為庭院裡被放置不明物體，原來是奶奶的行李。

ぶつだん【仏壇】[名] 佛龕 △仏壇に手を合わせる。／對著佛龕膜拜。

ふっとう【沸騰】[名·自サ] 沸騰；群情激昂，情緒高漲 [類] 沸く △液体が沸騰する温度は、液体の成分いかんで決まる。／液體的沸點視其所含成分而定。

ふどうさん【不動産】[名] 不動產 △不動産を売るべく、両親は業者と相談を始めた。／父母想要賣不動產，開始諮詢相關業者。

ふどうさんや【不動産屋】㊔ 房地產公司△不動産屋でアパートを探す。／透過房地產公司找公寓。

N1-088

ぶなん【無難】(名·形動) 無災無難，平安；無可非議，說得過去△社長の話には適当に合わせておく方が無難だ。／總經理說話時最好適時答腔比較好。

ふにん【赴任】(名·自サ) 赴任，上任△オーストラリアに赴任してからというもの、家族とゆっくり過ごす時間がない。／打從被派到澳洲之後，就沒有閒暇與家人相處共度。

ふはい【腐敗】(名·自サ) 腐敗，腐壞；墮落 類 腐る△腐敗が明るみに出てからというもの、支持率が低下している。／自從腐敗醜態遭到揭發之後，支持率就一路下滑。

ふひょう【不評】㊔ 聲譽不佳，名譽壞，評價低 反 好評 類 悪評△客の不評をよそに、社長はまた同じような製品を出した。／社長不顧客戶的惡評，再次推出同樣的產品。

ふふく【不服】(名·形動) 不服從；抗議，異議；不滿意，不心服 反 満足 類 不満△彼が内心不服であったことは、想像に難くない。／不難想像他心裡並不服氣。

ふへん【普遍】㊔ 普遍；(哲)共性△古いながらも、このレコードは全部普遍の名曲だよ。／儘管已經年代久遠，這張唱片灌錄的全是耳熟能詳的名曲。

ふまえる【踏まえる】(他下一) 踏，踩；根據，依據△自分の経験を踏まえて、彼なりに後輩を指導している。／他將自身經驗以自己的方式傳授給後進。

ふみこむ【踏み込む】(自五) 陷入，走進，跨進；闖入，擅自進入△警察は、家に踏み込むが早いか、証拠を押さえた。／警察才剛踏進家門，就立即找到了證據。

ふめい【不明】㊔ 不詳，不清楚；見識少，無能；盲目，沒有眼光 類 分からない△あの出所不明の資金は賄賂でなくてなんだろう。／假如那筆來路不明的資金並非賄款，那麼又是什麼呢？

ぶもん【部門】㊔ 部門，部類，方面 類 分類△ＣＤの開発を皮切りにして、デジタル部門への参入も開始した。／以研發CD為開端，同時也開始參與數位部門。

ふよう【扶養】(名·他サ) 扶養，撫育△お嫁にいった娘は扶養家族にあたらない。／已婚的女兒不屬於撫養家屬。

プラスアルファ【(和) plus＋(希臘) alpha】㊔ 加上若干，(工會與資方談判提高工資時)資方在協定外可自由支配的部分；工資附加部分，紅利△本給にプラスアルファの手当てがつく。／在本薪外加發紅利。

ふらふら 名·自サ·形動 蹣跚，搖晃；（心情）遊蕩不定，悠悠蕩蕩；恍惚，神不守己；蹓躂△「できた」と言うなり、課長はふらふらと立ち上がった。／課長剛大喊一聲：「做好了！」就搖搖晃晃地從椅子上站起來。

ぶらぶら 副·自サ（懸空的東西）晃動，搖晃；蹓躂；沒工作；（病）拖長，纏綿 類 よろける△息子ときたら、手伝いもしないでぶらぶらしてばかりだ。／說到我兒子，連個忙也不幫，成天遊手好閒，蹓躂閒晃。

ふりかえる【振り返る】 他五 回頭看，向後看；回顧 類 顧みる△「自信を持て。振り返るな。」というのが父の生き方だ。／父親的座右銘是「自我肯定，永不回頭。」

ふりだし【振り出し】 名 出發點；開始，開端；（經）開出（支票、匯票等）△すぐ終わると思いきや、小さなミスで振り出しに戻った。／本來以為馬上就能完成，沒料到小失誤竟導致一切歸零。

ふりょく【浮力】 名（理）浮力△水の中で運動すると、浮力がかかるので、関節への負担が少なくて済む。／在水裡運動時由於有浮力，因此關節的負擔較少。

ぶりょく【武力】 名 武力，兵力 類 戦力△武力を行使してからというもの、各国から経済制裁を受けている。／自從出兵之後，就受到各國的經濟制裁。

ブルー【blue】 名 青，藍色；情緒低落 類 青△こちらのブラウスは、白地に入ったブルーのラインが爽やかなアクセントとなっています。／這些女用襯衫是白底綴上清爽的藍條紋。

ふるわす【震わす】 他五 使哆嗦，發抖，震動△肩を震わして泣く。／哭得渾身顫抖。

ふるわせる【震わせる】 他下一 使震驚（哆嗦、發抖）△姉は電話を受けるなり、声を震わせて泣きだした。／姊姊一接起電話，立刻聲音顫抖泣不成聲。

ふれあう【触れ合う】 自五 相互接觸，相互靠著△人ごみで、体が触れ合う。／在人群中身體相互擦擠。

ぶれい【無礼】 名·形動 沒禮貌，不恭敬，失禮 類 失礼△息子といい娘といい、親を親とも思わない無礼な連中だ。／兒子也好，女兒也好，全都是不把父母放在眼裡的沒禮貌傢伙！

N1-089

ブレイク【break】 名·サ変（拳擊）抱持後分開；休息；突破，爆紅△16歳で芸能界に入ったが全く売れず、41歳になってブレイクした。／十六歲就進了演藝圈，但是完全沒有受到矚目，直到四十一歲才爆紅了。

プレゼン【presentation之略】 名 簡報；（對音樂等的）詮釋△新企画のプレゼンをする。／進行新企畫的簡報。

プレッシャー【pressure】㊔ 壓強，壓力，強制，緊迫 △あの選手はプレッシャーに弱い。／那位選手的抗壓性很低。

ぶれる 自下一 (攝) 按快門時(照相機) 彈動△ぶれてしまった写真をソフトで補正した。／拍得模糊的照片用軟體修片了。

ふろく【付録】 名·他サ 附錄；臨時增刊△付録を付けてからというもの、雑誌がよく売れている。／自從增加附錄之後，雜誌的銷售量就一路長紅。

フロント【front】㊔ 正面，前面；(軍) 前線，戰線；櫃臺△フロントの主任たる者、客の安全を第一に考えなければ。／身為櫃檯主任，必須以顧客的安全作為首要考量。

ふんがい【憤慨】 名·自サ 憤慨，氣憤 類 怒り △社長の独善的なやり方に、社員の多くは憤慨している。／總經理獨善其身的做法使得多數員工深感憤慨。

ぶんかざい【文化財】㊔ 文物，文化遺產，文化財富△市の博物館で50点からある文化財を展示している。／市立博物館公開展示五十件之多經指定之文化資產古物。

ぶんぎょう【分業】 名·他サ 分工；專業分工△会議が終わるが早いか、みんな分業して作業を進めた。／會議才剛結束，大家立即就開始分工作業。

ぶんご【文語】㊔ 文言；文章語言，書寫語言△彼は友達と話をする時さえも、文語を使うきらいがある。／他就連與朋友交談時，也常有使用文言文的毛病。

ぶんさん【分散】 名·自サ 分散，開散△ここから山頂までは分散しないで、列を組んで登ろう。／從這裡開始直到完成攻頂，大夥兒不要散開，整隊一起往上爬吧！

ぶんし【分子】㊔ (理·化·數) 分子；…份子△水の分子は水素原子二つと酸素原子一つが結合してできている。／水分子是由兩個氫原子和一個氧原子結合而成的。

ふんしつ【紛失】 名·自他サ 遺失，丟失，失落 類 無くす△重要な書類を紛失してしまった。／竟然遺失了重要文件，確實該深切反省。

ふんしゅつ【噴出】 名·自他サ 噴出，射出△蒸気が噴出して危ないので、近づくことすらできない。／由於會噴出蒸汽極度危險，就連想要靠近都辦不到。

ぶんしょ【文書】㊔ 文書，公文，文件，公函 類 書類△年度末とあって、整理する文書がたくさん積まれている。／因為接近年末的關係，需要整理的資料堆積如山。

ふんそう【紛争】 名·自サ 紛爭，糾紛 類 争い△文化が多様であればこそ、対立や紛争が生じる。／正因為文化多元，更易產生對立或爭端。

ふんだん ㊀形動 很多，大量 反 少し 類 沢山 △当店では、地元で取れた旬の食材をふんだんに使ったお料理を提供しております。／本店提供的料理使用了非常多本地採收的當季食材。

ふんとう【奮闘】 名·自サ 奮鬥；奮戰 類 闘う △試合終了後、監督は選手たちの奮闘ぶりをたたえた。／比賽結束後，教練稱讚了選手們奮鬥到底的精神。

ぶんぱい【分配】 名·他サ 分配，分給，配給 類 分ける △少ないながらも、社員に利益を分配しなければならない。／即使獲利微薄，亦必須編列員工分紅。

ぶんべつ【分別】 名·他サ 分別，區別，分類 △ごみは分別して出しましょう。／倒垃圾前要分類喔。

ぶんぼ【分母】 名 （數）分母△分子と分母の違いも分からないとは、困った学生だ。／竟然連分子與分母的差別都不懂，真是個讓人頭疼的學生呀！

ふんまつ【粉末】 名 粉末 △今の技術から言えば、粉末になった野菜も、驚くにあたらない。／就現今科技而言，就算是粉末狀的蔬菜，也沒什麼好大驚小怪的。

ぶんり【分離】 名·自他サ 分離，分開 反 合う 類 分かれる △この薬品は、水に入れるそばから分離してしまう。／這種藥物只要放入水中，立刻會被水溶解。

ぶんれつ【分裂】 名·自サ 分裂，裂變，裂開 △党内の分裂をものともせず、選挙で圧勝した。／他不受黨內派系分裂之擾，在選舉中取得了壓倒性的勝利。

へ　へ

N1-090

ペア【pair】 名 一雙，一對，兩個一組，一隊 類 揃い △両親は、茶碗といい、コップといい、何でもペアで買う。／我的爸媽無論是買飯碗或是茶杯，樣樣都要成對成雙。

ペアルック【（和）pair＋look】 名 情侶裝，夫妻裝 △彼氏がペアルックなんて恥ずかしいって嫌がる。／男友覺得情侶裝實在太丟臉而不願意穿。

へいき【兵器】 名 兵器，武器，軍火 類 武器 △税金は、1円たりとも兵器の購入に使わないでほしい。／希望哪怕是一塊錢的稅金都不要用於購買武器上。

へいこう【並行】 名·自サ 並行；並進，同時舉行 類 並列 △私なりに考え、学業と仕事を並行してやることにした。／我經過充分的考量，決定學業與工作二者同時並行。

へいこう【閉口】 名·自サ 閉口（無言）；為難，受不了；認輸 類 困る △むちゃな要求ばかりして来る部長に、副部長ですら閉口している。／對於總是提出荒唐要求的經理，就連副經理也很為難。

へいさ【閉鎖】 名·自他サ 封閉，關閉，封鎖 反 開ける 類 閉める △2年連続で赤字となったため、工場を閉鎖するに至った。／因為連續2年的虧損，導致工廠關門大吉。

へいし【兵士】 名 兵士，戰士 類 軍人 △兵士が無事に帰国することを願ってやまない。／一直衷心祈禱士兵們能平安歸國。

へいしゃ【弊社】 名 敝公司 △弊社では、冷房の温度を28度に設定しております。／本公司將冷氣的溫度設定為28度。

へいじょう【平常】 名 普通；平常，平素，往常 反 特別 類 普段 △鉄道ダイヤは事故から約2時間後にようやく平常に戻った。／在事故發生大約兩小時後，鐵路運行班次終於恢復了正常。

へいぜん【平然】 形動 沉著，冷靜；不在乎；坦然 △人を殺して平然としている奴の気が知れない。／真不知道那些殺了人還蠻不在乎的傢伙到底在想什麼！

へいほう【平方】 名（數）平方，自乘；（面積單位）平方 △3平方メートルの庭では、狭くて、運動しようにも運動できない。／三平方公尺的庭院非常窘迫，就算想要運動也辦不到。

へいれつ【並列】 名·自他サ 並列，並排 △この川は800メートルからある並木道と並列している。／這條河川與長達八百公尺兩旁種滿樹木的道路並行而流。

ベース【base】 名 基礎，基本；基地（特指軍事基地），根據地 類 土台 △これまでの私の経験全てが、私の小説のベースになっています。／我從以前到現在的一切人生經歷，成為我小說寫作的雛形。

ペーパードライバー【（和）paper +driver】 名 有駕照卻沒開過車的駕駛 △ペーパードライバーから脱出する。／脫離紙上駕駛身份。

へきえき【辟易】 名·自サ 畏縮，退縮，屈服；感到為難，感到束手無策 △今回の不祥事には、ファンですら辟易した。／這次發生的醜聞鬧得就連影迷也無法接受。

ぺこぺこ 名·自サ·形動·副 癟，不鼓；空腹；諂媚 △客が激しく怒るので、社長までぺこぺこし出す始末だ。／由於把顧客惹得火冒三丈，到最後不得不連社長也親自出面，鞠躬哈腰再三道歉。

ベスト【best】 名 最好，最上等，最善，全力 類 最善 △重責にたえるよう、ベストを尽くす所存です。／必將竭盡全力以不負重責使命。

ベストセラー【bestseller】 ㊔（某一時期的）暢銷書 △ベストセラーともなると、印税も相当ある。／成了暢銷書後，版稅也就相當可觀。

N1-091

べっきょ【別居】 ㊔·自サ 分居 △愛人を囲っていたのがばれて、妻と別居することになった。／被發現養了情婦，於是和妻子分居了。

ベッドタウン【（和）bed＋town】 ㊔ 衛星都市，郊區都市 △この辺りは東京のベッドタウンとして開発された。／這一帶已被開發為東京的住宅區。

へり【縁】 ㊔（河岸、懸崖、桌子等）邊緣；帽簷；鑲邊 類 周囲 △崖のへりに立つな。落ちたらそれまでだぞ。／不要站在懸崖邊！萬一掉下去的話，那就完囉！

へりくだる 自五 謙虛，謙遜，謙卑 反 不遜 類 謙遜 △生意気な弟にひきかえ、兄はいつもへりくだった話し方をする。／比起那狂妄自大的弟弟，哥哥說話時總是謙恭有禮。

ヘルスメーター【（和）health+meter】 ㊔（家庭用的）體重計，磅秤 △様々な機能の付いたヘルスメーターが並ぶ。／整排都是多功能的體重計。

べんかい【弁解】 ㊔·自他サ 辯解，分辯，辯明 類 言い訳 △さっきの言い方は弁解でなくてなんだろう。／如果剛剛說的不是辯解，那麼又算是什麼呢？

へんかく【変革】 ㊔·自他サ 變革，改革 △効率を上げるため、組織を変革する必要がある。／為了提高效率，有必要改革組織系統。

へんかん【返還】 ㊔·他サ 退還，歸還（原主）△今月を限りに、借りていた土地を返還することにした。／直到這個月底之前必須歸還借用的土地。

べんぎ【便宜】 ㊔·形動 方便，便利；權宜 類 都合 △便宜を図ることもさることながら、事前の根回しも一切禁止です。／別說不可予以優待，連事前關說一切均在禁止之列。

へんきゃく【返却】 副·他サ 還，歸還 △図書館の本の返却期限は２週間です。／圖書館的書籍借閱歸還期限是兩星期。

へんけん【偏見】 ㊔ 偏見，偏執 類 先入観 △教師たる者、偏見をもって学生に接してはならない。／從事教育工作者不可對學生懷有偏見。

べんご【弁護】 ㊔·他サ 辯護，辯解；（法）辯護 △この種の裁判の弁護なら、大山さんをおいて他にいない。／假如要辯護這種領域的案件，除了大山先生不作第二人想。

へんさい【返済】 ㊔·他サ 償還，還債 反 借りる 類 返す △借金の返済を迫られる奥さんを見て、同情を禁じえ

ない。／看到那位太太被債務逼得喘不過氣，不由得寄予無限同情。

べんしょう【弁償】 ㊔名·他サ 賠償 類 償う △壊した花瓶は高価だったので、弁償を余儀なくされた。／打破的是一只昂貴的花瓶，因而不得不賠償。

へんせん【変遷】 名·自サ 變遷 類 移り変わり △この村ならではの文化も、時代とともに変遷している。／就連這個村落的獨特文化，也隨著時代變遷而有所改易。

へんとう【返答】 名·他サ 回答，回信，回話 反 問い 類 返事 △言い訳めいた返答なら、しないほうがましだ。／如果硬要說這種強詞奪理的回話，倒不如不講來得好！

へんどう【変動】 名·自サ 變動，改變，變化 類 変化 △為替相場の変動いかんによっては、本年度の業績が赤字に転じる可能性がある。／根據匯率的變動，這年度的業績有可能虧損。

べんぴ【便秘】 名·自サ 便秘，大便不通 △生活が不規則で便秘しがちだ。／因為生活不規律有點便秘的傾向。

べんろん【弁論】 名·自サ 辯論；(法)辯護 類 論じる △弁論大会がこんなに白熱するとは思わなかった。／作夢都沒有想到辯論大會的氣氛居然會如此劍拔弩張。

ほ ホ

N1-092

ほ【穂】 名 (植)稻穗；(物的)尖端 類 稲穂 △この筆が稲の穂で作られているとは、実におもしろい。／這支筆竟然是用稻穗做成的，真是有趣極了。

ほいく【保育】 名·他サ 保育 △デパートに保育室を作るべく、設計事務所に依頼した。／百貨公司為了要增設一間育嬰室，委託設計事務所協助設計。

ボイコット【boycott】 名 聯合抵制，拒絕交易(某貨物)，聯合排斥(某勢力) △社長の失言により、当社の商品に対してボイコット運動が起きている。／由於總經理的失言，引發民眾對本公司產品的拒買行動。

ポイント【point】 名 點，句點；小數點；重點；地點；(體)得分 類 要点 △入社3年ともなると、仕事のポイントがわかってくる。／已經在公司任職三年，自然能夠掌握工作的訣竅。

ほうあん【法案】 名 法案，法律草案 △デモをしても、法案が可決されればそれまでだ。／就算進行示威抗議，只要法案通過，即成為定局。

ぼうえい【防衛】 名·他サ 防衛，保衛 類 守る △防衛のためとはいえ、これ以上税金を使わないでほしい。

／雖是為了保疆衛土，卻不希望再花人民稅金增編國防預算。

ぼうか【防火】(名) 防火△防火ドアといえども、完全に火を防げるとは限らない。／即使號稱是防火門，亦未必能夠完全阻隔火勢。

ほうかい【崩壊】(名·自サ) 崩潰，垮台；(理) 衰變，蛻變△アメリカの経済が崩壊したがさいご、世界中が巻き添えになる。／一旦美國的經濟崩盤，世界各國就會連帶受到影響。

ぼうがい【妨害】(名·他サ) 妨礙，干擾 (類) 差し支え△いくらデモを計画したところで、妨害されるだけだ。／無論事前再怎麼精密籌畫示威抗議活動，也勢必會遭到阻撓。

ほうがく【法学】(名) 法學，法律學△歌手志望の彼が法学部に入るとは、実に意外だ。／立志成為歌手的他竟然進了法律系就讀，令人大感意外。

ほうき【放棄】(名·他サ) 放棄，喪失 (類) 捨てる△あの生徒が学業を放棄するなんて、残念の極みです。／那個學生居然放棄學業，實在可惜。

ほうけん【封建】(名) 封建△封建時代ではあるまいし、身分なんか関係ないだろう。／現在又不是封建時代，應該與身分階級不相干吧！

ほうさく【方策】(名) 方策 (類) 対策△重要文書の管理について、具体的方策を取りまとめた。／針對重要公文的管理，已將具體的方案都整理在一起了。

ほうさく【豊作】(名) 豐收 (反) 凶作 (類) 上作△去年の不作を考えると、今年は豊作を願ってやまない。／一想到去年的農作欠收，便一直由衷祈求今年能有個大豐收。

ほうし【奉仕】(名·自サ) (不計報酬而) 效勞，服務；廉價賣貨 (類) 奉公△彼女は社会に奉仕できる職に就きたいと言っていた。／她說想要從事服務人群的職業。

ほうしき【方式】(名) 方式；手續；方法 (類) 仕組み△指定された方式に従って、資料を提出しなさい。／請遵從指定的形式提交資料。

ほうしゃ【放射】(名·他サ) 放射，輻射 (類) 御礼△放射線による治療を受けるべく、大きな病院に移った。／轉至大型醫院以便接受放射線治療。

ほうしゃせん【放射線】(名) (理) 放射線△放射線を浴びる。／暴露在放射線之下。

ほうしゃのう【放射能】(名) (理) 放射線△放射能漏れの影響がこれほど深刻とは知らなかった。／沒想到輻射外洩會造成如此嚴重的影響。

ほうしゅう【報酬】(名) 報酬；收益△フリーの翻訳者として報酬を得て暮らしている。／以自由譯者賺取酬金的方式過生活。

ほうしゅつ【放出】(名·他サ) 放出，排出，噴出；(政府) 發放，投放 △冷蔵庫は熱を放出するので、壁から十分離して置いた方がよい。／由於冰箱會放熱，因此擺放位置最好與牆壁保持一段距離。

ほうじる【報じる】(他上一) 通知，告訴，告知，報導；報答，報復 類 知らせる △ダイエットに効果があるかもしれないとテレビで報じられてから、爆発的に売れている。／由於電視節目報導或許具有瘦身功效，使得那東西立刻狂銷熱賣。

ほうずる【報ずる】(自他サ) 通知，告訴，告知，報導；報答，報復 △同じトピックでも、どう報ずるかによって、与える印象が大きく変わる。／即使是相同的話題，也會因報導方式的不同而給人大有不一樣的感受。

ぼうせき【紡績】(名) 紡織，紡紗 △紡績にかかわる産業は、ここ数年成長が著しい。／近年來，紡織相關產業成長顯著。

ぼうぜん【呆然】(形動) 茫然，呆然，呆呆地 類 呆れる △驚きのあまり、怒るともなく呆然と立ちつくしている。／由於太過震驚，連生氣都忘了，只能茫然地呆立原地。

ほうち【放置】(名·他サ) 放置不理，置之不顧 類 据え置く △庭を放置しておいたら、草ぼうぼうになった。／假如對庭園置之不理，將會變得雜草叢生。

ぼうちょう【膨張】(名·自サ) (理) 膨脹；增大，增加，擴大發展 反 狭まる 類 膨らむ △宇宙が膨張を続けているとは、不思議なことだ。／宇宙竟然還在繼續膨脹，真是不可思議。

ほうてい【法廷】(名) (法) 法庭 類 裁判所 △判決を聞くが早いか、法廷から飛び出した。／一聽到判決結果，就立刻衝出法庭之外。

ほうどう【報道】(名·他サ) 報導 類 記事 △小さなニュースなので、全国ニュースとして報道するにあたらない。／這只是一則小新聞，不可能會被當作全國新聞報導。

N1-093

ぼうとう【冒頭】(名) 起首，開頭 類 真っ先 △夏目漱石の小説の「吾輩は猫である。名前はまだ無い。」という冒頭は、よく知られている。／夏目漱石小說的開篇第一段「本大爺是隻貓，名字倒是還沒取。」廣為人知。

ぼうどう【暴動】(名) 暴動 類 反乱 △政治不信が極まって、暴動が各地で発生している。／大家對政治的信賴跌到谷底，在各地引起了暴動。

ほうび【褒美】(名) 褒獎，獎勵；獎品，獎賞 反 罰 類 賞品 △褒美いかんで、子どもたちの頑張りも違ってくる。／獎賞將決定孩子們努力的程度。

ぼうふう【暴風】 名 暴風 △明日は暴風だそうだから、窓を開けっぱなしにするな。／聽說明天將颳起強風，不要忘了把窗戶關緊！

ほうべい【訪米】 名·自サ 訪美 △首相が訪米する。／首相出訪美國。

ほうむる【葬る】 他五 葬，埋葬；隱瞞，掩蓋；葬送，拋棄 類 埋める △古代の王は高さ 150 メートルからある墓に葬られた。／古代的君王被葬於一百五十公尺高的陵墓之中。

ほうりこむ【放り込む】 他五 扔進，拋入 △犯人は、殺害したあと、遺体の足に石を結びつけ、海に放り込んだと供述している。／犯嫌供稱，在殺死人之後，在遺體的腳部綁上石頭，扔進了海裡。

ほうりだす【放り出す】 他五 （胡亂）扔出去，拋出去；擱置，丟開，扔下 類 投げ出す △彼はいやなことをすぐ放り出すきらいがある。／他總是一遇到不如意的事，就馬上放棄了。

ぼうりょくだん【暴力団】 名 暴力組織 △麻薬は暴力団の資金源になっている。／毒品成為黑道組織的資金來源。

ほうわ【飽和】 名·自サ （理）飽和；最大限度，極限 △飽和状態になった街の交通事情は、見るにたえない。／街頭車滿為患的路況，實在讓人看不下去。

ホース【(荷)hoos】 名 （灑水用的）塑膠管，水管 類 チューブ △このホースは、隣の部屋に水を送るのに十分な長さだ。／這條水管的長度，足以將水輸送至隔壁房間。

ポーズ【pose】 名 （人在繪畫、舞蹈等）姿勢；擺樣子，擺姿勢 類 姿 △会長が妙なポーズを取ったので、会場はざわめいた。／會長講到一半，忽然做了一個怪動作，頓時引發與會人士紛紛騷動。

ほおん【保温】 名·自サ 保溫 △ご飯が炊き終わると、自動で保温になる。／將米飯煮熟以後會自動切換成保溫狀態。

ほかん【保管】 名·他サ 保管 △倉庫がなくて、重要な書類の保管すらできない。／由於沒有倉庫，就連重要文件也無法保管。

ほきゅう【補給】 名·他サ 補給，補充，供應 △水分を補給することなしに、運動することは危険だ。／在沒有補充水分的狀況下運動是很危險的事。

ほきょう【補強】 名·他サ 補強，增強，強化 △載せる物の重さいかんによっては、台を補強する必要がある。／依據承載物品的重量多少而需要補強底座。

ぼきん【募金】 名·自サ 募捐 △親を亡くした子供たちのために街頭で募金しました。／為那些父母早逝的孩童在街頭募款了。

ぼくし【牧師】 ㊔ 牧師 ❺類 神父 △牧師のかたわら、サッカーチームの監督も務めている。／他是牧師，一邊也同時是足球隊的教練。

ほげい【捕鯨】 ㊔ 掠捕鯨魚 △捕鯨問題は、ひとり日本のみならず、世界全体の問題だ。／獵捕鯨魚並非日本一國的問題，而是全世界的問題。

ぼける【惚ける】 自下一 （上了年紀）遲鈍；（形象或顏色等）褪色，模糊 類 恍惚 △写真のピントがぼけてしまった。／拍照片時的焦距沒有對準。

ほけん【保険】 ㊔ 保險；（對於損害的）保證 類 生命保険 △老後のことを考えて、保険に入った。／考慮到年老以後的保障而投保了。

ほご【保護】 名・他サ 保護 類 助ける △みんなの協力なくしては、動物を保護することはできない。／沒有大家的協助，就無法保護動物。

ぼこう【母校】 ㊔ 母校 △彼は母校で教育に専念している。／他在母校執教鞭，以作育英才為己任。

ぼこく【母国】 ㊔ 祖國 類 祖国 △10年ぶりに母国に帰った。／回到了闊別十年的祖國。

N1-094

ほころびる 自上一 （逢接處線斷開）開線，開綻；微笑，露出笑容 類 解ける △彼ときたら、ほころびた制服を着て登校しているのよ。／說到他這個傢伙呀，老穿著破破爛爛的制服上學呢。

ほし【干し】 造語 乾，晒乾 △干しぶどうが入ったパンが好きだ。／我喜歡吃摻了葡萄乾的麵包！

ポジション【position】 ㊔ 地位，職位；（棒）守備位置 △所定のポジションを離れると、仕事の効率にかかわるぞ。／如若離開被任命的職位，將會降低工作效率喔！

ほしもの【干し物】 ㊔ 曬乾物；（洗後）晾曬的衣服 △雨が降ってきそうだから、干し物を取り込んでしまおう。／看起來好像會下雨，把晾在外面的衣物收進來吧。

ほしゅ【保守】 名・他サ 保守；保養 △お客様あっての会社だから、製品の保守も徹底している。／有顧客才有公司（顧客至上），因此這家公司極度重視產品的維修。

ほじゅう【補充】 名・他サ 補充 反 除く 類 加える △社員を補充したところで、残業が減るわけがない。／雖然增聘了員工，但還是無法減少加班時間。

ほじょ【補助】 名・他サ 補助 類 援助 △父は、市からの補助金をもらうそばから全部使っている。／家父才剛領到市政府的補助金旋即盡數花光。

ほしょう【保障】 名・他サ 保障 △失業保険で当面の生活は保障されてい

るとはいえ、早く次の仕事を見つけたい。／雖說失業保險可以暫時維持生活，但還是希望能盡快找到下一份工作。

ほしょう【補償】(名·他サ) 補償，賠償 (類)守る △補償額のいかんによっては、告訴も見合わせる。／撤不撤回告訴，要看賠償金的多寡了。

ほそく【補足】(名·他サ) 補足，補充 (類)満たす △遠藤さんの説明に何か補足することはありますか。／對於遠藤先生的說明有沒有什麼想補充的？

ぼち【墓地】(名) 墓地，墳地 (類)墓 △彼は迷いながらも、ようやく友達の墓地にたどり着いた。／他雖然迷了路，總算找到了友人的墓地。

ほっさ【発作】(名·自サ)（醫）發作 (類)発病 △42度以上のおふろに入ると、心臓発作の危険が高まる。／浸泡在四十二度以上的熱水裡會增加心肌梗塞的風險。

ぼっしゅう【没収】(名·他サ)（法）（司法處分的）沒收，查抄，充公 (反)与える (類)奪う △授業中に雑誌を見ていたら、先生に没収された。／在上課時看雜誌，結果被老師沒收了。

ほっそく【発足】(名·自サ) 出發，動身；（團體、會議等）開始活動 (反)帰着 (類)出発 △会を発足させるには、法律に即して手続きをするべきだ。／想要成立協會，必須依照法律規定辦理相關程序。

ポット【pot】(名) 壺；熱水瓶 △小さいながらも、ポットがあるとお茶を飲むのに便利だ。／雖然僅是一只小熱水瓶，但是有了它，想喝茶時就很方便。

ほっぺた【頬っぺた】(名) 面頰，臉蛋 (類)顔面 △赤ちゃんのほっぺたは、つい突っつきたくなる。／忍不住想用手指戳一戳嬰兒的臉頰。

ぼつぼつ(名·副) 小斑點；漸漸，一點一點地 (反)どんどん (類)ぼちぼち △顔の黒いぼつぼつが気になる。／很在意臉上的一粒粒小斑點。

ぼつらく【没落】(名·自サ) 沒落，衰敗；破產 (反)成り上がる (類)落ちぶれる △元は裕福な家だったが、祖父の代に没落した。／原本是富裕的家庭，但在祖父那一代沒落了。

ほどける【解ける】(自下一) 解開，鬆開 △あ、靴ひもがほどけてるよ。／啊，鞋帶鬆了喔！

ほどこす【施す】(他五) 施，施捨，施予；施行，實施；添加；露，顯露 (反)奪う (類)与える △解決するために、できる限りの策を施すまでだ。／為解決問題只能善盡人事。

ほどほど【程程】(副) 適當的，恰如其分的；過得去 △酒はほどほどに飲むのがよい。／喝酒要適度。

ほとり【辺】(名) 邊，畔，旁邊 △湖のほとりで待っていると思いきや、彼女はもう船の上にいた。／原先以為她還在湖畔等候，沒料到早已上了船。

Level 5
Level 4
Level 3
Level 2
Level 1

ぼやく (自他五) 發牢騷 (類) 苦情 △父ときたら、仕事がおもしろくないとぼやいてばかりだ。／說到我那位爸爸，成天嘴裡老是叨唸著工作無聊透頂。

N1-095

ぼやける (自下一) (物體的形狀或顏色) 模糊，不清楚 (類) 暈ける △この写真家の作品は全部ぼやけていて、見るにたえない。／這位攝影家的作品全都模糊不清，讓人不屑一顧。

ほよう【保養】 (名·自サ) 保養，(病後) 修養，療養；(身心的) 修養；消遣 (反) 活動 (類) 静養 △軽井沢に会社の保養施設がある。／公司在輕井澤有一棟員工休閒別墅。

ほりょ【捕虜】 (名) 俘虜 (類) 虜 △捕虜の健康状態は憂慮にたえない。／俘虜的健康狀況讓人非常憂心。

ボルト【bolt】 (名) 螺栓，螺絲 △故障した機械のボルトを抜くと、油まみれになっていた。／才將故障機器的螺絲旋開，機油立刻噴得滿身都是。

ほろにがい【ほろ苦い】 (形) 稍苦的 △初恋の人が親友を好きだった。今となってはほろ苦い思い出だ。／初戀情人當時喜歡的是我的摯友。現在想起來成了帶點微苦的回憶。

ほろびる【滅びる】 (自上一) 滅亡，淪亡，消亡 (反) 興る (類) 断絶 △恐竜はなぜみな滅びてしまったのですか。／恐龍是因為什麼原因而全滅亡的？

ほろぶ【滅ぶ】 (自五) 滅亡，滅絕 △人類もいつかは滅ぶ。／人類終究會滅亡。

ほろぼす【滅ぼす】 (他五) 消滅，毀滅 (反) 興す (類) 絶やす △彼女は滅ぼされた民族のために涙ながらに歌った。／她邊流著眼淚，為慘遭滅絕的民族歌唱。

ほんかく【本格】 (名) 正式 △本格的とは言わないまでも、このくらいの絵なら描ける。／雖說尚不成氣候，但是這種程度的圖還畫得出來。

ほんかん【本館】 (名) (對別館、新館而言) 原本的建築物，主要的樓房；此樓，本樓，本館 △いらっしゃいませ。本館にお部屋をご用意しております。／歡迎光臨！已經為您在主館備好了房間。

ほんき【本気】 (名·形動) 真的，真實；認真 (類) 本心 △あれは彼の本音じゃあるまいし、君も本気にしなくていいよ。／那又不是他的真心話，你也不必當真啦。

ほんごく【本国】 (名) 本國，祖國；老家，故鄉 (類) 母国 △エボラ出血熱に感染した外国人が本国に搬送された。／感染了伊波拉出血熱的外國人被送回了他的國家。

ほんしつ【本質】 (名) 本質 (類) 実体 △少子化問題の本質を討論する。／討論少子化問題的本質。

ほんたい【本体】㊔真相，本來面目；（哲）實體，本質；本體，主要部份 類 本性△このパソコンは、本体もさることながら、付属品もいい。／不消說這部電腦的主要機體無可挑剔，就連附屬配件也很棒。

ほんね【本音】㊔真正的音色；真話，真心話△本音を言うのは、君のことを思えばこそです。／為了你好才講真話。

ほんのう【本能】㊔本能△本能は、理性でコントロールできるものではない。／作為一個本能，是理性無法駕馭的。

ほんば【本場】㊔原產地，正宗產地；發源地，本地 類 産地△出張かたがた、本場のおいしい料理を堪能した。／出差的同時，順便嚐遍了當地的美食料理。

ポンプ【（荷）pomp】㊔抽水機，汲筒△ポンプなら簡単にできるものを、バケツで水を汲むとは。／使用抽水機的話，輕鬆容易就能打水，沒想到居然是以水桶辛苦提水。

ほんぶん【本文】㊔本文，正文 類 文章△君の論文は、本文もさることながら、まとめもすばらしい。／你的論文不止文章豐富精闢，結論部分也鏗鏘有力。

ほんみょう【本名】㊔本名，真名 類 名前△本名だと思いきや、「田中太郎」はペンネームだった。／本來以為「田中太郎」是本名，沒想到那是筆名。

ま マ

N1-096

マーク【mark】㊔・他サ（劃）記號，符號，標記；商標；標籤，標示，徽章 類 記号△「〒」は、日本で郵便を表すマークとして使われている。／「〒」在日本是代表郵政的符號。

マイ【my】造語 我的（只用在「自家用、自己專用」時）類 私の△環境を保護するべく、社長は社員にマイ箸持参を勧めた。／社長為了環保，規勸員工們自備筷子。

まいぞう【埋蔵】㊔・他サ 埋藏，蘊藏 類 埋め隠す△埋蔵されている宝を独占するとは、許されない。／竟敢試圖獨吞地底的寶藏，不可原諒！

マイナス【minus】㊔（數）減，減號；（數）負號；（電）負，陰極；（溫度）零下；虧損，不足；不利△彼の将来にとってマイナスだ。／對他的將來不利。

まうえ【真上】㊔正上方，正當頭 類 すぐ上△うちのアパートは、真上の人の足音がうるさい。／我家住的公寓，正上方那戶人家的腳步聲很吵。

まえうり【前売り】(名·他サ) 預售 類 事前に売り出す △前売り券は100円off、さらにオリジナルバッジが付いてきます！／預售票享有一百圓的優惠，還附贈獨家徽章！

まえおき【前置き】(名) 前言，引言，序語，開場白 反 後書き 類 序文 △彼のスピーチは、前置きもさることながら、本文も長い。／他的演講不僅引言內容乏味，主題部分也十分冗長。

まえがり【前借り】(名·他サ) 借，預支 △給料を前借りする。／預支工錢。

まえばらい【前払い】(名·他サ) 預付 △工事費の一部を前払いする。／預付一部份的施工費。

まえむき【前向き】(名) 面像前方，面向正面；向前看，積極 △お話はよく分かりました。前向きに検討いたします。／您的意見已經完全了解，我們會積極討論。

まかす【任す】(他五) 委託，託付 類 任せる △「全部任すよ。」と言うが早いか、彼は出て行った。／他才說完：「全都交給你囉！」就逕自出去了。

まかす【負かす】(他五) 打敗，戰勝 反 負ける 類 勝つ △金太郎は、すもうで熊を負かすくらい強かったということになっている。／據說金太郎力大無比，甚至可以打贏一頭熊。

まぎらわしい【紛らわしい】(形) 因為相像而容易混淆；以假亂真的 類 似ている △課長といい、部長といい、紛らわしい話をしてばかりだ。／無論是課長或是經理，掛在嘴邊的話幾乎都似是而非。

まぎれる【紛れる】(自下一) 混入，混進；(因受某事物吸引) 注意力分散，暫時忘掉，消解 類 混乱 △騒ぎに紛れて金を盗むとは、とんでもない奴だ。／這傢伙實在太可惡了，竟敢趁亂偷黃金。

まく【膜】(名·漢造) 膜；(表面) 薄膜，薄皮 類 薄い皮 △牛乳を温めすぎて、表面に膜が張ってしまった。／牛奶加熱過度，表面浮出了一層膜。

まけずぎらい【負けず嫌い】(名·形動) 不服輸，好強 △息子は負けず嫌いで、負けると顔を真っ赤にして悔しがる。／兒子個性好強，一輸就會不服氣地漲紅了臉。

まごころ【真心】(名) 真心，誠心，誠意 類 誠意 △大家さんの真心に対して、礼を言った。／對於房東的誠意由衷道謝。

まごつく(自五) 慌張，驚慌失措，不知所措；徘徊，徬徨 反 落ち着く 類 慌てる △緊張のあまり、客への挨拶さえまごつく始末だ。／因為緊張過度，竟然連該向顧客打招呼都不知所措。

まこと【誠】(名·副) 真實，事實；誠意，真誠，誠心；誠然，的確，非常 類 真心 △彼は口下手だが、誠がある。／他雖然口才不佳，但是誠意十足。

まことに【誠に】 副 真，誠然，實在 類 本当に △わざわざ弊社までお越しいただき、誠に光栄の至りです。／勞駕您特地蒞臨敝公司，至感無上光榮。

マザコン【(和) mother＋complex之略】 名 戀母情結 △あいつはマザコンなんだ。／那傢伙有戀母情結。

まさしく 副 的確，沒錯；正是 類 確かに △彼の演説は、まさしく全員を感動させるに足るものだった。／他的演講正足以感動所有人。

まさる【勝る】 自五 勝於，優於，強於 類 すぐれる △条件では勝りながらも、最終的には勝てなかった。／雖然佔有優勢，最後卻遭到敗北。

まじえる【交える】 他下一 夾雜，摻雜；(使細長的東西) 交叉；互相接觸，交 類 加え入れる △仕事なんだから、私情を交えるな。／這可是工作，不准摻雜私人情感！

ました【真下】 名 正下方，正下面 反 真上 類 すぐ下 △ペンがなくなったと思いきや、椅子の真下に落ちていた。／還以為筆不見了，原來是掉在椅子的正下方。

まして 副 何況，況且；(古) 更加 類 さらに △小荷物とはいえ、結構重い。まして子どもには持てないよ。／儘管是件小行李，畢竟還是相當重，何況是小孩子，怎麼提得動呢！

まじわる【交わる】 自五 (線狀物) 交，交叉；(與人) 交往，交際 類 付き合う △当ホテルは、幹線道路が交わるアクセス至便な立地にございます。／本旅館位於幹道交會處，交通相當便利。

ますい【麻酔】 名 麻醉，昏迷，不省人事 類 麻痺 △麻酔を専門に研究している人といえば、彼をおいて他にいない。／要提到專門研究麻醉的人士，那就非他莫屬。

まずい【不味い】 形 難吃；笨拙，拙劣；難看；不妙 △空腹にまずい物なし。／餓肚子時沒有不好吃的東西。

また【股】 名 開襠，褲襠 △ズボンの股が破れてしまった。／褲襠破了。

またがる【跨がる】 自五 (分開兩腿) 騎，跨；跨越，橫跨 類 わたる △富士山は、静岡・山梨の２県にまたがっている。／富士山位於靜岡和山梨兩縣的交界。

まちあわせ【待ち合わせ】 名 (指定的時間地點) 等候會見 △日曜日とあって、駅前で待ち合わせする恋人達が多い。／適逢星期日，有很多情侶們都約在車站前碰面。

N1-097

まちどおしい【待ち遠しい】 形 盼望能盡早實現而等待的樣子；期盼已久的 △晩ごはんが待ち遠しくて、台所の前を行きつ戻りつした。／等不及吃晚餐，在廚房前面走來走去的。

まちのぞむ【待ち望む】 他五 期待，盼望 類 期待して待つ △娘がコンサートをこんなに待ち望んでいるとは知らなかった。／實在不知道女兒竟然如此期盼著演唱會。

まちまち【区々】 名・形動 形形色色，各式各樣 類 いろいろ △みそ汁の味は家庭によってまちまちだ。／味噌湯的調味方式每個家庭都不同。

まつ【末】 接尾・漢造 末，底；末尾；末期；末節 反 始め 類 おわり △月末とあって、社員はみんな忙しそうにしている。／到了月底的關係，所有員工們都變得異常繁忙。

まっき【末期】 名 末期，最後的時期，最後階段；臨終 類 終わり △江戸末期、アメリカが日本に開国を迫った。／江戶時代末期，美國強迫日本開國。

マッサージ【massage】 名・他サ 按摩，指壓，推拿 類 揉む △サウナに行ったとき、体をマッサージしてもらった。／前往三溫暖時請他們按摩了身體。

まっぷたつ【真っ二つ】 名 兩半 類 半分 △スイカが地面に落ちて真っ二つに割れた。／西瓜掉落到地面上分成了兩半。

まと【的】 名 標的，靶子；目標；要害，要點 類 目当て △的に当たるかどうかを賭けよう。／來賭賭看能不能打到靶上吧！

まとまり【纏まり】 名 解決，結束，歸結；一貫，連貫；統一，一致 類 統一 △勝利できるかどうかは、チームのまとまりいかんだ。／能否致勝，取決於團隊合的作精神。

まとめ【纏め】 名 總結，歸納；匯集；解決，有結果；達成協議；調解（動詞為「纏める」） 反 乱す 類 整える △この本は、私がこれまでずっと考えてきたことのまとめです。／這本書是我長久以來的思想總結。

まとも 名・形動 正面；正經，認真，規規矩矩 △廊下の曲がり角で、向こうから来た人とまともにぶつかってしまった。／在走廊的轉角處迎面撞上了從對向來的人。

マニア【mania】 名・造語 狂熱，癖好；瘋子，愛好者，…迷，…癖 △東京モーターショーにカーマニアが集まった。／東京車展上擠滿了車迷。

まぬがれる【免れる】 他下一 免，避免，擺脫 反 追う 類 避ける △先日、山火事があったが、うちの別荘はなんとか焼失を免れた。／日前發生了山林大火，所幸我家的別墅倖免於難。

まねき【招き】 名 招待，邀請，聘請；（招攬顧客的）招牌，裝飾物 類 招待 △本日はお招きありがとうございます。／感謝今日的招待。

まばたき・またたき【瞬き】 名・自サ 瞬，眨眼 △あいつは瞬きする間にラーメンを全部食った。／那個傢伙眨眼間，就將拉麵全都掃進肚裡去了。

まひ【麻痺】 名·自サ 麻痺，麻木；癱瘓 類 痺れる △はい、終わりましたよ。まだ麻酔が残っていますが、数時間したら麻痺が取れます。／好了，結束囉。麻醉現在還沒退，過幾小時就恢復正常了。

まみれ【塗れ】 接尾 沾污，沾滿 類 汚れ △一つ嘘をついたらさいご、すべてが嘘まみれになる。／只要撒一個謊，接下來講的就完全是一派謊言了。

まめ 名·形動 勤快，勤肯；忠實，認真，表裡一致，誠懇 △まめに働く。／認真工作。

まやく【麻薬】 名 麻藥，毒品 △一度麻薬中毒になると、立ち直るのは困難だ。／一旦吸毒成癮，想要再重新振作是很難的。

まゆ【眉】 名 眉毛，眼眉 △濃い眉は意志を持っているように見えるといわれます。／據說濃眉的特徵讓人覺得有毅力。

まり【鞠】 名（用橡膠、皮革、布等做的）球 類 球 △ゴムまりが普及する前は、まりを手でつくのはとても力がいった。／在橡皮球普及之前，拍球需要用很大的力氣。

まるごと【丸ごと】 副 完整，完全，全部地，整個（不切開） 類 そっくり、全部 △金柑は皮をむかずに丸ごと食べられる。／金桔不用剝皮，可以整顆直接吃。

まるっきり 副（「まるきり」的強調形式，後接否定語）完全，簡直，根本 類 全く △そのことはまるっきり知らない。／我對這件事毫不知情！

まるまる【丸々】 名·副 雙圈；（指隱密的事物）某某；全部，完整，整個；胖嘟嘟 類 すっかり △丸々と太った赤ちゃんって、かわいいですよね。／圓滾滾又胖嘟嘟的小寶寶，實在好可愛喔。

まるめる【丸める】 他下一 弄圓，糅成團；攏絡，拉攏；剃成光頭；出家 類 丸くする △農家のおばさんが背中を丸めて草取りしている。／農家的阿桑正在彎腰除草。

まんげつ【満月】 名 滿月，圓月 反 日 類 月 △今夜の明るさはさすが満月だ。／今夜的月光，正是滿月特有的明亮皎潔。

まんじょう【満場】 名 全場，滿場，滿堂 △法案は満場一致で可決された。／法案得到了全場一致通過。

まんせい【慢性】 名 慢性 △慢性のアレルギー性鼻炎に悩まされている。／飽受慢性過敏性鼻炎的困擾。

まんタン【満tank】 名（俗）油加滿 △ガソリンを満タンにする。／加滿了油。

マンネリ【mannerism之略】 名 因循守舊，墨守成規，千篇一律，老套 △マンネリに陥る。／落入俗套。

み ミ

N1-098

み【味】漢造 (舌的感覺)味道；事物的內容；鑑賞，玩味；(助數詞用法)(食品、藥品、調味料的)種類 △それではちょっと面白味に欠ける。／那樣子的話就有點太無趣了。

みあい【見合い】名 (結婚前的)相親；相抵，平衡，相稱 類 縁談 △見合いをするかどうか迷っている。／猶豫著是否該去相親。

みあわせる【見合わせる】他下一 (面面)相視；暫停，暫不進行；對照 △多忙ゆえ、会議への出席は見合わせたいと思います。／因為忙碌得無法分身，容我暫不出席會議。

みいり【実入り】名 (五穀)節食；收入 △誰でもできて楽で実入りのいいバイトなんてあるわけがない。／怎麼可能有任何人都做得來，而且既輕鬆又高薪的兼差工作呢！

みうごき【身動き】名 (下多接否定形)轉動(活動)身體；自由行動 △満員で身動きもできない。／人滿為患，擠得動彈不得。

みうしなう【見失う】他五 迷失，看不見，看丟 △目標を見失う。／迷失目標。

みうち【身内】名 身體內部，全身；親屬；(俠客、賭徒等的)自家人，師兄弟 △いくら身内でも、借金はお断りだよ。／就算是親人，同樣恕不借錢喔！

みえっぱり【見栄っ張り】名 虛飾外表(的人) △食費を削ってまでブランド物を着るなんて、見栄っ張りにもほどがある。／不惜苛扣餐費也要穿戴名牌，愛慕虛榮也得有個限度吧。

みおとす【見落とす】他五 看漏，忽略，漏掉 類 落とす，漏れる △目指す店の看板は、危うく見落とさんばかりにひっそりと掲げられていた。／想要找的那家店所掛的招牌很不顯眼，而且搖搖欲墜。

みかい【未開】名 不開化，未開化；未開墾；野蠻 反 文明 類 野蛮 △その地域は未開のままである。／這個地區還保留著未經開發的原貌。

みかく【味覚】名 味覺 類 感じ △鋭い味覚を持つ人が料理人に向いている。／擁有靈敏味覺的人很適合成為廚師。

みがる【身軽】名·形動 身體輕鬆，輕便；身體靈活，靈巧 △雑技団の身軽な演技に観客は歓声を上げた。／雜耍團身手矯捷的表演令觀眾報以歡聲雷動。

みき【幹】名 樹幹；事物的主要部分 △幹をまっすぐにするために、枝葉を落とす必要がある。／為了使之長成筆直的樹幹，必須剪除多餘的枝葉。

みぎて【右手】(名) 右手，右邊，右面 △右手に見えるのが日比谷公園です。／右邊可看到的是日比谷公園。

みくだす【見下す】(他五) 輕視，藐視，看不起；往下看，俯視 △奴は人を見下したように笑った。／那傢伙輕蔑地冷笑了。

みぐるしい【見苦しい】(形) 令人看不下去的；不好看，不體面；難看 (反) 美しい (類) 醜態 △お見苦しいところをお見せして申し訳ございません。／見醜了，非常抱歉。

みこみ【見込み】(名) 希望；可能性；預料，估計，預定 (類) 有望 △伸びる見込みのない支店は、切り捨てる必要がある。／必須大刀闊斧關閉營業額無法成長的分店。

みこん【未婚】(名) 未婚 (反) 既婚 (類) 独身 △未婚にも未婚ならではの良さがある。／未婚也有未婚才能享有的好處。

みじゅく【未熟】(名·形動) 未熟，生；不成熟，不熟練 (反) 熟練 (類) 初心 △未熟者ですので、どうぞよろしくご指導ください。／尚未經世事，還煩請多多指教。

みしらぬ【見知らぬ】(連體) 未見過的 △歩いていたら見知らぬ人から声をかけられて、ナンパかと思ったら押し売りだった。／走在路上時突然被陌生人叫住了，還以為是搭訕，沒想到是推銷。

みじん【微塵】(名) 微塵；微小（物），極小（物）；一點，少許；切碎，碎末 (類) ちり (補) 常用「みじんも…ない」：一點兒也沒有。△彼女を傷つけようなんて気持ちはみじんもなかった。／我壓根沒想傷害她。

みずけ【水気】(名) 水分 (反) 乾き (類) 湿り △しっかりと水気を取ってから炒めましょう。／請確實瀝乾水份再拿下去炒吧！

ミスプリント【misprint】(名) 印刷錯誤，印錯的字 (類) 誤植 △ミスプリントのせいでクレームが殺到した。／印刷瑕疵導致客戶抱怨連連。

みすぼらしい (形) 外表看起來很貧窮的樣子；寒酸；難看 △隣の席の男性はみすぼらしい格好だが、女性はかなり豪華な服装だ。／隔壁桌坐了一對男女，男子看起來一副窮酸樣，但女子卻身穿相當華麗的衣裳。

みずみずしい【瑞瑞しい】(形) 水嫩，嬌嫩；新鮮 (反) 立派 (類) 卑小 △この梨、みずみずしくておいしいね。／這顆梨子水頭足，好好吃喔！

ミセス【Mrs.】(名) 女士，太太，夫人；已婚婦女，主婦 (類) 夫人 △ミセスともなれば、交際範囲も以前とは違ってくる。／一旦結婚，交友圈應該就會與單身時代的截然不同。

みせびらかす【見せびらかす】(他五)

炫耀，賣弄，顯示 類 誇示する △花子は新しいかばんを友達に見せびらかしている。／花子正將新皮包炫耀給朋友們看。

みせもの【見せ物】 名 雜耍（指雜技團、馬戲團、魔術等）；被眾人耍弄的對象 類 公演 △以前は見せ物でしかなかったロボットが、いよいよ人間と同じように働きはじめた。／以前只能作為展示品的機器人，終於可以開始與人類做同樣的工作了。

みたす【満たす】 他五 裝滿，填滿，倒滿；滿足 類 いっぱいにする △顧客の要求を満たすべく、機能の改善に努める。／為了滿足客戶的需求，盡力改進商品的功能。

みだす【乱す】 他五 弄亂，攪亂 反 整える 類 散乱 △列を乱さずに、行進しなさい。／請不要將隊形散掉前進。

みだれ【乱れ】 名 亂；錯亂；混亂 △食生活の乱れは、生活習慣病の原因になる。／飲食習慣不良是造成文明病的原因。

みだれる【乱れる】 自下一 亂，凌亂；紊亂，混亂 反 整う 類 混乱 △カードの順序が乱れているよ。／卡片的順序已經錯亂囉！

みち【未知】 名 未定，不知道，未決定 反 既知 類 まだ知らないこと △宇宙は、依然未知の世界である。／宇宙，可稱之為「仍屬未知的世界」。

N1-099

みち【道】 名 道路；道義，道德；方法，手段；路程；專門，領域 △歩行者に道を譲る。／讓路給行人。

みぢか【身近】 名·形動 切身；身邊，身旁 類 手近 △彼女は息子を身近に置いておきたかった。／她非常希望將兒子帶在身邊。

みちがえる【見違える】 他下一 看錯 △髪型を変えたら、見違えるほど変わった。／換了髮型之後，簡直變了一個人似的。

みちばた【道端】 名 道旁，路邊 △道端で喧嘩をする。／在路邊吵架。

みちびく【導く】 他五 引路，導遊；指導，引導；導致，導向 類 啓蒙 △彼は我々を成功に導いた。／他引導我們走上成功之路。

みっしゅう【密集】 名·自サ 密集，雲集 類 寄り集まる △丸の内には日本のトップ企業のオフィスが密集している。／日本各大頂尖企業辦公室密集在丸之內（東京商業金融中心）。

みっせつ【密接】 名·自サ·形動 密接，緊連；密切 類 密着 △あの二人は密接な関係にあるともっぱら噂です。／那兩人有密切的接觸這件事傳得滿城風雨的。

みつど【密度】 名 密度 △日本の人口密度はどのぐらいですか。／日本的人口密的大概是多少？

みつもり【見積もり】[名] 估計，估量 [反] 決算 [類] 予算 △費用の見積もりを出してもらえますか。／可以麻煩您提供費用的報價嗎？

みつもる【見積もる】[他五] 估計 △予算を見積もる。／估計預算。

みてい【未定】[名·形動] 未定，未決定 [類] 保留 △披露宴の場所は未定である。／婚宴的地點尚未確定。

みてみぬふりをする【見て見ぬ振りをする】[慣] 假裝沒看到 △乞食がいたが見て見ぬ振りをした。／對乞丐視而不見。

みとおし【見通し】[名] 一直看下去；（對前景等的）預料，推測 [類] 予想 △業績の見通しいかんでは、リストラもあり得る。／照業績的預期來看，也有裁員的可能性。

みとどける【見届ける】[他下一] 看到，看清；看到最後；預見 △孫が結婚するのを見届けてから死にたい。／我希望等親眼看到孫兒結婚以後再死掉。

みなす【見なす】[他五] 視為，認為，看成；當作 [類] 仮定する △オートバイに乗る少年を不良と見なすのはどうかと思う。／我認為不應該將騎摩托車的年輕人全當作不良少年。

みなもと【源】[名] 水源，發源地；（事物的）起源，根源 [類] 根源 △健康の源は腸にある。／健康的根源在於腸道。

みならう【見習う】[他五] 學習，見習，熟習；模仿 [反] 教える [類] 学ぶ △また散らかして！お姉ちゃんを見習いなさい！／又到處亂丟了！跟姐姐好好看齊！

みなり【身なり】[名] 服飾，裝束，打扮 [類] 服装 △バスには、一人若くて身なりのよい美女が乗っていた。／一位打扮年輕的美女坐在那輛巴士裡。

みね【峰】[名] 山峰；刀背；東西突起部分 [反] 麓（ふもと） [類] 頂（いただき） △12月に入り、山の峰が白くなる日が増えた。／到了十二月，見到山鋒雪白的機會也變多了。

みのうえ【身の上】[名] 境遇，身世，經歷；命運，運氣 [類] 身元 △今日は、私の悲しい身の上をお話しします。／今天讓我來敘述發生在自己身上的悲慘故事。

みのがす【見逃す】[他五] 看漏；饒過，放過；錯過；沒看成 [類] 見落とす △一生に一度のチャンスとあっては、ここでうかうか見逃すわけにはいかない。／因為是個千載難逢的大好機會，此時此刻絕不能好整以暇地坐視它從眼前溜走。

みのまわり【身の回り】[名] 身邊衣物（指衣履、攜帶品等）；日常生活；（工作或交際上）應由自己處裡的事情 [類] 日常 △最近、自分が始めた事や趣味など身の回りの事についてブログに書きはじめた。／我最近開始寫部落格，內容包含自己新接觸的事或是嗜好等日常瑣事。

みはからう【見計らう】 他五 斟酌，看著辦，選擇 類 選ぶ △タイミングを見計らって、彼女を食事に誘った。／看準好時機，邀了她一起吃飯。

みはらし【見晴らし】 名 眺望，遠望；景致 類 眺め △ここからの見晴らしは最高です。／從這裡看到的景致真是無與倫比。

みぶり【身振り】 名（表示意志、感情的）姿態；（身體的）動作 類 動作 △適度な身振り手振りは、表現力を増すことにつながる。／適度的肢體語言有助於增進表述能力。

みもと【身元】 名（個人的）出身，來歷，經歷；身份，身世 △火災現場から見つかった遺体の身元が判明した。／在火災現場裡發現的遺體已經查出身份了。

みゃく【脈】 名·漢造 脈，血管；脈搏；（山脈、礦脈、葉脈等）脈；（表面上看不出的）關連 類 動悸（どうき） △末期がんの彼は呼吸が浅く、脈も弱いままでした。／已到了癌症末期的他，一直處於呼吸淺短、脈搏微弱的狀態。

ミュージック【music】 名 音樂，樂曲 類 音楽 △この曲は、週間ミュージックランキングの1位になった。／這首曲子躍居為每週音樂排行榜的冠軍。

みれん【未練】 名·形動 不熟練，不成熟；依戀，戀戀不捨；不乾脆，怯懦 類 思い残し △僕は、君への未練に気付かない振りをしていた。／我裝作沒有察覺到自己對妳的戀戀不捨。

みわたす【見渡す】 他五 瞭望，遠望；看一遍，環視 類 眺める △ここからだと神戸の街並みと海を見渡すことができる。／從這裡放眼看去，可以將神戶的街景與海景盡收眼底。

みんしゅく【民宿】 名·自サ（觀光地的）民宿，家庭旅店；（旅客）在民家投宿 類 旅館 △民宿には民宿ゆえの良さがある。／民宿有民宿的獨特優點。

みんぞく【民俗】 名 民俗，民間風俗 類 風俗 △この祭りは県指定の無形民俗文化財となっている。／這個祭典成了縣政府指定的無形民俗文化資產。

みんぞく【民族】 名 民族 類 国民 △アフリカ旅行の間に、様々な少数民族の村を訪ねた。／在非洲旅行期間，造訪了各種少數民族的村落。

むム

N1-100

むいみ【無意味】㊔名·形動 無意義，沒意思，沒價值，無聊 反 面白い 類 つまらない △実践に即していない議論は無意味だ。／無法付諸實行的討論毫無意義。

ムード【mood】㊔名 心情，情緒；氣氛；（語）語氣；情趣；樣式，方式 類 雰囲気 △昨日のデートはおいしいものを食べて、夜景を見て、いいムードでした。／昨天約會的氣氛非常好，享用了美食，也看了夜景。

むかつく 自五 噁心，反胃；生氣，發怒 △なんだか胃がむかつく。ゆうべ飲み過ぎたかな。／好像有點反胃……是不是昨天晚上喝太多了啊？

むかむか 副·自サ 噁心，作嘔；怒上心頭，火冒三丈 △揚げ物を食べ過ぎて、胸がむかむかする。／炸的東西吃太多了，胸口覺得有點噁心。

むかんしん【無関心】名·形動 不關心；不感興趣 △友達が男の子の噂話をしていても、無関心を装っている。／就算朋友在聊男孩子的話題，也假裝沒有興趣。

むくち【無口】名·形動 沈默寡言，不愛說話 反 お喋り 類 黙る △無口な人はしゃべるきっかけをつかめない場合が多いと思う。／我認為沈默寡言的人多半是無法掌握到開口說話的契機。

むくむ 自五 浮腫，虛腫 △久しぶりにたくさん歩いたら、足がパンパンにむくんでしまった。／好久沒走那麼久了，腿腫成了硬邦邦的。

むこ【婿】名 女婿；新郎 反 嫁 類 婿養子 △私は一人娘なので、お婿さんに来てほしい。／我是獨生女，所以希望招個女婿入門。

むこう【無効】名·形動 無效，失效，作廢 類 駄目 △提出期限が過ぎているゆえに、無効です。／由於已經超過繳交期限，應屬無效。

むごん【無言】名 無言，不說話，沈默 反 お喋り 類 無口 △振られた彼氏についつい無言電話をかけてしまった。／終於無法克制自己的衝動，撥了通無聲電話給甩掉我的前男友。

むじゃき【無邪気】名·形動 天真爛漫，思想單純，幼稚 類 天真爛漫 △今年一番の流行語は、なんと「わたしは馬鹿で無邪気だった」でした。／今年最流行的一句話竟然是「我好傻好天真」。

むしる【毟る】他五 揪，拔；撕，剔（骨頭）；也寫作「挘る」△夏になると雑草がどんどん伸びてきて、むしるのが大変だ。／一到夏天，雜草冒個不停，除起草來非常辛苦。

むすび【結び】名 繫，連結，打結；結束，結尾；飯糰 類 終わり △報告書の結びには、私なりの提案も盛り込んでいます。／在報告書的結尾也加入了我的建議。

むすびつき【結び付き】 名 聯繫，聯合，關係 類 繋がる △政治家と企業との不可解な結びつきが明らかになった。／政治人物與企業之間無法切割的關係已經遭到揭發。

むすびつく【結び付く】 自五 連接，結合，繫；密切相關，有聯繫，有關連 類 繋がる △仕事に結びつく資格には、どのようなものがありますか。／請問有哪些證照是與工作密切相關的呢？

むすびつける【結び付ける】 他下一 繫上，拴上；結合，聯繫 類 つなぐ △環境問題を自分の生活と結びつけて考えてみましょう。／讓我們來想想，該如何將環保融入自己的日常生活中。

むせる 自下一 噎，嗆△煙が立ってむせてしようがない。／直冒煙，嗆得厲害。

むせん【無線】 名 無線，不用電線；無線電 類 ワイヤレス △この喫茶店は無線LANに接続できますか。／請問在這家咖啡廳裡，可以無線上網嗎？

むだづかい【無駄遣い】 名・自サ 浪費，亂花錢 類 浪費 △またこんなくだらない物を買って。無駄遣いにもほどがある。／又買這種沒有用的東西了！亂花錢也該適可而止！

むだん【無断】 名 擅自，私自，事前未經允許，自作主張 類 無許可 △ここから先は、関係者以外無断で立ち入らないでください。／非本公司員工請勿擅入。

むち【無知】 名 沒知識，無智慧，愚笨 反 利口 類 馬鹿 △消費者の無知につけ込む悪徳業者は後を絶たない。／看準消費者缺乏資訊藉以牟利的惡劣商人接二連三出現。

むちゃ【無茶】 名・形動 毫無道理，豈有此理；胡亂，亂來；格外，過分 類 無謀 △彼はいつも無茶をして、最後に痛い目にあう。／他總是胡來蠻幹，最後還是自己吃到苦頭。

むちゃくちゃ【無茶苦茶】 名・形動 毫無道理，豈有此理；混亂，亂七八糟；亂哄哄△あの人の話はむちゃくちゃです。／那個人說的話毫無邏輯可言。

むなしい【空しい・虚しい】 形 沒有內容，空的，空洞的；付出努力卻無成果，徒然的，無效的（名詞形為「空しさ」）反 確か 類 不確か △ロボットみたいに働いて、疲れて家に帰っても話す人もいない。こんな生活、むなしい。／像機器人一樣奮力工作，拖著疲累的身軀回到家裡，卻連個可以講話的人也沒有。這樣的生活好空虛。

むねん【無念】 名・形動 什麼也不想，無所牽掛；懊悔，悔恨，遺憾 類 悔しい △

決勝戦をリタイアしたなんて、さぞ無念だったでしょう。／竟在總決賽中退出，想必十分懊悔吧！

むのう【無能】[名·形動] 無能，無才，無用 [反] 有能 [類] 無才 △大の大人がこんなこともできないなんて、無能もいいところだ。／這麼大的成年人了，連這種事也做不來，簡直沒用到了極點！

むやみ(に)【無闇(に)】[名·形動]（不加思索的）胡亂，輕率；過度，不必要 [類] やたらに △山で道に迷ったら、むやみに歩き回らない方がいい。／在山裡迷路的話，最好不要漫無目的到處亂走。

むよう【無用】[名] 不起作用，無用處；無需，沒必要 [類] 用無し △問題はもう解決しましたから、心配はご無用です。／問題已經解決了，不必掛慮！

むら【斑】[名]（顏色）不均勻，有斑點；（事物）不齊，不定；忽三忽四，（性情）易變 [類] 模様 △この色のむらは、手染めならではの味わいがありますね。／這種顏色的暈染呈現出手染的獨特風格呢。

むらがる【群がる】[自五] 聚集，群集，密集，林立 [類] 集まる △子どもといい、大人といい、みな新製品に群がっている。／無論是小孩或是大人，全都在新產品的前面擠成一團。

むろん【無論】[副] 當然，不用說 [類] もちろん △このプロジェクトを成し遂げるまで、無論あきらめません。／在尚未順利完成這個企畫之前，當然絕不輕言放棄。

め メ

N1-101

めいさん【名産】[名] 名產 △北海道の名産ときたら、メロンだろう。／提到北海道的名產，首先想到的就是哈密瓜吧！

めいしょう【名称】[名] 名稱（一般指對事物的稱呼）△午後は新商品の名称についてみんなで討論します。／下午將與各位一同討論新商品的命名。

めいちゅう【命中】[名·自サ] 命中 [類] あたる △ダーツを何度投げても、なかなか10点に命中しない。／無論射多少次飛鏢，總是無法命中10分值區。

めいはく【明白】[名·形動] 明白，明顯 [類] はっきり △法律を通過させんがための妥協であることは明白だ。／很明顯的，這是為了使法案通過所作的妥協。

めいぼ【名簿】[名] 名簿，名冊 [類] リスト △社員名簿を社外に持ち出してはいけません。／不得將員工名冊攜離公司。

めいよ【名誉】（名·造語）名譽，榮譽，光榮；體面；名譽頭銜 [類] プライド △名誉を傷つけられたともなれば、訴訟も辞さない。／假如名譽受損，將不惜提告。

めいりょう【明瞭】（形動）明白，明瞭，明確 [類] 明らか △費用設定が明瞭なエステに行った方がいいですよ。／去標價清楚的護膚中心比較好哦！

めいろう【明朗】（形動）明朗；清明，公正，光明正大，不隱諱 △明朗で元気なボランティアの方を募集しています。／正在招募個性開朗且充滿活力的義工。

メーカー【maker】（名）製造商，製造廠，廠商 △メーカーの努力だけでは原油価格の高騰に対応できない。／光憑製造商的努力，無法抑制原油價格的飆漲。

めかた【目方】（名）重量，分量 [類] 重さ △あの魚屋は目方で販売しています。／那家魚攤是以稱斤論兩的方式販賣魚貨。

めぐみ【恵み】（名）恩惠，恩澤；周濟，施捨 △自然の恵みに感謝して、おいしくいただきましょう。／讓我們感謝大自然的恩賜，心存感激地享用佳餚吧！

めぐむ【恵む】（他五）同情，憐憫；施捨，周濟 [類] 施す △財布をなくし困っていたら、見知らぬ人が1万円恵んでくれた。／當我正因弄丟了錢包而不知所措時，有陌生人同情我並給了一萬日幣。

めさき【目先】（名）目前，眼前；當前，現在；遇見；外觀，外貌，當場的風趣 △目先の利益にとらわれる。／只著重眼前利益。

めざましい【目覚ましい】（形）好到令人吃驚的；驚人；突出 [類] 大した △新製品の売れ行きが好調で、本年度は目覚しい業績を上げた。／由於新產品的銷售暢旺，今年度創造了亮眼的業績。

めざめる【目覚める】（自下一）醒，睡醒；覺悟，覺醒，發現 △今朝は鳥の鳴き声で目覚めました。／今天早晨被鳥兒的啁啾聲喚醒。

めす【召す】（他五）（敬語）召見，召喚；吃；喝；穿；乘；入浴；感冒；買 [類] 招く △母は昨年82歳で神に召されました。／家母去年以八十二歲的高齡蒙主寵召了。

めす【雌】（名）雌，母；（罵）女人 [反] 雄 [類] 雌性 △金魚はどのようにメスとオスを見分けますか。／請問如何分辨金魚的雌雄呢？

めつき【目付き】（名）眼神 [類] 横目 △子どもたちはみな真剣な目付きで作品の制作に取り組んでいます。／孩子們露出認真的眼神，努力製作作品。

めつぼう【滅亡】（名·自サ）滅亡 [反] 興る [類] 亡びる △これはローマ帝国の始まりから滅亡までの変遷を追った年表です。／這張年表記述了羅馬帝國從創立到滅亡的變遷。

メディア【media】㊔ 手段，媒體，媒介△インターネット上のメディアを利用して人とつながることが一般化してきている。／利用網路軟體與他人交流的情形愈來愈普遍了。

めど【目途・目処】㊔ 目標；眉目，頭緒 類 目当て △スケジュールのめどがある程度たったら、また連絡します。／等排好初步的行程表後，再與您聯繫。

めもり【目盛・目盛り】㊔（量表上的）度數，刻度 類 印 △この計量カップは 180c.c. までしか目盛がありません。／這個量杯的刻度只標到 180 C.C. 而已。

メロディー【melody】㊔（樂）旋律，曲調；美麗的音樂 類 調子 △街を歩いていたら、どこからか懐かしいメロディーが流れてきた。／走在街上時，不知道從哪裡傳來令人懷念的旋律。

めんえき【免疫】㊔ 免疫；習以為常 △はしかやおたふくかぜなどは、一度かかると免疫がつく。／麻疹和腮腺炎之類的疾病，只要感染過一次就免疫了。

めんかい【面会】(名·自サ) 會見，會面 類 会見 △面会できるとはいえ、面会時間はたったの 10 分しかない。／縱使得以會面，但會見時間亦只有區區十分鐘而已。

めんじょ【免除】(名·他サ) 免除（義務、責任等）△成績が優秀な学生は、授業料が免除されます。／成績優異的學生得免繳學費。

めんする【面する】(自サ)（某物）面向，面對著，對著；（事件等）面對 △申し訳ありませんが、海に面している席はもう満席です。／非常抱歉，面海的座位已經客滿了。

めんぼく・めんもく【面目】㊔ 臉面，面目；名譽，威信，體面 反 恥 類 誉れ △彼は最後に競り勝って、何とかチャンピオンの面目を保った。／他在最後一刻獲勝，總算保住了冠軍的面子。

も モ

N1-102

も【喪】㊔ 服喪；喪事，葬禮 △喪に服す。／服喪。

もう【網】(漢造) 網；網狀物；聯絡網 △犯人は、警察の捜査網をかいくぐって逃走を続けている。／罪犯躲過警網，持續逃亡中。

もうける【設ける】(他下一) 預備，準備；設立，設置，制定 反 解散 類 備える △弊社は日本語のサイトも設けています。／敝公司也有架設日文網站。

もうしいれる【申し入れる】 他下一 提議，(正式) 提出 △再三交渉を申し入れたが、会社からの回答はまだ得られていない。／儘管已經再三提出交涉，卻尚未得到公司的回應。

もうしこみ【申し込み】 名 提議，提出要求；申請，應徵，報名；預約 △購読をお申し込みの方は、以下にお問い合わせください。／擬訂閱者，請透過下述方式諮詢聯繫。

もうしで【申し出】 名 建議，提出，聲明，要求；(法) 申訴 類 申請 △申し出を受けながらも、結局、断った。／即使申訴被接受，最後依舊遭到拒絕。

もうしでる【申し出る】 他下一 提出，申述，申請 類 願い出る △ほかにも薬を服用している場合は、必ず申し出てください。／假如還有服用其他藥物請務必告知。

もうしぶん【申し分】 名 可挑剔之處，缺點；申辯的理由，意見 類 非難 △彼の営業成績は申し分ありません。／他的業務績效好得沒話說。

もうてん【盲点】 名 (眼球中的) 盲點，暗點；空白點，漏洞 △あなたの発言は、まさに我々の盲点を突いたものです。／你的意見直接命中了我們的盲點。

もうれつ【猛烈】 形動 氣勢或程度非常大的樣子，猛烈；特別；厲害 類 激しい △北部を中心に、猛烈な暑さが今週いっぱい続くでしょう。／以北部地區為中心，高溫天氣將會持續至本週末吧！

モーテル【motel】 名 汽車旅館，附車庫的簡易旅館 類 宿屋 △ニュージーランドのモーテルはとても清潔なので、快適に過ごせますよ。／紐西蘭的汽車旅館非常乾淨，所以會住得很舒適唷！

もがく 自五 (痛苦時) 掙扎，折騰；焦急，著急，掙扎 類 悶える △誘拐された被害者は、必死にもがいて縄をほどき、自力で脱出したそうだ。／聽說遭到綁架的被害人拚命掙脫繩索，靠自己的力量逃出來了。

もくろく【目録】 名 (書籍目錄的) 目次；(圖書、財產、商品的) 目錄；(禮品的) 清單 類 目次 △目録は書名の 50 音順に並んでいます。／目錄依照日文中的五十音順序排列。

もくろみ【目論見】 名 計畫，意圖，企圖 類 企て △現在の状況は当初のもくろみから大きく外れています。／現在的狀況已經完全超乎當初的計畫之外了。

もくろむ【目論む】 他五 計畫，籌畫，企圖，圖謀 △わが国は、軍備増強をもくろむ某隣国の脅威にさらされている。／我國目前受到鄰近某國企圖提升軍備的威脅。

もけい【模型】 名 (用於展覽、實驗、研究的實物或抽象的) 模型 反 実物 △

鉄道模型は、子どものみならず、大人にも人気があります。／鐵路模型不只獲得小孩子的喜愛，也同樣深受大人的歡迎。

もさく【模索】 ㊔名·自サ 摸索；探尋 △まだ妥協点を模索している段階です。／現階段仍在試探彼此均能妥協的平衡點。

もしくは 接續 (文) 或，或者 類 或は △メールもしくはファクシミリでお問い合わせください。／請以電子郵件或是傳真方式諮詢。

もたらす【齎す】 他五 帶來；造成；帶來(好處) 類 持ってくる △お金が幸せをもたらしてくれるとは限らない。／金錢未必會帶來幸福。

もちきり【持ち切り】 名 (某一段時期)始終談論一件事 △最近は彼女の結婚話でもちきりです。／最近的談論話題是她要結婚了。

もちこむ【持ち込む】 他五 攜入，帶入；提出(意見，建議，問題) △飲食物をホテルに持ち込む。／將外食攜入飯店。

N1-103

もっか【目下】 名·副 當前，當下，目前 類 今 △目下の政策の見直しを余儀なくさせる事態が起こった。／發生了一起重大事件，迫使必須重新檢討當前政策。

もっぱら【専ら】 副 專門，主要，淨；(文)專擅，獨攬 類 一点張り △それは専ら医薬品として使用される成分ですよ。／這種成分只會出現在藥物裡喔！

もてなす【持て成す】 他五 接待，招待，款待；(請吃飯)宴請，招待 類 接待 △来賓をもてなすため、ホテルで大々的に歓迎会を開いた。／為了要接待來賓，在飯店舉辦了盛大的迎賓會。

もてる【持てる】 自下一 受歡迎；能維持；能有 類 人気 △持てる力を存分に発揮して、悔いのないように試合に臨みなさい。／不要留下任何後悔，在比賽中充分展現自己的實力吧！

モニター【monitor】 名 監聽器，監視器；監聽員；評論員 △弊社ではスキンケアに関するモニターを募集しています。／敝公司正在招募護膚體驗員。

もの【物】 名·接頭·造語 (有形或無形的)物品，事情；所有物；加強語氣用；表回憶或希望；不由得…；值得…的東西 類 品物 △この財布の落とし物にどなたか心当たりはありませんか。／請問您知不知道是誰掉了這個錢包呢？

ものずき【物好き】 名·形動 從事或觀看古怪東西；也指喜歡這樣的人；好奇 類 好奇 △時代劇のフィギュアを集めていたら、彼女に「物好きね」と言われた。／我喜歡蒐集古裝劇的人偶模型，卻被女朋友譏諷：「你這個嗜好還真古怪呀！」

ものたりない【物足りない】 (形) 感覺缺少什麼而不滿足；有缺憾，不完美；美中不足 (反) 満足 (類) 呆気ない △彼ったら、何を聞いても「君にまかせるよ」で、物足りないったらない。／說起我男友啊，不管問什麼總是回答「交給妳決定呀」，算是美中不足的缺點。

もはや (副) （事到如今）已經 (反) まだ (類) もう △これだけ証拠が集まれば、彼ももはやこれまででしょう。／既然已經鐵證如山，他也只能俯首認罪了吧！

もはん【模範】 (名) 模範，榜樣，典型 (類) 手本 △彼は若手選手の模範となって、チームを引っ張っていくでしょう。／他應該會成為年輕選手的榜樣，帶領全體隊員向前邁進吧！

もほう【模倣】 (名·他サ) 模仿，仿照，仿效 (類) 真似る △各国は模倣品の取り締まりを強化している。／世界各國都在加強取締仿冒品。

もめる【揉める】 (自下一) 發生糾紛，擔心 (類) もつれる △遺産相続などでもめないように遺言を残しておいた方がいい。／最好先寫下遺言，以免遺族繼承財產時發生爭執。

もよおす【催す】 (他五) 舉行，舉辦；產生，引起 (類) 開催 △来月催される演奏会のために、毎日遅くまでピアノの練習をしています。／為了即將於下個月舉辦的演奏會，每天都練習鋼琴至深夜時分。

もらす【漏らす】 (他五) （液體、氣體、光等）漏，漏出；（秘密等）洩漏；遺漏；發洩；尿褲子 △社員が情報をもらしたと知って、社長は憤慨にたえない。／當社長獲悉員工洩露了機密，不由得火冒三丈。

もりあがる【盛り上がる】 (自五) （向上或向外）鼓起，隆起；（情緒、要求等）沸騰，高漲 (反) 低まる (類) 高まる △決勝戦とあって、異様な盛り上がりを見せている。／因為是冠亞軍賽，選手們的鬥志都異常高昂。

もる【漏る】 (自五) （液體、氣體、光等）漏，漏出 (類) 漏出 △お茶が漏ると思ったら、湯飲みにひびが入っていた。／正想著茶湯怎麼露出來了，原來是茶壺有裂縫了。

もれる【漏れる】 (自下一) （液體、氣體、光等）漏，漏出；（秘密等）洩漏；落選，被淘汰 (類) 零れる △この話はいったいどこから漏れたのですか。／這件事到底是從哪裡洩露出去的呢？

もろい【脆い】 (形) 易碎的，容易壞的，脆的；容易動感情的，心軟，感情脆弱；容易屈服，軟弱，窩囊 (類) 砕け易い △ガラスは非常に脆いゆえ、取り扱いに注意が必要です。／因為玻璃極易碎裂，拿取時請務必小心。

もろに (副) 全面，迎面，沒有不… △中小企業は景気悪化の影響をもろに受けてしまう。／中小企業受到景氣惡化的迎面衝擊。

やャ

N1-104

や【矢】[名] 箭；楔子；指針 △弁慶は、雨のような矢を受けて立ったまま死んだと言い伝えられている。／傳說弁慶是在受到無數箭雨攻擊的情況下站著死去的。

やがい【野外】[名] 野外，郊外，原野；戶外，室外 [反] 内 [類] 外 △野外音楽会は、悪天候の場合翌日に延期になる。／戶外音樂會如果不巧當日天氣欠佳，則延期至隔天舉行。

やく【薬】[名·漢造] 藥；化學藥品 △社長ときたら、頭痛薬を飲んでまでカラオケに行ったよ。／說到那位社長啊，不惜服下頭痛藥，還是要去唱卡拉 OK ！

やぐ【夜具】[名] 寢具，臥具，被褥 △座布団はおろか、夜具すらないのだから、ひどいね。／別說是座墊，就連寢具也沒有，實在是太過份了！

やくしょく【役職】[名] 官職，職務；要職 △役職のいかんによらず、配当は平等に分配される。／不論職務高低，股利採公平分配方式。

やくば【役場】[名]（町、村）鄉公所；辦事處 [類] 役所 △公務員試験に受かって、4月から役場で働くことになった。／通過了公務人員任用考試，將於四月份到區公所工作。

やけに [副]（俗）非常，很，特別 [類] 随分 △昨日といい、今日といい、最近やけに鳥が騒がしい。／不管是昨天或是今天，最近小鳥的啼鳴聲特別擾人。

やしき【屋敷】[名]（房屋的）建築用地，宅地；宅邸，公館 [類] 家 △あの美しい屋敷が、数百年前に建てられたものだとは！／沒有想到那棟華美的宅邸，屋齡竟然已經長達數百年了！

やしなう【養う】[他五]（子女）養育，撫育；養活，扶養；餵養；培養；保養，休養 [類] 養育 △どんな困難や苦労にもたえる精神力を養いたい。／希望能夠培養出足以面對任何困難與艱辛的堅忍不拔毅力。

やしん【野心】[名] 野心，雄心；陰謀 [類] 野望 △次期社長たる者、野心を持つのは当然だ。／要接任下一任社長的人，理所當然的擁有野心企圖。

やすっぽい【安っぽい】[形] 很像便宜貨，品質差的樣子，廉價，不值錢；沒有品味，低俗，俗氣；沒有價值，沒有內容，不足取 [反] 精密 [類] 粗末 △同じデザインでも、材質いかんによって安っぽく見えてしまう。／就算是一樣的設計，根據材質的不同看起來也有可能會很廉價的。

やすめる【休める】 他下一（活動等）使休息，使停歇；（身心等）使休息，使安靜△パソコンやテレビを見るときは、ときどき目を休めた方がいい。／看電腦或電視的時候，最好經常讓眼睛休息一下。

やせい【野生】 名・自サ・代 野生；鄙人△このサルにはまだ野生めいた部分がある。／這隻猴子還有點野性。

やせっぽち 名（俗）瘦小（的人），瘦皮猴△随分やせっぽちだね。ろくなもの食べてないんじゃないの。／你瘦了好多啊！大概都沒能吃些像樣的東西吧？

やたら（と） 副（俗）胡亂，隨便，不分好歹，沒有差別；過份，非常，大量△同僚に一人やたら高学歴を自慢してくるのがいる。／同事之中有一個人時不時總喜歡炫耀他的高學歷。

やつ【奴】 名・代（蔑）人，傢伙；（粗魯的）指某物，某事情或某狀況；（蔑）他，那小子△会社の大切な資料を漏らすとは、とんでもない奴だ。／居然將公司的重大資訊洩漏出去，這傢伙簡直不可饒恕！

やっつける 他下一（俗）幹完；（狠狠的）教訓一頓，整一頓；打敗，擊敗△相手チームをやっつける。／擊敗對方隊伍。

やとう【野党】 名 在野黨 反 与党△与党の議員であれ、野党の議員であれ、選挙前はみんな必死だ。／無論是執政黨的議員，或是在野黨的議員，所有人在選舉前都拚命全力以赴。

やばい 形（俗）（對作案犯法的人警察將進行逮捕）不妙，危險△見つかったらやばいぞ。／如果被發現就不好了啦！

やまい【病】 名 病；毛病；怪癖△病に倒れる。／病倒。

やみ【闇】 名（夜間的）黑暗；（心中）辨別不清，不知所措；黑暗；黑市 反 光 類 暗がり△闇が広がる遺跡の中で、どこからともなく声が聞こえた。／在一片漆黑的歷史遺址之中，驀然不知道從哪兒傳來一陣聲音。

ややこしい 形 錯綜複雜，弄不明白的樣子，費解，繁雜 反 簡単 類 複雑△これ以上討論したところで、ややこしい話になるだけだ。／再繼續討論下去，也只會愈講愈不知所云罷了。

やりとおす【遣り通す】 他五 做完，完成 類 完成△難しい仕事だったが、何とかやり通した。／雖然是一份艱難的工作，總算完成了。

やりとげる【遣り遂げる】 他下一 徹底做到完，進行到底，完成△10年越しのプロジェクトをやり遂げた。／終於完成了歷經十年的計畫。

やわらぐ【和らぐ】 自五 變柔和，和緩起來△怒りが和らぐ。／讓憤怒的心情平靜下來。

やわらげる【和らげる】 他下一 緩和；

使明白 類 鎮める △彼は忙しいながら、冗談でみんなの緊張を和らげてくれる。／他雖然忙得不可開交，還是會用說笑來緩和大家的緊張情緒。

ヤング【young】 名·造語 年輕人，年輕一代；年輕的 反 老いた 類 若い △「ヤング会員」は、25 歳以下の方、または学生の方限定のサービスです。／「青年會員」是限定適用於二十五歲以下、或具備學生身份者的優惠方案。

ゆ ユ

● N1-105

ゆ【油】 漢造 …油 △この装置は、潤滑油がなくなってしまえばそれまでだ。／這台機器如果耗盡潤滑油，就無法正常運作了。

ゆう【優】 名·漢造 （成績五分四級制的）優秀；優美，雅致；優異，優厚；演員；悠然自得 反 劣る 類 優れる △彼は子どものとき、病気がちではあったが、成績が全部優だった。／他小的時候雖然體弱多病，但是成績全部都是「優」等。

ゆうい【優位】 名 優勢；優越地位 △彼は業績がトップで、目下出世競争の優位に立っている。／他的業績拿到第一，居於目前升遷競爭的優勢地位。

ゆううつ【憂鬱】 名·形動 憂鬱，鬱悶；愁悶 反 清々しい 類 うっとうしい △天気が悪いので、憂鬱だ。／因為天氣不好，覺得憂鬱。

ゆうえき【有益】 名·形動 有益，有意義，有好處 反 無益 類 役立つ △毎日有機野菜を食べれば有益だというものでもない。／並不是每天都吃有機蔬菜就對身體有益。

ゆうえつ【優越】 名·自サ 優越 類 勝る △小学生のとき、クラスで一番背が高いことに優越感を抱いていたが、中学になったら次々にクラスメートに抜かれた。／讀小學的時候是全班最高的，並且對此頗具優越感，但是自從上了中學以後，班上同學卻一個接一個都長得比我高了。

ゆうかい【誘拐】 名·他サ 拐騙，誘拐，綁架 △子供を誘拐し、身代金を要求する。／綁架孩子要求贖金。

ゆうかん【勇敢】 名·形動 勇敢 類 勇ましい △勇敢に崖を登る彼の姿は人を感動させずにはおかない。／他那攀上山崖的英勇身影，必然令人為之動容。

ゆうき【有機】 名 （化）有機；有生命力 反 無機 △親の反対をよそに、息子二人は有機栽培を始めた。／兩個兒子不顧父母的反對，開始投身有機栽培行業。

Level 5
Level 4
Level 3
Level 2
Level 1

ゆうぐれ【夕暮れ】(名) 黃昏；傍晚 (反) 朝方 (類) 夕方 △夕暮れに、刻々と変わってゆく空と海の色を見ていた。／在那個傍晚時分，一直望著分分秒秒都不一樣的天色和海面。

ゆうし【融資】(名·自サ)（經）通融資金，貸款 △融資にかかわる情報は、一切外部に漏らしません。／相關貸款資訊完全保密。

ゆうずう【融通】(名·他サ) 暢通（錢款），通融；腦筋靈活，臨機應變 (類) 遣り繰り △知らない仲じゃあるまいし、融通をきかせてくれるでしょう。／我們又不是不認識，應該可以通融一下吧。

ゆうする【有する】(他サ) 有，擁有 (類) 持つ △新しい会社とはいえ、無限の可能性を有している。／雖是新公司，卻擁有無限的可能性。

ゆうせい【優勢】(名·形動) 優勢 (反) 劣勢 △不景気とはいえ、A社の優勢は変わらないようだ。／即使景氣不佳，A公司的競爭優勢地位似乎屹立不搖。

ゆうせん【優先】(名·自サ) 優先 △会員様は、一般発売の1週間前から優先でご予約いただけます。／會員於公開發售的一星期前可優先預約。

ユーターン【U-turn】(名·自サ)（汽車的）U字形轉彎，180度迴轉 △この道路ではUターン禁止だ。／這條路禁止迴轉。

ゆうどう【誘導】(名·他サ) 引導，誘導；導航 (類) 導く △観光客が予想以上に来てしまい、誘導がうまくいかなかった。／前來的觀光客超乎預期，引導的動線全都亂了。

ゆうび【優美】(名·形動) 優美 (反) 醜い (類) 綺麗 △ホテルの裏にある谷の景色は、実に優美極まりない。／旅館背面的山谷幽景，優美得令人屏息。

ゆうびんやさん【郵便屋さん】(名)（口語）郵差 △郵便屋さんが配達に来る。／郵差來送信。

N1-106

ゆうぼう【有望】(形動) 有希望，有前途 △A君といい、C君といい、前途有望な社員ばかりだ。／無論是A先生或是C先生，全都是前途不可限量的優秀員工。

ゆうぼく【遊牧】(名·自サ) 游牧 △これだけ広い土地ともなると、遊牧でもできそうだ。／要是有如此寬廣遼闊的土地，就算要游牧也應該不成問題。

ゆうやけ【夕焼け】(名) 晚霞 (反) 朝焼け △美しい夕焼けなくして、淡水の魅力は語れない。／淡水的魅力就在於絢爛奪目的晚霞。

ゆうりょく【有力】(形動) 有勢力，有權威；有希望；有努力；有效力 (類) 強力 △今度の選挙は、最も有力なA氏の動きいかんだ。／這次選舉的焦點，取決在最有希望當選的A候選人身上。

ゆうれい【幽霊】[名] 幽靈，鬼魂，亡魂；有名無實的事物 [反] 体 [類] 魂 △子どもじゃあるまいし、幽霊なんか信じないよ。／又不是三歲小孩，才不信有鬼哩！

ゆうわく【誘惑】[名·他サ] 誘惑；引誘 △負けるべからざる誘惑に、負けてしまった。／受不了邪惡的誘惑而無法把持住。

ゆえ(に)【故(に)】[接續·接助] 理由，緣故；(某) 情況；(前皆體言表示原因) 因為 [類] だから △新婦の父親が坊さんであるが故に、寺で結婚式をした。／由於新娘的父親是和尚，新人因而在佛寺裡舉行了結婚儀式。

ゆがむ【歪む】[自五] 歪斜，歪扭；(性格等) 乖僻，扭曲 [類] 曲がる △柱も梁もゆがんでいる。いいかげんに建てたのではあるまいか。／柱和樑都已歪斜，當初蓋的時候是不是有偷工減料呢？

ゆさぶる【揺さぶる】[他五] 搖晃；震撼 [類] 動揺 △彼のスピーチに、聴衆はみな心を揺さぶられた。／他的演說撼動了每一個聽眾。

ゆすぐ【濯ぐ】[他五] 洗滌，刷洗，洗濯；漱 [類] 洗う △ゆすぐ時は、水を出しっぱなしにしないでくださいね。／在刷洗的時候，請記得關上水龍頭，不要任由自來水流個不停喔！

ゆとり [名] 餘地，寬裕 [類] 余裕 △受験シーズンとはいえども、少しはゆとりが必要だ。／即使進入準備升學考試的緊鑼密鼓階段，偶爾也必須稍微放鬆一下。

ユニーク【unique】[形動] 獨特而與其他東西無雷同之處；獨到的，獨自的 △彼の作品は短編ながら、ユニークで暗示に満ちている。／他的作品雖是短篇卻非常獨特，字裡行間充滿隱喻意味。

ユニットバス【(和) unit＋bath】[名] (包含浴缸、洗手台與馬桶的) 一體成形的衛浴設備 △最新のユニットバスが取り付けられている。／附有最新型的衛浴設備。

ユニフォーム【uniform】[名] 制服；(統一的) 運動服，工作服 [類] 制服 △子どものチームとはいえ、ユニフォームぐらいは揃えたい。／儘管只是小朋友們組成的隊伍，還是希望至少幫他們製作隊服。

ゆびさす【指差す】[他五] (用手指) 指 [類] 指す △地図の上を指差しながら教えれば、よくわかるだろう。／用手指著地圖教對方的話，應該就很清楚明白吧！

ゆみ【弓】[名] 弓；弓形物 △日本の弓は2メートル以上もある。／有些日本弓甚至超過兩公尺長。

ゆらぐ【揺らぐ】[自五] 搖動，搖晃；意志動搖；搖搖欲墜，岌岌可危 △家族の顔を見たが最後、家を出る決心が揺らいだ。／一看到家人們之後，離家出走的決心就被動搖了。

ゆるむ【緩む】 自五 鬆散，緩和，鬆弛 反 締まる 類 解ける △寒さが緩み、だんだん春めいてきました。／嚴寒逐漸退去，春天的腳步日漸踏近。

ゆるめる【緩める】 他下一 放鬆，使鬆懈；鬆弛；放慢速度 反 締める 類 解く △時代に即して、規則を緩めてほしいと思う社員が増えた。／期望順應時代放寬規定的員工與日俱增。

ゆるやか【緩やか】 形動 坡度或彎度平緩；緩慢 類 緩い △緩やかな坂道は、紅葉の季節ともなると、華やいだ雰囲気が漂います。／慢坡上一到楓紅的季節便瀰漫著風情萬種的氣氛。

よ ヨ

N1-107

よ【世】 名 世上，人世；一生，一世；時代，年代；世界 △自由な世の中になったと思いきや、不景気で仕事もない。／原本以為已經是自由平等的社會，作夢都沒料到碰上經濟衰退，連份工作都找不到。

よう【洋】 名·漢造 東洋和西洋；西方，西式；海洋；大而寬廣 △洋食といい、中華といい、料理の種類が豊富になった。／無論是西式料理或是中式料理，其菜色種類都變得越來越多樣。

よういん【要因】 名 主要原因，主要因素 △様々な要因が背後に隠れていることは言うまでもない。／想當然爾，事情的背後隱藏著各種重要的因素。

ようえき【溶液】 名 (理、化) 溶液 △丁度いい濃さの溶液を作るべく、分量を慎重に計った。／為了求調製出濃度適宜的溶液，謹慎小心地測計分量。

ようけん【用件】 名 (應辦的) 事情；要緊的事情；事情的內容 類 用事 △面会はできるが、用件いかんによっては、断られる。／儘管能夠面會，仍需視事情的內容而定，也不排除會遭到拒絕的可能性。

ようご【養護】 名·他サ 護養；扶養；保育 類 養う △彼は大学を卒業すると、養護学校で働きはじめた。／他大學畢業後就立刻到特教學校開始工作。

ようし【用紙】 名 (特定用途的) 紙張，規定用紙 類 用箋 △間違いだらけで、解答用紙はばつばっかりだった。／整張考卷錯誤百出，被改成滿江紅。

ようし【養子】 名 養子；繼子 △弟の子を養子にもらう。／領養弟弟的小孩。

ようしき【洋式】 名 西式，洋式，西洋式 反 和式 補 洋式トイレ：坐式廁

所 △日本でも家庭のトイレは洋式がほとんどだ。／即便是日本，家裡的廁所也幾乎都是坐式的。

ようしき【様式】 (名) 樣式，方式；一定的形式，格式；(詩、建築等) 風格 類 様 △三合院は、台湾の伝統的な建築様式である。／三合院是台灣的傳統建築樣式。

ようじんぶかい【用心深い】 (形) 十分小心，十分謹慎 △用心深く行動する。／小心行事。

ようする【要する】 (他サ) 需要；埋伏；摘要，歸納 反 不要 類 必要 △若い人は、手間を要する作業を嫌がるきらいがある。／年輕人多半傾向於厭惡從事費事的工作。

ようせい【要請】 (名·他サ) 要求，請求 類 求める △地元だけでは解決できず、政府に支援を要請するに至りました。／由於靠地方無法完全解決，最後演變成請求政府支援的局面。

ようせい【養成】 (名·他サ) 培養，培訓；造就 類 養う △一流の会社ともなると、社員の養成システムがよく整っている。／既為一流的公司，即擁有完善的員工培育系統。

ようそう【様相】 (名) 樣子，情況，形勢；模樣 類 状態 △事件の様相は新聞のみならず、雑誌にも掲載された。／整起事件的狀況不僅被刊登於報紙上，連雜誌亦有揭載。

ようひん【用品】 (名) 用品，用具 △妻は家で育児のかたわら、手芸用品も売っている。／妻子一面在家照顧小孩，一面販賣手工藝品。

ようふう【洋風】 (名) 西式，洋式；西洋風格 反 和風 類 欧風 △客の希望いかんで、洋風を和風に変えるかもしれない。／視顧客的要求，或許會從西式改為和式。

ようほう【用法】 (名) 用法 △誤った用法故に、機械が爆発し、大変な事故になった。／由於操作不當，導致機械爆炸，造成重大事故。

ようぼう【要望】 (名·他サ) 要求，迫切希望 反 要求 △空港建設にかかわる要望については、回答いたしかねます。／恕難奉告機場建設之相關需求。

よか【余暇】 (名) 閒暇，業餘時間 反 忙しい 類 暇 △父は余暇を利用して歌を習っているが、聞くにたえない。／父親利用閒暇之餘學習唱歌，可是荒腔走板讓人聽不下去。

よかん【予感】 (名·他サ) 預感，先知，預兆 △さっきの電話から、いやな予感がしてやまない。／剛剛那通電話令我心中湧起一股不祥的預感。

よきょう【余興】 (名) 餘興 類 おもしろみ △1年に一度の忘年会だから、彼女が余興に三味線を弾いてくれた。／她在一年一度的年終聯歡會中，彈了三味線琴當作餘興節目。

よきん【預金】 (名·自他サ) 存款 △預金があるとはいえ、別荘が買えるほどではありません。／雖然有存款，卻沒有多到足以購買別墅。

よく【欲】 (名·漢造) 慾望，貪心；希求 類 望む △野心家の兄にひきかえ、弟は全く欲がない。／相較於野心勃勃的哥哥，弟弟卻無欲無求。

よくあつ【抑圧】 (名·他サ) 壓制，壓迫 類 抑える △抑圧された女性達の声を聞くのみならず、記事にした。／不止聆聽遭到壓迫的女性們的心聲，還將之報導出來。

よくしつ【浴室】 (名) 浴室 △浴室が隣にあるせいか、この部屋はいつも湿気っている。／這個房間因為緊鄰浴室，濕氣總是很重。

よくせい【抑制】 (名·他サ) 抑制，制止 類 抑える △食事の量を制限して、肥満を抑制しようと試みた。／嘗試以限制食量來控制體重。

よくぶかい【欲深い】 (形) 貪而無厭，貪心不足的樣子 △あまりに欲深いゆえに、みんなから敬遠されている。／因為貪得無厭讓大家對他敬而遠之。

N1-108

よくぼう【欲望】 (名) 慾望；欲求 類 欲 △奴は、全く欲望の塊だ。／那是個貪得無厭的傢伙！

よける (他下一) 躲避；防備 △木の下に入って雨をよける。／到樹下躲雨。

よげん【予言】 (名·他サ) 預言，預告 類 予告 △予言するそばから、現実に起こってしまった。／剛預言就馬上應驗了。

よこく【予告】 (名·他サ) 預告，事先通知 △テストを予告する。／預告考期。

よこづな【横綱】 (名) (相撲) 冠軍選手繫在腰間標示身份的粗繩；(相撲冠軍選手稱號) 橫綱；手屈一指 類 力士 △4連敗を限りに、彼は横綱を引退した。／在慘遭連續四場敗仗之後，他退下了相撲橫綱之位。

よごれ【汚れ】 (名) 污穢，污物，骯髒之處 類 染み △あれほどの汚れが、嘘のようにきれいになった。／不敢相信原本是那麼的髒污不堪，竟然變得乾淨無比。

よし【由】 (名) (文) 緣故，理由；方法手段；線索；(所講的事情的) 內容，情況；(以「…のよし」的形式) 聽說 類 理由 △誰が爆発物を置いたか、今となっては知る由もない。／事到如今，究竟是誰放置這個爆裂物，已經不得而知了。

よし【良し】 (形) (「よい」的文語形式) 好，行，可以 △仲良しだからといって、彼らのような付合い方は疑問だ。／即使他們的交情不錯，卻對那種相處方式感到不以為然。

よしあし【善し悪し】 (名) 善惡，好壞；有利有弊，善惡難明 類 優劣 △財産で人の善し悪しを判断するとは、失礼極まりない。／竟然以財產多寡評斷一個人的善惡，實在至為失禮。

よしん【余震】[名] 餘震 △現地では、一夜明けた今も余震が続いている。／現場整晚到黎明時分仍餘震不斷。

よせあつめる【寄せ集める】[他下一] 收集，匯集，聚集，拼湊 △素人を寄せ集めたチームだから、優勝なんて到底無理だ。／畢竟是由外行人組成的隊伍，實在沒有獲勝的希望。

よそのひと【よその人】[名] 旁人，閒雜人等 △うちの子はまだ小さいので、よその人を見ると火がついたように泣き出す。／因為我家孩子還小，所以一看到陌生人就會大聲哭喊。

よそみ【余所見】[名·自サ] 往旁處看；給他人看見的樣子 △みんな早く帰りたいと言わんばかりによそ見している。／大家幾乎像歸心似箭般地，全都左顧右盼心不在焉。

よち【余地】[名] 空地；容地，餘地 [類] 裕り △こう理屈ずくめで責められては、弁解の余地もない。／被這種滿口仁義道德的方式責備訓斥，連想辯解都無從反駁起。

よって [接續] 因此，所以 [類] そこで △展示会の会場が見つからない。よって、日時も未定だ。／至今尚未訂到展覽會場，因此，展覽日期亦尚未確定。

よっぽど [副]（俗）很，頗，大量；在很大程度上；（以「よっぽど…ようと思った」形式）很想…，差一點就… △月5万もつぎ込むなんて、アニメよっぽど好きだね。／每個月居然花高達五萬圓，想必真的非常喜歡動畫吧。

よとう【与党】[名] 執政黨；志同道合的伙伴 △選挙では、与党が優勢かと思いきや、意外な結果だった。／原本以為執政黨在選舉中佔有絕對優勢，沒有想到開票結果卻出人意外。

よびすて【呼び捨て】[名] 光叫姓名（不加「樣」、「さん」、「君」等敬稱）△人を呼び捨てにする。／直呼別人的名（姓）。

よびとめる【呼び止める】[他下一] 叫住 [類] 誘う △彼を呼び止めようと、大声を張り上げて叫んだ。／為了要叫住他而大聲地呼喊。

よふかし【夜更かし】[名·自サ] 熬夜 [類] 夜通し、徹夜 △明日から出張だから、今日は夜更かしは止めるよ。／明天起要出差幾天，所以至少今晚就不熬夜囉！

よふけ【夜更け】[名] 深夜，深更半夜 [反] 昼 [類] 夜 △夜更けともなれば、どんな小さな音も気になる。／一旦到了深夜時分，再小的聲音也會令人在意。

よほど【余程】[副] 頗，很，相當，在很大程度上；很想…，差一點就… [類] かなり △余程のことがない限り、諦めないよ。／除非逼不得已，絕不輕言放棄！

よみあげる【読み上げる】 他下一 朗讀；讀完 △式で私の名が読み上げられたときは、光栄の極みだった。／當我在典禮中被唱名時，實在光榮極了。

よみとる【読み取る】 自五 領會，讀懂，看明白，理解 △真意を読み取る。／理解真正的涵意。

より【寄り】 名 偏，靠；聚會，集會 △あの新聞は左派寄りのきらいがある。／那家報社具有左派傾向。

よりかかる【寄り掛かる】 自五 倚，靠；依賴，依靠 類 靠れる △ドアに寄り掛かったとたん、ドアが開いてひっくりかえった。／才剛靠近門邊，門扉突然打開，害我翻倒在地。

よりそう【寄り添う】 自五 挨近，貼近，靠近 △父を早くに亡くしてから、母と私は寄り添いながら生きてきた。／父親早年過世了以後，母親和我從此相依為命。

よろん・せろん【世論・世論】 名 輿論 類 公論 △国民のための制度変更であるからこそ、世論調査が必要だ。／正由於是為了國民而更改制度，所以有必要進行輿論調查。

よわる【弱る】 自五 衰弱，軟弱；困窘，為難 反 栄える 類 衰弱 △犬が病気で弱ってしまい、餌さえ食べられない始末だ。／小狗的身體因生病而變得衰弱，就連飼料也無法進食。

ら ラ

N1-109

らいじょう【来場】 名·自サ 到場，出席 △小さな展覧会です。散歩がてら、ご来場ください。／只是一個小小的展覽會，如果出門散步的話，請不吝順道參觀。

ライス【rice】 名 米飯 類 飯 △ラーメンの後、残ったスープに半ライスを入れて食べるのが好きだ。／我喜歡在吃完拉麵以後，再加半碗飯拌著沒吃完的湯汁一起吃。

ライバル【rival】 名 競爭對手；情敵 △早稲田と慶應はライバルとされている。／早稲田和慶應被認為是彼此競爭的兩所學校。

らくのう【酪農】 名 （農）（飼養奶牛、奶羊生產乳製品的）酪農業 △畑仕事なり、酪農なり、自然と触れ合う仕事がしたい。／看是要做耕農，或是要當酪農，總之想要從事與大自然融為一體的工作。

らち【拉致】 名·他サ 擄人劫持，強行帶走 △社長が拉致される。／社長被綁架。

らっか【落下】 名·自サ 下降，落下；從高處落下 類 落ちる △何日も続く大雨で、岩が落下しやすくなっている。／由於連日豪雨，岩石容易崩落。

らっかん【楽観】(名·他サ) 樂觀 △熱は下がりましたが、まだ楽観できない状態です。／雖然燒退了，但病況還不樂觀。

ラフ【rough】(形動) 粗略，大致；粗糙，毛躁；輕毛紙；簡樸的大花案 △仕事ぶりがラフだ。／工作做得很粗糙。

ランプ【(荷・英) lamp】(名) 燈，煤油燈；電燈 (類) 明かり △そのレストランは電灯を使わず、ランプでムードを出しています。／那家餐廳不使用電燈，而是用煤油燈釀造出氣氛。

らんよう【濫用】(名·他サ) 濫用，亂用 △彼の行為は職権の濫用に当たらない。／他的作為不算是濫用職權。

り リ

N1-110

りくつ【理屈】(名) 理由，道理；(為堅持己見而捏造的) 歪理，藉口 (類) 訳 △お父さんの言うことがおかしいのに、女のくせに理屈っぽいって逆に怒鳴られた。／明明是爸爸說的話沒道理，反而被怒吼一句「女人家講什麼大道理啊！」

りし【利子】(名)(經) 利息，利錢 (反) 損害 (類) 利益 △ヤミ金融なんて利用したら、法外な利子を取られるよ。／要是去找地下錢莊借錢的話，會被索取驚人的利息喔！

りじゅん【利潤】(名) 利潤，紅利 △原料費の値上がりもあって、本年度の利潤はほぼゼロだ。／不巧遇到原物料成本上漲，導致本年度的利潤趨近於零。

リストラ【restructuring之略】(名) 重建，改組，調整；裁員 △リストラで首になった。／在裁員之中遭到裁員了。

りせい【理性】(名) 理性 (類) 知性 △理性を失った被告の行動は、身勝手極まりない。／被告在失去了理智後所採取的行動實在是太自私了！

りそく【利息】(名) 利息 (反) 元金 (類) 金利 △利息がつくとはいえ、大した額にはならない。／雖說有付利息，但並非什麼了不起的金額。

りったい【立体】(名)(數) 立體 (反) 平面 △画面を立体的に見せるべく、様々な技術を応用した。／運用了各式各樣的技術使得畫面呈現立體效果。

リップサービス【lip service】(名) 口惠，口頭上說好聽的話 △リップサービスが上手だ。／擅於說好聽的話。

りっぽう【立方】(名)(數) 立方 △1リットルは1,000立方センチメートルだ。／一公升是一千立方公分。

りっぽう【立法】(名) 立法 △立法機関なくして、国民の生活は守れない。／沒有立法機關就無法保障國民的生活。

りてん【利点】(名) 優點，長處 (反) 短所 (類) 長所 △それは他社の商品と比べてどんな利点がありますか。／那和其他公司的產品做比較，有什麼樣的優點嗎？

リハビリ【rehabilitation之略】(名)（為使身障人士與長期休養者能回到正常生活與工作能力的）醫療照護，心理指導，職業訓練 △彼は今リハビリ中だ。／他現在正復健中。

N1-111

りゃくご【略語】(名) 略語；簡語 △課長ときたら、横文字の略語を並べ立てて得意になっているんだから参るよ。／說到課長呀，總喜歡講一堆英文縮寫而且得意洋洋，實在受不了。

りゃくだつ【略奪】(名·他サ) 掠奪，搶奪，搶劫 (反) 与える (類) 奪う △革命軍は、民衆の苦しみをよそに、財産を略奪した。／革命軍不顧民眾的疾苦，掠奪了他們的財產。

りゅうつう【流通】(名·自サ)（貨幣、商品的）流通，物流 △商品の汚染が明らかになれば、流通停止を余儀なくさせられる。／如果證明商品確實受到汙染，只能停止銷售。

りょういき【領域】(名) 領域，範圍 △各自が専門の領域で知恵を振り絞り、ついに成功した。／每個人都在擅長的領域裡絞盡腦汁，終於成功了。

りょうかい【了解】(名·他サ) 了解，理解；領會，明白；諒解 (類) 納得 △何度もお願いしたあげく、やっと了解していただけた。／在多次請託之下，總算得到同意了。

りょうかい【領海】(名)（法）領海 (反) 公海 △領海の問題について、学生なりに考えて意見を発表する。／有關領海問題，就學生的意見予以陳述。

りょうきょく【両極】(名) 兩極，南北極，陰陽極；兩端，兩個極端 △育児休暇の議題に至っては、意見が両極に分かれた。／有關育嬰假的議題，意見極為分歧。

りょうこう【良好】(名·形動) 良好，優秀 △手術後の治療の経過は良好といったところです。／做完手術後的治療過程可說是令人滿意。

りょうしき【良識】(名) 正確的見識，健全的判斷力 △あんな良識がない人とは、付き合わないでおこう。／那種沒有良知的人，還是不要和他來往吧。

りょうしつ【良質】(名·形動) 質量良好，上等 △健康のことを考えるなら、良質の油を用いるべきです。／要是考慮到健康，就應當使用優質的油品。

りょうしゅうしょ【領収書】(名) 收據 △取引先との会食は、領収書をもらっておけば経費になる。／請客戶吃飯的話，只要拿收據就可以請款。

りょうしょう【了承】 名·他サ 知道，曉得，諒解，體察 反 断る 類 受け入れる △価格いかんによっては、取り引きは了承しかねる。／交易與否將視價格決定。

りょうしん【良心】 名 良心 類 真心 △彼女のためといえども、嘘をつくのは、良心が痛む。／儘管是為了她設想才說謊，畢竟良心實在不安。

りょうち【領地】 名 領土；（封建主的）領土，領地 △領主たる者、領地を守れないようでは尊敬に値しない。／身為領主，若無法保衛領地就不值得尊敬。

りょうど【領土】 名 領土 類 領国 △彼は、領土の話題になると、興奮しすぎるきらいがある。／他只要一談到有關領土的話題，就有些異常激動。

りょうりつ【両立】 名·自サ 兩立，並存 △プレッシャーにたえながら、家庭と仕事を両立している。／在承受壓力下，兼顧家庭與事業。

りょきゃく・りょかく【旅客】 名 旅客，乘客 △消費税の増税に伴い、旅客運賃も値上げせざるを得ない。／隨著消費稅的增加，車票也不得不漲價了。

りょけん【旅券】 名 護照 類 パスポート △日本国の旅券の表紙には菊がデザインされている。／日本國的護照封面上有菊花圖樣的設計。

りりしい【凛凛しい】 形 凜凜，威嚴可敬 △息子の卒業式で、りりしい姿につい目がうるんでしまった。／在兒子的畢業典禮上看到他英姿煥發的模樣，不禁眼眶泛淚了。

りれき【履歴】 名 履歷，經歷 △閲覧履歴を消去しておく。／刪除瀏覽紀錄。

りろん【理論】 名 理論 反 実践 類 論理 △彼の理論は筋が通っていない。／他的理論根本說不通。

りんぎょう【林業】 名 林業 △今さら父の林業を継いだところで、儲かりはしない。／事到如今才要繼承父親的林業，已經不可能有利潤。

るル

N1-112

るい【類】 名·接尾·漢造 種類，類型，同類；類似 類 種類 △前回と同類のイベントなら、協力しないものでもない。／如果是與上次類似性質的活動，要幫忙也不是不行。

るいじ【類似】 名·自サ 類似，相似 類 似ている △N１ともなれば、類似した単語も使い分けられるようにしたい。／既然到了N１級，希望連相似的語詞也知道如何區分使用。

るいすい【類推】㊔·他サ 類推；類比推理 類 推し量る △人に尋ねなくても、過去の例から類推できる。／就算不用問人，由過去的例子也能夠類推得出結果。

ルーズ【loose】㊔·形動 鬆懈，鬆弛，散漫，吊兒郎當 反 丁寧 類 いい加減 △時間にルーズなところは直した方がいいですよ。／我勸你改掉沒有時間觀念的壞習慣。

れレ

N1-113

れいこく【冷酷】㊔·形動 冷酷無情 類 むごい △上司の冷酷さにたえられず、今日を限りに退職する。／再也忍受不了主管的冷酷，今天是上班的最後一天。

れいぞう【冷蔵】㊔·他サ 冷藏，冷凍 △買った野菜を全部冷蔵するには、冷蔵庫が小さすぎる。／假如要將買回來的所有蔬菜都冷藏保存的話，這台冰箱實在太小了。

れいたん【冷淡】㊔·形動 冷淡，冷漠，不熱心；不熱情，不親熱 反 親切 類 不親切 △彼があんな冷淡なことを言うとは、とても信じられない。／實在不敢讓人相信，他竟會說出那麼冷淡無情的話。

レース【lace】㊔ 花邊，蕾絲 △レース使いがかわいい。／蕾絲花邊很可愛。

レース【race】㊔ 速度比賽，競速（賽車、游泳、遊艇及車輛比賽等）；競賽；競選 類 試合 △兄はソファーに座るなり、レースに出場すると言った。／家兄才一屁股坐在沙發上，就開口說他要參加賽車。

レギュラー【regular】㊔·造語 正式成員；正規兵；正規的，正式的；有規律的 △レギュラーメンバーともなれば、いつでも試合に出られる準備をしておかなければならない。／如果當上了正式選手，就必須保持隨時可出賽的體能狀態。

レッスン【lesson】㊔ 一課；課程，課業；學習 類 練習 △教授のレッスンを受けられるとは、光栄の至りです。／竟然能夠在教授的課堂上聽講，真是深感光榮。

レディー【lady】㊔ 貴婦人；淑女；婦女 類 淑女 △窓から部屋に入るなんて、レディーにあるまじき行為だ。／居然從窗戶爬進房間裡，實在不是淑女應有的舉止行為。

れんあい【恋愛】㊔·自サ 戀愛 △恋愛について彼は本当に鈍感きわまりない。／在戀愛方面他真的遲鈍到不行。

れんきゅう【連休】㊔ 連假 △連休

中は、あいにくの天気にもかかわらず、たくさんの観光客が訪れた。／在連續假日期間儘管天氣不佳，依然有許多觀光客造訪了。

レンジ【range】 ㊔ 微波爐（「電子レンジ」之略稱）；範圍；射程；有效距離 △レンジを買ったとはいえ、毎日料理をするわけではない。／即使買了微波爐，也沒有辦法每天烹煮三餐。

れんじつ【連日】 ㊔ 連日，接連幾天 △家族のためを思えばこそ、連日残業して頑張るのです。／正因為心裡想著是為了家人奮鬥，才有辦法接連好幾天都努力加班。

れんたい【連帯】 名・自サ 團結，協同合作；（法）連帶，共同負責 △会社の信用にかかわる損失は、連帯で責任を負わせる。／牽涉到公司信用的相關損失，必會使之負起連帶責任。

レンタカー【rent-a-car】 ㊔ 出租汽車 △たとえレンタカーであれ、車を運転できるならそれだけで嬉しい。／即使只是租來的車子，只要能夠坐上駕駛座，開車就令人夠開心了。

れんちゅう【連中】 ㊔ 伙伴，一群人，同夥；（演藝團體的）成員們 △あの連中ときたら、いつも騒いでばかりいる。／提起那群傢伙啊，總是喧鬧不休。

レントゲン【roentgen】 ㊔ X光線 △彼女は涙ながらにレントゲン検査の結果を話した。／她眼中噙著淚水，說出了放射線檢查的結果。

れんぼう【連邦】 ㊔ 聯邦，聯合國家 △連邦国家の将来について、私たちなりに研究した。／我們研究了關於聯邦國家的未來發展。

れんめい【連盟】 ㊔ 聯盟；聯合會 類 提携 △水泳連盟の将来の発展を願ってやまない。／熱切期盼游泳聯盟的未來發展平安順遂。

ろ ロ

N1-114

ろうすい【老衰】 名・自サ 衰老 △祖父は、苦しむことなしに、老衰でこの世を去った。／先祖父在沒有受到折磨的情況下，因衰老而壽終正寢了。

ろうどく【朗読】 名・他サ 朗讀，朗誦 反 書く 類 読む △朗読は、話す速度や声の調子いかんで、印象が変わる。／朗讀時，會因為讀頌的速度與聲調不同，給人不一樣的感覺。

ろうひ【浪費】 名・他サ 浪費；糟蹋 反 蓄える 類 無駄遣い △部長に逆らうのは時間の浪費だ。／違抗經理的指令只是浪費時間而已。

ろうりょく【労力】 ㊔ （經）勞動力，勞力；費力，出力 類 努力 △日本のみならず、世界全体が、安い労力を求めている。／不只日本，全世界都在尋找廉價勞力。

ロープ【rope】㊔ 繩索，纜繩 類 綱 △作業員は、荷物を積むや否や、ロープできつく縛った。／作業員才將貨物堆好，立刻以繩索緊緊捆縛住。

ロープウェー【ropeway】㊔ 空中纜車，登山纜車 類 電車 △ロープウェーは、完成するなり故障してしまった。／空中纜車才剛竣工旋即發生了故障。

ろく 名·形動·副（物體的形狀）端正，平正；正常，普通；像樣的，令人滿意的；好的；正經的，好好的，認真的；（下接否定）很好地，令人滿意地，正經地△祖母は、貧しさ故に、ろくな教育も受けられなかった。／祖母由於家境貧困，未曾受到良好的教育。

ろこつ【露骨】名·形動 露骨，坦率，明顯；毫不客氣，毫無顧忌；赤裸裸 類 明らさま △頼まれて露骨に嫌な顔をするとは、失礼極まりない。／聽到別人有事拜託，卻毫不客氣地顯露厭煩之色，是非常沒有禮貌的舉動。

ロマンチック【romantic】形動 浪漫的，傳奇的，風流的，神祕的△ライトと音楽があいまって、ロマンチックな雰囲気があふれている。／燈光再加上音樂，瀰漫著羅曼蒂克的氣氛。

ろんぎ【論議】名·他サ 議論，討論，辯論，爭論 類 討論 △君なしでは、論議は進められない。ぜひ参加してくれ。／倘若沒有你在場，就無法更進一步地討論，務請出席。

ろんり【論理】㊔ 邏輯；道理，規律；情理 類 演繹 △この論理は論じるに足るものだろうか。／這種邏輯值得拿出來討論嗎？

わ ワ

N1-115

わく【枠】㊔ 框；（書的）邊線；範圍，界線，框線 △作家たる者、自分の枠を突破して作品を生み出すべきだ。／身為作家，必須突破自我的桎梏，創造出以生命蘸寫的作品。

わくせい【惑星】㊔（天）行星；前途不可限量的人△冥王星は天体といえども、惑星には属さない。／冥王星雖是天體星球，卻不屬於行星。

わざ【技】㊔ 技術，技能；本領，手藝；（柔道、劍術、拳擊、摔角等）招數 類 技術 △こちらの工房では、名匠の熟練の技が見学できる。／在這個工坊裡可以觀摩知名工匠純熟的技藝。

わざわざ 副 特意，特地；故意地 類 故意 △雨の中をわざわざお越しくださり、どうもありがとうございました。／承蒙大雨之中特地移駕至此，謹致十二萬分由衷謝誠。

わしき【和式】[名] 日本式 [補] 和式トイレ：蹲式廁所。△外出先では洋式より和式のトイレがよいという人が多い。／在外面，有很多人比較喜歡用蹲式廁所而不是坐式廁所。

わずらわしい【煩わしい】[形] 複雜紛亂，非常麻煩；繁雜，繁複 [類] 面倒臭い △さっきから蚊が飛んでいる。煩わしいったらありゃしない。／蚊子從剛才就一直飛來飛去，實在煩死人了！

わたりどり【渡り鳥】[名] 候鳥；到處奔走謀生的人 △渡り鳥が見られるのは、この季節ならではです。／只在這個季節才能看到候鳥。

ワット【watt】[名] 瓦特，瓦（電力單位）△息子ときたら、ワット数を間違えて電球を買って来たよ。／我那個兒子真是的，竟然弄錯瓦特數，買錯電燈泡了。

わふう【和風】[名] 日式風格，日本風俗；和風，微風 △しょうゆや明太子などの和風パスタが好きだ。／我喜歡醬油或鱈魚子等口味的日式義大利麵。

わぶん【和文】[名] 日語文章，日文 [反] 洋風 [類] 和式 △昔、和文タイプライターは貴重な事務用品だった。／過去，日文打字機曾是貴重的事務用品。

わら【藁】[名] 稻草，麥桿 △畳や草履以外に、藁で布団まで作れるとは！／稻草除了可以用來編織成榻榻米以及草鞋之外，沒有想到甚至還可以製成被褥！

わりあてる【割り当てる】[名] 分配，分擔，分配額；分派，分擔（的任務）△費用を等分に割り当てる。／費用均等分配。

わるいけど【悪いけど】[慣] 不好意思，但…，抱歉，但是…△悪いけど、金貸して。／不好意思，借錢給我。

わるもの【悪者】[名] 壞人，壞傢伙，惡棍 [類] 悪人 △悪いのはあやちゃんなのに、私が悪者扱いされた。／錯的明明是小綾，結果我卻被當成了壞人！

われ【我】[名·代] 自我，自己，本身；我，吾，我方 [反] あなた [類] 私 △娘に悪気はなかったのに、我を忘れて怒ってしまった。／其實沒有生女兒的氣，卻發瘋似地罵了她。

ワンパターン【（和）one＋pattern】[名·形動] 一成不變，同樣的△この作家の小説はワンパターンだから、もう読まなくていいや。／這位作家的小說總是同一種套路，不用再看也罷。

【日檢大全22】

精修版

新制日檢！絕對合格 N1,N2,N3,N4,N5 必背單字大全

[25K＋MP3]

■ 發行人／林德勝

■ 著者／吉松由美、田中陽子、西村惠子、小池直子

■ 出版發行／山田社文化事業有限公司

地址　臺北市大安區安和路一段112巷17號7樓

電話　02-2755-7622

傳真　02-2700-1887

■ 郵政劃撥／19867160號　大原文化事業有限公司

■ 總經銷／聯合發行股份有限公司

地址　新北市新店區寶橋路235巷6弄6號2樓

電話　02-2917-8022

傳真　02-2915-6275

■ 印刷／上鎰數位科技印刷有限公司

■ 法律顧問／林長振法律事務所　林長振律師

■ 書＋MP3／定價　新台幣599元

■ 初版／2017年10月

© ISBN：978-986-246-466-3